三國戲曲集成

○ 胡世厚 主編

第七卷　山西地方戲卷

○ 校理　王增斌　田同旭　啜希忱

復旦大學出版社

元代卷	胡世厚 校理
明代卷	楊　波 校理
清代雜劇傳奇卷（上下）	胡世厚　衛紹生 校理
清代花部卷	衛紹生　楊　波　胡世厚 校理
晚清崑曲京劇卷	胡世厚 校理
現代京劇卷（上中下）	胡世厚 校理
山西地方戲卷	王增斌　田同旭　啜希忱 校理
當代卷（上下）	胡世厚 校理

《三國戲曲集成》編委會

顧　問　劉世德

主　任　胡世厚

副主任　范光耀　關四平　鄭鐵生　衛紹生　張蕊青

委　員　（按姓氏筆畫排列）

王增斌　毛小曼　田同旭　啜希忱　康守勤

張競雄　楊　波　趙　青　劉永成

主　編　胡世厚

《三國戲曲集成·山西地方戲》編委分會

主　任　范光耀

副主任　康守勤　啜希忱　王增斌

委　員　（按姓氏筆畫排列）

　　　　　王保玉　田同旭　任小軍　吳常友　武春信

　　　　　武瑞生　姚巨貨　閆玉庭　張　欽　賈　永

　　　　　賈保明　趙威龍　劉永成　關光遠　羅二棟

主　編　胡世厚

副主編　范光耀　康守勤　啜希忱　王增斌

編　輯　胡偉棟　任小軍　王　峰　陳曉春　劉亞峰　曹永祥

鲁肃求计

生：别二兄为荆州忧虑，终日不展愁眉，下言姓鲁，名肃字子敬，乃临淮舒城人也，已在东吴为臣，官拜太夫之职，只因刘阁该借吾国荆州屯兵养马，得了西川一并付还。今西川已得，全然不提荆州之事，吾主终日忧虑，又道食君之禄，当报国恩，乔太尉乃东吴老臣，必有高见，不免去到乔府求得一计，讨回荆州，已免吾主忧虑者马来。有以到乔府（介唱）

生唱：三国不和，纷纷闹，天地人和，刘孙曹。年年发兵，南北讨，每岁打战，血染袍。曹奏中原称王号，铜雀台前告锦蚊。刘备久居荆州好，吾主终日把心操。安排打虎牢笼计，准备金钩钓海鳌。（下）

老生唱：叹三皇后五帝，孙临颐老，殷纣王宠妲妃色罢顶宵周幽王宠褒姒烽台一笑，五霸强七雄出意动兵刀，秦始皇归一统，广行无道，传二世楚汉争百姓俱逃，汉高祖创基业费功夫，小四百载到浑流雨顺风调。慨董卓专大权材狼挡道，欺天子减诸侯，气压星魔。王司徒献美女连环计巧，天生下就蜀吴三分汉朝。曹孟德在中原伊氏相魏，刘皇叔居西川天生言道，冀得来天地人不差分毫。从今后吾主奔正东吴，情愤慨讨。刘连

◎書影　晉劇《魯肅求計》◎

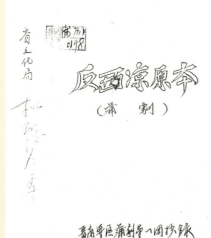

◎書影　蒲劇《反西涼》◎

◎書影　蒲劇《取桂陽》◎

◎現代戲畫 《文姬歸漢》◎
選自《天津楊柳青木板年畫》

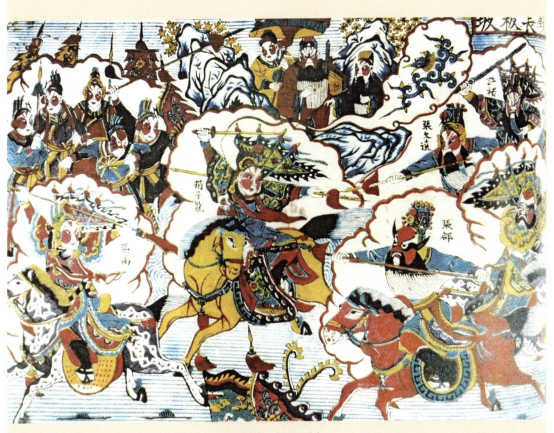

◎清戲畫 《長坂坡》◎
選自《中國戲劇圖史》

◎現代戲畫 《打黃蓋》《借東風》◎
選自《天津楊柳青木板年畫》

◎現代戲畫 《回荊州》◎
選自《天津楊柳青木板年畫》

◎現代戲畫 《截江奪斗》◎
選自《天津楊柳青木板年畫》

◎清戲畫 《空城計》◎
選自《中國戲劇圖史》

◎現代戲畫 《姜維兵敗牛頭山》◎
選自《天津楊柳青木板年畫》

◎現代戲畫 《姜維劫糧》◎
選自《天津楊柳青木板年畫》

◎清戲畫　瓷瓶《劉備招親》◎
選自《中國戲劇圖史》

◎清戲　畫三國故事彩瓶◎
選自《中國戲劇圖史》

◎**民國泥塑** 天津泥人張張景祜《擊鼓罵曹》◎
選自《中國戲曲發展史》

◎**清代磚雕** 山西壺關白雲寺《蔣幹盜書》◎
選自《中國戲曲發展史》

◎清惠山泥塑　劉備◎
選自《中國戲劇圖史》

◎民國剪紙 《三結義》◎
選自《中國戲劇圖史》

◎現代剪紙 《三結義》◎
選自《中國戲劇圖史》

◎山西剪紙 《連環記》◎
選自《剪紙》 湖北美術出版社

◎現代剪紙 《鳳儀亭》◎
選自《中國戲劇圖史》

◎現代剪紙 《鳳儀亭》◎
選自《中國戲劇圖史》

◎現代蔚縣剪紙 《曹操》◎
選自《中國戲劇圖史》

◎清年畫　晋南戲曲《回荊州》局部◎
選自《中國戲劇圖史》

◎**清戲畫** 《轅門射戟》◎
選自《中國晉南戲曲版畫》

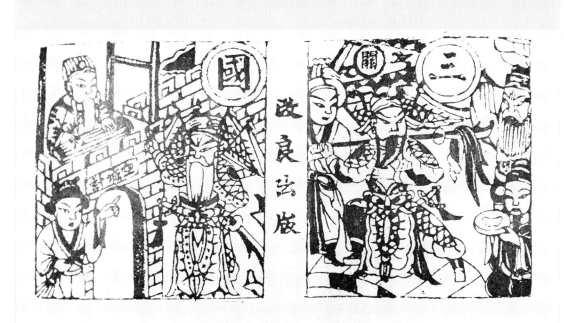

◎**清戲畫** 《空城計》《挑袍》◎
選自《中國晉南戲曲版畫》

◎清戲畫 《連環計》《戰宛城》◎
選自《中國晉南戲曲版畫》

◎清戲畫 《火攻計》◎
選自《中國晉南戲曲版畫》

◎劇照　蒲劇《反西涼》◎
　選自《蒲劇輝煌五十年》

◎畫像　清蒲劇戲曲人物劉備◎
　　選自《蒲劇輝煌五十年》

◎**畫像** 清蒲劇戲曲人物姜維◎
選自《蒲劇輝煌五十年》

◎**畫像** 清蒲劇戲曲人物司馬師◎
選自《蒲劇輝煌五十年》

◎劇照　晉劇《華容道》◎
選自《山西晉劇院建院(團)五十周年》

◎ **劇照** 晉劇《空城計》◎
選自《山西晉劇院建院（團）五十周年》

◎劇照 晋劇《黃鶴樓》◎
選自《山西晋劇院建院(團)五十周年》

總　　序

　　魏、蜀、吳三國形成經鼎立至滅亡,即從漢靈帝中平元年(184)黃巾起義起,到吳亡於晉武帝太康元年(280)一統,共九十七年,是我國歷史上一個獨具特色的時代。這一時期,漢室傾頹,天下大亂,群雄争霸,割據稱强,戰争頻仍,生靈塗炭,然而時勢造英雄,湧現出一大批文韜武略功績卓著的英雄人物。他們南征北戰,鬥智鬥勇,演繹出了一場國家從統一到分裂再從分裂到統一的可歌可泣、有聲有色、威武雄壯的活劇。

一

　　記載這一段歷史比較完整的史書,有晉陳壽的《三國志》和南朝宋裴松之的注、南朝宋范曄的《後漢書》、北宋司馬光的《資治通鑑》以及南宋朱熹的《通鑑綱目》。西晉以來,豐富多彩的三國故事在民間流傳。魏晉六朝的筆記小説,如裴啓的《裴子語林》、南朝宋劉義慶的《世説新語》和南朝梁殷芸的《小説》都記載了不少有關以三國人和事爲對象的故事,特别是有關曹操、諸葛亮、劉備等人的故事。到了唐代,三國故事已很流行。唐初道宣的《四分律删繁補闕行事鈔》、唐開元時大覺的《四分律行事鈔批》和晚唐景霄的《四分律行事鈔簡正記》,都記述了忠貞智慧的孔明爲劉備重用和"死諸葛怖生仲達"的傳説故事。到了宋代,三國故事流傳更廣,而且出現了專門説三國故事的藝人。宋蘇軾的《東坡志林》、孟元老的《東京夢華録》都記有專門"説三分"的,但脚本没有流傳下來。今天只能看到宋人話本中提到的三國人物和事件。

　　中國戲曲從萌芽到成熟的各個時期,三國歷史故事都是重要的題材來源,作品數量衆多,影響巨大,搬上舞臺也較早。據舊題顏師古《大業拾遺記·水師圖經》記載,隋煬帝時,就已用木偶戲的形式扮演三國故事。唐人李商隱《驕兒詩》"或謔張飛胡,或笑鄧艾吃"的詩句,説明當時已使用某種藝術形式表演了三國故事,爲兒童所模仿。宋人高承《事物紀原》與張耒《明道雜志》都記載有傀儡戲、影戲表演情節連貫、人物形象鮮明的三國故事戲。隨着宋雜劇的出現，由藝人扮演三國人物的三國故事登上了戲曲舞臺。今見最早著錄三國劇目的是陶宗儀《南村輟耕錄》，記載金院本三國戲劇目有 5 種：《赤壁鏖兵》《刺董卓》《襄陽會》《大劉備》《罵呂布》；宋元南戲三國戲劇目中有 10 種：《貂蟬女》《甄皇后》《銅雀妓》《周小郎月夜戲小喬》《關大王古城會》《劉先主跳檀溪》《何郎敷粉》《瀘江祭》《劉備》《斬蔡陽》。然而這些作品的劇本都没有流傳下來，今僅存宋元南戲 3 種劇本的幾支殘曲。儘管如此，從中也可以看出金、南宋時代的戲曲藝人，根據史書記載和民間傳說，已把三國故事搬上了戲曲舞臺。

　　元代，雜劇已經成熟，出現繁盛景象。元代戲曲作家特別是戲曲大家關漢卿、王實甫、高文秀、鄭光祖等對三國故事題材十分青睞，他們在宋、金三國戲文和院本的基礎上，以三國史籍和廣爲流傳的三國故事以及稍後的《三國志平話》爲題材，以自己的歷史觀、社會觀、戲曲觀、審美觀創作了大量的三國戲，曲折地反映了元代現實生活，具有鮮明的時代精神。據元鍾嗣成《錄鬼簿》、明賈仲明《錄鬼簿續編》、明朱權《太和正音譜》、清黄丕烈《也是園藏書古今雜劇目錄》和近人傅惜華《元人雜劇全目》、邵曾祺《元明北雜劇總目考略》、莊一拂《古典戲曲存目彙考》、陳翔華《三國故事戲考略》等記載，元代（含元明之間）三國雜劇有 62 種，現存劇本有 21 種：關漢卿的《關大王單刀會》《關張雙赴西蜀夢》、高文秀的《劉玄德獨赴襄陽會》、鄭光祖的《虎牢關三戰吕布》《醉思鄉王粲登樓》、朱凱的《劉玄德醉走黄鶴樓》、無名氏的《錦雲堂暗定連環計》《諸葛亮博望燒屯》《關雲長千里獨行》《兩軍師隔江鬥智》《劉關張桃園三結義》《關雲長單刀劈四寇》《張翼德大破杏林莊》《張翼德單戰吕布》《張翼德三出小沛》《莽張飛大鬧石榴園》《走鳳雛龐統掠四郡》《曹操夜走陳倉路》《陽平關五馬破曹》《壽亭侯怒斬關平》《周公瑾得志娶小喬》。又存劇本殘曲 7 種：高文秀的《周瑜謁魯肅》、王仲文的《諸葛亮軍屯五丈原》、武漢臣的《虎牢關三戰吕布》、花李郎的《相府院曹公勘吉平》、無名氏的《千里獨行》《斬蔡陽》《諸葛亮挂印氣張飛》。今存劇目 34 種。在這 62 種今存劇目中，三國時期的重要歷史事件和重要人物劉備、關羽、張飛、趙雲、諸葛亮、孫權、周瑜、魯肅、曹操、袁紹、董卓、吕布、馬超、蔡琰、貂蟬、王粲、司馬懿、司馬昭等都被寫進了劇本，登上了戲曲舞臺。從這些劇目敷演的故事來看，元代的戲劇作家已把最精彩的三國故事搬上了戲曲舞臺，而且以蜀漢爲正統、尊劉貶曹抑孫、崇尚仁義忠孝智勇的思想傾向已很突出，故事情節已相當連貫和完整，人物形象亦相當鮮明，特別是一些主要人物性格特徵、造型已定格，成了範式，如劉備、關羽、張飛、諸葛亮、曹操、周瑜等。

明代三國戲，在繼承元雜劇、宋元南戲的三國戲的基礎上又有了新的發展，尤其是生活於元明之際羅貫中《三國志通俗演義》在明代中期刊刻問世後，不僅給廣大讀者提供了喜愛的讀物，而且爲戲曲作家提供了創作三國戲的素材。據《古典戲曲存目彙考》、陳翔華《明清三國故事戲考略》記載，明代雜劇寫三國故事的有 18 種，今存劇本有 5 種：朱有燉《關雲長義勇辭金》、汪道昆《陳思王洛水生悲》、陳與郊《文姬入塞》、徐渭《狂鼓吏漁陽三弄》、無名氏《慶冬至共享太平宴》；今存殘折 1 種：丘汝成《諸葛平蜀》；今存劇目 12 種：張國籌《茅廬》、諸葛昧水《女豪傑》、凌濛初《禰正平》、蔣安然《胡笳十八拍》、凌星卿《關岳交代》、鄧雲霄《竹林小紀》、無名氏《銅雀春深》《黃鶴樓》《碧蓮會》《竹林勝集》《斬貂蟬》《氣伏張飛》。明傳奇寫三國故事的 32 種，今存劇本 7 種：王濟《連環記》、鄒玉卿《青虹嘯》、無名氏《古城記》《草廬記》《七勝記》《東吳記》《三國志大全》；今存殘曲 14 種：無名氏《桃園記》（七齣）、《草廬記》、沈璟《十孝記》中的《徐庶見母》（一齣）、《古城記》、《連環記》、無名氏《青梅記》（一齣）、《赤壁記》、《單刀記》（一齣）、《三國記》、《四郡記》、《關雲長訓子》、《魯肅請計喬公》、《五關記》（一齣）、《興劉記》（一齣）；今存劇目 14 種：馬佶人《借東風》、金成初《荊州記》、長嘯山人《試劍記》、許自昌《報主記》、王異《保主記》、穆成章《雙星記》、黃粹吾《胡笳記》、彭南溟《玉珮記》、汪宗臣《續緣記》、劉藍生《雙忠孝》、孟稱舜《二橋記》、無名氏《猇亭記》《射鹿記》《試劍記》。

從現存的三國戲劇本內容和劇目可以看出，明代的三國戲又有了新的發展，不僅內容豐富，而且表現形式也有突破，出現了敷演複雜故事的多達幾十齣的傳奇，其故事情節更加曲折動人，結構更加緊湊出奇，人物形象更加生動鮮明，曲文典雅富有文采，念白通俗易懂。

二

到了清代，三國戲呈現出相當繁榮的局面，編演三國戲的不僅有雜劇、傳奇，還有花部各種地方劇種，眾多的劇目，幾乎把《三國演義》的主要人物和精彩情節都改編爲戲劇，搬上了舞臺。清代的三國戲，思想內容更加豐富，人物形象更加鮮明，藝術樣式更加多樣，觀眾更多。據《曲海總目提要》

《清代雜劇總目》《古典戲曲存目彙考》記載,清代雜劇三國戲有 22 種,其中存本 15 種:南山逸史的《中郎女》、來集之的《阮步兵鄰廝啼紅》、鄭瑜的《鸚鵡洲》、尤侗的《弔琵琶》、徐石麟的《大轉輪》、嵇永仁的《憤司馬夢裏罵閻羅》、邊汝元的《鞭督郵》、唐英的《笳騷》、楊潮觀的《諸葛亮夜祭瀘江》《窮阮籍醉罵財神》、周樂清的《定中原》(《丞相亮祚綿東漢》)、《真情種遠覓返魂香》(《波弋香》)、黃燮清的《凌波影》、無名氏的《祭瀘江》《耒陽判事》;存目 7 種:萬樹的《罵東風》、許多嵓的《梅花三弄》、張維敬的《三分案》、張瘦桐的《中郎女》、無名氏的《反西涼》《文姬歸漢》《黃鶴樓》。清傳奇三國戲有 25 種,其中今存劇本有 13 種:范希哲的《補天記》、曹寅的《續琵琶》、夏綸的《南陽樂》、維安居士的《三國志》、無名氏的《錦繡圖》、《平蠻圖》(中國國家圖書館藏清鈔本)、《西川圖》、《賢星聚》、《雙和合》、《世外歡》、《平蠻圖》(綏中吳氏藏鈔本)、《樊榭記》、周祥鈺的《鼎峙春秋》;今存劇目有 12 種:劉晉充《小桃園》、李玉《銅雀臺》、劉百章《七步吟》、容美田《古城記》、雲槎外史《桃園記》、鳳凰臺上吹簫人《斬五將》、顧彩《後琵琶記》、石子斐《龍鳳衫》、無名氏《八陣圖》《青鋼嘯》《三虎賺》《古城記》。

有一些劇作家,不滿於現實,不滿於《三國演義》三分一統於晉的結局,他們為洩胸中之氣,翻歷史事實及小說所寫的結局,創作了一些補恨翻案戲。如周樂清的雜劇《丞相亮祚綿東漢》,范希哲的傳奇《補天記》,夏綸的傳奇《南陽樂》,漢為正統的思想與擁劉貶曹抑孫傾向明顯加強。《丞相亮祚綿東漢》讓諸葛亮滅魏、吳統一天下,《補天記》讓曹操下阿鼻地獄受苦,《南陽樂》讓諸葛亮殺司馬師、擒司馬懿、下許昌囚曹丕、戮曹操屍、收東吳、囚孫權,劉禪禪位給北地王劉諶、諸葛亮功成辭歸南陽。

還有一些劇本,取三國時人名,杜撰故事,反映社會生活,抒發胸中塊壘,曲折地反映針砭時弊的情懷。如嵇永仁的雜劇《憤司馬夢裏罵閻羅》與楊潮觀的雜劇《窮阮籍醉罵財神》。

縱觀清代雜劇、傳奇三國戲,繼承了元明雜劇、傳奇三國戲傳統,但又有自己的特點。這些劇本大多是清初至道光間文人創作的作品,雜劇多側重抒情,表達劇作家的思想理念;傳奇則長於敘述故事,特別是情節複雜、人物眾多、跨度時間長的內容,寫成多本百餘齣甚至二百四十齣劇本。然而,清代的雜劇、傳奇僅知《鼎峙春秋》在宮廷全部連演過兩次,宮廷與民間則選演過其中的一些單齣戲,《南陽樂》及少數劇目演出過,大多未見演出的記載,實際成為案頭戲曲文學。

上述元明清雜劇、傳奇三國戲的收錄情況，囊括了今知的全部劇本，是戲曲文學的珍貴文獻資料。

三

清初，我國戲曲除以昆腔、京腔演唱傳奇之外，又出現了許多新興的聲腔劇種，據乾隆六十年（1795），李斗《揚州畫舫錄》載："兩淮鹽務，例蓄花雅兩部，以備大戲。雅部即昆山腔；花部爲京腔、秦腔、弋陽腔、梆子腔、羅羅腔、二簧調，統謂之亂彈。"花、雅兩部，後來演變爲對一類劇種的總稱，雅部專指昆曲，花部成爲新興的地方戲。花、雅經歷了長期的競爭，儘管宫廷官府崇尚保護昆曲，但難阻慷慨激昂、通俗易懂的花部贏得廣大民衆的喜愛，蓬勃興盛，昆曲則逐漸衰落。而傳統三國戲，亦爲花部諸腔青睞，尤其是花部諸腔以老生爲主，因而改編、創作了許多以老生、武生爲主的三國戲，使花部三國戲更爲豐富興盛。花部三國戲劇目衆多，且都是經過舞臺實踐、邊演邊改的演出本。據金登才《清代花部戲研究》"花部劇作"考查，乾隆年間三國戲有 5 種：《斬貂》《博望坡》《漢陽院》《龍鳳呈祥》《截江救主》；嘉慶年間三國戲有 21 種：《桃園結義》《四（汜）水關》《賜環》《戰宛城》《白門樓》《白逼宫》《斬顏良》《關公挑袍》《過五關》《薦諸葛》《三顧茅廬》《長坂坡》《三氣周瑜》《黄鶴樓》《單刀會》《祭江》《斬馬謖》《葫蘆峪》《五丈原》《鐵籠山》《哭祖廟》；道光年間三國戲有 59 種：《温明園》《捉放曹》《虎牢關》《磐河戰》《借趙雲》《戰濮陽》《轅門射戟》《奪小沛》《鳳凰臺》《許田射獵》《聞雷失箸》《擊鼓駡曹》《卧牛山》《馬跳檀溪》《金鎖陣》《漢津口》《祭風臺》《舌戰群儒》《臨江會》《群英會》《借箭打蓋》《祭東風》《赤壁記》《華容道》《取南郡》《取桂陽》《取長沙》《戰合肥》《討荆州》《柴桑口》《斬馬騰》《反西涼》《戰渭南》《西川圖》《取雒城》《冀州城》《戰歷城》《葭萌關》《獻成都》《百壽圖》《瓦口關》《定軍山》《陽平關》《收龐德》《玉泉山》《戰山》《受禪臺》《興漢圖》《造白袍》《伐東吴》《白帝城》《英雄志》《渡瀘江》《鳳鳴關》《天水關》《駡王朗》《失街亭》《隴上麥》《葫蘆峪》，三朝共有三國戲 85 種，其中有一種《葫蘆峪》相重。這些劇本大多收錄在《故宫珍本叢刊》《昇平署檔案集成》《車王府藏曲本》與《楚曲十種》中。我們從中得到 88 種，另有 5 種劇目内容相重未收，而《花部戲曲研究》考查的劇目，尚有 24 種，而未找到劇本。從搜集到的花部三國戲劇本看，劇本都是鈔本或轉録本，大多無標點，文字差錯較多。劇本有長有短，長者有十本九十六齣,短者一齣。其思想傾向,仍然繼承了以前雜劇傳奇的宗漢尊劉、貶曹抑孫,頌忠義仁孝智勇,斥奸佞專橫殘暴不仁不義;在藝術上突出的是"音樂慷慨動人,文詞直樸易懂",舞臺動作性強,人物性格鮮明。

　　清乾隆五十五年(1790),四大徽班中的三慶班首先進京,爲慶祝乾隆八十大壽演出之後,留京演出,徽班的四善班、和春班、春臺班亦相繼進京演出。徽班以唱二簧、昆腔爲主。19世紀初的嘉、道年間,湖北漢調藝人進京加入徽班,漢調以唱西皮爲主,於是出現了徽、漢合流。徽班爲了與昆曲、秦腔、京腔爭勝,在繼承徽、漢二調基礎上,廣泛吸取其他聲腔劇種之長,於道光二十年(1840)前後,逐步形成了藝術風格和表演方式相當完整的皮黄戲,即後來的京劇。同、光年間,京劇已經趨於成熟,呈現出繁榮局面。三慶班主程長庚請盧勝奎執筆,據《三國演義》和其他三國戲,編寫了連臺戲三十六本的京戲《三國志》,從劉備投荆襄起到取南郡止。遺憾的是劇本未能全部保留下來,留藏在藝人之手的尚有十九本。這些劇本,經多年舞臺實踐,邊演邊改,如今已成京劇經典作品。除此之外,四大徽班還各有自己名伶擅演的代表性三國劇目,收錄在《梨園集成》《醉白集》《繪圖京都三慶班真正京調全集》中。清末京劇改良先驅汪笑儂還改編創作了四部刺世貶時富有時代精神的三國戲:《獻西川》《受禪臺》《駡王朗》《哭祖廟》。

　　我們從上述京劇集中選錄京劇三國戲47種,這些劇本有一個非常突出的特點,是伶人編寫、演出的文本,代表了京劇形成繁榮時期的文學藝術水平,起着承前啓後的作用,既將傳統三國戲整飾加工,使其更加精彩,又針對現實創作了一些針砭時弊、唤醒民衆發奮、救亡強國的戲曲劇本。這些劇本不僅爲現代京劇和各種地方戲提供了文學劇本和創作經驗,而且有許多劇至今仍活躍在舞臺上。

　　昆曲到晚清,已呈衰落之勢,三國戲雖未出現有影響的新創劇作,但藝人們從元雜劇關漢卿的《關大王單刀會》和明傳奇王濟的《連環記》、無名氏的《古城記》等傳統劇目中,選擇一些精彩片段改編爲單齣戲,常演出於宮廷與民間戲曲舞臺。流傳下來的劇本,均係手鈔本,收錄在《故宮珍本叢刊》《昇平署檔案集成》《車王府藏曲本》等戲曲文獻中。我們從中收錄三國戲30種。雖然多是單齣折子戲,但匡扶漢室、擁劉貶曹的思想傾向突出,故事情節生動精彩,人物形象性格鮮明,言語文雅,唱腔動聽,不僅是流傳下來的藝術精品、珍貴的戲曲文獻,而且有些戲如《單刀會》《貂蟬拜月》《梳妝擲戟》《灞橋餞別》《古城相會》《徐母擊曹》等仍演出於當今舞臺。

四

　　從 1919 年五四運動起，到 1949 年中華人民共和國成立，這一時期，文學界多稱爲現代。這一時期的二三十年代，京劇名家輩出，流派紛呈，是京劇的鼎盛時期。就是在八年抗日戰爭期間，有些京劇名家爲抗日明志罷演，但京劇仍然活躍在國統區、淪陷區、敵後抗日根據地的解放區。抗日戰爭勝利之後，京劇舞臺又活躍起來。因此可以説，這一時期，京劇興盛繁榮，流布於大江南北、長城内外，被譽爲"國劇"。在舊中國日漸淪於半封建、半殖民地的境況下，長於急管繁弦、慷慨激越的京劇，在民生凋敝、國勢艱危、日寇入侵之際，承擔起"歌民病""唤民醒"的重任，湧現出許多借古諷今、切中時弊的優秀劇目，生動、深切地折射出國家政局的演變與廣大民衆的心聲。而三國故事尤爲京劇作家和藝人青睞，他們在繼承前代三國戲的基礎上，改編、移植、創作了許多三國戲。據陶君起《京劇劇目初探》著録三國戲劇目有 154 種，曾白融《京劇劇目辭典》著録三國戲劇目 511 種（其中有一些是一劇多名）。流傳下來的三國戲劇本極其豐富。從這一時期前後出版的劇本集來看，1915 年的《戲考》，收録三國戲劇本 77 種；1933 年的《戲學指南》，收録三國戲劇本 23 種；1948 年的《戲典》，收録三國戲劇本 18 種；1955 年的《京劇叢刊》，收録三國戲劇本 20 種；1957 年的《京劇彙編》，收録三國戲 109 種；1957 年的上海市《傳統劇目彙編》京劇集，收録三國戲劇本 42 種；1962 年的《關羽戲集·李洪春演出本》，收録關羽戲 27 種。此外，尚有民國年間出版的《京調大觀》《戲曲大全》《舊劇集成》等京劇劇本集，也收録一些三國戲劇本。有些劇本集，雖然是中華人民共和國成立以後出版的，但收録的却是民國年間的藝人演出本。現從衆多刊印的京劇劇本集中遴選出 146 種。這些劇本中有許多是清代名伶編演，傳給弟子、家人或戲班，爲現代京劇名家演出所用而收藏。並且京劇名家在演出過程中，根據本人及時代情况，又進行加工修飾，使情節更加合理，結構更加緊凑，人物性格更加鮮明，語言更加曉暢易懂，且不失文采。

　　這一時期劇本創作出現了一種可喜的新情况，劇作家與藝人合作編劇，而且是一位劇作家專爲某位名伶或幾位名伶編劇。他們量體裁衣，針對某個藝術家的特點，創作出適合該藝術家演出的劇本，這不僅提高了劇本的文學性，也增强了劇本的動作性。比如劇作家齊如山，專爲梅蘭芳寫戲，爲梅蘭芳改編、創作了 30 多個劇目,其中有三國戲《洛神》。作者依據《洛神賦》和明雜劇《陳思王洛水生悲》、清雜劇《凌波影》進行改編,塑造了超凡脫俗、冷艷情深的宓妃,鑄造了宓妃與曹植"若有情""似無情""欲笑還顰,最斷人腸"的境界。又如劇作家金仲蓀專為程硯秋寫戲,針對程硯秋的特點量體裁衣,特別注重立意,反映現實。1931 年,金仲蓀針對蔣、馮、閻、桂軍閥開戰給民衆造成的災難,創作了《春閨夢》,描寫漢末公孫瓚與劉虞爲爭疆土開戰,強徵兵丁,迫使新婚的王恢從軍戰死。其妻張氏獨守空房,思念丈夫,憂思成夢。夢見丈夫回來,夫妻重溫舊情;又夢見戰場刀光劍影、尸橫遍野,丈夫戰死沙場。劇作家借此情揭露痛訴軍閥戰爭的殘酷與罪惡,深切同情遭受苦難的民衆。1933 年,金仲蓀針對"九一八"事變之後,國民政府實行不抵抗政策,東北三省很快淪入敵手的情況,根據地方戲《江油關》改編爲京劇《亡蜀鑒》,批判了蜀漢江油守將馬邈在強敵壓境之際,不思抵抗、投敵叛國的罪行;歌頌了馬妻李氏深明大義,苦苦勸夫抵抗,後得知丈夫出城投降、江油失守,悲傷欲絕、自盡而亡的民族氣節和愛國情懷,表達了對日本侵略者必須抵抗的決心,喚起民衆反對投降、寧死不做亡國奴的愛國思想,反映了當時民衆的心聲。

　　山西地方戲歷史悠久,源遠流長,從漢代到宋代,經過一千多年的孕育演變,戲曲日趨成形。北宋時晉南、晉東南的一些鄉村已出現了大戲臺專供演員演戲。元代雜劇盛行,山西的平陽(今臨汾)與大都(今北京)是並列的雜劇藝術中心,平陽的雜劇演出盛況無與倫比。

　　山西地方戲劇種,有 50 多種,居全國省市之首。然最著名的有四大梆子:蒲劇、中路梆子(晉劇)、北路梆子、上黨梆子。山西地方戲劇目甚多,傳本亦豐,三國戲亦然。據《山西地方戲彙編》收錄三國戲 147 種。另有一些劇本收藏在某劇團或藝人手中。今從《彙編》和劇團、藝人所藏中遴選三國戲 64 種,其中有晉劇、蒲劇、北路梆子、上黨梆子、郿鄠、鐃鼓雜戲等。這些劇本的寫作年代不知,大多是清代、民國流傳下來的傳統三國戲,也有新改新編和創作的三國戲,其思想傾向爲尊劉貶曹、張揚忠義,貶斥奸佞不道之行。而部分新改新編的劇本如晉劇《關公與貂蟬》《貂蟬軼事》,描寫細膩,注重心理刻畫,與傳統三國戲以叙述故事情節爲主、粗綫條表現人物有所不同。

　　中華人民共和國成立之後,我國戲曲文學在"百花齊放,推陳出新"方針和"發展現代戲,改編傳統戲,創作歷史劇"三並舉政策的指導下,前十七年出現了繁榮的喜人局面,可以說是我國戲曲發展的黄金時期。"文革"期間,我國戲曲遭受嚴重摧殘,新創作的現代戲、已經改編出新的傳統戲和新編歷史劇統統成爲"封、資、修"的東西,遭到批判和禁演。各地京劇和地方戲改編、新創的劇本極少,除八個樣板戲之外,幾乎無戲可演。粉碎"四人幫"之後,特别改革開放以來,我國戲曲又迎來陽光明媚的春天,戲曲文學呈現出百花争艷的繁榮景象。這期間儘管受到影視藝術、通俗歌曲的影响,戲曲文學仍然改編創作出一批反映生活貼近時代的優秀劇目。

三國戲隨着時代的變化,戲曲的發展,也出現了令人欣喜的繁榮景象,改編整理許多傳統三國戲,新創作一批富有時代精神的三國戲。我們從1949年中華人民共和國成立到2014年六十五年間出版的戲曲文學書刊中,遴選出18個劇種改編或創作的39部三國戲。其中改編的19部、新創的20部。無論是改編傳統三國戲,還是新創三國戲,劇作家都以現代觀念、審美理想,觀照歷史,既尊重歷史事實,又虛構歷史細節和人物,力求在思想内容、人物形象方面出新、創新,使其貼近生活,貼近時代,寓教於樂,以古鑒今,給人以新的認識和啓迪。當代這39部戲,突破了以往以蜀漢爲主的題材,改變了尊劉貶曹抑孫的思想傾向,給曹操、周瑜以公正的評價,擦掉了曹操臉上的白粉,去掉了周瑜心胸狹窄、妒賢嫉能的性格缺陷,並且塑造了許多新的女性形象。

五

綜上所述,我們從歷代三國戲中,彙集587種,其中完整劇本471種,殘曲、存目116種,編爲《三國戲曲集成》,内分八卷:《元代卷》、《明代傳奇卷》、《清代雜劇傳奇卷》(上下卷)、《清代花部卷》、《晚清昆曲京劇卷》、《現代京劇卷》(上中下卷)、《山西地方戲卷》、《當代卷》(上下卷)。縱觀《三國戲曲集成》,亮點有三:

第一,開荒創新,填補空白。我國古代長篇小説有四大名著:《三國演義》《水滸傳》《西遊記》《紅樓夢》,編演、留存戲曲劇本最多的是三國戲。然而,《水滸戲曲集》《西遊記戲曲集》《紅樓夢戲曲集》都已先後出版,唯獨《三國戲曲集》没有問世。也許因爲歷代三國戲多,版本複雜,存本分散,搜集整理難度大,工程浩繁,因而學界無人問津。如今,《三國戲曲集成》的整理出版,作爲一項拓荒創新性的工作,填補了這一領域的空白。

第二，劇本衆多，彙集完備。元代以降的三國戲曲存本、存目衆多。存目分別著錄在許多古籍、書目著作中，有的未見著錄。存本分藏全國各地，版本十分複雜，有刻本、覆刻本、鈔本、轉鈔本，其中有許多是罕見的善本、孤本。有的孤本長期深藏某地書庫，幾乎沒人見過。我們從北京、上海、南京、杭州、鄭州、太原等地的圖書館、博物館，查遍記述戲曲劇目及學界研究論著，搜集劇本的各種版本。因而，該集元明清雜劇、傳奇搜集齊全，清花部、京戲、現當代戲曲甚多難以盡錄，即便如此，也是當今彙集三國戲最多、最全、最爲完備的一部文獻價值極高之書。

第三，版本較好，校勘精細。今存劇本，元雜劇有所整理，但其版本較多，校勘甚難。明清三國戲劇本刊本少，鈔本多，僅有個別劇本經過整理，絶大部分未經整理，因而，曲白異文多，錯別字多，簡寫字不規範，文字有脱落、字迹漫漶不清、錯簡缺頁，多未斷句標點。因而，我們選用較好的版本作底本，精細審慎，務求存真地進行校勘，凡屬異文、誤字、漫漶、空缺、墨丁、脱漏、衍文、倒錯、妄增、誤刪等處，皆分別校正，記入校記。凡不明者，注明待考。該集可謂是一部版本較好、校勘精細、存真少誤、可讀可用的戲曲集，而且又具極高的學術價值。

我國人民群衆了解三國歷史、三國人物，並非是因爲讀過陳壽《三國志》和羅貫中《三國演義》，大多是從看三國戲而獲知的。因而，我們校勘整理《三國戲曲集成》，是一件功在當代、澤被後世的工作，將爲繼承傳統優秀文化遺産、爲廣大專家學者提供寶貴的研究文獻資料，爲全國衆多的戲曲劇團和戲曲作家提供資料創作、改編、移植、演出的劇本，爲廣大戲曲愛好者及廣大群衆提供一個完備的三國戲曲讀本，爲衆多文藝形式提供創作素材，爲繼承弘揚優秀傳統戲曲文化，促進當代戲曲振興，推動文化大發展大繁榮都有重要意義。

鑒於我們的學識水平、時間精力所限，收録劇本或有遺珠，校勘有不妥之處，懇請學界專家學者和廣大讀者批評指正。

凡　　例

一、本書所收劇本敷演三國故事的時間自東漢靈帝中平元年(184)黃巾起義起，至晉武帝太康元年(280)吳亡三國統一于晉止。凡敷演這段歷史故事的戲，統稱三國戲。本書廣泛搜集三國戲曲資料，訂其訛誤，補其缺佚，爲廣大讀者和研究者整理出一部完整的《三國戲曲集成》。

二、本書校勘，以保留原本面貌爲主要原則，訂正文字時，既校異同，又校是非。即從諸本中選用善本作爲底本，以其他版本作爲參校本，對於確屬訛誤衍脱需要校訂改正者，均出校記。若原本有塗改之處，且不知何人所校，未睹真迹，不辨朱墨，又須採其説入校者，均稱"原校"。殘本處理情況同上。劇本若僅存孤本，無他本參校，則用本校法、理校法進行校勘。

三、校勘過程中出現的訛、脱、衍、倒等情況，採取統一格式處理。凡認爲某字爲訛字，則于正文中直接訂正；凡認爲某字脱去，則在正文中增加此字；凡認爲某字爲衍字，則删去；凡出現文字前後倒置的現象，則直接在對應處乙正，上述情況均出校記加以説明；凡是不辨正誤者，則一律注明待考。

四、劇本作者，依前人考定，一一補題。原本劇本多用簡稱，今均依題目正名改用全稱。原本未標楔子、折數、唱詞宫調曲牌名者，一仍其舊，一般不出校記。有些劇本過長，未分折、齣，今依劇情分折、分齣，出校説明。唱、白、科介或曲牌等提示，置於括弧之内。

五、區別對待異體字、通假字和通用字。全書中異體字加以統一。通假字不校不改。反映元明時期特殊用字習慣的通用字，如"們"作"每"，"杖"作"仗"，"賠"作"倍"或"陪"，"跟"作"根"，等等，一般不作改動；若爲避免發生歧義而有所改動，則一律出校記説明。

六、關於劇中角色的唱詞、賓白和科介的次序，一般按照"××唱""曲牌名""唱詞"（或"唱詞＋賓白"）的格式處理。若賓白或科介未標明所屬角色者，則需補充清楚並出校記；若遇"××唱"置於"曲牌名"之後，則在校記中注明"依例前移"。

七、本書採用通行的新式標點符號,版式爲繁體橫排,曲、白分開排。曲牌用黑月牙【　】;唱詞用五號宋體,賓白用五號仿宋體;襯字一般不特別標出,與唱詞字體同,若原本已標出,則用五號仿宋體;上下場詩同唱詞,用五號宋體;唱、念、白、科介等說明性文字用五號仿宋,置於圓括弧之内。

八、曲文斷句,均以曲譜定格,間遇文義斷裂之處,酌情改從文讀。雜劇、傳奇、花部、昆曲唱詞與賓白自然分段;同一支曲,唱中有夾白不分段,換曲牌則另起一段。京劇、現代戲唱詞與賓白,則按《後六十種曲》中京劇《曹操與楊修》體例分段分行。

九、劇本按元、明、清、現、當代分卷,若一卷劇本多,則分上、下册。每卷先雜劇,後戲文、傳奇;先完本、殘本,後存目。元、明、清雜劇傳奇諸卷每卷均以作者年代先後爲序。清代花部、晚清昆曲京劇、現當代京劇及地方戲諸卷,以三國故事發生的時間先後排列。有的劇本時間跨度較長,或故事發生時間難以考定,則酌情處理。

十、每劇解題,略述劇種、作者姓名及其簡介、劇目著録情况、劇本内容、本事來源、版本情况、以何種版本作底本、參校何種版本、歷年校點情况等,力求簡明扼要。戲曲存目,則須寫明作者、年代、著録、劇情、本事、版本情况等。清代部分某些劇目聲腔不詳者,一律按花部處理。

十一、每劇均按劇名、作者、解題、正文爲序排列。作者不知姓名者,清代之前署"無名氏",現、當代署"佚名"。

十二、歷代三國人物故事畫、劇本書影,置於每卷正文之前,作爲扉畫,不作插圖,標明出處。

2015 年 7 月 31 日　校理者識

《山西地方戲卷》前言

王增斌

一、源遠流長的山西地方戲

山西的戲曲歷史悠久,早在春秋、戰國時期,晉國就出現了樂師及唱班、雜耍。漢代百戲流行,曾風靡於山西省晉南部,成爲山西戲曲藝術的胚胎。

從漢代到宋代,經過一千多年的孕育演變,戲曲日趨成形。北宋時晉南、晉東南的一些鄉村已出現了專供演員演戲的大戲臺,戲曲表演已達到一定規模。

元代雜劇盛行,山西是與大都并列的雜劇藝術的中心,平陽府之雜劇演出盛況無以倫比。關、白、鄭、馬四大雜劇名家,有三人籍貫屬於山西,足以説明山西戲曲藝術的發展高度。

元雜劇衰落後,隨着昆山腔、弋陽腔、青陽腔等聲腔劇種在山西省的流傳,以梆子、亂彈爲主體的地方戲曲蓬勃發展。據大多數學者研究,梆子腔最早發源於山西、陝西間之"同州梆子",再而形成蒲劇、秦腔。明代嘉靖年間山西吉縣重修樂樓的碑記中,曾記曰:"正月吉日,蒲州義和班在此獻演。"應該是蒲劇較早見於文獻的記載。清康熙四十六年(1707)冬,著名戲劇家孔尚任受平陽府知府之邀纂修《平陽府志》,新春元宵節,他在平陽當地觀賞秧歌、竹馬、昆曲、亂彈等民間文藝活動,寫下著名的《亂彈詞》:"亂彈曾博翠華看,不到歌筵信亦難。最愛葵娃行小步,氍毹一片是邯鄲。"山西戲曲演出之盛略見一斑。

山西戲曲劇種之多,居全國首位。據20世紀80年代普查,全省有大小劇種五十多種。

山西保留了許多古老的劇種。如晉北的"賽戲"(又名賽賽),晉南的"鑼鼓雜戲",晉東南的"對子戲"。以上各戲没有唱腔曲調,保留了"竹竿子"表演形態,尚屬"吟誦體"戲劇,性質上屬古代的村社故事類百戲表演。

山西更有一些反映當地原始風情的劇目,如晉北賽戲劇目《斬旱魃》,常在天旱祈雨敬神時演出。裝扮旱魃的演員光膀子，頭戴羊肚子毛巾，從臺上演至臺下，可以在食品攤上隨便抓東西吃。攤販們不以爲嫌，認爲這有益於經營"利市"。演員從臺下回到臺上繼續演出，寓意斬了旱魃之後，風調雨順的日子即將到來，曲折反映塞上農民戰勝旱災的願望。晉南地區鑼鼓雜戲有神話劇目《關公戰蚩尤》，説蚩尤當年被黄帝殺死，變成了刺牛怪，每遇天旱，下到民間作亂，製造旱情，本地出生的天神關羽，爲他們戰勝蚩尤，解除了災難，寄托了晉南人民戰勝乾旱的理想願望。

山西的地方戲以"道情"名者很多，如"晉北道情"（包括神池、右玉等縣道情）、"晉西道情"、"洪趙道情"和説唱形式的"陽城道情"、"永濟道情"、"太原道情"、"大同道情"等。

"耍孩兒"（也叫"咳咳腔"）流行於山西北部，其歷史遠古於南崑北弋、東柳西梆，有自己獨特的唱腔、劇目，由笛、笙、管、弦等配合，優美動聽、悦耳感人，曲調古樸、婉約、豪放、細膩，充滿鄉土氣息，深深扎根在老百姓心中。優秀傳統劇目有《千里送京娘》、《獅子洞》、《劉家莊》、《繡鞋記》等。

廣泛流布於山西各地的秧歌戲，至少有十六種。從音樂唱腔分類，有民歌體，如"祁太秧歌"、"沁源秧歌"；有初期板腔體，如"壺關秧歌"、"襄垣秧歌"、"武鄉秧歌"；有的加入絲弦伴奏，如"繁峙秧歌"等；有的仍爲徒歌乾板演唱，如汾陽、孝義乾板秧歌等；有的長期保持了民歌小戲特點，如"澤州秧歌"等；有的移植了梆子戲劇目，成爲板腔體、民歌體混用的風攬雪戲曲，如"朔縣大秧歌"等。雖然流布範圍較小，却花樣繁多，深受當地羣衆喜愛。

山西地方戲，最著名即所謂的"四大梆子"：蒲劇、晉劇、北路梆子和上黨梆子。

蒲劇（蒲州梆子）因起源於晉南蒲州（故州城在今永濟縣）而得名。它源於元明之際流行於山西、陝西間的同州梆子，形成於明末，盛行於清代。清嘉慶、道光年間，蒲州梆子慢慢形成了南路、西路兩個流派。南路派以芮城爲中心，演唱風格大彎大調，基本不使用假嗓；西路派以蒲州爲中心，演唱風格粗獷火爆，在特技上有一定功夫，唱詞較多，戲文通俗易懂。蒲劇劇目有本戲、折戲等500多種，在表演特技上主要有帽翅功、翎子功、髯口功、梢子功、椅子功、幡子功、蹺功、扇子功等。

蒲劇傳到晉中，與當地的秧歌及説唱藝術相融合，形成了中路梆子。清朝同治以後，中路梆子由於晉商商路的開拓，開始流傳到河北、内蒙古、陝西、甘肅等地，博得當地人喜愛，後以"晉劇"稱名於世。晉劇從咸豐、同治年間開始,唱響不衰,盛事迭出。清道光之前,晉劇曾一度雄踞北京劇壇,成爲山西的代表劇種。

20世紀30年代,是中路梆子發展的鼎盛時期。丁果仙、張寶魁、三兒生等中路梆子各派名伶相繼在全國走紅。

中路梆子向晉北流傳,與當地語言和民間藝術融合,形成了燕趙"慷慨悲歌"邊塞風骨爲基本特色、聲腔激越、風格豪爽的北路梆子戲。20世紀50年代改稱晉劇。

北路梆子的主要劇目現存的有400多種,大部分取材於歷史演義和古典小説,也有一些反映古代市井社會生活的劇目。其劇目民間色彩濃厚,在表現神怪等故事情節時也賦予了普通百姓的思想感情和生活情趣;語言生活化,通俗易懂,易爲百姓接受。

上黨梆子因主要流傳於秦漢時期的上黨郡而得名,其起源説法衆多,一般認爲它形成於澤州(今山西晉城),也有認爲形成於古上黨郡澤、潞二州。它由明清時期外地傳來的羅羅戲、卷戲和地方小戲俗曲,融匯從晉南、晉中流入的梆子戲而成,故雖名爲梆子,實爲昆(昆曲)、梆(梆子)、羅(羅羅腔)、卷(卷戲)、簧(皮簧)5種聲腔的混合。在其形成過程中雖曾受蒲劇的影響,但與山西其他三大梆子有較大區別。

1959年,在晉城青蓮寺中佛殿的屏板上,發現了在道光十一年(1831)十月十五日的演出劇目單,其中《彩仙橋》《對松關》《大賜福》等都是上黨梆子的傳統戲。

二、數量衆夥的三國戲劇本

山西地方戲中的三國戲,粗略統計,至少有150種(據王平先生統計,《山西地方戲曲彙編》一書共收入三國戲147種)。2012年三晉出版社之《山西戲曲劇目總攬》(張明亮主編),共收入三國戲劇本介紹109種——除去其中7種爲建國後新編外,其餘102種都爲明清近代以來流行於山西各地之傳統戲。

山西地方戲中的三國戲涉及的歷史事件,從漢末到西晉統一,基本囊括三國時期全部歷史。表演劇種,除山西之四大梆子外,尚有晉北賽戲、鑼鼓雜戲、晉南木偶、晉中木偶、永濟提綫木偶、眉户、上黨皮黄、上黨隊戲、上黨樂户、晉中弦腔、芮城揚高戲、上黨落子、陽城木偶戲等13種。

山西地方戲中的三國戲，整體考察，可分兩個類型：一是與羅貫中《三國演義》相近、相同的，二是來源於史書評話以及民間傳聞的。

與《三國演義》的情節相聯繫的，數量最多，幾乎占全部三國戲之百分之九十。

《三國演義》第一回有晉北賽戲劇目《桃園結義》（劇本未見，劇情釋文見於《京劇劇目初探》同條目）。

第二回有晉劇、北路梆子《鞭督郵》。

第四回有晉劇、北路梆子《捉放曹》以及蒲劇《穿衣鏡》。

第五回有蒲、晉、上黨梆子、北路梆子、晉北賽戲、上黨隊戲之《虎牢關》《三戰呂布》《斬華雄》《會洛陽》。

第七回有晉、蒲、北路、鑼鼓雜戲之《戰磐河》。

第八回有蒲、晉、北路、上黨以及晉南、晉中和眉户、永濟木偶戲之《鳳儀亭》、《連環計》、《小宴》。

第十回、十一回、十二回有晉劇《救北海》（又名《讓徐州》），北路梆子《戰濮陽》（又名《陳宮計》），上黨皮黃《借趙雲》。

第十四回有上黨梆子《破徐州》。

第十五回有蒲、晉、上黨梆子之《神亭嶺》。

第十六回有晉、蒲、北路梆子、晉北賽戲、晉南木偶戲之《轅門射戟》。

第十七回有晉、蒲、北路梆子、晉北賽戲之《戰宛城》。

第十九回有晉、蒲、北路梆子、上黨梆子《白門樓》（又名《水淹下邳》），以及上黨隊戲《白門斬呂布》。

第二十三回有晉、蒲、北路梆子、上黨皮黃之《擊鼓罵曹》。

第二十至二十四回有晉、蒲、北路梆子、晉中弦索之《白逼宮》（又名《曹操逼宮》）、《血帶詔》、《審吉平》。

第二十五回有蒲劇《困土山》（又名《屯土山》）、《贈赤兔》、《白馬坡》，晉劇、北路梆子《斬顏良》。

第二十六、二十七回有晉、蒲、北路梆子《關公挑袍》，上黨隊戲《關公出許昌》，蒲劇、上黨樂户、上黨隊戲之《過五關》。

第二十八回有晉、蒲、上黨梆子、北路梆子、永濟提綫木偶《古城會》，上黨隊戲《古城聚義》。

第三十一到三十六回有晉、蒲劇《馬跳檀溪》及晉劇《徐母罵曹》，晉、蒲劇、上黨皮黃、永濟提綫木偶之《走馬薦諸葛》。

第三十七回有晉、蒲、上黨梆子、北路梆子、上黨隊戲之《三顧茅廬》《三請諸葛》；另鑼鼓雜戲之《三請孔明》，實含《徐母罵曹》《走馬薦諸葛》《三顧茅廬》《三闖轅門》《火燒博望坡》諸劇內容。

第三十九回有晉、蒲劇、鑼鼓雜戲、晉南木偶、上黨隊戲之《博望坡》（又名《出茅廬》）、《闖轅門》。

第四十回有上黨隊戲《孔明火燒新野縣》。

第四十一回有北路梆子、蒲劇《漢陽院》。

第四十一、四十二回有晉、蒲、上黨梆子、北路梆子、晉北賽戲、鑼鼓雜戲之《長坂坡》，上黨隊戲《趙雲救主》。

第四十二至五十回有晉、蒲、鑼鼓雜戲之《火攻計》，又名《祭風臺》，含《舌戰群儒》、《草船借箭》、《蔣幹盜書》、《苦肉計》（即《打黃蓋》）、《借東風》、《火燒赤壁》、《華容道》（即《擋曹》）；上黨隊戲有《諸葛祭風》、《火燒戰船》、《擋曹》，北路梆子有《借東風》、《蔣幹盜書》，晉北賽戲有《草船借箭》，上黨皮黃有《苦肉計》，上黨樂戶有《赤壁鏖兵》。

第四十五回有上黨皮黃劇《臨江赴宴》。

第五十二回有蒲劇《取桂陽》。

第五十三回有蒲、晉、鑼鼓雜戲、上黨皮黃、芮城揚高戲之《取長沙》。

第五十四、五十五回有晉、蒲、上黨梆子、北路梆子、上黨落子、鑼鼓雜戲、晉中木偶之《甘露寺》（又名《討荊州》、《龍鳳配》），上黨皮黃《江東計》與之同題材；晉、蒲、上黨梆子、北路梆子、上黨落子、陽城木偶戲又有《回荊州》，有時與《龍鳳配》連演，含折子戲《趙雲闖宮》。上黨隊戲有《二氣周瑜》，與上為同題材劇。

第五十六回有晉、蒲、眉戶之《柴桑關》。

第五十七回有晉、蒲劇之《諸葛亮吊孝》。

第五十六至五十八回有鑼鼓雜戲《銅雀臺》。

第五十八回有晉、蒲、北路梆子、鑼鼓雜戲之《反西涼》。

第六十回有晉劇、北路梆子之《張松獻地圖》；蒲劇、鑼鼓雜戲、上黨隊戲有《五虎下西川》。

第六十一回有晉、蒲、上黨梆子、晉中弦腔劇之《截江》（又名《趕龍船》、《截江奪斗》）。

第六十三回有晉、蒲、北路梆子、上黨皮黃之《過巴州》（《取巴州》），鑼鼓雜戲、蒲劇有《落鳳坡》，晉、蒲劇有《坐荊州》。

第六十四回有晋劇、上黨梆子、北路梆子、晋南木偶之《金雁橋》；另晋、蒲劇有《戰冀州》。

第六十五回有晋、蒲、北路梆子、晋中弦索之《戰馬超》(《夜戰馬超》《兩將軍》)；另有晋、蒲、北路梆子、鑼鼓雜戲、晋南木偶、晋中木偶、永濟提綫木偶、上黨皮黄、上黨落子之《取成都》(又名《取西川》)。

第六十六回有眉户、蒲、上黨皮黄、上黨隊戲、晋北賽戲、鑼鼓雜戲之《單刀會》。

第六十九回管輅爲顏超增壽事有晋、蒲、北路梆子之《百壽圖》(又名《趙顏求壽》)。

第七十回有鑼鼓雜戲、晋南木偶劇之《瓦口關》(張飛敗張郃)。

第七十一回有晋、蒲、北路梆子之《定軍山》，另上黨皮黄劇有《陽平關》。鑼鼓雜戲劇目有《取東川》，實含《瓦口關》《定軍山》《左慈戲曹》《陽平關》諸劇；其中《左慈戲曹》事見《三國演義》第六十八回。

第七十三、七十四回有晋、蒲、上黨皮黄、鑼鼓雜戲《水淹七軍》。

第七十五至七十七回有蒲劇、上黨梆子《刮骨療毒》《困麥城》(《走麥城》)；另上黨梆子、北路梆子、陽城木偶戲有《玉泉山》。

第八十回有蒲、晋劇之《破許昌》(曹丕篡位，諸葛亮斬孟達)。

第八十一至八十五回有晋、蒲、北路梆子、上黨梆子之《大報仇》(又名《伐東吳》，其中折子戲《哭靈堂》常單獨演出)，另蒲、晋劇有《連營寨》(又名《火燒連營》)，蒲、晋、上黨皮黄有《白帝城》，蒲劇、上黨隊戲有《八陣圖》，蒲劇有《平五路》。

第八十七至九十回有晋劇、上黨樂户之《七擒孟獲》，另晋、蒲劇有《燒藤甲》(又名《盤蛇谷》)。

第九十二回有北路梆子、晋劇之《鳳鳴關》(趙雲殺五將立功事)；另晋、蒲、北路梆子、上黨皮黄、眉户有《收姜維》(又名《天水關》)。

第九十三回有晋劇《出師表》。

第九十五、九十六回有晋劇、上黨皮黄、鑼鼓雜戲之《失街亭》，另晋、蒲、北路梆子、上黨皮黄、晋中木偶有《空城計》《斬馬謖》。

第一百二回至一百四回有晋、蒲、北路梆子、鑼鼓雜戲之《取北原》，另蒲劇、上黨隊戲、鑼鼓雜戲有《葫蘆峪》，晋、蒲、上黨梆子、晋南木偶、永濟提綫木偶、眉户、上黨皮黄有《五丈原》，上黨隊戲有《斬魏延》。

第一百九回有晋劇、鑼鼓雜戲之《鐵籠山》，上黨皮黄有《司馬師逼宫》，上黨樂户有《姜維九伐中原》,晋中木偶有《姜維推碑》,蒲劇、北路梆子有《紅逼宮》。

第一百十三回有蒲劇《孫琳篡權》。

第一百十七回有晋、蒲劇《取西川》,上黨皮黄有《陰平關》,北路梆子有《下西川》。

第一百十八回有晋劇、蒲劇《哭祖廟》。

與《三國演義》一書情節無關的三國戲,共14種:

一、上黨樂户演出之《關大王月下斬貂蟬》,明人有《斬貂蟬》雜劇及《三國志玉璽傳》評話,清人錢德蒼《綴白裘》十一集收有梆子腔《斬貂》。

二、晋、蒲劇之《諸葛亮招親》,叙諸葛亮娶黄承彦之女,源出《三國志·諸葛亮傳》注引《襄陽記》:

> 黄承彦謂孔明曰:"君擇婦,身有醜女,黄髮黑色,而才相堪配君子。"孔明許焉。載送之,時人以爲笑樂。鄉里爲之諺曰:"莫作孔明擇婦,正得阿承醜女。"

三、晋、蒲、北路、上黨梆子、晋南木偶、鑼鼓雜戲之《黄鶴樓》,演赤壁戰後劉備被周瑜困於黄鶴樓,得諸葛亮交趙雲竹節中令箭而歸。事見元刊《三國志評話》,元人有《劉玄德醉走黄鶴樓》雜劇。

四、晋、蒲、上黨皮黄、上黨落子之《蘆花蕩》,叙張飛奉諸葛亮之命假扮漁夫埋伏蘆花蕩以待周瑜,周帶兵至,張飛殺出,周敗被擒,張飛釋之,周氣憤嘔血。事本明代《草廬記》傳奇。

五、上黨梆子之《三江口》,叙周瑜死後托妻小喬爲之報仇。小喬以設靈祭奠爲名招諸葛亮前來弔孝。諸葛亮識其謀稱如至江口招魂,周瑜可死而復生。小喬思夫心切,與魯肅至三江口,被埋伏於其地的張飛、趙雲擒獲,終氣恨而死。

六、蒲劇、上黨皮黄之《對金抓》,叙馬騰死後留下金抓一對,長子馬超携一支投劉備,年幼次子帶一支被黄琪收養,取名黄三耀,練習武藝,上山打虎,後得知身世,千里尋兄,在飛虎山被女大王黄賽花擒獲,結爲夫妻,一同前尋馬超。劉備心疑,黄忠、張飛先後與之交戰均敗,馬超出戰,雌雄二抓相吸,兄弟相認,三耀改名馬岱,投保劉備。其本事不見於文獻,待考。

七、上黨隊戲《斬關平》,叙諸葛亮派五虎將之子討張虎、張彪,關公之子關平誤將王榮之子踐死，關公怒欲斬關平，張飛等四將勸阻不聽，即欲各斬其子，關公無奈釋平。本事見元明人《壽亭侯怒斬關平》雜劇。

八、上黨二黃劇《永勝關》，蒲、晉、北路梆子《滾鼓山》（或名《蝎子山》），叙關公命喪麥城後，趙雲奉命至永勝關向劉封借兵。劉封因昔日與關索下棋發生爭鬥纔被貶永勝關，心懷嫉恨，欲趁機害死趙雲。趙雲得廖化托夢，逃至閬州，告知張飛關公被害、劉封圖謀不軌事。張飛至永勝關，謊稱願助其興兵，騙得其兵權，又誆其進入定堂鼓中，命兵士滾鼓下山將其摔死。

九、蒲劇《洛神》，叙曹植暗戀甄后事。本事源自曹植之《洛神賦》，明人汪道昆有《洛水悲》雜劇。

十、上黨隊戲《張飛大鬧水南寨》，本事不可考。明代胡文煥編《群音類選》收《黃花峪》雜劇，寫李逵大鬧水南寨。疑張飛或爲李逵之誤。

十一、晉、蒲、北路梆子、晉中木偶劇之《祭江》，叙劉備死後，其妻孫尚香前往江岸祭奠，祭畢投江而死。

十二、晉劇、上黨梆子《小過山》，叙占山爲王的鮑三娘插旗招夫，關公之子關索路過，將旗砍倒。鮑三娘下山與之交戰，擒關索上山，兩相愛慕，成爲夫妻。

十三、皮影戲《瓜金寺》，叙瓜金寺和尚海仁勾結綠林朋友上表阿斗欲奪皇位。阿斗命馬岱出征，馬不勝，修書鎮守雲貴之關索請求支援。關索欲興兵，其妻邢金蓮以時機未到阻攔。關索受人挑唆，以爲其妻貪生怕死，寫下休書後帶兵出征。不料果然出師不利，關索被海仁飛刀砍傷。關索之二妻、三妻派人請來金定，金定不計前嫌，帶兵出戰，大破海仁，火焚瓜金寺。事被當年劉、關、張結義時所殺烏牛所化赤牛頭、赤牛角、赤牛身、赤牛尾四怪聞知，於是報復，動妖術在關索營門外陷地成穴，誘金定往探，大敗之。成神之關公帶關興、張苞助戰，亦不勝。關公向馬岱托夢借兵五百，終將赤牛打敗。

十四、上黨落子《盜天書》，叙諸葛亮死後建廟於祁山。司馬懿父子前往拜墓，因身穿鐵甲被諸葛亮預先埋好的磁石吸住，脫去鐵甲方脫身。復見諸葛亮留給姜維的遺書中言墓中有天書，扒墓盜之。以手指蘸唾液翻看，因諸葛亮預先置毒藥於書內，司馬懿竟中毒而亡。

縱觀三國戲的發展歷程，宋元時期，是三國話本、戲曲并行發展時期，戲曲、小說互相取資，兩者各具特色。元明之際，戲曲開始向小說靠近。特別是《三國志通俗演義》成書并流傳後，對三國戲曲的發展影響巨大。前代流傳之三國戲，與小說情節相異者，漸不爲人所重視，而難在舞臺上演出；後出之三國戲，多從小說生發，把小說作爲劇本創作之源。明清以來的地方戲正規化、大戲化之後，移植昆曲成風，因爲後起，新編、改編自然以小說爲藍本。再加國人注重考證，顯著於文字之小說自然成爲戲劇編寫的標準。毛評本《三國演義》的巨大影響，更爲之推波助瀾。山西地方戲中的三國戲，近百分之九十與《三國演義》一書情節有關也就不足爲奇了。

三、本卷收錄之晉地三國戲主要特色

本書收錄山西地方戲之三國戲劇本共 61 種，所屬各劇種分列如下：

晉劇 39 種，蒲劇 14 種，眉户 3 種，鐃鼓雜戲 2 種，北路梆子 2 種，上黨梆子 1 種。

本次選錄山西地方戲之三國戲，亦注重從兩個類型進行選定：一是來自現本《三國演義》系統的，二是源於宋元以來戲劇、評話以及民間傳聞的，少部分則出於現代作家的加工創作。

來自現本《三國演義》系統的，因其數量最多，選錄過程中，亦遵依其客觀實際，總計收錄共 56 種。從結構故事角度，基本上涵蓋了現今《三國演義》故事的全部。現大致分別叙述如下：

赤壁之戰前三國戲：

《三國演義》第二回錄入晉劇《鞭督郵》。第四回錄入晉劇《捉放曹》。第五回錄入晉劇《虎牢關》。第七回錄入晉劇《戰磐河》。與第八回相對應的，選入晉劇《賜環》、《小宴》和蒲劇《鳳儀亭》。第十五回有蒲劇《神亭嶺》。第十六回有蒲劇《轅門射戟》。第十七回有晉劇《戰宛城》。第十九回有晉劇《白門樓》。第二十三回有晉劇《擊鼓罵曹》。第二十至二十四回有晉劇《白逼宫》（又名《曹操逼宫》、《血帶詔》、《審吉平》）。第二十五回有蒲劇《屯土山》。第二十六、二十七回有晉南眉户劇《關公挑袍》。第二十八回有晉劇《古城會》。第三十一到三十六回有晉劇《馬跳檀溪》、《徐母罵曹》。第三十七回有鐃鼓雜戲《三請》。第三十九回有蒲劇《孔明點將》、晉劇《闖轅門》。第四十二回有蒲劇《長坂坡》。

赤壁之戰到關公遇害之三國戲：

與《三國演義》相聯繫，第四十二至五十回有蒲劇《火攻計》及未知來源的曲牌聯套體劇《華容道》。第五十二回有蒲劇《取桂陽》。第五十三回有晉劇《取長沙》。第五十四回、五十五回有蒲劇《龍鳳配》。第五十七回有蒲劇《諸葛亮吊孝》。第五十六回至五十八回有鐃鼓雜戲《銅雀臺》。第五十八回有蒲劇《反西涼》。第六十回有晉劇《張松獻地圖》。第六十一回有晉劇《截江》。第六十四回有晉劇《金雁橋》。第六十五回有北路梆子《取成都》。第七十六至七十七回有晉劇《關羽走麥城》、《玉泉山》。

劉備伐吳到三國結束之三國戲：

與《三國演義》相聯繫，第八十一至八十五回有晉劇《大報仇》、《書生拜將》。第八十七至九十回有晉劇《七擒孟獲》、《燒藤甲》。第九十三回有晉劇《天水關》。第九十五、九十六回有晉劇《失街亭》、《空城計》、《斬馬謖》。第一百三回至一百四回有晉劇《葫蘆峪》，眉戶劇《五丈原》。第一百九回有晉劇《紅逼宮》(《司馬懿逼宮》)。第一百十三回有蒲劇《孫綝篡位》。

源於宋元以來戲劇、評話、民間傳聞，及部分現代作家獨立創作的，其劇本及分屬劇種大致列如下：

晉劇《關公與貂蟬》、《貂蟬軼事》、《關羽斬子》、《滾鼓山》(張飛殺劉封)、《別宮祭江》(孫夫人投江)、《祭江》、《取北原》。蒲劇《黃鶴樓》、《魯肅求計》。上黨梆子《三江口》，北路梆子《周倉守廟》。

以上大多數劇作情節雖未見於今本《三國演義》，但亦多為歷代戲劇演出，如《取北原》，清代京劇就有周春奎曲本《戰北原》(《京都三慶班京調全集》)。現今上演的京劇《戰北原》又名《斬鄭文》。

從選錄的 61 種劇本的思想內容傾向分析，其核心主題為尊劉貶曹，張揚忠義思想，貶斥奸佞不道之行，對歷代三國戲及《三國演義》一書思想多所繼承，似無更多其他特色。但值得注意的是，部分由現代作家加工或新編的劇作如晉劇《關公與貂蟬》、《貂蟬軼事》，描寫細膩，注重心理刻畫，與傳統三國戲以故事情節為主、粗綫條表現人物有所不同。

本卷選本的不足之處有：選錄晉劇過多，其他劇種兼顧不夠。

本卷編輯整理，歷經六年。從在山西各地搜集劇本，到輸錄校勘整理、撰寫解題等，歷經艱難。尤其是劇本的搜集，衝破重重阻力，克服了來自多方面的困難，經過多方努力，有關人員付出了無數的心血和汗水。其間的辛苦，真是一言難盡！

本卷的校勘整理，是在范光耀主持組織下，由范光耀、康守勤、啜希忱搜集劇本，選定劇目；王增斌撰寫前言、解題、校記；胡偉棟、田同旭統一版式，校整文字；曹永祥輸錄劇本；趙青將简體字轉換成繁體字并校改、統一體例；

胡世厚核對底本,補寫校記審改定稿。本卷的校理出版,得到山西省和太原市委宣傳部及有關部門的幫助,特別是得到了清徐縣委、縣政府有關領導及姚巨貨、張欽、武瑞生、賈永明、武春信、賈保明、吳長友先生的鼎力支持。對有關人員付出的辛勞,對各級領導給予的支持幫助,我們表示最真摯的謝意。

  由於時間緊、任務重,編輯人員有限,本卷的編校整理,肯定存在不少錯誤和不足之處,懇請學術界、戲曲界的方家學者和讀者批評指正。

目　　錄

鞭督郵　　　　　　　　　　　　　佚　名　撰　　1
捉放曹　　　　　　　　　　　　　佚　名　撰　　13
虎牢關　　　　　　　　　　　　　王　錦　整理　　28
戰磐河　　　　　　　　　　　　　佚　名　撰　　35
賜環　　　　　　　　　　　　　　佚　名　撰　　46
小宴　　　　　　　　　　　　　　王辛路　整理　　49
鳳儀亭　　　　　　　　　　　　　佚　名　撰　　58
神亭嶺　　　　　　　　　　　　　佚　名　撰　　90
轅門射戟　　　　　　　　　　　　佚　名　撰　　95
戰宛城　　　　　　　　　　　　　佚　名　撰　　104
白門樓　　　　　　　　　　　　　佚　名　撰　　123
擊鼓罵曹　　　　　　　　　　　　佚　名　撰　　149
屯土山　　　　　　　　　　　　　佚　名　撰　　156
貂蟬軼事　　　　　　　　　　　　劉穎娣　編劇　　179
關公與貂蟬　　　　　　　　　　　呂永安　編劇　　204
關公挑袍　　　　　　　　　　　　佚　名　撰　　222
古城會　　　　　　　　　　　　　佚　名　撰　　226
馬跳檀溪　　　　　　　　　　　　佚　名　撰　　233
徐母罵曹　　　　　　　　　　　　佚　名　撰　　303
三請　　　　　　　　　　　　　　佚　名　撰　　310
孔明點將　　　　　　　　　　　　佚　名　撰　　357
闖轅門　　　　　　　　　　　　　佚　名　撰　　361
長坂坡　　　　　　　　　　　　　佚　名　撰　　371
火攻計　　　　　　　　　　　　　佚　名　撰　　387
華容道　　　　　　　　　　　　　王　錦　整理　　442
取桂陽　　　　　　　　　　　　　佚　名　撰　　449

取長沙	佚　名　撰	466
龍鳳配	佚　名　撰	477
黃鶴樓	員冠英　口述	534
銅雀臺	佚　名　撰	563
討荊州	張欽　段雲貴　李明山　整編	597
諸葛亮弔孝	佚　名　撰	609
三江口	佚　名　撰	619
反西涼	佚　名　撰	635
張松獻地圖	佚　名　撰	643
截江	佚　名　撰	653
金雁橋	佚　名　撰	661
取成都	高玉貴　口述	666
魯肅求計	佚　名　撰	676
單刀會	佚　名　撰	682
關羽斬子	佚　名　撰	694
白逼宮	佚　名　撰	726
關羽走麥城	泥　浪　整理	750
玉泉山	王　錦　整理	782
周倉守廟	梁兆玉　撰	786
滾鼓山	佚　名　撰	795
大報仇	佚　名　撰	801
書生拜將	山西清徐嫦娥文化藝術有限公司　改編	831
別宮祭江	山西清徐嫦娥文化藝術有限公司　改編	851
祭江	佚　名　撰	860
七擒孟獲	佚　名　撰	863
燒藤甲	佚　名　撰	883
天水關	佚　名　撰	900
失街亭	佚　名　撰	907
空城計	佚　名　撰	915
斬馬謖	佚　名　撰	921
取北原	佚　名　撰	925
葫蘆峪	佚　名　撰	938

五丈原	佚　名　撰	954
紅逼宮	佚　名　撰	961
孫綝篡位	一根葱　撰	968

鞭督郵

佚名撰

解　題

　　晉劇。作者不詳。《山西戲曲劇目總攬》著錄。劇寫劉備因討黃巾有功授職安喜縣尉，任職不久，甚得民心。適逢督郵到縣巡查，因索賄無獲，拷打縣吏，令其誣攀劉備盜賣倉米。張飛聞知，將督郵綁縛樹上鞭之。劉備聞訊勸阻，與關、張棄官而去。本事出於《三國演義》第二回。清代邊汝元雜劇有《鞭督郵》，京劇有《鞭打督郵》。版本有《山西地方戲曲彙編》第十二集《中路梆子專輯四》（山西人民出版社1984年4月版）本。今以該本爲底本，校點整理。

第　一　場

（督郵上）

督　郵　（念）奉了太守憲命，各縣巡查官風。
　　　　　　　　大權在我掌握，看他誰敢不從。
　　　　我乃真定督郵何霸是也。奉了太守憲命！巡查各縣官風，昨日高陽起馬，直向安喜巡查。左右，前面到達甚麽地方？
門　官　回稟老爺，十里長亭。
督　郵　哪裏所管？
門　官　安喜所管。
督　郵　傳縣令。
門　官　縣令未到。
督　郵　啊！好一個膽大安喜縣令，本督郵馬到十里長亭，竟敢不來迎接。校尉們，催馬縣城去者。（衆應，劉備、關羽、張飛急上）

劉　　備　迎接督郵大人。
督　　郵　馬首何人？
劉　　備　縣尉劉備迎接大人。
督　　郵　縣令為何不到？
劉　　備　尚無縣令，卑職署理。
督　　郵　本督郵馬到十里長亭，你到哪裏去了？
劉　　備　這個，有下情容稟。
督　　郵　（以鞭指頭）講！
劉　　備　只因管下遭遇災荒，卑職發放糧米，一時公務繁忙。
督　　郵　住了！你的公務繁忙，難道本督郵來此，倒是為了私務不成？
張　　飛　嗯！（欲發作，擬向前，關羽拉住，搖頭）唔！
督　　郵　哼！好一張利口。（暫停）我且問你，你是甚麼出身？
劉　　備　卑職在討平黃巾之役，曾身經三十餘戰。
督　　郵　哼！看你也是行伍。（又暫停）甚麼世家？
劉　　備　卑職乃中山靖王之後，孝景皇帝玄孫，只因……
督　　郵　（以鞭點額）住了，小小縣尉，竟敢濫報軍功，假冒皇親，本督郵此番出馬巡查官風，正要查看你這等行伍出身，濫報軍功，假冒皇親之人。哼！看你能瞞得過我！校尉們，館驛去者。（傲然下）
關　　羽　賊子欺人太甚。
張　　飛　哇呀！氣死我也！
劉　　備　賢弟慢來，賢弟慢來！
張　　飛　大哥！
　　　　　（唱）休怨小弟做事猛[1]，可恨狗官太橫行。
　　　　　　　我上前將他拉下馬，當面管教這老畜牲。
劉　　備　賢弟，使不得。
關　　羽　大哥！
　　　　　（唱）莫怪三弟怒冲冲，賊子欺人實難容。
　　　　　　　作威作福真可恨，他有意屈辱我弟兄。
張　　飛　着、着、着！拉下馬來，打他一頓。
劉　　備　打不得，打不得。
　　　　　（唱）賢弟休要怒衝頂，愚兄勸你記心中。
　　　　　　　居官要守法有分寸，不可魯莽任意行。

關　羽　大哥，小弟魯莽了！

張　飛　唉！

　　　　（唱）狗官作事真可恨，爲大哥我只得忍在心。

　　　　　　　有朝他犯在我的手，管叫他狗命難逃生。

　　　　大哥，小弟放馬去也。唉！（下）

劉　備　三弟！三弟……

關　羽　大哥，他走遠了！

劉　備　如此，待兄去到館驛，參候督郵。

關　羽　待小弟隨同前往。

劉　備　不必了。正是：

　　　　（念）龍游淺潭遭蝦戲。虎落平川被犬欺！

關　羽　請。（二人分下）

校記

［1］休怨小弟做事猛："怨"，原作"願"，據文意改。

第二場

（督郵上）

督　郵　（唱）酒足飯飽心歡暢，獨坐前堂喜洋洋。

　　　　安喜縣尉可曾來到？門官！門官！

門　官　（上）來了！來了！

督　郵　門官！不在班房侍候，你到哪裏去了？

門　官　老爺，小人在後面吃飯吶。

督　郵　老爺尚未召見主縣，就要搶先吃飯。狗才！大膽！安喜縣尉可曾來到？

門　官　稟老爺，等候多時了。

督　郵　他的禮單哪裏？拿來我看。

門　官　回稟老爺，安喜縣尉無有禮單。

督　郵　怎麼無有禮單？

門　官　無有禮單。

督　郵　奴才，無用，該打！

門　官		老爺,無緣無故,罵小人何來?
督　郵		罵你不懂事,枉受老爺的栽培。你看劉縣尉初入仕途,土頭土腦,你何不曉諭他,難道叫老爺親自開口不成?
門　官		老爺,錯怪了小人。小人已然講與他了。
督　郵		怎麼,講與他了?他是怎麼回對呢?
門　官		他道自從到任以來,真乃兩袖清風,縱然有心饋贈,怎奈力不從心。
督　郵		怎樣言講?
門　官		力不從心。
督　郵		好惱哇!

(唱)百里縣尉敢傲上,膽大匹夫太張狂。
　　　分文不捨我難直言,(四校尉暗上)怒氣不息坐前堂。
縣尉進見。(眾應)

劉　備		來也!

(唱)小人得志多張狂,橫行霸道賽虎狼。
　　　明討賄賂把良心喪,爲國我哪忍民遭殃。
　　　提衣且把石階上,理直氣壯升前堂。
縣尉劉備參見大人。

督　郵		劉縣尉!
劉　備		大人!
督　郵		你可知罪嗎?
劉　備		這個,卑職有何罪過,但請大人講明。
督　郵		你濫報軍功,假冒皇親,還說無罪?
劉　備		大人,卑職身世,現有宗譜;歷次軍功,載在軍籍,不敢虛言濫報。
督　郵		這個,你休要多口。本督郵奉了太守憲命,巡查各縣官風,馬到之處,無不出城二十里迎接於我。你小小縣尉,地不過百里,官不過八品,竟敢托詞藉口,藐視本官,該當何罪?
劉　備		這個,卑職并非藉口,實因賑災放糧故而接駕來遲。
督　郵		怎麼?貴縣當真受災了?
劉　備		正是。
督　郵		哪來的糧米?
劉　備		四鄉捐募。
督　郵		一時怎得這等措急?

劉　備	暫由常平倉借用。
督　郵	怎麼？你將常平倉開了？
劉　備	開了。爲的是拯救災民。
督　郵	啊哈？好一大膽縣尉，托詞救民，私自開倉，其中定然有弊。
劉　備	這個，冊籍俱在，發放有人，但請大人查對。
督　郵	既爲賑災，爲何不先申報？
劉　備	救災如救火，若待申報回文，豈不餓死人民？
督　郵	小小縣尉，竟敢私開皇倉，你有幾顆人頭？真乃大膽。
	（唱）小小縣尉太張狂，竟敢私開常平倉。
	本官回馬把本上，管叫你一命喪無常。
	門官，送客。
門　官	送客，送客，送客！
劉　備	好賊子。
	（唱）是我開放常平倉，是我賑災取米糧。
	但憑狗官把本上，我劉備敢作敢承當。（下）
門　官	禀老爺，劉縣尉走了。
督　郵	好，好，好！正要他走。門官，可知發放糧米，何人掌管？
門　官	發放糧米，當然是縣吏掌管。
督　郵	好，好，好！校尉們！（校尉應介）
督　郵	速將縣吏與我抓來！（衆應下）哼哼哼！劉備呀！劉備！我叫你明槍容易躱，暗箭最難防。
	（唱）劉備小兒太狂妄，敢對本官逞強梁。
	我布下天羅和地網，管叫你匹夫死無下場。
	（鼓噪聲。校尉捉縣吏上。衆災民隨上）
校　尉	縣吏捉到！
衆災民	冤枉啊！救命啊！
督　郵	何人在外喧嘩？
校　尉	捉來放糧縣吏，災民隨後喧嘩。
督　郵	唗！好一些刁頑小民，竟敢聚衆滋事，鼓噪轅門。校尉們！與我亂棒打散。（二校尉驅打災民下）縣吏，你與劉備盜賣了多少倉米？從實招來。
縣　吏	啊呀！大人！劉縣尉自到任以來，愛民如子，兩袖清風，開倉放糧，

　　　　　乃是一片愛民之心，未曾盜賣一粒倉糧。
督　郵　我便不信。快快從實招來，免得皮肉受苦。
縣　吏　小人無有啥招的呀！
督　郵　不辨高低，不識眼色。我不打你，如何肯招？左右，重打四十。（行刑）招也不招？
縣　吏　冤枉難招。
督　郵　哼！好硬的骨頭哇。
　　　（唱）一派供詞盡荒唐，貪官污吏是一幫。
　　　　　　將爾吊在東廊上，（衆應，將縣吏拉下）水蘸皮鞭任爾嘗。
　　　來呀！（衆應）將他着實拷打，哼！（下）

第　三　場

（衆灾民上）
衆灾民　（唱）惱恨督郵心太狠，仗官仗勢害黎民。
灾民甲　衆位鄉親，督郵捉去縣吏，不放糧米，又將我等趕打，這便如何是好？
衆灾民　看來，你我難逃活命也。
張　飛　（内）馬來！（上）
　　　（唱）烏鴉栖枝鳥歸林，河邊飲馬漸黃昏。
　　　　　　四望烽火連天涌，可嘆我弟兄困凡塵。
　　　　　　當年從軍不惜命，血戰南北破黃巾。
　　　　　　只因朝中無援引，百里小縣困英雄。
　　　　　　適纔接官在縣境，狗督郵仗勢欺我兄。
　　　　　　本待拉下馬來問，大哥勸我忍在心。
　　　　　　試馬歸來難消憤，怒氣衝天貫長虹。
　　　　　　斜跨烏騅穿城進，衆父母因何淚紛紛。
　　　老丈，爲了何事在此啼哭[1]？
衆灾民　啊！原來是三將軍，與三將軍叩頭。
張　飛　起來，起來！爾等爲何啼哭？對我一一講來。
灾民甲　三將軍有所非知，督郵不准發放糧米。
張　飛　爲了甚麽？

災民甲　他向劉太爺討要賄賂……
張　飛　我大哥可曾給他？
災民甲　劉太爺無有銀兩，他便捉去縣吏……
張　飛　噢！
災民甲　我等前去求情，又將我等亂棒打退。
張　飛　可恨哇！
災民甲　將軍且聽，狗官正在拷打縣吏。（內作打聲）
張　飛　哇呀！哇呀！
　　　　（唱）自從狗官入我境。官民老少不安寧。
　　　　　　　安喜既有我張翼德，怎能任你來橫行。（張飛欲下，衆災民拉住，圍上）
災民甲　三將軍哪裏去？
張　飛　找他狗官，與他算賬。
災民甲　三將軍去不得。
張　飛　怎麽便去不得？
災民甲　他隨從人多……
張　飛　哪個怕他！
災民甲　他官高勢大，惹不起呀！
張　飛　我也不懼。
　　　　（唱）父老不必細叮嚀，天大的禍事我擔承。
　　　　　　　烏騅馬交與爾照應，（輕輕推開災民）我直奔館驛罵奸佞。
　　　　　　　（下）
災民甲　衆位鄉親，三將軍怒氣不息，直奔館驛，倘被狗官暗算，如何是好？
災民乙　你我何不一同前去，觀看動靜，以防不測。
災民丙　我也報與劉太爺知道。
災民甲　好好好，言之有理，分頭前往。（同下）

校記

［1］爲了何事在此啼哭："爲"，原作"可"，據文意改。

第 四 場

張　　飛　（内）走哇！（上）

　　　　　（唱）怒氣冲冲進館驛，（校尉倒上，攔阻張飛，張飛一闖而入）

　　　　　（唱）站立中堂罵狗官。

　　　　　咦！狗官，認得你三老子麼？

督　　郵　左右，何人在此大呼小叫？

校　　尉　無名黑漢，闖進館驛。

督　　郵　咦！何來大膽黑漢，竟敢闖進館驛！

張　　飛　老子乃燕人張飛。

督　　郵　甚麽張飛，形同盗匪！左右，趕了出去！（衆應，推張飛）

張　　飛　（怒推衆倒）呔！

　　　　　（唱）老爺此來無別幹，只爲討問你狗贓官。

　　　　　　　縣吏身犯何條款，東廊吊打爲哪般？

督　　郵　大膽！

　　　　　（唱）無名黑漢好大膽，闖進館驛罵上官。

　　　　　　　校尉與爺閉驛館，快將黑漢拿下階前。（衆應，上前拿張飛）

張　　飛　（打退校尉）看爾等哪個敢？

　　　　　（唱）老爺提兵起幽燕，馬蹄踏遍黄河邊。

　　　　　　　百萬黄巾盡喪膽，哪怕你無恥狗贓官。

督　　郵　反了，反了！

　　　　　（唱）你就是黄巾賊又來造反。

張　　飛　血口噴人，老子何懼？

督　　郵　（唱）抗差拒捕你劫上官。

張　　飛　狗官！

　　　　　（唱）黄巾紅巾老爺不管。

督　　郵　你敢怎麽？

張　　飛　（唱）爾先放縣吏出衙前。

督　　郵　張飛，你大膽！

　　　　　（唱）他與劉備是要犯。

張　　飛　一派胡言！

督　郵　（唱）盜賣倉米法難寬。
張　飛　呸！
縣　吏　三將軍哪！
　　　　（唱）督郵逼我把劉公攀。
張　飛　噢！噢！
縣　吏　（唱）他要害縣尉喪九泉。
張　飛　哇呀呀呀！
　　　　（唱）狗官作事太凶險，我一腔怒火上眉尖。
　　　　　　　抬腿踢翻文書案，呔！（踢案）
督　郵　反了，反了！
張　飛　（唱）我抓起印匣扔上天。
　　　　去你的吧！（扔印）
督　郵　左右，與我打呀！
張　飛　打打打打！（張飛打衆校尉下）
　　　　（唱）打落烏紗又用腳踢扁，呔呔呔！（三踢烏紗帽）
督　郵　啊呀！你們哪裏去了？（逃下，又被張飛拉上）
張　飛　（唱）身上扯碎這紫羅衫。（督郵又逃）
督　郵　來呀，與我打呀！（逃下，又被張飛拉上）
張　飛　（唱）劈胸一把拉出驛館。狗官！叫爾飽嘗爺的柳條鞭。（拉下）

第　五　場

張　飛　（內唱）手拉狗官出轅門。（張飛拉督郵上，衆災民同上）
督　郵　反了，哎呀！反了，哎喲！
張　飛　狗官！
　　　　（唱）三爺就是你的對頭人。我將狗官柳樹上捆，
　　　　　　　隨手扯下這柳條幾根。（折柳條介）你要我等將金銀送，
　　　　　　　我多送你柳條金。（打）由你使來由你用，
　　　　　　　想用幾根有幾根。（打）若然狗官還嫌少，
　　　　　　　柳條不離兒的身。（連打）
督　郵　哎喲！哎喲！打壞了！
衆災民　打好了，打好了！

張　飛	怎麽,打好了?
衆灾民	打好了! 三將軍,打好了!
張　飛	好,好好! 待我問他,狗官!
衆灾民	呔! 狗官! 將軍喚你。
督　郵	哎哎哎! 將軍,打壞了!
張　飛	你可認得你三老子嗎?
督　郵	三老子! 認得了,認得了!
張　飛	我家大哥乃是天下英雄,血戰沙場爲國立功。自到任以來,愛民如子,兩袖清風。你這狗官,依官仗勢,欺壓於他,强索賄賂,苦害忠良。我不管你,叫他們哪個來管? 我不打你,怎消我心頭之恨?
督　郵	將軍饒命吧!
張　飛	(唱)有心饒了爾狗命,我滿腹積怨氣難平。
	再換柳條打一頓,(換柳條再打)打發你狗官上鄲都城。

(劉備、關羽上)

劉　備 關　羽	(拉張飛)三弟,住手。
張　飛	打死贓官,方解我心頭之恨。
督　郵	玄德公,打壞了!
關　羽	三弟爲何在此吊打督郵?
張　飛	這等贓官不將他打死,留之何用?
劉　備	三弟! 督郵無理,也只應申報太守,治以應得之罪,他總是朝廷命官,豈可將他吊打?
張　飛	(唱)督郵仗勢欺百姓,男女老幼氣難平。
	拷打縣吏逼口供,要害大哥命喪生。
	小弟將他打一頓,太守降罪我自擔承。
劉　備	賢弟啊!
	(唱)賢弟休得太任性,愚兄言來聽分明。
	你將督郵打一頓,狗官回郡必調兵。
	言説我等抗王命,黄河之水也難洗清。
關　羽	大哥,不如殺却督郵,另投他鄉。
劉　備	殺了狗官,事不打緊,豈不與滿城百姓留下大禍?
衆	啊! 這便如何是好!

劉　備	啊！有了！來人，取縣印過來。
關　羽 張　飛	大哥！取縣印何用？
劉　備	我自有安排。（接印）督郵，似你這般苦害忠良，欺壓良民，本應將爾殺死，爲民除害……
督　郵	劉太爺，饒命吧！
劉　備	孤留你一條性命，與太守傳話，只說開倉放米、鞭打督郵，俱都是劉、關、張所爲，不許刁難百姓，如敢刁難百姓，日後狹路相逢，休怪我等手下無情。

（挂印於督郵頸上）

（唱）安喜縣印挂爾頸，要你傳話與太守聽。如敢刁難衆百姓，

關　羽	（唱）狹路相逢定不容。吩咐左右把行裝整，
張　飛	（唱）我再把督郵罵幾聲。大哥勸我饒你命， 　　　不許你狗官再橫行。今後若再犯我手，狗官！ 　　　休怪三爺下絶情。回身拉馬跨金鐙，
衆灾民	三將軍啦！（衆跪下）
張　飛	啊！ （唱）又只見衆父老泪淋淋。
衆灾民	三將軍呐！
灾民甲	（唱）劉老爺賑灾救我命。
張　飛	咳！（下馬）起來！起來！ （唱）一旦分別我也傷情。
劉　備	（唱）衆父老不必過悲痛。（下）
關　羽	（唱）緑水長流山常青。（下）
灾　民	（唱）三位將軍多保重。
張　飛	（唱）策馬揮泪奔前程。咳！請！（下）
灾民甲	衆位鄉親！劉大老爺已走，你我更無活命之地。不如整頓行裝，他鄉逃命去吧！（衆應下）
督　郵	哎喲喲！打壞了，人來！人來！哎喲喲喲，這些奴才都哪裏去了？ （校尉躡足分上，東張西望）
校　尉	哎呀！大人！怎麽樣了？
督　郵	唉！大膽奴才。竟將要犯張飛，縱放逃走。（校尉對視，將督郵鬆

綁）還不與爺搭轎來？
校　　尉　這個，啊啊啊！（三視）啊呀！張飛來了！
督　　郵　啊呀呀……！（滾爬同下）

捉 放 曹

佚 名 撰

解 題

　　晉劇。作者不詳。《山西戲曲劇目總攬》著錄。劇寫東漢末年,董卓專權,天下側目。曹操行刺董卓未遂,避禍而逃。至中牟縣,被關吏所獲,押見縣令陳宮。陳宮以操刺卓爲義舉,弃官與操同逃。中途遇操父好友呂伯奢,堅邀至家一叙。操聞後院有"殺"、"殺"、"殺"之聲,心生疑,將呂伯奢全家殺死。後知錯殺好人。曹操、陳宮二人只得逃走。在路上遇上沽酒歸來之呂伯奢,曹操又將其殺死。陳宮怨操,操稱:寧教我負天下人,不教天下人負我。陳宮深悔所從非人,夜宿客店,乘操酣睡之際,留束而去。本事出於《三國演義》第四回。清代花部亂彈有佚名《陳宮記》,清代京劇有《捉放曹》。版本今見《山西地方戲曲彙編》第十二集《中路梆子專輯四》(山西人民出版社1984年4月版)本。今以該本爲底本,校點整理。

第 一 場

（陳宮上。青袍隨上）

陳　宮　（引）居官轄民,王法鎮乾坤。
　　　　（詩）頭戴烏紗奉孝先,慈祥愷悌萬民歡。
　　　　　　　嘉言猶如壺中地,德霈汪洋水底天。
　　　　本縣姓陳名宮字公臺。幼年科甲出身,蒙聖恩特授中牟縣正印。前日接到董太師鈞旨,上面寫道:曹操相府行刺不成,懼罪脫逃。因而命我們各州府縣,畫影圖象捉拿刺客曹操。我也曾命人役四門巡查,未見交籤。今日升堂理事。來!

青　袍　有。

陈　宫　侍候了。（二衙役上）

衙　役　捉拿曹操事，回禀老爷知。与老爷叩贺天喜。

陈　宫　喜从何来？

衙　役　拿住曹操，岂不是一喜？

陈　宫　噢，甚麽，拿住了？

衙　役　拿住了。

陈　宫　有何爲证？

衙　役　宝剑爲证。

陈　宫　呈上来。

衙　役　啊！（呈剑）

陈　宫　只要你们拿的不错，解奔京地，献与董太师，你们俱有千金之赏。

衙　役　小人们不愿意领赏。

陈　宫　怎样？

衙　役　愿老爷禄位高升。

陈　宫　（笑）官升役赏，理之当然。将刺客曹操带上堂来。

衙　役　啊！带曹操。（曹操上）

曹　操　（唱）跳龙潭出虎穴逃灾避祸，谁晓得中牟县反入网罗。
　　　　　　　迈步儿我往那大堂口过，看陈宫他将我怎样发落。（切）

陈　宫　（唱）曹孟德上堂来项带枷锁，

　众　　哦噢！

陈　宫　（唱）人役们大声喊虎占山坡。观见他面貌上带些凶恶，
　　　　　　　见本县不下跪却是爲何？（切）
　　　　　　　堂口站的可是刺客曹操？

曹　操　既知我名，何必动问？

陈　宫　见了本县，立而不跪，你洋洋得意，是何道理？

曹　操　住，住，住了！俺曹操在朝，官居骁骑，上跪天子，下跪爹娘，岂与你七品县令下跪。

陈　宫　岂不知王子犯法，与庶民同罪？

曹　操　俺先问你，俺犯的何罪？

陈　宫　你行刺董太师，还言无罪？

曹　操　俺刺杀董太师，是你眼见，还是耳闻？

陈　宫　现有海捕公文到来，命我们各州府县、关津渡口，画影图象，捉拿与

　　　　　你。今被我擒，還來強辯不成！
曹　操　喂嚇！
　　　　（唱）聽一言倒叫我雙眉愁鎖，觀陳宮他胸中必有才學。
　　　　　　用幾句巧言語將他瞞過，管叫他弃烏紗同我合夥。（切）
　　　　　俺先問你，可知朝閣之中誰忠誰奸？
陳　宮　我在簾外居官，哪曉得誰忠誰奸？
曹　操　卻道有來！
　　　　（唱）你在這中牟縣來將官坐，怎曉得朝閣中起了風波。
　　　　　　那董卓在朝中欺天作惡，誅滅了丁建陽暗用網羅。
　　　　　　滿朝中衆文武魂膽嚇破，收呂布爲螟蛉惡事更多。
　　　　　　久聞得陳公臺才學不錯，你不思報君恩反向董卓。
陳　宮　（唱）曹孟德你莫要巧言脫禍，董太師他也有治國才學。
　　　　　　破黄巾雖無功然也無過，十常侍亂宮闈蕩過群魔。
　　　　　　你好比撲燈蛾自來投火，你好比虎入井難以逃脫。
　　　　　　既拿住再放你反傷於我，擒虎易放虎難自己揣摩。
曹　操　（唱）陳公臺你莫要駭嚇於我，難道說俺曹操無有才學？
　　　　　　縱然間你將俺獻於董卓，見老賊我那時自有話說。
　　　　　　刺太師是陳宮差使於我，管叫你遍體牙難以分說。
陳　宮　（唱）曹孟德他那裏反咬於我，不由得我心中自己揣摩。
　　　　　　到如今釋放他罪歸於我，解京地又恐怕引起風波。
　　　　　　左盤算右思量無計奈何，學張儀和蘇秦計上心窩。
　　　　　　拿住你放不放盡在於我，要釋放也說個心投意合。
曹　操　（唱）陳公臺講此話忒的軟弱，七品官怎麼能名標凌閣。
　　　　　　倒不如弃官職隨我合夥，管叫你換烏紗身穿紫羅。
陳　宮　（唱）曹孟德一句話提醒與我，七品官誤盡我經綸才學。
　　　　　　倒不如弃官職隨他合夥，到那時換烏紗身穿紫羅。
　　　　　　下堂去與孟德親解枷鎖，
衙　役　哦噢！
陳　宮　（唱）人役們且退下爺有發落。手拉手與明公二堂來坐，
　　　　　　公駕臨少奉迎海量包羅。（切）
　　　　　請坐。誤綁明公一繩，明公莫要見怪。
曹　操　好說。冒犯公臺虎威，莫要在意。

陳　宮　豈敢。久聞明公獻劍刺卓,也是天意不遂,大功未成。請問明公,今欲何往?
曹　操　俺要歸還鄉里,發矯詔,召會天下諸侯,定要滅此奸賊。
陳　宮　好。我也久有此意,情願與明公同舉大事,不知明公心意如何?
曹　操　公臺此意甚好,但是一件……
陳　宮　哪一件?
曹　操　連累寶眷不便。
陳　宮　無妨。老母妻子俱在原郡,僕人使女各自散去。
曹　操　如此你我需要連夜出城,以避眾人耳目。
陳　宮　不需多慮。請到書館待茶。請!
曹　操　請。正是:暫時別離,
陳　宮　(念)少刻奉陪。(曹操下。書吏上)
陳　宮　來!
書　吏　有。
陳　宮　看了大馬兩騎,爺要下鄉查訪,儀門侍候。
書　吏　啊!(陳宮下。二衙役上)
書　吏　老爺下鄉查訪。(耳語)(空戰鼓。二衙役備馬,拍手暗召書吏。書吏拍手暗請陳宮。陳宮拍手暗請曹操。曹操上馬,急下。陳宮上馬)
書　吏　送爺。
陳　宮　將印信交與右堂執掌。小心衙內之事。(下)(眾下)

第 二 場

(二門軍上)

門　軍　(念)奉了老爺命,把守在城門。(曹操、陳宮上)
曹　操　這個陳……
陳　宮　住口。門軍在哪裏?
門　軍　做甚麼的?
陳　宮　老爺到了,還不快快開城。
門　軍　開城了。
曹　操　這個陳……

陳　宮　住口。
門　軍　送老爺。
陳　宮　爺有急緊公文,出城公幹,多則半月,少則十日,你們要好好把守城門,千萬莫要走脫刺客曹操,待等老爺回來,重重有賞。
門　軍　送爺。
陳　宮　小心在意。(與曹操同下)
門軍甲　咳,我說夥計,老爺言道莫要走脫刺客曹操,前邊走的敢不是曹操嗎?
門軍乙　我也不認識,若不然趕上前去一看。
門軍甲　不用看,不是曹操是他娘的黑狗子旦。正是:捉曹又放曹。
門軍乙　捉住又跑了。
門　軍　關城了。(下)

第　三　場

(呂伯奢上)
呂伯奢　(對)人老如花朽,白了少年頭。
　　　　(詩)芝蘭君子志,松柏古人心。
　　　　　　要交至誼友,莫忘遠門親。
　　　　老漢呂伯奢,乃是陳留沛郡人氏。承父兄基業,廣有良田數頃。老漢一生最好交友,觀見今天天氣晴朗,不免前莊游玩散心,就此走走。
　　　　(唱)一寸光陰一寸金,寸金難買寸光陰。
　　　　　　寸金失去容易找,光陰過後無處尋。
　　　　　　正行走來用目睜,見兩騎大馬快如風。(曹操、陳宮上)
曹　操　(唱)八月裏秋風桂花香,
陳　宮　(唱)行人路上馬蹄忙。
曹　操　(唱)催馬加鞭用目望,
陳　宮　(唱)見一位老丈在路邊。
呂伯奢　馬上來的可是曹操?
曹　操　這個老丈莫要錯認了人,我們是販賣綢緞的客商。老丈莫要錯認了人。

陈　　宫　啊呀！着我們是販賣綢緞的客商,老大爺莫要錯認了人。
呂伯奢　賢侄莫要加疑,連老漢呂伯奢也不認得了?
曹　　操　啊！你是呂伯父?
呂伯奢　正是。
曹　　操　侄兒下馬去了。參見伯父。
呂伯奢　侄兒少禮。
曹　　操　伯父恩寬。
陳　　宮　啊哈,明公！你看天色已晚,還是趕路要緊。
曹　　操　公臺兄,言之有理。伯父,兒本當進莊拜見伯母,因有要事在身,不敢久停,告辭了。
呂伯奢　慢着。哪有過門不入的道理。
曹　　操
陳　　宮　不便打擾。
呂伯奢　不必過謙。待老漢與你們拉了坐騎。
　　　　（唱）昨夜晚間燈花放。今朝喜鵲叫門墻。
　　　　　　我只說大禍從天降,原來是貴客到我莊。（切）（家童上）
家　　童　接見爺爺。
呂伯奢　將馬帶好。
陳　　宮
曹　　操　莫要揭鞍。
呂伯奢　多加草料。
家　　童　啊。（下）
曹　　操　伯父在上,侄兒久在京地,少在伯父頭上問安,還望恕兒之罪。（跪）
呂伯奢　你乃勤勞王事,哪有我兒之罪。站起來！（曹操起）
陳　　宮　嗯哼！
呂伯奢　侄兒,此位?
曹　　操　中牟縣縣主公臺兄。
呂伯奢　啊呀！不知父母到來,小老兒多有得罪。（跪）
陳　　宮　好說。冒造貴府,老丈海涵。（跪,曹操隨跪）
呂伯奢　縣太爺請起！
陳　　宮　老丈請起！

吕伯奢　侄兒請起！
陳　宫　明公請起！
曹　操　大家同起！（同起）
吕伯奢　侄兒你在京地身肇大禍,怎樣逃出虎口？
曹　操　伯父,提起來一言難盡！
　　　　（唱）與伯父對坐客廳上,侄兒與你表朝廊。
　　　　　　　王司徒與兒把計想,進宫去刺殺惡虎狼。
　　　　　　　穿衣大鏡露影像,假意兒獻劍逃外鄉。
　　　　　　　中牟縣裏落了網,披枷帶鎖到了公堂。
　　　　　　　多虧了公臺他釋放,險些兒作了草上霜。
吕伯奢　（唱）聽一言來忙合掌,寬宏大量好心腸。
　　　　　　　縣台轉上我拜望,（跪,陳、曹同跪）小老兒把話説端詳。
　　　　　　　曹操若不是你釋放,舉家大小遭禍殃。
陳　宫　（唱）多蒙老丈美言講,不識英雄非棟梁。
　　　　　　　七品藍衫比何樣,我二人爲的漢家邦。（切）
吕伯奢　縣台請起！
陳　宫　老丈請起！
曹　操　大家同起。
吕伯奢　賢侄,你父前日從此路過,是我留他住宿一夜,投奔他郡逃難去了。
曹　操　啊呀,爹娘呀！
　　　　（唱）聽説爹娘逃外鄉,不由叫人兩泪汪。
　　　　　　　孩兒不能親奉養,反累爹娘受禍殃。（切）罷了！爹娘呀！
吕伯奢　不必悲傷,日後還有團圓之日。
曹　操　但願如此。
吕伯奢　唉也！
曹　操　伯父嘆氣何來！
吕伯奢　只顧與二位講話,險些誤了一件大事。
曹　操　啊！甚麽大事？
吕伯奢　侄兒不必加疑,忘了安排酒席。待我下邊安排。
陳　宫
曹　操　家常就好,不必費心。

吕伯奢　哪有不敬之理。正是：在家不把賓客敬，出外怎能遇賓朋。（下）
陳　宮　啊，明公！適纔老丈提起令尊公老大人，觀見你滿眼落泪，真乃是忠孝雙全。
曹　操　父子之情，焉有不慟之理。
陳　宮　哎，明公！
　　　　（唱）休流泪，莫悲傷，忠孝二字振綱常。
　　　　　　同心協力輔漢室，凌烟閣上美名揚。
（吕伯奢上）
吕伯奢　（唱）人得喜事精神爽，月到中秋分外光。
曹　操　伯父這樣打扮，要向何往？
吕伯奢　家下有菜，缺少美酒。待我東莊沽酒。
陳　宮　家常就好，何必費心。
吕伯奢　二位乃是當代英豪，哪有不敬之理。
　　　　（唱）老漢東莊沽酒漿，奉敬你賢賓理應當。（切，下）
陳　宮　（唱）老丈親自沽酒漿，他的義氣賽孟嘗。
曹　操　（唱）家父與他常來往，當年結拜一爐香。
　　　　　　耳風裏忽聽人聲嚷，（後臺：殺殺殺！）又聽得後邊鬧嚷嚷。
　　　　公臺兄，耳聽後面人聲吶喊，莫非老狗唤來人們前來捉拿你我？
陳　宮　哎呀！你我進得莊來，觀見老丈面帶忠厚，哪有此心？
曹　操　説甚麽無有此心，待你我二人聽上一聽。
　　　　（唱）曹操二次聽端詳，言語恍惚實難防。
　　　　公臺兄，耳聽後邊一個説"提不動"，一個説"洗不净"。我想提不動是你陳，洗不净豈不是俺曹。不是殺着你我，再殺着哪個？如其不然，你我動起手來。
陳　宮　啊呀，明公哪！老丈分明去到東莊沽酒，款待你我。明公不要將事做錯了。
曹　操　你住了吧！哪是前去沽酒，分明是唤來鄉紳地保，將你我拿住要受千金賞、萬户侯，你説是呀不是！
陳　宮　他與你父八拜之交，焉能做出此事。倒不如等老丈回來問個明白，再做道理。
曹　操　如今的人兒還管甚麽結拜不結拜，有道是先下手爲强，後下手遭殃。

陳　宮　啊呀，明公！不可莽撞。
曹　操　這事不用你管。
陳　宮　殺不得。
曹　操　你撒手吧！
　　　　（唱）可恨老狗太不良，
陳　宮　（唱）老丈哪有此心腸。
曹　操　（唱）明明要求千金賞，
陳　宮　（唱）求賞哪有此風光。
曹　操　（唱）寶劍一出明朗朗，
　　　　來呀！（下）
陳　宮　（唱）可憐他舉家大小遭禍殃。（下）

第 四 場

（小二上）
小　二　（念）爲人不中用，與人當長工。
　　　　我，小二。我家爺爺東來是朋友，西來是弟兄，今天殺猪，明日宰羊，大羊都殺啦，剩下幾隻小羊。我不免開了羊圈門，挑大一點的殺上一個也就是了。
　　　　（開門放羊介）（下）
　　　　（曹操上）
曹　操　（唱）曹操怒髮三千丈，亞賽陰曹五閻王。
　　　　寶劍一舉性命喪，（上四羊。陳宮上）
陳　宮　（唱）殺得屍骨倒成行。
曹　操　（唱）手執寶劍往內闖，
陳　宮　（唱）陳宮向前扯衣裳。（切）啊呀，明公呀！你今欲何往？
曹　操　待我點把火燒他的莊院。
陳　宮　明公，你將他舉家人等殺死，還要燒他的莊院，此事萬萬行不得。
曹　操　不用你管，撒手。
　　　　（唱）點把火來燒臥房，
陳　宮　（唱）殺人又要火焚莊。
曹　操　（唱）怒氣不息厨下往，

陳　宮　（唱）原是殺猪又宰羊。（切）啊呀，明公呀！你將他全家人等殺錯了。

曹　操　怎樣殺錯了？

陳　宮　老丈一片好心殺猪宰羊，款待你我，豈不是殺錯了？

曹　操　我便不信。

陳　宮　哈哈！他還不信。隨我來看，這不是一猪，那不是一羊？

曹　操　嘿嘿，錯了！

　　　　（唱）曹操做事太莽撞，誤把他一家好人傷。（切）

陳　宮　明公啊！你將他全家殺死，少刻老丈回來，問到你我，該拿何言答對？

曹　操　啊呀！但說是這……啊哈有了！三十六計，逃走便宜。你我尋找行囊、馬匹，逃走了吧！

陳　宮　事到如今，也只好一走。

曹　操　走！

陳　宮　走！

曹　操　走哇！

陳　宮　走，走，走！

曹　操　（唱）曹操上馬心發慌，

　　　　來呀！（下）

陳　宮　（唱）背過身來自思量。我把他當就了堂堂治國忠良將，

　　　　誰料他纔是個人面獸心腸。（下）

第　五　場

（呂伯奢上）

呂伯奢　（唱）老漢東莊沽酒漿，眼跳心驚爲哪樁？

　　　　正行走來塵土揚，又見二位走慌忙。（切）

（陳宮、曹操上）

呂伯奢　啊，侄兒爲何相逢又太遲，離別又太急。

曹　操　啊呀，伯父呀！侄兒乃是被罪之人，打擾伯父事小，連累伯父事大，因此不辭而別。

呂伯奢　侄兒若不回去，老漢就要強留了。

曹　操　哈……

陳　宮　老丈不必如此，回得莊去自然明白，你我後會有期。

曹　操　甚麼明白了，隨我來，走！

　　　　（唱）曹操舉鞭上了馬，

　　　　　　來呀！（下）

呂伯奢　送縣台。

陳　宮　哎，老丈！

　　　　（唱）我陳宮心中亂如麻。多謝老丈恩義大，

呂伯奢　縣台過獎了。

陳　宮　（唱）把好意當做惡冤家。

呂伯奢　從何說起。

陳　宮　（唱）臨行難說知心話，

呂伯奢　送縣台。

陳　宮　哎，老丈！

　　　　（唱）你莫怨我陳宮，你你你怨着了他。（下）

呂伯奢　喂嚇！

　　　　（唱）孟德上馬鬍鬚炸，陳公臺為何心亂如麻。

　　　　這是為着何來？唉，是了！

　　　　（唱）莫不是家下人等說閑話，閑言碎語得罪了他。

　　　　　　我老漢回到我家下，我定要一個一個細問他。

　　　　　　假若問得是哪個，我定要一個一個打罵他。

　　　　　　打了罵了還不算，

　　　　　　算盤子一響我開發了，我不要他、正一正我的家法。（下）

第　六　場

　　　　（曹操、陳宮上）

曹　操　（唱）曹操收繮勒定馬，

陳　宮　（唱）他人不走又有差。（切）明公為何不走？

曹　操　忘了一件大事。

陳　宮　甚麼大事。

曹　操　忘了囑托我伯父幾句言語。

陳　宮　哎，明公！你放他一條活命去罷。
曹　操　此事不用你管。伯父回來，(呂伯奢上)
呂伯奢　(唱)相逢未說知心話，又聽得孟德呼喚咱。(切)賢侄莫非回莊？
曹　操　正要回莊。伯父身後何人？
呂伯奢　在哪裏？
曹　操　回首一望。(殺呂介)
陳　宮　(唱)陳宮氣得咽喉啞，不由四肢冷如麻。
　　　　　　老丈屍首忙移下，再叫明公聽根芽。
　　　　(切)明公呀！你將老丈劍劈路旁，是何道理？
曹　操　俺曹操要不做就不做；要做就做個乾乾淨淨。
陳　宮　說甚麼乾乾淨淨，你將老丈全家殺死，那是你無意兒殺死，出得莊來，又將老丈殺死，這是你故意兒殺死。無意殺死你不仁，故意殺死你不義。像你這樣不仁不義，全不怕後世人叫罵於你？
曹　操　俺曹操出世以來，寧教我負天下人，不教天下人負我。
陳　宮　噢！
　　　　(唱)聽他言嚇得我心驚膽怕，背轉身自思量自己做差。
　　　　　　我先前只當他寬宏量大，却原來賊是個無義冤家。
　　　　　　馬行在夾道內難以回馬，這纔是花隨水水不戀花。
　　　　　　到如今我只得暫忍心下，既同行共大事勸解於他。
曹　操　你這人真乃是言多語詐！
陳　宮　(唱)你那裏是說我言多語詐，你本是負義人將事作差。
　　　　　　呂伯奢他待你恩重義大，只為你起疑心殺他全家。
　　　　　　舉家人死在你三尺劍下，荒郊外遇老丈明知故殺。
曹　操　(唱)陳公臺休瞞怨一同上馬，你莫要絮叨叨再說此話。
　　　　　　呂伯奢與我父相交不假，我把他當就了對頭冤家。
　　　　　　非是俺在中途將他殺下，這就叫剪草除根永不發芽。
陳　宮　(唱)曹孟德你莫要強說此話，說甚麼剪草除根永不發芽。
　　　　　　你殺人我替你心驚駭怕，
曹　操　你怕的何來？
陳　宮　(唱)我陳宮怕的是天理王法。
曹　操　(唱)陳公臺你莫講軟弱之話，俺曹操既殺人不怕王法。
　　　　　　慢不說把呂家滿門殺下，五閻君犯我手也要殺他。

陳　宮　（唱）好言語勸不醒蠢牛木馬,我把賊比就了井底之蛙。
曹　操　（唱）手握鞭催動了能行戰馬,黑鴉鴉霧沉沉必有人家。（切）
　　　　公臺兄,你看天色已晚,你我投宿了就是。
陳　宮　盡在於你。
曹　操　下馬來。店家哪裏？
　　　　（店家上）
店　家　（念）高墻一盞燈,安宿四方人。
　　　　二位莫非前來投宿？
曹　操　正是投宿。
店　家　待我與你們拉了坐騎。
曹　操　不要揭鞍,多加草料。
店　家　隨上。二位客官用甚麼東西,好來準備。
陳　宮　前面搭過尖了,只要明燈一盞。
店　家　是啦。（欲下）
曹　操　回來。
店　家　做甚麼？
曹　操　把來暖酒一壺。（店家下）
陳　宮　你又來吃酒。
曹　操　何用你管。
陳　宮　哪個管你。（店家取燈、酒上）
店　家　燈到、酒到。二位要小心。
曹　操　哈,小心甚麼？
店　家　小心燈火。
陳　宮　唉！你出去了罷。
店　家　唉呀！此人帶凶氣的哩。（下）
曹　操　公臺兄,你我行走一天,吃上一杯水酒,打打腹中的寒氣。
陳　宮　慢不說是水酒,就是珍饈美味也難下咽喉。
曹　操　說甚麼難下咽喉。分明你見我殺死呂老,你那心中不忿,你說是呀不是？
陳　宮　哪有此事。明公你太疑心了。
曹　操　唉呀！俺曹操出世以來,吃了他娘的疑心虧了。
　　　　（唱）曹操生來疑心大,敢到虎口內拔牙。

我把美酒用過它，一輪明月照窗紗。

　　（酒酣，睡沉）

陳　宮　明公！明公你睡沉了。唉！人心似鐵份量重，曹與董卓一樣人。我陳宮好悔也！

　　（唱）猛聽得譙樓上更樓齊打，見一輪好明月照在窗紗。
　　　　悔不該聽信他一言之差，悔不該在公堂釋放於他。
　　　　悔不該拴不住心猿意馬，悔不該在中牟暗解烏紗。
　　　　悔不該隨他人奔走天下，悔不該在沛郡投宿呂家。
　　　　呂伯奢與他父相交不假，殺猪羊沽美酒款待於他。
　　　　誰料想這兒賊疑心太大，因疑心誤殺了老丈全家。
　　　　殺呂家全當就一時之差，荒郊外遇老丈何忍再殺。
　　　　枉殺了全不怕彌天罪大，自有那空中神將爾監察。
　　　　忽聽得譙樓上二更打罷，細思量還是我自己作差。
　　　　七品的縣官心中不挂，我一心扶漢室奔走天涯。
　　　　又誰知這賊子多奸多詐，賽趙高比王莽一點不差。
　　　　耳聽得譙樓上三更鼓打，越思想真叫人咬碎銀牙。
　　　　月光下觀此賊睡卧瀟灑，他安眠又好似水中之蝦。
　　　　他好比獨角龍鱗角未炸，他好比惡豺狼未伸爪牙。
　　　　虎入籠中我不打，放虎歸山將人抓。
　　　　拔寶劍將賊的頭首梟下，

（曹操夢語："難保的君王，難救的爹娘。"）

　　　　我險些將此事又來作差。（切）

是我正要刺殺此賊，是他夢中言道：難保的君王，難救的爹娘。看到其間，此賊倒有忠孝二字。寧教他不仁，豈肯我不義。我不免將劍歸鞘吧！觀見桌面以上，現有筆硯，我不免留下詩句，叫罵於他。該拿何物為題？（四更介）耳聽譙樓，四更二點，就以此為題。是，是，是了，就以此為題：

（念）鼓打四更星月明，兩馬二騎走西東。
　　　殺死呂家人數口，方知曹——

（曹夢語："嗯哼！"）明公，明公，你睡着了？唉呀！

　　　　方知曹操是奸雄。——陳宮題

我不免尋找行囊馬匹各自走了吧！

（唱）陳宮做事太有差，不該隨他奔天涯。

　　落花有意隨流水，流水無情戀落花。（清場，下）

曹　操　公臺兄，天色大亮，你我起了身吧！嗯，不在了。我先看戰馬在也不在，馬也不在了。想是他人逃走了。看到其間，他倒是個膽小之人。啊，爲何我的寶劍出鞘，莫非是陳宮有意刺殺於我？咳也，命大的福大，大量他也不敢。觀見桌面現有詩句，待我讀來：

（念）鼓打四更星月明，兩馬二騎走西東。

　　殺死呂家人數口，方知曹操是奸雄。——陳宮題

原是陳宮留下的詩句，叫罵於我。一日得勢，先殺陳宮。店主人，銀兩放在桌面，我便去了。（下）

虎牢關

王　錦　整理

解　題

　　晉劇。王錦整理。王錦，生平里居不詳。《蒲州梆子劇目辭典》著錄。劇寫東漢末年，曹操、袁紹等十八路諸侯征討董卓。虎牢關前，隨公孫瓚出征的劉備、關羽、張飛與吕布大戰。張飛槍挑吕布紫金冠，吕布兵敗退進關。本事出於《三國演義》第五回。元代雜劇有鄭光祖《虎牢關三戰吕布》、元武漢臣《虎牢關三戰吕布》殘曲。清代花部亂彈有佚名《虎牢關》。版本今見山西晉中青年晉劇團田素芳提供的王錦整理本，今以該本爲底本校點整理。

第　一　場

（張飛上）

張　飛　（笑）哈哈哈！
　　　　俺那仁義的兄長斬了華雄，元帥賜有酒肉與俺弟兄賀功。待俺老張明日殺進關去，擒了董卓，好不快樂人也。（笑）哈哈哈。
（袁術暗上）

袁　術　呔，你是何人，在此發笑？
張　飛　俺二哥斬了華雄，元帥賜有酒肉與俺弟兄賀功。俺老張好快樂也。
袁　術　不爲其喜，反爲其憂。
張　飛　却是爲何？
袁　術　華雄微不足道，倘若吕布起兵前來，看你們怎樣抵擋？
張　飛　咳，可惜盟主無令，若是有令，俺老張出馬，定要生擒吕布前來獻功。
袁　術　好大狂言。敢與俺打賭？

張　飛　請。
　　　（曹操暗上）
曹　操　且慢，且慢。爲了何事争論？
張　飛　曹驍騎不知，某與這位將軍打賭，明日生擒吕布進帳獻功。
曹　操　倘若敗下陣來，怎麽樣説？
張　飛　願將六陽魁首懸挂營門！俺若得勝回來呢？
袁　術　我將催糧印信付汝掌管！
曹　操　口説無憑，必要立下軍令狀。
張　飛　好哇。
　　　（唱）張翼德三擊掌打賭争鬥，表家鄉范陽鎮在那涿州。
　　　　　自幼兒在家中殺猪賣酒，結桃園拜金蘭同把軍投。
　　　　　此一戰勝吕布印信我授，倘若是敗陣回懸挂人頭。
　　　　　抖精神邁虎步出了帳口，
　　　吕布兒嚇！
　　　（唱）三爺爺擒了你纔把功收。（張飛下）
袁　術　（唱）此人敗陣必逃走，
曹　操　非也。
　　　（唱）將軍有勇必有謀。
　　　（笑）哈哈哈哈！（曹操、袁術同下）

第 二 場

　　　（四兵丁、四將官、一纛旗引吕布同上）
吕　布　（念）少小英雄鎮虎牢，狐群鼠輩怎脱逃？
　　　　　咚咚畫鼓催軍進，指日奏凱旋還朝。
　　　某，温侯吕布。只因前部先鋒華雄，被關雲長斬於陣前，相父大怒，命俺統領精兵十萬，擋住虎牢關。相父大兵隨後接應，共滅烽烟。
　　　（念）推開龍馬勒錦轡，試看一戰表凌烟。
　　　衆將官，兵發虎牢關。
衆　人　啊！（衆人同下）

第 三 场

（起鼓。二小军掌灯、刘备同上）

刘　备　（唱）金兰人暗地悄探，满天星斗夜生寒。
　　　　　　　　悲风瑟瑟明月看，一声孤雁好伤惨。
　　　　某，刘备。剿灭黄巾有功，特授平原县令。朝中董卓弄权，同公孙将军前来讨贼。苍天哪苍天，可念大汉祀统，早灭烽烟，万民乐业，某之愿也。
　　　　（唱）汉华夷渐倾颓使人感叹，怎能够诛叛臣国泰民安。
　　　　（起二更鼓。关羽上）

关　羽　（唱）听大哥在月下长吁短叹，多因是恨董卓搅乱江山。
　　　　大哥为何在此长叹？

刘　备　二弟你还不知，只因三弟与袁术立下军状，要生擒吕布。倘若败阵如何是好？

关　羽　且待天明，你我弟兄二人助三弟一臂之力。

刘　备　二弟言之有理。
　　　　（唱）异姓同胞共患难，

关　羽　（唱）惟愿得胜建功还。（刘备、关羽同下）

第 四 场

（张飞上）

张　飞　（念）人情势利古今残，谁识英雄实非凡？
　　　　　　　　安得快人如翼德，尽诛世上负心男。
　　　　可笑袁术，与俺打赌生擒吕布。啊，老张的丈八蛇矛，在那里瞪眉瞪眼，待俺将它磨洗磨洗。枪呀枪[1]，你明日见了吕布，将他一枪挑下马来，咱老子就封你一个枪将军。咳，看天色尚早，待俺老张打睡片时。
　　　　（起三更鼓。关羽、刘备同上）

刘　备　（唱）令严鼓角三更尽，

关　羽　（唱）夜宿貔貅百万兵。

劉　備	來此已是後營，聽他說些甚麼。（起四更鼓）
張　飛	啊哈哈哈，天哪天，你怎的不明？雞呀雞，你怎的不叫？想是呂布死時未到，待俺老張再打個盹兒。
劉　備	二弟。
關　羽	大哥。
劉　備	聽三弟之言，戰心大勝。
關　羽	待弟將他喚醒，天明一同出馬。
劉　備	且待他歇息片時，明日好與呂布交戰。我等相隨助他成功便了。
關　羽	有理。請。（劉備、關羽同下。起五更鼓。雞叫）
張　飛	哈哈哈，好了。聽譙樓五更雞叫，天已明，呂布小兒死期到了。老張就此殺上前去。

（四太監、文堂自兩邊分上）

張　飛	呔，呂布小兒出關受死！（四文堂、呂布同上，開城）
呂　布	呔，來者黑漢！
張　飛	呂布小兒着鞭！

（呂布、張飛同殺，呂布敗下，張飛追下，呂布上）

呂　布	啊，方纔關前來一黑漢，十分猛勇，待他追來，使畫戟傷他便了。

（張飛上）

張　飛	呔，呂布哪裏走？（張飛敗下，呂布追下）

校記

［1］槍呀槍："呀"，原作"吓"，據文意改。

第　五　場

（劉備、關羽同上，兩邊望）

劉　備	二弟，三弟大戰呂布，惟恐有失，你催馬助戰便了。

（張飛急上）

劉　備	三弟。
張　飛	還是四弟？
劉　備	桃園。
張　飛	還是杏園？

關　羽	你与吕布交戰,勝敗如何？
張　飛	俺也不知誰勝誰敗。俺在前面走,他在後面追。
關　羽	敢是敗了？
張　飛	咳,敗了,敗了！
劉　備 關　羽	你與袁術打賭一事,怎麼樣了？
張　飛	哎呀,大哥、二哥,看在桃園結義分上。
劉　備	也罷,你我三人,一馬上,三馬上；一馬下,三馬下。扣定連環,大戰吕布便了。
張　飛	好哇,隨兄弟殺上前去。
劉　備 關　羽	三弟,到了？
張　飛	好嚇,到了虎牢關。到了關前,大哥、二哥前去叫關。
劉　備 關　羽	三弟叫關。
張　飛	呔呔。
劉　備 關　羽	三弟高聲叫。
張　飛	大哥、二哥,吕布那个囚囊的勇不可擋。
劉　備 關　羽	不妨,有我二人在此。
張　飛	是嚇,有大哥、二哥在此。呔,吕布出關受死！
吕　布	（内白）開關！（吕布上,打過場）
吕　布	我道是誰,原來是你。你這敗將又來則甚？
張　飛	你管老子敗不敗？再來！

（劉備、關羽、張飛同打過場,劉備、張飛同下）

吕　布	來將通名。
關　羽	老爺關雲長,看刀！

（吕布、關羽同過合,對殺,劉備上,接殺）

吕　布	來將通名！
劉　備	劉玄德,看劍！（吕布、劉備對殺,張飛上,接殺）
吕　布	殺了半日,不曾問你這黑賊名姓。
張　飛	哈哈哈。吕布小兒聽着：老子姓張名飛字翼德,涿州范陽人也。

自破黃巾以來，諸侯聞名喪膽。手執丈八蛇矛，呂布小兒你怕是不怕？

（唱）張翼德威名人皆曉，我今擒你獻功勞。（劉備、關羽、張飛同殺）

張　飛　呂布，你敢是怯戰？

呂　布　非是老爺怯戰，黑賊可認得你呂老爺？

張　飛　俺認得你是四姓的家奴。

劉　備
關　羽　他只有三姓。

張　飛　大哥、二哥哪裏知道。他本姓呂，投了丁建陽。殺了丁建陽，投了董卓。咱弟兄們滅了董卓，投入桃園，豈不是四姓的家奴？

呂　布　好匹夫！

（唱）一言怒滿三千丈，膽大匹夫把我傷。

關　羽　（唱）泗水關斬了華雄將，無名小輩逞剛強。

劉　備　（唱）董卓殘暴把君抗，重整漢室誅賊亡。

張　飛　（唱）四姓家奴名節喪，留得臭名萬載揚。

呂　布　（唱）出兵會過多少將，三馬連環不見強。虛刺一槍走了罷。（呂布敗下）

關　羽
張　飛　（唱）虎穴龍潭戰一場！
劉　備

（關羽、張飛、劉備同追下）

第 六 場

（四文堂、四將官、公孫瓚同上）

公孫瓚　俺，公孫瓚。今桃園弟兄三人會戰呂布，惟恐有失，帶領本部人馬前去助戰。衆三軍的，殺上前去。

（四上手、四將官同上，李肅上，同會陣。公孫瓚見面）

公孫瓚　來將通名。

李　肅　大將李肅。

公孫瓚　看槍！

（公孫瓚、李肅同起打，李肅敗下，公孫瓚追下，呂布、劉備、關羽、張飛同上，三戰，呂布敗下，劉備、關羽、張飛同追下。呂布、劉備、關羽、張飛同上，起打，呂布敗下，劉備、關羽、張飛同追下。呂布上，進關，劉備、關羽、張飛同追上。呂布敗進關，張飛挑呂布紫金冠。李肅、四上手、四將官同敗上，進關。公孫瓚、四文堂、四將官同追上）

張　飛　大哥、二哥，呂布紫金冠，被弟一槍挑下來了嚇！

劉　備　此乃三弟之功也。趁此兵強，殺進關去，擒拿董卓。

公孫瓚　且慢，窮寇莫追，恐有埋伏。就此收兵。（眾人同下。張飛回頭）

張　飛　（三笑）哈哈，哈哈，啊哈哈哈！（張飛下）

戰 磐 河

佚 名 撰

解 題

晉劇。作者不詳。《山西戲曲劇目總攬》著錄。劇寫袁紹與公孫瓚約定共破韓馥,平分冀州。後袁紹背信棄義,將冀州獨占。公孫瓚命二弟公孫越前去討要,袁派部將顏良、文醜於途中將公孫越亂箭射死。公孫瓚興兵與袁紹會戰磐河,被顏良、文醜打敗。趙雲受袁紹辱,怨其不識人,棄袁投公孫,助其戰敗袁將,突圍而去。公孫瓚為報前仇,邀劉備助戰,大敗袁紹。本事出於《三國演義》第七回。清代花部亂彈有佚名的《磐河戰》。版本今有《山西地方戲曲彙編》第十二集《中路梆子專輯四》(山西人民出版社1984年4月版)本。今以該本為底本校點整理。

第 一 場

(公孫瓚帶把子上)

公孫瓚 (念)群英不和,日動干戈。

(詩)漢王天子龍耳軟,當聽奸臣把子參。

可恨袁紹背棄義,假取冀州不交還。

老夫複姓公孫,名瓚字白茂。昔日袁紹約我興兵,共破韓馥,平分冀州,不料老賊背信棄義,就裏取事,將冀州獨占。我不免將我家二弟喚進帳來,命二弟前去他營討要。中軍,宣你家二爺進帳。

中　軍 有請二爺進帳。

(公孫越上)

公孫越 兄長一聲喚,進帳問一番。參見兄長!

公孫瓚 二弟到來,請坐。

公孫越　謝座。兄長駕安？
公孫瓚　罷了。二弟可好？
公孫越　爲弟有何德能，敢勞兄長動問。
公孫瓚　見面應當爲兄一問。
公孫越　爲弟謝問。將爲弟喚進帳來，有何軍情議論？
公孫瓚　啊！二弟，昔日袁紹約咱興兵，共破韓馥，同取冀州，不料老賊心生奸計，就裏取事，將冀州獨占。我有心命二弟前去他營，一來犒賞三軍，二來向他討還境界。不知二弟心意如何？
公孫越　二弟情願前去。
公孫瓚　袁紹心性短見，二弟前去，須見機而行事。
公孫越　爲弟記下了。
公孫瓚　中軍，安排宴席！
　　　　（唱）大帳以內排酒宴，要與二弟餞陽關。
　　　　　　但願此去隨吾願，有爲兄迎接你在大營外邊。
公孫越　（唱）多謝兄長囑托言，爲弟心中自了然。
　　　　　　辭別兄長跨雕鞍，袁紹帳下走一番。
　　　　（下）
公孫瓚　（唱）一見二弟出營盤，倒叫老夫把心擔。
　　　　　　但等二弟回營轉，老夫纔把心放寬。
　　　　（下）

第　二　場

（趙雲上）
趙　雲　（念）縱有衝天凌雲志，空懷一片社稷心。
　　　　　　袁紹行事太不平，將我打在牧馬群。
　　　　常山趙雲。自投軍以來，袁紹老兒失去雙目，命我馬群牧馬，英雄埋沒，好不煩惱人也。
　　　　（唱）趙子龍在馬群心中煩惱，出言來罵一聲匹夫袁紹。
　　　　　　想當初誤認你能把國保，纔投在你帳下盡忠效勞。
　　　　　　不料想你本是昏王無道，動干戈起狼烟四處騷擾。
　　　　　　有一日遇見那英明主到，到那時我趙雲青史名標。（下）

第 三 場

（袁紹上。四龍套上）

袁　紹　（念）轅門外鼓樂聲高，眾兒郎虎背熊腰。
老夫袁紹，穩鎮河北，是我當年與公孫瓚二兵合約，共取冀州。老夫在此磐河兩岸養兵數載，未有交還，為此事倒叫老夫時刻有慮。
（中軍上）

中　軍　報！營外公孫越要見。

袁　紹　啊！這般時候，公孫越到此，必有所為，我不免看事而行。來！傳出去，裏面有請。

中　軍　裏面有請。
（公孫越上）。

公孫越　明公在哪裏？哈，哈，哈……

袁　紹　二公到來，請入大帳。

公孫越　明公駕安？

袁　紹　倒也罷了。二公你好？

公孫越　俺有何德能，敢勞明公動問。

袁　紹　見面恭有一問。

公孫越　謝問。

袁　紹　二公到此為何？

公孫越　奉了我兄長嚴命，前來犒賞三軍。

袁　紹　原來如此。擺開酒宴，與二公洗塵。（擺酒宴）二公此番前來，單為犒賞三軍，還有何事？

公孫越　我今前來，一為犒賞三軍，二為當日明公與我兄王興兵共取冀州之事……

袁　紹　嗯，這個……我這裏告便。

公孫越　請便。

袁　紹　我當為了何事，原來為了冀州一席之地。（思介）啊，我自有道理。二公，若要我兩家平分冀州土地不難，二日天明，請你兄長前來磐河兩岸，再作道理。

公孫越　如此告辭。

袁　　紹	奉送。（冷笑）
公孫越	二馬童，帶馬。（下）
袁　　紹	公孫越走後，我將顏良、文醜宣進帳來，命他扮就董太師人馬，埋伏在中途，將公孫越小兒亂箭射死，就是這般主意。來！顏良、文醜進帳。

（顏良、文醜同上）

顏　　良	明公有喚，
文　　醜	進帳去見。
顏　　良 文　　醜	參見明公。
袁　　紹	顏良、文醜聽令！命你二人帶領一哨人馬，扮就董太師家將模樣，埋伏磐河中途，等公孫越到來，亂箭齊發，將公孫越小兒射死。
顏　　良 文　　醜	討令。哈哈哈！（下）
袁　　紹	公孫越小兒！

（念）天堂有路你不走，地獄無門自來投。

（掩門，下）

第　四　場

（顏良、文醜上）

顏　　良	顏良。
文　　醜	文醜。
顏　　良	將軍請了。
文　　醜	請了。
顏　　良	奉了明公嚴命，扮就董太師家將，埋伏磐河中途，單等公孫越到來，亂箭齊發。將軍請來傳令！
文　　醜	還是將軍傳令。
顏　　良	還是一同傳令。眾將官！站東過西，聽我一令者！ （唱）顏良教場把令傳，
文　　醜	（唱）大小兒郎聽我言。
顏　　良	（唱）人馬埋伏磐河岸，

文　醜　（唱）公孫越到來亂箭穿。
顏　良　（唱）衆將帶馬莫遲慢，
文　醜　（唱）去到磐河走一番。（同下）

第　五　場

（公孫越帶馬童上）

公孫越　（唱）可恨袁紹太奸刁，背信棄義令人惱。
　　　　　　　催馬加鞭行得快，見我兄長報分曉。
　　　　（下）
　　　　（顏良、文醜、四把子同上）
顏　良　（唱）一支將令往下傳，哪個膽大不聽言。
　　　　　　　行來磐河中途路，
把　子　報，來在磐河中途。
顏　良　四下埋伏，登高一望。
　　　　（公孫越上）
公孫越　（唱）催馬加鞭轉回還。叫聲家將往前趕，
文　醜　呔，公孫小兒，哪裏逃走！
公孫越　（唱）爾是何人把路攔。（截）
　　　　你是何人，敢擋住二爺的去路？
顏　良　我們奉了董太師嚴命，來取兒的首級來了，還不早早下馬受死。
公孫越　看劍！（互打，追下）
顏　良
文　醜　公孫越小兒來得厲害。衆將官，亂箭齊發，按馬追！（下）
　　　　（公孫越中箭上）
公孫越　（唱）公孫越，好心惱，罵聲匹夫老袁紹。
　　　　　　　騙取冀州你不交，要害二爺命一條。
　　　　　　　轉面我把馬童叫，快與兄王把信報。
　　　　　　　你就說老兒害我磐河道，速發大兵把恨消。
　　　　　　　快去！三環寶劍拔出鞘，倒不如一死赴陰曹。（欲自刎）
　　　　（顏良、文醜、四把子上，把公孫越一刀砍死）
顏　良
文　醜　哈哈哈！回營。（同下）

第 六 場

（公孫瓚帶把子上）

公孫瓚　（念）二弟出營不見還，倒叫老夫挂心間。
把　子　禀爺，天色已晚。
公孫瓚　移轉中營。
把　子　來在中營。
公孫瓚　紗燈高挂。兩廊退下！（睡介，三更鼓）
　　　　（唱）耳聽得譙樓上三更三點，思想起朝中事我好悲慘。
　　　　　　漢天子他生來太實耳軟，他不納忠良諫聽信奸讒。
　　　　　　十常侍在朝中專權作亂，京都裏有董卓獨霸朝班。
　　　　　　那老賊專大權詭詐陰險，欺天子壓諸侯狼虎一般。
　　　　　　立逼得衆諸侯東離西散，稱雄霸動干戈四處狼烟。
　　　　　　袁本初屯河内少糧缺錢，他一心奪冀州磐河兩邊。
　　　　　　他修書約本鎮與他助戰，破韓馥取冀州同分共沾。
　　　　　　可恨那老匹夫行事太短，背信義食前言獨占地盤。
　　　　　　差二弟到他營與他争辯，爲甚麽到如今不見回還？

（馬童上）

馬　童　報，大事不好！
公孫瓚　何事驚慌？
馬　童　是我跟隨我家二爺去到袁紹營下，返回磐河中途，中了老賊埋伏之計，被顏良、文醜將我家二爺亂箭射死。
公孫瓚　（唱）聽一言心中如火燒，罵聲袁紹無人道。二弟呀，罷了二弟！
　　　　（唱）差我二弟把冀州討，打排定計你不交。
　　　　　　不交土地還罷了，害我二弟爲哪條？
　　　　　　講着講着心好惱，心血不斷往上潮。
　　　　　　出言我把中軍叫，我不殺袁紹賊恨難消。
　　　　命嚴綱進帳。
中　軍　嚴綱進帳。
　　　　（嚴綱上）
嚴　綱　（念）衝鋒陷陣如虎豹，英雄生來膽氣豪。

俺，嚴綱。明公有喚，進帳去見。參見明公。

公孫瓚 站下。

嚴　綱 宣我進帳，哪路有差？

公孫瓚 嚴綱聽令！

嚴　綱 在。

公孫瓚 今有袁紹老賊，使用奸計，差顏良、文醜將你家二爺在磐河中途，用亂箭射死。命你帶領一部人馬，攻打頭陣，與你二爺報仇，不得有誤，快去。

嚴　綱 討令，馬來！（帶把子，下）

公孫瓚 中軍，啓開文房四寶。（寫書）這是小書一封，下在桃園那裏，快去。

中　軍 是。（下）

公孫瓚 啊，嚴綱出馬，老夫放心不下；還得老夫親自出馬。衆將官，與爺寬袍來。

（同下）

第 七 場

（趙雲拉馬上）

趙　雲 常山趙雲。耳聽後邊人喊馬叫，待我下馬，登高一望。（下）
（公孫瓚上。顏良、文醜追上。公孫瓚脫甲敗下，顏良、文醜追下）
（趙雲返上）

趙　雲 哈，前邊敗的一員老將，後邊顏良、文醜追趕，殺得那位老將軍，丟盔撂甲，披頭散髮。我不免單身獨馬上前去救，趁此殺死袁紹，以解心中之恨。（下）

第 八 場

（公孫瓚上，顏良、文醜趕上，公孫瓚敗。趙雲接打，顏良、文醜敗，趙雲追下）

第 九 場

（公孫瓚上，爬山。顏良、文醜上。趙雲趕上。接打，顏良、文醜敗，趙雲追下）

公孫瓚 好將、好將、好將！哈，哈，哈！

（顏良、文醜上。趙雲追上，顏良、文醜敗下。公孫瓚下山，拉趙雲）

公孫瓚 將軍慢着。將軍方纔救我不死，還不通名上來！

趙　雲 愚下趙雲。

公孫瓚 甚麼，甚麼？

趙　雲 愚下趙雲。

公孫瓚 我那趙將軍呀！

（唱）殺得我慌又慌來忙又忙，兩軍陣擋不住刀和槍，

多虧少將軍把陣闖，戰顏良和文醜虎斷群羊。

來，來，來，隨老夫把關上，（後臺擂鼓三聲）

回營去我與你大排宴場。

好將，好將，好將哪！哈，哈，哈，哈，將軍來吧！（同下）

第 十 場

（劉備、關公、張飛上）

劉　備（唱）群英不和兵馬亂，殺來殺去多不安。

將身打坐連環帳，耳聽令人報端詳。

（下書人上）

下書人（念）人走渾身汗，馬跑滿肚泥。

來在大營，裏邊哪位在？

（堂官上）

堂　官 言講甚麼？

下書人 往裏去傳，下書人要見。

堂　官 少等，待我與你傳稟。稟爺，下書人要見。

劉　備 命他進來。

堂　官 命你進去。

下書人　前邊帶路。與爺叩頭。
劉　備　到此爲何？
下書人　前來下書。
劉　備　何人所差？
下書人　公孫瓚所差，命我前來下書。
劉　備　呈來，待我一觀。我當爲了何事，原來明公與袁紹交戰，請我弟兄前去相助。我想兩家交好，一定解圍。下書人走來！修書不及，原書帶回，隨後發兵便了。
下書人　領書。
劉　備　三弟聽令。
張　飛　在。
劉　備　教場點動人馬，候兄起身。
張　飛　討令。（同下）

第 十 一 場

（張飛上）

張　飛　（念）鐵甲鱗龍背，金盔罩豹頭。
　　　　　　　跨下烏騅馬，手使丈八矛。
　　　　翼德張飛。奉了大哥嚴命，操點人馬。人馬點齊，回頭一望，大哥來也。
（劉備、關羽上）
張　飛　參見大哥。
劉　備　站下。命你操點人馬，人馬可曾點齊？
張　飛　人馬點齊，候大哥傳令。
劉　備　三弟聽令！吩咐眾將攀鞍上馬，兵發磐河去者！
張　飛　眾將官！攀鞍上馬，兵發磐河去者。（同下）

第 十 二 場

（趙雲上）

趙　雲　（念）頭戴二龍點鋼盔，身穿鎧甲雪花飛。

跨下戰馬龍戲水，白銀長槍顯神威。

趙雲。奉了明公將令，命我操點人馬。人馬已齊，明公來也！

（公孫瓚上）

|趙　　雲| 參見明公。
|公孫瓚| 人馬？
|趙　　雲| 點齊。
|公孫瓚| 兵發——
|趙　　雲| 磐河。
|公孫瓚
趙　　雲| 馬來。（同下）

第 十 三 場

（顏良、文醜上）

|顏　　良| 顏良。
|文　　醜| 文醜。
|顏　　良| 公孫瓚二次統兵前來，你我再迎他一陣。來呀，殺！

（趙雲、顏良、文醜、公孫瓚四人接打。顏良、文醜敗下，趙雲追下，公孫瓚拖刀下）

第 十 四 場

（劉備、關公、張飛上）

|劉　　備| 劉玄德。後邊戰鼓齊鳴，三弟聽令！攻打頭陣，快去。
|張　　飛| 討令，馬來！（同下）

第 十 五 場

（顏良、文醜上）

|顏　　良| 公孫瓚殺法驍勇。來呀，收兵！（張飛上）
|張　　飛| 來將通名。
|顏　　良| 顏良。

文　醜	文醜。
	（雙方交戰。顏良、文醜敗。張飛笑："哈，哈，哈，哈。"）
	（趙雲上）
張　飛	來將通名。
趙　雲	趙雲。
	（接戰。張飛敗下）（公孫瓚上）（劉備、關公、張飛齊上。互打）
公孫瓚	慢着，你二人不要誤打，待我與你引介，這是劉玄德，這是二公，這是三公，這是趙雲。
劉　備 關　公 張　飛	原來如此。我弟兄救駕來遲，望明公恕罪。
公孫瓚	哪有你弟兄之罪，不是你弟兄和趙將軍救駕，老夫幾乎命喪顏良、文醜之手，如今殺得袁紹老賊大敗而逃，你我一同收兵回營。
	（同下）

賜　環

佚　名　撰

解　題

　　晉劇。作者不詳。未見著錄。劇寫東漢末年，太師董卓專權，其義子呂布助紂爲虐，殘害忠良，百官怒不敢言。司徒王允收歌姬貂蟬爲義女，巧定連環計，將貂蟬明許董卓，暗許呂布，從中離間董卓與呂布父子關係，殺死董卓，以保漢室江山。貂蟬欣然答應。本事出於元雜劇《錦雲堂暗定連環計》、元刊《三國志平話》。《三國演義》、明傳奇王濟《連環記》、清傳奇《鼎峙春秋》等均寫有此情節。版本今見太原市實驗晉劇團演出本，該本是晉劇傳統劇目《鳳儀亭》中的一折，啜希忱根據晉劇名家白桂英、郭彩萍演出的音像資料整理而成。今以該本爲底本進行校勘整理。

　　　　　　（月夜，貂蟬上）
貂　蟬　（念）夜闌無眠仰長空孤雁哀眠，一爐清香遥拜月聊去愁心。
　　　　（唱）居椒房夜無眠愁思不斷，穿芳徑踏青苔來到花園。
　　　　　　滿朝中朱紫貴官高爵顯，食君禄終日裏尸位素餐。
　　　　　　恨董呂結狼狽意欲謀篡，王老爺憂國事意亂心煩。
　　　　　　貂蟬女空懷有男兒志願，爲藝姬志難酬怎挽狂瀾。
　　　　　　悶悠悠對皓月暗自禱念，（王允內：唔哼！）
　　　　　　隱約約有人來我藏匿花園。
　　　　　　（下）
王　允　家童！
家　童　有。
王　允　帶路。
家　童　是。

王　允	（唱）	王司徒在花園心煩意亂，思想起朝中事輾轉難眠。
		先帝爺創基業披肝瀝膽，到如今好河山陰霾彌漫。
		君王無主見，董、呂掌朝班，忠良遭殘害，黎民受熬煎。
		衆文武心如火焚敢怒不敢言，張温兄爲漢室滿門抄斬。
		淫威下衆良臣噤若寒蟬，我王允空懷憂一籌莫展。
		叫家童，捧瑶琴消憂解煩。（撫琴）
貂　蟬	（唱）	琴悠悠兮訴惆悵，恨綿綿兮仇難償。
		憤慨慨兮志不酬，哀怨怨兮女紅妝。
王　允		啊！甚麽人在此。是我正在撫琴，聽一女子吟唱，家童！
家　童		在。
王　允		喚那女子前來問話。
家　童		是，那一女子，我家老爺命你上前回話。
		（貂蟬上）
貂　蟬		小女子與老爺叩頭。
王　允		下跪你是歌姬貂蟬？
貂　蟬		是。
王　允		起來。
貂　蟬		謝老爺。
王　允		適纔花園可是你在吟唱？
貂　蟬		小女子不知老爺在此，望却恕罪。
王　允		這倒無妨，女孩人家，不在椒房休息，深夜花園吟唱，莫非有甚麽私情不成麽？
貂　蟬		小女子不敢有私情。
王　允		既無私情，爲何恨天怨地？
貂　蟬		是我心中鬱悶，夜不能眠，故而來在花園，以歌消憂，并不敢恨天怨地。
王　允		既無恨天怨地，可聽你歌聲悲中帶恨，哭中帶怨，恨之那個？怨之何人？
貂　蟬		這——
王　允		難得你聞琴而歌，堪稱爺的知音，不必多慮，從實講來。
貂　蟬		老爺呀！董卓、呂布專權，欲謀漢室，小女子心有煩，故而來在花園，以解愁煩。

王　　允　哼！貂蟬，想你身爲歌姬，不過撫琴歌舞而矣，軍國大事，何勞爾等煩心啊？

貂　　蟬　老爺呀，國家興亡，匹夫有責，小女子雖然身爲歌姬，但肩負國難，在所不辭。老爺，你也不是無計除奸，憂國憂民嗎？

王　　允　這——哎，肩負國難，談何容易，我們文武百官，皆無良策，你這小女子，也不過感慨悲歌而矣。

貂　　蟬　老爺呀！小女子願喬裝改扮，懷藏短刀，混入董府，待機刺殺董——

王　　允　貂蟬呀！那董府戒備森嚴，又有呂布護衛左右，倘若殺賊不成，反被賊害，萬萬使不得呀！

貂　　蟬　天哪，老天呀！我貂蟬壯志未酬，難道這報國除奸就無計可成了嗎？

王　　允　是啊！這報國除奸就無計可成嗎？這——（見貂蟬美貌，頓生心計）貂蟬，董卓父子皆乃酒色之徒，我有心收你爲義女，明許董卓，暗許呂布，或董或呂，殺死一個，漢室江山，纔能有救，不知你意下如何？

貂　　蟬　這——

王　　允　爲國除奸，拯救漢室，實乃大義呀！

貂　　蟬　爹爹在上，受兒一拜。

王　　允　我兒快快起來，我兒一身繫天下之安危，真乃女中豪杰。

貂　　蟬　兒願親自前往。

王　　允　（唱）貂蟬女捨身保大漢，我爲江山拜紅顏。（拜）

貂　　蟬　（唱）縱然事敗碧血染，萬古流芳美名傳。

王　　允　這是爲父壓袖連環，我兒好好收藏，贈於呂布，權當信物，我兒記下了。

貂　　蟬　兒我記下了。

王　　允　好，好，回房去吧。

貂　　蟬　是。

　　　　　（念）入虎穴除奸賊何懼風險，（下）

王　　允　（念）連環計還須我巧妙周旋。（下）

小　　宴

王辛路　整理

解　　題

　　晉劇。王辛路整理。王辛路，生平里居不詳。此劇未見著録。劇寫司徒王允爲離間董卓、吕布父子，巧施連環計，以贈冠之名，將吕布誘至府中。吕布見貂蟬容貌出衆，遂起愛慕之心，求娶貂蟬。王允許婚。本事見前《賜環》解題。版本今見郭恩德、趙華雲主編《山西戲曲折子戲薈萃》（中國戲劇出版社1989年5月），原本由山西晉中青年晉劇團田素芳提供，王辛路整理。今以王辛路整理本爲底本校點整理。

第　一　場

（吕布内聲：嗚哼！上，家將隨上）

吕　布　（念）縱赤兔揮畫戟蓋世無敵，逞英武戰群雄威震華夷。

　　　　　鏖戰虎牢撼山岳，金陛慶功封侯爵。

　　　　　董、吕掌朝百官怯，神州在握憑豪杰。

　　　　某，姓吕名布字奉先。虎牢關前殺退一十八路諸侯，仰仗董太師之威，邀集滿朝文武金殿慶功，封俺溫侯爵。可恨張飛黑賊將俺頭上紫金冠打落在地，我朝司徒王大人，差人與我送來綉冠一頂，戴在頭上只覺得威武超群。今閑暇無事，不免過府謝冠。來！家院！

家　將　有。

吕　布　安馬！

家　將　啊！

（吕布、家將同下）

第 二 場

　　　　　（王允内聲：嗚哼！上）
王　允　（念）差人去送冠，不見轉回還。
　　　　　（季旅内聲：嗚哼！）
季　旅　（念）過府去送冠，溫侯笑開顏。
　　　　　參見老爺！
王　允　站下！命你過府送冠，怎麼樣了？
季　旅　溫侯見冠，滿心歡喜，過府謝冠來了。
王　允　哦，溫侯他來了？
季　旅　正是。
王　允　溫侯到來，酒席宴前連禀二次，就說西府請爺過府議事。可曾記下？
季　旅　記下了！
王　允　記下了好。酒席宴前照我眼色行事。溫侯到來早禀。
　　　　　（家童暗上）
季　旅　是。（下）
　　　　　（內聲：溫侯到）
家　童　溫侯到！
王　允　傳出有請。
季　旅　是！有請！（下）
　　　　　（家將領呂布上）
王　允　啊，溫侯。
呂　布　王大人，啊哈……
王　允　溫侯。
呂　布　王大人。
王　允　溫侯，下馬來呀——哈……
呂　布　王大人，（二人同時）啊這！哈哈……
王　允　不知溫侯到來，未及遠迎，當面恕罪。
呂　布　豈敢。未能差人來王大人身旁問安，末將之過。
王　允　好說。溫侯過府為何？

呂　布	過府謝冠來了。來，放了拜氈。
王　允	慢着。溫侯要氈何用？
呂　布	我要拜過王大人。
王　允	哎，我王允有何德能，焉敢勞動溫侯膝下之苦哇？
呂　布	蒙賜絨冠，壯我神威，焉有不拜之理？放了拜氈！放了拜氈！
王　允	不敢當，不敢當。啊哈！溫侯轉上受我王允回拜。
呂　布	哦呀呀，深蒙錯愛，呂布愧不敢當。再若下拜，啊呀呀，折煞末將了！
王　允	方今天下英雄，唯將軍一人。我王允非敬將軍之職，實敬將軍之勇啊！
	（同笑）啊哈……
王　允	虎牢關曹、劉兵敗，淨是將軍一人之功也！
呂　布	啊呀，惶恐呀，惶恐！
王　允	溫侯打退一十八路諸侯，爲國禦敵，令人敬佩。今日聊備小宴恭賀溫侯。
呂　布	來就要打擾。
王　允	理當如此啊！
家　童	宴齊。
王　允	酒來。
家　童	是。（下）
王　允	溫侯，請！
呂　布	請！
王　允	溫侯！
呂　布	少禮了，少禮了！啊哈……
王　允	不妨事，不妨事。（家童復上。家童上宴）
王　允	溫侯。
呂　布	王大人。
王　允	請。
呂　布	請吶。
	（季旅上）
季　旅	報！稟爺。
王　允	何事？

季　旅	西府來人請爺過府議事。
王　允	知道了,下去。
季　旅	是!(下)
王　允	溫侯,我命堂候季旅送去綉絨冠一頂,溫侯中意否?
呂　布	王大人,差人送去綉絨冠一頂,戴在頭上,只覺得威武超群。王大人,此冠珠圓玉潤,巧奪天工,但不知出於哪位能工巧匠之手啊?
王　允	哎!小女手拙,溫侯見笑。
呂　布	哦!怎麼,是令嬡親手所做嗎?
王　允	正是,小女敬仰溫侯,若能稍助將軍威儀,小女則不勝榮幸之至啊!
呂　布	啊呀呀!小姐如此用心良苦啊!
王　允	本當命她拜見溫侯,怎奈她小家失教,猶恐宴前失禮。
呂　布	哎!你我乃莫逆之交,何須拘此小禮。
王　允	啊呀,着哇!我與溫侯乃莫逆之交,見見何妨呀。家童,命丫環扶小姐出堂!
家　童	是。丫環扶侍小姐出堂。
	(內應:是,有請小姐)(丫環引貂蟬上)
貂　蟬	唔哼!
	(念)捨身取義賺凶手,違心風騷了恩仇。
	女兒參見爹爹!
王　允	少禮。兒啊,上坐的就是溫侯,我兒上前見過。
貂　蟬	遵命。溫侯萬福!
	(呂布目視貂蟬,情不自禁)
王　允	溫侯,小女的禮到。哎,溫侯,小女的禮到!
呂　布	哦!末將還禮,末將還禮。
王　允	哎!小孩家還的甚麼禮呀!
呂　布	理當如此麼。
王　允	兒啊,與溫侯滿斟一杯。
貂　蟬	丫環,看酒。
呂　布	末將不當。
王　允	當得。
呂　布	不敢當呀。
王　允	當得啊。溫侯請!(入座)

貂　蟬　溫侯請飲此杯。
呂　布　多謝小姐。
王　允　溫侯！哎，溫侯，請酒吶！
呂　布　哦……啊哈……
王　允　兒啊，坐了。聞聽人說，溫侯在虎牢關前，大戰桃園弟兄。我只是耳聞，未曾目睹，有勞溫侯講述一遍，我父女洗耳恭聽。
呂　布　王大人，你問虎牢關之戰嗎？
王　允　正是。
呂　布　提起虎牢關是一場好戰也！
　　　　（唱）衆諸侯結盟約興兵討戰，三聲炮旗門開策馬上前。
　　　　　　揮畫戟龍走蛇舞寒光閃，跨赤兔猶如猛虎把翼添。
　　　　　　匡軍敗如山倒方悅被斬，又擋住劉關張三馬連環。
　　　　　　酣戰中偶不慎閃下破綻，猛張飛打掉俺頭上金冠。
王　允　哦呀，果然險呢。若非溫侯英勇過人，武藝出衆，焉能度過此關？
呂　布　嘿！
　　　　（唱）怒惱俺火性起奮勇鏖戰，直殺得劉關張退離關前。
　　　　　　非是末將誇海疆，試問這天地間群雄者[1]——
　　　　　　誰人能勝俺呂奉先？
王　允　哦呀呀！溫侯真乃威武。
呂　布　見笑。
貂　蟬　超群。
呂　布　出醜。
王　允　威武超群。
呂　布　見笑出醜吶，啊哈……
　　　　（季旅上）
季　旅　報！稟爺。
王　允　何故？
季　旅　西府二次請爺過府議事。
王　允　嗯！溫侯在此，只管亂傳，還不下去。
季　旅　是。（下）
呂　布　王大人，西府有何要事，爲何令人稟報甚急？
王　允　西府請我不過爲了些許小事。

呂　　布　既然西府有事,末將告辭。

王　　允　慢着,溫侯何必去心太急,我去去就來。

貂　　蟬　爹爹,女兒告退。

王　　允　兒啊,爲父西府議事,去去就來。我兒陪伴溫侯多飲幾杯。

貂　　蟬　這……

王　　允　哎！這有何妨。溫侯與父交厚,不比外人,你二人如同兄妹一般不必多慮。(對呂布)

　　　　　溫侯,就命小女暫陪溫侯飲酒,我告便。

呂　　布　請便！(見王允下)小姐。

貂　　蟬　將軍。

呂　　布　(唱)庸脂粉見過千千萬,難比小姐美容顏。
　　　　　　　眉如新月芙蓉面[2],秋波閃閃情意含。
　　　　　　　她那裏羞羞澀澀一旁站,我這裏心猿意馬口難言。

貂　　蟬　將軍,請來用酒。

呂　　布　這酒我是不能用了。

貂　　蟬　怎樣你就不能用了？

呂　　布　再用我就醉了。

貂　　蟬　將軍海量,怎麼幾杯你就醉了？

呂　　布　豈不知酒不醉人人自醉吶！啊哈……

貂　　蟬　丫環,與溫侯打茶來。

丫　　環　是！(下)

呂　　布　那是小姐,啊,這……哈……小姐請來,末將這廂有禮。

貂　　蟬　方纔施過札了。

呂　　布　豈不知禮多人不怪吶！

貂　　蟬　將軍,我家爹爹臨走之前,命我陪伴將軍飲酒,將軍吃一杯。奴家捧盞,來來來,待我與你滿上。

呂　　布　慢着,末將有何德能,爲敢勞動千金奉陪？

貂　　蟬　禮應。

呂　　布　不敢當。

貂　　蟬　當得。請！

呂　　布　哦,呀呀,末將不敢當吶！(耍雕翎)小姐,適纔末將魯莽,小姐不要見怪。

貂　蟬　將軍，

　　　　（唱）在閨中聽說你翩翩儀表，萬人中第一員武藝高超。

　　　　鮮花含苞待放盼春早，綉絨冠搭上這座順心橋。

呂　布　（唱）小姐她吐真情滿面羞臊，喜得我呂奉先魄散魂飄。

　　　　似這等絕代佳人塵世少，求淑女結鸞儔共度良宵。（王允暗上）

呂　布　末將有一言，不知當講不當講？

貂　蟬　將軍有何貴言，請講當面。

呂　布　請問小姐名叫甚麼？

貂　蟬　名叫貂蟬。

呂　布　芳齡幾何？

貂　蟬　二九年華。

呂　布　可曾許人？

貂　蟬　這個……

呂　布　甚麼？

貂　蟬　豈不知《易經》云："遲歸終吉"？

呂　布　甚麼，甚麼，《易經》云"遲歸終吉"？小姐既知《易經》云，知《詩經》曰嗎？

貂　蟬　《詩經》曰甚麼？

呂　布　"關關雎鳩，在河之洲。窈窕淑女，君子好……"

貂　蟬　好甚麼？

呂　布　"好逑"吶，哈……

貂　蟬　將軍既然有意與我，就該在我父面前提親。

呂　布　誠恐王大人不允。

貂　蟬　我家爹爹不允，奴我情願當面許……

呂　布　許甚麼？

貂　蟬　許……

呂　布　許甚麼啊？

貂　蟬　許親。

呂　布　多謝小姐厚意，末將過得府來，無有帶甚麼稀罕之物，但說這、這、這……嗯，有了。小姐，這是末將壓冠金簪，權當聘禮。

貂　蟬　奴家敬領，這是奴家的壓袖連環，權當回奉。

呂　布　末將敬領。

貂　蟬　將軍看甚麼？
吕　布　小姐,你看這四下無人,如其不然,你我就應該拜拜天……
王　允　(旁白)對。
貂　蟬　拜甚麼？
吕　布　拜拜天地啊！
　　　　(唱)我贈你定親禮壓冠金簪,
貂　蟬　(唱)我贈你回奉禮壓袖連環。與將軍結夫妻福分不淺,
吕　布　(唱)但願得咱二人偕老百年。
王　允　(唱)王允我進庭來用目觀看,只見那吕奉先懷抱貂蟬。
　　　　(對貂蟬)哇！回房去,回房去！溫侯!
吕　布　(作醉態)噯,噯……
王　允　哎！溫侯。這就不是,我命小女陪你飲酒,你將小女就是這樣……啊呀呀,分明是你依仗權勢,欺壓我王允朝中無人。你、你這人真是豈有此理！你做的這叫甚麼事呢？
吕　布　那是王大人？啊這……哈……王大人,末將不會飲酒,一時多貪了幾杯,少禮,大人莫要見怪,小將與你陪禮了。噯……噯……
王　允　這麽説,你醉了？醉了、醉了,也就罷了。
吕　布　這不就對了。
王　允　哎,你不是醉了？
吕　布　噢……啊哈……
王　允　溫侯既然見愛小女[3],就該對我明言,使她終身陪伴溫侯,這有何不可？
吕　布　王大人,此話當真？
王　允　婚姻大事,焉有戲言？
吕　布　如此岳父大人請上,受小婿一拜！
王　允　不拜也罷。
吕　布　小婿與你跪倒了。
王　允　啊哈……他倒跪倒了。溫侯,快快請起。
吕　布　大人,就該選一吉日。
王　允　好,我選一吉日。
吕　布　大人,快選,快選。
王　允　今日十三……

吕　布　唉,十三就好,十三就好。
王　允　這十三可是來不及了。
吕　布　偏偏的就來不及了。
王　允　明日十四……
吕　布　十四更好,十四更好啊!
王　允　哎呀!十四還是個忌日!
吕　布　我們武將家風,不管哪日忌月破。
王　允　哎,罷麽。溫侯,但等後日八月中秋,老夫備下妝奩,將小女抬過府去,與溫侯成親也就是了。
吕　布　王大人,如此小婿告辭了!
　　　　(唱)三日後成婚配只嫌太晚,盼的是中秋節明月正圓。
　　　　　　出門來再回頭叮囑一遍,
　　　　王大人,記住了,八月中秋。
王　允　哎,佳期如何能忘了。來,將溫侯的馬帶來!
吕　布　往下帶。
王　允　噢,我王允與溫侯牽馬鐙着實的中用。
吕　布　哎呀,王大人,末將不敢當,不敢當。
王　允　怎不敢當?將馬往上帶!
吕　布　對,往上帶,往上帶呀!
王　允　溫侯,我扶你一把。
吕　布　王大人!
　　　　(唱)中秋節迎令嬡再拜泰山。
王　允　送溫侯!
吕　布　王大人請,請,請在哪,啊哈……(下)
王　允　小孺子,
　　　　(唱)小孺子上馬去笑容滿面,他怎知我王允袖內機關。
　　　　　　定下了連環計不用刀劍,大功成管叫他父子相殘。(王允下)

校記

[1] 試問這天地間群雄者:"間",原作"聞",據文意改。
[2] 眉如新月芙蓉面:"芙",原作"荚",據文意改。
[3] 溫侯既然見愛小女:"見",原作"覓",據文意改。

鳳儀亭

佚 名 撰

解 題

蒲劇。作者不詳。《蒲州梆子劇目辭典》著錄。劇寫東漢末年，董卓專權，荒淫殘暴，收呂布爲義子，如虎添翼，百官震栗。王允欲除董卓，苦無良計。張温被殺，其丫環貂蟬逃至王府，見王允爲國憂思，深爲感動，自願獻身除賊。王允乃定連環計，將貂蟬認爲義女，明許呂布，暗獻董卓，董、呂由此嫉恨成仇。王允乘董卓移駕郿塢之機，假傳天子命詔，誆董卓還朝。董不識其計，被呂布刺死。本事出於元刊《三國志平話》、《三國演義》第八回與第九回。元雜劇有無名氏《錦雲堂暗定連環計》，今存劇目金院本有《刺董卓》，元明間無名氏有《董卓戲貂蟬》，宋元戲文今存殘曲有無名氏《貂蟬女》，明傳奇有王濟《連環記》。清代花部亂彈有佚名之《獻連環》《小宴》《美人計》，清代京劇有《連環計》等。版本今見《山西地方戲曲彙編》第八集《蒲州梆子專輯四》本，劇名下署"運城地區蒲劇團存本"。今以該本爲底本校點整理。

第 一 場

（四御林軍、四校尉、中軍引董卓上）

董　卓　（引）令行海宇仗雄威，看朝内如今有誰？
　　　　　（詩）漢獻帝在位懦弱，有老夫威鎮山河。
　　　　　　　　殺斬不由君王，江山在孤掌握。
　　　　　老夫董卓，獻帝駕前爲臣，只因扶天子定都長安有功，恩賜龍席、寶劍。今在梁府設宴，以察衆意而顯雄威。曾命李儒去請百官，怎麽不見到來？

（李儒上）

李　儒　（念）請得百官到，回稟太師知。
　　　　啓稟太師，列位大人請到。
董　卓　外厢開門，李儒去迎。
李　儒　外厢開門！
　　　　（吹牌子。士孫瑞、黃琬、張溫、王允上）
　衆　　參見太師！
董　卓　列位少禮，坐了！
　衆　　（入座）請我等到來，有得何事？
董　卓　只因我兒呂布，在虎牢關大戰一十八路諸侯有功，又蒙列位相助，扶天子遷都長安，聖上見喜，賜龍席、寶劍，現在梁府。不知何人坐龍席？何人掌寶劍？
　衆　　太師坐龍席！太師掌寶劍！
董　卓　誠恐列公不服。
　衆　　我等皆服。
李　儒　宴齊。
董　卓　酒來！（吹牌子，中軍捧酒上）
董　卓　請！
　衆　　太師請！（吹牌子，飲酒）
呂　布　（内白）催馬！
　　　　（家將引呂布上。下馬，家將下）
呂　布　呂布告進！（入内）相父在上，呂布打躬！
董　卓　少禮！見過列公。
呂　布　列位大人！
　衆　　溫侯！
董　卓　我兒爲何來遲？
呂　布　嗯！這……（遲疑）兒有機密大事稟告。
董　卓　你且講來。
呂　布　這……相父附耳來。（呂布與董卓耳語）還有書信一封，相父請看。
董　卓　拿來我看。（看信）呂布聽令！
呂　布　在！
董　卓　將張溫老兒扯下斬了。
呂　布　得令！（扯張溫下，復上）斬訖！

董　卓　吕布聽令！命你帶領三千御林軍，抄殺張府。
吕　布　得令！（出門）帶馬！
　　　　（家將上，帶馬，與吕布同下）
　衆　　啊？太師，但不知張温身犯何罪，推下問斬？
董　卓　只因張温老兒私通袁術，欲圖於我，不是書信錯下奉先之手，老夫的首級不出數日，就要獻在他人手内，故而將他推下問斬。
　衆　　原來如此。
李　儒　太師，斬的好是好，只是太早了。
董　卓　何言尚早？
李　儒　想此事必有同謀之人，丹墀放下夾棍、板子、龍頭、拶子，打得張温老兒多招上幾個，然後再斬，非爲遲也。
董　卓　（一想）嗯！李儒得位。衆位大人！
　衆　　太師！
董　卓　今日此宴須要改過。
　衆　　改爲何宴？
董　卓　改爲人頭會。
　衆　　何爲人頭會？
董　卓　將張温首級放在丹墀，任憑列公叫罵，哪家不罵，與張温一律同罪。
　衆　　我等遵命！
董　卓　中軍！
中　軍　有！
董　卓　捧頭來！（中軍捧頭上）
　　　　（唱）見人頭不由人氣破肝膽，罵張温老匹夫喪盡心肝。
　　　　　　我董卓爲漢室削平禍亂，除常侍扶天子駕坐長安。
　　　　　　爲大臣你不把社稷來念，你竟敢結袁術狼狼爲奸。
　　　　　　恨起來我剜了這老賊雙眼，（欲下位，又停）遵列公上前去叫罵奸讒。
李　儒　（對黄琬）大人請來叫罵。
黄　琬　遵命！
　　　　（唱）山上青松山下花，花笑青松不如它。
　　　　　　有朝一日嚴霜降，只見青松不見花。
李　儒　罵得好！得位。（向士孫瑞）大人請來叫罵。

| 士孫瑞 | 啊！
（唱）有一車輪過山崗，路上螳螂拿臂擋。
車輪未折螳螂喪，你好比擋車蠢螳螂。 |
|---|---|
| 李 儒 | 罵得好！得位。啊！王大人請來叫罵。 |
| 王 允 | （唱）王允氣的團團戰，低頭合目不敢言。
一見人頭好淒慘，
我把你老……（校尉喊聲）賊呀！（暗指董卓）
手指着人頭罵着（卓）奸。
太師功高威名顯，你為何害他喪黃泉？
你一人敢把朝事亂，小螻蟻焉敢抗泰山。
我王允若帶三尺劍，殺老賊與你報仇冤。
我有心多罵三五句，怕的是老賊解機關。
用手擦乾雙眼淚，打躬施禮離席前。 |
| 衆 | 我等告辭。 |
| 董 卓 | 李儒送客。 |
| 李 儒 | 遵命！
（士孫瑞、黃琬、王允下）（家將、呂布上。下馬，家將下） |
呂 布	（入內）回令！
董 卓	我兒抄殺張府怎麼樣了？
呂 布	抄殺已畢。老兒原是一家忠臣！
董 卓	怎見得？
呂 布	府下金銀俱無，豈非一家忠臣！？
董 卓	忠臣也要殺，奸臣也要斬。
李 儒	是呀！忠臣也要殺，奸臣也要……
呂 布	嗯……
李 儒	也要斬。
董 卓	呂布卸甲歇息，李儒回上你府。
呂 布	遵命！
（念）省台別相府，（家將上，帶馬）
李 儒	（念）各回各府中。
（呂布、家將與李儒分下）
董 卓	御林軍！（衆應聲）趕車侍候！

（出門，上車。四校尉、四御林軍、中軍引董卓下）

第 二 場

（貂蟬上）

貂　　蟬　（念）憂思恨綿綿，愁鎖兩眉間。
　　　　　　　　滿懷心腹事，難以對人言。（坐）
　　　　　　想我貂蟬，自幼父母雙亡，在張司空府中充當丫環，待我如同親生。張老爺不知身犯何罪，滿門犯抄！是我從便門逃出，又蒙王老爺收留，好生看待。今天是張老爺頭七之日，王老爺朝王未曾回來，不免去到花園，祭奠一番！
　　　　　　（唱）貂蟬女在房中泪流滿面，思想起張老爺心中悲酸。
　　　　　　　　可憐他忠良臣慘遭命斷，可憐他舉家人命喪黃泉！
　　　　　　　　低頭兒出得小屋外，捧香盤到花園祭奠一番。
　　　　　　　　正行走來抬頭看，不覺來到花園前。
　　　　　　　　用手兒開開門兩扇，邁步撩衣進花園。
　　　　　　　　行步兒來在魚池岸，月光下魚兒水面玩。
　　　　　　　　水不清盡都是魚兒作亂，朝不寧出董卓賣國奸讒。
　　　　　　　　我這裏雙膝跪望空祭奠，哭一聲張老爺泪灑衣衫！

王　　允　（内聲）嗯哼！

貂　　蟬　（唱）耳風裏忽聽得人聲喊，想必是老爺到花園。（起）
　　　　　　　　將身兒藏在花叢内，等老爺過去好回還。
　　　　　　（王允上）

王　　允　（唱）漢室江山四百年，朝出董卓吕奉先。
　　　　　　　　日前省臺召飲宴，可憐年兄喪席前。
　　　　　　　　哭了聲年兄難得見，恨董卓專權亂朝班。
　　　　　　　　欲將社稷來回挽，苦無良計除奸讒。
　　　　　　　　王允低頭進花園，忽聽林鳥鬧聲喧。
　　　　　　　　百鳥覓食忘疲倦，我王允爲漢室日夜不安。
　　　　　　　　悶悠悠來在花池岸，是何人分吾憂能解愁煩。

貂　　蟬　（唱）哭了聲張老爺死得凄慘，
　　　　　　　　張老爺……唉…張老爺呀，

(唱)恨只恨董卓呂奉先。
　　我貂蟬若是男兒漢,殺董卓與老爺報仇冤。

王　允　(唱)是何人在此間哭聲不斷,原來是府下的歌姬貂蟬。
　　　　好你貂蟬,這般時候,獨自一人,在此作念着甚麼?

貂　蟬　這……

王　允　聽你哭中有恨,恨中有怨,你哭着那個?恨着何人?

貂　蟬　我哭張老爺死的慘苦,恨的是董卓、呂布父子在朝專權。

王　允　唉,站起來!

貂　蟬　是!

王　允　你哭你家張老爺還則罷了,董、呂父子在朝專權,如狼似虎,滿朝文武,都不敢惹他,你乃一女流之輩,敢把他怎的?

貂　蟬　婢子倒有一計。

王　允　有何妙計?

貂　蟬　明日老爺上朝,婢子扮作老爺跟隨,自帶短刀一把,或董或呂刺殺一個,為老爺好保漢室江山。

王　允　聽貂蟬之言,頗有患烈之膽。只是殺了董卓還有呂布,殺了呂布還留董卓,他父子若留一個,豈不惹禍非小?你說這……有了!貂蟬!此處不是講話之地,隨爺去奔畫閣。

　　　　(繞行)
　　　　(唱)貂蟬女願捨身為國除患,頓時間倒叫我心懷放寬。
　　　　　　為漢室我這裏拿禮見。
　　　　(跪,貂蟬挽)

貂　蟬　(唱)貂蟬女忙把老爺攙。

王　允　哎呀貂蟬,百姓有倒懸之苦,我君臣有累卵之危。你今捨身除奸,真乃女中丈夫。

貂　蟬　老爺有何吩咐,就請明講。

王　允　想此二賊俱是酒色之徒,方纔聽你的言語,我倒想起一連環之計。

貂　蟬　何謂連環之計?

王　允　將你拜在我的膝下,認為義女。將你明許呂布,暗進董卓,你好從中用事,使他父子成仇,自相殘殺,爺好保漢室江山。

貂　蟬　貂蟬從命。爹爹請上,受女兒一拜!

王　允　爺有一拜!(貂蟬與王允互拜)

貂　蟬　（唱）爹爹在上兒叩首，連環之計記心頭。
　　　　　　此一去進梁府大事成就，不殺死董卓要刺溫侯。（下）
王　允　（唱）漢室江山還未斷，捨身救國有貂蟬。
　　　　　　安定社稷功非淺，青史名標萬古傳。
　　　　（下）

第　三　場

（吹牌子。家將、呂布乘馬上）

呂　布　只因俺在虎牢關失掉金冠，王司徒做就綉絨冠相送於我，今日登門拜謝。家將！
家　將　有！
呂　布　催馬！
家　將　遵命！（同下）

第　四　場

（王允上）

王　允　（念）安排香餌絲綸鈎，管叫魚兒自上鈎。（院子上）
院　子　回稟老爺，是我過府送冠，溫侯滿心歡喜，就要前來謝冠。
王　允　聽老爺吩咐，少時溫侯到來，我們席前飲酒，要你連報數次，就說西府請爺議事。可曾記下？
院　子　倒也記下。
王　允　府門照伺。
家　將　（內白）溫侯到！
院　子　稟老爺，溫侯到！
王　允　有請！
院　子　有請溫侯！
　　　　（呂布上）
王　允　溫侯！
呂　布　王大人！

呂	布	（同笑）啊哈哈哈哈！（進內）
王	允	
王	允	不知溫侯駕到，未曾遠迎，當面恕罪。
呂	布	哎呀，豈敢！蒙賜綉絨冠，壯我威儀，下將呂布當面拜拜拜過。
王	允	豈敢，輕微之物，何勞溫侯面謝。
呂	布	還是拜拜拜過。
王	允	擔待不起。
呂	布	如此省禮了！
王	允	大家省禮。溫侯駕到，備得小宴，待下官親自把盞。
呂	布	到此就要打擾。
王	允	說是你來看，我王允也是可擾之家。（王允、呂布同笑）啊哈哈哈。
院	子	宴齊！（院子捧酒，王允敬酒入坐）
王	允	溫侯請！（飲酒）啊，溫侯！
呂	布	王大人！
王	允	下官命人送去綉絨冠，不知溫侯可曾中意？
呂	布	新冠勝似舊冠，但不知哪個良工巧匠所做？
王	允	并非良工巧匠，乃是小女親手所做。
呂	布	啊，怎麽是令嫒親手所做[1]？
王	允	正是。
呂	布	哎呀……竟有這樣聰明小姐。哦，大人！下將欲請小姐出堂，當面拜謝，不知大人意下如何？
王	允	嗯！這……
呂	布	哎呀……忒冒昧了。
王	允	啊，溫侯，你我乃是通家之好，見見又有何妨，來！請小姐出堂。

（貂蟬上）

貂	蟬	（念）整裝移步出蘭房，懷揣香餌到華堂。
		參見爹爹！
王	允	兒啊！這就是溫侯，上前見過。
貂	蟬	溫侯在上，我這廂有禮！
呂	布	豈敢，小姐心靈手巧，親做綉絨冠相贈與布，下將當面謝過！
貂	蟬	我這廂還禮！
王	允	兒呀！回房去。

貂　蟬　遵命！
　　　　（貂蟬施禮出門，呂布呆視，貂蟬以目注視，微笑下）
呂　布　哦！哦！王大人！
王　允　請酒！（飲酒）
　　　　（院子上）
院　子　啓禀老爺，梁府差人請爺過府議事。
王　允　曉得了。（院子下）啊，溫侯，聞聽人說，你在虎牢關前，大戰十八路諸侯，英勇無比，王允只是耳聞，有勞溫侯講說一遍，王允洗耳恭聽。
呂　布　王大人問的是虎牢關之事？
王　允　正是。
呂　布　當真危險！
　　　　（唱）提起來虎牢關甚是危險，一杆戟戰桃園三馬連環。
　　　　　　　張翼德在馬上一聲大喊，用金鞭打掉了頭上金冠。
王　允　真乃威武超群！
呂　布　不稱獎。
　　　　（院子上）
院　子　啓禀老爺，梁府二次差人前來，請老爺過府有機密大事相商。
王　允　知道了。
院　子　連催數次了。
王　允　還不退下。（院子下）
呂　布　王大人，但不知爲了何事。
王　允　就是令尊那裏，請我過府議事。
呂　布　就該前去議事。
王　允　有心前去，無人奉陪溫侯。
呂　布　下將獨坐一時何妨。
王　允　那有獨坐之理，就命小女前來奉陪飲酒。
呂　布　這如何使得。
王　允　你我乃是通家之好，說甚麼使不得。告便，告便！
呂　布　王大人請便。（王允下）王大人真乃趣人也。
　　　　（唱）王司徒爲大臣英明果斷，待呂布真乃是溫良恭謙。
　　　　　　　到他府設下了美酒豐宴，他又命千金女來陪奉先。

　　　　　冷清清心急躁廊下游轉，（出門，看）却不見女嬋娟來到堂前。
　　　　　一霎時急得我心神煩亂，（進門，歸坐）佯裝着吃醉酒支頸而眠。
　　　　（似睡不睡狀，耍翎子）
貂　蟬　（內唱）理雲髮整容裝重新打扮，
　　　　（貂蟬上）
　　　　（唱）酒席前去陪伴溫侯奉先。我懷揣香餌鈎把他來見，（進門）
　　　　　只見他面緋紅支頸而眠。靜悄悄慢移步輕推桌面，（推桌）
　　　　　喚醒了有意人再好交言。
呂　布　（唱）千金女引得我心神繚亂，（醒看）酒席前站下了美貌天仙，
　　　　　我這裏上前去拿禮相見，問小姐來到此所爲哪般？
　　　　　不知小姐到來，我這裏有禮！
貂　蟬　豈敢！我父梁府議事，稍時便回，誠恐冷淡將軍，故而命我前來奉陪。
呂　布　小將不敢動動動勞，請問小姐芳名？
貂　蟬　小字貂蟬。
呂　布　今春幾何？
貂　蟬　虛度一十八歲。
呂　布　可曾適人？
貂　蟬　豈不知《易經》云："于歸終吉"。
呂　布　既知《易經》云："于歸終吉"。你可知《詩經》曰："關關雎鳩，在河之洲。窈窕淑女，君子好……"
貂　蟬　好甚麼？
呂　布　"好逑"。
　　　　（王允暗上偸聽）
貂　蟬　將軍既然愛我，就該在我父上邊提親纔是。
呂　布　誠恐大人不允。
貂　蟬　我父不允，我情願許……
呂　布　許甚麼？
貂　蟬　情願許親。
呂　布　好哇，多蒙小姐厚意，是我起身速忙，未曾帶上罕稀之物。你說這……有了，這是我鳳頭金簪，贈於小姐爲記。

貂　蟬　這是我的壓袖玉環，權作回奉。

呂　布　多謝小姐，既蒙允親，你我先拜一拜天地。

貂　蟬　（唱）鳳頭金簪玉連環。

呂　布　（唱）琴瑟和諧配姻緣。

貂　蟬　（唱）情投意合兩相願。

呂　布　（唱）比翼雙飛共百年。

王　允　（唱）溫侯作事理不端，不該酒後戲貂蟬。

哎呀！咦！（貂蟬下）啊？溫侯好有不是。我命小女陪你飲酒，你竟敢迎戲於她。真當……豈有此理！

呂　布　王大人，下將不會飲酒，多吃了幾杯，得罪大人，莫要見怪。

王　允　你住了吧，說甚麼不會飲酒，明明欺我王允……哼！真當，豈有此理！

呂　布　大人，下將當真吃醉了。

王　允　甚麼，你當真吃醉了？

呂　布　（裝醉）嘔……喔……

王　允　（背白）溫侯生來威武超群，有心把小女許配與他，從不從話講當面。

呂　布　哎呀着！（見王允）嘔……喔……

王　允　溫侯，莫非你喜愛小女？

呂　布　哎呀！……令嬡真乃美人也！（伴裝嘔吐）

王　允　若不嫌弃，將小女許配溫侯，你看如何？

呂　布　啊，王大人，這可是一句實話？

王　允　我豈能道謊。

呂　布　但不知幾時抬親？

王　允　這……今天十三……

呂　布　十三就好。

王　允　來不及了，明天十四……

呂　布　十四就十四。

王　允　溫侯，十四是個忌日。

呂　布　王大人，我們武將家風，哪管它日忌月破。

王　允　溫侯不必着急，後天正逢八月中秋，乃是良辰佳期，備了妝奩，我將小女抬過府去，看是如何？

吕　布　哎呀！好哇！大人當面許親，下將無恩當報，後來願效犬馬之勞。如此岳父請上，小婿吕布，當面拜過。（拜）

王　允　不拜倒也罷了。

吕　布　（唱）蒙大人許愛女結爲親眷。（出門）馬來！（家將上，帶馬）

（唱）咱兩家這門親如同綫牽。（與家將同下）

王　允　哈哈哈！

（唱）父女二人定連環，吕布先中巧機關。

乘機還須用機變，要防奸賊生疑端。（下）

校記

[1] 怎麼是令嬡親手所做："嬡"，原作"媛"，據下文改。

第　五　場

（董卓由下場門上）

董　卓　啊哈……

（唱）後宫奉了天子詔，要我執掌漢當朝。

雙手捧劍哈哈笑，管叫群臣魂魄消。

（王允由上場門迎上）

王　允　參見太師！

董　卓　司徒爲何不曾退班？

王　允　伺候太師！

董　卓　（笑）啊哈哈哈哈！

王　允　太師發笑爲何？

董　卓　只因聖上多病，朝廊大事，托與老夫執掌。

王　允　太師功德巍巍，正好代漢而有天下。

董　卓　倘若天命在我，司徒當爲開國元勳。

王　允　謝過太師提拔。臣府丹桂盛開，趁此君臣之分未隔，敢屈太師駕臨一敘？

董　卓　單請老夫，還有別人？

王　允　單請太師一人。

董　卓　（想）嗯，你先回府安排，老夫隨後就到。

王　允	謝過太師。（下）
董　卓	御林軍！（四御林軍、車夫上）
董　卓	打道司徒府！（上車）

　　　　（唱）御林軍打道王府去，若有機關要防提。
　　　　　　倘有一言不合意，踏平宅第作污泥。（院子由下場門上）

院　子	太師駕到！（王允上）
王　允	鼓樂相迎！（出門）（董卓下車。四御林軍與車夫同下）
王　允	太師！
董　卓	司徒！
王　允 董　卓	（同笑）啊，哈……（進內）
王　允	太師在上，下官大禮參拜！（拜）
董　卓	生受你了。
王　允	太師降臨，未曾遠迎，當面恕罪。
董　卓	過謙了。
王　允	來，酒宴擺下！（院子擺酒）太師請酒！（飲酒）
董　卓	啊！司徒，只是飲酒，還有別事？
王　允	太師英名揚於天下，仁德布於四海，何不早登九五，以安人心而符天意。
董　卓	哎呀！老夫功微德薄，怎敢爲君？
王　允	啊！太師，此言差矣！想這天下非一人之天下，有德者居之，無德者失之，太師功德巍巍，正好代漢而有天下。
董　卓	哈……老夫得了天下，少不得與你開國元勳。
王　允	謝主隆恩！
董　卓	平身！哈哈哈哈……
王　允	太師請！（飲酒）歌姬們走上。
院　子	歌姬們走上。（下）

　　　　（四歌姬各執樂器，貂蟬執鼓板同上）

衆	叩見太師！
董　卓	罷了！
王　允	歌舞上來！
貂　蟬	遵命！（邊唱邊舞）

(唱)群芳集獻警鴻舞,騰空恰似鶴登雲。
　　　輕拂翠袖揚清韻,高歌一曲艷陽春。

董　卓　哈哈哈!觀見歌姬裏邊有一艷裝女子,孤家有心和她叙談叙談……

王　允　嗯哼!

董　卓　司徒在此,把孤就妨礙住了。

王　允　太師,我這裏告便。

董　卓　請便。(王允出門,與貂蟬使眼色)衆歌姬退下,這一艷裝女子前來奉酒。
　　　(四歌姬下)

貂　蟬　參見太師!

董　卓　(笑)哈哈哈哈!
　　　(唱)觀此女生得美又俊,引得我年邁人起了少心。
　　　你叫甚麼名字?

貂　蟬　小字貂蟬。

董　卓　甚麼貂蟬!好一個響亮的名兒。貂蟬,你今年多大歲數?

貂　蟬　一十八歲。

董　卓　可曾適人?

貂　蟬　未曾適人。

董　卓　豈不把你耽誤了?

貂　蟬　可不耽……

董　卓　耽誤不了,還有孤家哩!(笑)啊哈哈哈!有心把你帶進梁府,你可願意?

貂　蟬　誠恐我父不允。

董　卓　你父是誰?

貂　蟬　就是那……

董　卓　敢是王允?

貂　蟬　正是。

董　卓　他若從下就是罷了,倘若不從,便是一……(王允暗上)

王　允　走!走!走!(貂蟬下)

董　卓　哦……喔……(裝醉)

王　允　王府有的好酒,來一個醉一個,又把一個吃醉了。太師醒來!(董

卓醒看）

王　允　太師看甚麼？

董　卓　方纔那一女子，她是何人？

王　允　小女貂蟬。

董　卓　爲何將令嬡扮在歌姬裏邊？

王　允　她自幼愛好歌舞，因此扮在裏邊。

董　卓　我府有搬不動的金銀山，須要走得動的肉……不言了，不言了！

王　允　太師，莫非喜愛小女？

董　卓　哈哈哈，司徒真乃趣人也！

王　允　太師既愛小女，下官願獻與太師。

董　卓　啊！司徒，這可是實話？

王　允　豈能道謊。

董　卓　來來來，先吃一杯允親酒。

王　允　敢吃？

董　卓　敢吃。

王　允　大膽吃了。

董　卓　藍天寶帶以作贈禮。

王　允　敢收？

董　卓　當收。

王　允　如此我就收起了。

董　卓　這個王……王大人。

王　允　太師。（同笑）太師，就該擇一良辰吉日，將小女送上府去。

董　卓　今天就是個良辰吉日。

王　允　哦！

董　卓　叫貂蟬速速更衣，隨老夫同車回府。

王　允　待我吩咐。丫環！

丫　環　（內應）有。

董　卓　司徒！

王　允　太師！

董　卓　老夫登了龍位，你就是當朝的國丈了。

王　允　謝主隆恩！

王　允
董　卓　(同笑)哈哈哈哈……

(貂蟬上)

貂　蟬　(唱)貂蟬女在小房梳裝打扮，我父女定下了巧計連環。

　　　　　　此一去到梁府運用舌劍，管叫他父殺子，子殺父不得安然。

　　　　　拜別爹爹。

王　允　上車去吧！

董　卓　告辭！

　　　　(唱)貂蟬女好一似鮮花一朵，面貌兒亞賽過月裏嫦娥。(拉貂蟬出門)

　　　　　　忙吩咐御林軍將車趲過，

　　　　(四御林軍、車夫上。董卓、貂蟬上車)

董　卓　(唱)咱倆家這門親……

　　　　司徒！

王　允　太師。

董　卓　(唱)金刀難割。

(貂蟬、董卓、御林軍、車夫同下)

王　允　哈哈哈！

　　　　(唱)貂蟬女真乃是聰明太過，上車去假啼哭她會做作。

　　　　　　我王允連環計安排定妥，管叫他父殺子，子殺父，要見死活。

　　　　(下)

第 六 場

(呂布披紅插花與家將、轎夫上)

呂　布　(唱)郿塢探親回來轉，八月中秋迎貂蟬。

家　將　哪個在？

(院子上)

家　將　溫侯到。

院　子　有請老爺。

(王允上)

王　允　何事？

院　子　温侯到。

王　允　说我出迎。

院　子　大人出迎。

（下。家將、轎夫下）

王　允　（出門）温侯！

吕　布　王大人！

吕　布
王　允　（同笑）啊！哈……（進内）

王　允　請坐，温侯爲何這樣打扮？

吕　布　王大人，怎麽你竟忘記了？

王　允　我將甚麽忘記了？

吕　布　你我約定八月中秋，把令嬡迎接過府，怎麽你就忘記了？

王　允　啊？温侯，難道此事你還不知道？

吕　布　知曉甚麽？

王　允　既然不知，將座往前一移，叫王允給你説個明白。

吕　布　罷麽！你就給我説個明白。（互移座）

王　允　（背白）你看此事他還不知。

吕　布　（背白）甚麽事？

王　允　温侯！昨日下官在朝房遇見太師，是他問到下官："啊，司徒！你有一女名叫貂蟬，許配我兒奉先了？"下官不敢隱瞞，就以實相告。午後太師就到舍下來了，酒席宴前，下官叫小女出來拜見公公，温侯，你説當拜不當拜？

吕　布　嗯，當拜！

王　允　着哇！我也説當拜。參拜已畢，太師觀見小女直生得姿容過人，竟吩咐小女目刻梳妝打扮，抬過梁府……唉！不能言了，不能言了。

吕　布　王大人，這可是實話？

王　允　我王允豈能道謊！

吕　布　告辭！

王　允　慢着，飲罷酒宴再走。

吕　布　不擾！

（唱）董太師做此事着實霸道，（出門）

馬來！（家將、轎夫上，帶馬）

　　　　（唱）不由我吕奉先氣衝九霄。
王　允　送溫侯。
吕　布　免！（家將、吕布、轎夫同下）
王　允　（唱）見吕布出門去揚長便走，他上了王允的釣魚金鈎。
　　　　嘿嘿，這一下可就熱鬧了。哈哈哈！（下）

第　七　場

（吕布上）

吕　布　（唱）王司徒他對我細講一遍，有吕布奔梁府去問貂蟬。（王厨子倒上）
王厨子　與溫侯叩頭。
吕　布　甚麽人？
王厨子　王厨子。
吕　布　務幹何事？
王厨子　王府整宴。
吕　布　整的何宴？
王厨子　太師新收愛姬娘娘，因而整宴。
吕　布　名叫甚麽？
王厨子　貂蟬。
吕　布　啊，我勸你莫要去。
王厨子　我要去哩！
吕　布　莫要去。
王厨子　我要去哩！
吕　布　（踢王厨子一脚）嘿！（下）
王厨子　太師娶娘娘，小人去整宴，你踢我一脚，爲了怎的？哼，晦氣！（下）

第　八　場

（貂蟬上）

貂　蟬　（唱）輕移蓮步出蘭房，只見紅日上紗窗。
　　　　　　　妙計未盡空惆悵，且開寶鏡理殘妝。

（梳妝。呂布暗上，偷觀。貂蟬見鏡內人影徘徊）

（接唱）簾外映入人影象，假作含泪暗悲傷。（二人作手勢）

董　卓　（內白）貂蟬，攙我來！

（董卓上，呂布一驚，趁勢入內，董卓以袖遮掩貂蟬，示意貂蟬進入內室）

呂　布　呂布打躬。（呂布凝視貂蟬，貂蟬拭泪假哭）

董　卓　兒是呂布？

呂　布　是布。

董　卓　命你郿塢探親，你祖母疾病輕重如何？

呂　布　依舊如初。

董　卓　你幾時回來？

呂　布　依舊如初。

董　卓　你祖母可曾囑托甚麼？

呂　布　依舊如初。

董　卓　哎……我把你奴才，父問你祖母病體如何，你奴才言道依舊如初；父問你幾時回來，你奴才言道依舊如初；父問你祖母可曾囑托甚麼，你奴才又言道，依舊如初。觀見你這奴才，今天進得府來，泥圪呆呆，站在一旁，看着有些不對頭？

呂　布　原有些不對頭！

董　卓　看看看，我說有些不對頭，就有些不對頭。唉！對頭也罷，不對頭也罷，來，父賞與我兒一杯酒吃。

呂　布　不吃。

董　卓　不吃，聽我告訴你，你我是父子，以後若進後堂，須要稟告一聲，出府去吧！

呂　布　出府就出府，出府就出府！

（欲下，貂蟬自內室出，示意呂布殺董卓，呂布欲殺，驚，下）

貂　蟬　呸！真乃無用的東西。太師醒來！

董　卓　嘔……（看）

貂　蟬　太師，方纔進來的他是何人？

董　卓　我兒呂布。

貂　蟬　太師你姓甚麼？

董　卓　孤家姓董。

貂　蟬　你兒呂布,他姓甚麼?
董　卓　呂布自然他姓呂。
貂　蟬　這就奇了,太師你姓董,呂布姓呂,怎麼就成了你的兒子?
董　卓　他是老夫的義子。
貂　蟬　如此說來,我還是他姨娘哩!
董　卓　當然你是他的姨娘。
貂　蟬　奴才了不得了。
董　卓　怎樣?
貂　蟬　觀見他進得門來,一眼瞅定於我,莫非有迎戲姨娘之心?
董　卓　啊?怪道,怪道這奴才進得門來,泥圪呆呆地站在一旁,看着他有些不對頭,就有些不對頭。哎,貂蟬,呂布的心事我豈不知,有孤在此,大料他也不敢。
貂　蟬　他敢。
董　卓　他不敢。
貂　蟬　他敢。(哭)
董　卓　莫要哭。他敢,依你之見?
貂　蟬　依我之見,宣進宮來,便是一殺。
董　卓　住口!(示意貂蟬,看門外有人無人,貂蟬看)貂蟬,從今往後,別的話許你講,殺我兒呂布的話,再不許你講出口來。
貂　蟬　敢是小妃多口了?
董　卓　不為多口,回去。(貂蟬下)
　　　　(唱)貂蟬對我來諫言,要我殺壞呂奉先。
　　　　　　殺了呂布還猶可,是何人保孤坐江山?(下)

第　九　場

(李儒上)

李　儒　(唱)昨日裏見呂布怒容滿面,他言道董太師搶娶貂蟬。
　　　　　　進梁府見岳父婉言相勸,保江山憑的是溫侯奉先。(下)

第 十 場

（貂蟬、董卓上）

董　卓　（唱）偶染病貂蟬女侍奉勤謹，
貂　蟬　（唱）但盼得身清泰方慰我心。
董　卓　貂蟬……（咳嗽）
貂　蟬　太師，你那怎樣？
董　卓　貂蟬，是你不知，孤家我傷了。
貂　蟬　傷了甚麼，傷了甚麼？
董　卓　傷了酒了，你說傷了甚麼？
貂　蟬　傷了酒了，待我與你烹茶去。
董　卓　慢着，傷了酒離不了酒解，還是與孤抱酒去。
　　　　（貂蟬抱酒，斟酒，董卓醉。貂蟬梳妝，呂布暗上）
貂　蟬　（唱）貂蟬女清早起梳妝打扮，手拿上菱花鏡來照容顏。
　　　　　　　菱花鏡裏觀一眼，我身後站一人好像奉先。（假哭，示意呂布殺董卓）
董　卓　（微醒）貂蟬，侍奉孤家來。
貂　蟬　來了。
呂　布　呂布打躬。
董　卓　貂蟬，甚麼人？
貂　蟬　你兒呂布。
董　卓　是誰？
貂　蟬　布、布、布！
董　卓　你可不說是我兒呂布，却說是布、布、布。（看呂布，急用手遮貂蟬）哎，父把你個奴才，爲父對你說過，今後進得後堂，須要稟報，怎麼你這奴才今天就冒冒然然進得府來？
呂　布　自家父子，何用稟報！
　　　　（呂布與貂蟬對視，貂蟬假哭，并示意呂布殺董卓）
董　卓　雖然如此，如今有了裏外了。
呂　布　（見貂蟬心碎，追問董卓）有甚麼裏外？
董　卓　孤家說有了裏外了，就有了裏外了，你說，有甚麼裏外……有裏外

　　　　　也罷,無裏外也罷,來來來,父賞兒一杯酒吃。
呂　布　不吃!
董　卓　不吃出府去!
　　　　(貂蟬示意呂布殺董卓,呂布拔劍欲殺,又覺不妥,下)
貂　蟬　呸!無用的東西。太師醒來!(董卓醒)太師,你看你兒呂布,常常將我百般迎戲,你捨不得殺他,叫小妃何以爲人!你在着,我死去了!(假哭)
董　卓　慢着,你説殺得?
貂　蟬　殺得。
董　卓　斬得?
貂　蟬　斬得。
董　卓　殺得。回去!(貂蟬下)
　　　　(唱)可恨呂布太無理,再三調戲我愛姬。
　　　　　　　小孺子你把良心昧,仗劍要殺無義賊。
　　　　哈哈!嘿嘿!這哈……(李儒上)
李　儒　(唱)只爲太師謀江山,須要穩定呂奉先。
　　　　太師盛怒爲何?
董　卓　可恨呂布這個奴才,將我的愛姬這個那個,不能言了!
李　儒　太師,我家溫侯乃是貪財愛利之人。將府下的金銀財寶多多給與他些,好與你保得江山。
　　　　太師,江山要緊。
董　卓　甚麼,孤的江山要緊?去,喚這個不要臉面的去。
李　儒　遵命!(出門)請鄉兄!
　　　　(呂布上)
呂　布　(唱)走上前,問一聲,鄉兄請我爲何情?
　　　　請我爲何?
李　儒　太師喚你。
呂　布　哪個見他!
李　儒　哪有不見之理!我給你報門,呂布告進。(與呂布進内)鄉兄打躬,打躬。
　　　　(呂布氣,打躬)
董　卓　站下。

李　儒　站在一旁,站在一旁。(呂布氣,立於旁)太師爺請來問話。
董　卓　兒是呂布?
李　儒　鄉兄!(示呂回答)是布,是布。
呂　布　是布。
李　儒　太師!他是布,是布。
董　卓　為父飲酒過多,酒言酒語,得罪吾兒莫要在心。
李　儒　鄉兄,(示呂布)不敢,不敢。
呂　布　嗯,不敢。
李　儒　太師,他不敢,不敢。
董　卓　李儒,府下金銀財寶俱多,要它何用?差人與溫侯送過府去。
李　儒　我與鄉兄代勞,送過府去,這不對了嘛!(下)
董　卓　兒呀,為父我要上朝面君,跟隨為父前去,與父帶馬。
呂　布　遵命!(董卓上馬,呂布持戟上馬)
董　卓　(唱)觀呂布手持戟威武模樣,不由得叫老夫喜在心腸。
　　　　　　午門外下了馬我把朝上,(下馬)宮衛嚴須要你時刻提防。
　　　　　(下)
呂　布　(唱)一見老賊上金殿,
　　　　哎呀,我想老賊待我不仁,我焉能忠心於他,不免回得府去,先看一看貂蟬有何不可。
　　　　(唱)上雕鞍緊勒韁急忙回轉,趁此時奔梁府去尋貂蟬。(下)

第 十 一 場

(貂蟬上)
貂　蟬　(唱)老賊不把呂布殺,急得貂蟬無良法。
　　　　侍兒!
侍　兒　(內應)有!
貂　蟬　太師回府,就說我到鳳儀亭去了。
侍　兒　(內應)曉得。
貂　蟬　(唱)連環計在心頭,不殺董呂誓不休。(下)

第 十 二 場

(内聲)請駕回宮！
(董卓上)

董　卓　(笑)啊哈……左右！
(内應)有！

董　卓　我兒呂布哪裏去了？
(内應)已回梁府去了！

董　卓　呀……！
(唱)聽一言叫人的肝膽氣炸,呂布回府事有差。
　　　午門外無一人與孤帶馬,(自上馬)回梁府見呂布孤家要殺。
　　　(下)

第 十 三 場

(呂布上)

呂　布　(唱)來在二堂開言問。
侍兒！

丫　環　(内應)有！

呂　布　可見你愛姬娘娘？

丫　環　(内聲)鳳儀亭上去了！

呂　布　知道了！
(唱)我在此間莫久站,鳳儀亭上看貂蟬。(下)

第 十 四 場

(董卓上)

董　卓　(唱)梁府門前下雕鞍。
侍兒！可見你愛姬娘娘？

丫　環　(内應)上鳳儀亭去了。

董　卓　這,哈……到底是孤的愛姬,她也曉得孤家不在,上了孤家的鳳儀亭。咦,門軍,可見吾兒呂布?

家　將　(內應)也上鳳儀亭去了。

董　卓　呀!

(唱)貂蟬上了鳳儀亭,呂布娃娃隨後行。
　　　　他二人苟合到一處,活活氣煞董仲穎。

哈哈!嘿嘿!這,哈哈哈哈……(下)

第 十 五 場

(貂蟬上)

貂　蟬　(唱)分花拂草亭園進,佇立池畔自思尋。(望池凝思)

(呂布上)

呂　布　(唱)鳳儀亭前扎畫戟,(潛步、偷聽)

貂　蟬　觀見魚池裏邊,花翎兒繞來擺去,想是溫侯到來,我不免暗地將他埋怨幾句。可說是溫侯,溫侯,你既然愛我,就不該讓老賊霸占了我,看在其間,你好有口無心也!

(唱)背地裏我把溫侯怨,撇的我貂蟬實可憐。

呂　布　(唱)有呂布在一旁親耳聽見,貂蟬女背地裏思念奉先。

貂蟬,(拍貂蟬)幾次想要問道於你,未得其便。我且問你,是你父攀高結貴,還是老賊霸占於你?

貂　蟬　溫侯莫要生氣,此間并無外人,待我與你說個明白。

呂　布　依實講來。

貂　蟬　八月中秋,皇太后壽筵,文武百官與皇太后拜壽,拜壽以畢,我父請太師過府飲宴,你說當請不當請?

呂　布　嗯,當請。

貂　蟬　我父酒席宴前,命我參拜,兒妻參拜公公,你說當參不當參?

呂　布　當參。

貂　蟬　我也想當參。太師一見我的容貌,滿心歡喜,就命梳裝打扮,目刻抬進梁府。我父言道:太師不可,不記昔日楚平王之故事?太師言道:嗯,太子建與楚平王乃係父子之親,怎比我兒呂布三姓家[1]……

呂　布　家甚麼?

貂　蟬　三姓家奴。

呂　布　（唱）可恨老賊太無良，

　　　　只要你允下我的親事，殺老賊一面有我。

貂　蟬　侍奉溫侯一面有我。

呂　布　此間無人，你我閑談幾句。（董卓上）

董　卓　（見呂布抱貂蟬）呀！……

　　　　（念）鳳儀亭上觀一眼，呂布懷中抱貂蟬。

　　　　（董卓急持戟在手，貂蟬暗下。董卓刺呂布，呂布踢戟）

董　卓　（念）來到鳳儀亭，鳳儀亭，

　　　　　　我的愛姬你調情，你調情。

　　　　　　奴才作事太無理，太無理，

　　　　　　子欺父妻怎麼行，怎麼行？

　　　　兒是呂布？

呂　布　是布！

董　卓　我情知你是布，……我且問你，你與孤家甚麼相稱？

呂　布　呸，與你這無廉恥的父子相稱。

董　卓　却道有來！

　　　　（念）既知你我父子親，父子親，

　　　　　　奴才竟敢滅人倫，滅人倫。

　　　　　　爾作此事實難允，實難允，

　　　　　　一戟刺你命歸陰，命歸陰。

　　　　呂布！

呂　布　董卓！（奪戟）

董　卓　哈哈，這個奴才反了！

呂　布　（唱）老賊行事無理，無故把我來欺。

　　　　　　越思越想越生氣，叫你一命染黃泥。

　　　　（二人奪戟，呂布未奪過，推董卓。呂布跑下，董卓險被推倒）

董　卓　好奴才，反了！反了！（追下）

校記

［1］三姓家："家"，原作"加"，據文意改。

第 十 六 場

董　　卓　（内白）哪裏走？

　　　　　（吕布跑上，董卓追上，吕布下。李儒迎上，董按倒李儒便打）

董　　卓　好奴才，好奴才！

李　　儒　不要打，是我！

董　　卓　打的就是你！

李　　儒　我是李儒。

董　　卓　啊！李儒？哎呀……把老夫氣昏了。（董卓起，李儒隨起）

李　　儒　把李儒打壞了。

董　　卓　攙我去到書館。（李儒攙董卓，圓場[1]，進書館）

董　　卓　唉！

李　　儒　太師爲何與奉先争鬥起來？

董　　卓　吕布這個奴才，常常調戲我愛姬，快快與我殺了，殺了！

李　　儒　太師，你把我家愛姬娘娘賜與温侯，好給你保得江山，江山要緊，你老了！

董　　卓　甚麽你説孤家老了？

李　　儒　江山要緊。

董　　卓　甚麽江山要緊？唤這個不要臉面的東西。

李　　儒　太師請回。

　　　　　（董卓下）

李　　儒　（唱）走上前來一聲請，請出鄉兄説分明。
　　　　　請鄉兄！
　　　　　（吕布上）

吕　　布　（唱）滿腹怒氣心頭涌，鄉兄請我爲何情？
　　　　　請我爲何？

李　　儒　太師要將愛姬娘娘賜與你了。

吕　　布　這可是一句實話？

李　　儒　哪個道謊。

吕　　布　鄉兄呀！

　　　　　（唱）假若貂蟬如我願，大禮拜謝到門前。

李　儒　（念）貂蟬賜與呂奉先，好與太師保江山。（同下）

校記

［１］圓場："圓"，原作"園"，據文意改。下徑改，不一一出校。

第 十 七 場

　　　　（貂蟬上）
貂　蟬　（念）鳳儀亭上鬧翻天，不由貂蟬心喜歡。
　　　　（董卓上）
董　卓　（念）適纔李儒把我勸，捨却貂蟬爲江山。
貂　蟬　唉，太師呀……（哭）
董　卓　莫要哭，坐下再講。
貂　蟬　太師，這是你親眼觀見。我上了鳳儀亭，你兒也到鳳儀亭，將我百般迎戲，我連説數次，你總是執意不聽，今日之事，我有何臉面留於塵世？倒不如一死……
董　卓　（攔）莫要死，孤家有了主意了。
貂　蟬　太師有何主意？
董　卓　我把你賜與呂布了。
貂　蟬　這是誰的主意？
董　卓　孤家的主意。
貂　蟬　未必是真。
董　卓　是真。
貂　蟬　你瞞哄我哩，不是……（哭）
董　卓　此事當真。
貂　蟬　哪個主見？
董　卓　李儒主見。
貂　蟬　李儒哪裏人氏？
董　卓　五原九郡。
貂　蟬　你説呂布。
董　卓　也是。
貂　蟬　好道，他們鄉兄爲鄉弟，鄉弟爲鄉兄，講出此話，乃是鄉里相爲，怎

麼把我賜與呂布,不把他的媳婦賞與呂布?怎知我捨不下太師你呀!(哭)

董　卓　莫要哭,莫要哭,你捨不得孤家,孤家怎捨得於你……
　　　　(唱)貂蟬把我心哭亂,我爲你不坐漢江山。
　　　　(李儒上)

李　儒　(唱)走上前,打一躬,溫侯從下這事情。
　　　　從下了,從下了。

董　卓　從下幹罷,哪裏這些淡話。

李　儒　幹罷幹罷,此事有差。太師,你怎樣個幹罷。

董　卓　李儒,你是那裏人氏。

李　儒　五原九郡。

董　卓　我兒呂布?

李　儒　也是。

董　卓　好道有來,你們鄉兄爲鄉弟,鄉弟爲鄉兄,鄉里相爲,何不把你的老婆讓與呂布?

李　儒　這如何使得?

董　卓　那你愛姬娘娘如何使得?

李　儒　你爲的是江山。

董　卓　甚麼?那江山……

貂　蟬　哪有你多說的話,與我滾出去。

董　卓　貂蟬隨我來!

貂　蟬　來了!(與董卓同下)

李　儒　(唱)太師不聽良言勸,不爲江山爲貂蟬。
　　　　走上前,一聲喚,請出溫侯對他言。
　　　　(呂布上)

呂　布　(唱)身披紅,頭插花,

李　儒　(唱)披紅插花笑哈哈。

呂　布　(唱)鄉兄對我設妙法,迎接貂蟬到我家。

李　儒　(唱)叫鄉兄,休喜煞,太師變卦我沒法。

呂　布　呸!
　　　　(唱)聽一言,心氣炸,(打李儒)你二人定計戲耍咱。(氣下)

李　儒　(唱)太師不聽我的話,教我李儒有何法?

貂蟬開口把我罵,呂布惡言又傷咱。

唉!敗興,晦氣!(下)

第 十 八 場

(呂布上,登高張望。士孫瑞、黃琬、李肅、王允上)

王　允　　列位大人請了!

　衆　　　請了!

王　允　　太師駕移郿塢,你我前來送行。侍候了!

李　肅　　遠遠望見太師來也!

　　　　　(四御林軍、李傕、郭汜、董卓、二丫環、貂蟬、車夫上)

　衆　　　太師駕轉郿塢,一路保重。

　　　　　(呂布立於人稠之中,與貂蟬作手勢。貂蟬示意殺董卓)

董　卓　　列公請回,啊哈……

　　　　　(四御林軍、李傕、郭汜、董卓、二丫環、貂蟬、車夫、士孫瑞、黃琬、李肅由上場門下。呂布望車塵,呆立凝視。王允上)

王　允　　啊!溫侯,爲何一人在此?

呂　布　　唉!王大人……

王　允　　此處不是講話之地,請到舍下一敘。(圓場)

　　　　　(院子迎上)

院　子　　迎接大人!

王　允　　下面侍候!(院子下)啊,溫侯!可曾見過小女?

呂　布　　唉!令嬡被老賊納爲姬妾了!

王　允　　竟有這等事兒?太師淫污我女,又奪將軍之妻,下官愚昧無用,不足爲道,可惜將軍乃是蓋世英雄,竟亦受此奪妻之辱,豈不令人可嘆!

呂　布　　這……(氣)

王　允　　哎呀!下官失言了。

呂　布　　啊,大人!有心殺却老賊,怎奈拘於父子之情,恐被他人恥笑。

王　允　　啊!溫侯,我想將軍姓呂,太師姓董,有甚麼父子之情,若有父子之情,豈能納你妻爲妾?

呂　布　　(氣)啊……不殺老賊,難消我心頭之恨!但不知大人有何見教?

王　允	嗯……（一想）但得一心腹之人，去往郿塢，假傳天子命詔，把老賊誆進朝來，你我再設法誅之。
呂　布	此計甚好。想李肅深恨老賊，若差此人前去，大功必成。
王　允	（思）如此甚好，家院！（院子上）
院　子	有！
王　允	請李肅大人過府，有要事相商。
院　子	遵命。（下）
呂　布	李肅到來，你我須用言語打動於他。
王　允	全仗溫侯。
	（李肅上）
李　肅	參見溫侯，司徒大人。
王　允	李大人請坐。
李　肅	喚來下官，有何見教？
呂　布	只因董卓專權亂國，欲命仁兄假傳天子命詔，去到郿塢，將他誆進朝來，吾等殺却老賊，同保漢室江山，不知仁兄可願前往？
李　肅	下官早有殺賊之心，恨無同心之人！溫侯與司徒大人既有此志，正符萬民所望，下官照計行事。
呂　布	如此速速前往，不得遲誤。
李　肅	遵命！
	（念）定計假傳天子詔，（下）
王　允	（念）要騙董卓入籠牢。
呂　布	（念）誓雪老賊奪妻恨，（下）
王　允	（念）除却奸佞保漢朝。（笑）哈哈哈。（下）

第 十 九 場

（董卓上）

董　卓	（唱）人道花卉助清爽，貂蟬色藝更無雙。
	（李肅上）
李　肅	（唱）還須好言對他講，假傳詔命把賊誆。
	參見太師！
董　卓	罷了！李肅到此爲何？

李　肅　今有天子密詔，太師拜讀。

董　卓　拿來我看，(看旨)聖上雖有此詔，司徒他等心意如何？

李　肅　司徒等已着人建造受禪臺去了。

董　卓　好好好，明日命李傕、郭汜守住郿塢，由你統領御林軍，隨老夫一同入朝。

李　肅　遵命！(暗笑下)

董　卓　啊，哈哈哈！今日方遂老夫的心願，後堂説與貂蟬知道。哈哈哈……(下)

第 二 十 場

(士孫瑞、黃琬、王允、呂布上，過場)(四御林軍、李肅、董卓、車夫上)

李　肅　啟稟太師，已到禁門，待下官陪同太師面君之後，再登受禪臺，受諸臣朝賀。

董　卓　如此，爾等門外伺候。(下車。四御林軍、車夫下)前面引路。

李　儒　遵命！(圓場)

(王允、士孫瑞、黃琬上)

董　卓　司徒！哎呀！你等都來了？

王　允　(揚劍)董卓老賊！

董　卓　(猛驚)啊？

王　允　你這老賊，上欺天子，下壓群臣，恨不得食爾之肉，飲爾之血！休走，看劍！

董　卓　哎呀！吾兒奉先何在？(呂布急上)

呂　布　奉詔討賊！(刺死董卓，衆下)

神 亭 嶺

佚 名 撰

解 題

　　蒲劇。作者不詳。《蒲州梆子劇目辭典》著錄。劇寫孫策與劉繇對峙，孫以十三騎赴神亭嶺光武廟禱祝，劉繇知而不敢邀擊。部將太史慈奮勇至嶺，與孫策酣戰，不分勝負。孫策令周瑜出戰。周瑜以計擒獲太史慈，并說其降孫策。本事出於《三國演義》第十五回。清代花部亂彈有佚名《神亭嶺》，現代京劇有《神亭嶺》，情節與本劇同。版本今見太原戲劇研究所趙威龍收存的晉南專區蒲劇二團演出本，此本係鋼筆抄本。今以該本爲底本校勘整理。

第 一 場

太史慈　（上）北海打破黃巾，萬馬軍中數第一。複姓太史慈，字志義。只因孫策二次下江南，殺的我營閉關不出，使我有心大戰孫策。只恨我單絲不成綫，獨木怎成林？我不免去到營下叫將便了。營下的，呔，營下的！若有人隨我大戰孫策，高官得做，名馬揀騎！

古　叟　（內白）我敢去！

太史慈　答話者何人？

古　叟　（內白）大將古叟。

太史慈　好好好，進前來。

古　叟　（請城上）大將生來不咋不咋，軍陣騎騾子不騎馬。槍扎劍砍我不怕，單怕翻手耳光子打。大將古叟。是我正在營下鍘草喂馬，忽聽得大將軍呼將，我不免前去應他一聲。大將軍這不是我啊！

太史慈　哎咦。方纔呼將是你應聲？

古　叟	是我應聲[1]！
太史慈	看你身小力薄，[2]漫說隨我大戰孫策[3]，就是填刀背踩馬蹄也是不中用。
古　叟	大將軍，我雖然大戰不了孫策，我在你身後搭一杆鳴金帥字旗，也是威風殺氣的。
太史慈	也好，我問你戰飯？
古　叟	吃的飽。
太史慈	麻鞋？
古　叟	扣的牢。
太史慈	馬馬馬來！（古拿旗給太帶馬）
孫　策	（與太交戰）且住，與兒交戰半晌，未曾問過兒的姓名。呔，通上兒的名來！
太史慈	你老爸打破黃巾。太史慈！
孫　策	呔，太史慈，你我兩家交戰不許暗箭傷人。
太史慈	暗箭傷人豈爲英雄？
孫　策	待我回營換馬！
太史慈	慢着，莫非臨陣脫逃？
孫　策	臨陣脫逃豈爲英雄！
太史慈	你我下馬步戰。
孫　策	步戰何妨？來着！（下馬）
太史慈	來着！（下馬）（二人武打下場）
古　叟	我看大將軍不是孫策的對手，我不免回營取家伙去。（下）

校記

［1］是我："是"，原作"使"，據上文改。

［2］身小力薄："薄"，原作"簿"，據文意改。

［3］漫説隨我大戰孫策："漫"，原作"瞞"，據文意改。

第 二 場

（周瑜帶二將，四龍套上）

周　瑜　　小將周瑜，主公出營放心不下，待我出營打探。衆將官催馬！（下）

第 三 場

孫　策　（孫與太上打，唱）[娃娃]
　　　　　太史慈休猖狂，比武藝世無雙。兒比樊噲一員將[1]。
　　　　　怒冲冲銀槍一舉，管叫兒血染紅泥。（武打同下）

校記

[1] 兒比樊噲一員將："噲"原作"檜"，據《史記》本傳改。

第 四 場

古　叟　（抱多種家伙輪耍完）
　　　　　都不順手，還是拿上我的小刀子趕上前去削了兒嘴唇子，再刺上兒幾刀子。（下）

第 五 場

太史慈　（孫與太同上，唱）[娃娃]
　　　　　叫孫策休逞強，論武藝兒不精。
　　　　　兒不服陣前喪了命，你竟敢陣前稱英雄！（武打後孫敗下）
古　叟　大將軍得了兒的金盔，如同梟了兒的首級一般。
太史慈　好！你我繞關叫罵。帶馬。（同下）

第 六 場

周　瑜　主公出營勝敗如何？
孫　策　天哪，蒼天！是我二次下江南與父報仇[1]，不料被太史慈一馬攔擋，何不氣？
周　瑜　主公，何不將軍中大印讓那家有才之人執掌[2]，何恐拿不了太史慈？
孫　策　就讓你執掌，意下如何？

周　瑜　學疏才淺耽誤軍情大事,如何是好？
孫　策　情知高才,莫要推辭,拜印來！
　　　　（周瑜拜印上帳）
周　瑜　一掌權在手,便將令行。本都周瑜,主公把軍中大印讓我執掌,我不免先傳一令,主公聽令！
孫　策　哎,在！
周　瑜　命你大戰太史慈,莫得有誤！
孫　策　得令！
周　瑜　回來,此番大戰太史慈,只許你敗不許你勝,上馬去！
孫　策　遵令,帶馬！（上馬,下）
周　瑜　衆將官,帶馬隨後略營。（同下）

校記

［1］是我二次下江南與父報仇："與",原作"於",據文意改。
［2］何不將軍中大印讓那家有才之人執掌："軍",原作"元",據文意改。

第　七　場

孫　策　（獨上）吔,孫策殺進兒的老營來了！（打敗,一將追下）

第　八　場

古　叟　（上報）孫策殺進營來了。
太史慈　帶馬。（孫上,武打,孫敗下）

第　九　場

周　瑜　哈。太史慈殺法驍勇。來,挖下閃馬坑！
　　　　（孫與太武打上）
　衆　　拿住太史慈！
周　瑜　綁回大營。（同下）

第 十 場

孫　策　好你太史慈,見了孤家竟敢立而不跪?
太史慈　你且住口!俺乃堂堂男子,上跪天下跪地,豈能跪你?
孫　策　走,被孤擒住,還是這樣火性?來,押下砍了!
周　瑜　主公斬不得!
孫　策　怎樣斬不得?
周　瑜　斬他不如雞犬。不如勸他歸降咱營,豈不又添一員虎將?
孫　策　你能順說此人投降,封你江南水軍都督。
周　瑜　謝過主公。
孫　策　押回來。
周　瑜　押回來。
太史慈　孫策小兒,拿住老爸殺也不殺,剮也不剮[1],伸臉來,呸呸呸!
周　瑜　大將軍你投奔我家主公,還在罷了,若不投順於他,鬥怒我家主公,將你一刀兩斷殺死,你君臣不能相見,父子不能團圓,忠在哪裏,孝在哪裏?再思再想,三思可疑。
太史慈　容我一思,我想我投順還在罷了。若不投順於他,鬥怒他主一刀兩斷將我殺死,君臣不能相見,父子不能團圓,忠在哪裏,孝在哪裏?不免暫且應在身傍,事後再作道理。要我投降不難,命你主親手取了鎖綁。
周　瑜　主公要將軍投降不難,要主公親手取了鎖綁。
孫　策　罷麼。孤家就親手取了鎖綁。將軍降了哈哈。
太史慈　投降來遲,多有得罪。
孫　策　那有將軍之罪。請坐。
周　瑜　主公得了大將軍就是莫大之功,後帳設宴,與主公與大將軍一賀!

校記

[1] 剮也不剮:兩"剮"字,原作"刮",據文意改。

轅門射戟

佚名撰

解題

　　蒲劇。作者不詳。《蒲州梆子劇目辭典》著錄。劇寫袁術派紀靈率軍征討劉備，劉備求救於吕布，吕布轅門射戟，解除雙方争鬥。本事出於《三國演義》第十六回。清代花部亂彈有佚名的《轅門射戟》，現代京劇亦有《轅門射戟》。版本今見太原戲劇研究所趙威龍提供的大寧縣人民劇團1956年3月16日的鋼筆手抄本。今以該本爲底本校勘整理。

第 一 場

（紀靈上）

紀　靈　（詩）紅人紅馬紅戰鞍，紅旗遮了半面天，
　　　　　　　大小兒郎朱砂染，大德真君降下凡。
　　　　本帥紀靈，袁紹駕前爲臣，與桃園弟兄有的陽氣不和[1]，日每殺砍不安，不免修的小書一封，下彼桃園弟兄那裏，幾時開操，幾時打戰，便是這番主意。帶衆將官。啓開文房。紀靈提筆氣昂昂，下與桃園劉關張，早早馬前來歸降，免得兩家刀對槍、刀對槍。紀靈題[2]。下書人來見，小書一封，下彼桃園弟兄那裏，莫誤。

下書人　領書。

紀　靈　帶衆將官，帶馬去彼操場[3]。

校記

［1］與桃園弟兄："園"，原無，據下文補。下徑改，不一一出校。

［2］紀靈題："題"，原作"提"，據文意改。

［3］帶馬去彼操場：“帶”，原作“代”，據文意改。

第 二 場

| 劉　備 | （念）三國不和，日動干戈，
弟兄結義在桃園，白馬烏牛謝參天，
許下一在三同在，一滅三亡同歸天。
孤姓劉名備字玄德，只因陽十王與我弟兄陽氣不和，日每殺砍不安，不免將三弟、四弟宣進帳來，想一調兵計策。堂官，有請你三爺、四爺。|
堂　官	有請三爺、四爺。
趙　雲	大戰盤河威名顯。
張　飛	虎牢關鞭打呂奉先。
趙　雲
張　飛	（同白）參見　主公。
大哥。|
劉　備	少禮，坐了。
趙　雲
張　飛	（同白）謝坐。
趙　雲
張　飛	（同白）主公
大哥身體可好，宣我弟兄進帳，有何軍情議論？
劉　備	只因陽十王與咱弟兄不和，日每殺砍不安，將三弟、四弟宣進帳來，想一調兵計策。
張　飛	空城萬裏定有來人，大哥何必着忙？
劉　備	三弟焉知其事？堂官，府門昭示。
下書人[1]	催馬打馬離淮安，下書三桃園。哪個在？
堂　官	作甚麼的？
下書人	往內相傳，下書人要見。
堂　官	少等，我與你傳稟。下書人要見。
劉　備	命他進來。
堂　官	命你進去。
下書人	下書人報……且慢，聞聽人說，大爺、四爺好見，張三爺着實的難見，你說這這這……有了，不免將小書藏在帽內邊，學一個金蟬脫

	逃之計。下書人報門與大爺、四爺、張三爺叩頭。
劉 備	哪裏來的？何人委差？
下書人	淮安來的。紀靈在你上有書。
張 飛	好兒。
劉 備	唉，你看來人，一句話爲兄未曾問明，看你那般樣兒。
張 飛	爲弟刁下來人一頂帽，賞於堂官娃娃所戴。進帳來！
堂 官	帽內有書。
張 飛	噯，唉，轉書、轉書，啊哪！我當爲着何來，原是小孺子定下金蟬脫逃之計，嗚呀，吠，小孺子慢跑慢走，三王爺不趕兒等[2]。大哥，帽內有書，大哥請看！
劉 備	三弟請看。
張 飛	大哥請看。
劉 備	四弟過目。
趙 雲	主公過目。
劉 備	你我同拆、同看。堂官，圍堂打坐來，上寫紀靈題：紀靈提筆氣昂昂，曉與桃園劉關張[3]，早早馬前來歸降，免得兩家刀對槍、刀對槍。
張 飛	可惱紀靈賊，無故把人欺，脫袍換了鎧，與兒見高低。堂官，轅門外帶過三王爺的烏騅。
劉 備	（唱）【二行】漢劉備清早坐帳中，紀靈賊下來書一封， 　　　　　他命我弟兄去歸降，免得兩家刀對槍， 　　　　　我三弟生來性情暴，他要與紀靈打交鋒。（留）
張 飛	（唱）【流水】後帳脫袍把鎧披[4]，要與紀靈見高低， 　　　　　忙吩咐堂官帶烏騅。
劉 備	（唱）【流水】擋住三弟使不得， 　　　　　三弟上那裏去？
張 飛	大戰紀靈。
劉 備	紀靈的兵多。
張 飛	你我弟兄將也不少。
劉 備	下馬來，兄還要商議。
張 飛	打了再議。
劉 備	打了還議甚麼？

張　飛　這個。
劉　備　甚麽？下馬來，兄還有良謀。
　　　　（唱）【二行】紀靈賊兵多將又廣，（留）你一人馬能擋萬將[5]。
張　飛　（唱）【流水】大哥哥講話絶人氣，爲弟把話説來歷，
　　　　　　　　休誇[6]紀靈强道德，我三鞭打兒個肉化泥。
劉　備　（唱）【流水】動不動誇你鋼鞭利。
張　飛　（唱）【流水】鞭打吕布是假的。
劉　備　（唱）【流水】要打你把徐州打。
張　飛　（唱）【流水】大丈夫丟底那一時。
劉　備　（唱）【流水】爲兄家眷在此地。
張　飛　（唱）【流水】此地不和别處一[7]。
劉　備　（唱）【流水】你無家眷只顧你。
張　飛　（唱）【流水】大丈夫那管是和非。
劉　備　（唱）【流水】我與你魯人難分理。
張　飛　（唱）【流水】你不過四弟問張飛，問張飛。
劉　備　（唱）【流水】你張牙舞爪敢打我[8]。
張　飛　（唱）【流水】張翼德眼紅了認不得人，認不得人。
劉　備　（唱）【流水】幾句話兒不讓我，氣的劉備戰驚驚，三尺寶劍刎頭下。
趙　雲　（唱）【流水】擋住主公使不得，
　　　　　　　　轉面來，三千歲，爲弟把話説明白，
　　　　　　　　紀靈兵多將又廣，你一人怎把萬將擋。
張　飛　（唱）【流水】四弟講話通大禮，咱大哥講話兄不依。
趙　雲　三公得罪下大哥，還得給大哥賠情。
張　飛　賠情就賠情，這把甚事壞了，
　　　　（唱）走上前來施一禮，爲弟本是粗魯的。（截）
劉　備　三弟，來人，爲兄一句話未曾問明，看你那一般樣兒。
張　飛　爲弟我就是這般樣兒。
劉　備　説是你來。
張　飛　你走，啊，我家大哥説老張無趣，看在其間，倒有些無趣，吱，大哥慢跑慢走，爲弟趕你來了。

校記

［1］下書人："下書人",原作"小紀靈",據文意改。下徑改,不一一出校。
［2］三王爺不趕兒等："不"下,原衍"不"字,據文意删。
［3］曉與桃園劉關張："曉",原作"嘵",據文意改。
［4］把鎧披："鎧",原作"鐙",據文意改。
［5］留你一人馬："留",原作"溜",據文意改。
［6］休誇："休",原作"体",據文意改。
［7］別處一："一",原脱,據文意補。
［8］張牙舞爪："舞",原作"午",據文意改。

第 三 場

紀　靈　温侯有書到來請我,不知有的何事,催馬。
劉　備　三弟、四弟,温侯有帖到來[1],請你我弟兄,不知有的何事。
張　飛　吕布娃娃從前奪取咱家徐州,與你我弟兄賠情也是有的。
劉　備　到了那裏照眼色行事。

校記

［1］温侯："侯",原作"候",據文意改。下徑改,不一一出校。

第 四 場

吕　布　（詩）燕子馬兔黄光日行千里[1],
　　　　掃單成,滅燕陳蓋世無雙,
　　　　頭戴金冠耳墜膝,身披朱黄鎖子衣,
　　　　胯下胭脂馬一驃[2],臨陣倒拖畫杆戟[3]。
　　　姓吕名布字奉先,依漢爲臣,奉王旨意,以在徐州鎮守,桃園弟兄與陽十王陽氣不和,日每殺砍不安,本官與他兩家講和此事,我命堂官去請桃園弟兄,却日久不見到來,教我時刻在心,正是：眼觀眸金氣,耳聽好消息。
中　軍　（報）桃園弟兄請到。

吕　布	吩咐衆將，收了軍旗，有請。
中　軍	有請。
劉　備	仁兄。
吕　布	愛弟。
趙　雲	溫侯。
吕　布	四將軍。
劉　備	仁兄身體可好？
吕　布	罷了，愛弟你好？
張　飛	坐坐坐了，我大哥有鬚，你無有鬚，你稱的甚麼愛弟？
吕　布	三公那知，我比你兄年長幾歲，因此愛弟相稱。
張　飛	你愛，三老子不愛？
吕　布	四將軍身體可好[4]？
趙　雲	罷了，溫侯，你好？
吕　布	承問，黑漢子，你好？
張　飛	三老子不好，有病不成？
吕　布	三公今天講話，莫非他帶了酒了？
劉　備	正是，多飲了幾杯酒，醉了。
張　飛	坐坐坐了，三老子不泛飲酒，縱然飲酒也能飲三缸五罎，若不是三老子吃酒帶醉，小孺子焉能奪取我家徐州？
吕　布	啊！好你張飛，常常講話提起你家徐州，本公臉上慚悔，張飛過來，講說此話心中不服？
張　飛	有些不服。
吕　布	敢與本公賭力？
張　飛	賭力何妨？
吕　布 張　飛	（同白）帶衆將官。
吕　布	拉馬抬戟！
張　飛	拉馬抬鞭！
吕　布	不知愛弟到來，無物可敬，有杯水酒奉敬愛弟。
劉　備	到此就要打擾仁兄。
中　軍	宴齊。
吕　布	酒來，愛弟、四將軍請。

中　軍　紀靈到。

劉　備　仁兄，紀靈到來，我弟兄該在那裏藏躲。

呂　布　藏在本宮身後，料然無妨。有請紀將軍！

紀　靈　溫侯。

呂　布　下馬來。

紀　靈　溫侯，請來見禮。

呂　布　還禮。

紀　靈　啊！身後甚麼人？

呂　布　桃園弟兄。

紀　靈　馬來。

呂　布　慢着，爲何起身？

紀　靈　仇人在此，怎樣赴席？

呂　布　說甚麼仇人，你先過來，紀將軍！

紀　靈　溫侯。

呂　布　愛弟、紀將軍、四將軍請。（排子）
　　　　（唱）【夾板】徐州城排下了梨花大筵，
　　　　（轉）【二行】帥字旗斗大字聲振威然，
　　　　　　　　陽十王他兩家來往交戰，有本公在中間解和事端，
　　　　　　　　如不然把此事推手不管。

劉　備　仁兄來。

呂　布　（唱）【原板】看一看他兩家怎動力懸。

紀　靈　（唱）【流水】有紀靈酒席前用目觀看，漢劉備也賽過綿羊一般，
　　　　　　　　我有心領大兵與兒鏖戰，又誠恐得罪了溫侯奉先。

劉　備　（唱）【流水】漢劉備酒席前用目觀看，觀紀靈也賽過猛虎一般，
　　　　　　　　我仁兄把此事推手不管[5]，眼巴巴失去我弟兄桃園。

趙　雲　（唱）【流水】趙子龍酒席前用目觀看，紀靈賊也賽過猛虎一般，
　　　　　　　　我有心提長槍與兒鏖戰，看一看我主公怎用機關。

張　飛　（唱）【流水】大鋼鞭拈的我渾身打戰，不由人一陣陣耳目皆翻，
　　　　　　　　如不然出席去與兒鏖戰[6]，看一看吾大哥怎樣機關。

紀　靈　（唱）【流水】他三人耍眉眼越耍越遠，張翼德在一旁來把臉翻，
　　　　　　　　你莫要偷眼兒把我觀看，一剎時挨棍槌就在目前。

呂　布　（唱）【流水】轉面來紀將軍一聲呼喚，還朝去見你君本公問安。

| 紀 靈 | （唱）【流水】聽一言氣的我兩眼火鑽寬袍，
| | （唱）【原板】寬戰袍露出來鎖子連環，身帶上鐵甲兵四十五萬，
| | 我不殺漢劉備誓不回還。
| 呂 布 | （唱）【流水】紀將軍不飲酒所爲哪件？
| 紀 靈 | （唱）【流水】我一心殺劉備頭挂高杆。
| 呂 布 | （唱）【流水】陽十王他兩家來往交戰，殺不殺戰不戰與我何干[7]？
| 紀 靈 | （唱）【流水】受王祿受王封受王差遣，臨行走我奉了十王威嚴。
| 呂 布 | （唱）【流水】衆將官忙撤了梨花大筵，寬黃袍露出來鎖子連環，
| | 休誇你能用兵四十五萬[8]，咱兩家在此間動動刀懸。
| 紀 靈 | （唱）【流水】漢劉備他與你是何親眷？
| 劉 備 | （唱）【流水】咱弟兄曾結拜恩重如山[9]。
| 紀 靈 | （唱）【流水】那樣人留塵世總是大患。
| 劉 備 | （唱）【流水】假若還忘你頭上有青天[10]。
| 呂 布 | （唱）【流水】陽十王他兩家來往交戰，中間裏難殺我呂侯奉先，
| | （唱）【夾板】思一思、想一想有了極變，叫愛弟紀將軍細聽我言。
| | 愛弟、紀將軍，本公把你兩家這事公斷了。
| 劉 備 | 仁兄，請來公斷。
| 呂 布 | 將本公的畫戟杆栽在轅門以上，本公搭箭當射，箭中戟眼，兩家將兵收回；箭不中戟眼，任憑兩家殺砍，本公推手不管。
| 劉 備
紀 靈 | （同白）仁兄請來傳令。
| 呂 布 | 請在下邊帶衆將官，轅門抬戟。
| 呂 布 | （唱）【流水】虎牢關打一戰威風八面，哪一個不稱我溫侯奉先，
| | 衆將官忙看過金鎖玉箭，看一看呂奉先顯顯手段，
| | 我這裏猛搭弓急忙放箭。
| 劉 備 | （唱）【流水】漢劉備我這裏祝告參天，天保佑這一箭箭中戟眼，
| | 那一時滿爐香大謝蒼天。
| 紀 靈 | （唱）【流水】這一箭把我的冤仇射散，果然間漢劉備宏福齊天[11]，
| | 轉面來把溫侯一聲呼喚，還朝去見吾主赤手空拳。
| | 溫侯，還朝去見吾主之面，赤手空拳怎見吾主之面？
| 呂 布 | 不妨，本公與你修得小書一封，料然無妨，衆將啓開文房。小書一封，拿上快快走去。

紀　靈	（唱）【流水】出營來帥字旗遮了半面，還朝去好一似綿羊歸山。
劉　備	（唱）【夾板】射得好射得妙，箭中戟眼。
呂　布	（唱）這一箭不靠我，全靠老天。
	轅門射戟逞威風[12]。
趙　雲	能退紀靈百萬兵。
呂　布	百步穿楊咱爲首[13]。
張　飛	三老子不承你空肚子情。

校記

［1］燕子馬："燕"，原作"雁"，據下文改。
［2］胯下胭脂馬一驥："胯"，原作"夸"；"胭脂"，原作"燕子"。據文意改。
［3］臨陣倒拖畫杆戟："倒"，原作"到"，據文意改。
［4］身體可好："身"，原無，據文意補。
［5］推手不管："手"，原作"乎"，據文意改。
［6］與兒鏖戰："與"，原無，據文意補。
［7］殺不殺："殺不殺"，原作"刹不刹"，據文意改。
［8］休誇："誇"，原作"垮"，據文意改。
［9］曾結拜："結"，原作"經"，據文意改。
［10］頭上有青天："頭"，原作"思"，據文意改。
［11］果然間："間"，原作"一"，據文意改。
［12］逞威風："逞"，原作"呈"，據文意改。
［13］百步穿楊："楊"，原作"揚"，據文意改。

戰 宛 城

佚 名 撰

解 題

　　晋劇。作者不詳。《山西戲曲劇目總攬》著録。劇寫曹操征宛城，馬踏麥田，割髮代首，號令全軍。宛城守將張綉不敵而降曹，但因曹操擄其嬸娘鄒氏，張綉圖謀報仇。張綉懾於曹操衛士典韋的勇武，令胡車盜去典韋雙戟、戰馬。張綉夜襲曹營，典韋戰死，子、侄被殺，曹操逃走，鄒氏則被張綉殺死。本事出於《三國演義》第十六回。清代花部亂彈有佚名《戰宛城》，清代李世忠編的《梨園集成》有京劇《新著戰皖城》，現代京劇亦有《戰宛城》。情節略同。版本今見《山西地方戲曲彙編》第十二集《中路梆子專輯四》本，今以該本爲底本校勘整理。按：據《晋劇百年史話》云，該劇清同治年間在山西祁縣渠家成立的上下聚梨園劇團曾演出過。

第 一 場

（夏侯惇、許褚、于禁、典韋上）

夏侯惇　夏侯惇。
許　褚　許褚。
于　禁　于禁。
典　韋　典韋。
夏侯惇　列位將軍請了。
衆　　　請了。
夏侯惇　丞相升帳，你我兩廂侍候。
衆　　　請。（分下）（曹操上，坐帳）
曹　操　（對）權高勢重霸三公，劍履上殿誰不尊。（四將上）

| 衆 | 參見丞相。 |
| 曹　操 | 站立兩旁。 |

（詩）孤曹聚義在許都，討逆賞罰蓋世無。

宛城張綉多不道，孤曹引兵一掃除。

孤，姓曹名操字孟德。漢王駕前爲臣，只因宛城張綉不服王化，孤曹帶領人馬前去征剿。今日正好行兵。夏侯惇聽令！

夏侯惇	在。
曹　操	吩咐大小三軍，兵發淯水，去往宛城，小路行兵。吩咐大軍，沿路之上，不許踏害黎民的麥田。哪家踏害百姓的麥田，按照軍法處置。
夏侯惇	得令。令出：衆將官！丞相有令，大小三軍兵發淯水，去往宛城，小路行軍，沿路之上不許踏害百姓的麥田。哪家踏害百姓麥田，按照軍法處置。帶馬侍候！

（亮帽，《石榴花》反復三次。曹操趟馬）

| 曹　操 | （唱）斑鳩叫馬失驚四蹄大亂，一霎時踏壞了許多麥田。 |

未行兵定律條孤曹先犯，犯必究究必嚴豈可容寬。

大兵撤回。

夏侯惇	丞相，因何大兵撤回？
曹　操	孤曹踏壞了麥田。
夏侯惇	待我看來。踏壞了不多一片。
曹　操	唉！説甚麼踏壞了不多一片。孤曹定律，自己先犯。也罷，待孤拔劍自刎，今後三軍好管，軍威好振。
夏侯惇	且慢。有道是法不加尊，此乃戰馬之過，與人無干。只將戰馬斬首，號令就是。
曹　操	哼！這麼説將軍敢是與孤曹請罪？
夏侯惇	求丞相開恩。
曹　操	也罷。念其衆將講情，只將戰馬斬首號令。
夏侯惇	得令。（斬馬頭）丞相驗頭。
曹　操	打下去。（自割髮介）夏侯惇上站。拿髮曉諭滿營衆將，就説曹操馬踏了麥田，本當斬首，念在衆將講情，暫且割髮代首，但等得勝回來，再行發落。衆將如有再踏田苗者，以髮爲例。
夏侯惇	得令。衆將官！丞相馬踏田苗，暫且割髮代首。衆將如有再犯者，與髮同罪。與丞相換馬！（圓場）

衆	來在宛城。
曹　操	列開。(拉門)夏侯惇聽令！攻打頭陣，莫得有誤。
夏侯惇	得令。帶馬。(帶兵下)
曹　操	于禁，許褚聽令！二陣接殺。
于　禁 許　褚	得令。帶馬。(帶兵下)
曹　操	衆將官，就在此地安營扎寨。(同下)

第　二　場

(賈詡上)

賈　詡	主公操兵將，不見回衙房。
	(張綉內白："衆將官，散操回衙。"上)
張　綉	哎唉！
賈　詡	主公今日回衙，爲何悶悶不樂？
張　綉	先生哪知。只因曹操領了三十萬大兵，攻打宛城，無有良策，故而愁悶。
賈　詡	主公！想曹操在朝中霸三公，貶文武；今日領了三十萬大兵來取宛城，只可歸降，不可交戰。
張　綉	先生！宛城有兵有將，不與曹賊一戰，豈肯束手待斃。先生料理軍務，待我親自與曹賊一戰。衆將官，與爺寬袍迎敵。(下)
賈　詡	正是：主公不聽我相勸，事前容易後悔難。(下)

第　三　場

(夏侯惇帶兵過場下)

(張綉出城倒下。再倒上。夏侯惇正上，碰頭。張綉、夏侯惇開打。夏侯惇敗下。張綉單下。于禁、許褚過場下。夏侯惇單起，引張綉上。夏侯惇下。于禁、許褚倒接，三破。于禁、許褚下。火牌軍、藤牌軍過場，張綉單下。典韋拉門，三將報信，三將下。典韋搜門，連場鬥火牌軍，倒接藤牌軍，都引起，下場門倒脫靴，火牌軍、藤牌軍下。張綉倒上，戰典韋，前後貓，張綉下。典韋搜門單下。張綉原人進城,關城,鳴鑼。典韋追上,三笑下。流程扎角引夏侯惇上。連場,劈城。藤牌軍和夏侯惇打倒五梅花。引起,雷叙、張先衝上,開夏侯惇下。于禁衝上。與雷叙、張先打快槍,開張先下。于禁連場破火牌軍,引起來倒脫靴,雷叙倒開于禁下。許褚接上,打火牌軍、藤牌軍,開雷叙、張先下。許褚破火牌軍接藤牌軍。張綉倒上,與許褚打雙刀槍。許褚、張綉架住。典韋、雷叙、張先衝出。許褚、張綉分下。典韋、雷叙打老官刀的頭。典韋開雷叙下。典韋連場戰火牌軍、藤牌軍,引起刺肚,圍住轉。張綉倒上,打馬腿,引起轉,打盔接鑽烟洞。張綉等都下。典韋清底下)

第 四 場

(賈詡上)

賈　詡　主公去出兵,不知吉和凶。

(火牌軍、藤牌軍、雷叙、張先拉門上。張綉上)

賈　詡　主公出城與曹賊交兵,勝負如何?
張　綉　唉!悔不聽先生之言,果有今日之敗也。
賈　詡　主公,今日兵敗,如何打算?
張　綉　如今兵敗,軍威震動。有心歸順,恐怕曹操不容,豈不是自投羅網。
賈　詡　主公不必愁煩。二日天明,臣隨主公去奔曹營投降,帶上宛城印信并地理圖形,管保他允許主公歸順就是。
張　綉　如此盡在先生。
**雷叙
張先**　主公,我等情願決一死戰,也不願降曹。
張　綉　二將不必性急。歸降拒敵,我自有良謀。各回本營休息去罷。(火牌軍、藤牌軍分下)

先生,下邊預備禮物,去奔曹營投降。正是:

(念)雙手捧起千江水,

賈　詡　(念)難洗今朝滿面羞。

第 五 場

（鄒氏上。丫環隨上）

鄒　氏　曹兵圍了城，叫人心不寧。奴乃鄒氏，配夫張濟爲妻。天遭不幸，奴夫去世，宛城之兵權大印都歸侄兒張綉執掌。昨日人言曹兵圍城，但不知侄兒與軍師有何退兵之策。思想起來，好不愁悶人也。

（唱）有鄒氏坐小房自思自嘆，想奴夫去世早撇奴孤單。
　　　奴丈夫他在日執掌重權，威鎭在宛城地好不威嚴。
　　　自從了奴的夫他把世捨，撇下奴在中年好不厭煩。
　　　白日間寂寞到黃昏夜晚，每日裏伴孤燈凄涼難言。
　　　那張綉每日裏把兵教練，不進內來問安所爲哪般。
　　　昨日裏聞府下僕人所言，他言說那曹賊兵下江南。
　　　兒張綉清早間曾把兵點，與曹賊在城下動起刀劍。
　　　賈軍師在城內又把令傳，點民夫上城去防守更嚴。
　　　那曹兵他若還不把圍解，無糧草少兵將想守艱難。
　　　思兵戈想奴夫心情煩亂，孤寡婦城若破有誰照管。
　　　前也思後也想有苦難言，到半夜守孤燈愁鎖眉尖。
　　　猛抬頭觀見那日落西山，又聽得那家人來把言傳。（切）

（院子上）

院　子　報，稟老夫人！

鄒　氏　何事？

院　子　我家主公帶了宛城兵權大印投降曹操去了。

鄒　氏　啊！怎麼説！你家主公他帶了宛城兵權大印，他，他，他投降曹操去了？

院　子　正是。

鄒　氏　啊呀！張綉呀張綉，你今降曹豈不玷污了你叔父一世的威名。

丫　環　夫人！不要煩惱。但等我家主公進內問安之時，一問便知明白。

院　子　主母，想我家主公降曹乃出在萬不得已，看來主公與軍師必有良謀。

鄒　氏　如此，家院去往張、雷二府，請張、雷二夫人過府，莫得有誤。

院　子　遵命。（下）

鄒　氏　但説是張綉呀張綉！及早不想退兵計,禍到臨頭後悔遲。（下）

第　六　場

（張綉、賈詡上）

張　綉　（念）手捧宛城印,
賈　詡　（念）前來降曹營。
張　綉　門上哪位在？（曹兵上）
曹　兵　講説何來？
張　綉　往裏去傳,宛城太守張綉投降來見。
曹　兵　你且少等。有請夏侯將軍。（夏侯惇上）
夏侯惇　講説何來？
曹　兵　宛城張綉投降來見。
夏侯惇　站過一旁。禀丞相！
曹　操　（内白）何事？
夏侯惇　張綉歸降來見。
曹　操　（内白）升帳。（曹操率衆倒上。站門）
曹　操　夏侯將軍聽令！
夏侯惇　在。
曹　操　吩咐令人將張綉周身搜檢,寸鐵不帶,隨令而進帳。
夏侯惇　得令。呔！張綉你今投降,有何夾帶？
張　綉　并無夾帶。
夏侯惇　我要搜。
張　綉　你就搜。
夏侯惇　來,渾身搜檢。（搜介）呔！張綉！丞相有令,命你隨令進帳。你要小心了！呔！你要打點了！
張　綉　宛城張綉帶了參謀（賈詡：賈詡）告進。丞相在上,末將張綉帶了參謀——
賈　詡　賈詡,投降來遲,死罪呀死罪！
曹　操　張綉,手捧何物？
張　綉　宛城印信。
賈　詡　地理圖形。

曹　操　呈上來。(看介)搭座、掩門!(往前坐)張將軍,今日歸降真乃英明果斷也!

張　綉　丞相過獎。請丞相進城查點錢糧府庫。

曹　操　地理圖形留下,宛城印信暫先帶回。你先回城安置,孤曹即刻就要進城。

張　綉　遵命。正是:人説曹操恩義大,(下)

賈　詡　(念)今日一觀果不差。(下)

衆　　　丞相,張綉投降有假,進城須要多帶人馬。

曹　操　就帶護衛將軍許褚、典韋,帶兵五百;其餘大隊人馬,城外安營即可。三軍,帶馬!

　　　　(同下)

第　七　場

(賈詡先上,火牌軍、藤牌軍、張先、雷叙倒上。賈詡歸下場門。張綉發悶上。下場門四把子引許褚、典韋、曹操上。曹操望城)

許　褚
典　韋　吥!張綉。丞相到此,還不上前拉馬。

(張綉拉馬,曹操率衆下)(雷叙、張先、火牌軍、藤牌軍三望,不服地下)(曹操原人馬上。張綉隨上)

曹　操　張將軍,孤曹進得城來,觀見衆百姓跪滿街道,却是爲何?

張　綉　俱都是迎接丞相的。

曹　操　喂嚇!宛城的百姓真乃義民也。張將軍,城中還有多少人馬?

張　綉　馬兵三萬,步兵三萬,火牌、藤牌各三千。

曹　操　火牌、藤牌何人傳授?

張　綉　乃是我叔父張濟傳授。

曹　操　孤有心借操一觀,不知將軍意下如何?

張　綉　如今歸降丞相,就是丞相的人馬,盡在丞相之意。

曹　操　如此甚好。來,帶馬教場去者!

　　　　(連場一返,二返,下馬,登高。張綉拿令旗登高)

張　綉　丞相先看火牌,還是先看藤牌?

曹　操　先看火牌,後看藤牌。

張　綉		如此火牌軍（內應），開操！（雷叙引火牌操）
張　綉		藤牌軍開操！（張先引藤牌操）
張　綉		全操！（藤牌、火牌對打）
張　綉		操演已畢。
曹　操		喂嚇！觀見火牌、藤牌甚是驍勇。日後交鋒，打量他人難破也！
許典	褚韋	丞相哪！我二人願破他的火牌、藤牌。
曹　操		慢來。他操練就的人馬，二位將軍不要侵犯於他。
許典	褚韋	若要不勝，願賭軍令。
張　綉		二位將軍乃天人，豈肯與螻蟻一般見識？
許典	褚韋	張綉多口。
曹　操		許褚、典韋聽令！命你二人大戰火牌、藤牌，不許傷害他等。哪家傷害一名，定要償命。
許典	褚韋	得令。（小開打。許、典壓倒火牌、藤牌）
許典	褚韋	哈哈哈哈！（張綉拿令旗打火牌）
曹　操		張將軍，將火牌、藤牌暫且借與許褚、典韋二人帳下聽用。但等大破呂布之後，仍舊交還將軍。不知意下如何？
張　綉		盡在丞相調動。丞相城裏安息，城外安息？
曹　操		就在城內安息。
張　綉		請到館驛。
曹　操		帶馬。
		（曹操帶流程下。許褚、典韋撐眉下[1]。張綉發悶下）

校記

[1] 此句"許褚"上，原衍"張綉"，據文意刪。

第　八　場

（車夫引張夫人、雷夫人上）

張夫人　（唱）適纔間令人一聲禀，
雷夫人　（唱）他言說曹兵進了城。
張夫人　（唱）老夫人差人把我請。
雷夫人　（唱）但不知請咱爲何情。
張夫人　（唱）令人催馬莫留停，
雷夫人　（唱）我見了夫人問分明。（同下）

第　九　場

（四兵、曹安民、曹昂引曹操上）
曹　操　（唱）戰宛城攻張綉威風抖擻，不由得孤曹我喜在眉頭。
　　　　　　將身兒打坐在中軍帳口，孤曹我一陣陣悶在心頭。（切）哎唉！
曹安民　我說叔叔，你老人家長吁短嘆，却是怎麽回事？
曹　操　心中實實的悶得很哪。
曹安民　咱們去到大街市上，游玩散心。叔父你看如何？
曹　昂　啊，父親！大兵剛進宛城，未得民心，街市慌慌，還是不去的好。
曹安民　哎，咱們換上布衣去，還怕甚麽？
曹　昂　還是不去的好。
曹安民　你小孩子家懂得甚麽。叔父不要聽他。
曹　操　哎，小孩子家懂得甚麽。隨父後邊更換衣衫，大街游玩一回。
　　　　（同下）

第　十　場

（鄒氏上）
鄒　氏　（念）曹兵進了城，難保吉和凶。
　　　　（丫環暗上）（內白：張、雷二夫人到）
丫　環　張、雷二夫人到。
鄒　氏　傳出裏邊有請。
丫　環　裏邊有請。（車夫引張、雷二夫人上。下車，車夫下）
張夫人
雷夫人　參見夫人。

邹　氏	二位夫人到了？少禮落座。
張夫人 雷夫人	謝座。夫人可好？
邹　氏	罷了，承問。二位夫人可好？
張夫人 雷夫人	我等有何德能，敢勞夫人一問。
邹　氏	見面理應一問。
張夫人 雷夫人	我等謝問。將我二人喚過府來，有何事論？
邹　氏	二位夫人哪知。只因我家侄兒歸降曹操，是我心頭悶倦，故將二位夫人請過府來，陪我消散心頭之悶。
張夫人 雷夫人	盡在夫人。
邹　氏	如此，丫環帶路，門樓游玩散心一回。
（唱）丫環帶路莫遲慢，（圓場）門樓散心走一番。
張夫人	（唱）邁步我把門樓上，（登高）
雷夫人	（唱）看一看何人到此間。

（曹安民、曹昂引曹操上）

| 曹　操 | （唱）侄兒帶路大街往，看看此處好風光。
　　　　正行走來用目望，門樓上站下美姣娘。（繞） |
| 曹　昂 | 啊，父親！天氣不早，咱們回去吧！ |
| 曹　操 | 是回去吧！（二人碰頭下）好奴才。 |
| 邹　氏 | （唱）站在門樓用目望，觀見那人好貌相。
　　　　細眉長目好模樣，三綹鬍鬚灑胸膛。
　　　　丫環帶路門樓下，再叫夫人聽心上。（切） |
張夫人	夫人，天氣不早，我二人告辭了。
邹　氏	奉送。（車夫上。張、雷二夫人上車，下）
邹　氏	丫環，天氣不早，安息了吧。
丫　環	遵命。（同下）

第 十 一 場

（曹操、曹安民、曹昂上）

曹　操　（唱）見美人把我的三魂勾掉，引得孤一陣陣心似火燒。
　　　　　　　回頭來打坐在中軍帳道，不由人一陣陣身心難熬。（切）
　　　　　哎唉！
曹安民　我說叔父！你唉聲嘆氣，莫非有愛女之心？
曹　昂　哼！（下）
曹　操　縱有此心，如何到手？
曹安民　這個事好辦。您賜我四十名人役，管保到手。
曹　操　好，就賜你四十名人役，速去速回。
曹安民　好啦，交給我吧。您老人家請回，等着吧。（曹操下）人役們走上！
　　　（四流程上）
曹安民　帶車轎跟我走。
　衆　　幹甚麼去？
曹安民　不用問，去到那裏就知道啦。帶馬！（圓場）到了。接馬。對啦，就是這個門兒來。打進去，有人滾出來！
　　　（院子上）
院　子　你們是做甚麼的？
曹安民　來呀，給我搜，是女的都帶上來。（流程引鄒氏、丫環上）
曹安民　對啦，沒有錯。請上車走吧！
鄒　氏　你們是哪裏來的，黉夜入府，所爲何事？
曹安民　不要問，去到那裏就知道啦。推車走，走，走！
院　子　好強徒，竟敢入府搶人。
曹安民　去你媽的吧！這是奉爺的命令。（下）
院　子　哈呀！不知哪裏來的強徒，竟敢將我家主母搶走。不免報與我主公得知便了。（下）

第 十 二 場

　　　（曹安民上）
曹安民　有請叔父。
　　　（曹操上）
曹　操　所辦之事如何？
曹安民　已經辦到，現在營內。

曹　操　好好好！有請！
　　　　（曹安民下，鄒氏、丫環上）
曹　操　美人在哪裏，美人在……哈哈哈！不知美人是何人的家眷？
鄒　氏　妾乃張濟之妻，張綉之嬸娘鄒氏。
曹　操　啊，哎呀！我當是何人，原來是張綉之嬸娘！嗨嘿，壞了！哎呀，孤曹今日與他個一錯再錯。夫人，你當孤曹不斬張綉，爲着哪個？
鄒　氏　爲着哪個？
曹　操　就是爲着夫人你呀！
鄒　氏　多謝丞相。
丫　環　夫人，咱們回去吧！
曹　操　你家夫人今晚不回去了。
丫　環　不回去，我們哪裏去呀？
曹　操　就在此間安息。
丫　環　我們没有拿來行裝，怎麼辦？
曹　操　不必多言，隨上。
　　　　（曹操下。丫環不去，鄒氏拉下，再上）
曹　操　丫環！下邊安息去吧。
丫　環　我們不去，在此侍候我家夫人。
曹　操　附耳上來。（丫環附耳）説是你出去吧。
　　　　（曹操、鄒氏下。曹安民倒上）
丫　環　哎呀，怎麼要我夫人不要我，半夜三更讓我哪裏去呀？
曹安民　我説你哭甚麼呀？
丫　環　我們没有睡處。
曹安民　甚麼，没有睡處？好辦。來，來，來，跟我睡去。
丫　環　我們不和你睡去。
曹安民　甚麼不和我睡去？這是丞相命令，把你賞給我了。（同下）

第 十 三 場

　　　　（張綉上）
張　綉　（念）所爲宛城事，晝夜費心機。
院　子　（上）報，稟主公，大事不好。

張　綉　何事驚慌？

院　子　昨日二更時候,來了一夥軍兵,將老夫人搶去了。

張　綉　可是本部的軍兵所爲？

院　子　并不是本營的軍兵所爲。

張　綉　報事不明,再去打探。(院子下)且住！是我清晨起來,家院報道,言説我那嬸娘被人搶走,我不免去到曹營打探。(一藤牌軍上)令人帶馬,曹營去者。(圓場)來在館驛。與爺接馬,外邊侍候。(藤牌軍下)裏邊哪個在？

曹安民　(上)正在濃睡,清晨起來是哪個大呼小叫。(開門)啊,是張綉。大清早起的,你來幹甚麼來啦？

張　綉　丞相身旁問安。

曹安民　丞相還未曾起床來。

張　綉　我有軍情大事相見。

曹安民　少等。待我與你傳禀。有請叔父！(曹操手拉鄒氏上)

曹　操　何事？

曹安民　張綉問安。(曹操示意鄒氏下)

曹　操　命他進來。

曹安民　丞相有令,命你進來。哼,真乃討厭。

張　綉　參見丞相。

曹　操　少禮,落座。

張　綉　謝座。丞相,昨夜晚上好睡呀？

曹　操　昨夜晚上嘛,啊,好睡,好睡！啊,哈哈哈！張將軍,我與你叔父乃是一殿之臣,今後我與你叔侄相稱,你意如何？

張　綉　啊,這個……

曹　操　你與我結爲心腹之將,待我回朝奏明聖上,保你永鎮宛城就是。

張　綉　啊,我從下了。

曹　操　如此,侄兒！

張　綉　丞相。

曹　操　哎,要叫叔父。

張　綉　噢,叔父。

曹　操　(應介)啊,哈哈哈！丫環,打茶。

　　　　(丫環捧茶上,見張綉急下)

張　綉　啊,(出門)觀見方纔打茶的丫環,好象侍候我嬸娘的春梅。看起來,此事定是曹賊所爲。

曹　操　張將軍。

張　綉　啊,丞相。

曹　操　哎,叫叔父。

張　綉　哼,叔父。

曹　操　啊,哈哈哈!請坐,張將軍你要曉得,識時務者爲俊杰。

張　綉　多謝丞相指教。從今往後,每晚我要帶兵巡城。

曹　操　好好好!理應巡城保護纔是。

張　綉　如此告辭。

曹　操　回衙辦事。(藤牌軍帶馬上)

張　綉　暫且離開猛虎口,不殺曹賊誓不休。(上馬,同下)

(鄒氏上)

鄒　氏　張綉哪廂去了?

曹　操　他回營去了。

鄒　氏　你我之事,若被張綉看出破綻,如何是好?(兩面上流程、車夫)

曹　操　不必驚慌。張綉懼怕典韋,你我同去典韋營下居住。來,帶馬!

(同下)

第 十 四 場

(張綉、賈詡上)

張　綉　哎唉!

賈　詡　主公今日爲何氣色不佳?

張　綉　先生哪知。是我清晨起來,家院禀報,言說我那嬸娘被人搶走。

賈　詡　哼!竟有這等情事,莫非本部人馬所爲?

張　綉　本營軍馬打量他也不敢。

賈　詡　就該去曹營打探。

張　綉　啊呀,着哇。是我去到曹營打探,正與曹賊議論軍務之事,觀見打茶的丫環好像春梅,看來此事必是曹賊所爲無疑了。

賈　詡　主公,此仇報之還是不報?

張　綉　這樣的大恥,哪有不報之理?只是懼典韋之勇。

（胡車、藤牌軍上）

賈　詡	若要報仇，先滅此人。只是無人盜他的雙戟盔甲。
胡　車	主公、先生！末將情願盜他的雙戟盔甲。
張　綉	胡車有此膽量？
胡　車	有此膽量。
張　綉	好好好！轉上受爺一拜。（跪）胡車，下邊準備去吧。（胡車下）衆位將軍下邊安歇。（衆下）先生，修書上來。
賈　詡	來，啓開文房，（修書）這是一帖，請典韋過衙議事。
藤牌軍	遵命。（下）（內白：報，典將軍請到！）
張　綉	有請。
藤牌軍	有請。（典韋上）
典　韋	張將軍，啊，哈哈哈！
張　綉 賈　詡	將軍！啊，哈哈哈！不知將軍到來，未曾遠迎，該當有罪。
典　韋	好說，好說。請某過衙，有何事議？
張　綉 賈　詡	今乃太平無事，請將軍過府吃一太平之酒。
典　韋	來者就要打擾。
張　綉 賈　詡	何言打擾。酒宴擺上。
藤牌軍	上宴。
張　綉 典　韋	請酒。（內：馬嘶聲。胡車蹚馬過場）
典　韋	下面何事喧嘩？
張　綉 賈　詡	馬夫壓馬。
典　韋	牽上來。
張　綉 賈　詡	吩咐馬夫牽馬上來。
藤牌軍	將馬牽上來。（胡車拉馬上）
張　綉 賈　詡	將軍請看。
典　韋	果然是匹好馬，待某試試此馬足程如何。

張繡 賈詡	盡在將軍。
典韋	好,馬夫,帶馬。(上馬)
張繡 賈詡	喂嚇!觀見典韋騎在馬上,人高馬大,真乃好將也。
典韋	果然好馬也。啊,哈哈哈!
張繡	將軍見愛,奉送將軍就是。
典韋	如此某當面謝過。
賈詡	此馬夫養的好馬,將馬夫也送與將軍就是。
典韋	噢!怎麼連馬夫也送與末將了?啊呀,某越發的感謝了。
張繡 賈詡	將軍今日得馬,乃是一件喜事。你我再吃一慶賀之酒。
典韋	好,酒來。杯小,不可量。
張繡 賈詡	看大杯侍候。
典韋	來,來,來!
張繡 賈詡	將軍吃酒帶醉,與將軍帶馬。
典韋	酒醉不能騎馬。
張繡 賈詡	如此車輛侍候。

(眾上,撐住典韋兩臂)

典韋	你等這算何意?
張繡 賈詡	攙扶將軍上車。
典韋	用不著爾等攙扶。啊,哈哈哈!閃開!(甩開眾人,上車,下)
賈詡	典韋吃酒帶醉。張先、雷叙聽令!
張繡 雷叙	在。
賈詡	命你二人夜至三更,四下放火,不得有誤。
張繡 雷叙	得令。(下)
賈詡	主公,今晚帶了火牌、藤牌,但等火起,假意救火,闖進營去,先刺典韋,後殺曹賊,成功在此一舉。

| 張　綉 | 先生請回。（賈詡下）衆將官，去到下邊更衣。今夜跟我去殺曹賊，莫得有誤。（同下） |

第 十 五 場

（胡車扶典韋上，入帳。起更，胡車盜盔甲）

典　韋	馬夫。
胡　車	有。
典　韋	打茶。
胡　車	啊。（又盜）
典　韋	馬夫。
胡　車	有。
典　韋	打杯。
胡　車	啊。（又盜盔甲，盜畢、掌號，下）

（鼓聲。張綉拿令旗引兵過場）（內喊殺聲。典韋出帳）

| 典　韋 | 馬夫，馬夫！啊，馬夫不在。耳聽喊殺之聲，待我披挂起來。哈，我的盔甲不在。我命休矣！ |

（張綉上，刺典韋。典韋與張綉開打，張綉敗下。胡車倒上，被典韋摔死。藤牌拿槍倒脫靴，典韋抓槍。張先射箭，典韋中箭下。張綉領衆追下。典韋上，被張綉刺死）

第 十 六 場

（曹安民上）

曹安民	報！啓禀叔父，四下裏人馬喧嘩。
曹　操	（上）哪裏的人馬喧嘩？
曹安民	不知哪裏喧嘩。
曹　操	報事不明，再去打探。

（曹安民下。曹昂上）

| 曹　昂 | 啓禀爹爹，四下起火。 |
| 曹　操 | 吩咐人馬救火。 |

（曹昂下。曹安民上）

曹安民　禀叔父，張綉殺進帳來。
曹　操　急喚典韋出馬迎敵。
曹安民　典韋早已戰死。
曹　操　啊呀，不好！（曹操出帳，拉鄒氏、丫環下）
　　　　（火牌軍、藤牌軍拉門上，張綉上，刺帳子，發瘋下）

第 十 七 場

（許褚帶兵拉馬過場）（曹安民上，被雷叙殺。曹昂上，被張先刺下。曹操、鄒氏、丫環上。圓場）

曹　操　不見我兒和侄兒哪廂去了？
丫　環　都被刺死了。
曹　操　罷了，兒啊！（鼓聲，曹操倒地）
許　褚　（上）參見丞相。
曹　操　哼！許褚來了？帶馬。
鄒　氏　怎麼？丞相走去，丟下我們？
曹　操　待我將你帶上。許將軍，將你們的坐馬騰出一匹，讓她們騎上。
許　褚　丞相！行軍打仗，事在緊急，不帶家眷。
曹　操　帶上方好。
許　褚　現無戰馬，不能隨帶。
曹　操　如此我就走了。
鄒　氏　怎麼，你走把我們丟下？
曹　操　軍中不帶家眷。
鄒　氏　我說曹操啊曹操！我們好好的被你搶來，今天你又不要了。我該罵你個甚麼好？丫環，你上前罵他幾句。
丫　環　我說曹操啊曹操，我們娘們好好的日子，被你搶來，如今又不要我們。我該罵你個甚麼？我罵你個王八旦。
　　　　（內張綉喊。鄒氏、丫環往裏觀望。曹操上馬欲走，遇張綉。張綉刺曹操屁股，曹操被許褚救下）（張綉刺死丫環。鄒氏跪，起，捉槍，變臉）
鄒　氏　張綉，殺暈了嗎？張綉殺暈了。（變臉）
張　綉　鄒氏啊鄒氏，你做出這樣的醜事，傷風敗俗，今日怎能饒你。

（火牌、藤牌喊威。鄒氏叩頭。張綉刺死鄒氏）
衆　　　曹操逃走。
張　綉　二日天明，點起大隊人馬，追趕曹賊。（同下）

白門樓

佚名撰

解題

中路梆子,作者不詳,《山西戲曲劇目總攬》著録,題《白門樓》,未署作者。劇寫劉備被吕布奪去徐州後,失却立足之地,投奔曹操。曹、劉合攻吕布於下邳。吕布因待部下不仁,屬將侯成、宋憲投降曹操,爲立功盜去戟和馬。關羽水淹下邳,張飛擒獲吕布與部將陳宫、張遼,吕布妻妾嚴氏、貂蟬一起被曹操俘獲。曹操在白門樓審問俘虜。曹操勸陳宫投降,遭拒。陳宫怒罵曹操被斬;吕布願降曹操,因劉備不容而被殺;張遼則被劉、關、張勸説降曹。本事出於《三國演義》第十九回。元雜劇今存劇目有于伯淵的《白門樓斬吕布》,金院本今存劇目有無名氏的《罵吕布》,清代傳奇今存劇目有無名氏《奪戟記》。清代花部亂彈有佚名氏《白門樓》,現代京劇有《白門樓》,情節與本劇大同小異。該劇版本今見《山西地方戲曲彙編》第十二集《中路梆子專輯四》本。今以該本爲底本校勘整理。按:據《晋劇百年史話》云,民國年間山西祁縣聚梨園劇團(民國二年成立)曾演出過此劇。

第 一 場

(郭嘉上)

郭　嘉　(引)上知天文地理,下通八卦陰陽。
　　　　山人郭嘉。曹丞相軍中爲謀。丞相升帳,帳前走走!
　　　　(唱)昔日夷、齊二大賢,弟兄雙雙讓江山。
　　　　　　兄讓弟來弟不坐,弟讓兄來兄不擔。
　　　　　　東華門逃出大太子,西華門逃走二英賢。
　　　　　　弟兄雙雙同逃走,逃在蒲州首陽山。

天降鵝毛大雪片，首陽山餓死二大賢。
玉帝見他死得苦，纔封他和合二神仙。
我在此間莫久站，曹丞相帳下走一番。（下）

第 二 場

（四軍士、四龍套、曹操上）

曹　操　（引）一更一點萬里紅，高樓獨坐滿天星。
　　　　（詩）孤家領兵出中原，要與漢室爭江山。
　　　　　　殺斬不由漢天子，大臣生死孤掌權。
　　　　孤，姓曹，名操，字孟德。孤家起兵以來，有心復奪下邳，謀計不上心來。不免將先生宣進帳來，與孤定得一計方好。站堂軍！

軍　士　有！

曹　操　宣先生進帳！

軍　士　宣先生進帳！（郭嘉上）

郭　嘉　（念）丞相一聲請，進帳問分明。
　　　　參見丞相！

曹　操　先生到來請坐。

郭　嘉　謝座。丞相身安？

曹　操　罷了！

郭　嘉　宣山人進帳，有何軍情議論？

曹　操　孤家有心復奪下邳，謀計不上心來。將先生宣進帳來，與孤定得一計方好！

郭　嘉　命二千歲教場操點人馬，山人自有妙用。

曹　操　眾將官！

軍　士　有！

曹　操　吩咐你二千歲教場操點人馬，候孤起身！（眾同下）

第 三 場

（四軍士、劉備上）

劉　備　（引）珍珠萬卷龍燈照，大漢宗親一脉挑。

劉　備　孤窮姓劉，名備，字玄德。呂布不仁，奪去我家徐州，我弟兄無有養軍之地。有心投奔曹丞相，借來大兵復仇，不免將二弟、三弟宣進帳來，再作計議。堂官！

軍　士　有！
劉　備　請你二爺、三爺。
軍　士　請二爺、三爺。（關羽上）
關　羽　（念）手拿青龍偃月刀！（張飛上）
張　飛　（念）老張手使丈八矛。
關　羽
張　飛　參見大哥！
劉　備　二弟、三弟到來，請坐！
關　羽
張　飛　謝座！大哥身安？
劉　備　罷了！二弟、三弟你們可好？
關　羽
張　飛　弟兄們謝問！宣弟進帳有何軍情議論？
劉　備　二弟、三弟哪知！呂布不仁，奪去咱家徐州，咱弟兄無有養軍之地。有心投奔曹丞相，借大兵復仇，不知二弟、三弟心意如何？
張　飛　大哥今日也降曹，明日也降曹，說是你與我降！降！降！
劉　備　三弟話講哪裏！

　　　　（唱）三弟你把話錯講，爲兄有言聽心上。
　　　　　　霸王剛強烏江喪，韓信剛強喪未央。

關　羽　（唱）我可恨董卓賊在朝謀反，欺天子壓臣僚文武兩班。
　　　　　　投曹賊也不過暫時之便，大丈夫出世來一命在天。

張　飛　（唱）張翼德在馬上用目觀看，我大哥坐雕鞍悶悶不言。
　　　　　　投曹操那不過一時之便，怕只怕弟兄們無處身安。（眾同下）

第　四　場

（曹洪上）

曹　洪　（引）生來相貌壓人，兩膀力大無窮。
　　　　　　一杆銀槍在手，臨陣百戰百勝。

二爺曹洪。兄王命我教場操點人馬。人馬點齊,回頭一望,兄王大營來也!

（四軍士、四龍套、曹操上）

曹　洪　參見兄王!
曹　操　站下!命你教場操點人馬,人馬可點齊?
曹　洪　人馬點齊,候兄王傳令!
曹　操　曹洪聽令!
曹　洪　在!
曹　操　吩咐眾將,一擁攀鞍上馬!
曹　洪　討令!眾將官,一擁攀鞍上馬!

（劉備、關羽、張飛上）

劉　備　馬上是曹丞相?
曹　操　馬上是玄德公!
曹　操
劉　備　下馬來!
劉　備　參見曹丞相!
曹　操　少禮!玄德公!你弟兄狼狼狽狽今將何往?
劉　備　丞相哪知!呂布不仁,奪去我家徐州,投奔曹丞相,借大兵好來報仇。
曹　操　哈哈,哈哈!孤家得了桃園弟兄,好比困龍得水、猛虎歸林一般。
張　飛　丞相!賜我一支將令,活拿呂布進營。你看如何?
曹　操　好!三公聽令!大戰呂布,多加小心。
張　飛　討令!（下）
曹　操　玄德公,二公!隨後立營,御弟相伴。快去!（劉備、關羽、曹洪同下）
曹　操　就在此地安營下寨。（眾同下）

第 五 場

（陳宮、張遼、侯成、宋憲上）

陳　宮　（念）帥府銅鑼力量強,
張　遼　（念）轅門以外稱英豪。

侯　成	（念）帳下站下四員將，
宋　憲	（念）就等大帥傳令高。（各通姓名）
陳　宮	衆家請了！
衆	請了！
陳　宮	大帥升帳，你我帳外侍候。（四軍士、四龍套、呂布上，坐帳）
呂　布	（引）胭脂馬吐紅光日行千里，受君恩滅烟塵蓋世無雙。

（詩）頭戴金冠耳墜肩，身穿黃金鎖子衣。
　　　內套陰陽雪花鎧，跨下赤兔胭脂駒。
　　　身有九牛二虎力，臨陣倒拖畫杆戟。
　　　殺遍天下無敵手，穩坐徐州誰敢欺。

　　　本官姓呂，名布，字奉先。當初與丁建陽爲將，丁建陽待我不仁，是我刀劈丁建陽。後投董梁王，董梁王待我不義，是我槍挑董梁王。帶了嚴氏、貂蟬，一場好逃也！直逃在下邳城內。好有幾載，未曾征戰。今在大帳，帥字旗無風自擺，必有軍情大事來報。
　　　（報子上）

報　子	報！曹操領兵，復奪下邳！
呂　布	再探！（報子下）哈！好你曹操，爾有多大本領，竟敢復奪下邳。衆將官！
軍　士	有！
呂　布	四將進帳！
軍　士	四將進帳！
	（陳宮、張遼、侯成、宋憲上）
四　將	吥咳！四將告進！參見大帥。
呂　布	站下。
四　將	哇！宣四將進帳，哪路有差？
呂　布	適纔令人報到，曹操領兵復奪下邳，今天出兵不比往常，一個個努力相殺。寬袍來！
	（劉備、關羽、張飛上）
呂　布	張飛！黑賊！兒有多大本領，焉敢統兵前來，復奪下邳！
張　飛	呂布！兒啦！早早騰出下邳，就是罷了；如若不肯，槍挑兒於馬下。
呂　布	誇口太大！圍住殺！（呂布等敗下。劉備、關羽、張飛追下）

第 六 場

（曹洪出杆子，陳宮上，被曹洪打敗下。呂布上，曹洪敗下。劉備上，碰呂布，呂布下。陳宮上，劉備敗下。關羽上，陳宮敗下。張遼上，關羽與張遼兩搜門，咬耳朵。張飛上，關羽、張遼下。張飛帶兵追下）

第 七 場

（呂布與張飛殺挂兒，張飛打掉呂布紫金冠，呂布卷席囤，敗下）

張　飛　哈哈！嘿嘿！追！（下）

第 八 場

（呂布帶衆將敗走，空場，下）

第 九 場

（四龍套、曹操上）

曹　操　（念）撒出鷹鶻去，要拿燕雀回。
　　　　（四軍士、張飛、關羽、劉備上）

劉　備
關　羽　（合）參見丞相[1]！
張　飛

曹　操　大戰呂布怎麽樣了？

張　飛　打掉呂布紫金冠，丞相上邊請功。

曹　操　好！辛苦你們，請到下邊歇息。

劉　備
關　羽　（合）得令！
張　飛

曹　操　今天打掉呂布紫金冠，如同斬來兒的首級一般。少不得孤今晚親自巡營。衆將官，鞍馬侍候！

（唱）桃園弟兄是英雄，殺得呂布敗回營。
　　　　　衆將帶馬營門奔，今晚巡城走一程。（同下）

校記

［1］劉備、關羽、張飛(合)參見丞相："合"字，指兩個以上的角色作同一動作，或共白，或共唱，或共同行動。原無此字，整理者爲明確劇情和角色動作而加。

第 十 場

　　　（呂布帶衆將上）

呂　布　（唱）下邳城外打一戰，閃上桃園弟兄三。
　　　　　　　一馬進，三馬前，三馬一處并連環。
　　　　　　　將身兒打坐帥府內，氣得本宮咬牙關。
　　　　　天哪！老天！本宮出得營去，偶遇三將，與張飛打了一仗，本宮一時未曾防定，將本宮紫金冠打掉。好不叫人氣惱！

陳　宮　大帥！曹賊今日打了勝仗，不過一時之幸，賜老將一支將令，今晚前去巡城。你意如何？

呂　布　公臺講話，正稱我意。賜你大令一支，今晚巡城，多加小心！快去。

陳　宮　討令！
　　　（唱）大帥你把愁眉展，軍家勝敗理常然。
　　　　　　衆將官帶馬莫遲慢，今晚巡城走一番。（下）

張　遼　（唱）辭別大帥出帳去，（下）

侯　成
宋　憲　（合唱）怕只怕曹賊偷營盤。（下）

呂　布　（唱）見四將，出寶帳，回頭再叫衆兒郎。
　　　　　　　今夜晚上不睡覺，準備兩家排戰場。
　　　（衆同下）

第 十 一 場

　　　（二燈夫、陳宮上）

陳　宮　（唱）下邳城外打一仗，打回敗仗臉無光。
　　　　　　　曹操他是小人量，今晚必定偷營房。
　　　　　　　我與大帥曾商量，今晚巡城要提防。
　　　　　　　燈夫掌燈把城上，上得城樓觀其詳。
　　　　　　　耳風忽聽馬鈴響，怕只怕曹賊偷營房。
　　　　（四龍套、曹操上）
曹　操　（唱）孤家用兵無敵擋，殺遍天下賽霸王。
　　　　　　　正在催馬往前闖，又見衆將報聲嚷。
龍　套　來在城下。
曹　操　列開！哇！孤家來在城下，觀見城頭明燈亮燭，好象陳公臺在此守城，是與不是，冒叫他一聲。城上可是公臺兄！
陳　宮　城下可是曹丞相！
曹　操　公臺兄！
陳　宮　喂嚇！果然不出吾之所料也！丞相！老將實有投丞相的一片心情，內有呂布一人不允。丞相靠近城邊，老將有密言相告。
曹　操　公臺兄！
陳　宮　丞相！
曹　操　陳公臺！
陳　宮　看箭！
龍　套　丞相帶箭！
曹　操　哪個帶箭？站過一旁！哈！好你陳宮，將孤誆在城邊，心想一箭將孤射死，不料箭頭發高，射在孤家的幞頭上。也罷麽！日後將兒拿住，指上這支箭哪！定要好好問兒幾聲！
　　　　來呀！收兵回。（曹操與龍套同下）
陳　宮　哇！實想把國賊一箭射死在城邊，不料箭頭發高，射在國賊的幞頭上。看在其間，還是天不滅曹，漢室不能復興。陳老爺枉費了一支雕翎呵！
　　　　（唱）只説一箭咽喉散，箭頭過高冒了弦。
　　　　　　　吩咐燈夫把城下，見了大帥説一番。
　　　　（衆同下）

第 十 二 場

（呂布上）

呂　布　公臺去巡城，不知吉和凶。（陳宮上）

陳　宮　參見大帥！

呂　布　坐了！

陳　宮　謝座。

呂　布　老將軍巡城，怎麼樣了？

陳　宮　果然曹賊偷營劫寨。實想將國賊誆在城邊，一箭射死，不料月光之下，箭頭發高，射在國賊的幞頭上。看到其間，還是天不滅曹！

呂　布　喂嚇！老將軍巡城，實想把國賊一箭射死。不料箭頭發高，射在國賊的幞頭上。看在其間，天喪本宮也！老將軍！就該與本宮想一計策方好！

陳　宮　大帥不必愁煩。你與壽春袁術兒女親翁，一來背女送親，二來借大兵護守下邳。

呂　布　老將軍講話正合我意！老將軍，你先出帳！

陳　宮　遵命！（下）

呂　布　站堂軍！

龍　套　有！

呂　布　請你二位夫人！

龍　套　請二位夫人！（嚴氏、貂蟬上）

嚴　氏　（念）久居香鳳樓，

貂　蟬　（念）身配呂溫侯。

嚴　氏
貂　蟬　（合）參見溫侯！

呂　布　二位夫人到來，請坐！

嚴　氏
貂　蟬　（合）有座！公臺巡城怎麼樣了？

呂　布　公臺昨晚巡城，果見曹賊偷營劫寨，實想將國賊一箭射死，不料箭頭發高，射在國賊的幞頭上。本宮看來，還是天不滅曹也！

嚴　氏
貂　蟬　（合）喚我姐妹到來，有何計議？

| 呂　布 | 二位夫人哪知！咱與壽春袁術兒女親眷，一來本官背女送親，二來借大兵護守下邳。二位夫人意下如何？ |

| 嚴　氏
貂　蟬 | （合）溫侯既要前去，聽爲妻囑托！ |

嚴　氏	（唱）溫侯穩坐二堂上，
貂　蟬	（唱）聽爲妻把話説分明。
嚴　氏	（唱）假若見了袁術面，
貂　蟬	（唱）你就説我姐妹問安寧。
呂　布	（唱）夫人不必囑托言，本宫心上自了然。 　　　　在二堂忙把衣更換，背女送親走一番。（下）
嚴　氏	（唱）一見溫侯登陽關，
貂　蟬	（唱）不由叫人把心擔。
嚴　氏	（唱）若要我把寬心放，
貂　蟬	（唱）溫侯回來問一番。（衆同下）

第 十 三 場

（張飛上）

| 張　飛 | （唱）我與吕布打一仗，殺得兒等敗營盤。
　　　　來在山頭把馬下，看一看何人到此間。 |

（吕布上）

| 吕　布 | （唱）衆將你把城開放。 |

（張飛在高處大喊，吕布倒上，順下）

| 張　飛 | （唱）翼德土臺用目觀，吕布娃娃背嬋娟。
　　　　衆將官與我把馬帶，見了丞相説一番。（下） |

第 十 四 場

（嚴氏、貂蟬上）

嚴　氏	（唱）溫侯搬兵不見到，
貂　蟬	（唱）倒叫姐妹把心操。
嚴　氏	（唱）將身兒打坐二堂内，

貂　蟬　（唱）等溫侯回來問根苗。
　　　　（呂布上）
嚴　氏
貂　蟬　（合）溫侯背女送親，怎麼樣了？
呂　布　二位夫人哪知！本官出得城去，偶遇張飛土臺大喊三聲，本官赤兔馬不往前行。看在其間，天喪本官，好苦也！
嚴　氏　溫侯受驚了，隨爲妻下邊議論軍情。
呂　布　是是是！下邊議論軍情。
貂　蟬　溫侯受驚了，隨爲妻下邊飲酒的是理！
呂　布　是是是！下邊飲酒的是理。
嚴　氏　溫侯，還是議論軍情的是理！
貂　蟬　溫侯，還是飲酒的是理！
呂　布　過去吧！這般時候，議論甚麼軍情！貂蟬，酒來！嚴氏，你也請來飲酒！
嚴　氏　（唱）酒席筵前用目觀，背過身來心自慘。
　　　　　　　可恨蒼天不睁眼，無義之人留世間。
　　　　　　　我這裏好言將他勸，溫侯貪酒愛貂蟬。
　　　　　　　軍情大事他不管，悔前容易悔後難。
呂　布　（唱）心兒裏可恨三桃園，因爲徐州結下冤。
　　　　　　　如要你我冤仇解，除非是你死我亡兩開完。
貂　蟬　（唱）正與溫侯來飲酒，忽然想起事一宗。
　　　　　　　不怕虎睁三支眼，但怕人懷兩條心。
　　　　　　　虎睁三眼人害怕，懷揣二心要害人。
　　　　　　　取了小杯換大盞，請溫侯醒來把酒餐。
貂　蟬　溫侯請來飲酒！
呂　布　甚麼？飲酒！請！
　　　　（唱）往日吃酒人不醉，爲何今天酒拿人。
　　　　　　　量一量二量三盞，昏昏迷迷不知情。
嚴　氏　溫侯吃醉酒了，隨爲妻下邊傳令！
呂　布　是是是！下邊傳令！
貂　蟬　溫侯吃醉了，隨爲妻上床安眠。
呂　布　是是是，上床安眠。

嚴　氏　老爺！還是傳令的是理。
貂　蟬　老爺！還是上床的是理。
嚴　氏　老爺！還是傳令的是理。
呂　布　你過去吧！這般時候傳的甚麼令！貂蟬！攙本宫上床安眠來！
　　　　（呂布、貂蟬下）
嚴　氏　（唱）老爺不聽我相勸，悔前容易悔後難。（下）

第 十 五 場

（陳宫、張遼、侯成、宋憲上）
陳　宫　（唱）你我教場把兵點，但等大帥把令傳。
　　　　列位將軍，你我教場人馬點齊，爲何不見大帥傳令！你我進帳討令！
　衆　　請！（衆將進帳）（一龍套攙呂布上）
呂　布　貂蟬，酒來！
陳　宫　哎！這般時候，纔飲起酒來了！大帥蘇醒！
呂　布　喂！四將進帳爲何？
　衆　　教場點齊人馬，候大帥傳令！
呂　布　這般時候傳的甚麼令！
陳　宫　大帥，還是傳令的是理！
呂　布　哇！聞聽人説，你與曹操兩世之交，内外同謀，中了你們詭計，如何是好！
陳　宫　老將哪有此心！
呂　布　哪用多講！來，將四將卡出帳去！（呂布、龍套下）
陳　宫　列位將軍，大帥吃酒帶醉，不理軍情。這便怎説！
侯成
宋憲　（合）你醒來吧！大帥吃酒帶醉，不理軍情大事。曹操統兵前來，殺了咱，留下他不成；殺了他，留下咱不成！有他吃的酒，就有咱們吃的酒，要吃哩！要吃哩！
陳　宫　（唱）二將莫要出此言，等大帥到來把令傳。（老將上）
老　將　（唱）行走來在大帳外，觀見四將在面前。
　　　　陳宫、張遼聽令！大帥有令，命你二人把守城池莫誤。
陳宫
張遼　（合）討令。（同下）（侯成、宋憲吃酒）

老　將	呔，怎麽你二人飲起酒來了？
侯　成 宋　憲	（合）你過去吧！大帥吃酒帶醉，不理軍情大事。曹操統兵前來，殺了我們，留下他不成；殺了他，留下我們不成。有他吃的酒，就有我們吃的酒。要吃哩！要吃哩！
老　將	二將不遵國法，違令者斬首。
侯　成 宋　憲	（合）哈哈！國舅還要耍刀子哩，與他先下手爲強。國舅進前講話！
老　將	講説甚麽？
侯　成 宋　憲	（合）看刀子！
老　將	哇呀不好！（下）
侯　成	將軍，國舅進得帳去，翻弄唇舌，焉有你我的命在。
宋　憲	我倒有一計。
侯　成	有何妙計？快快講來。
宋　憲	你我進得帳去，殺死呂布。你背嚴氏，我背貂蟬。
侯　成	正該。請！
宋　憲	請。（同下）

第 十 六 場

（四軍士、呂布、老將上）

老　將	大帥，快快與老將做主！
呂　布	命你下邊傳令，爲何落得這般光景？
老　將	侯成、宋憲不遵國法，開口就罵，揚拳就打，還要動刀子哩！
呂　布	老將軍你先進帳。（老將下）侯成、宋憲進帳！（侯成、宋憲上）
呂　布	下跪是侯成、宋憲？
侯　成 宋　憲	（合）哪個與你下跪！
呂　布	唗！好你二人不遵營規，哪裏容得？來呀！將二將綁下去，重打四十！
	（侯成、宋憲下）
軍　士	四十打完！

| 吕 布 | 押回來！（侯成、宋憲上）

| 侯 成
| 宋 憲 | （合）大帥上邊驗刑。

| 吕 布 | 哎！驗的甚麼刑。我營有你何多，無你何少！來呀，趕出帳去！（軍士、吕布下）

| 侯 成 | 將軍，吕布不仁，將你我重打四十，這場惡氣何日得報！

| 宋 憲 | 你我投奔曹丞相，但等後來，借大兵報仇！

| 侯 成 | 正該。請！

| 宋 憲 | 請！（同下）

第 十 七 場

（四龍套、曹操上）

| 曹 操 | （念）孤家去巡城，揀來一雕翎。（侯成、宋憲上）

| 侯 成
| 宋 憲 | （合）哪個在？

| 龍 套 | 講説甚麼？

| 侯 成
| 宋 憲 | （合）侯成、宋憲要見丞相，你與我們傳，你與我們傳。

| 龍 套 | 啓稟丞相。

| 曹 操 | 何事？

| 龍 套 | 侯成、宋憲要見丞相。

| 曹 操 | 命他們進帳回話。

| 龍 套 | 命你們進帳回話。呔，將你們利刃去了。

| 侯 成
| 宋 憲 | （合）侯成、宋憲告進。侯成、宋憲叩見丞相！

| 曹 操 | 你們是吕布的愛將，不在你營，來在孤的營下爲何？

| 侯 成
| 宋 憲 | （合）丞相！吕布不仁，將末將重打四十，趕出營來，投奔丞相，借大兵好來報仇。

| 曹 操 | 孤便不信。

| 侯 成
| 宋 憲 | （合）現有傷痕，丞相上邊驗過。

| 曹 操 | 衆將，上前驗過。

龍 套	果有傷痕。
曹 操	未見漢王天子，封你二人帳前新軍。
侯 成 宋 憲	（合）謝過丞相。
侯 成	將軍，你我進得帳來，寸功未建，丞相封你我帳前新軍。你我該怎樣個報答丞相？
宋 憲	你我三更時分，盜來呂布的戟、馬，奉敬丞相，你看如何？
侯 成	你我話講當面。丞相，我二人進得帳來，寸功未建，封我二人帳前新軍。若得丞相一支將令，回到呂布營下，三更時分，盜來呂布的戟、馬，奉敬丞相。你看如何？
曹 操	好！就教你二人辛苦一趟。二將聽令，盜來呂布的戟、馬。多加小心！
侯 成 宋 憲	（合）討令。（侯成、宋憲下。關羽上）
關 羽	參見丞相。
曹 操	二公到來，請坐。
關 羽	謝座。
曹 操	二公，無令進帳爲何？
關 羽	侯成、宋憲到此爲何？
曹 操	呂布不仁，將他二人重打四十，趕出營來，投奔孤家，借大兵報仇。
關 羽	丞相！誠恐侯成、宋憲投降有假。
曹 操	以二公之見？
關 羽	觀見下邳城外，三面是水，一面是山，上河用木板閘定，三更時候，水淹下邳，刀劈囊袋，何愁大功不成！
曹 操	二公聽令！
關 羽	在。
曹 操	刀劈囊袋，多加小心。
關 羽	討令！（下）
曹 操	三公進帳！（張飛上）
張 飛	參見丞相。
曹 操	站下。
張 飛	宣我進帳，哪路有差？

曹　操　三公聽令！
張　飛　在。
曹　操　活拿呂布，莫得遲誤。
張　飛　討令。（下，衆同下）

第 十 八 場

（侯成、宋憲上）

侯　成　將軍，來在呂布營下。誰盜戟，誰盜馬？
宋　憲　你盜戟，我盜馬！（盜戟馬，同下）

第 十 九 場

（關羽上）

關　羽　壽亭侯關！哈，觀見那邊火光漸起，但不知何等妖魔在此，衆將看箭！
（侯成、宋憲上。二人中箭而死。同下）
關　羽　哈，我當何方妖魔，原是侯成、宋憲盜來呂布戟、馬。馬奔曹營，待我回營換馬。且慢！誤了三更時候，刀劈囊袋，如何是好？衆將，看了爺的青龍偃月刀呵！
（衆同下）

第 二 十 場

（陳宮、張遼兩門上）

陳　宮　將軍，下邳城起水，這便怎說？
張　遼　快快相隨逃命！（同下）

第 二 十 一 場

（呂布、嚴氏、貂蟬上）

呂　布　（念）夜晚得凶夢，

嚴氏貂蟬	（念）大山被水衝。（四軍士兩門上）
軍　士	稟大帥，下邳城外起水！
呂　布	看本帥戟、馬！
軍　士	侯成、宋憲盜走。
呂　布	哇呀，不好！（呂布、軍士同下。嚴氏、貂蟬下）

第二十二場

（張飛上。帶四軍士拿住呂布）

軍　士	拿住呂布！
張　飛	綁回大營。（眾同下）

第二十三場

（關羽上。遇嚴氏、貂蟬，拿住。同下）

第二十四場

（四龍套、曹操上）

曹　操	（念）三公出了營，不見轉回程。
	（張飛上）
張　飛	稟丞相，活拿了呂布進營！
曹　操	甚麼？拿住了?！
張　飛	拿住了！
曹　操	將呂布帶到白門樓前審問。
張　飛	討令。（張飛等同下）
曹　操	來！打轎去奔白門樓！（眾同下）

第二十五場

（軍士二人帶張遼過場）

第二十六場

（軍士二人帶陳宮過場）

第二十七場

（軍士二人帶呂布過場）

第二十八場

（劉備上）

劉 備　（念）拿來呂布立大功，白門樓前顯威風。
　　　　孤，姓劉名備字玄德。我三弟拿來呂布、陳宮、張遼，今在白門樓前審問。丞相如收呂布爲將，我弟兄何一日纔得出頭！不免將二弟、三弟請來，再作計議。
　　　　（關羽、張飛上）

關 羽　（念）劈囊袋立下大功，
張 飛　（念）拿呂布得勝回營。
關 羽
張 飛　（合）參見大哥。

劉 備　二弟、三弟到來，請坐。

關 羽
張 飛　（合）謝座。喚我弟兄到來，有何計議？

劉 備　丞相白門樓前審問呂布，如收呂布爲將，咱弟兄何日纔能出頭？請二弟、三弟到來，定得一計方好。

張 飛　大哥！曹操不收呂布爲將還則罷了，如收呂布爲將，咱弟兄何日纔能出頭？依弟之見，大哥就該提起董卓與丁建陽之故事。

劉 備　三弟言之有理。

關 羽　（念）大哥不必鎖眉頭，
張 飛　（念）爲弟把話說來由。
劉 備　（念）丞相如收呂布將，

張　飛　（念）重提董卓丁建陽。
劉　備　好一個重提董卓、丁建陽！一言未盡，丞相來也！
　　　　（四龍套引曹操上）
曹　操　（唱）孤家領兵出中原，侯成宋憲獻機關。
　　　　　　　盜來呂布戟和馬，白門樓審問陳宮、張遼、呂奉先。
劉　備
關　羽　（合）參見丞相！
張　飛
曹　操　少禮。玄德公、二公！孤家拿來呂布、陳宮、張遼，就在白門樓前審問。玄德公，請來前行！
劉　備　還是丞相先行。
曹　操　二公請來前行！
關　羽　丞相前行。
曹　操　這個，三……
張　飛　在。
曹　操　桃園弟兄不肯前行，吩咐八將先行，同轉白門樓！（眾同下）

第二十九場

（劉備、關羽、張飛、曹操、曹兵將同上）

曹　操　來在白門樓，玄德公請來上坐！
劉　備　丞相請來上坐。
曹　操　二公請來上坐！
關　羽　丞相上坐。
曹　操　八將們，與桃園弟兄打了旁座。校尉們，將陳宮押上樓來。（陳宮上）
陳　宮　（唱）下邳城遭水災無人搭救，回頭來望不見老母白頭。
　　　　　　　這纔是虎難畫反類其狗，我好比出水魚有命難留。
　　　　　　　悶悠悠我上得白門樓首，我見了曹孟德大笑不休。
曹　操　來的你是陳公臺？
陳　宮　曹操！
曹　操　公臺兄！

陳　宮	奸賊！
曹　操	哎也！孤家出世以來，替天行道，何以爲奸？
陳　宮	你先坐坐坐了！是你言道，出世以來，替天行道，何以爲奸？你陳老爺出世以來，行不做奸人之事，口不論他人之非。今天來在白門樓前，是你陳老爺臨死之日，對上漢室公卿，你們曹營一起狐群狗黨，聽你陳老爺道來：豈不知漢室爺家軟弱，董卓賊在朝謀反，你與王司徒定下一計，名叫甚麼獻劍刺卓之計。董卓在東床側背而睡，是你奸賊生來有勇無謀，暗藏利刃在身，進得府去照也不照，看也不看，迎面就是這麼一砍。不料梁王有破險之能，又被穿衣大鏡走風，翻身將你國賊拿住，言説：咄！刺客小兒何不報名乎？是你個國賊言道：臣是朽木曹操，進府獻劍，并非刺客小人！梁王接刀在手，觀見此刀長不過一尺，寬不過一寸，有刀無鞘，怎樣個收藏？是你國賊言道：此刀雖小，削鐵如泥，砍石如粉。今天獻刀，明天獻鞘，也不爲晚！講話之間，夏國進來良馬二匹，梁王命你試一試馬的足程，二來過府討鞘，你奸賊得了此馬，好有一比！
曹　操	比就何來？
陳　宮	比就鯉魚得水、猛虎歸林。是你國賊走後，李儒在梁王面前翻弄唇舌，梁王纔曉得你國賊有刺他的一片心腸，因此畫影圖形，普天下軍民人等捉拿於你。那時間，你陳老爺正在中牟小縣轄民，南門外柳林下將你國賊拿住，帶至二堂以上，審了又審，問了又問，纔曉得兒有扶漢室的一片心腸。那時節你陳老爺不忍殺你，撇了我七品縣印，隨你河北一同搬兵。行走一日，我在馬上言曰：曹兄，曹兄，你我出得城來，眼看天色已晚，你我該在哪厢安身？是你國賊言道：前邊不遠就是呂家莊，有一老兒名叫呂伯奢，那是你國賊的甚麽乾父。你我打馬行至莊口以外，遇見老兒呂伯奢，那老兒與我素不相識，你國賊將前後言語講了一遍，纔曉得此地縣太爺到了。那老兒言道：請到老民莊窰，有杯苦茶相待。是他家下有菜無酒，吩咐打雜役的説話，言説縛上而宰猪，綁上而宰羊，先殺提不動，後殺洗不净。那老兒東莊沽酒走後，是你國賊生來疑心太大，言説先殺提不動是俺陳，後殺洗不净是你曹。是你國賊按劍在手，直殺得大門以裏、二門以外，盡是死尸。觀見這邊厢綁得一猪，那邊厢綁得一羊，纔曉得呂老兒有顧待你我的一片心腸。你國賊眼看見將事

做錯，你我打馬逃至莊窯以外，正遇老兒東莊沽酒回來，是那老兒言道：縣主、年侄呀！相逢何太遲，離別何太急。是你國賊言道：乾父，乾父啊！你看兒我闖下滔天大禍，連累你舉家有些不便。那老兒聽說此言，只落得滴淚而走，垂頭而去。那老兒走後，是你國賊拔劍在手，趕上前去，將老兒呂伯奢殺死。殺死他滿門家眷，是你誤而殺之；殺死老兒呂伯奢，是你故而殺之。誤而殺之你不仁，故而殺之你不義。那時間你陳老爺將你噢暴了幾句，是你國賊言道，俺曹操出世以來，寧教我負天下人，不教天下人負我。那時間你陳老爺有殺你國賊的一片心腸，因此住在東莊小店，用美酒將兒灌醉，陳老爺拔劍在手，咳，就要將兒的首級割下！

曹操　公臺兄你為何不殺？

陳宮　哎也！聽見你國賊夢中言曰，難報答的君王，難相見的父母！那時你國賊有忠有孝，你陳老爺不忍心殺你。臨行起身，桌面以上，留詩一首，你可曾記得？

曹操　年久日長，記它不得。公臺兄記得，就該講來！

陳宮　奸賊你且聽了：鼓打四更星月明，兩馬二騎走西東。故殺呂家數十口，方知曹操是奸雄！

（唱）仁不仁義不義不如禽獸，曹孟德做此事好比馬牛。
　　　故殺了呂家人數十餘口，兒好比石獅子穩坐門樓。

曹操　陳公臺！你今一死，就不念你八十歲的老母嗎？

陳宮　（滾白）哎哎哎哎！白門樓哭一聲高堂母，生兒的老老老……老娘啦！你兒陳宮出世以來，扶保漢王天子實想賺頂紗帽戴戴，不料今天白門樓前命犯曹賊之手，你兒陳宮一死，留下高堂老母，該靠何人養老送，送終了！罷了！大諒兒陳公臺有命難留，

（唱）任奸賊白門樓斬壞頭首，縱死在九泉下不把曹投。

曹操　你今一死，不念你八十歲的老母，難道不念你妻子兒郎。

陳宮　哎也！你陳老爺八十歲的老母不念，念得甚麼妻子兒郎！

曹操　公臺兄！孤家下邳城外撿來一物，你可曾認得！

陳宮　呈來待你陳老爺看過。哇呀！雕翎哪！雕翎！實想下邳城外，將國賊一箭射死，不料箭頭發高，射在國賊幞頭之上。看到此間，漢室爺家軟弱，漢室不能復興。你陳老爺這枝雕翎哪！沒有射死你個國賊，沒有射死你這個國賊！

曹　操　公臺兄！你今投順孤家，孤家領你去見漢王天子，與孤并肩封王。

陳　宮　曹操！短賊！陳老爺上得樓來，將你國賊叫罵，是你不忍心殺你陳老爺，領你陳老爺去見漢王天子，與你國賊并肩封王。到那時間，你陳老爺血心不退，定要殺死你這國賊！

曹　操　唗！好你陳宮！孤家與你好好講話，爲何叫罵孤家。哪裏容得！押下開刀！

陳　宮　呔！你們哪個敢來！哪個敢來！你陳老爺今天白門樓前臨亡之日，何用兒等拉拉扯扯。正是：含淚歸陰府，大笑登亡臺！哈哈！嘿嘿！來！

曹　操　公臺兄！回頭望孤一眼，孤家就不殺你！也是有的。

陳　宮　哎也！寧作刀頭鬼，豈肯將兒降！望兒一眼萬萬的不能！

曹　操　罷罷罷！押下樓去！（陳宮下）孤家告辭！

劉　備　丞相告辭！要上哪廂？

曹　操　送送公臺！

劉　備　陳宮有何德能，敢勞丞相勞送？

曹　操　我二人患難相交，恭該一送！

劉　備　盡在丞相！

曹　操　孤家走後，將呂布綁上樓來，替孤背審背問！

劉　備　備願效勞！

曹　操　八將們！樓下打轎侍候！（曹操下樓，與八將同下）

劉　備　校尉們，將呂布押上樓來！（校尉押呂布上）

呂　布　（唱）下邳城遭水災無人搭救，背過身不由人滿臉淚流。
　　　　　　恨侯成和宋憲不如禽獸，盜去我戟和馬去把曹投。
　　　　　　邁步兒我來在白門樓首，我見了漢劉備滿臉含羞。
　　　　　那邊厢坐的是愛弟！（笑）愛弟請來！爲兄我這裏有禮。

劉　備　白門樓前一層好古畫也！

呂　布　愛弟請來！爲兄二次有禮！

劉　備　這一層也不錯！

呂　布　愛弟請來，爲兄的禮過去了！

劉　備　來的你是仁兄！

呂　布　愛弟！（笑）

劉　備　仁兄爲何落下這般光景？

吕　布　愛弟！你是當眞不知？還是佯裝故問？
劉　備　當眞不知！哪有佯裝故問的道理！
吕　布　愛弟！是你非知！丞相水淹下邳，將我拿進營來。公爲坐上客，布爲階下囚！但等曹丞相上得樓來，愛弟！何不發一言而相寬乎！
劉　備　是！丞相上得樓來，只用爲弟三言兩語，搭救仁兄你一條活命！
吕　布　謝過愛弟！
劉　備　好説！
吕　布　眞乃是好朋友哪！（笑）（四軍士引曹操上）
曹　操　（念）可恨大將無奇才，死在河邊無人埋。
　　　　　　　白門樓前斬陳宮，教孤滴泪下轎來。
吕　布　叩見丞相。
曹　操　呔，爾是甚麽人？
吕　布　末將吕布。丞相爲何這樣驚慌？
曹　操　你父子如狼似虎，教孤不得不驚，不得不慌！
吕　布　丞相如收吕布爲將，我把河北袁紹、宛城張綉、西涼馬騰一齊拿來，奉敬丞相。
曹　操　哇！甚麽你把河北袁紹、宛城張綉、西涼馬騰一齊拿來，奉敬孤家？快快請起，吕布好將，好將！孤家定要將你收下，定要將你收下。
劉　備　嗯哼！
曹　操　此事不妥。還得與玄德公商量商量。玄德公請來！
劉　備　丞相講説甚麽？
曹　操　孤家有心收吕布爲將，你説收得呀收不得呀？
劉　備　收不收盡在丞相。
曹　操　是是是。孤家定要將他收下，定要將他收下。哇呀！此事不妥。還得與八將商量商量！八將官，孤家有心收吕布爲將，你們説收得呀收不得？
八　將　收不收盡在丞相。
曹　操　哇！收不收盡在孤家。孤家定要將他收下，定要將他收下。
劉　備　嗯哼！
曹　操　此事不妥。還得與玄德公商量商量。玄德公，孤家有心收吕布爲將，你説收得，孤家將他收下；你説收不得，孤家一刀兩段將他殺死。爲何教孤家常常作難？

劉　備　丞相！要收呂布爲將，不見董卓、丁建陽之事乎？
曹　操　哈！丁建陽哪血未乾，將虎拴在狼群邊，玄德公明言指點我，豈肯讓兒回中原。來呀！將呂布押下樓去，砍了！
呂　布　（唱）漢劉備講此話不如禽獸。
　　　　（張遼上）
張　遼　溫侯！你我爲大將的，死在頭上，還是這樣軟弱無剛，伸臉來，呸呸呸！
曹　操　呔，甚麼人？
張　遼　你老爺張文遠！
曹　操　先殺呂布，後殺張文遠。
張　遼　犯在兒手，任憑爾所爲。（下）
呂　布　（唱）他罵我呂奉先軟弱無剛。忍不住上前去叫罵幾句，
　　　　　　他是狼他是虎敢把我傷？
　　　　漢劉備，大耳賊！
　　　　　　在轅門曾射戟我把你救，
劉　備　轅門射戟，你爲着誰來？
呂　布　不是爲你桃園弟兄？
劉　備　既然爲我桃園弟兄，不該奪去我家徐州。
呂　布　嗯，這個……
劉　備　甚麼？
呂　布　（唱）爲徐州他與我結下冤仇。
　　　　　　心兒裏想報仇不得到手，到陰曹不與你梟雄甘休。
　　　　漢劉備，大耳賊！把你這人好有一比！
劉　備　比就何來？
呂　布　（念）口賽血盆舌似刀，心似虎狼未長毛。
　　　　　　講話之間害我命，無義之人不可交。
　　　　（張遼上）
張　遼　呂布！你我爲大將的，死在頭上，還是這樣軟弱無剛，伸臉來，呸呸呸！（下）
呂　布　天哪，老天！呂布今天一死還則罷了，但說我的貂蟬妻！罷了，貂蟬妻啊！
曹　操　押下樓去！

白門樓

呂　布　哎也！
　　　　（念）手搬欄杆足挽梯，忽然想起貂蟬妻。
　　　　　　早知劉備無恩義，不該轅門去射戟。
　　　　罷了，貂，貂蟬妻啊！（下）
軍　士　開刀！
曹　操　放回來，放回來！又中了玄德公的圈套了！（張遼上）
曹　操　吠，甚麼人？
張　遼　你老爺張文遠！
曹　操　想是濮陽放火的張遼？
張　遼　曹操，國賊！我想火小火大定要燒死你這國賊，燒死你這國賊！
曹　操　（唱）一見張遼罵破口，罵得孤家滿臉羞。三尺寶劍出了鞘，
關　羽　（唱）擋住丞相慢開刀。漢關羽打一躬丞相休怒，
曹　操　二公快快請起！玄德公，你那是怎樣？
關　羽　我與丞相貫劍。
曹　操　貫劍就是這樣個貫法？你拿來吧！
關　羽　（唱）一宗宗一件件細說從頭。曾不記卯金官定刀加竪，
曹　操　玄德公，二公他講的是甚麼？
劉　備　我二弟講的是《春秋》。
曹　操　孤家最喜愛聽《春秋》。二公慢慢地講來！
關　羽　（唱）七賢公八諸侯莫結冤仇。
曹　操　玄德公，二公他又講的是甚麼？
劉　備　還是《春秋》古話。
曹　操　孤家最喜愛《春秋》古話。多多地講來！
關　羽　（唱）張文遠他與我同鄉故土，我二人金爐裏曾把香燒。
　　　　　　斬文遠我情願替他梟首，
劉　備　罷了，二弟呀！
曹　操　玄德公，痛哭爲何？
劉　備　我二弟替文遠一死，失去我桃園弟兄的恩情啦！
曹　操　看起來還是你們桃園弟兄恩多義重！
劉　備　丞相過獎了！
關　羽　（唱）叫丞相開天恩將他收留。
曹　操　（唱）人人說漢關羽膝不染土，今爲了張文遠來跪高樓。

　　　　　　莫非是這娃娃能文會武,十八般武藝兒件件精熟。
　　　　　　將身兒打坐在白門樓首,玄德公進前來細聽根由。
　　　　玄德公轉來!孤家有心收文遠爲將,還得玄德公去説。
劉　備　丞相如收文遠爲將,待俺親自去説。
曹　操　有勞玄德公。
劉　備　文遠弟轉來!
張　遼　仁兄講説甚麼?
劉　備　丞相收你爲將,你意如何?
張　遼　要教爲弟投降不難,還得國賊與我親自打肘,一肘將國賊打死,方解你我弟兄心頭之恨。
劉　備　着哇!要打瞅得準準的,盯得穩穩的。
張　遼　不必叮嚀。
劉　備　丞相,既收文遠爲將,還得丞相與他親自打肘。
曹　操　哇!還得孤家與他親自打肘?來來來,孤家與你親自打肘。(張遼欲打曹)你拿來吧,好玄呀!
張　遼　(唱)心兒裏恨温侯貪杯好酒,(關羽給張遼披衣)
曹　操　來 來 來,把孤家這大紅袍你先穿上。
劉　備　丞相,我二弟比丞相占了先了。
曹　操　看起來還是你們桃園弟兄的恩情。
劉　備　丞相過獎。
張　遼　(唱)立逼得張文遠來把曹投。將身兒我跪在白門樓首,
　　　　　　請丞相開天恩將我收留。
　　　　張遼投降一步來遲,丞相上邊請罪。
曹　操　哪有將軍之罪。快快請起,你我同下白門樓。正是:
　　　　(念)白門樓前收文遠,
劉　備　(念)定計斬壞吕奉先。
關　羽　(念)幸喜救下文遠弟,
張　飛　(念)何日殺(曹操看張飛)滅吴孫權。
曹　操　你我同下白門樓。請!(同下)

擊鼓駡曹

佚 名 撰

解 題

中路梆子。作者不詳。《山西戲曲劇目總攬》著録,題《擊鼓駡曹》,又名《禰衡駡曹》,未署作者。劇寫孔融向曹操舉薦平原處士禰衡,曹操見禰衡禮貌不周,故示輕慢。禰衡譏諷曹營文武百官,曹操大怒,故意任禰衡爲鼓吏,讓其在元旦佳節大宴百官之際,摑鼓助酒以辱之。禰衡激憤難忍,赤身露體擊鼓痛駡曹操。曹操爲重賢之名,借刀殺人,遣其往荆州,讓其勸説劉表歸降。禰衡無奈,恨恨而去。本事出於《後漢書·禰衡傳》、《三國志·魏書·荀彧傳》裴松之注引《文士傳》、《三國演義》二十三回。與本劇同題材劇作,明代雜劇有徐渭《狂鼓吏漁陽三弄》、凌蒙初之《彌正平》(佚),清代花部亂彈有佚名《駡曹》、《駡曹餞行》,現代京劇有《擊鼓駡曹》。版本今見《山西地方戲曲彙編》第十二集《中路梆子專輯四》本。今以該本爲底本校勘整理。按:據《晉劇百年史話》云,該劇之較早演出,見於文獻記載者,有道光、咸豐年間中路梆子最早的班社"雲生班"之演出。

  (四龍套站門,曹操上)

曹 操 (唱)三國不和動槍刀,各霸一方逞英豪。
     但願四海一齊掃,一統江山樂唐堯。
  (張遼上)

張 遼 (唱)命我請得百官到,回禀丞相得知曉。
    參見丞相。

曹 操 站下,命你去請百官怎麽樣了?

張 遼 百官請到。

曹 操 百官到齊,早禀我知。(下)

（四朝官荀攸、荀彧、程昱、郭嘉上）

四朝官 （念）日讀三聖才，久翻七篇詩。
　　　　　　要知古今事，須讀五車書。
（各自報名）丞相美書相招，不知有得何事？你我進得府去再說。
正是：五鳳樓前常走馬，相府門前拜元戎。
張將軍請來見禮。

張　遼 列公講説甚麽？

四朝官 我們要見丞相，勞將軍與我們傳稟。

張　遼 少等！請丞相！
（曹操上）

曹　操 （念）張遼一聲請，上前問分明。
有得何事？

張　遼 百官要見丞相。

曹　操 張遼去迎。

四朝官 丞相在上，我等大禮參拜。

曹　操 百官到來少禮。

四朝官 丞相美書宣招，有得何事？

曹　操 元旦佳節，請你們到來，歡飲幾杯。

四朝官 到此就要叨擾。

曹　操 張遼擺宴！（拜場）列位！

四朝官 丞相！

曹　操 今天酒席宴前，要收一名鼓吏，命他廊下擂鼓，不知你們心意如何？

四朝官 盡在丞相。

曹　操 來來來！傳鼓吏進帳。（禰衡上）

禰　衡 （唱）殷秦無道天下擾，楚漢紛争動槍刀。
　　　　　項羽無謀中圈套，九里山前韓信高。
　　　　　立逼霸王烏江道，蓋世英雄無下稍。
　　　　　高祖咸陽登大寶，一統山河樂唐堯。
　　　　　四百餘年國運倒，先帝皇爺坐龍朝。
　　　　　朝中出了奸曹操，上欺天子壓群僚。
　　　　　有心把賊頭首找，手中無有殺人刀。

　　　　　　來到相府用目瞧，相府門前殺氣高。
　　　　　　畫閣棟梁雙鳳繞，亞賽天子九龍朝。
　　　　　　元旦日與兒不祥兆，假裝瘋魔罵奸曹。
　　　　　　渾身衣衫齊寬掉，破衣爛衫擺搖搖。
　　　　　　大搖大擺往上跑。（繞）
龍　套　吱，這一鼓吏破衣爛衫，丞相見怪如何是好？
禰　衡　呸！
　　　　（唱）兒等不必把我笑，有輩古言聽根苗。
　　　　　　太公昔日把魚釣，張良進履在圯橋。
　　　　　　爲人受盡苦中熬，脫去爛衫換紫袍。（繞）
龍　套　你怎比得古人？
禰　衡　（唱）兒等把話說錯了，休將猛虎當狸貓。
　　　　　　有朝一日時運到，拔劍先斬海底蛟。
　　　（繞）
龍　套　你講的盡是夢話。
禰　衡　（唱）兒等休說我夢顛倒，展翅就要上九霄。
　　　　　　把破衣爛衫齊寬掉，赤身露體擺搖搖。
　　　　　　大搖大擺往上跑，（繞）
龍　套　這一鼓吏赤身露體，丞相見怪如何是好？
禰　衡　（唱）丞相大怪我願招。將身站在東廊道，
　　　　　　看曹賊他把我怎樣開銷。（切）
龍　套　鼓吏到。
曹　操　命他廊下擂鼓三通。
禰　衡　哼！……（擂鼓介）
曹　操　（唱）禰衡打鼓如響雷，府下人等飲三杯。
　　　　　　張遼吃得醺醺醉，文武百官轉敬杯。
　　　　　　老夫出席觀鼓吏，
禰　衡　（打鼓歌介）
曹　操　（唱）再叫禰衡聽來歷。（切）禰衡！
禰　衡　曹操。
曹　操　老夫元旦節日，大宴賓客，你赤身露體真乃無禮。
禰　衡　我赤身露體，是露我父母遺體，顯得我是清白君子。我何爲

无礼？

曹　操　你是清白君子，哪個是渾濁的小人。

禰　衡　我是清白的君子，你是渾濁的小人。

曹　操　老夫堂堂丞相，爲何講下渾濁二字。

禰　衡　你先聽了！不識賢愚，是你眼濁也；不讀詩書，賊是口濁也；不納忠言，是你耳濁也；常懷篡逆，賊的心濁也。我乃天下名士，你把我辱爲鼓吏使用，兒好比臧倉毀孟子、陽貨輕仲尼。曹操啊！好賊，你自稱王霸業，真乃匹夫也！

　　　　（唱）昔日文王訪姜尚，渭水河邊請忠良。
　　　　　　　臣坐車輦君拉膀，爲國盡忠理應當。
　　　　　　　你曹賊在朝爲首相，全然不知臭與香。

曹　操　（唱）老夫興兵誰敢擋，赫赫威名天下揚。
　　　　　　　用計謀賽過姜呂望，怎比你無知的小兒郎。

禰　衡　呸！
　　　　（唱）馬槽難養獅虎象，雞穴焉能宿鳳凰。
　　　　　　　鼓打一通天地響，鼓打二通振朝綱，
　　　　　　　鼓打三通滅奸黨，鼓打四通國安康。
　　　　　　　鼓打一陣連聲響，（打鼓介）管教你狗奸賊死無有下場！

四朝官　（唱）席前停杯用目望，丞相爲何坐一旁？丞相爲何與鼓吏吵鬧？

曹　操　酒席宴前多吃了幾杯，與鼓吏吵鬧起來，因而坐在一旁。

四朝官　丞相息怒，我等向前。

曹　操　有勞列公。

四朝官　先生，請來見禮。

禰　衡　還禮了。列公講説甚麽？

四朝官　先生家住哪裏？姓字名誰，對我們講説一遍，我等這裏領教。

禰　衡　列位大人！
　　　　（唱）未開言先按定心頭恨，聽晚生與你表家門。

四朝官　你家住哪裏？

禰　衡　（唱）平原小縣仁義村。

四朝官　你姓名甚麽？

禰　衡　（接唱）姓禰名衡字正平。

四朝官　原來是禰先生，我這裏失認了。

| 禰　衡 | （接唱）自幼窗前學孔孟，少游北海遇孔融。
他見我頗有安邦論，孔融與我爲賓朋。
他把我薦與先帝用，奸賊不識寶貴珍。
願當忠良門下傭，不作奸賊座上賓。（繞）|
| 曹　操 | 真乃舌辯之徒。|
| 禰　衡 | 呀、呀、呸！
（唱）你說我是舌辯徒，舌辯之徒有張蘇。
蘇秦魯國爲帥首，全憑舌力壓諸侯。
有朝一日功名就，我把奸賊一筆勾。（繞）|
| 曹　操 | 你井底之蛙，能起多大風浪！|
| 禰　衡 | 呸！
（唱）你說我是井底蛙，還有蛟龍在內藏。
有朝一日風雷響，我把你奸賊一掃光。（繞）|
| 曹　操 | 你真真的狂徒。|
| 禰　衡 | 呸！
（唱）狗奸賊故意兒將我問道，叫列公近前來細聽根苗。
自幼兒爲孝廉官卑職小，兒本是夏侯子過繼姓曹。
到如今坐高官忘了主考，全不怕罵名兒萬代留標。|
| 張　遼 | （唱）禰衡小兒太驕傲，叫罵丞相爲哪條。三尺寶劍出了鞘，|
| 曹　操 | （唱）擋住將軍慢開刀。
休要殺他，不要污了老夫的寶劍。|
張　遼	哼！便宜這賊了。
禰　衡	列位不要攔我，聽我表表他的根底。他姓張名遼，先在呂布手下爲將，白門樓呂布被擒，呂布被斬，他歸順了曹操，至到如今，他是奸臣門下的猪狗，仗起人勢來了。
曹　操	禰衡，老夫與你寫得小書一封，命你去奔荆州，順說劉表歸降，保你居官在朝。
禰　衡	呀，呸！
（唱）奸賊講話不識羞[1]，心想調兵壓諸侯。
想得荆州不能夠，豈能與賊作馬牛？|
四朝官	（唱）丞相息怒前庭坐，我等上前問來由。
丞相息怒，我等相勸他來。|

曹　操　有勞列公。
四朝官　禰先生請來。
禰　衡　列公講說甚麼？
四朝官　丞相命你順說劉表歸降，你去不去？怒惱丞相，將你一刀兩斷殺死，老母不能相見，妻子不能團圓，你何不再思再想，三思而可也。
禰　衡　啊……列位大人啦！
　　（唱）叫列公莫要齊勸我，未酒醉也非夢南柯。
　　　　他不願親手來殺我，一定是借刀把頭割。
　　　　自古道責人先責自己錯，手摸胸頭自揣摸。
　　　　罷罷罷暫忍心頭火。（換衣介）
曹　操　列公！禰衡口口聲聲說老夫奸，老夫是奸臣還是忠臣[2]？
四朝官　丞相是首一家忠臣。
曹　操　甚麼，忠臣？
四朝官　忠臣。
曹　操　忠臣？（笑介）哈哈……
禰　衡　（唱）事到頭來不自由，再叫丞相聽來由。
　　　　走上前來忙賠錯，你把書信交與我。
　　　　願效犬馬贖罪啊！
曹　操　（唱）千錯萬錯先生錯，話不投機半句多。
　　　　順說劉表歸降我，保你官居在朝閣。
禰　衡　（唱）明明是借刀要殺我，摘星換月渡江河。
　　　　順說劉表不能够，
四朝官　早去早回。
禰　衡　（唱）定死在他鄉作鬼魔。（下）
曹　操　（唱）禰衡小兒心太傲，叫罵老夫為哪條[3]。
　　　　打虎撒下牢籠套，殺鷄何用宰牛刀。
　　（清場）
四朝官　我等告退。
曹　操　張遼送客。（同下）

校記

［1］奸賊講話不識羞："奸",原作"好",據文意改。
［2］"是奸臣還是忠臣",原作"是奸臣是忠還臣",據文意改。
［3］叫罵老夫爲哪條："爲哪",原作"哪爲",據文意改。

屯 土 山

佚 名 撰

解 題

蒲劇。作者不詳。《蒲州梆子劇目辭典》著錄,題《屯土山》;《山西戲曲劇目總攬》著錄,題《困土山》,又名《屯土山》。均未署作者。劇寫關羽被困在下邳,堅守不出。曹操用計賺關羽出戰,關羽被困土山,下邳失守。張遼上山説服關羽約三事降曹。關羽回下邳,得到二皇嫂同意,方去曹營。曹操爲籠絡關羽,待之甚厚,賜金、賜袍、賜赤兔馬。關羽爲報恩,白馬坡斬顔良、延津誅文醜,曹操請獻帝封其爲漢壽亭侯。本事出於《三國志平話》、《三國演義》第二十五回。元雜劇《千里獨行》、明傳奇《古城記》、清傳奇《鼎峙春秋》及京劇均寫有降曹事,情節不盡相同。版本今見新絳泉掌蔡明實存的手抄本。今以該本爲底本,校勘整理。

第一場 土山説降

(夏侯惇帶卒上)

夏侯惇 (唱)在寶帳我奉了丞相差遣,假敗陣誘關公來到山前。

夏侯惇,表字元讓,領了丞相將令,引誘關公走出下邳。將令傳下,今天行兵不比往常,敗者有功,勝者定按軍法。衆將聽我一令了。

(唱)【原板】丞相將令往下傳,那個大膽不守遵言,

衆將催馬莫待慢,引誘關公出營盤。(留板下)

(關羽上)

關 羽 (唱)終日裏我哭的悽惶泪吊,想大哥和三弟愁鎖眉梢[1],

下邳城兵微將又少,沙灘上困住浪中蛟。(切)

某,姓關名羽,字雲長。自我弟兄在桃園結義以來,殺白馬敬天,宰

屯 土 山

烏牛祭地,誓爲上報國家,下安黎民,曾許下一在三在,一亡三亡。我弟兄在徐州,一戰失敗。大哥生死存亡不知,三弟音信不曉。某保二位皇嫂,死守下邳。曹兵每日裏罵陣,叫某時刻在心。(士卒上)

士　卒　禀二爺。曹兵又來罵陣,二爺就該出城應敵。

關　羽　噢,這個,校尉們[2],曹兵每日罵陣,某非懼怯,有心出城大戰曹兵,誠恐你們守城不住,某爲我二家皇嫂更爲擔憂。哎,你們只在城頭,裝聾賣啞任他叫罵,小心下去。

(內:傳去,少站)(士卒上)

士　卒　禀二爺,城門外來了數十名士卒,言説是主公帳下差來的,他們要見二爺有機密大事,前來禀報。

關　羽　噢,小醜們,曹操詭計多端,誠恐中了他牽龍出水之計,如何是好?

士　卒　小人已在城樓瞭望,觀見他們打的都是我軍旗號,穿的都是我軍的褂子,還有許多軍人相熟,小人認的清白沒有錯。

關　羽　須要查清問明。

士　卒　到也查的清,問的明。

關　羽　既然如此,校尉們落了吊梯,關門大開,命他們來見。

士　卒　士卒們與二爺叩頭。

關　羽　(看介)啊,衆士卒,你們可是吾哥弟營下士卒?

士　卒　正是的。

關　羽　你們前來,可知吾哥弟的信音?

士　卒　二爺有所不知,你弟兄徐州一戰失散,主公和我家張三爺,逃奔河北袁紹帳下聽用,本初賜來一萬精兵來救下邳,今晚三更時候,指火光爲號,內殺外攻,一戰功成。

關　羽　(背白介)哎呀,關某聽言,我先謝天謝地,幸喜吾哥弟也有了音信了。衆士卒,你們下邊用飯,就等吾哥弟團圓之後,二爺與你們重重有賞,下去吧。

士　卒　(低聲)夥計,二爺中了計啦,走吧,咱們回禀丞相得知。(下)

關　羽　校尉們,聽二爺吩咐,你們今夜晚上挑選精細伶俐的軍一千外,其餘的在內守城,隨二爺出城大戰曹兵。

(唱)我弟兄徐州失散了,音信全無半分毫,
　　忽有士兵把信報,關某略展雙眉梢!

進內宅禀明二皇嫂。（進內更換衣上）

跨戰馬手提偃月刀,校尉們隨爺上城觀火號。

（上城）關雲長上得城來,抬頭一觀哎咳,忽見東南角上火光昏起,必定是吾哥弟的兵馬到了。

士　　卒　　正是的。

關　　羽　　校尉們,隨二爺出城,大戰曹兵。（關羽帶衆下）（夏侯惇急上）

夏侯惇　　關公出城,出馬迎敵,來呀催馬。（關羽上,夏上,雙方上戰介。復敗。關追下）

（曹操引許褚衆將上）

曹　　操　　老夫,曹孟德,我差夏侯惇誘關公已出下邳,中軍!

衆　　　　在。

曹　　操　　吩咐我軍進城,斬斷他的歸路,來,催馬進城。

衆　　　　哦。（進城介）

中　　軍　　禀相爺,我軍進得城來,衆百姓跪的一街兩巷,頭頂着香盤,紛紛迎接相爺。

曹　　操　　你們閃開,待我一觀,哎呀,我軍進得城來,衆百姓跪下一街兩巷,頭頂香盤,紛紛迎接老夫,當真的可喜。中軍,吩咐我軍,沒入民房,沒取民間一物,違令者斬。

士　　卒　　哦。（張遼暗上）

曹　　操　　文遠,前邊一所新房宅,何人在內居住?

張　　遼　　是劉備的妻小,甘、糜二夫人在內居住。

曹　　操　　既是這樣,待我進府參拜。

張　　遼　　慢着,丞相平素之間,和玄德怎樣稱呼?

曹　　操　　吾以賢弟相稱。

張　　遼　　既以賢弟相稱,劉備在則入,劉備不在不入,丞相此時須行仁政,且免外人加疑。

曹　　操　　文遠説得是,中軍,吩咐我營大將,于禁把守新府門,莫讓一人輕入輕出,違令者斬首。

中　　軍　　是。（下）

曹　　操　　文遠,你我上城,先看看關將軍的殺法如何?

（唱）劉備逃走夫人在,我這裏進去犯疑猜,我有心進府去參拜。

張　　遼　　唔哼。

曹　操　（接唱）張文遠諫言不應該。（下又上城介）
關　羽　（內唱）【介板】出城來找不見大哥三弟。（關羽上）
關　羽　關雲長，是我出的城來，殺來殺去盡是曹操兵將，不見大哥的一兵一卒，誠恐中了曹操牽龍出水之計，校尉們，隨二爺復奪下邳。（夏又上，關戰，敗下）
關　羽　（唱）關某生來蓋世雄，匹馬單刀闖敵營，
　　　　　　　戰鼓響動人頭落，鮮血染刀地皮紅。（關羽下）
曹　操　哈哈哈，文遠你看，關將軍斬壞我軍好像破瓜切菜，如大林中劈竹一般，真來好將，哈哈哈。
張　遼　丞相連誇數聲，莫非見愛此將。
曹　操　好將人人見愛，何況是一員虎將。
張　遼　丞相既愛此將不難，吩咐我軍沒帶長槍火箭，休放弩箭[3]，關將軍所到之處，四面團團圍定，莫要傷害將軍，違令者斬。（下）（二人上）
徐　晃　催馬，姓徐名晃字公明。
許　褚　某，姓許名褚字仲康。關將軍今中我軍牽龍出水之計，我等左右埋伏，眾將催馬。（卒先下，二人舞刀上，又上與關戰，夏上，三面圍關下）
關　羽　哎，中了計了，中了計了，中了曹操牽龍出水之計，將某賺出下邳，曹兵進城，四門緊封，老天，這卻怎處！（氣介遠望介）校尉們，前面又高又大那是甚麼地方？
士　卒　乃是一座土山。
關　羽　咳嚛，吩咐我軍以上土山頂上扎營，若到天明，隨二爺捨命大戰曹兵。
　　　　（唱）氣堵咽喉兩淚汪，猛想起昔日楚霸王，
　　　　　　　他中了韓信埋伏計，勒逼的霸王喪烏江，
　　　　　　　某好比霸王一般樣，曹孟德行兵賽張良。
　　　　（關羽下）（張遼上）
張　遼　（唱）曹丞相將令莫待慢。
　　　　姓張名遼，字文遠，只因關將軍被困我軍的重圍之中，奉了丞相命令，前去勸降，是我備了牛羊肉十斤[4]，美酒五十壇，上山與仁兄壓驚，然後勸降，人役們，抬上美酒牛肉，緩緩上山了。

　　　　　（唱）渾身甲鎖齊更換，以免得仁兄疑問，
　　　　　　　　在馬上沉吟自盤算，我此去公私兩雙全。（留板下）
關　羽　（上唱）實服那曹瞞善用兵，將關某賺出下邳城，
　　　　　　　　但等得五更天明了，我要下山大戰曹兵。
　　　　嘿呀，某觀山下來了一哨人馬，前邊爲首一人，好像張文遠，只見他身無片甲，手無寸鐵，上山做甚，（關羽思索介）這……阿，是了，莫非他上山，說某降曹，我可莫說是張遼，張文遠呀，說某降曹，枉費兒的心機了。
　　　　（唱）你要某以死還容易，想勸某將曹實難依，
　　　　　　　　忙吩咐小校多防備，等張遼到來問明白。（張遼上）
張　遼　關仁兄你受驚了。
關　羽　呃。（張略退鎮靜介）某雖處於險地，并無甚麼驚恐，賢弟上山爲了何事？
張　遼　爲弟送來牛羊肉十斤，美酒五十壇，與關仁兄壓驚來了。
關　羽　想是曹操差你來了。
張　遼　非也，乃是你我朋友，一點私情。
關　羽　若是你我朋友一點私情，小校們。
士　卒　有。
關　羽　將你家張爺送來的酒肉抬下，分而用之。
士　卒　是。（抬下）
關　羽　賢弟上山莫非說某降曹。
張　遼　爲弟無有蒯徹之能。
關　羽　莫非助某成功？
張　遼　爲弟無有霸王之勇。
關　羽　呃。（張驚恨後略略鎮靜）一非說某投降，二非助某成功，賢弟今日上山，究竟幹什來了？
張　遼　爲弟念關仁兄，昔日在白門樓前，救下爲弟不死，今日仁兄有難，弟安忍不救兄乎？
　　　　（唱）弟感仁兄義氣重，終身不忘患難情，
　　　　　　　　想桃園弟兄失散了，關仁兄後來將誰保。（切）
　　　　關仁兄有所不知，我家丞相昨日進得下邳，施行仁政，命人把守新府門，不許一人輕入，想仁兄不知，特來上山禀報仁兄得知。

關　羽	聽賢弟之言，曹在我處別再用心[5]，賢弟邁開路徑，待兄下山捨命一死，大戰曹兵。
張　遼	這……哎，哈哈哈。
關　羽	呃，(怒視張遼介)賢弟，爲何憨笑於某。
張　遼	關仁兄講出一個死字，不但爲弟笑者與你，豈不惹天下萬人之耻笑乎。
關　羽	某仗忠義而死，誰敢笑某何來。
張　遼	關仁兄請聽，關仁兄深明春秋之志。豈不知列國之時，召忽、管仲輔齊世子公子糾與桓公作對，管仲箭射桓公帶鈎，公子糾被殺之後，鮑叔牙計薦召忽、管仲相齊恒公，召忽途中拘其小節自刎而死，而管仲則爲大義不死，桓公不念箭射帶鈎之仇，用以爲相。孔子曰：桓公九會諸侯不以兵車，管仲之力也，如其仁。管仲相桓公，霸諸侯，一匡天下，民到於今受其賜，微管仲吾其被髮左衽矣。關仁兄乃是大將之才，豈能以一時血氣之勇，忘却桃園結義大義，你今下山戰鬥而死，仁兄的其罪有三。
關　羽	呃，爲人在世一罪也擔待不起，你先講下兄的三罪也，你先說我的首罪。
張　遼	首一罪，仁兄你聽，你弟兄自桃園結義以來，殺白馬敬天，宰烏牛祭地，曾許下一在三在，一亡三亡，誓爲上報國家，下安黎明，以匡大亂，你今戰鬥而死，上不能報國，下不能安民，焉得爲忠？這是仁兄罪之一也，不知言之是也不是。
關　羽	不是一罪，權當兄的一罪，你再說我的二罪也。
張　遼	要問二罪，仁兄你聽：問我兄劉使君臨難之時，將家眷托與仁兄，可有此事麼？
關　羽	這個……(想)吾大哥臨難在急，二家皇嫂跪而托兄保之。
張　遼	好説好道，既然劉使君家眷，跪而托兄保之，乃爲萬全之策。你今戰鬥而死，你二家皇嫂，若能全節而死，還則罷了，若不能全節而死，一時之差做下甚麼失身之辱，你便失却使君重托之責，焉能爲仁？這是兄的罪之二也，不知弟言是也不是。
關　羽	不當二罪，再講爲兄的三罪也。
張　遼	這三罪麽，仁兄請聽：你弟兄徐州一戰失散，大哥至今生死存亡不知，你三弟音信不曉，想仁兄武藝超群，兼通經史，如今當以相劉使

君、匡扶漢室重,從長遠計,忽視一時之勇,徒欲赴湯蹈火,以成匹夫之勇,想仁兄若還戰鬥而死,豈不廢却桃園之誓,你焉得爲義?這是兄的罪之三也。不知弟言是也不是。

關　羽　這個。

（唱）張文遠他道我罪責三件,問得我漢關某閉口無言,
　　　我弟兄在桃園結義扶漢,今日裏我豈肯忘却桃園,
　　　吾大哥臨難扎跪托家眷,我以死二皇嫂與心何安。
賢弟,你說此事該怎處呢?

張　遼　仁兄,你看如今,四面八方盡是曹操大兵,兄若不降則必戰死,我想徒死無益,不如聽弟良言相勸,暫且投在我家丞相麾下,官不失封侯之位,事定之後,再打聽劉使君消息[6]。二不忘桃園之盟,三保我們爲大將的其身不失,以我想降曹先有此三便,關仁兄何不再思再想,三思而行者乎。

關　羽　噢,賢弟,若要爲兄降曹,須要依我三事,曹若依允,某即解甲歸降,三事缺一,寧受三罪而死,誓不歸順與曹。

張　遼　稟明那三事?請兄講首一事。

關　羽　首一事,關某降漢不降曹,我府若犯甚麼法律之事,奏請獻帝發落,不准稟明丞相。

張　遼　我家丞相,乃漢相也,首一事必然慨允,講你二事。

關　羽　我家二皇嫂,要請照吾大哥俸給養贍,不許曹兵府門騷擾。

張　遼　俸給養贍,加倍贈之,其餘再賜二位夫人,一些家法,二事必然慨允。何爲三事?

關　羽　三事麼,即到曹營,若立微功,但得兄信,不憚千山萬水,便要去找我兄。三事慨允,某即卸甲歸降,三事如缺一,某寧三罪而死,誓不肯歸順與曹。

張　遼　仁兄,既然如此,仁兄暫住山上,待爲弟下山稟明三事。
（唱）關仁兄忠義世間少,他生死不忘患難交,
　　　弟下山先對丞相告,把三件大事報根苗。（留板下）

關　羽　（唱）張文遠明禮義能言口快,他責我三件罪與理應該,
　　　我約下三件事命他去稟,但不知曹丞相是何應稱。
　　　若不允激起我敵仇氣恨,咳呔,某捨命殺重圍破開生門。

（關羽留板下）（曹操上）

曹　操	（唱）爲平國亂安天下，山水河林是吾家，	
	且喜柳營看試馬，夜坐虎帳談家法，	
	學孫吳兵法韜略大，把各路諸侯全歸咱。（張遼上）	
張　遼	丞相，末將交令。	
曹　操	文遠回來了。	
張　遼	回來了。	
曹　操	命你上山順說關將軍之事如何？	
張　遼	末將上的山去，責了他三罪，若要歸順，他命我代稟丞相三事。	
曹　操	稟明那三件，且問首一件？	
張　遼	首一事，關將軍言道，降漢不降丞相，他府若犯法律之罪，奏請獻帝發落，不准稟明丞相。	
曹　操	吾爲漢相一品，漢即吾也，首一事慨允。何爲二事？	
張　遼	二事，他二家皇嫂，要請玄德的俸給養瞻，不許我軍府門騷擾。	
曹　操	俸給養瞻，格外贈之，其餘再施他些家法，二事慨允，何爲三事？	
張　遼	三事，將軍言道，以進我營，若立微功，得知兄信，不憚千山萬水，定找他兄，三事慨允，他即卸甲歸降，三事缺一，將軍寧受三罪之死，誓不肯歸順與丞相。	
曹　操	文遠，當真呆了你了。	
張　遼	丞相怎見某是個呆子。	
曹　操	將軍言道，一進我營，若立微功聽得兄信，去找劉備，老夫難道白白的養瞻他不成麼。	
張　遼	丞相，你不知昔日豫讓剁袍之事故。劉玄德不過待他恩厚，丞相對他格外施恩，何況他不心服與丞相。	
曹　操	啊，文遠你且說的是呀，既然如此，我命你二次奔上土山，就說老夫慨允三事了。	
張　遼	得令。（下）	
曹　操	（唱）張文遠二次說關公，回稟明三事我應承，老夫若得了關公將，還何愁天下不太平。（張遼上）	
張　遼	稟丞相，末將交令。	
曹　操	文遠回來了。	
張　遼	回來了。	
曹　操	你二次上山，順說將軍，事體如何？	

張　遼　將軍言道,吩咐我軍退出下邳,他那裏進城,稟明二家皇嫂得知,然後歸降。

曹　操　既然如此,中軍。

中　軍　有。

曹　操　將我軍暫退下邳二十里,安營扎寨。

中　軍　啊,是。(下)(夏侯惇急上)

夏侯惇　丞相,此令使不得。

曹　操　將軍阻令爲何?

夏侯惇　丞相,關公生來性如虎豹,力賽昔日霸王猛勇,一旦進城,心生二志,何人可是他的對手。

曹　操　元讓,你且説的是呀,文遠你看關將軍生來,勇如虎豹,力賽昔日霸王猛勇,進得城來,若生二志,何人是他的敵手?

張　遼　丞相莫憂,關將軍不是失信之人,從不失信於人[7],豈能失信丞相。

曹　操　啊,文遠説的是理,元讓不可阻令,你且出帳去吧。

夏侯惇　啊,是。

曹　操　中軍。

中　軍　有。

曹　操　吩咐我軍,退出下邳二十里,安營扎營。

　　　　(唱)軍中猛虎將中龍,勇將強似百萬兵,
　　　　　　目前得來雲長將,何愁天下不太平。

　　　　(曹操與衆人下)

校記

[1]鎖眉梢:"梢",原作"稍",據文意改。

[2]校尉們:"尉",原作"衛",據文意改。下徑改,不一一出校。

[3]"休放弩箭",此句原作"休放努箭弩弓",據文意改。

[4]牛羊肉十斤:"斤",原作"分",據文意改。

[5]別再用心:"再",原作"在",據文意改。

[6]再打聽劉使君消息:"消息",原作"之托",據文意改。

[7]從不失信於人:"人",原作"文",據文意改。

第二場 下邳見嫂

（關羽上）

關　羽　（唱）關雲長頓足又拍胸[1]，怨蒼天爲何困英雄。
　　　　　屋漏偏遭連夜雨，船破又遇頂頭風。
　　　　　保皇嫂死守下邳城，兵微將寡難出帳，
　　　　　我可恨曹操把計定，假扮我士卒把信通，
　　　　　言說我大哥結連袁紹把曹攻，指火光爲號在三更，
　　　　　我不解其意上城觀動靜，見東南角上火光紅。
　　　　　辭別了皇嫂上銀鐙，我出得下邳會長兄。
　　　　　只殺得夏侯惇逃了命，我殺來殺去都是曹兵。
　　　　　不見我大哥一兵一卒來接應，我纔知誤中奸計復奪下邳城。
　　　　　曹兵把歸路曾斬斷，見許褚左右來衝關。
　　　　　四下裏伏兵放亂箭，我奮力捨命戰敵前。
　　　　　正殺了一晚到天明，三千兵只丢數十名[2]。
　　　　　曹操兵多勢又重，他將我圍困在山中。
　　　　　曹差來能言利嘴的文遠上山頂，順說我降曹某不應。
　　　　　你責我三罪與理正，又道我三便大義通。
　　　　　我命他代禀丞相事，缺一件我要捨命與他決雌雄。
　　　　　首一事我降漢不降曹，犯法律不准禀與相府中。
　　　　　二事是皇嫂須將我兄俸給來瞻養，永不准曹兵騷擾府門庭。
　　　　　三事我立功得兄信，我不憚千山萬水辭別曹操找長兄。
　　　　　曹若把三事慨允定，我命他兵退出下邳城。
　　　　　我要對二皇嫂實言禀，二皇嫂應允後我纔能暫且進曹營。
　　　　　催戰馬進城莫久停，抬起頭兒觀分明。
　　　　　鐘樓神鼓樓依然在，衆百姓合唱凱歌聲。
　　　　　他言說曹公施仁政，關雲長聞言喜心中。
　　　　　來在了府門用目望，告條上有字寫得清：
　　　　　劉玄德本是吾賢弟，甘糜夫人莫耽驚，
　　　　　那一個闖進新府中，全隊伍人馬償性命。
　　　　　某觀罷告條喜意生[3]，進内堂與二位皇嫂告哀情。

（關羽下）（二夫人上）

甘夫人　（唱）二叔叔去交兵不見回轉。
糜夫人　（唱）到叫我姐妹們常把心擔。
甘夫人　（唱）莫非是遭埋伏就義死難。
糜夫人　（唱）又莫非貪富貴忘却桃園。
甘夫人　（接唱）昨日裏曹兵到下邳城陷。
糜夫人　（唱）我姐妹對銀燈一夜未眠。
甘夫人　（唱）却不見三叔叔前來助戰。
糜夫人　（唱）又不知把皇爺失落那邊。
甘夫人　（唱）假若還他三人都把命斷。
糜夫人　（接唱）我姐妹決不能苟活世間。
甘夫人　（唱）將身兒坐府下自嗟自嘆。
糜夫人　（唱）等二叔他回來細問根源。（留板下）（關羽上）
關　羽　（唱）關雲長進府門心中悲痛，（和場）
　　　　我的二皇嫂。
甘夫人
糜夫人　（和場）我的二叔叔，哎呀二叔叔。
關　羽　（接唱）再叫聲二皇嫂細聽心中。
　　　　　　無才的兄弟我戰不能勝，連累了二嫂嫂擔心受驚。
甘夫人
糜夫人　（唱）一見二叔叔悲哀痛，我姐妹雙雙好傷情，
　　　　　　二叔叔莫跪且站定。
　　　　二叔叔平身。
甘夫人　此驚却也不小，請問二叔叔，昨夜晚上出得城去，可曾找到主公的下落。
關　羽　皇嫂請聽了。
　　　　（唱）爲弟無謀匹夫勇，中了曹操計牢籠，
　　　　　　將爲弟圍困在黃土山，張文遠順說我暫投曹瞞。（切）
　　　　二位尊嫂，爲弟昨晚，出得城去，殺來殺去，盡是曹營的兵將，并未見吾大哥一兵一卒，把爲弟圍困在土山頂上，張文遠順說爲弟暫投曹營，我命他去代稟三件大事。
甘夫人
糜夫人　那三件，我問你首一件？

關　羽	尊嫂聽了。 （唱）犯法律不准往相府告,首一件我降漢不降曹。
甘夫人 糜夫人	何爲二事呢？
關　羽	（唱）二事要吾大哥俸祿養皇嫂,決不准曹兵進府騷擾分毫。
甘夫人 糜夫人	何爲三事？
關　羽	（唱）三事立功得兄信,我不憚千山萬水把兄尋。
甘夫人 糜夫人	曹操可曾應允。
關　羽	（唱）曹操把三事都允了,我回稟皇嫂得知情。
甘夫人 糜夫人	二叔有所不知,昨日曹兵進得城來,只說我姐妹就義而死,誰料曹公施行仁政,命人把守新府門,不許一人輕入我府,二叔即便暫且降曹,何必稟明我二人得知。
關　羽	哎呀尊嫂,爲弟暫且降曹,稟明了二位皇嫂,就如同稟明了吾大哥一般,皇嫂既願爲弟降曹,爲弟我便去也。 （唱）二皇嫂允我暫降曹,誓不忘桃園恩義高。（留板關羽下）
甘夫人	（唱）咱姐妹反把二叔叔累。
糜夫人	（唱）哭了聲主公劉玄德。
甘夫人	（唱）兵勢弱難與敵對壘。
糜夫人	（接唱）三叔叔音信永不回。（留板二人同下）

校記

［1］關雲長頓足又拍胸："長",原作"才";"拍",原作"插"。據文意改。
［2］三千兵只丟數十名："數",原作"救",據文意改。
［3］某觀罷告條喜意生："意",原無,據文意補。

第三場　設宴賜馬

（曹操上）

曹　操	（唱）好一個忠義關雲長,敬皇嫂如同敬親娘, 　　　在患難之中無勾當,可稱得世間一英雄。（切）

	老夫曹孟德,關將軍進得營來,老夫差人送去牙床玉帳,看他和二位皇嫂,怎樣一處消宿。清早令人稟到,關將軍秉燭達旦,一夜未眠,老夫聞言拍案稱奇,塵世以上,難得這樣的忠義之人。今逢大宴之日,老夫誠心恭候多時。中軍!(中軍上)
中　軍	有!
曹　操	你家關二爺到來,早稟爺知。
中　軍	是。(下又上)稟相爺,我家關二爺到。
曹　操	看了下馬安,有請。
中　軍	有請關二爺。(關羽上)
關　羽	哎嘿。
曹　操	關將軍到了,哈哈,請,(同坐介)關將軍到來,令人報遲,有失遠迎,老夫之罪也。
關　羽	好說,那有丞相之罪,多蒙丞相寬仁厚德,使某終日感激不忘。
曹　操	久聞將軍忠義,老夫聽言敬愛稱奇,塵世以上,難得將軍這樣忠義之臣。
關　羽	某今乃是亡國之臣,焉能稱忠,敗陣之將,怎敢稱勇。
曹　操	好說,中軍。(中軍上)
中　軍	有。
曹　操	喚過眾美女,與你家關二爺排宴上來,(笑)哈哈哈。
中　軍	眾美女走來。(四美女上)
四美女	與相爺、關二爺叩頭。
曹　操	眾美女。
四美女	侍候相爺。
曹　操	我和你家關二爺上邊飲宴,你們下邊歌曲上來。
四美女	曉得了。(邊舞邊唱) 　　姐兒生來好抹牌,抹了一牌又一牌, 　　梳妝打扮惹人愛,但願郎君好貌才。
曹　操	將軍你聽,唱的好也不好呀,哈哈哈。
關　羽	啊。(伸手)
曹　操	將軍請來用酒。
關　羽	請。
曹　操	將軍為何青紗罩鬚。

關　羽　因鬚過長恐有損斷，因而青紗罩鬚。
曹　操　此鬚可曾數乎？
關　羽　約有數百根，每逢秋月時，略掉三五根。
曹　操　這就是了，中軍。（中軍上）
中　軍　有。
曹　操　以在相府請來青紗一車，送過新府，與你家關二爺，護鬚所用。
中　軍　是。（下）
曹　操　眾美女，我和你家關二爺，上邊飲酒，你們在下邊再歌舞上來。哈哈哈。
四美女　是。（邊舞邊唱）
　　　　　　姑娘願郎君躍進龍門來，昂昂氣象把頭抬，
　　　　　　在龍虎榜上頭名，狀元榜眼探花郎。
曹　操　你聽，唱的越好聽了。
關　羽　啊。（點頭伸出手指介）
曹　操　將軍請來飲酒。
關　羽　請。
曹　操　將軍為何儉用。
關　羽　某何為儉用。
曹　操　老夫賜你大紅袍一領，怎麼穿在你的綠袍下邊呢？這以舊遮新，豈不為之儉用。
關　羽　丞相，綠袍乃是吾大哥所賜，紅袍乃是丞相所贈，吾豈肯貪思相爺之新，却忘了吾大哥之舊乎？
曹　操　將軍這樣忠義，但恨老夫無福，與將軍贈的遲乎了。
關　羽　好說，我便告辭。
曹　操　慢着，中軍。（中軍上）
中　軍　有。
曹　操　與眾美女每人賞銀十兩，叫她們以在關二爺上邊謝賞。
中　軍　是。眾美女，相爺每人賞你們白銀十兩，命你們以在關二爺面前謝賞。
四美女　是。（下）
曹　操　中軍，與你家關二爺，帶馬侍候。
中　軍　是。（下，帶馬上）

曹　操　將軍，此馬爲何，這樣瘠瘦[1]。
關　羽　馬不堪乘，因而瘠瘦。
曹　操　將軍乘騎此馬，以在兩軍陣前，貪辱將軍威武，待老夫與你另贈一匹。中軍，將你家關二爺的馬帶下去。吩咐我營大將關西漢[2]，將槽頭上第一烈馬與你家關二爺帶上來。
中　軍　是。（下拉一匹赤兔馬叫上）
曹　操　將軍觀這匹馬如何。
關　羽　待某一觀，喂嚇，某觀此馬項上帶牌名曰赤兔，身高八尺，頭尾一丈，紅似火炭，渾身上下無有半根雜毛，某在那裏會過此馬？這、這、這，想起來了，此馬好像呂布跨下坐騎。
曹　操　將軍認得不錯，只因水淹下邳，擄來呂布，白門樓前斬首，得來此馬，玩劣無人乘騎，將軍若還見愛。老夫連鞍帶轡[3]，贈送將軍。
關　羽　恩相莫非戲言。
曹　操　老夫一言既出，何能改移。
關　羽　哈哈嘿嘿，這這這哈哈哈，關某得了此馬撩袍叩謝。（跪介）
曹　操　將軍請起，將軍你這就不是，老夫曾賜金帛，未曾叩謝，今日見了這個毛片東西，撩袍叩謝，未免有些輕人貴畜也。
關　羽　恩相，某知此馬，日行千里，夜走八百，登山渡水，如走平地一般，多蒙丞相贈某。關某异日若得兄信，早間辭別恩相，晚間去會吾兄，若還想起恩相，早間辭別吾兄，晚間得會恩相，關某不才，要落個忠義雙全，何謂輕人貴畜也。
曹　操　（笑）哈哈嘿嘿，是這哈哈哈。（背白）早知此馬有如此脚性，不該贈與關某。
關　羽　嘿嘿。
曹　操　哎，（頓足介）老夫一言出口，萬無改移，將軍請來上馬。正是：
　　　　（念）此馬好似一龍蛟，折斷絲繮上九霄。
關　羽　（念）四蹄踩動旋風倒，萬里途程不爲遥。
　　　　請了！（乘馬飛下）
曹　操　哈，觀見將軍乘在馬上，人高馬大，真乃好將，好不威風人也，哈哈哈。
　　　　（下）（中軍跟下）

校記

［1］這樣瘠瘦："樣"，原作"何"，據文意改。
［2］關西漢："漢"，原作"汗"，據文意改。
［3］老夫連鞍帶轎："轎"，原字難辨，據文意改。

第四場　白馬斬良

（顏良上）

顏　良[1]　（引）清臉鬚又紅，兩眼賽環鈴。

（文醜上）

文　醜　（引）坐馬如猛虎，寶劍夜夜鳴。
顏　良　河北大將顏良。
文　醜　河北大將文醜。
顏　良　領了盟主之命，校場點兵，將兵點齊，來呀，催馬前往。

（同下）（二人引袁紹上）

袁　紹　（引）大鵬展翅過海溪，金屋玉柱不沾泥，
　　　　　　　孤家今日發人馬，烏鳥不敢繞空飛。
　　　　孤家姓袁名紹字本初。想從前一十八路諸侯伐卓，立孤家爲之盟主。伐卓以後，衆諸侯各霸一方。可恨曹操中原親政，孤家帶領三十萬大兵，馬踏中原伐曹。代先鋒將。
顏良文醜　侍候了。
袁　紹　將兵可曾點齊。
顏良文醜　到也點齊，單等盟主將令。
袁　紹　吩咐我軍兵進中原。（衆人轉場）
士　卒　禀盟主，來在東郡白馬坡。
袁　紹　二將聽令，賜你二人大令一支，攻打東郡白馬坡。
顏良文醜　得令。（下）
袁　紹　來呀，依山靠水，扎下營守。（帶衆人下）（二人上）

宋　憲	宋憲。
衛　褚	衛褚。俺二人，從前以在呂布帳下爲將，呂布白門樓已死，我弟兄投在中原，曹丞相駕前所用。丞相有令，命俺二人鎮守東郡白馬坡。適纔令人來報到，河北袁紹領三十萬人馬，攻打我東郡白馬坡，我弟兄膽怯。一面差人在丞相上邊請兵，我弟兄一面下山迎敵來，催馬前行。（二人下）（顏良上）
顏　良	河北大將顏良。此一出營，若見曹兵我叫他生擒活拿。來呀，催馬前進。

（宋、衛上，戰被顏殺）

士　卒	二將落馬以死。
顏　良	可惜二將落馬，繞營叫罵。 （唱）**兩家行兵如奕棋，一來一往見高低，** 　　　**他那裏憑的轉弓馬，怎知道我有巡河車。**（留板下）（曹操上）
曹　操	（唱）**白馬坡二將有公文到，顏良和文醜是猛將，** 　　　**老夫聞言火頭冒，帶領大軍親出征。** 曹孟德，白馬坡二將有的公文到來，言說河北袁紹，帶領三十萬人馬，攻打我朝東郡白馬坡。老夫冲冲大怒，帶領大兵，前去迎敵。衆將催馬前進。

（曹操下）（顏良上）

顏　良	河北大將顏良，令人報到，曹賊又起大兵前來，我這裏出馬要將他生擒活拿。

（劉備急上）

劉　備	哎呀，顏將軍留步着，此一出營，兩軍陣前，若見有赤臉長鬚之人，那就是我家二弟關羽，你對他言講，就說備在後隊，他必然辭曹來投盟主，可曾記下。
顏　良	記下了。快快退下。（劉備下）（夏侯惇上）
顏　良	呔，來將何名？
夏侯惇	夏侯惇。
徐　晃	徐晃。
顏　良	看刀。（雙方開打，夏、徐敗陣下）
士　卒	報，曹兵敗走。
顏　良	繞營叫罵了。

曹　操	（唱）看兒等好比一群雁，爺方比大鵬離西天， 　　　　展翅膀將兒骨打散，連骨頭帶髓一口袋。（留板下）（曹操上）
曹　操	（唱）河北顏良真驍勇，連戰幾陣敗回營。 程仲德你看河北顏良，斬殺我軍好似破瓜切菜一般， 將以何策禦敵。
程仲德	丞相不必憂慮，小某舉薦一人，能以立斬顏良。
曹　操	呃，我營中誰還能立斬顏良呢？
程仲德	非是別人，就是那位關某。
曹　操	哎，你豈不知，關將軍進我營之時[2]，言的明白，若立微功，但得兄信，去找他兄劉備，我還捨不得令他出征呢。
程仲德	丞相既愛關公，更應使他出征袁紹，袁紹必殺劉備，劉備一死，關公無主，關公豈不永侍丞相也。這就是兩虎相爭之計，望丞相明鑒。
曹　操	程仲德你説的是理，來呀。（士卒上）
士　卒	有。
曹　操	喚張遼進帳。
士　卒	張遼進帳。（下）（張遼上）
張　遼	告進，參見丞相。
曹　操	文遠，這是金牌一面，速去新府去提關將軍。白馬坡前解圍去走。
張　遼	得令。（下）
曹　操	（唱）我命文遠請關將，命他上陣斬顏良。（關羽上）
關　羽	（唱）丞相金牌把某請，文遠賢弟説分明。 　　　　他命我白馬坡前解重圍，辭別了二皇嫂就登程。 　　　　一來是去找我大兄長，二來要微立大功離曹營。（留板下）

（曹操上）

曹　操	（唱）張文遠一去不見到，叫老夫心中似火焦。（張遼上）
張　遼	告進，小將交令。
曹　操	文遠回來了，關將軍可曾提到。
張　遼	到也提到，營外候令。
曹　操	傳出有請。
張　遼	有請關仁兄。（關公上）
曹　操	不知關將軍到來，有失遠迎，多多有罪。
關　羽	那有恩相之罪，關某助陣來遲，多多有罪。

曹　操　好説，老夫不會用兵。煩勞將軍進轅帳[3]。
關　羽　待某先看看，河北顏良的兵勢如何？
曹　操　你我登高瞭望。（二人上城）關將軍你往城下觀看，河北顏良頭似斗大，眼賽環鈴，坐馬舞刀，斬殺我軍，好似破瓜切菜一般，風捲蘆葦大林中如劈竹一般，真乃好將也。（笑介）哈哈哈。
關　羽　恩相不必誇獎，某觀顏良不爲好將。
曹　操　誰爲好將呢。
關　羽　某觀顏良好似項插標草，自賣人頭一般，關某不才，願斬顏良，與丞相立功。
曹　操　將軍。你還能斬顏良嗎？
關　羽　某若不能斬顏良，甘當丞相軍令。
曹　操　將軍既能斬顏良，今天用兵，便要用兵猛通啊，哈哈哈。（衆人同下）（顏良上）
士　卒　報，曹兵叫罵不出。
顏　良　收兵回營。（下）（又上）
　　　　（念）曹兵不出城，怒氣填胸膛。
士　卒　禀爺，小人登高遠遠瞭望，觀見曹兵閃上一將，赤臉長鬚，縱馬舞刀，直殺奔我營來了。
顏　良　站下，我想曹營閃上一將，赤面長鬚縱馬舞刀，直往我營殺來。莫非他是關某。（住口）等他到來，問明再殺。
　　　　（關公急上）
關　羽　看刀。（殺，取頭，挑刀）
　　　　（唱）顏良匹夫不成將，在某刀下喪無常。
　　　　　　　三軍報與曹丞相，白馬坡我斬了賊顏良。
　　　　（關羽下）（曹操帶兵上）
曹　操　（唱）適纔令人來報奏，關某刀劈顏良頭。
　　　　　　　說甚麼顏良武勢有，到今日一見是小卒。
　　　　　　　與關公要敬三杯酒，我與他接風把恩酬。（關公上）
曹　操　將軍回來了，文遠看酒待候，將軍麽可下馬，在馬上先飲幾杯，（飲介）文遠，將軍不飲了，打下去。（士卒抱頭上）
士　卒　獻首級。
曹　操　這是何人的首級？

士　卒	河北顏良的首級。
曹　操	呈上來,顏良甚麼將,狗屁將。不算將。呸呸呸打下去。將軍請來下馬。待我與將軍接風洗塵,將軍斬了顏良,比以前在汜水關前,斬了華雄,哎呀呀呀你看威武的多麼痛快。
關　羽	丞相不必誇獎於某,某不為好將。
曹　操	啊,那誰為好將呢?
關　羽	某那結義三弟,乃是涿州范陽人氏,姓張名飛,字翼德,以在陣前取大將的首級,如在盤中抓果,囊中取物一般。
曹　操	哎嚇嚇嚇,越發的厲害了,文遠吩咐我軍,各在袍服下邊記下張飛二字,從今以後,遇飛不戰,遇飛不戰。來呀,將河北顏良的首級,挑在高杆以上,隔河喊叫,曉諭河北不怕死的都來在你關二爺刀下受死。
	(唱)關將軍真是勇猛將,斬顏良立功世無雙。
	河北總有千員將,他都是顏良的小二郎。
	(留板眾人下)(袁紹上)
袁　紹	(唱)漢天子登基軟無能,各路裏諸侯霸一方,
	劉表現鎮荊襄地,馬超韓遂占西涼。
	我可恨曹操太狂妄。(士卒上)
士　卒	報。
袁　紹	何事。
士　卒	(唱)【撲燈蛾】顏良將蓋世猛勇,一路來斬將立功。
	曹營裏閃上一將,赤臉長鬚真威風。
	綠袍上綉黃金鎧,提刀跨刀快如風。
	顏良欲問他姓名,竟被他刀劈頭落把命喪。
袁　紹	(哭介)罷了將軍啦,人來,你們以在兩軍陣上,可曾問下赤臉長鬚人的姓名。
士　卒	未曾問下姓名,耳邊紛紛人言,言說是劉備結義二弟,名叫關羽字雲長。
袁　紹	噢,這還了得,人來。(士卒上)
士　卒	有。
袁　紹	你將劉備與我拿進帳來。(卒下引劉備上)
劉　備	(跪)盟主為何將備上綁?

袁　紹　劉備,大膽的劉玄德,你那二弟關羽斬壞孤的愛將顏良,問你應得何罪。

劉　備　哎呀盟主,你看塵世以上重名重姓人兒極多,面貌相似的人也不少,盟主不查實據,怎能輕信是我二弟斬壞了顏良,盟主聽我道來。

(唱)我跪在寶帳泪滿面,稱盟主息怒聽心懷,
　　我弟兄徐州曾失散,到如今弟兄不團圓。
　　是何人他把顏良斬,請盟主休要聽讒言。
　　請問明再把劉備斬,你沒叫備受不白怨。

袁　紹　照這樣說起,人來,將劉備鬆綁。(卒與劉解)

劉　備　謝過盟主不斬之恩。(文醜急上)

文　醜　慢慢慢着,哎呀盟主,聞人常說,關某斬壞華雄,今日又斬壞吾兄,盟主賜我一令,待末將斬壞關羽,好與我兄報仇。

袁　紹　如此文醜聽令,賜你二萬人馬[4],越過黃河,與你盟兄復仇去吧。

文　醜　得令。

劉　備　慢着,備到河北以來,未有寸進之功,今天願隨文將軍與盟主立功,你看如何?

文　醜　哎呀,盟主,劉備乃是久敗之將,即要前去,末將當先,你將劉備落後。

劉　備　文將軍你就當先,我就落後。

袁　紹　如此聽令,你二人同去教場,點兵去吧。

文　醜
劉　備　(同)得令。(下)

袁　紹　人來。

士　卒　有。

袁　紹　用檀木一方刻上你家顏老爺的首級,靈柩發奔河北殯葬了。
　　(唱)孤愛顏良武藝全,臨陣出馬他先當,
　　　　今日一旦被人斬,靈發河北孤心安。
(留板下)

校記

[1] 顏良:"顏",原作"彥",據《三國志·魏志·武帝紀》改。

［２］關將軍進我營之時："時",原作"明",據文意改。
［３］煩勞將軍進轅帳："轅",原作"遠",據文意改。
［４］賜你二萬人馬："萬",原作"八",據文意改。

第五場　賜印封侯

（文醜上）

文　醜　（唱）盟主將令往下傳,殺羽與兄報仇冤。
　　河北大將文醜,此番前去見了關羽,順心便是一槍,大叫劉備,劉玄德你把我文醜,豈奈何也。
　　（唱）文醜生來志氣高,馬上常使紫金鏢,
　　　　此去若見關羽面,一槍刺你歸陰間。
（留板文醜下）（曹操上）

曹　操　（唱）張文遠賜印不見還,叫老夫心中不得安。（張遼上）
張　遼　小將復命。
曹　操　文遠回來了。
張　遼　回來了。
曹　操　將軍可曾收印。
張　遼　將軍言道,印不稱職,不能收印。
曹　操　我想武將家,挂印封侯,就此够了,却怎麽印不稱職？
張　遼　丞相,你且猜來。
曹　操　這這這,（想介）明白了,將軍從前言的明白,降漢不降與老夫,莫非嫌印璽上邊,没有個漢字。
張　遼　正爲這個漢字。
曹　操　如此就封將軍爲漢壽亭侯,文遠速將印璽送去新府。
張　遼　得令。（下）
曹　操　（唱）我待關公情義厚,封侯送印他不收,
　　　　本達天子漢獻帝,封將軍爲漢壽亭侯。
（張遼上）
張　遼　小將交令。
曹　操　文遠回來了。
張　遼　回來了。

曹　操　將軍可曾收印？

張　遼　將軍一見上邊有了漢字,拜而受之,我想他的肺腑之事,唯有丞相可知。

曹　操　這就是了,你且退下。

張　遼　遵命。(下)

士　卒　相爺,河北又來了大將文醜,已在黃河岸上高聲叫罵,單討我家關二爺出戰。

曹　操　呔,我營大將却也很多,怎麼單討你家關二爺出戰,傳下徐晃、夏侯惇當先,你家關二爺壓在後營致勝。

士　卒　得令。

(衆人同下)(文醜與徐、夏上戰,徐、夏敗下)

文　醜　曹兵敗走,來呀,收兵回營。

(更回頭,關羽上)

關　羽　看刀。

(斬文醜於馬下)(劉備上看見)

劉　備　二弟轉來。(關羽未聽見下)哎呀,我那二弟呀,斬了顏良,今又誅了文醜。三軍們高搭一杆旗號,漢壽亭侯關雲長七個大字,是我大聲喊叫,不應一聲,望曹營獻功去了。哎,我可莫説是二弟呀,二弟呀,只知你在曹營立功,怎知我在河北受困。罷了,二弟呀!

(下)(曹操上)

曹　操　將軍斬了顏良,誅了文醜,老夫喜之不盡,正是:

(念)實把功勳建,許你恩義酬。
　　　英雄賽虎豹,越嶺統貔貅。
　　　白馬顏良死,延津文醜休。
　　　忠義秉性剛,不現壽亭侯。

貂蟬軼事

劉穎娣　編劇

解　題

　　晉劇。劉穎娣編劇。劉穎娣生平里居不詳。未見著錄。劇寫曹操、劉備攻破下邳，呂布被殺，貂蟬被俘。貂蟬完成了除董卓、滅呂布任務之後，不願再參與國家大事，欲回家鄉。曹操則利用貂蟬離間劉、關、張關係，將貂蟬賜與劉備，遭到糜夫人的堅決反對。劉備將貂蟬賜給關羽，張飛認爲貂蟬是禍水要殺。關羽了解貂蟬的身世，知其爲除漢室奸賊的功臣，"以一己之身，挽狂瀾於即倒，救黎民於水火，居功至偉，却不求封賞，如此高風亮節，關某怎不心生敬仰"。關羽欲幫她回轉家鄉。張飛要關羽交出貂蟬，讓她充當軍妓，關、張發生爭鬥。張飛堅持要殺，關羽要送她回鄉，被曹操阻攔。貂蟬痛罵曹操，曹操要殺貂蟬，關羽反對濫殺無辜，何況是有功於漢室的巾幗英雄，但未能擋住，貂蟬終被曹操殺死。同題材的寫貂蟬的戲很多，而此劇獨具特色。版本今見由山西晉中晉劇團田素芳提供，王錦整理，劉穎娣新編的山西呂梁晉劇團的演出本。今以該本爲底本，校勘整理。

序幕　驚　夢

（幕啟。下邳呂布處所）（一束追光照着正托腮而寐、夢游故園的貂蟬）（天幕景現貂蟬夢幻中如詩似畫的故鄉田園）（純真甜美的童謡聲起：新興郡，九原縣，三年桃杏花不開。出了個貂蟬人人愛，不知誰家有福娶回來？娶回來，情似海，抓髻夫妻樂開懷。你鋤樓，我灌溉，養個娃娃把根栽）

（貂蟬尋夢般緩緩而起）

貂　蟬　這纔是我的家呀！鄉親們，你們在哪啊？我回來了！日夜思念你們的貂蟬回來了！（夢幻中的故園美景突然變作現實中摧枯拉朽般的大水。大水咆哮聲，房倒屋塌聲，并伴以兩軍廝殺聲和兵丁的驚呼聲：不好了！下邳被淹，主公被捉了！下邳被淹，主公被捉了）

（婢女秋菊急匆匆上）

秋　菊　（急切地邊搖貂蟬邊說）貂蟬夫人！貂蟬夫人！還做夢呢？快醒醒吧！出大事了！

貂　蟬　（貂蟬夢醒，嗔怪）哦，是秋菊！我剛剛夢回故園，又被你攪了！到底甚麼事？

（呂布被兩個叛將捆綁着推上）

貂　蟬　（吃驚地白）將軍！奉先！

呂　布　貂蟬！愛妾！（貂蟬痛切地疾步走向呂布，被叛將拉住）

叛　將　貂蟬，你既然與呂布如此難舍捨難分，那就一起去見曹丞相好了！

秋　菊　你們卑鄙！不僅背叛將軍，還要拿貂蟬夫人去請賞嗎？

叛　將　少廢話！像貂蟬這樣的美人，當然得獻給曹丞相啦！

（呂布、貂蟬被推下。秋菊隨下）

第一場　斥　呂

（幕啓。白門樓）（曹操、劉備及張飛上）

曹　操　（唱）群雄起四海紛亂，嘆漢室盡失威權。
　　　　　　　孟德我志存高遠，改天日解民倒懸。
　　　　　　　破黃巾南征北戰，討董卓東奔西顛。
　　　　　　　爲只爲一匡天下，合諸侯效法齊桓！

劉　備　（唱）鼠社狐城廟堂陷，大權被篡社稷殘。
　　　　　　　有心匡復成大業，天不助我夢難圓。
　　　　　　　無奈暫把鋒芒斂，寄人籬下苦熬煎。
　　　　　　　身在曹營心在漢，重振河山待明天！

（報子上）

報　子　啓禀丞相，下邳被淹，呂布被擒！

曹　操　好好好哇！將呂布帶上！（兵丁押呂布上）

曹　操　（揶揄地白）這不是溫侯嗎？蓋世英雄怎麼成了這般模樣？
呂　布　（納頭便拜）奉先不才，多有得罪！只要丞相饒我不死，奉先肝腦塗地，任憑驅使！
曹　操　（似在徵詢）玄德，依你之見呢？
呂　布　（又轉而求劉）玄德救我！
劉　備　丞相，丁原、董卓因何而死？前車之鑒不可忘啊！
呂　布　（衝劉備氣憤地罵）忘恩負義的大耳賊！當年，紀靈領軍圍困小沛，若不是我"轅門射戟"，一箭替你解圍，焉有你大耳賊的今天？
張　飛　（怒冲冲上前，抓了呂布衣領，罵）三姓家奴！當年你如喪家之犬，是我哥哥好心收留了你，可你"入寶欺主"，占我徐州。俺老張恨不得寢爾皮，食爾肉！你還覥臉囉嗦！（張飛説着就要拔劍，被劉備、曹操制止）
劉　備　三弟休得莽撞，一切自有丞相做主！
曹　操　何勞翼德動手！（對呂布）玄德所見甚是，像你呂奉先這樣反復無常的無義小人，本相豈能遺虎爲患？（命屬下）將呂布吊死，再梟其首！
　　　　（貂蟬幕後急喊："慢着！"）（貂蟬領秋菊上。她一身素服，更顯冷艷無比，令一干男人都看得眼直）
幕　後　（伴唱）半圍蠻腰細如柳，一點櫻桃樊素口，
　　　　　　　柳搖細步風生袖，霞着粉面花月羞。
　　　　　　　紅粉嬌娃閲無數，誰似貂蟬把心揪。
貂　蟬　丞相且慢行刑！
曹　操　美人莫非要爲奉先求情？
貂　蟬　非也！貂蟬自知奉先罪大難赦。我來，一是念及他鏟除董卓有功；二來畢竟與他夫妻一場，於情於理，都當送他一送。（貂蟬走向呂布，打量着）
貂　蟬　（頗爲憐惜地）奉先，還不足半日，你就憔悴如此！來來來，讓爲妻好好看看，那些不懂事的兵丁，可曾虐待於你？
呂　布　愛妾休説這些！當務之急，是要救爲夫一命！
貂　蟬　唉！爲妻多次勸你，要以國家蒼生爲念，早歸正途。可你不分是非，逞強恃勇，助紂爲虐，以致釀成今日之禍！既然事已如此，來來來，讓爲妻給你整整衣衫，也好上路！

（貂蟬動手爲呂布整裝）

呂　布　（掙脱貂蟬）不不不！愛妾，爲夫不想死！你快快與我求個人情！

貂　蟬　唉！奉先呐，不是爲妻推脱，依你素日作爲，怕是罪大難赦！

呂　布　愛妾呐，只要你這樣的美人開口，哪個男人能不動惻隱之心？快快去求丞相，只要饒我不死，爲夫甘願當牛做馬！

貂　蟬　（失望却仍勸道）唉！奉先呐，大丈夫生於天地，本應生不足惜，死不足懼。你如此摧眉折腰，玷污自己的英雄美名，豈不讓人笑話？

（呂布絶望而狂怒地伸脚踢向貂蟬）

呂　布　你個無情婊子！我已性命不保，你還説這等好聽的大話！你既如此無情，休怪我不義！（轉對曹操）啊！丞相，我這小妾也算聞名天下的美人。只要丞相饒我不死，奉先情願讓與丞相！

貂　蟬　（始而吃驚）奉先，你——（繼而暈厥）

秋　菊　（罵呂布）你還算人嗎？（邊扶貂蟬邊唤）夫人！夫人！

張　飛　（輕蔑地白）呸！拿老婆换命，没骨氣的孬種！

曹　操　哈哈哈！哈哈哈！玄德，聽見了無有？事到如今，這吕奉先竟與本相搞起買賣來了！

劉　備　哈哈哈！好個無知蠢材吕奉先！當今天下，除却丞相，再無英主，哪個英雄不是唯丞相馬頭是瞻？而你一個將死之人，竟敢與丞相討價還價？

張　飛　（竊笑，背白）嘿嘿！我大哥又給曹阿瞞戴高帽子了！（貂蟬甦醒，秋菊將其扶起）

曹　操　（與貂蟬調侃）美人呐，你丈夫要拿你换取他性命，不知美人意下如何？

貂　蟬　（氣憤至極，伸手狠擊呂布一掌）呂奉先，你、你、你個無恥之尤！

（唱）怨不得仁人志士皆誅你，你果是罪大惡極死無惜！

想當初，董卓當權你附逆，助紂爲虐作前驅。

殺人害命當兒戲，多少良善命歸西。

全天下恨聲連連苦無計，報父恩貂蟬身入虎狼居。

巧離間義子弑父董卓斃，纖弱女不期然間救社稷。

呂　布　（如夢方醒）好哇！原來我與董丞相父子反目，都是你這賤人從中作祟！

張　飛　哈哈哈！呂奉先，你們父子爲這紅顔禍水争得死去活來，活該倒黴！

曹　操　（合，背白）喂呀呀！好一個不尋常的女子！
劉　備

貂　蟬　（接唱）雖説是依計而行委身你，貂蟬我女兒情懷非全虛。
　　　　　曾愛你勇冠三軍好武藝，曾愛你翩翩少年美豐儀。
　　　　　曾戀你軟語温存甜如蜜，曾戀你暖懷熱抱常偎依。

張　飛　（不耐煩）嘿！有甚麼正經話快説，誰聽你們兩口子的爛事兒！

劉　備　（蠻有興致）哎！三弟，丞相既然不煩，咱陪着聽聽也好！

曹　操　恐怕是玄德愛聽吧？好好好！呂奉先與貂蟬也算一對佳偶了，那咱就聽聽這佳偶有甚麼佳話？

貂　蟬　（接唱）義父所托雖然未忘記，貂蟬常懷良願把天祈：
　　　　　盼你知情明理義，盼你早把劣根移，
　　　　　盼你堂堂男兒立天地，盼咱夫妻白頭朝共夕。
　　　　　誰知你天生豎子難成器，誰知你虎狼本性無藥醫。
　　　　　殺人如麻何曾有疑懼，却爲何自臨死期骨如泥？
　　　　　奴顏婢膝已然令人鄙，最恨不惜將妻獻宿敵！
　　　　　你枉把英雄賢名具，你徒有男兒七尺軀！

曹　操　（背唱）好一個奇女子不可小覷，
劉　備　（背唱）姿容美心機重鬚眉難敵！
貂　蟬　（背唱）國事了禀丞相早回故里，
張　飛　（背唱）免禍害除紅顏莫錯良機！
　　　　　啊，丞相，我看這呂布與貂蟬，都不是甚麼好鳥！乾脆一并推出去砍了算啦！
　　　　　（説着就要動手，被劉備阻住）

劉　備　三弟，一切自有丞相定奪！不得胡來！

曹　操　翼德差矣！貂蟬與呂布豈能相提并論？（命令）將呂布推出吊死！
　　　　　（呂布被推下，仍扭頭求乞：丞相！丞相）（貂蟬不忍地追隨幾步，感情複雜地搖頭拭淚）（曹操見狀，難禁憐香惜玉之情，上前安撫）

曹　操　呂布如此不肖，美人何必傷悲？待老夫將你好好安頓也就是了！

貂　蟬　不必勞煩丞相，貂蟬就此拜別！

　衆　　（同時驚問）美人何往？

貂　蟬　（平静地白）既然董卓、呂布二賊已除，貂蟬也算不枉義父所托，從今以後，無意再涉足國家大事，想就此辭行回鄉！

曹　操　回鄉？敢問美人何方人氏？

貂　蟬　（滿懷深情地唱）家住新興九原縣，地杰人靈好山川。
　　　　南屏并州稱鎖鑰，北望塞外擁雄關。
　　　　大禹在此治水患，七賢救孤成美談，
　　　　高祖白登被困何其險，到此解圍六軍纔欣然。
　　　　"欣"、"忻"相通存竹簡，得名"忻口"天下傳[1]，
　　　　好山水育出多少俊賢名媛，美家園怎不令人夢繞魂牽！

曹　操　（不耐煩）噢，不就是新興郡九原縣嗎？那地方老夫也略知一二，不過是貧瘠苦寒之地。

貂　蟬　（堅決）貂蟬不懼寒苦，情願回鄉！

曹　操　不不不！美人理當享榮華，受富貴，且等本相爲你另擇佳偶！

劉　備　（有意附和）丞相說得對！像美人這樣絕色女子，何愁沒有佳婿？

曹　操　（靈機一動）噢？玄德也覺貂蟬理應再擇佳偶？

劉　備　（猥瑣）那是！如此美艷女子，無人消受，豈不可惜？

曹　操　好好好！本相有主意了！來人吶！將美人帶回許都！
　　　　（兵丁應聲而上，強行將貂蟬拉下）

貂　蟬　（仍心有不甘地扭頭呼喊）不不不！丞相，貂蟬不要甚麼佳偶，只願回歸故里！

秋　菊　（邊幫腔邊追貂蟬）是是是啊！丞相，我們夫人夜夜夢回故園，你就成全她吧！

曹　操　哼！貂蟬并非一般女子，豈能任她來去？無知婢子，還不快快退下！（秋菊仍舊欲追，被兵丁推倒在地）（曹操等下）（切光）

校記

[1] "欣"、"忻"相通存竹簡，得名"忻口"天下傳："竹"，原無，據文意及節奏格律補。

第二場　求　　援

（幕啓。荒野茫茫，天幕現許都城郭遠景）（秋菊步履踉蹌上）

秋　菊　（唱）急匆匆慌不擇徑，救夫人心急如焚。

原以爲曹丞相開明仁慈令人敬,誰知他、他、他做事也理不通。
夫人回鄉他作梗,無端拘往許都城。
天皇皇啊地靈靈,秋菊何處覓救星?(秋菊飢疲交加,暈倒當路)

關　羽　(内唱)追逃兵凱旋歸征衣汗浸,(在"關"字大旗前導下威風凜凜上)

關　羽　(接唱)保社稷安黎庶何計艱辛。
自桃園結金蘭情投義重,三兄弟赴國難戎馬爲生。
大興山破黃巾初試鋒刃,氾水城斬華雄熱酒尚溫。
虎牢關戰呂布盡顯威猛,北海郡救孔融千古留名。
只可惜衆諸侯紛争難禁[1],平天下恐怕非一日之功。
(馬童帶馬前行,發現擋路的秋菊)

馬　童　呔!好狗還不擋道呢!又不是你家熱炕頭,躺這兒幹嘛?還不快快讓開?
(秋菊挣扎欲起,却又倒下)(馬童生氣地欲揪扯秋菊,被關羽阻止)

關　羽　童兒休得無禮!看這位女子,分明身遭困厄,休要再難爲她。(關切地下馬,掏出隨身碎銀,遞秋菊)這位小大姐,想必家中有難,我這有些微碎銀,你權且拿去救急吧!

馬　童　(扶起秋菊)遇上我們關二爺,算你走運!還不快走?

秋　菊　(忙施禮)謝關二爺!(忽有所悟)哦,莫非將軍就是聞名天下的義士關羽關二爺嗎?

關　羽　浪得虛名,在下正是關羽!

秋　菊　(納頭便拜)蒼天有眼,秋菊果然遇上救星了!

關　羽　看你一個女娃娃家,誰要取你性命?休要害怕,慢慢道來!

秋　菊　禀關二爺,小女子乃呂布之妾貂蟬——

馬　童　(好生奇怪,不及聽完就將秋菊的話打斷)你是貂蟬?這可能嗎?我可是聽説,那貂蟬是天仙似的大美人。可看你這樣子,也九斗加五斗,石四(淡事)嘛!

關　羽　童兒,怎能如此説話?

秋　菊　這位小爺太過性急了。我是説,我是呂布之妾貂蟬夫人的婢女,自然不能和夫人相比。小女子有幸碰到關二爺,就請義士搭救我家夫人!

關　羽　（不解）呂布被擒，你家夫人鳥出牢籠，應該高興纔是啊！怎説有難？

秋　菊　二爺有所不知。呂布被除，我家夫人想回故里，可曹丞相他就是不准！

關　羽　那是爲何？莫非曹丞相要將貂蟬據爲己有？

秋　菊　他將我家夫人强行拘往許都，誰知打得甚麼主意？還望二爺幫忙搭救！

關　羽　哎呀！好惱——

　　　　（唱）呂布被誅合天理，不該株連他家妻。

　　　　　　　強行拘禁是何意？分明仗勢把人欺，

　　　　　　　叫秋菊速速與爺許都去，（夾白）曹阿瞞啊曹阿瞞——

　　　　（接唱）你給爺説不出個是非曲直絶、不、依！

馬　童　（也豪氣地拍拍胸脯）對！秋菊，有小爺給你撑腰做主，哦，不！是有關二爺給你撑腰做主，你還怕甚麼？走，回許都！（衆造型亮相。切光）

校記

［1］只可惜衆諸侯紛争難禁："侯"，原作"候"，據文意改。下徑改，不一一出校。

第三場　賜　貂

　　　　（二幕前）（劉備、張飛送別曹操，從舞臺一側上）

曹　操　玄德哪！本相將當今天下第一美女貂蟬賞賜與你，也算成就了一段英雄美人的佳話了啊！

劉　備　（誠惶誠恐地白）丞相，此事萬萬不可！似貂蟬這般絶代佳人，本應侍奉丞相左右，玄德豈敢奪愛？

曹　操　哎，玄德身爲皇叔，又屢建奇功，賞一美人，理所應當！

劉　備　（忽有所思，不再推辭，感激地）恭敬不如從命。那玄德就愧領了！丞相厚愛，玄德定當没齒不忘！

曹　操　玄德言重了！你們英雄美人，天造地設，本相哪有不撮合之理呀！

張　飛　（一愣，背白）曹阿瞞他將貂蟬這禍害送我大哥，分明是居心叵測，不懷好意。（轉向曹操，不客氣地）你愛這狐狸精，自己留着消受好

	了,送我大哥做甚?送上門的沒好貨。大哥,快快將貂蟬送還與他!
劉　備	哎,三弟不可唐突!丞相一番美意,若再拒絕,就却之不恭了。
張　飛	(心急地將劉備揪過來爭辯)大哥,天下好女人多得是,你怎麼偏偏要娶貂蟬這個狐狸精?
劉　備	(似頗為認真)三弟,哪個男人無有愛美之心?貂蟬如此美色,別人消受得,你我弟兄怎麼就消受不得?(張飛捶胸跺足,不服地與劉備爭辯起來)
曹　操	(得意地背白)嘿嘿!果然不出本相所料,有張翼德這個嫉惡如仇的炮筒子,再加上家裏那個依兄仗弟、有恃無恐的醋壇子糜夫人,劉玄德的好戲就要開場嘍!(對劉備)玄德,美人我已送到,本相的一樁心事也就了却啦!告辭!(下)
劉　備	(忙轉向曹操)玄德送丞相!(欲拉張飛下,張飛執拗地扭身從另一側下)
	(二幕起。景現劉備府邸後堂)(貂蟬愁苦慵懶地倚坐床前)
貂　蟬	(念)他人攀高愁無徑,貂蟬下山路難尋。
	苦求回鄉把壁碰,丞相逼我另成婚。
	(秋菊面帶喜悅,氣喘吁吁上)
貂　蟬	(驚喜地躍起)秋菊——
秋　菊	(激動地撲向貂蟬)夫人——
貂　蟬	你是怎麼尋到這裏來的?
秋　菊	老天有眼,讓我遇到了關二爺。
貂　蟬	哪個關二爺?
秋　菊	就是聞名天下的義士關將軍關二爺呀!我求他搭救夫人,他便帶我直奔丞相府,纔知曹丞相將夫人賞賜給了劉皇叔。
貂　蟬	唉!原以為曹丞相胸懷大志,英明賢達,誰知他也不通情理,強人所難。貂蟬又回鄉無望了!
秋　菊	夫人,這下也好。這劉玄德既是皇族後裔,又是當今英雄,你嫁與他也算兩相匹配。你怎麼就想不開呢?
貂　蟬	(賭氣地白)你覺着好,你去嫁他!
秋　菊	(取笑地安慰)我倒是想嫁哩,可人家不要我呀!要不,下輩子你托生個劉玄德,我給你做老婆?

貂　　蟬　（不禁被逗笑）我要是劉玄德，也不娶你，還讓你給甘夫人、糜夫人做丫頭！

　　　　　（幕後報：糜夫人到！劉備次妻糜氏携女僕上）

糜夫人　（唱）三弟說玄德他又納新寵，這小妾偏是那貂蟬狐狸精。

　　　　　　　　分明是曹孟德設計用意狠，糜氏我豈能坐視他人害夫君！

秋　　菊　（急示貂蟬）夫人，夫人！

糜夫人　（威嚴地白）我和甘夫人都不在此，這裏又哪來個夫人？

　　　　　（貂蟬見是糜氏，強作笑顏上前參見）

貂　　蟬　貂蟬參見夫人！

糜夫人　噢，你就是害了董卓、又害吕布的貂蟬嗎？果然是傾城之色呀！

貂　　蟬　（冷言反駁）董卓、吕布，人神共憤，咎由自取。至於容貌，媸妍美醜，由不得自己。夫人不也同樣美貌如花，總不會自毀容顏吧？

糜夫人　你不僅容顏嬌媚，還能言善辯。怪不得男人們都被你迷惑得神魂顛倒。貂蟬，你可知曉，我夫君貴為皇叔，立志匡復漢室；我兄弟糜芳、糜竺也戮力同心，榮辱與共。你受曹操指使，欲壞我家大事，我豈能饒你？（糜夫人向貂蟬步步進逼，被秋菊擋住）

秋　　菊　夫人別說好聽的了！你恨我家夫人，不就是怕自己失寵嗎？哪來那麼多好聽的大話？

糜夫人　（被說着心病，火起）我先打死你這播弄是非的小賤人！（秋菊急躲貂蟬身後）

貂　　蟬　（冷笑白）夫人既然容不得貂蟬，想處置容易得很，何必打打殺殺，有失夫人身份？

糜夫人　哼！不打不殺，難道還供着你不成？

秋　　菊　你不想要我們，我們還不想呆呢！趁你家老頭與我們夫人還未洞房花燭，你偷偷把我們放走不就行了？

糜夫人　（頗覺意外）甚麼？不想呆？貂蟬，莫非你并不樂意嫁與我家夫君？

秋　　菊　對！是曹丞相硬把我們夫人賞給你家老頭的。如若依着我們夫人的性子，早就回老家了！

糜夫人　（仍難相信）貂蟬，婢女所言，可是真的？

貂　　蟬　（乘機下跪懇求）望夫人成全，放我回鄉！

糜夫人　放你不難，可你真能捨得下這到手的榮華富貴？

貂　　蟬　夫人吶——

	（唱）苦貂蟬榮華富貴從不羨，入豪門事出無奈實偶然。
糜夫人	（唱）奉董呂作妻妾天下共見，扮甚麼假清高把人欺瞞。
貂　蟬	（唱）嫁董卓適呂布本是把戲演，爲只爲除二賊行計連環。
糜夫人	（唱）自古道女嫁高門好姻眷，難信你心如止水無波瀾！
貂　蟬	呵呵呵！夫人吶，看來你我真不像是一家人，所見南轅北轍，相去甚遠呐！
	（唱）你道有女都盼朱門嫁，貂蟬偏恨高墙掩腌臢。
	十幾年侍董伴呂屈難捺，更看透豪強權貴盡紙花。
	官至公卿欲難罷，家私無算仍搜刮。
	父子少真話，妻妾是冤家，同僚多猜忌，朋黨互傾軋。
	口口聲聲都把尊君賢名挂，時時刻刻欲稱九五互厮殺。
	今日你征我，明日我伐他，
	一己私利看得比天大，哪管他人碧血染黃沙？
	久煩豪門權貴互爭霸，常戀故園鄉親樸無華。
	青山綠水真詩畫，山韭野菜味道佳。
	鄰里急難相謀劃，閒來把酒話桑麻。
	貧賤夫妻無高下，家似重車并肩拉。
	故園山真水真人不假，強似豪門泥牛與紙葩！
糜夫人	聽你這一説，倒還有些見識。只是這人人眼羨的榮華富貴，你就真的願意抛却？
秋　菊	哎呀！夫人吶，是真是假，你放我們走不就明白啦？
糜夫人	（欣喜而又帶幾分仗義）既然你們執意要走，我就幫助你們逃離此地。（對女僕）
	快快將你我衣裝與她們換過！（糜夫人主僕與貂蟬主僕互換衣裝）
貂　蟬	（跪拜糜夫人）謝夫人大恩！貂蟬就此別過！
秋　菊	（歡欣）你可真是個女惡煞，不！是活菩薩！（拉貂蟬）夫人咱快走！
糜夫人	（對女僕）快快送她們上路，免得玄德回來撞見！（女僕送貂蟬與秋菊下）
	（劉備上。糜夫人負氣地扭臉不理。劉備誤將糜夫人當做貂蟬）
劉　備	（溫存地）哎呀！美人，玄德俗務纏身，多有怠慢，恕罪，恕罪！（糜夫人仍舊不理）
劉　備	啊，美人，玄德知你思鄉心切，現在就帶你去見一鄉黨。

糜夫人　（猛地扭身，不悅）玄德，你做的好事！
劉　備　啊！夫人，怎麼是你？那貂蟬呢？
糜夫人　早與我換過衣裳，被我放走了！
劉　備　放走了？（氣急地指責糜夫人）你、你、你個小肚雞腸的醋壇子，壞我大事！
糜夫人　我正是怕壞你大事，纔放她離去！
　　　　（唱）曹孟德贈美人用意險惡，分明是效王允計害董卓。
劉　備　（一震，口氣轉緩）你還有點見識！可曹阿瞞的這點用心連你都明白，我會不明白？
糜夫人　我不是怕你不明白，怕的是你明知故犯，身不由己！看你剛纔那饞貓似的樣子！
　　　　（劉備略顯惱怒，以掩飾心思被揭穿的尷尬）
劉　備　說你是小肚雞腸的醋壇子你還不承認。你和那曹阿瞞一樣，也太小瞧我劉玄德了！
　　　　（唱）曹阿瞞欲除勁敵用美色，劉玄德洞若觀火有定奪。
　　　　　　　將貂蟬轉送雲長伺起臥，也示我兄弟情深心一顆！
糜夫人　怎麼，你要將貂蟬轉送二弟？
劉　備　哼哼！曹孟德以爲送我一把剔骨劍，他哪知——
糜夫人　（頓悟）他哪知剔骨劍化成了滋補湯。二弟得此美人，還不一輩子感恩戴德，以死效命？
　　　　（笑點劉額）你可真會籠絡人心。
劉　備　（一本正經）你純粹是以小人之心，度君子之腹。我們弟兄肝膽相照，生死與共，還用得着籠絡？
糜夫人　但對貂蟬這樣的美人，你難道真不動心？
劉　備　（坦率）說不動心是假的。但女人這東西沒有不行，多了也是麻煩。有你和甘氏相陪，我心已足。這貂蟬我原本就是拿來送與二弟的，可你，唉！來人吶！（幾家丁應聲上）快快將貂蟬追回！
衆家丁　是！（下）（切光）

第四場　欽　美

（幕啓。關羽新居內）（劉備的幾個僕人正忙着布置新房，秋菊、馬

童混雜其間）

馬　　童　（不解地白）給我們二爺弄個茅庵草屋，這是誰出的餿主意？
秋　　菊　餿主意？這可是你們大爺的高招！
馬　　童　（一驚）大爺的高招？（仍不解）大爺貴爲皇叔，住皇宮豪宅還差不多，怎麼會喜歡這山野農舍？
秋　　菊　你懂個啥！蘿蔔青菜，各有所愛。我們貂蟬夫人思鄉心切，鬧着回家。你們大爺爲留住她，就弄了這些土特産。咳！這麼些年，我算明白了：男人活得個本事能幹，女人活得個襲人好看。
馬　　童　那還用你說？貂蟬夫人這個好看的，嫁了我們二爺這能幹的，人家兩口這輩子都活得值了！
一　僕　人　你以爲二爺和你一樣，就愛女人啊？
馬　　童　我愛女人怎麼啦？連孔老夫子都說女人和吃飯一樣重要呢！
秋　　菊　（做噤聲狀）噓！大爺爲給二爺和貂蟬夫人個驚喜，特別吩咐要保密呢！

（糜夫人領花容慘淡的貂蟬上）

糜夫人　（對下人）都收拾好了？嗯，還有點意思。貂蟬，你看這宅子如何？
貂　　蟬　（看着眼前一切，不禁一愣）哦，我這是在哪裏？

（貂蟬觀察房間布置）

　　（唱）泥瓦磚房農家院，石碾石磨院裏安。
　　　　　鋤鐮挂牆銀光閃，連枷竪地立得端。
　　　　　家童好似兒時伴，老牛隔牆叫得歡。
　　　　　恍若祖宅老屋現，此身不知是何年。

（恍恍忽忽中，貂蟬繞屋巡視，似在追尋一個童年的夢）（童謠聲起：新興郡，九原縣，三年桃杏花不開。出了個貂蟬人人愛，不知誰家有福娶回來？）

貂　　蟬　我真的回家了嗎？鄉親們，你們在哪兒啊？
秋　　菊　瞧，大白天的又做夢啦！以爲回到了她那小山村村呢！
糜夫人　貂蟬，別做夢啦！這裏沒有你的甚麼鄉親，這裏只有蓋世英雄關二爺！
秋　　菊　咳！夫人，你還不知道呢，劉皇叔把你讓給關二爺了！
貂　　蟬　（吃驚）啊？秋菊，你說甚麼？
糜夫人　實話告你吧，你不是不願意嫁我夫君嗎？我家老爺又給你找了個合適的！

貂　　蟬　（氣憤）我貂蟬是人不是物，豈容你們轉來送去？秋菊，咱們走！
（貂蟬拉秋菊欲下，被拉了關羽上場的劉備擋住）

劉　　備　（客氣）走？美人又要去哪裏呀？

貂　　蟬　劉皇叔不是不知道，我要回家！

劉　　備　哈哈哈！回家？這不就是你的家嗎？

關　　羽　（詫异）大哥，這是甚麼地方？你帶我來此做甚？

劉　　備　二弟，爲兄給你覓一新宅，看看可否稱意。

糜夫人　（將貂蟬推向關羽）豈止新宅，還有聞名天下的新夫人貂蟬呢！

關　　羽　（急躲）嫂嫂怎可開此玩笑？丞相已將貂蟬賜與大哥，關某不存非分之想！再説，貂蟬思念家鄉，不想嫁人，我們理應——

劉　　備　（笑着打斷關羽）我知二弟忠義，是哥哥我要把貂蟬轉送與你。

關　　羽　大哥如此做，既委屈了貂蟬，又不合曹丞相本意。不可，不可！

劉　　備　這有何不可？貂蟬她得配二弟，那是她天大的福分，還有甚麼委屈的？至於曹孟德嘛，他既然已把貂蟬送我，便任由我處置。你我弟兄，誓同生死，哥哥已有兩房妻室，送你一女，理所應當。二弟呀——

（唱）多年來你隨兄四海闖蕩，天下人誰不識河東雲長？
　　　讀《春秋》諳兵法人稱虎將，亂陣中斬敵酋易如探囊。
　　　重情義重承諾四海景仰，不凌弱不畏强美名傳揚。
　　　愚兄我本來就早存宿望，爲賢弟擇佳偶龍鳳呈祥。
　　　不承想今日喜事從天降，將一位絶代佳人送洞房。
　　　似這樣好姻緣誰不盼望？也了却爲兄我心事一樁。

糜夫人　對對對！二弟，你可不能辜負你大哥的一番美意啊！（拉劉備）讓二弟兩口子早點歇息，咱改日再來。

劉　　備　（對貂蟬，親熱地白）弟妹呀，有甚麼準備不周的，儘管找你嫂嫂。（走幾步，又回頭）哦，二弟有甚麼對不住你的，儘管説，大哥與你做主！

糜夫人　（擋到劉備與貂蟬中間）走吧，走吧！給二弟娶老婆還是給你娶老婆？

（劉備夫婦下。衆隨下）

關　　羽　（出乎意料而又無奈）唉，事情怎麽弄成這樣？

　　　　（感情複雜地背唱）
　　　　　　事多乖謬難操控，救女救成"咱夫人"。
　　　　　　只説是曹操賜美心機重，却誰知大哥他也效法行？
　　　　　　關某與他生死共，何須讓美示恩寵？
　　　（夾白）不不不！我不該如此惡意揣測大哥！可是大哥呀大哥，你讓二弟我如何處置貂蟬呢？
　　　（接唱）我若依她你怪嗔，我若順你她不平。（無奈嘆息）唉！

貂　蟬　（背唱）回鄉熱望又成夢，舊籠未脱入新籠。
　　　沒想到我貂蟬想過幾天平常人的日子就這麽難！秋菊還求關二爺救我，（苦笑）這下倒好，把我救到他自己家來了！
　　　（關羽與貂蟬各懷心事地遠遠坐了）（秋菊和馬童從兩邊偷偷復上，發現彼此）

秋　菊　你來幹甚麽？鬼頭鬼腦的。
馬　童　我來關心關心我們二爺。怎麽，不讓嗎？你來幹啥？
秋　菊　我是夫人的貼身丫頭，當然得時刻準備傳喚嘍！
　　　（兩人心照不宣地扒門偷窺）（看看屋裏兩個人的神態，都有點着急）
馬　童　二爺，還愣着幹啥？你可是天下無敵的英雄，如今怎麽被個女人嚇住了？
秋　菊　夫人，認了吧！你和關二爺，一個英雄，一個美人，也算石頭配坷垃，緑豆瞅王八，兩相匹配啦！還有甚麽不滿足的？
馬　童　嗨嗨，你説甚麽？
秋　菊　好話不説兩遍，沒聽見拉倒。
馬　童　臭美甚麽！你會不會説話呀？關二爺和貂蟬夫人那叫金磚配玉瓦，哪像你我，咱們纔是石頭配坷垃。
秋　菊　誰和你石頭配坷垃？既然我們夫人是金磚玉瓦，我伺候她這麽多年，怎麽着也該是個琉璃疙瘩，你能配得上我嗎？你看本姑娘，眉是眉，眼是眼——
馬　童　廢話！眉眼不是眉眼，還能成了甚麽？既然二爺配得夫人，我怎麽就配不上你？
　　　（兩人越説聲音越高，驚動了屋裏的關羽、貂蟬）
　　　（關羽起身推門，將兩個傭人閃倒）

關　羽　你等無事在此攪擾甚麽？快快退下！
馬　童　是，二爺！
秋　菊　瞧瞧，咱這時候就讓人家不待見了吧？（二人做鬼臉下）
關　羽　（轉向貂蟬）關某對下人約束不嚴，夫人莫怪。
貂　蟬　（滿懷幽怨地）貂蟬身不由己，還敢怪誰？（關羽笑笑，走近桌子倒水遞上，貂蟬本能地起身躲避）
關　羽　夫人不必如此憂怨恐慌，關某這就去另尋安歇之處。
　　　　（關羽說罷欲走）
貂　蟬　（詫异）二爺就不怕我逃走？我可是逃過一回了。
關　羽　（爽快地笑）哈哈哈！看來夫人還不知關某脾性。雖然大哥好意將你送我，但男女好合，理應兩情相悅，關某絕不強求於人。夫人想走儘可以走，何必偷偷摸摸地逃呢？
貂　蟬　（不禁感喟）喂呀，秋菊所言不虛。我見過多少自稱豪杰的男兒，也只這關二爺有點英雄氣概。（對關羽）聽二爺口音，莫非也是晋人？
關　羽　關某乃解良人氏，聽口音，你我也算鄉黨呢！
　　　　（唱）某與你是同鄉也生三晋，原姓馮名長生河東解良人。
　　　　　　問夫人因何執意回鄉井？想必有父母親眷常挂心？
貂　蟬　唉，苦命貂蟬哪還有父母親眷！
關　羽　這就奇了！既然沒有父母親眷，你還回去幹甚麽？
貂　蟬　二爺不知，貂蟬雖然沒有父母親眷，但鄉親們待我不是親人，勝似親人啊！
　　　　（唱）我本是山鄉石匠之女名紅昌，遭不幸染時疫襁褓之中父母亡。
　　　　　　衆鄉親憐孤女輪替撫養，無親娘却偏將春暉倍嘗。
　　　　　　百家飯滋味全身強骨壯，百家衣禦寒暑冬暖夏凉。
　　　　　　美山水沐紅顏花容綻放，好鄉親育情懷俠肝義腸。
關　羽　（不解）夫人既然如此心係故園鄉親，却又爲何改名換姓，遠離家鄉？
貂　蟬　（傷心拭泪）唉！遭逢亂世，身不由己呀——
　　　　（唱）只因我容顏出衆聲名響，十三歲被擄入宮離家鄉。
　　　　　　在宮幃專把貂蟬官冠掌，因此上本名湮沒現名揚。
　　　　　　敢問二爺，爲何也更名換姓？莫非也有隱情？
關　羽　正如夫人所言，關某改名換姓，是有隱情。

(唱)經動問勾起往事話難禁,關某我曾是山鄉打鐵人。
　　生鐵鑄成剛烈性,爐火鍛就赤誠心。
　　《春秋》教我正國本,前賢喚我鏟不平。
　　適逢鄉鄰之女已許聘,州府惡霸無禮強成婚。
　　告遍官府有屈無人問,可憐貧家父女欲輕生,
　　馮某得知難解恨,憤殺惡霸逃出門。
　　行至潼關遭盤問,隨手指"關"作姓名,
　　從此姓"關"不姓"馮",改名雲長至如今。

貂　蟬　(背唱)早耳聞二爺仗義有血性,果然是除暴安良真英雄。
　　　　　聽罷他言心生敬,貂蟬暗喜逢救星。

關　羽　貂蟬啊,你既然被擄入宮,為何又到了王司徒府上?

貂　蟬　(起身為雲長倒茶,不由把自己椅子搬近些)二爺呀,你也知道——
　　　　(唱)國運衰王室暗弱群雄亂,滿皇宮人心浮動皆不安。
　　　　　我也隨兩姐妹逃離宮院,又巧遇王司徒收養數年。

關　羽　王司徒乃社稷之臣,你隨了他也算是個正經歸宿。

貂　蟬　唉!二爺有所不知啊——
　　　　(唱)雖然是王司徒待我不淺,做歌姬終歸是供人賞玩。

關　羽　(不無惋惜)唉!你原是好人家女兒,為人尋歡賣笑,是可惜啊!(不由也將椅子搬近些。坐下,又覺不妥,又將椅子搬遠些)那後來呢?又因何卷入董、呂之爭?

貂　蟬　(轉而興奮地唱)
　　　　　不期然逢亂世機緣出現,也讓我女流輩將重任承擔。
　　　　　使連環巧周旋虎穴歷險,令董呂好色徒父子反顏。
　　　　　既可以報義父養育恩典,也能夠盡微力為民解懸。
　　　　　行大義名節俱損難顧念,滅國賊香消玉碎也坦然。
　　　　　不企求紫貴朱紅聲名顯,願只願天下太平國民安。
　　　　　到如今已如願別無企盼,盼只盼倦鳥還林歸故園!

關　羽　(深受震動,重新打量貂蟬)哎呀呀!好一個俠義女子,巾幗英雄!
　　　　(唱)聽她言關某我心頭浪捲,果然是一奇女令人肅然。
　　　　　賽西施若天仙絕世美艷,更可佩柔弱女意氣不凡。
　　　　　知恩圖報不懼險,心憂國民智除奸。
　　　　　功在社稷不貪戀,甘弃榮華戀故園。

似這等好女兒何曾多見？強似多少庸漢與惡男。

不當閨中俗粉床上伴,關某暗稱兄弟敬女賢！

貂蟬吶,請受關某一拜！（邊説邊向貂蟬深揖一禮）

貂　　蟬　（惶恐莫名）二爺緣何如此？真是活活折煞貂蟬！

關　　羽　（由衷）當年董卓亂國,呂布附逆,我等多少英雄男兒,苦無救國除奸之計。夫人以一己之身,挽狂瀾於即倒,救黎民於水火。居功至偉,却不求封賞。如此高風亮節,關某怎不心生敬仰?！

貂　　蟬　二爺言重了。貂蟬也就是不忍坐視國難,略盡綿薄之力,何值二爺如此誇獎？

關　　羽　貂蟬吶,朝廷封賞你可以不圖,但你我鄉黨之誼不能不講。（豪爽地）説吧,你還有甚麼心願未了？關某幫你完成！

貂　　蟬　貂蟬别無他念,只想回鄉過尋常百姓的日子。（向往地）從此啊——

（唱）朝賞初日東升紅似火,暮看晚霞鋪天如錦羅。

　　晝聽泉鳴鳥囀相唱和,夜聞蛙鼓蟬吟自然歌。

　　適意行,安心坐,跳出紅塵惡風波。

　　舊酒投,新醅潑,渴飲飢餐醉時歌。

　　日月長,天地闊,離却紛争自快活！

關　　羽　貂蟬吶,經你這麼一説,把關某的思鄉情懷也勾起來了。好吧,你不就是想回鄉嗎？關某就算得罪大哥,也成全你！

貂　　蟬　（無比欣喜）謝二爺成全！貂蟬即刻成行！（唤）秋菊——

關　　羽　（笑阻）夫人且慢！

貂　　蟬　（一愣）莫非二爺反悔？

關　　羽　非是關某反悔！如今天色已晚,城門已閉,要走也得等到天明。

（貂蟬朝屋内看看,理解但又不乏尷尬）

貂　　蟬　這個——

關　　羽　（坦蕩地笑着安慰）夫人只管安心歇息,關某在門外給你看門守户便了！

（關羽自搬一椅,去門外凛然而坐）

（貂蟬開門凝望着正襟危坐的關羽,不禁感慨無限）

貂　　蟬　好一個關二爺呀——

（唱）多少年紅塵挣扎愁眉鎖,多少年飲恨吞聲苦淚多。

多少年難得有人爲我辯功過,二爺他果然是偉丈夫、真英雄、千古賢哲!

(向着關羽的後背悄然跪拜)(切光)

第五場 鬩 墻

(幕啓。關羽新居門外)(張飛手提酒葫蘆醉熏熏上)

張　飛　(念)曹阿瞞用心險惡施毒計,施毒計,
　　　　妄想用紅顏禍水除勁敵,除勁敵。
　　　　二哥他枉爲英雄少志氣,少志氣,
　　　　竟要拿貂蟬妖精當嬌妻,當嬌妻。
　　　　翼德我酒醉心明目如炬,目如炬,
　　　　除禍患責無旁貸不遲疑,不遲疑!

(關羽開門領貂蟬上)

張　飛　(一喜)真是來得早不如來得巧。(對關羽)二哥莫非知道俺老張前來索要貂蟬?
　　　　那就省得兄弟再費口舌了!

關　羽　三弟,你説甚麼?

張　飛　快將貂蟬交與咱家,俺老張給她找個合適的去處。

關　羽　三弟要將貂蟬如何處置?

張　飛　將她交與軍營!

關　羽　貂蟬又非將士,你將她交到軍營幹甚麼?

張　飛　充作軍妓,讓軍中將士共同享用!也算沒浪費她那點姿色。

關　羽　(愕然)三弟,你怎麼會想出這般混賬主意?

張　飛　她又不是甚麼良家女子,慰勞全軍將士是她的本分。既可激勵軍中將士,又可免二哥沉湎女色。咱家這主意是兩全齊美,一舉多得!

關　羽　(堅決)不!你這是是非不分,良莠不辨!

張　飛　(蠻橫)廢話少説,你倒是交也不交?

貂　蟬　(憤憤然)張三爺,我也曾敬你是個英雄,誰知你竟如此齷齪惡毒!

關　羽　(上前將貂蟬擋於身後,語氣轉緩)三弟,你喝多了!有話酒醒後再説!

張　飛　咱家喝得是不少，可酒醉心明。似貂蟬這等紅顏禍水，即便不送軍營，也得及早除滅！你若不交，咱家就自己動手啦！

關　羽　（更爲堅決）你要濫殺無辜？這是我關某府上，三弟不要逼人太甚！

張　飛　老二，你不是大哥！你我只有弟兄之禮，沒有尊卑之分！哪個怕你？今天，這貂蟬我還要定了！

　　　　（張飛拔劍上前，欲搶貂蟬；關羽挺劍抵擋，以護貂蟬。二人一攻一守，刀來劍往，寒光閃爍，鏗鏘有聲）（劉備內喊：住手！領曹操上，幾個手捧禮盒的侍從緊隨其後）（張、關二人不禁一震，急忙住手）

劉　備　（小聲但又嚴厲）自家弟兄，有甚麼話不能好好說？（指指身後）如此刀兵相向，豈不讓人笑話？

張　飛　（理直氣壯）咱家要除貂蟬，可二哥他——

關　羽　（義正辭嚴）三弟顛倒黑白，混淆是非——

劉　備　丞相在此，不得無禮！

曹　操　（背白）嘿嘿！曹某略施小計，便讓他們兄弟鬩牆。這貂蟬的威力，勝過千軍萬馬呀！

劉　備　（轉向曹操，掩飾）看看看，我這二弟、三弟，閒來無事，就愛比武嬉鬧，讓丞相見笑了！（朝門內一指，作邀請狀）丞相請！（衆下）（切光）

第六場　碎　　玉

（幕啓。景同第四場）（劉備請曹操落坐，曹操之侍從手捧禮盒侍立一旁）

（關羽、張飛依然怒目相向）

劉　備　（對關羽）二弟，愚兄心疼你無人照顧，斗膽將丞相所賜貂蟬送與你。丞相不但不怪罪，反倒攜禮相賀，賢弟快快謝過丞相！

關　羽　（冷淡却又不失禮節）雲長謝丞相厚愛！但丞相有所不知，貂蟬并無成婚之意。丞相之禮，恕關某無由收受！

曹　操　（頗覺吃驚）那是爲何？莫非貂蟬自慚形穢，不配雲長嗎？

關　羽　丞相差矣！貂蟬乃天下奇女，何須自慚形穢？倒是雲長不願委屈貂蟬，意欲隨她所願，送她回鄉。

張　飛　似貂蟬這等妖精，到哪都是禍害，倒不如殺了乾净！

劉　備　二位賢弟，既有丞相在此，我等無須妄言。一切聽憑丞相處置吧！
曹　操　（將劉、關、張挨個審視）哎呀呀！玄德欲將貂蟬轉送雲長，雲長却要送貂蟬回鄉，翼德可又不讓。你們桃園弟兄各懷心思，又互不相讓，這讓本相如何是好？
張　飛　（急不可耐）殺！
關　羽　（不容商量）不能殺！
張　飛　非殺不可！
關　羽　你敢無禮！？
劉　備　丞相自有明斷，你們瞎鬧甚麼？
曹　操　（想撇清自己，似左右作難）唉！玄德，這可是你的家務事，本相就算是清官也斷不了啊！
　　　　（貂蟬內喊："我——來——斷！"冷峻果決地昂首上）（衆人不禁同時一震）
貂　蟬　（冷笑着對曹操）如此結果，不正是你曹丞相所盼嗎？
曹　操　（故作糊塗）此話從何說起？
貂　蟬　你自己心裏明白。你不就是想效法王司徒，讓他們兄弟閱墻，自相殘殺嗎？
曹　操　（氣急敗壞地）你、你、你……你竟敢惡意中傷本相！
張　飛　哈哈哈！説着病，捨了命！（對曹操）連貂蟬都供認，是你想學王允故伎，派她來禍害我們弟兄。俺老張豈能饒你？
劉　備　（推過張飛）三弟，你怎麼口無遮攔，越發的不像話了？
曹　操　（背白）哎呀不好！這張翼德不依不饒，恐怕要弄巧成拙了！
　　　　（背唱）看起來這招棋難以如願，反招得張翼德疑我使奸。
　　　　　　　磨已卸再留驢枉費茶飯，他想殺我何妨順水推船？
　　　　　　　除隱患造冤案兩相就便，不義名我讓他弟兄承擔！
　　　　（轉向劉備白）玄德，既然你家三弟認定貂蟬是禍水，要殺要剮，這樣也好，既可爲你桃園弟兄除去隱患，也好還本相一個清白！
關　羽　（對曹操）丞相休要聽信三弟胡言！（又轉求劉備）大哥，千萬不可錯殺無辜！
劉　備　（背唱）貂蟬她縱無辜也是禍患，攪亂我韜晦計恐生异端。
　　　　　　　我已盡兄長情心無虧歉，仁已至義已盡自覺坦然。
　　　　　　　爲漢室早匡復鴻圖實現，一女子生與死何足挂牽？

		(轉向曹操)我看丞相主意甚好！既然丞相與我桃園弟兄互生猜忌,皆因貂蟬而起,我們豈可爲一女子失和?(轉對關羽)二弟呀,貂蟬不識抬舉,并無成婚之意。既然有害無益,我們還留她做甚?
張　飛		大哥説得是！自古紅顔禍水,像貂蟬這樣的害人精,早殺早歇心！
劉　備 曹　操		(异口同聲)殺——!
		(關羽張開雙臂,將貂蟬攔護身後)
關　羽		關某在此,你們休要輕舉妄動!(大義凛然而又言辭懇切地)丞相,大哥,三弟,雲長願以性命擔保,貂蟬既非輕佻淫蕩之人,更非禍國殃民之輩,而是鳥中鳳凰,閨中丈夫,女中豪傑,巾幗英雄！我等堂堂男子漢,大丈夫,豈能疑神疑鬼,亂開殺戒?
		(唱)關某我一向以忠義爲本,論功績對貂蟬也敬三分。 　　偃月刀專鏟除世間奸佞,更要保普天下無辜之人！
		貂蟬,關某這就送你離開此地。快走!(欲護貂蟬走,被衆人攔堵)
曹　操		關雲長,你想作亂造反?
張　飛		二哥,你要背叛兄弟情義?
劉　備		二弟,(劉備、張飛的指責讓激憤的關羽突然怔住)
關　羽		(唱)曹孟德妄加罪名毋須論,兩兄弟同聲責問重千鈞。 　　任貂蟬死於非命義有損,捨手足忤兄逆弟更不忠。 　　多少年沙場拼殺不怯陣,不曾想今日裏忠義兩難、難、難…… 　　難煞人！
		(關羽痛苦地看看衆人,又無奈地看看貂蟬,不知如何是好)
		(貂蟬奮然而出,反將關羽擋在自己身後)
貂　蟬		(冷言質問)既然你們認定罪在貂蟬,與二爺何干?
		(衆人顯然出乎意料,互相看看,尷尬無語)
貂　蟬		(從容不迫而又義正辭嚴地)貂蟬縱然當死,也該死個明白！敢問曹丞相,你說殺了貂蟬就可還你一個清白,貂蟬究竟有何不端言行,使你曹大人沾污染穢?
曹　操		你、你、你……(結舌半晌纔泛起話來)你身爲女子,不知自重!
貂　蟬		(冷笑)我身爲女子,不知自重?是啊!在你曹丞相眼裏,不只是貂蟬我不知自重,怕是普天下女子全都自賤自輕!
		(唱)正因爲天下女子"不自重",

纔得以讓你們這些"正人君子"當利器、

爲工具、作棋子玩於掌中。

哪像你曹丞相精明絕頂,善算計會運籌自貴自尊。

弄權術排异己網羅親信,挾天子令諸侯威壓群臣[1]。

多少次殺無辜生性殘忍,天下人都負盡也不臉紅。

曹　操　（老羞成怒）大膽賤人,竟敢譏諷本相！（拔劍欲刺貂蟬）

　　　　（劉備、張飛竊笑,劉備并阻攔）

劉　備　丞相息怒,小心傷着身體！貂蟬已是將死之人,聽她説説也無妨嘛！

　　　　（曹操氣哼哼收劍）（劉備笑嘻嘻等待貂蟬下文）

貂　蟬　請問劉皇叔,你説我既然無成婚之意,就留着無用。我活着妨你何事,必欲殺我而後快？

劉　備　你、你、你……（同樣張口結舌,語無倫次）你水性楊花,朝秦暮楚！

貂　蟬　我水性楊花,朝秦暮楚？劉皇叔果然一語中的,可惜把話説反了！

酒不醉人人自醉,色不迷人人自迷,是你們這些男人——

（唱）將女人當器物任意玩弄,朝朝思暮暮想偎翠依紅。

　　　吃着碗裏看鍋裏人心没盡,守着家花想野花欲壑難平。

　　　有甘、糜兩夫人尚難盡興,盼只盼三宫六院夢成真。

　　　如今又將貂蟬當禮品,你推我讓彰顯兄弟情。

張　飛　你個無恥婊子,竟敢罵我桃園弟兄！（張飛舉劍,被曹操擋住）

曹　操　哎,翼德着急甚麽？本相聽得正有興致！

貂　蟬　再問張三爺,你左一個紅顔禍水,右一個無恥婊子,磨刀霍霍,要殺要剮。我倒想聽聽,貂蟬我曾禍及誰人,賣身哪個？

張　飛　呀呀呀……（没想到自己也被質問,氣得亂跳一通,方找到説辭）董卓、吕布都因你而死,還説不是紅顔禍水、無恥婊子？

貂　蟬　呵呵呵！張三爺好有見識！

（唱）二奸賊竊國亂朝人神憤,曾難壞你們各路衆英雄。

　　　貂蟬我獨闖虎穴肩重任,伴二賊,栖險境,

　　　猶如刀頭舔血、火中取栗、閻王殿裏求生存。

　　　到如今國賊除普天同慶,衆諸侯都成了有功之臣。

　　　貂蟬我不喜邀功不争寵,怎麽反成紅顔禍水無恥人？

張　飛　（張口結舌,似有所動）這、這、這……這還真讓你説出幾分道理。

曹　操　好一張利口！原以爲你只是個賤人，沒想到你、你、你還是個潑婦！

貂　蟬　哈哈哈！我不過據理力爭幾句，就成潑婦，那你們殺人無算，又是甚麽？你們時時處處以國家棟梁自居，口口聲聲以社稷民生爲念，却各懷私念，拉幫結派，今日杯酒言歡，稱兄道弟；明日刀兵相見，不共戴天。令天子舉動荆棘，漂泊流徙；讓百姓生靈塗炭，刀尖度日。還把女人當工具、作玩物、視禍水，需要時拜倒裙下，没用了欲殺欲剮！如此顛倒黑白，翻雲覆雨，公道何在，天理何存？
　　　　（唱）紅顔自古多薄命，敢問薄命緣何生？
　　　　　　美西施助越復國擔重任，滅吴邦凱旋反被海中沉。
　　　　　　王昭君和親番邦千里去，居荒漠舉目無親苦伶仃。
　　　　　　功成名就男人個個被稱頌，惡果苦難却讓女人來擔承。
　　　　　　你們何曾真把女人當人敬？何曾不懷邪念正眼看女人？
　　　　　　何曾細品女人心中怨和恨？何曾體味女人一生苦與辛？
　　　　　　你們作孽不自省，反誣紅顔是禍根。
　　　　　　污水潑身猶難盡，千刀萬剮方稱心。
　　　　　　你們良知何在德何在？你們仁義何存理何存？
　　　　　　你們枉將英雄美名頂，你們枉稱丈夫枉爲人！

劉　備　（獰笑，背白）哼！這賤人既然不能爲我所用，豈能便宜他人？（轉而假仁假義却分明在火上澆油）好你個不知死活的貂蟬！你辱罵我桃園弟兄且不論，不該把堂堂丞相任貶損！他乃國家社稷棟梁臣，就連當今天子也敬三分。今日遭你辱罵又譏諷，讓他怎立朝堂怎做人？（虛虛晃劍，刺向貂蟬）

張　飛　（拔劍欲刺，忽有所悟，背白）貂蟬滿腔委屈滿腔恨，曹賊全無半點憐惜情。看起來兩人冰炭水火不相容，我何必助紂爲虐落罵名？

曹　操　（背白）明知劉備借刀殺人手段狠，怎奈怒火中燒氣難平！本相是非功過誰敢論？豈容她信口雌黄安罪名！（終於忍無可忍地）大膽貂蟬，你肆意辱罵朝廷重臣，即便無罪，也成有罪，本相豈能饒你！（舉劍刺向貂蟬）

關　羽　（大呼）丞相不可！（上前欲擋，被貂蟬推開）
　　　　（貂蟬凛凛然迎曹操之劍而上，猝然倒地）

關　羽　（悲憤難言地直指曹操）你、你、你……怎可如此濫殺無辜？！（撲向貂蟬，將其抱起）貂蟬！關某無能！關某無用啊！

貂　蟬　（微笑着安慰）二爺不必自責！自古官場險惡，政局詭譎，并非仁厚君子所能左右，更非紅顏女子所能應對。是我貂蟬不知深淺，誤闖誤入。待今日窺破這些"官大人"、"仕君子"的真嘴臉，却已脚陷污渠，抽身不得。貂蟬走了！九泉之下，貂蟬也將没齒不忘二爺知遇之恩！（貂蟬含笑而亡）

（衆人隱去，只留一束追光照着貂蟬）

校記

［１］二弟：此後疑有缺文，待考。

尾聲　閉　月

（天幕上月挂中天，現貂蟬故園美景）（純真甜美的童謡聲起：新興郡，九原縣，三年桃杏花不開。出了個貂蟬人人愛，不知誰家有福娶回來？娶回來，情似海，抓髻夫妻樂開懷。你鋤耬，我灌溉，養個娃娃把根栽）（童謡聲中，貂蟬緩緩而起，向明月和故鄉走去，去追尋一個未完的夢）（明月含羞而閉，貂蟬美麗的身姿漸行漸遠，漸升漸高……）

關公與貂蟬

吕永安　編劇

解　題

　　晋劇。吕永安編劇，未見著録。吕永安，男，1940年生，中國戲劇家協會會員，山西省運城地區戲研所所長，二級編劇，曾創作新編歷史劇《岳飛》（與人合作）、《關公與貂蟬》、折子戲《驚官》等。《關公與貂蟬》又名《貂蟬泪》，1989年獲運城地區劇目巡回觀摩劇目奬，1994年獲文化部第四届文華奬，1997年獲山西省文學藝術創作奬金牌奬。劇寫東漢末年，董卓專權，貂蟬依王允連環計，除了董卓。曹操與劉備兄弟合力攻取下邳，殺吕布，擒貂蟬。曹操聽郭嘉女人禍國之言，欲殺貂蟬，爲關羽勸阻。貂蟬對關羽産生了敬慕之情，曹操收貂蟬爲義女。曹操爲籠絡關羽，欲將貂蟬許關羽爲妻。貂蟬聞知心喜。曹操安排關羽與貂蟬月夜在花園相會，互訴心曲，兩情相通。但關羽看重桃園情義，婉言謝絶。曹操又將貂蟬許配給劉備，并讓關羽作媒説合。貂蟬聞訊，夜闖書房見關羽，再訴衷情，關羽礙於兄弟結拜之義，痛心拒之。劉備以爲曹操與貂蟬又以連環計離間桃園兄弟關係，命關羽立斬貂蟬。關羽陷於情、義兩難之間。關羽仗劍夜闖花園，力保貂蟬出逃。貂蟬感關羽真情，却因屢遭創傷，心已破碎，不願再苟活人間，便咬指留下血書"還我真情"，拔劍自刎。本事出於《三國演義》。今存劇目有元，明間無名氏《關大王月下斬貂蟬》，明人有《斬貂蟬》雜劇及《三國志玉璽傳》評話，清人錢德蒼《綴白裘》十一集收有梆子腔《斬貂》。清代花部亂彈收佚名《斬貂蟬》。山西地方戲上黨樂户有演出本《關大王月下斬貂蟬》。版本今見1993年12期《劇本》本、山西美錦貫中藝術團移植稷山縣蒲劇團演出本。今以演出本爲底本參考《劇本》本校勘整理。按：該劇1989年由山西稷山縣蒲劇團首演。

第 一 場

（八名執旗兵引關羽上）

關　羽　（唱）揮偃月掃群雄氣貫霄漢,臥蠶眉丹鳳眼忠義齊天,
　　　　　　立宏願昌國運扶劉興漢,弟兄們結拜在桃園,
　　　　　　疆場上建奇功威名赫顯,破下邳斬呂布談笑之間。
關　羽　軍校們,抄殺呂府去者!
衆　兵　啊!
張　飛　二哥,可恨呂布小兒忘恩負義,當年趁你酒醉之際,偸占了咱家徐州[1],害得咱桃園弟兄無家可歸,寄居曹操籬下,俺要親自抄殺爾的滿門,以解俺心頭之恨!
關　羽　一同前往!
　報　　稟將軍,拿住呂布小妾貂蟬!
關　羽　貂蟬?
張　飛　甚麼?……貂蟬?
關　羽　這貂蟬先嫁董卓,後許呂布,爲虎作倀,寡廉鮮耻!
張　飛　待俺捅了這個家伙!
　報　　貂蟬要面見丞相,有詳情稟報。
張　飛　哼。我弟兄在此却要面見曹操[2],未免是小覷桃園,本來讓你依情復令,今日捅她三槍!
劉　備　三弟不可,三弟不可魯莽!你我弟兄寄居曹營,凡事應交丞相定奪。
張　飛　大哥,你我堂堂桃園弟兄豈能受制於曹操麽[3]?
劉　備　三弟,你我弟兄勢單力薄,還是等待時機另謀良策。
張　飛　嘿!
內　報　曹丞相到!
曹　操　（唱）將着這雄兵十萬,振長策馬踏中原。
劉備等　參見丞相!
曹　操　少禮!
劉　備　稟丞相,拿住呂布小妾貂蟬,聽候丞相發落。
曹　操　嗯,就是那個先嫁董卓後配呂布的貂蟬哪!

劉　備　正是！
曹　操　嗯，你我同審同問，郭監軍！
郭　嘉　丞相！
曹　操　帶貂蟬！
郭　嘉　帶貂蟬！
　衆　　帶貂蟬！
貂　蟬　（唱）聞傳喚，悲難抑，泪濕粉面，
　　　　　　　除國賊，泥中陷，污水浸，塵垢染，
　　　　　　　願丞相能解我苦和冤。
　　　　叩見丞相！
曹　操　大膽的貂蟬！你先嫁董卓欲篡漢位，後配呂布叛漢投敵，論國法該當萬剮凌遲！
郭　嘉　來呀！
衆　兵　啊！
郭　嘉　呂布同黨死有餘辜，押下去，凌遲處死！
　衆　　啊！
關　羽　慢！丞相，貂蟬既有詳情稟報，審清問明，再斬不遲！
郭　嘉　與國賊爲伍，死罪難免，何需審問？
關　羽　未問先斬，誠恐錯殺無辜。
郭　嘉　丞相！
曹　操　就依關將軍之言，貂蟬，你有何詳情速快講來！
　衆　　講！
貂　蟬　（唱）丞相容稟！（叫板）
　　　　　　　嘆紅顏多磨難，貂蟬女更是那——
　　　　　　　弱柳殘花，霜浸雪打，有苦難訴冤，未語先嗚咽。
　　　　　　　自幼兒爹和娘命殞戰亂，王司徒收府中身爲丫環。
　　　　　　　那一夜王老爺花軒輾轉，對明月長吁嘆熱泪雙泫。
　　　　　　　問其因他言説漢主蒙難，恨董卓結呂布圖謀篡權。
　　　　　　　貂蟬女願與老爺分憂患，他收我做義女定計連環。
曹　操　哦……妙計！妙計！嗯，定下甚麽連環計呀？
貂　蟬　（唱）暗許呂布締姻眷，明配董卓結鳳鸞，
　　　　　　　父子争艷相府院，趁機從中巧離間。

曹　操　嗯,你是如何離間董卓和呂布的?
貂　蟬　(唱)相爺——
　　　　明與董卓"喜"相伴,暗與呂布"苦"相戀。
　　　　見呂布——說董卓將我霸占,面董卓——道呂布戲辱貂蟬。
　　　　莫道我甘與國賊伴,有誰知狼窩苦周旋。
　　　　在人前笑含忍泪裝笑臉,背地裏滿腹苦楚向誰言?
　　　　故作風流裝嬌艷,離間他父子互相殘。
　　　　鳳儀亭激呂布與父翻臉,誆董卓離眉塢刺死轎前。
曹　操　哦,如此說來老賊董卓是死於連環之計!
張　飛　哎,大哥,我當她是個賤貨淫婦,嘿……原來還是個巾幗丈夫!
劉　備　不,巾幗英賢!
張　飛　哦,對……對,巾幗英賢,巾幗英賢!
郭　嘉　哼!甚麼丈夫英賢!不過用色相迷色徒[4],縱然得意,有傷風化,何以妄獎表白。
關　羽　不,國賊當權,生靈塗炭,滿朝文武,無能爲力,倒是一個不被問的小丫環,挺身而出,何言有傷風化?
郭　嘉　就依將軍之言,貂蟬挺身而出,爲國除奸,董卓已死,就該潔身自好,爲何追隨呂布與我大漢爲敵?
貂　蟬　不……我……
郭　嘉　丞相就該斬!
曹　操　斬!
關　羽　丞相,貂蟬追隨呂布,定有原故,容她講來。
郭　嘉　狼狽爲奸,有何冤情可講,推下去斬首!
關　羽　嗯……容她講來!
郭　嘉　丞相!
曹　操　就依關將軍之言,容她講來!
衆　　　講!
貂　蟬　(唱)董卓死呂布又將我霸占,
曹　操　嗯,站起來講!
貂　蟬　謝丞相!
　　　　(唱)直盼得曹丞相率兵攻關。命心腹盜走他寶物兩件,
　　　　赤兔馬方天戟暗藏一邊。著呂布,無力戰,

		渾身武藝施展難。助丞相，把功建，

　　　　　　除國賊，破下邳，終將呂布生擒馬前！

關　羽　（唱）可敬她爲漢室丹心一片，果稱得巾幗秀女中英賢，

　　　　　　請丞相奏聖上把她嘉勉，論功行賞册封貂蟬。

郭　嘉　丞相，一笑傾城，二笑傾國，古往今來，因女色亡國者，何其多也，丞相還是三思。

曹　操　這……

郭　嘉　功罪由人定，理應斬貂蟬。

曹　操　嗯，好一個功罪由人定，啊……哈哈哈……

　　　　（唱）情知無罪却道斬，明曉有功却不言，

　　　　　　弓弦張滿不放箭。

曹　操　劉使君，依你之見呢？

劉　備　丞相，貂蟬論功不算多大，論罪無有多少，這是非功過，還是請丞相定奪。

曹　操　哦，

　　　　（唱）再送人情給桃園。

　　　　就依關將軍之言，算貂蟬有功，貂蟬，念你功勳卓著，本想即日奏請聖上與你册封。

貂　蟬　不……如今國賊已除翦，不負義父定連環，不求册封升官顯，但留清名在人間。

曹　操　既然如此，賜你黃金百兩，彩緞千匹，回家享清福去吧。

貂　蟬　回家……貂蟬自幼父母雙亡，孤苦伶丁，舉目無親，無家可歸啊……

關　羽　貂蟬身世飄零，無家可歸，請丞相收留貂蟬。

劉　備　請丞相收留貂蟬。

曹　操　好好好，使君，關將軍之言正合我意，貂蟬不必傷心，爲相準備將你留在相府，做個小……小……小女。

郭　嘉　丞相……你……丞相！

劉　備　還不快謝過丞相！

貂　蟬　拜見相父！

曹　操　兒呀，快快謝過關將軍！

貂　蟬　謝將軍！

曹　操　（唱）破下邳吕布問斬，爭天下唯慮桃園，
　　　　　　　　劉關張若從調遣，掃群雄彈指之間，
　　　　　　　　收貂蟬如收雄兵百萬，得關羽——如得漢室江山！
　　　　　　衆位將軍！
劉　等　丞相！
曹　操　收復下邳斬吕布，本相有賞諸位，後帳設宴，與衆位將軍慶功！
劉　等　謝丞相！

校記

［1］"偷占了咱家徐州"，原作"偷斬了咱家徐政"，據《劇本》本改。
［2］弟兄在此却要面見曹操："在此"，原作"要爲此"，據《劇本》本改。
［3］豈能受制於曹操："豈"，原作"其"，據《劇本》本改。
［4］不過用色相迷色徒："色徒"，原作"惑主"，據《劇本》本改。

第　二　場

貂　蟬　（唱）紫燕兒掠湖面啾啾歡唱，美芙蓉撫漣漪陣陣飄香。
　　　　　　　　望美景心似荷花瓣瓣開放，思將軍情同湖水輕輕蕩漾。
　　　　　　　　只說是玉碎香消刀下命喪，誰料絕處逢生遇難呈祥。
　　　　　　　　關將軍仗義直言氣概豪放，救我命同再造情深義長。
　　　　　　　　聞相父敬關羽當今良將，欲許我與雲長匹配成雙，
　　　　　　　　我喜盈心房。
小　桃　（唱）關將軍即刻到府院，快與小姐把喜訊傳。
　　　　　　小姐，關將軍就要來了！
貂　蟬　關將軍要來了，關將軍到來，有何要事？
小　桃　要緊得很哪……
貂　蟬　好妹妹，你快說呀！
小　桃　不要着急，聽我慢慢道來！
　　　　　　（唱）適纔間，呼兒呼兒嘿麼，呀呼呀呼嘿！
　　　　　　　　探音訊去到前庭，哪哈哪呀呼呀呼，依呼嘿！
　　　　　　　　二堂內呀麼哪呼嘿，啊呼依呼哪呀呼嘿！丞相監軍咕咕噥

　　　　　噥……
貂　蟬　快講吧！
小　桃　（唱）丞相請關將軍過府相見，要當面提親定姻緣。
　　　　　　　　相爺他有要事暫離府院，命小姐陪將軍花園把景觀。
貂　蟬　（唱）聞相父命我把將軍陪伴，又是驚又是喜又是爲難。
　　　　　　　　荷花亭非昔日司徒設宴，捧一片真摯情伴他游園。
關　羽　小軍帶路。（二小軍引關羽上）
　　　　　（唱）丞相邀我到府院，說有要事當面談，
　　　　　　　　邁步花亭把丞相見。
貂　蟬　貂蟬恭迎關將軍！
關　羽　啊！（唱）請問丞相在哪邊？
貂　蟬　相父前廳議事即刻就到，命貂蟬陪伴將軍，且在花園觀賞美景。
關　羽　丞相既有要事，不便討擾，告辭！
小　桃　哎，慢走、慢走、慢走呀，我説關將軍好有不是，丞相前廳議事，命姐姐陪將軍花園觀景，也没有慢待於你呀，再説你這樣一走，丞相到來若還怪罪，如何是好呀！
關　羽　關某有何德能，焉敢勞動小姐作陪？
貂　蟬　關將軍話講哪裏，貂蟬若非將軍搭救，哪有今日，縱然爲奴做婢，也難報大恩，願陪將軍一游。將軍請——
小　桃　將軍請——
關　羽　哦，請——
貂　蟬　（唱）與將軍雖然是素昧平生，早已聞關雲長忠義賢名，
　　　　　　　　敢問貴府居何地，哪州哪郡有門庭？
關　羽　（唱）黄河水暖雪浪涌，中條叠翠山花紅，
　　　　　　　　傍山依水河東境，解良常坪有我的門庭。
　　　　　　　　——魂牽夢繞故鄉情！
貂　蟬　（唱）故鄉山水當懷念，天涯也有芳草戀，
　　　　　　　　君不見——花兒爲你綻，鳥兒爲你喧，
　　　　　　　　人兒翹首把你盼，他鄉依然月兒圓。
關　羽　（唱）謝小姐對關羽真情一片，似覺得花園如同我故園，
　　　　　　　　風也暖來人……人也暖，花兒草兒惹人戀。
貂　蟬　（唱）你看那——泰山石如砥柱擎天立站，

	涓涓流水繞石柱——情意纏綿。
	（合唱）情意纏綿……美芙蓉出水面溢香吐艷，
關　羽	溢香吐艷……湖面上——燕侶鶯儔相依相戀，
貂　蟬	過荷塘越花亭曲徑游轉，却怎麽錦綉征袍露破綻！
關　羽	（唱）每日裏東擋西殺南征北戰，沙場上難免得刀刺劍穿。
貂　蟬	（唱）蒼穹有洞女媧補，征袍破爛無人縫連？
關　羽	（唱）嘆關羽縱有巨掌能把乾坤轉，却無有綉花手把針綫來穿。
貂　蟬	（唱）疆場上餐風宿露枕戈待旦，征袍爛——征袍爛怎抵禦風冷霜寒？
關　羽	（唱）人只羡凱旋門前慶功宴，怎知曉征人也有衣食難。
貂　蟬	（唱）小桃妹速快去拿來針綫！
關　羽	（唱）聞一言心潮起伏似浪翻，當小姐爲關羽穿針引綫。
貂　蟬	（唱）待貂蟬與將軍把破綻縫連。
關　羽	（唱）自古道男女有別當疏遠，衣衫破讓她縫惹人笑談，
	多謝小姐盛情一片。
貂　蟬	將軍——
關　羽	嗯！（唱）不需縫補勿强人所難！
貂　蟬	（唱）他爲何拒針綫對我嗔怨，莫非爲昔日事嫌弃貂蟬，
	望將軍我自慚形穢羞難伴，嘆貂蟬陷污池柳敗花殘，
	羞對那污泥不染出水蓮……
關　羽	（唱）説甚麼耻對蓮花污泥不染，你本是芙蓉出水迎風鬥雨，
	不是青蓮勝似青蓮。
貂　蟬	將軍——
小　桃	哎呀將軍，丞相請你前來就是要當面提親，你二人就要成爲夫妻了
	還有甚麽不好意思，快讓姐姐給你縫補吧！
貂　蟬	將軍——
	（唱）針連綫，綫連針，縫風縫露縫温馨，
	針連綫，綫連針，一針縫合兩顆心。
關　羽	（唱）衣温身暖心更暖……
貂　蟬	（唱）花容月貌，
	（合唱）倍添將軍戀！
	（曹操、郭嘉上）

曹　操　哈哈哈……

關　羽
貂　蟬　（同）見過丞相、參見相父！

曹　操　少禮、少禮！關將軍,本相前亭議事多有慢待,還望將軍海涵！

關　羽　丞相,我弟兄桃園結義,大局爲重,關某唯大哥之命是從！[1]

曹　操　這麽,唯你大哥命是從？

關　羽　丞相美意不敢受領。

曹　操　將軍大義參天,欽佩、欽佩！

關　羽　丞相過獎！

曹　操　哎、哈哈哈……關將軍,本相有一事相托。

關　羽　何事相托？

曹　操　本相爲愛女貂蟬擇一佳婿,讓她終身有靠。

關　羽　丞相恩德,理應如此,但不知擇婿何人？

曹　操　本相欲將小女許與你——

關　羽　丞相——

曹　操　許與你大哥劉備——

郭　嘉　丞相！

貂　蟬　（唱）霹靂一聲天驟變！

關　羽　（唱）滿懷熱望化冰寒！

曹　操　（唱）聽其言觀其行吾隨機應變。

郭　嘉　（唱）丞相他改弦易轍又爲哪端？

貂　蟬　（唱）急切切上前去與父爭辯！相父——
　　　　劉使君乃仁義之士,孩兒我不無敬重,只是孩兒我……

曹　操　嗯！

郭　嘉　小姐心中只有關將軍,丞相不是……

曹　操　桃園弟兄大義爲重,欲安其弟,必先安其兄,劉備得了貂蟬,何愁關羽不爲我用[2],就請關將軍與你兄做媒。

關　羽　不,關某乃一介武夫,疆場上當仁不讓,這爲媒説法之事,做它不來,你還是另請。
　　　　（唱）好一個用心良苦的曹阿瞞！

曹　操　將軍！

關　羽　告辭！

貂　蟬　將軍、將軍……

校記

［1］關某唯大哥之命是從："之"，原作"唯"，據《劇本》本改。
［2］不爲我用："爲"，原作"唯"，據《劇本》本改。

第 三 場

關　羽　（唱）手捧《春秋》無心看，貂蟬女以身許國實堪憐。
　　　　　　她對關羽情一片，女中英賢令人愛憐。
　　　　　　曹孟德將婚變居心陰險，欲讓我與兄長手足相殘。
　　　　　　俺却要捨貂蟬不爲私念，定要讓爾詭計化作雲烟。
　　　　　　欲斷情絲，却難斷，大丈夫立宏願扶劉興漢，
　　　　　　應拋弃——兒女情，專心把《春秋》觀。

小　桃　小姐，快走吧！

貂　蟬　（唱）怕秋風，秋風偏偏撲人面，
　　　　　　怕愁煩，愁煩重重心頭添。
　　　　　　姻緣已斷情難斷，夜會將軍望周旋！

小　桃　到了！將軍，小姐來了。

關　羽　（唱）聞貂蟬突至心煩亂！見貂蟬橫心腸斷絶情緣！

貂　蟬　關將軍！貂蟬打擾將軍望勿見怪。

關　羽　這般時候，小姐還未曾安息？

貂　蟬　將軍書房燈火通明，不也沒有安息？

關　羽　這……

貂　蟬　貂蟬未曾安息爲着甚麽，將軍心裏明明白白，將軍何以沒有安息，貂蟬我……

關　羽　小姐星夜至此有何要事？

貂　蟬　前來與將軍商議相府許親之事。

關　羽　昨日丞相請我家大哥過府，當面提親，我家大哥毅然應允，曹、劉聯姻，小姐身居相府，想已知曉。

貂　蟬　我……已知你兄把婚允，曹劉兩家結姻親，此來只把將軍問——難道説你與我——

（唱）勞燕兩分飛？早知今日又何必花園親近？

關　羽　昨日花園小丫環誤聽丞相之言，以訛傳訛，關羽一時失禮，小姐不要在意！

貂　蟬　甚麼不要在意，

（唱）難道説丞相變婚，也冷了你的心，
難道説滿懷真情付流水，你、你、你……
你莫要委屈求全，自欺欺人。

關　羽　嗯，丞相既將小姐許配與我大哥，名份已定，不可越禮，再若輕言慢語，休怪關羽無情。請小姐自重、自愛！

貂　蟬　將軍！

關　羽　嫂嫂，請回！

貂　蟬　將軍……

（唱）一聲"嫂嫂"如雷霆！一門如隔山萬重！
如此絶情周身冷！

小　桃　姐姐，咱們回！

貂　蟬　（唱）（用水袖花兒）（背哭）

欲待離去却難行，含悲飲泪我再把心意盡傾，
將軍——滅燈火難泯滅我熾熱如火女兒情。
貂蟬女蒙將軍鼎力相救，
感洪恩敬俠義永刻心頭。
聞丞相要我與君配佳偶，
貂蟬我喜出望外笑難收。
花園中賞美景心事流露，你知情我解意情意相投。
我好比枯枝沐雨吐翠秀，又好比死水浴風掀浪頭。
從此後，再不去假戲强裝真戲做，
再不去無情故作情意稠，再不去夾縫之中度春秋。
還我女兒真情愫，還我女兒真真切切一片纏綿、一片温柔。
爲郎喜，爲郎憂，與郎相伴到白頭。
誰料想丞相易婚一語定就，深夜裏找將軍同把計籌，
誰料你見貂蟬寒冰冷透，竟將我拒門外絶情如仇。
我知你抑真情佯裝嗔怒，違心願趕我走滅燈熄燭。
爲甚麼隱真情不肯流露？爲甚麼戀貂蟬却不相述？

為甚麼對婚戀逆來順受？仍教一片真情付東流？

關　羽　（唱）貂蟬女訴真情無限哀怨，欲冷靜、難冷靜，心潮起伏捲狂瀾。
　　　　　　怎忍看她夜寒露冷門外立站──放大聲尊小姐且聽我言。
　　　　　　事至此，再休將關羽埋怨，相勸你和我兄締結良緣。
　　　　　　我兄長性敦厚為人和善，為報國拋家小遠離故園。
　　　　　　可憐他，少親人身邊陪伴，征戰歸有誰來問飢問寒。
　　　　　　雖有我與三弟左右陪伴，終難兼如夫妻間恩愛纏綿。
　　　　　　你與哥哥成姻眷，兄有嫂伴弟安心，
　　　　　　咱相識已稱平生願，有情何在結姻緣。
　　　　　　再三懇求聽我勸，請嫂嫂把我兄婚事成全！

貂　蟬　（白）關將軍以手足大業為重，恕貂蟬冒昧請言，
　　　　　　只是貂蟬非君不嫁，若難如願，
　　　　　　從此歸於空門，削髮為尼，將軍保重……

張　飛　　呔！關雲長，三日之後，八月中秋，大哥就要和貂蟬成親，可你……
　　　　　與我去見大哥。

第　四　場

劉　備　（唱）曹孟德許義女居心何用？連日來暗思忖憂心不寧，
　　　　　　不允婚怕曹操怪罪我等，為韜晦將此事暫且應承，
　　　　　　婚期已到慮重重，且觀動靜見機而行。

張　飛　　走！你我面見大哥！走！
劉　備　　三弟，這……
張　飛　　你叫他說，你叫他講！
劉　備　　二弟，三弟他惱怒為着何來？
關　羽　　這……
劉　備　　二弟，出了何事，還不敢對為兄依實講來。
張　飛　　諒他也不敢講，大哥，丞相已將貂蟬許與大哥，可這個紅臉却與貂蟬暗中往來，夜深人靜，月下相會，勾勾搭搭不知羞恥。
劉　備　　二弟可有此事？
關　羽　　果有此事，只是……
張　飛　　只是甚麼，她不願與大哥成親，却與你暗暗偷情，你說是也不是？

你說是也不是？

關　羽　兄長，俺關羽視手足之情由如泰山，苦口相勸貂蟬與兄長成親，所言句句是實，不敢詭騙兄長。

張　飛　呔！你住、住、住了，説甚麼不敢詭騙兄長，分明是貪戀美色，暗與大哥争婚！

關　羽　你待怎講？

張　飛　哼！都説你大義凜然，原來是個偽君子！

關　羽　再要胡言亂語，休怪爲兄無情！

劉　備　二弟！三弟！

張　飛　這……

劉　備　三弟，你……怎能如此對待你家二哥！

張　飛　大哥，紅臉的不敬桃園竟欺負與你，俺老張抱打不平，倒是俺的不是，也罷，俺老張和你們拔了香頭子，回涿州老家殺猪謀生！

劉　備　三弟！

（唱）叫三弟莫要走暫把火按，聽爲兄傾肺腑與你細談，
　　　咱弟兄桃園結義共盟誓願，同生死共患難義薄雲天。
　　　疆場上同操戈幷肩奮戰，兄護弟弟保兄共苦同甘。
　　　平素間相依傍互尊共勉，兄愛弟弟愛兄親密無間。
　　　兄有小恙弟照看，弟有不適兄不安，
　　　兄有不周弟不怨，弟有不到兄不嫌，
　　　肝膽相照共患難，同舟共濟親生般，
　　　今日裏你怎能够失情翻臉，又怎能忘誓盟、忘誓盟自毁桃園？

張　飛　大哥！

關　羽　大哥！

劉　備　（唱）咱兄弟多年來朝夕相伴，兄知弟弟知兄相互了然，
　　　你二哥光明磊落俠義肝膽，怎能够背你我將美色貪戀。

張　飛　二哥！

關　羽　三弟！

劉　備　（唱）縱然間對二弟無可責難，那貂蟬夜會二弟生疑團。
　　　這婚事定藏奸不可就範，見曹操借故推托不把婚聯。

郭　嘉　（吶喊）丞相到——

劉　備　有請，有請！

曹　操　劉使君,這喜堂收拾得如何?
劉　備　稱心如意、稱心如意!哈哈哈……丞相啊,只是這戰亂年間,這婚期還是延緩延緩,請丞相恩準!
曹　操　哎,本相言出如山,婚期焉能更改?
劉　備　丞相美意感恩不滯,丞相,只是我劉備家中已有——
曹　操　大丈夫三妻四妾不以爲怪,使君不要過於拘禮。
劉　備　我劉備從無所慮,只是貂蟬——
曹　操　貂蟬她怎樣?
郭　嘉　丞相,貂蟬誓不嫁劉備,定要削髮爲尼。
曹　操　豈能由她,劉使君,貂蟬既然許配與你,那就是你劉家之人,如若有失規範,或打或罵,由使君決斷,她若執意不從,便將她處死。
劉　備　(唱)他爲何命我將貂蟬處斬?
郭　嘉　這……
曹　操　(唱)那關羽愛貂蟬必定阻攔。
劉　備　(唱)分明是逼我成婚來就範。
曹　操　(唱)中秋節讓他如期把婚完。
　　　　劉使君,婚期已定,不必更改,明日八月中秋如期完婚,完婚之後,你我翁婿同心協力,這漢室的江山盡在你我掌控之中了!
劉　備　丞相!
曹　操　告辭!
劉　備　二位賢弟,曹賊之言想已聽見,已在暗算桃園篡奪漢室江山。
張　飛　待俺趕上前去,捅死這個老賊!
劉　備　慢!三弟不可魯莽,錯失良機如何是好,速離曹營另謀良策!
關　羽　就依大哥!
張　飛　說走就走!
三　人　走!
劉　備　郭監軍這是何意?
郭　嘉　丞相有令,爲了辦好喜事,調了五百精兵,留駐聽令,劉使軍,大概够用了吧?
　　　　哈哈哈……
劉　備　曹阿瞞心奸險,
張　飛　氣得人怒髮衝冠。

关　　羽　　事危急当机立断——

曹　　操　　（内白）貂蝉如若执意不从，命你将她处死、将她处死……

刘　　备　　杀貂蝉？扶汉室保桃园立斩貂蝉！

关　　羽　　兄长，你果要听从曹操之言，将貂蝉置于死地吗？

刘　　备　　二弟，我先问你，当初曹操意将貂蝉许配二弟，为何又意悔为兄，婚期已定，貂蝉又为何私会二弟，我再来问你，当初董卓、吕布因何而死？

关　　羽　　为了貂蝉。

刘　　备　　今日你我弟兄又为谁而争吵？昔日她嫁父恋子，董、吕相残，今日她嫁兄恋弟，毁我桃园，曹贼用心显而易见，为兄将计就计杀死貂蝉，即破曹贼连环之计，便让天下英雄皆知，桃园不与曹贼为伍！

张　　飞　　险些上了他娘的当！

关　　羽　　兄长，貂蝉昔日巧使连环，乃是为了除奸保国，今日真心对我桃园，千万不可冤杀貂蝉……

刘　　备　　二弟，貂蝉她假戏真演，让你真假难辨，二弟呀，你如此相看，正中了她的巧计连环！

刘　　备　　（唱）二弟切记前车鉴，嫁兄恋弟售其奸，
　　　　　　　　　为保桃园扶大汉，立斩貂蝉破连环！

张　　飞　　（唱）二哥莫为貂蝉再遮掩，留她必定毁桃园，
　　　　　　　　　此事交俺老张办，即刻前去斩貂蝉！

刘、关　　慢！

刘　　备　　三弟呀，你如此鲁莽，只怕你执意前往，你、你坏了大事，你、你去不得！

张　　飞　　那叫二哥前去！

关　　羽　　大哥，千万不可冤杀无辜！

张　　飞　　为弟不让去，二哥你又不去，难道让大哥亲自前去不成么？

刘　　备　　事到如今，我……我也只好如此了。

关　　羽　　大哥，你……你难煞为弟了！

刘　　备　　二弟，貂蝉死，桃园存，貂蝉亡，汉也兴，二弟呀，为兄我求求你了！

第 五 場

貂　蟬　（唱）夜深沉萬籟靜星稀月暗,一陣陣秋風吹肌冷膚寒。
　　　　　　心昏昏絕情緣青燈黃卷,怒沖沖曹丞相橫加阻攔。
　　　　　　意拳拳愛關羽矢志不變,淚汪汪夜難眠輾轉花園。
關　羽　（唱）夜闌更深人迹斷,尋找貂蟬過花園。
　　　　　　兄長之命難違反,中秋月下斬貂蟬。
　　　　　　欲斬貂蟬情難斷,不斬貂蟬義難全。
　　　　　　斬不斬？難、難、難,難以決斷！
貂　蟬　關將軍,關將軍,這般時候到花園,有何要事？
關　羽　這……
貂　蟬　將軍有何為難,儘管講來,貂蟬今生雖不能與將軍結為連理,能為知己已足也,將軍但有所托,縱然赴湯蹈火,貂蟬在所不辭！
關　羽　（唱）她……她柔情似水讓我心酸。
貂　蟬　將軍,你在巡營？
關　羽　非也！
貂　蟬　你要出征？
關　羽　非也！
貂　蟬　你一不巡營、二不出征,這向時候來到花園,身帶寶劍,却是為何？
關　羽　啊……
貂　蟬　啊呀將軍哪,都說將軍忠勇大義,光明磊落,為何今晚言語吱唔,神態異常,莫非貂蟬已有殺身之禍？貂蟬我生無所留,死無所寂,只是貂蟬何罪之有,却要置我於死地？置我於死地呀！？
關　羽　（唱）她言似利劍句句刺心間,羞關羽七尺漢,含愧疚淚潛然,
　　　　　　敢不剖心對紅顏。俺關羽因何故身佩劍,事至此就與你傾吐實言。
　　　　　　感小姐對關羽深情一片,對小姐我依然深深眷戀。
　　　　　　書房外忍痛割愛把小姐相勸,實指望完兄婚曹劉相安。
　　　　　　誰料想曹操許親暗藏奸險,你與我皆中了老賊機關。
　　　　　　把你當作手中箭,居心叵測向桃園。

　　　　　　　婚成助他把位篡，婚變桃園自相殘。
　　　　　　　知你拒婚入庵院，密令桃園斬貂蟬。
　　　　　　　你我夜會三弟見，兄長得知生疑團。
　　　　　　　曹操威逼大哥怨，關羽中間好作難。
　　　　　　　爲讓兄長無憂患，爲扶漢室保桃園；無奈狠心掌利劍，
　　　　　　　把你……把你——把你——斬！恨關羽無力挽狂瀾！
貂　　蟬　（唱）霹靂擊！天地傾！身顫怵！心震驚！
　　　　　　　欲求新生——生無命！欲做常人——人不容！
　　　　　　　實指望，誅董呂，大功成，覓知音，伴終身，還我青春女兒情。
　　　　　　　有誰知，唯此願，却還是難把我容。
　　　　　　　曹孟德許姻親毒計暗用，逼貂蟬臨絕境無處求生。
　　　　　　　謝將軍傾肺腑熱泪泉涌，深知君對貂蟬愛慕至衷。
　　　　　　　難忘記下邳城救我性命，難忘記荷池畔靈犀相通。
　　　　　　　難忘記對貂蟬情深意重，難忘記人世間唯有君一片真情。
　　　　　　　貂蟬女歷經風霜多薄命，爲將軍一知己欣慰平生。
　　　　　　　縱然間今日裏死於非命，在知己劍下死雖死猶生。
　　　　　　　莫爲貂蟬多悲痛，君有苦衷我知情。
　　　　　　　今生未將君侍奉，靈魂伴你疆場行。
　　　　　　　來日業成天下定，莫忘紙錢祭亡靈。
關　　羽　（唱）貂蟬莫要太悲痛，速快隨我離曹營。
　　　　　　　衝破曹兵千萬重，殺條血路放你逃生。
　　　　　　　來來來快快隨我逃走！
貂　　蟬　將軍深情，貂蟬泣血頓首，無以爲報，只是事到如今，貂蟬何能苟活人世？
關　　羽　貂蟬！
貂　　蟬
關　　羽　（合唱）秋風蕭蕭月淒凉，落紅飄零欲何方——欲何方？
貂　　蟬　曹、劉聯姻，貂蟬非命，天理何在、天理何在、天理何在？？？
關　　羽　還我真情！
貂　　蟬　將軍，時辰已到，趕快動手吧！
關　　羽　不！
貂　　蟬　將軍！

關　羽　不！
貂　蟬　將軍、將軍保重！
關　羽　貂蟬、還我真情！
　　　　（貂蟬拔關羽劍自盡，幕落）

關 公 挑 袍

佚 名 撰

解 題

　　晉南眉户。作者不詳。《山西戲曲劇目總攬》著錄,題《挑袍》,又名《關公挑袍》,未署作者。劇寫關羽及二皇嫂被困曹營,曹操厚待關羽,關羽得知劉備下落,挂印留柬,保二嫂出城。曹聞訊趕來送行,至灞陵橋贈送錦袍,關羽立馬隔橋刀尖挑袍而別。本事出於元雜劇《關雲長千里獨行》、《三國演義》第二十七回。明傳奇《古城記》、清傳奇《鼎峙春秋》有關羽挑袍情節,清代花部亂彈有佚名的《辭曹》、《挑袍》,現代京戲有《灞橋挑袍》。版本今見《山西地方戲曲彙編》第十六集《晉南眉户專輯》(北岳文藝出版社 1993 年 12 月)本。今以該本爲底本校點整理。

（關羽上）

關　羽　（對）身在曹營心在漢,思念大哥心好酸。
　　　　本侯姓關名羽字雲長[1]。自我兄弟失散之後,將我不幸落入曹營,轉眼數載,不知兄弟下落。悶坐庭中,好不愁煩人也!
（唱）【慢崗調】
　　　　壽亭侯坐庭前愁眉不展,思一思想一想沉吟幾番[2]。
　　　　無奈何在燈前《春秋》觀看,看一看前朝裏誰是能員。
　　　　前三皇并五帝年深久遠,有堯舜和禹湯四大名賢。
　　　　殷紂王寵妲己朝事大亂,立逼的黄飛虎反出五關。
　　　　周文王夜夢間飛熊見面,訪先生他親到渭水河灣。
　　　　姜子牙坐車輦文王拉縴,君與臣作馬牛世事倒顛。
　　　　拉八百零八步絲繩撅斷,只拉得周文王力盡汗乾。
　　　　姜子牙在車内屈指盤算,到後來保周家八百八年。

　　　　臨潼會曾鬥寶英雄好漢，文憑的百里奚戰將伍員。
　　　　力舉起千斤鼎氣色不變，直嚇得十七國膽戰心寒。
　　　　前七國曾出過孫臏龐涓，後七國要數那樂毅為先。
　　　　楚霸王憑范增神機妙算[3]，漢高皇憑蕭何宰相一員。
　　　　未央宮斬韓信天昏地暗，韓將軍屈死在九月十三。
　　　　漢室關讀《春秋》更深夜半——（丫環上）

丫　環　禀二公，二位夫人要見。

關　羽　有請。

丫　環　遵命。（下）

關　羽　（唱）【慢崗調】
　　　　閃上來報事的一位丫環。她言說二皇嫂深夜求見，
　　　　有本侯聽此言忙換衣衫。搬兩把紅交椅廊前穩放，
　　　　移過來孔雀屏放下竹簾。

（甘、糜二夫人上）

二夫人　（唱）【崗調】
　　　　我姐妹隔竹簾忙拿禮見，

關　羽　（唱）漢關羽我這裏忙把禮還。二皇嫂你不在東庭書院，
　　　　深夜間忙來此有何事談？

糜夫人　二叔既問，聽我道來！

（唱）【西京】
　　　　糜夫人未開言泪流滿面[4]，尊一聲二叔叔細聽我言。
　　　　曾不記你兄弟結義桃園，殺白馬斬烏牛祭謝蒼天[5]。
　　　　初起手破黃巾雄兵百萬，虎牢關戰呂布三馬連環。
　　　　弃新野走樊城徐州失散[6]，不幸把二叔叔圍困土山。
　　　　曹營裏差來張文遠，他順說二叔叔歸順中原。
　　　　上馬提金下馬宴，十美女進膳常問安。
　　　　買不動二叔你心一片，日夜思念三桃園。
　　　　二叔叔你本是英雄好漢，三叔叔他本是將中魁元。
　　　　你大哥天生得心窄無膽，想必他終日裏兩泪不乾。
　　　　怕只怕你大哥尋了短見，那時節你弟兄各守孤單。
　　　　倘若能闖曹營弟兄會面，我情願留此處決不牽連。

關　羽　（唱）【崗調】

　　　　　漢室關聽此言愁眉不展，尊皇嫂細聽弟肺腑之言。
　　　　　昨日裏曹府中請弟飲宴，小卒兒不住的報在席前。
　　　　　他言說從河北來了兩將，口口聲叫罵弟怒髮衝冠。
　　　　　有為弟跨戰馬出營觀看，賊文醜他那裏一馬當先。
　　　　　雙手兒捧小書讓我觀看，有為弟在馬上不解機關。
　　　　　青龍刀將文醜一刀兩斷，扭回頭斬顏良頭落馬前。
　　　　　命小軍下雕鞍忙把屍驗，盔纓內得密信纔知事端。
　　　　　我大哥投袁紹駕前聽選，我三弟在古城執掌兵權。
　　　　　若要走咱叔嫂一同走，弟願保二皇嫂千里團圓。
甘夫人　（唱）【緊西京】
　　　　　甘夫人未開言淚流滿面，尊一聲二叔叔細聽嫂言。
　　　　　曹丞相統中原雄兵百萬，你一人怎抵擋戰將千員？
　　　　　拿刀來我姐妹一刀兩斷，二叔你尋時機逃出此間。
關　羽　（唱）【崗調】
　　　　　漢關羽聽此言愁眉不展，尊一聲二皇嫂細聽弟言。
　　　　　大丈夫生世來威風八面，哪怕他曹營裏戰將千員。
　　　　　二皇嫂回小房速速打點，咱叔嫂今夜裏逃出營盤。（二夫人下）
　　　　　命小軍與二嫂忙備車輦，赤兔馬快牽到大堂口前。
　　　　　坐虎位忙備好紙墨筆硯，今夜晚修小書辭別曹瞞。
　　　　　上寫着曹孟德行事太短，你不該把關某困在中原。
　　　　　連辭你三次你不見，　　今夜晚修小書壓在硯邊。
　　　　　十美女鎖小房不容走散，壽亭侯玉印璽屋梁高懸。
　　　　　頭戴起風翅盔英雄好漢，身穿上米黃甲鎖子連環。
　　　　　忙請出二皇嫂速上車輦，（二夫人上）八員將前後圍神鬼膽寒。
　　　　（唱）【高調】
　　　　　出許昌猛聽得追兵吶喊，扭回頭原來是中原曹瞞。
　　　　　將車輦送過橋不可怠慢，赤兔馬斜立在灞陵橋前。
　　　（校尉人役擁曹操上）
曹　操　（唱）【高調】
　　　　　關賢侯你本是英雄好漢，有老夫結識你常喜心間。
　　　　　既要走就該叫老夫知曉，你不該私逃出許昌營盤。

來來來下戰馬把餞行酒飲,我君臣分別在灞陵橋邊。

燈影下繡金袍不知可體,請飲酒請試袍再登陽關。

關　羽　（唱）有關羽在馬上微微冷笑,尊一聲曹丞相細聽根苗。

已辭別何須飲餞行酒宴,隔此橋用刀尖挑過戰袍。

丞相請了,請了!（分下）

校記

［1］本侯:"侯",原作"候",據文意改。下徑改,不一一出校。
［2］思一思想一想沉吟幾番:上"思"字,原作"恩",據文意改。
［3］楚霸王憑范增神機妙算:"增",原作"仲",據《史記》改。
［4］泪流滿面:"滿",原無,據文意補。
［5］祭謝蒼天:"祭",原無,據文意補。
［6］弃新野走樊城徐州失散:"徐州",原作"許州",據《三國志》卷三十二《蜀書二·先主傳》改。

古 城 會

佚 名 撰

解 題

　　中路梆子。作者不詳。《山西戲曲劇目總攬》著錄,題《古城會》,未署作者。劇寫劉、關、張徐州失散後,關羽在曹營得悉劉備、張飛下落,封印挂金辭曹而去,與張飛相會於古城之下。張飛因關羽久居曹營,而疑其降曹。關羽雖萬般辯白,終難釋疑。其時,曹將蔡陽率軍追至城下,張飛助關羽三通鼓,令關羽斬殺蔡陽,始得進城。關羽立刻揮刀斬了蔡陽。劉備、張飛開城迎接關羽。張飛向關羽認錯陪情,關羽不理,經二皇嫂說情,關羽遵嫂命,不再怪張飛。兄弟三人始言歸於好,喜慶重新聚會。本事出於元雜劇《關雲長千里獨行》、元刊《三國志平話》、《三國演義》第二十八回。按,本劇敷演情節,前人舊作頗多,元雜劇殘曲還有無名氏之《千里獨行》、《斬蔡陽》,今存劇目有元明間無名氏之《壽亭侯五關斬將》、《關雲長古城聚義》。宋元戲文今存劇目有無名氏之《關大王古城會》和《斬蔡陽》。明代雜劇今存劇本有朱有燉《關雲長義勇辭金》,傳奇今存劇本有無名氏抄本《古城記》。清代花部亂彈有佚名的《白馬坡》、《辭曹》、《挑袍》。現代京劇有《古城會》。版本今見《山西地方戲曲彙編》第十二集《中路梆子專輯四》本。今以該本爲底本校勘整理。

第 一 場

（四流成站門,劉備上）

劉　備　（唱）漢劉備在帳下自思自嘆,思想起我二弟我好傷慘。
　　　　　　　自從在徐州城衝失散,將二弟圍困在土山。
　　　　　　　曹營裏差起張文遠,他順說二弟投曹瞞。

　　　　　投曹日久不見還，倒叫孤窮挂心間。

　　　　　回頭打坐在中軍帳前，耳聽的三軍們來報一言。

報　子　報！投曹二爺回來，城外等候！

劉　備　再探！（報子下）三軍們！

卒　　　有。

劉　備　請你三千歲！

卒　　　請三千歲！

張　飛　（內白）來了！（上）

　　　　（唱）我正在後帳演兵法，忽聽得大哥來叫咱。

　　　　　邁步兒撩衣進寶帳，見了大哥問根芽。（切）

　　　　（白）參見大哥！

劉　備　三弟到來，少禮看座。

張　飛　弟謝座。大哥身安？

劉　備　罷了。三弟你好？

張　飛　弟謝問。宣弟進帳，有何軍情議論？

劉　備　適纔令人稟道，言說二弟回來，現在城外，你我弟兄迎上前去。

張　飛　好惱！

　　　　（唱）聽一言來怒氣發，無義之人哪能容他。

　　　　　三軍們帶過來烏騅馬，丈八長矛手中拿。

　　　　　大哥穩坐中軍帳，為弟出城去會他。

　　　　　我辭別大哥把城下，出城去會一會對頭冤家。（下）

劉　備　（唱）我一見三弟出了城，倒叫孤窮不放心。

　　　　　若要我把寬心放，除非二弟進古城。

（劉備、兵卒同下）

第 二 場

（二位皇嫂乘馬上，馬童隨上。關羽上）

關　羽　（唱）匹馬單刀到城前，關某在馬上思念桃園。

　　　　　我弟兄在桃園曾結拜，殺白馬宰烏牛大謝蒼天。

　　　　　大破了黃巾兵百萬，我弟兄威名天下傳。

　　　　　自從徐州衝失散，將關某圍困在土山。

　　　　　曹營裏差來了張文遠，他順説關某投曹瞞。
　　　　　上馬提金，下馬銀，十美女一日三次來問安。
　　　　　買不下關某心一片，我常把桃園挂心間。
　　　　　那一日曹營正飲宴，小卒兒不住的報帳前，
　　　　　他言説河北來了將兩員，他親討關某我到陣前。
　　　　　曹瞞聽罷把兵點，有關某上前忙阻攔。
　　　　　我初到曹營未出戰，這一陣讓與我當先。
　　　　　出營去揮刀把二將斬，一封小書落馬前。
　　　　　我有心下馬把書揀，又誠恐曹賊人馬解機關。
　　　　　鐙裏藏身把書揀，勒定了戰馬回營盤。
　　　　　回營去在燈下拆書觀看，纔知曉我大哥在袁紹駕前。
　　　　　連辭三次曹不見，張文遠閉戶把門關。
　　　　　無奈何將印璽浮梁上懸，挂印封金辭曹瞞。
　　　　　保定皇嫂把路趕，單槍匹馬過五關。
　　　　　東嶺關我把孔秀斬，秦琪亡在黃河邊。
　　　　　催馬兒來在了古城前，
馬　童　來在古城！
關　羽　（唱）再叫馬童聽我言。速快禀，速快傳，你就説二爺轉回還。
馬　童　城頭軍請了！
城頭軍　請了。
馬　童　往内傳，就説投曹二爺回來了！
城頭軍　禀三爺！
張　飛　何事？
城頭軍　投曹二爺回來了。
張　飛　開城！
　　　　（唱）適纔令人一聲傳，投曹二哥轉回還。
　　　　　　出得城來用目觀，
　　　　　　無義之人在面前。丈八長矛將他戰，（刺關羽）
關　羽　（唱）上前忙把三弟攔。問三弟刺兄爲哪般？
張　飛　（唱）誰叫你陣前投曹瞞。
關　羽　（唱）投曹問過二皇嫂。
張　飛　（唱）二皇嫂與你更一般。

關　羽　（唱）三弟你把心事變，
張　飛　（唱）二哥的心事不勝前。
關　羽　（唱）弟兄們正在兩爲難，
馬　童　蔡陽人馬到此！
張　飛　咳！
　　　　（唱）蔡陽的人馬到城邊。我老張豈肯受你騙，
　　　　　　　勒回烏騅上了關。開言我把二哥喚，
　　　　　　　爲弟把話對你言。你若說無有投曹念，
　　　　　　　蔡陽爲何在你身邊？
關　羽　三弟！
　　　　（唱）黃河口兄把秦琪斬，蔡陽趕兄報仇冤。
張　飛　（唱）你說此話將誰騙，你斬了蔡陽方可進關。
關　羽　（唱）三弟何必亂猜嫌，全不念弟兄們結義在桃園。
張　飛　（唱）二哥哥提起了結義桃園，
　　　　　　二哥！哎咳，罷了，哥啊！
　　　　（接唱）顆顆淚珠滾胸前。縱然說得天翻轉，你不斬蔡陽休想進關。
關　羽　（唱）求三弟助兄三通鼓，兄不斬蔡陽不進關。
張　飛　（唱）莫說助你三通鼓，十通八通有何難？張翼德先擂頭通鼓，
　　　　　　（擂鼓）
關　羽　馬童！
　　　　（唱）你與爺接馬穩鞭扣連環。
張　飛　（唱）張翼德擂罷二通鼓，（擂鼓）
關　羽　馬童！
　　　　（唱）你與爺提刀上馬鞍。
張　飛　（唱）張翼德擂罷三通鼓，（擂鼓完。蔡陽人馬上。馬童用刀劈開。
　　　　　　關羽與蔡陽碰頭）
關　羽　馬前來的你等是甚麼人？
蔡　陽　老夫蔡陽。
關　羽　我看你不像真蔡陽。
蔡　陽　普天之下就是老夫一人，哪裏還有假蔡陽不成？
關　羽　爾等身後甚麼人？
　　　　（蔡陽回首。關羽舉刀砍蔡陽頭。馬童右手拿刀，左手提頭，在下

　　　　　場臺角以下馬勢獻頭。關羽將大刀遞後場，拔出寶劍指人頭。張飛大笑，開城見關羽。關羽怒下。馬童隨下。二皇嫂進城）

張　飛　我家二哥惱壞了。二哥慢走，爲弟趕你去了！（下）

第 三 場

（劉備上。二皇嫂上，見劉備，掩面哭。劉備迎下。關羽上）

劉　備　二弟！

關　羽　大哥哪，哈哈哈！（關羽更衣）參見大哥！

劉　備　二弟回來了？少禮，看坐。

關　羽　弟謝座。（張飛上）

張　飛　大哥，我家二哥回來了！

劉　備　哼，城外怎樣得罪你家二哥，還不上前賠情去！

張　飛　甚麼？與我家二哥賠情去！

劉　備　讓你賠情去！

張　飛　大哥莫動，待弟我去……這還要我去！二哥在哪裏？二哥在……那是二哥，哎哈……二哥！方纔城外之事是爲弟我的錯了。來來來，爲弟這裏有禮，賠情！說甚麼有禮！二哥，說是你來看！爲弟與你跪倒了！

關　羽　這是三弟？

張　飛　二哥。

關　羽　你與哪個賠情？

張　飛　與二哥你賠情。

關　羽　幸喜爲兄將蔡陽斬壞，倘若蔡陽將兄殺死，你與哪個賠情？

張　飛　這個……

關　羽　甚麼？

張　飛　哎！二哥，桃園情誼要緊啊！

關　羽　怎麼説？

　　　　　（唱）叫三弟不必提桃園，聽兄把桃園表一番。
　　　　　　　　咱兄弟桃園曾結拜，烏牛白馬祭蒼天。
　　　　　　　　許下了一在三同在，一滅三亡同歸天。
　　　　　　　　大破了黃巾兵百萬，咱弟兄威名天下傳。

　　　　　自從徐州衝失散,將爲兄圍困在土山。
　　　　　曹營裏差來張文遠,倒叫爲兄作了難。
　　　　　有爲兄土山約事三件,那曹瞞一一允兄言。
　　　　　萬般出在無其奈,立逼得爲兄歸中原。
　　　　　上馬金,兄不念,兄常把桃園挂心間。
　　　　　下馬銀,兄不戀,更不圖十美一日三問安。
　　　　　那一日曹營去飲宴,小卒兒不住報帳前。
　　　　　他說河北二將來討戰,他親討爲兄到陣前。
　　　　　那曹瞞聽說把兵點,有爲兄上前急忙攔。
　　　　　初來到營下未出戰,這一陣讓與我當先。
　　　　　出營去揮刀把二將斬,一封小書落馬前。
　　　　　兄有心下馬把書揀,又誠恐曹賊人馬解機關。
　　　　　鐙裏藏身把書信揀,撥轉馬頭將曹營還。
　　　　　回營去在燈下拆書觀看,纔知曉大哥在袁紹駕前。
　　　　　兄連辭三次曹不見,張文遠每日把門關。
　　　　　無奈何將印璽浮梁上懸,保定皇嫂過五關。
　　　　　黃河口兄把秦琪斬,他本是蔡陽親甥男。
　　　　　蔡陽聞聽怒心間,隨後趕兄冤報冤。
　　　　　行走來在古城前,三弟講話令人心寒。
　　　　　有爲兄好話說千遍,你再三不聽上了關。
　　　　　有爲兄我將蔡陽斬,你與爲兄賠笑顏。
　　　　　倘若是蔡陽把兄斬,你與哪個交言歡?
張　飛　(唱)二哥息怒莫怨恨,爲弟本是粗魯人。
　　　　　倘若你今不寬容,跪死爲弟不起身。(切)
　　　(二皇嫂後臺白:二弟)
關　羽　(站起向後臺躬手,白)皇嫂。
　　　(二皇嫂後臺白:三弟他乃粗魯之人,不可怪他,放他起去纔是)
關　羽　弟遵嫂命!三弟,爲兄不怪與你,平身。
張　飛　弟遵命!
劉　備　唔哼!(示意張飛,讓關羽與他一笑再起)
張　飛　二哥!要弟起去不難,與弟我笑上一笑,弟我纔肯起去。
關　羽　你看爲兄自出許昌以來,愁有千萬,喜從何來?

張　飛　二哥！你不與爲弟笑這一笑，爲弟我跪死也不肯起去。
關　羽　那是三弟？
張　飛　二哥。
關　羽　三弟！
張　飛　二哥！
關　羽　哎哈哈……站起來！
張　飛　弟遵命。
劉　備　（念）今日二弟轉回還，倒叫爲兄喜心間。
關　羽　（念）弟兄今日重相見，
張　飛　大哥、二哥！
　　　　（念）好似日落又成圓。
劉　備　哈呀，好！好一個日落又成圓。請到宴上。（同下）

馬跳檀溪

佚 名 撰

解 題

中路梆子。作者不詳。《山西戲曲劇目總攬》著録，題《馬跳檀溪》，未署作者。劇寫劉備被曹操擊敗，采納孫乾建議，投奔荆州劉表。劉表念同宗情誼，待之甚厚，使駐兵新野。劉表欲廢前妻所生長子劉琦，立蔡氏所出次子劉琮，被劉備勸止。劉表繼妻蔡氏及其兄蔡瑁知其情，忌恨劉備。蔡氏兄妹遂乘劉表生病之際，以劉備代主宴請群臣，設伏兵於席間謀殺之。劉備得伊籍暗中告知，逃席而去。蔡瑁率衆追趕，劉備乘的盧馬躍過檀溪，脱離險境。劉備逃至水鏡莊，遇隱士司馬徽，告知伏龍、鳳雛得一可安天下，但二人姓名又不肯明言。夜深，徐庶叩門見司馬徽，言説擇主而事之事。天明，趙雲找來同回新野。劉備得徐庶，打敗曹操，破八門金鎖陣，賺取了曹操的樊城。徐庶連挫曹兵，曹操生仰慕之情。程昱獻計禮待徐母，賺徐庶來投。本事出於《三國志·蜀書·先主備傳》及裴松之注引《世語》，同書《諸葛傳》裴松之注引《襄陽記》，《三國演義》第三十一回至三十六回。前代戲劇與本劇同類題材劇作，元雜劇今存劇本有元高文秀《劉玄德獨赴襄陽會》，金院本今存劇目有《襄陽會》，宋元戲文今存劇目有無名氏之《劉先主跳檀溪》，清傳奇《鼎峙春秋》、《三國志》，盧勝奎編的連臺本京劇《三國志》都寫有馬跳檀溪、水鏡莊、取樊城等情節，現代京劇亦有《馬跳潭溪》、《水鏡莊》、《取樊城》。版本今見《山西地方戲曲彙編》第十二集《中路梆子專輯四》收録的丁果仙藏本。今以該本爲底本校勘整理。

第 一 場

（四文堂、四大鎧、四下手、夏侯恩、曹仁、曹洪、郭嘉、曹操同上）

曹　操　（唱）放箭之人實可恨，要射老夫爲何情？
　　　　　　　不是老夫站得穩，險些跌倒在埃塵。
　　　　　　　箭傷疼痛真難忍，鮮血淋漓透衣襟。
　　　　　　　將身兒在寶帳呻吟坐定，等候了滿營將細問分明。

（四文堂、許褚、張遼上）（四下手抬夏侯尚、夏侯忠上）（夏侯淵上）

夏侯淵　（唱）急忙飛奔回大營，見了丞相聽分明。
　　　　啓禀丞相！末將等去至松林之內，搜尋放箭之人。不想那賊連放兩支雕翎，射了夏侯尚咽喉，又射中夏侯忠耳輪。丞相請看，他二人傷勢十分沉重。

曹　操　哎呀！
　　　　（唱）二將傷勢甚沉重，倒叫老夫吃一驚。看來此賊射法準，
　　　　哎！
　　　　（唱）事到其間無計行。
　　　　來！將他二人攙扶後帳，用藥調治，好生扶養，多加小心。攙下去。

（四文堂攙夏侯忠、夏侯尚下）

曹　操　唉呀！
　　　　（唱）不知此人名和姓，定是劉備隨行人。
　　　　　　　拿住此人纔消恨，千刀萬剮方稱心。

郭　嘉　丞相！
　　　　（唱）丞相息怒調養病，貴體欠安尚在身。
　　　　　　　劉備、關、張早逃奔，已然去遠難找尋。

曹　操　（唱）先生說話雖理順，只是難消報仇心。

郭　嘉　（唱）不如暫歸許都郡，乘機也好定計行。
　　　　　　　等待丞相傷痊愈，定把劉備一掃平。

曹　操　啊！
　　　　（唱）郭嘉韜略妙計深，就照先生言語行。
　　　　　　　急忙與我傳將令，整頓貔貅再戰爭。
　　　　傳令下去！人馬回轉許都，等待二位將軍傷愈之後，再來征戰。

郭　嘉　得令。吠，衆將官！丞相有令，人馬大隊即回許都，與二將軍調治病症。但等傷勢痊愈，再來征戰。（同下）

第　二　場

（四文堂、四大鎧、四箭手，糜竺、糜芳、孫乾、趙雲、關羽、張飛、劉備同上）

劉　備　（唱）大家見面甚僥幸，亂敗相逢好傷情。
　　　　唉！
張　飛　嘿！大哥又唉聲嘆氣，叫俺老張好不耐煩。
劉　備　啊！三弟，你看曹兵雖然去之甚遠，只是劉、龔兩家太守，俱各喪命，實在是令人可嘆。想你我弟兄，人馬折盡，糧草被劫，無處可歸，如何是好！
關　羽　兄長不必悲哀，人之生死皆有定數。那兩家太守，雖然喪命，那也是在劫難逃。我弟兄興軍，意圖大事，縱然失去糧草，又何足爲憾。
劉　備　啊！賢弟，兄有一言，你且聽了。
　　　　（唱）爲漢家把我的心血用盡，爲江山只落得東擋西征。
　　　　　　　屈指間奔西東二十年整，苦爭持經營些惡戰交兵。
　　　　　　　天不隨我心願屢屢挫敗，到如今衆人馬無處投奔。
　　　　　　　衆兄弟受苦難兄心不耐，耽誤了衆英雄壯志青春。
關　羽　大哥呀！
　　　　（唱）拱手開言兄長稱，小弟有言聽分明。
　　　　　　　萬般大事有天定，否極泰來敗轉興。
　　　　　　　桃花雖好春光盡，老菊深秋纔吐金。
　　　　　　　扶漢的事兒有命定，莫灰當年結義心。
　　　　　　　奉勸兄長多耐性，暫尋個栖身處再把計行。
　　　　大哥且莫傷心，今日正在顛沛之時，若不立定主意，豈不把前功盡棄。你我弟兄只可暫覓一栖身之所，再圖進取。身爲表率，徒說出許多追悔之言，亦是無用也。
衆　　　關將軍言得極是。皇叔當從長計議，萬不可傷人喪志也。
劉　備　衆位將軍！賢弟此論故然近理，怎乃你我現無栖身之地，這便如何是好？

孫　乾　啊,皇叔!此去荊州不遠。如今劉景升鎮守荊州。乾有一言,皇叔聽了!

　　　　（唱）孫乾躬身把話稟,皇叔請上聽分明。
　　　　　　劉表荊州轄九郡,四十二處州縣城。
　　　　　　兵精糧足威風凜,可算當今有勢人。
　　　　　　皇叔與他同宗姓,皆是炎劉一脉親。
　　　　　　前往投之他必準,勝似別處靠他人。
　　　　　　景升在荊州爲將領,他也曾聞有主公名。
　　　　　　此是孫乾心想定,還須皇叔細思忖。

劉　備　噢!

　　　　（唱）孫乾說話真聰明,所論之言我照行。
　　　　　　但有一事欠安穩,大家還要細推尋。
　　　　　　劉表雖是同宗姓,千里迢迢未得相親。
　　　　　　倘去相投他不允,那時候進退兩難何處安身。
　　　　　　有道是天涯落魄誰恭敬,徒負了投奔向往心。

孫　乾　主公啊!

　　　　（唱）劉表雖然居九郡,尚有兢兢懼怕心。
　　　　　　東連吳國南海近,又有西蜀不安寧。
　　　　　　荊州正是用武地,量他未必有才能。
　　　　　　皇叔領兵去投奔,他必拱手奉上賓。
　　　　　　主公即可修書信,待我到荊州作說臣。

劉　備　（唱）聽他之言心歡欣,忙忙寫上信一封。
　　　　　　人來拿過封書印,【快板】手提羊毫寫分明。
　　　　　　拜上景升多榮幸,千里迢迢咫尺心。
　　　　　　卑人有心來投奔,又恐登龍愧無門。
　　　　　　勞動先生送書信,一路順風莫消停。
　　　　　　先生此去要謹慎,需要周全說分明。

孫　乾　（唱）皇叔不必細叮嚀,孫乾自有巧舌唇。
　　　　　　辭別皇叔跨金鐙,且向荊州走一程。
　　　　（下）

劉　備　（笑）哈哈哈!
　　　　（唱）好個孫乾多忠正,再三相勸投景升。吩咐三軍安排定,準備前

　　　　往荊州城。
　　　　眾位將軍，二弟、三弟！安排營所，大家痛飲一回。
眾　　　遵命。
劉　備　請！（同下）

第　三　場

（孫乾上）
孫　乾　（唱）行營奉了皇叔命，催馬加鞭往前行。
　　　　　　登山涉水無遠近，抬頭看見荊州城。
　　　（下）

第　四　場

（四文堂、四大鎧、三牙將、蔡瑁、劉表上）
劉　表　（唱）英雄威鎮荊州郡，兵強將勇慣戰征。
　　　　　　何懼曹操兵將勇，哪怕東吳百萬兵。
　　　　　　熟練水軍是瑁、允，文武韜略果然精。
　　　　　　將身且坐寶帳內。
（軍士上）
軍　士　啟稟主公！外面來了一人，名喚孫乾，口稱要求見主公。
劉　表　哦！久聞此人，頗有韜略，跟隨族弟劉備，今日來到荊州是何原故？
　　　　令我難猜難解也。
蔡　瑁　主公莫要猜疑，將他喚進府來，一問便知分曉。
劉　表　將軍言之有理，來。
中　軍　有。
劉　表　有請孫先生進帳。
孫　乾　（內白）來也。
　　　（孫乾上）
　　　　（念）全憑三寸舌，說透內中情。
　　　　孫乾告進，下官孫乾參見主公，千歲，千千歲！
劉　表　啊！孫先生少禮，請坐。

孫　乾　謝主公。
劉　表　久聞先生追隨我族弟劉備，今日到此必有一番見教。
孫　乾　主公容稟！
（唱）孫乾躬身把話論，下臣有語請上聽。
自從跟隨玄德主，悠悠已然二十春。
南征北戰多勞頓，怎奈未把大事成。
前在汝南身未穩，多虧劉辟來救應。
不料曹操去叫陣，交鋒未能動輸贏。
汝南被曹攻得緊，可嘆劉、龔喪殘生。
劉皇叔兵微難取勝，願投東吳奔江東。
接連仲謀扶漢鼎，上報君王下安民。
皇叔主意已拿定，下官諫止劉使君。
要保國家除奸佞，漢室宗親方可行。
明公本是漢家蔭，使君也是漢宗親。
若背宗親理不順，怎能以不分疏近胡亂行。
久聞主公招賢正，廣收四海衆英雄。
因此奉了皇叔命，特來荊州見賢君。
現有使君親書信，就請明公看分明。
劉　表　啊！
（唱）既有玄德親書信，待我拆開看分明。
啊！既有我弟書信，待我看來。（念）"族弟備，字應族兄麾下。弟飄泊江湖，歷盡歲月。才雖鄙陋，長懷扶漢之心。志縱未申，每恨鞭策不及。今賊臣當道，庶民陷於水火。諸侯各據一方，四海之中背逆者多。炎漢陵夷，盜賊興起。張角之後，又有董卓。此二賊爲亂之始，今者分據之奸佞，逐日而上，弟欲爲國除奸，重興漢鼎，聞兄威鎮荊州，禮賢下士，士歸之如水投東，故欲委身於族兄。特先遣孫乾持書來見，族兄其察乎。"
劉　表　原來如此。啊，孫先生。
孫　乾　明公。
劉　表　你主乃我同宗骨肉，宗譜不虛，年齡相稱，自是我兄他弟。吾弟仁義之聲傳播四海，我常常思念在心。今先生至此，焉有不容納之理？不知我弟今在何處，我也好派人前去接待。

蔡 瑁　主公，休要中了孫乾之計。想那劉備，先從呂布，後事曹操，近投袁紹，皆不能長久，足見其爲人之心意也。
　　　　（唱）蔡瑁上前忙告禀，此事休要盡依從。
　　　　　　倘若曹操聞此信，定要前來動刀兵。
　　　　　　先殺孫乾是正論，何必無故爲他人枉動戰征。
孫 乾　（笑）哈哈哈！
　　　　（唱）孫乾正色往下問，你是何人敢殺人？
　　　　　　孫乾生來不怕死，怕死焉能作忠臣。
　　　　　　攔擋言語理不正，爾是何人請報名。
蔡 瑁　住了！
　　　　（唱）聽他之言怒氣生，竟以胡言欺我君。
　　　　　　爾要問我名和姓，蔡瑁將軍掌水軍。
孫 乾　呸！
　　　　（唱）蔡瑁休要胡議論，爾的言語不分明。
　　　　　　劉使君三處皆未穩，鳥巢之內怎存身？
　　　　　　呂布曹操行奸佞，袁紹愚頑少志的人。
　　　　　　怎能共同把大事定，因此纔前來投主君。
　　　　　　使君既是同宗姓，何用他人遠至親。
　　　　哎呀，明公！明公請上且聽下官一論！乾非懼死人也，劉使君忠心爲國，非曹操、袁紹、呂布等可比。前此相從，不得已耳。今聞劉將軍漢朝苗裔，誼切同宗，故千里相投。爾是何等之人，而妒賢如此耶？
蔡 瑁　（怒）哼哼哼！
孫 乾　（唱）人材的事兒你休要論，好好前去練水軍。
蔡 瑁　啊？
　　　　（唱）聽得孫乾一派論，叫我有口也難云。
　　　　　　站在一旁心煩悶，倒叫我慚愧只生嗔。
劉 表　先生。
　　　　（唱）蔡瑁説話欠聰明，先生大量自不嗔。
　　　　　　回去只對玄德講，我去到城外親把他迎。
孫 乾　謝主公。
　　　　（唱）主公吩咐臣遵命，回去禀報劉使君。

辭別明公出府門，使君從此有栖身。

劉　表　哈哈哈！

（唱）好個能言的孫先生，看來他是爲國臣。

傳令且把雕鞍整，隨同本君迎使君。（同下）

第 五 場

（四文堂、孫乾、劉備、關羽、張飛、趙雲上）

劉　備　（唱）只爲漢室除奸佞，落得無處去安身。

孫乾去往荆州郡，但願宗兄早應承。

悶懨懨且坐寶帳等，等候先生報佳音。（孫乾上）

孫　乾　（唱）全憑一番巧議論，君臣纔得安此身。

翻身下馬營門進，撣去沙塵見主君。

主公在上，孫乾參見。

劉　備　先生回來了？

孫　乾　回來了。

劉　備　先生請坐。

孫　乾　謝座。

劉　備　啊，先生！此番去到荆州，我那宗兄意下如何？

孫　乾　臣奉命前去下書，景升一見書信，十分歡欣。唯有蔡瑁在一旁攔阻，要將臣斬首，幸被爲臣一片言語，將他問倒，那劉景升纔不聽蔡瑁之言。命我回來禀報主公，即日前往。那劉景升還要出城迎接。主公幸甚！

劉　備　哈哈哈哈！有勞先生。啊！二弟，三弟，四弟！

衆　　　大哥！

劉　備　且隨我到荆州去者。

衆　　　我等遵命。

劉　備　啊哈哈哈哈！

（唱）三位賢弟聽我論，爲兄囑咐仔細聽。

久聞蔡瑁行不正，相見之後要留神。

須防此賊生妒恨，見他還要假殷勤。

耐等弟兄們身安穩，重整漢室錦乾坤。（同下）

第 六 場

（糜竺、糜芳，甘、糜二夫人乘車過場，進城）

第 七 場

（劉表上）

劉 表 （唱）人馬紛紛出荆城，迎接漢室同宗人。
　　　　　　遠望旌旗人馬近，弟兄見面叙寒溫。
　　　　（劉備率衆人上）
劉 備 （唱）揚鞭打馬往前進，不覺來到荆州城。
　　　　　　兩旁將士威風凛，榮戟飄摇兩立分。
　　　　　　見族兄急忙下金鐙，向前跌跪地埃塵。
劉 表 （唱）族弟免禮請站定，不由一陣好傷情。
　　　　　　今日相逢多僥幸，別來無恙可安寧。
劉 備 （唱）小弟生辰多薄命，四海飄萍一葉身。
　　　　　　流落天涯數年整，未能耀祖振乾坤。
　　　　　　嘆先帝斬蛇炎漢定，創成江山四百春。
　　　　　　國家日衰失天運，遍地盗賊無安寧。
劉 表 （唱）你我俱是同宗姓，慚愧劉姓後代根。
　　　　　　賢弟才好名遠震，何難重整漢鼎新。
　　　　　　賢弟請上馬行能，弟兄并轡進荆城。（同下）

第 八 場

（劉表原人馬，劉備原人馬上。劉表挽劉備分坐）

劉 表　賢弟駕到，愚兄未能遠迎，當面恕罪。
劉 備　豈敢。小弟跋涉而來，多多冒昧，亦請恕過。
劉 表　豈敢。
劉 備　弟在四海飄流，未能侍前領教[1]，真乃愧煞人也。
劉 表　你我本是同宗弟兄，萬勿自弃。賢弟且看，現在天下紛争，英雄蜂起，想你我弟兄，既爲漢家兒孫，焉能袖手不理。

劉　備　唉！兄長請上，聽小弟道來！想大漢高皇出世，起於泗上，感於白蛇，創業數載，天下乃定，只望萬歲萬萬歲。豈知兒孫懦弱，傳至獻帝，將大好山河失於奸臣佞黨。弟雖不才，願隨族兄之後，共除奸佞，重興漢室。今日得依族兄，真乃我漢家尚有福也。

劉　表　唉！賢弟呀！

（唱）賢弟宏才人欽敬，兄弟一言請細聽。
　　　分崩離析天數定，遍地草莽起英雄。
　　　漢家你我從此幸，哪怕曹瞞逞奸雄。
　　　荊州糧草堆積重，闔郡轄管四十二城。
　　　文韜武略皆秉正，將令一出四海騰。
　　　行軍步武多驍勇，水戰交鋒有奇能。
　　　雖然荊州多安穩，愚兄年邁度殘生。
　　　賢弟到此兄萬幸，半壁江山弟擔承。

劉　備　族兄啊！

（唱）兄長說話禮義信，眼望關張把話云。
　　　趙四將軍聽兄論，向前拜過漢宗親。

衆　　遵命。

（唱）走向前來禮恭敬，我等拜見劉主君。

劉　表　哎呀！不敢當了。

（唱）關公儀表非凡品，一見令人膽戰驚。
　　　翼德、子龍威風凜，好似天神下凡塵。三公免禮把坐請，

衆　　謝主公。

劉　表　（唱）再聽族兄說分明。
　　　似此虎將威名振，可算漢家大器人。

呵！賢弟，曾聞關將軍有降漢不降曹之言，實爲亘古少有。吾弟左右有此三家兄弟，可謂芝蘭同氣也。啊，張將軍，真乃扶漢之人材也。

（唱）虎鬚燕頷威風凜，當年項羽又重生。
　　　雖然異姓分季昆，大義猶似同胞人。

張　飛　主公誇獎了。

劉　表　（唱）好一將軍趙子龍，常山真定有美名。

　　　　　不怪衆人稱常勝，萬馬千軍可立功。
劉　備　啊！族兄，小弟在顛沛之間，多虧賢弟扶持也。哈哈哈哈！
劉　表　真可難得呀！難得！哈哈哈！
劉　備　哈哈哈！
劉　表　賢弟！
劉　備　族兄！
劉　表　賢弟到此，兄也派人打掃館舍，以便二位夫人安身。
劉　備　兄長待弟如此恩厚，使弟終身不忘也。
劉　表　自己兄弟，勿要挂齒。（響鑼一聲）
中　軍　宴齊。
劉　表　愚兄備得薄酒，權與賢弟接風。三位將軍，一同坐下。
　衆　　不敢當了。
劉　表　請了。賢弟請！三位將軍請！
　衆　　請。
劉　表　（唱）弟兄相逢多親近。
　同　　請。
劉　表　（唱）手舉兕觥細談心。賢弟肺腑對兄論，
　　　　兄在弟前吐平生。桃園義名天下振，
　　　　同心協力破黄巾。張角賤賊纔平定，
　　　　可算漢室有功臣。弟在徐州爲縣令，
　　　　吉平下藥事不成。白門樓呂布把命盡，
　　　　言語之間屬弟能。灌菜澆園把身隱，
　　　　青梅煮酒將弟稱。徐州城曹兵齊圍困，
　　　　桃園失散好傷心。幸喜結義情誼重，
　　　　古城之內又相逢。袁紹雖然稱盟統，
　　　　有眼無珠失英雄。過去的事兒細平定，
　　　　哪個無情哪個有情。
劉　備　族兄啊！
　　　　（唱）飲罷一杯把話禀，兄弟暢叙樂無窮。
　　　　呂布殺父人人恨，曹操奸佞太欺君。
　　　　袁紹自居三公後，狂傲焉能大事成。
　　　　過去的事兒説不盡，弟兄們飲酒且談心。

劉　表　賢弟呀！
　　　（唱）也是賢弟好命運，逢凶化吉有救星。
　　　　　　弟兄衷腸叙不盡，開懷且醉效劉伶。
（報子上）
報　子　今有降將張武、陳孫，在江夏擄掠人民，共謀造反。
劉　表　嚛！那那那張武、陳孫共謀造反麼？再探，再探。（報子下）且住。想那二賊造反，若不早早除滅，必然爲禍不小。
劉　備　啊！哈哈哈！
劉　表　賢弟爲何發笑？
劉　備　兄長不必憂慮，想小弟此番前來，并無寸功，情願帶領一支人馬，擒拿張武、陳孫二賊。
劉　表　啊，賢弟到此，乃是一客位，豈能勞動貴體？
劉　備　些小之事，兄長何必謙辭。
劉　表　賢弟智勇雙全，機謀廣大，此番出兵，必能全勝。中軍聽令。
中　軍　在。
劉　表　去到教場，挑選精兵三萬，不得有誤。
中　軍　得令！（下）
劉　表　賢弟，兄想用兵貴乎神速，有道是攻其不備，方爲上策。我弟速速而行。
劉　備　兄長言得極是。就請兄長吩咐！
劉　表　但不知我弟何日起程。
劉　備　小弟明日起程。
劉　表　好！待兄親到教場，與賢弟送行。
劉　備　送行是小，軍情是大。待小弟得勝歸來，弟兄再爲痛飲。
劉　表　好！等賢弟得勝回來，兄要親奉三大杯。
劉　備　托兄長洪福，小弟就此告辭了。
劉　表
劉　備　哈哈哈。
劉　備　（唱）兄長不必挂愁腸，些許小事弟承當。
　　　　　　哪怕二賊兵將廣，霜雪焉能見太陽，
　　　　　　辭別兄長教場往。
　　　　　馬來！要把張、陳斬首沙場。

劉 表	啊哈哈哈。
	（唱）玄德上馬氣軒昂，威風凛凛賽天王。
	手下倒有三員將，哪怕張、陳背荆襄。
	啊哈哈哈哈。（同下）

校記

［1］未能侍前領教："侍"，原作"視"，據文意改。

第 九 場

（四文堂、四大鎧、四將、四下手上）（張武、陳孫上）

張　武 陳　孫	（合唱）【點絳唇】蓋世英雄，膽氣虎豹，威風好，殺氣衝霄，要把荆襄掃。
張　武	（唱）威風凛凛貌堂堂，江夏紛紛動刀槍。
陳　孫	（唱）點動江夏兵和將，帶領人馬取荆襄。
張　武	江夏大將軍張武。
陳　孫	江夏大將軍陳孫。
張　武	賢弟。
陳　孫	大哥。
張　武	你我弟兄自占領江夏以來，招軍買馬，積草屯糧，你我到處擄搶，并不見劉表動静，想是他懼怕於我。你我弟兄乘此機會，統領雄兵，奪取荆州。我也曾命探子前去打探，未見回報。（報子上）
報　子	啓稟二位將軍：今有劉表先鋒，帶領三萬人馬，在江夏十里安營下寨。
張　武 陳　孫	再探。（報子下）
張　武	啊，賢弟！想那劉表派兵前來，在江夏安營，鞍馬勞頓，必要歇息。你我今晚前去偷營，殺他個落花流水。
陳　孫	將軍此言差矣。敵國人馬雖然鞍馬勞頓，勢如潮水，不可輕敵。倘若偷營不成，豈不悔之晚也。依吾之見，不如急點人馬與他交戰，看他軍勢如何，再作道理。
張　武	賢弟言之有理。呔，衆將官！飽餐戰飯，準備迎敵者。（同下）

（四標旗、四下手、劉備、關羽、張飛、趙雲同上）

劉　備　人馬爲何不進？

衆　　　前面已是江夏。

劉　備　就在平沙之地安營扎寨，整頓甲冑，再與敵軍交戰。

衆　　　啊！（同下）

第　十　場[1]

（趙雲上）

趙　雲　（念）人馬紛紛取江夏，要把張陳正軍法。
　　　　俺，姓趙名雲字子龍。自隨皇叔來到荆襄，終日騎馬射箭，未曾交戰。今日奉令來討張、陳，兩軍陣前首要立功。看前面旌旗飄動，必是他人前來挑戰。待我報與皇叔知道，就此馬上加鞭。（唱）加鞭催馬回大營，準備陣前立奇功。（下）

校記

[1]第十場："十"，原誤作"十一"，據上下文改。下場次皆誤，徑改，不一一出校。

第　十　一　場

（四標旗、四下手、張武、陳孫上）

張　武　（念）强兵鎮江夏，

陳　孫　（念）要奪漢中華。（報子上）

報　子　今有劉備帶兵在江邊列陣，大叫二位將軍出馬。

張　武　再探。（報子下）

張　武　呔！衆將官，殺！（四標旗、四下手、劉備、關羽、張飛、趙雲上，列陣）

劉　備　馬前來的敢是張武、陳孫？

張　武
陳　孫　然也。

劉　備　爾乃投降二將，焉敢在江夏造反？

張　武	住了！天下騷亂，漢家疆土，人人有份，爾興兵前來，敢是陣前送死？
劉　備	一派胡言！
趙　雲	殺！（趙雲與張武架槍。劉備下，分兵）

（張武、趙雲開打，張武、陳孫同敗下。趙雲、關羽、張飛追下）

第 十 二 場

（張武、趙雲上，開打。張武落馬，趙雲奪馬）

趙　雲	哈哈，哈哈，啊哈哈哈！
	（唱）張武在某槍下喪，奪得戰馬喜洋洋。耳邊又聽金鼓響。
	（上馬，牽一馬，下）（陳孫上，張飛上，開打，刺死陳孫）（劉備、關羽上）
劉　備	三弟休要追趕，且等四弟前來。（趙雲牽馬上）
趙　雲	末將將張武斬首，奪來一騎千里駒，請皇叔乘騎。
劉　備	唔呼呀！此番出兵得此雄駿，四弟可算頭功也。
	（唱）此番出兵多欣喜，不負常山四弟名。
	坐在馬上傳將令，收拾人馬轉回程。
	從此江夏干戈靜，管教我景升兄出郊親迎。
	衆將官！歇兵三日，招安餘黨，得勝回城。（同下）

第 十 三 場

（四大鎧、四文堂、蔡瑁、張允、劉表上）

劉　表	（唱）劉玄德江夏去交仗，替孤掃滅賊猖狂。
	孤王曾把旨意降，預備美酒與瓊漿。
	將身且坐中軍帳，但聽探馬報端詳。
	（報子上）
報　子	啓主公！今有劉皇叔、關、張二將軍，打從江夏得勝回營。
劉　表	再探。（探子下）
劉　表	吩咐擺隊相迎。（同下）

第 十 四 場

（關羽、張飛、趙雲過場下）

第 十 五 場

（劉備率衆上）

劉　備　（唱）自從荆襄領兵將，掃滅江夏把名揚。
　　　　　　　一路威風如神降，旌旗繚繞將士强。
　　　　　　　三軍齊把凱歌唱，大小兒郎喜非常。
　　　　　　　喜的是鞭敲金鐙響，馬到成功回荆襄。

（報子上）

報　子　啓皇叔！主公帶滿朝文武官員，來至十里長亭迎接主公。
劉　備　衆將官，擺隊相迎！
　衆　　擺隊相迎！（下）

第 十 六 場

（四大鎧、四文堂，蔡瑁、張允、劉表出城）（劉備、關羽、張飛、趙雲上，下馬）

劉　表　啊，賢弟！
劉　備　兄長。
劉　表
劉　備　哈哈哈！
劉　表　左右！
　衆　　有！
劉　表　看酒來！我與賢弟接風，慶賀得勝之功。看酒！
劉　備　弟不敢當！
劉　表　（唱）人來看過酒瓊漿，尊聲賢弟聽端詳。
　　　　　　　江夏賊兵來擾掠，全憑賢弟赴戰場。
　　　　　　　非是愚兄美言講，交鋒還讓劉關張。

　　　　　　　手捧美酒來尊仰，一杯水酒聊表心腸。
劉　備　（唱）謝過兄長恩情廣，對壘交鋒古之常。
　　　　　　　兄長洪福齊天降，好似皓月照四方。
　　　　　　　弟兄同把山河創，何勞迎接出荊襄。
劉　表　（唱）二次看過葡萄釀，回頭再敬趙關張。
　　　　　　　三位將軍稱上將，交鋒對壘在沙場。
　　　　　　　手捧美酒親奉上，我與將軍洗風霜。
關　羽　（唱）主公恩待我兄長，小弟效勞也應當。
趙　雲　（唱）多蒙主公賜佳釀，功微績小怎敢當。
張　飛　主公呵！
　　　　（唱）沙場如同兒戲場，且飲幾杯又何妨。
　　　　　　　來來來忙把酒斟上，（飲酒）得勝的酒兒我們喜洋洋，
　　　　　　　吃得老張精神爽。
　　　　大哥呀！
　　　　（唱）吃幾杯得勝酒再作商量。
劉　表　哈哈哈！
　　　　（唱）好個猛勇翼德張，好似當年楚霸王。
　　　　　　　弟兄同把雕鞍上，犒賞三軍入荊襄。
　　　　衆將官，擺隊進城者。（同下）

第 十 七 場

（原人馬上，進城）

第 十 八 場

（原人馬同上）
劉　表　呵，賢弟！此番出兵，剿滅賊寇，多受風霜之苦。愚兄心中不忍。
劉　備　兄長不必過獎。弟爲國除寇，理所應當。
中　軍　宴齊。
劉　表　呵，賢弟！今日領了江夏，你我弟兄更當痛飲。
劉　備　這就不敢當了。（劉表、劉備、關羽、張飛、趙雲分坐）

劉　表　賢弟請！
劉　備　兄長請！
劉　表　三位將軍請！
　衆　　主公請！
劉　表　賢弟！兄有一言，你且聽了。
　　　　（唱）各路諸侯起戰爭，黎民塗炭甚苦情。
　　　　　　　愚兄據守荆襄郡，國家大事在心中。
　　　　　　　南越時常來犯境，漢中張魯要取州城。
　　　　　　　江東有意來吞并，曹操久已要動兵。
　　　　　　　愚兄爲此常憂悶，怎能抵敵保安寧。
劉　備　哈哈哈哈！
　　　　（唱）未曾開言笑盈盈，兄長何必帶愁容。
　　　　　　　荆襄人馬多威勇，四路征剿談笑中。
　　　　　　　關張二將子龍等，幾路要隘去扎營。
　　　　　　　還望兄長細思忖，吩咐三人莫消停。
劉　表　賢弟呀！
　　　　（唱）賢弟此言是高論，兄坐荆襄享太平。
　　　　　　　賢弟安排我應允，荆襄從此可安寧。
　　　　賢弟若肯將雲長、翼德、子龍，分派三路，
　　　　據守要隘，荆襄三郡可以無危矣。
劉　備　小弟遵命而行。天色不早，弟等要告辭了。
劉　表　好！一路勞頓，也宜早去安歇。
劉　備　如此告辭了。
　　　　（唱）辭別兄長出轅門，回營分派衆三軍。
　　　　請。
　　　　（劉備、關羽、張飛、趙雲下）
劉　表　哈哈哈哈。
　　　　（唱）三軍回避且安靜，從此荆襄不怕人。（同下）

第 十 九 場

（四宮娥引蔡氏上）

蔡　氏　（唱）適纔間宮娥女進宮報信，聞聽得劉皇叔得勝回城。
　　　　　　　　從此後狼烟息群賊掃盡，我主爺守荆襄得享太平。
　　　　　　　　坐宮院不由我心中歡欣，且等候主公到再問詳情。
　　　　（蔡瑁上）
蔡　瑁　走呀！
　　　　（唱）怒氣不息宮門進，見了賢妹談分明。
　　　　呵，賢妹！
蔡　氏　兄長請坐。
蔡　瑁　賢妹請。（分坐）
蔡　氏　兄長，不在前廳聽候差遣，來至宮中，有何要事？
蔡　瑁　賢妹有所不知。今日劉備在酒席宴前，與妹丈商論，將關雲長、張翼德、趙子龍三人，分鎮漢中三江口各處。我想劉備勢力，全仗關、張、趙雲三人。他等將要臨分頭把守，日後妹丈聽信劉備之言，與我兄妹必有不祥之處。況那劉備爲人奸詐，必有變亂之舉。
蔡　氏　兄長此言差矣。小妹聞聽劉玄德乃仁義之主，主上重用此人，那也是好意。兄長何必多疑。
蔡　瑁　賢妹有所不知。想那劉備來時，乃是身無所歸之人。今日久在荆襄，兵權在手，後來必成大患。
蔡　氏　兄長雖然看出劉備爲人，也要徐徐諫正主上。萬不可如此造次也。
蔡　瑁　唉！賢妹呀！
　　　　（唱）賢妹説話欠思忖，休將劉備當好人。
　　　　　　　　若不將計安排定，必然遺害小外甥。
　　　　　　　　關張如同兩只虎，趙雲好比一麒麟。
　　　　　　　　劉備好比龍受困，得志騰空上青雲。
　　　　　　　　賢妹不可少思論，久後難防大禍生。
蔡　氏　兄長！
　　　　（唱）兄長見解有學問，反教小妹吃一驚。
　　　　　　　　兄長有何高明論，小妹樣樣照計行。
蔡　瑁　賢妹！既然將此話聽明，依兄之見，除非將劉備趕離荆州，此後則無憂矣。
蔡　氏　還須兄長想一良謀，欲逐趕劉備，當用何法爲是？
蔡　瑁　賢妹，爲兄倒有一計。

蔡　氏　但不知是何妙計？
蔡　瑁　依愚兄之見，妹丈進宮之時，枕席之上，與劉備進些讒言。一日不能，再言二次。天長日久，哪怕妹丈他不動心喲。
蔡　氏　此計甚好。兄長暫且出宮，小妹自有道理。
蔡　瑁　如此愚兄告辭了。
　　　　（唱）兄妹二人把計定，枕邊之語要殷勤。
　　　　　　　辭別賢妹出宮門，管教劉備出荊城。（蔡瑁下）
蔡　氏　（唱）一見兄長出宮門，囑咐事兒記在心。
　　　　　　　但等主公把宮進，花言巧語哄愚人。
劉　表　（內白）掌燈。（太監引劉表上）
劉　表　（唱）內侍帶路宮門進。
蔡　氏　參見主公。
劉　表　平身。
　　　　（唱）夫妻對坐叙家情。
蔡　氏　主公請坐。
劉　表　夫人請坐。
蔡　氏　告坐。啊，主公！妾有一言。
劉　表　夫人有何金言，不妨對我說來。
蔡　氏　妾聞劉皇叔將關、張、趙雲三人，薦在荊襄各處，扎住要隘，不知可有此事否？
劉　表　夫人有所不知。只因劉皇叔，昨在酒席宴前，議論曹操各事。我將他桃園弟兄分派三處屯兵，以防外患之不測。
蔡　氏　據妾身看來，那劉皇叔居心叵測，若不將他逐出荊襄之地，日後必有圖謀不軌之事。
劉　表　咳，夫人哪！
　　　　（唱）劉備與我同宗姓，休拿家族當外人。
　　　　　　　三員虎將威名震，全仗他等保荊城。
　　　　　　　夫人深在閨門內，怎知軍中大事情。
蔡　氏　主公啊！
　　　　（唱）主公說話欠思忖，休將仁義對他人。
　　　　　　　聞聽劉備假溫順，豈可令他掌大軍。
　　　　　　　妾說此話主不信，種下荊襄後禍根。

劉　表　哈哈哈哈！
　　　　（唱）夫人說話太心深，閨房內助果是真。
　　　　　　宮娥回避孤安寢，鴛鴦被上夢初成。（劉表、蔡氏同下）

第 二 十 場

（四文堂、四大鎧、四老虎兵、四藤牌、四隨將、蔡瑁、張允上）

蔡　瑁　（唱）總領貔貅，兵符搖引。
張　允　　　　保荆襄，慣習水兵，哪怕敵賊侵。（同坐高臺）
蔡　瑁　（唱）威風殺氣比天高，水戰八方笑曹操。
張　允　（唱）忠心耿耿扶劉表，要把曹操一旦消。
蔡　瑁　俺，水軍都督蔡瑁。
張　允　副軍張允。
蔡　瑁　在劉景升駕前爲臣，統領數萬水軍。今日有令到來，命某等帥領水軍，去到操場操演。啊！衆將官。
衆　　　啊！
蔡　瑁　整齊人馬，教場去者。（同下）

第 二 十 一 場

（蔡瑁、張允原人馬同上）

蔡　瑁　扎住陣角。爾等將隊伍擺列整齊，主公到來，一同接駕。
　　　　（四文堂、四大鎧、四門旗、四牙將、劉表上）
蔡　瑁
張　允　臣等接駕來遲，望乞恕罪。
劉　表　二將軍操練人馬，十分勞頓。
蔡　瑁
張　允　主公誇獎了。
劉　表　今有劉皇叔，帶領關、張、趙雲等，前來觀操，爾等必須將人馬整齊列開，不得被他人耻笑。
蔡　瑁
張　允　我等遵命。

内　　　劉皇叔駕到。

劉　表　有請！（劉備、關羽、張飛、趙雲原人馬同上）

劉　備　兄長在上，小弟有禮。

劉　表　賢弟少禮。啊，賢弟！今日愚兄點齊人馬，特請賢弟與衆位將軍，前來閱操。倘有參差之處，還望賢弟指教纔是。

劉　備　豈敢！天已過午，就請兄長傳令。

劉　表　好！中軍，傳令下去，吩咐各隊人馬，按班操演上來。

中　軍　得令。呔！下面聽者：主公傳下將令，命各隊人馬，按班操演上來。

（蔡瑁執黑牙旗，引四槍手、四刀兵、四藤牌上，復下。張允執紅牙旗，引四槍手、四刀兵、四藤牌上，又下）

劉　表　啊！哈哈哈！

（唱）旌旗招展四路分，各隊兒郎抖精神。
　　　蔡瑁引導左右進，張允領隊前後奔。
　　　荊州有此英雄在，哪怕曹操動刀兵。

啊！哈哈哈！

劉　備　啊！兄長。看此水軍，威風凛凛，哪怕曹操前來犯境也。

（唱）荊州水軍威風凛，能敵曹瞞數萬兵。
　　　兄長且把心寬穩，旗開之處把功成。

劉　表[1]　啊，賢弟！你我兄弟數日以來，未曾騎馬射箭。今日在教場之上，你我兄弟騎馬一回，以助各軍之興如何？

劉　備　小弟奉陪兄長。

劉　表　好，來。

衆　　　有。

劉　表　將馬帶過。

劉　備　人來！（手下帶馬。劉表、劉備騎馬下，復上）

劉　表　爲兄近日年邁了，騎馬真覺疲憊。

劉　備　嗚嗚嗚嗚……

劉　表　賢弟爲何啼哭起來？

劉　備　兄長有所不知。想小弟在軍中操勞之時，髀肉未曾肥大，如今養閒日久，騎馬夾鞍多有不便，故而傷感也。

劉　表　賢弟心胸冠於天下，真乃當世之英雄也。

劉　備	兄長誇獎了。
劉　表	啊,賢弟!適纔見賢弟所騎之馬,却是一騎千里駒,與往日所騎之馬,大不相同。但不知賢弟得自何人之手?
劉　備	兄長怎麼忘懷了!此馬乃弟往征江夏之時,得張武跨下者,果然一騎好馬。
劉　表	可稱是一騎好馬。
劉　備	既然兄長愛惜此馬,小弟奉送兄長就是。
劉　表	賢弟既肯將良馬送與愚兄,愚兄就愧領了。
劉　備	自己兄弟,何出此言。
劉　表	天色已晚,你我一同進城。
劉　備	就請兄長乘騎此馬,以試此馬脚力如何。
劉　表	多謝賢弟!
劉　備	帶馬,帶馬!(劉表下)
劉　備	啊哈哈哈哈!

　　　　(唱)見兄長上能行威風浩大,果然是荊襄主半點不差。
　　　　　　嘆劉備何日裏出其麾下,學一個創業者獨立天涯。
　　　　　　左右與我換良馬,想起了髀間生肉泪如麻。

(下)

校記

［1］"劉表",原無,據上下文補。

第二十二場

(拉城。蔡瑁、張允原人馬過場,劉表原人馬過場,劉備、關羽、張飛、趙雲原人馬過場,蔡、張、劉表、劉備三隊原人馬同上)

劉　表	蔡瑁、張允二位將軍聽令。
蔡　瑁 張　允	在。
劉　表	二位將軍帶領人馬,回營歇息,犒賞三軍,不得有誤。
蔡　瑁 張　允	得令。衆將官,回營去者。(下)

劉　表　賢弟請坐,三位將軍請坐!
劉備等　請坐呀。
劉　表　啊,賢弟!你我兄弟還有大事商量,賢弟,你且聽了。
　　　　(唱)天下慌慌動刀兵,叫聲賢弟聽分明。
　　　　　　賢弟久居荊襄郡,惟恐廢却好軍情。
　　　　　　兄有一事安排定,賢弟去鎮新野城。
　　　　　　離此八十里路程,鎮守新野兄放心。
　　　　　　錢糧充足官衙整,糧足地廣可屯兵。
　　　　　　倘若錢糧不足用,愚兄還可照數行。
劉　備　兄長啊!
　　　　(唱)躬身忙把兄長稱,兄長吩咐弟遵行。
　　　　　　倘有要事請通信,小弟即回荊州城。
劉　表　(唱)人來看過酒一樽,就與賢弟來餞行。
　　　　　　賢弟飲此太平酒,明日點兵可登程。
劉　備　多謝兄長。
　　　　(唱)兄長休得禮下敬,小弟此去可屯兵。辭別兄長跨能行。
　　　　兄長啊!
　　　　(唱)新野雖小暫安身。(劉備、關羽、張飛、趙雲下)
劉　表　啊哈哈哈哈!
　　　　(唱)玄德上馬珠淚淋,看他難捨同宗情。
　　　　　　本當不將他遣定,又恐難對蔡夫人。
　　　　　　悶悶不樂府門進,明日再點左右軍。
　　　　　　將身且把府門進,見了夫人説分明。
　　　　(蒯越上)
蒯　越　蒯越見駕,我王千歲。
劉　表　先生到了?請坐。
蒯　越　謝座。
劉　表　先生進府何事?
蒯　越　昨日在教場之上,見主公所騎玄德之馬,倒有千里腳程,可算是良馬。但有一件!
劉　表　那一件?
蒯　越　主公聽了。

(唱)蒯越躬身將主禀,爲臣有言奏分明。
　　　　臣兄蒯良知馬性,善識良驥千里行。
　　　　昨天玄德送主騎,千里能行快如風。
　　　　此驥名爲的盧馬,他必妨死三主公。
　　　　舊主張武雖喪命,不祥之兆必定應。
　　　　看來此馬不吉慶,莫若將馬還主公。

劉　表　唔!
　　　　(唱)聽他言來纔知情,的盧名馬妨主公。
　　　　　　他日見着玄德面,雙手奉還此能行。
蒯　越　(唱)辭別主公出府廳,從此主公免灾星。
劉　表　(唱)左右掌燈後宮進,見了夫人説分明。(同下)

第二十三場

(四文堂引蔡瑁、張允原人馬上)

蔡　瑁　蔡瑁!
張　允　張允!
蔡　瑁　請了!
張　允　請了!
蔡　瑁　今日奉了主公之命,出城與劉備送行。衆將官,擺隊出城去者。
　　　　(同下)

第二十四場

劉　備　(內唱)人馬紛紛出荆襄。(簡雍、糜竺、二夫人乘車過場)
　　　　(劉備、關羽、張飛、趙雲原人同上)(劉表原人隨上)
劉　備　(唱)弟兄并馬叙衷腸,揚鞭與兄把話講,
　　　　　　小弟言來聽端詳:倘若孫、曹興兵將,抵擋自有劉、關、張。
劉　表　(唱)賢弟説話兄心爽,全憑賢弟作主張。
　　　　　　兄有山河弟有將,哪怕孫、曹動刀槍。
　　　　　　催馬來至長亭上,衆位將軍列兩旁。
　　　　看酒!

|（唱）人來看過葡萄釀，敬酒與弟表衷腸，
此番到了新野地，賢弟教民比兄強。
但願賢弟身無恙，大家焚香感上蒼。

劉　備　（唱）多蒙兄長賜瓊漿，尊聲兄長聽端詳。
願兄長壽同山海樣，願兄長大事永安康。
弟在新野練兵將，專待他人侵我疆。飲罷美酒珠泪降，馬來！
（唱）弟兄分別泪數行。
請。（劉備原人同下）

劉　表　（唱）玄德上馬珠泪降，倒叫孤王心暗傷。
大隊人馬回府往，從此免起是非場。
（同下）

第二十五場

（劉備原人同上）

劉　備　（唱）玄德打馬新野往，將士紛紛馬蹄忙，耳邊又聽人喧嚷。
內　　　劉使君慢走。
劉　備　啊！
（唱）此人追趕爲哪椿？（伊籍上）
伊　籍　（唱）皇叔慢將新野往，伊籍有話好商量。
參見皇叔。
劉　備　啊，伊先生到此何事？
伊　籍　皇叔有所不知。主公還君之馬，聞聽人言，必妨三主，皇叔此去可要小心。
劉　備　人之生死，乃是由天所定，一馬焉能妨人如此也。先生所言，備已領情。謝謝了！
（唱）辭別先生奔前程，我與先生再相逢。
（劉備引人馬同下）
伊　籍　（唱）劉備不聽好言論，必作的盧被妨人。（下）

第二十六場

（報子上）

報　子　（念）千里傳將令，萬里報軍情。
　　　　俺，荊州諜報是也。打聽曹操領兵，去征袁紹。不免連夜去到新野，報與劉皇叔知道。就此前往！（下）

第二十七場

（劉備上）

劉　備　（唱）自來到新野縣民心大順，轉瞬間已渡過一十二春。
　　　　　　　昨夜裏三更時偶得一夢，夢白鶴當頭叫主何吉凶？
　　　　　　　將身兒進寶帳沉沉坐定，但聽那探馬兒來報軍情。

（丫環上）

丫　環　皇叔在上，丫環與皇叔叩喜。
劉　備　罷了，起來。你前來叩喜，莫非夫人已分娩了？
丫　環　已分娩了。
劉　備　但不知是男哪是女？
丫　環　乃是一男。
劉　備　既是一男，但不知分娩之時，有何吉兆？
丫　環　夫人分娩之時，滿堂異香撲鼻。奴婢聽夫人言道，今夜夢見北斗，落於懷中，想是天上送來麒麟也。
劉　備　啊哈哈哈哈！既有北斗墜落之兆，就依此爲名叫作阿斗。命你去到後面，報與夫人知道。
丫　環　遵命。（下）
劉　備　今日我劉家纔有了後代也。
　　　　（唱）這也是天賜下劉家後胤，到後來我大漢有了後人。

　內　　報！（報子上）
報　子　參見皇叔。
劉　備　罷了，起來！
報　子　謝皇叔。

劉　備　有何軍情，快報上來！

報　子　皇叔容稟！今有曹操發動人馬，去征袁紹，特此前來報信者。

劉　備　好！命你再去打探，不得有誤！

報　子　得令！（下）

劉　備　且住。適纔探子報道，那曹操發動人馬，要征討袁紹。乘此機會，何不去到荊州，與宗兄商議，乘虛攻取，此千載一時之機會也。來，帶馬侍候！

　　　　（唱）曹操用兵太烈心，袁紹何能理三軍，

　　　　　　　左右與我掩轅門，見了兄長説分明。

（下）

第二十八場

（四文堂，劉表上）

劉　表　（唱）自從玄德去荊州，終朝悶悶不安寧。

　　　　　　　獨坐寶帳暗愁悶，思念玄德同宗人。

（中軍上）

中　軍　劉皇叔駕到。

劉　表　我正思念玄德，他就來了。來，動樂相迎！

中　軍　動樂相迎。（劉備上）

劉　表　啊，賢弟來了？

劉　備　兄長可好？兄長請！

劉　表　賢弟請！啊，賢弟！不在新野，來到荊裏。有何公幹？

劉　備　兄長有所不知。只因曹操帶領傾城人馬，攻打袁紹。小弟想曹操此去，必然成功，倘若袁紹一敗，此與荊裏大大不利。兄長如肯暗地興兵，真天賜之機會也。

劉　表　賢弟太多事了。你我弟兄久居荊裏，何等安樂，又何必輕動人馬也。

劉　備　兄長啊！

　　　　（唱）兄長不可自安生，小弟有話聽分明。

　　　　　　　曹操去取袁紹境，兵馬空虛許昌城。

　　　　　　　乘機襲取許昌郡，管教曹操難存身。

劉　表　賢弟啊！

（唱）賢弟説話太急進，貪而無厭謀他人。
兄掌荆襄多安穩，何必乘機冒險行。
我不争人免僥幸，人不争我自安生。

劉　備　兄長啊！
（唱）兄長既是心安穩，小弟不敢强諫行。辭别兄長出府門。

劉　表　且慢！
（唱）兄留賢弟飲幾巡。手挽手兒花廳進。我與賢弟好談心。
（同下）

第二十九場

（中軍上拂拭桌椅，下。劉備、劉表同上）

劉　表　啊，賢弟。
劉　備　兄長。
劉　表　今日你我弟兄相見，必須痛飲三大杯。
劉　備　小弟奉陪。
劉　表　賢弟請！
劉　備　兄長請！
劉　表　啊哈哈哈哈。
（唱）今日弟兄當暢飲，我與賢弟細談心。停杯不飲珠泪滚，
劉　備　（唱）兄長愁容爲何情？
兄長滿面愁容，所爲何事？
劉　表　賢弟有所不知。愚兄有心事在懷，故而愁悶。
劉　備　兄長有何心事？如能替兄長效勞，小弟是萬死不辭。
劉　表　賢弟呀。
（唱）賢弟雖有孝弟心，家庭之事起内争，只爲後妻蔡……
（蔡夫人暗上。遇劉備，遮面下）
劉　備　啊兄長，那蔡甚麽？
劉　表　（唱）只爲後妻蔡夫人，改日飲酒細商斟。
劉　備　（唱）兄長吞吐意不真，小弟怎敢再問情。
辭别兄長上能行，改日與兄再叙寒温。
請。（下）

劉　表	（唱）一句話兒未出唇，後堂轉出蔡夫人。
	暗將心事放安穩，改日相見再談心。（下）

第 三 十 場

（劉備上）

劉　備	（唱）自從荆州到如今，光陰不覺已到春。
	曾記兄長來談論，不知心事爲何因。
	白髮蒼蒼添兩鬢，東逃西奔不安身。
	但願上天多保佑，重整漢室錦乾坤。
	悶懨懨且把寶帳進，長嘆大志不能伸。（門子上）
門　子	啟禀皇叔！荆州差人前來，有書信奉上。
劉　備	兄長有書信到來，待我拆開觀看。唔呼呀！原來兄長的書信，要我前去議事。吩咐下書人先行，言我即刻就去。
門　子	是。（下）（四文堂暗上）
劉　備	與爺帶馬，前往荆州去者。
	（唱）兄長差人將我請，去到荆襄論軍情。
	人來帶過馬能行，我與兄長再相逢。
	（下）

第 三 十 一 場

（四文堂、四大鎧、劉表上）

劉　表	（唱）欣喜干戈俱安靜，難解心中大事情。
	昨日命人將賢弟請，心腹事大可對他說明。
	將身且把寶帳進，十三探馬報原因。（中軍上）
中　軍	劉皇叔駕到。（劉備上）
劉　表	有請！
劉　備	啊，兄長！
劉　表	啊，賢弟！
劉　表 劉　備	啊哈哈哈哈！

劉　表　賢弟請坐！
劉　備　兄長請坐！
劉　表　自從那日相見，未能細述心事。這幾日愚兄心緒滔滔，特請賢弟前來，一則痛飲幾杯，二則叙叙心事。
劉　備　兄長有何金言，請講當面！
劉　表　中軍，看酒伺候。
　　　　（唱）吩咐中軍把酒斟，我與賢弟論軍情。
　　　　　　　曹操去把袁紹爭，許昌之內無有兵。
　　　　　　　悔不該不聽賢弟論，今日又用一片心。
劉　備　兄長啊！
　　　　（唱）未曾發言先嘆聲，小弟前番把話云：
　　　　　　　勸兄攻打許昌郡，曹操不在好破城。
　　　　　　　那番良言兄不允，失却良機難找尋。
劉　表　（唱）袁紹已被曹滅盡，招降數萬精壯兵。
　　　　　　　青冀幽通難歸順，班師回郡頌戰功。
　　　　　　　又差曹仁把兵領，命他統兵鎮樊城。
　　　　　　　不久要把荆州吞并，與賢弟商議該怎行。
劉　備　（唱）機會錯過須再等，四海動亂顯奇人。
　　　　　　　國家紛擾難圖定，且待時機再動兵。
劉　表　啊哈哈哈哈！
　　　　（唱）賢弟說話思謀深，愚兄不及弟一分，停杯不飲珠淚滾，
劉　備　（唱）兄長爲何兩淚淋？兄長爲何這等模樣？
劉　表　賢弟有所不知。前次你我兄弟飲酒之時，兄方要與弟講出心事，只見蔡夫人隔屏竊聽，故而未肯說出。今日乘此無人，賢弟穩坐席前，聽愚兄道來！賢弟有所不知。爲兄前妻陳氏所生一子，名喚劉琦，此子懦弱，將來恐其難繼愚兄之位。次子劉琮，乃後妻蔡夫人所生。此子十分聰明智慧，兄有意將他立爲幼主，又恐文武不服。惟有蔡家勢力甚重，那也是將來之後患。賢弟有何良策，席前以教愚兄也。
　　　　（唱）弟兄堂前叙衷情，未曾開言淚雙淋。
　　　　　　　前妻陳氏大夫人，生子劉琦甚懦矜。
　　　　　　　蔡氏夫人生一子，起名劉琮甚聰明。

　　　　　吾有心立下劉琦子,又恐蔡氏不應允。
　　　　　蔡家勢大人皆懼,惟恐留下禍後根。
　　　　　兄有心廢長把幼立,只怕從中起禍因。
　　　　　賢弟若有兩全計,免得劉氏起內訌。
劉　備　兄長啊!
　　　（唱）兄長何必心不定,小弟言來請細聽。
　　　　　廢長立幼禍中根,寵愛夫人更不行。
　　　　　雖然是劉琦多柔弱,長子當有立後名。
　　　　　此是小弟迂腐見,謹表兄弟一片心。
劉　表　（唱）賢弟說話理兒順,兄弟本是一片心。
　　　　　來來來開懷把酒飲,笑喜喜與賢弟細說原因。
　　　　　想當年曹操與兄論,天下的英雄是使君。
　　　　　青梅煮酒秋雨亭,賢弟學圃暗藏身。
　　　　　潛龍飛騰風雲起,必是漢家第一人。
劉　備　兄長啊!
　　　（唱）小弟無事把身隱,蛟龍失水志難伸。
　　　　　有朝一日承天運,碌碌之輩何足論?
　　　啊哈哈哈哈!
劉　表　啊哈哈哈哈!
　　　（唱）賢弟威名四海振,丈夫能屈也能伸。
劉　備　嚛。
　　　（唱）言多語失錯出唇,假裝沉醉不作聲。辭別兄長回館寢。
劉　表　（唱）我送賢弟到庭門。
劉　備　（唱）兄長不必理過遜,明日再來賠醉情。
　　　請。（下）
劉　表　（唱）將身且把二堂進,立嗣大事終準成。（蔡氏暗上）
蔡　氏　妾身迎接主公。
劉　表　啊,夫人請坐。
蔡　氏　妾身告坐。
劉　表　這幾日為何愁眉不展呢?
蔡　氏　非是妾身愁眉不展,適纔在屏風之後,聽見劉玄德所說之言,甚是輕視主公,足見他有吞并荊州之意。今主公若不將他除去,惟恐日後爲患不少。

劉 表　唉！夫人哪！

　　　（唱）聽她言語有嫉心，不由低頭暗思忖。
　　　　　　本當好言對她論，行事何必告夫人。

蔡 氏　主公啊！

　　　（唱）帶笑開言尊主君，妾有拙見請上聽。
　　　　　　當言不言妾有罪，玄德豈是人下人。
　　　　　　莫道他是同宗姓，各人心事怎肯云。
　　　　　　早行防備方安穩[1]，患而不備禍臨身。

劉 表　真真豈有此理呀！

　　　（唱）急忙起身前庭進，還需三思而後行。（下）

蔡 氏　呀！

　　　（唱）思來難解心頭忿，快與兄長定計行。有請蔡都督進見。

宮 娥　有請蔡都督進見。（蔡瑁上）

蔡 瑁　（念）心中定巧計，要害寄身人。
　　　啊，賢妹！

蔡 氏　兄長請坐。

蔡 瑁　請坐。賢妹，將兄長喚進宮來，不知有何見教？

蔡 氏　兄長有所不知。想那劉備昨日在酒席筵前，奉勸主公立長輕幼，倘若此事一行，你我兄妹及我家幼子，豈不多多吃了虧了。

蔡 瑁　想此事乃劉備順情說話，輕意挑唆人家家務之事。兄想主公本是無主張之人，兄將此事置之心懷，倘若有了機會，你我兄妹再定主意便了。

蔡 氏　爲妹我情願聽兄長之命。

蔡 瑁　理當如此。正是：（念）兄妹暗把巧計定。

蔡 氏　（念）逐除劉備始稱心。

蔡 瑁　賢妹請！

蔡 氏　兄長請！（同下）

校記

[1] 早行防備方安穩："防"，原作"妨"，據文意改。

第三十二場

（張允上）

張　允　（念）惱恨玄德難下手，常懷刀劍斬他人。
　　　　俺，張允，前日與蔡瑁商議，劉備倘若到來，有了機會，將他殺死，以解心頭之恨。這幾日不見動靜，想是趙雲、劉備又回新野去了。左右的。

卒　　　有。

張　允　伺候了。（四兵卒引蔡瑁上）

蔡　瑁　開道者。
　　　　（念）官幃定巧計，要害劉使君。
　　　　啊！賢弟。

張　允　兄長！這幾日不見劉備動靜，想必他又回新野去了。

蔡　瑁　正是。昨日小妹將愚兄喚進官去，叫我乘機將劉備殺死，以免後患。

張　允　但須得了機會，再行下手，不可造次。

蔡　瑁　賢弟言之有理，左右伺候了！（中軍上）

中　軍　（念）手捧收禾簿，來稟兩將軍。
　　　　參見蔡、張兩位將軍。

蔡　瑁
張　允　罷了，進帳有何公幹？

中　軍　只因四鄉文武官員，收禾已畢，并有錢糧冊子呈上。

蔡　瑁　將冊子放下，我自有道理，你且退下。

中　軍　是。（下）

蔡　瑁　啊，賢弟！趁此機會，你我正好謀殺劉備也。

張　允　但不知兄長有何高見？

蔡　瑁　昨日聞聽主公身染氣疾之症，此番宴請四路文武，主公必不能前去。愚兄趁此機會，對主公言講，請出劉備代替主公前去赴宴。那時你我兄弟一齊動手，慢說是一個劉備，就是十個劉備，量他也難逃你我二人之手。

張　允　此計甚好。就請兄長前去稟報主公，小弟也好作一接應。

| 蔡 瑁 | 愚兄就此前往。正是：

（念）安排打虎牢籠計，
| 張 允 | （念）那怕魚兒不上鉤。（同下）

第三十三場

（劉表上）

| 劉 表 | （唱）漢室山河刀兵震，各路諸侯起爭紛。

　　　　惱恨曹操心太狠，滅了袁紹侵襄城。

（蔡瑁、張允同上）

| 蔡　瑁
張　允 | 主公在上，末將參見！
| 劉 表 | 罷了。二位將軍進帳，有何軍情議論？
| 蔡 瑁 | 啟稟主公！今有四路文武集會而來，一爲交納禾稼，二爲慶賀收服江夏之功。末將以爲按舊例，理應賞賜群臣酒宴，主公首席陪坐，以示撫勤。特請主公定奪日期，以便行事。
| 劉 表 | 二位將軍有所不知。數日以來，孤家氣疾發作，疼痛難忍，實難前去奉陪。可命兩位公子替孤前去陪坐，就命二位將軍照料一切。
| 蔡 瑁 | 啟主公！兩公子年幼，恐失於禮節，反爲不美。
| 劉 表 | 將軍言之有理。將軍可往新野縣，將劉玄德請來，命他替孤陪客，料無失禮之虞也。
| 蔡　瑁
張　允 | 臣等領旨。
| 蔡 瑁 | 正是：

（念）差人去到新野縣。
| 張 允 | （念）相請玄德到荊州。（同下）
| 劉 表 | 此番將玄德請來，前去賞宴群臣，孤家無憂也。（下）

第三十四場

（蔡瑁、張允上）

蔡　瑁　啊哈哈哈哈！
張　允　兄長爲何發笑？
蔡　瑁　賢弟！此番去到新野縣，將劉玄德請來，你我正好趁此機會，將他殺死，以滅英雄後來之患。
張　允　事不宜遲，就此馬上加鞭。（同下）

第三十五場

（四文堂、劉備上）

劉　備　（唱）多虧伊籍來相告，險些中了計籠牢。
　　　　　　　自知失言心顛倒，逃出館驛起風濤。
　　　　　　　心中只恨賊蔡瑁，要害我劉備爲哪條？
　　　　　　　僥幸未中賊圈套，細思此事甚蹊蹺。
　　　　　　　未得辭別兄劉表，星夜乘馬新野逃。
　　　　　　　景升一定心煩惱，且聽探馬報根苗。
（家將上）
家　將　啓禀主公！荆州差人前來，不知有何軍情論議。
劉　備　嗷！劉景升差人前來啦？
家　將　正是。
劉　備　有請。
家　將　有請。（蔡瑁、張允上）
蔡　瑁
張　允　啊，劉皇叔！
劉　備　二位將軍！二位將軍請坐。
蔡　瑁
張　允　我等告坐。
劉　備　未知二位將軍駕到，備未曾遠迎，當面恕罪。
蔡　瑁
張　允　豈敢。我二人奉了主公之命，特請皇叔去到荆裏，奉陪文武赴宴。想皇叔乃主公之宗弟，定不能推辭不往也。
劉　備　兄長既來相召，焉有不去之理。就請二位將軍先行一步，備隨後起程。
蔡　瑁　我等告辭。

| 劉 備 | 動樂相送。（蔡瑁、張允同下）
| 劉 備 | 來。
| 家 將 | 有。
| 劉 備 | 有請三位將軍。
| 家 將 | 有請三位將軍。
| 關 羽
| 張 飛
| 趙 雲 | （內白）來也。

（關羽、張飛、趙雲同上）

| 關 羽 | （念）昔日桃園結弟兄，
| 張 飛 | （念）同心協力逞英雄。
| 趙 雲 | （念）心存扶漢成新業。
| 關 羽
| 張 飛
| 趙 雲 | （念）蒼天擋道困蛟龍。參見兄長。
| 劉 備 | 三位賢弟請坐！
| 關 羽
| 張 飛
| 趙 雲 | 小弟告坐。
| 劉 備 | 啊，三位賢弟！只因荆州差人前來，請我去到荆襄，替景升兄長奉陪宴席。我想前番不辭而歸，景升心中未必快樂，今日又來相召，倒叫爲兄猶豫不定。兄是前去得好，還是不去得好呢？
| 關 羽 | 兄長不必心疑。雖然兄長在荆州面前有失言之處，想他爲人忠厚大義，定不能嗔怪兄長。兄長若是不去，反恐生出不測也。
（唱）口尊兄長言帶笑，小弟一言聽根苗。
　　　若論荆州兄劉表，相待兄長似同胞。
　　　兄長疑心失正道，莫把他人好心抛。
　　　新野此去路不遠，兄長赴會理最高。
| 劉 備 | 啊哈哈哈哈！
（唱）二弟説話倒也妙，兄到荆州走一遭。
| 張 飛 | 大哥呀！
（唱）大哥休聽二哥論，知人知面不知心。
大哥呀！常言道，會無好會，宴無好宴，大哥還是不去的纔是。

劉　備	啊，三弟！新野離荊州不遠，倘若召之不往，豈不被人小看了，還是去的爲是。
趙　雲	主公若肯前去，小弟願帶領三百人馬，保護主公。倘有不測，俺趙雲自能保護大哥了。
劉　備	四弟之言極是。既然如此，事不宜遲，就請賢弟點動人馬，以備明日登程。
趙　雲	小弟遵命。（下）
劉　備	（唱）好個正道關雲長，見識勝過翼德張。 　　　　難得子龍有膽量，保護爲兄去荊襄。（同下）

第三十六場

（四文堂、四下手、蔡瑁、張允、蒯越、劉琦、劉琮同上）

衆	（唱）威鎮荊襄，兵多將廣，戰江夏，又把名揚。排宴功臣賞。
劉　琦	啊，衆位將軍！
衆	啊！
劉　琦	我父前命去請劉皇叔來荊飲宴，怎麼還不見駕到？（報子上）
報　子	劉皇叔駕到。
劉　琦	有請！（劉備上。趙雲隨上）
劉　琦 劉　琮	啊，皇叔！近日可好？
劉　備	多蒙見問！
劉　琦 劉　琮	這是何人？
劉　備	此是四弟趙子龍。請來見過二位公子！
趙　雲	恕趙某甲胄在身，不能行一全禮，二位公子原諒了。
劉　琦 劉　琮	真乃是虎將。將軍請坐！
趙　雲	謝座。
劉　琦 劉　琮	侄兒久疏問候。皇叔在上，容侄兒大禮參拜。
劉　備	不必拜了！爲叔來到荊襄，怎不見尊親到來？

| 劉 琦 | 叔父有所不知。家父得了氣疾之症,行走不便,特請叔父前來,以 |
| 劉 琮 | 代家父主席也。 |

劉 備　叔是何人,豈敢當此重任。既有兄長之命,吾只可遵命了。

蔡 瑁　啟二位公子,各郡文武官員俱已到齊。

| 劉 琦 | 當聽皇叔吩咐。 |
| 劉 琮 | |

劉 備　我這裏斗膽了。有請!

蔡 瑁　有請!(四文堂、四文官、四武將上)

　衆　　二位公子在上,臣等有禮。

蔡 瑁　末將領了主公之命,特請劉皇叔前來陪席。

　衆　　啊,劉皇叔在上,容我等參拜。

劉 備　豈敢。敝人奉了兄長之命,特來恭陪衆位官員,痛飲一席。

　衆　　吾等愧領了。

蔡 瑁　酒宴排下。

劉 備　衆位文武官員請酒。

　衆　　請。

劉 備　(唱)大排嘉宴慶功臣,帶笑開言把話云。
　　　　　　自從江夏起兵鬥,各路兵將太勞心。
　　　　　　一喜反賊俱掃盡,又兼五穀好收成。
　　　　　　風調雨順天心正,樂守疆土享太平。
　　　　　　敝人敬陪同暢飲,一醉方休表素情。
　　　　　　他日光降新野境,還要備酒細談心。

蔡 瑁　(唱)大家飲酒多歡欣,我心有事不安穩。
　　　　　　辭別大家後帳進,去找張允定計行。(下)

趙 雲　啊!
　　　　(唱)一見蔡瑁去後廳,不由心中暗思忖。
　　　　　　出得席來用目瞬,廊下并無埋伏兵。
　　　　　　主公寬心把酒飲,自有趙雲膽一身。(伊籍上)

伊 籍　(唱)聽說來了劉使君,伊籍心中自沉吟。
　　　　　　邁步且把大廳進,幾日不見可安寧。

劉 備　啊,先生!
　　　　(唱)一見來了伊先生,雙手舉起酒一樽。

|||敝人到此無別敬，一杯濁酒表寸心。
伊　籍　謝謝了。
（唱）使君飲酒要謹慎，難猜他人腹內情。
小弟且把後廳進，探聽真假再報聞。
（下）（蔡瑁、張允同上）
蔡　瑁
張　允　（唱）後堂酒宴安排定，
張　允　（唱）特請常山趙將軍。
蔡　瑁
張　允　啓稟皇叔！後堂設排酒宴，特請趙四將軍後堂飲酒。
劉　備　趙四將軍在此陪伴敝人，二位將軍請便。
趙　雲　主公在此飲酒，料也無防。趙雲且到後堂飲酒，少刻就來。
劉　備　如此四弟請便，酒要少吃呀。
趙　雲　小弟知道。
（唱）二位將軍前引導，（蔡瑁、張允先下）
趙　雲　（唱）飲酒暗將機密瞧。（下）（伊籍上）
伊　籍　（唱）適纔後堂去打聽，蔡瑁要害劉使君。走向前來把酒斟。
皇叔啊！
（唱）且請便衣到後門。
劉　備　愧領了。
（唱）多蒙先生把酒斟，劉備心下已分明，且請先生把路引，
衆　　哪裏去？
劉　備　列公啊。
（唱）敝人如厠少刻臨。（劉備、伊籍下）
劉　琦　（唱）酒宴已完請自便，館驛之中可安眠。
衆　　謝謝了。
（唱）辭別公子出客廳，可算盛會在荆州。（衆下）
劉　琦　（唱）今日方爲英雄會。（下）
劉　琮　（唱）群臣盡歡各自歸。（同下）

第三十七場

（伊籍拉劉備同上）

伊　籍　唉呀，皇叔呀！今有蔡瑁埋下伏兵，專等宴罷之後，他們一齊下手，那時只怕皇叔性命不保也！

劉　備　事到如此，先生救命啊！

伊　籍　皇叔啊，想那蔡瑁已將東、南、正北三門，緊緊把守。皇叔要想活命，只有西門可以逃走。這裏有皇叔所騎之馬，你你你你快快上馬去吧！

劉　備　先生請上，受俺一拜！（伊籍、劉備分下）

第三十八場

（劉備跑場下。四文堂、四大鎧、四手下、四將、蔡瑁上）

蔡　瑁　且住。今有劉皇叔逃席去了，量他也難以逃出城去，但聽一報。
　　　　（報子上）

報　子　今有劉皇叔單人獨騎，闖出西門去了。

蔡　瑁　你待怎講？

報　子　闖出西門去了。

蔡　瑁　啊哈，啊哈！啊哈哈哈哈哈！衆將官，就此追趕。（同下）

第三十九場

（劉備上）

劉　備　（唱）前番未曾喪了命，今日反來送殘生。
　　　　　　　翼德説話我不信，果中蔡瑁計牢籠。
　　　　　　　趙雲保我多安穩，不該放他離我身。
　　　　　　　勒住絲繮用目望，啊！一條大溪面前橫。
　　　　　　　河心數丈水勢湧，滾滾波濤嚇煞人。
　　　　蒼天哪，蒼天！想俺劉備逃出西門，指望保全了性命。誰知前有檀溪，波浪滔天，水深數丈，我是怎樣得過！也罷，待我撥轉馬頭，再

　　　　　尋他路。且住！看後面塵土大起，想是蔡瑁追兵到來，不免拼着一死，打馬過溪。
　　　　（唱）此時叫我心忙亂，萬把鋼刀將心穿。
　　　　　　　馬上加鞭閉雙眼。哎呀！馬陷四足漩溪間。
　　　　的盧啊，的盧！你今日妨主，明日妨主，妨來妨去，你今日又要妨我也！
　　　　（唱）手指的盧發怨聲，果然今日妨主人。
　　　　　　　忽然馬吼如雷震，險哪！躍過檀溪似駕雲[1]。
　　　　　　　塵頭起處人馬近，且看蔡瑁發來兵。（蔡瑁上）

蔡　瑁　劉皇叔，慢走！（四下手隨上）啊，劉皇叔，我家主公特請皇叔作陪，撫勸群臣，何故不辭主公，逃席而去？豈不負我主一片好心也！

劉　備　哼哼哼哼哼！蔡將軍，我與你無仇無恨，你苦苦害我，真乃小人心腸也！
　　　　（唱）蔡瑁不必假殷勤，自己作事自分明。
　　　　　　　我與你無仇又無恨，兩番害我爲何情？
　　　　　　　你主待我多親近，兄弟并無生疑心。
　　　　　　　不是俺劉備逃得緊，險些一命喪殘生。
　　　　　　　敝人無暇與你論，他日相逢再見輸贏。
　　　　哈哈，哈哈，啊哈哈哈哈。呸！（下）

蔡　瑁　奇怪呀，奇怪！
　　　　（唱）劉備飛過檀溪水，莫非其中有鬼神。
　　　　　　　悶悶不樂把城進，見了主公假作真。
　　　（蔡瑁原人同下）

校記

[1] 躍過檀溪似駕雲："檀"，原無，據《三國志》卷三十二《蜀書二·先主傳》及下文補。

第 四 十 場

　　　　（趙雲內叫：馬來。趙雲上）
趙　雲　（唱）適纔外廳把酒飲，忽聽墻外起殺聲。

　　　　保駕前來當防緊，倒叫趙雲吃一驚。
　　且住！適纔在外廳飲酒，忽聽前面殺聲四起，是我四處尋找，不見主公往哪裏去了。聞聽守門兵士言道，主公乘馬向西門去了。我不免帶領手下兵士，去到西門尋找主公便了。
　　（唱）手提長槍騎能行，前去保駕莫消停。
　　　　指揮兵卒出西門，要將荊州一踏平。
　　（趙雲下）

第四十一場

（蔡瑁上）

蔡　瑁　（唱）指望害了劉備命，誰知天上落救星。
　　　　　耳邊又聽鸞鈴震，那旁人馬是何人？
（趙雲內白：馬來！趙雲上）
趙　雲　（唱）大喊一聲往前進，
　　　　　蔡瑁，快快還我劉使君！
蔡　瑁　將軍休要着忙，蔡瑁有話講。
趙　雲　啊，蔡將軍！可曾見我家主公否？
蔡　瑁　趙將軍，你主皇叔前來陪席，不知爲了何故，逃席去了。是我放心不下，故而帶兵前來，特請皇叔回去，不想行至此處，劉皇叔并未到此。此處前有檀溪，後無歸路，劉皇叔他往哪裏去了？
趙　雲　啊！
　　　　（唱）聽他言來吃一驚，人説我主出西門。
　　　　　　　不辭蔡瑁將城進，四門之內再搜尋。
（下）
蔡　瑁　衆將官，收兵！（蔡瑁原人同下）

第四十二場

（劉備內叫：馬來！劉備上）
劉　備　（唱）馬跳檀溪得活命，重整衣襟往前行。
　　　　　　　似醉似痴心不定，闊溪躍過天意成。

信馬游繮沿河進，不知此處是何名。
是我跳過檀溪，乃是天意，幸喜得了性命。但是天色不早，我一時怎能回到新野，這便怎麼區處？
（牧童內白：好歌羅）

劉　備　唔呼呀！看那面來了一牧童，口吹短笛。我不如也。且等他到來，問一明白再走。
（牧童內白：走啊。牧童上）

牧　童　（唱）吹開山中旭日影，迎着明月轉回身。

劉　備　那一牧童哥請了。

牧　童　哈哈哈哈！我與你并不相識，你怎樣來到此處？噢噢噢，是了！來的莫非是劉皇叔麼？

劉　備　我我我我正是劉備。牧童哥，你是怎樣認識我呢？

牧　童　果是劉皇叔。啊，劉皇叔！你是因何至此？

劉　備　暫不要提起。我且問你，牧童哥！你是怎樣認識我呢？

牧　童　劉皇叔有所不知，只因我家先生，常常對友人言道：如今天下刀兵四起，英雄豪杰逐日而出，惟有劉皇叔相貌出眾，身高七尺，雙手過膝，目能自顧其耳，舌能抵唇，口能容拳。先生所言，與劉皇叔面貌相似，故而冒叫一聲，不料果是皇叔。意欲何往？

劉　備　原來如此。啊，牧童哥！且不要問我從何處而來。請將尊師姓名，告訴敝人，也好前去拜謁。

牧　童　我家先生複姓司馬名徽，與龐德公彼此交游甚厚。龐德公常呼我家先生爲兄弟。我侍奉先生有年了。

劉　備　啊，牧童哥！你家先生所居之地，離此多遠？

牧　童　離此不過半里之遙。

劉　備　既然如此，就煩牧童引路，帶我前去如何？

牧　童　倒也使得，請啊！
（唱）綠綠的水兒青青的山，不問名利與艱難。
　　　紅日上三竿，牧牛清水邊。日暮下高山，飽飯一夜眠。
　　　說甚麼是非顛倒顛，怎如我這等清閑。
啊，皇叔！你且少等，待我聽聽我家先生在屋中作甚。

劉　備　啊哈哈哈哈，妙啊！
（唱）站立柴扉側耳聽，琴中幽雅有琴聲。

　　　　　　　　山林之中多隱士，流水高山意更深。
　　　　　　　　不怪牧童多雅韻，原來先生是高人。
　　　　（內笑：啊哈哈哈哈）（司馬徽上）
司 馬 徽　（唱）琴韻清幽又俊奇，高抗忽起有精神。
　　　　　　　　出得門來細找尋，必有英雄來竊聽。
　　　　琴韻清幽，音中忽起高抗之調，必有英雄竊聽也。啊哈哈哈哈！
牧　　童　啊，此即我師到了。
劉　　備　曉得了。
　　　　（唱）一見先生出柴門，松形鶴骨不凡塵。
　　　　　　　　器宇軒昂非俗品，劉備今朝遇高人。
　　　　　　　　走向前來禮恭敬，問聲先生可安寧？
司 馬 徽　啊哈哈哈哈！
　　　　（唱）手指來人笑吟吟，幸喜大難已脫身。
劉　　備　噢！
　　　　（唱）聽他言來吃一驚，大難脫身怎知情？
　　　　　　　　二次向前禮恭敬，原來先生是仙人。
司 馬 徽　恭喜明公，賀喜明公！今日明公脫離此難，皆賴此良馬之力也！請到茅舍待茶。
劉　　備　先生前請！
司 馬 徽　童兒將馬帶過。明公請！
劉　　備　先生請！
司 馬 徽　明公請坐！
劉　　備　謝座！
司 馬 徽　久仰明公之名，今日從何處到此？
劉　　備　敝人偶經此處，因貴門人指路，順到寶莊，特拜尊顏。今日得見先生，實是三生有幸也。
司 馬 徽　啊哈哈哈哈！明公不必隱諱，公今日必是逃難到此也。
劉　　備　先生呀！
　　　　（唱）先生既然是神明，敝人怎敢隱真情。
　　　　　　　　馬跳檀溪得活命，纜到寶莊拜仙人。
司 馬 徽　吾觀明公氣色，早已知之也。明公大名播揚天下，何故至今猶落魄不偶耶？

劉　備　先生請聽！想俺劉備命途多蹇,所以至此也。
　　　　（唱）先生在上聽吾禀,四海飄蓬蕩一身。
　　　　　　命小福薄難僥幸,新野小地怎安寧？
司馬徽　（唱）明公説話欠聰明,蓋因明公未得人。
　　　　　　輔左均屬庸才輩,興王霸業怎能行？
劉　備　（唱）論人雖説人不衆,文有孫乾與簡雍。
　　　　　　糜竺、糜芳皆忠正,趙雲可稱蓋世雄。
　　　　　　關、張兩人多義信,東擋西殺有奇能。
司馬徽　啊哈哈哈哈。
　　　　（唱）敝人聽此非至論,還要明公細思忖。
　　　　聽明公之言,頗以爲得人也。據敝人看來,關、張、趙雲皆萬人敵,惜無善用之人。若孫乾、糜竺、簡雍之輩,乃白面書生,非經綸濟世之才也。
劉　備　備亦嘗側身以求山谷之遺賢,怎奈未遇其人耳。
司馬徽　啊哈哈哈哈！明公豈不聞"十室之邑,必有忠信"。何謂無人耳？
劉　備　備愚昧不識,願賜指教。
司馬徽　明公未聞荆襄諸郡小兒之謡言乎？
　　　　（唱）八九年間始欲衰,十三年中無孑遺。
　　　　　　到頭天命有所歸,泥中蟠龍向天飛。
　　　　按此童謡,天命不久歸於黄道,劉景升死後,蓋應在將軍身上也。
劉　備　備是甚等之人,安敢當此！
司馬徽　今天下奇才,盡在於此,公當往求之。
劉　備　奇才安在,果係何人？
司馬徽　伏龍、鳳雛,兩人得一,可安天下也。
劉　備　此兩人姓甚名誰,請賜教訓。
司馬徽　啊哈哈哈哈哈！看天色已晚,明公驚恐勞乏,且請安歇了吧。
劉　備　（唱）多蒙先生來指引。
司馬徽　（唱）淺水茅舍暫藏身。
劉　備　（唱）相逢乃是天緣定。
司馬徽　（唱）且卧風月醉劉伶。
劉　備
司馬徽　啊哈哈哈哈哈！（同下）

第四十三場

（童兒提燈上，打掃，轉場引劉備上）

劉備　呀，天哪！想我劉備，幸喜逃過檀溪，來至水鏡莊上，蒙他將我留宿此處。適纔説出伏龍、鳳雛二人，是我追問那二人的名字，怎奈他只道好好好三字，叫我心中十分不定也。

（唱）聽莊頭打罷了三更時分，我左思右想睡卧不寧。
　　　可喜那先生將我指引，有伏龍和鳳雛又不説明。
　　　想起了趙子龍吉凶未定，新野縣二弟兄又不知情。
　　　月影斜睡不穩心中煩悶，今夜晚對孤燈好不慘情。

（睡介）（徐庶上）

徐庶　（唱）可笑那劉景升太愚笨，看起來坐荆州徒有虛名。
　　　且住。來此正是水鏡先生門前，待我扣門。啊，童兒，開門來！（童兒上）

童兒　黑夜之中，是何人來也？唔，原來是熟人。有請師父！（司馬徽上）

司馬徽　（念）星夜何人來剥啄，擾我一夢到羅浮。
　　　哈哈哈哈哈！原來是你。天到這般時候，你是從何處來呀？

徐庶　唉，你哪裏知道。（劉備暗立身後竊聽）是我久聞劉景升善善惡惡，特地前去拜見。相見之後，纔知那劉景升，徒有虛名。據我來看，那劉景升乃是善善而不能用，惡惡而不能去者也。因此與他留下書信一封，給他個不辭而別，故而到此。

司馬徽　哼哼哼哼哼！公既懷王佐之才，須應擇主而事之，方不失爲丈夫。奈何輕身去見劉表，纔落得遺書而去。那英雄豪杰，現在眼前，可惜公反自不識耳。

徐庶　先生之言是也。天已晚了，就此告辭了。
　　　（唱）只爲功名我心勝，因此去見劉景升。
　　　　　　誰知此人多無用，纔教小弟不辭行。
　　　　　　躬揖告退出柴門，先生的言語記在心。（下）

司馬徽　（唱）元直行事欠聰明，不該投謁劉景升。
　　　　　　英雄豪杰咫尺近，反要千里去尋人。

（下）

劉　　備　（唱）此人出口甚高明，不是鳳雛是卧龍。
　　　　　　　　我本當出門自引進，又恐怕造次背人情。
　　　　　　　　思來想去心不定，眼看那一輪月漸漸西沉。
　　　　　　　　漢室中豪杰起狼烟滚滚，嘆劉備困池中難以飛騰。
　　　　　　　　但盼得天明亮細細叩問，是伏龍是鳳雛得遇賢人。（童兒上）
童　　兒　皇叔醒來。
劉　　備　（唱）適纔朦朧剛睡定。
　　　　　　呀！
　　　　　　（唱）眼看東窗日已紅。
童　　兒　有請師父！（司馬徽上）
司馬徽　（唱）一夜沉沉直到曉，半窗煌煌日已高。
童　　兒　啊，皇叔！我家師父出來了。
劉　　備　啊，先生早起了？請坐。
司馬徽　有座。童兒獻茶來，明公請茶。
劉　　備　請！啊，先生！昨夜來此與先生談論之人，敢問是誰？
司馬徽　哼哼哼哼哼！此人眼大無睛，不識豪杰，明公不必動問了。
劉　　備　那人往何處去了？
司馬徽　他糊裏糊塗，不知去向。
劉　　備　請問先生，那伏龍、鳳雛，他二人倒是何人？
司馬徽　哼哼哼哼哼，好好好！（童兒上）
童　　兒　啓禀師父，莊外來了一哨人馬，想是荆州追兵來了。
劉　　備　啊呀，不好了！
　　　　　　（唱）聽一言來吃一驚，眼看大禍又臨身。
司馬徽　（笑）啊哈哈哈哈！
　　　　　　（唱）明公莫要心膽驚，來者必是自己兵。你我出莊看分明，（趙雲上）
趙　　雲　（唱）來了常山趙子龍。
　　　　　　主公在上，恕趙雲一步來遲了，罪該萬死。
劉　　備　四弟請起！
　　　　　　（唱）一見四弟心歡欣，愚兄此刻方放心。
　　　　　　　　赴會之際自逃奔，四弟怎出荆州城？
趙　　雲　主公啊！

（唱）趕到西門無踪影，白浪滔滔不見人。
　　　主公逃出多僥幸，洪福高大不非輕。

劉　備　四弟啊！
（唱）四弟休將謙詞論，向前見過老先生。
四弟，向前見過司馬徽先生！

趙　雲　啊，先生在上，末將有禮了。

司馬徽　罷了。此乃一員虎將，明公當要善用之。我看你主將二人既然相會，即速回新野縣去吧，久在此處，恐又生變。

劉　備　先生言得極是，我二人就此告辭了。
（唱）多蒙先生留與飲，改日前來當報恩。辭別先生跨金鐙，伏龍鳳雛記心中。
請。（劉備、趙雲下）

司馬徽　啊哈哈哈哈！
（唱）漢室天下無主定，賴有南陽一卧龍。
啊哈哈哈哈！（下）

第四十四場

（四文堂、四皂旗引劉備、趙雲原人同上）

劉　備　（唱）逃過檀溪遇水鏡，伏龍鳳雛挂心中。
　　　　幸喜趙雲來接應，人馬轉回新野城。
　　　　只見旌旗空飄影，又是何人將我迎。

（四文堂、四紅旗引關羽上）

關　羽　（唱）忽聽子龍報一信，弟兄分兵將兄尋。
　　　　大隊人馬往前進。啊！原來大哥到來臨。
大哥，此番受驚了。

劉　備　啊，哈哈哈哈哈！二弟，你從何處而來？

關　羽　是俺聽探馬報道，言大哥從荆州逃出西門，不知去向。因此我與三弟翼德，兩路分兵，來尋大哥，不料大哥怎與四弟子龍在此相會。

劉　備　啊，二弟有所不知，那蔡瑁果有殺害愚兄之心。多虧伊籍先生暗中搭救，故而逃出西門，雲雲霧霧迷迷糊糊，逃過檀溪。無意跑到水鏡莊上，借宿一宵。清早四弟子龍來尋，因此到了新野地面了。

關　羽　兄長連人帶馬跳過檀溪,真乃神人之助也。看那廂塵頭大起,必是三弟來也。
　　　　（張飛内叫:"馬來!"）（四文堂、四綠旗引張飛上）
張　飛　（唱）人馬出了新野城,大哥!你老人家受了驚。
　　　　大哥,俺老張帶兵四路尋找,不想大哥到此來了。啊哈哈哈哈哈!
劉　備　啊,賢弟!此處不是你我講話之所,人馬回到新野,再爲細叙。
張　飛　衆將官,兵回新野去者。（同下）

第四十五場

（孫乾上）
孫　乾　（念）主公遭兵困,吉凶不敢云。（劉備、關羽、張飛、趙雲原人同上）
孫　乾　啊,主公受驚了。
劉　備　先生。
孫　乾　主公,怎樣逃出荆州來了?
劉　備　先生哪!
　　　　（唱）未曾開言珠泪滾,果然蔡瑁起殺心。
　　　　　　馬跳檀溪多僥幸,今日纔能轉回城。
張　飛　大哥呀!
　　　　（唱）聽言不由怒火升,大罵蔡瑁狗奸人。
　　　　　　我興兵殺上荆州郡,殺了那狗奸賊纔稱我心。
劉　備　且慢。那蔡瑁乃是景升之内眷,焉能造次!
孫　乾　若依三將軍之言,未免太鹵莽了。依臣之見,還是先講禮義爲上。請主公修書一封,爲臣持書去到荆州,達知劉景升,把那已往之事對他説明,以免兩家各懷猜忌也。
劉　備　先生之言有理,待我修來。這是書信一封,就請先生到荆州者。
　　　　（唱）一封書信忙修好,先生此去費辛勞。
　　　　　　見了景升把話表,免得一家自相擾。
孫　乾　（唱）主公且把心放了,爲臣前去不辭勞。
　　　　　　見機而行方爲妙,管教那蔡瑁挨一刀。（孫乾下）
劉　備　啊哈哈哈哈哈!
　　　　（唱）大家後帳把宴擺,弟兄重逢笑開懷。（原人同下）

第四十六場

（四文堂、四大鎧、劉表上）

劉　表　（唱）四方英雄俱來到，大家痛飲樂陶陶。
　　　　　移身且將寶帳到，再聽蔡瑁把令交。（中軍上）
中　軍　啓稟主公！今有劉皇叔從新野差人前來，現在轅門候見。
劉　表　傳他進來。
中　軍　主公有令，傳下書人進帳。（孫乾上）
孫　乾　（念）離了新野地，來此是荊襄。
中　軍　主公呼喚，須要小心。
孫　乾　曉得。主公在上，孫乾參拜。
劉　表　罷了。原來是孫先生到了，孫先生請坐。
孫　乾　敝人告坐。
劉　表　我前日請玄德赴宴，爲何逃席而去？
孫　乾　我家主公特爲此事差敝人前來。現有書信在此，主公請看。
劉　表　既有玄德書信到來，待我拆開一觀。
劉　表　有這等事？吾哪裏知道？來，擊鼓升帳！
劉　表　傳蔡瑁進帳。（蔡瑁上）
蔡　瑁　（念）放虎歸山去，何日再擒來。
　　　　　參見主公。
劉　表　嘟！大膽蔡瑁，汝焉敢害吾弟命！左右！
衆　　　有。
劉　表　推出斬了！（手下綁蔡瑁下）
劉　表　（唱）蔡瑁作事理不端，害吾宗弟爲哪般。推出轅門將他斬，
　　　　（蔡氏上）
蔡　氏　刀下留人！
　　　　（唱）要斬兄長爲哪般？將身且把轅門進，見了主公問根源。
　　　　　妾身參見，陛下千歲。
劉　表　夫人平身。
蔡　氏　千千歲。
劉　表　賜夫人坐。

蔡　氏	謝座。
劉　表	夫人進帳，有何事幹？
蔡　氏	適纔聽宮娥報道，千歲不知爲了何事，要將我兄長斬首？
劉　表	夫人哪裏知道。前日我差人去請宗弟劉備，到荆州替我陪宴四路文武官員。不料你兄蔡瑁起下不良之心，要將我宗弟殺死。此人狠毒野心，萬不可留，故而將他斬首。夫人此來，莫非與你兄長講情？
蔡　氏	主公啊！ （唱）主公在上容妾稟，他人之言莫全聽。 　　　我兄犯罪理當斬，還需念在有功臣。
劉　表	（唱）夫人説話不審情，你兄作事太野心。 　　　劉備與我同宗姓，爲何害他命殘生。 　　　夫人保本空保本，爲王定斬不容情。
蔡　氏	喂呀！
孫　乾	（唱）殺了蔡瑁不要緊，皇叔居此不安寧。 　　　孫乾向前禮恭敬，看臣薄面恕功臣。
劉　表	（唱）先生不必禮恭敬，
蔡　氏	喂呀！
劉　表	（唱）夫人不可放悲聲。看你二人講人情，轅門赦回犯罪人。
中　軍	解下椿來。（蔡瑁上）
蔡　瑁	（唱）千重罪裏得活命，拜謝主公不斬恩。 多謝主公不斬之恩。
劉　表	非是孤王不斬與你，只因孫先生與你妹苦苦哀求，故而將你赦回。從今以後若再假傳我令，任意殺人，我是定斬不赦。左右，趕了出去。（蔡瑁下）
孫　乾	敝人告辭。
劉　表	且慢。既然蔡瑁得罪宗弟，還須我命人前去賠禮。來，傳公子劉琦進帳。
劉　琦	（內白）遵命。（上）
劉　琦	（念）繼母忒毒狠，常懷害我心。 參見父王。
劉　表	罷了，見過孫先生。

劉　琦　孫先生。
孫　乾　公子請坐。
劉　表　一旁坐下。
劉　琦　父王將兒喚來，有何教訓？
劉　表　只因蔡瑁容心要害皇叔性命，幸而被我察知。今有劉皇叔差孫乾先生前來請罪。父命你隨從孫先生，去到新野縣，見了皇叔多多替我賠罪，也就是了。
劉　琦　兒臣遵命。
劉　表　聽我命下。
　　　　（唱）皇兒到新野把罪請，周旋全仗孫先生。
　　　　　　早去早歸莫消停，免得弟兄傷感情。
孫　乾　（唱）辭別主公出轅門，回到新野禀主君。（孫乾下）
劉　琦　（唱）堂前領了王父命，新野縣裏去賠情。（劉琦下）
劉　表　（唱）心中只把蔡瑁恨，不該害我同宗人。
　　　　　　我兒前去新野郡，兩家解去猜疑心。
　　　　（劉表原人下）

第四十七場

（四文堂、關羽、張飛、趙雲、劉備同上）
劉　備　（唱）檀溪路上遭凶險，賴有神人得安然。
　　　　　　孫乾去到荊州地，吉凶二字未可占。（報子上）
報　子　啟禀使君，今有孫乾同荊州公子劉琦來在新野，現已離城不遠。
劉　備　再探。（報子下）吩咐眾將官，擺隊相迎。（劉備原人過場）（劉琦、孫乾過場）（劉備原人出城）（劉琦、孫乾同上）
劉　琦　啊，叔父！荊州一別，叔父可好？
劉　備　啊，侄兒你可好？
劉　琦　托庇老大人洪福。
孫　乾　啊，主公！
劉　備　啊，先生！你也回來了？
孫　乾　回來了。
劉　備　你我一同進城。

劉　琦	叔父請。
孫　乾	主公請。（場上原人同下）（劉備、孫乾、劉琦、關羽、張飛、趙雲同上）
劉　備	賢侄遠涉風塵，多多的辛苦了。
劉　琦	侄兒乃奉了父王之命，前來與叔父賠罪。
劉　備	啊哈哈哈哈哈！自家兄弟，何用如此的客氣呀！想那蔡瑁也是無知之人，爲叔我也未將他放在心上。左右！
中　軍	有！
劉　備	吩咐安排酒宴，與賢侄和孫先生洗塵。
劉　琦 孫　乾	不敢當了。
中　軍	宴齊。
劉　備	酒宴排下。賢侄請酒。 （唱）叔侄在堂前把酒飲。請！ （唱）叙一叙荆州大事情。 　　兄長仁義心寬順，待人忠厚不二心。 　　惟有蔡瑁心太狠，時時要害我族人。 　　賢侄須將心耐忍，讀書取法且留心。 　　自古道劬勞父母恩，自怨自艾孝當存。
劉　琦	叔父啊！ （唱）叔父所言金石論，侄兒字字記在心。停杯不飲珠泪滾，喂呀！
劉　備	（唱）侄兒爲何兩泪淋？ 　　賢侄爲何這等的模樣？
劉　琦	叔父有所不知。只因我繼母蔡氏，常懷謀害之心，侄兒無計可免殺身之禍。侄兒久有意在叔父臺前領教，總未得其機會。今日來在新野，左右料無蔡氏之人，故而在席間請教，萬望叔父設一良謀，也好保全侄兒之性命也。
劉　備	唔！ （唱）聽他之言暗思忖，叔父言語你要記在心。 　　雖然是繼母心腸狠，子不曠職盡孝心。 　　晨昏定省多孝順，感動繼母能變心。 　　豈不聞大舜耕田承天命，到如今可稱古聖君。 　　休再悲啼且把酒飲，莫叫你父兩難情。

劉　琦　（唱）叔父指教兒遵命,侄作了進退兩難人。
　　　　唔嚕……侄兒醉了！
劉　備　將公子攙扶館驛安歇,明日與賢侄長亭餞行者。
　　　　（劉琦從小道下,劉備原人從大道下）

第四十八場

（徐庶上）

徐　庶　（唱）日前水鏡對我論,錯識英雄劉景升。
　　　　　　今日來在新野郡,遇見玄德乘機行。
　　　　散人姓徐名庶,表字元直[1],乃潁川人氏。自幼好學擊劍,中平末年,嘗爲人報仇,將人殺死,披髮塗面,逃奔他鄉,因此改名單福；從此折節讀書,遍訪天下英雄,廣交四海良友,雖無移山倒海之能,實有經天緯地之智。那日錯識了劉景升,反被水鏡先生輕笑了一場。昨日聞得人言,劉玄德尚賢禮士,大有周公之概。我見了玄德,還要見機而行。正是：欲求名主遇,還須見機行。
　　　　（唱）自幼兒好擊劍慷慨自命,爲殺人改名姓死裏逃生。
　　　　　　將身兒來至在新野縣境,遇見那劉皇叔見機而行。（徐庶下）

校記

[1] 表字元直："表字",原倒,據《三國演義》卷八乙正。

第四十九場

劉　備　（內唱）叔侄并轡出新城。
　　　　（劉備、劉琦、孫乾、關羽、張飛、趙雲、四文堂、四下手隨上）
劉　備　（唱）我與侄兒來送行。并馬信繮把話論,
　　　　　　恨只恨蔡瑁嫉妒心。席前暗把刀兵隱,
　　　　　　爲叔看破袖內情。這匹的盧快得很,
　　　　　　白浪翻空走困人。
劉　琦　（唱）那也是叔父有洪運,此馬爲主顯奇能。
　　　　　　有道是邪魔難侵正,吉人天相果是真。

劉　備　（唱）長亭柳送不斷離別影，
劉　琦　（唱）短居客怎能以叙長情。
劉　備　（唱）來至在長亭下金鐙，我與賢侄來餞行。
　　　　　　　人來看過酒一樽，我與賢侄來餞行。
　　　　　　　但願你父身無病，永壽長春多安寧。
　　　　　　　相勸賢侄多謹愼，在繼母跟前多盡孝心。
　　　　　　　爲了承勸父心順，休敎父憂替子嗔。
　　　　　　　賢侄請把此酒飲，一路平安轉回程。
劉　琦　叔父呀！
　　　　（唱）謝過叔父禮恭敬，待侄如同膝下生。
　　　　　　　囑咐的言語侄心領，孝順二字記在心。
　　　　　　　辭別叔父跨金鐙，馬來！珠淚滔滔濕透衣襟。
　　　　（四文堂先下）
劉　琦　請。（下）
劉　備　啊，賢侄，慢步，爲叔我不遠送了。啊哈哈哈哈哈！
　　　　（唱）劉琦上馬淚難忍，席前哭訴太傷心。
　　　　　　　家務不和天不順，看起來荆州起內訌。
　　　　　　　吩咐衆將跨金鐙，大隊人馬進東門。
　　　　　衆將官，大隊繞從東門去者。（劉備原人同下）

第 五 十 場

（徐庶上）
徐　庶　（唱）將身來在路傍等，打動劉備有心人。
　　　　敝人單福，吾聽得劉使君在十里長亭與劉琦餞行，打從東門而歸。我不免在陽關路上，等候於他，以歌詞打動他便了。遠望塵頭大起，想必劉使君來也。
（劉備原人同上）
劉　備　人馬爲何不進？
　衆　　有一狂歌之人當道。
劉　備　人馬列開。
　衆　　狂歌之人當面。

徐　庶　（唱）天地反覆兮火欲殂，大廈將傾兮一木難扶。
　　　　　　　山谷有賢兮欲投明主！明主求賢兮却不知吾。
　　　　　啊哈哈哈哈哈！
劉　備　好歌呀，好歌也！
　　　　（唱）勒住絲繮側耳聽，不由心中自沉吟。
　　　　　　　狂歌之人非凡品，忽然間想起大事情。
　　　　　　　水鏡先生對我論，伏龍、鳳雛二能臣。
　　　　　　　此人的歌詞奇特甚，莫非是伏龍到來臨。
　　　　　　　弃鐙離鞍下能行，尊聲先生請上聽。
　　　　　　　適纔歌詞高明甚，敝人無眼不識人。
　　　　　　　光臨新野三生幸，請到小縣待杯茗。
徐　庶　啊哈哈哈哈哈！
　　　　（唱）萍水相逢我怎肯，我本是布衣貧賤人。
　　　　　　　既蒙見愛我遵命，與駕高攀現醜行。
劉　備　（唱）先生大駕肯光臨，同到新野再談心。
　　　　　來，快與先生帶馬。人馬進城去者！（同下）

第五十一場

（劉備原人、徐庶同上）

劉　備　先生駕到新野，敝人不知，還望先生多多恕罪。
徐　庶　豈敢。輕進寶衙，多蒙不弃，乃是使君海涵。
劉　備　豈敢。請問先生貴姓高名，是哪裏人氏？
徐　庶　某乃穎川人也，姓單名福。久聞使君納士求賢，故來投托，未敢造次，故而行歌於市，以動尊聽耳。
劉　備　啊哈哈哈哈哈！久聞先生大名，不期今日在此相見，真乃三生有幸也。
徐　庶　劉使君！使君適纔所乘之馬，如不嫌麻煩，請再牽出一觀。
劉　備　一騎駑馬，焉能經明公觀看。
徐　庶　不必推辭，倒要瞻看瞻看。
劉　備　好，左右！
卒　　　有。

劉　備　將馬去掉鞍韂，牽上堂來。
　卒　　遵命。
劉　備　此馬雖然毛色不齊，但有千里脚程。
徐　庶　且待將馬牽來，再爲評定。（卒拉馬上）
　卒　　馬到。
劉　備　就請先生觀馬。
徐　庶　待我看來。此非的盧馬也？
劉　備　正是，正是。
徐　庶　此馬雖有千里脚程，只是妨主，不可乘也。
劉　備　已應之矣。
徐　庶　怎見得？
劉　備　先生哪！
　　　（唱）此馬曾救敝人難，跳過檀溪新野還。
　　　　　　若論妨主曾有顯，折去凶兆自安然。
徐　庶　此乃救主，非妨主也。某有一法，可以禳之，但不知使君容納否？
劉　備　先生有何高見？
徐　庶　使君哪！
　　　（唱）此馬本是妨主馬[1]，妨過一人可無虞。
　　　　　　使君若肯從我意，送與他人先乘騎。
　　　　　　但等將主妨弃去，隨後再騎免是非。
　　　　啊，劉使君！你看此計如何？
劉　備　啊哈哈哈哈哈！來，看茶來！此位客官，去處太遠，不要耽誤了他的行程。啊哈哈哈哈哈！
徐　庶　明公啊。
　　　（唱）帶笑開言把話講，尊一聲使君聽端詳。
　　　　　　素聞使君洪海量，招賢禮士不尋常。
　　　　　　因此千里來相訪，如此輕慢爲哪樁？
　　　　　　有何不悦當面講，莫非敝人語顛狂？
劉　備　唔！
　　　（唱）招賢納士不敢當，先生言語太顛狂。
　　　　　　初來此地無德尚，損人利己爲哪樁？
　　　　　　先生高才多容量，這豈是古聖人下教君王？

徐 庶	啊哈哈哈哈哈！
	（唱）使君出口仁義尚，我心中的事兒再説詳。
	向聞使君仁義，未敢便信，故以此言相試。使君休要見怪了。
劉 備	啊哈哈哈哈哈！備乃草木之人，焉敢稱得仁義二字，唯望先生多多教導也。
徐 庶	豈敢。
劉 備	我有意請先生執掌兵權，不知先生願屈下就否？
徐 庶	好便好，只是一介書生，焉敢當此重任也！
劉 備	不要推辭，左右，香案擺下！
劉 備	新野縣主劉備祭上九天，今日特請單先生執掌兵符，以扶漢室天下。皇天后土，降靈乎！（報子上）
報 子	今有曹操調動人馬，鎮守樊城。
劉 備	再探。（報子下）啊，先生，今有曹操調動人馬，鎮守樊城，必有謀取荆襄之意。倘若荆襄有失，新野小縣恐不能安穩也。
徐 庶	主公不必憂慮。想那曹操既調兵鎮守樊城，將來必要取我新野。敵人已打定主意了。但聽探馬一報。（報子上）
報 子	今有吕曠、吕翔帶領五千人馬，直奔新野而來。
徐 庶	知道了，再探。（報子下）
劉 備	啊，先生！曹兵眼看來到新野，先生有何妙計？
徐 庶	敵人自有道理。衆位將軍，聽我命下！
	（唱）關、張將軍聽我命，左右出兵莫消停。
	敵住後路兵來猛，準備弩箭射曹兵。
關 羽	（唱）把守左路防攻猛，（下）
張 飛	（唱）調動右路衆英雄。（下）
徐 庶	（唱）帳中再傳第二令，尊聲常山趙子龍。
	隨從主公攻頭陣，準備今日立大功。
趙 雲	（唱）先生且把軍情定，子龍前去點動兵。（下）
徐 庶	（唱）軍中大事安排定。
劉 備	（唱）曹兵到來逞奇能。（同下）

校記

［1］妨主馬："馬"，原作"意"，據文意改。

第五十二場

（四文堂、四大鎧、四將官、四下手同上[1]）（呂曠、呂翔同上）

呂　曠　（唱）【點絳唇】奉師嚴命，鎮守樊城，統雄兵，八面威風，要奪新
呂　翔　野城。

呂　曠　（念）威風凛凛殺氣騰，文韜武略動刀兵。

呂　翔　（念）將令一出山搖動，要把新野一掃平。

呂　曠　大將軍呂曠。

呂　翔　二將軍呂翔。

呂　曠　兄弟請了。

呂　翔　啊，兄長。

呂　曠　你我奉了曹仁之命，攻取新野，今日離城三十里安營下寨。看前面一支人馬，必是新野兵將。你我乘此天氣晴朗，正好交鋒，不免殺上前去。

呂　翔　兄長言之有理。呔，衆將官！向前迎敵者。
　　　　（接頭，二龍出水，轉場）（四白旗、四下手引趙雲上）

呂　曠
呂　翔　呔，你是何人，攔住某家大隊的去路？

趙　雲　住了！某乃常山趙子龍在此。二賊報上名來。

呂　曠　吾乃曹仁部下大將軍呂曠是也。

呂　翔　吾乃曹仁部下二將軍呂翔是也。

呂　曠　休走，看槍！

趙　雲　啊哈，啊哈，啊哈哈哈哈哈！我當何人，原來是二賊降將，向前受死。

呂　曠
呂　翔　一派胡言，殺！（起打，兩路分兵，衆齊下）

　　　　（趙雲追二人下）（呂曠、呂翔敗上）

呂　曠　且住！看趙雲殺法厲害，你我弟兄且回樊城，報與元帥知道。

呂　翔　走啊。（同下）

校記

［1］四下手同上："下手"，原倒，據上文乙正。

第五十三場

（四紅旗、四下手引關羽上）

關　羽　關某奉了先生之命，在此等候敵兵。遠望塵頭大起，想是敵兵來也。馬童，殺！（呂曠上。關、呂起打。呂曠敗下，關羽追下）（呂曠又上。趙雲追上。雙過合，趙雲刺死呂曠）（趙雲走邊下）（呂翔上，張飛追上）

呂　翔　來將通名。

張　飛　你老子張翼德在此。

呂　翔　看槍。

張　飛　哇呀呀呀呀呀。殺！（呂翔下。張飛追下。趙雲、關羽衝上。張飛刺死呂翔）

關　羽
趙　雲　二賊已滅，新野交命去者。（同下）

第五十四場

（四文堂、四大鎧、糜竺、糜芳、簡雍、孫乾、徐庶、劉備同上）

劉　備　（唱）先生智謀韜略廣，妙算神機武藝強。
　　　　　　　將身且坐中軍帳，但聽探馬報端詳。

（報子上）

報　子　二位將軍得勝回城。

劉　備　有請。（關羽、張飛、趙雲同上）

劉　備　有勞三位賢弟，得勝回營。

關　羽
趙　雲　非是我等功勞，乃是先生的神機妙算。
張　飛

徐　庶　豈敢。三位將軍，且請後面歇息。

關　羽
張　飛　得令。啊哈哈哈哈哈。（同下）
趙　雲

劉　備　此番出兵，先勝了頭陣，真乃漢室之福也。

（唱）殺退曹兵軍心振，先生妙算果然強。

神機運籌如反掌，宰牛羊備美酒犒賞一場。

（原人同下）

第五十五場

（四文堂、四大鎧、四下手引曹仁上）

曹　仁　（唱）交鋒好似龍虎鬥，漢室分爭不能休。

呂曠呂翔去爭鬥，要把新野一筆勾。

將身且坐寶帳口，但聽探馬報根由。（報子上）

報　子　呂曠、呂翔在新野落馬。

曹　仁　再探！可惱啊，可惱！

（唱）聽一言不由人氣衝牛斗，小劉備他怎敢挫我貔貅。

傳將令衆三軍擂鼓前走。

李　典　且慢！

（唱）尊元帥還需要再作機謀。

元帥暫息雷霆之怒，想那兩將，以為敵人可欺，故有此大敗。今應將大隊人馬，四路分哨，按兵不動，一面差人奉報丞相，但等大兵到來，前去征剿，方是上策。

曹　仁　嗚啊啊啊啊！想那呂曠、呂翔，陣前而亡，傷了本帥的銳氣，況又折了許多軍馬，此等羞辱之事，不可不報。量新野不過是彈丸之地，何勞丞相親自征服。

李　典　那劉備手下頗有文韜武略之人，元帥要再思再想。

曹　仁　公何其膽怯也，書生之見何足成大事？

李　典　某雖書生，但知兵法有云：知己知彼，百戰百勝。非是某家怯戰，但恐出兵不能必勝耳。

曹　仁　嘟！聽你之言，必懷有二心。吾必要生擒劉備，以免你這儒生誇口。

李　典　元帥既然前去，請留下一隊人馬，末將坐守樊城，以防不測。

曹　仁　一派胡言！你若不去，必有二心。

李　典　末將怎敢。

曹　仁　量你也不敢。吥，衆將官！兵發新野去者。（曹仁、李典原人同下）

第五十六場

（四文堂、四大鎧、徐庶引劉備上）

劉　備　（唱）昨日出兵獲全勝，先生妙計果高明。
　　　　　　　曹兵敗走心不定，新城又要起刀兵。
　　　　（報子上）
報　子　今有曹仁帶領三萬人馬，直奔新野而來。
劉　備　再探！（報子下）啊呀先生！今有曹仁帶領三萬人馬，直取新野而來，這便如何是好？
徐　庶　恭喜主公，賀喜主公！
劉　備　曹仁興兵到來，不久又是一場大戰，我這喜是從何説起呢！
徐　庶　主公啊！
　　　　（唱）未曾開言帶笑容，敝人有語請聽明。
　　　　　　　曹仁大兵來交戰，城內空虛無守兵。
　　　　　　　一條妙計安排定，管教他拱手送樊城。
劉　備　（唱）先生説話不分明，爲何拱手奉樊城。
　　　　　　　軍中大事先生定，好退曹仁三萬兵。
　　　　先生有何妙計快快説來，以免愚下猜想也。
徐　庶　主公不必着忙，敝人已將計策定好，待我附耳與主公説明。
劉　備　啊哈哈哈哈哈！就請先生安排者。
　　　　（唱）先生妙計天地動。
徐　庶　（唱）不費斧鉞取樊城。
劉　備　（唱）那怕曹仁兵將勇，
徐　庶　（唱）準備一戰要成功。
劉　備
徐　庶　啊哈哈哈哈哈！（同下）

第五十七場

（四文堂、四下手、四將引曹仁上）

曹　仁　人馬爲何不進？

眾　　　來此已是雀尾坡。

曹　仁　李典聽令。

李　典　在！

曹　仁　傳令下去，吩咐大小三軍，擇一高崗之處，安營下寨，歇兵三日，再與劉備交戰。

李　典　眾將官！就在此處安營下寨，歇兵三日，再與劉備交戰。（場上原人同下）

第五十八場

（四文堂、劉備、徐庶同上）（報子上）

報　子　今有曹兵大隊人馬，在雀尾坡安營下寨。

劉　備　再探！（報子下）先生有何妙策？

徐　庶　你我且到高山一望。

劉　備　待我奉陪。

徐　庶　請啊！

劉　備　（唱）適纔探子報端詳，曹兵在坡前扎營房。
　　　　二人同把高山上，看一看曹兵將是何等猖狂。

（八大旗引曹仁、李典演陣過場）

劉　備　啊，先生！你看曹兵擺的是甚麼陣勢？

徐　庶　主公啊！
　　　　（唱）主公休要心煩悶，曹兵陣勢不算能。
　　　　手挽主公回大營，再與主公說分明。

劉　備　啊，先生！曹兵所擺之陣是何名稱，請先生指示。

徐　庶　主公不必心急，且聽散人道來！此陣名為八門金鎖陣。按八門者，乃休、生、傷、杜、景、死、驚、開也，若從生門而入，大吉大利；若從驚門撞入，則恐不祥。看他所擺之陣，中央之地通欠主持。來，將趙四將軍請來，我自有吩咐。

卒　　　趙四將軍進帳。（趙雲上）

趙　雲　來也。參見主公。

劉　備　四弟請坐！

趙　雲　謝座。主公將末將喚出，有何吩咐？

劉　備　徐先生有差。
趙　雲　啊，徐先生有何差遣？
徐　庶　趙將軍聽了！
　　　　（唱）此陣名爲金鎖陣，八卦方向要認明。
　　　　　　　將軍帶兵東南進，殺奔正西出景門。
　　　　　　　曹兵北走休追進，還從東陣角上行。
　　　　　　　將軍方向要記準，得勝回營第一勛。
趙　雲　得令。
　　　　（唱）末將謹遵先生論，哪怕曹兵有萬人。（趙雲下）
徐　庶　（唱）曹兵擺下金鎖陣，怎知新野有能人。（同下）

第五十九場

（四文堂、四下手引曹仁、李典上）

曹　仁　今日我軍擺下八門大陣，那敵軍到來，必然被我生擒也。
李　典　元帥不可輕視。想那新野雖小，文武兼備之人不知有幾。據末將之見，還是退守樊城，以防不測。
曹　仁　吓！想我未出軍時，你已慢了我的軍心。如今你又要退守樊城，成何心意！來，將李典與我斬了！
衆　　　未曾交鋒，先斬大將，與行軍不利，請元帥開恩！
曹　仁　哼哼哼哼哼哼！看在衆將面上，將你不斬。來，將李典調在後軍，我成功之日，定不將你上在功勞簿上！衆將官，就此前往。哪個大膽的兒郎，前來打陣？
　　　　（趙雲內白：俺來也）（趙雲殺進陣口，追曹仁下）（曹仁上，趙雲槍挑曹仁盔，曹仁又敗下）（八大旗、關羽、張飛、劉備、徐庶同上，過場）（曹仁過場，趙雲又追下）
　　　　（劉備上）
劉　備　衆將官，不可追趕。收兵！（劉備下）（曹仁敗上）
曹　仁　且住。桃園弟兄十分驍勇，雖然敗了一陣，勝敗乃軍中常事。今日劉備打了勝仗，必然驕傲起來，你我乘其不備，今夜前去偷營，必能大獲全勝。
李　典　吾兵雖在此處，惟有樊城可憂也。

曹　仁　今夜偷營必然成功。
李　典　此計不可，想那劉備必有準備。
曹　仁　以你這等多疑，焉能用兵！倘若不勝，再回樊城，也不爲晚。呔，衆將官！飽餐戰飯，準備三更時分，前去偷營者。（下）
李　典　唉！（下）

第六十場

（四文堂、關羽、張飛、趙雲、徐庶引劉備上）

劉　備　今日多賴先生殺退曹兵，你我理當痛飲。左右，酒宴擺下！
劉　備　大家請酒。（風旗過場）
徐　庶　不好了。
　　　　（唱）正好軍中把酒飲，狂風大作爲何情。低下頭來自思忖，
　　　　唔，是了！
　　　　（唱）今夜有賊來偷營。
　　　　啊，主公！適纔狂風一陣，乃主今夜有賊前來偷營。就命趙四將軍與張將軍，各帶本部人馬，在營後埋伏，待二更時分，將木寨放起火來，曹兵到此，殺他個落花流水，不得有誤。關將軍帶領本部人馬去取樊城，不得有誤。
關　羽
張　飛　遵命。（同下）
趙　雲
徐　庶　啊，主公，你我且坐後帳飲酒，少時曹兵又要大敗也。
劉　備
徐　庶　啊哈哈哈哈哈！（同下）

第六十一場

（四文堂、四大鎧、四下手、糜竺、糜芳、簡雍、孫乾、徐庶引劉備上）

劉　備　（唱）先生韜略果然廣，用兵機智妙算強。
　　　　　　何懼曹兵來交仗，自有神機把他降。
　　　　　　三弟翼德爲大將，上陣交鋒似虎狼。

　　　　　關、趙到處威風揚，斬將奪關逞豪強。
　　　　　　將身來在中軍帳，且聽探馬報端詳。(報子上)
報　子　二位將軍得勝回營。
劉　備　知道了。(報子下)
劉　備　衆將官，擺隊相迎。(場上原人過場)(張飛、趙雲過場)(原人同上)
劉　備　二位賢弟，多多勞神，未曾遠迎，當面恕罪。
張　飛
趙　雲　大哥不必如此，後堂安歇者。(張飛、趙雲下)
劉　備　哈哈哈哈哈！
　　　　(唱)文有那單先生才高智廣，武有那趙、關、張武藝高強。
　　　　　　但願得關二弟樊城取下，三弟兄統人馬再圖地方。
　　　　(同下)

第六十二場

　　　　(曹仁、李典原人同上)
曹　仁　吾陣竟為他軍所破。
李　典　事到如今如何是好？
曹　仁　事到如今，只可去到樊城，再作道理。
李　典　但怕樊城也已失也。
曹　仁　呸！你也不知兵法。想那樊城離此約有數里之遙，他等兵將焉能得到？你我俱向樊城去者！
李　典　去者。
曹　仁　還是殺。
李　典　還是殺。(同下)(船家上)
船　家　俺本是一船子，在此伺候渡河者。
　　　　(曹仁、李典同上。過船同下)(關羽過場)(曹仁、李典同上)
曹　仁　人馬為何不進？
　衆　　敵軍擋道。
曹　仁　此處也有敵兵？待我上前問來。那旁是何人擋住去路？
關　羽　吾乃關雲長是也，奉了先生之命，已將樊城取得多時也！
曹　仁　快快收兵！(曹仁原人同跑下)

關羽　人馬休要追趕，且到樊城迎接主公去者。（同下）

第六十三場

（曹仁、李典同上）

曹仁　事到如今，你我只得收拾殘兵，稟報丞相知道。

李典　事到如今你纔信了我的言語！俺李典與你受了這等冤屈，真令人可恨也！

曹仁　唉！事已至此，我曹仁悔之晚也。但盼丞相不降罪你我，也就是了。

李典　走啊。

曹仁　走走走。

李典　呸！（李典先下）

曹仁　嘿嘿！收兵，收兵。（同下）

第六十四場

（四紅文堂、曹洪、許褚、張遼、程昱、于禁、樂進引曹操上）

曹操　（唱）老夫興兵誰敢擋，威鎮四海美名揚。
　　　　左右兵強將又廣，儼然九五坐皇堂。
　　　　除滅袁紹報主上，安撫軍民轉許昌。
　　　　將身且坐蓮花帳，但聽探馬報端詳。

（曹仁、李典同上）

曹仁　（唱）敗陣而歸見丞相。

李典　（唱）含羞帶愧臉無光。

曹仁
李典　我二人參見丞相，死罪呀，死罪！

曹操　恕爾等無罪，起來講話！

曹仁
李典　多謝丞相。

曹操　二位將軍，如何這等模樣？

曹仁　啟稟丞相，奉命去守樊城，擋住桃園弟兄，也是末將一時大意，命呂曠、呂翔攻打頭陣，不料大敗而歸。末將又夤夜前去偷營，誰知又中了他的計策。末將擺下八門金鎖陣，又被他攻破。只望兵回樊城，誰知早被關雲長占據了。是我走投無路，特來稟報丞相。萬罪呀，萬罪！

曹　操　勝敗乃軍家常理，二位將軍不必慚愧。俟我出一機謀，再與劉備較量。

曹　仁
李　典　丞相如此開恩，使我等終身有愧也。

曹　操　但有一件，想那劉備不過一區區新野縣令，手下那有如此大才之人！二位將軍！可曾詢問新野縣中，提兵調將的軍師，姓甚名誰？

曹　仁　末將曾捉得新野農夫，據他言道，那新野縣中的軍師，姓單名福。此人文韜武略，十分精通。遇此人，須要提防一二。

曹　操　唔呼呀！那單福的來歷，你可知曉？

曹　仁　這個，末將不知，不敢妄對。

程　昱　適纔曹將軍所說之單福，非單福也。

曹　操　怎見得？

程　昱　此人幼學擊劍，在中平末年，嘗爲人報仇，將人殺死，遂披髮塗面，逃往他處。不料又被吏人拿獲，問他姓名，但笑而不答，吏人將他捆綁在木車之上，擊鼓行於市，令市人識之者，賞銀百兩。市人雖有知者，也不敢實言，因此被同伴解救。他乃更改名姓，逃奔山中，折節讀書，遍訪天下名儒，嘗與司馬徽爲友，文韜武略，無不精明。此人乃潁川人氏，姓徐名庶，字元直。曹將軍所言單福者，正是他托名耳。

曹　操　聽先生之言，徐庶有這大的本領，比先生之才，不知誰高誰低？

程　昱　徐庶之才，勝某十倍，昱焉敢比翼也。

曹　操　可惜此人歸於劉備，真是天賜他人之福也。

　　　　（唱）忽聽程昱說一番，倒叫我心中不耐煩。

　　　　　　　小小一座新野縣，可算虎踞與龍盤。

　　　　唉！劉備手下有這樣賢士，他的羽翼已成也。嘿嘿！

程　昱　徐庶雖在彼處，丞相有將他招來之意，却也不難。

曹　操　怎見得？

程　昱　徐庶爲人最孝，現有老母在堂。丞相使人將徐母接到許昌，以禮厚待，徐庶知之，則必自至也。

曹　操　此計甚好。就命先生差人前去,迎請徐母前來,不得有誤!
程　昱　遵命。正是:安排玲瓏計,爲得孝良臣。(程昱下)
曹　操　徐庶到此,則劉備不懼也。
　　　　(唱)忠臣孝子人敬仰,況是文韜武略强。
　　　　　　程昱前去必妥當,迎接徐母到許昌。
　　　　後廳擺宴,與二位將軍壓驚。(同下)

徐母罵曹

佚名撰

解　題

　　晉劇。作者不詳。《山西戲曲劇目總攬》著錄，題《徐母罵曹》，未署作者。劇寫徐庶托名單福，輔佐劉備，破曹兵，取樊城。曹操謀士程昱獻計，將徐母從潁川賺至許昌，勸其修書命徐庶背劉投曹。徐母怒罵幷以石硯擊曹操。曹操大怒，欲斬之，爲程昱勸阻。本事出於《三國演義》第三十六回。清代花部亂彈有佚名之《庶母罵曹》，清代李世忠編京劇《梨園集成》本有《新著罵曹》，現代京劇亦有《徐母罵曹》。版本今見《山西地方戲曲彙編》第十二集《中路梆子專輯四》本。今以該本爲底本校勘整理。

第　一　場

　　（四龍套引曹操上，坐帳）
曹　操　（引）執掌威權，收天下文武英賢。
　　　　（詩）漢室江山氣運終，群雄四起各爭鋒。
　　　　　　　老夫坐鎮許昌地，搜羅天下衆英雄。
　　老夫曹操[1]，漢室爲臣。只因曹仁、李典失去樊城，聞聽劉備軍中，有一單福策劃，不免請程昱進帳商議。
衆　　　請程謀士進帳。（程昱上）
程　昱　（念）胸藏三墳五典，才能調將提兵。
　　　　參見丞相。
曹　操　先生少禮，請坐！
程　昱　謝座。喚敝人進帳，有何軍情？
曹　操　聞得劉備軍中有一單福劃策，先生可知單福何人也？

程　昱　丞相聽禀！

　　　　（唱）單福家住在潁川，其中必有細根源。
　　　　　　　表字元直徐門後，單名徐庶是名流。
　　　　　　　如今落在劉備手，丞相興兵要把神留。

曹　操　（唱）程昱比他差八九，丞相我憐才爲設計謀。
　　　　　　　既與玄德爲好友，要想收到我無計求。
　　　　此人既投劉備，誠恐外人不能下手[2]，真乃可惜也！

程　昱　丞相有心要用此人，却也不難！

曹　操　怎見得？

程　昱　敝人素聞徐庶極孝，只消丞相差人，將徐母賺到許昌，令其修書元直，諒無不來之理。

曹　操　此計甚好。後堂排宴，與先生同飲。（同下）

校記

［1］老夫曹操："夫"，原作"父"，據文意改。
［2］誠恐外人不能下手："人"，原無，據上下文補。

第　二　場

（徐母上）

徐　母　（引）悶坐草堂自凄涼，怎不慘傷。
　　　　（詩）大兒四海訪良朋，次子一命赴幽冥。
　　　　　　　可嘆老身無侍奉，凄涼孤苦在家中。
　　　　老身徐庶之母，所生兩個孩兒，長子徐庶在外訪友，次子徐康不幸身亡，撇下老身，獨守家中，好不傷感也！
　　　　（唱）老身生來命不强，不幸中年居了孀。
　　　　　　　不盼我兒歸家住，單盼我兒把名揚。
　　　　　　　生養二字全不講，怕人説我教子無方。（留）

第　三　場

（家將上）

家　　將　（唱）丞相差我潁川往，迎接徐母進許昌。
　　　　　俺曹府家將是也。奉了丞相之命，迎接徐庶之母進京，就此馬上加鞭。（圓場）
　　　　　（唱）催馬加鞭往前闖，抬頭只見一村莊。
　　　　　借問一聲，此地可有個徐老太太？
　　　　　（內白：哪個徐老太太）
家　　將　徐庶、徐康之母，徐老太太。
　　　　　（內白：前方黑漆門樓就是）
家　　將　多謝多謝！（轉場）來此已是。徐老太太，開門來！
　　　　　（徐母上）
徐　　母　（唱）門外有人把話講，莫非徐庶轉回家，（開門介）你是哪裏來的？
家　　將　京都來的。
徐　　母　到此做甚？
家　　將　奉了我家主人言命，迎接徐老太太進京。
徐　　母　你可認識？
家　　將　不相識。
徐　　母　老身正是。
家　　將　原來是徐老太太，小人叩頭。
徐　　母　不消，你受何人所差？
家　　將　小人是程大老爺和徐大老爺所差。
徐　　母　程大老爺他是何人？
家　　將　我家程大老爺，姓程名昱，與徐大老爺同殿為官，結拜兄弟。
徐　　母　他二人官居何職？
家　　將　俱是議郎。
徐　　母　因何接我進京？
家　　將　二位老爺聞聽徐二老爺亡故，恐老太太無人侍奉，特差小人接老太太進京，同享榮華。這是衣服一包，白銀百兩，老太太收存。
徐　　母　可有書信？
家　　將　無有。
徐　　母　為何無有書信？
家　　將　官差榮耀，修書不及。
徐　　母　如此備車輛侍候！

家　將　遵命。(下)

徐　母　好嚇！

　　　　(唱)我兒居官爲議郎，迎接老身進許昌。
　　　　　　　二堂以内把衣换，見了徐庶問端詳。
　　　　(留板，下)(家將上)

家　將　(唱)門前備下車一輛，有請老太太到許昌。
　　　　車輛備好，有請老太太上車。(徐母上)

徐　母　來了！

　　　　(唱)家將扶我把車上，想起徐康泪汪汪。(切)
　　　　哎呀！徐康兒呀！你哥哥接爲娘進京，同享榮華，你怎的不來？徐康，苦命的兒呀！
　　　　(同下)

第　四　場

曹　操　(内唱)漢室衰危天地蕩，(曹操上)

曹　操　(唱)各路烟塵起四方。老夫時刻將士訪，
　　　　　　　但願徐母到許昌。將身且坐二堂上，
　　　　　　　這正是水旺求土日夜忙。(家將上)

家　將　(唱)相府門前將車停，見了丞相説分明。
　　　　丞相在上，小人叩頭。

曹　操　徐母可曾接到？

家　將　現在府外。

曹　操　命衆將前去迎接。

家　將　得令！(下，龍套送門前退下)

徐　母　(内唱)來在門前下車輛。
　　　　(徐母上，家將上)

家　將　(唱)丞相有事要相商。老太太請坐二堂上。

徐　母　(唱)家將近前問端詳：我與丞相無來往，迎接老身爲哪椿？

家　將　丞相有大事相商。

徐　母　將軍帶路。

家　將　太夫人到。

徐　母	（唱）邁步且把二堂進，見了丞相問分明。
家　將	徐母到！
曹　操	有請！
家　將	有請！（拜場）
徐　母	丞相在上，老身萬福！
曹　操	太夫人少禮，請坐！
徐　母	謝座。
曹　操	太夫人，一路之上多受風霜之苦。
徐　母	承問。請問丞相，我兒徐庶往哪裏去了？
曹　操	在新野扶佐劉備。請太夫人修書，將他招回。
徐　母	我兒在新野扶佐劉備，爲何令老身修書招他？
曹　操	在新野扶佐劉備，如美玉陷於污泥之中，太夫人將他招回，奏知天子，必有封贈也。 （唱）太夫人修書將他招，官封列卿在群僚。人來奉過文房寶，（繞）
徐　母	（唱）這事其中有蹊蹺。 我聽家將言道，我兒在朝，官居議郎之職。如今又命我修書招他，其中是何道理？
曹　操	恐太夫人不肯前來，故言在京爲官，以安太夫人之心。
徐　母	原來你等用的詭計。丞相！你可知劉備他是何等人物？
曹　操	他乃涿縣小輩，妄稱皇叔，所謂外君子內小人也。 （唱）老夫暗把美言講，莫把恩人當鬼殃。（留）
徐　母	（唱）聽他言來怒滿腔，原來是爾等將我誆。（切） 曹丞相，此言差矣！
曹　操	怎見得？
徐　母	老身久聞劉備，乃是中山靖王之後，屈身下士，恭己待人，義氣傳於四方，仁聲聞於天下。世之牧子樵夫，黃童白叟，無不稱他爲仁人君子，真乃當世英雄！我兒輔之，如魚得水，際遇風雲，事得其主也！汝托漢天子洪福，名爲漢相，實爲漢賊。內懷謀朝篡位之心，外逞欺主專權之意。遷都移駕，百姓流離，許田打圍，衆臣無不痛恨；辱禰衡爲鼓吏，霸甄氏爲兒媳，甚至逼君弒妃，種種無道，三尺童子，無不思食爾肉也！ （唱）曹操奸佞亂朝綱，專權奪政害忠良。

　　　　逼君弑妃罪惡大,臭名昭著萬古揚。(切)
　　　是你反以玄德爲逆臣,欲使我兒弃明投暗,不知自耻。曹操呀!曹賊!你真名教中之罪人、衣冠中之禽獸也!
　　　(唱)劉備本是英雄將,當今皇叔聲望强。
　　　　大破黄巾兵百萬,虎牢關外英明揚。
　　　　仁聲義氣世人曉,我兒自應保漢皇。
　　　　雖然新野勢不壯,他的聲望比你强。
　　　　爾是曹嵩親抱養,夏侯族中抛去娘。
　　　　明明在朝爲首相,内懷篡位亂朝綱。
　　　　許田打圍欺主上,欺君壓臣罪難當。
　　　　無故遷都許昌地,百姓疾苦不思量。
　　　　你好似當年賊王莽,你比董卓更猖狂。
　　　　欲使我兒歸你掌,除非是日出在西方。(留)

曹　操　(唱)相府如同法場樣,刹時叫你一命亡。
徐　母　(唱)聽他言來怒昂昂,駡聲奸賊聽端詳。
　　　　老身既來不思往,休拿虎口嚇老娘。
　　　　文房四寶桌面放,我打死奸賊赴無常。
曹　操　(唱)人來與我上了綁,推出斬首見閻王。
　　　大膽惡婦!竟敢打老夫!哪裏容得!來呀!推出去斬了!(徐母被綁下)
　　　(程昱上)
程　昱　刀下留人!丞相因何將徐母斬首?
曹　操　惡婦百般叫駡老夫,因此將她斬首。
程　昱　斬了徐母,恐大事不利。
曹　操　怎見得?
程　昱　丞相若將她斬首,她子徐庶在彼,聞知此事,必然盡心輔助劉備。
曹　操　依你之見?
程　昱　將她放回,派人侍奉,每日伺候,仿她筆迹修書,差人送到新野。徐庶乃是大孝之人,必定隨書前來。
曹　操　哈!哈!哈!此計甚好。來呀!將徐母放回。(徐母上)
徐　母　(唱)欲借曹操帳中刀,全我美名青史標。
　　　　忽聽前堂赦言到,倒叫老身心内焦。(切)

	曹操呀，曹操！要殺就該開刀，爲何又將老身放回？真乃豈有此理！
曹　操	非是老夫不斬於你。程先生言道，他與你子有八拜之交，斬了你，如斬他母一般，故而不斬。
徐　母	程先生爲何多事？
程　昱	伯母呀！ （唱）我與元直曾交好，豈肯讓伯母吃一刀。
徐　母	（唱）先生只顧將我保。我兒新野坐不牢。（清場）
曹　操	先生，將徐母小心伺候。掩門！（曹操、龍套下）
徐　母	正是：（念）久聞曹操多奸詐，今日一見果不差。
程　昱	伯母！隨小侄來呀！哈哈哈！（同下）

三　　請

佚　名　撰

解　題

　　山西鐃鼓雜戲。作者不詳。未見著錄。按，鐃鼓雜戲，也叫"鑼鼓雜戲"，流行於山西晉南地區的新絳、運城、萬榮、臨猗一帶農村中的一種戲曲劇種。念白近於朗誦，唱腔簡單，以鐃、鑼、鼓和嗩呐伴奏，没有弦樂，演出形式相當古老，一般認爲保存了不少宋元戲曲的遺迹。《山西地方戲曲彙編》第一集《鐃鼓雜戲專輯一》開頭的"編輯説明"中説：本集編入的鐃鼓雜戲劇本，均係清末民初手抄藏本。這個劇種相傳有五六百年歷史……從歷史上尚未見有職業性劇團的史料記載或傳聞，大多由各地村社自行組班演出，代代相傳。本劇共十八回，劇寫劉備得徐庶大敗曹軍，奪取樊城。曹操震驚，用程昱計，賺徐庶到許昌。徐庶至孝，得母假書，堅辭劉備，臨别走馬薦諸葛。劉備三請諸葛亮出山。諸葛亮初出茅廬，博望燒屯，大敗曹軍。中間夾叙徐庶母親之死、曹阿瞞躬祭徐母等情節。劇以"回"而不以"場"作爲結構，顯示鐃鼓雜戲劇與宋元説唱故事如諸宫調等表演之深刻淵源。本事出於《三國志平話》及《三國演義》第三十五、第三十六、第三十七回。元雜劇《諸葛亮博望燒屯》，明代傳奇《草廬記》，清代傳奇《鼎峙春秋》、《三國志》，清代花部亂彈《博望坡》、《薦諸葛》、《三顧茅廬》，現代京劇《三顧茅廬》均寫此故事，情節有异。該劇版本今見《山西地方戲曲彙編》第一集《鐃鼓雜戲專輯一》（山西人民出版社1981年8月版）本。今以該本爲底本校勘整理。

第一回　劉備設宴慶功臣

　　（劉備、關羽、張飛、趙雲、徐庶五人文上）
趙　雲　（念）志氣凜凜蓋世雄，全憑武藝建奇功。

　　　　　　槍林箭雨吾不懼，衝鋒陷陣敢逞能。
　　　　　　弃暗投明真義士，鋼心鐵膽忠良卿。
　　　　　　一心歸順輔劉主，姓趙名雲字子龍。
張　飛　（念）面似鍋鐵渾身黑，縱橫天下俺莽魁。
　　　　　　兩眼圓睁如日月，一聲吶喊似巨雷。
　　　　　　丈八蛇矛人驚懼，手提鋼鞭跨烏騅。
　　　　　　家住涿州范陽縣，姓張名飛字翼德。
關　羽　（念）家住河東古解梁，幼年逃難在他鄉。
　　　　　　滿腔浩然忠義氣，威風凛凛扶漢邦。
　　　　　　馬名赤兔追雲影，偃月青龍似雪霜。
　　　　　　一身勇烈長蓋世，姓關名羽字雲長。
徐　庶　（念）少好擊劍聽金聲，佯狂作歌裝怪形。
　　　　　　熟悉韜略人不識，暗藏計謀我獨深。
　　　　　　上觀天文知禍福，下察地理定吉凶。
　　　　　　本是徐庶字元直，改換單福隱姓名。
劉　備　（念）家住涿縣在樓桑，慣習弓馬好賢良。
　　　　　　兩耳垂肩手過膝，面如冠玉貌非常。
　　　　　　青梅煮酒論英雄，操將第一讓吾當。
　　　　　　暫居新野養羽翼，他年得志定爲王。
　　　孤姓劉名備表字玄德，中山靖王之後，漢景帝閣下玄孫。孤與關、張桃園結義，誓同生死。當今獻帝軟弱，奸臣弄權，上欺天子，下壓群僚，心想掃除奸雄，光復漢室，怎奈兵微將寡，又無經邦濟世之大賢。
　　（吟）獻帝軟弱奸臣雄，干戈并起狼烟生。
　　　　　　何日四海得寧静，統一山河定太平。
　　　昨得單福軍師，與曹兵對壘，殺得他大敗而逃，我想奸賊必要報仇。自古道重賞之下，必有勇夫，我不免設一酒宴，慶賀功勞。小校看酒上來，待我與軍師衆弟兄把盞。
衆　將　我等有何德能，敢勞把盞！
劉　備　既然如此，四弟把盞。
趙　雲　謹遵主命。
劉　備　看酒上來，吾與四弟把盞。

趙　雲　不敢動勞，一禮告莫。（衆行禮畢，坐）
趙　雲　（吟）手舉金杯看分明，主公真是帝王形；
　　　　　　　文臣武將排班次，今朝天子宴公卿。
張　飛　（吟）高舉玉盞用目瞧，只見席上衆英豪；
　　　　　　　喜笑盈盈對面坐，不亞群仙赴蟠桃。
關　羽　（吟）舉杯飲酒四下觀，衆位弟兄坐席前；
　　　　　　　慶賀功勞同飲宴，好似玉皇會群仙。
徐　庶　（吟）猛然抬頭細端詳，明君賢臣聚一堂；
　　　　　　　大家舉杯把酒飲，不覺滿面現春光。
劉　備　（吟）不由孤窮笑顔開，開國勛臣兩邊排，
　　　　　　　排設酒宴同聚會，會合一堂暢心懷。
　　　　　小軍看酒上來，待我與軍師把盞。
徐　庶　微臣有何德能，敢勞主公把盞？
劉　備　軍師呵！
　　　　（唱）你好似鄧禹先生，神機多妙算，
　　　　　　　誅滅王莽賊，復興爲東漢，
　　　　　　　方顯你蓋世英賢，蓋世英賢。萬古傳流翰墨間。
徐　庶　（吟）主公不必遠念，今日昔日同然，
　　　　　　　曹操更甚王莽奸，又與董卓一般。
　　　　　　　主公真似光武，微臣怎比先賢。
　　　　　　　若得滅曹定江山，噯，主公！那時方稱本願。
劉　備　小軍看酒上來，待我與二弟把盞。
關　羽　小弟有何德能，敢勞大哥把盞！
劉　備　二弟呵！
　　　　（唱）你果英雄真堪羨，殺得曹兵敗回還，
　　　　　　　憑着你膽量大、武藝嫻，哪怕曹兵雄百萬。
關　羽　（吟）昨日曹兵犯境，軍師命我暗行，
　　　　　　　大膽曹仁敢偷營，恰遇我來交鋒。
　　　　　　　未及三合兩陣，弃甲曳兵逃生，
　　　　　　　一時垂手得樊城。噯，大哥！多虧是軍師妙用。
劉　備　小軍看酒上來，待我與三弟把盞。
張　飛　小弟有何德能，敢勞大哥把盞？

劉　備　三弟呵！
　　　　（唱）你新野城右把兵安，能截賊營後邊，
　　　　　　　有三弟真個英雄漢，猛烈貫三軍，
　　　　　　　神威實罕見。呂翔不自量，領兵來交戰，
　　　　　　　霎時把命喪，餘軍散，個個抱頭鼠竄。
張　飛　（吟）大哥設排酒宴，衆將奮勇争先，
　　　　　　　命我右邊把兵安，恰遇呂翔交戰。
　　　　　　　長槍到處驚懼，烏騅衝陣膽寒，
　　　　　　　殺得呂翔喪陣前，噯，大哥！可喜軍師妙算。
劉　備　小軍看酒過來，待我與四弟把盞。
趙　雲　小將有何德能，敢勞主公把盞！
劉　備　四弟呵！
　　　　（唱）你威風，鎮八面，他見影，心膽寒。
趙　雲　主公不必過獎。
劉　備　（唱）官道中相迎真罕見。
趙　雲　罕見甚麼？
劉　備　（唱）我見你雄糾糾，臨陣前。
　　　　　　　執長槍，挎寶劍，
　　　　　　　呂曠亡[1]，他時運低難逃災愆。
趙　雲　（吟）多蒙主公寬量，肝膽塗地難忘，
　　　　　　　每思報主戰沙場，只願開國辟疆。
　　　　　　　呂曠無名小將，殺他不足爲強。异日拿曹謝君王，
　　　　　　　噯，主公！那時方顯名望。（撤宴）
劉　備　（念）今日設宴慶戰功，
徐　庶　（念）不由滿面喜氣生，
關　羽　（念）君明臣賢風雲會，
張　飛　（念）建功立業要盡忠，
趙　雲　（念）同心協力輔劉主，
劉　備　（念）何日漢室得太平。（同下）

校記

[1]呂曠亡："亡"，原作"可"，據文意改。

第二回　曹操定計賺徐庶

（曹操上）

曹　操　（念）位極人臣掌朝綱，赫赫威名壓諸邦。
　　　　　　　蟒袍玉帶七星嵌，豐功偉績四海揚。
　　　　　　　上朝申表天子懼，提牌入廟鬼神忙。
　　　　　　　生殺予奪誰能比，控馭山河漢丞相。
　　　　老夫姓曹名操表字孟德，沛國譙郡人氏，漢相曹參之後。自老夫執政以來，擁有雄兵百萬，戰將千員，擒呂布，滅袁紹，山東群盜望風而逃。惟有東吳孫權，新野劉備，恃頑相抗，大有光復漢室之意。吾恐蛟龍得雲霓，終非池中物，今日不除，久後必爲中原之大患！
　　　　（吟）劉備梟雄兒非常，勢力漸大踞一方。
　　　　　　　英雄不落英雄後，豈肯甘心受吾降？
　　　　昨差曹仁、李典，鎮守樊城，以防不虞，日久不見報告，好不急煞人也。帳中有一參謀程昱，識見宏通，可資臂助，不免請來商議。小校，請程參謀升帳！

打報者　請程參謀升帳！

程　昱　（念）自幼生來志氣高，好結天下衆英豪。
　　　　　　　運籌帷幄出奇計，要與丞相建功勞。
　　　　下官程昱，表字仲德，祖居東阿人氏，幸蒙丞相知遇，任爲參謀之職。正在私宅看書，忽聽丞相召宣。我不免進府參拜。（行介）丞相在上，程昱參拜。

曹　操　免拜看座！

程　昱　告坐。丞相宣臣何事？

曹　操　劉備屯兵新野，是吾心中大患，昨着曹、李二將，鎮守樊城，至今未接報告，故請先生劃策。

程　昱　劉備乃當世之英雄，曹仁、李典，有勇無謀，恐非敵手，料難取勝。

曹　操　略坐片時，看有何人來到。（曹仁、李典上）

曹　仁　（念）自幼生來志氣高，亂馬軍中逞英豪。
　　　　　　　從容指揮真如意，一腔熱血輔王朝。

李　典　（念）百萬軍中數吾强，統領丘八鎮邊疆。

只因輕敵折兵將，自縛請罪見君王。

曹仁
李典　我曹仁昨日要擒劉備，不料失了樊城。只得逃回許昌。（行介）來至府門，不免自縛求見。小校，將我二人綁了。

小校　小將不敢。

曹仁
李典　但綁無妨。

小校　將二將軍綁了。

曹仁
李典　（念）出師無功失地盤，參見丞相自慚顏。

丞相在上，曹仁、李典參見。

曹操　呀！老夫當是何人，原是曹仁、李典。命你二人鎮守樊城，爲何自縛回來？

曹仁
李典
　　（吟）告丞相側耳細聽，聽末將細說前情：
　　奉軍令鎮守樊城，那劉備新野屯兵，
　　實指望一鼓蕩平，誰知道天縱梟雄。
　　先折了呂翔、呂曠，那單福又定牢籠。
　　臣安排八面精銳，趙子龍設計誘兵。
　　我二人引兵追趕，四下的埋伏交鋒。
　　調所部集中河岸，張翼德突來夾攻。
　　折人馬急回老巢，關雲長暗襲樊城。
　　這本是輕敵結果，望丞相鈞裁施行。

曹操　勝敗兵家之常，老夫赦你無罪。小校，將二將鬆綁！

曹仁
李典　謝丞相不斬之恩。

曹操　可惱，可惱！但不知那單福何許人也？

程昱　啓上丞相，此人非單福，乃是徐庶，表字元直。自幼好學擊劍，曾爲人報仇殺人，因而逃難他鄉，更名單福。此人深知兵法，真賢才也！

曹操　可惜天下賢才，多爲劉備所用，異日羽翼養成，吾之患也。

程昱　丞相欲得此人，我有一計，能使徐庶背劉備而歸丞相。

曹操　有何妙計，願先生明以教我。

程昱　丞相既問，聽我道來。

　　（唱）那徐庶爲人至孝，他的母年紀已高。

	教徐母手書去召,他必然遵母命星夜還朝。
曹　操	此計甚妙。但不知徐母現在何處?
程　昱	(唱)那徐母現在潁川,離許昌道也不遠, 　　　只預備鞍車駟馬,迎至此間,那時節管教他修書召子還。
曹　操	既然如此,即刻差人前去。小校,你領鞍車駟馬,前往潁川,搬請徐母,休得驚駭,得令不停!(同下)
小　校	得令。奉了丞相令,搬請老夫人。(下)

第三回　老徐母痛罵曹瞞

(徐母上)

徐　母	(吟)游子天涯外,萱堂風裏燭。 　　　兒行千里外,常使母擔憂。 老身徐母,長子徐庶,次子徐康,不幸早故,每一念及,好不痛煞人也! (唱)思想起,好悲傷,不由人珠淚汪汪。 　　　只因我無親無故,到後來依靠何人? 　　　這纔是日暮望夕陽,何期天奪少年郎。 這幾日眼跳耳熱,不知是何原故,略坐片時,看有何人到來?(小校上)
小　校	離了許昌地,來到潁川城。來至老夫人門口,下馬進去。(行介)老夫人在上,小校叩見。
徐　母	哪裏來的?
小　校	許昌來的。
徐　母	站過一旁。到此為何?
小　校	奉了丞相命,搬請老夫人。
徐　母	我想曹操詭計多端,其中必有緣故,去與不去,不知哪一方面好?
小　校	去者好。
徐　母	(唱)背地裏自尋思,此事兒好出奇, 　　　他與我毫無關係,忽然間搬我是何意? 　　　去不去倒叫我自沉吟。
小　校	曹丞相原為養老,再無別意,請老夫人上車。

徐　母	既然如此，小校趲車，目下起程。
	（唱）纔離了潁川地，許昌道上莫消停。
打報者	唔！
徐　母	（唱）猛聽得打喊聲，到叫我膽戰心又驚，此一去未知吉和凶。
	（同下）（曹操上）
曹　操	（念）威風凜凜列軍營，殺氣騰騰鬼神驚。
	胸中智謀高萬丈，敢闖深潭探驪龍。
	昨日差人去搬徐母，至今不見到來。小校府門打探。（小校、徐母上）
小　校 徐　母	（合白）離了潁川地，來到許昌城。
徐　母	行來行去，行到丞相府門，我不免下車。小校通報，就說徐母到。
小　校	老夫人到了。
曹　操	請老夫人進來！
徐　母	丞相在上，老身有禮。
曹　操	免禮看座！
徐　母	告坐。丞相搬我到來，有何見教？
曹　操	無事不敢搬請老夫人，只因令郎元直，乃天下奇才，爲何輔佐逆臣劉備，如美玉置於污泥之中，誠爲可惜。敢煩老夫人修書召歸，吾當本奏天子，加官授爵，不知你意下如何？
徐　母	丞相言之差矣！
曹　操	有何差處？
徐　母	（唱）劉玄德乃漢室宗親，論儀表出類拔萃。
	有堯舜之道，懷湯武之德。
	他本是當世人杰，普天同欽，
	吾兒輔之得其主，我奈何修書召子歸？
曹　操	劉備乃假冒皇叔，內小人而外君子，怎比我威威漢丞相，怎比我赫赫震朝綱？勸老夫人速修召子書信，免得大禍臨身。小校，與老夫人看文房四寶！（校應介）
徐　母	（背白）人説曹操奸雄，今日果然如此。我若不修書信，他便逼勒於我。老身九旬有餘，雖死何惜，罵他幾句，略吐不平。丞相，你説劉備是逆臣，你乃何如人也？

曹　操　你説老夫是何如人也？
徐　母　（唱）你乃沛國小輩，托名漢相，實爲漢賊！
　　　　　　　挾天子，令諸侯，還不自恥，反誣皇叔是逆臣。
　　　　　　　我這裏怒冲冲舉端硯，擊逆賊權當是博浪沙椎。
曹　操　哇！潑婦出言不遜，竟敢孟浪，再如此者斬！
徐　母　（唱）惱得我怒冲冲氣從心上起，惡向膽邊生，
　　　　　　　不由人頓足又填膺，罵阿瞞你太無情！
　　　　　　　好個奸操！你想要天下統一，
　　　　　　　只恐怕亂臣賊子天不容；一手掩盡人耳目，
　　　　　　　不怕後世落罵名。我這裏用拐杖怒打逆賊！
曹　操　（吟）惱恨潁川老潑婦，竟敢開言痛罵吾。
　　　　　　　依法按律應斬首，綁赴殺場一命休。
　　　　小校，推出轅門斬首來報。
小　校　綁了！
徐　母　哇！曹操，曹阿瞞！你上欺天子，下壓公卿，今日反要斬我。老身生不能食汝之肉，死當追汝之魂。烈婦不怕死！怕死豈爲烈？留得我兒在新野，老身一死有何妨！（程昱上）
程　昱　刀下留人！……丞相不要斬了徐母。
曹　操　爲何不可斬她？
程　昱　徐母痛罵丞相，欲求死也。丞相若斬徐母，則招不義之名，而成徐母之德。徐母若死，庶必竭力盡心，輔佐劉備，爲母報仇。不如將徐母放了。送養別室，昱自有賺庶之計。
曹　操　先生請坐！
程　昱　告坐。
曹　操　吾一時不明，險失大義。小校將徐母放回！
徐　母　你爲何不斬老身？
曹　操　吾一時不明，得罪老夫人，還望海量。
程　昱　老夫人在上，晚生拜見。
徐　母　先生是誰？
程　昱　晚生程昱，與令郎元直，八拜結交。今聞老夫人遭難，故來相救。
徐　母　如此多謝厚意。
程　昱　老母即爲吾母，元直雖然不在，晚生保母無恙。

曹　操	先生恩養徐母，元直回也罷，不回也罷。
程　昱	正是：留得明月在，何處不照人。（與徐母下）
曹　操	（念）一心要把江山定，誰肯遣賢於敵人。（下）

第四回　智程昱假召徐庶

（程昱上）

程　昱	（念）人臣爲國須盡忠，神機妙算天地通，
	假修一書喚游子，致令賢士赴帝京。
	近日恩養徐母，與她信件往來，賺得徐母筆迹，仿其字體，涇渭難分。不免假修一書，交人送與徐庶。左右，看文房四寶過來！
打報者	文房四寶到。
程　昱	（修書）假書修就，幸與徐母筆迹不差分毫，料他難辨真假。小校，將這信下於新野徐庶，不問此事便罷，若問此事，就説老夫人日夜啼哭，望子如渴。得令不停[1]！
小　校	得令！今日下書去，何日轉回程。（下）
程　昱	（念）一封假信到新野，管叫徐庶星夜歸。（下）（徐庶上）
徐　庶	（念）平生立志扶漢王，只爲功名離親傍，
	夢中却似同堂笑，醒來還是各一方。
	我單福是也，本姓徐名庶，表字元直，祖居潁川人氏，因逃難在外，改名單福。劉皇叔開誠以待，拜我爲參謀之職。昨曹仁犯境，被吾略施小計，占領樊城，主公愈加厚意，正可大展經綸。只因老母弱弟，現在潁川，是我所難忘情也。講話中間，忽然心驚肉戰，不知有何吉凶。略坐一時，看有何人來到？（小校上）
小　校	（念）一心忙似箭，兩腿快如飛。
	行來行去，行至徐庶府門，不免下馬進去。先生在上，下書人有禮。
徐　庶	站立一旁。哪裏來的？
小　校	許昌來的。
徐　庶	到此何幹？
小　校	有書在此。
徐　庶	轉書上來。
小　校	書到。

徐　　庶　上寫吾兒親手拆開。呀！果然是吾母手迹,待我拜過:"字示吾兒庶知,近汝弟康喪,舉目無親。"(悲白)罷了……吾弟已死,好不痛煞人也!又不知老母如何?再往後看——"舉目無親,正悲淒間,不期曹丞相賺吾至許昌,言汝背反,下我於縲絏,賴程昱救免,若得汝來降,可免我死。如書到日,可念劬勞之恩,星夜前來,以全孝道,更不多囑。"

(唱)看罷書,心中慘傷,不由人兩泪汪汪。
　　我二弟不幸早逝,老母親又遭禍殃,
　　說甚麼功名富貴,倒不如母子同堂。
　　恨奸曹設計陷害,急得我魂飛魄揚。

曹賊好生無禮,他見我輔佐皇叔,故陷害吾母。我若不去,母命休矣;我若徑去,皇叔無人扶助,好不難煞人也!(沉吟介)有了,我不免將孔明薦於皇叔,叫他去請,我回許昌救母,豈不落一忠孝雙全。不免將書帶上,報告主公得知。

正是:上朝堂推薦諸葛,回許昌救母出網羅。(下)

校記

［1］得令不停:"停",原作"仃",據文意改。

第五回　劉玄德長亭餞行

　　　　　(劉備、關羽、張飛同上)
張　　飛　(念)漢末英雄我居一,黃公韜略俺盡知。
　　　　　竹節鋼鞭懸腕上,丈八蛇矛誰敢敵。
　　　　　跨下千里烏騅馬,青袍金甲紫銅盔。
　　　　　燕項虎鬚英烈將,姓張名飛字翼德。
關　　羽　(念)憶昔當年起解梁,身高九尺貌非常。
　　　　　眼似丹鳳藏英氣,眉如卧蠶侵鬢傍。
　　　　　馬名赤兔追雲彩,偃月青龍噴雪光。
　　　　　辭曹歸劉成大義,忠勇絶倫關雲長。
劉　　備　(念)平生志氣與天高,景帝枝葉有根苗。
　　　　　好結天下英杰士,願扶漢室興劉朝。

　　　　　怎奈兵微將又寡，狂瀾獨挽空受勞。
　　　　　帳下若得統軍謀，掃除中原滅賊曹。
　　二位賢弟，兄夜夢金甲神截吾兩臂，是吾疼痛難忍；幸而復生兩翼，騰空而起，不知是何吉凶，二弟有何高見？

關　羽　大哥夢生兩翼，騰空而起，想是飛龍在天，將登九五之位。弟雖不才，願占一絕：
　　　　　截臂添兩翼，必兆主飛騰。他年九五位，山河重太平。

劉　備　二弟之言，兄何敢當。不知三弟有何妙見？

張　飛　大哥請坐，待我想來，我想截臂是去，添翅是得。莫非去一賢才，得一英杰乎？噯！大哥，若論此夢，自然吉凶參半。

關　羽　夢寐之事，不可全信。略坐片時，看有何人來到。（徐庶上）

徐　庶　（念）置身烽火間，竭力事椿萱。
　　　　　人生宇宙內，忠孝難兩全。
　　行來行去，行至主公門首，不免自己進去。主公在上，臣庶拜見。

劉　備　先生免拜，看座！

徐　庶　告坐。

劉　備　先生有何見教？

徐　庶　臣無事不來，今日特來告別。

衆　將　先生爲何出此言也？

徐　庶　主公、衆位不知，我本潁川人氏，姓徐名庶，表字元直，幼年與人報仇，逃難他鄉，改名單福，幸遇主公不棄，任爲軍師。本欲效犬馬之勞，怎奈老母被曹所繫，囚於許昌，不容不去。且方寸已亂，雖留無益，今日暫別，尚容异日再會。

劉　備　（唱）聽先生一言告禀，論母子原係天性。
　　　　　祈先生勿將我念，與太君急急相逢。
　　叫我心下自思，我若苦留先生，曹必殺其母，是不仁也；留而不去，以絕母子之道，是不義也。不仁不義之事，吾豈可爲哉？衆位弟兄，我要與先生送行，同到十里長亭一餞。
　　（唱）衆位弟兄離席前，同到長亭把行餞。
　　　　　不覺來到十里鋪，吩咐三軍排酒宴。
　　小軍看酒！
　　　　　一瓶美酒敬滿樽，紫金杯內酌十分。

勸君更盡杯中物，西出陽關無故人。

徐　庶　（吟）方寸忡忡步長亭，從此分手各東西。
　　　　　桃花潭水深千尺，不及主公送我情。

關　羽　小軍看酒！
　　　　（吟）人生聚會難久常，參商東西倍淒凉。
　　　　　你我各有傷心事，盡付樽前酒一觴。

徐　庶　（吟）半載相從意氣親，今日離別愁煞人。
　　　　　眼前雖是一殿客，片時便成兩地人。

張　飛　小軍看酒！
　　　　（吟）暢杯澆愁唯有酒，痛飲幾杯解千愁。
　　　　　安得劉伶千日醉，酩酊直到太平秋。

徐　庶　（吟）記得昔日初相逢，群英聚會風雲驚。
　　　　　今日一旦分手去，愁壓巫山十二峰。

劉　備　（托庶手合唱）
　　　　　嘆人生離合難定，説相逢又恐怕成了畫餅，
　　　　　實指望天長地永，誰知道朝西暮東，
　　　　　且悲恨憂憂情，把君臣會合盡付於南柯夢中。

小　校　稟上先生，迅速起程，莫誤大事。

徐　庶　臣歸心似箭，不如就此告辭了罷！
　　　　（念）一程不住又一程。

劉　備　（念）千里一別各西東。

關　羽　（念）試看綠地赤頭草。

張　飛　（念）盡是離人淚染紅。（小校扯徐庶下；關羽、張飛扯劉備回走介）

第六回　徐元直走馬薦賢

劉　備　（念）遠望元直不見踪，長亭灑淚恨初逢。

關　羽
張　飛　（合）元直走馬如飛，去得遠了，咱不免繞林登高一望。（登高介）大哥你看塵土飛揚，像是元直回來了。

劉　備　既然如此，大家下崗等候。（徐庶返上）

衆　　　元直爲何去而復返，莫非是不去了？

徐　庶　非是我去而復返，臨行忘却一件大事。

劉　備　忘却甚麼？

徐　庶　念主公思賢若渴，今有一人姓諸葛名亮，表字孔明，隱居臥龍崗上。此人有經天緯地之才、旋乾轉坤之謀，主公當誠意請出，藉作臂助，則漢室不難光復也。

劉　備　昔備在水鏡莊上，司馬德操有云：伏龍、鳳雛，得一人可安天下。先生所言，莫非伏龍、鳳雛之名乎？

徐　庶　（吟）高叫使君側耳聽，聽我與你述詳情：
　　　　　　襄陽龐統號鳳雛，伏龍就是諸葛孔明。

劉　備　（吟）聽他言如醉初醒，纔知道大賢姓名。
　　　　　　我只説隱居天外，誰知道高臥隆中。

徐　庶　主公請回，我這裏告辭。（下）

劉　備　（吟）遠望元直不見踪，兩眼含淚好傷情。

關　羽
張　飛　（合）先生去遠，大哥請回。

劉　備　你我大家同回。

　衆　　（念）弟兄同回新野去。準備來日請臥龍。（同下）

第七回　劉皇叔初顧茅廬

（孔明上）

孔　明　（念）綸巾羽扇居隆中，天文地理我盡通。
　　　　　　自比管、樂非吾意，呂望、伊尹與吾同。
　　　　　　樂道好爲《梁父吟》，躬耕南陽在臥龍。
　　　　　　閑弄瑤琴沽美酒，臥龍先生諸葛孔明。
　　　　吾複姓諸葛名亮，表字孔明，祖居琅琊郡人氏。大哥諸葛瑾，現爲東吳幕賓，吾與三弟隱居南陽，獨善其身。今日清晨鵲噪，必有故人到來，童兒走來。（童上）

童　兒　（念）三皇五帝夏商周，韓信功勞不到頭，
　　　　　　可笑世人爭名利，一旦無常萬事休。
　　　　我乃童兒是也，正來灑掃草堂，忽聽師父有喚，不免去見。師父在上，弟子有禮。

孔　明　免得施禮。

童　兒　　師父命我有何吩咐？
孔　明　　（念）今日早晨鵲噪，必有故人來到，好好把定門首，有事通報。
童　兒　　童遵師命。（徐庶上）
徐　庶　　（念）徐庶打馬登陽關，思前想後心痛酸，
　　　　　　　　因爲使君恩情重，倒叫元直左右難。
　　　　　我徐庶是也，方纔與使君相別，我見他留戀不捨，曾將孔明舉薦與他。未知先生肯去不肯，我不免先到臥龍崗上，打探一回。
　　　　　（吟）四海蒼生似倒懸，豫州天下訪名賢，
　　　　　　　　但恐先生不肯去，只得前來探一番。
　　　　　行來行去，行至茅廬門首，童兒，報於你師父得知，就說故人來訪。
童　兒　　（念）客來把我命，轉步往裏行，
　　　　　　　　師傅在上坐，門外有客停。
孔　明　　想必徐元直到了，待我相迎。不知元直到了，失誤遠迎，望祈恕罪！
徐　庶　　久別尊顏，未得相會，今日一見，大遂生平。
孔　明　　元直請進！
徐　庶　　大家同進。（念）久別兄長各一方，
孔　明　　（念）今日相逢坐同堂。
徐　庶　　（念）刻下偶然相聚會，
孔　明　　（念）好把心曲訴一場。元直請坐！
徐　庶　　大家同坐！（童看茶）
孔　明　　元直此來必有事故。
徐　庶　　無事不來，有事不得不來。
孔　明　　有何見教？
徐　庶　　（吟）兄長穩坐仔細聽，聽我與你説分明：
　　　　　　　　如今天下無真主，豪杰分爭任縱橫，
　　　　　　　　新野幸遇劉使君，待我恩義甚不輕。
　　　　　　　　昨日曾與曹兵戰，殺得賊子敗回營；
　　　　　　　　不料曹賊生奸狡，賺哄吾母囚牢中；
　　　　　　　　親筆寫信把我召，無奈辭劉就起程。
　　　　　　　　十里長亭把行餞，弟兄留戀難絕情，
　　　　　　　　一時吾把兄長薦，未知閣下從不從？
　　　　　　　　今日先到此間過，特訪茅廬問安寧。

孔　明　（吟）元直道話有差情，我今自在居隆中；
　　　　　　　春耕夏耘隨時過，秋收冬藏順天行。
　　　　　　　閒暇莊外把景玩，悶來室中彈琴聲；
　　　　　　　有客同來共談笑，一室獨坐養性情。
　　　　　　　不貪富貴享榮華，不厭貧賤守困窮，
　　　　　　　試看古來名利客，到頭終落一場空。
徐　庶　兄言名利落空，是一個坐視成敗、以樂安閑之計；但兄平日自比管、樂，何不做管、樂之事乎？
　　　　（吟）勸兄轉意且回心，我今與你論古人。
　　　　　　　舜舉皋陶爲士師，湯有阿衡是伊尹，
　　　　　　　周朝子牙爲上相，漢得張良定乾坤。
　　　　　　　一班都是名利客，歷代流芳到如今。
　　　　　　　望兄大展生平志，效法先朝古賢臣。
孔　明　（吟）叫元直不必性急，我有言聽在心裏，
　　　　　　　斷不學獻策蘇秦，豈敢效游說張儀。
　　　　　　　懷美玉比作磚瓦，將明珠墜入污泥，
　　　　　　　假若是屈己求榮，反成個甚麼道理？
　　　　昔日聖賢有云，有美玉於斯，
　　　　不可求售於人，必待高價自來方可，
　　　　你何故輕視吾也？
徐　庶　既然如此，小弟告辭。
　　　　（吟）只爲故主恩情重，先到隆中勸長兄。
孔　明　（吟）若要我去扶漢室，須是虔誠來聘迎。
徐　庶　既然如此，小弟就此告辭。
孔　明　童兒看馬。（徐庶上馬，下）
孔　明　元直去了，童兒聽我吩咐。好好把守洞門，有事通報。
　　　　（孔明下。童在，劉備、關羽、張飛上）
張　飛　（念）奸臣弄權起狼烟，
關　羽　（念）天下黎民遭塗炭，
劉　備　（念）若非元直臨行話，
　衆　　（念）怎知南陽有高賢。
劉　備　二位賢弟，兄欲親往隆中，請臥龍先生，不知賢弟心意如何？

關　羽	情願前去！
張　飛	
劉　備	既然如此，小軍看馬！（行介）
	（念）痛恨高賢不再逢，
關　羽	（念）路途遙遠策馬行，
張　飛	（念）只因軍中無參謀，
衆	（念）卧龍崗上請孔明。
打報者	來到南陽地面。
劉　備	（唱）纔離了新野地面，又來到南陽路邊，
	揚鞭策馬走如飛，恨不得一步兒踏到卧龍崗。
	往前正走，只見此處崗嶺錯列。小校，此處是何地名？
打報者	那就是卧龍崗。
衆	果然好崗也！
劉　備	（念）襄陽城西二十里，一帶高崗映流水，
	高崗曲屈壓雲根，流水潺潺飛石髓。
打報者	前已至茅庵。
劉　備	既然如此，大家下馬。（下馬介）仙童請了，你師父可在洞否？
童　兒	我師父雲游未歸。
劉　備	何處去了？
童　兒	萍踪無定。
劉　備	這是我福薄命淺，不能相遇。仙童，你師父回來，就說漢左將軍宜城亭侯新野劉備拜訪。
童　兒	我記不得許多話說。
張　飛	你就說劉備拜訪。
童　兒	是是是，曉得了。
劉　備	二位賢弟，大家上馬而歸。
	（念）路途遙遙爲訪賢，
關　羽	（念）誰知不遇又空還。
劉　備	（念）千江有水千江月，
關　羽	（念）萬里無雲萬里天。
張　飛	却不知萬里無雲萬里天。（同下）

第八回　徐夫人自縊別府

（徐母上）

徐　母　（念）老景無親最堪傷，熬盡日長與夜長，
　　　　　　　有子客游千里外，獨倚柴門空斷腸。
　　　　老身徐母，被曹賊賺到許昌，叫我修書喚子，被我辱罵不堪，那賊即要斬我，多虧程昱相救，送我別室恩養，雖然衣食不缺，但舉目無親，如坐愁城，略等片時，看有何人來到。（徐庶上）

徐　庶　（念）忽聞高堂遭禍殃，游子歸心似箭忙；
　　　　　　　離別庭闈二十載，今日方得見老娘。
　　　　行來行去，來在老母獄中，不免前去問安。（見介）母親在上，不孝子徐庶拜見。

徐　母　呀，因何到此？

徐　庶　近在新野輔佐玄德，因母書來召，故星夜前來。

徐　母　咦！好個奴才！飄蕩江湖二十餘年，只說你學業日進，何其反不如初也！汝既讀書，須知忠孝不能雙全。玄德乃漢室宗親，仁義布於四海，汝既事之，得其主矣。曹操欺君罔上，名為漢相，實為漢賊！豈可憑一紙偽書，棄明投暗？

徐　庶　誰知上了奸曹之當。

徐　母　自取惡名，真愚夫也！
　　　　（唱）罵辱子你好不才！憑偽書日夜前來，
　　　　　　　玷祖宗枉生天地，小畜生該死奴才。

徐　庶　事已如此，老娘息怒。

徐　母　不孝為我前來，不如尋個自盡，免他掛念，也好令其安心赴新野侍奉劉備。
　　　　（唱）游子飄蕩二十年，誰知枉讀古聖賢，
　　　　　　　我今年高九十歲，生死禍福總由天，
　　　　　　　范增投楚錯認主，王陵別母在軍前，
　　　　　　　我今無顏見辱子，蠢……才！任你輔佐曹阿瞞！（徐母赴屏後懸梁）

打報者　老夫人懸梁自縊了。

徐　庶　高堂母，老娘親，呀，罷罷罷！老娘不願兒還，叫兒再赴新野便好，怎麼就自縊了？母親醒來，再罵兒一聲，再打兒一頓！老娘，老娘！
（唱）千呼萬喚不開言，刀割心腹泪潸潸，
　　　從此常抱終身恨，哭聲娘來哭聲天。
小校，排開香案，看吾孝服，交我祭奠老母在天之靈。（祭畢往前）自恨辭別皇叔，不能盡忠，回來老母命斷，不能盡孝，枉生天地之間，不如我觸槐而死。哎，我好不才，我今一死倒還罷了，留下老母，何人葬埋？
（念）徐庶心下自沉吟，送終大事靠何人？
　　　自悔不辨書真假，是我回來葬母親。

第九回　曹阿瞞躬祭徐母

打報者　曹丞相祭奠老夫人來了。
徐　庶　真個奸曹！（曹操上。小校隨上）
曹　操　（念）只說假書取賢才，誰知逼死老夫人。
　　　聞元直回來，徐母自盡，老夫無以爲敬，只得親自祭奠，左右排開香案，待我祭奠。（讀祭文介）"賢哉，徐母！德被中土，守節不渝，于家有補，教子多方，處身自苦！賢哉！徐母，流芳千古，嗚呼哀哉！"——元直不必過慟，老母執迷如此，乃天命人數，老夫謹卜吉地，厚葬夫人。
　　　（念）奉勸元直莫泪紛，
徐　庶　（念）多謝丞相祭奠恩。（曹操下）可恨奸曹計謀深，
　　　暗寫假書殺吾親。終身誓不設一計，枉教奸賊苦勞心。
　　　（下）

第十回　劉皇叔再請孔明

（孔明上）
孔　明　（念）天地一逆旅，光陰駒過隙。
　　　人生如春夢，仙游自怡怡。
　　　童兒走來！（童兒上）
童　兒　（念）忽聽師父喚，急忙走上前。

我，童兒，師父有喚，不免拜見。師父有何吩咐？

孔　明　這幾日有客不曾？

童　兒　有幾位尊客，説他是新野劉備。

孔　明　原是桃園弟兄，想必來此閑游也。

（唱）柴門草庵低又低，那堪客官駐車騎；
　　　不羨他張軒托蓋，恐惹得猿驚鶴悲。
　　　從此後願學段干木逾垣避客，謝絕了往來踪迹。

呀！好大雪也！只見陰雲密布，天花飄揚，對此佳景，口占一絕。

（唱）一夜北風寒！萬里彤雲厚；
　　　長空雪亂飄，改盡江山舊。
　　　仰面觀太虛，疑是玉龍鬥，
　　　紛紛鱗甲飛，頃刻遍宇宙——
　　　騎驢過小橋，獨嘆梅花瘦。

昨與友人石廣元相約談叙，我只得冒雪前去。童兒，聽師父吩咐：我今赴友之約，好好看守洞門，有客到此，須要記下姓名！

童　兒　記下了。

孔　明　（念）暫把柴門空自掩，怕有扁舟問津來。（孔明下。劉備、關羽、張飛上）

劉　備　（念）昨日空往卧龍崗，今番再去訪賢良。
二位賢弟，咱今日再訪孔明一遭！

關　羽　大哥二次親往，禮貌太過。某想孔明外有虛名，内無實學，故意推托不見。豈不聞聖人云，無以貴下賤，無以衆凌寡。兄何惑於斯人之甚也！

（吟）勸兄不必再上崗，孔明未必真賢良，
　　　徐庶臨行人情語，何必又空往一場！

劉　備　二弟熟讀《春秋》，豈不聞齊桓公欲見東郭野人之事乎？桓公乃一國諸侯，要見東郭野人，一日三往而不得見，直至五次始得見之，何况我等於孔明之大賢也？！

（吟）二弟不必再胡云，大哥只爲漢乾坤。
　　　今日吾上卧龍崗，願效桓公見野人。

張　飛　大哥差矣。咱三人縱橫天下，論武藝誰能可比？何故將那村夫呼爲大賢？今番不用大哥、二哥前去，我老張一人獨往，他若來時便罷,他若不來,一只手攬住白雲冠,一只手舉起水磨鞭,管教他村夫跪下山。

劉　備　三弟胡講甚麼！今番不用你前去,我與二弟去請先生。

張　飛　兄長既去,我何落後？

劉　備　既然如此,催馬前行。

(唱)風雪天柳絮飛散,亂紛紛迎頭撲面,這纔是爲國家不憚勞艱,畢竟能感動他離了草庵。

正走之間,只見仙童站立庵前,咱不免下馬問過。仙童,你師傅回來不曾？

童　兒　我師父會友未歸,將軍請進草堂。

劉　備　既然如此,二弟少待,爲兄進去,留書一封。

童　兒　將軍請坐！

劉　備　仙童看文房四寶來,待我修書一封。

童　兒　文房四寶到。

劉　備　(寫書介)備久恭高賢,兩次進謁,不遇空回,悃悵何似！竊念備漢室苗裔,濫叨名爵,伏睹漢室陵替,綱紀崩摧,群雄亂國,惡黨欺君；備雖有匡濟之誠,實乏經綸之術[1]。仰望先生仁慈忠義,慨然展呂望之大才,施子房之鴻略,天下幸甚！社稷幸甚！先此布達,統希鑒原。——書已修就,仙童將書與你師父呈閲,備就此告辭。

童　兒　記下了。

劉　備　二位賢弟,咱們回去了罷。

(吟)夜静水深無人渡,滿船空載月明歸。

關　羽
張　飛　(笑吟)滿船空載明月歸！（下）

校記

[1] 實乏經綸之術："術",原作"束",據文意改。

第十一回　繪地圖三分預定

(童兒上)

童　兒　（念）一陣北風透骨寒，清晨密雲布四邊，
　　　　　　　　仰望太虛遮日月，霎時白雪降下凡。
　　　　我童兒是也，昨夜師父雲游回來，說今日有貴客來到，不免在此等候。（孔明上）

孔　明　（念）昨日雲游轉回程，遇見使君書一封，
　　　　　　　　知有憂國愛民意，料必復來到隆中。
　　　　在下諸葛孔明是也。昨日劉使君兄弟三人，二次請我下山，治國安民。我想當今天下統一非易，待我袖占一課。（占課介）三三見九，皇叔、曹操、孫權，俱是九數，我想曹操占中原七十二州，七見二爲九，孫權占江東八十一郡，八遇一爲九，玄德有西蜀五十四郡，五見四亦是九。可見天下定然是三分了。不免畫一地圖，待他來時看過。童兒預備文房四寶，待我繪來！（作畫介）我先畫中原境道。
　　　　（唱）我這裏染丹毫，先畫這中州境道。
　　　　　　　　西倚崤函，南控三關，東周告終八百年。
　　　　　　　　再畫江東形勢。再把那江東天塹描：
　　　　　　　　武漢重鎮，金陵財饒，吳越曾踞逞英豪。
　　　　　　　　更畫天府巴蜀。更畫天府巴蜀錦綉城，
　　　　　　　　劍閣險，瞿塘雄，崎嶇羊腸路不平。
　　　　　　　　只要那皇叔親賢下士苦經營，天下三分鼎足成。
　　　　圖已繪成。口吟一首：
　　　　（吟）未出茅廬預畫圖，仰天長嘆復長吁；
　　　　　　　　預知三分天意定，男兒爭戰是丈夫。
　　　　圖已繪成，只覺身體稍倦，不免小息片時。童兒走來，把定門首，有事通報！（下）

童　兒　謹遵師命！（隨下）

第十二回　對隆中二人初逢

（劉、關、張三人同上）

劉　備　（念）曹操奸雄行霸道，吾今誠意訪英豪，
　　　　　　　　冒雪行至高崗上，但願先生扶漢朝。

劉備 關羽 張飛	末將劉、關、張是也！前兩上卧龍崗，請卧龍先生，不遇空還，今三次親往，二位賢弟，催馬前行。
關　羽	大哥，咱此去好似先朝一輩古人。
劉　備	好似哪一輩古人？
關　羽	（唱）如似商湯王，來聘伊尹。
劉　備	二弟道商湯王來聘伊尹。昔日商朝有一伊尹，躬耕於有莘之野，成湯聘爲上相，開商朝六百年之天下，傳帝王三十七君。恐君不信，有詩爲證： （吟）伊尹躬耕在有莘，成湯三聘求賢人。 　　官居阿衡爲上相，扶立商朝六百春。 　　孔明可比阿衡智，劉備怎敢比商君？ 　　但得先生肯下山，協力同扶漢乾坤。
關　羽	（唱）那先生好比伊尹，躬耕有莘； 　　大哥真是商君，帛禮厚聘。 　　若請得先生來臨，扶漢朝六百餘春。
張　飛	大哥！二哥一片胡云，商朝六百年之天下，豈是伊尹一人創得？ （吟）文又通來武又能，又有常山趙子龍， 　　大哥本是漢宗脉，當學光武建中興。 　　老張扶你爲皇帝，二哥何須苦勞心， 　　烏騅長槍十八奇，南征北討任縱橫。 　　殺得曹兵心膽寒，何用牛背小畜生。
關　羽	（吟）三弟不必逞你能，大哥只爲爭漢鼎， 　　但得一人安天下，説甚麼刀馬苦戰爭。 （行介）大哥，咱此去是好比先朝一輩古人。
劉　備	又好比哪一輩古人？
關　羽	（唱）又好似周文王去請太公。
劉　備	二弟又道下文王去請太公。昔日周朝有一太公，姓姜名尚，表字子牙。那先生在渭水橋邊釣魚，文王待之爲上相，後來佐武王伐紂，立周朝八百餘年。恐君不信，有詩爲證： （吟）飛熊入兆渭水潭，文王甚感太公賢。 　　後車載歸爲上相，吊民伐罪定江山。

　　　　　　戊午行兵渡孟津,甲子朝歌動刀槍。
　　　　　　牧野大戰血漂杵,一鉤周朝八百年!
關　羽　(唱)那先生好比太公,釣魚河邊;
　　　　　　大哥真是文王,納士求賢。
　　　　　　若請得先生下山,保劉漢八百餘年。
張　飛　(吟)燕頷虎鬚世間希[1],馬踏戰場將士懾。
　　　　　　百萬黃巾也曾破,呂布溫侯斬下邳[2]。
　　　　　　淮南拳打袁術虎,威名天下人皆知。
　　　　　　再三只請牛背子,氣死豹頭環眼猛張飛!
劉　備　(吟)三弟不可恃勇強,大哥堅意訪賢良,
　　　　　　你今若還恃猛性,弟兄枉上臥龍崗。
　　　　三弟,大哥心事已決,再不敢胡言,只得催馬前行。(行介)
張　飛　噯,大哥!
　　　　(吟)你看冷飆飆風雲密布,亂紛紛瑞雪飄揚,
　　　　　　滿山中白如銀堆,遍山林恰似玉妝!
關　羽　(唱)梨花兒滿天飛,咱三人不憚受馳驅。
　　　　　　披風戴雪,直趨趨奔走如飛。
　　　　　　前來到深山裏,又過了小橋西,俺只見臥龍崗爛銀一堆。
張　飛　(吟)一天風雪盡白光,天地難分雪渺茫。
　　　　　　空中片片梨花落,撲面紛紛柳絮狂。
　　　　　　瑤臺神女剪銀葉,廣寒仙子散玉錢。
　　　　　　抬頭舉目遙望處,爛銀堆滿臥龍崗。
劉　備　果然一個好崗也!你看山不高而秀麗,林不多而茂盛,地不大而平坦,水不深而澄清,猿鶴相親,松篁交翠,正是賢人隱居之處。好崗,好崗!咱不免讚賞一番:
　　　　(吟)南陽平地起臥龍,隱居高賢山有名,
　　　　　　華山雖有千般景[3],五老也有一石峰。
　　　　　　說甚麼南京城外寒山寺,西蜀之間子雲亭。
　　　　　　歷觀天下形勢勝,好一個臥龍崗,賽過蓬萊三島宮。
　　　　往前正走,見仙童站立庵前,二位賢弟,下馬相見。仙童,報於你師父得知,就說劉備復訪。
童　兒　我師父在草堂盹睡,不敢傳報。你若要見,隨我進來。(進介)

劉　　備	（唱）急忙忙進了道院，慢慢的站在一邊。
	先生在床上盹睡，待醒來再說前言。
	他那裏忽然驚覺，欲醒來又轉那邊，
	俺只得低言低語，莫奈何且自耐煩。（張進門看介）
張　　飛	噯，二哥！你看這牛背子好有不是，大哥站在他的面前，他只管盹睡！待我走至後邊，放起一把火來，看他醒也不醒？！
關　　羽	三弟胡講甚麼？大哥在內，三弟不可躁暴！
孔　　明	（醒介）（念）大夢誰先覺？平生我自知。草堂春睡足，窗外日遲遲。
童　　兒	師父，劉皇叔等候多時。
孔　　明	何不早傳？（忙整衣）不知皇叔到此。失誤遠迎，望乞恕罪。
劉　　備	久慕大德，未得相會，今日一見，大遂生平之願。
孔　　明	童兒與皇叔看座！
劉　　備	還有我二位兄弟在外。
孔　　明	童兒請二位將軍進來！
童　　兒	有請二位將軍！（關、張進介）
關　　羽	先生在上，末將有禮！
孔　　明	不敢當禮，童兒看座！
關　　羽	大家同坐！
孔　　明	皇叔，我本南陽田夫，疏懶成性，屢蒙皇叔枉駕，不勝感激。
劉　　備	劉備及漢室末冑，涿鹿愚夫，欲成大業，奈指揮乏人。久聞大名，昨兩至仙境，不遇空還。業留賤名於文几，略陳鄙衷，未知覽否？
孔　　明	昨觀書信，見皇叔有憂國愛民之心，但恨才疏識淺，有誤下問。
劉　　備	司馬德操之言，元直臨行之語，豈虛傳哉？望先生不弃鄙賤，曲賜教誨。
孔　　明	德操、元直乃當世之大賢，何捨美玉而求頑石？此乃誤也。
劉　　備	自古大賢，學成文武之義，立身行道，揚名於後世，以顯父母，乃爲孝也；致君爲堯舜之君，救民於水火之中，乃爲忠也。今先生抱堯舜之道，坐視下民塗炭，其心何忍？願先生不吝金玉之論，教備可也！
孔　　明	既然如此，童兒，將形勢一覽之圖懸開，待皇叔一觀！（童兒懸圖介）
童　　兒	將圖懸挂中堂。

孔　明	此乃西川五十四郡之圖，昔李雄與公孫述有云：四川沃野千里，民殷物阜，又有劍閣、瞿塘之險。皇叔欲成霸業，北讓曹操占天時，南讓孫權占地利，皇叔可占人和。先取西川建都，以成鼎足之勢，然後中原可圖也。
劉　備	先生所言，誠爲至論，但荆州劉表、益州劉璋，此二人皆漢室宗親，備不忍奪也。
孔　明	亮夜觀天象，劉表不久於人世，劉璋非立業之主，皇叔不取，必歸他人。
劉　備	望先生同往新野，興仁義之師，救天下百姓，不知尊意若何？
孔　明	亮承皇叔三顧之恩，願效犬馬之勞。
劉　備	看禮單上來。
打報者	禮單到。
劉　備	此非聘大賢之禮，略表備之寸心耳。
孔　明	亮區區庸才，敢蒙皇叔厚意。
劉　備	若不嫌弃，望乞哂納。
孔　明	就此領謝。童兒過來，你將禮物收起。我走之後，你可用心耕耘，勿令田畝荒蕪。待我成功之日，即回茅廬。 （念）謝皇叔三顧重恩，
劉　備	（念）爲先生滿腹經綸。
關　羽	（念）周文王車載子牙，
張　飛	（念）看大哥請的先生！（同下）

校記

［1］燕頷虎鬚世間希："頷"，原作"項"，據《三國演義》改。

［2］呂布溫侯斬下邳："侯"，原作"候"，據文意改。

［3］千般景："般"，原作"班"，據文意改。按："般"，一義通"班"，非此義。

第十三回　曹操耻雪犯新野

（曹操上）

曹　操	（念）可恨劉備賊梟雄，率領關、張逞威風。 憑吾帳下千員將，管叫新野踐土平。

李　典	（念）	虎將英雄定邦國，全憑刀馬逞威風。
		赤膽忠心扶吾主，姓李名典字曼成。
于　禁	（念）	自幼曾習武共文，韜略精通勇絕倫。
		曹府帳下英雄將，弓馬慣熟是于禁。
韓　浩	（念）	平生膽氣與天高，胸懷三略并六韜，
		胯下一騎龍駒馬，文武雙全是韓浩。
夏侯蘭	（念）	素學兵法武藝嫻，相持對陣敢爭先，
		丞相帳下雄虎將，天下馳名夏侯蘭。
夏侯惇	（念）	少年英雄世無雙，孫子兵法在胸藏，
		寶刀鋒銳難抵擋，斬將奪旗鬼神慌，
		天生擎天白玉柱，地產架海紫金梁，
		威鎮中原無敵手，夏侯名惇字元讓。
徐　庶	（念）	幼年窗前博古今，要守綱常保此身，
		誰知反落奸雄手，叫人暗地泪沾巾。

小軍，命夏侯惇一干眾將！（眾將上）

在下徐庶，表字元直，家住穎川人氏。幼年與人報仇，改名單福，新野得遇皇叔，委身輔之。不料程昱用計，將我母賺到許昌，假寫我母之書，逼我來見丞相。吾母一見我歸，自縊而亡。

（吟）可恨程昱太不良，賺哄吾母到許昌。
　　　滿眼含泪辭義主，忠孝兩空實可傷。

正在私室悶坐，忽聽丞相有喚眾將，大家參見。

眾　同	丞相在上，眾將打躬！
曹　操	免得施禮！
徐　庶	徐庶參拜丞相。
曹　操	免禮看座。
徐　庶	徐庶告坐。丞相命我等何用？
曹　操	近日新野劉備殺敗曹仁，是孤懷恨在心，今命你等復報前仇，不知爾等意下如何？
徐　庶	丞相不可，劉備乃當世之英雄，左右關、張有萬夫不當之勇，如今又得諸葛亮為軍師，倘或不勝，大失中原之銳氣。
曹　操	諸葛亮何許人也？
徐　庶	諸葛亮表字孔明，道號臥龍先生，胸中有鬼神不測之謀、天下難量

夏侯惇　先生爲何長他人威風，滅自己銳氣！
　　　　（吟）聽罷心中怒氣生，惡恨恨憤慨難平。
　　　　　　　量新野孤窮劉備，素軟弱怎稱英雄。
　　　　　　　憑着咱萬夫難當，哪怕他關、張、子龍。
　　　　　　　諸葛亮山野村夫，未經戰怎會行兵。
　　　　　　　願丞相勿聽他言，保此去馬到成功。
徐　庶　（吟）將軍不必自逞雄，南陽孔明號臥龍。
　　　　　　　胸中韜略冠天下，排兵布陣他盡能。
　　　　　　　屈指料算有奇謀，決勝千里帷幄中。
　　　　　　　將軍若還恃勇猛，損兵折將決非輕。
夏侯惇　（吟）元直道話有隱情，再三再四稱他能。
　　　　　　　心向劉備故阻擋，恐吾此去成大功。
曹　操　孔明之才比先生何如？
徐　庶　孔明乃皓月當空，庶乃螢火之光，安能及諸葛亮萬分之一也！
　　　　（吟）丞相在上仔細聽，諸葛英才冠群雄，
　　　　　　　學富五車包天地，諸子百家他盡通。
　　　　　　　管仲、樂毅皆不及，可比周朝姜太公。
　　　　　　　徐庶言語非虛謬，不信此去看分明。
夏侯惇　（吟）不由心頭怒氣生，性如烈火起飄風，
　　　　　　　再三誇講牛背子，氣殺吾曹大英雄。
　　　　　　　惡恨恨帳前睜怪眼，怒冲冲切齒抖神通。
　　　　　　　此去若不生擒諸葛亮，噯，軍師！請斬吾首獻軍中。
曹　操　既然如此，夏侯惇爲統軍之帥，李典爲右哨，于禁爲左哨，夏侯蘭爲合後將軍，韓浩救應糧草。領雄兵十萬，目下起程！
　　　　（念）吩咐元讓起大兵，安營下寨要經營，
　　　　　　　若果拿住劉備等，凱歌回朝賀大功。
衆　將　（念）衆將出師馬如飛，開疆展土壯帝威，
　　　　　　　生擒劉備諸葛亮，那時齊唱凱歌回。
　　　　（衆下）
曹　操　衆將去了，你我候報捷音。
　　　　（念）驅兵遣將定成功，靜候捷音報回城。

徐　　庶　（念）衆人輕敵心太甚，此去未必能得勝。（同下）

第十四回　張飛懷怒闖轅門

（劉備上）

劉　　備　（念）三請孔明下卧龍，如魚得水喜氣生，
　　　　　　　忽聞曹兵犯新野，急請先生議軍情。
　　　　　我劉備是也，自從三請孔明下山，食則同桌，寢則共席，如今小探報到，曹操命夏侯惇統兵十萬，要報前日大敗之仇。我想寡不能敵衆，弱不能敵强，不免請出先生，籌一退兵之策。小軍請先生來見！

打報者　請先生來見。

孔　　明　（念）多蒙皇叔三顧恩，隆中寒暄定三分。
　　　　　　　欲展經綸回天地，先設奇謀破曹軍。
　　　　　我孔明是也，正在後帳計劃退兵之策，忽聽主公有令，只得前去。主公在上，諸葛亮參拜。

劉　　備　免禮看座。

孔　　明　微臣告坐，主公命我何用？

劉　　備　方纔小探報到，説曹操日下兵犯新野，我想新野城廓不備、兵微將寡，勢難支持，故請先生商議。

孔　　明　主公無憂，亮自有以寡敵衆之策，但恐諸將不服。

劉　　備　既然如此，即設將臺，拜先生爲軍師。小校傳武士排列旗幡，同上教場。（行介）
　　　　　看兵符印劍過來，請先生登臺。（付印拜介）
　　　　　（念）軒轅拜風后爲相，涿鹿山排列刀槍。
　　　　　　　文王拜子牙爲帥，救萬民立周滅商。
　　　　　　　漢高祖奉轂推輪，韓元帥智擒霸王。
　　　　　　　我今日登壇拜將，破曹兵復興漢邦。

（孔明謝拜介）

孔　　明　（吟）蒙主公知遇宏恩，賜兵符令箭隨身；
　　　　　　　雖不能學子牙開國永固，亦不敢法伊尹立商功勳。盡忠誠竭心力死而後已，
　　　　　　　佐主公成王業鼎足三分；保中原滅賊曹平生之願，成與敗興與

覆盡在天心。

主公，我想軍無法律，乃烏合之衆，必鼓噪不寧，進退不齊，待我登臺點名，以傳號令。

（登臺介）

（念）諸葛胸懷佐王才，挺身直上點將臺。
　　　若有一人不遵令，難免轅門刃下灾！

（標榜白）總督諸營將士，軍師諸葛，爲興劉滅曹，吊民伐罪，特識榜文以律軍令事：方今漢室不寧，奸雄弄權，欺君罔上，挾天子而壓諸侯，肆行僭竊，長征伐而禁禮樂。主公賜我兵符印劍，調遣三軍，爾等諸營將士，各宜謹守軍律。如違號令，轅門梟首，決不寬恕，勿謂言之不予也。須至榜者。後開七禁、五十四斬。

劉　備　小校，將榜文張挂轅門，吩咐擊鼓司擂鼓三次，傳各營將官聽點！
（擂鼓畢，衆將上）

關　平　（念）像貌堂堂蓋世雄，心懷忠孝重義情，
　　　　　　　跨下千里白龍馬，忠孝賢良是關平。

劉　封　（念）少年豪杰武藝精，弓馬慣熟韜略通，
　　　　　　　皇叔世子英雄將，文武雙全是劉封。

趙子龍　（念）本將武藝蓋群雄，南征北戰保朝廷。
　　　　　　　面似傅粉白虎將，虎體猿臂賽天蓬。
　　　　　　　金盔黄鎧白龍馬，鐵杆長槍罩朱纓。
　　　　　　　渾身是膽世無比，真定常山趙子龍。

關　羽　（念）天生忠烈非尋常，身高九尺有餘長。
　　　　　　　眼似丹鳳卧蠶眉，面如重棗未經霜。
　　　　　　　酒尚温時華雄死，馬蹄到處車冑亡。
　　　　　　　五關斬將無敵手，前後絶倫漢雲長。
　　　末將姓關名羽字雲長，今日軍師登臺點將，只得此間伺侯。

張　飛　（念）青袍金甲紫銅盔，烏馬長槍壯神威。
　　　　　　　虎牢關前戰吕布，大喊一聲似春雷。
　　　　　　　堂堂漢朝雄虎將，巍巍當世俊杰魁。
　　　　　　　桃園結義忠烈士，姓張名飛字翼德。
　　　正在後帳飲酒，只聽大哥有令。嗳！二哥，大哥命咱們哪裏征討？

關　羽　三弟不知，今大哥拜孔明爲軍師，在轅門登臺點將，大家前去。

張　飛　我只當爲着何事,原是這個村夫作怪。你們稍站,待我看來。(看介冷笑)噯!二哥,你看那村夫坐在九頂蓮花寶帳,列軍雁翅兩排,一個個披甲執銳,且傳令喊聲如雷,他倒有些威風!他倒有些殺氣!

關　羽　軍法森嚴,不得不如此!

張　飛　(看介,白)還有張挂榜文,待我看來。爲榜示事:軍師諸葛爲興劉滅曹,吊民伐罪。這個村夫倒也通些文理,就是我老張也喜得興劉滅曹。再往後看:後開七禁:一輕、二慢、三盜、四欺、五背、六亂、七誤,一輕者輕視帥府官僚,二慢者緩慢國家公務,三盜者盜竊民財,四欺者欺瞞皇上,五背者背反朝廷,六亂者變亂法度,七誤者誤令而行!這幾禁禁得倒也不錯!又列五十四斬,待我讀來:聽令不明者斬。這一斬斬得就對!爲將士聽令不明,耽誤大事,不斬要他何用?!不令而行者斬,隊伍不齊者斬,弓矢不備者斬,燒毀民房者斬,奸擄民妻者斬。這幾斬斬得越發好了!將士爲國家干城,保國安民,乃其天職。若燒民房,擄民妻,不斬要他何用?!再往後看:臨陣脫逃者斬,擅離位次者斬,私自飲酒者斬。這一斬斬得便不好!

關　羽　爲何不好?

張　飛　爲將士的出陣回來,鞍馬勞困,吃幾杯卸甲之酒,他就斬了不成?這個村夫!明知我老張好酒,故意與俺作對!

關　羽　此乃三軍號令!

張　飛　也罷,再往後看:點名不到者斬。噯呸!這一斬斬得越發不好了!爲將士如有緊事不在,他就斬了不成?今日老張故違號令,看他怎樣斬我!

關　羽　三弟不可,一來大哥雅意,二來軍師號令。

張　飛　甚麼號令?明明是這村夫作怪。你們去,俺便不去!(下)

關　羽　翼德竟去,大家同進。

衆　將　軍師在上,衆將打躬。

孔　明　衆將免禮,你們站東過西,聽我一點。——關平!

關　平　在!

孔　明　劉封!

劉　封　在!

孔　明	糜竺、孫乾！
打報者	河北公幹去了！
孔　明	趙雲！
趙　雲	有！
孔　明	我乃臥龍，他乃趙雲，龍非雲而不起。趙雲過來，今後隨吾，不可遠離，賜你寶劍一口，指丹墀槐樹爲令，如有不遵令者，與槐樹一例同罪！
趙　雲	得令！ （吟）軍師傳令非等閑，軍法森森似霜嚴， 　　　若有一人不遵令，槐樹爲例斬首見。
孔　明	關羽！
關　羽	在！
孔　明	小校，今後你二爺到，不可升門。——張飛！
打報者	不到！
孔　明	翼德！
打報者	不到！
孔　明	（吟）仗劍當場來點名，高祖定法不容情， 　　　傳令趙雲提寶劍，去斬張飛來獻功。
劉　備 關　羽	劉備、關羽在軍師面前討饒。
孔　明	饒了張飛，難申軍令！
衆　將	衆將討饒。
孔　明	主公、衆將請起，叫他到我面前，口稱軍師，方纔饒他。
劉　備 關　羽	軍師息怒，待我去喚張飛！——小校請你三爺。
打報者	有請三爺。（張飛上）
張　飛	（念）樹上烏鴉叫，想是福來到， 　　　三日不殺人，是我心焦躁。
劉　備	三弟，你的禍事到了。
張　飛	禍從何來？
劉　備	軍師三次點名不到，要斬你首級。
張　飛	小軍看槍！

關　羽　要槍何用？

張　飛　扎那村夫！

關　羽　咱三顧茅廬，請下山來，叫你扎他不成？

劉　備　我與你二哥，在軍師面前討過饒了。

張　飛　哪怕他不饒。

劉　備　還有一事，叫你到他面前，口稱軍師，方纔饒你。

張　飛　叫那牛背子到我面前，口稱三爺，方纔饒他！

劉　備　還要你見他。

張　飛　還要他見我！

關　羽　三弟，不爲軍師，豈不爲大哥？

張　飛　念起大哥、二哥臉面，我去見他。大哥、二哥前行，爲弟隨後就到。
　　　　（張進門介）

孔　明　下邊站的，莫不是張將軍？

張　飛　上邊坐的，莫不是諸葛軍師？

孔　明　下邊站的，莫不是張飛？

張　飛　上邊坐的，莫不是孔明？

孔　明　你怎知吾名？

張　飛　你怎呼吾名？

孔　明　張飛！

張　飛　孔明！

孔　明　張翼德！

張　飛　諸葛亮！

孔　明　（吟）一見張飛怒生嗔，粗心膽大敢欺人。
　　　　　　主公施我兵符劍，賞罰在我掌握中。
　　　　　　今日登臺來點將，定計決策破曹兵。
　　　　　　故違軍令應該斬，爲何擅闖吾轅門？

張　飛　（冷笑，白）來來來麼，把一個轅門，道成了他的轅門。這個轅門，是我弟兄三人南征北討，東擋西殺，渴飲刀頭血，夜宿馬鞍眠，全憑這一槍、那一刀，纔爭下這個轅門！倒有你牛背子坐的地方，無有我老張站立之處？！
　　　　（念）堪笑南陽一村夫，終日高臥醉胡塗，
　　　　　　蛐蟮怎與蛟龍比，寒鴉敢與鳳爭梧；

　　　　　種穀栽麻割青草，耕田耙地老農夫！
　　　　　沿門乞食叫花子！怎比我堂堂大丈夫！
孔　明　誰是大丈夫？
張　飛　我是大丈夫！
孔　明　我是大丈夫！
張　飛　我是大丈夫！
孔　明　（吟）張飛出言太欺吾，自稱堂堂大丈夫。
　　　　　我有寡能敵衆才，神機妙算誰能如？
　　　　　不信試看布陣法，決勝千里在帷幄；
　　　　　茅廬已知三分定，我是堂堂大丈夫。
張　飛　你再三與我老張爭論，你可知我老張平日之威名、素日之本領乎？
孔　明　你那本領，可也見得！
張　飛　別的莫講，呂布溫侯乃天下豪杰，不記得虎牢關三戰之時，被吾舉鞭一打，那賊躲避不及，將金冠打落在地！天下諸侯，無不恭手欽服。
　　　　（吟）翼德威名世無雙，百戰百勝臂力強，
　　　　　虎牢關前恃神勇，打的溫侯無處藏。
孔　明　此乃匹夫之勇，敵一人者，何足道哉？！
　　　　（吟）張飛休得自稱能，敢在吾前賣英雄，
　　　　　任你縱有千斤力，怎敵胸懷百萬兵。
張　飛　（吟）罵村夫你休輕狂，怎敢與我來較量。
　　　　　當年河北救孔融，馬頭山賊由我擋。
　　　　　安喜縣鞭打督郵[1]，破黃巾斬將稱強。
　　　　　打呂布金冠落地，虎牢關前戰溫侯。
　　　　　論英勇群雄無比，論武藝四海名揚。
　　　　　你不過沿門討飯，蟄坐在卧龍崗上。
孔　明　（吟）我是南陽大丈夫，要與漢主建奇功。
　　　　　片時妙論三分定，一席談話亘古無。
　　　　　先取荊州爲家業，後吞西蜀建奇功。
　　　　　要知鼎足爲定勢，須向茅廬指畫圖。
　　　　　這樣無禮，與我推出轅門！
張　飛　（吟）可惱村夫太張狂，兩次三番把吾傷。

　　　　　　轅門上下由我走，不曾到你茅庵上。

孔　明　這樣無禮，與我趕出轅門！

張　飛　（吟）張飛心下氣昂昂，侮罵村夫太張狂。
　　　　　　不會行兵怎會謀，未學兵法裝模樣。
　　　　　　惱壞英雄張翼德，不由怒火三千丈。
　　　　　　丈八蛇矛拿在手，不扎死村夫不姓張！

劉　備
關　羽　（擋介）這樣粗野，好沒趣也！

趙　雲　三公真個沒趣！

關　平
劉　封　三爺好沒趣也！

張　飛　哇！

關　羽　是這樣人?!當日錯宰白馬、烏牛了！

張　飛　可說是大哥、二哥，你們有牛背子不用我老張，不免回上我范陽去吧！
　　　　　（念）張飛心下自思量，大哥二哥沒主張，
　　　　　　當日不該三結義，叫我低頭無情回故鄉。（下）

打報者　三爺逃回范陽去了。

劉　備
關　羽　咱不免稟軍師去趕！（稟介）
　　　　　（念）憶昔當年結金蘭，今日何故分北南？
　　　　　　只念兄弟結義重，跨上追風把三弟趕。（下）

孔　明　趙雲過來，你領五百弓箭手，范陽路上去趕張飛。他若回來便罷，他若不回，將他亂箭射死！附耳上來，只可開弓，莫可放箭。

趙　雲　得令！
　　　　　（念）軍師將令怎敢違，提槍上馬繡旗揮，
　　　　　　帶領五百弓箭手，范陽路上趕張飛。（下）

孔　明　（念）欲展雄才吞魏吳，何患張飛心不服。（下）（張飛上）

張　飛　（吟）憶昔當年在桃園，誓同生死共劉、關。
　　　　　　白馬、烏牛祭天地，協力同扶漢江山。
　　　　　　只爲南陽那村夫，致令兄弟失前言。
　　　　　　馬上思兄暗落淚，叫我思前想後左右難。

叫我心下自思：我兄弟自結義以來，禍福同當，患難與共，顛沛流離之際，未有二心，今日爲這村夫，使我弟兄言語相忤，一旦不辭而去，叫我好難割難捨。唉，大哥、二哥，非是你三弟忘恩負義，都只爲那村夫諸葛亮，惱得我怒氣三千丈。想仁兄恩愛實難忘，我只得揮淚走范陽。噯呸！倒是我錯了？老張縱然與那村夫致氣，一怒而去，爲何不辭別大哥、二哥？噯！說甚麼辭別，他們得新忘舊，有了牛背子不要俺老張，還用惡言搶白於我，別的言語莫説，我二哥言道：這樣人，當初錯宰了白馬、烏牛了！這是何言也？這是何語也！

（吟）提起叫人氣昂昂，這樣言語我怎當？

　　　説甚麼桃園恩義重，打馬揚鞭走范陽！（欲下）（劉備、關羽上）

劉　備	
關　羽	（念）心忙嫌路遠，意急恨馬遲。

　　　三弟請了。

張　飛　列位請了。

劉　備	
關　羽	三弟，爲何不下馬相見？

張　飛　你們有了牛背子，不用俺老張，還相見這甚麼！

劉　備　三弟，忘了桃園結義之情了？

張　飛　念起桃園，下馬相見。

　　　（吟）想當初桃園結義，咱三人對天盟誓。

劉　備	
關　羽	殺白馬曾來祭天，宰烏牛又來祭地。 　願學那管、鮑分金，不學那孫、龐鬥智。 　你今日回上范陽，撇的我歸於何地？（二人哭介）

張　飛　大哥、二哥莫哭。

　　　（念）聽他言心中凄慘，不由人眼淚鼻酸，

　　　　非是我忘却桃園，受不過村夫刁難。

劉　備　只見紅塵飛揚，看是何人到來？（趙雲上）

趙　雲　（念）兩片氈鞍搏天飛，一顆朱纓就地滾。

　　　三公請了！

張　飛　子龍到此爲何？

趙　雲　奉了軍師命令，教我趕你回去。

張　飛		我便不回。
趙　雲		你若不回，軍師有令，將你亂箭射死。
張　飛		只怕你不敢射。
趙　雲		（吟）趙雲馬上傳將令，大小三軍仔細聽：
		喝令一聲齊下手，四下開弓放雕翎。
張　飛		將大哥做個擋箭牌。
趙　雲		三哥休慌，小弟怎敢射你？
張　飛		我說你不敢射，你當真不敢射！
趙　雲		三哥請回。
張　飛		列位聽我道來。

　　　　　（吟）破黄巾誅滅賊寇，安喜縣鞭打督郵。
　　　　　　　論英雄蓋世無比，虎牢關三戰溫侯。
　　　　　　　衆諸侯聞名喪膽，有陶謙三讓徐州。
　　　　　　　諸葛亮有甚本領，那村夫這等誇口。
　　　　　　　自稱他天下奇才，敢與我參辰卯酉。
　　　　　　　告列位你且回去，一定要上我涿州。

關　羽　三弟，你說你不服孔明，難道兄服孔明不成？今曹兵臨邇，夏侯惇不日就到，看他怎樣行兵。若果無用，逐他不遲。三弟何須暴躁？
張　飛　二哥言之有理，看他怎樣打發夏侯惇回去。
劉　備　（念）三弟何須怒氣生？
張　飛　（念）尊重村夫我不平。
關　羽　（念）曹兵不日臨新野，
趙　雲　（念）且看諸葛怎行兵！（衆下）

校記

［１］安喜縣鞭打督郵："督"，原作"都"，據《三國演義》卷一改。

第十五回　諸葛亮運籌發兵

　　　　　（孔明、劉備上）

孔　明　（念）道高龍虎伏，德重鬼神驚，
　　　　　　　胸中藏寶劍，要斬不平人。

劉　備	（念）奸雄當國柄,君主不自由,
	生靈遭塗炭,干戈幾時休。
	今曹操命夏侯惇統兵前來,新野兵微將寡,何以禦之?
孔　明	主公無憂,教一干衆將前來,亮自有調遣。
劉　備	小校,命衆將入帳。
打報者	衆將入帳。（衆上）
關　平	（念）威風凛凛天下雄,三略六韜盡精通,
	平生常懷忠孝志,文武雙全是關平。
劉　封	（念）胸中志氣貫長虹,要佐王侯扶帝庭,
	全憑韜略安天下,皇叔世子是劉封。
趙　雲	（念）長槍匹馬冠三軍,前後無雙勇絶倫,
	威風凛凛鬧天將,漢朝大將是趙雲。
張　飛	（念）豹頭環眼聲如雷,虎牢關下逞雄威,
	燕頷虎鬚車騎將,智勇雙全猛張飛。
關　羽	（念）白馬坡前斬顏良,千里尋兄世無雙,
	古城重會恩義重,前後絶倫漢雲長。
	大哥、軍師有令,須速進見。
衆	大哥、軍師在上,衆將打躬。
劉　備	衆將免禮。
衆	命我等何用?
劉　備	今曹兵犯境,故令你等前來,聽軍師調遣。
孔　明	今曹兵犯境,虎視新野,主公賜我令箭,調遣三軍。爾等各宜遵守,勿犯吾令。
	（吟）傳將令氣衝斗牛,吩咐你大小軍卒。
	夏侯惇興兵犯境,我軍少怎是對手?
	兵法云知己知彼,寡與衆全憑計謀。
	假若是違吾將令,按軍紀必當斬首。
	子龍聽令,你領老弱軍三千,在博望坡前安營,遇見曹兵,只要輸,不要贏,引至坡前,火起殺來,天明收兵!
	（吟）吩咐子龍要用心,統領三千老弱軍,
	佯輸詐敗香餌計,管叫曹兵血淚流。
趙　雲	（吟）軍師將令鬼神驚,耀武揚威向前行,

博望坡前安營寨，擒龍伏虎定太平。
（下）

孔　明　關平、劉封聽令！你二人領五百小軍，各備硫硝引火之物，在坡前蘆葦南面埋伏，待子龍引過曹兵，一齊放火，不得有誤。
（吟）吩咐劉封與關平，蘆葦埋伏用火攻。
　　　　二將領兵須仔細，違犯軍法不容情。

關　平
劉　封　（吟）聽罷將令喜氣生，飛身直上馬鞍籠。
　　　　三軍齊備狼烟炮，博望坡前燒曹兵。
（下）

孔　明　雲長聽令！你領一千人馬，在豫山埋伏。望西南火起殺來，火燒曹糧，天明收兵。
（吟）定計設謀用火攻，豫山雲長向前行，
　　　　我今算定破曹計，博望坡前定立功。

關　羽　（吟）關某素有驍勇聲，曹兵聞名膽戰驚，
　　　　豫山埋伏斷糧草，管叫曹兵血泪淋。
（下）

孔　明　翼德聽令！你領一千人馬，在安林埋伏，望南面火起殺來，一起下手，不可有誤！
（吟）張飛安林把兵排，此處久等曹兵來，
　　　　若能捉得夏侯惇，方顯英雄虎將才。

張　飛　我們都在百里以外安營，你在何處？
孔　明　我與主公縣內守城。
張　飛　（吟）聽説銀牙都咬碎，這樣軍師誰不會？
　　　　我們戰場去廝殺，你在城中只管睡！
不去……我便不去！
劉　備　三弟豈不聞運籌帷幄之中，決勝千里之外？如何不去？
張　飛　也罷，我看他這計如何！
（吟）翼德威名鎮九重，十八般藝件件精，
　　　　暫且安林去埋伏，試看孔明怎行兵！

孔　明　吩咐簡雍、孫乾，準備筵席，與衆將賀功。咱不免城頭觀陣。
劉　備　（念）妙計決勝千里外。
孔　明　（念）堂庭預整賀功筵。（同下）

第十六回　趙子龍定計誘敵

（趙雲上）

趙　雲　（吟）甲馬征袍疾如飛，博望坡前動刀兵。
　　　　　　　陣雲冉冉天地暗，土雨紛紛宇宙紅。
　　　　　　　軍師算就破曹計，以弱敵強寡禦衆。
　　　　　　　全憑一腔忠義膽，哪怕曹瞞百萬兵。
　　　　吾趙雲，奉軍師將令，與曹兵對敵，大小三軍，前至何處？
打報者　前至博望坡。
趙　雲　既然如此，安營下寨。
　　　　（吟）孫武、管、樂妙心裁，九宮八卦次序排。
　　　　　　　出入不亂隊伍法，巡邏謹遵韜略懷。
　　　　　　　中軍帳內森羅殿，轅門旗下血魂臺。
　　　　　　　賊子縱有天大膽，辭却陽間送死來。
　　　　　　　下寨不羨人和時，安營全收地理功。
　　　　　　　營若大吉方占土，不戰能取敵人兵。
　　　　安營已畢，小軍把定營門，有事通報。

（夏侯惇上）

夏侯惇　（念）人有精神馬又歡，驅兵領將數千員。
　　　　　　　炮鼓連天徹地響，旌旗飄揚遮天關。
　　　　　　　盔甲鮮明映日月，劍戟羅列倍森嚴。
　　　　　　　丞相面前曾誇口，活捉劉備獻軍前。
　　　　末將夏侯惇，帶領一干衆將要活捉劉備、諸葛亮，衆將催動人馬，往前進發！
打報者　劉備人馬攔路。
夏侯惇　衆將退後，待我看來。可笑可笑！
衆　將　元帥可笑甚麼？
夏侯惇　可笑徐庶，在丞相面前，曾說諸葛亮是天下奇才，觀其行兵，真可笑也！你看他營頭不整，老幼前來，以此等人馬爲前部，真如驅羊鬥虎一般。吾在丞相面前曾說：要活捉諸葛，生擒劉備。此言可真應也！衆將，一半人馬救應糧草，一半人馬掠營，待我一馬當先，前

　　　　　　去成功。
衆　將　（吟）元帥傳令不得輕，大小兒郎敢不從。
　　　　　　一半人馬救糧草，一半人馬掠後營。
　　（衆下）
夏侯惇　（吟）堪笑諸葛無將才，敢驅人馬把陣排。
　　　　　　旌旗紛亂隊不整，人似餓鬼出獄來。
　　　　　　老幼不過三千衆，怎敵十萬虎將才？
　　　　　　一靠丞相洪福重，二是劉備時運衰，
　　　　　　真乃一撮送命鬼，難逃吾軍刀下灾。
　　　　　　高叫三軍急叫陣，叫那村夫諸葛出馬來。
打報者　曹兵討戰。
趙　雲　（吟）忽聽小軍報一聲，不由心頭怒火生，
　　　　　　高叫小軍牽戰馬，轅門一閃放飛龍。
　　　　　　出營門馬飛如雲，振龍威抖擻精神，
　　　　　　陣角前站立一將，我問你來者何名？
夏侯惇　（吟）中原大將我爲强，擎天立地架海梁。
　　　　　　金盔光明吐彩霧，鎧甲燦爛似秋霜。
　　　　　　跨下北海烏龍馬，松文寶刀世無雙，
　　　　　　挂印懸牌督招討，夏侯名惇字元讓。
　　　　　　汝乃何名？
趙　雲　（吟）天生豪杰開太平，少年天下任縱橫。
　　　　　　勇比當年伍盟府，英雄不亞柳展雄。
　　　　　　跨下千里白龍馬，鐵杆長槍提手中。
　　　　　　從天降下白虎將，前部先鋒趙子龍。
夏侯惇　原是趙雲，想你既爲堂堂丈夫，爲何輔佐劉備？若肯弃暗投明，歸順丞相，不失你封侯之位。
趙　雲　那奸曹名爲漢相，實爲漢賊，汝等相從，豈不自耻！休走吃吾一槍！
夏侯惇　（吟）笑趙雲，無才能，枉扶主，顧全劉備。
趙　雲　（吟）罵反賊，不擇主，一心輔，亂國奸雄。
夏侯惇　（吟）曹丞相，扶漢室，功勞重，他本是，保國元勳。
趙　雲　（吟）劉皇叔，仁義君，好賢良，他又是，漢室宗親。
夏侯惇　（吟）烏騅馬，衝開你，新野縣，拿劉備，活捉諸葛。

趙　雲	（吟）點鋼槍，刺破你，許昌城，保天子，殺盡反臣。
夏侯惇	（吟）匹夫不必誇大口，
趙　雲	（吟）反賊何須賣你能。
夏侯惇	（吟）眼前便是森羅殿，
趙　雲	（吟）一剎時叫爾鬼吹燈。（趙雲敗下）
夏侯惇	（吟）堪笑常山趙子龍，陣前誇口稱他能。
	未及三合并兩陣，抱頭掩耳走如風。
	殺得他反背鑼鼓倒拖旗，弃甲曳兵暗逃生。
	吩咐衆將齊努力，急去追趕莫稍停！（夏侯惇追趕下）

第十七回　博望坡得勝燒屯

（關平、劉封同上）

關　平 劉　封	（念）人似南山爭食虎，馬賽北海走蛟龍。
	蘆葦南面埋伏將，忽聽炮響不絕聲。
	我劉封、關平是也。奉了軍師命令，在此埋伏，準備火燒曹兵；只聽得炮響連天，想是子龍引曹兵到了，我不免放起火來，大家努力截殺！
	（吟）軍師妙計果然能，蘆葦埋伏用火攻。大小軍士備火把，管叫賊
	子難逃生！

（夏侯惇趕趙雲上）

夏侯惇	（吟）元讓英雄不可當，殺得趙雲走慌忙。
	跨下催動龍駒馬，定要活捉諸葛亮。
	正來追趕趙雲，忽見蘆葦中火起，想是有了伏兵，吾何懼哉！
	（吟）凱甲扣連環，戰馬緊加鞭。
	任你到雲外，要趕九重天。

（夏侯惇趕下。韓浩、夏侯蘭上）

韓　浩 夏侯蘭	（念）救應糧草奉命行，後邊人馬喊殺聲。
	想是伏兵到此地，只得回頭大交鋒。（內喊：殺！關平、劉封 架住）
夏侯蘭 韓　浩	來將何人？

關　平
劉　封　（念）俺本蓋世二英雄，埋伏此間用火攻。
　　　　　　　賊子要知吾名姓，小將關平與劉封。
　　　　二賊何名？

夏侯蘭
韓　浩　（念）虎軀凛凛一丈高，胸懷三略并六韜。
　　　　　　　曹府帳下兩員將，夏侯名蘭勇韓浩。
　　　　敢與吾戰？

關　平
劉　封　（吟）二賊不必逞你能，

夏侯蘭
韓　浩　（吟）天下豪杰我最雄。

關　平
劉　封　（吟）陣前催起龍駒馬，

夏侯蘭
韓　浩　（吟）試看今日兵對兵。（夏侯蘭、韓浩敗下）

關　平
劉　封　（吟）可笑二賊無智能，三合兩陣便逃生。
　　　　　　　任你飛上天空去，隨後趕你到九重。（同下）

（關羽上）

關　羽　（念）蘆葦火起人馬亂，火炮滾滾震連天。
　　　　末將關雲長是也。忽見蘆葦火起，想是賊兵到了，我不免在此截殺。

（于禁上）

于　禁　（吟）忽見蘆葦火光生，此處必定有伏兵。
　　　　　　　猛然抬頭見一將，只得前去問分明。

關　羽　（吟）紅面長鬚一豪將，手提大刀鬼神慌。
　　　　　　　跨下赤兔胭脂馬，姓關名羽字雲長。
　　　　小賊何名？

于　禁　（吟）中原大將我超群，腰間斜挎先鋒印。
　　　　　　　胸中韜略冠天下，曹府大將是于禁。
　　　　敢與我戰？

關　羽　（吟）漢雲長，憑武藝，要逞雄威。

于　禁　（吟）勇于禁，恃才能，定建奇功。

關　羽　（吟）交戰時莫要逃走，

于　禁　（吟）到陣中便見死生。（于禁敗下）

關　羽　（吟）堪羨軍師妙計能，豫山與賊大交鋒。
　　　　　　　殺得于禁逃命走，後邊追趕快如風。
　　　（下）（李典上）
李　典　（念）催馬在後來掠營，不見于禁哪裏行。
　　　　　　　忽然火光就地起，縱馬揚鞭救元戎。
　　　（張飛上）
李　典　（吟）正欲前去救元戎，忽見一將臨陣中。
　　　　　　　我本不殺無名將，快與老爺說分明。
張　飛　（吟）小賊何敢逞雄威，你聽老爺說是非。
　　　　　　　吾本蓋世忠烈將，姓張名飛字翼德。
　　　　小賊何名？
李　典　（吟）鳳翅金盔耀天關，龍鱗鎧甲扣連環。
　　　　　　　鞭槍到處人害怕，中原大將是李典。
　　　　敢與吾戰？
張　飛　（吟）丈八矛，忙拈轉，管叫兒，身歸地府。
李　典　（吟）梨花槍，刺過去，定讓你，命見閻君！
張　飛　（念）我蛟龍恥與蛤蟆戰！
李　典　（吟）你野雞敢鬥我鳳凰！（李典敗下）
張　飛　（吟）不由滿面展笑容，李典小兒逃了生。
　　　　　　　陣前催開烏騅馬，不殺賊子不返程。
　　　（兩家混戰）（趙雲引夏侯惇上）
趙　雲　好一個夏侯惇匹夫，怎麼不知死活，還敢前來追趕？
夏侯惇　好個趙雲，你縱有些伏兵，吾何懼哉[1]？！
趙　雲　（唱）我這裏急急逃，你那裏忙忙追，
　　　　　　　佯輸走，詐敗歸，徑直趕殺不知退，
　　　　　　　我兵都來到，四面把你圍，
　　　　　　　圍困的鐵筒相似，怎能插翅上天飛！
　　　（眾圍住介）
夏侯惇　（吟）博望失陣走慌忙，蘆葦火起好慘傷，
　　　　　　　紅旗逢火片片爛，戰袍鎧甲亂飛揚。
　　　　　　　當日不聽徐庶語，一心只要逞剛強。
　　　　　　　趙雲定下拖刀計，勒回戰馬走他鄉。

　　　　　　吾竟不解其中意,躍武揚威把陣闖。
　　　　　　四面人馬如雲集,困住豪杰夏元讓。
　　　　　　高叫三軍齊努力,捨生忘死逃許昌。(殺介)
　　　　混殺一陣,不能得出,如之奈何？我見東方兵薄,不免往東方衝去。
　　　　(吟)不由我怒氣冲冲,催龍駒快走如風。
　　　　　　拈轉我紅纓長槍,領人馬直衝正東。
　　　　原是趙雲把守。好個匹夫,你是我戰敗之將,還敢在此攔路！
趙　　雲　(吟)夏侯惇不知自量,你老爺佯輸詐敗,
　　　　　　將賊子誘入重圍,我料你難免禍灾。
夏侯惇　(吟)有元讓怒氣生嗔,惡狠狠勇猛難禁,
　　　　　　抖開我平日虎威,在東方再戰趙雲。
　　　　東方殺不出去,我不免往正西衝殺。
　　　　　　夏侯惇生來性急,憑着我千斤力氣,
　　　　　　催開了龍駒戰馬,抖精神直衝正西。
　　　　西方何人把守,還不與吾避路。
關　　平　(吟)自幼生來膽氣雄,要與國家建奇功,
　　　　　　賊子問我名和姓,能征慣戰是關平。
夏侯惇　(吟)叫關平不必逞能,我本是慣戰英雄,
　　　　　　量小賊待到何時,定讓你槍下喪生。
　　　　西方殺不出去,我不免往南衝去。
　　　　　　人又精神馬又歡,相持對敵敢爭先,
　　　　　　雕翎弓箭提在手,抖擻精神闖正南。
　　　　南方何人,敢攔吾路？
劉　　封　(吟)賊子不必問吾名,提起吾名誰不驚,
　　　　　　皇叔世子豪杰將,文武雙全是劉封。
夏侯惇　(吟)博望坡前遇劉封,小賊誇口太逞能,
　　　　　　今日逢在我的手,霎時叫你喪了生。
　　　　南方殺不出去,我不免往正北衝殺。
　　　　　　夏侯元讓顯神威,坐下戰馬走如飛,
　　　　　　東西南方殺不出,勒回馬來衝正北。
　　　　北方何人,與吾避路！
張　　飛　(吟)豹頭環眼渾身黑,手提鋼鞭跨烏騅,

　　　　　　　賊子要知吾名姓，姓張名飛字翼德。
夏侯惇　（吟）猛張飛守把正北，吶喊聲真似巨雷，
　　　　　　　嚇的我亡魂喪膽，抖精神再戰幾回。
　　　　　北方殺不出去，我不免往中央衝殺。
　　　　　　　元讓心下自思量，連戰數陣無主張，
　　　　　　　心想歇息無處躲，教我只得站中央。
　　　　　中央何人？與吾避路！
關　羽　（吟）守把在中央，大刀鬼神慌，
　　　　　　　要知吾名姓，關某字雲長。
夏侯惇　（吟）到中央又見雲長，真賽過天神模樣，
　　　　　　　殺得我人困馬乏，沒奈何再戰一場！
　　　　　四面八方殺不出去，怎生是好？！
　　　　　　　不由我心中暗想，正東上趙雲剛強，
　　　　　　　往西殺關平阻擋，往南殺劉封威揚，
　　　　　　　正北上張飛勇猛，關雲長又守中央。
　　　　　　　我縱是八面金剛，難逃出這個災殃！
　　　　　教我心下自思：若恃勇相殺，何能得出，不免雜入軍隊逃生。
　　　　　　　元讓心下自推情，困乏不知哪裏行，
　　　　　　　四面八方無出路，雜入軍隊暗逃生。（逃下）
關　羽　反賊逃走，不必追趕，大家收兵回營。
衆　將　（念）可喜軍師妙計能，博望燒屯用火攻，
　　　　　　　殺得曹兵喪了膽，大家回營各獻功。
　　　　　（同下）

校記

［１］吾何懼哉："懼"，原作"俱"，據文意改。

第十八回　新野縣凱旋慶功

　　　　　（劉備、孔明上）
劉　備　（念）昨日坡前火焰飛，
孔　明　（念）喊殺連天聲如雷，

劉　備	（念）探馬連擂得勝鼓，	
孔　明	（念）未知頭功却是誰？	
劉　備	昨日衆將出戰，探馬連次報捷，怎麼不見到來？	
孔　明	略坐一時，必然來也。（衆上）	
關　羽	（念）殺得賊子逃如風，同向轅門各獻功。	
	來至轅門，大家進去。主公、軍師在上，衆將打躬。	
劉　備	免得施禮。	
衆　將	曹兵大敗，夏侯惇逃走。	
孔　明	主公，今日衆將獻功，各賜金花兩朵，彩緞十匹，更設酒宴，慶賀功勞。	
	（吟）吩咐大小衆頭領，大家齊心要盡忠，	
	若能除滅奸曹操，那時方顯忠良卿。	
	（衆下）	

孔明點將

佚　名　撰

解　題

　　蒲劇。作者不詳。《蒲州梆子劇目辭典》著録，題《孔明點將》，未署作者。劇寫諸葛亮初出茅廬，曹將夏侯惇率兵進攻新野。諸葛亮點將應戰。張飛不服，與諸葛亮以項上人頭打賭。本事見《三國演義》第三十九回。敷演此故事的戲曲，古今甚多，可參見前《三請》解題。該劇爲折子戲，僅一場。版本今見太原戲劇研究所趙威龍提供的手抄本。今以該本爲底本校勘整理。

報　子　（念）打探軍情事，名爲夜不收。
　　　　　　　白晝長打探[1]，夜晚卧荒丘。
　　　　　俺走馬長探，奉了帥爺將令，高凸打探，又見夏侯惇領定人馬，漫山塞野而來，只得抓定快馬一驥，報與帥爺得知。
劉　備　（念）龍離深潭虎離穴。
關　羽　（念）山高怎把太陽遮。
張　飛　（念）一日風吹浮雲散。
趙　雲　（念）不顯星斗只顯月。
劉　備　孤窮劉備。
關　羽　漢室關某。
張　飛　燕人張飛。
趙　雲　常山子龍[2]。
劉　備　請了。
　衆　　請了。
劉　備　先生上帳，列班候令。（卒引諸葛亮上）

諸葛亮　南陽恭敬,描金羽扇笑談增。
衆　　衆將參。
諸葛亮　免。
　　　　（詩）龐涓一死不爲雄[3],樂毅伐齊歸燕營[4],
　　　　　　欲要出世掌兵權,海晏河清干戈寧。
　　　　山人複姓諸葛,名亮,字孔明,道號臥龍。自那日茅庵打了一盹,錦雞連叫四十二聲,是我掐指一算,阿斗有四十二年天分。蒙皇叔三顧茅廬,山人臘月初八下山,進得營來,并無寸功建立。呀！又見帥字旗無風自擺,必有軍情大事,我差長探前去打探,怎麼不見到來？（報子上）
報　子　打聽軍情事,回稟帥爺知。衆將報門,夜不收告進。哦,帥爺在上,夜不收磕頭。
諸葛亮　那路軍情細細報來！
報　子　帥爺容稟:奉了帥爺將令,高凸打探軍情。曹營兵多勢又重,漫山塞野如蚌。無明徹夜趲前程,定把新野掃平。
諸葛亮　呵！銀牌賞下,再探,再報。
報　子　謝過帥爺。
諸葛亮　呵呀,山人正要用兵,夏侯惇送來一陣[5],豈不是天隨人願？衆將站立兩厢,聽我一令:（起板）
　　　　（唱）帷幄中掌兵權,由我令行,曉喻了各營中頭目兵丁[6]。
　　　　　　劉關張扶漢室恩多義重,實只望正朝綱剪除奸雄。
　　　　　　蒙主公臥龍崗復連三請,因此上離南陽才顯臥龍。
　　　　　　姜公韜武子略俺能長用,一心要殺孫權平滅曹公。
　　　　　　那一個違了令,軍法爲重,輕者罰,重者斬,插箭游營。
　　　　　　諸葛亮在大帳忙傳一令,頭一令傳進來常山子龍。
　　　　中軍代我一令,傳子龍進帳。
中　軍　得令。令出,帥爺有令,趙雲進帳。
趙　雲　衆將報門,子龍進帳。哦,帥爺在上,子龍候令。
諸葛亮　趙雲聽令:命你帶領人馬[7],博望坡左邊埋伏。曹兵到此,以勇殺出,勝者請功,違令者斬。
趙　雲　得令。
　　　　（唱）在盤河打一戰威名出衆,一杆槍擋袁紹百萬雄兵,

	劉主爺曾借將徐州聽用,殺曹兵好一似風送殘燈。
諸葛亮	(唱)觀子龍真將才甚是猛勇,跨戰馬手提槍亞賽蛟龍[8]。
	領一支人共馬要路扎定。第二令請進來漢室關公。
	中軍代我一令,請二王千歲進帳。
中 軍	令出,帥爺有令,請二王千歲進帳。
關 羽	中軍報門,某告進。呵!先生在上,關某候令。
諸葛亮	二王千歲聽令:命你帶領人馬,白河提扎放水,曹兵到此,一盞齊放,違令者罰。
關 羽	得令。
	(唱)徐元直歸曹營母命爲重,臨走馬十里亭薦過孔明。
	俺弟兄請先生不怕寒冷,到白河用水淹一戰成功。
諸葛亮	(唱)赤兔馬偃月刀英雄無比,丹鳳眼卧蠶眉相貌非俗,
	到後來把春秋托付與你。三支令傳進來燕人張飛。
	中軍代我一令,傳翼德進帳。
中 軍	令出,帥爺有令,三王千歲進帳。
張 飛	衆將報門,張飛進帳。呵,先生在上,翼德候令。
諸葛亮	翼德聽令,命你帶領人馬,博望坡右邊埋伏,曹兵到此,一擁殺出,勝者請功,違令者斬。
張 飛	先生,哎呀,先生,俺弟兄們出城廝殺[9],未知先生所司何事?
諸葛亮	山人坐守城池而已。
張 飛	坐守城池,人人皆能,不獨先生一人。
諸葛亮	三將軍,我今日行令,你那心中有些不服。
張 飛	老張實實不服。
諸葛亮	既然不服,我料曹兵必敗,夏侯惇必從小道而逃命,你捉拿他來時,願輸元戎大印;若拿他不來,三將軍憑着何來[10]?
張 飛	願輸項上人頭!
諸葛亮	口說無憑!
張 飛	擊掌打賭!
諸葛亮	一在一。
張 飛	二在二。
諸葛亮	萬里山河。
張 飛	一定而規。

| | （唱）在大帳討一令氣奪心肺，實不服牛鼻子斬將奪旗。 |
| | 怒轟轟一霎時心頭火起，我老張爲漢室出馬迎敵。 |

諸葛亮　（唱）想那日離南陽我好自悔，張翼德海鬚乍哈聲如雷，
　　　　　　大丈夫容人量且恕他罪，皇羅帳請進來劉主玄德。
　　　　　中軍代我一令，請主公進帳。

中　軍　令出，師爺有令，請主公進帳。

劉　備　衆將報門，孤窮進帳。呵！先生在上，孤窮候令。

諸葛亮　主公聽令，命你帶領五十名老弱殘兵，博望坡前邊埋伏，曹兵到此，
　　　　　即速退敗，我自有破敵之法，違令者罰。

劉　備　得令。
　　　　（唱）徐先生歸曹營叫孤自悔，俺弟兄請孔明用盡心機[11]，
　　　　　　五十名老弱兵交鋒對壘，馬來！好一似五閻君把孤命催。

諸葛亮　（唱）恨曹瞞把人的銀牙咬碎，在中原兒本是謀漢之賊，
　　　　　　把奇兵埋伏到博望坡內，管叫兒一個個片甲不回。
　　　　　中軍，兵發博望。

卒　　　呵！

校記

[1] 白晝長打探："晝"，原作"盡"，據文意改。

[2] 常山子龍："常山"，原作"長沙"，據《三國志》改。

[3] 龐涓一死不爲雄："涓"，原作"捐"，據《史記》卷六十五改。

[4] 樂毅伐齊歸燕營："毅"，原作"義"，據《史記》卷八十改。

[5] 夏侯惇送來一陣："侯"，原作"候"，據文意改。

[6] 曉喻了各營中頭目兵丁："喻"，原作"與"，據文意改。

[7] 命你帶領人馬："帶"，原作"代"，據文意改。

[8] 跨戰馬手提槍亞賽蛟龍："跨"，原作"胯"，據文意改。

[9] 出城廝殺："廝"，原作"撕"，據文意改。

[10] 三將軍憑着何來："憑"，原作"平"，據文意改。

[11] 用盡心機："機"，原作"幾"，據文意改。

闖轅門

佚名撰

解題

中路梆子。作者不詳。《山西戲曲劇目總攬》著録,題《闖轅門》,未署作者。劇寫劉備三顧茅廬,請出諸葛亮并拜其爲軍師。張飛輕慢諸葛亮,擅闖轅門。諸葛亮責其違軍紀,依例當斬。張飛一怒之下,不辭而去,途中追念桃園結義之情,頗有悔意。劉、關、趙雲急忙追趕而來,經過再三規勸,張飛怒氣始消。適曹將夏侯惇前來討戰,張飛上馬迎戰夏侯惇而去。本事出於《三國演義》第三十九回。元雜劇無名氏之《諸葛亮博望燒屯》、元雜劇殘曲無名氏之《諸葛亮挂印氣張飛》、明傳奇《草廬記》、清代花部亂彈《博望坡》均有此情節,但又不盡相同。當今柳子戲尚演《張飛闖轅門》。版本今見《山西地方戲曲彙編》第十二集《中路梆子專輯四》本。今以該本爲底本校勘整理。

第 一 場

（劉備、四軍士上。中軍上）

劉　備　（引）紅日高照烏雲散,狼烟掃却定中原。
　　　　（詩）憶昔結義在桃園,烏牛白馬祭蒼天。
　　　　　　　今喜諸葛扶漢室,文臣武將盡開顔。
　　　　孤窮劉備,卧龍崗將孔明先生搬下山來,與孤窮軍中爲謀。先生帳下缺少一聽用之人,不免命四弟前來聽用。站堂軍!
中　軍　有!
劉　備　宣趙雲將軍進帳!
中　軍　趙雲將軍進帳!（趙雲上）

趙　雲	（念）衝鋒陷陣忠主事，建功立業逞英雄。
	趙雲告進，參見主公。
劉　備	少禮！
趙　雲	啊，喚弟到來哪裏使用？
劉　備	將孔明先生搬下山來，命你當一聽用之人，你意如何？
趙　雲	情願當一聽用之人[1]。
劉　備	轅門侍候！
趙　雲	遵命。

（二青童、一車夫引孔明上）

孔　明	（詩）自幼學藝在臥龍，神機妙算鬼神驚。
	茅廬三顧恩義廣，誓保桃園定乾坤。
趙　雲	參見先生。
孔　明	你是何人？
趙　雲	末將趙雲。
孔　明	雲見龍便起，聽山人與你改名。
趙　雲	先生請改！
孔　明	改名趙子龍！
趙　雲	謝過先生。
孔　明	往裏去傳，就說山人下山。
趙　雲	稟主公，孔明先生下山。
劉　備	快快有請！
趙　雲	裏邊有請！
孔　明	正是：（念）上知天文地理，袖通八卦陰陽。
劉　備	不知先生下得山來，未曾遠迎，多多有罪。
孔　明	好說。山人下得山來，有何軍情付托？
劉　備	先生此來，與孤窮軍中爲謀。
孔　明	吩咐眾將同下教場，祭旗聽點！
劉　備	四弟聽令！
趙　雲	在。
劉　備	吩咐眾將同下教場，即刻祭旗聽點！
趙　雲	討令，馬來！（下）
劉　備	先生請。

| 孔　明 | 主公請。(同下) |

校記

[1]情願當一聽用之人:"情",原作"請",據文意改。

第　二　場

　　　　（劉備、關羽、孔明、趙雲上。祭旗官甲、乙上）

祭旗甲	執事者,各司其事。
祭旗乙	動樂。
祭旗甲	劉主公就位,正冠。
祭旗乙	抖衣。
祭旗甲	打塵。
祭旗乙	束帶。
祭旗甲	拜。
祭旗乙	再拜。
祭旗甲	三拜。
祭旗乙	復位。
祭旗甲	軍師就位,正冠。
祭旗乙	抖衣。
祭旗甲	打塵。
祭旗乙	拜。
祭旗甲	再拜。
祭旗乙	三拜。
祭旗甲	拜印登臺。
孔　明	(詩)三顧茅廬義氣深,忠心保國定乾坤。
	六韜三略計謀遠,定把狼烟一掃平。
	山人諸葛亮,是我下得山來,與劉主公軍中爲謀。趙雲進帳！
趙　雲	趙雲告進,參見軍師。
孔　明	帳前侍候。(張飛上)
張　飛	呔,張飛來也！
	(詩)家住涿州在范陽,老張勇力賽霸王。

　　　　弟兄結義恩情重，轟轟烈烈鬧一場。
　　　　燕人張翼德。我説大哥、二哥！反亂之年不見有甚麽運籌帷幄的軍師，太平之年從卧龍崗搬來諸葛亮娃娃，坐在中軍寶帳，就是這樣掐掐掐，捏捏捏，掐的甚麽神機妙法。老張我放心不下，進帳打探。是我進得帳來，觀見諸葛亮娃娃，坐在我大哥中軍寶帳，上打一杆帥字旗，我大哥在左，我二哥在右，左左右右排班下來，甚是紅火熱鬧。有了，在三顧茅廬之時，我大哥言道，他行他的兵，我吃我的酒。我想來閑事少管，後帳飲酒去了。（下）

孔　明　趙雲看過告條！

趙　雲　遵命，告條到！

孔　明　站下。上寫：護國軍師諸葛亮，爲興劉滅曹事，曉諭滿營衆將：前而不前者斬；後而不後者斬；左而不左者斬；右而不右者斬。上寫斬斬斬，斬斬斬！弓不上弦者斬；刀不出鞘者斬；貽誤軍令者斬；吃酒誤事者斬！叫前進不前進者斬；叫後退不後退者斬；私入民房者斬；擅回轅門者斬！下贅着斬斬斬，斬斬斬！將告條貼出轅門。

趙　雲　遵命。（張飛上）

張　飛　俺老張正在後帳飲酒，耳聽帳中斬斬斬，斬斬斬！但不知斬的是哪家將領、哪個頭目。是我放心不下，進帳打探。來在轅門，見有告條一張，但不知哪幾目、哪幾項！待我上前看來。上寫：護國軍師諸葛亮，爲興劉滅曹事，哈……諸葛亮娃娃，有點意思，他也曉得我弟兄興劉滅曹之事。上邊還有，待我上前再讀讀：前而不前者斬；後而不後者斬；左而不左者斬；右而不右者斬。啊呀好！諸葛亮娃娃，他也曉得行軍之時，兵不斬不齊，草不立不正。上邊還有，待我再去看來：叫前進不前進者斬；命後退不後退者斬；貽誤軍令者斬；吃酒誤事者斬……呸！好你諸葛亮娃娃，下得山來與我大哥軍中爲謀，來不來先不叫吃酒，將你三老子咽喉乾死不成？上邊還有，待我上前看來：弓不上弦者斬；刀不出鞘者斬；私入民房者斬，擅回轅門者斬。下贅著：斬斬斬！哈！我想來今天轅門無人敢闖，我張飛闖就闖了吧。呔！張飛進帳來也！是我進得帳來，諸葛亮娃娃不尋我的過錯，我尋他有甚麽話説？我想來，還是閑事少管，後帳飲酒去吧！（下）

孔　明　趙雲，看過軍册簿。

趙　雲　遵命,軍册簿到。
孔　明　吩咐衆將,聽山人一點！前營,後營,左營,右營,五營,四哨,七排,八佐,趙子龍,二千歲,劉主公,張飛。
士　卒　不到！
孔　明　好你張飛,山人坐在將臺,點你頭卯不到,看來就該……
士　卒　喂！
孔　明　念起三軍們奏情,暫且與他記上四十,再聽山人一點。前營,後營,左營,右營,五營,四哨,七排,八佐,趙子龍,二千歲,劉主公,張飛。
士　卒　不到。
孔　明　張飛。
士　卒　不到。
孔　明　啊！好你張飛,山人連點二卯不到,子龍聽令！
趙　雲　在！
孔　明　拿斬殺寶劍,斬張飛首級來見。
關　羽　先生,念我桃園結義、手足之情,將我三弟饒過纔是！
孔　明　二千歲歸座。念起二千歲奏情,子龍將劍歸鞘,再聽山人一點:前營,後營,左營,右營,五營,四哨,七排,八佐[1],趙子龍,二千歲,劉主公,張飛。
士　卒　不到。
孔　明　張飛。
士　卒　不到。
孔　明　張飛。
士　卒　不到。
孔　明　好你大膽的張飛,山人連點三卯不到,哪裏容得！子龍聽令！
趙　雲　在！
孔　明　曉諭那膽大的張飛,命他進得帳來,面朝將臺,口叫三聲護國軍師,叫過方纔罷了,如若不叫,斬首號令。
趙　雲　討令,三千歲快來。（張飛上）
張　飛　走！
趙　雲　三千歲,先生坐了將臺,點你三卯不到……
張　飛　不到就不到。
趙　雲　就該推下問斬！

張　飛　哪怕他問斬！

趙　雲　多虧眾將與三千歲奏情。

張　飛　何用他們奏情！

趙　雲　三千歲！先生言道，命你進得帳去，面朝將臺，口叫三聲護國軍師，叫過還則罷了，如若不叫，斬首號令。

張　飛　四弟！你進得帳去，曉諭那諸葛亮，命他下得將臺，跪在三哥面前，巴巴巴，巴巴巴，磕上二十四個響頭。磕了還則罷了，如若不磕，我這裏就劈面一拳！

趙　雲　三千歲莽撞了。

張　飛　莽撞怕他怎的？閃開！呔，張飛進帳來了！

孔　明　臺下你是張飛？

張　飛　臺上你是諸葛亮？

孔　明　你為何提起山人我的名？

張　飛　你為何提起老張我的姓？

孔　明　好你大膽張飛！山人登臺點將，連點你三卯不到。如今擅闖轅門，進得帳來，胡言亂語，哪裏容得！來呀！

士　卒　哈！

孔　明　把張飛卡出帳去。

張　飛　（笑）咳咳咳！諸葛亮，牛鼻子！這一塊地區豈是容易來得？我弟兄桃園結義以來，東一刀，西一槍，爭下的地界，三老子進得帳來，一不站上，二不站下，站在你娘肚皮上……

士　卒　地界上。

張　飛　啊呀！着呀[2]，地界上。諸葛亮，唉！牛鼻子！若不念我大哥、二哥站在一旁，鬥惱三老子性體，上得將臺，把你摔將下去，摔不死你牛鼻子，俺老張永不姓張。

關　羽　喂！三弟，這就是你的不是。今天是大哥設壇拜將之日，嚴肅軍紀。你進得帳來，混吵混鬧，成個甚麼體統？

張　飛　哎呀看呀！我大哥不講，我二哥言道，今天是我大哥設壇拜將之日，嚴肅軍紀。我進得帳來，混吵混鬧，成個甚麼體統。敗興！

士　卒　敗興！

張　飛　晦氣！

士　卒　晦氣！

張　飛　敗興！晦氣！……看將起來，大哥、二哥聽牛鼻子的話，不聽我老張的話。也罷，我不免將諸葛亮娃娃再頂碰上幾句，打馬回到我涿州范陽去。諸葛亮，牛鼻子！

　　　　（唱）諸葛亮莫要欺老張，三老子怒火氣斷腸。
　　　　　　　別了桃園三結義，打馬回我范陽莊。

　　　　小子們，馬馬馬來！去他娘個蛋吧！（張飛下）

士　卒　三千歲出營！
孔　明　主公、二千歲聽令！
劉　備
關　羽　在！
孔　明　快快追趕三千歲回營！
關　羽　討令，馬來！（劉備、關羽下）
孔　明　趙雲聽令！
趙　雲　在！
孔　明　快帶强弓硬弩，追趕三千歲回營。他若回來還則罷了，如若不回，弓弩齊發！
趙　雲　討令！
孔　明　回來！
趙　雲　在！
孔　明　只許抖弓，莫可放箭。
趙　雲　討令，馬來！（趙雲下）
孔　明　衆將，掩門！
士　卒　啊！（同下）

校記

[１]八佐："佐"，原作"排"，據上文改。
[２]着呀："着"，原作"照"，據文意改。

第　三　場

　　　　（張飛上）
張　飛　（念）可恨孔明太無理，登臺點兵把我欺。

別了桃園三結義,匹馬單槍范陽歸。

張飛。我説大哥、二哥,大哥、二哥!爲着與諸葛亮娃娃頂撞了幾句,一怒之下,出得營來,你弟兄二人將我趕上一趕,我倒回去了。你二人若不來追趕,打發上四弟趙雲將我趕上一趕,我也倒回去了。……莫非當真絶了桃園結義之情了。……待我下得馬來,將馬鞍緊上一緊,(哭)回到我涿州范陽……那是大哥、二兄長!……罷了!唉!當真絶了桃園結義之情了!那邊厢來了一夥人馬,好像我家四弟。那是四弟,罷了,四弟啦!(哭)唉!四弟!(哭)那邊厢來了一夥人馬,真是我家大哥、二哥追趕我來了。待我緊走幾步。

(劉備、關羽上)

劉　備　三弟,莫走,回來!

張　飛　二位朋友,到此爲何?

劉　備　奉了軍師將令,追趕三弟回營。

張　飛　甚麽?你們是追趕我來了?你們回去對那諸葛亮娃娃去説:我張飛終死也不回去!二位朋友,你們請回去吧!

劉　備　三弟回來!你我弟兄情同手足,爲何朋友相稱?

張　飛　想當初,咱們桃園弟兄情同手足,今日從卧龍崗搬來孔明先生,用我張飛不着,因此上就是朋友相稱。

劉　備　三弟,你下得馬來,把桃園結義之事講説一遍,再回你涿州范陽,也還不遲。

張　飛　可也是呀!我下得馬來,把桃園結義之事講説一遍,再回我涿州范陽,他們那一個把我拉住、拽住、扯住不成?是,是,是,二位朋友,少等,張飛下馬來了!大哥請來見禮。(劉備不理介)二哥請來見禮。(關羽不理介)唉!我下得馬來,你是個不言,他是個不語,看來還是回上我涿州范陽去的好。

劉　備　你全不念桃園結義之情嗎?

張　飛　(唱)大哥提起三結義,不由張飛泪悲啼。

　　　　禍福安危生死共,貧賤富貴志不移。

關　羽　不記得封金挂印之事麽[1]?

張　飛　(唱)二哥提起曹營事,不由叫人泪濕衣。

　　　　封金挂印盛名在,桃園恩義舉世奇。

（趙雲上）

趙　雲　參見主公。
劉　備　四弟到此爲何？
趙　雲　奉了先生將令，追趕三千歲回營。
劉　備　他終死也不回去了。
趙　雲　先生言道，三千歲若是回去還則罷了，如若不回，命我亂箭齊放！
劉　備　四弟，只可抖弓，不可放箭。
趙　雲　先生也是這樣吩咐。
劉　備　三弟！四弟來了。
張　飛　甚麼，四弟來了？你閃開。四弟！到此爲何？
趙　雲　追趕三千歲回營。
張　飛　唉！你也是追趕我來了？你回去對那諸葛亮娃娃去說，三千歲我終死也不回去。
趙　雲　三千歲！先生言道，你回去還則罷了，如若不回，命我弓弩齊放。
張　飛　四弟，好，好，好！你要放箭，來，來，來！照準你三哥的肚皮，多放上幾箭。
趙　雲　看箭！
張　飛　唉！大哥，招架着點兒！
劉　備　你就該隨他回去！（探子上）
探　子　夏侯惇討戰。
張　飛　再探！夏侯惇討戰，是大哥的對手？
劉　備　三弟的對手。
張　飛　二哥的對手？
關　羽　三弟的對手。
張　飛　是四弟的對手？
趙　雲　還是三千歲的對手。
張　飛　然也！罷、罷、罷！休、休、休！轅門之事一筆勾。雙手捧起千江水，難洗我張飛臉上羞。
劉　備　不羞。
關　羽　三弟不羞。
趙　雲　三千歲不羞。
張　飛　不羞？

劉　備　不差。

張　飛　不差?

關　羽　不差。

趙　雲　不差。

張　飛　不差?不差了,馬來!待俺捉拿夏侯惇去者!(張飛上馬下)(衆同下)

校記

[1]不記得封金挂印之事麽:"金",原作"侯",據下文改。

長 坂 坡

佚 名 撰

解 題

  蒲劇。作者不詳。《山西戲曲劇目總攬》、《蒲州梆子劇目辭典》著錄,均題《長坂坡》,未署作者。劇寫東漢末年,曹操擊敗袁紹,北靖邊陲,揮師南下荆襄。劉備新敗,曹率兵數十萬直逼劉備。劉備爲避其鋒,弃新野,走樊城,在當陽長坂坡與曹兵大戰。趙雲爲保護甘、糜二夫人及小主人阿斗,衝殺血戰。張飛在當陽橋用疑兵之計嚇退曹兵。劉備等搬兵投奔江夏而去。本事出於《三國志‧蜀書‧趙雲傳》及裴注引《趙雲別傳》、《蜀書‧甘后傳》、《蜀書‧張飛傳》。元刊《三國志平話》,《三國演義》第四十一回、第四十二回載有此情節。明傳奇《草廬記》、清傳奇《鼎峙春秋》,清花部、京劇均敷演此故事。山西地方戲之晋、蒲、上黨梆子、北路梆子、晋北賽戲、鐃鼓雜戲均演出《長坂坡》,上黨隊戲則有《趙雲救主》。版本今見臨汾地區三晋文化研究會編《蒲州梆子傳統劇本彙編》第一集本,今以該本爲底本校勘整理。

第 一 場

  (四龍套、中軍、劉備、諸葛亮上)

劉　　備　(唱)戰亂不和動刀兵,

諸葛亮　(唱)黎民遭禍不太平。

劉　　備　(唱)孫權他把東吳占,

諸葛亮　(唱)曹操兵强占中原。

劉　　備　(唱)只盼江山歸一統,

諸葛亮　(唱)滿爐焚香謝蒼天。

劉　　備　（唱）與先生打坐漢陽院,
諸葛亮　（唱）有甚麼軍情往內相傳。（徐庶上）
徐　　庶　（唱）徐元直馬上緊加鞭,心兒裏思念三桃園。
　　　　　　　　徐元直馬上抬頭看,漢陽院不遠在跟前。
　　　　　　來到漢陽院！來人往內相傳,就説徐庶求見。哪個在？
中　　軍　少等,我與你傳稟,徐先生到！
劉　　備　先生？哪一個徐先生？
諸葛亮　就是徐元直先生！
劉　　備　孤可見得與他？
諸葛亮　見面何妨。
劉　　備　先生你？
諸葛亮　爲臣藏在屏風後邊聽他背耳之言。
劉　　備　先生,
　　　　　（唱）孤待那元直恩情重,定有要事問分明。
諸葛亮　（唱）曹阿瞞枉把計謀用,想瞞咱君臣萬不能。
劉　　備　（唱）叫先生藏在屏風後,
諸葛亮　（唱）屏風後聽一聽背耳之聲。（下）
劉　　備　中軍！快請徐先生。
中　　軍　有請！
徐　　庶　（唱）忽聽得皇叔一聲請,看起來還念故交情。
劉　　備　先生在哪裏？
徐　　庶　皇叔在哪裏？
劉　　備　先生在！
徐　　庶　皇叔在！
劉　　備　先生到來,請坐。
徐　　庶　謝坐。
劉　　備　今前來,你母他好？
徐　　庶　我母命喪曹營了！
劉　　備　難見的徐母啊！先生來在漢營,有何貴幹？
徐　　庶　奉了曹丞相言命,前來給主公下書,主公請看！
劉　　備　待孤看來！
　　　　　（唱）吩咐軍校打坐來。打開書皮看情由,

　　　　　曹魏王修書親手拜，拜上皇叔親手開。
　　　　　周郎小兒把表下，八月中秋布兵馬，
　　　　　交鋒對壘把陣擺。你我合兵安營寨[1]，
　　　　　爭得地土均分開。觀罷書信喜心懷。
徐　庶　主公可解其中之意嗎？
劉　備　倒也解開，先生前行，孤隨後發兵就到。
徐　庶　主公三思啊，遵命！（孔明內白：慢着）
徐　庶　屏風後邊何人答話？
劉　備　孔明先生。
徐　庶　快請先生相見！
劉　備　中軍，請你師爺！
中　軍　有請師爺！（諸葛亮內白：來了）（諸葛亮上）
諸葛亮　（唱）屏風後聽他言微微冷笑，我只笑曹阿瞞見識不高。
　　　　　　起上前施一禮口稱至交，元直兄有勞你多費心勞[2]。
　　　　請坐！
徐　庶　有坐。
諸葛亮　元直兄你今前來，沿路以上多受風沙之苦。
徐　庶　好說！先生你在漢營作謀，多費辛苦。
諸葛亮　師兄不在曹營侍奉魏王，來到漢營有的何事？
徐　庶　師弟那知！只因江夏劉表晏駕，蔡夫人不賢，聽了蔡瑁、張允之言，把江夏九郡讓曹操執掌。東吳周郎心中不服，打來連環戰表，約定八月中秋布兵擺陣，交鋒對壘。曹丞相心中驚慌，命爲兄下的小書一封，搬主公貴弟兄三人，在當陽長坂坡拔刀相助，爭下地土四六均分。
諸葛亮　我看此事未必得真。
徐　庶　依先生之見如何？
諸葛亮　曹操與江東周郎行兵是假，借機滅我漢營是真。
徐　庶　先生果真神算也。不知先生有何破敵良策？
劉　備　孤今左有先生，右有元直，曹兵焉能不破，孤的江山豈能不成？
徐　庶　主公好意，在下明白，只是母肯現在曹營，母肯難捨了啊！
劉　備　先生。
　　　　（唱）與先生對坐漢陽院，把創業之事對你言。

　　　　　漢劉備命孤單，與關、張結義在桃園[3]。
　　　　　大破黃巾兵百萬，我弟兄威名天下傳。
　　　　　曹瞞領孤上金殿，建安天子晉封官。
　　　　　他封孤殿前督軍代管漢，人稱我皇叔非等閒。
　　　　　曹瞞不服設酒宴，他要害桃園弟兄三。
　　　　　迅雷一震離宮院，那時纔逃出屈龍潭。
　　　　　江夏劉表把病染，漢劉備探病到床前。
　　　　　蔡氏嫂嫂心不滿，漢劉備是他眼中簽。
　　　　　無故她把心腸變，把江夏九郡讓曹瞞。
　　　　　我有心領兵與他戰，只恨我兵不滿千將三員。
　　　　　創業之事講一遍，你看孤可憐不可憐。
徐　　庶　（唱）主公莫要提前情，創業之事我內明，
　　　　　雖然臣在曹營內，不曾設謀和用兵。
　　　　　辭別主公回營轉，快想良策破曹兵。
劉　　備　（唱）擋住交好徐先生，難分難捨難放行。
徐　　庶　（唱）放心不下再叮嚀，開言再叫主公聽，
　　　　　單等為臣走後了，你君臣早早離漢營。
　　　　　人閉聲來馬摘鈴，莫叫曹瞞解其情。
　　　　　假若曹瞞知此事，你君臣有命難得生。（下）
劉　　備　先生，這該如何是好？
諸葛亮　主公不必心慌，請主公先與張飛、趙雲二位將軍先行，關二將軍現在江夏劉琦公子處，我願前去說服劉琦，出兵接應主公，暫到江夏安身，以圖後事。
劉　　備　先生今走，漢營大事托與哪個照看？
諸葛亮　托與簡雍照管。
劉　　備　中軍，請簡雍。（內白：來了！）（簡雍上）
簡　　雍　（唱）聽得主公一聲令，後帳裏來了我簡雍，
　　　　　見了主公將身拜，見了孔明打一躬。
　　　　　參見主公。
劉　　備　少禮，見過先生！
簡　　雍　見過孔明先生，為弟有禮。
諸葛亮　還禮了。

劉　備	請坐！
簡　雍	主公宣我進帳，有何軍情議論？
劉　備	曹操大兵壓境，二主公江夏搬兵無回，孔明先生親去說服劉琦出兵。漢營大事，托你照管，不知你心意如何？
簡　雍	臣遵命！（下）（張飛、趙雲兩邊上）
劉　備	衆將！擺了香案。

　　　（唱）忙吩咐衆將擺香案，漢劉備跪倒祝告天。

　　　　　　保佑保佑多保佑，保佑我弟兄過長坂，叩罷頭來將身站。

　　　（甘夫人、糜夫人等上）

　　　（唱）三弟四弟在面前，叫四弟轉上我拜見，

　　　　　　爲兄與你托家眷。三百口家眷你照管，

張　飛	四弟，保護我大哥三百口家眷，須要你小心者！須要你小心者！
劉　備	（唱）須要你牢牢記心間。再叫衆將聽我言，

　　　　　　衆將官帶馬莫遲緩，我弟兄打馬過長坂。

校記

[１] 你我合兵安營寨："兵"，原無，據文意補。

[２] 元直兄有勞你多費心勞："心勞"，原倒，據文意改。

[３] 與關、張結義在桃園："桃"，原無，據下文補。

第　二　場

　　　（四龍套、曹操上）

曹　操	（唱）徐元直下書不見還，倒叫孤家把心擔。

　　　　　　將身兒打坐中軍帳，徐元直回來問根源。（徐庶上）

徐　庶	（唱）徐元直拍手哈哈笑，桃園弟兄逃走了。

　　　　參見丞相。

曹　操	少禮，坐了。
徐　庶	謝坐。
曹　操	先生，漢營下書怎麼樣了？
徐　庶	去奔漢營下書，桃園弟兄，早三天解開其意，一個個跨馬逃走了！
曹　操	先生，這是你到孤營下，首功一件。

徐　庶　臣我勞而無功。
曹　操　哈！甚麼勞而無功，出帳去！
徐　庶　遵命。（徐庶下）
曹　操　呀！好你桃園弟兄，早三天就逃走了。我自有道理。人來！
龍　套　有！
曹　操　吩咐大將張郃，身帶十萬人馬，追趕桃園弟兄。
　　　　正是：任爾逃奔漢律關，孤家揮師追上前。（同下）

第　三　場

（四龍套、張郃上）

張　郃　（唱）中軍寶帳插白旗，銀葉鎧上雪花飛，
　　　　　　　跨下戰馬龍吸水，要把桃園追趕回。
　　　　大將張郃，奉了丞相言命，賜我十萬人馬，追趕桃園弟兄。吥！衆將官！追！（下）

第　四　場

（張飛、趙雲、劉備上）

劉　備　（唱）漢陽院裏起身早，帥字旗幟在空中飄，
　　　　　　　我三弟馬上如虎豹，我四弟果稱將豪。
張　飛　大哥！你看曹兵臨近，把衆百姓捨了吧！
劉　備　捨不得。
張　飛　你過去吧！吥！衆百姓聽了！曹兵大軍涌來，還不快逃命去吧。
劉　備　（唱）耳風裏忽聽三聲炮，曹操的兵馬殺到了，衆位百姓快快逃。三弟、四弟！眼看曹賊動兵前來，你們保住家眷，待兄抵擋一陣。
趙　雲　慢、慢、慢着！你們保住家眷，待臣大戰曹兵。
　　　　（唱）勒定戰馬扣雙環，主公馬上聽臣言。
　　　　　　　今日有我子龍在，但請主公放心寬。
　　　　　　　慢說就是曹兵到，天兵下界我願擔，
　　　　　　　槍似蛟龍如閃電，匹馬單槍一身膽。
張　飛　四弟，你快把曹兵與我殺，殺，殺！（趙雲下，衆同下）

第 五 場

（趙雲鞭馬引二位皇嫂上，張郃上，與趙雲對槍，同下）

甘夫人 （唱）我一見妹妹淚淒慘，
糜夫人 （唱）顆顆淚珠滾胸前，
甘夫人 （唱）哭了聲四弟難相見。（曹卒將二位夫人搶走，同下）
（張郃、趙雲上。對槍，同下）（劉備上，與曹軍開打後同下）
（張飛上，與曹兵開打後同下）

第 六 場

（劉備上）

劉　備 （唱）四面吶喊聲將孤強定，哭了聲兄弟難相逢。（下）（張飛上）
張　飛 （唱）軍中閃上翼德張，提矛出擊戰一場，
　　　　　　四下盡是曹瞞兵，叫聲四弟快來到。
（趙雲上）
趙　雲 （唱）閃上常山趙子龍，跨馬來到亂軍中。
　　　　　　四下盡是曹瞞兵，大喊曹兵休要走！
張　飛 四弟，你把曹兵與我殺，殺，殺！（張、趙同下）

第 七 場

（張飛、趙雲、二卒、劉備上）

劉　備 好逃啊！你我弟兄總算相逢了。
張　飛 怎麼不見二位皇嫂，哪裏去了？（張飛、趙雲兩邊看）四弟，你保的好家眷，你保的好家眷！
劉　備 （唱）漢劉備我把頭低下，不見婦人在哪邊。
　　　　　　哭了聲二夫人難得相見，顆顆淚珠滾胸前。
　　　　　　回頭我把四弟怨，你與兄保的好家眷！
張　飛 四弟！你保的好家眷。
趙　雲 （唱）趙雲我把頭低下，背過身來淚汪汪。

　　　　　　方纔間與曹兵一次鏖戰，失了我甘、糜二位皇娘。
　　　　　　手捶胸足踏地把天埋怨，三千歲一旁把眼翻。
　　　（趙雲拉馬要走）
劉　備　（唱）擋住四弟且慢行，曹賊兵多將又廣，你一人怎把萬將擋？
趙　雲　（唱）主公莫要阻留俺，
張　飛　大哥莫要擋，讓他走。
劉　備　你過去吧！
趙　雲　（唱）三千歲一旁把我怨，我單人獨馬奔長坂。（下）
張　飛　（唱）我一見四弟出了營，倒叫老張把心擔。
　　　　　　回頭接過烏騅馬，我要與四弟共承擔。（下）
劉　備　（唱）三弟四弟奔曹營，倒叫孤窮心不寧。
　　　　　　御林軍與孤帶白龍，樹林裏邊暫扎營。

第　八　場

　　　（趙雲上）
趙　雲　（唱）一人一馬一杆槍，長坂坡前等娘娘。（甘夫人倒上）
甘夫人　（唱）我哭了聲四弟把我拋，
　　　　　　四弟，我的四弟啊，這般時候不見到來，何不愁死人了！
趙　雲　呔！甚麼人痛哭？
甘夫人　甘娘娘，你是甚麼人？
趙　雲　臣是趙雲，快快請起。
甘夫人　（唱）聽說他是四弟到，不由叫人喜眉梢。
趙　雲　趙雲參見娘娘。
甘夫人　免。
趙　雲　娘娘恩寬。
甘夫人　四弟前來，就該搭救嫂嫂一條活命。
趙　雲　臣回來找你，快快隨臣逃命。啊！那邊來了一將，等他到來，借了兒的戰馬乘騎。（殺來將，奪馬與甘夫人同下）

第 九 場

（張飛上）

張　飛　（唱）四弟出營不見到，倒教老張把心操。
　　　　　　　催馬來上當陽橋，等四弟回來問根苗。（趙雲引甘夫人同上）
趙　雲　（唱）皇嫂快走莫留停。
張　飛　四弟回來了？
趙　雲　回來了！
張　飛　我二位皇嫂怎麼樣了？
趙　雲　找見甘皇嫂。
張　飛　嫂嫂快快上橋！（甘夫人上橋介）四弟爲何不走？
趙　雲　糜皇嫂還在曹營，爲臣還要二次去找！
張　飛　四弟快去快回。
趙　雲　（唱）跨馬提槍曹營轉，救不回皇嫂不回還。（趙雲下）
張　飛　（唱）我一見四弟曹營去，保上皇嫂回大營。（甘夫人、張飛同下）

第 十 場

（四龍套、徐庶、曹操上）

曹　操　（唱）孤家行兵誰敢鬥，嚇的鐵烏把翅收。
　　　　　　　直殺得尸首攔了路，血水成河尸骨丟！（報子上）
報　子　禀丞相！
曹　操　何事？
報　子　長坂坡前閃上一將，頭戴三岔盔，身披米黃甲，跨下黃膘馬，長槍手中拿，進的咱營殺了個七進七出，殺的天上雲地下塵，對面望不見對面人。是我回頭一看。
曹　操　甚麼人？
報　子　趙雲！
曹　操　明白了，出去！（問徐庶）先生，趙雲是何等之將？
徐　庶　那是桃園弟兄在公孫瓚駕前借來之將，姓趙名雲字子龍。
曹　操　孤家有心土臺觀戰，中軍、御林軍，鞍馬侍候。

赵　云	（唱）适缠间令人一声禀，来了常山赵子龙，
	御林军带马莫留停，去奔土台来观兵。
	行来到土台把马下。（曹操、徐庶上山）
	上的土台观分明，
	耳风裹忽听大炮响，（赵云上）

赵　云　（唱）来了常山赵子龙。一马撲到曹营中。

曹　操　先生，杀的好！好将！好将！
　　　　（唱）有孤家土台用目望，
　　　　可说：好将！好将！
　　　　（接唱）观见赵云逞威风，
　　　　　　　　孤家若得此员将，何愁江山不太平。
　　　　先生！好将！好将！

徐　庶　丞相连夸数声好，莫非见爱此将？

曹　操　好将人人见爱，何况孤家！

徐　庶　丞相你既然见爱，山人有一计当献。

曹　操　先生有何妙计？

徐　庶　丞相传得一令，就说：魏王传将令，各营头目听，撤下绊马索[1]，再挖陷人坑。不放空中箭，活捉赵子龙。硬要活赵云，不要死子龙，哪个伤赵云，头目顶性命。拿住此人，山人无才，能顺说此人投降！

曹　操　先生！这是你到孤营立下首功一件。

徐　庶　臣有计，我不得不献。

曹　操　辛苦你了，下边休息去。

徐　庶　（唱）曹操枉把计来用，想拿赵云万不能。
　　　　赵云！子龙！（接唱）
　　　　　　　山人与你把计定，长坂坡前显威风。杀！（下）

曹　操　（唱）一见先生下山岗，回头再叫众儿郎。
　　　　　　　众将听孤一令下，活捉赵云不能伤。

中　军　魏王传将令：只要活赵云，不要死子龙。哪个违王令，斩首不容情。（众同下）

校记

［1］撤下绊马索："绊"，原作"拌"，据文意改。

第 十 一 場

（趙雲上）

趙　雲　是我正在斬殺之間，忽聽曹操在土臺傳下將令，是他言說：硬要活趙雲，不要死子龍。聽說此言滿心歡喜，放下我的破天膽，殺進曹操的老營。呔！曹兵慢走，你趙老爺殺來了！（下）（張郃上）

張　郃　且慢，斬殺中間，閃上一將。莫說他的殺法，一身好披挂也：頭帶三岔盔，身披米黃甲，跨下黃膘馬，長槍手中拿。此人名叫甚麼趙雲，觀見此人一身好武，趕上前去，再戰爾幾個回合。（下）（趙雲上）

趙　雲　且慢。斬殺之間，閃上一將，莫說你的殺法，一身好披挂也：頭帶水晶盔，兩耳雙鳳遮，身披銀葉鎧，遠望白似雪。此人名叫甚麼張郃。不來還則罷了，再來暗暗賞爾一槍！（張郃上）

張　郃　馬到！

趙　雲　看槍！（二人對打，張郃下）

第 十 二 場

（糜夫人上）

糜夫人　（唱）我哭了聲四弟啊！我的四弟呀！
　　　　　　這般時候不見你到來，好不想死人也！

趙　雲　甚麼人痛哭？

糜夫人　我是……你是何人？

趙　雲　臣是趙雲，快快請起。

糜夫人　（唱）聽說他是四弟到，不由叫人喜眉梢！
　　　　　　四弟前來，就該搭救嫂嫂性命。

趙　雲　有臣保駕，皇嫂快快上馬！

糜夫人　喂嚇！想我四弟殺前不能顧後，殺左不能顧右。不免把太子交付於他，任憑他君臣去吧！
　　　　　　（唱）糜娘娘哭嚎啕，懷裏抱出小根苗。叫四弟你把太子保，

趙　雲　（唱）趙子龍解開鎖甲絛。

糜夫人　（唱）叫四弟你看曹兵到，
趙　雲　（唱）趙子龍勒馬往後瞧。
糜夫人　（唱）人活百歲也要死，倒不如撲井把命拋！（跳井介）
趙　雲　（唱）一見娘娘把命拋，顆顆淚珠胸前流，
　　　　　　　手推花墻忙把井口掩，回見主公說根苗。（趙雲抱太子下）

第 十 三 場

（糜竺上）

糜　竺　大將糜竺，是我正在觀陣，觀見趙雲將軍一人在曹營中拼殺，殺前不能顧後，殺左不能顧右。我悄悄出得營去，與趙將軍助的一臂之力，催馬前去！
　　　　（唱）頭帶金盔一絡子，身披鎧甲沒袖子，
　　　　　　　要知我的名和姓，我本是劉備小舅子。（下）（夏侯恩上）
夏侯恩　（唱）身背寶劍出了營。
　　　　大將夏侯恩。曹操吃酒帶醉，是我盜了他的青釭寶劍，要去到兩軍陣前，生擒劉備，活捉趙雲，馬鞍轎捎帶了瞪眼張飛，催馬前去！
　　　　（接唱）出的營來一圪瘩，連人帶馬兩圪瘩。
　　　　　　　手裏拿著三圪瘩，那厢來了四圪瘩。（糜竺上）
糜　竺　（唱）催馬提槍出了營。
夏侯恩　（唱）高高山上一窩鷄。
糜　竺　（唱）烏鴉敢把鳳凰欺。
夏侯恩　（唱）自古藝高人膽大。
糜　竺　（唱）老子死在你手裏。
夏侯恩　你不得活！（夏侯恩拿住糜竺，同下）

第 十 四 場

（夏侯恩拿住糜竺上，趙雲追上）

趙　雲　且慢，觀見曹營一將，拿住我營大將糜竺。戰馬趕他不上。但說是這……有了！身帶弓箭，射爾一箭！看箭！（夏侯恩帶箭，放脫糜竺，夏侯恩死）

糜　竺　好王八旦的死了好,死了好!謝過趙將軍救命!
趙　雲　站起來!這是糜竺!
糜　竺　正是!
趙　雲　你不在營下保咱主公,來到陣前爲何?
糜　竺　是我正在觀陣,觀見趙將軍你一人,殺前不能顧後,殺左不能顧右,我心想出的營來,助你一臂之力,不料遇見這個鬆囊的,把我拿住,死不丟,死不丟!死了纔把我丟了!
趙　雲　就該回去!
糜　竺　謝過趙將軍,哈哈!趙將軍好箭,好箭!箭箭不離娃子屁眼!(下)
趙　雲　觀見此人身帶寶劍,待我下馬討劍!觀見此劍,明晃閃閃。上邊有字,上寫:"青釭寶劍。"青釭寶劍,趙雲得了此劍,遠來的槍扎,近來的劍砍,槍扎!劍砍!好不威風人也!(曹兵上,被趙雲殺去)

第 十 五 場

(四士卒、張郃上)

張　郃　呀!趙雲殺法驍勇,挖下陷馬坑!(士卒與張郃挖坑介,士卒下)趙雲進陣來!(張郃下)
趙　雲　進陣來了!
　　　　(唱)連人帶馬陷土坑,倒叫趙雲吃大驚。耳風聽見大炮響,(張郃上)
張　郃　(唱)閃上張郃將一員,一馬兒撲到軍陣前。
趙　雲　(唱)連人帶馬出土坑。趙雲懷中抱真龍!
　　　　　　一來吾主洪福重,二來末將武藝精。
　　　　呔!那曹兵!你趙老爺在此,誰敢來,誰敢來!
張　郃　我敢來!
趙　雲　哈哈,嘿嘿,來!(下)
張　郃　啊!斬殺中間,觀見龍頭蛇尾,救去趙雲,回稟丞相得知。來!(士卒兩邊上)
張　郃　回請丞相(繞場)!(曹操上)
曹　操　(念)撒出鷹鵰去,要拿燕雀回。
張　郃　參見丞相!

曹　操　站下！擒拿趙雲怎樣了？
張　郃　斬殺中間，忽見龍頭蛇尾，救去趙雲！回稟丞相得知。
曹　操　辛苦！快快下邊歇息。
張　郃　遵命！（張郃下）
曹　操　眾將！帶馬前去當陽橋！（同下）

第 十 六 場

（張飛上）

張　飛　（唱）四弟一去不見到回，倒教老張把心操。
　　　　　　　催馬上得當陽橋，等四弟回來問根苗。
趙　雲　（唱）殺進殺出一身膽。
張　飛　四弟，回來了？
趙　雲　回來了。
張　飛　你找糜皇嫂，怎麼樣了？
趙　雲　皇嫂投井自盡，找回阿斗太子。
張　飛　快快上橋。（趙雲上橋）
趙　雲　呔！叫聲曹兵聽着！你趙老爺在此，誰敢來！誰敢來！哈哈！嘿嘿！哈哈！
張　飛　四弟請回。（趙雲下）觀見曹兵鋪天蓋地前來，不免先傳令下：呔！軍校們！把河灣柳樹砍將下，拴在馬尾之上打得滿河沙飛。跑將起來！
　　　　（曹卒、龍套、夏侯杰、曹操上）
龍　套　來在當陽橋！
曹　操　列開旗門！來在當陽橋，抬頭四下瞧，紅旗遮日月，塵土萬丈高。青天白日，哪來雷聲？夏侯杰，前去探橋！
張　飛　（喊）呀呀呀！（夏侯杰嚇死）
龍　套　夏侯將軍嚇死啦！
曹　操　扯下去！（夏侯杰被扯下）從前雲長言道：桃園三弟，喊聲如雷。記在孤袍下面，待我看過："燕人翼德。燕人翼德！"
張　飛　（喊）呀……
曹　操　收兵！收兵！（曹操等下）

張　飛　觀見曹兵大敗，在橋上留詩一首。
　　　　正是：當陽橋上怒氣生，單人獨馬擋曹兵。
　　　　　　　三聲喊的橋梁斷，嚇退曹瞞百萬兵。
　　　　吆！小軍！把橋與三王爺拆了。（下）

第 十 七 場

（曹卒、龍套、曹操上）

曹　操　人來！前去探橋！
龍　套　將橋拆斷！
曹　操　唉！中了張飛的疑兵之計了。人來！吩咐三軍暫且收兵。（同下）

第 十 八 場

（劉備、趙雲、張飛上。趙雲下馬昏迷）

劉　備　（唱）我一見四弟昏迷了，直殺得血染黃戰袍，
　　　　　　　三弟你把四弟保，用寶劍起開鎖甲條。
趙　雲　（唱）夢兒裏與曹兵一場交戰，氣得趙雲咬牙關，
　　　　　　　罵了聲張郃休要走！
劉　備
張　飛　來在自己營下了！
趙　雲　（唱）主公三兄在面前。叫將官解甲抱阿斗，
　　　　　　　抱太子交與劉主公。
劉　備　（唱）漢劉備哭嚎啕，懷裏抱上小根苗。
　　　　　　　你娘為你命喪早，我四弟為你把難遭，
　　　　　　　狠心把你摔在地，
趙　雲　（唱）我哭了聲主公，我的劉主公。
　　　　　　　為臣為你劉門這點骨血，在長坂坡前殺了七進七出，
　　　　　　　你將他摔死，為臣幹了一場何事？
劉　備　（唱）四弟跪倒哭嚎啕，走上前來忙攙起，君臣把話再商量。
　　　　事到如今，該在哪裏屯兵？
張　飛
趙　雲　在江夏屯兵，看是如何？

| 劉　備 | 就在江夏屯兵！ |
| 張　飛
趙　雲 | 兵撤江夏。（同下） |

火 攻 計

佚 名 撰

解 題

　　蒲劇。作者不詳。《蒲州梆子劇目辭典》著錄，題《火攻計》，又名《赤壁之戰》，未署作者。劇演赤壁之戰全過程。曹操占領荊襄，劉備敗退夏口，諸葛亮應邀至東吳，舌戰群儒，促成孫、劉聯合抗曹。蔣幹盜書，中周瑜計，使曹操誤殺水軍頭目蔡瑁、張允。曹操悔之莫及。諸葛亮草船借箭，周瑜、黃蓋設苦肉計。龐統向曹操獻連環計，諸葛亮設壇祭風。風起，諸葛亮下壇逃至江邊，登上趙雲來接之舟，回轉夏口。周瑜借東風之便，黃蓋詐降為前導，突入曹營，火燒戰船。敗逃中的曹操中諸葛亮預先安排之趙雲軍隊的埋伏，狼狽逃竄。本事出於《三國志‧蜀書》的《先主備傳》、《諸葛亮傳》、《吳書》的《孫權傳》、《周瑜傳》，《魏書》的《武帝傳》以及各傳裴注引《江表傳》。《三國演義》第四十三回至第四十九回，詳寫此事。金院本今存劇目有《赤壁鏖兵》，元雜劇今存劇目有元王仲文《七星壇諸葛祭風》、元明間無名氏之《諸葛亮火燒戰船》。明傳奇今存殘曲有無名氏《赤壁記》(1齣)，今存劇目有馬佶人之《借東風》。清代花部有楚曲《祭風臺》。清代京劇有李世忠編《新著祭風臺》(《梨園集成》本)、盧勝奎編京劇連臺本戲《三國志》，都有此故事情節。版本今見《山西地方戲曲彙編》第二集《蒲州梆子專輯一》(山西人民出版社1981年5月)本。該本題《火攻計》，署芮城縣黃河蒲劇團演出本。今以該本為底本校勘整理。

第 一 場

（四宮臣引孫權上）

孫　權	（引子）雄兵百萬，獨霸江南。
	（詩）執掌江南數十秋，列土分茅八十州。
	威震乾坤立基業，坐鎮金陵稱吳侯。
	孤，姓孫名權，字仲謀。隨父兄創業以來，破黃巾，滅三賊，曾經大戰、小戰數百餘場，遍體槍傷無數，苦爭得江南一席之地，托孤照管，孤纔稱世襲吳侯。
張　昭 薛　綜	（內白）張昭 薛綜　要見主公千歲。
宮　臣	張昭、薛綜要見主公千歲。
孫　權	二謀士進見。
宮　臣	二謀士進見。
	（張昭、薛綜上）
張　昭	（念）曹操龍行壓百蛇。
薛　綜	（念）晝夜愁思爲國憂。
張　昭 薛　綜	臣張昭 薛綜　叩見主公千歲。
孫　權	二卿到來請起。
張　昭 薛　綜	謝千歲。
孫　權	坐了。
張　昭 薛　綜	謝座。（互讓）請坐。主公駕安。
孫　權	罷了，二卿同好。
張　昭 薛　綜	臣謝問。
孫　權	無旨召宣，上殿爲何？
張　昭	只因曹操下來檄文，我等不敢拆開。帶上殿來，我主過目。
孫　權	官臣拆文。（覽檄）孤近承帝命，奉詔伐罪。旌麾南指，劉琮束手，荊襄之民，望風歸順。今統雄兵百萬，上將千員，欲與將軍會獵於江夏，共伐劉備，同分土地，永結盟好。幸勿觀望，速賜回音。
張　昭	主公觀罷檄文，愁眉不展，此情爲何？
孫　權	孤觀罷檄文，無有主意，二卿是何主見？
張　昭	主公容臣細訴！

		（唱）曹孟德領大兵推入江夏，安營寨二百里沿江屯扎。
		明明的欺江南兵微將寡，我的主早安排退兵之法。
薛	綜	主公，曹操起兵以來，擒了呂布，滅了袁紹，劉琮歸降，玄德敗走！
		（唱）劉琮降玄德敗歸曹大半，他一心領人馬來取江南。
		勸主公早降曹暫且停戰，也免得江南人苦遭塗炭。
		（宮臣上）
宮	臣	報，魯大夫從江夏吊喭回來，要見主公。
孫	權	子敬進見。
宮	臣	有請魯老爺。（下）
		（魯肅上）
魯	肅	（念）江夏遇异人，回稟主公知。
		參見主公。
孫	權	少禮，見過二謀士。
魯	肅	二賢士請來見禮。
張薛	昭綜	還禮。請坐。
魯	肅	主公駕安。
孫	權	罷了，子敬你好？
魯	肅	臣謝問。
孫	權	子敬，你從江夏吊喭回來，必知曹兵的虛實？
魯	肅	二賢士在此，臣不敢説。
孫	權	説了不妨。
張薛	昭綜	説了不妨。
魯	肅	臣不敢。
孫	權	二卿暫退，改日再議。
張薛	昭綜	我等告退。
張	昭	（念）人若無遠慮，
薛	綜	（念）必然有近憂。（同下）
孫	權	與孤講曹兵的來歷！
魯	肅	（唱）曹孟德領人馬八十三萬，沿長江扎大營虎視江南。

文武們要降曹臣心不願,臣豈肯忘却了先君之言。

孫　權　（唱）魯子敬出此言持議最善,我先君破黃巾苦爭江南。
　　　　　　　得六郡八十州托孤照管,孤豈肯一旦間付與曹瞞。
　　　　　孤隨父兄創業以來,破黃巾,滅三賊,曾經大戰、小戰數百餘場,遍體槍眼無數,苦爭得江南一席之地,一旦付與曹瞞,孤實不服那奸曹!

魯　肅　臣從江夏吊唁回來,帶來一异人,複姓諸葛,名亮,字孔明,道號卧龍。此人熟知曹兵的虛實。

孫　權　可是劉玄德三請卧龍崗之諸葛先生?

魯　肅　就是此人。

孫　權　孤正好見他,煩勞子敬去請。

魯　肅　是。

孫　權　（念）久聞卧龍是英豪,

魯　肅　（念）布兵排陣見識高。

孫　權　（念）孤窮要學那劉備,

魯　肅　（念）豈肯屈膝降奸曹?（同下）

第　二　場

（張昭、虞翻上）

張　昭　（念）滿江烟霧繞長空,日出東海百鳥鳴。

虞　翻　（念）江南景色擅幽勝,山明水秀鍾毓靈。

（薛綜、嚴畯上）

薛　綜　（念）水邊樓閣金飛動,遨游湖山怡心情。

嚴　畯　（念）綺柱蘭窗錦綉叢,臨軒靜坐讀文經。

張　昭
虞　翻　嗯哼!

薛　綜
嚴　畯　二大人早到班房?

張　昭
虞　翻　二大人到來,請來對禮!

薛　綜
嚴　畯　（同揖）請坐!

張　昭　這個列公……

衆　　　大人。

張　昭　却知咱們江南早晚之利害？

衆　　　咱們江南早晚有甚麼利害，我等不知，大人既知，就該明言。

張　昭　只因曹操下來檄文，實有遠圖咱們江南之意，我等殿上勸主投曹，列公看投曹通也不通？

衆　　　曹兵勢重，江南微弱，投曹乃爲上策。

張　昭　哎呀着，投曹乃爲上策。惟有子敬不服，從江夏吊唁回來，身帶一人複姓諸葛，名亮，字孔明，道號臥龍。此人有的舌辯之才，見了咱主，瘋言浪語，惹動刀兵，與你我江南起禍非小。

衆　　　不妨。等他來時，大家用言詞相難於他，叫他掩面而歸，此地豈是他人游説的。

張　昭　信賴列公。

魯　肅　(内白) 孔明
孔　明　　　　　子敬　兄請。

（孔明、魯肅上）

孔　明　(念)孫劉破曹三分定，全憑舌辯立奇功。

魯　肅　(念)吾地紛紛皆懦夫，設謀定計在孔明。
　　　　孔明兄。

孔　明　子敬兄。

魯　肅　來在我主議事廳，孔明兄請來前行。

孔　明　請。

衆　　　嗯嘿！

魯　肅　慢着，孔明兄你請回了吧。

孔　明　弟過得江來，未見列公，爲何將弟阻回？

魯　肅　你隨弟來往上一看，上坐的張子布、虞仲翔、薛敬文、嚴曼才，同是我們江南的參謀。日每坐在一處，談天論地，説古道今。孔明兄此一到内，他們講下古今之文，弟誠恐你應答不上，將弟這臉上，哈哈哈，有些難存。莫若我説，你請回了吧。

孔　明　不妨。此一到内，列公若還問到，弟自有言詞答應，何勞子敬兄過慮。

魯　肅　愚弟阻興。

孔　明　好説。
魯　肅　待弟通報。江北客至。
　衆　　有請。
魯　肅　孔明兄請。
孔　明　列公在哪裏？
　衆　　先生在哪裏？先生在……先生到來請坐。
孔　明　有座。
　衆　　久聞先生，隆中高臥，躬耕隴畝，一諾千金。曾爲《梁父吟》，自比管、樂。弟等仰慕日久，今得相會，三生有幸！
魯　肅　哎，我們江南來得齊備。
孔　明　好説。亮乃山野農夫，瓦雀虛名，焉敢勞動列公面稱。
魯　肅　孔明兄答的不差，哈哈哈哈……
張　昭　嘿嘿……先生請來，弟有一言領教。
孔　明　子敬兄，此位？
魯　肅　子布張先生，乃江南第一參謀，好的，對禮。
孔　明　失認。
張　昭　好説。
孔　明　請講。
張　昭　久聞先生自幼習藝在草廬中，有管仲、樂毅之奇才，此語果有之乎？
孔　明　乃是亮平生小可之比，何足道哉！
張　昭　既有管仲、樂毅之奇才，那管仲相桓公，霸諸侯，一匡天下，你主失地於曹，投靠劉琮，未審先生是何主見？
孔　明　吾觀取漢上之地，易如反掌。可恨劉琮懦弱，聽信蔡瑁、張允之言，暗寫降文，一旦歸於曹操。吾主劉豫州，不忍奪同宗之基業，別有良策，非等閑所知也。
張　昭　不記你主劉豫州，未得先生以前，尚有新野小縣安身。自得先生之後，棄新野，走樊城，敗當陽，兵屯於夏口，無有容身之地，倒有燃眉之禍。仿比涸轍枯魚，難以得水；破灶乏薪，不能生烟。先生猶言不懼。這個列公……
　衆　　大人。
張　昭　嘿，此話可謂虛妄之言。
孔　明　（背白）啊哈，久聞張昭是江南參謀之首，他今用言詞相難於我，我若不用唇舌按倒此人,亮,怎樣游説江南,順説那孫權!(對衆)這個列公!

衆　　　先生。

孔　明　大鵬展翅,飛揚萬里,豈群鳥所能識哉?

衆　　　嗯,哎。

魯　肅　啊呀着,真乃奇才!

衆　　　豈有,甚麽奇才?

魯　肅　奇才,甚麽豈有?

孔　明　吾主劉豫州以在新野小縣,兵不滿千,將只有三員,有的是關、張、趙雲等,兵不精練,糧不足日。池渠之水,怎藏蛟龍?山野林坡,怎落鳳凰?無奈弃了新野,奔走樊城。當陽之敗,庶民百姓數十萬人,携老扶幼相隨。我主每日挑擔背包,與軍民人等携手同行。日行數里,不忍抛捨。此乃我主大仁大德。那一時,亮博望燒屯,白河用水;炮打襄陽,火燒樊城,夏侯惇、曹仁等,他們聞,聞吾之名,個個心驚膽裂,竊謂管仲、樂毅之用兵,未必過此。不記得昔,昔日項羽與高皇爭戰,項羽屢戰屢勝,一敗而天下失。高皇屢戰屢敗,一勝而大業可圖,此非韓信之良謀乎?蓋國家之大計、社稷之安危,非汝舌辯之徒坐言立談,虛譽欺人,臨機應變,百無一能!這個子敬兄……

魯　肅　孔明兄。

孔　明　誠爲天下人耻笑耳。

魯　肅　啊呀着,誠爲天下人耻笑耳。

衆　　　這有甚麽笑頭?

魯　肅　事内有笑。

衆　　　有笑你笑。

魯　肅　哈哈哈哈……

衆　　　再笑。

魯　肅　嘿嘿嘿嘿……

衆　　　看你笑的乾也不乾。

張　昭　辭別先生。再別列公。(出介)厲厲厲害!

(唱)聽他言倒叫我站立不定,出簾來羞得人滿臉通紅。

　　　真乃是奇世才言語深重,果稱得大丈夫南陽臥龍。

厲厲厲害！（下）
魯　肅　咳，先戰敗了一個。
虞　翻　嗯咳，先生請來，弟有一言領教。
孔　明　少待。子敬兄，此位？
魯　肅　仲翔虞先生，好的，對禮。
孔　明　失認。
虞　翻　好說。
孔　明　請講。
虞　翻　曹操屯兵百萬，將列千員，龍驤虎視，平吞江夏。公以爲何如？
孔　明　曹操收袁紹蟻聚之兵，以多爲勝，雖有數萬，盡是烏合之衆，何足道哉？
虞　翻　不記你主劉豫州，弃新野，走樊城，敗當陽，兵屯於夏口，也曾屈膝求救於人，先生猶言不懼，這個列公……
　衆　　大人！
虞　翻　此語可謂掩耳盜鈴。
孔　明　我主劉豫州兵微將寡，怎敢抗違於曹，怎比江東兵精糧足，况有長江之險，不去迎敵，反勸主投曹。依此說來，我主劉豫州實不懼那奸曹。
魯　肅　啊呀著，實不懼那奸曹。
　衆　　他懼着是。
魯　肅　人家不懼。
　衆　　懼着是。
魯　肅　人家不懼麽，不懼。
薛　綜　嗯嘿，先生請來，弟有一言領教。
孔　明　子敬兄，此位？
魯　肅　薛敬文。
薛　綜　嗯，不敢，薛……
魯　肅　也是個好的，對禮。
孔　明　失認。
薛　綜　好說。
孔　明　你請道。
魯　肅　著，你請道。

薛　綜　哎,講哩麼。
魯　肅　人家是講哩,你是道哩。
薛　綜　哎,我是講哩。
魯　肅　哎,道你的吧。
薛　綜　請問先生,曹操是何人耳?
孔　明　名爲漢相,實爲漢賊。
魯　肅　著,名爲漢相,實爲漢賊。
薛　綜　漢相,甚麼那漢賊。
魯　肅　漢賊,甚麼那漢相!
薛　綜　不記昔,昔日堯把天下讓與舜,舜把江山讓與禹,禹把江山傳與湯,湯王放桀,武王伐紂,到後來列國并吞……惟有你主劉豫州不識天時,強來爭鬥,爭鬥個甚麼?方比群羊鬥虎,以卵擊石,這個列公……
衆　　　大人!
薛　綜　他主劉豫州,後來焉有不敗之理!
孔　明　薛敬文,不記曹操祖宗世食漢祿,四百餘載,不思忠心報國,常懷謀篡之意。爾既爲漢臣,講下這等言詞,真乃是無父無君之輩,叫人可惱!這個子敬兄,實爲可笑!
魯　肅　實爲可笑。
薛　綜　這有甚麼笑頭?
魯　肅　有笑。
薛　綜　有笑你笑。
魯　肅　哈哈哈哈……
薛　綜　再笑!
魯　肅　嘿嘿嘿嘿……
薛　綜　看你笑的乾也不乾!
孔　明　(唱)勸君子在人前再休逞能!
薛　綜　先生,我何爲逞能?
魯　肅　你這還不爲逞能?
薛　綜　我何爲逞能?
魯　肅　你這還不爲逞能?
孔　明　你聽!

(唱)可笑你枉讀了四書、五經。

薛　綜　先生，甚麼事能比到四書、五經上！

魯　肅　這如何比不得？

薛　綜　這如何比得？

孔　明　你聽！

(唱)人生在天地間忠孝爲重。

薛　綜　先生，何爲忠，何爲孝？

魯　肅　哎，你連這忠孝都不懂得？

薛　綜　我不懂得。

魯　肅　你不懂得，你聽着，聽先生訓教你着！

薛　綜　哎，講話哩麼！

魯　肅　講話就是訓教你哩！

孔　明　你聽！

(唱)能奉君能侍親四海有名。

薛　綜　這就是忠、孝二字？

魯　肅　著，這就是忠孝二字。

薛　綜　哼，我原來不懂得！

魯　肅　不懂得，聽訓教着。

孔　明　子敬兄，但只説那曹阿瞞呵[1]！

(唱)曹孟德挾天子實爲不正。

薛　綜　先生，他何爲不正？

孔　明　你聽！

(唱)約諸侯狂害了四海蒼生。

薛　綜　這就是他那不正？

魯　肅　著，這就是他那不正。

薛　綜　列公，萬萬莫聽孔明之言，投曹乃爲上策。

孔　明　你聽！

(唱)你一心想降曹屈膝聽令，全不怕羞煞你江南英雄。

魯　肅　休怪先生面責於你，你今天可謂失言了。

薛　綜　哎，我何爲失言？

魯　肅　你這還不爲失言？

薛　綜　我何爲失言？

嚴 畯	慢慢慢着。休怪敬文兄失言，還是先生藝大誇口。
孔 明	他也來了。
魯 肅	著，他也來了。
孔 明	怎見我是藝大誇口？
嚴 畯	既以忠、孝、禮、義責人，且問你治何經典？
孔 明	這嘿嘿嘿嘿⋯⋯尋章摘句，世之腐儒也。自古以來，耕莘伊尹，釣渭子牙，張良、陳平之流，鄧禹、耿弇之輩，這幾家古人，皆有匡扶宇宙之才，未審其生平治何經典。豈亦效書生，爲一看筆硯之奴，數黑論黃，舞文弄墨而已乎？
	（黃蓋上）
黃 蓋	（念）世人不知玄妙語，反把賢士當狂徒。 列公差矣！先生到此是客，不以賓客相待，反用言詞相難，大軍臨境，不思退敵之策，反來鬥口耶？
衆	我等告退。 （念）用手掬起三江水，難洗今朝臉上羞。 晦氣！（同下）
魯 肅	一個個直落得掩面而歸。
黃 蓋	先生請來見禮。
孔 明	少待。子敬兄，此位？
魯 肅	姓黃，名蓋，字公覆。零陵郡人氏。現爲我們江南糧草官，第一功臣。請來對禮。
孔 明	失認。
黃 蓋	好説。先生有甚話，見了吾主再講，你對這一干懦夫，閑談也是無益。
孔 明	列公只管問道，亮不得不答應。
黃 蓋	蓋奉吾主言命，來請先生。
孔 明	正要見過明公。
黃 蓋	請。
魯 肅	哎，慢着，慢着。孔明兄，此一到内，見了吾主，只説曹兵可破，千萬莫説他人的兵多。
孔 明	明公敢是懼怯那奸曹？
魯 肅	哎，此話不是輕易言得。

孔　明　弟記下了。

魯　肅　記下了好。請。孔明兄,老將軍!
　　　　（唱）見吾主你只說江南爭勝,千萬間莫提曹百萬雄兵。
　　　　　　　只說他手下將缺才少用,你莫叫吾主懼大事不成。
　　　　請。

黃　蓋　先生,大夫!
　　　　（唱）大夫言臥龍公不可不聽,我的主實實的懼怯曹兵。
　　　　　　　你只說我江南兵強將勇,曹阿瞞他那裏內虛外空。
　　　　請。

孔　明　老將軍,子敬兄!
　　　　（唱）二公言我只得一一從命,學張儀游列國世事貫通。

黃　蓋　大夫,先生比張儀游列國,這輩古人比得高。

魯　肅　倒也可比。

黃　蓋　先生比張儀游列國,這輩古人倒也可比。

孔　明　（唱）明公問我自有言語答應,我豈能叫曹瞞藐視江東。
　　　　請。

黃　蓋　嗯嘿!

孔　明　老將軍請來前行!

黃　蓋　先生前行。

孔　明　只是不恭。

黃　蓋　恭該。請。（孔明下）先生真乃達理之人!請。（同下）

校記

［1］曹阿瞞呵:"呵",原作"可",據文意改。

第　三　場

　　（孫權上）

孫　權　（唱）曹孟德下檄文兵臨江夏,安營寨二百里沿江屯扎。
　　　　　　　文要降武要戰爭論不下,倒叫孤無主張愁悶交加。
　　（魯肅上）

魯　肅　（唱）真乃是隆中人語言瀟灑,我這裏見主公細說根芽。

　　　　　稟主公,先生請到。
孫　權　甚麼,先生請到？快請先生！
魯　肅　請孔明兄。
　　　　（孔明上）
孔　明　（念）口似懸河水倒流,鋒利舌尖用計籌。
魯　肅　孔明兄,來至我主內簾,孔明兄請來前行。
孔　明　嗯,請。
魯　肅　慢着,慢着,慢着。弟方纔囑托的那話……
孔　明　甚麼,方纔囑托的那話……
魯　肅　哎,你看這人,真真……
孔　明　弟記下了,記下了。
魯　肅　記下了好。請！
孔　明　這個明公在哪裏,明公在……
孫　權　噢,噓噓噓噓……
孔　明　喂嚇,觀見孫權紫鬚碧眼,此人只可激而不可辱。
魯　肅　主公,先生請到。
孫　權　甚麼,先生請到。
魯　肅　正是。
孫　權　先生,這哈哈哈哈……
孔　明　明公在上,孔明下拜。
孫　權　少禮,請坐！
孔　明　明公在此,無有亮足站之地,焉敢討座？
孫　權　賜座當坐,坐了敘話。
孔　明　謝坐。
魯　肅　請坐。
孔　明　明公駕安。
孫　權　罷了。久聞先生隆中高臥,躬耕隴畝,今日一見,果然丰姿非凡。
孔　明　亮乃山野農夫,瓦雀虛名,焉敢勞明公面稱？
孫　權　好說。先生在新野輔佐劉豫州,與曹交兵,勝負如何？
孔　明　我主劉豫州兵微將寡,焉敢抗違於曹？
魯　肅　主公,先生是謙辭講話。
孫　權　噢,先生是謙辭講話,待我問過先生。請問先生可知曹兵確有多少？

孔　明　明公，曹兵不多。

孫　權　啊呀著，曹兵不多。確有多少？

孔　明　不過一百餘萬。

魯　肅　孔明兄，吾主面前，莫講那虛冥之言。

孫　權　啊呀著，孤面前莫講那虛冥之言。

孔　明　虛冥之言，焉敢上述明公。曹操起兵以來，擒了呂布，滅了袁紹，後有劉琮母子歸降，馬步、水軍不下一百五十餘萬，怎見是虛冥之言？

孫　權　請問先生，曹操平了荊楚，可有遠圖江南之意？

孔　明　曹操屯兵漢上，安營二百餘里，烟火不斷，不取江南，再取何來？

孫　權　來在我們江南，或降或戰，一言而決。

孔　明　明公，一不用降，二不用戰，亮有小小一計，管叫曹操卸甲捲旗而歸，永不騷擾江南之土地！

孫　權　子敬，先生有了計了，問過先生！

魯　肅　請問先生，當用何計？

孔　明　明公，你如今率領江南文武。

孫　權　噢，率領江南文武。

孔　明　頭頂香盤，地鋪花氈，十步一拜，拜進曹營，曹操一見，必然罷兵轉回。

孫　權　住住住了！既有這些美話，何不說與你主劉豫州，屈膝降那奸曹！

魯　肅　著，何不叫你主劉豫州屈膝降那曹瞞！

孔　明　子敬兄，你也來了。明公怎樣比得我主！

孫　權　孤家怎樣比不得你主？

孔　明　我主乃大漢苗裔，中山靖王之後……

孫　權　住住住了，聽狂生之言，何不氣……

（唱）聽一言把孤的咽喉氣啞，倒叫孤吃吱吱咬碎鋼牙。
子敬！你言說隆中人語言瀟灑，却怎麼見孤家不會應答？
　　　過江來賣浪言口講大話，不耐煩與狂徒閑言磕牙。（起）

魯　肅　送主公。

孫　權　哎哎哎，哈哈！嘿嘿！（下）

魯　肅　（唱）孔明兄你真乃言錯語差，講此話把吾主險些嚇煞。
真道豈有，此理不通。

孔　明　爲何道弟豈有，不通？
魯　肅　方纔帳外怎樣囑托與你，見了吾主只說曹兵可破，千萬莫說曹賊兵多。你見了吾主瘋言浪語，莫多說，纔說下一百五十多萬。
孔　明　不多。
魯　肅　幸喜吾主乃是仁德之君，不肯責於你，你與朋友裝得好人，助得好興！
孔　明　弟有破曹的計策，明公乃是驕傲之君，不往下問，叫弟難以應答，你埋怨弟是怎的？
魯　肅　甚麼，你有破曹計策？吾主乃是驕傲之君，不往下問，你難以應答？
孔　明　弟難以應答。
魯　肅　待弟把這話說與吾主得知。
孔　明　說與明公不惱纔是。請！
魯　肅　請。暫辭別。
孔　明　稍刻逢。
魯　肅　你你你你……（下）
孔　明　孫權、魯肅都好蠢也！
　　　　（唱）孫權胸中一爐火，諸葛亮與他下熱藥。
　　　　　　他兩家兵行到一處，我的主得荊州纔得快樂。
　　　　（孫權、魯肅上）
孫　權　（念）孤窮不知玄妙語[1]。
魯　肅　（念）反把賢士當狂徒。
孫　權　這，哈哈哈！先生，哈哈哈！孤窮言語粗魯，得罪先生，莫可在懷，哈哈哈……
孔　明　好說。
孫　權　請坐，這，哈哈哈！先生，哈哈哈哈！子敬言道，先生有破曹的計策，當用何計？
孔　明　明公，不記大戰長坂坡的趙雲？
孫　權　趙雲，虎將。
孔　明　翼德單槍立橋。
孫　權　翼德，猛將。
孔　明　我主一在夏口屯兵，有精兵萬人，願助明公破曹，爭下荊州，明公一人獨占，直落得高枕無憂矣！

孫　權　多謝先生，明言教孤。

孔　明　（唱）江南的衆杰士都在麾下，到明天領大兵齊往前殺。

孫　權　（唱）多謝你隆中人語言瀟灑，三兩句説得孤展開心花。

孔　明　（唱）曹孟德蟻聚兵何須害怕，叫明公莫懷疑立把曹伐。

孫　權　（唱）孤與那曹孟德誓不善罷，我二人定作個仇敵之家。
　　　　（念）先生高才世間稀。

孔　明　（念）盼望主公莫遲疑。（下）

魯　肅　（念）即日發兵決勝負。（下）

孫　權　（念）與曹爭戰不兩立！
　　　　（張昭上）

張　昭　（念）主公不知回頭早，馬到臨崖後悔遲。
　　　　參見主公。

孫　權　少禮。子布，你來作甚？

張　昭　臣在簾外聽著，主公不降曹，要與曹爭戰？

孫　權　孤誓不降那奸曹！

張　昭　你比袁紹如何？

孫　權　甚麽袁紹，孤實不比他人。

張　昭　不記曹破袁紹，兵微將寡，一戰而勝紹，何況如今兵精糧足。千萬勿聽孔明之言，免得江南負薪救火。

孫　權　孤心明白，你且回去。

張　昭　臣告退。好你諸葛亮，與我江南起禍非小！（下）

孫　權　（唱）子布言問得我結舌咽啞，倒叫孤低下頭無言應答，
　　　　　　兵遭危民受苦干係甚大，何一日殺曹瞞安定邦家。
　　　　（吳后上）

吳　后　（唱）西風起雁南飛園林如畫，山又明水又秀錦綉邦家。
　　　　　　我的兒因甚事獨自講話？

孫　權　（唱）兒正要與母親細説根芽。
　　　　母親，兒有禮。

吳　后　少禮，坐了。

孫　權　謝坐。哎！

吳　后　我兒愁煩爲何？

孫　權　母親哪知。只因曹操下來檄文，實有遠圖咱們江南之意，文者願

吳　后	降,武者願戰,文武紛紛議論不定,叫兒怎得不愁!
吳　后	兒呀,不記你父兄臨亡之時,將你喚在床邊,言說內事不明問張昭,外事不明問周郎。此乃是外事發作,何不急調周郎回府議事。
孫　權	母親一言將兒提醒,明天急調周郎回府議事。
	(內侍上)
內　侍	報。稟主公,周都督鄱陽湖操練水軍回來,要見主公。
孫　權	說與周都督,明天王府議事。
內　侍	領旨。(下)
孫　權	請母親下邊進膳。
吳　后	(念)至死勿忘先人托。
孫　權	(念)急調周郎定干戈。
吳　后	(念)即日發兵決勝負。
孫　權	(念)免得愁腸結心窩。
吳　后	啊呀好,好一個免得愁腸結心窩。
孫　權	請在下邊。(同下)

校記

[１] 孤窮不知玄妙語:"窮",原作"穹",據文意改。下徑改,不一一出校。

第 四 場

周　瑜	(內白)吥,水軍們,(衆應)一律登舟!【排子】,二船夫搖船上。周瑜引衆卒、中軍上)鳴鑼開舟。【排子】挽船上岸。(衆下)
	(念)訓兵練陣三江口,職掌元戎統貔貅。
	輔佐江南英雄主,保定六郡八十州。
	本督姓周,名瑜,字公瑾。只因曹操下來檄文,實有遠圖我們江南之意,明天上殿見了主公大家再議。正是:
	(念)男兒縱橫天下事,英雄到處鬼神愁。
	(院子上)
院　子	報,魯大夫夏口弔唁回來,要見都督。
周　瑜	傳出有請。
院　子	有請。【牌子】魯肅上)

魯　肅	都督訓兵勞體。
周　瑜	罷了。你今夏口吊喧回來,可知曹兵的虛實?
魯　肅	肅從夏口吊喧回來,身帶一异人,複姓諸葛,名亮,字孔明,道號臥龍。此人善知曹兵的虛實。
周　瑜	可是劉、關、張三請臥龍崗的諸葛先生?
魯　肅	正是。
周　瑜	瑜正要會他,煩勞子敬去請!
魯　肅	遵命。(下)
	(院子上)
院　子	黃、闕二老將軍要見都督。
周　瑜	二老將軍,汗馬有功,外厢動樂有請。
院　子	外厢動樂。【排子】有請。
	(黃蓋、闞澤上)
黃　蓋 闞　澤	(合白)都督訓軍勞體。
周　瑜	罷了。二老將軍你們同好?
黃　蓋 闞　澤	(合白)我等謝問。都督可知咱們江南早晚之利害?
周　瑜	江南有甚麼利害,瑜一字不知。二老將軍既知,就該明言。
黃　蓋	只因曹操下來檄文,實有遠圖咱們江南之意,我等願戰,一干懦夫願降,都督看投曹通也不通?
周　瑜	如今兵精糧足,投曹實爲不通。
闞　澤	啊呀著,投曹實爲不通。我等隨老將軍以來,破黃巾,滅三賊,曾經大戰、小戰數百餘場,直落得遍體槍眼無數,苦争得江南一席之地,一旦付與曹瞞,我等實實不服。
周　瑜	二老將軍年邁,莫發虎狼之威。明天殿上見了主公大家再議。
黃　蓋 闞　澤	(合白)我等告退。
黃　蓋	煩勞都督。
闞　澤	傳達吳侯。
黃　蓋	吾頭可斷。
闞　澤	誓不降曹。

黃　蓋	拼著我這老命與他殺！
闞　澤	拼著我這老命與他戰！
黃　蓋	我能戰三百個回合。
闞　澤	我能戰五百個回合。
黃　蓋	噢，你還能戰五百個回合？
闞　澤	能戰五百個回合。
黃　蓋	不降！
闞　澤	好曹賊！（同下）

（院子上）

院　子	報。先生請到。
周　瑜	有請。
院　子	有請。（下）

（【牌子】魯肅、孔明上）

周　瑜	久聞先生，隆中高臥，躬耕隴畝，一諾千金，常爲《梁父吟》。瑜，春雷貫耳，今日一見，果然丰姿非凡。
孔　明	好說。亮乃山野農夫，瓦雀虛名，焉敢勞動都督面稱。
周　瑜	好說。
魯　肅	都督，却知咱們江南早晚之利害。
周　瑜	江南有甚麼利害？瑜一字不知。
魯　肅	只因曹操下來檄文，實有遠圖咱們江南之意，武者願戰，文者願降，文武紛紛議論不定，就等都督回來，一言而決。
周　瑜	曹兵勢重，江南微弱，戰則必危，降則易安，投曹乃爲上策。
魯　肅	都督講的却是實話？
周　瑜	瑜豈能誆你。
魯　肅	江南吾地休矣！

（唱）實可憐老將軍開業創基，破黃巾滅三賊血染錦衣。
　　　苦爭下東南角一席之地，漢天子封爵祿誰敢相欺！
　　　到如今傳留後未過三世，兵又廣糧又足般般俱齊。
　　　忽然間你起了降曹之意，忍不住珠淚落心中慘凄。

| 周　瑜 | 子敬！ |

（唱）你休說江南地不可輕弃，曹孟德領大兵着實虎威，
　　　千員將百萬兵鋪天蓋地，我也是無其奈暫救燃眉。

魯　肅　都督！不記得大主公臨終之時，將你喚在床邊，江南大小之事托你。你今聽這一干懦夫之言，一心屈膝降那奸曹。縱死九泉之下，怎見大主公之面？都督你想！

　　　　（唱）大主公囑托言全然不記，把江南大小事托你料理。
　　　　　　　曹兵到不爭戰反來躲避，大料他找不盡江南首級。
　　　　　　　或是降或是戰早拿主意，怎忍得叫主公束手屈膝？
　　　　都督，都督！
　　　　　　　思在前想在後別無主意，倒不如回衙去懸梁自縊。
　　　　（欲走介）

周　瑜　子敬莫走，回來！
魯　肅　回來就回來。
周　瑜　瑜降曹心事已久，再莫要苦苦相勸。
魯　肅　也罷。都督降曹心事已定，魯肅項上只有一顆首級，任憑曹賊找去，我誓不降那奸曹！
孔　明　這哈……
周　瑜　先生發笑爲何？
魯　肅　孔明兄你爲何發笑？
孔　明　我不笑別的，但笑子敬兄，不識時務。
周　瑜　他真正不識時務。
魯　肅　怎見我不識時務？
孔　明　你家都督降曹，乃是一片正理，你爲甚麼苦苦不依？
魯　肅　這，嘿……孔明兄，我把你當就仁人君子，誰知你是極惡小人。從前勸吾主與曹爭戰，如今勸我都督降曹，你這人是一口二舌，翻說人之是非，真道豈有，此理不通。
周　瑜　子敬，先生到此是客，你再莫要粗語。
魯　肅　都督，你怪我魯肅粗語，這個孔明兄，我看你就欠學！
孔　明　啊，我還欠學？
魯　肅　說甚麼欠學，你還少教！
孔　明　啊，我還少教？
魯　肅　來，這裏領個教來！
孔　明　我正想領教！
周　瑜　先生來到我們江南，或降或戰，請來一言而決。

孔　　明　都督，曹操起兵以來，非爲江南之地土。

周　　瑜　他爲着何來？

孔　　明　爲的是江南二美女。我想江南去此二女，如同大林飄一葉、太倉減一粟[1]。都督何不多用銀錢，買來此二女，進彼曹營，學一范蠡進西施之計。都督何不作速爲之！

周　　瑜　子敬，先生言道，曹操起兵以來，非爲江南之地土，爲的江南二美女。江南去此二女，却也不難。但不知此二女何名？

魯　　肅　問過先生便知。

周　　瑜　先生，是你方纔言道，曹操起兵以來，非爲的江南地土，爲的江南二美女。但不知此二女何名？

孔　　明　亮曾記得。

周　　瑜　哪個？

孔　　明　喬公二女，長曰大喬，次曰小喬。曹操平素謀的就是此二女！

周　　瑜　有何爲證？

孔　　明　曹操起蓋一臺，名曰銅雀臺。上有《銅雀臺賦》爲證。

周　　瑜　先生却記得？

孔　　明　亮愛其文華美，嘗竊記之。

周　　瑜　先生請試一誦如何？

孔　　明　都督請聽：從明后以嬉游兮，登層臺以娛情。
　　　　　　　　　見大府之廣開兮，觀聖德之所營。
　　　　　　　　　建高門之嵯峨兮，浮雙闕乎太清。
　　　　　　　　　立中天之華觀兮，連飛閣乎西城。
　　　　　　　　　臨漳水之長流兮，望園果之滋榮。
　　　　　　　　　立雙臺於左右兮，有玉龍與金鳳。
　　　　　　　　　攬二喬於東南兮，樂朝夕之與共。
　　　　　　　　　俯皇都之宏麗兮，瞰雲霞之浮動。
　　　　　　　　　欣群才之來萃兮，協飛熊之吉夢。
　　　　　　　　　仰春風之和穆兮，聽百鳥之悲鳴。
　　　　　　　　　雲天亘其既立兮，家願得乎雙逞。
　　　　　　　　　揚仁化於宇宙兮，盡肅恭於上京。
　　　　　　　　　唯桓文之爲盛兮，豈足方乎聖明。
　　　　　　　　　休矣，美矣，惠澤遠揚。

翼佐我皇家兮，寧彼四方。
同天地之規量兮，齊日月之輝光。
永貴尊而無極兮，等君壽於東皇。
御龍旗以遨游兮，回鑾駕而周章。
恩化及乎四海兮，嘉物阜而民康。
願斯臺之永固兮，樂終古而未央。

周　瑜　住住住了。曹賊無故欺壓俺周瑜，何不氣……哎呀曹賊，無故欺壓俺周瑜，我與兒誓不兩立！
　　　　（唱）恨曹賊作此事越法背理，無故的圖江南為奪我妻。
　　　　　　我這裏把人馬調遣齊備，與曹賊決一戰誓不兩立。
　　　　子敬聽令！速點江南傑士，與曹決一死戰。
孔　明　慢慢慢着。昔單于屢侵疆界，漢天子許以公主和親。今何惜民間之二女乎！都督不可！都督不可！
周　瑜　啊呀先生，要知大喬，乃是吾主孫伯符之妻。要知小喬……
孔　明　他是哪個？
周　瑜　那就是瑜妻！
魯　肅　著，那就是都督的夫人。你再問！
孔　明　甚麼，那就是都督的夫人？
魯　肅　著，那就是都督的夫人。
孔　明　哎嚇嚇嚇……亮不知，狂言得罪！
　　　　（唱）亮平素我不知其中事理，誰曉得銅雀臺曹賊所欺？
　　　　　　一時間出了口追悔不及，叫都督莫懷疑亮實不知。
　　　　亮實不知。
魯　肅　哎，孔明兄。是你當真不知，還是你佯裝不曉？
孔　明　弟當真不知，哪能佯裝不曉？
魯　肅　待弟將這話，說與都督得知。
孔　明　說與都督不怪纔是。
魯　肅　都督，先生平素老成，不知是都督的夫人，無意之間，講出口來，都督莫怪。
周　瑜　甚麼他不知！
魯　肅　他說他不曉得。
周　瑜　哎，你說這不知，却也難怪。

孔　明　哎,我何該講出口來!
周　瑜　先生,這是曹賊不仁,欺壓俺周瑜,瑜方纔言語粗魯,得罪先生,先生莫要在懷。
孔　明　好說,亮不知是都督的夫人,無意之間,講出口來,都督莫怪。
周　瑜　好說,只是吾主懼怯曹兵,不知當用何言穩住吾君?
孔　明　不妨。先用寬言穩住主公不懼,然後再好尋破曹的計策。
周　瑜　還要先生助瑜行兵。
孔　明　願效犬馬之勞。
周　瑜　子敬,請先生書館安歇。請。
　　　　（念）橫眉怒目起長呼,
孔　明　（念）巍巍江南豈可圖。
魯　肅　（念）同謀破曹爲上策。
周　瑜　（念）貪生怕死非丈夫。（下）
孔　明　啊呀好,好一個貪生怕死非丈夫。
魯　肅　慢着,慢着,慢着。方纔那話,你是當真不知,還是伴裝不曉?
孔　明　你問方纔那話?
魯　肅　正是。
孔　明　我原來不知。（下）
魯　肅　哎,孔明兄說他原來不知,到底他不曉得。（下）

校記

［1］太倉減一粟:"倉",原作"侖",據文意改。

第　五　場

（四卒引曹操上）

曹　操　（念）掃滅群雄息紛爭,一朝兵權歸掌中。
　　　　（詩）休稱豫州窄小,高據四海首要。
　　　　　　身統雄兵百萬,懷揣智謀六韜。
　　　　孤姓曹,名操,字孟德,與漢爲臣。孤起兵以來,擒了呂布,滅了袁紹,後有劉琮母子歸降。我命蔡瑁、張允,操練水寨人馬,不知可曾精熟?喚進帳來,問個明白。蔡瑁、張允來見!（蔡瑁、張允上）

蔡 瑁	（念）咱是忠良榻前客。
張 允	（念）倒作奸佞耳目臣。
蔡 瑁 張 允	（合白）打參。
曹 操	站下。
蔡 瑁 張 允	（合白）丞相呼喚，有何令發？
曹 操	水寨人馬，可曾精熟？
蔡 瑁 張 允	（合白）俱已精熟，候丞相發令。
曹 操	哪個在左，哪個在右？
蔡 瑁	蔡瑁在左。
張 允	張允在右。
曹 操	講左營的陣勢！
蔡 瑁	丞相容稟。左右分開兩翼，一字長蛇擺齊，船頭俱插青牙旗，擺開有頭有尾。火炮連聲放起，單打空中霹靂。狂弓冷箭如雲飛，直擺下青龍戲水。
曹 操	哇！嚴冬之時，青龍正應歸海。不識天時，胡亂擺陣。擺下青龍大陣，焉能得勝？聽孤訓教。 （唱）西風起雁南飛天寒地凍，那青龍藏海底應在嚴冬。 　　你擺下青龍陣焉能得勝，全不怕笑煞了江南英雄。 講右營的陣勢！
張 允	丞相容稟。戰船往來馳驅，分開頭尾高低。銅鑼二面作眼，船頭俱插白旗。一排銀槍當虎鬚，牙爪自然分離。水上行走快如飛，直擺下白虎撩鬚。
曹 操	這，哈哈，嘿嘿，哇！虎是山中猛獸，虎仗山威，水面行走，塌耳縮腮。不識地利，胡亂擺陣。長江水面，擺下此陣，焉能得勝。聽孤訓教！ （唱）你二人枉作了軍前頭領，水面上稱甚麼虎鬥龍爭。 　　你擺下白虎陣焉能得勝，豈不怕羞煞了漢室英雄。
蔡 瑁 張 允	（合白）敢問丞相改為何陣？
曹 操	改為犄角之陣。左從右拿，右從左綁。急速改過。

蔡　瑁 張　允	（合白）遵命。（出介）
蔡　瑁	丞相不識水戰。
張　允	且自由他。
蔡　瑁	既在矮檐下。
張　允	怎敢不低頭。
蔡　瑁	不識水戰！
張　允	真乃不識！（同下）
	（文聘上）
文　聘	（念）江東下檄文，回稟丞相知。
	文聘告進。回令。
曹　操	收令。
文　聘	叩見丞相。
曹　操	平身。
文　聘	謝過丞相。
曹　操	去下檄文怎麼樣了？
文　聘	丞相容稟。
曹　操	講。
文　聘	（念）丞相傳出將令，檄文下奔江東。
	孫權、張昭膽顫驚，一個個改邪歸正。
	文武降文早寫，惟有子敬不從。
	一夜五更練大兵，周郎抗住王命。
曹　操	站下。好你周瑜小兒，竟敢抗住王命。其情可惱！
	（唱）小嬰兒未離母敢撒虎性，兒方比撲燈蛾自來喪生。
	我這裏把人馬一一調動，限三天我定要馬踏江東。
	文聘聽令！
文　聘	在。
曹　操	急點八十三萬人馬，水陸下寨，馬踏江南，雞犬不留！
文　聘	得令。呔，丞相有令，急點八十三萬人馬，水陸下寨，馬踏江南，雞犬不留。（欲下）
張　遼	（內白）慢着。張遼、蔣幹要見丞相。
文　聘	侍候著。稟丞相，張遼、蔣幹二謀士要見丞相。

曹　操　二謀士進見。
文　聘　二謀士進見。(下)(張遼、蔣幹上)
張　遼　(念)腰挂龍泉血未乾，平生志氣斬凶頑。
蔣　幹　(念)口似青鋼鋒利劍，舌尖立功不費難。
張　遼
蔣　幹　(合白)參見丞相。
曹　操　少禮坐了。
張　遼
蔣　幹　(合白)謝座。請坐。(坐介)營下喊聲如雷，兵發何往？
曹　操　只因周郎小兒抗住王命不降，爲此，急點八十三萬人馬，水陸下寨，馬踏江南，鷄犬不留。
張　遼　丞相不可。小事不忍，則亂大謀。況且水寨人馬，未曾精熟。丞相三思！
曹　操　孤氣恨不過周瑜這個小兒。
蔣　幹　丞相勿怒。干與周瑜同鄉、同窗，相交甚厚。幹若得丞相將令，情願獨駕小舟，過得江去，順説周瑜投降。
曹　操　周瑜若肯投降，不失封侯之位。
蔣　幹　幹願往。
曹　操　(念)良言説周瑜。
蔣　幹　(念)敢不費心力。
張　遼　(念)眼看旌旗起，
曹　操　(念)耳聽好消息。(同下)

第　六　場

(黄蓋、太史慈、甘寧依次上)
黄　蓋　(念)爭戰沙場數十秋，腰挂龍泉鬼神愁。
太史慈　(念)寶劍分開龍虎鬥。
甘　寧　(念)足踏長江水倒流。
　衆　　請了。都督升帳，小心侍候。言之未盡，先生來也。(孔明、魯肅上)
孔　明　(念)滿天星斗并不語，笑看魚兒卧江邊。

眾　　先生到來，我等有禮。
孔　明　還禮。
眾　　我家都督升帳，先生也來侍候。
孔　明　孫、劉交好，即如一家，何必將亮以外人看待？
眾　　先生真來達理之人！言之未盡，都督來矣。（四卒引周瑜上）
周　瑜　（念）霜宵雪夜把兵練，三江夏口擒阿瞞。
眾　　參見都督。
周　瑜　少禮。瑜升帳，先生也來侍候！
孔　明　孫、劉交好，即如一家，爲何將亮以外人看待。
周　瑜　好説。先生到來請坐。
孔　明　都督寶帳，哪有亮的坐位。
周　瑜　先生坐了，瑜還有話講。
孔　明　謝座。
周　瑜　請問先生，曹破袁紹，是用何計成功？
孔　明　曹破袁紹，用的是許攸之計，先斷敵人的糧餉，一戰而勝紹。
周　瑜　就賜先生令箭一枝，去到聚鐵山，斷了曹賊糧餉，乃爲首功。
孔　明　遵命。嗯，嗯，嗯！（下）
周　瑜　子敬，看先生作何言語！
魯　肅　得令。（下）
眾　　我等現在，諸葛亮先占頭功，我等不服。
（魯肅上）
魯　肅　報。先生言道，水戰，步戰，馬戰，車戰，各盡其妙。非比江東英雄，但堪水戰，不能陸戰耳！
周　瑜　子敬，撤令回來，不用他人前去了！
魯　肅　遵命。（下）
周　瑜　好你諸葛亮，笑我江南人不會旱戰。瑜明天身帶大兵，去到聚鐵山，斷了曹賊糧餉。諸葛亮，看你有何臉面見我！（魯肅上）
魯　肅　報。禀都督，先生言説，曹操多奸多謀，只求都督水戰了。
周　瑜　此人真來高瑜一等。子敬可知水戰頭領是哪個？
魯　肅　蔡瑁、張允。
周　瑜　哪個？
魯　肅　蔡瑁、張允。

周　　瑜　我想曹營有二賊在彼，教瑜怎好應敵？好不愁悶人也！
　衆　　　都督加上愁了，小心侍候。
周　　瑜　（唱）曹孟德他那裏兵廣將多，恨蔡瑁和張允助桀爲虐。
　　　　　　　　他二人擺水陣叫人難破，倒叫瑜愁戚戚結在心窩。
黃　　蓋　都督愁煩，原爲蔡瑁、張允之事。二賊賣主求榮，堪怒堪恥，酒囊飯袋，苟圖一時。蓋若得都督將令，情願找二賊首級，獻於都督麾下。
周　　瑜　老將軍年邁，莫發虎狼之威！
　　　　　（院子上）
院　　子　報。禀都督，上河漂下一只孤舟，上搭蔣幹旗號，言說是都督同窗好友，要見都督。
周　　瑜　喂嚇，瑜這裏正來打盹，他那裏差人送枕。吩咐蔣幹營門少候，瑜稍刻開門迎他。衆將退下！
　衆　　　我等告退。（下）
周　　瑜　抱印去彼書館！（院子捧印，圓場進書館，修書介）蔡瑁、張允……
院　　子　嗯哼。
周　　瑜　請你魯老爺！
院　　子　有請魯老爺。（魯肅上）
魯　　肅　參見都督。
周　　瑜　付耳來，假報軍情。
魯　　肅　原來是計。（下）
周　　瑜　甘寧來見！
院　　子　甘將軍來見。
　　　　　（甘寧上）
甘　　寧　參見都督。
周　　瑜　賜你令箭一枝，天明蔣幹出營，莫可攔擋。
甘　　寧　得令。（下）
周　　瑜　外廂開門有請！
　　　　　（【排子】蔣幹上）
周　　瑜　子翼兄。
蔣　　幹　賢弟。
周　　瑜　請到帳內！
蔣　　幹　要到帳內。請。（走傍門）

周　瑜	通不得，通不得。（同進門，坐介）子翼兄，你今前來，與曹作一說客耳！
蔣　幹	兄雖在曹營，不是說是道非之人。
周　瑜	料兄必爲此事前來。
蔣　幹	賢弟既然加疑，爲兄就此走去。
周　瑜	慢着。兄雖在曹營，也不是說是道非之人。
蔣　幹	著。爲兄也不是那樣之人。
周　瑜	弟失言了。
蔣　幹	失言了不妨。
周　瑜	衆將士進帳！（衆將兩門上，拔刀劍示威，蔣幹驚恐介）慢着。這是我的同窗厚友，你們對禮！
衆	失認。
蔣　幹	好說。
周　瑜	酒來！
蔣　幹	慢着。要酒何用？
周　瑜	與子翼兄安杯。
蔣　幹	慢着，有何德能，焉敢勞動賢弟安杯！
周　瑜	安過者是禮。
蔣　幹	擔待不起。
周　瑜	依子翼兄之見？
蔣　幹	桌上撒杯，一律同飲。
周　瑜	桌上撒杯，只是愚弟省禮。
蔣　幹	大家省禮。
周　瑜	我想恭敬不如從命。
蔣　幹	着着着，不如從命。
周　瑜	如此，弟從兄命。
蔣　幹	好說。
周　瑜	子翼兄，請來上坐！
蔣　幹	上坐，只是不恭。
周　瑜	公該。請！
衆	嗯嘿！
蔣　幹	列位將士上坐！

众　　　大夫上坐。

蒋　干　只是不恭。

众　　　公該。請！（同坐。【排子】飲酒介）

周　瑜　太史慈聽令！

太史慈　在。

周　瑜　賜你寶劍一日，命你巡席，哪家提起孫、曹交兵，此劍爲令，斬！

太史慈　得令。

周　瑜　子翼兄，請來飲酒！

蒋　干　哎，兄告便。

周　瑜　待弟奉陪。

蒋　干　不敢勞動。

周　瑜　列位將士奉陪。

众　　　我等奉陪。

蒋　干　不敢勞動列位將士。告便。喂嚇，飲酒中間，我家賢弟傳下一令，言説酒席宴前，哪家提起孫、曹交兵，此劍爲令。我這一回來的不妥！
　　　　（唱）這一回我來的有些不妥，怕只怕辜負了丞相囑托。

太史慈　嗯嘿！

蒋　干　（唱）太史慈持寶劍營門打坐，哪一家提孫、曹就把頭割。
　　　　誰叫我來，我何該來！

周　瑜　子翼兄未曾飲酒，你爲何逃席？

蒋　干　兄不能多飲了。

周　瑜　子翼兄你來看。你看我糧草堆山積，軍士賽虎狼，登臺握兵符，在位人稱强。想當初你我同在一個學下看書，不料爲弟還有今天！
　　　　（唱）想當初咱弟兄同窗求學，習韜略與主家保定山河。
　　　　　　　大鵬雕展雙翅萬里飛過，時運到我定要翻江倒河。

蒋　干　爲兄想到賢弟那步分位，萬萬不能！

卒　　　天色已晚。

周　瑜　掌燈，看過大杯！
　　　　（唱）咱弟兄長江隔許久未合，今見面吃一個逍遙快樂。
　　　　　　　吃三杯并五盞也不爲過，今夜晚再看他行動如何。

蒋　干　哎，哎。（假醉介）

周　瑜　子翼兄請來飲酒！

蔣　幹	酒够了，實實不能再飲了。
周　瑜	太史慈撤令回來。我的同窗好友，吃酒帶醉，你們退下！
衆	我等告退。（衆將下）
周　瑜	掌燈去彼書館！
	（念）弟兄相逢情意濃。
蔣　幹	哈噢……
	（念）假裝酒醉學劉伶。
周　瑜	（念）月上柳梢尚未息。
蔣　幹	（念）悄聲側耳聽鷄鳴。
院　子	來到書館。
周　瑜	你們退下。（院子下。起更）衆將士莫要亂嚷，目前找曹首級不便，但等此月中，找來曹賊首級，懸挂中營，列位將士你們看看。
蔣　幹	哎嚇嚇嚇，我家賢弟睡夢之間，口講那樣大話。言說衆將士莫要亂嚷，目前找曹首級不便，但等此月中，找來曹賊首級，懸挂中營，列位將士你們看看。哎嚇嚇嚇，可說賢弟將官作在那步分位，莫怪爲兄說你，勞心太過！桌面以上甚麽東西？待我偷覷偷覷。（坐介）原是一本兵略戰書。看一看賢弟用兵如何。水戰。賢弟，提起這水戰，乃是你們江南首一戰。明攻，築壕，旱戰。嗯，賢弟，提起旱戰，你們江南不如我們江北。不好，不好。長槍手，短刀手，藤牌手，弩弓手，火炮。嗯……原是小書一封。做甚麽的小書？……蔡瑁、張允！
周　瑜	噢……（起更介）
蔣　幹	噢……賢弟好酒。賢弟，公公公瑾。吃醉了，你敢是吃醉了，吃醉了不妨，三軍捧的茶到，請來吃茶。賢弟，賢弟，當真的醉了。怎麽是二將的密書到了。我有心拆看書內的情由[1]，我家賢弟醒來，與我不當穩便。你説這……（想介）有了。我不免將燈掌在屋檐之下，看一看書內情由如何。賢弟，公公公瑾。你敢是吃醉了，吃醉了不妨，三軍捧的茶到，請來吃茶。賢弟，賢弟，當真吃醉了。（掌燈出門看書介）蔡瑁、張允謹封。（抽書束讀介）吾等降曹，非圖仕祿，迫於勢耳。今已賺北軍，困於寨中。但得其便，即將曹賊之首，獻於麾下，早晚人到，便有關報。幸勿見疑，先此敬復。啊，二賊當真反了！我此一回去，對丞相一説，你還想活！可説丞相，若不是我蔣幹過的江來，你命必遭二賊之手。（魯肅上）

鲁　肃　嗯嘿。（蒋干吹灯假寐）禀都督蔡……

周　瑜　子翼兄请来饮酒。你敢是吃醉了，吃醉了不妨，三军捧的茶到，茶能解酒，请来吃茶。当真的醉了。子敬，蔡甚麽？

鲁　肃　蔡瑁、张允有的密书到来，言说目前找曹首级不便，但等此月中，找来曹贼首级，献奔都督麾下。

周　瑜　讲话低声些。此间现有曹贼的耳目，倘若听去，与二将不当稳便。瑜心明白。你且退下。（鲁肃下）子翼兄，请来饮酒……你敢是吃醉了，吃醉了不妨，三军捧的茶到了，茶能解酒，请来吃茶。当真吃醉了。正是：

（念）指日雪仇恨，不久得佳音[2]。（起更）

蒋　干　哎……贤弟的好酒，贤弟，公公公瑾。你敢是吃醉了，不妨，三军捧的茶到，请来吃茶。当真吃醉了。啊嚇，千真万真，果是一椿实事。我有心逃走，但不知甚麽时候，我且听谯楼几鼓。（起五更）喂嚇，谯楼五鼓，东方发白。我不逃走，但等何来！

（唱）昨夜晚打五更两眼未合，恨蔡瑁和张允横行作恶。

　　　　袖儿裏我得了明珠一颗。

哎……在哩，在哩，在哩。

　　　　倒叫我打稽首口念弥陀。（下）

周　瑜　子翼慢走，瑜不赶你。（鲁肃上）

鲁　肃　（笑）哈哈哈！

周　瑜　（唱）险些儿将人的两腮笑破，蒋子翼他还在梦裏南柯。

鲁　肃　（唱）周都督是神仙妙计定妥，这一计神不知鬼也不觉。

周　瑜　（唱）这一计江南人尽都瞒过，又诚恐瞒不过南阳诸葛。

鲁　肃　（唱）定此计惟有那都督和我，诸葛亮是神仙未必知觉。（同下）

校记

[1] 我有心拆看书内的情由："拆"，原作"折"，据文意改。

[2] 不久得佳音："佳"，原作"挂"，据文意改。

第　七　场

（二卒引曹操上）

曹　操	（唱）整整的一夜間如同酒醉，倒叫孤想不下一條計策。（坐介）
	（蔣幹上）
蔣　幹	（唱）昨夜晚打五更未曾得睡，我這裏見丞相細說明白。
	參見丞相。
曹　操	少禮坐了。
蔣　幹	謝座。
曹　操	周瑜可肯投降？
蔣　幹	周瑜驕傲，執意不降。
曹　操	這纔是一計不成，反惹人笑。
蔣　幹	雖然一計不成，與丞相打探來一件機密大事。
曹　操	甚麼機密大事？
蔣　幹	哎，這個，耳目甚衆。
曹　操	左右退下。（二卒下）
蔣　幹	小書一封，丞相請看。
曹　操	甚麼的小書？
蔣　幹	丞相看哩麽！
曹　操	蔡瑁、張允。怎樣是二將的密書！
蔣　幹	哎，你再看看書內情由！
曹　操	（抽書柬讀介）蔡瑁、張允上書都督。吾等降曹，非圖仕祿，迫於勢耳。今已賺北軍，困於寨中。但得其便，即將曹操之首，獻於麾下。早晚人到，便有關報。幸勿見疑。先此敬復。子翼，我看此書未必是真！
蔣　幹	昨晚三鼓時候，有一人與周瑜悄聲講話，千真萬真，果是一樁實事。
曹　操	啊，二賊當真反了。蔡瑁、張允來見！（二卒分上）
二　卒	蔡瑁、張允來見。
	（蔡瑁、張允上）
蔡　瑁 張　允	（合白）參見丞相。
曹　操	水寨人馬，可曾精熟？
蔡　瑁 張　允	（合白）未曾精熟，不敢稟知丞相。
曹　操	若還精熟，將孤首級找下，獻與那周瑜！左右押下開刀。（二卒押

	蔡瑁、張允下）住刑者[1]！（二卒報斬訖驗頭）哎，孤誤矣，孤誤矣！來！（二卒應）去到營下喊叫，水寨頭領，換爲毛玠、于禁。以下人莫可更動。
二　卒	營下聽了。丞相斬壞蔡瑁、張允，水寨頭領換爲毛玠、于禁。以下人莫可更動。吩咐過了。
曹　操	蔡中、蔡和來見！
二　卒	蔡中、蔡和來見。
	（蔡中、蔡和上）
蔡　中	（念）將相本無種。
蔡　和	（念）男兒當自強。
蔡中蔡和	（合白）叩見丞相。
曹　操	你二位的兄長被孤斬處。
蔡中蔡和	（合）丞相斬者是。
曹　操	孤實是誤矣。命你二人詐降周瑜，可肯前去？
蔡中蔡和	（合白）有心前去，家屬無人照管。
曹　操	家屬盡在孤家。去！
蔡中蔡和	（合白）難見的兄長啦！（下）
蔣　幹	哎，斬壞蔡瑁、張允，這一功是幹的。丞相爲甚麼挂口不提！趁此機會丞相上邊領個賞。丞相，斬壞蔡瑁、張允，這一功是幹的！
曹　操	嗯，你胡道！
	（唱）真來是書呆子不知慚愧，我中了小周郎離間計策。 　　　斬蔡瑁和張允我好後悔，我自己作錯事可該怨誰！
蔣　幹	丞相，這一功是幹的！
曹　操	哎哇，哇哇哇，哈哈，嘿嘿，啊噓……（下）
蔣　幹	（唱）見丞相進帳去怒氣生嗔，倒叫我蔣子翼懷疑在心。 　　　不明白，還要問，問問問……（下）

校記

[1] 住刑者："者"，原作"着"，據文意改。

第 八 場

（周瑜、魯肅上）

周　瑜　（唱）差小軍去打探未見回報，這件事悶煞我江南英豪。

魯　肅　這、哈哈哈……
　　　　（唱）背地裏聽一言微微冷笑，這纔是殺二賊不用鋼刀。
　　　　恭喜都督，大患已去。

周　瑜　何爲大患已去？

魯　肅　曹營斬壞蔡瑁、張允，豈不是大患已去！

周　瑜　先生可知？

魯　肅　先生言道，曹操多奸多謀，當面不肯認錯，過後反悔。

周　瑜　快請先生！

魯　肅　請孔明兄。

（孔明上）

孔　明　（念）情知喚來意，早解其內情。
　　　　恭喜都督，大患已去。

周　瑜　何爲大患已去？

孔　明　曹營斬壞蔡瑁、張允，豈不是大患已去？

周　瑜　可知水寨頭領，換與哪個？

孔　明　毛玠、于禁。

周　瑜　毛玠、于禁，何足挂齒！

孔　明　不足爲奇！

周　瑜　瑜有心……

孔　明　慢着，不必明言，各在掌上寫得一字，試一試心腹投也不投。子敬兄，各討方便。（各寫字介。同展手相視而笑）

魯　肅　原來是火！

周　瑜　二心齊投。

孔　明　同謀破曹。

周　瑜　萬勿輕言。

孔　明　不可泄露。

周　瑜　唉！

孔　明　未曾行兵，爲何加上愁了？
周　瑜　軍中缺少戰箭，叫瑜怎得不愁？
魯　肅　哎，慢着。先生會用計，可不會造箭。
孔　明　哎，子敬兄莫要打攪。亮過得江來，未有尺寸之功，願效犬馬之勞。不知戰箭要用多少？
周　瑜　十萬倒也足用。
孔　明　限亮日期。
周　瑜　限你十天。
魯　肅　哎，功課大了，要多限日期。
孔　明　哎，操軍即日將至，若候十日，耽誤大事。
周　瑜　先生自講限期。
孔　明　只消三天，便可拜納十萬狼牙戰箭。
周　瑜　軍中無戲言。
魯　肅　着，孔明兄，軍令可不是耍的！
孔　明　若還無有，願當軍令。
周　瑜　先生討保。
魯　肅　哎，我先不保！
孔　明　哎，子敬兄你將弟保下。
魯　肅　我情知你要我保，肅願保。
周　瑜　領下去。
孔　明　（念）轅門打賭造戰箭。
魯　肅　（念）這場大禍自來纏。
孔　明　這有甚麼大禍！
魯　肅　這還不算大禍！
孔　明　這算甚麼大禍？
魯　肅　你來。
孔　明　你走。這就有了大禍了！（同下）
周　瑜　好你諸葛亮，這是你自來送死，非是瑜要殺你！
　　　　（甘寧上）
甘　寧　報。蔡中、蔡和轅門哭哭啼啼，要見都督。
周　瑜　命他進來！
甘　寧　命你進來。（蔡中、蔡和上）

蔡中 蔡和	（合白）叩見都督。
周　瑜	二將不在你營，來在我營為何？
蔡中 蔡和	（合白）曹賊不仁，斬壞我的兄長，投在都督麾下，後來借大兵復仇。
周　瑜	能報仇者，可謂英雄。甘將軍，領在你營，好生看待。
甘　寧	遵命。隨上！（領蔡中、蔡和下）
	（黃蓋上）
黃　蓋	（念）下棋一著不到處，滿盤棋子盡空虛。 都督你誤矣！都督你誤矣！
周　瑜	怎見瑜誤矣？
黃　蓋	蔡中、蔡和未帶家屬，分明詐降。不該留他在營。
周　瑜	我豈不知他二人是詐降，我暫且將他二人寄頭在項，但等破曹之日，找二賊的首級祭旗。難道説瑜行兵還不勝汝！
黃　蓋	蓋實不比都督。
周　瑜	嗯也！曹賊有人詐降東吳，東吳無人詐降曹賊。看在其間，盡是一干懦夫！
黃　蓋	都督，蓋若得都督將令，情願詐……
周　瑜	住口！老將軍講話低聲些。詐甚麼？
黃　蓋	詐降奸曹。
周　瑜	你看曹賊多奸多謀，老將軍若不肯受刑，曹賊必不肯深信。
黃　蓋	都督，蓋將死也不懼，何懼挨打呵[1]！ （唱）老黃蓋八十歲不服年老，我定下苦肉計丹心破曹。（下）
周　瑜	（唱）黃公覆這忠心對天可表[2]，可稱得我江南第一英豪。（下）

校記

［1］何懼挨打呵："呵"，原作"可"，據文意改。下徑改，不一一出校。

［2］黃公覆這忠心對天可表："覆"，原作"复"，據《三國志》改。下徑改，不一一出校。

第 九 場

（孔明上）

孔　明　（唱）小周郎差魯肅把我巡守，倒叫我低下頭暗笑不休。
　　　　（魯肅上）
魯　肅　（唱）孔明兄你爲人太得忠厚，這件事爲朋友替你擔憂。
孔　明　甚麼事你替我擔憂？
魯　肅　甚麼事？你坐了慢慢想來！
孔　明　甚麼事你替我擔憂？噢，昨日轅門下棋，你輸下弟二十瓶酒，飲了一半，下留一半，不妨，吩咐三軍抱來，你我同飲。敢是這個事，你替我擔憂？
魯　肅　你是買乾魚放生，連死活也不知，你還來飲酒！
孔　明　怎見我不知死活？
魯　肅　昨日轅門誇下海口，三天以內，要造十萬狼牙戰箭。你我吃酒一天，下棋一天，今天眼看日色過午，一根戰箭無有，你還來飯酒，你倒也愛飲！
孔　明　甚麼我還有軍令在身？
魯　肅　着，你有軍令在身。
孔　明　哎，我把那誤記了！
魯　肅　甚麼，你把那誤記了，明天轅門受刑你也誤記了不成？
孔　明　子敬兄，快快與弟定上計來！
魯　肅　你過去了吧！我們江南人請你作謀，你如今反問我要起計來了！
孔　明　豈不知忙人無計。
魯　肅　甚麼，忙人無計？
孔　明　人到事中迷。
魯　肅　哎，大家想來。有了，瞞哄我家都督不知，弟放你逃走了。
孔　明　逃走？夏口怎見吾主之面？走不得！
魯　肅　走不得？首一計不妙，再想。
孔　明　另想。
魯　肅　有了。你隨弟江邊走走。
孔　明　江邊爲何？

魯　肅　倒不如你撲江一死,落一個囫圇尸首。
孔　明　螻蟻貪生,何況人不惜命！死不得！
魯　肅　死不得？
孔　明　死不得！
魯　肅　走不得？
孔　明　走不得！
魯　肅　照這樣說來,我無法搭救你了！
孔　明　哎,可說是你江南人……
魯　肅　江南人替你死去不成？
孔　明　難相交。我的子敬兄！
　　　　（唱）聞人說魯子敬爲人忠厚,
魯　肅　待你也不薄！
孔　明　（唱）因此上我隨你來見吳侯。
魯　肅　我主也無有錯待於你！
孔　明　（唱）周都督要害我你不搭救,
魯　肅　我沒法救你！
孔　明　（唱）看起來咱交的甚麼朋友！
　　　　人說你江南人難以相交,今日一見,果然是實。罷麼,我坐在這裏等着受死！
魯　肅　來來來麼,他纔埋怨起我來了！
　　　　（唱）誰叫你在帳前胡誇海口,這大禍本是你自己來求。
　　　　　　周都督要害你弟難搭救,縱死在陰曹府莫怨朋友！
　　　　我救不下你,我實實救不下你！
孔　明　哎,料你也救不下我。我問你借得幾件東西,你萬莫阻興！
魯　肅　你借的那東西我通曉得。
孔　明　曉得甚麼？
魯　肅　也不過是些棺槨、布匹。
孔　明　要那不祥之物何用！
魯　肅　我家都督將你殺死,咱二人和好厚交,難道不盛殮你的尸首？
孔　明　再莫講那喪話！弟借你舟船二十隻、軍士六百名。
魯　肅　有。
孔　明　滿船束草如人,青布圍幔。

鲁　肃　有。
孔　明　鑼鼓一簇。
鲁　肃　有。
孔　明　酒席一桌。這些東西你却有？
鲁　肃　這些東西我通有。我問你的戰箭！
孔　明　不妨，你有舟船我有箭。
鲁　肃　我不信。
孔　明　不信天明你再看。
鲁　肃　我有舟船你無箭，天明急你一身汗。
孔　明　我有。
鲁　肃　甚麽你有？你有者好！
　　　　（唱）你借的這東西般般通有，到天明你無箭，
　　　　孔明兄！
　　　　　　你滿臉含羞。
孔　明　我有，有……
鲁　肃　這人瘋啦，胡說哩！（下）
孔　明　（唱）這一計鲁子敬猜解不透，要戰箭必須到曹營去求。
　　　　（鲁肃、水手、二卒上）
鲁　肃　（唱）我這裏把舟船安排已就，天色晚孔明兄快些登舟。
孔　明　（唱）這件事離不了鼎力相助，今夜晚你隨我浪裏去游。
鲁　肃　來，今晚聽先生的號令！
孔　明　子敬兄請看。大哉長江！西接岷峨，南控三吴，北帶九河。匯百川而入海，歷萬古以揚波……
鲁　肃　來來來麽，他纔觀起江景來了！
　卒　　滿江烟霧皆起。
鲁　肃　站下。孔明兄，滿江烟霧皆起，是何說也？
孔　明　這個機會湊的好，正要他下霧！
　　　　（唱）滿江中下大霧天時巧湊，要戰箭你隨我曹營去求。
鲁　肃　（唱）今夜晚我隨你浪裏游走，到天明無戰箭要把命丟。
　卒　　離曹營只剩一箭之路了。
鲁　肃　孔明兄，離曹營只有一箭之路，各人性命要緊，我要回去！
孔　明　慢着。將船直往曹營左邊撥！（同下）

　　　　　（夏侯惇、曹操上）

夏侯惇　嗯,滿江烟霧皆起,回禀丞相得知。啓禀丞相。
曹　操　何事？
夏侯惇　滿江烟霧皆起。
曹　操　登高瞭望[1]。（【排子】曹操、夏侯惇登高場[2],孔明、魯肅等上）
孔　明　子敬兄,請來飲酒!
魯　肅　陰曹府賣酒的多哩!
曹　操　原是周郎小兒行兵,喚水寨弩弓手!
夏侯惇　水寨弩弓手!
　　　　　（將甲上）
將　甲　有。
曹　操　照住大篷放箭!
將　甲　箭完。
曹　操　退下。（將甲下）
卒　　　船艙有了箭了。
孔　明　甚麼有了箭了？將船頭東尾西,照着曹營擊鼓吹打起來!
曹　操　周郎戰船越來越多,越來越近,快喚旱寨弩弓手!
夏侯惇　旱寨弩弓手!（將乙上）
將　乙　有。
曹　操　照住大篷放箭!
將　乙　箭完。
曹　操　退下。（將乙下）
卒　　　各船帶箭不起。
孔　明　帶箭不起？
卒　　　是。
孔　明　站立船頭喊叫,就說諸葛亮先生多謝曹丞相贈箭之恩。放大聲喊叫!
卒　　　哎,諸葛亮先生多謝曹丞相贈箭之恩。
　　　　　（孔明、魯肅等下）
曹　操　啊,只說周郎小兒行兵,哪曉諸葛亮前來借箭!
夏侯惇　丞相勿憂!夏侯惇不才,願起戰箭回來。
曹　操　慢着。你那武藝不佳,莫要前去。

夏侯惇　那了使得。
曹　操　（念）從今向後防奸巧。
夏侯惇　（念）莫叫蝦蟆露水潮。
曹　操　教走！
夏侯惇　落個大頭鬼！
曹　操　教走，甚麼那大頭鬼！
夏侯惇　不叫走還趕他嘎！（同下）

校記

［1］登高瞭望："瞭"，原作"了"，據文意改。下徑改，不一一出校。
［2］夏侯惇登高場："場"，原作"揚"，據文意改。

第 十 場

　　　　（孔明、魯肅上）
孔　明　（念）妙人施妙計。
魯　肅　（念）實服先生妙出奇。你乃是個妙人人……請坐！
孔　明　來，查點報上數來！
　　　　（卒上）
　卒　　二十一萬。
孔　明　損毀雕翎、搬壞箭杆的不用。點好的報上數來！
　卒　　好箭一十六萬。（下）
孔　明　一十六萬，可曾足用？
魯　肅　倒也足用。
孔　明　替弟轅門交納。
魯　肅　這個勞，弟願效。
孔　明　（念）多謝仁兄助我力。
魯　肅　（念）實服先生妙出奇。
孔　明　（念）江南列公知此事。
魯　肅　（念）吳地數你爲第一。
孔　明　不能。
魯　肅　一定。

孔　明　不能！
魯　肅　再没了！（同下）

第 十 一 場

（周瑜上）
周　瑜　（念）孔明縱有智謀奇，難脱周瑜玄妙機。
（魯肅上）
魯　肅　（念）草船借得十萬箭，孔明妙算世間稀。
　　　　參見都督。
周　瑜　少禮站下。子敬，諸葛亮受刑日期到了！
魯　肅　先生有箭交納，怎見受刑日期到了？
周　瑜　他是怎樣個造法？
魯　肅　都督容稟。昨晚更深夜半，借肅二十隻舟船，滿船束草如人，外用青布圍幔，內裝酒席一桌，直行曹營左邊。鑼鼓不住響連天，曹營贈箭十六萬。盡是曹營射來的！
周　瑜　盡都是曹營射來的！快請先生！此人真乃瑜師矣！
魯　肅　請妙人，請妙人！
（孔明上）
孔　明　（念）滿江烟霧起，霧中得意回。
周　瑜　先生神算，自古孫、吳行兵，亦不過如此，瑜衷心敬服。
孔　明　略施小計，何足爲奇！
周　瑜　先生他也來了！衆將士進帳！（黄蓋、甘寧、闞澤上）
黄　蓋
甘　寧　（合白）參見都督。恭喜先生。
闞　澤
周　瑜　站下。先生借箭有功，來！看酒與先生一賀。（【排子】飲酒）先生請便，瑜要行令。（【排子】升帳。孔明穩坐帳外）傳糧草官！
黄　蓋　有。
周　瑜　糧草可够三月之用？
黄　蓋　慢説三月，三頭五載，不誤其事。
周　瑜　此話從何説起？

黃　蓋	我等聽張子布之言,投曹乃爲上策。
周　瑜	哇!吾奉吳侯旨意,丹心破曹。老匹夫講下降操二字,解剝衣衫捆起來!
黃　蓋	周瑜爲何捆俺一繩?
周　瑜	你不該違犯我的將令。
黃　蓋	周瑜,短賊!我等隨老將軍以來,破黃巾,滅三賊,曾經大戰、小戰數百餘場,直落得遍體槍眼無數,纔爭下江南一席之地。那一時沒有你這嬰孩作謀!可嘆吾主一時不明,錯用你這無謀之輩呵! (唱)小周瑜見識淺不知利害,不識羞反自誇將相之才。 　　降不降戰不戰我等現在。 　　周瑜,短賊!兵不勝枉費了民間之財。
周　瑜	(唱)老黃蓋敗綱紀將俺氣壞,我好比五閻君造下鐵牌。 　　老匹夫想降曹終久是害,把老兒捆轅門找下頭來! 押下開刀!
黃　蓋	哈哈,嘿嘿,來!(下)
甘　寧	住刑者,住刑者。老將犯罪,只可恕饒,莫可問斬。
周　瑜	哎,甘寧你是甚等之人,焉敢我上奏情!交叉亂棍,打出帳去!
魯　肅 闞　澤	(合白)住刑者,老將軍犯罪,只可恕饒,莫可問斬。
周　瑜	也罷。黃蓋犯罪,本該問斬,念及列公我上奏情,死罪開活,捆一繩重打一百!
魯　肅 闞　澤	(合白)老將軍死罪開活,捆一繩重打一百。
卒	一十、二十、三十、四十、五十。老將軍受刑不起。
魯　肅 闞　澤	老將軍受刑不起,留下一半,我等愿替。
周　瑜	軍令何須絮絮叨叨,著實的打!
魯　肅 闞　澤	着實的打。
卒	六十、七十、八十、九十、一百。打完。
周　瑜	哎咳,押回來!
黃　蓋	噢噓,謝過都督棍頭之情!
周　瑜	哎咳……哎呀黃蓋,匹夫!非瑜不斬於你,暫且將你寄頭在項,但

等破曹之後，再取汝的首級！正是：

(念)休逞年邁發狂謬，軍令豈可善罷休？

今後再犯瑜的令，三尺寶劍取汝頭。（下）

|魯　肅||老將軍你先受屈。|
|闞　澤|||

黃　蓋　不為受屈。

孔　明　老將軍你先受屈！

魯　肅　你過去了罷，他倒不屈！

黃　蓋　衆將士退下！（卒下）闞將軍攙我去到內營，我有軍情商議。周瑜，短賊！

(唱)小周郎作此事十分潑賴，欺壓我老黃蓋時衰運衰。

這半晌直覺的魂飛天外，不久的老性命要歸幽臺。（闞澤攙下）

魯　肅　(唱)孔明兄你為人真正奇怪，你不該坐一旁學痴裝呆。

真道豈有，此理不通！

孔　明　子敬兄，你為何道弟豈有，不通？

魯　肅　老將軍犯罪，我等奏情，我家都督不允，先生到我們江南是客，進帳奏情，都督必然要允。你不奏情，坐在一旁，微微冷笑，我服你就坐了個穩！

孔　明　(念)周瑜定計責黃蓋，我也情知佯裝呆。

魯　肅　(念)先生既有王佐才，何不進帳把情哀？

孔　明　打願打，挨願挨，叫弟奏情為何來？

魯　肅　塵世以上，有這願打的，還有這願挨的？

孔　明　今天有個人願挨。

魯　肅　我看你就願挨，進帳討打。

孔　明　哎，慢着。你不明白？

魯　肅　不明白。

孔　明　付耳來，苦肉計。

魯　肅　噢噢噢！老將軍把闞將軍喚進內營，有的何事？

孔　明　你還不曉得？

魯　肅　不曉得。

孔　明　詐降書。

魯　肅　詐降書。待弟把這話説與都督得知。
孔　明　慢着。千萬莫要説與你家都督,説我知道……
魯　肅　説與我家都督,豈不是先生首功一件?
孔　明　你怎知,恐他暗害!
　　　　（唱）周都督度量小恐他暗害,千萬間莫露我先見之才。
魯　肅　（唱）弟平素性老成先生勿怪,從今後我服你王佐之才!（同下）

第 十 二 場

　　　　（曹操上）
曹　操　（唱）好一個諸葛亮前來借箭,便宜他逃出了虎穴龍潭。
　　　　（卒上）
卒　　　報。闞澤打扮漁翁,要見丞相。
曹　操　命他進來!
卒　　　命你進來。
　　　　（闞澤上）
闞　澤　（念）情知山有虎,扮就采樵夫。
　　　　叩見丞相。
曹　操　少禮站下。到此爲何?
闞　澤　黄公覆有書呈上。
曹　操　呈書上來,唗,詐降於孤,哪裏容得?押下開刀!
　　　　（蔣幹上）
蔣　幹　中、和二將有書。
曹　操　吩咐住刑者!
蔣　幹　住刑者。
曹　操　周瑜驕傲,怒打黄蓋,面責甘寧,件件是實。險些將事作壞。闞澤落椿,放綁,押回!
蔣　幹　闞澤落椿,放綁,押回。
闞　澤　謝過丞相不斬之恩。
曹　操　誤綁將軍一繩,將軍莫要在心!
闞　澤　好説。
曹　操　黄公覆運糧船到來,上搭甚麼旗號?

| 闞　澤 | 上搭青龍牙旗。
| 曹　操 | 回去多拜黃公覆，與孤多辦事！
| 闞　澤 | 告辭。
| 曹　操 | 爲何去速？
| 闞　澤 | 還要遷移家屬。
| 曹　操 | 遷移家屬已畢，與孤辦事！
| 闞　澤 | 告辭。請了。
| 蔣　幹 | 丞相你先恭喜！
| 曹　操 | 大家之喜。我看此事，未必是真！
| 蔣　幹 | 現有中、和二將的密書在此。
| 曹　操 | 若得一人，過得江去，見了中、和二將，一問便知。
| 蔣　幹 | 幹願往。
| 曹　操 | （念）我命子翼探虛實。
| 蔣　幹 | （念）見了中、和問端底。（下）

第 十 三 場

（四卒引周瑜上）

| 周　瑜 | （念）瑜有心事爲國忙，晝夜不眠恨上蒼。
| | （魯肅上）[1]
| 魯　肅 | （念）蔣幹不知玄妙計，二次過江說短長。
| | 稟都督，蔣幹二次過江。
| 周　瑜 | 請鳳雛先生。你且退下！
| 魯　肅 | 請鳳雛兄！（魯肅下）
| | （龐統上）
| 龐　統 | （念）胸懷千般玄妙計，寄客江東未遇時。
| | 參見都督。
| 周　瑜 | 付耳來。草廬挂劍。
| 龐　統 | 龐統久謀。（下）
| | （蔣幹上）
| 蔣　幹 | （念）春來花自舞，客到主當迎。
| | 怎樣不見你家都督開門迎我？

卒	慢説迎你，連個請字也是無有。你自己進來吧！
蔣　幹	賢弟在哪裏？賢弟在……
周　瑜	咦，好你蔣幹，從前盜去我的小書，壞我大事不成，今日又來，必不懷好意，哪裏容得，押下開刀！
蔣　幹	念及同窗厚友，饒兄不死。都督爺，都督爺！
周　瑜	念及同窗厚友，饒你不死。將你押在西山腳底，但等破曹之後，再好放你回去。正是：（念）弟兄同窗讀《春秋》，一心貪想覓封侯。你與曹賊作走狗哪……呸，好不慚愧自含羞。押下去！（下）
蔣　幹	你家都督走後，就該放我回去。
卒	都督有令，將你押在西山腳底，但等破曹之後，再好放你回去！（暗下）
蔣　幹	休怪公瑾不仁，看起來還是我的不是！ （唱）首一次過江來治酒相敬，我何該盜小書壞他事情。 觀見山岩有一草廬，內射燈光，我不免前去一觀。（龐統暗上，撫琴介）
蔣　幹	（唱）耳風裏忽聽得琴聲響動，我這裏叩柴門問個分明。 開門來！
龐　統	（唱）草廬上挂寶劍更深夜靜，莫不是那鳥兒誤入牢籠？（開門）
蔣　幹	請問閣下何名？
龐　統	姓龐，名統，字士元。請問閣下何名？
蔣　幹	姓蔣，名幹，字子翼。
龐　統	我先失認。
蔣　幹	先生爲何僻居此地？
龐　統	此地不是講話所在，隨爲弟去到草廬。
蔣　幹	（念）此間沒有清波宴。
龐　統	（念）二人相逢話偏長。（甲、乙二卒暗上）
卒　甲	觀見他二人奔上草廬，回稟都督得知。請。 （念）二人奔草廬。
卒　乙	（念）回稟都督知。（二卒同下）
龐　統	是你非知。周瑜驕傲，不能容物，故而隱居在此。
蔣　幹	以君之才，投奔曹丞相不失封侯之位。
龐　統	丞相不肯收留，閃得我馬入狹道，進退兩難。

蔣　幹	此去管保收留。
龐　統	四下無人，你我斜徑登舟。
蔣　幹	（唱）隨我來見丞相大事已定。
龐　統	（唱）小周郎多驕傲失了江東。（同下）

校記

［1］魯肅上："上"，原作"下"，據上下文改。

第 十 四 場

（曹操上）

曹　操	（唱）蔣子翼過江東不見回報，倒叫孤晝夜間常把心操。

（蔣幹上）

蔣　幹	（唱）請來了龐鳳雛功勞不小，見丞相把此事細說根苗。
	參見丞相。
曹　操	少禮站下。可見中、和二將？
蔣　幹	未見中、和二將。周瑜驕傲，怒打黃蓋，面責甘寧，件件是實。
曹　操	哪個來說？
蔣　幹	鳳雛先生來說。
曹　操	請先生。你且退下！
蔣　幹	請鳳雛兄。（蔣幹下）

（龐統上）

龐　統	（念）龍臺釣鰲魚，虎穴捋虎鬚。
	參見丞相。
曹　操	少禮坐了。
龐　統	謝座。
曹　操	先生為何隱遁西山？
龐　統	豈不知"邦有道則見，邦無道則隱"。
曹　操	先生來時，孤的陣勢可曾見過？
龐　統	倒也見過。南陣擺的很好，北陣擺的不全。
曹　操	替孤改過。
龐　統	丞相傳令，上下舟船勾連一處，三十隻一排，五十隻一練，鐵鎖連環

练定，钢扣扣牢，芦席罩顶，活板铺地，桐油一油，硝磺一刷，慢说下雾，纵然大风大雨，却也无妨。

曹　操　就照先生将令传出。

庞　统　告辞。

曹　操　为何去速？

庞　统　还要迁移家属。

曹　操　迁移家属已毕，与孤办事。

庞　统　是。告辞。

曹　操　（念）天降先生扶孤穷。

庞　统　（念）丞相果然识英雄。

曹　操　（念）当今治世出豪侠。（下）

庞　统　（念）周瑜骄傲失江东。

（徐庶暗上）

徐　庶　江南人向这里来！

庞　统　愚下到了。

徐　庶　江南人好心毒也！

庞　统　怎见我江南人心毒？

徐　庶　黄盖定下苦肉计，阚泽下来诈降书，你今又献连环计，诚恐你一火烧不尽！

庞　统　请问阁下何名？

徐　庶　姓徐，名庶，字元直。

庞　统　我先失认。

徐　庶　好说。

庞　统　岂不知我江南人生命为重！

徐　庶　你住了吧！你们江南人生命为重，我们八十三万人马，何人肩保！

庞　统　嗯，庞统贪生怕死，也不肯前来。今犯你手，任你所为！

徐　庶　凤雏兄，话不是那样说起。弟虽在曹营，对天盟誓，永不与曹作谋。难道说烧曹兵，将弟也烧死在内不成！

庞　统　可知曹操平日惧惊何人？

徐　庶　西凉马超。

庞　统　何不营下谣……

徐　庶　住口！

龐　統　（念）曹操征南日日憂。
徐　庶　（念）懼驚西凉動貔貅。
龐　統　（念）瑤言事成奔夏口。
　　　　　請了，請了！（下）
徐　庶　（念）魚脫金鈎不回頭。
　　　　　馬超反了，馬超反了！（下）

第 十 五 場

（四卒引周瑜、魯肅登高場）
周　瑜　子敬你來看！曹賊安營二百餘里，烟火不斷，何日纔能趕盡殺絕！
魯　肅　都督，只要蒼天憐念，何愁趕他不盡，殺他不絕！
周　瑜　天，老天！
　　　　（念）眼觀旌旗往東飛，蒼天何不助瑜力。
　　　　　　　有手難堵心頭火，怎不急煞俺周瑜！
　　　　（孔明暗上[1]，聽介）
孔　明　（唱）背地裏聽一言微微冷笑，可笑那小周郎見識不高。
　　　　　　　爲東風你不該這樣煩惱，把你的小性命輕如鴻毛。
　　　　你家都督久有此病，何不提防一二？
魯　肅　天有不測風雨，人有旦夕禍福，這該怎樣提防！
孔　明　不妨。但等都督一時緩上氣來，再好用藥。
魯　肅　但不知當用何藥？
孔　明　亮有打就的藥方。都督請看。子敬兄，各討方便。
周　瑜　要破曹兵，須用火攻。萬物皆備，缺少東風。好你諸葛亮，善知瑜的肺腑，若不殺却此人，終究是東吳的大患！先生，你看嚴冬之初，只有西北風，哪有東南風！
孔　明　不妨。亮自幼看過奇門遁甲天書，連祭三日三晚，東南風漸起，助都督成功。
周　瑜　當用何物，待瑜好來準備。
孔　明　可於南屏山建一臺，名曰七星壇，高九尺，作三層。用一百二十人，手執旗旛圍繞，亮於臺上作法，甲子日風起，丙寅日夜止。
周　瑜　子敬，照先生將令傳出！

(念)曹操挾勢令諸侯。

鲁　肅　（念）志欲平將天下收，（下）

孔　明　（念）但等一夜東風起。（下）

周　瑜　（念）不殺曹賊誓不休！

　　　　甘寧來見！

　　　　（甘寧上）

甘　寧　甘寧參見都督。

周　瑜　賜你令箭一枝，但等東風漸起，找諸葛亮首級來見！

甘　寧　得令。（下）

周　瑜　（念）鏟草若不連根除，萌芽大發後悔遲。（下）

校記

[1]孔明暗上："孔"，原作"孫"，據上下文改。

第 十 六 場

（四卒引趙雲上）

趙　雲　（念）長坂坡前扶幼君，寸金難買一片心。

　　　　縱橫曹營無人擋，殺奔當陽見主君。

　　　　姓趙，名雲，字子龍。我家先生南屏山祭風，命我二十一日接迎。人來，帶馬去奔江邊！（同下）

第 十 七 場

（二卒引孔明上，【排子】）

孔　明　（念）七星壇上整顏容，祭禱東風頃刻行。

　　　　守臺將士！末奉都督將令，南屏山祭風。你們不許交頭接耳，胡言亂語。違令者斬！【排子】東風可起？

卒　　　東風未起。

孔　明　東風未起，下壇望一望子龍可到江邊！（下）

　　　　（甘寧上）

甘　寧　（念）一朝權在手，便把將令行。

守壇將士！先生在此祭風，不許交頭按耳，胡言亂語。違令者斬！
（下）

（孔明上。【排子】）

孔　明　（念）切齒恨周郎，枉費短心腸。
　　　　哎，觀見甘寧臺下繞來繞去，莫不是周瑜差來行刺我的。可說周瑜，短賊！吾命在天，豈容爾等暗害！【排子】

卒　　　東風漸起。

孔　明　東風漸起，我不逃走，再等何來！守臺將士！末去到百步以外接風，你們觀吾者挖眼，多言者拔舌！正是：
　　　　（念）甘寧枉巡七星臺，怎知亮心早解開。
　　　　　　鯉魚脫離金鈎釣，搖頭擺尾不回來。
　　　　走了！（下）

（甘寧上）

甘　寧　（念）奉了都督令，上臺殺孔明。
　　　　守臺將士，怎樣不見先生？

卒　　　百步以外接風去了。

甘　寧　想是逃走。駕舟追趕。（下）

第十八場

（孔明上。趙雲倒上，迎孔明上船。甘寧上）

甘　寧　船頭站的何人？
趙　雲　末將趙雲。
甘　寧　你家先生却在？
趙　雲　現在後倉。
甘　寧　請你先生前倉答話！
趙　雲　請先生前倉答話。
孔　明　甘將軍何來？
甘　寧　奉了都督將令，請先生回去。
孔　明　回去上復你家都督，東南風漸起，叫他用心同意破曹。害亮的心事，高高挂起！
甘　寧　先生回去就是罷了，如其不然，俺要疏情！

赵　云　先生請在後倉，待末將搶過船去，劍劈甘寧！
孔　明　慢着。破曹離不了此人！
赵　云　箭射爾的蓬索！
　　　　（甘寧下）
孔　明　（念）周瑜不該差甘寧，
赵　云　（念）趙雲一箭定太平。（圓場）
孔　明　子龍聽令！
赵　云　在。
孔　明　吩咐三公，到在大彝嶺埋伏，汝在小彝嶺埋伏。曹兵大敗，莫要追趕，先占荆州。（同下）

第 十 九 場

（周瑜、魯肅帶四卒上）
衆　卒　來到教場。
周　瑜　找二賊首級來見！（斬中、和二將祭旗。【排子】同下）

第 二 十 場

（夏侯惇、張遼上）
夏侯惇
張　遼　（合白）滿江烟霧皆起。啓禀丞相。
　　　　（曹操上）
曹　操　何事？
夏侯惇　滿江烟霧皆起。
曹　操　領孤江邊瞭望！
夏侯惇　對岸飄來許多船隻。
曹　操　好像黃公覆與孤運糧船到來！
張　遼　糧船座穩，柴船座輕，此船來的倒有些鬼詐！
曹　操　等他到來，借問一聲。（黃蓋等上）你是黃公覆與孤運糧船到了？
黃　蓋　我不是黃公覆，我是五閻君取爾狗命來了！
曹　操　不好！

（開打，曹等敗下，黃蓋趕下）

第二十一場

（曹操、張遼、夏侯惇上）

曹　操　啊呀，燒壞了！中了周瑜娃娃火攻之計！張遼、惇兒，看來在甚麼地方？

夏侯惇　小彝嶺。

曹　操　這哈……

夏侯惇
張　遼　（合白）丞相發笑爲何？

曹　操　孤笑周瑜不會用兵，諸葛亮缺才！

夏侯惇
張　遼　（合白）怎見人家缺才？

曹　操　若是我老曹行兵，此間安一哨人馬……

（趙雲率四卒上，開打，曹等敗下）

衆　卒　曹兵敗逃。

趙　雲　不必追趕。回馬荆州。

（同下）

華 容 道

王 錦 整理

解 題

　　晉劇。王錦整理。王錦，生平里居不詳。未見著錄。劇寫赤壁大戰曹軍大敗，曹操率領殘兵逃竄，途經烏林、葫蘆口，遭到趙雲、張飛截殺。曹操僅剩十八騎，在華容道又遇關羽伏兵。曹操哀求關羽。關羽爲報昔日恩遇放走了曹操。關羽知違軍令，回營向諸葛亮請罪，劉備亦向諸葛亮求情。諸葛亮認爲關羽無罪，"如若殺了曹操，誠恐荆州難得。得了荆州就是莫大之功。後帳設宴一賀"。這樣的結局與中路梆子《祭風臺》，清代花部、京劇的《華容道》均不同。本事出於《三國演義》第五十回"諸葛亮智算華容，關雲長義釋曹操"。版本今見由王錦整理、田素芳提供的山西晉中青年晉劇團演出本。今以該本爲底本校勘整理。

　　（四蟒套引關羽上）
關　羽　（對）正氣衝霄漢，文光射斗牛。
　　　　（詩）頭戴金冠鳳翅飄，鳳目蠶眉一英豪。
　　　　　　　忠義扶保漢室主，上陣全憑偃月刀。
　　　　吾漢室關羽。今奉軍師將令，伏兵華容道，捉拿曹操。軍令在身，焉敢怠慢。小校，帶馬侍候！
　　　　（唱）【高調】
　　　　　　　軍師將令牢記下，要與曹賊動殺法，
　　　　　　　轅門上了赤兔馬，斬將青銅手中拿。
　　　　（唱）【慢崗調】
　　　　　　　自幼兒讀《春秋》韜略頗曉，在桃園結下了生死故交。

初起首破黃巾立功不小,酒未冷斬華雄初試寶刀。

(唱)【高調】

軍師將令往下傳,華容隘口擒曹瞞。

小兵打馬莫怠慢,華容小道走一番。(下)

(曹操、二將上)

曹　操　(唱)【西京】

曹孟德在馬上長吁短嘆[1],手搥胸眼落泪口呼蒼天。

在中原領人馬八十三萬,實指望滅劉備踏破江南。

曹孟德,是我行兵縱橫天下,從未遭此大敗,只留一十八騎逃出生命。前邊不遠就是許昌,二將催馬!

(唱)【崗調】

恨只恨諸葛亮行事太短,龐士元獻連環火燒戰船。

只燒得衆兵丁皮開肉爛,只剩下十八騎好不可憐。

我好比中秋月烏雲遮暗,我好比井底蛙難將身翻。

我好比籠中鳥有翅難展,我好比淺水龍困在沙灘。

天保佑到許昌大兵訓練,殺劉備滅孫權再下江南。

(唱)【高調】

二將催馬往前趕,莫讓他人解機關。

假若回到許昌地,紙馬銀錢謝蒼天。(下)

(關羽及其人馬上)

關　羽　(唱)【高調】

桃園結義恩情高,衝鋒對壘立功勞。

胯下赤兔似虎豹[2],過關斬將顯英豪。

(唱)【高調】

漢室江山四百年,曹孟德專權謀江山。

欺天子壓諸侯黎民遭難,衆諸侯發兵馬共滅奸讒。

在夏口諸葛亮曾把令傳,趙子龍埋伏在烏林道邊。

我三弟葫蘆峪伏兵待戰,却爲何把關某不用陣前?

(唱)【緊符】

我自討軍令纔出陣,軍師臨行對我言,

曹操當日待我好,怕我陣前放曹瞞。

轅門立下了軍令狀,我不捉奸曹誓不還。

|曹　操|（唱）【高調】
军师临行多嘱告，安计用兵须记牢。
将兵埋伏华容道，放火起烟诱曹操。（下）|
|---|---|
|曹　操|（内唱）【尖板】葫芦峪前兵折尽！|
||（曹操及二将上）|
|曹　操|好杀也！好战也！
（接唱）思想起来赤壁更伤惨，扬鞭打马往前赶，
令人不住报上前。|
二　将	前边有两条道路，请问丞相从哪条路逃走？
曹　操	哪条路好走？
二　将	大路稍平，但远五十余里。小路华容道路近，路窄难行。
曹　操	待吾上山观望。
二　将	华容道起了烟火，大路并无动静。
曹　操	催马华容道！
二　将	烟花起处，必有伏兵，为何偏走华容道？
曹　操	曾不闻兵书有云："虚则实之，实则虚之。"孔明多谋，故意差人在华容道之中劈柴烧烟，以图使我等不走此道，他们伏兵大路之上，引我等落入圈套。孔明呀孔明，吾偏不中你的奸计。催马上山！
（唱）【崗調】
曹孟德为江山东征西奔，东西杀南北剿扫荡烟尘。
思前事不由人更生怨恨，回许昌整旗鼓再定乾坤。
二　将	禀丞相，清早下雨，路滑难行。
曹　操	砍伐树木，堵塞涧流，莫教追兵赶上山来！
二　将	军士饥饿难当，如何是好？
曹　操	兵不斩不齐，违命立斩！
（唱）【崗調】
人饿马乏力气少，腹中空空步难移。
孟德马上用目望，不由叫人喜上眉。
（笑）哈哈哈！
二　将	丞相发笑如何？
曹　操	（唱）【紧符】
只笑周郎见识浅，孔明袖内少机关。

此處若佈下人和馬，只恐吾性命難保全。
(唱)【高調】
　　一聲未發人馬喊——(關羽瞥下兵士上)旌旗招展心膽寒[3]。
甚麼旗號？

|二　將| 覷見是關字旗號。
|曹　操| 待我謝天謝地。
|二　將| 事到如今還謝甚麼天地？
|曹　操| 關公他曾許我三不死。
|二　將| 他不殺我們了。
|曹　操| 不殺了。後邊歇息。
|二　將| 遵命！(下)
|曹　操| (唱)【崗調】
　　聽說來了關美髯，低下心來心自參。
　　走上前去拿禮見，問聲君侯駕可安！
|兵　士| 曹操到！(關羽內白：小心者！上場)
|關　羽| (唱)【高調】
　　耳邊廂忽聽得人喊馬叫，展雙眉睜鳳目仔細觀瞧。
　　偏在這狹路上冤家來到，奉軍令誰認你舊日故交！
|曹　操| (唱)【崗調】
　　曹孟德在馬上滿臉陪笑，尊一聲漢君侯細聽根苗。
　　在赤壁遭火攻敗兵來到，望君侯開天恩放我還朝。
|關　羽| (唱)三國中論奸雄數你曹操，一派的假殷勤笑裏藏刀。
　　你今日兵敗華容道，奉軍令捉拿你豈肯輕饒！
|曹　操| (唱)吾中了小周郎苦肉計巧，只燒得衆兵將皮開肉焦。
　　只剩下十八騎荒不擇道，漢君侯若不信仔細觀瞧。
|關　羽| (唱)【緊崗調】
　　看曹操好一似鰲魚吞釣，傷弓鳥縱展翅也難飛逃。
|曹　操| (唱)想當初我待你恩深義好，上馬金下馬銀又贈戰袍。
　　曾封你壽亭侯爵位不小，你本是大義人怎忘故交？
|關　羽| (唱)【緊符】
　　雖然待我恩義好，我也曾報答你恩高。
　　顏良、文醜我斬了，白馬關前揮單刀。

為找兄長辭別你，三辭不見你昧前言。
挂印封金走單騎，力保皇嫂出五關。

曹　操　君侯！

（唱）【緊崗調】

你挂印封金不辭而去，我趕去親送你美酒紅袍。
君侯呀君侯！在許昌曾許我雲陽答報，
為甚麼把人情一旦撇拋！

關　羽　奸黨！

（接唱）你的恩情我報過了，我豈能因私情把罪招。
非是我忘却了雲陽答報，只因你罪孽重情理難饒！
在許昌射鹿時你把君藐，挾天子令諸侯勢壓群僚。
逼死了董貴妃其罪非小，上前來試試我偃月寶刀！

曹　操　（唱）【高調】

好話説了千千萬，他不聽來是枉然。
戰戰兢兢我再哀勸，再請君侯聽一言。
君侯熟讀《春秋》，大丈夫當以信義為重！
君侯今日不失信，千載留名萬古傳。

關　羽　（唱）【崗調】

吾往常殺人不睁眼，而今心腸軟如綿。
背地我把軍師怨，華容道上我好為難。

（唱）【高調】

關某豈做無義漢，寧願我斬頭挂高竿。
小校排開長蛇陣，釋放曹操回中原！

曹　操　二將，甚麽陣勢？

二　將　一字長蛇陣。

曹　操　想是放我等逃走。快逃！

（關追數步，曹衆跪下。關止步，曹衆逃下）

關　羽　（唱）【高調】

眼看着曹操逃去了，我方知軍師智謀高。
殺身成仁捨身義，要留仁義萬古標。（下）

（四莽套引劉備、孔明上）

劉　備　（念）二弟埋伏華容道，叫我時刻把心操。

孔　明	（念）陰陽八卦安排定，放開金鎖走蛟龍。
	主公有禮！
劉　備	少禮坐了！
孔　明	臣謝坐。
劉　備	我二弟帶三百小刀手，埋伏華容道上，不知見曾捉曹？
孔　明	曹操葫蘆峪兵敗，必然敗走華容道。
劉　備	依先生之計，曹賊命該休矣！
孔　明	非也！當年曹待二公恩厚，料他必定放曹逃脫！
劉　備	爲何二弟欲殺曹於許田，而放曹於華容？
孔　明	許田欲殺曹操，實爲忠也！華容道不殺曹操，實爲義也！
劉　備	先生既知，何不另差別人前去殺曹，以除天下大害？
孔　明	臣觀天象，曹不該滅。故命二公前去，以留其忠義之名於萬世也！
劉　備	（唱）【崗調】
	漢劉備生來命孤單，與關、張結義在桃園。
	二弟華容全忠義[4]，還要軍師恩情寬。
孔　明	（唱）主公你把寬心放，臣有言語聽心間。
	二公他把曹瞞放，忠義英名天下傳。
劉　備	（唱）先生妙計安排定，發兵先占荊州城。
孔　明	（唱）只待周郎領兵到，荊州已在掌握中。
劉　備	（唱）正與軍師議軍情，又聽令人報一聲。

（小校上報：二爺回營）

孔　明	有請！（關羽上）
孔　明	二公！
關　羽	軍師！參見大哥！軍師見禮了！
孔　明	請坐！且喜二公建此蓋世之功，除却天下大害，亮合當遠接遠迎，萬勿見怪！
關　羽	關某有何寸功可賀？
孔　明	拿住曹操，就是大功！
關　羽	未曾拿住。
孔　明	莫非他未走華容？
關　羽	正走華容。
孔　明	一定生擒活拿了。

關　羽　是那曹操苦苦哀告，我痛感昔日之情，放他逃走了！請軍師按律治罪！

劉　備　先生開恩！

孔　明　二公何罪之有。大仁大義，萬古流名。如若殺了曹操，誠恐荊州難得。得了荊州就是莫大之功。後帳設宴一賀！（同下）

校記

[1] 長吁短嘆："吁"，原作"噓"，據文意改。
[2] 胯下赤兔似虎豹："兔"，原作"免"，據文意改。
[3] 旌旗招展心膽寒："招"，原作"召"，據文意改。
[4] 二弟華容全忠義："二"，原作"一"，據文意改。

取 桂 陽

佚 名 撰

解 題

　　蒲劇。作者不詳。《蒲州梆子劇目辭典》、《山西戲曲劇目總攬》著録,均題《取桂陽》,未署作者。劇寫赤壁戰後劉備征討荆州各地,諸葛亮派定趙雲取桂陽。桂陽太守趙範聞知趙雲威名,舉城投降,範有寡嫂樊氏才貌無雙,仰慕趙雲青年才俊,範説合於趙雲。趙雲以"趙範與我結爲兄弟,若娶其嫂,惹人唾駡,一也。孀婦再嫁,便失大節二也。其人初降,居心難測三也"拒絶。趙範設計,派人詐降。趙雲識破其計,活捉趙範,占領桂陽。本事出於《三國志‧蜀書‧趙雲傳》裴松之注引《趙雲别傳》。元刊《三國志平話》、《三國演義》第五十二回、元明間雜劇《龐掠四郡》、明傳奇《四郡記》(佚)、清花部亂彈與清傳奇《鼎峙春秋》都敷演此故事,但人物、情節有異。版本今見晉南專區蒲劇第一團抄録本,該本爲手抄本,封面題《取桂陽》(原本),1956年5月晉南專區蒲劇第一團抄録。劇本由太原戲劇研究所趙威龍提供。今以該本爲底本校勘整理。

第 一 場

　　(張飛、趙雲武裝上)

張　飛　威震虎牢。

趙　雲　名揚長坡。

張　飛　燕人翼德。

趙　雲　常山子龍。

張　飛　軍師升帳。

| 趙 雲 | 小心伺候。
| 劉 備 | （上，念）欲伸大義於天下，暫寄此身在荆襄。
孤窮劉備[1]。
| 張 飛
趙 雲 | 參見大哥。
| 劉 備 | 少禮。軍師升帳，小心伺候。
| 孔 明 | （四兵擺隊上念）鼎足三分，報主公三顧之恩。
（坐帳詩）

　　　　赤壁鏖兵火炎張，東南風起助周郎。
　　　　曹軍折盡八十萬，輔佐皇叔定荆襄。

山人大漢軍師中郎將[2]，諸葛亮。赤壁鏖兵，火燒戰船，荆、襄兩郡已被山人用計襲取，惟有零陵、武陵和桂陽、長沙四郡，尚在抗命。如今大軍集齊，子龍聽令！帶領五千人馬，攻取桂陽莫誤。
| 趙 雲 | 得令。
| 張 飛 | 慢慢慢着！軍師今天用將不公，俺老張心內有點不服。
| 孔 明 | 怎見山人用將不公？
| 劉 備 | 哎呀是，怎見軍師用將不公？
| 張 飛 | 我和四弟同是擁護吾大哥興漢滅曹，今天爲甚麼單差子龍，不用俺老張？
| 趙 雲 | 三公，你我弟兄，同扶主公，興復漢室，爲國討賊，今日攻取桂陽，無論誰去均無不可，三公説出不公二字，難道弟去不公，兄去便公麼？
| 張 飛 | 哎這個……
| 趙 雲 | 甚麼？你與弟説，你與弟講！
| 張 飛 | 四弟，爲兄比你年長幾歲，先差我方合於理。軍師不論長幼，隨意傳令，你説他公也不公？
| 趙 雲 | 三公，攻取桂陽，乃是臨陣交鋒，并非排宴序次，爲弟年幼，理應替你服勞。軍師用將，原是大公無私，爲甚麼阻擋軍令，不讓爲弟前去？
| 張 飛 | 哎這個……
| 趙 雲 | 甚麼？我看你講説甚麼？
| 張 飛 | 四弟，我也不管前，我也不管後，我也不管長，我也不管短，總而言之，不教爲兄前去，便是不公，我老張到底不服！

劉　備　没理了,硬説!
趙　雲　那是甚麼理?
孔　明　你教他盡管説。
張　飛　(唱)衆諸侯討卓排開戰,吕布揚威虎牢關。
　　　　　　有多少名將驚破膽,激怒了弟兄三桃園。
　　　　　　張翼德性急雷聲喊,我一鞭打掉紫金冠。
　　　　　　衆諸侯喝彩都稱贊,爲兄英勇天下傳。
　　　　　　慢説桂陽小趙範,管保活擒獻帳前。
趙　雲　哎三公!
　　　　(唱)劉主公避敵走長坂,衆百姓相隨行路難。
　　　　　　那曹軍號稱五十萬,帥字旗遮了半面天。
　　　　　　趙子龍與主保家眷,七進七出戰曹瞞。
　　　　　　遠來槍刺近劍砍,曾傷賊將數十員。
　　　　　　自從經過這惡戰,微名還留漢水南。
　　　　　　桂陽一郡保攻占,若不勝弟首挂營前。
張　飛　哎四弟!
　　　　(唱)你平日忍讓服從我,却怎麼今天話偏多。
趙　雲　三公!
　　　　(唱)當忍自然忍讓過,有軍令不敢便退却。
張　飛　(唱)兄不服心惱便起火,犯法紀那怕把頭割。
趙　雲　(唱)三公烈性恐激禍,教人無可又如何?
劉　備　三弟、四弟!
　　　　(唱)你二人爲國争前往,應同心復興漢家邦。
　　　　　　遇事兄弟要相讓,當面解決有良方。
張　飛　他有甚麼方法?非讓我老張前去不可。
劉　備　你們不必争論,爲兄有個公斷方法,同軍師之寫,寫上個"先去"二字,丸兩紙彈,誰拿得先去,誰就先去,你看好不好?
趙　雲　爲弟遵命。
張　飛　要這麼幹,須得公公道道,可不要有假。
劉　備　哎,誰還誆你不成?
張　飛　軍師好誆人,不得不防。
劉　備　他們同意,軍師速快寫字。

孔　明　一言爲定，不得有悔。
張　飛　那是自然。
趙　雲　爲弟謹遵。
孔　明　既然如此，待山人寫來。紙彈丸好，三公心多，就準你先拈。
張　飛　不是我心多，軍師把人誆的太多了，不敢讓我先拈。
孔　明　四將軍你拈這一個。
趙　雲　待末將拈來。
劉　備　拆開看看，誰拈着了？
張　飛　真敗興，偏偏拈了個空紙。
趙　雲　三公，你拈個空的，爲弟自然拈的先去了。
劉　備　這一下該没有甚麽說的。
張　飛　我不放心，還要親自驗看。
劉　備　四弟你就教他看。
張　飛　今天要防他們搗鬼，如果要丸上兩個空的，俺老張就上了當了。
趙　雲　三公請看。
張　飛　真正掃興。
孔　明　四將軍聽令！速帶五千人馬，前去桂陽莫誤。
趙　雲　軍師，趙雲只帶三千人馬前往，如若不勝，甘當軍令。
孔　明　速快點兵前去。
趙　雲　遵令。
張　飛　他去我總是不服。
趙　雲　（唱）爲國盡忠不怯戰，要與主公爭河山。
　　　　　　步馬三千急忙點，不取桂陽不生還。
張　飛　你去不成，我要去。
孔　明　（唱）軍令已下難收轉，有用公處亮再傳。（下）
張　飛　你想用我的時節，我可不願意去。
劉　備　哎三弟！
　　　　（唱）性情不改惹人厭，
張　飛　一輩子也改不了。
劉　備　（唱）軍令常被你阻攔。
　　　　隨的兄來。
張　飛　你走你的。

劉　備　你來。
張　飛　你走。(劉下)
張　飛　(唱)他們去後自思念，子龍雅量人稱贊。
　　　　　　老張今日太蠻幹，莫怪大哥說不然。(下)

校記

［1］孤窮劉備："窮"，原作"穹"，據文意改。
［2］大漢軍師中郎將："漢"，原作"汗"，據文意改。下徑改，不一一出校。

第　二　場

陳　應　(上)赤壁火光斂，桂陽起烽烟。
鮑　龍　趙雲雖猛將，管教曳兵還。
陳　應　管軍校尉陳應。
鮑　龍　管軍校尉鮑龍。太守升帳，小心伺候。
趙　範　(四兵引上升帳)
　　　　(詩)零陵歸漢四兵安，玄德寬宏到處傳。
　　　　　　天意興劉爭左袒，桂陽一郡城難全。
　　　　桂陽太守趙範。零陵失守，桂陽震驚。方纔探馬報到，趙雲領帶三千人馬，前來攻城。不免喚二將進帳商議軍事。二將進帳！
　兵　　二將進帳！
二　將　告進。參見太守。
趙　範　站下。趙雲領帶三千人馬來取桂陽，此人英勇善戰，天下知名，在長坂百萬軍中，如入無人之境，桂陽兵微將窮，誰能迎敵？況且劉玄德乃是大漢皇叔，奉詔討逆，有心開城迎降，共扶漢室，不知二將意下如何？
陳　應　太守，桂陽兵多糧足，何必出此下策。我情願帶隊出城迎擊敵軍，倘若擒不住趙雲，太守再降，也還不遲。
趙　範　既然要戰，本太守也撥三千人馬，由你帶領，出城退敵，莫得有誤。
陳　應　得令。(趙範、鮑龍下)馬來。
趙　雲　(帶兵上碰頭)慢着，吾主劉玄德乃劉景升之弟，輔佐公子劉琦，同領荆州，特來撫民，汝等何不早降？

陳　應　住了。我只知有曹丞相,那曉得賣草鞋的劉備。
趙　雲　講話無理,圍住殺。(對打擒住陳)
陳　應　(跪)趙將軍饒命。
趙　雲　量汝有何本領敢來敵我,速快回城説與趙範,教他早早歸降免生後悔。
陳　應　謝過將軍不殺之恩。
趙　雲　快去!
陳　應　哎呀羞殺人也。(下)
趙　雲　衆將士就在此間安營,小心防備了。
　　　　(唱)陳應無能不堪戰,交鋒數合擒馬前。
　　　　　　但願回城勸趙範[1],開城迎降百姓安。(下)

校記

[1] 但願回城勸趙範:"勸",原作"欢",據文意改。

第　三　場

(趙範引四卒、鮑龍上)

趙　範　(唱)有勇無謀笑陳應,怎能抵敵趙子龍?
　　　　　　此番被擒恐喪命,不自量力故遭凶。
兵　　　報,禀太守,陳應回城。
趙　範　命他進來。
兵　　　陳將軍進帳。
陳　應　(上)子龍真勇將,敗回臉無光。參見太守。
趙　範　哎站下,我勸你不要迎敵,你執意要去,折傷軍士,汝命幾不能保。退下休息,本太守決意迎降皇叔,共扶漢室了。(陳、鮑下)
　　　　(唱)曹賊不仁欺天子,存心欲將漢鼎移。
　　　　　　願隨皇叔伸大義,出城納土迎王師。(下)

第　四　場

(樊氏、丫環上)

樊　氏　（唱）樊家女在深閨泪流不斷，念亡人傷薄命涕泪漣漣。
　　　　　　奴夫妻相愛敬雙栖似燕，郡衙內樂倡隨不亞神仙。
　　　　　　天不幸染重病數定難挽，好鴛鴦兩分難痛歸九泉。
　　　　　　報夫恩守柏舟三年將滿，忽然間桂陽城起了事端。
　　　　　　劉皇叔有虎將英勇善戰，趙子龍三個字名留長坂。
　　　　　　奴兄弟爲百姓又思復漢，納印璽獻國土歡迎招安。
　　　　　　但不知同姓人是何主見，去時久無消息加上愁煩。
丫　環　哎夫人！
　　　　（唱）請夫人放寬心雙眉齊展[1]，喜事到又何必泪濕衣衫。
　　　　　　不記得老爺死囑咐三件，今夜晚保不定缺月復圓。
　　　　夫人你忘了麼？
樊　氏　甚麼忘了？
丫　環　我家老爺臨亡的時節，看見夫人花容月貌，不忍教你孤守空幃，再三囑咐二老爺，如有文武全才、相貌出衆，又與我家老爺同姓者，准夫人再嫁，以慰泉下牽挂。聽說來取桂陽的，便是劉備部下英雄大將趙雲，此人文武全才，與我家老爺同姓，三件之中已有兩件相合。二老爺請他進城安民，霎時就要到衙，咱們暗上綉樓看他相貌如何。若果威儀出衆，又是個小白臉兒，夫人早些下嫁，免得我家老爺在九泉不安了。
樊　氏　哎，良馬不匹雙鞍，烈女不嫁二夫，總然三件相合，我也不忍去舊迎新了。
丫　環　夫人再不要固執不通，學那道學先生，卓文君聞琴夜奔，時人不以爲非，何况老爺有命，允許再嫁。時間不早，速快上樓纔是！
樊　氏　哎，恐怕去不得呀！
丫　環　去得，怎麼去不得。
樊　氏　既然去得，咱主婢一同前往了。
丫　環　對對對，奴婢與你幫幫忙。
樊　氏　（唱）小丫環提起三件事，不由得教人泪悲啼。
丫　環　喜事不敢哭。
樊　氏　（唱）爲遺命只好越舊禮，怕只怕無緣勞人思。
丫　環　再別說那不吉利話，喜事一定能成。
樊　氏　能成此好，隨的我來！

丫　環　夫人前行。(同下)

校記

[1] 雙眉齊展："眉",原作"媚",據文意改。

第　五　場

趙　雲　(引兵上唱)
　　　　敵人今早打敗仗,既不敢戰又不降。
　　　　披甲且坐中軍帳,探子回營問端詳。
報　子　報,禀四將軍,趙範帶印來降。
趙　雲　傳出有請。
報　子　有請趙太守！
趙　範　(帶印上)那是趙將軍。
趙　雲　那是趙太守。
趙　範　(跪)趙範納印歸降,請將軍恕罪。
趙　雲　那有將軍之罪,快快請起。
趙　範　將軍恩寬。
趙　雲　請坐。
趙　範　謝坐。將軍。
趙　雲　太守。
趙　範　聞說將軍,是常山真定人氏,趙範也是常山真定人。同鄉同姓,五百年前合是一家。倘蒙不弃,結爲异姓兄弟,實爲萬幸。
趙　雲　太守之言,正合弟意。請問貴庚幾何？
趙　範　現年廿五歲,五月出生。
趙　雲　照太守所叙,你我原是同庚,雲長四月耳。
趙　範　你我一言爲定,風雨不渝。仁兄站上,受弟一拜！
趙　雲　受弟一拜。
趙　範　你我既爲兄弟,請即入城,安民方好。
趙　雲　如此你我弟兄一同進城了！
　　　　(唱)同姓同年結兄弟,共扶漢室討奸逆。
趙　範　(唱)一心一德誓不二,馬來,志堅金石永不移。(同下)

第 六 場

樊　氏　（同丫環上唱）
　　　　離深閨總覺心爽，帶羞容一步一思量。
　　　　趙子龍若是忠義將，不肯教奴失冰霜。
　　　　趙子龍若是輕薄將，奴豈願與他配鴛鴦。
　　　　想到此不如不前往。
丫　環　夫人怎麼又不願意去了？
樊　氏　哎！紅顏命薄，千古一例，人家是英雄，必然不娶我，何必自討無趣，使他輕看？咱們速快回房，不要叫外人聽見了笑罵纔好。
丫　環　夫人，人常説，貪夫愛財，英雄好色，拿上夫人這樣花容月貌，趙將軍一見，必然拜倒石榴裙下！夫人不要嫌羞害臊，耽誤了美滿姻緣纔是[1]！
樊　氏　你説去得？
丫　環　去得，去得，莫人不歡喜。
樊　氏　去得了咱們上樓。
丫　環　快些上，別教人家走過去了！
樊　氏　（唱）遵遺命越似不彷，無奈何輕移蓮步把樓上。
丫　環　夫人小心看。
樊　氏　不妨事。（唱）等將軍過來觀其詳。
趙　雲　（趙範同兵引上）
　　　　（唱）百姓迎接歡聲動，衆口一腔頌主公。
　　　　今日進城趁人興，
丫　環　夫人，那便是趙將軍。
樊　氏　低聲些。
趙　雲　（唱）佳人秋波似多情。
趙　範　（唱）嫂嫂樓口觀風景，忽然一事起心中。
　　　　亡兄囑托今日應，回衙排宴再説明。（同雲下）
樊　氏　哎呀將軍真人杰也！
　　　　（唱）方纔凝視奇男子，相貌堂堂英雄姿。
　　　　今日登樓滿心意，

　　　　　　隨我下樓。
丫　環　夫人小心看。夫人看中了無有？
樊　氏　哎看中了怎麼樣呵？
丫　環　看中了的時節，小丫環情願作紅娘[2]，聯成這段美事[3]。
樊　氏　哎，只恐奴家無此厚福了！
　　　　（唱）只恐無緣發愁思。（悲下）
丫　環　一說就哭，不吉利，事難成。（下）

校記

[1] 耽誤了美滿姻緣纔是："耽"，原作"担"，據文意改。
[2] 小丫環情願作紅娘："娘"，原作"爺"，據文意改。
[3] 聯成這段美事："美"，原作"每"，據文意改。

第　七　場

趙　雲　（同趙範上）
　　　　（唱）與賢弟飲美酒微微帶醉，逢知己千杯少异鄉作客。
趙　範　仁兄！
　　　　（唱）大丈夫立功業名聞海內，惟仁兄足當之無怍無愧。
　　　　請坐。
趙　雲　有坐。賢弟！今日開懷暢飲，不覺帶醉，賢弟辦理公務，爲兄告醉回營。
趙　範　慢走，吾兄量洪善飲，爲弟早有此聞，特在後堂另備菲酌，你我弟兄，今天須吃個不醉不歸。丫環，提酒來呵！
丫　環　現成。（提酒上）
趙　範　（唱）我哥哥臨亡囑咐過，三事許嫂結緣羅。
　　　　　　但願此婚早定妥。
趙　雲　賢弟請！
趙　範　仁兄請！
　　　　（唱）佯裝酒醉自斟酌[1]。
趙　雲　賢弟請來飲酒。
趙　範　爲弟量小，實實不能再飲了。

趙	雲	賢弟不能多飲,爲兄這裏告辭。
趙	範	慢着,仁兄方纔言的明白,今日不醉不歸。爲弟已醉,仁兄還未曾醉,再吃幾杯,緩一時,帶醉歸去方好。
丫	環	看,待小丫環與將軍滿起,再吃上幾杯。
趙	雲	賢弟厚愛如此,却之未免不恭了!

(唱)賢弟如此將兄愛,痛飲幾杯暢開懷。
　　　但恐怕醉後性情改,言語錯賢弟勿疑猜。

樊	氏	(上唱)在後堂設宴是用計,叔嫂商妥謀雙棲。

　　　移蓮步向前先施禮,爲將軍把盞謝交誼。

趙	雲	賢弟,這是咱家甚麼人?
趙	範	這是孀嫂樊氏[2]。
趙	雲	哎嚇,不知嫂嫂到此,爲弟失敬,多有得罪。
樊	氏	好説。
趙	雲	請坐!
樊	氏	有坐。
趙	雲	賢弟你我弟兄飲酒,何必煩勞嫂嫂舉杯。
趙	範	彼此一家,嫂嫂把盞,也無甚麼關係。
樊	氏	將軍撫民到此,保全我家,奴家親來把盞,一則爲謝隆情,二則瞻仰豪傑。聞説將軍在長坂坡前,爲尋甘、糜二夫人,曾經一場惡戰,傳言甚略,願聞其詳。
丫	環	哎呀著,聽説將軍殺了個七進七出,果是真情麼?
趙	雲	嫂嫂既問,聽雲面陳了!

(唱)恨曹賊欺君謀篡漢,劉主公奉詔討阿瞞。
　　　渡漢水托弟保家眷,與敵兵遭遇在長坂。
　　　二皇嫂軍中曾失散,小主人阿斗命攸關[3]。
　　　弟一怒手提銀戰杆,單人獨馬撲陣前。
　　　遠來槍刺近劍砍,殺死敵將數十員。
　　　甘夫人、阿斗同找見,糜夫人帶傷坐井邊。
　　　催她上馬她不願,投入枯井喪黄泉。
　　　無奈推墙將尸掩,性烈全貞可爲賢。
　　　防患不周常自怨,嫂嫂何故問根源。

樊	氏	將軍英勇蓋世,令人欣佩。聞説二公投曹,曹令二公和二嫂同室,

　　　　　二公秉燭達旦,確有其事否?
丫　環　同室而居,有何不可,爲甚麽秉燭達旦,一夜不睡覺呵?
趙　雲　哎嫂嫂!
　　　　(唱)二公義氣衝霄漢,曹賊愛慕用機關。
　　　　　　秉燭避嫌千古罕,敬嫂如兄無間然。
樊　氏　將軍真有再娶之意[4],婦無改嫁之心,光武皇帝以公主賜宋宏,是何用意?
趙　雲　哎,這個!
丫　環　男子能再娶,孀婦也可再嫁,只要你愛他,他愛你,結爲百年有何不可?
趙　雲　哎嫂嫂!
　　　　(唱)光武憐主情不禁,宮中探試欲賜婚。
　　　　　　宋宏對答有分寸,全節守義勝人倫。
丫　環　將軍此言實在不解人意,卓文君新寡,聽了一曲《鳳求凰》,竟然夜奔司馬相如。當時的士大夫,不但不責備,且傳爲一段風流佳話。古人常說:英雄氣短兒女情長。將軍是個英雄,却怎麽浩然氣偏長,兒女情反短而又短呵?
趙　雲　哼!夫人在坐,怎麽信口亂言!
樊　氏　哎呀是!你在將軍面前,怎麽信口妄談?此間用你不著,速快退下!
丫　環　婢子曉得。(出)拿上我夫人那樣美貌,將軍總是心不動,守寡的人真真可憐了!(下)
樊　氏　哎,我好作難了!
　　　　(唱)趙將軍端莊真可敬,果然蓋世一英雄。
　　　　　　得這樣夫婿心榮幸,即就是作妾亦可行。
　　　　　　恨之恨紅顏多薄命,結婚事怎好自促成。
　　　　　　我兄弟貪杯醉不醒,却該叫何人充媒公。
　　　　　　想來此還是早息影……
趙　範　哎呀好酒呵!
樊　氏　(唱)裝酒醉人兒瞎出聲。如不然含羞婚面定……
　　　　　　假若還不允難爲情。無奈何退席將身動,
　　　　將軍請飲,奴家失陪。

趙　雲　嫂嫂請便。
樊　氏　哎，我好難出口也！……我好難也！
　　　　（唱）緣姻與否在天公。
　　　　哎，奴家好薄命也！（下）
趙　雲　好奇怪也！
　　　　（唱）樊氏多情又美貌，怎好奪節訂鸞膠。
　　　　　　　賢弟之嫂即我嫂，顧作忍人無形銷。
　　　　賢弟醒來！
趙　範　哎呀，好酒也，仁兄爲何不飲？
趙　雲　賢弟，嫂嫂親來擧杯，其中得無別有意呵？
趙　範　哎，仁兄那知？家兄去世三載，嫂嫂寡居，終非了局。爲弟再三勸她改嫁，是她言道：要她改嫁不難，須有三個條件。
趙　雲　那三件？
趙　範　第一要文武雙全，名聞天下。第二要相貌堂堂，威儀出衆。第三要不嫁他族，仍歸趙姓。仁兄你想，天下那有這般巧事？
趙　雲　哎是呀！世上那有這般巧事。
趙　範　仁兄，姻緣天定，那得不巧，弟想仁兄堂堂儀表，名聞四海，又與家兄同姓，正合家嫂所言。若不嫌她貌醜，情願贈賠嫁資，結爲秦晉之好，此弟愚意，未知仁兄以爲如何？
趙　雲　胡道，吾既與汝結爲兄弟，汝嫂即爲吾嫂，豈可作此亂倫，使人笑罵呵！
趙　範　哈！我好意相待，爲何這般無禮，家兵何在！
趙　雲　好賊！（打倒範，急下）
趙　範　哈，趙雲怒走，事難了局。喚陳應、鮑龍進衙。
　卒　　陳、鮑二將軍進衙！
陳　應
鮑　龍　參見太守。
趙　範　站下。趙雲一怒出城，只好與他厮殺，二將點兵佈陣，本人隨後便來。
陳　應　太守，此人英勇無敵，只恐戰他不過，也是枉然。
趙　範　照你所言，我們束手待斃不成？
鮑　龍　太守，末將有一妙計，管你活擒趙雲。

趙　範	有何妙計，速快講來。
鮑　龍	事須秘密，不可泄漏，太守附耳來……
趙　範	果是妙計，二將速帶五百人馬前去。
二　將	得令，馬來！（下）
趙　範	眾將莫要驚慌，聽本太守一令了！

　　　　　（唱）趙雲殺法雖驍勇，怎知鮑龍計尤工。
　　　　　　　大事業已安排定[5]，出城隨我擒子龍。（下）

校記

[1] 佯裝酒醉自斟酌："佯"，原作"揚"，據文意改。
[2] 這是孀嫂樊氏："孀"字，原作"霜"，據文意改。下徑改，不一一出校。
[3] 阿斗命攸關："攸"，原作"有"，據文意改。
[4] 再娶之意："意"，原作"義"，據文意改。
[5] 大事業已安排定："業"字，原作"葉"，據文意改。

第 八 場

趙　雲	（同兵上唱）

　　　　　可惱趙範不知恥，趙雲豈娶亡人妻？
　　　　　丈夫不作無義事，總是嫦娥心不迷。

卒	（上）稟將軍，陳應、鮑龍帶領五百人馬，前來投降。
趙　雲	呵……命他進來。
陳　應	投誠原是計。
鮑　龍	將軍料不知。
陳　應 鮑　龍	叩見將軍。
趙　雲	站起來。二位將軍，因何背主來降？
陳　應 鮑　龍	趙範定下美人之計，要害將軍性命，我二人見將軍一怒出城，恐受連累，因而投降。
趙　雲	二將軍深明大義，令人可敬。眾將！在後帳與二將軍排宴，痛飲一場。
卒	是。二將軍請到後帳飲酒。

陳應 鮑龍	謝將軍賜宴。
趙　雲	你們先去，末將一時便來。（二人下）哼，趙範以嫂妻我，原無惡言，因我惱怒不從，故令二人詐降，也是有之……我自有道理。來！喚陳、鮑手下卒人見我[1]。
卒	是。（下引一卒上）
卒	叩見將軍。
趙　雲	你們前來投誠，還是詐降呵？
卒	實是投誠，并非詐降。
趙　雲	哇！好好說了實話，免得刀下作鬼！
卒	將軍，鮑龍見將軍動怒出城，與太守獻計，前來詐降，從中取事，這是實情，將軍饒命。
趙　雲	哈哈，果不出趙雲之料也。你們不要害怕，若肯聽吾行事，當有重賞。
卒	只要免死，願聽指揮。
趙　雲	你們來的五百人在前引路，我領一千軍在後，連夜叫開城內，活擒趙範。來，將陳、鮑二賊斬首，隨我前取桂陽便了！ （唱）二賊詐降自送死，趙雲原非不知機。 　　　今晚將計來就計，趙範夢中自難知。
卒	來到城下。
趙　雲	速快叫門！
卒	城頭軍，稟太守，就說殺了趙雲，請他出城議事。
城　軍	請太守！
趙　範	何事？
城　軍	二將軍殺了趙雲，請太守出城議事。
趙　範	黑夜之中，難辨真假[2]，你們點起燈火，待吾一觀。……哎呀，果是二將成功回來，速快開城，待吾出城。二將何在？
趙　雲	二賊已死，趙雲在此。
趙　範	哎呀不好。（戰被擒）綁了進城。（同下）

校記

[1] 喚陳、鮑手下卒人見我："卒"，原作"親"，據文意改。

[2] 難辨真假:"辨",原作"辦",據文意改。

第 九 場

（劉備、張飛、孔明上坐）

趙　雲　參見主公、軍師。

孔　明　少禮,將趙範押上來!

趙　雲　將趙範押上來!

趙　範　叩見皇叔、軍師。

孔　明　鬆綁請起。

趙　範　謝過皇叔、軍師寬赦之恩。

孔　明　據報,太守反正歸漢,爲何又動干戈?

趙　範　軍師那知,趙範寡嫂,仰慕趙將軍英勇,願執箕帚,趙將軍不從,因而如此。

孔　明　四將軍,此亦美事,公何執意不從?

趙　雲　軍師,趙範與我結爲兄弟,若娶其嫂,惹人唾罵,一也。孀婦再嫁,便失大節,二也。其人初降,居心難測,三也。主公新定江漢,枕席未安,趙雲安敢爲一婦人誤主公大事?

劉　備　四弟,今日大事已定,與汝娶之如何?

張　飛　哎呀是,今日大事已定,就該娶之,以酬女中知己纔好。

趙　雲　主公,天下女子不少,但恐名譽不高,何患無妻子乎?

劉　備　哎呀子龍真丈夫也,此事容緩商議,設法促成纔是。

張　飛　大哥偏定四弟幹得功,爲弟成了無用之人,願撥三千人馬去取武陵,活擒太守金施來獻!

孔　明　三公要去不妨,但要依我一件。

張　飛　先生,只要讓我老張前去,十件八件就願依你!

孔　明　子龍取桂陽,責下軍令狀,三公取武陵,也須責下軍令狀方好。

張　飛　這又何妨,待我立來……

孔　明　三公聽令!賜你三千人馬,去取武陵莫誤。

張　飛　得令,馬來!（下）

劉　備　幸喜桂陽已定,後帳設宴,一則與太守壓驚,二則與四弟賀功便了!
　　　　（唱）桂陽已定排酒宴,

孔　明　（唱）賀喜壓驚各釋嫌。
趙　範　（唱）主公寬宏五內感，
趙　雲　（唱）同心協力保河山。

取 長 沙

佚 名 撰

解 題

　　中路梆子。作者不詳。《山西戲曲劇目總攬》著録,題《取長沙》,未署作者。劇寫關羽奉命攻取長沙,長沙太守韓玄派老將黄忠出戰。黄忠馬失前蹄,關羽釋之。黄忠善射,爲報關羽義釋之恩,次日之戰只射關羽盔纓。韓玄責黄忠陣前通敵,欲殺黄忠。魏延催糧回來,見狀求情,韓玄不允。魏延怒殺韓玄,同黄忠投降劉備。本事出於《三國志·蜀書·先王備傳》、《三國演義》第五十三回"關雲長義釋黄漢升"。清傳奇《鼎峙春秋》、清京劇《戰長沙》寫有此事。版本今見《山西地方戲曲彙編》第十二集《中路梆子專輯四》(山西人民出版社 1984 年 4 月版)本。今以此本爲底本校點整理。

第 一 場

　　（四流程上,站兩旁。關羽上）
關　羽　（念）頭戴金盔雙翅飄,胸藏韜略稱英豪。
　　　　（詩）赤人赤兔并赤心,青龍偃月破黄巾。
　　　　　　　弟兄桃園三結義,要滅孫、曹正乾坤。
　　　　吾,漢室關羽。奉了軍師將令,帶領人馬奪取長沙。軍校們!
衆　　　有!
關　羽　聽爺號令者!
　　　　（唱）軍師將令把我差,帳下兒郎站兩排。
　　　　　　　杏黄旗不住空中擺,隊隊人馬上陣來。
　　　　　　　緑袍罩定黄金鎧,胸中韜略有奇才。

軍校們與爺把馬帶,奪取長沙立功來。(同下)

第 二 場

(黃忠、魏延上)

黃　忠　(念)老將威名大。
魏　延　(念)鎮守在長沙。
黃　忠　(念)丹心映日月。
魏　延　(念)替主保國家。
黃　忠　姓黃名忠,字漢升。
魏　延　姓魏名延,字文長。
黃　忠　魏將軍請了。
魏　延　請了!
黃　忠　元帥升帳,你我帳外伺候。
魏　延　請!(四流程引韓玄上)
韓　玄　(念)志氣凌雲貫斗牛,全憑舌頭覓封侯。
　　　　　東蕩西殺安天下,南征北戰何日休?
　　　　本帥韓玄。奉曹丞相之命,鎮守長沙。探馬報道,關羽帶領人馬,奪取長沙。我想長沙乃是咽喉要道,必須定計而行。眾將官!
眾　　　有。
韓　玄　黃忠、魏延進帳!
眾　　　黃忠、魏延進帳!
黃忠魏延　拜! 黃忠 告進,參見元帥。
　　　　　　 魏延
韓　玄　少禮,坐了。
黃忠魏延　謝座。元帥傳末將進帳,哪路有差?
韓　玄　二位將軍哪知。適纔探馬報道,言說關羽帶領人馬,攻打長沙。宣二位將軍進帳,一同商議。
黃忠魏延　再聽一報,便知分曉。

(報子上)

報　子	關羽討戰！
黃　忠 魏　延	再探！

（報子下）

韓　玄　二位將軍！關羽討戰，哪位將軍出馬？

黃　忠　元帥傳令，待末將出馬，生擒關羽進帳！

魏　延　老將軍且慢。我想你年邁力衰，豈是關羽對手？待我出馬生擒關羽，你看如何？

黃　忠　魏將軍出言差也。你看我黃忠老是老了，頭上的髮，胸前的鬚；胸中韜略却也不老。常言說虎老雄心在，年邁力剛強。

　　　（唱）魏延休把話錯講，顯他威風滅咱志量。
　　　　　人老只老頭上髮，殺人妙計腹內藏。
　　　　　昔日有個姜呂望，八十二歲遇文王。
　　　　　周室基業他執掌，留得美名萬古揚。
　　　　　非是黃忠誇海口，馬到成功似擒羊。
　　　　　此次出兵來打仗，豈怕漢室關雲長。

魏　延　（唱）老將軍休要誇口講，你今錯怪魏文長。
　　　　　關羽威名不可擋，斬過文醜和顏良。
　　　　　過五關，斬六將，擂鼓三通斬蔡陽。
　　　　　你今與他來交戰，馬前馬後要提防。

韓　玄　（唱）魏延把話休錯講，不會說話站一旁。
　　　　　黃忠雖然年邁蒼，豈怕漢室關雲長。
　　　　　我今命他去出戰，你與關羽動刀槍。

黃　忠　得令！
　　　　（唱）黃忠得令出寶帳，低下頭來自參詳。
　　　　　老夫雖然六十上，弓馬精熟血氣剛。
　　　　　三軍們帶馬營門上，會一會蒲州關雲長。（下）

韓　玄　（唱）黃忠跨馬出寶帳，回頭再叫魏文長。
　　　　　我今給你一支令，命你四路去催糧。

魏　延　得令！
　　　　（唱）元帥將令往下傳，單差末將去催糧。
　　　　　怒氣不息出寶帳，催糧回來論短長。（下）

韓　玄　（唱）黃忠、魏延出寶帳，一來對敵二催糧。
　　　　　　三軍們暫退寶帳外，等探馬回來報端詳。（下）

第　三　場

（四卒、黃忠上）

黃　忠　老夫黃忠。奉了元帥將令，大戰關羽。來呀！

卒　　　有！

黃　忠　殺！（關羽上）

關　羽　來將通名！

黃　忠　老夫黃忠。馬前來的敢是關公？

關　羽　然也！既知關某到此，還不下馬投降！

黃　忠　好大膽的關羽！有何本領，焉敢來取長沙？

關　羽　若問關某威風，你且聽了！

　　　　（唱）勒定了赤兔馬站疆場，黃忠老兒聽心上。
　　　　　　我大哥堂堂帝王相，當今皇叔天下揚。
　　　　　　我三弟翼德猛虎將，大喝一聲斷橋梁。
　　　　　　四弟子龍常山將，在長坂坡前救小王。
　　　　　　三請軍師諸葛亮，神機妙算比人強。
　　　　　　我關某出世斬雄將，顏良、文醜刀下亡。
　　　　　　過五關，斬六將，古城壕邊斬蔡陽。
　　　　　　我勸你早把長沙讓，也免得兩家動刀槍。

黃　忠　（唱）身坐馬鞍用目望，關羽打扮非平常。
　　　　　　臥蠶眉，丹鳳眼，五綹長鬚胸前揚。
　　　　　　跨下一騎赤兔馬，手中拿的青龍鋼。
　　　　　　回頭再把話來講，叫聲關羽聽端詳。
　　　　　　我黃忠十一、十二演弓馬，十三、十四擺戰場。
　　　　　　你奪長沙休妄想，豈不知強中自有強中強。

（殺過。關羽敗下，黃忠追下）

第 四 場

（關羽上）

關　羽　　且住。黃忠殺法厲害，他若趕我前來，拖刀斬兒馬下。
　　　　　（黃忠上，開打。黃忠跌落馬下）
關　羽　　爲何不往前進？
黃　忠　　馬失前蹄，爲何不殺？
關　羽　　關某一生不殺落馬之人，上馬去吧。（黃忠上馬，嘆氣下）
關　羽　　收兵回！（下）

第 五 場

（四卒站門，韓玄上）

韓　玄　　（念）眼觀旌節旗，耳聽好消息。
　　　　　（黃忠上，下馬進帳）
黃　忠　　參見元帥，
韓　玄　　少禮站了。
黃　忠　　遵命。
韓　玄　　出營勝敗如何？
黃　忠　　不分勝敗。
韓　玄　　軍家勝敗，古之常理。聽本帥號令！
　　　　　（唱）二支將令往下傳，黃忠近前聽我言。
　　　　　　　　若是生擒關雲長，凌烟閣上把名揚。
　　　　　　　　倘若放走關雲長，準備你命刀下亡。（下）
黃　忠　　（唱）二次得令出寶帳，想起陣前刀對槍。
　　　　　且住。想我中了關羽拖刀之計，是他不忍傷害於我。老夫自幼習就百步穿楊，百發百中，明日陣前，箭射盔纓，不傷他的性命，以報他不殺之恩便了。
　　　　　（唱）百步穿楊顯奇能，人人道我武藝精。
　　　　　　　　明日陣前龍虎鬥，箭射盔纓留人情。（下）

第 六 場

（關羽上）

關　羽　（唱）黃忠陣前失了機，要與關某比高低。
　　　　　　我把老漢有一比，綿羊見虎把頭低。
　　　　　　回頭來打坐在虎皮椅，細聽探馬報消息。（報子上）
報　子　黃忠討戰。
關　羽　再探！
　　　　（唱）軍校們帶過了赤兔馬，我要與黃忠動殺法。（下）

第 七 場

（黃忠、關羽兩面上。流程挖門）

關　羽　慢慢慢着！好你黃忠，昨日陣前饒你不死，今日又來送死。
黃　忠　昨日陣前未曾提防，今日與你決一死戰。
關　羽　不必多言，放馬過來。
　　　　（開打。黃忠敗下，關羽趕下）

第 八 場

（韓玄引衆上）

韓　玄　（唱）黃忠陣前去打戰，不由本帥挂心間。
　　　　　　三軍們帶馬敵樓上，上得敵樓把陣觀。
　　　　　　耳風忽聽馬鈴響，看一看他兩家誰占先。（黃忠上）
黃　忠　（唱）百步穿楊武藝高，箭射盔纓把他饒。（關羽上）
黃　忠　（唱）搭上弓弦射一箭。（下）
關　羽　哈吥！
　　　　（唱）用手接過箭一條。
　　　　　　黃忠武藝真正好，暗放冷箭不爲高。（下）

第 九 場

（黃忠上）

黃　忠　（唱）催馬來在戰場道，關羽追趕不肯饒。
　　　　（關羽上）
黃　忠　（唱）二次開弓放一箭。（下）
關　羽　嚇！
　　　　（唱）接過雕翎箭兩條。
　　　　　　明知深山有虎豹，偏要追趕入籠牢。（下）

第 十 場

（黃忠上）

黃　忠　（唱）可恨關羽不識敬，（切）
　　　　且住！好你關羽，不解其情，打馬緊緊追趕。也罷麼，再若趕我前來，射他盔纓便了！（關羽上）
黃　忠　着箭！（黃忠下。關羽接箭下）
韓　玄　（上）且住！黃忠百步穿楊，百發百中，今日連放三箭，不傷他的性命，只射盔纓，必是有心降順桃園。帶馬，回。（下）

第 十 一 場

（關羽上）

關　羽　且住。黃忠老兒百步穿楊，百發百中，今日箭射盔纓，不傷某的性命，必有歸順之意。軍校們！
卒　　　有。
關　羽　將長沙團團圍住。（同下）

第 十 二 場

（魏延上）

魏 延　（念）腰挂三尺劍，定斬海底蛟。

　　　　魏延。奉了元帥將令，四路催糧，將糧催齊，回營交令。（下）

第 十 三 場

（韓玄上）

韓 玄　（唱）烏鴉不住叫喳喳，本帥心中亂如麻。

　　　　　　三軍帶路蓮花帳，等黃忠回來問根芽。

（黃忠上）

黃 忠　（唱）來在營門把馬下，（韓玄怒）元帥盛怒爲哪般？

　　　　元帥爲何盛怒？

韓 玄　就爲你來。

黃 忠　爲末將何來？

韓 玄　我且問你！你箭百步穿楊[1]，百發百中。今日連放三箭，爲何不傷他的性命？

黃 忠　回稟元帥！昨日陣前，末將中了關羽拖刀之計，他不忍害於我；我今日將他射死，旁人道我黃忠不仁不義。

韓 玄　哼！你只顧你的仁義，不顧本帥的長沙麼？

　　　　（唱）聽一言來怒難休，豈容你歸順關、張、劉。

　　　　　　吩咐兩旁刀斧手，推出營門斬了頭。

黃 忠　（唱）元帥作事無來由，動不動要咱項上頭。

　　　　　　黃忠一死何足惜，落得美名萬古留。

　　　　　　邁步來在營門口，但不知何人把情求。

（魏延上）

魏 延　（唱）來在營門下雕鞍，因何被綁對我言。

黃 忠　（唱）爲只爲龍爭并虎鬥，兩軍陣前結下仇。

　　　　　　百步穿楊報仁厚，他道我歸順關、張、劉。

　　　　　　進帳不容我開口，推出營門要斬頭。

魏 延　（唱）老將軍不必心加愁，魏延進帳把情求。

黃 忠　（唱）韓玄與你有仇恨，何必爲我把命丟。

魏 延　（唱）老將軍把話自管講，縱有大事我承當。

　　　　　　回頭叫聲刀斧手，你把老將留一留。

　　　　　　倘若誤斬老將首，準備鋼刀割兒頭。(卒將黃忠押下)
　　　　　　邁步進得寶帳口，魏延解糧轉回頭。(切)
　　　　回令。
韓　玄　收令。
魏　延　參見元帥。
韓　玄　少禮。
魏　延　哈。
韓　玄　命你催糧怎麼樣了？
魏　延　將糧催齊，元帥上邊交令。
韓　玄　魏將軍的頭功，後帳歇息。
魏　延　元帥，黃老將軍身犯何罪，爲何推出營門斬首？
韓　玄　犯了本帥軍令，因而斬首。
魏　延　斬了老將軍不大要緊，倘若桃園弟兄殺來，何人是他對手？
韓　玄　還有你魏將軍在。
魏　延　俺便不管。你若赦了黃忠，末將出馬。
韓　玄　定斬不饒。
魏　延　你若不赦，末將就要……
韓　玄　你便怎樣？
魏　延　俺便要反。
韓　玄　哼！
　　　　(唱)魏延說話理不周，敢在帳前反出口。
　　　　　　吩咐兩旁速拿下，推出營門斬兒頭。
魏　延　(唱)聽一言來怒氣發，
　　　　　　他把魏延當玩耍。
　　　　　　兩旁兒郎一起殺，(殺兩邊，將韓玄殺死)
　　　　　　我看你赦他不赦他。(下)

校記

[1] 你箭百步穿楊："箭"，原作"的"，據文意改。

第十四場

（四卒押黃忠上）

黃　忠　（唱）可恨元帥太無情，一言未發問斬刑。
　　　　　　　捨不得長沙好風景，捨不得長沙好黎民。
　　　　　　　含悲忍淚法場上，等魏延到來問吉凶。

（魏延上）

魏　延　（唱）開刀先殺劊子手，（殺卒）老將軍醒來說從頭。
　　　　老將軍醒來！

黃　忠　（唱）法場綁得我昏迷不醒，耳風裏忽聽有了人聲。
　　　　　　　我強打精神睜眼看，原來是魏延面前停。
　　　　　　　方纔進帳去求情，不知元帥從不從？（切）
　　　　進帳求情怎麽樣了？

魏　延　老將軍，末將進帳求情，是他不准，我恨他不過，將他殺死。

黃　忠　我便不信。

魏　延　現有首級在此。

黃　忠　（唱）一見人頭鮮血淋，倒叫黃忠痛傷心。
　　　　　　　爲國忠良身喪命，
　　　　罷了！

魏　延　不要哭。（黃忠停哭）

黃　忠　（唱）但願你陰魂赴天庭。（切）
　　　　魏將軍，你將元帥殺死，須要保留他的家眷纔是。

魏　延　通被我殺了。

黃　忠　如此走！

魏　延　那裏去？

黃　忠　去到魏王駕前請罪。

魏　延　黃老將軍，我將你好有一比。

黃　忠　比從何來？

魏　延　鹹乾魚放生。

黃　忠　此話怎講？

魏　延　你連死活都不知。依我之計，歸順桃園豈不是好？

黄　忠　你去我不去。

魏　延　你去也不去？

黄　忠　不去。

魏　延　你不去我就要……（舉刀要殺黄忠）

黄　忠　嚇,去去去。

魏　延　走！

黄　忠　走走走,嚇！（唱）可恨元帥太不良。

魏　延　（唱）一家大小喪無常。

黄　忠　（唱）投降事兒全不想,

魏　延　（唱）縱有大事我承當。（同下）

龍鳳配

佚　名　撰

解　題

　　蒲劇。作者不詳。《山西戲曲劇目總攬》著錄，題《甘露寺》，又名《龍鳳配》，未署作者。劇寫劉備借荆州逾期未還，孫權使魯肅過江索討，諸葛亮推説取西川後歸還。魯肅携文券回經柴桑，周瑜説破諸葛亮推托本意。適劉備新喪甘夫人，周瑜定計，以吳侯之妹孫尚香許配劉備，誆劉備過江作質以换荆州。諸葛亮將計就計，使趙雲保劉備過江招親。劉備至江東，先以重禮謁見周瑜之岳父喬玄，説明東吳招親。喬玄甚願促成孫、劉和好，在吳國太面前代爲斡旋。太后決意甘露寺面相劉備。孫權暗派賈華刺殺劉備，被趙雲偵知降伏。劉備表述生平，喬玄從旁贊揚，太后心喜，將孫尚香許配劉備，即日成親。本事出於《三國志·吳書·周瑜傳》及裴注引《江表傳》，元刊《三國志平話》，《三國演義》第五十四、第五十五回。元雜劇《兩軍師隔江鬥智》、明傳奇《錦囊記》與《草廬記》、清傳奇《鼎峙春秋》均寫此故事。版本今見《山西地方戲曲彙編》第七集《蒲州梆子專輯三》（山西人民出版社 1983 年 8 月）本。據該劇後記云：這個本子曾經臨汾蒲劇院老藝人校訂過。今以該本爲底本校勘整理。

第一場　議　事

（四官臣引孫權上）

孫　權　（引）雄兵百萬，孤把江南獨占。
　　　　（詩）執掌江南八十州，列土分茅位封侯。
　　　　　　　争下荆州劉備占，干戈何日纔罷休。

孤,姓孫,名權,字仲謀。當初赤壁交兵火燒敵船,爭下荊州一席之地,被劉備借去養兵,許下三載交還,至今久借不歸,叫孤時刻在心。

張昭
魯肅　（内白）張昭、魯肅要見主公千歲。

宮　臣　張昭、魯肅要見主公!

孫　權　二卿進見!

（張昭、魯肅上）

張　昭　（念）身着紫衣沐恩光,

魯　肅　（念）愧無良謀報君王。

張　昭　臣,張昭。

魯　肅　魯肅。

張昭
魯肅　叩見主公千歲。（跪拜）

孫　權　平身!

張昭
魯肅　千千歲。（起立）

孫　權　坐了!

張昭
魯肅　謝座。

張　昭　（對魯肅）請坐!

魯　肅　有座。（同坐）

張昭
魯肅　主公駕安?

孫　權　罷了。二卿身旁可好?

張昭
魯肅　臣謝問。

孫　權　哎!

張昭
魯肅　主公!

張　昭　江南海宴河清,

魯　肅　民康物阜。

張　昭　太平之年,

魯　肅　正該歡樂。
張　昭　主公愁眉不展，
魯　肅　此情爲何？
孫　權　二卿既問，聽孤細陳！
　　　　（唱）曹孟德下檄文疆場爭鬥，周公瑾黃公覆受盡憂愁。
　　　　　　　龐鳳雛獻連環大功成就，爭荊州劉備占豈能罷休。
張　昭　主公煩愁，原爲荊州之事，不妨賜臣五百鐵騎，過江索討荊州，管叫劉備原地歸還。
孫　權　也罷，就賜卿五百鐵騎，過江索討荊州。
張　昭　（起）臣遵旨。
魯　肅　慢着！子布兄請坐！孫、劉交好，即如一家，若還發兵去取，曹操得知，借機前來，如何是好？小不忍則亂大謀。還望我主三思！
孫　權　依卿之見？
魯　肅　使臣獨駕小舟，過江順説劉備，管叫他原地奉還。
孫　權　他若不還？
魯　肅　他若不還，然後發兵去取，乃爲先禮後兵。
孫　權　罷麽。就使我卿獨駕小舟，過江索討荊州。
魯　肅　（起）臣遵旨。
張　昭　慢着！請坐！主公，劉備爲人狡詐，諸葛亮詭計多端，子敬兄此一前去，討回荊州就是罷了，倘若討它不回，怎樣回覆主命？
魯　肅　討回討不回，誰叫你來多口！
張　昭　非昭多口！
　　　　（唱）子敬兄你莫要誇下海口，諸葛亮似張儀舌箭如流，
　　　　　　　此一去又誠恐畫虎成狗，討不回荊州地滿臉含羞。
魯　肅　子布兄！
　　　　（唱）子布兄你莫要把人量就，全憑我三寸舌討回荊州。
　　　　　　　此一去若不能大功成就，我情願向主公交獻人頭。
張　昭　講説此話，敢與昭擊掌？
魯　肅　擊掌何妨！
張　昭
魯　肅　請！（欲擊掌）
孫　權　慢着！

　　　　（唱）二愛卿爲孤窮莫要爭鬥，一個個是忠心強要出頭。
　　　　子敬！
　　　　（唱）假若還討荆州大功告成，凌烟閣表美名萬代傳留。
　　　　我卿幾時登舟？
魯　肅　下午登舟[1]。
孫　權　好！（同起）
　　　　（念）我命子敬討荆州，（同宫臣下）
魯　肅　（念）願解主公心上愁。
張　昭　（念）誠恐畫虎反爲犬，
魯　肅　（念）事不成功誓不休。
張　昭　我看你怎樣個成功？
魯　肅　成功不成功誰要你管！
張　昭　誰來管你？
張　昭
魯　肅　哼！
張　昭　誰來管他！（下）
魯　肅　誰要他管。（下）

校記

［1］下午登舟："舟"，原作"州"，據文意改。

第二場　圓　夢

　　　　（大喬上）
大　喬　（引）愁眉難放，天殺奴夫早亡。（坐）
　　　　（詩）七月秋風添新凉，織女牛郎配成雙。
　　　　　　只説夫妻同到老，不料半路拆鴛鴦。
　　　　奴，大喬。清早起來，梳洗完畢，不免太后身旁問安，言詞未盡……
太　后　（内白）嗯哼！
大　喬　太后、郡主出簾來也！（起，恭候）（太后、孫尚香上）
太　后　（念）長子孫策早喪，次子執掌朝廊。
孫尚香　（念）彩雲映照畫梁，滿堂呈現瑞祥[1]。（太后落座）

大　喬	參見太后。
太　后	少禮，坐了。
大　喬	謝座。（與孫尚香同坐）
	（孫權上）
孫　權	（念）劉備若能還荆襄，孤把愁眉展放。
	參見母親。
太　后	少禮！見過你家皇嫂！
孫　權	皇嫂，爲弟有禮。（施禮）
大　喬	還禮了。叔叔請坐！
太　后	（向孫尚香）見過你家皇兄！
孫尚香	皇兄，妹妹這裏有禮。（施禮）
孫　權	爲兄還禮。請坐！母親駕安？
太　后	罷了。我兒朝事可曾議完？
孫　權	朝事議完，母旁問安。
太　后	哎！
孫　權	母親！太平之年，隨兒正好享樂，愁眉不展，此情爲何？
太　后	爲娘拂曉偶得一夢，不知是吉是凶？
孫　權	母親夢著何來？說來待兒一評。
太　后	爲娘夢見一盤青龍，從西北方乘雲而下，直入内宮，携帶你妹同行。爲娘仗劍追趕，眼看就要趕上，霹靂一聲，青龍化爲一道火光，遍地生金。不知此夢吉凶如何？
孫　權	待兒一評。吾母拂曉偶得一夢，夢見一盤青龍，從西北方乘雲而下，直入内宮，携帶我妹同行。吾母仗劍追趕，眼看就要趕上，霹靂一聲，青龍化爲火光，遍地生金。我想西方爲金，此夢應在卯時，劍旁又有一刀，卯金刀，卯金刀，三字合在一處，原來是姓劉的劉字。母親，接喜，喜到！
太　后	喜從何來？
孫　權	母親此夢，應在後來我妹必配乘龍佳婿。
	（唱）老母親夢青龍從空下降，紅鸞照乘龍客天報吉祥。
	携御妹向西北由下而上，我御妹到後來必坐昭陽。
大　喬	（唱）周文王夜夢見飛熊入帳，渭水河請姜尚保定家邦。
	老太后夢青龍從天下降，我郡主到後來必坐昭陽。

孫尚香　（唱）舉家人在深宮紛紛亂講，羞得我女孩兒無處躲藏。
　　　　　　　如不然上前去問過兄長，
孫　權　嗯哼！
孫尚香　（唱）直落得羞答答回上綉房。（下）
太　后　（唱）她兄妹在深宮紛紛亂嚷，不由我年邁人暗笑一場。
　　　　　孫權！（孫權起）
　　　　　（唱）將榜文直貼在午門以上，姓劉人來求親早禀爲娘。
　　　　　孫權！若有姓劉之人來咱家門前來求親，早禀爲娘得知。
孫　權　兒遵命。
太　后　（念）夜夢青龍事非常。
孫　權　（念）且喜衡門降吉祥。
大　喬　（念）郡主若配乘龍客。
太　后　（念）孫氏一門增榮光。
　衆　　哎呀好，好一個增榮光！哈哈哈！（同下）

校記

［1］滿堂呈現瑞祥："瑞"，原作"端"，據文意改。

第三場　立　券

（張飛帶兵卒上）
張　飛　（念）豹頭環眼聲如雷，丈八蛇矛跨烏骓。
　　　　　　　三聲喝得橋梁斷，鞭打温侯紫金盔。
　　　　　燕人翼德，奉了大哥之命，江岸以上打探。來到江邊，待我瞭望。
　　　　　觀見江面飄來一隻孤舟，上打魯肅旗號，不解其意，回禀大哥得知。
　　　　　正是：
　　　　　（念）江水滾滾往東流，孫、劉兩家結怨仇。
　　　　　　　若要咱把怨仇解，殺却孫權纔罷休。
　　　　　小校，帶馬！（兵卒帶馬，張飛乘馬與兵卒同下）
　　　　　（四龍套引劉備上）
劉　備　（引）結義桃園，誓復漢室江山。（坐）
　　　　　　　桃園結義弟兄三，白馬、烏牛謝蒼天。

曾許一在三同在，一滅三亡同歸天。

姓劉名備，字玄德，涿縣樓桑人氏。孤命三弟去到江岸打探，怎麼不見到來。

正是：

（念）只爲荆州加憂愁，愁來愁去何日休。

（張飛上）

張　飛　（念）打探江岸事，回稟大哥知。

呔！翼德告進。回令。

劉　備　收令。

張　飛　參見大哥。（拜）

劉　備　站下！命你江岸打探怎麼樣了？

張　飛　大哥！是我江岸打探，觀見江面飄來一隻孤舟，上打魯肅旗號，是我不解其意，回稟大哥得知。

劉　備　我想魯肅必爲荆州前來。

張　飛　哎呀着，必爲荆州前來，爲弟倒有一計。

劉　備　三弟有何妙計？

張　飛　爲弟跨上烏騅馬，手提丈八矛，去到江岸埋伏，但等魯肅上得岸來，順心一槍刺死，尸首撂在江心，給他個死無照證！

劉　備　此計不妙。

張　飛　此計最妙。

劉　備　甚麼最妙！帳前用你不着，你先出帳去！

張　飛　爲弟告退。（下）

劉　備　我命三弟江岸打探，言説魯肅前來，我想魯肅前來，必爲荆州之事。不免請出先生，再作商議。軍校，請你家師爺！

兵　卒　有請師爺。（孔明上）

孔　明　（念）孫、劉聯合破曹兵，爭下荆州一座城。

參見主公。（打躬）

劉　備　少禮，坐了。

孔　明　謝座。（坐）主公駕安？

劉　備　罷了，先生你好？

孔　明　臣謝問。唤山人進帳有何軍情議論？

劉　備　方纔我家三弟江岸打探，言説魯肅過江，我想魯肅過江，必爲荆州

		前來。
孔 明		著,必爲荆州前來。
劉 備		孤見他只是無言答對。
孔 明		但等魯肅到來,主公設宴相待,不提荆州還則罷了;若提荆州,主公嚎啕大哭,臣自有言語答應。
劉 備		仗賴先生。
孔 明		來!
兵 卒		有!
孔 明		帳前鋪紅結彩,江南客至,早稟我知!
		(內白:江南客到)
兵 卒		江南客到。
劉 備		江南客至,必是大夫前來。
孔 明		必是他人無疑。
劉 備		待孤出迎。
孔 明		主公莫失君臣大禮,只在大堂等候,待臣去迎。有請。(起迎)
兵 卒		有請。
		(魯肅上)
魯 肅		(念)奉主言命過江東,原爲荆州一座城。
孔 明		江南客至,這是哪個?唔,原來是子敬兄!
魯 肅		啊,孔明兄,怎麼不見皇叔?
孔 明		吾主簾內等候,差弟迎接子敬兄,子敬兄莫怪!
魯 肅		定要見過皇叔。
孔 明		待弟與你通報。江南客至!
劉 備		江南客至,這是哪個?
魯 肅		皇叔!
劉 備		大夫!
魯 肅		皇叔轉上,待肅下拜。(跪拜)
劉 備		大夫請起!與大夫看座。
魯 肅		皇叔在此,無肅足扎之地,焉敢討座!
劉 備		言無立談,坐了叙話。
魯 肅		大膽謝座。
孔 明		子敬請坐。

魯　肅　有座。(孔明、魯肅同坐)皇叔駕安！
劉　備　罷了。大夫沿路以上多受風霜之苦！
魯　肅　挂念了。
劉　備　你今來時，你主吳侯他好？
魯　肅　吾主吳侯他好。捎言問候皇叔你好。
劉　備　叫他多心！
魯　肅　應有一問。
孔　明　嗯哼！
魯　肅　孔明兄，一向納福！
孔　明　罷了。子敬兄，過得江來，沿路以上多受風霜之苦。
魯　肅　爲弟謝問。
孔　明　子敬兄，你今前來，周都督、衆家參謀他們統好？
魯　肅　他們統好，捎言問候孔明兄你好。
孔　明　叫他們多心！
魯　肅　應有一問。
兵　卒　宴齊。
劉　備　酒來！
魯　肅　慢着，皇叔要酒何用？
劉　備　與大夫安杯。
魯　肅　肅有何德能，焉敢勞動皇叔[1]？
劉　備　安過是禮。
魯　肅　擔待不起。
孔　明　子敬兄，既不勞動吾主，待弟與你安杯！
魯　肅　不敢勞動皇叔，怎敢勞動孔明兄！
孔　明　還是安過是禮。
魯　肅　弟擔待不起。
孔　明　我君臣省禮了。
魯　肅　大家省禮了。
孔　明　主公，請來讓位。
劉　備　大夫，請來上座！
魯　肅　皇叔的虎位，皇叔請來上座。
劉　備　被孤上座，只是不恭！

鲁　肃　理應。

劉　備　被孤占了！

孔　明　你我弟兄各坐一位。

鲁　肃　着,你我各坐一位。

劉　備　大夫、先生！

鲁　肃　皇叔、孔明兄！

孔　明　主公、子敬兄！

衆　　　請！（飲酒）

孔　明　嗯哼！（向劉備示意）

劉　備　不知大夫過得江來,有何盛事？

鲁　肃　皇叔、孔明兄！肅酒席筵前,有兩句不知進退的話兒,不知當講也不當講？

劉　備　大夫有何貴言,請講何妨？

鲁　肃　皇叔、孔明兄,想當初赤壁交兵,火燒戰船,爭下荆州一席之地,被皇叔借來養軍,許下三載交還,今逾三載未曾歸還。請問皇叔,不還我家荆州,是何意兒？

劉　備　這個？

孔　明　嗯哼！（向劉備示意）

劉　備　哎,大夫！

　　　　（唱）手捧着紫金杯心中悲痛。

　　　　（四龍套分下）

孔　明　子敬兄,我主酒席筵前,嚎啕痛哭,先失大體！

鲁　肃　乃是皇叔的貴恙,不爲失體！

劉　備　（唱）忍不住滚滚泪落在當胸。

孔　明　對大夫去説。

劉　備　大夫哪！

　　　　（唱）想當初借荆州情多義重,到如今直落得無言應承。

　　　　（黄忠上）

黄　忠　（唱）在教場操演回未曾交令,耳聽得軍帳中大放悲聲。
　　　　　　　往上看我主公身陪子敬,解不開猜不透是何内情？
　　　　黄漢升。是我教場操演以畢,先生上邊交令。（欲進,孔明使眼色）
　　　　且慢。觀見主公身陪子敬飲酒,先生一旁摇頭送目,想是帳下用俺

	不着,我且退下。(下)
魯　肅	孔明兄轉來!
孔　明	子敬兄講説甚麽?
魯　肅	方纔帳外閃上一位老將軍,鬢如雪塊,鬚如銀綫,他是甚麽人?
孔　明	乃是二主公大戰長沙收來的老將黃漢升。因吾主身陪子敬兄飲酒,是他前來助歡,爲弟將他止回去了!
魯　肅	甚麽?止回去了?
孔　明	著,止回去了。
魯　肅	皇叔,肅方纔提起荆州,皇叔只是痛哭,此情爲何?
劉　備	嗯!這……
魯　肅	甚麽?
孔　明	子敬兄。你問我主痛哭的意兒,亮不才,略知一二。
魯　肅	既知,就該明言。
孔　明	想當初赤壁交兵,火燒戰船,争下荆州,被我主借來養軍,許下三載交還,至今三載已滿,有心歸還你家荆州,目前無有屯兵養馬之地,有心不還你家荆州,你主差人屢屢索討。叫我主進退兩難,你叫他怎得不哭!
魯　肅	該哭!
孔　明	怎得不痛?
魯　肅	該痛!
劉　備	先生,你善知孤的肺腑!
孔　明	亮略知一二。
劉　備	(唱)叫先生你猜透孤的心病,果稱得聰明的卧龍先生。
孔　明	有甚麽話,對大夫講來!
劉　備	大夫!
	(唱)我有心把荆州雙手端送,只恨我眼目前無處屯兵。(張飛上)
張　飛	(唱)張翼德回營來坐卧不定,忽聽得軍帳内大放悲聲, 　　　往上看吾大哥身陪子敬,猜不清解不透這款事情。(孔明示意) 觀見大哥身陪子敬飲酒,先生一旁搖頭送目,想是叫我殺却魯肅,這却何難!(抽劍。孔明又示意)啊,先生二次搖頭送目,想是用計。帳前用不着,不免我且退帳。(下)

鲁　肃　啊嚇嚇嚇！（起向孔明）孔明兄，快快轉來！方纔帳外豹頭環眼，燕頷虎鬚，挂劍的那位武夫，他是何人？

孔　明　三聲喝斷當陽橋的張……

鲁　肅　三公到此爲何？

孔　明　他見吾主身陪大夫飲酒不樂，他乃武將，前來舞劍勸杯來了。

鲁　肅　喂嚇，爲弟有何德能，焉敢勞三公前來勸杯！快快止他回去！

孔　明　待爲弟將他喚進帳來，略耍幾式，大家承仰，承仰。

鲁　肅　哎呀呀，萬萬擔待不起！

孔　明　弟我止他回去了。

鲁　肅　啊，甚麽，止他回去了？

孔　明　止他回去了。

鲁　肅　有勞孔明兄！

孔　明　好說。請坐！

鲁　肅　有座。（坐而復起）

孔　明　你坐了吧！

鲁　肅　皇叔，肅方纔提起荆州，或還或不還，肅好回覆主命。

劉　備　這個？

孔　明　啊！子敬兄。這就好有不是，是你遠遠過得江來，吾主設宴相待，是你酒席宴前，動不動提起荆州，可知荆州是何人的原業，何人之地土？

鲁　肅　何人之原業，何人之地土？

孔　明　荆州一非曹瞞之地土，二非東吳之原業，實是漢室一塊基業。劉景升去世，吾主以漢室宗親，弟守兄業，有何不該？有何不可？想當年棄新野，走樊城，敗當陽，兵屯於夏口，那一時兵不滿千，將只有三員。

鲁　肅　那三員？

孔　明　有的是關、張、趙雲，尚能敵曹瞞百萬之衆，當年尚不懼曹，如今兵精糧足，哪個還怯懼你東吴不成？就是目前要殺要戰，我君臣有何懼哉！

劉　備　哎呀是也，我君臣是不懼的。

鲁　肅　啊！皇叔，孔明兄，這樣說起，敢是我家荆州不還了？噢！不還了，就是了！

孔　明　哎！別人過得江來，不還還則罷了，子敬兄過得江來，哪有不還之理？子敬兄今天若肯留情，弟將此事另有安排。
魯　肅　當留情處，弟我無不留情，但不知孔明兄怎樣個安排？
孔　明　叫我主酒席宴前暫立文券一張，帶過江去，見了你主吳侯，如同把荆州討回俱是一般。
魯　肅　噢，你說皇叔酒席宴前暫立文券一張，弟帶過江去，見了吾主吳侯，如同把荆州討回俱是一般？
孔　明　着，俱是一般。
魯　肅　你說通得？
孔　明　通得。
魯　肅　你說使得？
孔　明　使得。
魯　肅　通得，使得，就照這樣辦。
孔　明　來！
　　　　（兵卒上）
兵　卒　有。
孔　明　撤了酒宴，看過文房四寶。
兵　卒　（捧筆硯盤上）文房四寶到！
魯　肅　皇叔請來執筆！
劉　備　待孤寫來。
孔　明　叫臣替主代勞。
魯　肅　甚麼？孔明兄你寫？
孔　明　着，我寫。
魯　肅　你寫弟纔放心！
孔　明　我與你個放心。（口念，手寫）"立寫文券人，大漢皇親劉，因與吳侯交好，借來荆州屯兵養馬，但等取川之後，原地奉還。恐口無憑，立寫文券爲證，建安十三年八月十五日立。"（寫畢）子敬兄，請來過目！
魯　肅　待弟承仰。
孔　明　還是當面看過。
魯　肅　孔明兄，好便好，缺少個保人。
孔　明　將子敬兄你寫在上邊。

魯　肅　慢着,慢着。爲弟奉命過江,務幹何事,焉能作得保人?

孔　明　子敬兄,你看這荆州事大,江南你不保,江北弟不保,若論講下來,無有人敢保此事。

魯　肅　啊!這荆州事大,江北你不保,江南弟不保,若論講下來,没人敢保此事?

孔　明　着,無人敢保此事。

魯　肅　你説通得?

孔　明　通得。

魯　肅　你説使得?

孔　明　使得。

魯　肅　通得使得,就把爲弟添在上邊。

孔　明　還是寫在上邊。

魯　肅　着,還是寫在上邊。

孔　明　上寫江南大夫魯肅。

魯　肅　嗯哼!

孔　明　子敬兄,弟失言了。

魯　肅　不妨。

孔　明　江南大夫魯子敬,江北參謀諸葛亮。魯肅、諸葛亮保。魯肅、諸葛亮保。替吾主把押也畫了。

魯　肅　押必須畫。

孔　明　主公請來交代。

劉　備　大夫請看!(魯肅接文券)

孔　明　主公請來贈金!

劉　備　運過金銀兩桌!(兵卒抬金銀上)

兵　卒　金銀到。

劉　備　過去。大夫起來收起!

魯　肅　皇叔,這是何意?

劉　備　這個?

孔　明　子敬兄,你遠道過得江來,我君臣酒無好酒,宴無好宴,這是半分薄禮,請來收起!

魯　肅　肅有何德能,焉敢收皇叔重禮,抱歉、抱愧!

劉　備　乃不過一茶之費,何言重禮,抱歉!

魯　肅　肅我擔待不起。
劉　備　敢在嫌微，與大夫另整！
魯　肅　慢着。這個微字，就將肅難住了！
孔　明　理應收起。
劉　備　收起不妨。
魯　肅　大膽收起。來！
兵　卒　有。
魯　肅　運上船去！（兵卒抬金銀下）
孔　明　主公改酒敬過。
劉　備　酒來！（兵卒捧酒）大夫請來！……
魯　肅　皇叔這是何意？
劉　備　這杯酒非爲別意。
魯　肅　爲著何來？
劉　備　有勞大夫過得江去，見了你主吳侯，就說孤在他身旁問安！
魯　肅　這個勞肅願效。（接杯飲）乾！
劉　備　打杯！
魯　肅　謝過劉皇叔！
　　　　（唱）忙謝過劉皇叔情多義重。（繞）
孔　明　酒來！子敬兄轉來！
魯　肅　孔明兄這是何意？
孔　明　這杯酒非爲別意。
魯　肅　爲着何來？
孔　明　子敬兄過得江去，見了周都督、衆家參謀，就說亮向他們問安！
魯　肅　這個勞弟越發願效。（接杯飲）乾！
孔　明　打杯！
魯　肅　謝過孔明兄！
　　　　（唱）孫、劉好且莫學吳、越交兵。
孔　明　子敬兄，你倒差了！
魯　肅　怎見爲弟差了？
孔　明　孫、劉交好，即如一家，吳、越兩國乃是世仇，何必提它！
劉　備　哎呀是呀，何必提它！
魯　肅　弟我失言了。

孔　明　失言不妨。

魯　肅　失言了！

（唱）討荊州有文券好回主命。

孔　明　哎呀著,身帶我主文券見得你主吴侯了！

劉　備　哎呀是呀,見得你主吴侯了！

魯　肅　甚麽,見得我主吴侯了？

孔　明　見得了。

魯　肅　（欠身）告辭！

劉　備　待孤送到江邊。

魯　肅　焉敢勞動皇叔？

孔　明　既不勞動吾主,待弟送過子敬兄。

魯　肅　不敢勞動皇叔,焉敢勞動孔明兄？

孔　明　還是送過是理！（起送）

魯　肅　你我弟兄帳外散步散步。

孔　明　嗯哼！

魯　肅　孔明兄請回了吧！

孔　明　待弟送到江岸。

魯　肅　我問你,送君千里？

孔　明　終有一別。

魯　肅　既知送君千里,終有一別。你我弟兄就在帳外作別了吧！

孔　明　弟我就省禮了！

魯　肅　大家省禮了。（走下）

孔　明　揚長走去。（進帳）

魯　肅　（走上,慌忙尋文券看）還在哩,還在哩！

（唱）諸葛亮他爲人太得老誠。

諸葛亮,孔明兄。莫怪爲弟説你,你也太得老誠了。哈哈哈！

（下）

劉　備　（唱）你二人講的話我却不懂,立文券贈金銀所爲何情？

孔　明　（唱）立文券贈金銀主公不省,魯子敬把荊州賣與主公。

劉　備　啊！子敬把荊州賣與孤家了？

孔　明　著,賣與主公了。

劉　備　當真？

孔　明	當真。
劉　備	是實？
孔　明	是實。
劉　備	這,哈哈哈。
	(唱)先生言我好比如夢初醒,止不住手捋鬚大笑幾聲。
孔　明	(唱)怕的是小周郎難以瞞哄,二次間差魯肅前來背盟。
劉　備	啊,荊州還不穩妥?
孔　明	著,還有反悔之意。
劉　備	啊,隨孤後帳飲酒。
孔　明	亮不盛酒了。
劉　備	孤有朝事議論。
孔　明	情願伴駕。
劉　備	隨上! 哎,荊州麼,還不穩妥。(下)
孔　明	主公加上愁了。此話不對他説明,叫他慢慢的愁着吧!(下)

校記

［1］焉敢勞動皇叔:"敢",原作"取",據文意改。

第四場　定　　計

魯　肅	(内白)艄夫開舟!(艄夫駕舟引魯肅上)
	(唱)魯子敬上船來合掌大笑。這! 哈哈哈!
	不由人一陣陣喜在眉梢。
	討荊州有文券我還作保,還朝去見吳侯要笑張昭。
	(兵卒倒上)
兵　卒	艄夫請了!
艄　夫	請了。
兵　卒	這可是魯老爺的船隻?
艄　夫	正是魯老爺的船隻。
兵　卒	稟與魯老爺,周都督江岸等候。(兵卒下)
艄　夫	稟魯老爺! 周都督江岸等候。
魯　肅	問此地可是柴桑郡?

艄　夫　此地可是柴桑郡？
　　　　（内白：此地就是柴桑郡。）
艄　夫　此地就是柴桑郡。
魯　肅　艄夫開舟。（艄夫應聲）哎！慢着！
　　　　（唱）適纔間伶人禀都督來到，叫艄夫莫開舟你且下錨。
　　　　（下船看）喂嚇！
　　　　（唱）又只見江岸上帥旗亂擾，周都督他到來細説根苗。
　　　　（四兵卒、四龍套引周瑜上，轉圓場）
周　瑜　（唱）滿林中唧呱呱烏鴉亂叫，一霎時輕風起楊柳擺梢。
　　　　　　方纔間伶人禀子敬來到，却怎麽過吾門不入吾巢。
魯　肅　參見都督。
周　瑜　少禮，坐了！
魯　肅　謝座。（坐）
周　瑜　這是子敬？
魯　肅　是肅。
周　瑜　路過吾門，不入吾舍，是何道理？
魯　肅　奉了咱主言命，過江索討咱家荆州，肅是方纔回來的。
周　瑜　照你這樣説起，瑜我錯怪你了？
魯　肅　着，錯怪我了。
周　瑜　索討咱家荆州，可曾討回？
魯　肅　都督你先猜量猜量吧！
周　瑜　這也没甚麽猜頭，大諒你也討不回來者多！
魯　肅　雖然没有全討，也算討來大半。
周　瑜　要討就該全討，爲何討了大半？
魯　肅　都督不嫌絮煩聒耳，聽肅細陳。
周　瑜　願聞其詳。
魯　肅　（唱）爲荆州奉主命過江去討。
周　瑜　可見劉備？
魯　肅　（唱）漢劉備酒席前痛哭嚎啕。
周　瑜　諸葛亮呢？
魯　肅　（唱）諸葛亮在一旁微微冷笑。
周　瑜　嗯！

魯　肅　（唱）討荆州有文券都督請瞧。
周　瑜　甚麼,還有文券？
魯　肅　他君臣親筆寫文券,都督請看。（遞文券）
周　瑜　（接文券）待瑜看過。來,與大夫看座！
魯　肅　來！
兵　卒　有。
魯　肅　與魯老爺打個座來！嗯哼！（兵卒打座魯肅坐）
周　瑜　（邊看邊念）"立,立寫文券人,大漢皇叔劉,因與吳侯交好,借來荆州屯兵養馬,但等取川之後,原地奉還。恐口無憑,立文券為證。建安十三年八月十五日立。"上寫江南大夫魯……
魯　肅　嗯哼！
周　瑜　瑜我失言了。
周　瑜　失言不妨。
周　瑜　江南大夫魯子敬,江北參謀諸葛亮。魯肅、諸葛亮保,魯肅、諸葛亮保。子敬！
魯　肅　都督。
周　瑜　按文券上邊看來,你還受他人甚麼東西？
魯　肅　實不瞞哄都督你,受了他人金銀兩桌。
周　瑜　（怒）你收得好！按這樣說起,你把咱家荆州賣與那劉備了！
魯　肅　都督,何以見之？
周　瑜　說甚麼何以見之,說是你來看,文券上邊寫得字字分明,但等取川之後,原地奉還。我想劉備一載不取,一載不還,十載不取,十載不還。倘若終久不取,把咱家荆州白白罷了不成？莫怪瑜說你為人忠厚。哼！太得老誠。（摔文券）
魯　肅　都督息怒,都督息怒！（拾文券）魯肅、諸葛亮保,魯肅、諸葛亮保。錯錯錯了！
　　　　（唱）到如今方纔知誤入圈套,手捶胸足踏地恨氣怎消。
周　瑜　（唱）魯子敬你為人真當可笑,把主家荆州地賣與故交。
魯　肅　（唱）諸葛亮我二人平素交好,
周　瑜　你住了吧！情知你二人交好,若不交好,怎能把咱家荆州賣與劉備！
魯　肅　都督息怒,都督息怒。諸葛亮,諸葛亮,你就不夠朋友了！

	（唱）千斤擔放我肩我怎開交。
周　瑜	（唱）討荊州有文券你還作保，我看你怎見主怎見張昭。
魯　肅	（唱）魯子敬著了忙雙膝跪倒，叫都督快定計搭救故交。
周　瑜	（唱）我與你一殿臣與主報效，魯子敬再莫要絮絮叨叨。
	子敬，我問你，醒來了沒有？
魯　肅	即醒，也是遲後了。
周　瑜	既醒，也不遲後，站起來。
魯　肅	都督恩寬。（站起）
周　瑜	速快二次過江，說與那劉備，就說咱主有一胞妹，情願與他續弦。
魯　肅	咱主胞妹，豈能輕易許與那劉備？
周　瑜	不過哄他過江，那個真心許他。
魯　肅	敢則又是一計？
周　瑜	是計，還未成。
魯　肅	此計必成。人來！（二兵卒上）
兵　卒	有。
魯　肅	抬過金銀兩桌！（二兵卒下，抬金銀復上）
兵　卒	金銀到。
魯　肅	都督請來收起。
周　瑜	這是何意？
魯　肅	實不瞞哄都督，這是荊州那個孽物，肅我不敢承受，孝敬了都督你吧！
周　瑜	罷麼，瑜暫且替你收起，但等討回荊州，犒賞三軍。運下去！（二兵卒抬金銀下）速快過江，請！
	（念）挖下陷井縛虎豹，
魯　肅	（念）準備香餌釣金鰲。
	哎呀，好你諸葛亮呀！
周　瑜	眾將帶馬，兵回柴桑！（同下）

第五場　提　　親

（四龍套引趙雲上）

趙　雲	（詩）渾身是膽略，敢把星斗挪。

單騎保幼主，大戰長坂坡。
姓趙名雲，字子龍。奉了先生言命，沿江打探，來此已是，待我瞭望。喂嚇，觀見江面飄來一隻孤舟，上打魯肅旗號，不解其意，回稟先生得知。正是：
（念）來時一支令，回去一陣風。
　　　　　江岸得音信，回營稟先生。
小校，馬來！（乘馬下）
（孔明上）

孔　明　（念）昨晚仰觀天象，清早喜氣洋洋。
　　　　（四龍套引趙雲上）

趙　雲　（念）領人馬江岸巡邏，恨周郎詭謀計多。（下馬。四龍套下）
　　　　子龍報門，回令。

孔　明　收令。

趙　雲　參見先生。

孔　明　少禮，站下！命你沿江打探，怎麼樣了？

趙　雲　先生容稟。

孔　明　講！

趙　雲　（唱）【西江月】
　　　　　魯肅上船得意，滿江揚篷掛索，
　　　　　船行柴桑將錨落，周瑜、魯肅對坐。
　　　　　二人平分左右，不知講說甚麼。
　　　　　二次過江來說合，先生早作定奪。

孔　明　辛苦於你，下邊歇息！

趙　雲　遵命。（下）

孔　明　唔！我命四將軍沿江打探，言說魯肅二次過江，我想魯肅二次過江，必爲荆州反悔前來。不免請出主公，再作道理。臣，啓駕主公！
　　　　（劉備上）

劉　備　（念）愁眉雙鎖，荆州何日穩妥。（坐）

孔　明　參見主公。

劉　備　少禮，坐了！

孔　明　臣謝座。（坐）

劉　備　請孤到來，有的何事？

孔　明	我命四將軍沿江打探,言説魯肅二次過江。	
劉　備	魯肅二次過江,必爲荆州反悔前來。	
孔　明	著,必爲荆州反悔前來。	
劉　備	但等魯肅到來,就説孤有病了!(起欲行)	
孔　明	慢着!(劉備復坐)魯肅一人過得江來,主公推病不出,若是周郎發來百萬之衆那一時,難道你也推病不出麽?	
劉　備	孤見他只是無言答對。	
孔　明	但等魯肅到來,臣自有言詞答對。	
劉　備	全仗先生。(下)	
孔　明	來。	
	(兵卒上)	
兵　卒	有。	
孔　明	江南客至,早禀我知!	
	(内白:江南客至)	
兵　卒	江南客至。	
孔　明	有請!	
兵　卒	有請貴客!(下)	
	(魯肅上)	
魯　肅	(念)周都督巧計定妥,再看此行如何。	
孔　明	(起迎)江南客至,這是哪個?	
魯　肅	哎!孔明兄!	
孔　明	哎!又是子敬兄!	
魯　肅	怎麽不見皇叔?	
孔　明	我主簾内等候。	
魯　肅	定要見過皇叔。	
孔　明	待弟與你通報。江南客至!請!	
魯　肅	請!哼哼哼!(冷笑)	
孔　明	哈哈,惱壞了,惱壞了。	
劉　備	(上迎)江南客至,這是哪個?	
魯　肅	皇叔!	
劉　備	大夫!	
魯　肅	皇叔轉上,待肅拜過。(拜)	

劉　備	請起！
魯　肅	恩寬。
劉　備	與大夫看座！
魯　肅	謝座。
孔　明	子敬兄請坐！
魯　肅	你坐你的，我有座！（坐）
孔　明	惱壞了，惱壞了！子敬兄，你帶的吾主文券，過得江去，見了你主吳侯，必然賞你首功一件。
劉　備	着，你帶孤的文券，過得江去，見了你主吳侯，必然賞你首功一件。
魯　肅	自不然麼。肅帶皇叔文券過得江去，見了吾主吳侯，滿心歡喜，大大的賞我首功一件。
劉　備 孔　明	看是如何？
魯　肅	我主言道，皇叔取川之時，還有二十萬糧草贈送。
劉　備 孔　明	我君臣謹先謝過。（起謝復坐）
孔　明	子敬兄，你二次過江爲何？
魯　肅	肅二次過江，給皇叔道喜，皇叔你先恭喜！
劉　備 孔　明	我君臣愁有萬千，喜從何來？
魯　肅	皇叔、孔明兄，不嫌絮煩，聽肅慢慢細陳。
劉　備 孔　明	願聞其詳。
魯　肅	（唱）人言說劉皇叔光明磊落。
劉　備	乃是孤的虛名。
魯　肅	你皇叔的威名。
劉　備	別人風言。
魯　肅	名不虛傳。 （唱）我的主一胞妹恰似嫦娥。
劉　備 孔　明	怎麼，你主還有一胞妹。（互視）
劉　備 孔　明	咱們正在講話，忽然提起你主胞妹，却是爲何？

魯　肅　你聽！

（唱）他把妹終身事一再托過。

劉　備
孔　明　他要說與哪家？我君臣願作月老媒翁。

魯　肅　你聽！

（唱）願許配劉皇叔結爲絲蘿。

孔　明　子敬兄，你過得江來，敢則是與我主提親來了？

劉　備　唉！

魯　肅　着，與皇叔提親來了[1]。

孔　明　我問你媒翁是誰？

魯　肅　你聽了！

（唱）問媒翁和月老不才是我。

孔　明　主公，你看媒翁先是錯的！

劉　備　甚麼哪不錯！

魯　肅　（唱）劉皇叔、孔明兄早作定奪。

孔　明　（唱）諸葛亮聽一言兩腮笑破，五百年造就了龍鳳諧和。

主公，就該拜過媒翁纔是。

劉　備　孤不從親事，拜的甚麼媒翁？

孔　明　莫非叫臣替主代勞？

劉　備　偏你就愛勞？

孔　明　爲主公不得不如此！

劉　備　你倒罷了。

魯　肅　恭喜！

孔　明　（唱）我替主將媒翁當面拜過，還須要寫庚帖作爲盟約。

劉　備　（唱）叫先生莫執筆此事不妥。

孔　明　過去了吧。

魯　肅　恭喜！

劉　備　（唱）你看孤五十零半百還多。

魯　肅　當一位老新郎。

劉　備　（唱）孤無有藍田帶明珠一顆，怎能以過江東去會嫦娥？

孔　明　允親庚帖以作聘禮。

（兵卒上）

魯　肅	送上船去。告辭。
	（兵卒接帖下）
孔　明	慢着，主公執酒，敬過媒翁。
劉　備	只管説孤不從親事，敬着甚麽媒翁？
孔　明	莫非又叫臣替主代勞。
劉　備	我今天就實服了你了！
孔　明	服臣何來？
劉　備	服你就愛勞！
孔　明	爲主公，臣不得不如此。
劉　備	你倒罷了。
魯　肅	恭喜！
孔　明	（唱）諸葛亮替吾主將媒敬過，你休怪我的主待你情薄。
魯　肅	（唱）非是我做媒翁愛吃愛喝。
孔　明	該吃，該喝！
魯　肅	（唱）這本是允親酒——請乾！實難推脱。
劉　備	（唱）他二人吃喜酒又喜又樂，悶煞我劉玄德無其奈何。
魯　肅	告辭！（起辭）
劉　備	不送！
魯　肅	（念）一言定諧和，
孔　明	（念）孫、劉結絲蘿。
魯　肅	（念）過江報喜訊。（下）
劉　備	哎！
	（念）叫孤怎奈何？
孔　明	主公，你恭喜！
劉　備	這倒不喜。
孔　明	不喜咱就不喜。
劉　備	先生你吃醉了？
孔　明	臣未曾吃醉。
劉　備	既没有吃醉，爲何與他人寫下允親帖？
孔　明	好姻緣豈能錯過。
劉　備	誠恐他人是計呀！
孔　明	情知他人是計。

劉　備　情知他人是計，爲何叫孤身入險地？
孔　明　情知他人是計，臣與他個計上壘計，管叫那小周郎錯上加錯。
劉　備　先生不妥。
　　　　（唱）往日間臥龍你精靈不過，却怎麽到今日假裝瘋魔？
孔　明　（唱）好姻緣臣豈能當面錯過，管叫那小周郎錯上加錯。
劉　備　（唱）分明是美人計瞞哄於我，叫孤家大睁眼投入網羅。
孔　明　（唱）叫主公莫發愁安然穩坐，管叫你過江去身配嫦娥。
劉　備　甚麽哪嫦娥，此事還得與我三弟和黃老將軍商議。
孔　明　你莫要商議。
劉　備　你過去了吧！商議還須商議，此事不能由你！（下）
孔　明　商議只管商議，終久亮計必成！（下）

校記

［１］與皇叔提親來了："叔"，原作"权"，據文意改。

第六場　下　庚

　　　　（黃忠上）
黃　忠　（念）老將威名不可當，百步能射箭穿楊。
　　　　（張飛上）
張　飛　（念）豹頭環眼氣軒昂，三聲喝斷橋當陽。
黃　忠　三公請坐！
張　飛　有座，（同坐）老將軍！
黃　忠　三公！
張　飛　吾大哥這幾天愁眉不展，此情爲何？
黃　忠　老臣一字不知，等先生到來，咱們一問便知。
　　　　（孔明上）
孔　明　（念）昨夜晚八卦查過，這姻緣一點不錯。
黃　忠
張　飛　（起）先生到來，請坐！
孔　明　有座。（同坐）
張　飛　先生，吾大哥這幾天愁眉不展，此情爲何？

孔　明	三公哪知。東吳請主公過江招親，因而愁眉不展。
張　飛	誠恐他是一計？
孔　明	山人情知他是一計。
張　飛	從前不聽我老張之言，白白走脱了一個魯肅，好不氣煞我老張也！
孔　明	老將軍意下如何？
黃　忠	東吳乃虎穴之地，豈肯叫主公輕易前往？

（唱）小周郎爲荊州日夜想望，難道説臥龍你不解行藏。
　　若有險豈肯教主公前往，這千斤重擔兒何人承當？

孔　明	三公意下如何？
張　飛	（唱）聽説你與魯肅時常來往，莫非是與他人暗作商量。
孔　明	三公出言差矣。
張　飛	也差不多。

（唱）吾大哥此一去身遭魔障，這一付千斤擔何人承當？

孔　明	山人我承擔。
張　飛	須要你承擔得起！
孔　明	山人我願承當。
張　飛	須要你承當得起。
孔　明	（唱）諸葛亮把朋友挂在心上，豈能忘你弟兄結義一場？

　　打一杆龍鳳旗只往前闖，這一付千斤擔我願承當。

| 張　飛 | 只要你承擔得起！ |

（吕範上）

| 吕　範 | （對）安排雲雨巫山會，準備六禮鎖襄王。 |

姓吕名範，字子衡。奉了吾主吳侯言命，與皇叔來下允親庚帖，來此已是。哪個在？

（兵卒上）

兵　卒	作甚麽的？
吕　範	衆公爺可曾升廳？
兵　卒	倒也升廳。
吕　範	往裏相傳，就説東吳吕範要見！
兵　卒	吕範要見。
孔　明	命他進來！
兵　卒	命你進來。（吕範進）

吕	範	衆公爺在哪裏,衆公爺在。衆公爺在上,東吳吕範下拜。
孔	明	大夫到來,請起。大夫到此爲何?
吕	範	奉了吾主言命,與皇叔下允親庚帖。衆公爺請來收起!(遞帖)
孔	明	回去説與你主吳侯,吾主隨後就到。
吕	範	吾主言道,你主過江少帶人馬,誠恐騷擾民田。
孔	明	不多,五百鐵騎。
吕	範	太多了,太多了!
孔	明	不多。
吕	範	怎麽不見皇叔?
孔	明	吾主清早用藥了。
吕	範	請出皇叔待我拜過。
孔	明	不拜倒也罷了。
吕	範	一定要拜!
張	飛	莫要拜!(吕範急出,下)
孔	明	你太莽撞了!
張	飛	莽撞不莽撞,怕怎的。
孔	明	你我一同啓駕主公。有請主公!

(劉備上)

劉	備	(念)愁眉難展放,心亂意匆忙。
	衆	參見主公。
劉	備	少禮,坐了!
	衆	謝座。
劉	備	請孤出堂,有何話説?
孔	明	東吳差吕範來下允親庚帖,請主公過江招親。
劉	備	哼!老將軍,先生讓孤過江招親,你説我去得去不得?
黃	忠	主公,貴弟兄三人,請先生下山軍中作謀,先生説去得,想必就去得。
劉	備	三弟意下如何?
張	飛	先生早已算就,大哥過得江去,與弟招一房新嫂嫂。先生説去得,那就去得。
劉	備	你們同説去得,孤家何必怯弱。先生,該命何人行聘納彩?
孔	明	孫乾行聘納彩。

劉　備	何人伴駕？
孔　明	早已準備停當。來！
兵　卒	有。
孔　明	請四將軍。
兵　卒	有請四將軍！
	（趙雲上）
趙　雲	參見主公。
劉　備	候先生發令！
趙　雲	先生有何令發？
孔　明	主公過江招親，命你保駕前往，江岸準備船隻！
趙　雲	遵命。（欲下）
孔　明	回來，這是錦囊一封，入南徐後再來拆看。
趙　雲	遵命。（下）
劉　備	四弟莫走，回來，孤不去了。
孔　明	將兵發齊，哪有不去之理，大家執酒敬過。
	（唱）手捧上一杯酒急忙奉上，劉主公放寬心莫加愁腸。
	五百兵一員將無人阻擋，招親回管叫你大笑一場。
黃　忠	（唱）手捧着紫金杯急忙奉上，勸主公莫煩惱痛飲一觴。
	事有險必不肯教主前往，此一去把凶事化爲吉祥。
張　飛	哎咳，酒來！
	（唱）手捧上紫金杯急忙奉上，止不住殺人眼露出血光。
	先生令有爲弟不敢阻擋，哥，大哥哥！
	依我看帶子龍不勝老張。
劉　備	（唱）我三弟、老將軍講話一樣，我先生他立逼孤家過江。
	天呀，老天！
	望老天與劉備早把福降，跳龍潭入虎穴大料無妨。
	孤今前去，荆州大事托與先生執掌，須得謹防一二。
孔　明	料然無妨，換衣來！（四兵卒、趙雲上圍場，劉備換衣）三千歲、黃將軍，你我送主公，一同到江邊[1]。
黃　忠 張　飛	請！
劉　備	（念）此去禍福難測想。

孔　明　（念）願保主公兩無傷。
黃　忠　（念）披紅插花續佳偶。
張　飛　哥哥！
　　　　（念）招親以畢早還鄉。
　衆　　送主公！
劉　備　免。
　　　　（四兵卒、趙雲、劉備下。孔明等倒下）

校記

[１]劉備換衣）三千歲、黃將軍，你我送主公，一同到江邊：此幾句，原作"劉備換江）衣三千歲、將黃你送軍我，一同到邊"，據文意改。

第七場　回　報

　　　　（四兵卒引周瑜上）
周　瑜　（詩）轅門鼓角射穿楊，孫武妙計腹內藏。
　　　　　　　元戎大印我執掌，要與吾主創家邦。
　　　　姓周名瑜，字公瑾。
　　　　（呂範上）
呂　範　參見都督。
周　瑜　站下！這是子衡！命你過江去下允親庚帖，怎麼樣了？
呂　範　都督容稟！
　　　　（念）張飛、黃忠喜心懷，諸葛亮并不疑猜。
　　　　　　　我在一旁裝痴呆，請在館驛款待。
　　　　　　　孫乾過江來納彩，劉備隨後就到來。
　　　　　　　五百鐵騎趙雲帶，都督早作安排。
周　瑜　劉備果中吾計，諒爾插翅難飛。子衡速快說與吾主，就說吾大功成就。快去！
呂　範　遵命。（下）
周　瑜　呔，衆將官，刀出鞘，弓上弦，生擒劉備，活捉趙雲。馬來！（同下）
劉　備　（內白）四弟，挽船上岸！（劉備、趙雲上）
劉　備　（唱）漢劉備過江來心中自猜，由江北到江南來招裙釵。

　　　　　遠望見柴桑郡槍刀亂擺,但不知小周郎怎樣安排。
　　　　四弟,我君臣過得江來,無有伏兵,還則罷了,若有伏兵,如何是好?
趙　雲　主公,無有伏兵還則罷了,若有伏兵,有臣的槍馬現在,何必懼哉!
　　　　(唱)真天子出世來何妨何礙,大將軍抖神威早作安排。
　　　　　伏兵起有臣的槍馬現在,千員將百萬兵何挂心懷。
劉　備　(唱)我四弟長坂坡威名現在,縱然間遇伏兵懼怕何來。
　　　　孤此去好一似捨身投崖,
　　　催馬!心問口口問心——天呀!
　　　　——何日回來?(同下)
周　瑜　(內唱)定巧計我要把劉備殺害!
　　　　(四兵卒引周瑜上)
周　瑜　(唱)諸葛亮是神仙難以解開。將人馬直扎在柴桑以外,
　　　　　等呂範他到來細問明白。
　　　　(呂範上)
呂　範　禀都督,劉備起早行走,已離南徐不遠。
周　瑜　怎麼說!這纔是謀計不成,反落人笑。速快說與咱主,酒席筵前將劉備好好看待!瑜隨後就到。
呂　範　得令。(下)
周　瑜　人馬撥回柴桑!
　　　　(唱)漢劉備暗渡過柴桑地界,本都督定巧計被他解開。
　　　　　頭一計不成功二計還在,拿劉備還須要另作安排。(下)
　　　　(劉備、趙雲上)
劉　備　(唱)小周郎定巧計要把我害,因招親他把孤哄過江來。
　　　　　我弟兄結義情深如山海,諸葛亮把桃園一腳蹬開。
　　　　四弟!你我君臣過得江來,該投奔何人?
趙　雲　先生臨行賜臣錦囊一封,主公馬上拆看!
劉　備　"揚聲叫,配鸞姣。若要好,謁喬老。"四弟,但不知喬老他是何人?
趙　雲　大喬、小喬她是何人之女?
劉　備　孤心明白。吩咐隨行軍士,進得城去一半住扎館驛,一半大街采買豬羊,大聲吆叫,就說孫、劉兩家結親,孤是吳侯妹夫到了。
趙　雲　遵命!軍校們,人馬緩緩進城!
劉　備　正是:

　　　　（念）無心上天臺,
趙　雲　（念）月老巧安排。
劉　備　（念）錦囊有妙計,
趙　雲　（念）鳳鸞定和諧。（同下）

第八場　謁　喬

　　　　（喬老、喬妻上）
喬　老　（念）官居臺閣掌朝綱。
喬　妻　（念）忠心一片輔君王。
喬　老　夫人請坐!
喬　妻　有座。
喬　老　老夫今日壽誕之期,怎不見女兒前來拜壽?
喬　妻　你我略等一時。
　　　　（堂官上）
堂　官　大主母到。
喬　老　轎子抬上堂來,有請大主母。
堂　官　有請大主母!（下）
　　　　（大喬上）
大　喬　（念）風吹桂花香,庭前拜高堂。
喬　老
喬　妻　我兒在哪裏?
大　喬　二老爹娘在哪裏?二老爹娘在!……
喬　老
喬　妻　我兒到來,請來上坐。
大　喬　二老爹娘在此,孩兒焉敢上坐?
喬　老　我兒乃一國主母,理應上坐。
大　喬　兒謝座。二老爹娘身旁却好?
喬　老
喬　妻　罷了,我兒你好?
大　喬　兒謝問。
喬　老　我兒你今前來,太后她好?

大　喬		太后她好。捎言問候二老爹娘你好？
喬　老		叫她多心。
大　喬		應有一問。
喬　老		我兒到此爲何？
大　喬		前來與二老爹娘拜壽。
喬　老		我兒現爲一國主母，不拜倒也罷了。
大　喬		生兒一場，焉有不拜之理，爹娘請上，受兒一拜。（起，拜）
喬　老		受兒一拜。
大　喬		孩兒遠離膝下，少在二老爹娘身旁行孝，恕兒不孝之罪。
喬　老		哪有我兒之罪。請起，坐了。（堂官上）
堂　官		稟太師。（跪）
喬　老		何事？
堂　官		府門外邊，來了一姓劉之人，口稱吳侯妹夫，要拜見太師。
喬　老		站下！（堂官起站一旁）兒呀！你郡主幾時許配於人，爲父也算一門正親，爲何不叫爲父知曉？
大　喬		我家郡主，并未許配於人，哪個大膽竟賴稱侯門中的女婿！
喬　老		方纔堂官報道，府門外邊，來了一姓劉之人，口稱吳侯妹夫，要拜見爲父。還説甚麽没有？
大　喬		如此，爹爹出府迎接於他，兒與我母屏風後邊一聽。
喬　妻		兒呀，隨得娘來！（大喬隨喬妻下）
喬　老		堂官，往外去傳，就説爺穿衣不整，以在儀門等候。

（内白：姓劉之人到）

堂　官		是。

（劉備、趙雲上）

劉　備		（念）未曾射雀屏，前來謁喬公。
趙　雲		來此已是。
劉　備		去傳。
趙　雲		哪個在？
堂　官		作甚麽的？
趙　雲		姓劉之人到。
堂　官		姓劉之人到。
喬　老		有請。

堂　官	有請。
趙　雲	有請。
劉　備	過去。太師在哪裏？
喬　老	姓劉之人這是哪個？喂嚇，原是一位大貴人！
劉　備	喂嚇，原是一位老先生！
喬　老	大貴人到來，請到寒舍！
劉　備	要到貴府。（拜場、進門）老先生請上，晚生拜過。
喬　老	慢着。老朽眼目昏花，瞻尊容不準，請先道你的尊字貴表？
劉　備	晚生姓劉名備，字玄德。
喬　老	哎呀！……（拭目）你是荆州劉皇叔！
劉　備	老先生！
喬　老	大貴人請上，受老朽一拜。（緊拜場）
劉　備	哎呀，擔當不起！
喬　老	堂官看茶，看茶！（拜場，堂官端茶）
趙　雲	趙雲參見！
喬　老	嗯！此位？
劉　備	我四弟趙雲。
喬　老	敢是那常山虎……
劉　備	哎，趙雲。
喬　老	告便。
劉　備	請便。
喬　老	聞聽人説，趙雲是員虎將，未曾目睹。今日來到我府，果然威武超群，名不虛傳。堂官，陪了趙將軍廊下待茶！你用心侍候着[1]！皇叔，請呀！（飲茶）打杯！
劉　備	告便。
喬　老	請便。
劉　備	四弟看了禮單！
趙　雲	禮單到。
劉　備	老先生請來！
喬　老	皇叔講説甚麽？
劉　備	這是一份禮單，老先生請來收起。
喬　老	告便。

劉　備	請便。
喬　老	我二人平日并無來往,作甚麼禮單! 黃金千兩,彩緞百匹,明珠一顆,珍珠汗衫一領。哎嚇嚇嚇,皇叔轉來! 老朽有何德能,焉敢受皇叔重禮?
劉　備	敢是嫌微? 四弟打下去另整。
喬　老	慢着,這個微字把我就難住了。老拙我愛財。
劉　備	收起者賜光。
喬　老	愛財。
劉　備	賜光。
喬　老	愛財呀! 哈哈哈! 堂官,照禮單上邊點清,查明收訖。用心侍候,小心侍候者! 哈哈哈!
劉　備	告辭。
喬　老	慢着。來到我府,未曾暢叙,還是飲罷宴着再去。
劉　備	如此叨擾。我有一事不明,要在老先生身旁領教!
喬　老	有甚事不明,請到宴上從容地、慢慢地講呀!
劉　備	老先生!
喬　老	大貴人!
劉　備	(唱)聞人説老先生寬厚好客,我君臣到貴府特來拜謁。
喬　老	盡是虛名。
劉　備	都是實言。
喬　老	(唱)劉皇叔過江來駕臨寒舍,有甚事到宴席從容慢説。
劉　備	果稱一家老先生! (下,趙雲隨下)
喬　老	果稱一家大貴人! 堂官,荆州大貴人在此,你小心侍候者! 用心侍候者! (笑下)
堂　官	下面的,荆州大貴人在此,你們小心侍候者,用心侍候者! (堂官下。喬妻、大喬上)
喬　妻	(唱)他二人入席去喜喜悦悦。
大　喬	(唱)好一似遇故交絮絮喋喋。
	(内白:趙將軍請。老總管請。大貴人,老先生,請呀)
喬　妻 大　喬	嗯,好也!
喬　妻	(唱)母女們屏風後觀得真切,

大　　喬　（唱）漢劉備果稱得蓋世英杰。
喬　　妻　（唱）戴一頂金王帽威風烈烈，
大　　喬　（唱）耳垂肩手過膝可稱貴也。
喬　　妻　（唱）他二人出席來拉拉扯扯，兒隨娘屏風後掩掩遮遮。
　　　　　（下）（趙雲上。堂官隨上）
趙　　雲　噢噢噢噢！
堂　　官　喂！趙將軍，未曾多飲，爲何逃席？
趙　　雲　你的酒高，我的量狹，不能多飲。
堂　　官　你還叫我出席扯你？
趙　　雲　老總管，不必如此。
堂　　官　我扯你來了！喂，趙將軍，未曾多飲爲何逃席？
趙　　雲　你的酒高，我的量狹，不能多飲！
堂　　官　如此你的量貴。
趙　　雲　我的量狹。
堂　　官　薄湯不堪奉敬。
趙　　雲　騷擾。
堂　　官　屈飲。
趙　　雲　打攪。
堂　　官　不成敬意。
趙　　雲　這就好。（分站兩旁）
　　　　　（劉備上。喬老隨上）
劉　　備　噢噢噢……
喬　　老　皇叔未曾多飲，爲何逃席？
劉　　備　你的酒高，我的量狹，不能多飲。
喬　　老　你還叫我出席扯你？
劉　　備　老先生不必如此。
喬　　老　扯你來了！哈哈，皇叔無有多飲，爲何逃席？
劉　　備　你的酒高，我的量狹，不能多飲了。
喬　　老　再少飲幾杯！
劉　　備　實實不能多飲了。
喬　　老　薄湯不堪奉敬。
劉　　備　騷擾。

喬　老　屈飲。
劉　備　打擾。
喬　老　不成敬意。
劉　備　這就好。
　　　　（唱）我這裏施一禮急忙告別，酒席前那言語一言定決。
喬　老　（唱）劉皇叔你且在館驛安歇，這門親有八九盡在老拙。
劉　備　（唱）我好比孔雀屏一箭穿射，誠恐怕這一箭不中紅月。
喬　老　此箭必中。
劉　備　未必。
喬　老　必中。
劉　備　老先生請在，晚生告辭。
喬　老　待我安置過皇叔！
劉　備　不便打擾老先生。
喬　老　那你我各討方便。
劉　備　老先生請在著，哈哈哈哈！（與趙雲同下）
喬　老　哈哈哈哈！（喬妻、大喬上）
喬　妻　（唱）母女們屏風後觀得真切。
大　喬　（唱）問爹爹因甚事這樣喜悦？
喬　老　兒呀，你郡主當真許配劉備，叫爲父怎得不喜！
大　喬　待孩兒回得宮去，把此話説與太后得知？
喬　老　爲父也要去到宫下走走。堂官，轎子打上堂來，送過你家大主母！
　　　　（轎夫打轎上，大喬上轎）
喬　老　（念）全憑三寸不爛舌，
大　喬　（念）此話要對太后説。
喬　妻　（念）但願太后能作主。
喬　老　（念）周郎徒勞費周折。（下）

校記

［１］你用心侍候着："候"，原作"侯"，據文意改。下徑改，不一一出校。

第九場 報　喜

（太后、丫環上）

太　后　（念）小女婚姻事,時刻挂在心。
　　　　（大喬上）
大　喬　（念）在府下離別雙親,見太后細説情由。
　　　　參見太后。
太　后　少禮,坐了!
大　喬　謝座。
太　后　與你父拜壽怎麽樣了?
大　喬　拜壽已畢,我家爹爹隨後也到。
太　后　有請你家爹爹!
大　喬　有請爹爹。
　　　　（喬老上）
喬　老　（念）只爲孫、劉結秦晋,進宮賀喜作嘉賓。
　　　　太后在上,老臣有禮。
太　后　太師到來,少禮。與你父看座!
喬　老　老臣謝座。
太　后　兒呀,見過你家爹爹!
大　喬　爹爹,孩兒有禮。
喬　老　少禮坐了。太后身旁却好?
太　后　罷了,太師你好?
喬　老　老臣謝問,哎!
太　后　太師沉吟爲何?
喬　老　講話半晌,誤了與太后道喜。太后你先恭喜!
太　后　宫下并不曾男婚女配,喜從何來?
喬　老　我家郡主既是許配於人,老臣也算一門正親,爲何不叫老臣知曉?
太　后　此話從何説起?
喬　老　太后!
　　　　（唱）清早間喜鵲兒檐前報信,伶人禀姓劉人過江招親。
　　　　　　有爲臣在府下一一細問,查得清問得明件件是真。

太　后　甚麼是真？
大　喬　媳婦也見過那劉玄德。
太　后　甚麼，你也見過那劉玄德？
大　喬　太后！
　　　　（唱）我母女屏風後看清認準，果然是漢劉備過江招親。
　　　　　　　我有心把此話對你講論，又誠恐老太后怒氣生嗔。
太　后　聽你父女講説一遍，老身如同在夢中一般。老身并不曾許親，哪個敢來賴稱侯門中的女婿？
喬　老　唉，太后不曾許親，這是哪個？敢則是臣主。
太　后　你説的是孫權？
喬　老　臣主。
太　后　侍兒，傳孫權！
丫　環　有請主公。
　　　　（孫權上）
孫　權　（對）母愁兒不笑，兒愁母不樂。
　　　　母親，兒有禮。
太　后　少禮！太師，你看宮下凡事不能由我，待我觸墻而死！
孫　權　母親這是何意，折煞兒了！（跪）
太　后　幾時把你家妹子許配於人，爲何不叫爲娘知曉？你真來大膽！
　　　　（唱）孫權兒做此事欺娘太甚，大着膽賺劉備過江招親。
　　　　　　　全不怕衆百姓紛紛議論，耽誤了你御妹二八青春。
大　喬　（跪）二叔叔轉來！
孫　權　皇嫂講説甚麼？
大　喬　太后問你許親之事，或真或假，實言告稟。
　　　　（唱）老太后在宮院一一細問，你爲何低下頭一語不云？
　　　　　　　或是真或是假實言講論，也免得老太后怒氣生嗔。
孫　權　皇嫂請起！
喬　老　主公！（跪）太后問你許親之事，或真或假，實言告稟，莫可蒙蔽！
孫　權　太師請起。母親息怒，聽孩兒細細對你講來！
　　　　（唱）漢劉備賴荆州欺兒太甚。
太　后　嗯！問你許親之事，哪管荆州不荆州？
喬　老　着，太后問你許親之事，哪管你荆州不荆州？

孙　权　嗯！
乔　老　噢噢噢，不荆州？
孙　权　（唱）因此上差鲁肃假作冰人。
太　后　太师你听，冰人乃是个假的。
乔　老　尘世以上，别个有假，那冰人还能有假？
孙　权　嗯！
乔　老　噢噢，假不得。
太　后　哎呀是，别个有假，冰人岂能是假？
孙　权　母亲！
　　　　（唱）他到来儿把他牢内监禁，哪怕他把荆州不还咱们。
　　　　母亲，乃是周郎之计，索讨荆州是真，许亲是假。
太　后　噢，平身！
孙　权　母亲恩宽。（起）
太　后　太师你听，周郎定计，索讨荆州是真，许亲是假。
乔　老　刘备过得江来，大声吆喝，口称吴侯妹丈，谁人不知，谁人不晓？那岂能是假？
太　后　烦劳太师说与那众百姓，讨荆州是真，许亲是假。
乔　老　老朽纵有千张手，也难捂众人的口，难免众百姓纷纷议论。
孙　权　议论叫他议论，日久而自明。
乔　老　嗯！王位人家做事，也是日久而自明！
孙　权　太师，随孤下书馆饮酒！
乔　老　老朽不敢饮酒。
孙　权　孤有朝事议论。
乔　老　主公前行，老臣伴驾。
孙　权　太师随上！正是：
　　　　（念）混水不分鱼共鲤，（下）
乔　老　（念）水清方显两般鱼。鱼，鱼。（暗叫大乔）
大　乔　（出）送爹爹！
乔　老　免送免送！儿呀，但等为父走后，你在太后上边建言，只说孙、刘有亲，莫说孙、刘无亲；倘若孙、刘结为亲眷，不唯国泰民安，也是你我父女的长久富贵。我儿可曾记下？
大　乔　儿记下了。

喬　老　　記下了者好。快去，快去！
孫　權　　（內白）太師隨上。
喬　老　　主公前行！來了，來了！（下）
太　后　　（念）自投羅網來送死。
大　喬　　（念）不由叫人好慘淒。
太　后　　媳婦，你慘淒何來？
大　喬　　劉備過得江來，誰人不知，誰人不曉，前來投靠我父，他若死在九泉之下，豈不埋怨我家爹爹！
太　后　　他是自入虎穴，縱死九泉之下，他埋怨誰來！
　　　　　（唱）等他到我把他獄牢監禁，哪怕他把荊州不送咱們。
大　喬　　送太后。
太　后　　免！（下）
大　喬　　喂嚇，
　　　　　（唱）老太后把此事執意不允，倒叫我低下頭自己沉吟。
　　　　　太后不從親事，這該怎樣？有了。不免去到郡主房中反背唇舌。
　　　　　可說是太后，太后，哪怕你不把我家郡主許與劉備。
　　　　　（唱）三寸舌若說得郡主應允，哪怕他把親事不許劉門。（下）

第十場　勸　姑

孫尚香　　（內白）侍兒掌燈！
　　　　　（內唱）忙吩咐侍兒們紅燈照下，
　　　　　（起初更。侍兒甲掌燈引孫尚香上）
孫尚香　　（唱）耳聽得譙樓上更鼓齊發。
　　　　　將身兒打坐在綉閣以下，有甚事你那裏早稟奴家。
大　喬　　（內白）侍兒掌燈！（侍兒乙掌燈引大喬上）
大　喬　　（唱）清風兒吹動了簷前鐵馬，見郡主我與她細說根芽。
侍兒乙　　來此已是。
大　喬　　往內去傳！
侍兒乙　　哪個在？
侍兒甲　　做甚麼的？
侍兒乙　　大主母到。

侍兒甲　少站，待我與你傳禀。禀郡主，大主母到。
孫尚香　有請。
侍兒甲　有請。
孫尚香　嫂嫂在哪裏？
大　喬　郡主在哪裏？
孫尚香　嫂嫂到來，請到綉閣！
大　喬　要到綉閣。
孫尚香　請！
　　　　（唱）請嫂嫂進綉閣你且坐下，這兩日因甚事不望奴家。
大　喬　（唱）這兩日別太后不在宮下，失陪了小妹妹嫂嫂有差。
孫尚香　嫂嫂身旁却好？
大　喬　罷了。郡主你好？
孫尚香　妹妹謝問。
侍兒甲　丫環姐你好？
侍兒乙　我好。
侍兒甲　你好，我也好。
侍兒乙　没問你，你就好？
侍兒甲　恐怕耽擱了！
侍兒乙　耽擱不了。
侍兒甲　咱兩個通好！
大　喬　唉！
孫尚香　嫂嫂沉吟何來？
大　喬　講話半晌，未曾給郡主道喜，郡主你先恭喜！
孫尚香　喜從何來？
大　喬　聞聽人説，你是劉備的新夫人，豈不是一喜？
孫尚香　此話從何説起？
大　喬　周郎定計索討咱家荆州，把妹妹牽在事內。
孫尚香　既討荆州，就該提兵遣將，爲何把妹妹牽在事內？
大　喬　我把你個憨呆子，爲人生到塵世，總有個終身丈夫。你没見那劉備，直生得堯眉舜目，禹臂湯腰，天生就的帝王尊容。將話説明，從也在你，不從也在你，嫂嫂告辭。
孫尚香　慢着。既爲妹妹前來，就該與妹妹定上計來！

大　喬	甚麼，你要計？嫂嫂倒有的是計！
侍兒甲	我主母一肚子的詭計！
大　喬	嗯！（侍兒甲扭頭閉嘴）

　　　　　（唱）床邊前你放下短刀一把，須要你哭啼啼打亂青髮。
　　　　　　　　等太后她到來執刀驚嚇，哪怕她把親事不許劉家。
　　　　　可曾記下！

孫尚香	女孩家，羞答答的如何做它得出！
大　喬	難道說你終久不嫁個丈夫？
孫尚香	你說通得？
大　喬	通得。如何通不得！
孫尚香	通得，妹妹我記下了。
大　喬	記下了好。我這裏告辭。
孫尚香	我這裏奉送。
大　喬	我還有話叮嚀。
孫尚香	請講！
大　喬	話長。
孫尚香	坐了再敘。
侍兒甲	好熱鬧呀！
大　喬	嗯！（侍兒甲頭沉）

　　　　　（唱）嫂嫂言須要你一一記下，太后到假意兒驚嚇於她。郡主！
　　　　　　　　漢劉備直生得風流俊雅，作一對好夫妻一些不差。

孫尚香	送過你大主母！
侍兒甲	送大主母！
大　喬	免！
侍兒甲	再送！
大　喬	哎！我把你個蠢丫頭，頭不梳，臉不洗，像個甚麼樣子！還不侍奉你郡主去！

　　　　　（同侍兒乙下）

侍兒甲	禀郡主，我家大主母走去！
孫尚香	侍兒！

　　　　　（唱）我嫂嫂她與我把計定下，她叫我哭啼啼打亂青髮。
　　　　　　　　床邊上我放下鋼刀一把，

侍兒甲　喂嚇,我郡主耍刀子哩!待我稟與太后知曉。(下)
孫尚香　(唱)我的娘她到來執刀嚇她。
　　　　(侍兒甲、侍兒丙引太后上)
太　后　(唱)侍兒稟倒叫我心中驚訝,你郡主因甚事鬧嚷喳喳?
侍兒甲　我不曉得。
太　后　領路!(進門)
　　　　(唱)行一步我來在綉閣以下,我的兒活活的把娘嚇煞。
　　　　我兒為何尋此短見?
孫尚香　幾時把孩兒許與劉備,為何不叫孩兒知曉?
太　后　周郎定計,索討咱家荊州,許親原是假。
孫尚香　是真。
侍兒甲　是真,是真。
太　后　嗯!還不與你郡主整理雲鬢。
侍兒甲　曉得。(梳髮)喂呀,光不溜溜的!
孫尚香　(唱)漢劉備過江來聲名甚大,直惹得江南人嗤笑於咱。
　　　　　　說甚麼討荊州許婚是假,難道說你的兒不許人家。
太　后　(唱)我的兒再莫要淚如雨灑,恨只恨你哥哥將事做差。
　　　　　　叫侍兒陪郡主綉閣玩耍,到後宮喚孫權整理家法。
侍兒甲　送太后!
太　后　免。(侍兒丙扶太后下)
侍兒甲　太后走後,我先把郡主嚇唬嚇唬:稟郡主!太后走了。
孫尚香　甚麼,走了?
侍兒甲　來了!
孫尚香　娘呀!
侍兒甲　我來了。
孫尚香　呸!(搜門)侍兒!
侍兒甲　有。
孫尚香　(唱)非是我執鋼刀將娘驚嚇,恨只恨你主公把事做差。
侍兒甲　為着何來?
孫尚香　(唱)為荊州他應該多發人馬,耽誤了你皇姑青春二八。(下)
侍兒甲　(搜門)沒有人。待我帶樣的學來。侍兒!
　　　　(唱)非是我執鋼刀將娘驚嚇,恨只恨你主公把事做差。

爲荊州他應該多發人馬，耽誤了你皇姑青春二八。

（走【花梆子】，摔倒，起來）

這是甚麽東西？（看）怪不得，我家郡主脚兒小，走得好，咱這大脚片子走不了小步，還是照常走來！（三步下）

第十一場　定　　議

（侍兒丙引太后上）

太　后	（唱）越思越想越盛怒，喚你家主公！蠢子作事無來由。
侍兒丙	有請主公！（孫權上）
孫　權	（唱）在後帳與太師一處飲酒，忽聽得母親喚加上憂愁。參見母親。
太　后	少禮！我問太師？
孫　權	和兒書館飲酒。
太　后	有請太師。
孫　權	兒從命，太師走來！（喬老上）
喬　老	主公講說甚麽？
孫　權	吾母盛怒，好話多說！
喬　老	老臣有的是好話。
孫　權	太師隨上。（進門）
喬　老	參見太后。
太　后	少禮，坐了！
喬　老	老臣謝座[1]。主公請坐！
孫　權	請坐！
喬　老	太后這般時候，不曾安眠，還有甚麽不稱心的事兒？
孫　權	咳！這就是你那好話？
喬　老	這就是老臣的好話。
孫　權	免言！
太　后	太師，是你走後，我思想了半晌，有心把郡主許與劉備，太師看是如何？
喬　老	哎呀！著，孫、劉若還結爲秦晉，曹操便不敢藐視江南了！
孫　權	母親，這塵世以上，那有仇人與仇人結親的道理？

太　后　是呀,那有仇人與仇人結親的道理?
喬　老　太后,冤仇宜解不宜結。
太　后　哎呀著,冤仇宜解不宜結。
孫　權　母親,劉備生來貌醜,怎當吾門之婿?
太　后　太師,你聽,劉備生來貌醜,怎當吾門之婿?
喬　老　太后,劉備生來堯眉舜目,禹臂湯腰,天生就的帝王尊容,怎見貌醜?
孫　權　母親,他不但貌醜,他出身貧賤!
太　后　太師,他還出身貧賤。
喬　老　説他貧,不很貧;説他賤,這裏還有一椿緣故。
太　后　甚麼緣故?
喬　老　他本是大漢苗裔中山靖王之後,先人輩輩做過公侯,只是無有立帝,從這裏就把他賤壞了!
　　　　(唱)他本是中山靖王後,先人輩輩做公侯。
　　　　　　如今他把荊州守,哪個不稱劉皇叔?
太　后　甚麼,劉皇叔?
孫　權　太師,劉備有甚麼恩惠於你,在吾母上邊,常常替他人説話?
喬　老　太后只管問哩,叫臣不得不講。
孫　權　你免言者。母親,太師帶了酒了,酒言酒語,你何必信他?
太　后　太師,你敢是帶了酒了?
喬　老　啊哈哈哈!太后,爲臣吃了幾杯糟酒,主公就説老臣帶了酒了。太后若還不信,明天甘露寺與神降香,將劉備安置一旁,太后見得一面,若是貌美,就命他在此招親;若是貌醜,任憑太后發落。
太　后　這就是了,孫權!
孫　權　兒在。
太　后　爲娘明天駕幸甘露寺,與神降香,將劉備一旁安置,爲娘我見得一面,若是貌美,就命他在此招親,若是貌醜,任憑我兒擺布,爲娘一概不管。看是如何?
孫　權　些許小事,何勞母親大駕走這一回?
太　后　嗯!爲娘要去,誰敢阻擋!
喬　老　着!太后要去,誰敢阻擋!
太　后　(唱)爲娘要去誰敢阻,甘露寺看看劉皇叔。

孫　權	送母親。
太　后	免！（下）
孫　權	（唱）吾母一言出了口，（喬老暗笑）好似泰山壓頂頭。
喬　老	爲臣明天不上甘露寺了。
孫　權	太師不去，吾母見怪，如何是好？
喬　老	主公常常與爲臣致氣。
孫　權	孤心中有事，那個與你致氣？（內侍暗上）
喬　老	告辭。
孫　權	打轎送過太師。
喬　老	（唱）我看此事有八九，周郎定計付東流，付東流！（下）
孫　權	（唱）孤把大事安排就，不殺劉備誓不休。 呂範來見！
內　侍	呂範進宮。（呂範上）
呂　範	參見主公。
孫　權	太后甘露寺降香，前去安排！
呂　範	遵命。（下）
孫　權	賈華進宮！
內　侍	賈華進宮。 （賈華上）
賈　華	參見主公。
孫　權	將軍附耳來！受諭。（耳語）
賈　華	明白了。
孫　權	（念）吩咐將軍用計謀。
賈　華	（念）兩廊之下藏兵卒。
孫　權	（念）滿江撒下綫和網，
賈　華	（念）哪怕鰲魚不上鈎。
孫　權	將軍隨上。（同下）

校記

［１］老臣謝座："老"，原作"身"，據下文改。

第十二場　許　　親

（呂範上）

呂　範　（念）半裝伶俐半裝呆，誰知呆人有大才。
　　　　姓呂名範，字子衡。太后甘露寺與神降香，命我前來安置。言詞未盡，太師來也！

（喬老上）

喬　老　（念）孫、劉結秦晉，我願作冰人。
呂　範　參見太師。
喬　老　站下！太后與神降香，命你安置，可曾齊備？
呂　範　倒也齊備。
喬　老　主公到來早稟。

（四官人引孫權上）

孫　權　（念）兩家龍爭虎鬥，干戈何日罷休。
喬　老　接見主公。
孫　權　免！
喬　老　咳咳，哈哈！
孫　權　少禮，太師你來得甚早？
喬　老　太后有旨，爲臣不得不早到。尊其上，而敬其下，尊其佛，而敬其僧。太后有旨，爲臣不得不敬事。
孫　權　我問貴人？
喬　老　未曾到來。
孫　權　貴人到來早稟！
喬　老　貴人到來早稟！

（劉備、趙雲上）

劉　備　（念）情知山有虎，假裝采樵夫。
趙　雲　來此已是。
劉　備　去傳。
趙　雲　貴人駕到。
呂　範　貴人駕到。
孫　權　有請！（出門）貴人在哪裏？

劉　備　孫兄在哪裏？
孫　權　貴人到來，請到寺院。
劉　備　要到寺院。
劉　備
孫　權　請！哈哈！（同進）
劉　備　孫兄在上，受爲弟一拜！
孫　權　我也有一拜！（對拜畢，同入座）爲弟告便，喂嚇！觀見劉備生得堯眉舜目，禹臂湯腰，天生就的帝王尊容，吾母一見必然當面許親。
　　　　（唱）劉備果然是貴男，兩手過膝耳垂肩。
　　　　　　　吾母若還見一面，必然當面許姻緣。
劉　備　爲弟告便。
孫　權　請便。
劉　備　喂嚇！觀見孫權殺氣滿面，太師一旁不敢多言，這般時候，不見太后到來，甘露寺孤有險也。
　　　　（唱）孫權殺氣堆滿面，太師一旁不敢言，
　　　　　　　甘露寺內孤有險，大丈夫把命交與天。
喬　老　哈哈哈。
孫　權　哎！太師你發笑爲何？
喬　老　臣不笑別的，觀見你妻兄妹丈……
劉　備　哎！
喬　老
孫　權　哎！
喬　老　對坐甘露寺院，同是英雄，俱是豪杰。
孫　權　休要取笑[1]！
喬　老　不爲取笑！
　　　　（唱）皇叔屯兵在江漢，主公坐鎮在江南。
　　　　　　　孫、劉兩家結親眷，曹操不敢窺江南。
　　　　（內白：太后駕到）
喬　老　貴人請在下邊！（同劉備下）
　　　　（四官人、四彩女引太后上）
太　后　（念）爲女兒拜佛還願，但願得早結鳳鸞。
孫　權　接見母親。

呂 範	接見太后。
太 后	吾兒平身。呂範拈香！（同下）
	（呂範上）
呂 範	（打掃神殿）請太后！
	（四宮人、四彩女、太后、孫權同上參神，呂範撞鐘。參神畢，倒降場。挖門，由下場門上。宮人、彩女站立兩旁。太后坐後場。孫權施禮坐右。呂範打茶。太后看）
太 后	怎樣不見太師？
孫 權	候久了。
太 后	呂範，請太師！
呂 範	請太師！
	（喬老下場門上）
喬 老	參見太后。
太 后	我問貴人？
喬 老	候久了。
太 后	有請貴人！
喬 老	皇叔請來！
	（劉備下場門上）
劉 備	太師講說甚麼？
喬 老	上坐太后，納頭就叩！
劉 備	太后在上，晚生劉備下拜。望太后多福多壽！
太 后	貴人請起！
劉 備	太后恩寬。
太 后	簾外與貴人看座！
劉 備	慢着。太后在此，沒有晚生脚扎之地，焉敢討座？
太 后	老身賜座者當坐，坐了纔好叙話。
劉 備	晚生大膽謝座。
喬 老	皇叔請坐。
劉 備	請坐。太后駕安？
太 后	罷了。貴人你好？
劉 備	晚生謝問。
太 后	啊哈貴人，你看我那長子去世，次子權國，老身教子不周，倒惹得貴

		人見笑!
劉	備	太后有孟母之德,吳侯有仁君之量,威震江南,名揚華夏,晚生劉備無不敬服!
喬	老	(背白)這兩句言詞,答應得不差!
太	后	啊哈貴人!
劉	備	太后。
太	后	聞聽人説,你弟兄大破黃巾,威名甚顯,有勞貴人講説一遍,老身側耳領教!
喬	老	唔咦!皇叔!太后問你,就該將你的家鄉貴郡,你弟兄創業之事,講説一遍。
劉	備	太后不嫌絮煩聒耳,穩坐甘露寺院,聽晚生細陳。 (唱)與太后對坐在甘露寺院,聽晚生劉備表家園。 　　我家住幽州在涿縣,大樹樓桑有家園。
喬	老	慢着講,慢着講。太后,我皇叔提涿縣,你老人家却知?
太	后	一字不知。
喬	老	太后,他本是大樹樓桑人氏,他那裏山是真山,水是真水,前邊灣灣龍戲水,後邊緊靠白虎岩,左青龍,右白虎,真來一塊興隆之地。
孫	權	太師,你到過那裏?
喬	老	老臣未曾去過。
孫	權	免言者。
太	后	嗯!貴人往後講來,往後講來!
劉	備	(唱)我先生火焚新野縣。
喬	老	慢着講,慢着講。太后,皇叔説的他家先生,本是琅玡郡人氏,複姓諸葛名亮,字孔明,道號臥龍。原在南陽臥龍崗修真養性,貴人弟兄三人請先生下山,軍中作謀。此人下得山來,别的功勞莫要説起,用了幾陣好火攻。炮打襄陽,火燒博望,草船借箭,南屏山祭風,就是那周朝吕望、漢世張良,也不勝此人的好謀略。好火攻!
孫	權	好火攻,吾母知道了!
喬	老	我怕太后不知道哩!
孫	權	免言者!
太	后	嗯!貴人往後講來!
劉	備	(唱)我二弟單刀出五關。

喬　老　哈哈哈哈！
太　后　太師發笑爲何？
喬　老　太后，皇叔提起他那二弟，你老人家却知？
太　后　一字不知。
喬　老　此人是河東解梁人氏，姓關，名羽，字雲長。想當初大破徐州，弟兄失散，把此人圍困在黃土山上，曹營差來文遠將軍，順説此人投降。他投曹以來，三日一小宴，五日一大宴，上馬金，下馬銀，十美女進膳，曹相問安，買不下此人一片心事。聞聽人説，他大哥身投袁紹，便保上他二位皇嫂，過五關，斬六將，古城壕邊斬蔡陽，人稱他美髯公！你先看他威風不威風，厲害不厲害！
太　后　威風，厲害！
孫　權　吾母知道了。威風，厲害。
喬　老　誠恐太后不知。
孫　權　免言！
太　后　嗯！貴人再往後講來。
喬　老　皇叔，你再往後講來！
劉　備　（唱）我三弟他把橋喝斷。
喬　老　哎呀！皇叔慢着講，慢着講！哎呀！越發厲害了！太后，我家皇叔提起他三弟，你老人家却知？
太　后　老身一字不知。
喬　老　此人是涿州范陽人氏，姓張名飛，字翼德。此人生得豹頭環眼，燕頷虎鬚。當年在長坂坡前，曹操八十三萬人馬把將軍趕趕趕，一直趕至當陽橋上，將軍站在橋頭，慌也不慌，忙也不忙，就這樣唔呀呔！（閃腰）喂嚇嚇嚇！
孫　權　小心閃了你的腰者！
喬　老　不妨事，不妨事！大喊了三聲，把橋分爲兩斷，河水倒流，嚇死了大將夏侯霸，曹兵收繮不住，人踏人死，馬踏馬亡。就是這樣，撲踏撲踏，回得營去，查兵點將，無名小卒莫要説起，單説有名上將折了這……
太　后　多少？
喬　老　大約者二萬有餘。
太　后　甚麽，二萬有餘？

孫　權　你與他查兵點將去咧？
喬　老　老臣是耳聞。
孫　權　免言。
太　后　嗯！貴人往下講！
喬　老[2]　皇叔，再往後講來！
劉　備　（唱）我四弟單槍戰長坂。
喬　老　皇叔，你先慢着講，慢着講！越發的厲害了。太后，皇叔說他那四弟趙雲，你老人家却知？
太　后　一字不知。
喬　老　此人本是常山人氏，姓趙名雲，字子龍。想當初以在長坂坡前被那百萬曹兵，就是這樣圍、圍、圍。
太　后　圍在哪裏？
喬　老　圍在中間。將軍慌也不慌，忙也不忙，手執銀槍，西北角入陣，東南角殺出，白人、白馬殺進去，紅甲、紅鎧殺出來，直殺了個七進七出。
孫　權　你記錯了！
喬　老　怎見老朽記錯了？
孫　權　乃是三進三出。
喬　老　嗯！還是七進七出。
孫　權　三進三出！
喬　老　七進七出！
太　后　嗯！太師説七進七出，想必就是七進七出。
孫　權　噢，七進七出。
太　后　貴人再往後講！
喬　老　皇叔，再往後講！
劉　備　（唱）創業之事我講一遍，太后在上仔細參。
太　后　（唱）貴人對我講一遍，倒叫老身喜心間。
　　　　　　　甘露寺見了貴人面，老身當面許姻緣。
孫　權　（唱）我母當面許姻緣，活活氣煞我孫權。
　　　　　　　孫、劉兩家結親眷，想要荆州難上難。
喬　老　（唱）八月十五月兒圓，孫、劉兩家結姻緣；
　　　　　　　老朽從中爲媒介，月老簿上把名添。
太　后　呂範看酒！

喬　老	酒來,酒來!
	(趙雲上)
趙　雲	(詩)長坂坡前血未乾,單人獨馬戰曹瞞,
	無有降龍伏虎膽,焉敢保主過江南。
	(唱)趙雲渾身都是膽,保定吾主過江南;
	兩足踏得乾坤轉,雙手也能撐泰山。
	任他伏兵有百萬,個個來時喪黃泉。
	呔!趙雲告進!趙雲參見!(跪)
太　后	甚麼人?
劉　備	我四弟趙雲。
喬　老	太后,這就是皇叔説的那四弟趙雲。你看此人生得如何?如何?
太　后	真來一員好虎將,請起!(趙雲起)
趙　雲	主公上這壁厢來!
劉　備	四弟講説甚麼?
趙　雲	甘露寺兩廊盡是埋伏,不殺你我君臣再殺何人?
劉　備	(向太后下跪[3])哎呀,太后,甘露寺兩廊盡是埋伏,不殺小婿,再殺何人?
太　后	貴人平身,進入簾内!
劉　備	太后恩寬。
太　后	孫權!甘露寺何人安置?
孫　權	吕範安置。
太　后	吕範!
吕　範	參見太后。
太　后	甘露寺是你安置?
吕　範	是臣。
太　后	怎麼有了埋伏?
吕　範	埋伏,那是假話。
喬　老	太后,我主駕下有一大將,名叫賈華,有九牛二虎之力,莫非是那賈華?
太　后	子龍何不拿下!(賈華上。趙雲與賈華殺過幾個回合,趙雲拿住賈華)哇!貴人在此,竟敢行刺,真來大膽!
喬　老	(向賈華奪刀)拿來!就敢行刺,真來大膽!(刀放吕範項上)

吕　範　啊哟!

太　后　（唱）離了江北到江南,他與吾女結鳳鸞,
　　　　　　　　刺殺貴人如造反,找來人頭挂高杆。

劉　備　慢着！太后,今天是大喜之日,斬壞一員大將,誠恐與婿不利!
　　　　（跪）

喬　老　太后！今天是大喜之日,又是新女婿奏情,這一情必須要允。

太　后　貴人請起!（劉備起）哎!今天犯罪,本該問斬,念起貴人奏情,太師幫言,饒你革命不死。賜你豐宴美酒,廊下奉陪趙將軍!

賈　華　謝過太后饒命！謝過貴人奏情！謝過太師幫言！（起）趙將軍隨我廊下飲酒。

趙　雲　請!（拉劍）

賈　華　好將!（同下）

孫　權　母親請在下邊!（太后、宮人、彩女、喬老同下）我不免指石問卜。老天在上,弟子孫權後來若能獨霸王業,劍下石爛!（砍石）

劉　備　（唱）漢劉備用目觀,觀見孫權顯手段。
　　　　　　　　一劍下去石兩半,後來必定霸江南。
　　　　吳侯在此務幹何事？

孫　權　指石問卜。

劉　備　弟我也指石問卜。

孫　權　盡在貴人。

劉　備　四弟看劍!（接劍）老天在上,弟子劉備,後來若能回到荆州,劍下石爛!
　　　　（砍石）

孫　權　喂嚇!
　　　　（唱）有孫權用目觀,觀見劉備顯手段。
　　　　　　　　一劍下去石兩半,嚇退江南文武官,
　　　　　　　　吕範！請貴人出寺游玩!

劉　備　請!
　　　　（唱）他一劍,我一劍,我二人心事不一般。
　　　　　　　　行步來在大江岸,往來不斷打魚船。
　　　　（內喊：咦唔,咦唔）

劉　備　吳侯請來!

孫　權　貴人講説甚麽？

劉　備　上游黑漫漫，那是何物？

孫　權　打魚的小船，不足爲奇！

劉　備　（背白）聞聽人説，江南人只會駕舟不會乘馬，今日一見果真是實。

孫　權　（背白）好你劉備，笑我江南人，只會駕舟，不會乘馬。呂範策馬！
　　　　（孫權上馬，下）

劉　備　喂嚇，觀見孫權乘在馬上，人高馬大如鷹鷂，隨風就到！
　　　　（孫權復上）

孫　權　接馬！（上，下馬）

劉　備　勞體！

孫　權　見笑。

劉　備　弟奉陪一馬。

孫　權　盡在貴人！

劉　備　四弟策馬！（上馬，下）

孫　權　啊！觀見劉備乘在馬上，堯眉、舜目、禹背、湯腰，天生就帝王之尊容，隨風就到。（劉備、趙雲上，下馬）

孫　權　勞體！

劉　備　見笑！這是甚麽地方？

孫　權　駐馬坡。

劉　備　駐馬坡改爲砍石岩，曉喻能工巧匠，立一碑記，留於後人紀念！

孫　權　照貴人意旨傳下，請貴人回宫。

呂　範　請貴人回宫。

劉　備
孫　權　請！

劉　備　（念）駐馬坡前試寶劍，

孫　權　（念）孫、劉兩家結姻緣。

劉　備　（念）砍石問卜作紀念，（下）

孫　權　（念）留於後世萬代傳。（同下）

校記

［１］休要取笑：“休”，原作“体”，據文意改。

［２］喬老：“喬”，原脱，據上下文補。

［3］向太后下跪："跪",原作"脆",據文意改。

第十三場　拜　堂

　　（四宮人引太后上）

太　后　（念）爲女兒常許心願,喜今日纜結鳳鸞。
　　（孫權上）

孫　權　（念）這口惡氣實難咽,仇人與妹結姻緣。
　　參見母親!

太　后　少禮。孫權,你妹子今日良辰佳期,該命何人唱禮?

孫　權　就命呂範唱禮。呂範唱禮上來!
　　（呂範上）

呂　範　（念）吉慶圖上月兒圓,麒麟閣前踹金磚,
　　　　紫墀宮院理花燭,龍鳳呈祥慶團圓。
　　請男貴人! 請女貴人!（劉備、孫尚香兩邊上）

呂　範　端步登花氈[1]。動樂,拜! 拜天地,拜高堂! 夫妻對拜,再拜高堂!
　　夫妻對禮! 禮畢。入洞房!（同下）

孫　權　哎!

太　后　嗯!（下）

孫　權　噢吁!（長嘆,下）

校記

［1］端步登花氈："端",原作"踹",據文意改。

黃鶴樓

員冠英　口述

解　題

　　蒲劇。員冠英口述。員冠英生平里居不詳。《蒲州梆子劇目辭典》、《山西戲曲劇目總攬》著錄，題《黃鶴樓》，未署作者。劇寫劉備借去荆州，久不歸還。東吴都督周瑜設計，請劉備赴黃鶴樓飲宴，以圖要挾。孔明料知周瑜蓄意，差趙雲保劉備前往，暗付趙雲竹節一支，待危險時使用。劉、趙至黃鶴樓後，周瑜果然提及討還荆州之事，命三軍圍住黃鶴樓，沒有令箭不放劉備下樓。劉、趙悲愁交加，埋怨孔明。趙雲在氣惱中將竹節摔壞，發現内裝令箭一支，係當年祭東風時周瑜賜與孔明之物。君臣反悲爲喜，持令箭逃出黃鶴樓。周瑜率兵追趕，劉備、趙雲已登來接之船。諸葛亮令衆將截擊。劉封箭射斷周瑜船篷。魏延截殺。周瑜逃奔三江口，被張飛擒拿。張飛奉諸葛亮令又將周瑜解縛放了，氣得周瑜高呼"蒼天！既生瑜，何生亮"而倒下。本事不見正史與《三國演義》。元朱凱雜劇《劉玄德醉走黃鶴樓》、明傳奇《草廬記》、清花部和京劇《黃鶴樓》均寫此故事，情節、人物略異。版本今見《山西地方戲曲彙編》第七集《蒲州梆子專輯三》（山西人民出版社1983年8月）本。該本曾經臨汾蒲劇院藝人校訂。今以員冠英口述本爲底本校勘整理。

第　一　場

（四龍套、宫臣引孫權上）

孫　權　（引）雄兵百萬，孤把江南獨占。

　　　　　（詩）父兄創業在江南，赤壁交兵破曹瞞。

　　　　　　　　争下荆州城一座，劉備借去不歸還。

孤，姓孫，名權，字仲謀。托父兄洪福，執掌江南九郡八十一州。只因當年赤壁交兵，火燒戰船，爭下荆州一座城池，被劉備借去養軍，至今九載不曾歸還。不免把公瑾宣上殿來，商定一計，討回荆州方好。宮臣！宣你周都督上殿！

宮　臣　周都督上殿！

（周瑜上）

周　瑜　主公駕安！

孫　權　罷了。我卿你好？

周　瑜　謝問。宣臣上殿，有何國事議論？

孫　權　當年赤壁交兵，火燒戰船，爭下荆州一座城池，被劉備借去養軍，至今九載不曾歸還。宣卿上殿，商定一計，討回荆州方好。

周　瑜　臣有一調虎離山之計。

孫　權　何爲調虎離山之計？

周　瑜　主公當殿假修一封書信，就說太后思念皇叔甚切，請劉備過江黃鶴樓上飲宴相會。差人下到荆州。劉備若能過得江來，酒席宴前，爲臣自有計用。

孫　權　言之極是。宮臣，啓開文房！
　　　　（唱）忙吩咐宮臣啓筆硯，字字行行寫上邊。
　　　　　　　吳太后修書泪滿面，拜上賢婿仔細觀。
　　　　　　　自那年元旦你回轉，轉眼不覺有幾年。
　　　　　　　老身年邁多病患，思念賢婿心痛酸。
　　　　　　　黃鶴樓上設酒宴，請賢婿過江來團圓。
　　　　　　　早來幾天得相見，遲來你我見面難。
　　　　　　　一封書信忙寫就，吾母手印壓上邊。
　　　　　　　交與我卿行方便，討還荆州免愁煩。

周　瑜　（唱）叫主公莫要加愁煩，爲臣有言奏君前。
　　　　　　　黃鶴樓上設酒宴，爲臣自有巧機關。
　　　　　　　我這裏領書信忙下殿，哪怕他荆州不歸還。（下）

孫　權　（唱）一見公瑾下金殿，倒叫孤家把心耽。
　　　　　　　吩咐宮臣趕車輦，回宮先對吾母言。（同下）

第 二 場

（四兵卒引周瑜上）

周　瑜　（念）胸懷韜略志氣宏，執掌東吳百萬兵。
　　　　本督姓周，名瑜，字公瑾。當殿與吾主商議，假修太后書信，請劉備過江，黃鶴樓上飲宴；名爲飲宴，實爲索討荊州。甘寧智勇過人，不免命他過江下書。人來！甘寧來見！

兵　卒　甘寧來見！

（甘寧上）

甘　寧　（念）大將生來性勇猛，一騎能擋百萬兵。
　　　　姓甘，名寧，字興霸。都督有喚，進帳去見。甘寧告進。參見都督。

周　瑜　站下！

甘　寧　宣末將進帳，有何差遣？

周　瑜　書信一封，下奔劉備那裏莫誤！

甘　寧　得令。

周　瑜　慢來，聽吾一令者！（曲牌子，甘寧下）劉備，劉玄德！叫你明槍容易躲，暗箭最難防！

（同下）

第 三 場

（四龍套、中軍引劉備上）

劉　備　（念）三國不和，日動干戈。
　　　　（詩）弟兄結義在桃園，白馬、烏牛謝蒼天。
　　　　　　　許下一在三同在，一滅三亡同歸天。
　　　　孤劉備，字玄德。當年赤壁交兵，火燒戰船，爭下荊州一席之地，孤家借來養兵。東吳屢屢差人索討，叫孤時刻憂心！
　　　　（內白：東吳甘寧前來下書）

中　軍　東吳甘寧前來下書。

劉　備　有請甘將軍！

中　軍　有請甘將軍！（甘寧上）

甘　寧　（念）都督把我差,下書過江來。
　　　　甘寧告進。皇叔在上,甘寧本該下拜,身帶太后密書,不便下拜。
　　　　皇叔莫怪!
劉　備　中軍,請過書信!
　　　　（甘寧出書,中軍遞書）
甘　寧　甘寧下拜。
劉　備　將軍請起!看座!
甘　寧　末將謝座。皇叔身旁却好?
劉　備　罷了。你今前來,太后、吳侯可好?
甘　寧　吾主却好。太后因思念皇叔,每日慟哭不止。
劉　備　甘將軍一路多受風霜之苦!
甘　寧　挂念小將。請皇叔迅速拆看書内情由,太后立等回音。
劉　備　請在館驛歇息!
甘　寧　遵命。（下）
劉　備　待孤拆書一觀。
　　　　（唱）漢劉備清早坐帳中,吳太后下來書一封。
　　　　　　我拆開書皮抽書簡,字字行行觀一番：
　　　　　　吳太后修書泪滿面,拜上賢婿仔細觀。
　　　　　　自那年元旦你回轉,轉眼不覺有幾年。
　　　　　　老身年邁多病患,思念賢婿心痛酸。
　　　　　　黃鶴樓上設酒宴,請賢婿過江來團圓。
　　　　　　早來幾天還得見,遲來你我見面難。
　　　　　　觀罷書信心煩亂,請出軍師細商談。
　　　　人來!請你師爺!
中　軍　有請師爺!
　　　　（孔明上）
孔　明　（念）初出茅廬用火攻,博望燒屯第一功。
　　　　參見主公!
劉　備　請坐!
孔　明　宣臣進帳,有何軍情議論?
劉　備　東吳有書到來,先生請看!
孔　明　待臣一觀。好你周瑜,前計未成,後計又到。怎知亮早已安排停當,人來,請你家四千歲!

中　軍　有請四千歲!

（趙雲上）

趙　雲　（念）長坂坡前血未乾,匹馬單槍戰曹瞞。

姓趙,名雲,字子龍。主公宣召,進帳打探。趙雲告進。參見主公!

劉　備　少禮。見過先生!

趙　雲　參見先生!

孔　明　四將軍到來,請坐!

趙　雲　謝座。宣臣進帳,有何軍情議論?

劉　備　候先生令發!

趙　雲　先生有何差遣?

孔　明　命你保主公過江,黃鶴樓飲宴,你意如何?

趙　雲　情願前去。兵帶多少?將帶幾員?

孔　明　一兵一卒不帶,命你單身保駕前往。

劉　備　慢着,慢着!從前命我君臣二人過江,險些命喪虎口。今天再叫我君臣二人過江,孤我便不去!

孔　明　主公再莫要推辭,此一前去,保你安全無恙。

劉　備　先生!

（唱）先生作事太莽撞,聽孤家把話說心上。

他從前一計未使上,到如今又來施乖方。

你再思,你再想,莫教孤家遭禍殃。

孔　明　（唱）劉主公莫要心驚慌,為臣心中有主張。

周郎縱有千條計,難逃為臣計謀強。

有大禍我不肯叫主前往,飲宴回君臣們大笑一場。（取竹節）

火燒戰船帶回你,黃鶴樓上放光芒。

四將軍前來聽我講,你把這無價法寶帶身旁。

四將軍轉來!這是竹節一支,若到為難之處,他能擋周瑜千員將呵[1]!

（唱）竹節不滿三尺長,錦囊妙計內邊藏。

事情緊急把它看,哪怕周瑜小兒郎。

趙　雲　（唱）先生仿比太公望,又好比漢室張子房。

叫主公大膽只前往,我願保主公諒無妨。

孔　明　（唱）四將軍好將真好將，長坂坡大戰威名揚。
　　　　　　我觀見主公納了悶，諸葛亮與主解愁腸。
　　　　你我大家相勸主公起程。主公莫要愁煩，但等本月十六日，爲臣帶了滿朝文武迎接主公還朝。
劉　備　若到本月十六日，你迎接孤的鬼魂來吧！
孔　明　主公再莫要如此！人來！請主公更衣！
趙　雲　請主公更衣！
劉　備　你們都說去得，孤家何必懦弱！軍校與孤更衣來！
　　　　（唱）好一個大膽諸葛亮，他敢叫孤家過長江。
　　　　四弟！
　　　　　　君臣們更衣黃羅帳，諸葛亮他送孤命見閻王。
　　　　（換金王帽、紅蟒、披斗篷。趙雲脫蟒）
孔　明　送主公！
劉　備　（怨聲）免！（下。趙雲隨下）
孔　明　（唱）一見主公出寶帳，再叫關平和周倉。
　　　　關、周二將來見！
中　軍　關、周二將軍進帳！
　　　　（關平、周倉上）
關　平　（念）忽聽先生召，
周　倉　（念）必有軍情到。
關　平　關平。
周　倉　周倉。
關　平　先生有喚，進帳打探。　關　平　告進。參見先生！
周　倉　　　　　　　　　　　　　周　倉
孔　明　少禮，站下。
關　平　宣我等進帳，有何差遣？
周　倉
孔　明　主公過江黃鶴樓上飲宴，命你二人本月十六日，各駕小舟一隻，迎接主公還朝。
關　平　東吳兵多將廣，水戰不勝，如何是好？
周　倉
孔　明　水戰不勝，及早逃走，自有大兵接應。

| 關　平 | 得令。 |
| 周　倉 | |

　　　　　　（念）兵行山嶽動，馬到鬼神驚。（下）
　　　　　　（張飛內白：來了）（張飛上）

張　飛　（唱）心中可惱諸葛亮，作事不該瞞老張。
　　　　　　怒氣不息進軍帳，（進帳）不見大哥在哪廂！

孔　明　三公到來，請坐！（張飛看）

張　飛　怎麼不見吾大哥，哪裏去了？

孔　明　過江黃鶴樓上飲宴去了。

張　飛　兵帶多少？將帶幾員？

孔　明　一兵一卒未帶，只帶子龍一人。

張　飛　四弟一人怎麼可以？待我老張趕上前去！

孔　明　帳前用你不著，你且出帳！

張　飛　先生！
　　　　（唱）叫先生作事太孟浪，你行軍不和咱商量。
　　　　　　與東吳結仇山海樣，你敢叫吾兄過長江。
　　　　　　既過江多帶兵和將，爲甚麼帶子龍不帶老張。

孔　明　此事用你不着。你且出帳！

張　飛　（唱）我不辭先生出軍帳，一股惡氣壓胸膛。
　　　　　　我大哥若有好和歹，
　　　　　　諸葛亮！牛鼻子！
　　　　（唱）你難免某家鞭下亡。（下）

孔　明　（唱）好一個烈性翼德將，不忘桃園一爐香。
　　　　　　轉面我把中軍叫，後帳宣來魏文長。
　　　　　　魏延進帳。

中　軍　魏延進帳！
　　　　（魏延上）

魏　延　（念）自幼生來志量高，萬馬營中逞英豪。
　　　　　　姓魏，名延，字文長，先生有喚，進帳打探。魏延告進。參見先生。

孔　明　站下。

魏　延　宣末將進帳，哪路有差？

孔　明　主公過江黃鶴樓上飲宴，命你本月十六日帶領人馬，土崗埋伏，但

　　　　　等周瑜到來，截殺一陣，掩護主公還朝。

魏　延　得令。
　　　　（念）先生有令到土崗，要與周瑜擺戰場。（下）

孔　明　周瑜，短賊！
　　　　（念）任你縱有計千條，逃過我手算爾高！（同下）

校記

［1］他能擋周瑜千員將呵：「呵」，原作「可」，據文意改。

第　四　場

（二船夫倒上。趙雲上。下馬，上船，下船）

趙　雲　請主公！
　　　　（四兵卒引劉備上。劉備下馬。四兵卒倒下。劉備、趙雲上船）

船　夫　與主公叩頭。

趙　雲　鳴鑼開舟！

劉　備　四弟！你我君臣過江，好有一比？

趙　雲　比就何來？

劉　備　好比昔日漢高皇赴鴻門宴呵！
　　　　（唱）有孤家好比漢高皇，周瑜好比楚霸王。
　　　　　　　四弟好比樊噲將，缺少個能言的張子房。

趙　雲　（唱）劉主公高皇真高皇，周瑜怎比楚霸王。
　　　　　　　為臣不比樊噲將，殺個血水成河染長江。

劉　備　（唱）四弟好將真好將，長坂坡前威名揚。
　　　　　　　縱是虎穴也要往，我君臣將性命交與上蒼。
　　　　（下船，同下）

第　五　場

（四將引周瑜上）

周　瑜　（唱）飛船衝破長江浪，大小三軍似虎狼。
　　　　　　　當殿修書把計用，甘寧下書到荊襄。

　　　　　我命子敬江邊望，劉備是否過長江。
　　　　　黃鶴樓設下天羅網，管叫劉備一命亡。
　　　　　將身打坐連環帳，討回荊州取襄陽。
　　　（魯肅上）
魯　肅　（唱）好一個大膽諸葛亮，敢叫劉備過長江。
　　　　　滿江撒下鈎和網，十個劉備五雙亡。
　　　　　參見都督！
周　瑜　站下！江岸打探劉備消息，怎麼樣了？
魯　肅　劉備過江來了。
周　瑜　兵帶多少？將帶幾員？
魯　肅　一兵一卒未帶，只帶子龍一人！
周　瑜　哈哈哈……好你劉備，果中吾計！諒爾插翅難逃！子敬聽令！吩咐衆將，排了隊伍，駕舟迎客！
魯　肅　衆將，排了隊伍，駕舟迎客！
　　　（衆將排隊倒下。魯肅倒下。周瑜對鏡整衣。倒下）

第　六　場

（二船夫分上。四將排隊倒上，趙雲、魯肅分上。劉備、周瑜分上。周瑜讓劉備過船下。周瑜隨下。趙雲、魯肅先後下。四將齊下）

第　七　場

（四將上。魯肅、趙雲上。周瑜、劉備上）
（劉備脫行衣。劉備、周瑜分坐。飲茶）
周　瑜　不知皇叔過江遠臨，瑜失誤遠迎。多得有罪。
劉　備　少得差人都督身旁問安，望乞恕罪。
周　瑜　豈敢！（劉備看）皇叔看甚麼？
劉　備　怎麼不見太后、吳侯？
周　瑜　你問的太后、吳侯！（沈吟）哎！太后因思念皇叔，身染重病；吾主每日床邊侍奉，因此着瑜奉迎皇叔。皇叔莫怪。
劉　備　待孤床邊探病。

周　瑜　慢着！但等飲宴以畢，瑜奉陪皇叔前去。
劉　備　到此就要打擾了！
周　瑜　理當。
魯　肅　宴齊。
周　瑜　宴設黃鶴樓！
魯　肅　宴設黃鶴樓！
　　　　（四將、魯肅下。劉備、趙雲下）
周　瑜　劉備！劉玄德！今番墜我術中，諒爾插翅難逃！（下）

第 八 場

（四將、魯肅、趙雲上樓。劉備、周瑜上樓。周瑜安杯。周瑜、劉備分席對坐。飲酒。四將下）

周　瑜　皇叔！
劉　備　都督！
周　瑜　今天酒席宴前，瑜有一句不知進退的話兒，不知當講不當講？
劉　備　都督有何貴言，請講何妨！
周　瑜　瑜先謝罪。當年赤壁交兵，火燒戰船，爭下荊州之地。皇叔借去養軍，許下八載交還，至今業已九春。豈不知信者人之根本，人而無信，不知其可也。大車無輗，小車無軏，其何以行之哉[1]！請問皇叔不還我家荊州，是何意兒？
劉　備　這個……
周　瑜　甚麼？
劉　備　都督！
　　　　（唱）周都督一言提荊襄，倒叫孤結舌口難張。
　　　　　　有兩句好話對他講，周都督耐煩聽心上。
　　　　　　曹阿瞞他把中原占，你的主吳侯占江南。
　　　　　　孤無處立來無處站，纔借得荊州把身安。
　　　　　　把荊襄再讓孤三五載，取川後孤定將原地交還。
周　瑜　（唱）劉皇叔莫要假傷情，你不説瑜我心內明。
　　　　　　赤壁交兵起戰爭，爭奪下荊州一座城。
　　　　　　劉皇叔借去把軍養，曾許下八載還江東。

　　　　　到如今業已九年正，你霸業不還爲何情？
　　　　　有幾輩古人對你講，不知你會聽不會聽。
　　　　　秦穆公駕坐咸陽地，晉獻公駕坐平陽城。
　　　　　當初兩國相交好，又借糧來又借兵。
　　　　　自從惠公行無道，在龍門山前大交兵。
　　　　　孫、劉兩家似秦、晉，豈比吳、越世相爭。
　　　　　這退歸文約要你寫，若不寫咱兩家要失情。
趙　雲　周瑜！
　　　　（唱）周瑜莫要逞威風，大語欺壓我主公。
　　　　　曹操檄文到江東，嚇得爾等膽顫驚。
　　　　　文要降，武要戰，文武議論不安寧。
　　　　　那一時嚇破爾的膽，（周瑜出席前與趙雲雙亮勢）
　　　　　搬我家軍師過江東。
　　　　　三軍夏口借過箭，南屏山前祭東風。
　　　　　我三公埋伏大彝陵，小彝陵埋伏趙子龍。
　　　　　你周瑜怕死不出馬，
　　　　　周瑜短賊！
　　　　　殺戰僅是我弟兄。
　　　　　荆州現有荆州在，借俺東風還東風。
　　　　　要荆州問俺趙雲要，長槍短劍與爾拜弟兄。（欲動手打）
劉　備　咦！
　　　　（唱）好你大膽趙子龍，甚麼地方逞你能。（轉對周瑜）
　　　　　周都督他有容人量，我四弟得罪你孤我賠情。
周　瑜　哎呀劉皇叔！皇叔你過來！
　　　　（唱）劉皇叔莫要假賠情，再叫常山趙子龍。
　　　　　打黃蓋我定下苦肉計，闞澤下書到曹營。
　　　　　群英會上定巧計，蔡瑁、張允難逃生。
　　　　　龐統曾把連環獻，俺周瑜殺敵立奇功。
　　　　　費盡我家糧和草，何言都是你家的功！
　　　　　爭下荆州你家占，永借不還爲何情？
　　　　　黃鶴樓不念太后面，十個劉備難逃生。
　　　　　不辭劉備下樓去，

（周瑜欲下，趙雲阻擋，周瑜拉劉備。趙雲護。周瑜乘機下樓。魯肅上）

　　　　傳令再叫子敬聽。先點紅旗四員將。

魯　肅　呔，四將！（四將應聲上）

周　瑜　（唱）再叫四將聽分明。上樓去先殺漢劉備！

魯　肅　（唱）擋住都督且慢行。

　　　都督！殺死劉備，太后嗔怪，如何是好！

周　瑜　住了！這樣説起，把荆州罷了不成？

魯　肅　將他君臣囚在黄鶴樓上，立逼寫下退歸文約，如其不然，讓他老死樓上，不准下樓。

周　瑜　也罷！就依子敬之言，把他君臣二人囚在黄鶴樓上，立逼他寫下退歸文約，有我令箭纔放他下樓。哪家私意放他下樓，即推出斬首示衆！

魯　肅　送都督！

周　瑜　免。（下）

魯　肅　四將！黄鶴樓團團圍定。（同下。劉備、趙雲搜門）

劉　備　四弟！周瑜下得樓去，變臉失色，你我君臣有命難逃黄鶴樓了！

趙　雲　主公！豈不記爲臣當年長坂坡前呵！

　　　（唱）長坂坡前逞威風，單人獨馬戰曹兵。

　　　　一兵一卒我不帶，殺得曹兵哭連聲。

劉　備　四弟醒來吧！長坂坡前有槍有馬，能以排開戰場，黄鶴樓如同壘臺一般，你用足踢拳打不成！

趙　雲　主公！臨行先生賜我竹節，能退周瑜伏兵可！

　　　（唱）臨行先生對我講，竹節内邊有良方。

　　　　文有他，武俺擋，那怕周瑜小兒郎。

劉　備　那不是竹節，乃是諸葛亮先生算就你我君臣命喪黄鶴樓，那是一個引魂幡兒引你我君臣的亡魂來了！

趙　雲　哎呀竹節！竹節！臨行先生言道，你能退周瑜伏兵，事到如今，你與我退退退！

　　　（唱）臨行先生對我明，竹節内邊有神通。

　　　　叫他十聲九不應，心中焦急怨孔明。

　　　哎呀諸葛亮！諸葛孔明！你害了我君臣了！

（唱）在樓口不住怨孔明，把君臣送在枉死城。
　　要這竹節中何用，氣憤摔在地流平。
（竹節開，現出令箭，拾起）
上寫都督令箭，都督令箭。喂嚇！好先生！主公，損壞竹節，內藏周瑜令箭。

|劉　備|甚麼有令箭！待孤看！上寫都督令箭，都督令箭。下樓，下樓，下樓！|

（同下樓）

四　將	可曾寫下退歸文約？
劉　備 趙　雲	現有都督令箭。
四　將	轉箭！下樓去！
劉　備	（念）鯉魚脫金鉤。（下）
趙　雲	（念）擺尾不回頭。

好險呀！（下）

|四　將|請都督！|

（周瑜、魯肅上）

周　瑜	（念）劉備縱有通天手。
魯　肅	（念）插翅難逃黃鶴摟。
四　將	劉備下樓。
周　瑜	可曾寫下退歸文約？
四　將	現有都督令箭。
周　瑜	轉來，轉來！哈！當初賜與諸葛亮祭東風的令箭，却怎麼今天還在？哎呀，諸葛亮，牛鼻子！周瑜一計不成，誓不與爾干休！
魯　肅	就該差人追趕。
周　瑜	子敬聽令！吩咐大將太史慈，身帶十萬人馬，起旱追趕！你我各駕小舟追上。

（同下）

校記

［1］其何以行之哉："其"，原作"豈"，據《論語·爲政》改。

第 九 場

（太史慈上）

太史慈　（念）青臉紅髮眼銅鈴，鎖子金甲兩膀停。

　　　　　　當年大戰神亭嶺，一騎能擋百萬兵。

　　大將太史慈。都督賜我十萬人馬，追趕劉備。眾將官！（四龍套兩邊應上）帶馬追趕！（同下）

（魯肅上場，下馬。船夫倒上。魯肅上船，催舟下。周瑜上場，下馬。船夫倒上。周瑜上船，催舟下）

第 十 場

（黃忠上）

黃　忠　（念）老將威名不可擋，能射百步箭穿楊。

（張飛上）

張　飛　（念）豹頭環眼氣軒昂，三聲喝斷橋當陽。（二人互讓座）

黃　忠　三公，主公過江，杳無音信，就該請出先生問個明白。

張　飛　牛鼻子，甚麼哪先生！

（孔明上。中軍上）

孔　明　（念）昨晚坐觀天象，清早喜氣洋洋。

（黃忠、張飛起立）

孔　明　三公，老將軍到來，請坐！（同坐）

黃　忠　先生，主公過江，杳無音信，此情為何？

張　飛　先生！吾大哥過江，無有甚麼好歹還則罷了，若有好歹，我老張也敢……

孔　明　莫非你打着山人？

張　飛　我與你誓不甘休！

孔　明　三公、老將軍莫要納悶，主公已有書信到來，三公請看！

張　飛　你看，老張不看。

孔　明　老將軍請看！

黃　忠　先生請看。

孔　明　你我同拆同看。打座來！
　　　　（唱）諸葛亮清早坐帳中，劉主公捎來書一封。
　　　　　　拆開書皮抽書簡，（張飛亮式，注視書簡）
　　　　　　字字行行觀分明。
　　　　　　劉備修書拜臥龍，還有桃園二弟兄。
　　　　　　但等本月十六日，迎接孤家回朝中。
張　飛　（唱）張翼德，笑臉開，吾大哥不久轉回來。
　　　　　　叫小校你把猪羊宰，吾大哥回來把宴排。
黃　忠　（唱）黃漢升，喜氣生，幸喜主公還朝中。
　　　　　　轉面我把先生請，接迎主公莫稍停。
　　　　　　先生，就該迎接主公還朝。
孔　明　老將軍聽令！命你在大江口埋伏，箭射周瑜篷索，使其無法登舟，快去！
黃　忠　得令。（下）
孔　明　三公聽令！命你身帶鐵騎，三江口埋伏，但等周瑜到來，只可生擒凌辱，千萬莫要傷壞他的性命！
張　飛　費了千辛萬苦，拿住周瑜，爲何不殺？
孔　明　當年赤壁交兵，火燒戰船，有些小之功。因而莫要傷壞他的性命。快去！
張　飛　得令。哈哈……（三笑，同下）

第十一場

（二船夫引關平上）
關　平　關平。奉了軍師將令，本月十六日，各駕小舟，迎接皇伯還朝。艄水，催舟！（下）（二船夫引周倉上）
周　倉　周倉。奉了軍師將令，本月十六日，各駕小舟，迎接主公還朝。艄水，催舟！（下）（魏延上）
魏　延　（念）韓玄太不仁，豪杰怒氣嗔。
　　　　　　殺賊把關獻，投奔劉使君。
　　　　　　姓魏名延，字文長。奉了軍師將令，身帶一哨人馬，土崗埋伏，截殺周瑜，迎接主公還朝。呔！衆將官，聽我號令！

(唱)魏延校場把兵點，大小三軍聽心間。
臨陣須進不許退，那家倒退吃刀懸。
三軍們催馬莫怠慢，大戰周郎走一番。(同下)
(船夫引劉備、趙雲上)

劉　備　(唱)打開玉籠飛彩鳳，
(關平、周倉帶船夫，太史慈帶四龍套由上、下門穿場)

劉　備　(唱)扭斷鐵鎖走蛟龍。站立船頭用目看。
四弟，船行江心，難以靠岸，後有追兵，這該如何是好？

趙　雲　待臣瞭望！(看)主公！前邊好像關平、周倉到來。

劉　備　將舟速往前催！(關平、周倉雙進門上)

關　平
周　倉　接見主公。

劉　備　殺！(同趙雲、船夫下)
(周瑜、魯肅雙上殺過。關平、周倉敗下。周瑜、魯肅追下)
(單掩船水戰。魯肅與關平各帶小卒一人持標旗上。龍套一人持大旗上，船夫一人搖槳上，分上下場上。掩船水戰。關平敗下。魯肅追下)(周瑜與周倉單掩船水戰上。周倉敗下。周瑜追下)(雙掩船水戰。周瑜、魯肅各帶原人由上場門上。關平、周倉帶原人由下場門上。周瑜部下四將各帶小卒船夫，水戰開打。關平、周倉敗下。周瑜、魯肅四兵追下)(關平、周倉帶船夫上)

周　倉　周瑜水戰驍勇，如何是好？

關　平　起旱逃走。(與周倉下船，上馬，下。船夫下)
(劉封帶二船夫上)

劉　封　劉封。奉了軍師將令，箭射周瑜篷索，誘他登陸追趕。船夫，催舟！(圓場，下場門口站定)(四將引周瑜、魯肅分門上，被劉封射斷篷索。劉封、船夫下。四將引周瑜、魯肅倒挖門)

周　瑜　啊！好你劉封，箭射篷索，起旱追趕！(眾棄船登陸。上馬。下)
(關平與太史慈開打。關平敗下。周倉接戰，敗下。太史慈大笑三聲。魏延上。互戰。魏延打太史慈左膀，太史慈敗下。魏延追下)
(四兵卒引太史慈上)

太史慈　哎呀呀！好你魏延，一鞭打傷我的左膀！來呀！回營養傷。(同下)

第 十 二 場

（張飛帶四兵卒上）

張　飛　（念）鐵甲玲瓏靠，青巾壓豹頭。
　　　　　　跨下烏騅馬，手提丈八矛。
　　　　燕人翼德。奉了軍師將令，身帶一哨人馬，在三江口埋伏，但等周瑜到來，截殺一陣。呔，小校！馬來！（同下）

第 十 三 場

（四兵卒上。魏延亮相上。四兵卒挖下場胡同門，趙雲、劉備、關平、周倉過場）

魏　延　接見主公！
劉　備　殺！（同趙雲等下）
　　　　（魏延望上場門。靴上磨大刀。四兵卒合攏，下場門下。四將、周瑜、魯肅上。周瑜亮相）
魯　肅　來在土崗。
周　瑜　衝上土崗。
　　　　（四將圓場，與魏延四兵卒對頭上。魏延、周瑜亮勢）
魏　延　（唱）一馬兒撲在殺人場，周瑜小兒聽心上。
　　　　　　好好下馬受縛綁，免得老爺刀下亡。
周　瑜　（唱）魏延老賊休逞強，老爺把話說心上。
　　　　　　今天犯在本督手，叫你不死也帶傷。
魏　延　（唱）魏延馬上自參想，拿爾還要定良方。
　　　　　　用一個誘兵計要把兒誆。（佯敗下）
周　瑜　（唱）殺爾敗陣如綿羊。
　　　　　　魏文長老賊不成將，看爾逃往哪一方。（下）
　　　　（魏延持鞭上。周瑜上。對殺）
魏　延　（唱）你我兩家排戰場。
周　瑜　（唱）各爲其主動刀槍。
魏　延　（唱）你老爺頂天白玉柱。

周　瑜　（唱）你老爺架海紫金梁。
魏　延　（唱）紫金鞭，往下打，（周瑜受傷敗下）鞭打兒的左膀傷。
　　　　　　　衆將官催馬緊跟上，拿住了周瑜活開膛。（同下）
　　　　（四將引魯肅、周瑜上）
周　瑜　哈，魏延老賊，傷我一鞭。兵撤大江口。（同下）
　　　　（黃忠帶船夫上）
黃　忠　黃漢升，奉了軍師將令，箭射周瑜風篷繩索，使其不能由水路逃走。
　　　　艄水，催舟！（四將分列，魯肅、周瑜上。黃忠射箭下。周瑜等倒轉
　　　　圓場）
周　瑜　哈，大江口有了埋伏，逃奔三江口！
　　　　（張飛帶兵上，圓場，四將與張飛對頭。張飛、周瑜開打。周瑜被
　　　　擒）
兵　卒　拿住周瑜。
張　飛　甚麼？拿住了！接馬！（下馬、轉圈、三笑）
周　瑜　張飛，黑賊！拿住你周老爺，殺不殺，放不放，真乃匹夫！近前來，
　　　　呸呸呸！
張　飛　周瑜！我個兒呀！非是三王爺不殺於你，臨行我家軍師言道，因你
　　　　當年赤壁交兵，火燒戰船，有些小之功，因此不叫傷壞爾的性命。
　　　　將你的耳朵打掃乾净，聽你三王爺道來！
　　　　（念）周瑜莫要逞爾能，怎比我朝臥龍公。
　　　　　　　任爾縱有千條計，計計叫爾弄不成！
　　　　三王爺要你這無用的東西，中何用！親手去了縛綁，走你娘的，請
　　　　水路去吧！
　　　　（解綁）
周　瑜　天，蒼天！既生瑜，何生亮！三計不成，何不氣……
　　　　（氣倒。四將扶下。張飛與衆兵卒下）

第 十 四 場

（孔明上）
孔　明　（念）安排酒席筵，單等主公還。
　　　　（中軍上）

中　軍　主公還朝。

孔　明　有迎。

（劉備、趙雲、關平、周倉、劉封、黃忠、魏延上。四兵卒引張飛上。下馬，四兵卒倒下）

張　飛　罷了，哥哥呀！（又執孔明手）哎呀，好先生！

孔　明　惹三公見笑。主公吃驚了！

劉　備　哎呀呀呀！吃驚非小，從今向後，再莫要弄險！

孔　明　後帳設宴，與主公壓驚！

　衆　　請！（同下）

銅雀臺

佚名撰

解題

　　山西鐃鼓雜戲。作者不詳。未見著錄。劇寫曹操在新築成的銅雀臺大宴群臣，文官題詩作賦，武將騎射爭奪錦袍。曹操假傳聖旨，召馬騰父子進京，命征劉備。曹操進宮告獻帝，方説知此事，獻帝封馬騰爲都督大元帥，提調關西各路兵馬，征伐劉備。曹操、馬騰出宮之後，獻帝復召馬騰入宮，告反賊不是劉備，而是曹操，賜血詔，讓其除奸曹。征劉備大軍的黄奎往見元帥馬騰。二人互相試探，皆忠於漢室，乃盟誓定計謀殺曹操。黄奎酒醉泄密，被其妻弟苗澤得知，苗澤爲得黄奎妾李春香，向曹操告密。曹操以召馬騰、黄奎議事之名，將二人召入相府，二人雙雙被殺。曹操命人殺死黄奎全家，留下李春香。曹操將不義小人苗澤、李春香殺死。之後，曹操命人捕殺隨馬騰來京的子馬鐵、侄馬岱。馬家軍營被困，夜晚二馬突圍，馬岱逃走，馬鐵戰死。許褚禀告此情，曹操令許褚帶精兵三千追殺馬岱，自己隨後率大軍攻西涼殺馬超。馬岱逃走，被許褚追上，二人厮殺。馬超知馬騰奉旨征劉備，帶領十萬人馬前往許昌。行至渭河，遇上馬岱與許褚交戰。馬超打敗許褚，馬岱方告馬超父弟被曹操所殺之情。馬超憤而爲父弟報仇。曹操大軍亦至渭河。馬超單槍直砸曹操老營，曹操繞樹逃命，馬超恨極槍刺樹幹難拔，曹操乘機逃走。追殺中曹操爲逃命脱袍割鬚，脱朝靴脚踏穀茬，狼狽之極。後被許褚保護登船逃脱。本事出於《三國志・蜀書・馬超傳》、《魏書・武帝紀》、元刊《三國志平話》、《三國演義》第五十六和第五十八回。元雜劇有《馬孟起奮起大報仇》（佚），明傳奇有《青虹嘯》，清代花部亂彈和京劇有《反西涼》、《戰渭南》等，均寫有此故事，但人物、情節各不相同。版本今見《山西地方戲曲彙編》第一集《鐃鼓雜戲專輯一》（山西人民出版社1981年8月版）本。今以該本爲底本校勘整理。

第一回　曹孟德大宴銅雀臺

（曹操上）

曹　操　（念）蒼天有意生吾身，斡旋天地展經綸。
　　　　　　官居九錫一品貴，堂開朝州定乾坤。
　　　　　　燮理龍案文官懼，兼制六韜武將欽。
　　　　　　帳下雄兵有百萬，戰將千員如雨雲。
　　　　　　剿滅董卓誅呂布，冀州袁紹一鼓擒。
　　　　　　蓋世能臣遭離亂，致令四海道奸雄。
　　　　老夫姓曹名操，表字孟德，家住沛國譙郡人氏，漢相曹參之後，曹嵩之子。自幼習文演武，頗有大志；懷抱王佐之才能，治國澤民；胸藏百萬之兵，壓強扶弱。
　　　　（吟）家住譙郡共許昌，面如傅粉髭髯長。
　　　　　　才兼文武抱天地，八卦陣圖按陰陽。
　　　　　　威振四海群雄掃，凛凛志氣射上蒼。
　　　　　　獻帝駕前爲首相，獨霸中原西魏王。
　　　　方今獻帝軟弱，群雄四起，孤在山東招軍買馬，起首破了黃巾，又剿滅董卓，袁紹一鼓而擒，累建奇功，官居九錫之職。因此獨霸天下，帶劍上殿，殺斬不由獻帝，存留盡在曹公。四海狼烟盡掃，惟有孫權盤踞江東，劉備占了荆州，是吾心腹之大患。想昔日平服冀州之時，夜宿在東城樓上，忽見火光騰地而起，令人掘開，原是一對銅雀，孤命三子曹植修築銅雀寶臺，至今三載，不知工程完備不曾。小校，命三子曹植到帳。

打報者　命曹植到帳。（曹植上）

曹　植　（念）胸中志氣與天齊，文星耿耿錦綉旗，
　　　　　　自比潘安天姿好，才期宋玉世間稀。
　　　　　　牡丹花下麒麟子，梧桐枝上鳳凰栖，
　　　　　　大漢丞相第三子，文武雙全是曹植。
　　　　在下曹子建是也。吾父漢相曹公，母親卞氏夫人，所生我弟兄四人，大哥曹丕，二哥曹彰，在下曹植，四弟曹熊。大哥仁明英武，二哥才德兼全，四弟膽量過人，智謀獨勝，惟有我曹植才高班、馬，學

富五車，開口成章，下筆詩就，稱爲曹門三鶯一鳳。
（念）講天論地口若開，噴珠吐玉絕塵埃。
　　　須知子建文章勝，萬古留名漢奇才。
想吾父平滅冀州之時，夜宿在東城樓上，忽見火花騰地而起。吾父便問謀士荀攸，言曰：火起處，必然有寶。令人掘開，原是一對銅雀。吾父道，此物主何吉凶？荀攸對曰：昔日舜母夜夢玉雀入懷而生舜，今日主公得此銅雀，乃大吉之兆也。吾父命我修築銅雀寶臺，我即選良工巧匠，民夫十萬，連築三座寶臺：一名金龍臺，一名玉鳳臺，一名銅雀臺。兩道孔橋橫空而來，下築圍圍八十餘里。至今三載，工程完備，正要啓奏吾父，不意有命相召，不免整衣見父。父親在上，孩兒施禮。

曹　操　站立一旁。
曹　植　父親命孩兒哪廂使用？
曹　操　命你修築銅雀寶臺，工程完備不曾？
曹　植　工程俱已完備，故請父親駕臨觀看。
曹　操　既然如此，你去設排酒宴，老夫隨後就到。
曹　植　謹遵父命。
　　　　（念）漢室江山亂悠悠，龍爭虎鬥未肯休。
　　　　　　不由怒髮衝冠起，先設酒宴會群侯。
　　　　（下）
曹　操　宣事官，曉諭文武百官，俱赴銅雀臺飲宴，再命一干武士到帳。
打報者　命衆武士到帳。
　　　　（曹洪、夏侯淵、徐晃、許褚上）
曹　洪　（念）漢末將軍蓋世雄，胸中韜略盡皆通，
　　　　　　　全憑百步穿楊箭，腕下鋼鞭鬼神驚。
　　　　　　　胯下騎匹白龍馬，手提長槍顯獨能，
　　　　　　　曹府帳下忠烈將，文武雙全是曹洪。
夏侯淵　（念）將軍智謀與天參，孫武兵法吾心傳，
　　　　　　　寶劍雪光顯奇勇，斬將奪旗鬼神寒。
　　　　　　　戰馬到處狼烟退，衝鋒破敵吾當先，
　　　　　　　威振中原無雙士，曹府大將夏侯淵。
徐　晃　（念）威風凛凛賽天蓬，少年英雄出吳東，

|||自幼學會文武藝，專與國家定太平。
|||金盔銀鎧青鬃馬，青銅寶刀利如風，
|||曹府帳下英雄將，姓徐名晃字公明。
| 許　褚 | （念） | 天生豪杰异尋常，威風忠烈壓諸邦，
|||氣吐虹霓高萬丈，一聲嚇的斗牛忙。
|||生成擎天白玉柱，坐就駕海紫金梁，
|||兩背身藏九牛力，姓許名褚字仲康。
|||在下仲康，正在後帳操練人馬，忽聽丞相有令，大家參見。
| 衆 || 丞相在上，衆將打躬。
| 曹　操 || 免得施禮。
| 衆 || 命我等哪廂使用？
| 曹　操 || 孤家新築銅雀寶臺，今日臺上大設筵宴，孤會百官，故命你等保我前去。
| 衆 || 既然如此，旌旗招展，就此起馬。
| 曹　洪 |（吟）| 車駕起動旗如林，
| 夏侯淵 |（吟）| 震天震地大炮鳴，
| 徐　晃 |（吟）| 龍座虎位分左右，
| 許　褚 |（吟）| 貼身內侍近身行。
| 曹　操 |（吟）| 前有三千開路將，後有七千護駕兵，
|||破路馬踏相府外，左右旗上虎共龍。
|||寶蓋頂搭黃金傘，坐騎銀鞍飄朱纓，
|||左右排開文共武，
| 衆 |（吟）| 護擁國相老明公。
| 曹　洪 |（吟）| 集彩旌旗列將員，
| 夏侯淵 |（吟）| 金盔銀鎧似星全。
| 徐　晃 |（吟）| 兵馬未離許昌地，
| 許　褚 |（吟）| 大家齊上銅雀園。（同下）（曹植上）
| 曹　植 |（吟）| 漢室江山氣運終，四海紛紛動刀兵。
|||吾父未登九五位，殺斬存留掌握中。
|||我曹子建是也。遵依父命，大設筵宴。司宴官過來，你與我即排酒宴，務要齊備。
|||（吟）即排酒宴莫遲延，安排桌椅列兩邊，

　　　　　設排青獸雲中雁，諸般果品要新鮮。
　　　　　準備豐美羊羔酒，揀選良民奏管弦，
　　　　　君臣玩賞賀佳景，父子同樂太平年。
　　　　酒宴齊備不曾？
打報者　俱已齊備。
曹　植　既然如此，園外勒馬，等候百官。（王朗、鍾繇、黃奎上）
王　朗　（念）平生志氣與天長，滿腹經綸世無雙，
　　　　　下筆揮毫過孔孟，談論開口便成章。
　　　　　官居大夫爲諫議，烏紗象簡坐朝堂，
　　　　　平生不做逆天事，得享榮華富貴長。
　　　　下官王朗，官居諫議大夫，今有丞相新築銅雀寶臺，宴會百官，下官特來到此。眾大人請了！
鍾　繇　（念）氣吐虹霓貫青霄，文震諸邦武藝高，
　　　　　多蒙丞相深恩重，薦拔一舉登廊廟。
　　　　　前護後擁人心仰，紫袍玉帶顯榮耀，
　　　　　忠心扶曹無二志，哪怕臭名萬古昭。
　　　　下官鍾繇，表字元長，家住潁州長社人也，多蒙丞相舉薦，官拜御史之職。今日丞相築銅雀寶臺，宴會百官，少不得大家伺候。眾大人請了！
黃　奎　（念）袞袞朱衣著紫袍，高車駟馬逞英豪，
　　　　　滿酌美酒黎民血，細切羊肉百姓膏。
　　　　　常受俸米千鐘粟，未除民害半分毫，
　　　　　當官不爲民作主，枉受朝庭爵祿高。
　　　　下官黃奎，官拜兵部侍郎之職。只因當今獻帝軟弱，曹操弄權，下官終日切齒，如之奈何？如今銅雀臺宴會百官，又不知借此威名，所爲何事？只得大家前去。
曹　植　眾大人請了！眾大人請進園內，小生侍茶。
　眾　　迎過丞相，自然擾府。遠遠見旌旗招展，想是丞相來也！暫且車馬駐，略等片時間。（曹操同眾將上）
曹　操　（吟）頭戴九龍八卦冠，錦袍五彩龍鳳蟠，
　　　　　腰繫玉帶列獅獸，劍戟光芒星斗寒。
　眾　　（迎介）迎接丞相來遲，望乞恕罪。

曹　操　孤請衆公,禮當恭候,不意衆公先到,老夫有罪。
衆　　　不敢。
曹　植　啓禀父親,已至銅雀園了。
曹　操　既然如此,吩咐大小三軍,園外安營,衆武士臺下扎隊,吾與衆大臣徐步入園,觀看景致。
王　朗　果然一所好銅雀園也。
　　　　（吟）園內風光賽神州,愁人到此盡忘憂,
　　　　　　　山似龍盤高風煦,水似長江往東流。
　　　　　　　古柏蒼蒼向日榮,青松鬱鬱集翠竹。
　　　　　　　海棠枝上栖鸚鵡,丹桂葉中杜鵑咻。
　　　　　　　笙歌嘹亮雜鳥語,旌旗飄舞映綠柳。
　　　　　　　好一個淨雅所在芳菲地,不亞仙山紫雲樓。
鍾　繇　原來一所好銅雀臺,真乃天上神仙府,人間宰相家。且莫説花木奇異,鳥獸罕見,先有無數珍玩寶石！
　　　　（吟）水晶似鏡映花瓶,透明石碑遮庭階。
　　　　　　　黑山石上烏雲罩,豐碑山石列兩邊。
　　　　　　　迎門高挂朽木石,庭設五色石如山。
　　　　　　　世人看罷寶石景,瑶臺不如銅雀園。
曹　操　（吟）吾今又看銅雀園,堪盗花木景色鮮。
　　　　　　　粉壁墙上楊柳罩,百鳥亂叫歌聲喧。
　　　　　　　高樹梢頭子規啼,低凹草內野雞眠。
　　　　　　　無風只聽園內響,綠水滾滾繞花園。
　　　　　　　無心貪戀園中景,銅雀臺上看一番。
衆　　　（唱）旌旗飄揚笙歌亮。
　　　　　　　見文官武將,齊赴在銅雀臺上。
　　　　　　　看八面好風光,真個是世無雙。
曹　操　果然一所好銅雀臺！
　　　　（吟）銅雀臺上陳設器皿,盡都是佳珍瑰寶;
　　　　　　　白玉階前排列盆景,盡都是异草奇花,
　　　　　　　香馥馥沁人心脾。
　　　　　　　左邊臺安的是:舞蹁躚,
　　　　　　　頭九色,背五彩,儀瞬遷,鳴岐山,有道現,

　　　　　無道隱,禽中王,朝陽金鳳。
　　　　右邊臺安的是:
　　　　　起電雷,騰雲霧,能大小,會飛潛,用則行,
　　　　　捨則藏,鱗中聖,變化魚龍。
　　　　中間臺安一對,
　　　　　小銅雀,似金鳳,壓百鳥,二玉橋,鎖東南,
　　　　　似銀河,輝不斷,射無傷,橫繞長空。
　　　　銅雀臺高屋建瓴,朱紅門上釘金釘。
　　　　上挂八寶碧玉鏡,下吊烈火瑪瑙盤。
　　　　雜彩奪目天光府,賽過蓬萊三島宮。
曹　洪　　原來一所好銅雀臺!
　　　　(吟)銅雀臺上射斗牛,上安四面八睢頭,
　　　　　　青山伴水迷天外,漳水旋繞臺下流。
　　　　　　周圍欄杆寶石砌,殿閣雕梁嵯峨樓,
　　　　　　每年登高偶仰望,看見天下四百州。
夏侯淵　　原來一所好銅雀臺!
　　　　(吟)銅雀臺高接太空,望月觀星甚分明;
　　　　　　吾今保主登臺上,恰似闖入廣寒宮。
　　　　　　兩邊飛橋橫空架,雙臺左右列鳳龍,
　　　　　　仰面風送嫦娥語,俯首雲生足下行。
徐　晃　　原來一所好銅雀臺!
　　　　(吟)銅雀寶臺如花瓶,下石上磚壘千層,
　　　　　　院牆盡是朱紅染,琉璃瓦殿建寶瓶。
　　　　　　白玉砌成當階路,八字蕭牆虎共龍,
　　　　　　青雲瑞靄神仙府,紫色烟霞射斗宮。
許　褚　　原來一所好銅雀臺!
　　　　(吟)銅雀臺上聚公卿,絳紅錦袍蔽日明,
　　　　　　三千甲士皆拱護,十萬貔貅繞園中。
　　　　　　旌旗飄飄衝霄漢,劍戟煌煌列爍星,
　　　　　　雖然不是金鑾殿,金章紫玉滿階庭。
曹　操　　看宴上來!
衆公卿　　看酒上來,與丞相把盞!

曹　操　孤請衆公，敢勞衆公把盞？
衆公卿　丞相新築銅雀臺，理當慶賀。
曹　操　如此衆公把盞。曹植，與衆公把盞。
曹　植　謹遵命。
衆公卿　看酒上來，與公子把盞。
曹　植　不敢動勞，一禮撒杯。
曹　操　衆將何在？（衆將應）各賜肥羊、美酒，廊下所用。
衆　將　謝丞相賜宴之恩。
曹　植　（唱）銅雀宴開，祥雲擁結吉瑞靄靄，
　　　　　　文武滿臺，喜氣覆東海，
　　　　　　赴蟠桃會杰，一對舞鴛來，
　　　　　　似這等衣冠濟濟，盡歡娛，真無賽。
鍾　繇　好一個歡娛真無賽。今日丞相新築銅雀寶臺，大設筵會，百官宴賞，虞歌喜氣，歡娛一堂，此乃王者四海爲一家、萬物同一體之心也！
　　　　（吟）新築銅雀會群臣，一堂歡娛喜色新，
　　　　　　丞相聖德齊堯舜，真乃中原王者心。
曹　植　（唱）恰便是唐堯帝，行正道，得賢相虞舜少。
　　　　　　昔日堯帝在位，太平年洪水滔滔。
　　　　　　泛濫於中國，后稷教民稼穡，
　　　　　　乃命禹疏九流，天下大治，民安物阜，
　　　　　　海晏河清，含哺鼓腹，閭巷歌唱：
　　　　　　堯帝治世水逆行，舜爲宰相治升平，
　　　　　　聖道昭烈衝天上，萬古傳揚揖讓風。
　　　　（唱）吾父親巍巍功業立聖朝，九夷稱君，八蠻來朝，
　　　　　　衆文武齊尊，一個個經邦論大道，
　　　　　　憑着咱人強馬壯，把四海狼烟盡掃。
曹　操　吾兒道下一句，把四海狼烟盡掃，掃四海狼烟，憑着何來？憑着我一干好武士，一個個有撑天跨海之勇，又憑着我一干好謀士，一個個有治國安邦之才，論文著孔、孟之遺風，講武說孫武之韜略。目今海內群雄，掃除滅盡，惟有東吳孫權、孤窮劉備，何須道哉！
　　　　（吟）威振中原扶漢廷，帳下文武數百名，

個個懷抱忠義志，都是撐天駕海卿。

黃　奎　（背白）原來曹府帳下一干好武士，只為他擅權國柄，竊據名器，假借仁義，籠絡人心。因此天下投之如雲，集之如雨。

（吟）手下文武盡英豪，荀攸、荀彧韜略高，
　　　能決勝負有賈詡，低頭百計是張遼。
　　　程昱智謀高天下，于禁、李典馬弓好，
　　　又憑張郃勇猛將，徐晃武藝天下少。
　　　能使大刀夏侯淵，九牛許褚猛如彪，
　　　曹仁、曹洪無對手，典韋鐵戟手段高。
　　　拔矢啖睛夏侯惇，善曉陰陽是董昭。
　　　可惜一班文共武，不扶漢室俱順曹。

曹　操　今日銅雀臺大設筵宴，汝等文官盡皆飽學之士，何不各進佳章，以志一時之盛乎？

王　朗　丞相在上，下官不才，願獻《銅雀臺詩》一首。

曹　操　願聞佳章。

王　朗　（吟）銅雀臺高壯帝基，水清山秀倍光輝。
　　　三尺劍佩從王道，百萬貔貅護紫衣。
　　　風動秀簾鸞鳳舞，雲生低凹玉龍飛。
　　　君臣慶賀休辭醉，喜得天香滿袖歸。

曹　操　奇才妙才！
（吟）經天緯地實可誇，少華才學貫中華，
　　　縱橫舌內風雷起，吐雲胸中錦繡佳。
小校，有玉杯斟酒，賜與王大夫。

王　朗　謝丞相賜酒之恩。

鍾　繇　丞相在上，下官不才，願獻《銅雀臺詩》一首。

曹　操　願聞佳章。

鍾　繇　（吟）銅雀臺高接上天，凝目覽遍舊山川。
　　　欄杆彎曲留明月，窗戶玲瓏納紫烟。
　　　漢帝拜將高臺築，楚王戲馬慢加鞭。
　　　主公聖德齊堯、舜，願樂升平萬萬年。

曹　操　人說御史學問超群，果然如此。講得字字合平仄，句句錦繡出，才高口氣大，真乃濟世美丈夫。小校，看金花兩朵，賜予鍾御史。

黃　奎　（背白）好一個鍾御史，將一個奸臣賊子比做唐堯、虞舜，豈不知堯、舜是開天立地的聖人，豈是那奸賊可比。百官盡皆作詩，奉承於他，下官若不作詩，他必然要加罪於我，少不得勉強從事。丞相在上，卑職無才，願獻《銅雀臺詩》一首。

曹　操　（笑）罷麼，願聞佳章。

黃　奎　（吟）銅雀臺高彩雲籠，良辰美景莫放空。
　　　　　　　人生幾度春夏景，日月沉升如梭行。
　　　　　　　臺下新笋半成竹，盆内菲花盡隨風。
　　　　　　　尊前有酒莫辭醉，花開能有幾日紅？

曹　操　衆將何在？今日登此寶臺，文官盡皆題詩作賦，汝等武將何不以騎射爲樂？
　　　　（衆將下臺）

衆　將　（同吟）聽罷將令喜盈腮，要把弓馬巧安排，
　　　　　　　丞相臺下會文武，大家齊下銅雀臺。

曹　操　小校，臺下設一紅心垛子，離百步以外，將西川紅錦袍挂在柳枝上。衆將分爲兩半，曹室宗族盡穿紅袍，异姓將士盡穿綠袍，勿論官職大小，三箭射中紅心者，將袍賞之；射不中者，罰水一杯。

打報者　同射箭來。（任峻上）

任　峻　（念）柳枝低垂挂紅袍，將軍馬上捋箭梢，
　　　　　　　用手推開弓面軟，想穿樹上蜀錦袍。
　　　　末將任峻是也，表字伯達，河南中牟縣人氏。正在校場插柳射箭，忽聽得丞相有令，將西川錦袍挂在楊柳枝上，有人射中紅心者將袍賞之，射不中者罰水一杯。想我任峻手段倒也罷了，不免三箭射中紅心，得了錦袍，穿在我任峻身上，這麽樣一搖，那麽樣一擺，豈不美哉？回到家中，孩兒見了喜歡，妻兒見了奉承；倘若不中，丞相有令，罰水一杯，我任峻腹中渴焦的要緊，吃它一杯，全當潤咽喉之湯乎。丞相在了，末將也要射箭。

曹　操　射來我看。

任　峻　將士們，你們射箭，要學我任峻的射法。不見末將手段，光看末將這一張好弓：南京的梢子，北京的面子，又不硬，又不軟，梢不長，把不短，力擔一升二合米，壓不彎的寶雕弓。這弓有贊詩爲證：背上筋鋪就，面搭生絲弦，若得臨軍陣，一弓最爲先。還有一壺好箭：

箭頭安定鐵,箭杆金絲纏,尾帶海青毛,指口象牙雕,手中捻一捻,射出轉千遭。若得臨軍陣,箭去賽短刀。射箭之人要相宜,垛在南來我在北,兩手推開弓面軟,若射不中我無能。小軍擂鼓,待末將射箭!（射介）

打報者　不中。

任　峻　想是揚頭高了。小軍擂鼓,末將再射一箭。（射介）

打報者　不中。

任　峻　想是揚頭低了。

曹　操　將任峻攛上來,這等手段,敢來射箭,看大杯水罰!

打報者　水到。

任　峻　禀上丞相,容小官再射一箭,若還不中,問個二罪歸於一。

曹　操　咦!這等手段,還敢告射,推下斬首!

王　朗　刀下留人!丞相在上,任峻冒犯軍威,可罰不可斬。

曹　操　王大夫講的是了,小校將任峻放了。死罪既赦,活罪難免,罰跪唱箭。

任　峻　謝丞相不斬之恩,謝王大夫救命之恩。有人射箭,全射箭來!（曹洪上）

曹　洪　莫取錦袍,待吾射箭[1]!

　　　　（念）天生勇士忠烈心,專與皇家定太平。
　　　　　　紅袍隊內曹家將,文武雙全是曹洪。
　　　　丞相在上,末將也要射箭。

曹　操　原是吾弟曹洪,射來我看。

曹　洪　（吟）白馬銀鞍朱紅纓,銅雀臺上顯獨能。
　　　　　　翻身上了白龍馬,紗魚袋內取雕弓。
　　　　　　彎弓忙搭虎筋弦,走馬中的發雕翎。
　　　　　　躍馬直至百步外,吩咐三軍候鼓鳴。
　　　　（唱）我這裏笑盈盈,拈弓來搭箭,
　　　　　　弓開如月樣,我將紅心垛,
　　　　　　準準的射它一箭。

曹　操　（吟）不由孤家喜氣生,滿面春風露笑容。
　　　　　　曹洪射中紅心垛,真乃曹家一駒龍。

曹　洪　（唱）見吾主喜動龍顏,挽臂再搭第二箭,定將紅心穿。

衆　　好箭！好箭！

曹　洪　（唱）見文武開笑顔，不住的都稱羨，
　　　　　　　朱紅口再上弦，我將紅心垛，準準的再射它一箭。

曹　操　（吟）曹洪英雄非等閑[2]，三箭俱把紅心穿，
　　　　　　　此將真乃棟梁才，可與孤家保江山。
　　　　小將，將袍賜與曹洪。（夏侯淵上）

夏侯淵　莫取紅袍，待吾射箭！
　　　　（念）蓋世英雄武藝全，氣吐虹霓射天邊。
　　　　　　　綠袍隊内安邦將，天下馳名夏侯淵。
　　　　丞相在上，末將也要射箭。

曹　操　射來我看。

夏侯淵　（吟[3]）拈弓在手，搭箭當弦，
　　　　　　　左手推把，右手扣弦。
　　　　　　　左手推把霸王舉鼎千斤力，
　　　　　　　右手扣弦子路山前拔虎尾，
　　　　　　　箭去急如流星火，天下豪杰誰似我。
　　　　　　　丞相在上睁睛看，三箭俱中紅心垛。

曹　操　好箭！

曹　洪　丞相在上，他那裏三箭連中紅心，不足爲奇。

曹　操　你還有甚麽武藝？

曹　洪　末將還能翻身走馬背射。

曹　操　何爲翻身走馬背射？

曹　洪　將馬勒在垛子一旁，放暴馬而跑來，跑至百步以外，翻身背射三箭，
　　　　還要俱中紅心，這就爲翻身走馬背射。

曹　操　射來我看。

曹　洪　（吟）金甲紫扣鎖玉環，忙披戰袍上雕鞍。
　　　　　　　躍馬直至百步外，翻身背射有何難。

曹　操　果然好箭！

夏侯淵　丞相在上，他那翻身背射不足爲奇。

曹　操　你還有甚麽武藝？

夏侯淵　末將還能射個活垛子。

曹　操　何爲活垛子？

夏侯淵	將垛子一旁插立一杆杏黃旗,旗角下吊一金錢,風吹搖擺,我這三箭去,俱要穿金錢之眼,這就爲活垛子。
曹　操	小校,將垛子一旁插立一杆杏黃旗,旗角下吊一金錢,離百步以外。夏侯淵射來我看。
夏侯淵	(吟)持寶弓開如月滿,雕翎箭去如星轉。 　　　叫三軍一齊擂鼓,三根箭俱穿金錢。
曹　操	果然好箭!
曹　洪	好一夏侯淵匹夫,你與吾鬥弓鬥箭,敢與我彼此相射?
夏侯淵	誰人先射?
曹　洪	待吾先射?
夏侯淵	讓你先射。
曹　操	二將不可。倘有一失,如之奈何?既要相射,箭頭去了方好?
曹　洪 夏侯淵	主公放心,料也無妨。
曹　洪	站定,待吾射你! (吟)曹洪心下氣冲冲,滿開寶弓搭雕翎, 　　　高叫匹夫你休走,叫你命喪我手中。 (射介)
夏侯淵	(吟)夏侯馬上氣衝天,三箭俱打馬頭前, 　　　高叫匹夫莫要走,連骨帶肉一齊穿。

(徐晃上)

徐　晃	莫取錦袍,待吾射箭!
徐　晃	(念)鳳翅金盔罩紅纓,團花戰袍錦裝成。 　　　曹府帳下忠烈將,蓋世驍勇徐公明。 在下徐晃是也。我見二將比射多時,勝負未分,又見四川蜀錦袍挂在楊柳枝上,不免用箭射斷柳枝,但取錦袍,交他二人落空。 (吟)身憑謀略定乾坤,忙開寶弓搭雕翎。 　　　箭射柳枝袍落地,翻身急取謝洪恩。

(許褚內喊:"將袍在著!"上)

許　褚	(吟)氣宇吞天志量高,勇略蓋世逞英豪。 　　　綠袍隊內安邦將,立志定要奪錦袍!
徐　晃	許褚好生無理!我射錦袍,何故奪來?

許　褚　丞相命咱射箭賞袍，不過考試兵馬武藝，你爲何斗膽將袍射去？一來藐視諸將，二來欺壓我老許，好好將袍放下，免得你許爺費力！
徐　晃　（吟）徐晃聽説怒衝冠，大罵小賊賣浪言，
　　　　　　丞相臺上會文武，命將騎射考弓箭。
　　　　　　百步穿楊袍落地，錦袍可該吾身穿，
　　　　　　無恥匹夫敢來争，叫你目下喪黄泉！
許　褚　（吟）許褚心下氣沖沖，怒髮衝冠氣飄風，
　　　　　　銅雀臺上争錦袍，青銅寶刀最無情。
　　　　　　跨下千里追風馬，寶劍光芒射斗宫，
　　　　　　好好將袍讓與我，免你一命喪殘生！
　　　　（二人厮殺介）
徐　晃　徐公明，怒髮衝冠，睁開眼[4]，毫光閃亮。
許　褚　許仲康，咬牙切齒，立神眉，鬼怕神驚。
徐　晃　徐公明，威風蓋世，雄赳赳，惡恨恨，恰一似，天神下界。
許　褚　許仲康，英雄猛烈，威凛凛，氣昂昂，又如那，黑虎臨凡。
徐　晃　（念）紫岥金盔顯才能，
許　褚　（念）藐視諸將理不通。
徐　晃　（念）小兒敢與吾較藝？
許　褚　（念）銅雀臺下見輸贏。
　　　　（二人殺過場。任峻上）
任　峻　好相搏，好厮殺！好似兩個鵪鶉鬥争食，這一個使的龍泉劍，那一個使的水磨鞭，圪丁丁圪巴巴鞭劍響亮，嚇得滿臺文武驚慌。
　　　　（許褚、徐晃殺上）
許　褚　（念）喊聲霹靂震山摇，
徐　晃　（念）怒髮衝冠恨怎消。
許　褚　（念）休説你强我會守，
徐　晃　（念）先看今日刀對刀。
　　　　（鍾繇架住二將）
鍾　繇　（吟）一對擎天玉柱，兩條架海金梁，
　　　　　　銅雀臺下各逞强，往來雉尾飄揚。
　　　　　　這個是金盔銀鎧太歲，那個是皂袍烏甲金剛，
　　　　　　二馬盤桓在疆場，滿臺上文武驚慌。

許　褚	（念）見東方戰鼓咚咚，
徐　晃	（念）見西方旌旗飄飄。
許　褚	（念）爭錦袍莫得來遲，
徐　晃	（念）見死活就在今朝。

（任峻架住二將）

曹　操　（吟）徐晃太勇猛，許褚武藝高。
　　　　　　一個是南山爭食虎，一個是北海出水蛟。
　　　　　　這一個龍泉劍斬將頭魂歸地府，
　　　　　　那一個水磨鞭打將頭命喪荒郊；
　　　　　　這一個背金鏢刺胸膛名揚四海，
　　　　　　那一個憑大刀顯威武天下名高。
　　　　　　玄武樓徐晃爭不讓，銅雀臺許褚奪錦袍。

（徐晃、許褚互奪錦袍，任峻將袍割爲兩半）

曹　操　將任峻綁了！
任　峻　丞相在上，小將無罪，綁我爲何？
曹　操　還說你無罪？將袍分爲兩半，閃得二將落馬，還說你無罪？
任　峻　丞相在上，二將扯住錦袍，都不肯撒手，小官將袍割斷，與他二人做個解和，一人半領，豈不美哉？
曹　操　任峻講的是了。小校，將任峻放了，扯碎錦袍賜於任峻。
任　峻　謝丞相賜袍之恩。
　　　　（吟）二將扯袍不放松，任峻用劍兩離分，
　　　　　　　兩家落個半空手，任峻得了兩半領。
曹　操　衆將一擁上臺！（衆將站列兩旁）孤爲漢相，豈惜一袍乎？不過考考汝等弓馬武藝。衆將各賜錦袍一領，依次宴樂。
衆　　　謝丞相賜袍之恩。
曹　操　連飲數杯，不覺沉醉，孤雖不才，也要題詩一首。小校，看文房四寶過來。
　　　　（吟）吾移步於高臺兮，俯仰萬里之山河……
打報者　劉備占了荆州，擄掠四郡，招軍買馬，聚草屯糧，不久得犯中原。

（曹操驚，落筆於地）

王　朗　丞相在百萬軍中，勢重如山，爲何大吃一驚，失筆墜地？
曹　操　王大夫不知，劉備占了荆州，好似困龍得水、猛虎歸山一般，叫孤安不動心哉？

|曹　洪
夏侯淵|主公放心無憂，量那孤窮劉備得到何處？想昔日：|

（念）弃新野，走樊城，有燃眉之急，
　　　奔夏口，敗當陽，無容身之地。
　　袁紹尚且一鼓擒之，何況孤窮劉備哉？

許　褚 徐　晃	丞相在上，賜我等數萬人馬，就能先擒劉備，後擒諸葛，若不應口，願當軍令。
王　朗	丞相不可動京師之兵。我有一計可成大功。
曹　操	有何良策？
王　朗	馬騰在西凉鎮守，手下戰將千員，其子馬超，有萬夫不當之勇。丞相傳旨一道，召他父子入朝，征戰劉備，此爲破敵安己之策。
曹　操	王大夫，我賜你聖旨一道，不分晝夜，調宣馬騰父子入朝。
王　朗	下官謹領。

　　　（念）銅雀大宴賀太平。
鍾　繇	（念）文武百官顯才能。
黄　奎	（念）忽聞劉備得荆州。
衆	（念）傳至西凉調馬騰。（曹操等同下）

校記

[1] 待吾射箭："待"，原作"代"，據文意改。
[2] 曹洪英雄非等閑："曹"，原無，據上下文補。
[3] "吟"，原無，據句式補。
[4] 睁開眼："睁"，原作"争"，據文意改。

第二回　漢獻帝密賜血詔帶

（馬騰上）

|馬　騰|（念）累世簪纓將相卿，赤膽忠心扶漢廷；|

　　　志在高山狼烟盡，心思平地滅奸雄。
　　　三軍隊內白額虎，萬馬營中赤髭龍。
　　　祖居扶風忠良將，威震四海是馬騰。

　　　　末將姓馬名騰，表字壽成，扶風茂陵人氏，伏波將軍馬援之後，官拜征西大將軍之職。末將所生三子，長子馬超，次子馬休，三子馬鐵，又有侄男馬岱；四子文武雙全，虎踞一方。當今獻帝軟弱，曹操弄權，吾常欲誅殺老賊，未得其便。又聞劉玄德占了荊州，有結連扶漢之意，是我差人打探，日久未回。

　　　　（吟）輾轉昔日計未成，曹操凶惡損殘生。
　　　　　　玄德若有結連意，滅却奸雄掃不平。
　　　　小校，把定轅門，有事通報。（王朗上）

王　朗　（念）一封丹書下九重，欽奉王命到邊庭。
　　　　　　登山涉水風霜苦，一路奔忙走紅塵。
　　　　下官王朗，奉了丞相之命，召取馬騰父子入朝。已至西凉門首。小軍通報，聖旨到！

打報者　聖旨到！

馬　騰　待我相迎。大人開旨。

王　朗　開旨聽宣：皇帝詔曰，朕聞國家有保障之臣，邊疆無寇竊之患，今宣卿入朝，面加官爵，命你父子征伐劉備。旨畢，望空謝恩。

馬　騰　萬歲，萬萬歲！王大人一路山河風霜，跋涉辛苦。

王　朗　王命所差，何言辛苦？相別數載，不覺馬將軍鬚鬢蒼然。

馬　騰　騰爲漢臣，不能扶社稷，只是虛度一生耳。

王　朗　聖旨召老將軍入朝，就該統大兵前去。

馬　騰　王大人且在館驛安歇，明日同行。

王　朗　王命在身，就要回朝交旨。

馬　騰　如此不敢久留。

王　朗　（念）今日邊庭暫離別。

馬　騰　（念）他日許昌再相逢。（王朗下）

馬　騰　小校，命你三位少爺進帳。

打報者　三位少爺進帳。（鄭洪、龐德、馬鐵、馬岱、馬超上）

鄭　洪　（念）殺氣冲冲射斗宮，威風凛凛賽天蓬。
　　　　　　前步先鋒勇猛將，威震四海是鄭洪。

龐　德　（念）青臉紅髮面貌黑，鬢前赤鬚烈火飛。
　　　　　　喊聲如雷震天地，西凉大將是龐德。

馬　鐵　（念）胸中志氣貫古今，三尺龍泉伴吾身。

跨下千里追風馬,忠孝賢良是馬鐵。

馬　岱　（念）胸中志氣貫九霄,文精武略我獨高。
　　　　　　　跨下一騎白龍馬,馬岱英雄天下少。

馬　超　（念）胸中志氣心意高,滿腹經綸壓俊豪。
　　　　　　　膽大鋸龍頭上角,心雄拔虎嘴邊毛。
　　　　　　　力過舉鼎伍子胥,謀勝廉頗韜略高。
　　　　　　　敢比當年韓元帥,威震西涼是馬超。
　　　　　末將姓馬名超,表字孟起。正在後帳觀看兵書,忽聽父親有令。衆位弟兄,大家參見。

馬超等　父親在上,衆孩兒施禮。

馬　騰　站立一旁。

馬　超　父親命孩兒哪廂使用？

馬　騰　目今聖上有旨,宣你我父子入朝,故與你等商議。

馬　超　父親不可進京。方今獻帝軟弱,曹操弄權,父親秉性剛直,心存忠良,若入朝內,恐遭禍殃,不入朝去,奸雄能奈我何？

馬　騰　馬超言之差也。今獻帝軟弱,列侯不遵法度,吾今不去,違旨抗宣,忠良何在？

馬　超　父親既要前去,帶領馬鐵、馬岱入朝,孩兒鎮守邊庭,以爲爪牙之勢。

馬　騰　此言正合吾意,目下點兵,就此啓程。

馬　超　小軍看酒上來,待我奉送老爺。
　　　　（吟）舉杯奉送老嚴君,叮嚀北去要小心。
　　　　　　　子在邊庭父在朝,骨肉親情兩離分。

馬　騰　（吟）馬超不必苦叮嚀,爲國盡忠豈顧生。
　　　　　　　憑咱一腔忠心志,哪怕朝中有奸雄。

馬　超　馬超送父親。

馬　騰　馬超不必遠送,好好鎮守邊庭。
　　　　（念）忽聽君命召,即刻趕行程。（同下）
　　　　（獻帝、衆侍衛上）

獻　帝　（念）先王提劍斬白蛇,布衣起兵建帝業,
　　　　　　　一定強秦四百載,桓、靈紀綱漸漸滅。
　　　　　　　盜賊四起如螻蟻,奸臣賊子把政攛,

　　　　　寡人空登九五位，暗彈珠泪自悲嗟。
　　　寡人漢獻帝在位。自從寡人坐天下，兢兢業業，惟恐君德之不服，翼翼小心，常患江山之有失。怎奈奸臣當道，盜賊四起，先遭董卓之禍亂，國祚幾傾，今值曹操之僭竊，綱紀不整，是朕日夜不安。今日視朝無事，黃門官，丞相若到，須速傳報。（曹操上）

曹　操　（念）位極人臣作首相，爵加九錫掌權柄。
　　　　　　　帶劍上殿文武懼，縱橫朝堂天子驚。
　　　昨調馬騰父子征伐劉備，探子飛來報道，馬騰父子今日到京。不免奏准獻帝，方得名正言順。已至朝門，黃門官傳報，丞相見駕。

打報者　丞相見駕。
獻　帝　兩廂動樂，請上殿來。
打報者　兩廂動樂，請丞相上殿。（曹操一揖）
獻　帝　丞相免行朝禮，看座。
曹　操　告坐。
獻　帝　丞相臨朝，有何議論？
曹　操　荆州劉備造反，陛下可知否？
獻　帝　劉備乃漢室宗親，安肯造反？丞相休聽外人之言，誤殺忠良。
曹　操　陛下此語差也。你道他忠心爲國，你見他哪一節忠心爲國？劉備乃當世之梟雄，久懷篡位之心，未得其便，陛下說休聽外人之言，誤殺忠良，臣爲國盡勤勞之苦，滿朝文武哪一個不知？哪一個不曉？臣爲人何如也！
　　　（吟）想昔董卓亂朝綱，欺天子勢壓諸邦。
　　　　　我曹操捨身取義，獻寶劍刺殺奸黨。
　　　　　畫影像捉拿於我，私逃竄奔走他鄉。
　　　　　在山東招軍起義，弃身家爲國奔忙。
　　　　　會諸侯一十七路，誅董卓同赴洛陽。
　　　　　決淮漢水淹下邳，擒呂布白門遭殃。
　　　　　破袁紹平滅冀州，誅袁術削平南陽。
　　　　　與周郎赤壁鏖兵，燒戰船我命幾傷。
　　　　　冒風雨夜走華容，履艱險繞到許昌。
　　　　　我爲國千辛萬苦，保社稷鐵底銅邦。
　　　　　漢朝中若無朝相，漢獻帝怎坐龍床？

| | | 我奏道劉備造反，你道他治國忠良。 |
| | | 似這等不辨賢愚，枉扶你徒費心腸。 |

獻　帝　朕實不知，卿家莫怪。卿命哪家征討，朕就出旨。

曹　操　今有西涼馬騰父子兵多將廣，臣已調至京都。黃門官，馬騰父子若到，須速傳報。

（馬騰、馬岱、馬鐵上）

馬　騰　（念）劍戟森嚴耀清輝，鎧甲征袍壯君威，
　　　　　　　奉召離了西涼地，早到許昌見君妃。
我馬騰父子三人，奉召已到許昌。常言道，未曾朝天子，先來拜相府。馬岱，你將交差手本帶上，先見丞相。已至曹府，門官傳報，馬騰父子來拜。

打報者　早間朝王，午間未回。

馬　騰　既然如此，撥回車馬，直奔午門。正走之間，已至午門。黃門官傳報：馬騰父子，謹叩午門，無旨不敢擅進。

獻　帝　宣上殿來。

打報者　宣馬騰父子上殿。

馬　騰　萬歲龍體身安？

獻　帝　卿家平身。

馬　騰　謝主隆恩。

獻　帝　這兩個少年將軍是誰？

馬　騰　這個是三子馬鐵，那個是侄男馬岱。

獻　帝　兩員好將！
　　　　（吟）大將還由大將生，父子忠烈震邊庭。
　　　　　　　弟兄兩根擎天柱，父子三人駕海卿。
　　　　　　　威比哪吒三太子，雄冠楊戩二郎神。
　　　　　　　赤膽忠心扶漢室，丹鳳樓上畫影形。

曹　操　果然兩員好將！
　　　　（吟）盔上朱纓烈焰，錦袍血染猩紅。
　　　　　　　連環鎧甲扣玲瓏，形容象貌出眾。
　　　　　　　虎背熊腰氣概雄，臨陣去鬼怕神驚。

馬　騰　萬歲宣臣何用？

獻　帝　荊州劉備造反，命你父子征討，不知意下如何？

馬　　騰　臣父子累受君恩，愧無所報，願效犬馬之勞。
曹　　操　既然如此，馬騰父子聽封！（馬騰父子跪）
曹　　操　馬騰爲都督大元帥，馬鐵爲合後，馬岱爲前部先鋒，提調關西各路兵馬，父子征伐劉備。當殿謝恩！（馬騰等領旨謝恩）
馬　　騰　（念）當殿領旨去討賊，
曹　　操　（念）將軍出師馬如飛。
獻　　帝　（念）廟廊無事班鑾散，
曹　　操　（念）專等將軍凱歌回。（同下）（獻帝復出獨坐）
獻　　帝　内侍官過來，朕賜你密旨一道，莫教丞相知曉，復宣馬騰入宫。
打報者　復宣馬騰入宫！（馬騰上）
馬　　騰　參見陛下。
獻　　帝　免禮看座。
馬　　騰　告坐。萬歲，復宣微臣進官，有何議論？
獻　　帝　卿家可知朝中誰家是忠，哪家爲奸？
馬　　騰　臣離京數十餘載，不知誰家是忠，哪家爲奸。我王聰明過人，必知衆臣之肺腑。
獻　　帝　可嘆朝中無一個忠臣良將！
　　　　　（吟）想先王創業艱難，不由我兩泪如泉。
　　　　　　　　有三杰輔佐高皇，出六奇陳平罕見。
　　　　　　　　争成了萬里江山，傳子孫四百餘年。
　　　　　　　　至平帝王莽篡位，節義臣扶立東漢。
　　　　　　　　今寡人軟弱無剛，遭奸臣連續不斷。
　　　　　　　　受欺凌含羞忍恥，衆文武坐視不言。
　　　　　　　　眼睁睁江山不穩，誰替朕秉政除奸？
馬　　騰　臣父子累受君恩，并無寸箭之功，望陛下秉政行法，臣捨命保國盡忠。
獻　　帝　將軍既有此心，可知你先祖之事乎？
馬　　騰　臣先祖伏波將軍，名列青史，也曾受過聖朝大恩。
獻　　帝　既能效祖，力扶漢室，以誅反叛賊子。
馬　　騰　臣願去討荆州劉備。
獻　　帝　劉備非反賊也，反賊者乃是曹操！
　　　　　（吟）想曹操作惡太甚，亂朝綱顛倒名分。

視群僚真如草芥，挾天子欺壓至尊。
記當年許田射鹿，奪金鈚明欺寡人。
遮馬前應呼萬歲，文與武誰不懷恨。
董貴妃白練勒死，殺國舅誅盡滿門。
卿若是與國除害，凌烟閣大表功勳。

馬　　騰　（吟）告陛下龍耳細聽，聽微臣細訴前情。
董國舅奉旨除奸，臣也曾同謀書名。
天不順事機泄漏，那奸曹三斷吉平。
忠良將盡作冤鬼，到如今誰肯盡忠？
臣每懷殺曹心意，但只是無隙可乘。
天若是不絕炎漢，憑忠膽誓殺奸雄。

獻　　帝　卿家既有此心，今曹操付你兵權，何不就此謀之？

馬　　騰　陛下勿憂，數日之內，管取奸曹之首，獻於駕前。

獻　　帝　朕即賜你血詔一封，卿小心，勿得泄漏。
（念）奸曹欺君謀王位，

馬　　騰　（念）殺害忠良勒貴妃。

獻　　帝　（念）朝中天子如兒戲。

馬　　騰　（念）丈夫志在殺奸賊。（同下）

第三回　小苗澤毒心害黃奎

（馬鐵、馬岱、馬騰上）

馬　　鐵　（念）幼年壯氣接九霄，立功誅寇顯英豪。
　　　　　　聖上敕封都尉將，父子聲名扶漢朝。

馬　　岱　（念）威風凛凛蓋世雄，與國盡忠定太平。
　　　　　　聖上親封征南將，衝鋒破敵正先鋒。

馬　　騰　（念）可憐炎漢四百秋，奸臣亂漢未肯休。
　　　　　　一片心懷國家事，雙鎖眉梢分帝憂。

馬　　岱　父親在上，聖上命咱父子征伐劉備，正宜歡樂而去，爲何心中不慰，
馬　　鐵　面帶憂愁？莫非懼怯關、張驍勇，諸葛之謀？

馬　　騰　孩兒不知，征伐劉備非聖上本心，乃奸曹之過也。且今聖上賜我血詔一封，交我謀殺老賊，爲父恐負天子之托，因而愁悶。

馬　岱	父親放心勿憂,孩兒明日去見曹操,暗藏寶劍刺殺老賊,却不是好?
馬　鐵	
馬　騰	孩兒不可。那曹操豈是容易殺的?他曾帶七星寶劍,謀殺董卓,豈不防人殺己[1],必須別定良策。
打報者	黃爺下馬!
馬　騰	好個奸曹,恐吾有變,故差黃侍郎打探是非。眾孩兒各宜小心,作一準備。

(黃奎上)

黃　奎	(念)惱恨奸雄禍炎劉,殺盡忠良未肯休。 　　　　蒼天若無絕漢意,定斬奸臣老賊頭。 下官黃奎,今曹操拜馬騰為元帥,命我為行軍參謀,我想與馬騰同謀殺曹,不知他意下如何。今日一則拜賀,二則打探他的動靜。已至門首,小軍傳報,黃爺來拜。
打報者	黃爺來拜。
馬　騰	待我相迎。(迎介)不知黃大人車駕親臨,失誤遠迎,多得有罪。
黃　奎	朝事繁冗,拜賀來遲,勿較是幸。
馬　騰	黃大人請進!
黃　奎	大家請進。
馬　騰	黃大人請坐。
黃　奎	大家坐了。多年來未見台顏,吾心渴思。今日幸授行軍參謀,是奎朝夕得領大教,方遂平生之願也。
馬　騰	才疏智淺,恭承大任,今番行兵,全賴大人指示。
黃　奎	此二位將軍是誰?
馬　騰	這個是侄男馬岱,那個是三子馬鐵。
黃　奎	果然兩員好將。真乃虎父必生虎子,可喜可賀。想當初吾父死於李傕、郭汜之手,吾常盟誓殺國賊,今日又被賊所使,此心實不順也。
馬　騰	宗文,誰為反賊?
黃　奎	那奸曹欺君罔上,專權謀國,真乃反賊。
馬　騰	告便。好一奸曹,果然恐吾身有變,故差黃侍郎以言探試吾。眾孩兒各宜小心,我自有道理。宗文,曹丞相乃是主國元老,輔漢功臣,何為反賊?

黃	奎	那奸曹名爲漢相,實爲漢奸。你道他主國元老,輔漢功臣,你的人品我也見了。
馬	騰	耳目交近,休得口招禍事。
黃	奎	(吟)不由我心中怒惱,可見你不忠不孝。 　　那奸曹欺君罔上,你道他主國元老。 　　念先人實受漢祿,全不思立功報效。 　　我曉得你那心事,惜祿位怕惹曹操。 　　只貪戀子貴妻榮,全不顧萬代嘲笑。
馬	騰	宗文息怒,吾恐你是奸曹之細作,佯爲如此。
黃	奎	原來恐吾有變,我願咬指盟誓。
馬	騰	既是真心,我有天子血詔在此,大家同盟。
馬　騰 黃　奎		看香案過來!
馬	騰	黃大人請盟。
黃	奎	還是元帥先盟。
馬	騰	如此僭了。皇天后土,山川社稷,我馬騰與黃奎同謀殺曹,若有二意,天誅地滅。
黃	奎	上告青天,下告后土,我黃奎與馬騰同謀殺曹,若有二意,誅滅九族。
馬　岱 馬　鐵		今日幸與黃大人同謀,可見大事該成。大家商議,可該幾時下手?
馬	騰	即日不能下手,待等西涼人馬到時,奸曹營中親來點示,那一時,炮響一聲,方可下手。
黃	奎	此計甚妙,將他賺至營中,一鼓擒之,他縱有雄兵百萬,戰將千員,能奈我何?今日大事已定,大家樂飲幾杯。
馬	騰	如此看酒上來!黃大人,此事非同小可,上繫國家之大事,下關九族之性命,雖然相知,不可與外人學說。
黃	奎	我豈不知是國家之大事,怎肯與外人學說?今日酒醉,權且告辭,明日再來領教。
馬	騰	(念)同公設謀用機籌,
黃	奎	(念)忠心立志扶炎劉。
馬　岱 馬　鐵		(念)蒼天若能成我謀,龍泉寶劍殺賊頭!(同下)(曹操上)

曹　操　（念）勢重山岳掌威權，號令森森似霜嚴。
　　　　　　　昨夜帳前彈寶劍，神鬼俱驚斗牛寒。
　　　　老夫曹相，昨令馬騰征伐劉備，并無音訊，小校，轅門探聽。（苗澤上）
苗　澤　（念）憑吾口中三寸舌，要害黃奎一家絕。
　　　　　　　蒼天若肯成我願，佳人才子兩全節。
　　　　小生苗澤，昨夜正在李春香房中作樂，不料黃侍郎來到，嚇的我魂不附體。是我藏在床下，將他語言盡被我知，不免投於丞相。已至府門，門官傳報，獻好心人要見。
打報者　獻好心人要見。
曹　操　搜檢兵刃，命他進來。
打報者　命你進來。
苗　澤　老爺在上，小人叩頭。
曹　操　姓甚名誰？
苗　澤　小人姓苗名澤。
曹　操　獻甚麼好心？
苗　澤　（吟）上叫公台聽我云，小人從頭說原因。
　　　　　　　馬騰挂印爲元帥，黃奎授命作參軍。
　　　　　　　二人要害丞相命，小人特來報原因。
曹　操　你可知他幾時下手？
苗　澤　（吟）候等西凉人馬到，請爺前來點三軍。
　　　　　　　炮響一聲齊下手，暗送老爺命歸陰。
曹　操　二人害我，行不測之計，你怎知內裏之情？
苗　澤　小人有一姐姐與黃侍郎爲妻，日每在他家穿堂過府，因此得知內裏之情。
曹　操　你與黃奎有何冤仇？
苗　澤　無冤無仇。
曹　操　無冤無仇害你姐夫一家性命，所爲何事？想是劉備差來奸細，押下斬首！
苗　澤　老爺息怒，聽小人說真情。
　　　　（吟）黃奎愛妾李春香，她與小人有勾當。
　　　　　　　黃奎無端造死罪，春香誠恐受灾殃。

　　　　　叫我前來求丞相，想配小人白頭亡。
　　　　　這是小人真情話，伏望老爺作主張。
曹　操　原是這等，事平之後，加你官職。
苗　澤　小人不願爲官。
曹　操　心想甚麼？
苗　澤　心想李春香與我爲妻。
曹　操　罷，自然與你爲妻。小校，將苗澤押在廊下。
曹　操　好個苗澤，奸人妻妾，謀害本夫，你心何忍？事平之後，自當碎屍萬斷。小校，命一干衆將升帳。
打報者　衆將進帳！（衆將上）
曹　洪　（念）天生烈性异尋常，韜略精通世無雙。
　　　　　十年磨就衝鋒劍，赫赫威名震諸邦。
夏侯淵　（念）天生豪杰開太平，智勇雙全抱忠貞。
　　　　　狼烟一動威名顯，凛凛忠烈扶漢廷。
徐　晃　（念）天生大將氣概雄，故與王家定疆封。
　　　　　胸藏斬龍伏虎劍，今朝得志纔試鋒。
許　褚　（念）天生容貌似金剛，百萬軍中只我强。
　　　　　轅門炮響森殺氣，揚眉吐氣意志昂。
衆　　　在下曹府一干衆將，正在後帳操練人馬，忽聽丞相有令，大家參見。丞相在上，衆將打躬。
曹　操　免得打躬。
衆　　　命我等有何使用？
曹　操　無事不命爾等前來。昨命馬騰征伐劉備，黃奎爲軍中參謀，不料二人同謀造反，要害老夫性命。幸有黃奎妻弟苗澤報我得知，吾想誅殺二賊，故與你等同商議。
曹　洪
夏侯淵　丞相在上，賜我等數萬人馬，我二人領兵就此誅之。
徐　晃
許　褚　丞相在上，我有一計，可成大功。
曹　操　有何妙計？
徐　晃
許　褚　今日將二賊請在議事廳中，衆將兩廊埋伏，審問明白，誅殺二賊，却不是好？

曹　操	如此兩廊埋伏？
眾	（吟）可恨二賊太不良，暗裏生心將主傷。 　　　安排打虎牢籠計，準備鐵鎖拴鳳凰。
曹　操	小校，我賜你請帖一道，請馬騰帶二將在府堂議事；我再賜你請帖一道，請黃奎過府飲宴。
打報者	請馬騰、黃奎過府。（馬騰、黃奎上）
黃　奎	（念）昨夜睡夢正三更，夢見猛虎落深坑。 　　　心驚肉戰多慌懼，此行未知吉和凶。
馬　騰	（念）吾家祖代是忠賢，齊心扶立漢江山。 　　　吾心常懷誅奸意，托主宏福賴蒼天。
馬　騰 黃　奎	我馬騰、黃奎。曹府請我議論軍情，只得前去。已至府門，門官傳報，馬騰、黃奎來拜。
打報者	馬騰、黃奎來拜。
曹　操	穿衣不整，二門恭候。（打報如前。馬騰、黃奎進）
馬　騰 黃　奎	丞相在上，卑職參拜。
曹　操	二位到此是客，只是一揖。二位請來上座。
馬　騰 黃　奎	還是丞相上座。
曹　操	老夫僭了。馬元帥，怎麼不見二位小將軍？
馬　騰	小兒怎敢違令，早晨畋獵未回。
曹　操	昨調關西兵馬，可得幾時到京？
馬　騰	昨差探馬去探，可得旬日到京。
曹　操	豈不知兵貴神速，屯兵一日，即費斗金，你可領本部人馬先行，待關西人馬到時，老夫即便催督前來。
馬　騰	如此領命。
黃　奎	元帥不可領命。待到關西人馬到時，請丞相親自點示，那一時方可去得。
曹　操	好個老賊，請我點示三軍，那一時炮響一聲，要害老夫性命。眾將將門掩了。
馬　騰 黃　奎	這是怎麼樣？

曹　操　（吟）曹孟德心頭火起，罵二賊好生無禮。
　　　　　　　造反叛情難寬恕，害別人招禍於己。
黃　奎　（吟）丞相暫息雷霆怒，
馬　騰　（吟）爲何陡起虎狼威？
黃　奎　（吟）忠心扶漢無二意，
馬　騰　（吟）不曾違法犯條律。
黃　奎　（吟）聽信何人讒言語，
馬　騰　（吟）要把忠良作冤鬼。
黃　奎　（吟）賊要真贓并實據，
馬　騰　（吟）你今綁我有何罪？
曹　操　還說你無罪！
馬　騰　有何對證？
曹　操　有個對證。
黃　奎　要個對證。
曹　操　小校，將苗澤押上來！（苗澤上）
黃　奎　好個苗澤，我在哪裏與你學說，要害丞相一死？
苗　澤　黃姐夫快快招了吧，你的言語我盡與丞相學說吶。
黃　奎　（吟）低頭不語心自嗟，咬牙切齒恨苗澤。
　　　　　　　不念姐弟甥舅情，倒教忠良淌鮮血。
馬　騰　（吟）怒髮衝冠恨氣悠，大罵黃奎老蒼頭。
　　　　　　　不能修身并齊家，焉能治國扶炎劉。
　　　　　　　擎天大事被你壞，謀事不成恨怎休。
　　　　　　　可憐一腔忠義志，致使英雄血淚流。
曹　操　（吟）怒髮衝冠恨怎消，大罵二賊害吾曹。
　　　　　　　今日定作刀頭鬼，叫你插翅也難逃。
　　　　　馬騰、黃奎，老夫不曾錯待於你，謀害老夫，所爲何事？
黃　奎　（吟）只爲你挾天子令諸侯撥亂朝綱，行霸道損蒼生苦害忠良。
　　　　　　　漢獻帝見了你森森害怕，滿朝中文與武誰不驚慌？
　　　　　　　假仁假義作首相實爲漢賊，專征伐欺君王勢壓諸邦。
　　　　　　　我黃奎縱死在九泉之下，森羅殿也與你辯訴冤枉。
曹　操　（吟）漢獻帝軟弱無剛，烟塵起混亂八方，
　　　　　　　咱本是周公、伊尹，扶漢世不讓霍光。

馬　騰　呸,好個不知羞恥,你本是衣冠禽獸,名教中罪人!
　　　　（吟）敢自稱你是周公、伊尹,
　　　　　　你怎比周公旦,輔成王,功高萬世;
　　　　　　學不得湯伊尹,佐商王,鞠躬盡瘁。
　　　　　　你本是,王莽董,篡國賊,罪惡滔天,
　　　　　　似董卓,欺天子,壓群臣,奸雄百倍。
　　　　　　想當初,在許田,射鹿時,欺君岡上,
　　　　　　你不該,在馬前,奪金鈚,應呼萬歲。
　　　　　　殺國舅,誅賢良,三斷吉平,
　　　　　　帶寶劍,入宮院,欺君作威。
　　　　　　可憐見,董貴妃,白練勒死,
　　　　　　漢獻帝,不敢言,偷彈珠泪。
　　　　　　瞞不過,列位們,大家評論,
　　　　　　這難道,就是你,忠心爲國?
　　　　　　我實想,殺賊曹與國除害,
　　　　　　誰知曉,天不順計滅黃奎。
　　　　　　任奸雄將老爺碎尸萬斷,方顯我大丈夫死而不悔。
曹　操　（吟）殺斬在吾不在君,二賊無故敢欺人。
　　　　　　我今送你陰曹去,縱有冤枉何處伸。
　　　　　　衆將開刀!
馬　騰　皇天后土,日月三光,我馬騰、黃奎謀事不成,反落刀頭之鬼,有枉
黃　奎　無處告訴,忠烈惟天可表。（馬騰、黃奎被推下）
曹　操　今日誅殺二賊,惟有馬鐵、馬岱未曾拿住,倘若逃走,爲禍不淺。衆將听令,汝等各領本部人馬,將他營寨圍困,務要拿住,勿令走脱,不可有誤。
　衆　　（念）聽罷將令怒冲冲,速回本部點精兵。
　　　　　　放虎歸山終有害,剪草除根永不生。
　　　　（衆將下）
曹　操　宣事官過來,帶領一百家丁,將黃奎家眷無論老幼,一齊誅殺,惟將李春香一人帶來,與苗澤釘在木板驢以上,千刀萬剮!
　　　　（念）鐵舌鋼牙黃蜂尾,不及小人最毒凶。
　　　　　　爲人不作逆天事,善惡到頭事分明。

（下）（馬岱、馬鐵上）

馬　　岱　（念）畋獵歸來放犬鷹，跨下龍駒走如風。
馬　　鐵　　　父在營中將兒望，只恐落下不孝名。（鴉鳴）
馬　　鐵　二哥，正走之間，忽聽烏鴉亂叫，心驚肉戰，好恍惚人也。
馬　　岱　賢弟不必驚慌。常言道，鵲噪非爲喜，鴉鳴豈是凶。已至營門，下馬見父。守營將士，大老太爺不在營中，都往哪裏去了？
打報者　曹府請的飲宴去了。
馬　　岱
馬　　鐵　可差人打探不曾？
打報者　早間打聽，午間未回。
馬　　鐵　二哥不好！豈不知曹操詭計多端，乘你我弟兄不在，將父親請去，其中必有緣故。咱二人披挂整齊，暗藏寶劍一口，入曹府打探纔是。
打報者　奉將令打探軍情，曹丞相府門緊閉，衆軍卒各整鞍轡，街上人交頭接耳，人都說剿滅黃奎。
馬　　岱
馬　　鐵　可知道太爺下落？
打報者　太老爺下落不知，急慌忙來報消息。
　　　　（吟）聽報罷魄散魂消，言其間吉凶難料。
馬　　岱　　　老父親倘有差失，爲子的忤逆不孝。
馬　　鐵　　　忙整動刀劍鞍馬，黃金甲束身緊靠。
　　　　　　叫衆將隨我前去，入曹府打探一遭。（内喊殺聲）
（唱）忽聽得連珠炮響，喊殺聲兒前來[2]，
馬　　岱　　　嚇的我戰兢兢，怎地安排？
馬　　鐵　　　莫不是楚平王謀害伍奢，却差那養由基前來？
　　　　　　咱縱有伍子胥神射，只恐怕難躲避樊城之災。
（曹洪、夏侯淵、徐晃、許褚等衆將上，圍困馬岱、馬鐵）
衆　　將　西凉人馬，聽吾號令：馬騰造反，被丞相誅之。有人將馬鐵、馬岱送出營來，餘者不殺一人，若答半字不肯，殺進營來，殺個鷄犬不留。
打報者　太老爺被曹操所害。
　　　　（吟）聽報罷父命歸陰，泪如雨摘膽剜心。
馬　　岱　　　哭的我聲嘶氣斷，叫乾喉聲音不聞。
馬　　鐵　　　父尸首今在何處，魂靈兒緲緲無踪。
　　　　　　提起來肝膽裂碎，痛煞煞大放悲聲。

馬	鐵	（吟）今早晨奉父命挨山畋獵，
馬	岱	（吟）誰知曉落網魚生死難决。
馬	鐵	（吟）我大哥在西凉終日懸望，
馬	岱	（吟）你可知今日裏命盡禄絕。
馬	鐵	（吟）尸首兒不知在何處暴露？
馬	岱	（吟）魂靈兒今夜晚哪裏安歇？
馬	鐵	（吟）想的我肝腸斷音容不見，
馬	岱	（吟）哭的我眼睛穿滴泪成血。
馬	鐵	（吟）我父親在地下黑沉沉含冤負屈，
馬	岱	（吟）爲子在陽世間意懸懸空自悲嗟。
馬	鐵	（吟）有一日拿奸曹碎尸萬段，
馬	岱	（吟）報冤仇不知在何年何月？
		你我不必啼哭，今曹兵四面圍困，你我兵弱將寡，如之奈何？
馬	鐵	二哥，你看守營寨，待我出去打探哪一面兵薄，好來逃走。
馬	岱	賢弟小心在意。
馬	鐵	不必囑咐。
		（吟）怒氣衝天射斗宫，咬碎銀牙恨奸雄。
		袍袖暫搵腮邊泪，提刀勒馬撞正東。
		當吾者何人？
曹	洪	（吟）虎將英雄武藝能，烏騅戰馬如飛龍。
		曹府帳下安邦將，文武雙全是曹洪。
		小賊何名？
馬	鐵	（吟）前世無雙勇絕倫，龍泉寶劍手内存。
		跨下千里白龍馬，忠孝賢良是馬鐵。
曹	洪	原是馬鐵，你父親造反，被丞相誅之，小賊還不下馬受死。
馬	鐵	若提起那曹瞞，不由人吃支支銀牙咬碎。
曹	洪	你父親他不該逆天造反謀同黄奎。
馬	鐵	若拿住那奸曹定叫他碎尸萬段！
曹	洪	小頑童命該盡你還敢妄逞雄威。
馬	鐵	（念）[3]撥開戰馬兵將走。
曹	洪	（念）[4]頃刻陣裏擒小賊。（衆將回殺馬鐵，馬鐵退回）
馬	岱	賢弟，打探兵馬薄厚如何？

馬　鐵　二哥不好，你看曹兵四面圍困，如鐵桶一般，但見：
　　　　（吟）盔甲耀一天星斗，刀劍排數里雪霜。
　　　　　　東門上擺槍刀好似麻林，西門上列劍戟又如柴棚。
　　　　　　南門上絆馬繩弓弩無數，北門上又挑下賺馬深坑。
　　　　　　四下裏鐵渣山從天降下，咱就是丹仙鳳怎上天空？
馬　岱　罷了罷了，我父子三人忠心爲國，都皆死於奸曹之手，乃是天絕吾命也，乃是天絕吾命也！
馬　鐵　（吟）父死含冤命歸陰，滿懷冤枉無處伸。
　　　　　　有子不能報父仇，不如拔劍自刎身。
馬　岱　賢弟爲何做此莫來由之事？
馬　鐵　二哥，非是我作此莫來由之事，今曹兵鋪天蓋地而來，將你我圍困垓心，不能出去，與其死於他人之手，不如尋個自盡，免污咱少年英豪。
馬　岱　賢弟不必驚慌，目今月色深沉，待等月落之後，我爲先鋒，你乃合後，殺出重圍好來逃走。
馬　鐵　二哥，此計不好。你我同路逃走，曹兵一齊殺來，俱難逃走，待我定了避實擊虛之計。
馬　岱　何爲避實擊虛之計？
馬　鐵　二哥，你佯出北門，却往西殺，小弟虛衝南陣，却往北門而逃。幸喜逃出一個，報與大哥知曉，好與父親雪冤報仇。
馬　岱　賢弟所言雖然，怎奈年幼未經大戰，我怎忍各逃性命。想咱父子三人同入許昌，父親不幸死於非命，我若有失，賢弟得生，還則罷了，倘若賢弟有失，我得活命，那一時大哥問道，父親、三弟今在何處？你叫我拿何言答對？你叫我拿何言答對？
　　　　（同吟）思量曹瞞好難容，不由兩眼泪盈盈。
馬　岱　　　虎落深坑難展爪，龍遭鐵網怎騰空？
馬　鐵　　　萬般出在無其奈，手足拆散各西東。
　　　　　　翻身上了龍駒馬，要闖重圍各逃生。
　　　（馬岱、馬鐵分別闖陣）
馬　岱　兄弟轉來，轉來！
馬　鐵　二哥，何去而復反？
馬　岱　非是去而復反，弟兄之情，一旦相拋，叫我難割難捨。

馬　鐵　二哥爲弟兄之情，不忍捨我，我豈無手足之情，怎捨的二哥？怎奈出乎無奈，休説你我弟兄是人，就是馬，馬走十步九回頭。

馬　岱　（吟）聽説罷不由人兩泪紛紛，滿懷中好似亂箭穿心。
　　　　　自幼兒我和你同學看書，講韜略談策論演武習文。
　　　　　每日裏并肩齊射弓演箭，但出門我與你并馬相行。
　　　　　恨曹瞞行無道假傳聖旨，老父親將你我帶至京城。
　　　　　誰知道遭不幸父死非命，抛你我弟兄們困在營中。
　　　　　你道説你往東我往西各逃性命，我怎忍割斷了手足之情？
　　　　　劉、關、張异姓人誓同生死，我和你親骨肉怎下絶情？
　　　　　眼睁睁活分離難割難捨，你往東我往西何日相逢？
　　　　　入虎口定不住你在我在，要相逢只恐怕南柯夢中。
　　　　你我此行，乃是死裏求生，少不得捏土焚香。

馬　岱　（同吟）捏土焚香祭上蒼，伏望皇天保忠良。
馬　鐵　　　　　弟兄若得出此難，滿焚爐香祭上蒼。

馬　岱　（背身）皇天有應，只將我馬鐵兄弟搭救出天羅地網，就是我馬岱死而無怨。

馬　鐵　二哥爲何出此言語？

馬　岱　非是出此言語，你我不是一母同胞，乃是伯叔弟兄。馬岱不幸，自幼父母雙亡，蒙伯父恩養成人，與他親生兒子一樣看承。
　　　　（吟）想想伯父恩深義重，撫養我弟子長成，
　　　　　不能够報效出力，我怎忍各自逃生。
　　　　　倘乎間賢弟有失，有何顏先見長兄？
　　　　　老母親不知情由，責罵我馬岱不忠：
　　　　　你父親年紀高邁，你兄弟武藝不精，
　　　　　你是個年力精壯，怎不救將他逃生！
　　　　　那一時無言對答，反落下不孝之名。
　　　　　因此上不忍捨你，要帶你一路同行。
　　　　　急上馬隨我前去，捨性命死裏求生。（二人同突圍）
　　　　擋吾者何人？

夏侯淵　（吟）罵二賊敢問吾名，提起來喪兒殘生。
　　　　　軍陣上神鬼皆怕，夏侯淵蓋世英雄。
　　　　二賊何名？

馬　鐵　（同吟）膽大小賊問吾名，家住不遠在扶風。
馬　岱　　　　馬鐵、馬岱雙良將，威震西涼蓋世雄。
　　　　（殺介。馬岱、馬鐵退回）
馬　鐵　二哥，我說咱各逃性命，你再三不肯，若到天明，萬難逃身。
馬　岱　事到如今，就依賢弟之言。
馬　鐵　（吟）世上兩般哀苦事，
馬　岱　（吟）莫過死別共生離。
馬　鐵　（吟）天降災殃人難躲，
馬　岱　（吟）弟兄分訣各西東。
馬　鐵　（吟）顧不得兄和弟，
馬　岱　（吟）論不得手足情。
馬　鐵　（吟）撥開千里龍駒馬，
馬　岱　（吟）要闖重圍各逃生。
　　　　（馬岱闖出重圍逃下，馬鐵被困，混戰）
馬　鐵　罷了罷了。我二哥也不知死於敵軍之中，也不知逃命而走，將我圍困垓心，不能出走！
　　　　（吟）不由我傷心泪掉，恨曹瞞橫行無道。
　　　　　　我父親屈死殺身，我大哥怎能知道。
　　　　　　我二哥存亡不曉，急得咱泣泪滔滔。
　　　　　　我母親年紀高邁，養孩兒空受劬勞。
　　　　　　你那裏依門懸望，怎知道兒喪荒郊。
　　　　　　閃得你勞而無功，我為國難全孝道。
　　　　　　撇大哥孤身獨自，但出門有誰相靠。
　　　　　　又撇下恩愛嬌妻，耽擱你青春年少。
　　　　　　訴不盡滿懷冤枉，說不盡一身忠孝。
　　　　　　也是這大禍臨身，屈殺我少年英豪。
　　　　（馬鐵被曹將殺介）
衆　將　可喜，可喜，殺了馬鐵，走了馬岱。
　　　　（念）五營四哨齊追趕，教他插翅也難逃。（同下）（馬岱上）
馬　岱　（唱）刀劍層層魚鱗排，殺聲震地鬼神哀，
　　　　　　馬岱把一座鐵背銀山闖過來，
　　　　　　脫離了龍潭虎穴，又逃出曹兵營外。

望不見三弟形影,好叫我感嘆傷懷。

馬岱黑夜逃走,少不得觀星而逃,這個是北斗星,這個是曉報星,這個是太白星,我不免往太白星而逃。

(吟)馬上低頭自沉吟,膽戰心寒夢中驚。
　　　殺的我汗濕征袍如水灑,血染鎧甲透體紅。
　　　手中有弓壺無箭,寶劍兩刃俱無鋒。
　　　雖然逃出天羅網,不見三弟好傷情。

(唱)伯父堂前恩愛重,情勝同胞一母生。
　　　生死存亡我難料,不由兩眼淚盈盈。
　　　來時我們人三個,到如今單人獨馬逃性命。
　　　我好似鹿羔被人箭射目,孤雁失群嘹唳行。

(吟)黑夜不知路高低,不知東西與南北。
　　　仰觀天象看北斗,回頭又見曉報星。
　　　滿天星斗依然在,不見伯父痛傷心。
　　　倒拖花槍長流淚,裂碎肝腸星斗渾。

(内喊殺聲)

馬　岱　忽聽後邊吶喊搖旗,想是曹兵趕我,我想他往西北追趕,我不免往正南而逃。

(念)鰲魚已脫金鉤綫,豈肯復入網中來。(下)

(許褚、徐晃、曹洪、夏侯淵上)

衆　將　(念)漫天蓋地滅奸黨,亂發雕翎似流星。
　　　　我曹府一干衆將,大小三軍,人馬撒開,往西北追趕!

打報者　追趕四十餘里,并無踪影。

衆　將　想是遠了,黑夜之間,難以行兵,回報丞相。
　　　　(念)劍戟森嚴列軍威,震天金鼓似鳴雷。
　　　　　　夜清水寒魚不餌,滿船空載月明歸。(同下)

校記

［１］豈不防人殺己:"防",原作"妨",據文意改。
［２］喊殺聲兒前來:"兒",原作"而",據文意改。
［３］"念",原無,據文意補。
［４］"念",原無,據文意補。

第四回　勇許褚潼關追馬岱

（曹操上）

曹　操　（念）只因要雪心頭恨，無數英雄見閻君。
　　　　　　　　寧叫我負天下人，莫叫天下負我身。
　　　　　老夫曹相，昨差衆將捉拿馬鐵、馬岱，不見回來。小校，轅門打探。
　　　　　（許褚、徐晃、曹洪、夏侯淵上）
衆　將　（念）烈烈威風山岳動，凛凛殺氣海浪滔。
　　　　　　　已至營門，下馬進去。丞相在上，金甲在身，不能施禮。
曹　操　免得施禮。你等捉拿馬鐵、馬岱如何？
衆　　　殺了馬鐵，走了馬岱。
曹　操　却到哪一門逃走，就該斬首。
衆　　　黑夜之間，也不知哪一門逃走，我等追趕四十餘里，并無踪影。
曹　操　可惜大計小用了。殺了馬鐵，走了馬岱，爲禍不淺，必要報與西凉馬超知曉，要報父之仇。許褚聽令，賜你快馬三千，星夜追趕，孤家隨後起大兵前來，直下西凉捉馬超，不得有誤。
許　褚　（念）聽罷將令怒冲冲，急回本部點精兵。
　　　　　　　　點起三千鐵騎漢，逢山開路作先鋒。
　　　　　（與衆將同下）
曹　操　許褚去了，小校命任峻升帳。
打報者　任峻升帳！（任峻上）
任　峻　（念）心高志大命不順，一心要挂封侯印。
　　　　　　　　曹府帳下英雄將，大刀指揮是任峻。
　　　　　末將任峻，正在後帳演習武藝，忽聽得丞相有令，須速見駕。丞相在上，任峻打躬。
曹　操　免得打躬。
任　峻　丞相在上，命末將那廂使用？
曹　操　吾令你下西凉捉拿馬超，你可隨吾聽用，不知意下如何？
任　峻　末將情願前去。
曹　操　既然如此，吩咐大小三軍，各披胄甲，趁此黃道吉日，目下啓程。
任　峻　遵主命。大小三軍，丞相有令，你們各整頓鞍馬，目下就要起兵，人

　　　　　馬齊備不曾？
打報者　人馬俱已齊備。
任　峻　禀上丞相，人馬俱已齊備，候丞相起馬。
曹　操　既然如此，旌旗招展，就此起馬。
　　　　（念）旌旗一繞三軍動，花鼓輕響將帥行。（同下）（馬岱上）
馬　岱　（念）打馬揚鞭返故鄉，遥望故鄉過昭關。
　　　　　　　子胥當年也曾過，幸喜馬岱離潼關。
　　　　我馬岱，黑夜逃走，至今三日三夜，未曾解甲，馬不曾卸鞍，幸喜已過潼關，料我不至於死了，不免緩行幾步。
　　　　（吟）悶坐雕鞍自思量，不由兩眼淚汪汪。
　　　　　　　殺的我人困馬乏難扎净，肚内飢餓我怎當？
　　　　　　　少氣無力常思睡，汗濕征袍透體凉。（雁鳴聲）
　　　　　　　忽聽空中孤雁唳，視物傷心痛斷腸。
　　　　　　　想當初父子三人從此過，到如今獨馬單槍回故鄉。
　　　　（内喊殺聲）只聽後邊喊殺連天，想是曹兵趕我，少不得打馬而逃。
　　　　（許褚上）
許　褚　小賊休走，吃吾一鞭。
馬　岱　趕吾者何人？
許　褚　（吟）虎軀凛凛一丈長，斬軍抓將誰敢當。
　　　　　　　曹府帳下先鋒將，姓許名褚字仲康。
　　　　小賊何不下馬受死！
馬　岱　（唱）脱離了龍潭虎口，
許　褚　（吟）又遇見太歲凶神。
馬　岱　（唱）又遇見吊客喪門。
許　褚　（吟）水磨鞭降龍伏虎叫小賊命見閻君。
馬　岱　（唱）哪怕你水磨鞭降龍伏虎，憑着我昆吾劍劈破天靈。
許　褚　（吟）烏騅馬噴烟吐霧，立戰場鬼叫神驚。
馬　岱　（唱）哪怕你烏雅馬噴烟吐霧，怎敵我青獅龍勢若猛虎。
許　褚　叫小軍，摇旌旗，擂戰鼓，試看咱活捉馬岱。
馬　岱　（唱）擂戰鼓，摇旌旗，擂戰鼓，摇旌旗。
　　　　　　　你那裏怒哄哄，我這裏忙躲避。
　　　　　　　自思量心裏急，若要我回西凉去，

　　　　　　除非是人會騰空馬會飛。（馬岱下）
許　褚　（念）跨下龍駒走蛟龍，金盔斜插鳳頭纓。
　　　　　　馬岱一見魂不在，抱頭掩身走如風。
　　　　（追下）（馬超領鄭洪、龐德上）
鄭　洪　（念）面似金剛膽氣雄，開路鋼鞭在手中，
　　　　　　跨下千里爬山獸，西涼大將是鄭洪。
龐　德　（念）青臉紅髮相貌魁，大喊一聲似春雷。
　　　　　　威振西涼無雙將，前步先鋒是龐德。
馬　超　（念）寶劍鋒利似月明，《三略》、《六韜》貫胸中。
　　　　　　何時得會風雲際，掃盡奸雄立大功。
　　　末將姓馬名超，表字孟起，扶風茂陵人氏。自幼習文演武，志氣凌雲，韜略精通，胸藏百萬之兵；弓馬嫻熟，氣吐三千之虎賁；義勇絕倫，兩臂有千斤之力；揮戈上陣，能取上將之頭。威振西涼三邊八府，逆賊聞名喪膽；聲聞四海九夷八蠻，奸黨見影懾形。
　　　（吟）威風凜凜蓋世雄，欽奉王命鎮邊庭。
　　　　　　十萬貔貅屯寨外，千員猛將似虎龍。
　　　　　　寶雕弓開賊喪膽，馬踪到處四海清。
　　　　　　龍鳳旗上書大字，威震西涼馬總戎。
　　　昨因吾父帶領二弟入朝，是我放心不下，每日差人打探，說聖上封吾父為兵馬大元帥，提調關西各路軍馬，往荊州征伐劉備。我想到劉備乃當世之梟雄，倘吾父不能取勝，不惟獲罪於天子，亦且貽笑於天下也。是我統領雄兵十萬，猛將有鄭洪、龐德，前往許昌，同吾父征伐劉備。小軍前至何處了？
打報者　前至渭河地面。
馬　超　如此安營下寨。
　　　（同吟）安下營寨按陣圖，前後左右排隊伍。
鄭　洪　　　凜凜大將似天將，雄雄戰馬如猛虎。
龐　德　　　皂白紅旗隨風舞，專等轅門擂戰鼓。
　　　　　　四面八方魚鱗集，擦拳磨掌要鬥武。
馬　超　（吟）安營下寨按五方，長槍短劍各逞強。
　　　　　　銅臺鐵把如秋月，刀斧森森遮太陽。
　　　　　　號炮三聲列成隊，金盔銀鎧似重霜。

|||旗號飄飄隨風舞，花鼓冬冬震八方。
打報者　前邊旌旗招展，不知何處人馬。
馬　超　鄭洪、龐德，看守營寨，待我出營看是何處人馬。
　　　　（吟）忽聽小軍報一聲，不由心頭烈火生。
　　　　　　高叫三軍備戰馬，營門以外觀分明。
　　　　　　暫停車馬處，略等片時間。（馬岱上）
馬　岱　（念）心慌好似脫網魚，意急又如帶箭鹿。
　　　　正走之間，忽見一哨人馬，若是曹兵，吾命休矣，少不得越野而逃。
馬　超　那莫不是馬岱？
馬　岱　原是大哥。
馬　超　父親、三弟今在何處？
馬　岱　曹兵在後，前去相敵。
馬　超　賢弟退後，待我截殺一陣。（許褚上）
許　褚　前邊何處人馬？你與我將馬岱拿住，我這裏重重有賞。
馬　超　（吟）馬岱慌忙走如風，袖內機關我已明。
　　　　　　抬頭觀見追兵到，問你來將是何名？
許　褚　（吟）烏騅銀鞍立戰場，因趕馬岱到此方。
　　　　　　你問吾曹名和姓，前部先鋒許仲康。
　　　　你是何人？
馬　超　（吟）膽大小賊問吾曹，聽我從頭把名表。
　　　　　　家住扶風茂陵郡，威震西涼是馬超。
許　褚　原來是馬超，丞相正要捉拿於你，你莫非自送其死！
馬　超　（吟）忽聽一聲烈火飄，提起奸曹恨怎消。
　　　　　　高叫許褚莫要走，叫你一命喪荒郊。
許　褚　（吟）許褚心下怒冲冲，性如烈火氣飄風。
　　　　　　馬上舉起打將鞭，陣裏生擒獻曹公。
馬　超　（吟）馬超英雄世無雙，
許　褚　（吟）許褚猛烈賽霸王。
馬　超　（吟）寶劍出鞘天愁暗，
許　褚　（吟）鞭打鎧甲蹦火光。
馬　超　（吟）決勝負，
許　褚　（吟）定弱強，

马　超　（吟）戰馬號炮鬼神慌。
許　褚　（吟）高叫馬超莫要走,
马　超　（吟）頃刻陣裏許褚亡。（許褚下）

第五回　猛馬超起兵雪父仇

马　超　（吟）馬超猛烈在陣前,馬似南海蛟龍旋。
　　　　　　揮戈直取天靈蓋,小鬼急躲走如烟。
　　　　你去,你去,吾不趕你。馬岱過來,父親、三弟今在何處？你與我細細講來。
馬　岱　忽聽的問下聲！
　　　　（吟）忽聽的問下一聲,不由我掉泪傷情,
　　　　　　我只說與大哥不能相見,這相逢好一似南柯夢中。
　　　　　　想當初我三人同入許昌,曹孟德奏准朝廷。
　　　　　　老父親挂印爲帥,我二人前部先鋒。
　　　　　　往荆州征伐劉備,漢獻帝不敢不從。
　　　　　　我三人領旨出宫,漢獻帝將父親復宣宫中。
　　　　　　哭啼啼寫下血詔,諭父親爲國盡忠。
　　　　　　説奸曹欺君罔上,老父親二次出宫。
　　　　　　那一時遇見黄奎,與父親同訂誓盟。
　　　　　　不料他自不小心,被苗澤訴與曹公。
　　　　　　那奸曹設法定計,將父親賺哄在議事廳中。
　　　　　　一霎時我三人禍從天降,老父親與三弟盡喪幽冥。
马　超　忽聽馬岱説一聲！
　　　　（吟）忽聽馬岱説一聲,裂碎肝膽掉三魂。
　　　　　　自從那日離别後,誰知父弟命歸陰。
　　　　　　尸骸杳杳無人葬,屈死冤魂何處伸？
　　　　　　仰天大哭泣血泪,叫斷咽喉不應聲。
　　　　大小三軍,曉諭五營四哨,將雜彩旌旗去了,各執素白旗號,待我在中營設立靈堂,祭奠老爺在天之靈。
打報者　曹操統大兵前來！
马　超　（吟）忽聽的小軍報道,不由人心中火爆。

　　　　　　恨奸曹殺吾父弟,這冤仇必然要報。
　　　　　　你今日領兵到此,這機關皇天湊巧,
　　　　　　鬥衆賊一齊上馬,殺奸曹雪冤報效。
　　　　　(與衆下)(曹操上)
曹　操　(吟)紅土塵埃迷天庭,白霧靄靄罩乾坤。
　　　　吾曹公。昨差許褚追趕馬岱,不見回來,老夫親領大兵擒拿。小軍前至何處?
打報者　前至渭河地境。
曹　操　既然如此,安營下寨。
　　　　(吟)安營下寨按五方,老夫營門誰敢砸?
　　　　　　元帥坐在中軍帳,四百年前天子家。
　　　　小校,轅門打探,有事通報。(許褚上)
許　褚　(念)人説馬超甚勇猛,話不虛傳果是真。
　　　　已至營門,下馬進去。丞相在上,金甲在身,不能施禮。
曹　操　免得施禮。命你捉拿馬岱如何?
許　褚　馬岱看看被吾捉,不料遇到馬超,殺得我大敗而歸。
曹　操　好個馬超,老夫正要捉拿於你,莫非自送其死。衆將,你們與馬超鏖戰,我與任峻上坡觀陣。(曹操與任峻登高觀陣)(馬超上)
馬　超　(念)一驃馬追風緊,一條路綫綳直。
　　　　已至門前。小軍報去,馬超挑戰。
打報者　馬超挑戰。
許　褚　(吟)忽聽的小軍報罷,不由人心中膽炸。
　　　　　　叫衆將搬鞍上馬,出營門交言答話。
　　　　那莫不是馬超?
馬　超　那莫不是敗將許褚?
許　褚　不必多言。
　衆　　擺開陣勢!(殺門。馬超勒繮轉鐙)
馬　超　衆將,你們與曹兵打仗,待我獨馬單槍活捉奸曹。
　　　　(吟)吩咐三軍齊努力,雪冤報仇在今日。(衆下)

第六回　曹阿瞞脫靴走穀茬

　　　　　（雙方殺下）（曹操、任峻上）

曹　操　（念）旌旗一繞鼓喧天，勝敗定在頃刻間。
　　　　小校，把定轅門，有事通報。（馬超上）

馬　超　（吟）一馬能擋百萬兵，東擋西殺掃群雄。
　　　　今日要報殺父仇，獨馬單槍砸老營。

曹　操　甚麼人敢砸吾老營？

馬　超　吾是馬超，你是曹操老賊，是也不是？

曹　操　吾乃漢相曹公。天兵到此，何不下馬投降？

馬　超　（吟）聽說罷怒氣衝天，吃支支咬碎牙關。
　　　　我和你仇如山海，殺父仇不共戴天。
　　　　喊一聲老賊休走，管叫你命喪黃泉。（曹操下）

馬　超　（念）痛恨未消壯心雄，萬馬營中任縱橫。
　　　　奸臣斬首除國害，忠孝纔得兩全成。
　　　　（追下）（馬超追殺曹操上。打報者作樹狀，立臺中；馬超趕曹操繞"樹"追殺）

馬　超　（吟）冤仇如山重，父仇不共天。
　　　　老賊休逃走，目下喪黃泉。

曹　操　（吟）將軍蓋世強，當學關雲長。
　　　　華容曾放我，至今恩不忘。

馬　超　（吟）見賊心性烈，

曹　操　（吟）當初怪苗澤。

馬　超　（吟）仇人見仇人，氣得我眼發紅。
　　　　（馬超槍刺"樹"身，曹操趁機逃下）

馬　超　這個樹好生無理，曹操看看被吾拿住，被你阻擋，正來拔槍，曹賊走了。
　　　　（念）馬超心下氣昂昂，可恨古樹止吾槍。
　　　　任你走過千層嶺，馬超趕你萬架山。
　　　　（追下）（曹操、任峻分頭上）

曹　操　那莫不是任峻？

任　峻	那不是丞相？（內喊："黑簡相冠皂羅袍,那就是曹操,休叫走了!"）
曹　操	任峻,西涼人馬叫甚麼？
任　峻	黑簡相冠皂羅袍,莫不是丞相,休叫走了。
曹　操	此事怎了？
任　峻	我有一計。
曹　操	有何妙計？
任　峻	將制度卸了,皂羅袍脫了,挂在楊柳樹枝上,與他一個脫袍之計。
曹　操	（吟）高叫任峻你休噪,惶惶恐恐好心焦。
	頭上制度忙卸了,身上又脫皂羅袍。
	（曹操挂袍下,馬超追上）
馬　超	好個老賊,定下脫袍之計走了。大小三軍,將袍收訖。
打報者	將袍收訖。
馬　超	（念）任你走到東洋海,催馬趕你水晶宮。（下）
	（曹操、任峻分上）
曹　操	那不是任峻？
任　峻	那不是丞相？（內喊："長髯鬍鬚穿朝靴,就是曹操,休叫走了!"）
曹　操	西涼人馬又喊甚麼？
任　峻	長髯鬍鬚穿朝靴,就是曹操,休叫走了!
曹　操	此事怎了？
任　峻	我有一計。
曹　操	有何妙計？
任　峻	將鬍鬚割了,朝靴脫了。
曹　操	哎,哎！鬍鬚乃是父母之遺體,如何割的？
任　峻	事到如今,還管他遺體不遺體,馬超後邊追趕,快割,快割！快脫,快脫！
曹　操	（吟）高叫任峻你休急,聽我說在你心裏。
	用手扯起龍泉劍,割了鬍鬚脫朝靴。
	任峻,下邊扎的兩足疼,甚麼東西？
任　峻	待我摸來。盡是穀茬。
曹　操	（吟）這幾年來運不佳,好似嫩草受霜殺。
	實想這裏擒馬超,不料今夜走穀茬。
打報者	馬家兵來了!

曹　操　馬家,馬家,殺得我頭暈眼花,急忙奔走逃天涯。(欲走)(許褚領衆上)

曹　操　將軍饒命!

　衆　　原是丞相。

曹　操　原是衆將?(馬超領衆追上)

馬　超　(吟)一層排鉤一層弓,一層鐵甲一層兵,
　　　　　　　魚鱗甲,雁翅排,襄陽大炮忙擺開。
　　　　　　　曹操要出天羅網,死去靈魂再轉來。
　　　　曹府人馬聽知,我與曹操有仇,與你們無冤,有人將曹操送出營來,餘者不殺一人,若答半字不肯,殺進營來,雞犬不留。

曹　操　西凉與我有仇,與你們無冤,不如將我送出營去,免你衆將之罪。

許　褚　你們與衆將鏖戰,我保丞相上船。
　　　　(念)許褚心下惡氣多,提槍勒馬動干戈。
　　　　　　　高叫衆將戰馬超,我保丞相渡渭河。
　　　　衆將,你們與馬超混戰,我保丞相上了船。衆將,你們一擁上船!
　　　　(衆護曹操下)

馬　超　放箭,放箭!
　　　　(念)馬超猛烈在陣前,人有精神馬又歡。
　　　　　　　今日暫且收人馬,等到來年冤報冤。
　　　　(領衆下)

討 荆 州

張欽 段雲貴 李明山 整編

解 題

　　晋劇。山西省貫中晋劇團演出本。張欽、段雲貴、李明山編劇整理。張欽、段雲貴、李明山，生平里居不詳。未見著錄。劇寫赤壁戰後，孫、劉爲爭奪荆州，鬥智鬥勇。周瑜邀請劉備赴宴黄鶴樓。孔明識破周瑜計謀，將計就計，讓趙雲保駕赴宴。劉備被困黄鶴樓。趙雲從孔明給的竹簡中得到周瑜令箭與劉備同下樓逃走。周瑜率兵追趕，遇上埋伏的張飛半路截殺。周瑜計謀破滅被擒受辱，憤極口吐鮮血，昏絶於地。本事不見史傳。元朱凱雜劇《劉玄德醉走黄鶴樓》、元刊《三國志平話》、明傳奇《草廬記》、清京劇《黄鶴樓》和《三氣周瑜》寫此情節，人物、情節不盡相同。版本今見山西省貫中晋劇團演出本。該本係張欽、段雲貴、李明山據《黄鶴樓》、《三氣周瑜》整合而成。今以該本爲底本校勘整理。按：該劇曾由山西省貫中晋劇團演出，榮獲山西省"杏花獎"劇目獎。

第一場 定 計

（周瑜、衆將上）

周　瑜　爲荆州心肝欲碎。

衆　將　參見都督！

周　瑜　站立兩厢，

　　　　（念）腹藏韜略智謀廣，一代風流世無雙。
　　　　　　　執掌東吴元帥印，水軍都督天下揚。
　　　　本督，姓周名瑜字公瑾，自從孫、劉兩家共破曹兵，得來荆襄數郡，不料竟被大耳劉備占據！思想起來，好不氣煞人也！
（唱）想當年與曹兵大戰赤壁，立下了蓋世功威震華夷。
荊州城乃是軍家必爭地，劉玄德養兵馬如虎添翼。
與吳侯分憂愁幾番密議，差魯肅討荊州已去江西。
但願的此一去隨我心意，管叫那大耳賊無處可栖。
待來日興大兵把中原奪取，保吳侯定乾坤我位列第一。

魯　肅　（內白）魯大夫回營！
中　軍　稟都督，魯大夫回營！
周　瑜　兩廊退下！命他進帳！
中　軍　魯大夫進帳！
魯　肅　（上場唱）
奉命過江討荊州，怎奈皇叔苦哀求。
寬限幾載難做主，子敬進帳稟都督。
參見都督！
周　瑜　站下！大夫，此去一行，定然馬到成功。
魯　肅　這……都督哪。
（唱）吳侯旨都督令怎敢怠慢，大夫你秉忠心實有才幹。
到荊州他君臣置酒款待，謝恩情三叩首他也應該。
提荊州那劉備含淚求拜，念及他急切裏難做安排。
盼吳侯念姻親寬限幾載，取西川再奉還貴手高抬。
周　瑜　哼哼……豈有此理！
（唱）聽他言不由我氣滿胸，國事豈能徇私情。
何道西川未曾取，分明賴占荊州城。
怒狠狠大帳傳將令，帶人馬殺他個滿江紅。
魯　肅　都督息怒，容我告稟！
周　瑜　講！
魯　肅　想當年赤壁鏖戰，孫劉兩家存亡與共，如今都督你不念舊情，反而發兵攻取荊州，恐天下人，道咱出師不義呀！
周　瑜　以大夫之見？
魯　肅　還是寬限幾載，待他們取來西川……
周　瑜　大夫，聽你所言，難道我東吳就任其所爲嗎？你可知他們：一日不取西川，一日不還荊州，一載不取西川，一載不還荊州，十載不取西川，十載不還荆州！大夫，説甚麽他們君臣，急切裏難做安排！分明是你把那水陸要道、抗曹前衝、軍家必争之地，白白送與他人，是也不是？

魯　肅　都督！

周　瑜　大夫，你可知吳侯爲了荆州日夜憂嘆，寢食不安！此事若被吳侯知曉，莫説是你的高官厚禄，就連你的身家性命，何人擔保？你你你真乃糊塗！

魯　肅　呀！
　　　　（唱）請都督爲此事且勿見怪，劉玄德抗曹兵爲作盾牌，
　　　　　　孫與劉結盟好友情尚在，還望你另想良策再做安排。

周　瑜　這另想良策麽……好，本督勞你再去荆州。

魯　肅　再去荆州？

周　瑜　你去到荆州，對他君臣言講，就説吳侯請皇叔過江有要事相商！

魯　肅　你是説……

周　瑜　只要劉備他肯過江，荆州之事就好辦了！

魯　肅　噢！如此我就走。

周　瑜　你就走。

魯　肅　我就去。

周　瑜　你就去。

魯　肅　都督！

周　瑜　大夫！（齊笑）哈哈……

魯　肅　（唱）怪不得吳侯他將你見愛，都督你果稱得天下奇才，
　　　　　　爲荆州都督你巧作安排，此一去我定要將他請來。

周　瑜　（唱）憨厚的魯子敬信服與我，他怎知本督我另有策略。
　　　　　　黄鶴樓計擒劉備荆州討，待來日凱歌還威震山河。
　　　　哈哈哈……

第二場　過　江

（龍套、船夫上）

劉　備　（唱）孤窮打馬離荆襄[1]，過江去會小周郎，
　　　　叫四弟！

趙　雲　主公！

劉　備　（唱）接馬把舟上，再叫四弟聽端詳[2]。

趙　雲　主公。

劉　備　你我君臣今日過江，好有一比！

趙　雲　比就何來？

劉　備　好比昔日漢高皇，赴鴻門宴！

　　　　（唱）孤穹好比漢高皇，小周郎好比楚霸王，
　　　　　　　黃鶴樓好比鴻門宴，缺少個能人張子房。

趙　雲　（唱）主公高皇真高皇，小周郎怎比楚霸王，
　　　　　　　黃鶴樓怎比鴻門宴，有為臣保主！

劉　備　怎樣？

趙　雲　（唱）大量無妨！

劉　備　四弟！

　　　　（唱）四弟好將真好將，長坂坡前美名揚，
　　　　　　　龍潭虎穴也敢闖，漢劉備將性命交於上蒼。

校記

[1] 孤窮打馬離荊襄："窮"，原作"穹"，據文意改。下徑改，不一一出校。

[2] 聽端詳："詳"，原無，據文意補。

第三場　迎　劉

周　瑜　（唱）一口惡氣衝牛斗，孫、劉兩家結冤仇。
　　　　　　　滿江裏撒下鈎和網，哪怕鯉魚不上鈎。

魯　肅　（唱）心中可惱諸葛亮，不該讓主來過江。
　　　　　　　低頭進得中軍帳，見了都督說端詳。
　　　　參見都督！

周　瑜　子敬。

魯　肅　都督！

周　瑜　命你去請劉備可是怎樣？

魯　肅　稟都督，劉備過江！

周　瑜　兵帶多少，將帶幾員？

魯　肅	一兵一卒未帶，單帶子龍一人保駕前來！
周　瑜	哈哈哈，吾計成功也！劉備過得江來，一兵一卒未帶，單帶子龍一人保駕前來！爾好比籠中鳥，網中魚！量爾插翅難飛！子敬！
魯　肅	都督！
周　瑜	吩咐衆將駕了大舟，江岸迎客！
魯　肅	衆將駕了大舟江岸迎客。（劉備、趙雲上）
魯　肅	趙將軍！
趙　雲	子敬兄！（齊：請，請）
周　瑜	皇叔！
劉　備	都督！哼這……哈哈哈……
周　瑜	不知皇叔過得江來，未曾遠迎，當面恕罪！
劉　備	好說，少的差人，都督身旁問安，都督海函！
周　瑜	哎！瑜有何德能，焉敢勞動皇叔動問！
劉　備	理當一問！
周　瑜	瑜謝問！
周　瑜	皇叔看甚麽？
劉　備	怎麽不見吳侯？
周　瑜	甚麽甚麽吳侯？太后染病在床，吳侯伴駕，不能遠離。命瑜我麽……陪伴皇叔，皇叔莫怪！
劉　備	噢！原來如此！四弟！
趙　雲	在。
劉　備	帶路。
趙　雲	是！
周　瑜	慢着，皇叔要向哪裏？
劉　備	床前探病！
周　瑜	你我君臣飲宴已畢，一同探病！
劉　備	這個……來就打擾。
周　瑜	何出此言，請坐。
劉　備	請！
魯　肅	宴齊！
周　瑜	宴設黄鶴樓！皇叔，請，皇叔。
劉　備	哦，都督。

周　瑜　皇叔請來前行！
劉　備　還是都督請來前行。
周　瑜　還是皇叔請來前行。
劉　備　這就不恭了。
周　瑜　恭該。
劉　備　如此請，請，請！

第四場　鬧　樓

魯　肅　趙將軍。
趙　雲　子敬兄請，請！
魯　肅　趙將軍。
趙　雲　子敬兄請，請！
劉　備　哦，都督。
周　瑜　皇叔請來上樓。
劉　備　還是都督請來上樓！
周　瑜　還是皇叔請來上樓！
劉　備　這就不恭了。
周　瑜　恭該如此，請，請，請！
劉　備　都督，都督。
周　瑜　皇叔。
劉　備　都督。
周　瑜　哼，呵，哼，呵……
劉　備　都督，都督。
周　瑜　子敬酒來！
劉　備　慢着，都督要酒何用？
周　瑜　我要與皇叔安杯。
劉　備　哎！還是你我君臣，設了官杯[1]！
周　瑜　好，子敬設了官杯！上宴！皇叔。
劉　備　都督。
周　瑜　請酒哪。
劉　備　請！

周　瑜　子敬聽令！
魯　肅　在！
周　瑜　吩咐衆將，樓下把守！
魯　肅　衆將樓下把守！
趙　雲　啊呀不好！稟主公，樓下看——
周　瑜　皇叔。
劉　備　都督！
周　瑜　呔！皇叔。
劉　備　都督！
周　瑜　哈，呵，哈，呵……皇叔，瑜在這酒席宴前，有兩句不識進退之言，但不知當講不當講！
劉　備　都督有何貴言，請講當面無妨。
周　瑜　皇叔聽，曾記得當年赤壁鏖兵，火燒戰船，爭下荊州一席之地，又被皇叔借占，許下養軍三載仍然歸還，如今三載已滿并未歸還，豈不知信……信乃人之根本，人而無信，不知其可也。大車無輗，小車無軏，其何以行之哉[2]？皇叔，你今不還我家荊州，誠恐與禮有礙……
劉　備　這個……
周　瑜　甚麼？
劉　備　我……
周　瑜　你説！
劉　備　這……
周　瑜　你講！
劉　備　啊，啊，啊，哎。
周　瑜　哎呀呀，他倒又來了。
劉　備　（唱）周都督一言將我問。
周　瑜　皇叔。
劉　備　都督！
周　瑜　我家荊州是還？還是不還？對瑜我講説一遍，瑜好稟告吳侯。
劉　備　這個……
周　瑜　甚麼？
劉　備　我……

周　瑜　你说！

刘　備　這……

周　瑜　你講！

刘　備　（唱）該叫我張口怎應承，有兩句好話將他哄。
　　　　　　　回頭再叫都督聽，將荆州再借三五載，
　　　　　　　取西川再還荆襄城。

周　瑜　皇叔哪！
　　　　（唱）劉皇叔把話你錯講，説甚麽取西川再還荆襄，
　　　　　　　咱把這閑言閑語休再講，瑜有輩古人表當場。
　　　　　　　秦穆公家住在咸陽。
　　　　皇叔！

刘　備　都督！

周　瑜　（唱）晋惠公家住在平陽。兩家相好結秦晋，
　　　　　　　借去故土又借糧。到後來失落秦晋好，
　　　　　　　在龍門峽口擺戰場[3]。退還文約要你寫，

刘　備　這個……

周　瑜　若不寫，皇叔，皇叔，
　　　　　　　若不寫咱兩家擺開戰場！

趙　雲　周瑜！
　　　　（唱）周瑜莫要逞你能，趙雲把話對你明：
　　　　　　　當年曹操下江東，殺得你主膽顫驚。
　　　　　　　文要降，武要戰，文武議論不安寧。
　　　　　　　那時間嚇破爾的膽，搬來我朝臥龍公。
　　　　　　　三江口，三千歲，華容小道二主公，
　　　　　　　爾周瑜怕死不出陣，破曹盡是俺弟兄。
　　　　　　　要荆州問俺趙雲要，長槍短劍送爾命！

刘　備　（唱）四弟真乃孩子性，都督面前逞你能，
　　　　　　　周都督他倒有這容人之量！
　　　　　　　那是都督，

周　瑜　哼，這，呵呵！

刘　備　（唱）我四弟得罪你孤窮賠情。

周　瑜　（唱）漢劉備他假意來賠情，氣得本督肺腑疼，

趙雲哪趙雲，

　　趙雲莫要逞你能，怎比俺赤壁用火攻。

　　打黃蓋定下苦肉計，俺周瑜破曹第一功。

　　在樓上不念太后面，管叫劉備活不成。

　　俺不辭劉備下樓去。

劉備！

趙　雲　啊，主公！

魯　肅　　參見都督！
眾　將

周　瑜　站下！

　　（唱）再叫子敬近前聽！上樓去先殺漢劉備！

魯　肅　啊呀都督哪！殺死劉備還纔罷了，太后怪罪，如何是好？

周　瑜　這……也罷！將他君臣圍困黃鶴樓！有本督令箭，放他君臣下樓！無有本督令箭，不許放他君臣下樓！違令者，斬！

魯　肅　送都督！

周　瑜　說是你免，免，免！（下）

趙　雲　啊呀不好！稟主公，周瑜下樓！

劉　備　啊！哎呀不好！啊諸葛亮，諸葛孔明！你害了俺君臣了！

　　（唱）在樓上罵聲諸葛亮，害我君臣爲哪般？

　　　　二弟三弟不見面，再叫四弟聽我言。

啊呀四弟呀！這樓下無有埋伏，還纔罷了！若有埋伏，你我君臣如何是好？

趙　雲　主公哪！樓下無有埋伏還纔罷了，樓下若有埋伏，不記得爲臣大戰長坂坡——

　　（唱）長坂坡前血未乾，精神志氣壓曹蠻，

　　　　趙雲無有破天膽，焉能保主過江南？

劉　備　啊呀你過去了吧！動不動就提你那長坂坡，那長坂坡前有槍有馬，這黃鶴樓好比擂臺一般，難道說讓你我君臣拳打脚踢不成麽？

趙　雲　啊……有了，主公哪！你我君臣臨行之時，先生賜我竹簡一根，言說能擋百萬雄兵。事到如今何不問它一聲。

劉　備　你醒來吧，那是竹簡？那是諸葛亮先生，算就你我君臣今年今月今日今時，命喪在黃鶴樓！那不是竹簡，那是你我君臣的——引魂幡子!

趙　雲　竹簡哪竹簡! 先生言道你能擋百萬雄兵,事到如今爲何不言? 爲何不語?

（唱）竹簡能,竹簡能,竹簡能擋百萬兵,
問你十聲九不應,回頭罵聲諸葛孔明。
諸葛亮哪,諸葛孔明,
在樓上罵聲諸葛亮,害我君臣爲哪般?
要這竹簡有何用哪,竹簡摔在地流平。

（一驚,白）周瑜令,周瑜令! 啊呀有救了! 主公哪! 你我君臣有救了!

劉　備　唉! 哪來的救,等死着吧。
趙　雲　現有周瑜令箭!
劉　備　噢! 現在哪裏?
趙　雲　主公請看。
劉　備　呈來,周瑜令,周瑜令!
劉　備　四弟。
趙　雲　主公。
劉　備　下樓!
趙　雲　走!
魯　肅　呔! 何人下樓?
趙　雲　我家主公!
魯　肅　可有令箭?
趙　雲　倒有令箭,拿去看過!
劉　備　正是,鯉魚脫金鈎——
趙　雲　擺尾不回頭!
魯　肅　請都督!
周　瑜　啊嘿! 劉備縱有千張手,量爾難逃黃鶴樓!
魯　肅　禀都督,劉備下樓!
周　瑜　啊! 可有本督令箭?
魯　肅　現有都督令箭!
周　瑜　呈來,周瑜令,周瑜令! 啊! 此乃當年,赤壁鏖兵,火燒戰船,諸葛亮借東風帶走的那支令箭。事到如今它……還在! 諸葛亮啊,諸葛孔明！你識漏本督之計，本督與你勢不兩立！子敬聽令。

魯　肅　在！

周　瑜　吩咐水軍駕了大舟，追趕劉備！

魯　肅　得令！

周　瑜　衆將官，

　衆　　有！

周　瑜　隨本督追趕劉備！

校記

［１］設了宮杯："宮"，原作"官"，據文意改。下徑改，不一一出校。

［２］"人而無信"至"行之哉"，原作"人而無信，不知其可也。大車無輗，小車無軏，其何以形之載"，據《論語·爲政》改。

［３］秦穆公家住在咸陽……晉惠公家住在平陽。兩家相好結秦晉，借去故土又借糧。到後來失落秦晉好，在龍門峽口擺戰場："晉惠公"，原作"晉文公"，據文意改。

第五場　戲　　周

張　飛　（念）斗笠麻鞋漁夫裝，豹頭環眼氣軒昂。

　　　　　　跨下千里烏騅馬，這手持丈八蛇矛槍。

　　　　俺，漢將張飛，奉了軍師將令，命我在此堵擋周郎；只許我拿，不許我傷。其情爲何？喳喳……嘿嘿是了，只因當年，赤壁鏖兵，火燒戰船，也有他娘些許小的功勞，因此不傷爾的性命。我説軍士們，

　衆　　有！

張　飛　馬來，馬來，馬來。埋伏了！

周　瑜　（唱）逃走了大耳賊令人氣憤，心中可恨諸葛孔明，

　　　　　　識破我計爲他用，追不回劉備勢不爲人。（張飛上）

　　　　　　小小漁夫把路擋！

張　飛　（唱）三老子翼德本姓張。

周　瑜　張翼德！（唱）手持銀槍劈心點。

張　飛　（唱）好一個歹毒之輩小周郎，

　　　　　　人心不足蛇吞象，毒計用盡把俺傷。

> 頭一回你擺下鴻門宴，我二哥保駕在身旁，
> 這第二回你用得美人計，甘露寺我大哥娶嬌娘。
> 若不念俺大嫂的金面上，管叫爾槍下一命亡！

周　瑜　（唱）我切齒痛恨諸葛亮，爲甚麼孔明的計謀比我強。
> 黃鶴樓逃走劉備子龍將，追大耳又遇翼德張。
> 我捨死忘生打一仗，活擒劉備討荊襄！（對打被捉）

張飛兵　拿住周瑜！

張　飛　怎麼拿住了？稍等稍等。哈哈，嘿嘿，哈哈。

周　瑜　張飛，本督既擒，要殺開刀，要吃張口！

張　飛　周瑜呀！咱的兒——非是三老子不殺與你，只因當年赤壁鏖兵，火燒戰船，也有他娘些許小的功勞，如今你犯在我家軍師手裏，你服呀不服？服呀不服？哈哈哈……軍士們，與爾鬆綁了吧！回去領功去吧！馬來，回去領功去吧！（張飛等下）

衆　將　參見都督。

周　瑜　馬來！

報　兵　報！稟都督，漢軍師有書呈上。

周　瑜　呈來！漢軍師中郎將亮，拜書東吳大都督公瑾將軍麾下[1]：望以大局爲重，孫、劉重新舊好，生靈免遭塗炭，切勿一誤再誤，遺天下笑談[2]，天下笑談！天哪！老天！既生瑜，何生亮；既生亮，何生瑜！蒼天降下周公瑾，漢室不該出孔明，好你諸葛孔明識漏我計，又來書信羞辱與我，何不叫人氣……

校記

［1］公瑾將軍麾下："瑾"，原作"謹"，據《三國志》改。

［2］遺天下笑談："遺"，原作"遭"，據文意改。

諸葛亮吊孝

佚　名　撰

解　題

　　蒲劇。作者不詳。《蒲州梆子劇目辭典》著錄，題《柴桑口》，又名《孔明吊孝》；《山西戲曲劇目總攬》著錄，題《諸葛亮吊孝》，又名《柴桑口》。均不署作者。劇寫周瑜死後諸葛亮前往東吳吊喪，哭訴周瑜功績及不能合力抗曹之憾，感動了小喬、孫權、張昭、魯肅及眾將，本欲殺之，反而禮送其回荆州。諸葛亮本欲東吳訪賢，得遇龐統，諸葛亮寫書薦給劉備。劉備未見諸葛亮之信，委其到耒陽縣擔任縣令。本事見《三國演義》第五十七回"柴桑口卧龍吊孝，耒陽縣鳳雛理事"。明傳奇《草廬記》、清傳奇《鼎峙春秋》有此情節。版本今見山西省文化局存手寫本。封面標題下載"王翻角存本，高玉英抄錄"。16×20紙型，共27頁，太原戲劇研究所趙威龍提供。今以該本爲底本校勘整理。

孫　權　（唱）曹孟德下江南八十三萬，七十里盡都是連環戰船。
　　　　　　　周公瑾是吳國雄心豹膽，豈肯做怕死漢畏縮不前[1]。
　　　　　　　八十州衆百姓處處遭難，曹孟德起毒意席捲江南。
張　昭　（唱）多虧了諸葛亮草船借箭，七星臺祭東風天地循環[2]。
　　　　　　　可憐把老黃蓋身死水面，也虧那龐鳳雛去獻連環，
　　　　　　　纔保得江東地無灾無難[3]，殺曹瞞金山倒銀盡海乾。
魯　肅　（唱）在一旁忍不住淚流滿面，我合你作故交不能團圓，
　　　　　　　還是你太情薄量狹氣短，爲荆州這是你結果收緣，
　　　　　　　怎能夠咱二人扶持患難，即就是鐵石心也要痛酸。
魯　肅　（唱）江南中離周郎去了大半，還是你心不足自尋禍端，

		諸葛亮善曉得神策妙算，這是你前世裏造下牽連[4]。
		爲荆州每日裏把心操爛，這是你心太毒度量不寬。
小 喬	（唱）	誰知道半路裏將我拋閃，女兒小子年幼怎得安閑。
		仗着你胸中才誇好漢，每日裏爲荆州細細盤算。
		魂靈兒在左右夢中相見，諸葛亮斬斷我少年姻緣。
		再不能你將兒常常呼喚，爲甚麽討荆州五次三番。
		怎捨得分心帶一刀二斷，到叫我娘兒們左難右難。
		若不殺諸葛亮其心不變，君與臣坐靈堂泪眼不乾。
瑜 兒	（滚白）	我叫了一聲爹爹，你死爲着何來？一旦斷咽喉，父死爲荆州。你兒年紀幼，不能報父仇。要見不能見，母子怎窮究？功業未成就，半路一旦丢。參商難見面，報國不到頭[5]。爹爹呀！
小 喬	（唱）	數十年在吳國功還未就，只爲着量窄小一命皆休。
孫 權	（唱）	諸葛亮那小兒神策妙略，那時節你就該早早回頭。
		只等得關、張到埋伏下手，這就是你死的來路根由。
張 昭	（唱）	誰料想奪荆州今日短壽，閻羅殿再等他大報冤仇。
魯 肅	（唱）[6]	江南地誰不知抱備錦綉，柴桑關衆百姓誰把泪收。
		曹阿瞞若聞知必來争鬥，昔武王伐昭關一鼓皆休。
甘 寧		諸葛亮吊孝，準知道其巧，奏主公得知。
孫 權		有何事情？
甘 寧		孔明過江吊孝。
孫 權		這諸葛亮，必又設計，傳武士準備，將孔明首級找來！
魯 肅		住了！老夫問明，再殺不遲，甘寧過來[7]！
甘 寧		伺候。
魯 肅		道底是孔明？
甘 寧		小將查問明白，然後便來。
魯 肅		下去。（甘寧下）哎！孔明兄啊[8]！
	（唱）	孔明兄你本是前哲後睿，難道說將這險算不神通。
		周郎死東吳人恨你太甚，你爲何過江來自把死尋？
		莫非是周郎魂勾你過郡，莫非是你的命該喪如今？
		過江來我將你好有一比，比就者飛蛾兒撲燈身焚。
		倒教我難打救細細再問[9]，問甘寧果見的非假是真。
甘 寧		小小隻船上，有二十餘人，保駕的是趙雲。

魯　肅	看的明白？
甘　寧	小將會過半晌。
魯　肅	下去
甘　寧	是。
魯　肅	罷罷罷。

（唱）救命的活菩薩陟降左右，東吳將盡非是趙雲對頭。難惹難惹。

孫　權	傳下，兩邊埋伏，等他上關，弓弩齊發！

（詩）料龍無有撲天智[10]，難逃天羅地網中。

魯　肅	主公不可，孔明此來吊孝，必有良謀，待我二人去迎，看他來意如何。
孫　權	就依先生善全一時，總要殺他。
魯　肅	主公在上，有禮也不打上門差，難說就殺不成。
孫　權 張　昭	你又受他多少賄賂？
魯　肅	吳侯這就不是。

（唱）動不動先說臣受他賄賂，受了他白花銀一石八斗，
　　　臣不密想必是吳侯參透，來來來到臣府同分同擄。

哎！老夫不說了，告辭。

孫　權 張　昭	（同白）老太師，含忍些吧！
魯　肅	我就忍不住了，二位同去。（三人同上祭靈）
諸葛亮	（唱）見靈位不由人昏倒絕氣。
魯　肅	吳侯，孔明絕氣，還不下手，再待何時？
趙　雲	那個有膽量的向前，劍下不饒。
孫　權	太師，休得多言，此事料難罷休。

（詩）此住好比臨潼會，準備弩弓打獸蟲。（下）

諸葛亮	（唱）天地轉當真的魂散魄消，那一日陣頭上相逢與你，只當你收兵回別有良策。

誰知道量窄小氣嘔身死，可憐你魂靈兒過轉東西。

（滾白）我叫了一聲周公瑾，周都督：自從大夫聘我吳國，初見都督，你有王佐之才、孫吳韜略之技。你我同食之交，生死之盟，兩家公議破曹。都督領兵，要取荊州，被曹將射了一箭，那時就該一死，

虧趙雲取了四郡。你累差人來討,我君臣無安身之所。你不該設計害我,我君有提防之策[11],實想勸你回去,另有主意。瑜待亮而如同胞,亮待瑜而如故交,誰知你是氣大之人,三氣而亡,何不悔殺。

(唱)我和你同心交并無二意,費盡了千般計火燒赤壁。
　　保得你江南地太平無事,定皇都安黎民整立社稷。
　　纔得了荊州城一席之地,不過是屯車馬暫救燃眉[12]。
　　你不該背地裏設謀定計,難道我諸葛亮豈無防備?
　　實想說陣頭上勸你回去,我君臣尋良策自有主意。
　　再不能我和你相交知己,再不能同心商共扶社稷[13]。
　　誰知你度量小氣嘔身死[14],俺孔明心兒裏後悔不及。
　　三歲的孩提童也要掉淚[15],我合你是知己豈不傷悲?
　二位擺了祭禮,可待亮拜罷[16]。

諸葛亮[17]　(念)嗚呼公瑾不幸亡,修國補天誰可傷。我心實痛酒獻上,君其有靈來享嘗[18]。吊君幼學交伯符,仗義疏財讓舍郎;吊君弱冠似鵬掌,定建伯業據長江[19]。君壯力鎮巴丘上,景升懷慮討無常。君配小喬烈女將,漢臣之婿耀朝廊。君氣慨然能勸獎,始不垂翅終奮揚。鄱陽蔣幹說上上[20],揮灑自如量高強[21]。弘木武武韜略將[22],破敵挽強無比方。想君當年英姿爽[23],哭君早游到黃壤。忠義之心英烈壯,功垂百世名稱揚。哀君情似千結網,使我斷絕九回腸。吳天昏暗三軍愴[24],足頓地來手捶腔[25]。亮也不才長仰望,助吳拒曹安劉皇。犄角之援首尾仰,何憂何慮何存亡。嗚呼公瑾將生喪,蓋世功勞永難忘。從此天下知音罔[26],眼淚巴巴痛在床。奠酒漿來奠酒漿,哀哉魂靈來尚饗!(衆哭)

孫　權　哎,周都督!
(唱)細看他假惺惺未必實意,上關來怕的是指東打西,
　　又你怕中了他袖中奸計,我這裏有埋伏插翅難飛。

魯　肅　孔明請來。
(唱)自幼時在江東初見與你,可算得智謀士天下第一,
　　你來時未提防準備殺你,還要你心兒裏自拿主意。

趙　雲　(唱)進柴桑把性命交與天地,何用你小兒輩暗暗算計,

		有千軍合萬馬我也不懼，料此地也無有銅墻鐵壁。
張　昭	（唱）	見趙雲站一旁威風殺氣，執長槍帶短劍額頭皺眉[27]。
		西廊裏有埋伏枉設此計，有他在家將官難與對敵。
魯　肅	（唱）	柴桑關并無有一些文士，休疑惑有我在萬無一失，
		孫與劉結唇齒相交知己，曹阿瞞聞此言不敢相欺。
小　喬	（唱）	喬夫人將惡氣換成好氣，偷看他詳合細有甚踪迹。
		不過是朋友情相交知己[28]，猜不來解不開這般慘淒。
		人言說劉玄德多仁多義，諸葛亮可算得護國軍師。
魯　肅		主公你看孔明淚流不止，非假是真，若是怕死，豈來柴桑吊孝。
孫　權		就算他是天膽。
魯　肅		依臣之見，周郎一死，丟外孫年幼，不若將孔明拜爲一乾父，兩國合好，永結前盟，料曹操不敢輕舉妄動。這是臣的主意，且不知可否？
張　昭 小　喬	（同白）	主公，太師言者合理，是孔明撞棺而哭，淚流不止，真乃世上義男子。
孫　權		就依衆卿之言，周嫦向前拜過！（周瑜兒拜）
諸葛亮		吳侯！衆公在上，都督已經歸天[29]，亮心中不忍，還要公奠一番，亮要告辭回上荆州。
魯　肅		孔明兄，這等知己朋友，終日厚交。
諸葛亮		如此子敬兄看了祭禮。（行禮）
諸葛亮		哎。都督呀！
	（唱）	祭罷一番享蒸嘗[30]，燒錢化紙奠酒漿。
		見靈牌雙目淚兩行，可惜把都督夭命亡。
		曾記得赤壁曹奸黨，八十三萬下吳江，
		你國文官寫降表，武將怕去上戰場。
		吳侯言來心驚慌[31]，即差子敬過長江，
		夏口搬我諸葛亮[32]，特過江來助吳王。
		好一個都督多才廣，妙計能除水中殃[33]。
		黃蓋苦肉人欽仰，龐統先生連環强[34]。
		萬事準備俱停當，缺火東風氣倒床。
		我與你曾把啞疾治，各寫火字同心腸。
		南屏山祭起東南風，一戰成功天下揚。
		都只爲荆州一片地，吳、蜀爭鋒結參商。

　　　　　　不幸都督天命喪，蓋世英才喪無常。
　　　　　　哭罷一聲站靈堂，同心同志小周郎[35]。
　　　　　　孔明抬頭用目望[36]，只見文武泪汪汪。
　　　　　　魯子敬一旁眼落泪，大小三軍齊痛傷。
甘　寧[37] （唱）只見他啼哭泪兩行，莫非是一生硬心腸[38]。
　　　　　　兩廊埋伏兵合將，時時刻刻要提防，
　　　　　　雖然話是這等講，有趙雲難以動刀槍。
張　昭　（唱）好一個真心諸葛亮，爲朋友哭的實可傷。
　　　　　　人言説孔明與周郎，二虎爭鬥顯剛强。
魯　肅　孔明兄請來。
　　　　（唱）二位將軍休亂講，孔明智謀似張良。
　　　　　　兩國爭鬥誰肯讓，各爲其主定家邦。
　　　　　　都督無有容人量，因此抱病喪黄粱[39]。
　　　　　　今日過江到柴桑，他爲朋友恩難忘。
諸葛亮　（唱）深施一禮離柴桑，辭别都督回荆襄。（下）
魯　肅　周郎已經升天，這是天數以然，哭之無益，柴桑擺宴，先與主公收泪。
孫　權　正是：
張　昭　周郎氣短命歸陰，
魯　肅　盡限到來分西東。
孫　權　若要君臣重相會，
魯　肅　除非南柯一夢中。（同下）
　　　　（龐統上）
龐　統　周郎决計取荆州，孔明先知第一籌，指望長江香餌引，不知暗裏吊魚鈎。山人龐統，道號鳳雛。
　　　　（唱）山人龐統鳳雛號，胸中韜略抱負高。
　　　　　　火焚赤壁欲行道，多蒙公瑾累薦朝。
　　　　　　怎奈吴侯不重道，往把賢言廢兒曹。
　　　　　　有心去暗投明道，又被同寮苦相招。
　　　　　　周公瑾三把荆州討，失利氣嘔吐血上潮。
　　　　　　今有孔明來吊孝，訪賢之心計一條。
　　　　孔明非吊孝而來，爲訪賢而至，我不免往江邊等候。亮他的機關者纔是。

(唱)周都督他的度量淺,豈知孔明課絕天,
　　　三取荊州行識險,反中了孔明巧機關。
　　　孫權不識英雄漢,枉費了公瑾冬薦言,
　　　久聞得皇叔多仁義,我心想投奔他駕前。
　　　但願得老天隨人願,把胸中韜略戰一番[40]。
　　　我在此地莫久站,在江邊立等小漁船[41]。

來至江邊,遠遠望見江面以上,架一隻小舟前來,想是迎接臥龍。且站高一望。(小軍船上)

小　軍　奉了軍師命,前來接孔明。我乃荊州小軍子,軍師密計約定,舟船江邊等候。(諸葛亮、趙雲同上)

諸葛亮　(唱)大鵬展翅飛萬方,虎離山林奔高崗。
　　　　　如今魚兒把鉤上,可喜脫逃又回鄉。
　　　　　實想吊孝把賢訪,未知賢士在那廂。

四將軍你我過江數日,不知賢士客與何處,暫且回向江口,次日再訪罷。

趙　雲　小軍連架小舟。

小　軍　是。

龐　統　孔明道兄好生無理,氣死周郎,又來吊孝,明欺東吳無人乎?

諸葛亮　(唱)我當何人來顯能,原是鳳雛龐先生。
　　　　　忙向前來打一躬,到把山人吃一驚。

龐　統　(唱)孔明兄心勿急,我乃不過相戲你。

諸葛亮　(唱)請至舟中敘舊理[42]。

龐　統　(唱)要領教來到船裏。

諸葛亮　(唱[43])先生久居江東地,吾料仲謀不用你。

龐　統　(唱[44])怎奈公瑾苦苦舉,因而久居江東地。

諸葛亮　先生有此濟世才,盡往荊州言高低。吾主皇叔德寬厚,與弟同扶漢家室。一不負先生夙昔意,二來與弟振社稷[45]。

龐　統　久有此心,乃無引薦之人。

諸葛亮　先生既允,弟有薦書一封,即奔荊州投奔吾主駕前,必然重用。

龐　統　道兄今欲何往?

諸葛亮　本當同先生過江,怎奈各郡民心未定,只得往各處暗察民情,另日

再叙。
龐　統　多謝道兄。
諸葛亮　你我就此分別，久則令人生疑。
龐　統　如此奉別。
　　　　（唱）蒙道兄你將弟照望舉薦。
　　　　　　我荊州投劉主，自古道棋高看手，八卦上你比吾強[46]。
諸葛亮　（唱）先生休得把吾獎，你我同扶漢家邦。
龐　統　（唱）辭別道兄把岸上。（下）
諸葛亮　（唱）叫小軍駕舟過長江。（同下）（劉備上）
劉　備　先生過江無影響，倒叫我時刻操心上。他言說要把賢士訪，但不知何日回荊襄。孤家劉備，先生過江數日，不見回至荊州，不知此去，吉凶難料？軍校！
卒　子　有。
劉　備　把守營門。
卒　子　是。
　　　　（卒子上[47]）
卒　子　營門旌旗展，殺氣透光寒。啓主公，江南有一名士求見。
劉　備　有請。
卒　子　請名士先生。
　　　　（龐統上）
龐　統　習就三略法，來投仁義君。貧道參見皇叔。
劉　備　名士先生，少禮請坐。
龐　統　告坐。
劉　備　請問先生，尊名上姓。
龐　統　貧道姓龐名統字士元，道號鳳雛，乃襄陽人氏。
劉　備　久仰大名，今日相見，不愧人言，先生至此，有何見教？
龐　統　久聞皇叔仁德，招賢納士，特來相投。
劉　備　孤王有些虛名，荊州稍定，苦無閒職，此去東南，五十里之遙，有一座耒陽縣[48]，缺少一縣令，屈先生暫稱其職，後有上缺，再當重用，即請赴任。
龐　統　謝過主公！自恨緣分薄，到處不成才。（下）
　　　　（趙雲上）

趙　雲　離却凶險地，獨自回荆州。趙雲參見主公。
劉　備　少禮，你保明公過江，因何一人而回？
趙　雲　先生往各處安民，一人而回[49]。
劉　備　好哎！先生無恙，乃是四弟之功，後營設宴賀功。（同下）

校記

[1] 豈肯做怕死漢畏縮不前："漢"，原作"汗"，據文意改。下徑改，不一一出校。
[2] 循環："環"，原作"還"，據文意改。
[3] 纔保得江東地無灾無難："得"，原作"德"，據文意改。
[4] 牽連："牽"，原作"率"，據文意改。
[5] 參商難見面，報國不到頭："難"，原作"觀"；"報"，原作"到"。據文意改。
[6] "魯肅（唱）"，原作"周瑜兒唱"，據文意改。
[7] 甘寧過來："甘"，原作"干"，據《史記》改。下徑改，不一一出校。
[8] "哎！孔明兄啊"和下十句唱，原作周瑜兒的白和唱，據文意改爲魯肅白和唱。
[9] 倒教我難打救細細再問："教"，原作"交"，據文意改。
[10] 撲天智："智"，原作"子"，據文意改。
[11] 提防之策："提"，原作"低"，據文意改。下徑改，不一一出校。
[12] "燃眉"，原作"然眉"，據文意改。
[13] "社稷"，原作"社积"，據文意改。
[14] 氣嘔身死："嘔"，原作"毆"，據文意改。
[15] "掉泪"，原作"吊泪"，據文意改。
[16] 可待亮拜罷："待"，原作"代"，據文意改。
[17] "諸葛亮"，原作"魯肅"，據祭文内容改。
[18] 來享嘗："享"，原作"格"，據文意改。
[19] 定建伯業據長江："建"，原作"近"，據文意改。
[20] 鄱陽蔣幹説上上："鄱"，原作"潘"；"説"，原作"税"。據文意改。
[21] 揮灑自如量高强："揮灑"，原作"揮酒"，據文意改。
[22] 弘木武武韜略將："弘木武武"，疑誤，待考。
[23] 英姿爽："姿"，原作"資"，據文意改。
[24] 三軍愴："愴"，原無，據文意補。

[25] 足頓地來手捶腔:"頓",原作"躇",據文意改。
[26] 知音罔:"罔",原作"往",據文意改。
[27] 帶短劍額頭皺眉:"帶",原作"代",據文意改。
[28] 不過是朋友情相交知己:"是",原作"使",據文意改。
[29] 都督已經歸天:"經",原作"竟",據文意改。下徑改,不一一出校。
[30] 享蒸嘗:"享",原無;"嘗",原作"常"。據文意補改。
[31] 心驚慌:"慌",原作"荒",據文意改。
[32] 搬我諸葛亮:"搬",原作"般",據文意改。
[33] 妙計能除水中殃:"妙",原無,據文意補。
[34] 連環強:"環",原作"還",據文意改。
[35] 小周郎:"郎",原無,據文意補。
[36] 孔明抬頭用目望:"抬",原作"白",據文意改。
[37] "甘寧",原作"權將",據出場人物和下文改。
[38] 硬心腸:"硬",原作"更",據文意改。
[39] 喪黃梁:"梁",原作"粱",據文意改。
[40] 戰一番:"一",原無,據文意補。
[41] 小漁船:"漁",原作"魚",據文意改。
[42] 請至舟中敘舊理:"請"下,原衍"請",據文意删。
[43] "唱",原脱,據文意補。
[44] "唱",原脱,據文意補。
[45] 振社稷:"稷",原作"積",據文意改。
[46] 八卦上你比吾强:"卦",原作"封",據文意改。
[47] 卒子上:"卒",原作"角",據文意改。
[48] 耒陽縣:"耒",原無,據《三國志》卷三十七《龐統傳》補。
[49] 一人而回:"人",原作"多",據文意改。

三 江 口

佚 名 撰

解 題

上黨梆子。作者不詳。《山西戲曲劇目總攬》著錄，題《三江口》，未署作者。劇寫周瑜病亡，魂魄托夢喬氏夫人，讓其報仇拿孔明。孔明三江口祭奠周瑜，魯肅告訴孔明逃走。孔明稱周公瑾命該七十二，陽壽還有四十歲，自己有還魂之術，能令死者復生。衆人布置還魂道場，孔明用法水點周瑜屍體，周魂果然一閃而過。孔明稱要想真正還魂，須到三江口叫魂。衆人相信。孔明乘機與趙雲在張飛的接引下離開東吳。喬氏女在張飛的戲弄下，被活活氣死。本事不見史傳。元雜劇今存劇目有石君寶之《東吴小喬哭周瑜》，具體情節不詳。版本今見手抄本，封面鋼筆字"三江口"下載明"上黨梆子"，左下角署名"溫華"。正文共48頁，字迹潦草，頗多別字。紙用"山西省文化局戲曲研究室"稿紙背面抄錄。今以該本爲底本校勘整理。

第 一 場

（馬童上）

馬　童　禀都督，將馬備齊。

周　瑜[1]　（内白）撈出去！（上，打場）馬來！

　　　　（唱）周公瑾昏昏沉沉離大營[2]，想起來喬氏夫人痛傷心。

　　　　　　一自從保國盡忠安天下，全不想三場三氣命歸陰。

　　　　　　喬氏女香房以内怎知曉，我不免與他托夢把話明。

　　　　　　叫馬童與爺帶過能行馬[3]，魂靈漂漂蕩蕩回原郡。（過）

（同下）

校記

［1］周瑜："瑜"原作"俞"，據《三國志》改。下同。
［2］昏昏沉沉離大營："沉沉"，原作"深深"，據文意改。
［3］叫馬童與爺帶過能行馬："馬童"，原作"王用"，據文意改。下同。"帶"，原作"代"，據文意改。下同。

第 二 場

（喬氏、丫環上）

喬　氏　（唱）喬氏女穩坐在小房以內，想起來周公瑾夫奴將軍。
　　　　　　　只知你保國盡忠安天下[1]，怎知道你妻香房盼郎君。
　　　　　　　一去奪荆州數載未有回，并無有一信得功見當君。
　　　　　　　早知道離別味道十分苦[2]，不交你傳令出營調令兵。
　　　　　　　白日裏小奴盼你不來到，黑夜裏小奴夢你夢不清。
　　　　　　　我只把兩個丫環一聲叫，聽太太言言語語說分明。
　　　　　　　香房內免你們來侍候[3]，各人回各自臥房把身平[4]。
丫　環　（唱）只聽喬氏太太方說罷，
二丫環　（唱）到叫咱姐妹二人喜在心。
丫　環　（唱）咱就此地以上莫立站[5]。
二丫環　（唱）各人回各自臥房把身安。（過）

（二丫環下）

喬　氏　（唱）又只見兩個丫環出門去，小房內拋下小奴孤零零。
　　　　　　　奴將軍大營以內怎知道，怎知道你妻小房盼郎君。
　　　　　　　奴爲你萬貫家業無心管，奴爲你春來夏去計不清。
　　　　　　　奴爲你頭暈眼昏身體瘦[6]，奴爲你愁鎖雙眉不寬心。
　　　　　　　奴爲你象牙棋盤無心下，奴爲你求神問卜卦不靈。
　　　　　　　喬氏女獨坐小房把夫盼，待奴家和衣而睡把身平[7]。（過）

（入慢一更）

　　　　　　　譙樓上一更一點鼓兒清[8]，喬氏女牙床以上睡不靈。
　　　　　　　小奴家翻身只把床來下，是何處高樓以上把鐘鳴。
　　　　　　　奴盼夫月光已照樓臺上，奴盼夫坐不安來睡不靈。

非是奴婦道人家多思念,在你我夫妻恩愛實有情[9]。(過)
譙樓上二更二點鼓兒清,月照紗窗以上分外的明。
小奴家手把門縫往外看[10],嫦娥女明月皎皎正憂心[11]。
龍王爺泊雲霧只把月遮,比就了喬氏小奴女釵裙[12]。
比明月高有你來底有我,開天地世上人間一樣行。
小奴家伴天還回牙床上,奴伴了譙樓二鼓伴三更[13]。(過)
譙樓上三更三點鼓兒聲,驚醒了喬氏小奴女釵裙[14]。
猛聽得離群孤雁哀哀叫[15],比就奴獨坐小房伴郎君。
周郎夫大營以內獨安眠,小奴家獨坐小房孤零零[16]。
往常時小奴伴你身體旁[17],今夜晚坐不安來睡不靈。
也不知身傍有了何事情,却怎麽耳跳眼熱心又驚。
喬氏女伴夫回卧牙床上。

周　瑜　(内唱)魂靈兒飄飄蕩蕩回原郡。(過)
(上唱)譙樓上四更四點鼓兒清[18],周公瑾先魂急刻到門庭。
　　　來在了府門以外把馬下,小房內去見我妻把話明。
　　　飄飄蕩蕩邁步只把客房進[19],進小房舉目抬頭看分明。
　　　墙上挂琴棋書畫真好看[20],兩壁廂月光寶鏡對鴛翎。
　　　中間放八團鏡子魚龍盤,觀見了珠翠羅衫件件新[21]。
　　　我身死槍刀劍旗都還在[22],永不能重生轉世調令兵。
　　　用手接珠翠羅衫用目觀,觀見了喬氏夫人痛傷心。
　　　我有心上前與她去講話,她頭上三尺火光分外明。
　　　用手兒攝起中央戊己土,撲滅火纔能與她把話明。(過)
　　　來托夢你之由心莫害怕,我是你周郎夫主先魂靈。
　　　來托夢叫你與我把仇報,你與我報此仇兒拿孔明。
　　　我身體現今還在巴州地[23],死尸靈明天急刻到門庭。
　　　你若要念其你我夫妻意,還要你急刻點兵出了營。
　　　你若要不念你我夫妻意,每日裏穩坐大帳不動兵。
　　　周公瑾眼目掉下傷心泪,我不能重生轉世調領兵。
　　　也只說保國盡忠安天下,全不想三場大氣命歸陰。
　　　爲荆州黃鶴樓上把晏設,交他寫退國文書兩分明[24]。
　　　恨他朝詭計多端諸葛亮,祭東風賜他令箭存了心[25]。
　　　他主僕假傳令箭把樓下,衆三軍個個禀我得知情。

　　　　　　說爲夫聽此一言心火起，一怒氣黃鶴樓下調令兵。
　　　　　　衆三軍各分英雄排開隊，說爲夫三聲大炮起了兵。
　　　　　　那時節領兵走在邑秋地，閃上來黑賊翼德調令兵。
　　　　　　說爲夫一時無防拂下馬[26]，拿住夫不殺不斬抬出城。
　　　　　　把爲夫一怒挪在巴丘地[27]，叫三聲周郎小兒命歸陰。
　　　　　　說爲夫托夢以我把仇報，却莫要穩坐大帳不動兵。
　　　　　　周公瑾與夫人講話多一會[28]，不由我泪珠滾滾痛傷心。
　　　　　　我有心再與夫人多講話，東方亮金鷄亂叫天已明。
　　　　　　魂靈兒飄飄蕩蕩往外走，不覺的出離小房門庭內。
　　　　　　叫馬童與爺帶過能行馬，魂靈兒歸爲天府莫消停。（過）
　　　　（周瑜下）
喬　　氏　（唱）譙樓上五點鼓兒又鳴聲，驚醒奴喬氏小喬女釵裙。
　　　　　　小奴家翻身只把床來下，怎不見周郎夫主奴將軍。
　　　　　　我只把兩個丫環一聲叫，叫了聲翠英小青女使女。（過）
　　　　（二丫環上）
丫　　環　（唱）咱姐妹正在後房更衣衫。
二丫環　（唱）聽太太喚咱一聲不消停。
丫　　環　（唱）進門來問聲太太有何事。
二丫環　（唱）問太太這樣驚慌爲何情？（過）
喬　　氏　（唱）譙樓上鼓打四更做一夢，夢見你都督老爺回原郡。
　　　　　　他言說身死尸在巴丘地[29]，死尸靈明天急刻到門庭。
　　　　　　聲聲說叫我與他把仇報，他叫我報此仇冤拿孔明。
　　　　　　昨夜晚我做此夢爲實凶，不知你老爺有了何事情。
　　　　　　想必你家老爺有了好歹，尸靈回家托夢與他報冤。（過）
丫　　環　（唱）遵了聲太太不必犯疑心[30]。
二丫環　（唱）夢中言言語語不可實信。
丫　　環　（唱）想是你想我老爺想疑心了。
二丫環　（唱）夢中的鬼怪妖魔把話明。（過）
喬　　氏　（唱）只聽得兩個丫環方說罷，到叫奴心兒下大犯疑心。
　　　　　　欲待說夢中言語不可信，却怎麼言言語語記的清。
　　　　　　在我的心兒以下想多會，自古道求人不如求神靈。
　　　　　　我只把兩個丫環一聲叫，聽太太言語有話說分明。

　　　　　　要你把清香祭禮準備就，説太太花院焚香求神靈。（過）
丫　環　（唱）只聽得喬氏太太方説罷[31]，
二丫環　（唱）咱姐妹準備祭禮不消停。
丫　環　（唱）有翠英我端香盤頭前走，
二丫環　（唱）小妹子我跟隨背後不慢行。（過）
　　　　（二丫環下又上）
丫　環　（唱）有翠英我端香盤頭前走，
二丫環　（唱）小妹子背後緊隨不消停。
喬　氏　（唱）主僕們穿堂過木往前走[32]，不覺的來在自己一花亭。
　　　　　　我只把兩個丫環一聲叫，聽太太言言語語向你明。
　　　　　　要你把清香祭禮準備好，準備齊太太焚香把禮行。（過）
丫　環　（唱）只聽得喬氏太太方説罷，
二丫環　（唱）咱姐妹準備祭禮不消停。
丫　環　（唱）咱姐妹移動步兒花園進[33]，
二丫環　（唱）把一張八仙供桌放院心。
丫　環　（唱）有翠英我把祭禮忙擺上[34]，
二丫環　（唱）我只把開絨地毯放院平[35]。
丫　環　（唱）我拿過紅緞桌裙忙拉上[36]，
二丫環　（唱）上綉着五色花草件件新。
丫　環　（唱）我拿過明銅香爐三條腿，
二丫環　（唱）插上了安息檀香在爐中[37]。
丫　環　（唱）我拿過蠟臺一對三圪節，
二丫環　（唱）上插着香油蠟燭正半斤。
丫　環　（唱）我拿酒壺一把和白玉盅，
二丫環　（唱）斟滿了三盅美酒謝靈神。
丫　環　（唱）我拿火鞭一挂有三千頭，
二丫環　（唱）十二碗花花供菜放桌上。
丫　環　（唱）咱只把清香祭禮準備齊，
二丫環　（唱）請咱的喬氏太太把禮行。
丫　環　（唱）咱姐妹行走來在涼亭上，
二丫環　（唱）尊了聲喬氏太太聽分明。
丫　環　（唱）俺只把清香祭禮準備齊，

二丫環　（唱）請太太花園焚香把禮行。（過）
喬　氏　（唱）只聽得兩個丫環方說罷，喬氏女移動金蓮出花庭。
　　　　　　　走上前望住香案雙膝跪，祝告聲龍天老爺在上聽：
　　　　　　　一不爲父母高堂求榮壽，爲只爲周郎夫主奴將軍。
　　　　　　　一去奪荆州數載未有回，并無有一信得功見當君。
　　　　　　　龍天爺保佑將軍回朝轉，奴許下滿斗焚香謝神靈。
　　　　　　　喬氏叩罷頭來把酒來斟。
丫　環　（唱）有翠英打提燈籠化金銀。
喬　氏　（唱）小奴家叩罷頭來抽身起。
二丫環　（唱）我去放火鞭一挂不消停。（栽板）（放炮過場）
喬　氏　（唱）喬氏女花園以內抬頭看，見菊花青白紅黃喜在心。
　　　　　　　小奴家掐了一朵頭上戴[38]，
周　能　（內唱）來了我周能報信到花亭。（過）（周能上）哦呀太太不好！
喬　氏　驚慌爲何？
周　能　我家老爺命傷邑丘。
喬　氏　這是當真？
周　能　尸首在此府門。
喬　氏　（唱）這不氣氣死我呀。
丫　環　太太醒來……
喬　氏　（唱）實方纔周能院子一聲禀，嚇的奴魂靈飛上九霄雲。
　　　　　　　猛然間睜開小奴一雙眼，怎不見周郎夫主奴將軍。
　　　　　　　叫翠英小青丫環扶定我，去接你老爺亡靈死尸靈。
　　　　　　　（同倒下）
喬　氏　（唱）喬氏女未曾開言淚盈盈，哭了聲周郎夫主奴將軍。
　　　　　　　只說你保國盡忠安天下，全不想三場大氣命歸陰。（過）
　　　　　　　喬氏女大帳以內傳將令，傳將令叫聲大夫聽分明。
　　　　　　　將人馬一同帶到東南地，又息兵三日出陣拿孔明。
魯子敬　（唱）魯子敬大帳以內傳將令，叫了聲五營四帥衆三軍。
　　　　　　　將人馬一同安在東南地，要宿兵三日出陣拿孔明。（栽板）
　　　　　　　（衆將官兩旁退出）（小卒、魯子敬雙出門下）
喬　氏　唉。
　　　　　（唱）喬氏女二次傳下一枝令，傳將令叫聲甘寧你是聽。

要你把清香祭禮準備好，説太太焚香祭奠死尸靈。（過）
（吹過場。喬氏下又上）
喬氏女後帳以內把孝換，不由奴淚滴滾滾慟傷心。
走上前往香案雙膝就跪，哭了聲周郎夫主奴將軍。
小奴家守尸只在大帳坐，表一表你我夫妻恩愛情。（過）
喬氏女未曾開言淚盈盈，哭了聲周郎夫主奴將軍。
只説你保國盡忠安天下，全不想三場大氣命歸陰。
一自從東吳孫主安天下，大帳內并無一人調令兵。
想當初江南蠻子打戰表，并無有一人敢領大兵營。
我的父一本奏以孫太主，纔把奴將軍選上九龍庭。
我的夫你真英雄才學大，十七歲奪去元戎挂帥郎[39]。
曹孟德領了人馬八十萬，他要奪東吳孫主九龍庭。
奴將軍聽此一言心火起，一心想用火焚身燒曹兵。
火攻計將軍只把曹營破，只却少東風不能燒曹兵。
下書呈請來孔明諸葛亮，祭東風燒了曹兵破了營。
也只説一計兩得隨心願，全不想祭風逃走諸孔明。
奴將軍傳令只把他來追，全不想孔明差來趙子龍。
那趙雲箭射助生逃命走，衆三軍回營禀以奴將軍。
奴將軍聽此一言心火起，爲荆州假設一宴把他請。
那劉備坐船過江來赴宴，帶來了英雄一將名趙雲。
爲荆州黃鶴樓上把臉變，觸惱了周郎夫主奴將軍。
奴將軍傳令只把樓來下，教他寫退國文書兩分明[40]。
恨他朝鬼計多端諸葛亮，祭東風賜他令箭存了心。
他君臣傳令只把樓來下，衆三軍禀奴將軍得知情。
奴將軍聽此一言心火起，一怒氣黃鶴樓上調令兵。
衆三軍各承英雄排開隊，點三聲大炮響亮起了營。
奴將軍出陣好比刺韓信，却怎麼一股原氣回原郡。
奴將軍你今只管一身死，撇下了東吳江山誰照應。
咱東吳孫主江山無人保，抛下了你妻小房孤零零。
再不能陪你燈下把書念，再不能挽手同行到花亭。
再不能象牙床上鸞鳳配[41]，再不能鴛鴦枕上把話明。
喬氏女越思越想心越動，罵了聲昏王孫權無道君。

滿朝中文武百官多多少，爲甚麼傳旨選上奴將軍。
再罵聲鬼計多端諸葛亮，拿住你刮骨熬油抽你筋。
喬氏女咬牙發恨心越動[42]，不由奴泪滴滾滾慟傷心。
叫翠英小青丫環扶定我，扶太太後帳以内守尸靈。（過）

（同下）

校記

［1］只知你保國盡忠安天下："你"，原無，據文意補。

［2］十分苦："十"，原作"實"，據文意改。

［3］來侍候："候"，原作"侯"，據文意改。

［4］把身平："把"，原作"打"，據文意改。

［5］莫立站："立"，原作"人"，據文意改。

［6］奴爲你頭暈眼昏身體瘦："頭暈"，原作"体受"；"瘦"，原作"腴"，據文意改。

［7］待奴家和衣而睡把身平："待"，原作"代"，據文意改。

［8］譙樓上一更一點鼓兒清："譙"，原作"樵"，據文意改。下徑改，不一一出校。

［9］實有情："實"，原作"十"，據文意改。

［10］手把門縫往外看："縫"，原作"逢"，據文意改。

［11］"皎皎正憂心"，原作"忧忧拾灰心"，據文意改。

［12］"女釵裙"，原作"女才群"，據文意改。

［13］伴三更："更"，原作"金"，據文意改。

［14］"釵裙"，原作"才"，據上文改。

［15］猛聽得離群孤雁哀哀叫："猛"，原作"孟"，據文意改。

［16］"孤零零"，原作"孤令令"，據文意改。

［17］身體旁："旁"，原作"胖"，據文意改。

［18］譙樓上四更四點鼓兒清："上"、"點"，原無，據文意補；"清"，原作"金"，據文意改。

［19］飄飄蕩蕩邁步只把客房進："飄飄蕩蕩"，原作"漂漂氵肖氵肖"，據文意改。下徑改，不一一出校。

［20］"墻上挂琴棋書畫真好看"，原作"墻上卦清齐真好看"，據文意改。

［21］羅衫件件新："衫"，原無，據文意補。

［22］槍刀劍旗都還在："槍"，原作"抢"，據文意改。

[23] 我身體現在還在巴州地:"現在",原無,據文意補;"州",原作"洲",據文意改。

[24] 交他寫退國文書兩分明:"寫",原作"寄";"文書",原作"文業";"明",原無;據文意改補。

[25] 存了心:"了",原無,據文意補。

[26] 無防拂下馬:"防",原作"方",據文意改。

[27] 巴丘地:"巴",原作"邑",據文意改。下徑改,不一一出校。

[28] 周公瑾與夫人講話多一會:"與",原作"以",據文意改。"人",原無,據文意補。

[29] 他言説身死尸在巴丘地:"尸"字,原本空一字格,此句意爲十字句。今試補。

[30] 遵了聲太太不必犯疑心:"遵",原作"尊",據文意改。

[31] 方説罷:"罷",原作"把",據文意改。

[32] 主僕們穿堂過木往前走:"僕",原作"樸",據文意改。"堂",原無,據文意補。

[33] 咱姐妹移動步兒花園進:"咱姐妹",原作"姐妹妹",據文意改。

[34] 有翠英我把祭禮忙擺上:"有",原作"又";"擺",原作"罷"。據文意改。

[35] 開絨地毯放院平:"絨",原作"榮";"毯",原作"壇",據文意改。

[36] 紅緞桌裙忙拉上:"桌",原作"掉",據文意改。

[37] 安息檀香在爐中:"檀",原作"壇",據文意改。

[38] 小奴家掐了一朵頭上戴:"掐",原作"切",據文意改。

[39] 十七歲奪去元戎挂帥郎:"十",原無,據文意補;"挂",原作"卦",據文意改。

[40] 退國文書兩分明:"書",原作"業",據文意改。

[41] 鸞鳳配:"鳳",原作"風",據文意改。

[42] 喬氏女咬牙發恨心越動:"發",原作"法",據文意改。

第 三 場

(孔明上)

孔 明 (唱)辭別主公到長江,依計而行莫張狂。
　　　　　四千歲駕舟往前往,我活拿小喬到三江。(過)

（下）

第 四 場

（孔明又上）

孔　明　（唱）駕小舟來到營門外，依計而行莫可張狂。
　　　　　　　將身站在營門外，子敬到來把話講。（過）

（魯子敬上）

魯子敬　（唱）魯子敬來出後帳，每日裏明查暗訪。
　　　　　　　將身出在營門外，看見了先生諸葛亮[1]。
　　　　　　　都督傳令把你拿，你來送死營門上。
　　　　　　　依我説來你走了好。

孔　明　（唱）要依我看料無妨。（栽板）

魯子敬　先生，都督傳下將令將你拿住刮骨熬油，扒皮抽筋[2]，難道爲人台前[3]，豈不惜命麽[4]？

孔　明　大夫你聽道！（過）
　　　　（唱）大夫非知聽我講，山人言語説中腸。
　　　　　　　我來非是把孝吊，來救都督轉回陽[5]。
　　　　　　　周公瑾該活七十二，三十二歲赴黃泉[6]。
　　　　　　　陽壽還有四十歲，還與孫主定家邦。
　　　　　　　不與我傳禀揚長去[7]。

魯子敬　（唱）走上前來攔慌忙。
　　　　　　　先生請到後帳內，我與你傳禀到大帳。（過）（孔明下）
　　　　　　　我把先生請後帳，倒叫子敬犯思量[8]。
　　　　　　　將身站在寶帳內[9]，我奉請都督離後帳。（過）

（喬氏上）

喬　氏　（唱）喬氏女來出後帳，奴哭將軍痛悲傷。
　　　　　　　將身來到大帳內，你有軍情報其詳。（過）

魯子敬　（唱）都督非知聽我講，孔明吊孝到營房。

喬　氏　（唱）聽此言來心火上，速把孔明大開腔[10]。
　　　　　　　手執寶劍出大帳，

魯子敬　（唱）走上前來攔慌忙。

　　　　　　他來非是把孝吊，來救都督轉回陽。
　　　　　　都督該活七十二，三十二歲赴黃粱。
　　　　　　陽壽還有四十歲，還保孫主定家邦。
喬　　氏　（唱）大夫你把理想錯，那有人死再還陽。
　　　　　　拿住孔明殺了罷，咱不中他計羅網。
　　　　　　手執寶劍出大帳，
魯子敬　（唱）二次又來攔慌忙。
　　　　　　待我與他去商量，不還陽把他大開膛。（過）
（子敬下又同孔明上）
魯子敬　（唱）我請先生離後帳。
孔　　明　（唱）依次而行莫張狂。
魯子敬　（唱）你保都督把陽還。
孔　　明　（唱）你保山人無禍殃。
魯子敬　（唱）將身進在寶帳內。
孔　　明　（唱）我見都督禮相當。（過）
　　　　　　都督有禮！
喬　　氏　噯呀！
孔　　明　哈哈哈。
魯子敬　先生，都督還陽可用甚麼物件，待我速去辦來。
孔　　明　大夫你聽道！（過）
　　　　　（唱）七星明燈用一盞，一口寶劍紙五張。
　　　　　　端來一盆陰陽水，你速準備到大帳。（過）（魯子敬下又上）
魯子敬　（唱）七星明燈點一盞[11]，一口寶劍紙五張。
　　　　　　端來一盆陰陽水，見了先生說中腸。
　　　　　　將身進在大帳內，你快救都督他還陽。（過）
孔　　明　（唱）七星明燈忙排上，一口寶劍插中央[12]。
　　　　　　五張焚紙忙化上，你二人扎跪告上蒼。
魯子敬　（唱）走上前來雙膝跪。
喬　　氏　（唱）雙膝扎跪在中央。
魯子敬　（唱）天保都督把魂還。
喬　　氏　（唱）滿斗焚香謝上蒼[13]。
魯子敬　（唱）叩罷頭來抽身起。

孔　　明　（唱）還陽寶舟忙下上。
　　　　　　　　都督的尸首在何處，用上這法水能還陽。（過）
周　　瑜　（唱）昏昏沉沉夢黃粱[14]，悠悠轉回陽世上[15]，
　　　　　　　　猛然睜開一雙眼，你是何人對我講。
魯子敬　（唱）我是大夫魯子敬。
孔　　明　（唱）我是茅庵諸葛亮。（栽板）
周　　瑜　諸葛亮！
孔　　明　周都督。
周　　瑜　諸葛孔明[16]。
孔　　明　周公瑾。
周　　瑜　這不氣氣死我也！
喬　　氏　好惱！
　　　　　（唱）一見將軍把命喪[17]，速把孔明用繩綁。
　　　　　　　　大帳傳下一枝令，綁下處斬大開腔[18]。
魯子敬　（唱）一支將令出大帳。
孔　　明　（唱）走上前來攔慌忙。
　　　　　　　　都督想法把魂還，除非叫魂到三江。
　　　　　　　　三江不把魂來叫，周都督難以轉陽。
喬　　氏　（唱）只聽孔明方說罷，到叫小奴犯思想。
　　　　　　　　欲待說不把魂來叫，將軍方纔把話講。
　　　　　　　　欲待說去把魂來叫，恐怕中計入羅網。
　　　　　　　　事到如今講不起，奴只得叫魂到三江。
　　　　　　　　出言只把大夫叫，聽我有話說衷腸。
　　　　　　　　點來三千人共馬，咱一同叫魂到三江。（過）
魯子敬　（唱）一支令箭出大帳，
孔　　明　（唱）二次裏來攔慌忙。叫魂莫帶人共馬，
　　　　　　　　驚散魂魄難還陽。
魯子敬　（唱）你叫何人把魂叫，快對都督說衷腸。
孔　　明　（唱）都督親自把魂叫，頭插鮮花改紅妝。
　　　　　　　　三江口不把魂叫，都督難以轉回陽。
喬　　氏　（唱）只聽孔明方說罷，到叫小奴犯思量。
　　　　　　　　事到如今講不起，奴只得脫青換紅改形妝[19]。（過）（喬氏下）

孔　　明　（唱）一見都督回後帳，再叫大夫聽端詳。
　　　　　　　　　大帳點來一員將，點炮驚魂到三江。
魯子敬　（唱）一支將令出大帳，令出甘寧到大帳。（甘寧上）
甘　　寧　（唱）正在後帳把酒飲，猛聽得軍師傳將令。
　　　　　　　　　邁虎步來寶帳進[20]，問軍師傳令那裏行。
魯子敬　（唱）大帳傳你一支令，三江點炮莫消停。
甘　　寧　（唱）接住軍師一支令，三江口點炮莫消停。（過）（甘寧下）
孔　　明　（唱）只見甘寧他去了，等喬氏到把話明。（喬氏上）
喬　　氏　（唱）喬氏女來把衣換，脫青換紅改形妝[21]。
　　　　　　　　　將身進在寶帳內，有見將軍痛悲傷。
孔　　明　（唱）都督還魂是喜事，大帳不可痛悲傷。
喬　　氏　（唱）手帕擦了腮邊淚，奴只得等候到三江。（過）
魯子敬　（唱）一見都督把衣換，回頭再叫眾家郎。
　　　　　　　　　都督尸首忙抬上。
　　　　　　　　　眾將官將都督尸首抬起來。
　　　　　　　　　（同下）

校記

［1］先生諸葛亮："生"，原無，據文意補。

［2］扒皮抽筋："筋"，原作"脛"，據文意改。

［3］難道爲人台前："道"，原作"到"，據文意改。

［4］豈不惜命麽："惜"，原作"昔"，據文意改。

［5］來救都督轉回陽："督"，原作"都"，據文意改。下徑改，不一一出校。

［6］赴黃泉："赴"，原作"付"，據文意改。下徑改，不一一出校。

［7］揚長去："長"，原作"暢"，據文意改。

［8］倒叫子敬犯思量："倒"，原作"到"，據文意改；"量"，原作"良"，據文意改。

［9］寶帳內："寶"，原作"室"，據文意改。

［10］速把孔明大開膛："速"，原作"連"，據文意改。

［11］七星明燈點一盞："燈"，原作"點"，據文意改。

［12］插中央："插"，原作"撣"，據文意改。

［13］滿斗焚香謝上蒼："滿"，原無，據文意補。

［14］夢黃梁："梁"，原作"樑"，據文意改。

[15] 悠悠轉回陽世上："悠悠",原作"由由",據文意改。
[16] 諸葛孔明："葛",原脱,據文意補。
[17] 把命喪："喪",原作"傷",據文意改。
[18] 綁下處斬大開膛："綁",原作"掙";"處",原作"除";"膛",原作"腔",據文意改。
[19] 脱青換紅改形妝："青",原作"清",據文意改。
[20] 邁虎步來寶帳進："虎",原無,據文意補。
[21] 改形妝："妝",原作"庄",據上文改。

第 五 場

（趙雲上）

趙　雲　（唱）趙子龍來到長江,猛然想起事一椿[1]。
　　　　　　　遵了大哥一支令,我去接軍師回朝房[2]。（過）

（趙雲下）

校記

[1] 事一椿："椿",原作"莊",據文意改。
[2] 回朝房："房",原作"崗",據文意改。

第 六 場

（張翼德上）

張翼德　（唱）張翼德來在長江,猛然想起事一椿。
　　　　　　周郎小兒太狂張,怎比我朝諸葛亮。
　　　　　　任憑兒有千條計,不够孔明一計裝。
　　　　　　遵了大哥一聲令,去接軍師回朝房。（過）

（張飛下）

第 七 場

（趙雲上）

趙　雲　（唱）駕舟來到江岸上,到叫子龍犯思量。

　　　　　　將船挽在三江口，等炮響一聲回朝房。（過）

（趙雲下）

第 八 場

（張翼德上）

張翼德　（唱）駕舟來到江岸上，到交老張喜心旁。
　　　　　　大小三軍把船放[1]，等炮響聲回朝房。（過）

（張飛下）

校記

[1] 大小三軍把船放：“船”，原無，據文意補。

第 九 場

（孔明等上）

孔　明　（唱）把尸首放在三江口，供養祭禮忙排上。
　　　　　　就地劃上雙十字，你二人扎跪告上蒼。

魯子敬　（唱）走上前來雙膝跪，

喬　氏　（唱）雙膝扎跪在三江。

魯子敬　（唱）天保都督把陽還，

喬　氏　（唱）滿斗焚香謝上蒼[1]。

魯子敬　（唱）叩罷頭來抽身起，

孔　明　（唱）走上前來攔慌忙。（栽板）都督、大夫你們二人端端正正跪在這裏。只聽炮響一聲，都督就還陽了。

魯子敬　先生你却莫弄鬼那。

孔　明　還陽那裏有鬼。

魯子敬　先生你却莫耍計那。

孔　明　還陽那裏是計。（炮響，趙雲、張飛同上）

張翼德　一同綁了。

孔　明　（對）誆尸到三江，駕舟回朝房。

喬　氏　（對）生生上你當，

魯子敬	（對）看你怎發放。（過）
孔　明	四千歲搭了扶手。（趙雲使船下。）哈哈哈哈哈哈！
張翼德	呀！

（唱）張翼德來抬頭望，觀見丫頭在三江。
　　　周郎死了正七日，穿紅挂綠爲那厢。
　　　莫非要把大夫嫁，三江口上二人來焚香。（過）

喬　氏	（唱）黑賊講話太狂妄[2]，惡言惡語罵姑娘。

　　　有朝一日犯我手，我定把黑賊大開腔。（過）

張翼德	（唱）丫頭講話太狂妄，回罵老張爲那厢。

　　　你要不把大夫嫁，來來來嫁以咱老張。（過）

魯子敬	（唱）只見張飛胡言講，羞的子敬面皮黄。

　　　子敬一旁把頭低，

喬　氏	（唱）羞壞小奴女娥皇[3]。
張翼德	（唱）老張中間哈哈笑。
喬　氏	（唱）氣氣氣死小奴在三江。（過）（喬氏死下）
張翼德	（唱）一見丫頭把命傷，到叫老張喜洋洋。

　　　大夫子敬見面去，我見了軍師再發放。（栽板）

魯子敬 張翼德	（合）哈哈哈哈。
張翼德	見面去。哈哈哈。（同下）

校記

[１] 滿斗焚香謝上蒼："滿"，原無；"焚"，原作"分"。據文意補改。

[２] 太狂妄："狂妄"，原作"誆王"，據文意改。

[３] 羞壞小奴女娥皇："壞"，原作"懷"；"皇"，原無，據文意改補。

反 西 凉

佚 名 撰

解 题

  蒲劇。作者不詳。《蒲州梆子劇目辭典》著録，題《反西涼》，又名《割鬚棄袍》，未署作者。劇寫馬騰接旨帶馬岱入京，途中被曹操所差董平殺死。馬岱逃回西涼，哭告馬超。馬超與龐德等爲馬騰報仇，殺敗曹洪破潼關。曹操親征馬超不勝，脱袍割鬚，狼狽逃跑。馬超追殺曹操，一槍刺在柳樹之上，曹操乘機走脱。本事出於《三國志・蜀書・馬超傳》及《魏書・許褚傳》。元刊《三國志平話》、《三國演義》第五十七和第五十八回，都有此情節。元雜劇今存劇目有元明間無名氏之《馬孟起奮起大報仇》，清代花部亂彈有佚名《反西涼》。今見版本係太原戲劇研究所趙威龍提供。原題"反西涼原本"，蒲劇，晉南專區蒲劇第一團1956年3月18日抄録。繁體手寫，間用自創簡體字。今以該本爲底本校勘整理。

第 一 場

（四兵擺隊，馬岱、馬騰上，點將升帳[1]）

馬　騰　（坐詩）年邁蒼蒼秉性剛，二十年前排戰場；
　　　　　　　　光陰不催人自老，不覺兩鬢白似霜。
　　　　老夫馬騰，三六九日與衆將比較弓馬。馬岱聽令！吩咐前營、後營、左營、右營、五營、四哨、紅旗、八總，各頭目將官，同下校場一點者。

馬　岱　得令，吚！衆將官！前營、後營、左營、右營、五營、四哨、紅旗、八總，各頭目將官，同下校場一點著。（内白：王命下）

馬　岱　禀爹爹,王命下。

馬　騰　吩咐衆將,收了軍旗。有迎!

馬　岱　衆將收了軍旗!(衆兵下)有迎!(朝官捧旨上,馬騰、岱迎進跪接)

朝　官　旨開,馬騰聽旨:"你父子鎮守西涼有功,調你進京,官有高升。"旨畢三呼!

馬　騰　萬歲、萬……歲!(送朝官下)馬岱,就命你兄鎮守西涼,你隨爲父進京大謝皇恩。衆將馬來!(四兵上帶馬,二人乘馬下)

校記

[1]點將升帳:"將",原作"絳",據文意改。下徑改,不一一出校。

第　二　場

董　平　(帶四兵上)董平。奉了丞相將令,去殺馬騰。衆將催馬。(齊下)

第　三　場

馬　騰　(帶馬岱、四兵上)馬騰。(內白——"金牌下")啊!中途路上,作甚麽的金牌?接馬有迎。(下馬)

董　平　(持金牌帶四兵上,馬騰、岱跪接)開牌馬騰聽牌,因你父子居官傲上,伸頭來吃我一劍。(殺馬騰,馬岱抱頭慌下)丞相上邊交令。(齊下)

第　四　場

馬　岱　(抱頭急上)馬岱。董平斬壞爹爹,回禀哥哥得知。(下)

第　五　場

馬　超　(上對)小小魚兒困沙窩,腹中無食怎奈何?(馬岱急上,藏頭站一傍)

　　　　馬岱,隨爹爹進京,大謝皇恩,回來作甚?

馬　岱　哥哥不好了！

馬　超　慌張爲何？

馬　岱　曹賊不仁，差董平斬壞爹爹。（給頭）

馬　超　抱頭來。老爹爹！年邁父！怎麽説……

（暈倒唱）見人頭把我的肝腸氣斷，好一似鋼刀把心挖[1]。

　　　　打精神睁開愁眉眼，

（哭）老爹爹！年邁父！罷了，爹爹……

（接唱）忍不住傷心泪滾落胸前。

　　　　若要父子重相見，除非是南柯一夢間。（愁思）

　　　　背地裏我把曹賊怨，咱倆家結下了山海仇冤。

　　　　將令箭你插在西凉城外，我一心殺曹賊大報仇冤。

馬岱聽令！吩咐大將龐德，頭戴白盔[2]，身穿白甲，校場點動人馬，説是你，去去去！

（馬岱下）老爹爹！年邁父！罷了爹爹哪！（下）

校記

[1] 好一似鋼刀把心挖："一"，原作"以"，據文意改。

[2] 頭戴白盔："戴"，原作"代"，據文意改。

第　六　場

龐　德　（起霸上，念）可惱曹賊太不良，害得侯爺一命亡。

　　　　　　校場點動人和馬，要殺曹賊報冤枉。

大將龐德。公子升帳，帳外伺候。

（四兵、馬岱齊上）

馬　超　（念）怒氣衝霄恨，拔劍斬仇人。（入坐）

龐　德　參見公子。

馬　超　帳外伺候。

（詩）可恨曹賊心懷仇，他把我父刀剁頭。

　　　　校場點動人和馬，不殺曹賊誓不休。

姓馬名超，字孟起。曹賊不仁斬壞我父，今日領兵復仇。龐德進帳。

兵	龐德進帳！
龐　德	呔！龐德告進！參見公子。
馬　超	站下，龐將軍，曹賊斬壞我父，今日領兵復仇，上馬走去。（龐德乘馬下）馬岱聽令！押運糧草前行。
馬　岱	得令。（乘馬下）
馬　超	眾將寬袍。（脫袍，背靈牌，上馬轉圓場）老爹爹，年邁父，罷了爹爹哪！（齊下）

第 七 場

（董平帶四兵摸黑上，下場內埋伏。龐德帶四兵摸黑上。與董平對打。殺董平）

兵	董平已死。
龐　德	公子上邊交令。（齊下）

第 八 場

徐　晃	（引四兵上，點將升帳）（詩） 　　威風凜凜坐將臺，炮響三聲轅門開， 　　萬里長江波浪滾，一座兵山倒下來。 本帥徐晃。
報　子	（上）報！馬超領兵倒反西涼。
徐　晃	再探。（報下）我想馬超倒反西涼，恐怕不是他的敵對。眾將免戰牌高懸。
曹　洪	（上對）每日扎柳射箭，與兄王保立江山。 大將曹洪。正在後帳飲酒，忽聽免戰牌懸挂，不知有了何事。放心不下進帳打探。呔！曹洪告進，參見元帥。
徐　晃	二千歲到來，請坐。
曹　洪	有坐。
徐　晃	二千歲，無令進帳爲何？
曹　洪	爲何免戰牌懸挂？
徐　晃	馬超倒反西涼，因而免戰牌懸挂。

曹　洪　待我出營，打一下馬陣勢。
徐　晃　不勝他人[1]，如何是好？
曹　洪　嗨！元帥。
　　　　（唱）叫元帥莫要誇讃他，這牛大自有破牛法。
　　　　　　　山高還有山在上，海水何用斗來量。
　　　　　　　此一去到軍陣上[2]，我把兒繩纏縛綁拿進營防。
徐　晃　（來白）二千歲，不可輕敵。
曹　洪　（接唱）元帥不發兵和將，倒教曹洪無良方。
徐　晃　寶劍懸掛轅門，那家私自出兵，指劍發令。（洪怒折劍）
兵　　　（上）報，馬超二次討戰。
曹　洪　再探。（兵下）元帥，你不發兵，末將就敢……
徐　晃　怎樣？
曹　洪　就敢發兵。（拿印給中軍，衆兵下。徐晃拉，被推開，曹洪下）
徐　晃　二千歲不從將令，私自出兵，報於曹丞相得知。（一兵拉馬來，馬下）

校記

［１］不勝他人："勝"，原作"胂"，據文意改。
［２］此一去到軍陣上："一"，原作"以"，據文意改。

第　九　場

（曹洪引兵上與龐德對殺，龐德敗下，曹洪追下）

第　十　場

馬　超　（引四兵上）
　　　　（唱）將人馬扎在了潼關城外，衆將官近前來細聽明白。
　　　　　　　見曹賊放豹馬不住追趕，我一心殺曹賊於父報冤。
　　　　　　　衆將官催戰馬莫可遲慢。
（倒散板轉一圈，龐德上）
龐　德　（上，下馬）參見公子。

馬　超　站下。勝敗如何？

龐　德　刀劈董平，不勝曹洪敗回營來。

馬　超　哎！（龐德急跪）你是西涼一員大將，戰不過曹洪無名匹夫，（踢龐德一足。龐德怒上馬下）衆將催馬。（轉一圈，曹洪上架住馬兵）

馬　兵　曹洪攔路。

馬　超　閃開馬頭。（打敗曹洪追下）

第 十 一 場

曹　操　（引四兵、許褚上，念）孤家天下第一雄，眼看着馬到功成。
　　　　姓曹名操字孟德。夏、董二將定了一計，斬壞馬騰。誠恐他子反過邊界，爲此，我命徐晃鎮守潼關，二弟相幫界牌。是我放心不下，前去打探。許褚催馬！
　　　　（唱）有孤家許昌把兵領，怕只怕馬超反邊庭。
　　　　　　夏、董二將把計定，我斬壞馬騰大功成。
　　　　　　徐晃鎮守潼關地，我二弟相幫界牌城。
　　　　　　鞭稍一繞人馬動！
　　　　（圓場，徐晃上，下馬）

徐　晃　參見丞相。

曹　操　站下，命你鎮守潼關，爲何狼狼前來？

徐　晃　二千歲不通將令，私自出營，禀於丞相得知。

曹　操　我問你潼關？

徐　晃　已失。

曹　操　界牌？

徐　晃　已破。

曹　操　下邊披置。（徐晃下）衆將催馬。

曹　洪　（慌上，下馬）參見兄王。

曹　操　哎！潼關已失，界牌已破，有何臉面見我，許褚與我砍了[1]。（許褚執鋼刀撂曹洪頭，曹洪氣……上馬下）人馬直奔潼關。（齊下）

校記

[1] 與我砍了："與"，原作"於"，據文意改。

第十二場

馬　超　（引兵右上，曹操左上立高場）城頭站的何人？
曹　操　大漢曹[1]。
馬　超　看箭。（射中曹帽，許褚出戰，被馬打下，復追曹下）

校記

［１］大漢曹："漢"，原作"汗"，據文意改。

第十三場

曹　操　（慌上，內白——"呔，眾將官，哪個是曹操？——穿大紅袍的是曹操。——殺……"）哈！眾將言道，穿大紅袍是我老曹。我不免將這大紅袍脫他娘了。（脫袍。馬超上，左右追拿，曹跑下。曹洪執刀上與馬超對殺，曹洪敗，馬超追下）

第十四場

曹　操　（跑上。內白——"呔，眾將官，哪個是曹操？——滿腮長鬚是曹操。——殺……"）哎呀且慢，眾將言道，滿腮長鬚是我老曹，我將這鬍鬚割他娘割了。（割鬚。馬超上，被馬打下。馬超復打曹四兵下）

第十五場

曹　操　（跑上。內白——"呔，眾將官，哪個是曹操？——割了鬍鬚是曹操。——殺……"）哎呀且慢，耳聽人聲，割了鬍鬚是我老曹。我不免扯下祺角，將鬍鬚包他娘了。（包鬍鬚。一人扮柳樹上立。馬超急上，捉曹操，曹轉柳樹，馬超一槍扎在樹上，曹趁機下[1]。曹洪執鞭上打馬超，馬超拔槍不下，急用槍尾抵擋，猛一足踢曹洪手，奪去鞭，打曹洪下。馬超復打曹四兵敗下。許褚上，被馬超打數鞭敗

下。馬岱緊隨許褚,被馬超誤打一鞭,馬岱倒,馬超氣下,馬岱隨下)

校記

[1]曹趁機下:"趁",原作"稱",據文意改。

第 十 六 場

(龐德持弓箭上,下馬立左高場。許褚搖船急上,曹洪扶曹操跌上。許褚救曹等上船急下。龐德急發一箭。馬超急上接去龐德之箭。復下。)

第 十 七 場

(馬等齊上)

馬　超　(看箭)龐德之箭,龐德之箭,嗯!……呔,衆將官,可知曹賊去向?
　衆　　一字不知。
馬　超　哎呀天哪!蒼天。眼看大功成就,一槍刺在柳樹之上,曹賊逃走。看在其間,天不滅曹!
馬　岱　哥哥,人馬就在此間,安營下寨,慢慢打聽曹賊下落。
馬　超　衆將官!安營下寨。

張松獻地圖

佚名撰

解題

　　中路梆子。作者不詳。《山西戲曲劇目總攬》著錄，題《張松獻地圖》，未署作者。劇寫益州劉璋受張魯侵擾，派別駕張松携西川地圖往許昌向曹操求援。曹操因新破馬超，恃强傲物，對張松不予禮遇，張松以曹操往日戰敗之事譏之。曹操大怒，逐張松出境。劉備、諸葛亮聞知，派趙雲迎請，對其優禮相待。張松深受感動，遂將西川地圖獻與劉備，勸其取西川爲基地，以圖大業。本事出於《三國志·蜀書·先主備傳》及裴松之注引《吳書》。元刊《三國志平話》、《三國演義》第六十回、清傳奇《鼎峙春秋》等均寫有張松獻圖事。版本今見《山西地方戲曲彙編》第十二集《中路梆子專輯四》（山西人民出版社1984年4月版）本。今以該本爲底本校勘整理。

第 一 場

　　（劉璋、張松上）

劉　璋　（唱）三國不和起戰爭，

張　松　（唱）殺來戰去不安寧。

劉　璋　（唱）我可恨張魯太驕橫，

張　松　（唱）他一心謀奪成都城。

劉　璋　（唱）與先生同坐在帳中，

張　松　（唱）一言一語說分明。（切）

劉　璋　先生，你看張魯領兵來取蜀中，先生有何高見，可以抵敵張魯？

張　松　主公莫慌，現今許都曹操，掃蕩中原，呂布、二袁皆爲所滅，近又破了馬超，可爲天下無敵。主公可備進獻之物，爲臣親往許都，說與

　　　　　曹操，興兵取漢中，攻打張魯。張魯抵敵不住，何敢來取蜀中！

劉　璋　如此先生可帶進獻之物，即刻前去。聽孤囑托！
　　　　（唱）先生你去對曹明，請他急速取漢中。
　　　　　　　事成先生回來轉，有孤窮迎接你都城外邊。

張　松　（唱）主公不必囑托言，爲臣心上自了然。
　　　　　　　此去見了曹操面，就説替主公去問安。
　　　　　　　辭別主公不怠慢，地圖獻與曹操面前。（下）

劉　璋　（唱）一見先生他去了，倒叫孤窮喜眉梢。
　　　　　　　但等先生傳喜報，有孤窮纔把心事消。（下）

第 二 場

　　　　（二曹兵站門。曹操上）

曹　操　（念）自破馬超回來轉，叫孤每日心坦然。
　　　　（坐前帳。中軍上，進帳報）

中　軍　禀丞相。
曹　操　何事？
中　軍　成都差使張松要見。
曹　操　命他進來！
中　軍　張松進帳！
　　　　（張松上）

張　松　（念）離了成都到許昌，見了丞相説端詳。
　　　　　參見丞相！

曹　操　少禮坐了！
張　松　謝座。
曹　操　你今前來，可知你主劉璋幾載不來進貢，事情爲何？
張　松　只因路途艱難，賊寇竊發，致使不能通進。
曹　操　吾已掃清中原，哪裏還有盜賊？
張　松　南有孫權，北有張魯，西有劉備，至少者亦有甲兵十餘萬，何爲太平？
曹　操　哈！好你張松，竟以惡言衝撞老夫，與我趕了下去！
　　　　（中軍逐張松出帳。曹操下）

第 三 場

（張松上）

張　松　（唱）可恨曹操太不良。
好你曹操，不識賢士，我便去也。
（張松欲下。楊修上）

楊　修　先生莫走，回來！

張　松　閣下貴姓？

楊　修　某姓楊名修，字德祖，先生既來莫走，去到外面書院一談。
（就前場轉一遭）

楊　修　請坐！

張　松　有座。

楊　修　先生你今前來，蜀道崎嶇，沿路之上，多受風沙之苦。

張　松　奉主之命，雖赴湯蹈火，不敢辭也！

楊　修　請問你，蜀中風土如何？

張　松　蜀爲西郡，古號益州。路有錦江之險，地連劍閣之雄。往返二百八十程，縱橫三萬餘里。雞鳴犬吠相聞，市井閭閻不斷。田肥地茂，歲無水旱之憂；國富民豐，時有管弦之樂。所產之物，阜如山積。天下莫可及也。

楊　修　蜀中人物如何？

張　松　吾蜀中之人物，文有相如之賦，武有伏波之才；醫有仲景之能，卜有君平之隱。三教九流，出乎其類、拔乎其萃者，不可勝記。言之不盡，不可盡數。

楊　修　現在劉季玉手下，如公者還有幾人？

張　松　文武全才、智勇足備、忠義慷慨之士，尚有百餘。如松不才之輩，車載斗量，不可勝記。

楊　修　公在蜀中，官居何職？

張　松　濫充別駕之任，甚不稱職。敢問公爲朝廷何官？

楊　修　現爲丞相府主簿。

張　松　久聞公世代簪纓，何不立於朝中，輔佐天子，乃區區作相府門下之吏爲何？

楊　修　某雖居下寮,丞相委以軍政錢糧之重,早晚多蒙丞相教誨,極有開發,故就此職。
張　松　我聞曹丞相,文不明孔、孟之道,武不達孫、吳之機,專務强霸而居大位,焉能有所教誨,以開發明公乎?
楊　修　公居蜀中,焉知丞相大才。吾取一書,令公視之。
　　　　(楊修取書令張松觀看)
楊　修　公請看!
張　松　觀看上寫《孟德新書》。(對楊修)我有心將書看得一遍,請兄獨坐一時。
楊　修　公去請看,修我獨坐一時何妨!
張　松　如此請便。
　　　　(唱)修公獨坐且請便,某要把此書觀一觀。
　　　　　　打開書皮用目看,字字行行觀一番。
　　　　　　內有陸戰和水戰,十面埋伏在內邊。
　　　　　　他以此書將曹能顯,我張松把爾不放心間。
　　　　　　轉面來我把修公喚,聽我把話對你言。
　　　　此書吾蜀中三尺小童皆能暗誦,何以為新?
楊　修　此是丞相酌古準今,仿《孫子兵法》十三篇而作。你今欺丞相無才,此堪以繼後世否?
張　松　此乃是戰國無名氏所作,曹丞相盜竊以為己作,只能欺瞞足下,豈能瞞得過我張松?
楊　修　丞相秘藏之書,雖已編成,尚未傳之於世,公言蜀中小兒暗誦如流,何相欺乎?
張　松　公若不信,吾試誦之,還要一字不錯。(張松背誦《孟德新書》)
楊　修　公真乃天下奇才!
張　松　公請在,松我告辭。
楊　修　慢着,公請暫居館舍,容某再稟丞相,請公相見。你看如何?
張　松　如此告便。
　　　　(張松下。楊修回,進帳)
楊　修　請丞相!
　　　　(曹操上)
曹　操　(念)楊修一聲請,上前問分明。

	請孤到來，有何稟報？
楊　修	適纔張松來見丞相，丞相爲何慢待與他？
曹　操	因他語言不遜，吾故慢待。
楊　修	丞相尚能容一禰衡，張松才過禰衡，丞相何不納用？
曹　操	禰衡文章播於當今，吾故不忍殺他。張松有何德能？
楊　修	適纔修以丞相所作《孟德新書》十三篇命他觀看，是他看了一遍，即能暗誦。如此過目不忘，世所少有。他又説，此書係戰國時無名氏所作，蜀中小兒皆能熟記。此人可使面君，教見天朝氣象。
曹　操	但等明天，吾在西教場點軍，你可引他來看。他若見我軍容之盛，教他回去傳説，吾即日下江南収川。快去！
楊　修	遵命！（楊修下）
曹　操	中軍。
中　軍	有。
曹　操	吩咐虎衛雄兵五萬，二日天明同下西教場候點！
中　軍	得令！（同下）

第　四　場

（四曹兵、四校尉上）（曹仁、丁奉披甲上[1]。曹操、張松、楊修上，登高坐帳[2]）

曹　操	（念）整軍下教場，三軍如虎狼。
	喝定小張松，命蜀來歸降。
	孤，姓曹名操，字孟德。今坐教場操點人馬。先傳一令：曹仁、丁奉聽令！
曹　仁 丁　奉	在。
曹　操	命你二人去奔教場，一馬三箭，待孤一觀。
曹　仁 丁　奉	討令，馬來！
	（同到教場，三通鼓，十四錘上，下馬，進帳）
曹　仁 丁　奉	一馬三箭，操演已畢。

曹　操　站過一旁。（問張松）你川中可曾見過這等英雄人物操練否？

張　松　吾蜀中不曾見過如此兵革，但以仁義治人。

　　　　（曹操變色，見張松全無懼色，楊修也以目視張松）

曹　操　吾看天下鼠輩猶如草芥。大兵到處，戰無不勝，攻無不取。順我者生，逆吾者死，你可知曉？

張　松　丞相兵到之處，戰必勝，攻必取，松一概知曉。昔日濮陽攻呂布之時，宛城戰張綉之日；赤壁遇周郎，華容逢關羽；割鬚棄袍於潼關，奪船避箭於渭水，威名揚於天下，何人不知！

曹　操　哈，好你張松！怎敢揭吾短處。來哪！

曹　兵　有。

曹　操　將張松與我推出去斬了！

　　　　（二卒將張松押下）

楊　修　刀下留人！（進帳）曹丞相，張松斬不得！

曹　操　怎樣斬不得？

楊　修　張松既從蜀中前來納貢，今若斬了，恐失遠人之意。

曹　操　如此，押回來！

　　　　（張松進帳）

曹　操　好你張松，今日犯罪，本該問斬，念你遠來納貢，不斬於你。來哪！

曹　兵　有。

曹　操　與我將張松用亂棍打出去！（卒打張松下）與吾趲輦回！（同下）

校記

［1］曹仁、丁奉披甲上：丁奉是孫權手下與徐盛齊名的著名將領，這裏成爲曹操戰將，顯誤，闕疑待考。

［2］登高坐帳："帳"，原作"賬"，據文意改。

第 五 場

　　　　（張松乘馬上）

張　松　（唱）可恨操賊不識人。

　　　　你叫怎說。是我原在西川，將西川地圖畫就，有心獻與曹操。誰知曹操目中無人，不識賢士。我今回去，怎見主公之面？也罷麼，聞聽人説,荆州劉玄德待人恩厚,仁義遠播。我不免去到荆州,試看此人如何?

（唱）荆州玄德仁義君,他的賢名四海聞。

我今去到荆州城,見了玄德説分明。（下）

第 六 場

（趙雲上）

趙　雲　（念）頭戴三山盔,身披米黃甲。

奉了軍師命,迎候張別駕。

趙雲。奉了軍師言命,迎候張松。衆將官!

蜀　兵　有。

趙　雲　馬來!（倒下）

第 七 場

張　松　（内唱）有張松在馬上使勁加鞭。

（張松上。趙雲引兵由下場門上。兩家碰頭）

趙　雲　來者莫非張別駕?

張　松　然也。

（趙雲下馬）

趙　雲　趙雲奉了主公劉玄德之命,等候大夫多時。

（張松下馬,還禮）

張　松　你莫非是常山趙子龍?

趙　雲　正是。我主因爲大夫遠涉路途,鞍馬勞困,特命趙雲帶來酒食,敬奉大夫。軍士,看酒!

（趙雲以酒敬張松）

張　松　人説劉玄德寬仁愛客,今日一見,果真是實。

（張松與趙雲同飲數杯,上馬,同下）

第 八 場

（劉備、孔明、龐統，四蜀兵引上，站門）

劉　備　（念）子龍接張松，
孔　明　（念）必然轉回程。
　　　　（同坐。趙雲上）
趙　雲　（念）接得張松到，回稟主公知。（趙雲進帳）
趙　雲　參見主公。
劉　備　少禮，見過先生。
趙　雲　參見先生。
孔　明　少禮。
劉　備　命你迎接張松，怎麼樣了？
趙　雲　接到張松，回稟皇叔得知。
劉　備　現在哪裏？
趙　雲　現在帳外。
劉　備　快快有請！
趙　雲　（出帳）有請大夫！
　　　　（拜場。張松上。劉備、孔明、龐統出帳迎接）
劉　備　先生哪，哈……
張　松　主公哪，哈……
　　　　（進帳，獻茶）
劉　備　不知先生到來，備未親身遠迎，多有得罪。
張　松　松我有何德能，焉敢勞動皇叔遠迎？
劉　備　先生你今前來，沿路以上多受風沙之苦。
張　松　主公挂念於松。
劉　備　久聞大夫高名，如雷灌耳。只恨雲山遙遠，不得聽教。今聞回都，專此相接。倘蒙不棄，請到荒州暫歇片時，以叙渴仰之思，實爲萬幸。
張　松　久聞皇叔賢名，松我特來拜見。
劉　備　大夫過獎了。大夫你今前來，備無物可敬，一杯水酒，敬奉大夫。
張　松　到此就來打擾。

趙雲	筵齊！
劉備	子龍，酒來。
	（拜場。入座。飲酒牌子）
劉備	大夫，請酒！
張松	請。皇叔，今守荊州，還有幾郡？
孔明	荊州不過暫借東吳之地，每每使人來討。今我主乃是東吳女婿，故權且在此安身。
張松	東吳有六郡八十一州之地，國富民強，猶且不知足也？
龐統	我主乃漢室皇叔，反不能占據州郡。其他皆漢之蟊賊，却都能恃強侵占地土，實為不平。
劉備	二公休言。吾有何德，焉敢多望也？
張松	不然。皇叔乃漢室宗親，仁義充塞四海。休道佔據州郡，便代正統而居帝位，有何不可？
劉備	公言太過，備何敢當？備今將多年事細講一遍，不知大夫願聽否？
張松	倒也願聽。皇叔請講！
劉備	大夫你且聽了！
	（唱）未曾開言好慘傷，尊了聲大夫聽端詳。
	我弟兄桃園三結義，共同生死走四方。
	大破黃巾兵百萬，我弟兄威名天下傳[1]。
	漢獻帝宣我上金殿[2]，建安天子親封官。
	他封我西蜀英雄宜城亭侯，人稱皇叔非等閑。
	天不幸吾兄把病染，把荊州九郡托再三。
	聽說是吾兄把命喪，漢劉備哭得泪不乾。
	蔡氏嫂嫂多不賢，把荊襄九郡讓曹瞞。
	曹阿瞞他把中原占，那孫權獨霸在江南。
	今日殺來明日戰，我無有土地把身安。
	荊州是我暫借地，提起來叫人好傷慘。
	把我的苦愁之事講一遍，你看我可憐不可憐。
張松	（唱）皇叔對我講一遍，我背過身來心自慘。
	我這裏好言將他勸，獻與他地圖取西川。（切）
	皇叔，我看荊州：東有孫權，常懷虎踞；北有曹操，每欲鯨吞。不是久戀之地！

劉　備　故知如此,但未有安足之處!

張　松　益州險塞,民殷國富;智能之士,久慕皇叔之德。若起兵伐之,霸業可成,漢室可興。你看如何?

劉　備　劉益州亦是帝室宗親,恩澤布於蜀中,他人豈能搖動?

張　松　某非賣主求榮,怎奈劉季玉稟性暗弱,不能任賢用能,加之張魯在北,時思侵犯,人心渙散,思得明主。松此次專欲納款於曹,不料此賊恣逞奸雄,傲賢慢士,故特來見皇叔。皇叔先取西川爲基,然後北圖漢中,收復中原。皇叔如有取西川之意,松願施犬馬之勞,以爲内應,未知皇叔意下如何?

劉　備　劉季玉與備同宗,今日取之,恐天下人唾罵。

張　松　大丈夫處世,必當建功立業,着鞭在先,今日不取,悔之晚矣!

劉　備　備聞蜀中山路崎嶇,千山萬水,車不能方軌,馬不能聯轡,雖欲取之,用何良策?

張　松　不妨。松將西川詳細地圖繪就,皇叔取時,但看此圖,便知蜀中的道路。松還有心腹契友二人:一名法正,一名孟達。經我介紹,他二人必能相助。倘若來時,必當重用,西蜀可唾手可得[3]。

劉　備　青山不老,綠水常存,他日事成,必當厚報。

張　松　今遇明主,不得不盡情相告,豈敢望報啊!
　　　　（唱）皇叔仁德人敬仰,大破黃巾把名揚。
　　　　　　　辭別皇叔將馬上,

劉　備　送大夫!

張　松　皇叔!
　　　　（唱）但願你早取西川莫彷徨。（下）

劉　備　（唱）一見張松他去了,不由叫人喜眉梢,
　　　　　　　但願西川到我手,何怕孫權與曹操。（切）
　　　　就聽張松之言,即日興兵,奪取西川!（同下）

校記

[1] 我弟兄威名天下傳:"兄",原無,據上文補。

[2] 漢獻帝宣我上金殿:"獻",原誤作"先",據《後漢書》改。

[3] 西蜀可唾手可得:"唾",原作"遂",據文意改。

截 江

佚 名 撰

解 題

　　中路梆子。作者不詳。《山西戲曲劇目總攬》著錄，題《截江》，未署作者。劇寫孫權趁劉備入川之際，假托吳太后病危，差大將周善騙取孫尚香携阿斗歸寧，想以此要挾劉備歸還荆州。時趙雲奉命巡視江岸，聞報大驚，一面令人速報張飛，一面自己趕至江上，欲奪回阿斗。孫尚香反責趙雲謀反，趙雲拘於君臣之禮，未敢妄動。張飛踵至，殺死周善，奪回阿斗，放孫尚香過江。本事出於《三國志·蜀書·趙雲傳》裴松之注引《趙雲別傳》。元刊《三國志平話》、《三國演義》第六十一回"趙雲截江奪阿斗"、明傳奇《錦囊記》、清傳奇《鼎峙春秋》都寫有此故事。據《晋劇百年史話》云，該劇清同治年間在山西祁縣上下聚梨園劇團演出過。其團著名文武生演員"虎兒生"所演《截江》中的趙雲，"活靈活現地刻畫出趙雲的英勇無敵、忠心不二"。版本今見《山西地方戲曲彙編》第十集《中路梆子專輯二》(山西人民出版社1983年6月版)本。今以該本爲底本校勘整理。

第 一 場

（四龍套引趙雲上）

趙　雲　（念）覽罷經史習刀弓，長槍揮動日月驚，
　　　　　　　　長坂坡前救幼主，何人不知趙子龍！
　　　　俺姓趙名雲字子龍，常山真定人氏，劉主駕前爲臣。劉主去取西川，俺奉了軍師將令，巡查江口，衆將官！

衆　　　有！

趙　雲　伺候了！

衆　　　喳！

　　　　（報子上）

報　子　報！

趙　雲　何事？

報　子　娘娘私抱太子過江！

趙　雲　軍師可知？

報　子　軍師不知。

趙　雲　三千歲可曉？

報　子　三千歲不曉。

趙　雲　事不宜遲，速報三將軍！

報　子　遵命！（下）

趙　雲　且住！東吳派來大將周善，將主母、幼主誆過江去，倘若幼主有失，如何是好！

　　　　哎呀，説是這……啊！俺不免帶領人馬沿江追趕便了。衆將官！

衆　　　有。

趙　雲　帶馬追趕！

　　　　（同下）

第 二 場

（四青袍引張飛上）

張　飛　（念）當陽橋前一聲吼，橋梁斷裂水倒流；

　　　　　　　烏騅鐵甲千里馬，丈八蛇矛鬼神愁。

　　　　俺，張飛！奉了軍師將令，巡查江口。衆將官！

衆　　　有。

張　飛　伺候了！

衆　　　喳！（報子上）

報　子　報！

張　飛　何事？

報　子　娘娘私抱太子過江。

張　飛　軍師可知？

報　子　軍師不知。

張　飛　四千歲可曉？
報　子　四千歲不曉。
張　飛　速報軍師！
報　子　遵命。（下）
張　飛　且住！俺大哥不在荊州，皇嫂私抱太子過江，叫人心中好惱！衆將官！
　衆　　有。
張　飛　帶馬追趕！（同下）

第　三　場

（孫尚香抱阿斗，周善、船夫走過場下）

第　四　場

（四龍套、趙雲追上）
趙　雲　且住！主母龍舟順流而下，馬行旱路焉能追趕上？有了，俺不免棄馬登舟。衆將官，
　　　　將馬帶回，船夫走上！（四龍套下）
　　　　（船夫上。趙雲上舟下）

第　五　場

（四青袍引張飛上）
張　飛　且住，皇嫂小舟飄得飛快，馬行旱路如何追趕得上！啊！我不免棄馬登舟。衆將官，將馬帶回！船夫走上！（四青袍下）
　　　　（船夫上。張飛上舟下）

第　六　場

（船夫、周善、孫尚香抱阿斗上）
孫尚香　（念）母后染病實堪憂，急忙駕舟向東投[1]。

赵　云　（内白）等着！
孙尚香　何人答话？
周　善　赵云答话。
孙尚香　周善开船！
周　善　遵命。
　　　　（船夫、赵云上）
　　　　（周善放箭。赵云拨箭落水，跃身上舟）
孙尚香　赵云，你反了！
赵　云　娘娘，为臣一片忠心而来，何言造反？
孙尚香　既是忠心而来，那就保我过江。周善开船！
赵　云　慢慢慢着！
　　　　（念）三尺宝剑出鞘外，哪个胆大把船开！
　　　　（船夫怕，下）
孙尚香　四弟何来？
赵　云　娘娘驾奔何往？
孙尚香　我母身染重病，前往东吴探病省亲。
赵　云　谁命你去？
孙尚香　谁叫你来？
赵　云　你无军师令！
孙尚香　何人把你差？
赵　云　这个——
周　善　赵云，好无理也！
　　　　（唱）周善船舱怒冲冲，骂声常山赵子龙；
　　　　　　截江欺主本该斩，冒犯娘娘罪非轻。
赵　云　（唱）周善小儿逞强横，气得赵云怒满胸；
　　　　　　哗啦啦推开银杆枪，
　　　　（周善、赵云交手）
赵　云　（唱）管叫尔命丧残生。（赵云刺周善，周善拦枪）
孙尚香　住了！
　　　　（唱）赵云越来越凶狠，胆敢杀害保驾臣。
赵　云　啊！
　　　　（唱）非是为臣太凶狠，只因要救幼主公。

　　　　　趙雲船頭熱淚湧,
　　招槍!(以槍刺周善)招劍!(以劍刺周善,周善攔)
　　　　　主母你且聽分明。
　　　　　我主不在荆州地,懷抱幼主哪裏行?
孫尚香　(唱)船頭叫聲趙子龍,聽我把話説分明;
　　　　　我母得下思兒病,探母一畢早回程。
趙　雲　(唱)此乃東吴把計用,撒下鈎繩釣海鯨。
孫尚香　(唱)孫、劉兩家本和好,豈能無故動刀兵!
趙　雲　(唱)娘娘既去留幼主,免得爲臣擔罪名。
孫尚香　(唱)三歲嬰兒喂乳食,焉能離開我的身。
趙　雲　(唱)娘娘此去有人擋,
孫尚香　(唱)誰敢阻擋不留情。
趙　雲　(唱)趙雲船艙敢擋駕,
孫尚香　(唱)大膽子龍敢胡行!
趙　雲　(唱)看來是你君不正,
孫尚香　(唱)説來是你臣不忠!
趙　雲　(唱)趙雲聽言怒難忍,
孫尚香　也罷!
　　　　(唱)懷抱嬰兒撲江中!
　　　　(孫尚香欲投水,趙雲攔阻)
孫尚香　趙雲反了!趙雲反了!
趙　雲　娘娘口口聲聲説爲臣造反,可記得爲臣當年在長坂坡前,爲救幼主血染戰袍之事?
孫尚香　長坂坡前你有何功?容你講來!
趙　雲　娘娘穩坐船艙,聽臣慢慢道來!
孫尚香　你講!
趙　雲　娘娘請聽!
　　　　(念)趙雲表前情,主母聽分明,
　　　　　　提起長坂坡,血染戰袍紅。
　　當年曹賊占了中原,孫權佔了江南,吾君臣無有存身養馬之地,弃新野,走樊城,兵敗當陽。八百里烟火不斷,曹賊統率千軍萬馬,鋪天蓋地而來。那時,二千歲江夏搬兵,三千歲保主大駕,留下爲臣一人,保定甘、糜二位娘娘,在那長坂坡前一陣好殺也。爲臣殺出重圍,撥馬回頭一看,啊呀!失掉了甘、糜二位娘娘。爲臣心如火焚,就二次殺進曹營,只殺得:

(念)寶刀難入鞘,血染錦戰袍,
　　　爲臣所到處,曹兵望影逃。

正殺中間,忽聽草坡之中,有人痛哭,爲臣勒馬一看,原是我家糜娘娘,只見她懷抱阿斗太子,渾身帶箭,坐在亂草之中。爲臣翻身下馬,叫道:"娘娘千歲,快隨爲臣逃命去吧!"我家糜娘娘言道:"四弟呀四弟!你看哀家渾身帶箭,性命難保,你快保太子逃命去吧!"説罷此言,她將太子遞與爲臣,可憐她撲井一死,那時爲臣叫道:"娘娘!千歲!待到太平之年,奏與我主再來搬尸。"爲臣又恐曹賊將尸盜去,乃順手推倒一堵土墻,填滿井口,背了太子,翻身上馬,又是一場好殺也!正殺中間,閃出一將,慢說此人的殺法,只見他一身好披挂也!

(念)頭帶生金盔,兩耳雙鳳遮;
　　　上披銀葉鎧,下穿牛皮靴;
　　　跨下卷毛馬,足踏鐙鑌鐵;
　　　手使銀槍杆,殺人不見血。

俺二人殺了數十回合,不分勝負。爲臣勒馬回頭觀看,只見那曹操站在高崗觀陣,是他傳下將令,定叫活捉爲臣。

孫尚香　他傳下何令?

趙　雲　曹賊傳令道是:

(念)孤曹傳將令,百萬兒郎聽;
　　　先撒絆馬索,再挖陷馬坑!
　　　只許放空箭,莫傷趙子龍,
　　　誰敢傷性命,定斬不容情。

爲臣聞聽此言,心中暗喜。正殺中間,自不小心,連人帶馬陷落土坑。那時爲臣叫道:"千歲呀,幼主!臣命在你,你命在天!"俺君臣正在危難之處,忽聽曹營有人吶喊,又閃出一員將軍。慢說此人的殺法,只說他生得好威風也!

(念)頭大身又長,臉賽黑霸王;
　　　好比玄壇帥,吊客下天堂。

　　　　　那人催馬前來，一言不發，提槍便刺。説時遲，那時快，爲臣讓過槍頭，抓住槍桿，那人不肯捨槍，爲臣豈肯捨馬？人借馬力，馬借人力，那馬奮力一躍，騰出土坑。娘娘不信，有詩爲證。
孫尚香　有何詩爲證？
趙　雲　娘娘請聽：
　　　　　（念）連人帶馬出土坑，趙雲懷中抱真龍；
　　　　　　　　一來幼主洪福重，二來爲臣武藝精。
　　　　　　　　只殺得頭也不敢抬，眼也不敢睁；
　　　　　　　　人頭如瓜滾，斬將賽切葱！
　　　　　　　　真天子百靈相助，大將軍八面威風！
　　　　　（唱）刀槍重重陣前擺，戰袍裹定小嬰孩；
　　　　　　　　一是幼主洪福在，二是爲臣命換來。
　　　　　　　　娘娘此去留幼主，免得爲臣挂心懷！
孫尚香　（唱）你本帳下一武夫，管我家事理不該。
趙　雲　（唱）趙雲正在爲難處，
　　　　　（張飛内白：四弟等着）
趙　雲　好哇！
　　　　　（唱）三千歲駕定小舟來！
　　　　　（張飛上）
張　飛　（唱）大喝一聲舟船擺，閃出燕人翼德來。
　　　　　　　　四弟船頭把手擺，
周　善　開船！
張　飛　慢！
　　　　　（唱）哪個大膽把船開？翻身我把龍舟上，（跳過船）
　　　　　　　　東吳誰來惹禍災？
趙　雲　周善！
張　飛　周善在哪裏？
周　善　開船！
張　飛　去他個娘的！（刺死周善）
　　　　　（唱）蛇矛刺死小周善，再叫皇嫂聽明白；
　　　　　　　　大哥不在荆州地，私回東吳爲何來？
孫尚香　（唱）三弟莫要犯疑猜，聽我把話説明白。

　　　　　　我母得了思兒病,探母一畢早回來。
張　飛　(唱)嫂嫂做事不自愛,背着大哥惹禍災。
　　　　　莫怪老張咒罵你,
趙　雲　三千歲應念主公之情。
張　飛　咱哥呀,唉,四弟!
　　　　(唱)快將阿斗抱在懷!
　　　　(趙雲欲抱阿斗,孫尚香扭身不給)
張　飛　四弟,你抱的太子呢?
趙　雲　娘娘不給。
張　飛　怎麼她不給?閃開了!皇嫂抱太子過來!皇嫂抱阿斗過來!呔!
　　　　(孫尚香仍不給,張飛怒,提槍欲刺。孫尚香懼怕,將阿斗遞與趙雲)
張　飛　四弟,太子可曾到手?
趙　雲　太子到手。見了軍師,三千歲首功一件。
張　飛　還是四弟首功一件!正是:
　　　　(念)常勝將軍趙子龍,截江救主立大功!
趙　雲　(念)蒼天不滅劉門後,
張　飛　(念)東吳鬼計一場空!
　　　　四弟,你我各駕小舟回營!
孫尚香　三弟莫去,嫂嫂有話講!
張　飛　講説何來?
孫尚香　我今過江,留下太子何人撫養?
張　飛　哼!莫要假送人情!
孫尚香　爲嫂哪有此心!
張　飛　呸!
　　　　(唱)嫂嫂無福坐昭陽,妄想抱子過長江;
　　　　　　江東江西任你往,縱死莫見我老張!
　　　　(分下)

校記

[1] 向東投:"東",原作南,據文意改。

金 雁 橋

佚 名 撰

解 題

晉劇。作者不詳。《山西戲曲劇目總攬》著錄，題《金雁橋》，未署作者。劇寫劉備引兵入川，攻打雒城，龐統被劉璋守將張任射死。孔明聞報從荊州入川接應，計議先捉張任，再取雒城，令魏延、劉封埋伏於金雁橋左右，黃忠、嚴顏埋伏於柳林，趙雲埋伏於金雁橋前，誘張任出戰。張任追過金雁橋，趙雲拆斷橋梁，張任被張飛活捉。孔明勸張任降，遭拒，張飛將張任殺死。本事見《三國志·蜀書·先主備傳》及注引《益都耆舊雜記》、《三國演義》第六十四回"孔明定計捉張任"。清傳奇《鼎峙春秋》、現代京劇《取雒城》有捉張任情節。版本今見《山西地方戲曲彙編》第十二集《中路梆子專輯四》（山西人民出版社1984年4月版）本。今以該本爲底本校勘整理。

第 一 場

（四蜀兵上。黃忠、嚴顏、趙雲、張飛上，站場。拜場，四龍套排隊上。魏延、劉封、劉備上。孔明升帳）

孔　明　（念）山人領兵下教場，要與龐統報冤枉。
　　　　（拜場，觀兵，上高場）
　　　　（詩）初出茅廬用火攻，博望坡前第一功。
　　　　　　　南屛山前東風勁，燒死曹操百萬兵。
　　　　山人，複姓諸葛，名亮，道號臥龍。只因張任小兒，用亂箭將龐統射死，今日山人領兵復仇，穩坐寶帳，先傳一令：主公聽令！押定糧草，莫得違誤。

劉　備　得令。（上馬，下）

孔　明	魏延、劉封聽令！金雁橋左右埋伏，莫得違誤。
魏　延 劉　封	得令。（上馬，下）
孔　明	黃忠、嚴顏聽令！命你二人柳林埋伏，莫得違誤，單等張任到來，截殺一陣。
黃　忠 嚴　顏	得令。（上馬，下）
孔　明	趙雲聽令！命你去奔金雁橋前，然後將橋梁砍斷，莫得違誤。
趙　雲	得令。（上馬，下）

（張飛鬧帳）

孔　明　三千歲聽令！金雁橋埋伏，單等張任到來，活捉進營。

張　飛　得令。（上馬，下）

孔　明　御軍們，看過四輪車。

（唱）一見眾將出了營，倒叫山人喜在心。

　　　四輪車打在營門上，

（孔明下高場，上車，圓場）

孔　明　（唱）要與龐統報冤枉。

　　　四輪車打在軍陣上，等張任到來排戰場。

張　任　（內唱）威風凛凛出虎帳，

（張任上。四下手、四大刀手兩分頭上）

張　任　（唱）要與孔明排戰場。

　　　眾將一擁往前闖，又見妖道站路旁。（切）

　　　呔！來的可是妖道孔明？

孔　明　山人等候多時了。

張　任　妖道孔明，龐統已死在本帥亂箭之下，難道說你就不怕死？

孔　明　張任小兒！只因我師弟一死，今日領兵到來，要與龐統復仇。

張　任　妖道，我依你之見，就在此地你我爭殺，你看如何？

孔　明　張任，你看此地窄小，去在前邊寬闊之地，你我交戰，說是你敢來？

張　任　你小心了，小心了。

（起暗鼓，轉圓場）

孔　明　說是你來，來，來！

（孔明下，張任追下）

第 二 場

（四龍套引劉備上）

劉　備　漢劉備。先生有令，命我押定糧草，金雁橋交令。來呀！催馬！
　　　　（同下）

第 三 場

（魏延、劉封上，穿場下）（劉備帶龍套穿場下）
（趙雲、四下手上，埋伏兩旁。孔明上）

趙　雲　參見先生。
孔　明　四千歲來了？
趙　雲　來了。
孔　明　來了好。你把張任與我殺、殺、殺！（下）
　　　　（趙雲上橋。張任帶四下手上，與趙纏竿子，一齊下橋。下場）
　　　　（趙雲、張任拉竿子上。開打。趙敗下。魏延、劉封接打。張任敗下）
　　　　（黃忠、嚴顏帶四龍套穿場）
　　　　（張任上，與魏延、劉封開打，魏延、劉封敗下。黃忠、嚴顏接打，張任敗下。追下）（張飛帶四下手上，站橋。張任上）
張　任　來在金雁橋前，實實難過。眾將，接馬！與爺寬袍。
　　　　（張任下靠，上馬，上橋；張飛將張任打下橋來。張任上馬，又上橋，與張飛纏鞭，過橋。眾人過橋，下）
　　　　（趙雲上橋，砍斷橋）
　　　　（張飛、張任拉鞭上。眾兵對頭，下。張飛、張任下。把子打《四合如意》。趙雲、張任打快槍。趙敗下。張任、張飛打雙大刀，張飛敗下。張任追下。二人復上，張飛拿張任）
張　飛　拿住張任。
　眾　　回營交令。（同下）

第 四 場

（四龍套上。劉備、孔明上）

孔　明　（念）放出鷹鷂去，

劉　備　（念）要拿燕雀回。（魏延、嚴顏、黃忠、劉封挖門上）

衆　　　拿住吴、雷二將。

孔　明　綁上來。（衆押吴蘭、雷銅二將上）

劉　備　哇！好你二將，見了孤家，爲何不跪？

吴　蘭
雷　銅　漢劉備，大耳賊！你老爺出世以來，上跪天，下跪地，豈肯與你大耳賊下跪？

劉　備　還這樣烈性，拉下去砍了。

孔　明　慢着。主上莫要動氣，山人上前順説他歸降。鬆綁！二將軍請來！聽山人之言。今天投降我主，免作刀頭之鬼，你看如何？

吴　蘭
雷　銅　有心投降，無有引進之人。

孔　明　山人我權當引進之人。

吴　蘭
雷　銅　謝過先生。

孔　明　下邊歇息去吧。

吴　蘭
雷　銅　遵命。（下場）

（張飛上）

張　飛　拿住張任。

劉　備　綁上來！（張任上）啊，好你張任，見了孤家，你爲何立而不跪？

張　任　漢劉備，大耳賊！你老爺出世以來，上跪真主，下跪一雙爹娘，豈肯與你大耳賊下跪？

劉　備　還這樣烈性。押下開刀。

孔　明　慢着。山人上前順説他歸降。張將軍請來，你今投降我主，不失封侯之位。

張　任　諸葛亮妖道，你老爺堂堂明輔將，隨鐵不隨鋼。寧作刀頭鬼，豈肯把爾降？呔，叫那滿營將官聽着！那家執刀不殺，真乃匹夫之輩，叫你張老爺真乃一場好笑也。哈哈嘿嘿。
（張飛一刀將張任殺死）

劉　備　三弟,爲兄一句話未曾問明,你爲何將張任殺死?

張　飛　大哥！先生好言好語,相勸與他,他那裏破口大罵,叫弟我不得不殺。

劉　備　好一個不得不殺。同請宴上再議。
（尾聲下）

取 成 都

高玉貴　口述

解　題

　　山西北路梆子。高玉貴口述。高玉貴藝名"九歲紅"（1906——1980），祖籍五臺縣南關村，移居定襄邱村。出身梨園世家。祖父"茭杆紅"、外祖父"絳州旦"、父"靈芝草"高有富、舅父"九條龍"雷福祿、長兄"貴貴旦"、三弟"七歲紅"高三貴、表兄"八歲紅"、表妹"二梅蘭"雷補枝均係北路梆子著名藝人。他自幼隨父輩學戲，工鬚生，擅演《南天門》、《北天門》、《血手印》、《寧武關》、《五雷陣》等劇目。抗戰前曾與"小十三旦"郭占鰲一起搭班，譽滿長城內外。抗戰中輟業，參加抗日游擊隊。解放後重登舞臺，1956年北京匯演，曾受周總理接見。其唱腔真假聲結合，頗見功夫。1979年底患肺癌就醫，堅持口訴劇本。1980年3月4日與世長辭。本劇本即是其病重期間口述而成。《山西戲曲劇目總攬》著録，題《取成都》。劇寫劉備派兵取西川，西川主劉璋派兵拒守。葭萌關守將馬超投降劉備，并助劉備攻取成都。劉璋兵敗，讓出成都。劉備聽從孔明言，讓劉璋在成都城外劃四十里，安屯營寨，居家自吃自種。本事出於《三國志·蜀書·劉璋傳》及《馬超傳》與《簡雍傳》、《三國演義》第六十五回"馬超大戰葭萌關，劉備自領益州牧"。清代花部亂彈有佚名《戰成都》，清代京劇有《取成都》。版本今見《山西地方戲曲彙編》第四集《北路梆子專輯一》（山西人民出版社1981年9月版）本。該本題《取成都》，署高玉貴（藝名九歲紅）口述本。今以該本爲底本校勘整理。

第　一　場

　　（劉璋上，四老官站門）

劉　璋　孤坐西川，恨張順賣國奸讒。（坐後場）孤爲民憂，民爲孤愁，有孤有民，無愁無憂。孤，姓劉，名璋，字季玉[1]。前在張六王駕前，借來一將，名叫馬超；孤命他在葭萌關前鎮守，與張飛廝戰，三日三夜，不分勝敗。孤放心不下，命王雷打探，爲何不見到來！（王雷上）

王　雷　（唱）【介板】聽説馬超圍了城，上得殿去拿本升。
　　　　參見我主。
劉　璋　少禮坐了！王愛卿，命你打探馬超信息，怎麽樣了？
王　雷　馬超領兵圍了都城。
劉　璋　哼！不，不，不好！
　　　　（唱）【介板】聽説馬超圍都城，倒叫寡人吃一驚。
　　　　王愛卿！保孤把城樓上——（擊鐘）何人擊鐘？
　　　　（內應："劉毅擊鐘"。）
王　雷　劉毅擊鐘。
劉　璋　（唱）大皇兒上殿來再做商量。
王　雷　少千歲上殿！
劉　毅　（上，唱）【介板】
　　　　　　聽説馬超圍了城，倒叫小王吃一驚，
　　　　　　撩衣邁步上金殿，啓奏父王龍耳聽。
　　　　參見父王！
劉　璋　少禮坐了。皇兒無旨上殿爲何？
劉　毅　馬超城外造反，你可曾知曉？
劉　璋　王雷適纔報到，父王正要上城問賊。
劉　毅　孩兒有本奏上。
劉　璋　兒啊奏來！
劉　毅　（唱）與父王穩坐金鑾殿，孩兒把話對父言。
　　　　　　兒有心上城把賊看，看一看馬超賊是何心肝。（留）
劉　璋　（唱）【原板】
　　　　　　大皇兒莫把朝事論，難道説爲父心不明。
　　　　　　壩州城老楊延早已歸順，賣國的馬超賊降順他人。
　　　　　　父有心上城去來把賊問，看一看馬超賊怎樣用兵。（留）
劉　毅　（唱）兒有心上城去把賊問，我面前缺少保駕臣。
劉　璋　（唱）大皇兒上城頭去觀賊陣，保駕臣托與了王的愛卿。

你二人上城頭去把賊問，看一看馬超賊怎樣用兵？

劉　毅　（唱）叫父王請到後宮內，（劉璋、四老宮下）待我上城去觀兵。
　　　　王愛卿保小王把城上——

（劉毅和王雷倒下，復上場）

劉　毅　（唱）上得城來觀分明。
　　　　耳邊忽聽馬鈴響，看一看馬超賊怎樣用兵？

（馬超、四把子拉門上場，假介板）

四把子　來在城下。
馬　超　（向劉毅）參見主公！
劉　毅　馬將軍你領兵要到哪廂？
馬　超　來取都城！
劉　毅　好賊！
　　　　（唱）看見奸賊心好惱，氣得黑血往上潮，
　　　　我父王待你哪樣不好，誰叫你領人馬來滅我朝？
馬　超　（唱）一見劉毅罵破口，罵的馬超滿臉羞。（切）
　　　　好你劉毅，叫罵本都，哪裏容得。不免將他喚在城邊，一袖箭將他射死，免去我心頭大患，便是這番主意。少卿請進前來，我有話要講！
劉　毅　講說甚麼？
馬　超　看箭！（劉毅中箭死）
王　雷　哎呀不好！
　　　　（唱）一見千歲把命喪，倒叫王雷心膽寒。
　　　　滾木雷石往下打，看爾再敢來進前！
馬　超　收兵！（退走）
王　雷　好賊！（下場）

校記

［１］字季玉："季"，原作"金"，據《三國志》卷三十一《蜀書一·劉焉傳》改。

第　二　場

（劉璋、四老宮站門上場）

劉　璋　皇兒去觀兵，不見轉回城。（王雷上場）
王　雷　有事不得不報，無事怎敢胡傳。參見老王！
劉　璋　上城觀兵怎麼樣了？
王　雷　禀老王，不好了！我家少千歲，又被馬超射死在城樓。
劉　璋　怎麼説！（氣厥）
　　　　（唱）王雷適纔講一遍，倒叫寡人心膽寒。
　　　　　　　強抖精神用目看，不見我兒在哪邊？
　　　　　　　哭一聲劉毅兒難得相見，要相見除非是南柯夢間。
　　　　　　　王愛卿保王把城樓上！（同下）
　　　　（馬超領兵衆上）
馬　超　好你王雷，不是本帥馬跑如飛，險些我命傷殘。衆將官！城外放火，將成都團團圍定！（同下）
　　　　（劉璋、王雷上）
劉　璋　（唱）【介板】又見皇兒死尸靈。衆百姓心惶恐嚎啕哭叫……
　　　　（馬超上）
馬　超　參見主公！
劉　璋　（唱）【介板】白龍馬出一將正是馬超。
　　　　　　　有孤家我待你哪點不好，誰叫你降劉備來滅我朝？
馬　超　主公！
　　　　（唱）【介板】
　　　　　　　馬文齊在馬上深打一躬，劉主公在城頭細聽分明：
　　　　　　　漢劉備他待我恩深義重，因此上領人馬來取都城。
劉　璋　咳吥！（唱）【介板】
　　　　　　　你降劉備也不過封侯拜相，等孤王晏了駕讓兒權朝。
馬　超　（唱）【介板】
　　　　　　　一見主公罵出口，罵的馬超滿臉羞。
　　　　　　　衆將官四下放火炮！
劉　璋　（唱）【介板】賊馬超放大火把孤來燒。（切）
　　　　馬將軍，莫要放火燒孤的民房，孤把這成都讓與你君臣執掌就是。
馬　超　主公講話言而有信？
劉　璋　咳吥！孤寧失信天地，豈肯失信你賣國的奸賊！
馬　超　咳！兒好比網中之魚、籠中之鳥，打量你走不脱！來呀！把成都團團圍定！

（同下場）

劉　璋　（唱）【介板】
　　　　一見馬超收了兵，出言再叫城頭軍。（切）
　　　　城頭軍，你們開城吧！

王　雷　慢慢慢着，主公，城開不得！

劉　璋　哎呀，你來看！馬超奸賊四下放火燒孤的民房，爲孤一人豈肯連累好的百姓！

王　雷　（唱）【介板】
　　　　罷罷罷來羞羞羞，死在城頭不自由，
　　　　人活百歲也要死，倒不如殉城一命休。（跳城自盡）

劉　璋　（唱）【緊板】
　　　　一見王雷把命盡，斷了擎天柱一根，
　　　　陰曹路上等一等，君臣們做鬼同路行。（清場切住）
　　　　城頭軍，你們開城吧！啊！啊！（下）

第　三　場

（馬超、四把子、四將【得勝鼓】上，繞場，同下）

（劉璋上，坐場）（馬超上）

馬　超　參見主公！

劉　璋　咳呸！

馬　超　（欲用刀殺，未殺）……（下場）

（劉備、四把子上場）

劉　備　（下馬介）參見宗兄！

劉　璋　宗兄你來了？

劉　備　我來了！

劉　璋　宗兄，你前行！

劉　備　還是宗兄先行。

劉　璋　你我弟兄攜手同行。（同下）

第 四 場

（劉璋、劉備、孔明上）（四大將、四把子在嗩吶、管子聲中過場）（劉璋、劉備互施禮後，劉備坐在上手，劉璋坐在下手）

孔　明　參見主公！
劉　璋　這位？
劉　備　他是諸葛亮先生，表字孔明[1]。
劉　璋　久仰！久仰！你就是那位諸葛亮先生，你的好陰陽、好八卦[2]！那旁有坐，坐了說話。
孔　明　謝坐！
劉　璋　你坐了吧！宗兄，從前弟將成都連讓幾次，你那裏再三再四執意不從，今天領人馬來取成都，却是爲何？
劉　備　啊！這個？
孔　明　那是我君臣當年不得已而爲之。
劉　璋　啊呀！好！當年不得已而爲之。
劉　備　啊！這個？
劉　璋　甚麼？
孔　明　啊！哼！（孔明示意劉備哭）
劉　備　（哭）宗兄哪！
劉　璋　（覷視孔明[3]）哈哈哈！（笑）
劉　備　（唱）宗兄一言問住我，到叫我張口無話說。
　　　　成都我暫借三五載，事定日再歸還你看如何？
劉　璋　宗兄哪！（哭唱）【原板】
　　　　宗兄莫要巧計生，難道說爲弟我心内不明？
　　　　人人說漢劉備心胸窄小，名不虛傳果然真。
　　　　我氣恨不過要理論，再對宗兄把話云。
　　　　你三顧茅廬把賢請，請來南陽一臥龍；
　　　　二君侯[4]，威名重，過五關斬六將相會古城；
　　　　三千歲生來多烈性，當陽橋喊一聲能退曹兵；
　　　　磐河收來趙雲將，又收來老將黃漢升，
　　　　降馬超葭萌關被你奪定，又收來孤的嚴顏老將軍。

　　　　　從前成都讓府郡，你那裏再三再四不依從。
　　　　　咱兩家同宗又同姓，同宗同姓一家人。
　　　　　我只說咱倆家同心共命，誰想你狼心狗肺無情無義來取成都城。
　　　　　既來到你就該來把城進，誰知你在城外扎下大兵。
　　　　　我大皇兒上城把你問，馬文齊暗地放雕翎。
　　　　　皇兒一死把命盡，可憐王雷又喪生，
　　　　　你坐成都弟奉送，難道說你要弟的老命不成？
孔　明　（唱）【原板】
　　　　　諸葛亮上前打一躬，啓奏大王龍耳聽，
　　　　　都城再借三五載，事定後原物歸還成都城。
劉　璋　（唱）【緊板】
　　　　　好一個能言的諸葛孔明，多言多語顯他能，
　　　　　我氣恨不過要理論，出言再叫宗兄聽。
　　　　　今日好比鴻門宴，席前缺少一范增。
　　　　　眼前如有范增在，大量你君臣難逃生！
四大將　胡道！
　　　　（唱）【介板】太陽頭上怒火生，
趙　雲　（唱）怒惱長沙趙子龍。
　　　　　你今不把成都讓，大量你有命難逃生。
劉　璋　（唱）【介板】
　　　　　四下裏衆虎將一齊奮勇，大量我劉璋有命難逃生。
　　　　　我捶胸仰面把天恨！（碰見楊延）
楊　延　參見主公。
劉　璋　（唱）又見楊延老將軍。
　　　　　孤命你鎮守巴州地，誰叫你暗地裏降隨他人！
楊　延　主公！（唱）【介板】
　　　　　楊子偉我打一躬，啓奏我主龍耳聽！
　　　　　巴州城裏糧草盡，老臣我無奈降了他人。
劉　璋　咳呸！
　　　　（唱）【介板】
　　　　　我只說年邁蒼蒼你把那忠心盡，誰知你貪生怕死賣國求榮。

楊　延　唉！
劉　璋　（唱）一句話兒錯出口，怒惱楊延老將軍，
　　　　　　　我今不把成都讓，老命就在他手中。
　　　　　　　罷！罷！罷！讓了成都印，（抱印遞劉備）
　　　　　　　讓與了漢劉備執掌乾坤。（切）
劉　備　（上前接印）……
劉　璋　你君臣未曾拜過印璽。
孔　明　啊呀着！咱君臣未曾拜過印璽。
劉　備　宗兄捧印，待弟拜過。（拜介）（劉璋、劉備、孔明均坐）
劉　備　先生，咱君臣占了成都，該把我宗兄着落何地？
孔　明　命四將軍劃地四十里安下營寨，讓劉主自吃自種也足夠他的了。
劉　備　待我說過。宗兄，為弟執掌成都，另劃四十里與你安屯營寨，你居家住在寨下，自吃自種也就夠你的了。
劉　璋　弟太無能，犯在你君臣之手，任你君臣發落。
劉　備　先生請來傳令！
孔　明　魏延聽令，送宗主家眷出城！
魏　延　得令！（下）
孔　明　趙雲聽令，四十里安屯營寨，快去！
趙　雲　得令！
孔　明　啊哼！
趙　雲　軍師。（耳語）得令！（下）
劉　備　宗兄，四十里與你安營下寨，你就起身去吧！
劉　璋　扎，扎，扎！（哭叫板）
　　　　（唱）【慢板】
　　　　　　　我聽說家眷離都城，又好比狼牙箭穿心。
　　　　　　　到今日王不把別人恨，恨只恨張松賊賣國奸臣。
　　　　　　　孤命你到中原前去報信，你竟把地理圖讓與孔明。
　　　　　　　他君臣為江山將你命盡，九泉下做鬼魂怨着何人？
　　　　　　　害得王國破家亡賊心何忍，眾百姓遭塗炭你喪盡良心。
　　　　　　　漢劉備領兵把西川進，落鳳坡前射死龐統。
　　　　　　　回荊州調來諸葛亮，金雁橋下大鏖兵。
　　　　　　　孤帳下降的降來死的死，大兵圍困成都城。

　　　　　王今日不把成都讓，老命就死在他手中，
　　　　　王今日讓了成都印，王死後難見劉先君。
　　　　　眼含泪我把朝衣換，（留，換衣）
　　【原板】王打打扮扮離都城。
　　　　　想當年坐都城前呼後擁，到如今離成都獨自一人。
　　　　　想當年坐成都多麽有幸，到如今離成都不如黎民。
　　　　　捨不下成都地一片風景，捨不下成都的宮殿龍庭，
　　　　　捨不下成都的花花美景，捨不下成都的安善黎民。
　　　　　我劉璋愛民如堯、舜，爲百姓王還要囑托幾聲。
　　　　宗兄！
　　　　　但願你在此間言而有信，但願你坐成都百姓太平，
　　　　　但願你四海清平情通理順，但願你福壽康寧永無終。
　　　　　西川的百姓們犯了軍令，該殺的你把他邊外充軍；
　　　　　西川的文武百官犯了軍令，你副兒一刀問一聲。
　　　　　弟囑托不把別的問，但願你照看孤的好黎民。
劉　備　（唱）【原板】
　　　　　宗兄莫要把弟勸，爲弟心上自了然，
　　　　　都城暫借三五載，事定日再把成都歸回還。
孔　明　（唱）【原板】諸葛亮上前打一躬，
劉　璋　（甩孔明一袖）咳！
孔　明　（唱）再叫主公聽我明。
　　　　　成都暫借三五載，事定日搬主公再回成都城。
劉　璋　（唱）【緊板】
　　　　　好一個能言的諸葛孔明，多言多語顯他能。
　　　　　漢劉備與我同宗姓，你算劉家哪門親？
孔　明　咳哼！
劉　備　（看孔明，哭）宗兄哪！
劉　璋　（唱）【緊板】我辭別宗兄挽金鐙，
　　　　　馬來！（上馬介）
劉　備　（哭）宗兄哪！
劉　璋　（唱）漢劉備眼無泪他假送人情。
　　　　　我氣恨不過説幾句，出言再叫宗兄聽。

劉　　備	宗兄,行甚麼?
劉　　璋	(打馬欲走)……
劉　　備	宗兄,莫走回來!——行甚麼?
劉　　璋	(唱)【緊板】

　　　　　　十分伶俐莫用盡,留下幾分給兒孫;

　　　　　　十分伶俐都使盡,只怕你後輩兒孫統照我行。(繞弦)

劉　　備	宗兄,行甚麼?
劉　　璋	(打馬欲走)……
劉　　備	宗兄,莫走回來!——行甚麼?
劉　　璋	(唱)【緊板】

　　　　　　只怕你後輩兒孫統照我劉璋一樣所行,

　　　　　　把江山讓與旁人。(下場)

劉　　備	(唱)【原板】

　　　　　　一見宗兄登陽關,倒叫劉備喜心間。

　　　　　　當面我把先生喚,孤家有言聽心間。

　　　　　後帳排宴!

　　　　　(同下)

校記

［1］"表字",原倒,據《三國志》卷三十五《蜀書五·諸葛亮傳》改。

［2］好八卦:"卦",原作"挂",據文意改。

［3］覷視孔明:"覷",原作"歔",據文意改。

［4］二君侯:"侯",原作"候",據文意改。

魯肅求計

佚名撰

解題

  蒲劇。作者不詳。《蒲州梆子劇目辭典》、《山西戲曲劇目總攬》著録，均題《魯肅求計》，未署作者。劇寫魯肅久索荆州不得，到喬國老府上求計，魯肅欲請關公過江，逼其歸還荆州。喬國老誇贊關羽、蜀將英勇，勸魯肅不要誆關羽過江，恐惹殺身之禍。魯肅不聽，仍然計賺關羽過江。本事出於元關漢卿雜劇《關大王單刀會》第一折、《三國演義》第六十六回。清代京劇有《喬府求計》。版本今見手抄本。該本僅一場。太原戲劇研究所趙威龍提供，毛筆小楷書寫，共5頁，每頁13行，每行約30字。繁體字，字極整齊，偶見別字。今以該本爲底本校勘整理。

魯　　肅　（引）只爲荆州憂慮，終日不展愁眉。
　　　　　　下官姓魯，名肅，字子敬，乃臨淮舒城人也，已在東吳爲臣，官拜太夫之職。只因劉、關、張借去吾國荆州，屯兵養馬，得了西川一并付還。今西川已得，全然不提荆州之事，吾主終日憂慮。又道食君之禄，當報國恩，喬太尉乃東吳老臣，必有高見，不免去到喬府求得一計，討回荆州，也免吾主憂慮。看馬來。
魯肅院子　　有。
魯　　肅　已到喬府[1]？
魯肅院子　　是。
魯　　肅　（唱）三國不和，紛紛鬧，天地人和，劉、孫、曹。
　　　　　　年年發兵，南北討，每歲打戰，血染袍。
　　　　　　曹蠻中原稱王號，銅雀臺前告鎖蛟。
　　　　　　劉備久居荆州好，吾主終日把心操。

　　　　　　　安排打虎牢籠計，準備金鈎吊海鰲。
喬國老　（唱）嘆三皇後五帝孫臨頭老，殷紂王寵妲妃色罷頃消。
　　　　　　周幽王寵褒姒烽臺一笑[2]，五霸强七雄出惹動兵刀。
　　　　　　秦始皇歸一統廣行無道，傳二世楚漢爭百姓俱逃。
　　　　　　漢高祖創基業費功不小，四百載到渾流雨順風調。
　　　　　　惱董卓專大權豺狼擋道，欺天子滅諸侯勢壓群僚[3]。
　　　　　　王司徒獻美女連環計巧，天生下魏、蜀、吳三分漢朝。
　　　　　　曹孟德在中原稱王僭號，吾主爺坐東吳威名遠標。
　　　　　　劉皇叔居西川天生有道，算得來天地人不差分毫。
　　　　　　從今後文相公不能寫連環戰表[4]，武軍卒再不能貫甲披袍，
　　　　　　喬松山居東吳官居閣老，（笑）享不盡太平福每把香燒。
魯　　肅　（唱）吾王爺坐東吳治國良保，只爲那荆州事愁鎖眉梢，
　　　　　　魯子敬背地裏對天禱告，但願得把荆州討取還朝。
魯肅院子　來此喬府。
魯　　肅　接馬。
魯肅院子　是。
魯　　肅　上前通稟，就説魯大夫求見。
魯肅院子　是。門上那個在此？
喬府院子　甚麼人？
魯肅院子　魯大夫要見。
喬府院子　少站。
喬府院子　稟太尉，魯大夫求見。
喬國老　有請。
喬國老　不知大夫駕到，老朽有失遠迎，望祈恕罪。
魯　　肅　好説，學生未到太尉面前問安，來遲，望祈海涵。
喬國老　豈敢，不知大夫駕至寒門，有何見論？
魯　　肅　老太尉，只因劉、關、張借去吾國荆州，屯兵養馬，原許得了西川一并付還。他今西川已得，不還荆州，吾主終日憂慮。又道食君之禄，當報國恩，太尉乃東吳老臣，必有高見，求得一計討回荆州，也免吾主憂慮。
喬國老　説來説去原爲荆州之事。
魯　　肅　正是。

喬 國 老　荆州不討也罷。
魯　　肅　怎麼不討[5]。
喬 國 老　大夫呵。
　　　　　（唱）曾記得曹操打戰表，要把吾主一筆消。
　　　　　　　百萬人馬如山倒，嚇壞東吳衆臣僚[6]，
　　　　　　　文官準備寫降表，武將誰敢槍對刀。
　　　　　　　多虧臥龍他來到，吾國險些降了曹[7]。
　　　　　　　黃蓋苦肉獻糧草，鳳雛連環巧計高，
　　　　　　　借東風若非周郎妙，怎得赤壁把兵鏖？
　　　　　　　勸大夫念頭來止了，免得臨時受煎熬[8]。
魯　　肅　（唱）祭東風也非他人妙，吾國也曾用功勞。
　　　　　　　文官晝夜忙不了[9]，武將何曾解戰袍。
　　　　　　　借荆州還是下官保，豈肯與他善開交。
喬 國 老　（唱）休要提起作中保，大夫作事無功勞。
　　　　　　　一取荆州損糧草，周郎帶箭把命逃；
　　　　　　　二取荆州美人計，弄假成真把親招；
　　　　　　　三取荆州也不妙，反中孔明計籠牢，
　　　　　　　只殺得人頭如瓜滾，衆家將士血染袍。
　　　　　　　損兵折將還是小，小婿周郎把命抛。
魯　　肅　太尉可記令婿周郎命喪巴丘[10]，還是下官辦理。
喬 國 老　小婿周郎亡故，有勞大夫辦事。路過漢陽江邊，雲蒙山前，閃出一將，頭帶烏油盔，身穿烏油甲，坐下烏騅馬[11]，手使丈八矛，大喝一聲，只見大夫跌倒。
魯　　肅　那是失足。
喬 國 老　幸是船艙[12]，倘若在漢陽江邊，那還了得。
　　　　　（唱）頭上歪帶烏紗帽，身上斜披紫羅袍，
　　　　　　　三魂渺渺歸陰府，閻王面前走一遭。
　　　　　　　再三再四來哀告，翼德纔把你命饒。
　　　　　　　不是大夫哀告好，險些一命歸陰曹。
　　　　　　　大夫此去把荆州討，難逃翼德丈八矛。
魯　　肅　（唱）太尉講話志不高，長他威風滅吾曹[13]。
　　　　　　　劉備、關、張人馬少，怎與吾國槍對刀。

| 喬 國 老 | （唱）你道他國戰將少[14]，還有五虎衆英豪。
子龍生來膽量好，長板坡前稱英豪；
張飛看來不爲老，一個更比一個高；
黃忠生來是老將，百步穿楊射得高；
嚴顏八十是老將，威震西川路一條；
馬超生來賽虎豹，追的曹操割鬚袍。
五虎上將誰不曉，準備人馬把命逃。
| 魯 肅 | （唱）吾國上將年紀小，個個都是少英豪；
甘寧生來武藝好，怎比吾國戰將高。
| 喬 國 老 | （唱）你道我國戰將好，老夫看來無一條：
周泰、蔣欽合全孝，何曾貫甲去披袍；
甘寧只好鍘馬草，丁奉隨身也不高；
潘璋擂鼓代吹號，陳武趙印掌號撈。
大夫此去把荊州討，好似水內撈月月難撈[15]。
| 魯 肅 | 太尉，下官非是與他交戰，漢陽江邊設下單刀會，請關公前來赴會，酒席筵前，暗藏家丁生擒關公，你看此計妙也不妙？
| 喬 國 老 | 大夫此計何人定下的？
| 魯 肅 | 下官一人定下的。
| 喬 國 老 | 難免孔明不知一二。
| 魯 肅 | 這個妖道在此，下官也不敢生心。
| 喬 國 老 | 大夫到是作穩事的。哈，哈哈。
| 魯 肅 | 太尉發笑爲何？
| 喬 國 老 | 大夫。
（唱）非是喬玄笑微微，關公料是用計策。
當初曾把黃巾退，誰人不知他威名。
關公圍困在土山，萬般無奈降了曹，
曹操待他恩情高，美女十人隨意挑。
後來修書辭曹操，酒筵趕至霸陵橋，
曹賜紅袍用刀挑，青龍酒醉火炎飄。
獨行千里保皇嫂，不中曹操計籠牢。
大夫此去把荊州討，難逃關公偃月刀。
| 魯 肅 | 取笑了，下官接太尉陪筵。

喬國老　大夫,不知可有戰船?
魯　　肅　是有的,不知何用?
喬國老　三百隻一連,五百隻一號,搭下一座浮橋。
魯　　肅　豈不是他們生路。
喬國老　道是大夫的出路。
　　　　（唱）河下戰船連環號,江邊搭下一浮橋,若是關公行此道[16]。
喬國老　大夫。
魯　　肅　太尉。
喬國老　（唱）又好走來又好逃。
魯　　肅　太尉却是如何。
喬國老　送大夫折了腰。
魯　　肅　只怕關公那一刀。
喬國老　關公老夫道不怕。
魯　　肅　怕的何人?
喬國老　怕背後一員虎將。
魯　　肅　虎將是誰?
喬國老　就是有名的周倉。
魯　　肅　無名小卒怕他怎的?
喬國老　大夫呀!
　　　　（唱）你道他無名輩你不怕他[17],他本是蓋世一英豪:
　　　　　　大喊似雷如虎豹,手中使的紫金鏢。
　　　　　　單刀會上他必到,大夫莫惹禍根苗。
　　　　　　若是一言講差了,劈頭就是這一鏢[18]。
　　　　　　老夫活了七旬高,豈肯無事把禍招。
　　　　　　閑來無事觀花草,静坐琴房樂逍遙。
　　　　　　從今後閑事不管了,學一個忙裏偷閑樂逍遙。
　　　　大夫回來。
魯　　肅　有何見論?
喬國老　老夫有幾句言語記在心上[19]。
魯　　肅　是。
喬國老　（唱）昔日張良品玉簫,一點忠心保漢朝。
　　　　　　立逼霸王烏江喪,一品功勞爵禄高。

		得撒手來且撒手,得饒人處且饒人。
		少送。
魯	肅	正是:
魯	肅	
喬	國老	與君叙一晚,勝讀十年書。
魯	肅	(唱)實指望喬府討高計,聽他言語似火燒。
		我若不盡忠和孝,枉受皇家爵禄高[20]。
		安排打虎牢籠計,定要金鉤吊海鰲。(下)

校記

[1] 已到喬府:"已",原作"以",據文意改。

[2] 烽臺一笑:"烽",原作"峰",據文意改。

[3] 滅諸侯勢壓群僚:"侯",原作"候",據文意改。

[4] 文相公不能寫連環戰表:"公",原作"功";"環",原作"還",據文意改。

[5] 怎麼不討:"麼",原作"莫",據文意改。

[6] 嚇壞東吳衆臣僚:"嚇",原作"下",據文意改。

[7] 吾國險些降了曹:"險",原作"顯",據文意改。下徑改,不一一出校。

[8] 受煎熬:"熬",原作"鰲",據文意改。

[9] 文官晝夜忙不了:"晝",原作"畫",據文意改。

[10] 命喪巴邱:"巴邱",原作"罷橋",據上下文改。

[11] 烏騅馬:"騅",原作"鎚",據文意改。

[12] 幸是船艙:"艙",原作"倉",據文意改。

[13] 長他威風滅吾曹:"長",原作"杖",據文意改。

[14] 你道他國戰將少:"道",原作"到",據文意改。

[15] 好似水内撈月月難撈:"似",原作"是",據文意改。

[16] 行此道:"此",原作"罷",據文意改。

[17] 無名輩你不怕他:"輩",原作"背",據文意改。

[18] 這一鏢:"這"下,原有"是"字,據文意删。

[19] 記在心上:"記",原作"計",據文意改。

[20] 枉受皇家爵禄高:"枉",原作"往",據文意改。

單刀會

佚 名 撰

解 題

　　山西晉南眉户劇。作者不詳。《山西戲曲劇目總攬》著録,題《單刀會》,未署作者。劇寫關羽鎮守荆州,教子兵家之道。東吳孫權欲討荆州,用魯肅之計,誆鎮守荆州的關羽過江赴會,預設伏兵,欲於席間擒而殺之。關羽單刀赴會。席上,魯肅索討荆州,關羽慷慨陳詞,荆州乃漢室疆土。關羽知有埋伏,乃挾制魯肅,使伏兵不得下手。魯肅無奈,乃送關羽江邊登舟回歸。本事出於《三國志・吳書・魯肅傳》及裴松之注引《吳書》、元關漢卿雜劇《關大王單刀會》、元刊《三國志平話》、《三國演義》第六十六回。宋元戲文今存劇目有無名氏《單刀會》,明代傳奇有無名氏《單刀記》(1齣),清代花部亂彈有佚名《討荆州》,清代京劇有《單刀會》等,均寫關雲長單刀赴會事。版本今見《山西地方戲曲彙編》第十六集《晉南眉户專輯》(北岳文藝出版社1993年12月)本。今以該本爲底本校勘整理。

第 一 場

（關平抱印、周倉持刀,四卒引關羽上）

關　羽　（引）丹心耿耿扶炎漢,恨曹瞞,霸占中原。
　　　　（詩）雄心赤膽漢英豪,匹馬單刀破奸曹。
　　　　　　　帳下兒郎似虎豹,斬將憑我偃月刀！
　　　　吾,漢壽亭侯關羽。我弟兄桃園結義,宰白馬祭天,殺烏牛祭地,曾發下"一在三在,一去三亡"之願。吾大哥去取西川,留我鎮守荆州。那日東吳曾命子瑜前來索取荆州[1],吾想荆州之地恐生不測。打坐堂前,好不愁煩也！

(唱)【五更】悶坐在堂前,思想三桃園。
大哥領兵去取西川,龐士元落鳳坡前喪黃泉[2]。
子瑜來討荆州,此處恐起争端。
我念起諸葛軍師手足情,將子瑜逐出漢營盤。

(唱)【崗調】
恨奸曹壓諸侯欺君傲上,挾天子逼娘娘命喪無常。
我弟兄爲漢業東殺西蕩,爲君王除暴亂征戰疆場。
初起手破黄巾雄兵百萬,我弟兄戰吕布虎牢關前。
水淹下邳擒吕布[3],仲秋月下斬貂蟬,
我弟兄威名四海傳。三弟巴州收嚴顏,
扶保大哥坐西川。鎮守荆州關美髯[4],
每日操兵把將練。關平、周倉你近來。

關　平　父王將兵家之道,指教孩兒。

關　羽　吾兒年幼,豈能盡知。堂前穩坐,聽父道來!

(唱)【崗調】
布兵排陳要齊整,孔明八卦須記清。
自古出兵以奇勝[5],將令要嚴軍紀明。
孫權占據在江東,國固民富多賢能。
可與爲盟不可攻,軍師計策要依從。
昨日東吳索荆州,我無奈將子瑜趕出營。
東吳孫權也太不良,怕爲荆州排戰場。
你二人巡察江岸上,嚴防賊人偷過江。(下)

關　平　(唱)【流水】
父王將令往下傳,

周　倉　(唱)哪個膽大不聽言?

關　平　(唱)前去江岸忙打探,

周　倉　(唱)嚴防吳兵挑事端!(下)

校記

[１]命子瑜前來索取荆州:"瑜",原作"俞",據《三國志》卷五十二《吳書七·諸葛瑾傳》改。

[２]落鳳坡前喪黃泉:"鳳",原作"風",據《三國演義》卷十三改。

［3］水淹下邳擒呂布："邳"，原作"沛"，據《三國演義》卷四改。
［4］鎮守荊州關美髯："髯"字，原作"冉"，據文意改。
［5］自古出兵以奇勝："奇"下，原有"致"字，據文例刪。

第 二 場

（四龍套引孫權上）

孫　權　（引）練就百萬雄兵，江東在孤手中。
　　　　（詩）獨霸江南數十秋，坐鎮九郡八十州。
　　　　　　爭下荊州歸劉手，今世冤仇何日休？
　　　　孤，姓孫名權字仲謀。承父兄之業，稱霸江東。赤壁鏖兵，火燒戰船，爭下荊州，反被劉備占據。吾命諸葛子瑜前去索取，只是許下交割長沙、零陵、桂陽三郡。
　　　　我命官員前去赴任，不知怎樣？（闞澤上）

闞　澤　（念）探得三郡事，回報吳侯知。
　　　　參見吾主！

孫　權　三郡交割怎麼樣了？

闞　澤　差官到三郡，皆被關羽逐回！

孫　權　好你關羽，欺吾太甚！子敬來見！

闞　澤　魯大夫來見！

魯　肅　（念）忽聽吳侯召宣，進殿忙把駕參。
　　　　參見吾主！

孫　權　少禮坐了。

魯　肅　謝坐。

孫　權　子敬昔爲劉備作保，借我荊州，今劉備已得西川，荊州遲遲不肯交割，子敬爲何坐視不理？

魯　肅　臣焉敢坐視不理？

孫　權　有何高論？

魯　肅　吾使一計，我兵屯漢口，差人去請關公過江赴會。他若前來，善言勸說。爲若不聽，就在宴前殺之！

孫　權　倘若關公不來？

魯　肅　倘若不來赴會，隨即發兵奪取荊州。

孫　　權　此計正合我意，發兵漢口。
闞　　澤　不可呀不可！關公乃當世之虎將，非等閑之輩。若事不諧，反遭其害！
孫　　權　依你之言，難道罷休不成！吾意已決，不必多慮！正是：
　　　　　（念）君臣定巧計！
魯　　肅　（念）瞞哄人不知。（同下）

第　三　場

（周倉、四卒擁關羽上）

關　　羽　（念）秉燭達旦天下欽，聲震吳、魏展經綸。
　　　　　　　統領雄兵據荊襄，不失漢土半毫分。
　　　　　漢壽亭侯關羽。可恨東吳屢次討要荊州，恐生不測，命人打探，怎不見回報？
（關平上）
關　　平　（念）江邊得實信，報與父王知。
　　　　　參見父王。
關　　羽　站下。命你巡守江岸，怎麼樣了？
關　　平　東吳差人下書。
關　　羽　命他進來。
關　　平　下書人來見。（闞澤上）
闞　　澤　奉了吳侯差遣，下書來到此間。下書人告進。與二王叩頭！
關　　羽　不在江南侍候你主，到此為何？
闞　　澤　奉吾主之命，請二王漢口赴會。
關　　羽　原為此事而來，汝速回報你主，吾明日便去！
闞　　澤　遵命！（下）
關　　平　東吳相請，必不懷好意，父王為何應允？
關　　羽　吾兒豈知父意，不必多口，聽父號令！
　　　　　（唱）【崗調】
　　　　　　　可恨東吳賊孫權，無故荊州挑事端。
　　　　　　　兵扎漢口請赴宴，為索荊州半邊天。
關　　平　（唱）【五更】

勸父多慎重，不可將敵輕。
皇伯臨行囑話你，怎能夠輕入虎穴過江行。

關　羽　（唱）【崗調】
吾兒不必出此言，父王有言聽心間。
大丈夫生長三光下，小小詭計何懼他！
爲父用兵多年，縱橫天下，豈懼那東吳毛賊！

關　平　父王執意前去，必須多帶人馬。

關　羽　只用大船一支，帶周倉一人足矣！吾兒速備戰船二十艘，精兵一千名，江心等候。倘若東吳有詐，白旗飄動，火速接應，萬勿一失！爲將帥者，必曉天文，深明地理，熟讀兵書[1]，通習戰策，統兵出戰更須足智多謀，縱有雄兵，有何懼哉！

（唱）【崗調】
用兵道須擇人更宜謹慎，若臨陣交鋒中更要小心[2]。
戰未至攻無備隨機應變，察虛實莫妄動出奇制人。
傍着山近着水安營扎寨，進宜攻退可守萬衆同心。
那東吳請我漢口赴會，單馬去管教他冷汗淋淋。

關　平　父王保重！

關　羽　（唱）父在千軍萬馬中，好似闖入無人境。
匹馬縱橫誰敢擋，豈怕江東鼠輩凶。
藺相如生在戰國中，兩膀無有縛鷄能。
爲主赴過澠池會，況況父無敵有威名！
關平聽令！

關　平　兒在！

關　羽　速選快船二十，内藏水軍千名，江邊等候！

關　平　領命。（同下）

校記

［1］熟讀兵書："熟"，原作"塾"，據文意改。
［2］若臨陣交鋒中更要小心："陣"，原作"陳"，據文意改。

第 四 場

（艄翁們搖船渡周倉、關羽上）

周　倉　（念）浩氣凌雲貫九霄，周倉今日顯英豪。
　　　　　　二王單刀獨赴會，全仗英雄膽氣高！
　　　　末將周倉，魯大夫請二王赴宴，爲此駕舟前往。回頭一望，二王後倉來也！

關　羽　（念）波濤滾滾渡江東，魯肅今日會關公。
　　　　倉將！

周　倉　有。

關　羽　船行哪裏？

周　倉　船至江心。

關　羽　吩咐艄公，風帆不要扯滿，緩緩而行，待我觀一觀江景！

周　倉　呔！艄翁們聽了！風帆不要扯滿，緩緩而行！

關　羽　果然好江景也！

　　　　（唱）【崑調】
　　　　　　觀大江涌波浪明光閃亮，清晨起迎紅日船行長江。
　　　　　　出船艙只覺得神清氣爽[1]，屬雙眉睜鳳眼細看端詳。
　　　　　　大舟船千百隻靠在岸上，小舟船密匝匝好似蜂房。
　　　　　　微風起淡雲收天晴日朗，綠澄澄波浪平水接天光。
　　　　　　恨東吳討荆州時時不忘，全不念共破曹大戰一場。
　　　　　　吾弟兄爲破曹名正爲上，救萬民於水火萬代名揚。
　　　　　　四百年漢基業曹賊夢想，發大兵八十萬排下戰場。
　　　　　　孫仲謀直嚇得心寒膽戰，我軍師燒曹兵四海名揚。
　　　　　　小周郎爲荆州時常争戰，吾大哥龍鳳配去奔江南，
　　　　　　回荆州周公瑾陰謀難展，追至在蘆花蕩三弟阻攔。
　　　　　　到後來定反間奸計又獻，又中了軍師計命喪黄泉。
　　　　　　昨日裏魯子敬有書來見，又誆我過漢口欲挑事端。

　　　　（唱）【高調】
　　　　　　威鎮天下冠三軍，兵法膽略定乾坤。
　　　　　　今日單刀去赴會，會會東吳文武臣！

（同下）

校記

［1］神清氣爽："清"，原作"情"，據文意改。

第 五 場

（四卒引呂蒙上）

呂　蒙　（念）駿馬錦鞍紫絲韁，盔明甲亮耀日光。
　　　　　　　寶弓恰似一彎月，龍泉亞賽三秋霜[1]。
　　　　末將呂蒙[2]，元帥升帳，小心伺候。

（甘寧上）

甘　寧　（念）征袍巧綉鸚鵡緣，頭頂冠纓映日紅。
　　　　　　　手持鐵杆點鋼槍，誓把西蜀一掃平。
　　　　末將甘寧，元帥升帳，小心伺候。

（中軍、兵卒引魯肅上）

魯　肅　（念）頭戴金盔耀日光，身披鎧甲似寒霜。
　　　　　　　跨下一匹黃鬃馬[3]，衝鋒陷陣誰敢當？
　　　　本帥姓魯名肅字子敬。定下擒龍伏虎之計，命闞澤去請關公過江赴會，怎麼不見回報？

（闞澤上）

闞　澤　（念）奉命去荊襄，巧說關二王。
　　　　參見元帥。

魯　肅　命你去請關公，怎麼樣了？

闞　澤　關公應允，即日便來！

魯　肅　先行進帳！

呂蒙
甘寧　先行告進，參見元帥！

魯　肅　站下。

呂蒙
甘寧　宣末將進帳，有何軍情相議？

魯　肅　關公前來，當用何法擒拿？

吕　蒙　關公若帶兵馬而來,末將與甘寧領兵殺之;若不帶兵,刀斧手埋伏後庭,摔杯爲號,宴前殺之!

魯　肅　此計不妙,惹禍非小[4]!

吕　蒙　出其不意,料也不難!

魯　肅　中軍!

中　軍　在!

魯　肅　吩咐衆將,列隊江邊相迎!

中　軍　衆將官!列隊江邊相迎!(衆轉場)

魯　肅　遠遠望見關公孤舟來也!(艄公們、周倉、關公上)

關　羽　(念)一片丹心報吾主,好似相如赴澠池。

魯　肅　君侯[5]!

關　羽　大夫!

魯　肅　請君侯下舟。不知君侯到來,有失遠迎,多有得罪。

關　羽　豈敢!

魯　肅　君侯請來前行。

關　羽　不恭!

魯　肅　公該!

關　羽　請!

魯　肅　請!(轉場)

魯　肅　君侯光臨,肅未遠迎,況接待不周,君侯勿怪!

關　羽　某家有何德能,焉敢勞動大夫!

魯　肅　一路江風寒冷,請君侯先飲幾盅。

關　羽　請某過江,專爲吃酒,還有別意?

魯　肅　再無別意!

關　羽　好,酒來!

魯　肅　(唱)【崗調】
　　　　那年離別在當陽,赤壁鏖兵記猶新。
　　　　光陰如梭催人老,二十餘年白了鬢。

關　羽　(唱)古今英雄開基業,舜有五雄漢三杰。
　　　　你我相隔只數載,轉瞬英雄鬢似雪。

魯　肅　君侯不老,是魯肅老了!

關　羽　皆然!

鲁　肃　请！
關　羽　请！
　　　　（唱）【崗調】
　　　　　　臨長江與大夫共飲瓊漿，酒宴前聽關某細表衷腸。
　　　　　　想當年破黃巾東殺西蕩，戰呂布誅文醜斬却顏良。
　　　　　　數十載干戈動未離馬上，奉主命統大兵坐鎮荆襄。
　　　　　　今日裹飲宴在臨江亭上，感大夫待關某意重情長。
鲁　肃　君侯！請！
　　　　（唱）【崗調】
　　　　　　君侯辭曹美名傳，挂印封金出五關。
　　　　　　人役且把大杯換，臨江亭上會英賢。
關　羽　（唱）當年曹營多安享，為尋兄長出許昌。
　　　　　　灞江挑袍辭曹操，過關斬將只尋常。
　　　　　　古城壕下重開戰，擂鼓三通斬蔡陽。
鲁　肃　（唱）辭曹情由肅不解，
關　羽　（唱）爲報桃園情義長。
　　　　以德報德，是吾之願！
鲁　肃　君子以德報德，我想久借荆州不還，何以言德！
　　　　（唱）【五更】
　　　　　　君侯韜略廣，《春秋》讀得精。
　　　　　　扶保社稷救危難，本是英勇忠義臣。
　　　　　　辭別曹丞相，忠心扶漢王。
　　　　　　過五關來斬六將，深明禮義重綱常。
　　　　　　君侯莫失信，信乃人之本。
　　　　　　借我荆州理應歸還，莫作負義失信人！
關　羽　某家并未曾失信於人。
鲁　肃　君侯未曾失信，令兄玄德兄却失信義了！
關　羽　吾大哥乃仁德之君，豈能失信與汝！你我出席再講！（雙方移坐前場）
鲁　肃　请！
關　羽　请！吾大哥如何失信，你且講來！
鲁　肃　君侯！

(唱)【五更】
　　　　　昔日敗當陽，你弟兄難安身。
　　　　　暫借我荆州養兵將，久不歸還是何因？
關　羽　（唱）大夫你錯講，吾言聽心上。
　　　　　當初秦皇行無道，天下英雄起四方。
　　　　　天助漢高皇，一統錦家邦。
　　　　　吾大哥本是高皇後，漢業歸漢理應當。
魯　肅　（唱）秦業歸了漢，于今何相干！
關　羽　（唱）可笑大夫見識淺，普天之下漢祖傳。
　　　　　借荆州之時吾不在，你隔手討要難上難。
魯　肅　（唱）【高調】你不知去問諸葛亮，
關　羽　（唱）關某不管這閑事端！（雙方又移坐前場）
魯　肅　（唱）【緊符】
　　　　　唐、虞三代揖相讓，後來爭位動干戈。
　　　　　自古征戰無定理，荆州屬吳應交割。
關　羽　（唱）【高調】
　　　　　一不做來二不休，哪怕東吳作對頭。
魯　肅　（唱）孫、劉結親脣齒邦，
關　羽　（唱）目下反成吳、越仇！（拔劍）
魯　肅　（唱）一見君侯把臉變，嚇得魯肅心膽寒。
　　　　　君侯，哪是甚麼響動？
關　羽　某家的寶劍響動。
魯　肅　主何吉凶？
關　羽　當有人頭落地！
魯　肅　曾響過幾次？
關　羽　已然三次了。
魯　肅　首次？
關　羽　斬顏良！
魯　肅　二次？
關　羽　誅文醜！
魯　肅　這……這一次？
關　羽　莫非就是大夫你了！

魯　肅　喂嚇！哼！
　　　（唱）【高調】
　　　　　任憑你講得天花轉,想離此地難上難！
關　羽　哼！
　　　（念）此劍神威不可當,豈怕爾等逞凶狂[6]。
　　　　　宴前再討荊州地,一劍叫你子敬亡！
　　　（唱）【高調】
　　　　　休逞你三寸不爛舌,莫惱我三尺無情鐵！
　　　　　這劍飢餐上將頭,渴飲就是仇人血！（撑場）
魯　肅　（唱）一見君侯氣昂昂,嚇得魯肅魂魄揚。
　　　　　宴前若是動了手,只怕我魯肅立地亡！
　　　君侯,哈哈哈,君侯莫怒,你敢是酒醉了？孫、劉交好何出現言？赤壁之戰具是公瑾、黃蓋之功,我東吳耗費錢糧,損兵折將,玄德公坐收漁人之利。君侯與皇叔義同骨肉,理應請命你主,還我荊州。
周　倉　住住住了！若非我家軍師草船借箭、南屏祭風,焉能火燒曹營八十三萬人馬,得下荊州之地？借下荊州,有荊州在;借我東風,你何日交還？
魯　肅　這個……
周　倉　甚麼！拿我東風來！
關　羽　嗯！我與大夫講話,爾何必多言？宴前用你不着,還不退下！
　　　（周倉將刀遞與關羽）
關　羽　大夫,你這庭後必有埋伏！
魯　肅　無有。
關　羽　你往後看來——（關羽將刀放在魯肅頸上,魯驚跪）
關　羽　（唱）【高調】
　　　　　若不念故友重相見,管叫你一命喪黃泉。
魯　肅　（唱）君侯當念故交面,
關　羽　（唱）念故交送我到江邊。
　　　　　哈哈哈！（魯肅送關羽江邊登舟）
關　羽　子敬請了,來日請至荊州赴宴！
魯　肅　不不不敢！
關　羽　大夫！

　　　　（唱）【高調】
　　　　　　　承蒙大夫多款待，有兩句話兒記心裏，
　　　　　　　百忙中稱不得老兄弟，心急切奪不得漢業基！
　　　　大夫請了！
魯　肅　請請請了！
　　　　（艄翁們、周倉、關羽下）
魯　肅　關公真乃威武超群。一計不成，反落人笑，怎見吳侯也！
　衆　　將就該登舟追趕關羽！
魯　肅　滿江旌旗飄揚，料他早就提備。面見吳侯，另作計議！退兵！
　　　　（同下）

校記

[1] 三秋霜："秋"，原脱，據文意補。
[2] 末將呂蒙："末"，原作"未"，據文意改。下逕改，不一一出校。
[3] 黄鬃馬："鬃"，原作"踪"，據文意改。
[4] 惹禍非小："惹"，原作"若"，據文意改。
[5] 君侯："君"，原作"軍"，據文意改。下逕改，不一一出校。
[6] 豈怕爾等逞凶狂："逞"，原作"呈"，據文意改。

關 羽 斬 子

佚 名 撰

解 題

　　晋劇。作者不詳。《山西戲曲劇目總攬》著録,題《關羽斬子》。劇寫關羽之子關興馴馬時,不慎闖入鬧市,烈馬踏死王媽媽孫兒王鵬。關興以誤傷爲由,拒不認錯。王媽媽誤將關興當作關平,告發此事,縣、府衙門皆其爲因荆州王關羽之子,不敢審理,關夫人又因關平不是親生之子,私下向簡雍求情,免其死罪。關羽慶壽,王媽媽闖入壽堂喊冤,關羽得知下令斬關平。關平被押赴刑場時,關興自首認罪求斬。張飛適從閬州歸來,命張苞拜認王媽媽爲祖母。關羽的大公無私精神,關平、關興親如手足之情,張飛的爲人義氣,感動了王媽媽,請關羽從寬發落關興。江夏逆臣謀反,關羽命關興戴罪出征。本事不見史傳。元代有無名氏雜劇《壽亭侯怒斬關平》。版本今見太原戲劇研究所趙威龍提供的影印印刷本。結尾署明編寫時間"一九八〇年六月初稿,一九八〇年九月修改"。後加"注"曰:"編寫本劇時,曾參考《孤本元明雜劇》卷三中《怒斬關平》。"今以該本爲底本校勘整理。

第 一 場

　　（關興上。揚鞭策馬,舞蹈下。張千上,觀望,跟下）（王鵬身披彩綢、興致勃勃地上）（王媽媽隨上）

王　鵬　（唱）拜師歸來喜滿懷,

王媽媽　孫兒。

王　鵬　祖母。

王媽媽　我的好兒孫呀!

　　　　（唱）當衆比武展奇才。

王　鵬	（唱）凌空萬里不懈怠，
王媽媽	（唱）胸懷大志必成材。
王　鵬	祖母日紡夜織，辛勤教誨，孫兒終生難忘祖母的恩情。
王媽媽	可憐你父你母，雙雙亡故，你我祖孫二人相依爲命，願孫兒胸懷大志，習文練武，報效國家。
王　鵬	祖母勖勉，孫兒牢記心頭。
王媽媽	爲賀孫兒得拜名師，我有心去廟中進香還願，你意下如何？
王　鵬	謹遵祖命。
王媽媽	王鵬。
王　鵬	祖母。
王媽媽	來喲！哈哈哈哈！ （唱）鵬兒年幼雄心壯，誓爲社稷做棟梁。 　　祖孫進香廟堂往，（關興內喊："馬來！"馬嘶聲，嘈雜聲）
王媽媽	（接唱）陣陣喧嚷響耳旁。（衆百姓上）
衆百姓	老媽媽，有一匹烈馬，朝這邊狂奔而來！快快躲開纔是。 （衆百姓躲。王媽媽摔倒在地）
王　鵬	祖母小心了！（關興急上，烈馬奔騰）（王鵬扶起老媽媽。烈馬躍過王家祖孫。張千上，攔馬。馬騰躍，一蹄將王鵬踏死。關興跌落馬下。衆百姓將關興圍住。關興急扶王媽媽，王媽媽見鵬斃命，悲痛不已）
王媽媽	孫兒！王鵬！孫兒呀！ （唱）馬蹄之下一命殞，好似亂箭穿我心。 　　這纔是黃葉未落青葉落，白髮人送了黑髮人。 　　氣憤不平把理論，你爲何縱馬亂胡行。 你在這鬧市之中縱馬傷人，是何道理？
關　興	（害怕地辯解）這……烈馬受驚，狂奔亂闖……并非有意傷人……
百姓甲	明明是你將人踩死，還想推脫不成！
張　千	（解釋地）我家少爺在郊外練馬，馬兒受驚，繮繩掙斷，誤闖鬧市……這……
百姓丙	縱馬傷人，休想抵賴！
百姓丁	將他扭送官府！（衆上前扭關興，關興先躲，後性急地將衆推倒）
關　興	明明是烈馬脫繮，闖入鬧市，怎說我是有意縱馬傷人？

王媽媽　清平世界，朗朗乾坤，馬踏人命，就罷了不成？
張　千　老媽媽，你將這銀兩收下，買口棺木，先行埋葬，再做道理！
王媽媽　（將銀兩打落在地上，怒視關興）小強盜！小畜生！你與我去到官府辯理！（王媽媽上前拉關興，關興一閃，王媽媽摔倒。張千急忙扶起）
關　興　她願去告，就叫她去告！告到官府，我也不是縱馬傷人。
王媽媽　（攔住）你是哪家的畜生？可敢留下名姓？
關　興　我乃關府的……（張千示意不可言講）
王媽媽　關府的甚麼人？
百姓甲　他年歲不大，倒有些武藝，莫非他是荊州王的……
百姓乙　噢！他莫非是關平。
衆百姓　你可是關平？
關　興　這……我不是關平。
衆百姓　看他神色，定是關平了。
王媽媽　煩勞列位，將我孫兒的尸體照料片刻，我去縣衙告發於他！你，你，你小心了！（下）（衆百姓下）
關　興　（焦急地）張千，今日闖下這樣的大禍，我家爹爹若是知道，怎生得了！
張　千　少爺休要著急，回得府去，少爺不說，小的不講，君侯怎能知曉？
關　興　她若告在官府，爹爹焉能不知？
張　千　少爺先回府去，我打探動靜，再作道理。
關　興　咳！（拉馬下）（張千焦慮地下）
　　　　（幕閉）

第　二　場

（荊州縣衙）（羅正內白：衙役們！升堂理事嘍）（四衙役引羅正手托金印上）

羅　正　（唱）【南鑼新腔】
　　　　大堂上明鏡懸，衆衙役列兩邊。
　　　　一顆金印懷中抱，兩袖清風七品官。
　　　　人人都說當官好，當官也有當官的難。

　　　　　一要會摸上司的脉,二要攀枝找靠山。
　　　　　三要溜鬚會拍馬,四要瞎話説得圓。
　　　　　對上對下兩副臉,看風使舵會揚帆。
　　　　　不怕百姓告百姓,就怕百姓告官員。
　　　　　要是碰上扎手的案,還要會上下左右巧周旋。
　　(擊鼓聲響,衙役喊堂威)
羅　正　老爺剛剛坐堂,你們就喊上啦?
衙　役　有人擊鼓鳴冤。
羅　正　噢,有告狀的。傳擊鼓人上堂!
衙　役　擊鼓人上堂。(王媽媽上)
王媽媽　(唱)忽聽人役一聲喚,氣憤難平到堂前。
　　　　　但願此案能公斷,深深叩拜父母官。
　　(王媽媽跪下。羅正端詳片刻,速離堂坐,與媽媽并排跪下)
羅　正　我説老太太,你是告狀的嗎?
衙　役　(拉起羅正)太爺,她爲民,你爲官,她告狀,你斷案,你不能跪下。
羅　正　你是只知其一,不知其二。你瞧,她這麽大的歲數,比我媽大不了幾歲,比你奶奶也小不了幾歲。常言説,人之父母,己之父母,這個禮,不能失。再説,黎民百姓,是咱們的衣食父母,人家來告狀,先得叫人家高興高興,就是官司辦不成,也不會駡咱們有官兒架子!(轉身扶王媽媽)老太太,您起來,您坐下!來!看茶!(分坐兩側)老太太,您可有訴狀?
王媽媽　訴狀在此,太爺明察。
羅　正　(接過狀紙,放在一旁)我這眼有點毛病,看,不如聽。你就來個老虎吃豆腐——口素(訴)吧。
王媽媽　太爺容禀。老身王門趙氏,七十五歲,家住集賢莊。兒子、兒媳雙雙亡故,只留孫兒與老身相依爲命。孫兒王鵬,聰敏過人,五歲學《詩》,七歲學武,今年一十三歲,剛拜名師,以求深造。老身正和孫兒去廟中進香,不料一匹烈馬飛奔而來,我那孫兒,他,他,他活活地被烈馬踏死了。
羅　正　噢,你孫子被烈馬踩死啦?既然被一匹脱繮烈馬踩死,那,那就認倒霉吧。
王媽媽　太爺,那不是一匹脱繮野馬,而是有一狂徒在鬧市之中,縱馬傷人。

羅　　正　　噢。有一狂徒,縱馬傷人!真是膽大包天!
王媽媽　　請太爺拘來公堂,按律而斷!
羅　　正　　咳!如今有些年輕的後生,不知道喝了甚麼迷魂湯,竟敢在大庭廣眾之下,打架鬥毆,耍蠻撒野,調戲婦女,欺老凌弱。今兒,又出了縱馬傷人一案。這要不給他們點兒厲害,怎知道馬王爺長着三隻眼。來!拿我傳票,將那肇事的狂徒拘來公堂!
衙　　役　　太爺,我們一不知名姓,二不知住處,上哪裏去拿呀?
羅　　正　　瞧瞧,我光顧生氣啦。連被告的名字還不知道。我説老太太,那一狂徒姓甚名誰,家住哪裏,快快講來,我好派人前去抓他!
王媽媽　　那一狂徒,他,他,他叫關平!
羅　　正　　叫甚麼?
王媽媽　　關平!
羅　　正　　哪個關平?
王媽媽　　漢壽亭侯荊州王之子——關平!
羅　　正　　呀!
　　　　　　(唱)聽説關平心膽戰,一股冷氣往上鑽。
　　　　　　　　荊州王府勢力大,好比頭上一層天。
　　　　　　　　怕是下雨便下雨,怕是告官偏告官。
　　　　　　　　心敲小鼓暗盤算,寧可保本別賠錢。
　　　　　　老太太,我那苦命的老太太,聽了你的申訴,我這心眼兒裏頭就別提多難受啦!我對那縱馬傷人的狂徒,更是咬牙切齒,恨入骨髓呀!
王媽媽　　就該將那關平緝拿歸案纔是。
羅　　正　　老太太,我不説你不清楚,我一説你就不糊塗啦!這打狼,要有打狼的漢子;打虎,要有打虎的英雄。我滿心眼兒想給您鋦上這打破了的磁缸,可我又沒有金剛鑽兒;我想替您擔擔扛扛吧,又是個溜肩膀兒。這真是心有餘而力不足呀!
王媽媽　　聽你之言,敢莫是懼怕那關平?
羅　　正　　哎!怕倒是不怕,就是這玩藝兒(指帽翅)小點兒。
王媽媽　　難道就罷了不成?
羅　　正　　老太太,我給你説幾句貼心話兒吧,有理不如有錢,有錢不如有權。有錢能使鬼推磨,有權能叫神下凡。依我看,不如心上插刀子——

忍了吧!
王媽媽　你身爲七品縣令,怎不知王子犯法,與民同罪?
羅　正　你説的是手背這面兒,可手心這面兒哪?我告訴你,國法本是皇家定,自古刑不上大夫!
王媽媽　(氣憤地)我定要上告!
羅　正　你是越告越倒霉!
王媽媽　拿來!
羅　正　甚麽?
王媽媽　我的訴狀!
羅　正　物歸原主。(將狀紙交王媽媽)
王媽媽　哼哼,你呀!
　　　　(唱)可嘆堂堂官七品,
羅　正　七品的小官兒,比針尖兒大不了多少。
王媽媽　(唱)苟且偷安怕豪門。
羅　正　官兒小一級人壓死,官兒大一級壓死人,我有我的難處啊!
王媽媽　(唱)掌權不與民做主,
羅　正　徒有其心,無有其力,埋怨也没法子。
王媽媽　(唱)血染官衣藏黑心。
羅　正　駡的可够狠的啦!
　　　　(王媽媽冷笑,下)
羅　正　老太太,你慢點兒走!哎呀,這個老梆子,雖説駡人不挂髒字兒,却也入木三分。咳!當官兒哪有怕挨駡的。正是:不求歌功頌德,但願平平安安。只要保住金印,休管駡我祖先。來,退堂!(衆衙役下)
(羅正欲下,又轉身抱起金印,邊撣印上的灰塵,邊洋洋自得地下)
(幕閉)

第 三 場

(馬童甲、乙上,舞蹈)(馬童丙、丁上,舞蹈)(關彪牽赤兔馬上)

馬童甲
馬童乙　(念)關爺今朝慶壽辰,

馬童丙
馬童丁　(念)酒濃難比恩義深。

關　彪　（念）奉命河邊洗戰馬，校場測試後來人。衆位弟兄！
衆馬童　大哥！
關　彪　今日五月十三，君侯壽誕之日，宴罷之後，君侯要在校場觀看小將比武，我家關平、關興和張、趙、馬、黃諸家小將，一個個躍躍欲試，命我等河邊洗馬，校場聽用。
衆馬童　大哥，來此已是柳林河畔。
關　彪　我等速速洗馬便了。請！（牌子。衆牽馬，洗馬，邊舞蹈下）
王媽媽　（內唱）一腔怒火滿腹怨，（王媽媽面色憔悴，胸前背後，書有"冤"字，手執狀紙，踉蹌而上）
王媽媽　（上，接唱）含冤泣血呼蒼天。
　　　　大小官府俱跑遍，黎民告官比登天難。
　　　　有權人對此案推諉不管，同情人想幫襯手中無權。
　　　　慘死的孫兒你可曾看見，奶奶我走投無路陷深淵。
　　王鵬！孫兒！實指望告下關平，按律判處，以告慰你在天之靈。不料官員懼怕那關羽勢力浩大，無人敢收此狀。看來這不白之冤，已石沉海底。也罷！我不免將這狀紙，帶在身上，在這柳林之中，痛哭一場，尋個自盡，或許有那仗義之人，爲我不平，具狀上告。蒼天啊！天！
　　（唱）冤和恨化烈火周身翻滾，嘆黎民身微賤不值分文。
　　　　更可恨爲官者不敢過問，民告官官不允有冤難伸。
　　　　荊王府燈紅酒綠慶壽日，我銜冤被逼自盡在柳林。
　　　　問蒼天王法條條有何用，問蒼天是非顛倒公理何存？
　　　　解下腰巾樹上挂，一紙冤狀藏在身。
　　　　高呼孫兒將我等，孫兒啊！九泉下冤魂相伴不離分。
（關彪在王媽媽哭訴聲中上，側耳傾聽）（王媽媽正欲自盡，被關彪阻住）
關　彪　老媽媽！不可如此，不可如此！
王媽媽　你是何人？爲何攔擋於我？
關　彪　我名關彪。乃荊州王牽馬墜蹬之人。
王媽媽　噢，你也是官府之人？你休要管我！
關　彪　老媽媽，你方纔哭訴之時，責罵關平傷害了你孫兒性命，此事當真？
王媽媽　自然當真。難道還冤屈了你們關家不成？

關　彪　老媽媽有所不知。我家小將關平，爲人忠厚，循規蹈矩，怎能做出這等傷天害理之事？

王媽媽　聽你之言，莫非是我誣陷他不成？

關　彪　老媽媽，我來問你，那縱馬傷人的小將，他頭戴？

王媽媽　英雄巾。

關　彪　身穿？

王媽媽　錦戰袍。

關　彪　足踏？

王媽媽　花皂靴。

關　彪　腰挎？

王媽媽　三尺龍泉。坐下一匹白龍馬。他濃眉俊目，儀表軒昂。誰知他却是一個人面獸心狼！

關　彪　關平啊！少將軍！

（唱）平日剛强性豪放，看來忠厚是偽裝。

鬧市縱馬把禍闖，仗勢欺人逞驕狂。

倘若媽媽含冤死，君侯的威名一掃光。

老媽媽！

君侯本是神威將，赤膽忠心氣軒昂。

他豈能縱子倫理喪，他豈能袒護不義郎。

來來來隨我關府往，壽堂喊冤面見荆州王。

王媽媽　怎麼，你叫我去壽堂喊冤？

關　彪　我家君侯，秉性忠直，爲人慷慨，嫉惡如仇，執法森嚴。我引你壽堂喊冤，狀告關平，他定然明察秋毫，按律而斷！

王媽媽　我去得成？

關　彪　去得成。

王媽媽　告得準？

關　彪　告得準。

王媽媽　我，我，我謝過小哥哥！（欲跪）

關　彪　（急忙扶住）老媽媽不必如此。請稍等片刻！（下）

王媽媽　荆州王啊！二君侯！願你體恤黎民，明察此案。（關彪，衆馬童牽馬上）

關　彪　老媽媽，請來上馬。

王媽媽　上馬？（馬嘶）

關　彪　老媽媽請來觀看！

（念）此馬通人性，周身似火紅。

一日飛千里，四蹄能生風。

媽媽坐上赤兔馬，荆州王府告關平。

王媽媽　告關平！

關　彪　告關平！

王媽媽　好哇！

（唱）只説雪冤成泡影，誰料絶路又逢生。

但願此行不是夢，

（四馬童馳馬下）（關彪扶王媽媽上馬）

王媽媽　（接唱）闖壽堂喊冤枉狀告關平。

（馬嘶。關彪牽馬引王媽媽下）

（幕閉）

第 四 場

（張千急上）

張　千　哎呀，且住！自那日關興爲練馬闖禍之後，我未敢吐露半句真情。適纔聽説關彪要領老媽媽來壽堂狀告關平，我家君侯若知此事，怎能善罷甘休？時至今日，我不免將實情告知關平小將，再設法搭救關興。嗯，就是這個主意。（向內）有請少將軍！（關平英姿勃勃地上）

關　平　（唱）爲父帥慶壽誕滿心歡暢，學忠義保漢室志堅如鋼。

張千，何事？

張　千　少將軍，大事不好！

關　平　（一驚）何事驚慌？

張　千　少將軍！

（念）關興練馬逞剛强，烈馬受驚難收繮。

鬧市之中把禍闖，無辜幼童一命亡。

關興未把名姓講，都説是你把人傷。

少時苦主將你告，小將快快做主張。

關　平　噢！
　　　　（唱）聽説關興傷人命，冷水澆頭吃一驚。
　　　　　　叫張千，隨我去對父帥禀，（欲走）且慢！
　　　　　　此事還需三思行。
　　　　張千！此事不可聲張，容我再思再想。
張　千　哎呀，少將軍！少時關彪就要領那苦主壽堂告狀，這便如何是好？
關　平　你先到府門之外告知關彪，等闔府上下與父帥拜壽之後，喊冤不遲。（張千欲走）
關　平　張千！關興闖禍之事，你要守口如瓶！
張　千　少將軍豈不枉受牽連？
關　平　此事我自會安排。去吧！
張　千　遵命。（下）
關　平　哎呀，且住！父帥暴烈，執法森嚴，若知此事，必然嚴懲關興。我若不説真情，定然拿我問罪。這，這，這便如何是好？哎呀！
　　　　（唱）關興年幼多傲性，良言規勸他不聽。
　　　　　　如今闖禍傷人命，苦主投狀告關平。
　　　　　　我對父帥把真情禀，又恐怕爹爹震怒動苦刑。
　　　　　　可憐關興身單弱，弟受折磨兄心疼。
　　　　　　我若不把真情禀，苦主告我怎擔承。
　　　　　　進退維谷心不定，（思索）罷！
　　　　　　爲關興擔罪責見機而行。
　　　（中軍上）
中　軍　啓禀少將軍，拜壽時刻已到。
關　平　知道了。兒關平，恭請爹娘駕臨壽堂。（中軍下）（音樂聲中起擊打樂）（校尉、侍女、張苞、趙冲、黃越、馬忠、關興、關夫人、關羽上）
關　羽　哈哈哈哈！
　　　　（唱）想當年馳騁疆場雄威壯，
關夫人　（唱）爲漢室建奇功英名遠揚。
關　羽　（唱）脱戎裝勤政事輔佐兄長，
關夫人　（唱）秉忠心愛黎民譽滿荆襄。
關　平　兒關平。
關　興　關興。

張　苞	張苞。
趙　沖	趙沖。
黃　越	黃越。
馬　忠	馬忠。
衆	祝願爹爹、伯父萬壽無疆！（跪拜後，分列兩側）
關　羽	（唱）這纔是長江後浪催前浪，
關夫人	（唱）喜今朝一門忠義聚壽堂。
關　羽	（唱）願兒們惜寸陰自強向上，
關夫人	（唱）學父輩獻丹心立業興邦。
關　羽	（唱）看江山戰機伏江夏動蕩，且莫忘居安思危防強梁。宴罷後隨兒們同往校場，布兵陣決雌雄比試刀槍。
關　興	爹爹！校場比武，兒要力奪魁元。
關　羽	嗯！小小年紀，口出狂言，豈不知驕兵必敗，兒要多多求教你衆位兄長。
關　興	是。
關　羽	（發現關平獨立一旁）關平兒！關平兒！
關　平	（頓然警覺）爹爹！
關　羽	我兒一旁默默沉思，莫非有甚麼心事不成？
關　平	兒無有心事。
關夫人	我兒莫非身體不爽？
關　平	兒身強體壯，母親不必挂念。
張　苞	我家關平哥哥，爲二伯父壽辰，日夜辛勞，身體疲憊，也是有的。
關　羽	下面歇息去吧！
關　平	兒遵命！（下）
	（中軍上）
中　軍	啓禀君侯，荆州太守簡雍，率領衆家官員前來拜壽。
關　羽	有請！（示意夫人）
	（侍女隨夫人下）
中　軍	有請衆位大人。
	（簡雍、羅正、衆官員上）
簡　雍	下官簡雍等，與君侯拜壽。
關　羽	關某實不敢當。

眾　　　祝君侯萬壽無疆！（拜）
關　羽　關興。
關　興　在。
關　羽　前廳設宴，爲父要與衆位大人痛飲三杯。
關　興　兒遵命！
　　　　（王媽媽內白：冤枉）（關彪急上）
關　彪　啓禀君侯，有一老媽媽，府門喊冤！
關　羽　對她去講，荆州王府不理民詞。
關　彪　她狀告豪門，無人敢受理此案。
關　羽　呈狀！
關　彪　耳目衆多，恐有不便。
關　羽　兩廂回避！
眾　　　遵命！（衆退下）
關　羽　關彪！呈狀！
關　彪　請君侯觀看！
關　羽　（閲狀，怒火頓起）嗯！（旋即鎭靜）帶民婦！（關彪應下）
關　羽　怪不得關平適纔變臉變色，原來他，他，他觸犯律條，强裝鎭靜。
　　　　（關彪引王媽媽上。示意王媽媽上前）
王媽媽　二君侯，老身與你——跪下了！
　　　　（王媽媽跪步趨向關羽，關羽蹉步攙扶）
關　羽　老媽媽請起。
王媽媽　求君侯與小民做主。
關　羽　這狀紙之上，俱是實情？
王媽媽　俱是實情。
關　羽　可有旁證？
王媽媽　有旁證。
關　羽　容某查明實情，再行發落。
王媽媽　望君侯明察。
關　羽　（對關彪）賞銀十兩，護送出府，聽候傳訊。
王媽媽　謝君侯。
關　彪　隨我來。（王媽媽隨關彪同下）
關　羽　關平啊！小奴才！

關　羽	（唱）他他他縱馬將人傷，
	民婦捨死壽堂闖，氣得俺怒火起燃燒胸膛。
	毀軍紀辜負了衆望，懲逆子定要把正氣伸張。（中軍上）
關　羽	傳某口諭，罷宴停觴！
中　軍	是。下面聽者：君侯有令，罷宴停觴！
關　羽	關平進見！
中　軍	關平進見！
	（關平上）
關　平	（唱）父帥他傳口諭罷宴停觴，霎時間關府中雨暴風狂。
	兒，關平，拜見爹爹。
關　羽	兒是關平？
關　平	父帥！
關　羽	你可知有人將你告下？
關　平	兒知罪。
關　羽	既知罪，爲何不對爲父言講？
關　平	恐氣壞爹爹。
關　羽	如此說來，你匿罪不報是爲着爲父？
關　平	這……
關　羽	你你你近前講話！
關　平	（走近關羽）爹爹！
關　羽	小奴才！（擊關平一掌）嗯！
	（唱）小奴才你做事真可恨，竟敢縱馬踏傷人。
	看過了法索將兒捆，（中軍縛關平）
關　羽	有請簡大人！
中　軍	有請簡大人！
	（簡雍上）
簡　雍	君侯！
關　羽	大人！（交狀紙，唱）
	有一民婦把冤伸。
	回府按律詳勘審，莫徇私情莫偏心。
	今將關平交於你，關某三日待回文。（下）
（校尉上）

簡　雍	將關平押解回府！（下）（關夫人急上）
關夫人	我兒慢走！

（張苞、趙冲、黃越、馬忠上）（關興上。欲前又止，恐懼，難過，不忍目睹）

關　平	母親！
關夫人	兒呀！

　　（唱）一見嬌兒法索綁，陣陣心酸痛斷腸。
　　　　誰料大禍從天降，兒呀！

關　平	（唱）娘莫爲兒把心傷。
張　苞 趙　冲	兄長！

　　（唱）含悲忍淚送兄長，

黃　越 馬　忠	（唱）惜惜相別各一方。

（關興偷窺，關平暗暗示意）

關　平	衆位兄弟！

　　（唱）爲兄失足陷法網，鑄成大錯悔難當。
　　　　前車之覆後車鑒，願弟奮發圖自強。

（校尉抽刀押關平欲走）

關夫人	關平！
關　平	母親！
衆	兄長！
關　平	賢弟！（校尉押關平下）
關　興	（衝上去高呼）兄——長！
關夫人	你兄長，他他他去遠了。
關　興	（撲向關夫人，痛苦地）母親！
衆	伯母！設法搭救兄長纔是！
關　興	（跪下）母親！我！……我，我求母親搭救哥哥！（音樂驟起）

（關夫人含淚凝思）

（幕閉）

第 五 場

（簡雍上）

簡　雍　（唱）奉命拘訊小關平，樁樁件件俱招承。
　　　　　　執法無私求公正，量刑尤需情理通。

家　院　（上）稟爺，君侯差人下書。

簡　雍　有請。

中　軍　（上）奉了君侯命，過府見大人。拜見太守。

簡　雍　不敢。請坐。

中　軍　謝坐。君侯書信，大人請看。

簡　雍　（拆書）小束一封寄大人，揮毫倍覺重千斤。關平縱馬傷人命，家出逆子寒透心。苦主旁證皆詢問，民憤不平積怨深。以儆效尤從嚴論，開刀問斬除禍根。

中　軍　我家君侯還有兩句言語，你要記下！

簡　雍　請明示。

中　軍　如若有人徇私求情，違抗君侯之命，尚方寶劍，格殺勿論。簡大人，你要記下了！

簡　雍　回覆君侯，下官照辦！

中　軍　告辭了！（下）

簡　雍　（復觀書，倒吸一口冷氣）開刀問斬？
　　　　（唱）君侯修書怒冲冲，執意從嚴斬關平。
　　　　　　大義滅親令人敬，定案還應再權衡。（家院引羅正上）

家　院　羅大人，太守正在等你，快快進見去吧！（下）

羅　正　太守召見，惶恐不安，察言觀色，隨機應變。下官羅正，奉召而來！

簡　雍　免禮，落座。

羅　正　太守大人有何垂訓，卑職洗耳恭聽。

簡　雍　關平一案，如何判處？

羅　正　這……卑職才疏學淺，大人定會酌情裁決。

簡　雍　願聞貴縣高見。

羅　正　這……

簡　雍　不必謙遜，只管講來！

羅　正　是。郎中看病,要望聞問切。你我斷案,則要摸清原告和被告的底細。

簡　雍　這已然知曉。

羅　正　那寬嚴之間,便可安然駕馭。該寬則寬,該嚴則嚴。像關平這樣的案件,如要從嚴,可以命抵命。如要從寬,可據保釋放,一概不究。啊,老大人,下官斗膽相問,荊州王對此案件,難道沒有甚麼指令嗎?

簡　雍　荊州王若要我從寬發落……

羅　正　順水推舟,判關平無罪就是啦!

簡　雍　荊州王若是要我從嚴判處,又當如何?

羅　正　荊州王要是叫從嚴嘛……也要從寬。

簡　雍　却是爲何?

羅　正　大人請想,虎毒不食子,何況人乎?他説從嚴判處,是爲了他君侯的名聲,爲了遮掩百姓的耳目。他嘴説從嚴,心裏頭是想從寬,如果大人果真按從嚴判處,他必然記恨在心,日後大人沒有閃失還則罷了,若有個一差二錯,他就會借機對你嚴加處治。對自己的上司,還是順從爲對呀!

簡　雍　哦!
　　　　(唱)羅正他奉迎順和把話講,勸我看風把帆揚。
　　　　　　此話聽來不像樣,細推敲倒也有文章。
　　　　　　佯裝訓斥掩真相,(對羅正)羅正!你竟敢售其奸令人心傷。

羅　正　卑職口快心直,請老大人寬恕!

簡　雍　身爲朝廷命官,理應忠心爲國爲民。趨炎附勢,投其所好,真乃法之賊也!

羅　正　老大人罵得對!罵得好!卑職獲益匪淺,終生難忘。

簡　雍　本當呈請君侯,將你削職爲民……

羅　正　老大人高抬貴手,下次再也不敢了。

簡　雍　念你爲官多年,倒也直率、辛勤。

羅　正　比起老大人,實在是萬分遜色,過獎了!

簡　雍　今後不可出言無狀,有失官體,回衙去吧!

羅　正　謝老大人!再謝老大人。(出門)
　　　　正是:東邊下雨西邊旱,訓斥并非是真言。

官小自有官小的苦，官大也有官大的難。（下）

家　院　（上）禀爺，關夫人過府！

簡　雍　噢，關夫人過府。快快有請！

家　院　有請關夫人！（下）

（侍女引關夫人上）

關夫人　（唱）府門以外下車輦，絲絲憂慮繞眉尖。
　　　　　　　爲救兒顧不得抛頭露面。

簡　雍　恭迎君侯夫人！

關夫人　太守。

簡　雍　請！君侯夫人光臨卑衙，莫非爲少將軍之事？

關夫人　呀！
　　　　（唱）一句話問得我啞口無言。太守！
　　　　　　　那一日君侯慶壽誕，忙壞了荆州文武官。
　　　　　　　壽宴未成風波起，愁雲密布心不安。
　　　　　　　今日過府來拜見，不恭之處望海涵。

簡　雍　夫人！
　　　　（唱）夫人説話禮太謙，此事何需挂心間。
　　　　　　　風雲陡變違人願，舉棋無步裁決難。

關夫人　（唱）棋錯一步全局亂，成事在人不在天。

簡　雍　（唱）下官愚鈍見識淺，難測天地暑與寒。

關夫人　（唱）夏至過後暑相連，烈日炎炎三伏天。
　　　　　　　今贈大人垂金扇，引風納凉有何難。

簡　雍　（唱）雙手接過垂金扇，（欲展扇，夫人阻）

關夫人　（唱）水墨丹青繪其間。侍兒府外備車輦，（侍女下）

簡　雍　送夫人！

關夫人　（唱）敬煩太守巧周旋。（下）

簡　雍　（唱）適纔夫人贈金扇，又言丹青繪其間。
　　　　（展扇）生花妙筆仔細看——（念）盼顧湖山繪丹青，求花吐艷待春風。從戎志在山河壯，寬襟暢飲慶太平。盼求從寬！盼求從寬！
　　　　（接唱）關夫人贈金扇語意纏綿，君侯他送書柬怒衝霄漢。
　　　　　　　　哪個真哪個假如何判斷，是從寬是從嚴左右爲難。
　　　　諸葛先生早有明訓，宮中府中，俱爲一體，賞罰必信，執法無私。我若依從夫人，免罪釋放，一來君侯難容，二來冷淡苦主。我若依從君侯，將關平斬首，實感量刑過重。這、這、這……噢，有了，我不免攜帶案卷，面見君侯，陳述己見，保關平不死，重責八十，羈押三載，安撫苦主，厚葬死者。君侯如若不允，執意要斬，我便請他在案卷之上揮毫審批。日後諸葛先生追問此案，我也有言回稟。家院順轎。

（唱）涉水應知水深淺，遇事能伸也能彎。

拜會君侯陳己見，（校尉上，簡雍上轎）

簡　雍　（接唱）爲官者也并非諸事安然。（下）

（幕閉）

第 六 場

（牌子）（張苞上。安排燈燭、書册）

張　苞　有請二伯父。

（關羽上）

關　羽　（唱）晚風起月朦朧星光暗淡，氣難消恨難平鬱悶愁煩。

張　苞　伯父。

關　羽　你家伯母可曾回府？

張　苞　回府多時。

關　羽　她獨自出府，去到哪裏拜客？

張　苞　侄兒不知。

關　羽　莫非隱瞞爲伯不成？

張　苞　兒不敢。

關　羽　你家伯母是否與那關平走動人情？

張　苞　這……

關　羽　從實講來。

張　苞　小侄等戀念關平哥哥，跪請伯母出面求情！

關　羽　到何府走動？

張　苞　拜會簡雍太守。

關　羽　（控制自己）去對你家伯母言講，更裝之後，有話相談！

張　苞　（惶恐地）伯父……

關　羽　快去！
張　苞　兒遵命！（下）
關　羽　家出逆子，夫人求情，毀某聲譽，輾轉不寧，待某觀書片刻！
　　　　（入座觀書，唱）
　　　　　　觀古書看的是曹劌論戰，兩國交鋒，何以當先。
　　　　　　爲國盡忠豈能積民怨，（掩卷而起）
　　　　　　恨關平毀軍紀妄爲鐵衣男。
　　　　（中軍上）
中　軍　簡大人過府拜見君侯。
關　羽　有請。
中　軍　太守進見！（下）（簡雍上）
簡　雍　（唱）黃夜過府拜君侯，但願能把成命收。
　　　　　　求得公斷苦奔走，只爲消除兩家愁。拜見君侯。
關　羽　免禮，落座。
簡　雍　謝君侯。
關　羽　關平一案，審訊如何？
簡　雍　勘審已畢，回覆君侯。
關　羽　關平可有招？
簡　雍　苦主所告屬實，關平俱都招認。
關　羽　如何發落？
簡　雍　苦主年老無依，贍養送終，關平重責八十，羈押三載。
關　羽　某之手諭，可曾看過？
簡　雍　句句拜讀。
關　羽　有何高見，望乞賜教。
簡　雍　下官才疏學淺，怎敢冒瀆君侯。
關　羽　話講當面，某願聆聽。
簡　雍　縱馬傷人，理應判處。怎奈烈馬闖入鬧市，純係誤傷，并非謀害，量刑之時，尚須審慎。若將關平處以極刑，雲陽斬首，下官深思，委實過重。
關　羽　傷害黎民，匿罪不報，敗某威名，毀某軍紀，若不重處，豈能服衆？殺一儆百，杜絕後患，怎言過重？
簡　雍　君侯忠烈剛直，執法如山，伸張正氣，大義滅親，吏之表率，萬民敬仰。下官斗膽,進奉一言,不知當否?

關　羽　講!

簡　雍　人頭落地,再難復生,君侯盛怒之下,將關平處斬,荊州缺一良將,國家缺一棟梁,恐日後追悔不及,望君侯明察。

關　羽　關某嫉惡如仇,嚴懲逆子,爲民除害,何悔之有?

簡　雍　這……

關　羽　簡大人,夫人過府拜會太守,爲了何事?

簡　雍　(旁白)哎呀!夫人過府一事,君侯他已知道了。

關　羽　簡雍!夫人過府怎樣與關平求情?她與你送去多少金銀珠寶?你説!你講!

簡　雍　哎呀,君侯呀!夫人過府一未送金銀,二未送珠寶……

關　羽　送去何物?

簡　雍　垂金小扇一把。

關　羽　交某觀看!

簡　雍　君侯!請來觀看!(交扇)

關　羽　(觀扇,念)盼顧湖山繪丹青,求花吐艷待春風。從戎志在山河壯,寬進暢飲慶太平。盼求從寬!盼求從寬!好惱!
　　　　(唱)夫人處事真大膽,竟敢出面求從寬。
　　　　　　案卷遞於某觀看,(行弦)

簡　雍　(遞案卷)望君侯三思!

關　羽　(執筆批示)罪不容赦,秋後處斬!

簡　雍　(接案卷)告辭了!
　　　　(唱)速派人去閬州把三將軍搬。(下)

關　羽　內廳傳話,夫人來見!(關夫人上)

關夫人　(唱)聽得傳喚神色變,惴惴不安到堂前。
　　　　　　莫非隱情露破綻,(關羽見夫人,拔劍追殺。夫人左推右擋,跪倒在地)
　　　　(接唱)你,你,你,苦苦追殺爲哪般?
　　　　君侯哇!你將爲妻喚出堂來,一言不發,執劍便殺,這、這、這却是爲何呀?

關　羽　(將扇擲於地)罪證在此,從實講來!

關夫人　哎呀,果然被他知道了。

關　　羽　違某意願,過府求情,真乃大膽!(關羽揮劍又刺)
關夫人　君侯呀!容妻把話講完,再殺不遲!
關　　羽　講!
關夫人　啊,君侯哇!
　　　　(唱)勸君侯暫忍怒火息雷霆,容爲妻訴一訴滿腹的苦衷[1]。
　　　　　　小關平傷人命理當嚴懲,將軍你愛黎民豈能寬容。
　　　　　　正法紀傳清風誰不崇敬?我怎敢違夫願去徇私情。
　　　　　　倘若是小關興把刑律觸動,任你殺,任你剮,殺剮存留妻順從。
　　　　　　那關平他并非你關門之後,只因他慕將軍拜義父,
　　　　　　鞍前馬後有戰功,他他他他不是你的親生。
　　　　　　雖説是關平犯罪令人怒,還望你量刑時三思而行。
　　　　　　關定莊他一雙生身父母,風燭殘年誰照應。
　　　　　　他二老依門思子心慘痛,
　　　　　　更何況爲妻我落得個寵親子惡螟蛉身處在兩難之中。
　　　　　　若不然叫關興前去抵命,也免得局外人説西道東。
　　　　　　君侯呀!乞求君侯改成命,賞妻薄面恕關平。
關　　羽　(激動地)噢!
　　　　(唱)聽罷夫人肺腑言,深情脉脉意綿綿。
　　　　　　丹鳳眼難睁,卧蠶眉難展,
　　　　　　思緒亂,泪漣漣,心如潮湧起波瀾。
　　　　　　豪杰并非無情漢,我關某豈是那鐵石心肝。
　　　　　　收回成命把罪免,不可!縱子違法罵名傳。
　　　　　　夫人哪!血染征衣復漢室,興業莫忘創業難。
　　　　　　三分鼎足未一統,百廢待舉民求安。
　　　　　　斬關平用鮮血標立典範,教兒孫感皇恩除邪念奉公守法保江山。
關夫人　君侯,你、你、你執意要斬?
關　　羽　夫人,你、你、你也要體諒關某的苦衷。
關夫人　喂呀!(關興、張苞、趙冲、黄越、馬忠上)
　　衆　　兒等求爹爹、伯父寬恕關平哥哥!(跪)
關　　羽　兒們聽了!
　　　　(唱)立國法整綱紀以民爲本,父豈能護一子捨弃萬民?

閃閃青鋒驚雷震，（揮劍、入鞘、亮相）

執法人不執法何以服人？

（關羽威風凜凜，揮手拒絕）（衆驚服）

（幕閉）

校記

［1］滿腹的苦衷："衷"，原作"哀"，據文意改。

第 七 場

關　平　（內唱）衆兒郎一聲吼綁赴刑場，（刀斧手押關平上）

關　平　（接唱）今日裏兄爲弟一命身亡。

當年隨父上戰場，威風凜凜氣昂昂。

今日邁步上法場，萬語千言腹中藏，

不能説，不能講，忍辱負屈不聲張。

斷頭只爲全忠義，待看萬木變棟梁。

鬼頭刀閃寒光放，午時三刻別荆襄。

（侍女手托酒、飯，引關夫人上）

關夫人　關平兒！

關　平　母親！

關夫人　兒呀！

（唱）塵沙遮臉容顏變，熱淚如雨灑胸前[1]。

從今後，再不能教兒讀書卷，再不能聽兒捷報傳。

兒死後莫把你的父帥怨，揮淚斬子爲的是漢室江山。

兒死後爲娘歲歲去插柳，送衣送飯到墳前。

兒呀兒！你吃下這碗長休飯，免得忍飢赴黃泉。

再喝一杯永別酒，醉意朦朧得長眠。

我的兒睜開眼再把爲娘看一看，

你，你，你，有何遺願對娘言。

兒呀！你還有何心事，對娘説上一説，有何囑托對娘講上一講吧！

（哭泣）

關　平　兒雖不是娘的親生骨肉，娘待兒却恩深似海。兒原想二老爹娘百年之後,披麻戴孝,以答教養之恩,誰知天違人願。臨刑之前,不孝的關平,有三件事兒求母親應允。

關夫人 這第一件。

關　平 我家父帥,一生戎馬,日夜辛勞,如今年紀高邁,望母親多加照料,勸他保重貴體。父帥秉性暴烈,言語之間,若有不周之處,望母親看在兒的面上,對他容讓一二。

關夫人 (悲傷地)爲娘依從就是。這第二件。

關　平 關定莊上,還有兒的一雙爹娘,兒死後,請母親多加勸慰。

關夫人 爲娘對你的生身父母,定會另眼相待。這第三件。

關　平 這第三件麼……兒有幾句言語,求母親轉告關興小弟。

關夫人 你且講來!

關　平 母親!

(唱)願關興自強不息圖上進,子承父志秉忠心。

來日他名標青烟閣,莫忘化紙慰孤魂。

(中軍抱劍上。刀斧手上)

中　軍 下面聽者,君侯刑場監斬,閒雜人等速速躲開。請夫人回避!

關　平 請母親回府歇息!(內聲:君侯到)(關夫人哭泣下)(校尉、簡雍等急上)(關彪牽馬引關羽上)

關　羽 (唱)天網恢恢法森嚴,怒斬關平心亦酸。

父子之情今朝斷,強忍悲傷淚偷彈。

中　軍 啓稟君侯,午時三刻已到。

關　羽 刀斧手!開——刀!(刀斧手押關平下)

關　興 (內喊)刀下留人!(關興手執自首書,邊喊邊上)(關夫人隨後跟上)

關　興 爹爹!馬踏人命一案,乃孩兒所爲,與關平哥哥一字無關,現有自首書,請爹爹觀看。(跪下)

(中軍將自首書轉遞關羽)(關羽看罷自首書,走下監斬臺)

關　羽 這馬踏人命一事,是兒所做?

關　興 烈馬受驚,闖入鬧市,誤傷人命,是兒之過。

關　羽 爲何匿罪不報?

關　興 衆目之下,兒感臉面無光,年輕氣盛,又存僥幸之心,故而知罪未報。

關　羽	關興,近前來！小奴才！（踢倒關興,唱）
	馬入鬧市傷百姓,匿罪不報情難容。
	叫人來將關興忙綁定——（校尉綁關興）
關夫人	君侯！
簡　雍	君侯！
關　羽	刀斧手！
	（刀斧手應聲上）（關羽歸監斬臺）
關　羽	（唱）赦回關平斬關興！
	（刀斧手押解關興欲下,關平急上）
關　平	爹爹！且慢！
關　羽	你欺瞞為父,還有何話講？
關　平	請爹爹容兒講來。
簡　雍 關夫人	請君侯容他講來。
關　羽	講！
關　平	爹爹容稟！

　　　　（唱）想當年爹爹你封金挂印,為尋兄辭曹營歷盡苦辛。
　　　　　　古城外斬蔡陽三雄相認,慶團聚操練人馬宴三軍。
　　　　　　那一日父游獵中途遇雨。避風雨夜宿在關定莊村。
　　　　　　有誰知三更後禍從天降,關定莊遭圍困來了強人。
　　　　　　爹爹你退賊兵全村得救,一家家一户户感念大恩。
　　　　　　那一夜拜義父終生難忘,傳文韜授武略育我成人。
　　　　　　學爹爹忠心耿耿保漢室,學爹爹大義凛凛為黎民。
　　　　　　兒今日自願流盡周身血,只緣愛弟情意真。
　　　　　　一則是教弟成材圖上進,二則是血染雙刀報父恩。
　　　　　　爹爹你一生戎馬年邁衰,只有那關興小弟一條根。
　　　　　　爹爹呀！
　　　　　　關興他刑場自首已知錯,你就該成全他改過自新。
　　　　爹爹,兒話已說明如若不赦關興,就仍將孩兒斬首！（跪下）

關　興	爹爹！此事乃孩兒所為,與關平哥哥無干,兒理應赴死抵命！
關　平	爹爹！關興年紀幼小,來日定能報效國家,還望爹爹叫兒替弟一死！

關　興　關平哥哥乃國之武將，萬萬不能替兒一死！
關　平　爹爹下令斬殺孩兒
關　興　爹爹下令斬殺孩兒
簡　雍　求君侯從寬發落！（跪下）
關夫人　君侯呀！關興肇禍，爲妻有責，求君侯賜我一死，與關興同赴九泉。
　　　　（跪下）
關　羽　哎呀！（唱）
　　　　　　　天旋地轉寸心亂——
　　　　　　斬字出口變更難。
　　　　關興！嬌兒！爲父上效漢室，下安庶民，斬令已出，難以收回。兒臨刑之前，還有何話講？
關　興　兒要面對爹娘，拜上三拜，以謝二老養育之恩。
關　羽　容兒……一拜……
關　興　謝爹爹！（關平扶起關夫人）
　　　　（關興整容理衣，跪拜身段）（關羽，夫人等掩面悲傷）（行刑鼓響）
關　羽　刀斧手！開……刀！
　　　　（刀斧手架起關興欲下）（關夫人高叫"關興兒"暈厥，被扶下）
　　　　（張飛內白：馬來）（兵卒引張飛上）
　　　　（刀斧手、關興與張飛面遇。押關興下）
張　飛　刀下留人！
　　　　（唱）一封書信飛閬中，心急似火不安寧。
　　　　　　披星戴月馬馳騁——（張飛下馬，兵卒下）
簡　雍　三將軍！
關　平　三叔父！
張　飛　啊！
　　　　（唱）却爲何赦下關平斬關興？
　　　　簡大人，信中說是斬殺關平，爲何却是斬殺關興？這是何緣故？
簡　雍　將軍！
關　平　叔父！（牌子。張飛、關平身段）
張　飛　哦！原來如此。關平，你去照看關興！簡大人，隨我去見二君侯！
　　　　（關平下）（張飛與簡雍耳語）
張　飛　荆州王二兄長，啊！哈哈哈哈！小弟翼德，拜見兄長！

關　羽　三弟不在閬州，到此爲了何事？
張　飛　多日不見兄嫂，心中十分想念。弟來荆州，一來與兄嫂問安，二來……二來與兄長敘敘離別之情。
關　羽　三弟先回府中，爲兄公務完畢，備酒暢談。
張　飛　請問二哥，那法標之上，捆綁的是哪一個？
關　羽　逆子關興！
張　飛　他，身犯何罪？
關　羽　傷害百姓，故而問斬。
張　飛　傷害百姓？該殺！該殺！二哥執法森嚴，大義滅親，令人可敬，令人可佩！哈哈哈哈。啊，請問二哥，那關興是蓄意謀殺，還是失誤傷人？
關　羽　鬧市縱馬，踏傷人命，匿罪不報，妄圖幸免。若不是關彪引苦主壽堂喊冤，險些又逼出一條人命！
張　飛　噢！噢！真真的可惱！可恨！
（簡雍向張飛示意）
張　飛　啊，二哥，這荆州境內，難道無有州官縣吏，那苦主爲何壽堂喊冤？
關　羽　那州官縣吏，將苦主的冤狀拒之衙外，推諉而不管。
張　飛　噢！竟有這等不平之事。簡大人，我來問你，那苦主先到哪家衙門投狀？
簡　雍　先告到縣令羅正之手。
張　飛　傳羅正！
簡　雍　羅正進見！（羅正上）
簡　雍　羅大人，三將軍有話相問，你要小心了！
羅　正　（周身顫抖）下官羅正，參拜閬州王三將軍。
張　飛　（打量羅正）馬踏人命一案，你可知曉？
羅　正　（低頭俯首，兩腿弓彎）下官……知曉！
張　飛　（一把拉直羅正）站好講話！你爲何不敢受理此案？
羅　正　這……啊……下官不知此案的詳情……（低頭俯首，兩腿弓彎）
張　飛　嘟！吞吞吐吐，莫非其中有甚麼私弊不成？
羅　正　（跪下）下官，無有私弊。
張　飛　既無私弊，爲何不敢受理？
羅　正　官卑職小，不敢犯上。

張　飛　站起來！

羅　正　是。（低頭俯首，兩腿弓彎）

張　飛　爲官者，理應清懷爲上。你爲何這樣卑躬自賤，專致阿諛奉迎之態？

羅　正　兩腿彎曲，難以直立，這是卑職多年的病疾！

張　飛　二哥！常言道，法正民心順，官清民自安。身爲命官，就該解民倒懸。羅正他膽小如鼠，懼怕權勢，昏庸愚鈍，不理民詞。倘若荊州的大小官員，俱都象他這般模樣，二哥豈不閉塞視聽？大大損傷君侯的威名？

關　羽　摘去烏紗，免除官職，聽候審處！（中軍摘下羅正的紗帽）

羅　正　下官從今而後，改邪歸正，盡心於民。望二君侯、三將軍寬恕。

簡　雍　啟稟君侯，羅正居官多年，雖說官風欠佳，倒也無甚私弊。望君侯（示意張飛）開脫。

張　飛　二哥，小弟剛剛說了他幾句，你便摘去烏紗，罷官聽審。這不是給我老三下不來臺嘛！

關　羽　依三弟之見，該如何處置？

張　飛　叫他回衙清理積案，容他將功補過，以觀後效！

關　羽　就依三弟！

張　飛　（從中軍手中接過烏紗）羅正，你可知錯？

羅　正　定改前非。

張　飛　回得衙去，盡心職守，清理積案，將功補過。若舊習不改，三爺知曉，定不輕饒！

羅　正　三將軍的教誨，終生不忘。

張　飛　（擲烏紗）回衙去吧！

羅　正　謝君侯！謝三將軍！哎呀！好險吶！（下）

張　飛　二哥，你看小弟我處事可公？

關　羽　倒也公平。

張　飛　公在何處？

關　羽　既已知錯，就該容他悔改，將功補過。

張　飛　噢，既已知錯，就該容他悔改，將功補過？

關　羽　正是。

張　飛　啊，二哥，依弟之見，關興雖失誤傷人，終能出面自首，就該免他一死,容他立功贖罪。

關　羽　這……關興之事,情有异同,三弟就不必多講了!
張　飛　二哥呀!
　　　　(唱)關興平日知勤奮,練馬志在立功勳,
　　　　　　失誤傷人爲初犯,念他已有悔改心。
關　羽　(唱)家有家規國有法,關某豈是徇私的人?
　　　　　　王子犯法依法論,爲官先要正自身。
張　飛　(唱)執法量刑應求準,從寬從嚴要區分。
關　羽　(唱)諸葛先生有明訓,執法不分疏與親。
　　　　　　人來看過一杯酒,將酒潑在地埃塵。
　　　　　　你若收起這杯酒,法標赦下小關興。
　　　　　　你若收不起這杯酒,休提桃園結拜人。
張　飛　呀!
　　　　(唱)杯酒落地他的情絕盡,(思索)有了!頓然一計涌上心。
　　　　二哥啊!二哥!你不提諸葛先生還則罷了,提起諸葛先生,俺老張倒想起一件事兒來了!
關　羽　想起何事?
張　飛　你且聽道!當年赤壁鏖戰,大敗曹兵。諸葛先生命你帶領五百校刀手,埋伏在那華容小道,擒拿曹操。誰知,你爲報答曹操的恩惠,竟不顧軍令,義字當先,將他放虎歸山!諸葛先生知你貽誤戰機,一怒之下,將你推出轅門,開刀問斬。那時,咱大哥苦苦求情,諸葛先生念你初犯軍令,又念咱桃園結拜之情,免去一死,命你率兵三千,暗襲襄陽,將功折罪。荆州王呀關雲長!自古道人非聖賢,孰能無過?過而能改,善莫大焉!你我一生爭戰,有功有過,爲何對關興却如此苛求?重罪輕判,故爲不公,輕罪重判,也未必服衆!二哥萬萬不能再義氣用事了!
　　　　(唱)二哥休要太自信,怒判往往出冤魂。
　　　　　　知罪自首應寬處,動用極刑難服人。
　　　　　　改判并非不遵法,認罪伏法爲自新。
關　羽　呀!
　　　　(唱)華容放曹終生恨,英名之上蒙灰塵。
　　　　(念)三弟!

　　　　　（唱）若是爲兄從寬論,愧對苦主年邁人。
張　飛　二哥!
　　　　　（唱）苦主的事兒交與我,簡大人!
　　　　　（唱）請出了年邁人某要細探詢。
簡　雍　苦主上前答話!（王媽媽內白:來也）
王媽媽　（上唱）君侯無私雪冤案,公理昭昭在人間。
簡　雍　老媽媽,我家三將軍請你上前答話!
王媽媽　三將軍?哦!莫非是那鞭打督郵、喝退曹兵的翼德將軍?
簡　雍　正是。
王媽媽　此人口快心直,性情豪放,是個好人!啊,三將軍在哪裏?
張　飛　老媽媽!
王媽媽　拜見三將軍!（上前施禮）
張　飛　（急忙扶起）不敢當!不敢當!（搬椅、揮椅）來來來,老媽媽請坐!
王媽媽　民婦不敢。
張　飛　老太太,你就別客氣啦!
王媽媽　如此不恭了。（張飛扶王媽媽坐下）
張　飛　老媽媽,小侄年幼,烈馬受驚,傷害了你家孫兒,實實令人痛心。
王媽媽　咳!苦命的孫兒啊!
張　飛　老媽媽莫要悲痛!（替王媽媽揩淚）常言道,子不教,父之過,教不嚴,師之惰。子侄輩闖禍,父叔輩有責,翼德從閬州趕來,拜會媽媽,請老人家寬懷節哀。我,向媽媽賠禮了!（跪下）
王媽媽　三將軍,不可如此!（扶起張飛）小將軍練馬闖禍,并非蓄意謀殺;老身只恨那些官員,竟不敢受理此案。
簡　雍　老媽媽所言極是,官風不正,民之害也。下官身爲荆州太守,未能整飭政紀,有負黎民,願聞媽媽教訓。
王媽媽　只要官清法正,黎民百姓也就心滿意足了。
張　飛　請問老媽媽,家中還有何人?
王媽媽　兒子、兒媳雙雙亡故,祖孫二人相依爲命,如今,只剩下老身孤獨一人了!（悲傷）
張　飛　老媽媽,我有一子,名喚張苞。如若不嫌,叫他拜認祖母,侍奉媽媽終身,不知意下如何?
王媽媽　這……老身焉有這等福份!

張　飛　老媽媽不必過謙了,張苞兒進見!(張苞上)
張　苞　參見爹爹!
張　飛　兒呀!快快上前見過你家祖母。
張　苞　孫兒張苞,拜見祖母!(跪下)
王媽媽　(高興地)張苞!
張　苞　在!
王媽媽　孫兒!
張　苞　奶奶!
王媽媽　(愛撫地)我又有了孫兒了!又有了孫兒了!
張　飛　張苞,攙扶祖母,回家安歇。老媽媽,少時公務完畢,翼德再去拜見!
王媽媽　啊,三將軍,但不知關平怎樣處治?
張　飛　失誤傷人者,并非關平,乃小侄關興。
簡　雍　那關平憐念關興年幼,又欲報答義父之恩,他情願替弟負罪。
王媽媽　噢!真是個忠義的男兒。啊,那關興呢?
張　苞　祖母,關興不肯連累關平哥哥,適纔挺身自首,當眾認罪。
王媽媽　他現在哪裏?
張　苞　我家伯父,爲了祖母消恨,將關興綁在法標,少時就要開刀問斬!
王媽媽　怎麼,少時君侯就要斬殺關興?
張　苞　正是。
王媽媽　三將軍,既是失誤傷人,就不該問成死罪,關興既能出面自首,就該從寬發落纔是。
張　飛　我家二哥,性情暴烈,不準求情,執意要斬!
張　苞　望祖母搭救關興小弟!(跪下)
王媽媽　孫兒莫要悲痛,你去法場,看守關興!
張　苞　孫兒遵命!(下)
王媽媽　三將軍,老身面求君侯,你看如何?
張　飛　翼德深謝媽媽!
王媽媽　三將軍,隨我去見君侯!
張　飛　媽媽請!
王媽媽　荆州王,二君侯!老身與你施禮了!
　　　　(關羽離位,扶住王媽媽)

關　　羽　老媽媽，到此爲了何事？

張　　飛　二哥！老媽媽她與關興求情來了。

關　　羽　家出逆子，甚是羞愧。

王媽媽　君侯盡心執法，感人肺腑。如今關興知錯自首，就該從寬發落。

張　　飛　二哥，你你你看在苦主之面，免他一死，另行發落纔是。

關　　羽　這……

王媽媽　如不重新發落，我便討回訴狀息詞不告了！

關　　羽　既然如此，聽某發落：王鵬無辜身死，擇日厚葬。王媽媽孤孀絕後，接進府中，歡度晚年。

王媽媽　謝君侯。那關興怎樣發落？

關　　羽　逆子關興，重責八十，羈押三載！

　　　　　（報旨官內：聖旨下）

中　　軍　禀君侯，聖旨下。

關　　羽　接旨！（報旨官上）

報旨官　荆州王關羽聽詔：江夏逆臣張龍、張虎，謀反作亂，諸葛丞相奏請朕准，命關平挂帥，提調關興、張苞、趙冲、黃越、馬忠等諸家小將，即刻披挂出征，剿平叛逆，功成之日，再行封賞。傳詔已畢，君侯接旨。

關　　羽　謹遵兄王詔命！中軍，引差官回府安歇！

報旨官　謝君侯！

　　　　　（中軍，報旨官下）

張　　飛　二哥，依弟之見，叫關興披挂出征，戴罪立功，你看如何？

王媽媽　三將軍所言極是。望君侯應允。

關　　羽　可命關興戴罪出征，得勝歸來，再行發落。

張　　飛　衆家小將，進前聽令！

　　　　　（關平、關興、張苞、趙冲、黃越、馬忠等上）（關夫人上）

　　衆　　參見爹爹！伯父！

關　　羽　關興！

關　　興　兒在。

關　　羽　跪在老媽媽面前，聽父一言。

關　　興　兒遵命！（跪下）

關　　羽　命你隨兄江夏征剿，戴罪立功，得勝歸來，再行發落。

關　興　謝父帥！
關　羽　謝過老祖母！
關　興　謝祖母！
王媽媽　此番出征，定要遵守軍紀，秋毫勿犯，奮勇殺敵，早奏凱旋。
關　興　孫兒定不負祖母囑托。（關彪及眾馬童上）
關　彪　關彪請求君侯恩准，命關平小將騎上這胭脂赤兔馬[2]，飛奔江夏，平剿叛逆！
關　羽　如此，聽某一令！
（唱）關平挂帥赴江邊，關興立功贖罪愆。
　　　　征途莫把秋毫犯，齊心合力把敵殲。
　　　　馬離江夏敲金鐙，人望荊州奏凱旋。
（眾小將上馬，關羽等相送）
（幕閉）

校記

［１］熱淚如雨灑胸前："淚"，原作"眼"，據文意改。
［２］胭脂赤兔馬："赤"，原作"玉"，據文意改。

白 逼 宫

佚 名 撰

解 題

　　晋劇。作者不詳。未見著録。劇寫漢獻帝建安時期,曹操專權,國舅董承憂心患疾,請太醫吉平過府診視,共謀圖曹之策,西凉侯馬騰亦預共事。值曹操頭風病發作,吉平趁機下毒,曹操識破,嚴刑拷打吉平至死。漢獻帝召董承進宫,賜衣帶詔,令其搬五路兵滅曹。事泄,董承、董妃被曹操殺死,伏后責問曹操,也被殺死。操將其女曹金定送進宫伴駕。本事出於元刊《三國志平話》、《三國演義》第二十三回"吉太醫下毒遭刑"二十四回"國賊行凶殺貴妃"。元花李郎之雜劇《相府院曹公勘吉平》(存殘曲)、明傳奇《射鹿記》(佚)當寫有此情節。清代京戲演此故事名《血帶詔》或《拷打吉平》。版本今見《山西地方戲曲彙編》第十二集《中路梆子專輯四》(山西人民出版社1984年4月版)本。今以此本爲底本校勘整理。

第 一 場

　　(吉平上)

吉　平　(念)滿懷心腹事,盡在不言中。
　　　　(詩)曹操在朝把權專,欺君滅臣壓朝班。
　　　　　　有朝一日時運轉,搬來諸侯滅曹瞞。
　　　　下官大夫吉平,與漢爲臣。只因我朝曹操專政,上欺天子,下壓文武,我想曹操不死,終究是我的心頭大患也。
　　　　(院子上)

院　子　報!國舅身得重病,命大夫過府看病。

吉　平　起過。前行一步,隨後就到。(院子下)你叫怎説,令人報道:國舅偶得重病，命我過府探病，我這就前去。家院，帶馬伺候。心知奸佞可恨，殺賊纔把氣平。
（家院帶馬上，吉平下，家院隨下）

第 二 場

（董承上）

董　承　（念）得病纏身起，只覺魂魄飛。
　　　　國舅董承。是我身得重病，臥府不起，我命家院去請大夫，爲何不見到來？
　　　　（吉平上。院子隨上）

吉　平　催馬！
　　　　（念）怒髮衝冠雙眉皺，不殺曹瞞誓不休。
　　　　往裏去傳，大夫到。

吉　平　院子裏邊哪個聽事？

董承院子　何事？

吉平院子　大夫過府探病。

董承院子　待我與你傳稟。稟老爺，大夫過府看病。

董　承　身得重病，不能迎接，傳出有請。

董承院子　我家老爺身得重病，不能迎接，有請大夫。

吉　平　大人哪廂？大人哪廂？大人在……參拜國舅大人！

董　承　家院，與大夫看座。

吉　平　大人病體如何？

董　承　越加沉重。

吉　平　好好將養。

董　承　先用藥？先診脈？

吉　平　脈是人之根本，診脈已畢再來下藥。

董　承　家院，看過脈枕伺候。（吉平診脈）大夫，我得的何病呢？

吉　平　你身上無病。

董　承　身上無病爲何臥床不起？

吉　平　你是爲那曹……

董　承　嗯嘿！（二人兩邊望門）曹甚麼？

吉　　平	只因曹操在朝專權，上欺天子，下壓文武，我想曹賊不死，永遠是你我的心頭大患。你説是也不是？
董　　承	哎呀，你怎樣知道我的心腹之事呢？
吉　　平	豈不知萬般皆一事，盡在書中求！
董　　承	好麽，好一個萬般皆一事，盡在書中求！
馬　　騰	（内白）催馬。（馬騰帶院子上）
馬　　騰	（念）殺氣衝天紫微愁，不殺曹賊誓不休。
馬騰院子	來此已是。
馬　　騰	接馬！往裏去傳，就説我到。
馬騰院子	裏邊哪個聽事？
董承院子	何事？
馬騰院子	往裏去傳，馬大人要見！
董承院子	少站，待我與你傳禀。禀老爺，馬大人要見。
董　　承	大夫請到廊下，待我去迎。你就説裏邊有請。
	（吉平下）
董承院子	有請！
馬　　騰	國舅哪厢？
董　　承	馬大人哪厢，馬大人在……
馬　　騰 董　　承	這個，哈哈哈哈！
董　　承	不知馬大人到此，有失遠迎，面前恕罪。
	（吉平暗上偷聽）
馬　　騰	我等來得魯莽，國舅海涵一二。
董　　承	好説。馬大人到此爲何？
馬　　騰	只因曹賊在朝專權，上欺天子，下壓文武，有心去到西涼搬我兒馬超到來，將曹賊殺死，免去後患……
吉　　平	嗯哼！
馬　　騰	啊？是何人聽去老夫背後之言。休走看劍！
董　　承	慢着，慢着。我與你解説，這是大夫吉平，這是西涼侯馬騰，你我三人同心同意破曹之人。
吉　　平	嘔！你是馬大人？
馬　　騰	你是吉先生？這個……

三　　人	（同笑）哈哈哈哈，請坐！
吉　　平	馬大人，適纔言講甚麼？
馬　　騰	這個……
董　　承	你我三人俱是一家人。馬大人，有話請講當面。
馬　　騰	有心去到西涼，搬我兒馬超到來，將曹操殺死，免去後患。
吉　　平	我吉平早有此心，但不知天地可遂我願乎？
	（曹操院子上）
曹操院子	裏邊哪個聽事？
董承院子	何事？
曹操院子	丞相偶得重病，命大夫過府探病。
董承院子	待我與你傳稟。稟大夫，丞相偶得重病，命大夫過府探病。
吉　　平	往外去傳，前行一步，隨後就到。
董承院子	前行一步，隨後就到！（曹操院子下）
吉　　平	（三笑）啊哈，哈哈，哈哈哈！天滅曹賊也！天滅曹賊也！
董　　承 馬　　騰	（同白）大夫發笑爲何？
吉　　平	二位大人哪，適纔令人報道，奸賊偶得重病，命我過府探病，是我過得府去，我這一付藥，能擋他百萬兵！
董　　承 馬　　騰	你是文職官員，怕你作不出此事來。
吉　　平	我要做不出此事來，請願對天明誓。
董　　承 馬　　騰	你明誓上來！
吉　　平	老天在上，我吉平在下，我要不實意破曹，口咬中指啊……
董　　承 馬　　騰	先生請起。先生今天破曹，名垂千古，永世不朽。
吉　　平	過獎，告辭。正是：
	（念）老龍正在沙灘困，一藥扶起漢乾坤。（下）
馬　　騰	（念）鷹入兔群走狗盡，
董　　承	（念）目指騰空射草人。
	（馬騰、董承下）

第 三 場

曹　　操　（內）文遠，攙孤來！（張遼攙曹操上）
曹　　操　嗚……嗚……頭沉如骨損，只覺夢沉沉。
張　　遼　丞相病體如何？
曹　　操　越加沉重！
張　　遼　好好將養！
曹　　操　今夜晚間，孤家偶得二夢，但不知是吉是凶？
張　　遼　丞相夢見何來，講來末將圓夢。我問你首夢？
曹　　操　首夢夢見五馬共槽，惟有一馬不悅，不知是吉是凶？
張　　遼　五馬共槽惟有一馬不悅嗎，丞相在朝還得抵防姓馬之人。我問你二夢？
曹　　操　二夢夢見孤家睡夢之間，府門外邊，闖進一只餓犬，照着孤家膀臂以上，咬俺一口，慌裏慌張逃出府去。孤家醒來，嚇得孤渾身是汗[1]，但不知是吉是凶呢？
張　　遼　丞相睡夢之中，府門外邊闖進一只餓犬，照着丞相臂膀以上麼，咬了一口，慌裏慌張逃出府去。哎呀，丞相啊，今夜晚間，必有行刺之人。
曹　　操　伺候了。（吉平上）
吉　　平　（念）離了董府地，來在曹府中。
　　　　　　接馬，往裏去傳。
吉平院子　裏邊哪個聽事？
曹操院子　何事？
吉平院子　往裏去傳，大夫過府探病。
曹操院子　少站，我與你傳稟。稟丞相，大夫過府看病。
曹　　操　有請。文遠去迎！
曹操院子　有請！
吉　　平　張將軍哪裏？
張　　遼　先生在……
吉　　平
張　　遼　這個，哈哈哈！

張　　遼	先生請進。（吉平進門）先生請坐！
吉　　平	丞相病體如何？
曹　　操	越加沉重！
吉　　平	好好將養。
曹　　操	先生，孤家得病，先用藥？先診脉？
吉　　平	脉是人之根本，診脉已畢再來用藥。
曹　　操	文遠，看過脉枕伺候。

（吉平給曹操診脉）

曹　　操	先生，孤家得的何病？
吉　　平	得的感冒風寒。
曹　　操	何方調治？
吉　　平	感冒風寒散。
曹　　操	甚麽爲藥引？
吉　　平	苦酒爲藥引。
曹　　操	爲何單叫苦酒爲藥引？
吉　　平	風見風，火見火，二子飛消。
張　　遼	先生，請來嘗藥。
吉　　平	張將軍說的哪等話來？我來問你：君得病？
張　　遼	臣嘗藥。
吉　　平	父得病？
張　　遼	子嘗藥。
吉　　平	張將軍說的哪等話來？他又不是我君，我也不是他臣。張將軍，你是丞相的心腹之人，你就該親來嘗藥。
張　　遼	這個……你我緊讓不拘，丞相請來用藥。
曹　　操	啊，好一吉平，暗害孤家，哪裏容得！校尉進府！

（二校尉上）

二　校　尉	有。
曹　　操	將吉平綁去殺！
吉　　平	（念）我今一死心無怨，還有忠臣殺佞讒。

　　　　　　哈哈哈哈！

| 二　校　尉 | 綁下去！ |
| 曹　　操 | 綁回來！吉平，適纔言道，你今一死心無怨，還有忠臣殺佞讒。 |

哪個是你的主謀？你將他招出，我保你長生一二。

吉　平　曹操啊，鬼賊！老爺對天明下誓願，平滅你這奸賊一死！

曹　操　哎呀！前世的冤孽到了。將他綁下去！

張　遼　丞相病體如何？

曹　操　孤家挣挣扎扎出了一股冷汗，只覺病體痊愈。對文武去説，就説孤家獲住刺客，就在紫宮廳審問，叫他們早來伺候。（同下）

校記

［1］渾身是汗："渾"，原作"混"，據文意改。

第 四 場

（董承、馬騰、王子服、吴子蘭上）

董　承　國舅董承。

馬　騰　西凉侯馬騰。

王子服　鎮殿將軍王子服。

吴子蘭　兵部大堂吴子蘭。

董　承　請了。

馬　騰
王子服　請了。
吴子蘭

董　承　丞相美書相約，不知所爲何事，大家一到紫宮廳。來在紫宮廳，一言未盡，張將軍來也。（張遼上）

張　遼　（念）常在曹營爲保漢，文武雙全張文遠。

馬、王
吴、董　參見張將軍。

張　遼　衆位大人少禮。

馬、王
吴、董　張將軍，丞相美書相約，不知爲了何事？

張　遼　丞相獲住一刺客，有勞大家審問。

馬、王
吴、董　但不知刺客他是哪個？

張　遼　也非是別家，就是那大夫吉平。

馬、王 吳、董	他是文職官員,怎樣冒犯丞相呢?
張　遼	衆位大人,莫要紛紛議論,等丞相到來,必有重處。一言未盡,丞相來也。

（曹操上）

馬、王 吳、董	參見丞相。
曹　操	衆公少禮。
馬、王 吳、董	丞相美書相約,有何事故?
曹　操	孤家獲住一刺客,就在紫宮廳審問,勞大家相陪。
馬、王 吳、董	盡在丞相。
曹　操	好,陪班伺候了。帶吉平!
校　尉	吉平進!

（吉平上）

曹　操	吉平?
吉　平	曹操!
曹　操	誰差你來?
吉　平	天差爺來!
曹　操	誰叫你謀害孤家來?
吉　平	誰叫你欺天子,壓諸侯?
曹　操	你大膽!
	（唱）大堂口喝住了吉平口,暗下藥毒害孤身。 　　　未動刑打爾一堂板,我看招認不招認。
吉　平	（唱）四十板打得我魂靈粉碎,縱然是筋骨斷絕無反悔。 　　　在董府俺三人一處相會,咬中指定下計平滅曹賊。 　　　也是那蒼天爺不遂我意,赴陰曹見閻君視死如歸。 　　　曹操啊!鬼賊! 　　　每日裏腰挎着三尺寶劍[1],上欺君下壓着文武兩班。 　　　朝中的大小事任你所管,你奸賊留罵名萬古流傳。
曹　操	打嘴!
兵	一、三、五……

吉　平	（唱）是真金哪怕你用火來煉，任憑你把老爺摔在刀山！
曹　操	（唱）一見吉平罵出口，牢子軍看過了大刑伺候。
牢　子	不招。
曹　操	（唱）看過了腦箍皮鞭打！
牢　子	還不招。
曹　操	（唱）燒紅了鐵鎖燙身邊。
牢　子	還不招。
曹　操	（唱）看過了火箸通鼻竅，
牢　子	還不招。
曹　操	（唱）燒紅了烙鐵脚脚下蹬。
牢　子	還不招。
曹　操	（唱）非刑拷打俱受到，問不出口供爲哪條？ 　　　　出言我把校尉叫，看過黃蠟灌耳中。
馬、王 吳、董	（同唱）出言我把丞相叫，再叫丞相聽分曉。
	（同白）哎呀，丞相啊！吉平本是文職官員，受不住此刑，誤攀好人如何是好？有勞丞相把此刑免了吧。
曹　操	噢，吉平本是文職官員，受不住此刑，誤攀好人如何是好，叫孤家把此刑免了麽？
馬、王 吳、董	（同白）正是！
曹　操	將吉平移在丹墀！衆公，每人賜你皮鞭一條，命你們拷打吉平，哪家問出口供，我保你們富貴同登。
馬、王 吳、董	（同白）盡在丞相。
曹　操	王子服動刑！
王子服	遵命，看鞭伺候！叫道吉平，吉先生！你與哪家同謀定計，謀害丞相一死，要你實説實講；你若不説，皮鞭打你。報數！
兵	一、三、五，并無口供。
曹　操	且住。西凉侯動刑。
馬　騰	看鞭伺候！叫道吉平，吉先生！你與哪家同謀定計，謀害丞相一死，要你實説實講；你若不説，皮鞭打你。報數！

兵	一、三、五,并無口供。
曹　操	且住。國舅動刑。
董　承	看鞭伺候！叫道吉平,我把你大大的奸賊！
	（唱）手指吉平罵奸讒,董老爺把話對你言。
	丞相與你何仇恨,苦苦害他爲哪般？
	說着惱來道着怒,無名惡氣往上翻。
	手使皮鞭往下打,昏昏沉沉倒堂前。（董承昏倒）
兵	國舅昏迷在地。
曹　操	國舅,怎麼樣了？
董　承	我本是年邁老臣,不能動刑,有勞丞相把此刑免了罷。
曹　操	念你是年邁老臣,把此刑免了吧。
董　承	謝過丞相。
曹　操	且住。吳子蘭動刑。
吳子蘭	我也是年邁老臣,把此刑也免了罷。
曹　操	嗯！
吳子蘭	不免？不免！不免來個人,看幺二三伺候。
兵	甚麼叫幺二三？
吳子蘭	皮鞭就叫幺二三！啊,丞相賜我皮鞭一把,命我拷打吉平。他要將我招出,如何是好呢！也罷,不免一鞭將他打死,叫他個死無招對。人來,報數！
兵	一、三、五,……
吉　平	就有你這個奸賊！
曹　操	（唱）一見吉平招出口,再叫校尉聽爺明。
	將他們綁下去殺！
馬、王 吳、董	哎呀,丞相啊！吉平本是文職官員,受不住此刑,是他血口噴人,有勞丞相親自離位問他一遍,不將丞相招出,俺們情願受死！
曹　操	噢,怎說吉平本是文職官員,他受不住此刑,他是血口噴人？還要將孤家招出,你們情願受死嗎？
馬、王 吳、董	情願受死。
曹　操	待孤離位。吉平,你與哪家圖謀定計,謀害孤家一死？你要實說實講！

吉　平	就有你這個奸賊！
吳子蘭	來人,將丞相也綁了。
曹　操	嗯！
吳子蘭	不綁,不綁,不綁！
曹　操	哎呀！真乃是文職官員,受不住此刑,把孤家也攀在其內了。
馬、王 吳、董	丞相,你看如何呢？
曹　操	與眾公鬆綁。
董　承	馬大人,咱三人同意破曹,吉先生一人受刑,咱二人豈可坐視？
馬　騰	依大人之見？
董　承	叫他把咱二人一同招出,咱三人一同受刑。
馬　騰	攙起來,與他商議。吉先生醒來,你還認識俺二人？
吉　平	怎樣不認識董、馬二位大人。
董　承 馬　騰	還認識啊？
吉　平	二位大人,言講甚麼？
董　承 馬　騰	咱三人同意滅曹,你一人受刑,俺二人於心不忍。
吉　平	依二位大人之見？
董　承 馬　騰	依俺二人之見,將俺二人招出,咱三人同一受刑,你看如何？
吉　平	我吉平落得這般光景,豈肯再將二位大人招出。
董　承 馬　騰	你要不將我招出,身入虎口,不能搭救,也是枉然。
吉　平	嗯,我吉平倒有一計。
董　承 馬　騰	有何妙計？
吉　平	你對那個奸賊言講,就說我吉平有了口供,有心講出口來,誠恐他們聽去,有勞丞相離得位來,口對耳講得一遍,保我長生一二。等那奸賊離得位來,我這一手肘打死這個奸賊。
董　承 馬　騰	你受了五刑的人,有這樣的力氣嗎？
吉　平	我有的是力氣。

董承 馬騰	有的是力氣？你打得準？重重的打這個奸賊。稟丞相，吉平有了口供，有心講出口來，兩旁人役太多，誠恐他們聽去。有勞丞相，親自離位，問得一遍，保他長生一二也就是了。
曹操	噢！怎說吉平有了口供，有心講出口來，我這兩旁人役太多，誠恐他們聽去，要我親自離位問他一遍，保他長生一二？好，待孤離位。
吳子蘭	慢着，慢着，慢着！吉平本是受了五刑之人了，薰着丞相如何是好？有勞丞相上邊問，他在下邊招，我在當中當一個傳信的官兒，你看如何呢？
曹操	真乃好計。吉平！
吳子蘭	吉平！
曹操	你與哪家圖謀定計，謀害孤家一死？
吳子蘭	你與哪家圖謀定計，謀害孤家一死？要你實說實講，孤家離位來了。
吉平	丞相離位來了？附耳上來！
吳子蘭	來了。
吉平	打死你這個奸賊！（將吳子蘭打死）
曹操	綁上來！吉平，你為何十指不全？
吉平	老爺口咬中指，誓滅你這個奸賊一死！
曹操	哎呀，前世的冤孽到了，將他雙手剁去！
吉平	天，天哪！將我雙手剁去，大量我命休矣！叫道曹操啊，鬼賊！老爺與你下世相逢也！
曹操	亂刀分尸。
	（吉平死）
兵	吉平已死。
曹操	文武免送，搭轎回府。（下）
董承 馬騰	哎呀！大夫啊！（同哭）
董承	馬大人，吉平已死，咱二人也就不夠朋友了。
馬騰	大人，莫要如此，一到西凉，搬我兒馬超到來，平滅曹賊一死。
董承	好，各回本府。
	（同下）

校記

［１］腰挎着三尺寶劍："挎",原作"跨",據文意改。

第 五 場

（漢獻帝、董妃上）

漢獻帝　（唱）有爲王坐江山實非容易,
董　妃　（唱）全憑着文武官扶保社稷。
漢獻帝　（唱）咱朝裏出了個奸賊謀位,
董　妃　（唱）莫非說就是那奸賊孟德。
漢獻帝　（唱）悶悠悠坐至在宮院以裏,
董　妃　（唱）我的主你愁悶却爲怎的？
漢獻帝　咳！
董　妃　我主愁悶爲何？
漢獻帝　梓童非知。曹操在朝專權,欺壓寡人太甚。我想奸賊不死,永久是寡人心頭大患。
董　妃　萬歲莫要如此。寫下血詔,五路搬兵到來,平滅奸賊一死倒也罷了。
漢獻帝　梓童,你還不謹言。你看這朝裏朝外,他的耳目太重,倘若叫他們聽去,那如何了得！梓童,我有心寫下血詔,平滅奸賊一死,何人保駕？
董　妃　哀家保駕。
漢獻帝　保駕來！
　　　　（唱）漢天子咬中指泪流滿面,
董　妃　（唱）只疼的董貴妃咬碎牙關。
漢獻帝　（唱）上寫着王司徒忠心耿耿,
董　妃　（唱）你把那劉皇叔寫在上邊。
漢獻帝　上寫西涼侯馬騰,鎮殿將軍王子服,在朝與寡人安邦定國啊,梓童把筆！
董　妃　長兄董承、大漢宗親劉皇叔,在朝與咱主安邦定國啊。
漢獻帝　梓童,將血詔藏在裏邊,這該命何人帶去呢？

董　妃	命俺長兄前去。
漢獻帝	内臣。
太　監	萬歲！
漢獻帝	命國舅進宮。
太　監	國舅進宮。

（董承上）

董　承	我主駕安。
漢獻帝	奸賊不死，叫寡人何日得安呢！
董　承	將臣宣進宮來，有何軍情議論？
漢獻帝	愛卿啊！只因你西府救駕有功，將你宣進宮來，賜你大紅袍一領、藍田寶帶一條，回得府去，還要你仔細查看！ （唱）與國舅對坐在宮院，爲王把話對你言。 　　　回府去還要你仔細查看，你莫要泄露巧機關。（下）
董　承	（唱）我的主回宮去泪流滿面，這件事倒叫我難學難參。 　　　邁步撩衣出宮院，
曹　兵	噢！

（曹操暗上）

董　承	（唱）又見奸賊在那邊。 啊！出得宮來，怕遇見這個奸賊，偏偏又遇見這個奸賊。我本是當朝的國舅，見他一面何妨！正是：抖抖精神壯壯膽，當朝國舅敢近前。大丞相在此？
曹　操	國舅到了？
董　承	老臣有禮。
曹　操	國舅少禮。國舅進宮爲何？
董　承	大丞相，哈哈哈！這幾天少在丞相身旁問安，丞相莫怪！
曹　操	啊？我問你進宮爲何呢？
董　承	大丞相，哈哈哈！咱主見咱西府救駕有功，將俺宣進宮去，賜俺蟒袍一領、藍田寶帶一條，并無別事。
曹　操	取袍來！校尉們，將袍展開，用紅光一照，看看有甚麼夾帶無有。
校　尉	啊！
曹　操	取帶來！（看帶介）國舅，蟒袍玉帶，聖駕贈與你的？
董　承	贈與老臣我的。

曹　操　若其不然,你把這蟒袍玉帶……
董　承　怎樣?
曹　操　你送與了孤家吧?
董　承　你的府下,甚麼好蟒袍玉帶無有?你爲何單要老臣我的。你拿過來吧!
曹　操　着哇!是俺的府下,甚麼好蟒袍玉帶無有,爲何單要國舅你的?俺曹操南征北戰,東擋西殺,争下世襲的功勞,恨只恨小昏王他……
董　承　他便怎樣?
曹　操　他!
董　承　他便怎樣?
曹　操　也該贈與了老臣啊,哈哈哈!
董　承　你就該放老臣過去!
曹　操　啊!進宫光爲贈袍之事?
董　承　光爲贈袍之事。
曹　操　并無別事?
董　承　并無別事。
曹　操　嗯,如此國舅請回。
　　　　(董承下)
曹　操　啊?觀見國舅出得宫來,并無有奸細夾帶,校尉們。
校　尉　有。
曹　操　搭轎回府。
　　　　(曹操下)

第　六　場

　　　　(董承上)
董　承　(内唱)急急走來莫消停,(上)兩步并成一步行。
　　　　(院子上)
院　子　迎接老爺。
董　承　移到書館。
　　　　(唱)家院引路莫遲慢,來到書館仔細觀。
　　　　(同下)

第 七 場

（馬騰上）

馬　騰　（唱）殺氣衝天紫微愁，每日懷恨在心頭。
　　　　西涼侯馬騰。國舅進宮不見到來，使我放心不下，來到宮門打探。
　　　　（唱）國舅進宮不見來，怎不叫人挂心懷。
　　　　　　　催馬來在中途路，又見國舅出宮來。

董　承　（上）哪旁敢是馬大人？

馬　騰　下馬講話。咱主宣你進宮為何？

董　承　咱主見我西府救駕有功，賜俺紅袍一領，藍田寶帶一條。回得府去，仔細查看，裏邊搜出一封血……

馬　騰　住口！

（二人望門）

馬　騰　血甚麼？

董　承　搜出一封血詔，五路搬兵到來，平滅曹賊一死。

馬　騰　可有大漢宗親劉皇叔嗎？

董　承　第二名就是。

馬　騰　拿來我看。

董　承　同到館驛。
　　　　（唱）你我此處莫久站，同到書館看一番。
　　　　（同下）

第 八 場

（秦慶童上）

秦慶童　（唱）年年有個七月七，天上的牛郎會織女。
　　　　小子秦慶童。我老爺進宮不見到來，不免將姨太太喚來，喝個酒倒也罷了。姨太太哪裏，走來！

姨太太　來了，來了！秦慶童言講甚麼？

秦慶童　老爺不在府下，你我喝了個團圓酒，你看如何？

姨太太　我抱酒去。秦慶童我與你滿上，請酒，乾！哈哈哈哈，秦慶童啊！

我那小寶貝啊!

秦慶童　我那寶貝小啊!

姨太太　(唱)八月十五月兒圓,西瓜月餅嘗嘗鮮。

秦慶童　(唱)常言古語道得好,好夫妻不過一百年。

　　　　(董承、馬騰上。姨太太下)

董　承　(唱)急急走來莫消停,大罵奴才要你聽。

　　　　吊起來,吊起來!

馬　騰　咱朝事要緊!

董　承　我那家規要緊!

　　　　(將秦慶童吊起)

馬　騰　是你來罷。

　　　　(董承、馬騰下)

秦慶童　姨太太,快來,快來。

　　　　(姨太太上)

姨太太　來了,來了,來了。

秦慶童　快將我放下來,老爺知道了。我快跑了吧。

姨太太　慢着,慢着,慢着!你願意做一長頭夫妻,願意做一短頭夫妻呢?

秦慶童　長頭夫妻怎講?短頭夫妻怎說?

姨太太　老爺將咱二人殺死,這就是短頭夫妻!

秦慶童　要做長頭夫妻呢?

姨太太　要做長頭夫妻,我這裏有一封血詔,獻與曹丞相,將咱老爺殺死。

秦慶童　我問你血詔呢?

姨太太　現在我那梳頭匣裏啦。

秦慶童　我願做一長頭夫妻,你取血詔去吧。

姨太太　我取血詔去,你要得了好處,可別忘了我啊!(取血詔復上)

秦慶童　我豈肯忘了你這個小寶貝啊!姨太太你回去吧。我去獻血詔去!(姨太太下)去去行行,行行去去,拐彎抹角,來到曹府。裏邊哪個聽事?

　　　　(曹兵上)

曹　兵　何事?

秦慶童　獻好心的要見。

曹　兵　待我與你傳稟。請丞相!

衆　　　　噢！

（曹操上）

曹　操　實爲漢相，奉拜君王。何事？

曹　兵　獻好心的要見。

曹　操　命他進見。

曹　兵　命你進見。

秦慶童　告進。與相爺叩頭！

曹　操　你是哪府來的？

秦慶童　俺是董府來的。

曹　操　有甚麼好心獻與孤家。

秦慶童　獻一血詔。

曹　操　呈上來。

曹　操　（念血詔）"朕……朕聞人倫之大，父子爲先；尊卑之殊，君臣爲重。近日曹賊弄權，欺壓君父，結連黨伍，敗壞朝綱，敕賞封罰，不由朕主。朕，夙夜憂思，恐天下將危。卿乃國之大臣，朕之至戚，當念高帝創業之艱難，糾合忠義兩全之烈士，殄滅奸黨，復安社稷，祖宗幸甚！勿負朕意。建安四年春三月詔。"啊！好一董承，謀害孤家，哪厢容得！搭轎一到董府！

（衆引曹操下）

第 九 場

董　承
馬　騰　（內同白）嗯嘿！（馬騰、董承同上）

董　承　（念）要解心頭恨。

馬　騰　（念）拔劍斬仇人。

（董承院子上）

董承院子　報，曹操殺進府來。

董　承　我在前門答話，你打後門逃走。

（馬騰下。曹操上）

董　承　曹丞相！這，哈哈哈！進得府來，與何人致氣？

曹　操　就與你來，就與你來！

董　　承	與我致的何氣？	
曹　　操	董承啊！是俺那廂待你不周？爲何寫下血詔，五路搬兵，平俺一死？你該也不該？	
董　　承	我害你有何爲證？	
曹　　操	現有血詔。	
董　　承	拿來我看。	
曹　　操	老匹夫！	
董　　承	嗚呼呀！血詔又被他人搜去，打量我命休矣。縱然一死，罵這個奸賊幾句。曹操啊，鬼賊！只因你在朝專權，五路搬兵到來，平滅你這奸賊一死。	
曹　　操	老匹夫，你可知曉那吉平之故麼？	
董　　承	哎呀，我想吉平，那是我朝一部忠宰，竟死在你這奸賊之手。如今你董老爺我打死你這個奸賊！（董承打曹操）	
曹　　操	亂刀廢命。	
	（董承死）	
校　　尉	董承已死。	
曹　　操	你們先拿那馬騰！	
四　校　尉	（望門）馬騰逃走。	
曹　　操	啊！好一馬騰，不免差去大將許晃追趕於他。馬騰啊馬騰，我不殺你誓不罷休。獻好心的來見！	
	（秦慶童上）	
秦　慶　童	與丞相叩頭。	
曹　　操	董承待你哪廂不好，你爲何將好心獻與孤家？	
秦　慶　童	不是我的好心。	
曹　　操	哪個的好心？	
秦　慶　童	我姨太太的好心。	
曹　　操	將她喚來！	
秦　慶　童	姨太太哪裏，走來。	
姨　太　太	（內）來了。（上）秦慶童，言講甚麼？	
秦　慶　童	相爺喚你了，咱這就做官去了。	
姨　太　太	與丞相叩頭。	
曹　　操	你是董承的甚麼人？	

姨太太	我是董承的姨婆。
曹　操	董承待你好也不好？
姨太太	他待我不好。
曹　操	哪個待你好呢？
姨太太	他待我好。
秦慶童	慢着,慢着,慢着！她待我好,我待她好,我倆是兩好過一好。
曹　操	噢,她待你好,你待她好,你們倆是兩好過一好麼？這就是了。董承一死,將她賞與了你,再賜你夫妻漢官一乘,立時走馬上任。
秦慶童 姨太太	謝丞相。
秦慶童	走啊,咱做官去。
曹　操	啊？我想董承待他不好,他把血詔獻與孤家;孤家若是待他不好,他必有害孤之意。哎呀,我看他不像成國之寶,必是喪家之犬。罷,罷！（拔劍將二人殺死）啊！我看此事必是小讒妃之過,不免進得宮去,劍劈這個小讒妃一死。校尉們,搜宮殺院。
	（同下）

第　十　場

（漢獻帝、董妃上）

漢獻帝	（念）夜晚得夢大不祥。
董　妃	（念）夢見浮雲遮太陽。
	（伏后上）
伏　后	曹操殺進宮來！
漢獻帝	斬殺寶劍挂起。
曹　操	（內白）進宮！
	（曹操上）
漢獻帝	大丞相進得宮來,與何人致氣？
曹　操	董承謀反,陛下之福。
漢獻帝	我想董卓本是謀位之人,他下世去了,提他怎的？
曹　操	嘿！我提的是那董承,也非是那董卓。

漢獻帝　董承我賜他大紅袍一領，藍田寶帶一條，并無別事。
曹　操　叫道昏王、讒妃！俺曹操在朝奉君，待你哪厢不周，你爲何寫下血詔，害我一死？你該也不該？你該也不該？
漢獻帝　你説爲王害你，有何爲證？
曹　操　現有血詔爲證。
董　妃
漢獻帝　拿來我看。
曹　操　小讒妃。
董　妃　（唱）見血詔嚇得我三魂不在，
曹　操　校尉，扎住了宫門。
董　妃　（唱）三魂縹縹轉回來。
　　　　　強打精神用目看，原是萬歲在面前。
　　　　　哭一聲長兄難得相見，長兄啊！哎，長兄啊！
　　　　　眼巴巴兄妹不團圓。
　　　　　走上前來雙膝跪，再叫萬歲速醒還。
漢獻帝　（唱）曹丞相進宮來怒氣滿面，只嚇得漢天子無處躲轉。
　　　　　強打精神用目看，原是梓童在面前。
　　　　　哭一聲國舅難得相見，哎，國舅啊！
　　　　　眼巴巴君臣不團圓。
　　　　　走上前來雙膝跪，再叫丞相聽我言。
　　　　　千不看來萬不看，看爲王饒過娘娘活命還。
曹　操　（唱）昏王莫跪且請起，聽臣把話對你提。
　　　　　曹孟德進宮有主意，仗劍劈你董貴妃。
漢獻帝　（唱）奸賊心事早已定，要害梓童歸陰城。
　　　　　梓童上前潑口罵，
董　妃　罵出禍來？
漢獻帝　（唱）罵出禍來王應承。
董　妃　（唱）萬歲旨意忙傳下，上前哀告丞相他。
　　　　　萬歲封他的權勢大，不管文武一齊殺。
　　　　　走上前來忙跪下，再叫丞相聽根芽。
　　　　　哀家無有害你意，苦苦殺我爲甚麽？
曹　操　（唱）一見讒妃跪流平，恨得我咬的牙根疼。

　　　　　　我今挎劍有一比,好比五閻君打開了酆都城。
　　　　（伏后上）
伏　后　（唱）走上前來忙攙起,回過頭來罵曹賊。
　　　　　　問你坐的誰家的位？
曹　操　（唱）多言多語你是誰？
伏　后　（唱）才女本是伏完女。
曹　操　（唱）寶劍下去命歸陰。
漢獻帝
董　妃　（同唱）我一見小姐喪了命,
　　　　　　哎！（哭一二三）小姐姐呀！
漢獻帝　（唱）倒叫孤王好傷情。小姐姐尸首忙移定,
　　　　　　只殺的宮院裏冷冷清清。你坐江山王讓你！
曹　操　（唱）俺曹孟德不坐你漢室的位。
董　妃　好賊呀！
　　　　（唱）既然不坐漢室位,爲何進宮把君欺？
曹　操　（唱）把君欺來把君欺,不該血書害爲臣。
董　妃　（唱）殺將謀位就是你,
曹　操　（唱）寶劍下去命歸陰。
董　妃　（唱）奸賊心事早已定,要害哀家歸陰城。
　　　　　　萬歲轉上受我拜,
曹　操　校尉們進府。
校　尉　有！
曹　操　扎住了宮門。
董　妃　（唱）拜罷了萬歲好恩情。恨不能咬你一口肉,
漢獻帝　（唱）再叫丞相要你聽。哭一聲大丞相,大丞相啊！
　　　　　　哭一個大丞相,大丞相啊！
　　　　　　你娘娘無有害你之意,苦苦殺她却爲何情啊？
曹　操　昏王請起來。啊！今天進得宮來,有心將這小讒妃劈死,這一昏王苦苦哀告,人情我要不准,反説我這作大臣的就有些不忠了。也罷,看在這小昏王臉上,叫這一小讒妃落一囫圇尸首。校尉們！
校　尉　有。

曹　　操　將你娘娘縛在老龍臺上，三絞廢命。
漢獻帝　罷了，梓童啊！
校　　尉　一絞、二絞、三絞，三絞廢命。
曹　　操　站過了。可惜呀！可惜！可惜孤家進得宮來，害了這小讒妃一命！把孤家這口氣就去了一半。校尉們，將你娘娘死尸用白綾纏了，事定之後，還要金井玉葬，死尸扯下去！（校尉移尸下）
曹　　操　萬歲呀，臣主！不記得當年朝中出了董卓謀位，欺壓我主太甚。咱朝有一位王允老先生，他的府下有一位女英雄，此人叫做甚麼貂，就是那貂蟬，定下了連環之計，刺卓一死。他的府下，有四員大將，有的是張濟、樊稠、李傕、郭汜，要與他主復仇，殺的我主無有藏身之地。我主萬般無計所奈，將為臣搬進了京來，是我進得京來，殺了張濟、樊稠，刀劈李傕、郭汜。從前文武道我，言說我有殺將謀位之心，為臣是一忠臣，也非是一奸臣。我若是一奸臣，今天挎劍入宮，要殺你這個小昏王，我就落下不忠了。校尉們，用頂小轎，將你姑娘抬進了宮來。萬歲，今天進得宮來，將我娘娘劈死，宮下無有伴駕之人；臣的府下，我有一女兒，名喚曹金定，將她搬進宮來，陪伴我主大駕，我主的龍意如何？請我主傳旨！我主龍心不悅，莫非讓臣替主代勞？臣遵旨！旨下：曹金定進宮！

（曹女上）

曹　　女　（念）一十六歲朝天子，梳洗打扮領華夷。
　　　　　與爹爹叩頭。
曹　　操　隨父進宮參駕。旨開！曹金定跪。兒呀，你跪下！曹金定聽旨！茲有你父進得宮來，將你娘娘害死，宮下無有伴駕之人，將你選進宮來，朕封你昭陽正院。謝恩哪，磕頭！平身，起來。賜繡墩，坐下！萬歲，宮下有了伴駕之人。萬歲傳旨，臣好離宮。我主心中不悅，莫非說還叫為臣替主代勞？臣遵旨！大丞相出宮去吧！臣遵旨。俺曹操今天進得宮來，做下此事，豈不叫天下人談論與我。哎也，我曹操處事，寧使我負這天下人，不叫天下人負我！

（曹操下）

曹　　女　萬歲醒來，萬歲看甚麼？
漢獻帝　大丞相哪廂去了？
曹　　女　出宮去了。

漢獻帝　攙王來！曹丞相我把你大大的……
曹　女　嗯哩！
漢獻帝　咳！攙王來罷！（同下）

關羽走麥城

泥　浪　整理

解　題

　　晉劇。泥浪整理。泥浪，生平里居不詳。未見著錄。劇寫東吳久索荆州不得，諸葛瑾獻計，爲孫權世子求婚於關公之女，若允婚，乃合兵伐中原，可奪荆州。關公拒絕，云"吾虎女安肯下嫁犬子"，將諸葛瑾趕走。孫權受辱，下決心與曹操聯合。關公出兵襄陽，打敗曹仁。水淹七軍，擒于禁，斬龐德，威名震華夏。吕蒙白衣渡江，襲破荆州。關公受曹、孫兩軍夾擊，兵敗走麥城，被困，關羽突圍被擒殺。中間夾叙關公中毒箭、華陀刮骨療毒等情節。本事見《三國志·蜀書·關羽傳》，《吴書·孫權傳》、《吕蒙傳》、《陸遜傳》以及《後漢書·華佗傳》。京劇有《走麥城》。版本今見泥浪整理的簡體字排印本，首頁下可見"甘肅省劇目工作室"。今以該本爲底本校勘整理。

第一場　計　　定

　　　　　（張昭、諸葛瑾、潘璋、朱然先後上場，起霸）
張　昭　衆將請了，主公登殿，你我兩廂伺候！
衆　　　請！（分立兩旁）
　　　　　（四内侍引孫權上）
孫　權　（念）弟承兄業踞江東，曹操聞言膽顫驚。
　　　　　（入坐）常隨！
内　侍　有！
孫　權　宣衆將謀士上殿。
内侍甲　衆將謀士上殿！
衆　　　告進！（進内）主公在上，我等打躬。

孫　權　少禮，坐了。
衆　　　謝坐。（同坐）宣我等上殿，有何大事商議？
孫　權　只因從前赤壁鏖兵，火燒戰船，爭下荊州，被劉備借去，久借不還，魯子敬因討荊州身死。今日孤將衆謀士請上殿來，商議討荊州之事。
諸葛瑾　哎呀主公，聞得關雲長有一女兒，尚未許人，主公的世子，尚無妻室，某願往與主公世子求婚。若還允親，二兵合一，先伐中原，可奪荊州；若還不允，你我與曹操結兵一處，先奪荊州，後取西川，你看如何？
孫　權　此計甚好，就命子瑜前去。聽孤傳旨：聞聽人說，二君侯有得一女，孤有一子，此番差人前來求親，下來彩緞百聯，以作聘禮，兩家結爲姻親之好，以便同心破曹。此一前去，乃是苦差一名，與我卿餞行送路，常隨，看上酒來！
　　　　（唱）天不幸我兄把駕晏，繼承大業孤一身擔。
　　　　　　曹孟德中原把兵練，他要把江南一口餐。
　　　　　　火燒赤壁東風顯，奪來荊州歸江南。
　　　　　　桃園兄弟無處站[1]，借去荊州把身安；
　　　　　　魯子敬爲討荊州一命斷，柴桑關周郎喪黃泉。
　　　　　　我江南文臣武將無才幹，呂蒙執掌兵馬權。
　　　　　　若要除掉心頭願，殺死劉備滅桃園。
諸葛瑾　（接唱）但願能同太子結成親眷，
張　昭
潘　璋　（同唱）有一日領大兵奪取中原。
朱　然
孫　權　子瑜啊！
　　　　（唱）臨行時孤與你來把行餞，若回來孤迎你長江岸邊。
　　　　（同下）

校記

［１］桃園兄弟無處站："兄弟"，原作"起義"；"處"，原作"外"。據文意改。

第二場　求　　親

（周倉、關平、四蜀兵上。起牌子，關羽坐帳）

周　倉
關　平　參見父王！

關　羽　站下！

（念詩）頭戴金盔火炎飄，鎖子金甲綠戰袍，
　　　　跨下赤兔胭脂馬，手提青龍偃月刀。

啊！漢壽亭侯關——，[1]某令廖化前去催討糧草，此時不見回來，教某多加焦急。咃！周倉打坐營門，小事你手開消，大事早稟爲父得知。

周　倉　遵命。

（諸葛瑾上）

諸葛瑾　（念）只爲聯蜀事，前來把親求。

行來已是荊州大營，觀見周將在此，那娃娃生來性如烈火，我還要小心去見。周將軍請來見禮了。（施禮）

周　倉　我當是何人，原是諸葛瑾，來在荊州大營，有甚麼事？

諸葛瑾　將軍不知，我領了吳侯旨意，來在荊州同你父王商議破曹之事。

周　倉　既有此事，你且等候。（進內）稟父王！

關　羽　何事？

周　倉　東吳差來諸葛瑾要見父王。

關　羽　啊！我想諸葛瑾前來，莫必又爲荊州之事？嗯，我自有道理。周將！

周　倉　在！

關　羽　吩咐我軍刀出鞘，弓上弦，諸葛瑾登門來見。

周　倉　得令！父王有旨，下邊聽者：我軍刀出鞘，弓上弦，諸葛瑾登門來見。

諸葛瑾　告進，諸葛瑾參見關將軍。

關　羽　少禮，周將爲先生看坐。

諸葛瑾　謝坐。

關　羽　子瑜今日前來，莫必又爲荊州之事。

諸葛瑾　非也。

關　羽　既非此事，何意前來？

諸葛瑾　聞得君侯有一愛女，尚未婚配；我主現有一子，正在妙齡，甚爲聰明。今特來求親，兩家結好，并力破曹，請君侯俯允。

關　羽　（冷笑）哈哈……吾虎女安肯下嫁犬子乎！周倉，將來人趕出去！

諸葛瑾　（氣極）哼！好一關雲長，你竟這樣驕傲，將我趕出帳來，真真氣煞我也！（下）

關　平　爹爹此事做差了。

關　羽　怎見得？

關　平　東吳既然前來尋好，正好兩家聯合破曹。

關　羽　嗯！你小孩人家懂得甚麼？孫、曹兩家俱是西蜀的仇敵，講甚麼同心修好！父王威震華夏，北滅曹操，東掃孫權，易如反掌一般。

關　平　父王！軍師臨行之時，留下兩句言語，他言道：東和孫權，北拒曹操。父王不可疏忽大意。

關　羽　不許你在此胡言，爲父自有主見。

　　　　（唱）恨孫權竟生此不良主意，説甚麼求姻親把某來欺。
　　　　　　某虎女豈與那犬子婚配？這件事叫關某惱恨心裏。

（廖化上）

廖　化　（念）旨意到荆州，早稟二君侯。
　　　　稟君侯，費詩捧旨前來。

關　羽　打開中門有請！

廖　化　有請司馬。（牌子，費詩捧印綬上[2]，關平下）

關　羽　請坐。（費詩入坐）請問司馬自西川前來，爲了何事？

費　詩　君侯有所不知，主公進位漢中王，下官特來報喜。今有軍師口囑[3]：要君侯北拒曹操，東結孫權，以免有後顧之憂耶！

關　羽　唔，西川非此山高路遠，他們那知其中詳細，漢中王命我攻取襄陽、樊城，我已準備一切，不日就可動兵。啊，司馬，不知漢中王封我何爵？

費　詩　五虎上將之首。

關　羽　那五虎上將？

費　詩　關、張、趙、馬、黃是也。

關　羽　嗯，想翼德吾弟也，馬孟起世代名家，子龍久隨吾兄，亦吾弟也，位

	與我相并，俱無不可。黃忠老兒乃何等之人，敢與某同名并列，大丈夫終不與老卒爲伍！司馬請回，關某不敢授印。
費　詩	君侯差矣！想昔日蕭何、曹參隨高祖同舉大事[4]，最爲親近。而韓信乃是楚之亡將，但是後來韓信封王，位居蕭、曹之上[5]，蕭何、曹參并不以此爲怨。如今漢中王雖有五虎上將之封，而與君侯有兄弟之義，視同一體，君侯即如漢中王，漢中王即如君侯也，那個是君侯的敵手？君侯當以國事爲重，不宜計較爵位上下。望君侯三思！
關　羽	司馬言之有理，關某分明，非足下見教，幾誤大事！（接印）
	（關平上）
關　平	（念）軍營失了火，禀與父王知。禀父王！
關　羽	講！
關　平	傅士仁、糜芳，以在軍營中吃酒作樂，不管理營中大事，營中一時起火，將糧草、軍器燒了個盡絶。
關　羽	啊！竟有這等事，將他二人綁上來！
	（王甫、四蜀兵押糜芳、傅士仁上，潘濬隨上）
關　羽	哇！你二人身爲先鋒，未曾出兵，先將軍器、糧草燒毀，如此誤事，要你二人何用！來，推下斬了！
費　詩	君侯息怒。未曾出兵，先斬大將，恐於軍心不利。
關　羽	唉，某不看着司馬之面，必斬你二人之首。來，推下各責四十。
	（四蜀兵推二人下，幕後喊打，又押上）
糜　芳 傅士仁	（同）謝過君侯輕打[6]。
關　羽	説甚麽輕打？將你二人先鋒印綬摘掉，令你二人分守南郡、公安，稍有差錯，待某得勝回來，二罪俱罰。
糜　芳 傅士仁	（同）遵命。（二人對視）噓！（同下）
費　詩	君侯請在，我便告辭。（下）
關　羽	衆將聽令！
衆	候令！
關　羽	命廖化爲先鋒。
廖　化	得令！
關　羽	關平爲副將。

關　平　得令!

關　羽　王甫押送糧草。

王　甫　得令!

關　羽　潘浚留守荆州。

潘　浚　得令!

關　羽　衆將官,兵發襄陽去者!

　衆　　啊!(馬僮上)

關　羽　(唱)某將大事安排定,攻取襄陽和樊城。

　　　　　　關平、周將把兵領,活捉孫權與曹仁。

　　　　(衆上馬,起兵下)

校記

[1] 漢壽亭侯:"侯",原作"候",據文意改。下徑改,不一一出校。

[2] 捧印綬上:"綬",原作"授",據文意改。下徑改,不一一出校。

[3] 今有軍師口囑:"今",原作"關",據文意改。

[4] 想昔日蕭何、曹參隨高祖同舉大事:"曹參",原誤作"曾參",據《史記》改。

[5] 位居蕭、曹之上:"曹",原誤作"操",據《史記》改。

[6] 謝過君侯輕打:"君",原作"軍",據文意改。

第三場　修　　書

　　　　(四內侍、孫權上)

孫　權　(唱)子瑜一去不回轉,倒叫孤家把心耽。

　　　　　　悶悠悠打坐在寶殿,等子瑜回來問一番。(諸葛瑾上)

諸葛瑾　(念)心中不平事,報與主公知。

　　　　諸葛瑾告進,(進)參見主公。

孫　權　快快坐了。

諸葛瑾　謝坐。(坐)

孫　權　子瑜啊,此一前去,關羽可曾允親?

諸葛瑾　唉,爲臣見了關羽,順説親事,關羽不但不聽,反將爲臣趕將出來,
　　　　還有幾句言語,爲臣不敢講説。

孫　權　有甚麼言語,但講無妨。

諸葛瑾　是他言道,他乃虎女,豈肯嫁與主公犬子。
孫　權　好惱!
　　　　(唱)關羽做事太驕傲,辱罵孤御爲那條?
　　　　　　孫、劉結緣原爲好,竟顯你的本領高。
　　　　　　不允親事好言告,責趕來人反撒刁。
　　　　　　轉面我把子瑜叫,你與孤設下計一條。
　　　　子瑜,關羽不允親事還則罷了,如此藐視江南,難道荊州一事白白罷了不成?
諸葛瑾　主公,爲臣倒有一計。
孫　權　有何良謀?
諸葛瑾　主公修得小書一封,賜與爲臣,爲臣奔向中原,見了曹操自有主意。
孫　權　子瑜高見。我且修書一封。(寫好書信)子瑜,你將這封小書帶奔中原,見了曹操,順說魏、吳交好,共統大兵,先奪荊州,後取西川,速快前去。
諸葛瑾　遵命了!
　　　　(唱)和主公當殿上大事定妥,實不服關雲長這樣刁惡!
　　　　　　叫來人你與我把馬帶過,奔中原見曹操細對他學。
　　　　(乘馬下)
孫　權　(接唱)君臣當殿把計定,中原去搬曹奸雄。
　　　　　　孫、曹兩家把兵領,不奪荊州不回程。
　　　　(同下)

第四場　出　兵

(關羽、馬僮、四蜀兵、廖化、周倉、關平上)
關　羽　(唱)二將忙把兵馬動,旌旗遮天氣如虹。
　　　　　　不怕曹將多猛勇,托刀之下喪敵生。
　　　　爲何不行?
蜀兵甲　來在襄陽交界。
關　羽　二將聽令:使你令箭一支,前去叫城,若遇曹仁,只許你敗,不許你勝,急去莫誤!

廖　化 關　平	（同）得令！
關　羽	衆將官！
衆	在！
關　羽	以在襄陽城外埋伏了。（衆下） （四曹兵、翟元、夏侯惇上。牌子，升帳，曹仁上）
曹　仁	（坐詩）手捧黃金印，提令調三軍， 　　　　馬踏華夏地，與主保乾坤。 是我奉了承相之命，鎮守襄陽。今坐寶帳，觀見帥旗無風自動，必有甚麼軍情來報。 （報子上）
報　子	禀督爺，關平、廖化領兵前來攻打襄陽。
曹　仁	再探再報！
報　子	得令！（奔下）
曹　仁	想那關羽十分驍勇，我如何是他的敵手？我不免將免戰牌高懸。
翟　元 夏侯惇	（內白）慢慢慢着！（同上）二將告進，（進）參見督爺！
曹　仁	二位將軍，兩厢坐了。
翟　元 夏侯惇	（同）謝過督爺。（分坐）
曹　仁	本帥無令，進帳為何？
翟　元 夏侯惇	（同）我二人正在後帳練兵，耳聽督爺免戰牌高懸，二將不知，問個明白[1]。
曹　仁	適纔報子報到，關羽領兵前來，因而免戰牌高懸。
翟　元 夏侯惇	（同）督爺，二將情願出得帳去，將關雲長生擒活提，督爺面前獻功。
曹　仁	慢着！你我同上城樓觀兵！ （唱）適纔間探馬聲禀，關雲長圍攻襄陽城。 　　　三軍們帶馬莫久停，登上了城樓觀大兵。 （同上城樓）（關平、廖化上）
關　平 廖　化	（唱）號炮一響軍旗展，
翟　元[2]	（接唱）威風凛凛將一員。

關　平	（唱）催馬來在海壕岸，
廖　化	（唱）城上爾等聽心間。
關　平	（唱）是勇夫下城來交戰，
廖　化	（唱）爾貪生怕死莫開關。
翟　元 夏侯惇	（同）哎呀督爺，待我二人出得城去，截殺一陣[3]。眾將官開城！

（二人下）

曹　仁	觀見二將出得城去，多不放心，還得隨後觀看。眾將官，帶馬！

（上馬）

（眾下）（廖化、翟元上起打，廖化敗下，關平上起打，翟元敗下，關平追下。二次上起打，關平斬翟元，夏侯惇上起打，關平敗下，關羽上斬夏侯惇，四蜀兵過場）

關　羽	（唱）托刀只把夏將斬，可憐兒郎喪馬前。
	曹仁小兒嚇破膽，再領雄兵伐中原。（報子上）
報　子	報！
關　羽	講！
報　子	曹仁帶領殘兵敗將直奔樊城。
關　羽	再探！
報　子	得令！（眾下）（四蜀兵、王甫上）
王　甫	觀見曹仁領兵敗去，我不免領兵先占襄陽。眾將！帶馬奔上襄陽去者！（上馬，領眾下）（四曹兵、曹仁敗上。圓場）
曹　仁	二將落馬，我軍大敗。眾將！渡過江岸，逃奔樊城。（四曹兵隨曹仁下。二卒上守城）（四蜀兵、王甫上）
王　甫	呔！守城的兒郎，你家主帥大敗，爾等就該投降，如其不然，殺進城來，殺兒個雞犬不留！
二　卒	（同）我們情願投降[4]，立刻開關。（王甫、四蜀兵進城）

（關平、廖化、周倉、關羽上）

關　平	來在城下，城上爾等聽着：好好開城還則罷了，倘若不從，難免青龍刀下作鬼！
王　甫	啊，二君侯，末將早替君侯把城得了！眾將官，將城開了迎接二君侯進城。（同進）哎呀二君侯，你將糜芳、傅士仁每人重責四十大板，又派他等分守南郡、公安，恐怕他二人變心，荊州有失，豈不誤

關　羽　某大令早已傳出：安排五十里築下烽火臺,每臺用五十人把守,倘若吳兵過江,烽火臺為號,我必前來堵擋,那荆州萬無一失。

王　甫　二君侯,你看糜芳、傅士仁,受罰之後,心中不服,分守南郡、公安二城,恐不太盡力。想那潘浚留守荆州,此人多疑好利,俱不能重用,還望二君侯另行安排。

廖　化
關　平　(同時){二君侯
周　倉　　　　　父　王}三思

關　羽　(固執地)派令已出,不得多言!

（報子上）

報　子　報!

關　羽　軍報何事?

報　子　曹操命于禁挂帥,龐德為先鋒,帶領七路雄兵,援救樊城去者。

關　羽　再探!

報　子　啊!（急下）

關　羽　且慢,想龐德小兒,不過馬超帳下副將,何敢在某面前呈能?眾將官!擺開陣勢,迎敵去者!（眾下）

校記

[1] 問個明白:"問",原作"題",據文意改。
[2] 翟元:"元",原作"化",據上文改。
[3] 截殺一陣:"截",原作"結",據文意改。
[4] 我們情願投降:"願",原作"原",據文意改。

第五場　水　擒

（四魏兵引龐德上）

龐　德　(念詩)豪傑生來秉性剛,提刀上馬鬼神忙；
　　　　　　今日帶領兵和將,殺兒好似虎斷羊。
　　　　督爺有令,教場點兵,大兵點齊,回頭一觀,督爺來也。

（于禁上）

于　禁　（念）奉了魏王命,領兵援樊城。

龐　德　參見督爺。

于　禁　站下！命你教場點兵,將兵可曾點齊？

龐　德　齊備多時,等候督爺傳令。

于　禁　兵撤樊城。

龐　德　得令,來呀！兵撤樊城！（衆下）

　　　　（蜀兵、關羽上）

關　羽　（唱）奉王命大戰奸曹,滅孫、吳扶立漢朝。

　　　　（周倉舞身段上）

周　倉　參見父王！

關　羽　站下！（坐詩）

　　　　二十年間江下游,斬却顏良與文醜,

　　　　當年未遇一敵手,某把威名天下留。

　　　　（報子上）

報　子　報！

關　羽　講！

報　子　龐德起兵前來！

關　羽　再探！

報　子　得令！（下）

關　羽　我想龐德起兵前來,少不了某家親臨一陣,呔！周將！

周　倉　在！

關　羽　殺！（轉場）

　　　　（魏兵引龐德上）

關　羽　馬前來者敢是龐德？

龐　德　然也。

關　羽　看你主人馬超,歸順吾大哥,現爲五虎上將之職,將軍若肯投降,不失你封侯之位。

龐　德　吾奉魏王之命,特來取爾之首,你若怕死,早早下馬受降。

關　羽　啊！膽大的龐德！竟敢在某面前誇口；我且問你,爲何抬來棺木一副？

龐　德　倘若戰你一死,情願仰面還家。

關　羽　龐德,哦,龐德！你身爲大將,口出不遜之言,呔,周將！

周　倉　在！
關　羽　壓定陣頭，殺！（雙方起打，對刀；關羽敗，關方先鳴金。龐德正要追殺，龐方亦鳴金，同住手）
龐　德　吪，關羽，敢是怯戰？
關　羽　非是某家怯戰，分明是你家主人，已在城樓上邊鳴鑼收兵。
龐　德　全然不信。
關　羽　回頭觀看。
龐　德　（觀看）果然是實。若到明天，紅日出顯，就在此地交鋒。來者是君子——
周　倉　不來是小人。
關　羽　（念）勒馬定干戈。吪，周將！
周　倉　（縱聲）在！
關　羽　收兵。（眾應下）
　　　　（魏兵引龐德上）
龐　德　眾將官！
　眾　　在！
龐　德　今夜晚上，去搶關羽的糧草，催馬前行者。（眾下）
　　　　（蜀兵、周倉、馬僮引關羽上）
關　羽　周倉，傳令下去，我軍人莫要解甲，馬莫要離鞍，不等五更天明，就要大戰龐德。
　眾　　啊！（分下）
周　倉　稟父王，傳令已畢。
關　羽　站下！嗚呼呀！想當年出五關斬六將，某是何等樣威風，到今天連一個小小龐德戰他不過，真乃是關某老了！
周　倉　父王不老。
關　羽　（唱）想當年兩膀哪餘力甚勝，今日裏戰龐德尚欠精神。
　　　　（周倉舞身段）
　　　　（白）想當年過關斬將，好不凶險也！
　　　　（唱）五關中將士們威武甚好，想起來俺關某暗把魂拋。
　　　　（周倉舞身段）
　　　　（白）龐德的刀法，實為罕見也！
　　　　（唱）龐德那小兒刀法好，三國的戰將數他高。

（周倉舞身段）

（白）今夜晚上，好不愁悶人也！

（唱）漢關某在營下愁眉不展，耳聽得譙樓上更鼓連天。

（起更，擂鼓，周倉搜門。關羽觀書）

（念詩）二十年間一夫子，威震華夏小孫吳；
　　　　今日陣前未得勝，某柱把《春秋》晝夜讀。

（周倉看刀發怒。起鼓捶子。與關羽思索看書）

關　羽　刀來！

周　倉　喳！（遞刀）

關　羽　青龍刀！想當年出五關斬六將，你是何等樣威風，今日小小龐德斬他不了，真乃是——

周　倉　（使翎子）哇呀……着！着！着！

關　羽　（唱）手拿上青龍要爾何用！

（拋刀）大罵龐德，爾好無理，降順曹公，陣前呈能，藐視俺關某！

（白）正是：

（念）強中自有強中手，人中尚有人上人。（關平匆匆上）

關　平　稟父王！

關　羽　何事緊慌？

關　平　于禁落營，要和父王決一死戰！

關　羽　你待怎講？

關　平　要和父王決一死戰！

關　羽　我兒不必擔怕，隨父高山觀兵了！

（唱）急忙忙離寶帳登山觀看，（周倉、關平搜門）

關　羽　（唱）耳聽得曹營裏嚷鬧喧天。
　　　　出五關某把六將斬，無某的敵手甚威然。
　　　　到如今五十三歲吃敗仗好羞慚，龐德兒威風無比刀法高妙不一般。
　　　　叫周將和關平出營觀看，

（同登山觀望）（擂鼓，龐德領兵偷糧下）

關　羽　（接唱）龐德兒催着糧即轉回還。
　　　　幾隊人馬旌旗展，好比猛虎下了山。（回營）

（報子上）

報　子　報！
周　倉　何事？
報　子　上河水高！
周　倉　站下！（報子下）禀父王，上河水高！
關　羽　站下！哈哈，咳咳，這，噢……嘿嘿嘿嘿！
周　倉　父王發笑爲何？
關　羽　我兒那知，上河水高，那七軍人馬定然盡没！周將！
周　倉　在！
關　羽　寬了甲鎖，下水捉拿龐德！
周　倉　得令！接刀！（關平接刀，周倉下）
關　羽　關平！
關　平　在！
關　羽　命你帶領一千兵卒，决破襄江堤口，然後水面殺敵！
關　平　得令！（下）
關　羽　馬僮！
馬　僮　（翻上）在！
關　羽　與二爺帶馬！（上馬，下）
　　　　（魏兵、于禁上）
于　禁　（念）龐德出了兵，不見轉回程。
　　　　（龐德上）
龐　德　督爺上邊交令。
于　禁　收令。
龐　德　打躬。
于　禁　站下。出營勝敗如何？
龐　德　打回勝仗，搶回糧草，督爺查明收訖。
于　禁　將軍今日得勝，莫大之功，本帥爲將軍賀功飲酒。來，大帳擺宴，請！
　　　　（報子上）
報　子　報！
于　禁　甚麽事？
報　子　上河水高！

龐德 于禁	（同）哎呀不好！（衆抛水下）
	（周倉帶衆水卒上跑篙，下。于禁、龐德拋水上，龐德倒轉下。周倉、關平、蜀兵同上捉拿于禁）
關　羽	綁上來！（綁于禁上）
于　禁	（下跪）二君侯饒命！
關　羽	啊呸！某家殺你，猶如宰猪殺狗耳！徒然污了刀斧。關平！
關　平	在！
關　羽	你將于禁打入囚車，解奔荆州，待爲父回去再作處治。
	（關平等押于禁下。周倉上）
周　倉	禀父王，兒我拿住龐德。
關　羽	綁上來！（關平等綁龐德上）
關　羽	下站你是龐德？
龐　德	然也！
關　羽	見了關某，爲何立而不跪？
龐　德	關羽，膽大的雲長，某家出世以來，上知跪天，下知跪地，豈能與你無名匹夫下跪！
關　羽	誰是無名匹夫？
龐　德	你是無名匹夫！
周　倉	（氣極）哇……呀！
關　羽	龐德小兒！你既身爲大將，爲何被我兒周倉擒來？
龐　德	關羽，匹夫！你既是上將，就該和某兩軍陣前，你一刀我一槍，纔算名夫上將，誰知你用計擒某，真乃小鄙人也！
周　倉	誰是小鄙人也？
龐　德	你是小鄙人也！
關　羽	嗯！
	（唱）龐德兒出此言太得狂妄，到今日你爲何還不投降！
	衆將官速與他砸肘上綁，推帳外斬首級命喪無常。
	（背白）哎呀且慢，呔，龐德，你兄現在漢中，你的故主馬超，亦在我營方任大將，
	你爲何還不早降？
龐　德	我寧願死在刀下，怎肯投降！

關　羽　說是：罷！罷！罷！衆將！

衆　　　在！

關　羽　推下斬首！

（蜀兵推龐德下，擂鼓，蜀兵又上）

蜀兵甲　斬首已畢。

關　羽　可傷！哎，可慘矣！（掩面而泣）

周　倉　父王，想當年出五關斬六將，未見父王落淚，今日斬了小小龐德，爲何雙目捧泪？

關　羽　想那五關的將士，哪個武藝勝過龐德？你將龐德的尸首好生盛殮起來，送向曹營。

周　倉　遵命。

關　羽　三軍們，下邊擺宴，與吾兒賀功。

（衆下）

第六場　和　　約

（魏兵、曹操上）

曹　操　（唱）派于禁和龐德領兵南去，盼只盼能解脫樊城之圍。

　　　　吉與凶全不曉重重疑慮，坐寶帳立等着報好消息。

　　　　老夫進坐寶帳，等候捷報來者。（司馬懿上）

司馬懿　（唱）二位將軍身遭險，忙與大王報一番。

　　　　參見承相。

曹　操　仲達請坐。

司馬懿　謝坐。（入坐）

曹　操　大司馬進帳何事？

司馬懿　禀承相，你派于禁、龐德領兵去解樊城之圍，却被關羽用水淹了七軍人馬，于禁被擒，龐德被斬！

曹　操　天哪，哎呀蒼天！

　　　　（唱）七軍人馬水淹盡，龐德被斬好痛心。

　　　　關羽生來性猛勇，看來還得失樊城。

　　　　倘若又把許昌攻，我等性命難逃生。

司馬懿　大王勿憂啊！

（唱）關雲長他乃是匹夫之勇，恃威武震華夏方顯名聲。
他必然與東吳結仇失盟，一封書定叫他分列西東。
大王速差一使者，去到東吳，順說孫、曹兩家和好，破壞他的聯盟，令孫權暗地攻取荊州。又派遣大將挫關羽之銳，以解樊城之圍。關羽背腹受敵，覆亡可待也。

曹　操　嗯，正和孤意。
（報子上）

報　子　報，東吳使者諸葛瑾求見。

曹　操　哦，是了，下去吧！（報子下）來呀，開了中門，待老夫親自去迎。
（諸葛瑾上）

諸葛瑾　參見魏王千歲！（跪）

曹　操　大夫不必下跪，請起進帳。（迎諸葛瑾入坐）不知大夫駕臨，未曾遠迎，大夫莫怪。

諸葛瑾　拜見魏王千歲來遲，還望海涵。

曹　操　大夫遠道來至中原，有何見教？

諸葛瑾　我主現有小書一封，魏王請看。（遞書）

曹　操　呈來，待孤一觀。（看信，喜）哈哈……你主人之見，正合孤意。關雲長欺人太甚，真乃令人可恨！孤必與吳侯同心合力，攻取荊州，成功之後，必定割江南之地奉贈吳侯。

諸葛瑾　我先謝過魏王千歲！

曹　操　大夫遠路前來，多受辛苦。人來，大擺筵宴，與大夫洗塵！

諸葛瑾　兩家行兵在即，不可遲延，我便告辭。

曹　操　奉送——

諸葛瑾　大王留步。（下）

曹　操　仲達，你看孤家正要約和孫權，不料孫權派人前來約和孤家，真乃天湊孤成功也！

司馬懿　還是魏王洪福齊天。我想孫權動兵，不能一時奪取荊州，倘若關羽領兵北進，如何是好？

曹　操　我自有安排。人來！喚徐晃、呂建進帳。

魏　兵　徐晃、呂建進帳！
（徐晃、呂建上）

徐　晃　（念）末將生來志氣高，

呂　建	（念）上陣全憑斬將刀。
徐　晃 呂　建	（同）告進，參見大王！
曹　操	二將聽令！命你二人帶領五萬人馬，克日起程，去到楊陵坡前駐扎，以拒關羽北上。等到東吳兵馬策應，即刻揮戈南下，不得有誤！
徐　晃 呂　建	（同）得令！（下）
曹　操	（唱）關羽性傲不自量，不把孤家放心上。 　　　二將領兵去拒擋，誓取荊州滅關、張。 （同下）

第七場　探　病

（呂兵、呂蒙上坐帳）

呂　蒙	（念）心中可惱三桃園，借去荊州永不還。 （坐詩）公瑾死去魯肅亡，此事吳侯卦心上[1]。 　　　江南帥印歸某掌，要奪荊州定家邦。 吳侯命我率兵取奪荊州[2]，我先命人江邊打探，去了多時，未見回報，叫某好不心焦！（報子上）
報　子	稟都督，關雲長已在江南，每隔十里設下烽火臺，每臺用五十人把守，防備甚嚴，我軍難以渡江。
呂　蒙	再……再探！（報子下）關雲長啊，關羽！ （唱）數十里烽火臺嚴加防守，我呂蒙用心機無計可籌。 （焦急、思索）這，這…… （報子上）
報　子	報！陸遜大夫到！
呂　蒙	噢！我想陸遜娃娃雖然年幼，倒也聰明，倘若進得帳來，問我爲何按兵不動，我該拿何言答對？（一想）哦，有了，我不免與他臥床裝病不起。三軍們！陸遜進得帳來，就說本督身有疾病，不能出迎，寧要記下！（陸遜上）
陸　遜	（唱）呂蒙按兵我知曉，進帳去獻上計一條。 三軍們！稟與都督，就說陸遜要見。

吴　兵　都督有病在床。
陸　遜　甚麽？
吴　兵　都督有病在床。
陸　遜　（笑）哈哈哈……禀明都督，就説陸遜特來探病。
吴　兵　禀都督，陸大夫特來探病！
吕　蒙　唉，真乃掃興，偏偏是他前來探病，要裝我裝的老老實實的，看他怎樣個探法。傳出有請！
吴　兵　有請！
陸　遜　（入内）都督疾病如何？
吕　蒙　哎！吾命休矣！
陸　遜　哈哈哈，都督這病，小將一看就好。
吕　蒙　你是診脉，還是用藥？
陸　遜　一不診脉，二不用藥，只有一個單方，一治便愈。
吕　蒙　但望伯言相助。
陸　遜　這——（旁顧）
吕　蒙　左右退下。（吴兵退下）
吕　蒙　有何良方，望即賜教。
陸　遜　你這病嘛，不過因荆州兵馬整肅，沿江有烽火臺之備，不能過江耳。
吕　蒙　哎啊！伯言之語，如見某之肺腑，就該獻出妙計。
陸　遜　子明啊！
　　　　（唱）關雲長從來恃英勇，豈肯將他人擱在心？
　　　　　　自以爲天下無敵手，只擔心將軍一個人。
　　　　都督就該趁此機會，假托生病辭職，以陸口之任讓於他人。繼任者以卑辭厚禮，驕其心志，那關羽必然盡撤荆州之兵，以向樊城，那時我等再好……（提筆寫書）都督請觀。（遞書）
吕　蒙　呈來。（觀看）哈哈哈，真良策也！
陸　遜　子明，你的病呢？
吕　蒙　有了你這好大夫，我的病就全愈了。
　　　　（唱）你我暗中設圈套，
陸　遜　（唱）單等關羽入籠牢。
　　　　（同下）

校記

[1] 挂心上："挂"，原作"卦"，據文意改。下徑改，不一一出校。
[2] 吳侯命我率兵取奪荆州："率"，原作"令"，據文意改。

第八場　報　喜

　　　　　（內侍、孫權上）
孫　權　（唱）差子瑜去許都聯曹自保，此時候不見回叫孤心焦。
　　　　　（入坐）（陸遜、吕蒙同內白："上朝"！二人同上）
孫　權　你二人前來[1]，有得何事？
吕　蒙　吳侯，爲臣不爲別的，單爲荆州之事。這有一物，主公請看。
　　　　　（遞書）
孫　權　呈來，待孤一觀。（看書）甚好，望卿推薦一高才智廣之人，代理方好。
吕　蒙　若用大才之人，雲長必然防備，陸遜頗有實學而無遠名，更兼年幼，非雲長聽忌，就命伯言代理最爲適宜。
陸　遜　學疏才淺，不能擔此重任。
孫　權　不必推辭，就請伯言鎮守陸口。
陸　遜　遵旨！
　　　　　（諸葛瑾上）
諸葛瑾　（念）離了中原地，回報好消息。
孫　權　子瑜回來了，與曹操結好之事如何？
諸葛瑾　大事成就，這是回書一封。（遞書）
孫　權　（接看）哈哈哈……！曹操願與我齊心合力，荆州指日可取，關羽不難擊敗也！二位都督速去商議用兵之策，請在下邊者！
衆　　　（一同）請！（下）

校記

[1] 你二人前來："你"，原作"何"，據文意改。

第九場　中　箭

（蜀兵、周倉、關平、關羽上）

關　羽　（唱）龐德小兒武藝好，青龍刀下見閻羅。
　　　　　　曹仁聞言膽嚇破，任爾插翅難逃脫。
　　　　關某昨日水淹七軍，擒來于禁，斬了龐德，威震華夏，某不免趁勝追擊，先攻樊城，再取中原，後滅孫權。馬僮，與爺帶馬！（馬僮翻上，帶馬）

關　羽　攻打樊城去者！
　　　　（眾下）（曹兵、二將、曹仁上）

曹　仁　（唱）曹丞相救兵不見到[1]，倒叫曹仁好心焦！
　　　　（繞場，同上城樓）（蜀兵、關平、周倉、關羽上）

關　羽　（唱）我父子出營來能殺能戰，行來在荒郊外用目細觀。
　　　　　　某不怕曹仁小兒兵百萬，小小的陰溝怎把船來翻。
　　　　　　周將催馬莫遲慢，城上曹仁聽心間：
　　　　　　昨日把龐德一刀斬，于禁性命難保全。
　　　　　　某勸你下城受降還罷了，如不然叫爾一命喪黃泉！
　　　　曹仁，匹夫！快快下城投降，如其不然，青龍刀下見鬼！

曹　仁　這個……

二　將　哎呀主帥，關羽欺人太甚，令我二人下得城去，殺他個片甲不留！

曹　仁　二將聽令：使你大令一支，出得城去，大戰關羽。

二　將　得令！
　　　　（出城迎戰，二將敗，眾追下）

曹　仁　觀見二將不是關羽的敵手，我不免出得城去放一暗箭。
　　　　（曹仁放箭，關羽中箭回營）

曹　兵　關羽帶箭而逃！

曹　仁　（狂笑）關羽中了某的藥箭，三日之內一定喪命。來呀！小心守城者。（眾下）

校記

[1] 曹丞相救兵不見到："丞"，原作"承"，據文意改。

第十場 療 疾

（華佗上）

華　佗　（念）吾乃醫中仙，天下把名傳。
　　　　童兒！（童兒上）
童　兒　參見師傅。
華　佗　看過藥匣，隨同師傅同奔襄陽與關將軍療疾去者。
　　　　（唱）二君侯一戰在襄樊，狂妄自大招禍端。
　　　　　　　中了曹仁一支箭，三日之內喪黃泉。
　　　　　　　急去探疾莫遲慢，願君侯性命能保全。
　　　　（同下）（關平上）
關　平　（唱）父王樊城中了箭，臥床不起難照看。
　　　　　　　催馬只在營門站，惟恐曹仁偷營盤。
　　　　（華佗、童兒上）
童　兒　來在營門。
華　佗　待我上前問過，將軍你我見禮了！
關　平　先生你是何人，到此做甚？
華　佗　聞聽君侯中了藥箭，特來醫治。
關　平　莫非你是神手華佗仙長乎？
華　佗　然也！
關　平　先生快快請進！（同下）
　　　　（關羽、馬僮、馬良、周倉上）
關　羽　（唱）曹仁小兒毒手顯，暗暗將某一箭穿。
馬　良　（唱）君侯傷情愈加險，
關　羽　（唱）我卿不必挂心間。
　　　　　　　某乃蓋世英雄漢，中箭一支何在焉！
馬　良　君侯真乃英雄第一，令人可佩。
關　羽　你我打坐營下[1]，心中煩悶，不免玩棋上來！
　　　　（關平上）
關　平　稟父王，華佗前來與父王療疾。
關　羽　命他進來。

關　平　有請！
　　　　（華佗引童兒上）
華　佗　參見君侯！
關　羽　仙長請坐。
　　　　（華佗入坐）
關　羽　先生莫非爲某箭傷之事而來？
華　佗　就爲此事而來。
關　羽　某中了一箭之傷，何勞先生過營探疾。
華　佗　君侯有所不知，此箭乃是曹仁養就的藥箭，毒若入骨，過了三日，性命難保。
關　羽　如此説來，若非仙長指點，關某性命休矣！
關　羽　（唱昆腔）叫馬僮忙把棋盤看，我和那馬先生暫把棋玩。
華　佗　（唱）叫君侯你不必怯懼呐喊，有華佗我與你療治一番。
關　羽　（唱）關某我心不懼睁眼觀看，大盆内鮮血滿吾兒不安。
　　　　多謝仙長救命之恩。平兒，與先生擺宴。
華　佗　慢着，我還要往别處療疾，不便討擾。
關　羽　平兒給先生看過滿斗黄金。
華　佗　我與人看病，分文不收，我便告辭。
關　羽　各討方便。
華　佗　少將軍向這邊厢來。
關　平　仙長講説甚麽？
華　佗　這是我之諫帖一張，叫你父王照此諫帖行事，萬勿丢失。
關　平　（收帖）小將記下了。
關　羽　仙長特宴不飲，贈金不收，關某無從報答，將先生遠送一場。周將，江邊報動舟船。（周倉下）你我轉至江岸。
　　　　（周繞場）（周倉擺船上）
關　羽　（唱昆腔）蒙先生過營來療好疾病，手托手肩靠肩送出大營。
　　　　叫周將你將那舟船穩定，
華　佗　（接唱）我這裏别君侯登舟歸程。
　　　　君侯，請回了，哈哈哈哈……！（引童兒下）
　　　　（關羽回營）
關　平　禀父王，先生走後留下諫帖一張。

關　羽　呈來。（念）上寫"和東拒北有成效"。這是何意？

馬　良　照我看來，"和東拒北"，這是說東和孫權、北拒曹操之意，正和軍師之言相符[2]，君侯還是留心方好。

關　羽　哎！他又是那一套的濫調。

（廖化上）

廖　化　（念）東吳使臣到，早稟二君侯。

廖化告進，稟君侯：東吳都督呂蒙染病在床，孫權已派陸遜代理都督，陸遜差來使臣，要見君侯。

關　羽　（喜極）哈哈！可笑東吳，竟用一個黃毛未退的儒子爲帥，好無識見。廖化，命他進來。

廖　化　有請東吳差官進帳！

（二吳兵抬禮物隨吳使上）

吳　使　參見關將軍。

關　羽　請坐。

吳　使　謝坐。（坐）

關　羽　你家主人差你前來爲何？

吳　使　陸都督派我前來，一爲賀功，二爲求和。以陸都督言道：天下英雄只有君侯一人，他乃年幼無智，還請關將軍多多賜教。

關　羽　陸遜小兒倒也恭敬老實。人來，收了禮物，打發來人回去。

（兩方交收禮物，二吳兵下）

馬　良　君侯，陸遜如此孝敬，令人可疑。

關　平　父王，荆州空虛，恐怕東吳有暗取荆州之意。

關　羽　陸遜小兒無知，量他不敢。

（唱）陸遜小兒多恭敬，不由關某喜氣生。

　　　　平兒纔父後帳進，等傷好再去攻樊城。

（同下）

校記

[1] 打坐營下："打"，原作"大"，據文意改。

[2] 正和軍師之言相符："軍"，原作"君"，據文意改。

第十一場　渡　江

（吳兵、呂蒙、陸遜上）

呂　蒙　（唱）關雲長藐視我東吳，某奉命領兵奪荆州。
　　　　關羽大戰襄樊，中了曹仁一支藥箭，且將大半人馬調離荆州，趁此機會，先取荆州乃爲上策。衆將官！

衆　　　在！

呂　蒙　今夜晚上，我軍一律換成白衣，扮就商人模樣，各乘小舟偷渡過江。催馬！（同下）（守軍上）

守　軍　催馬！（圓場）來在烽火臺，一定要小心。（呂蒙等領兵渡江）

守　軍　幹甚麼的？

呂　蒙　我們是做買賣的客商，因江中風大，到此避避大風，老總多行些方便。（順手遞給銀錢若干）

守　軍　（收下銀錢）好啊，你們就在那邊避避風吧。

呂　蒙　謝過軍爺[1]。

守　軍　（自語）哎喲[2]，累死我了，打個盹吧。
　　　　（打三更鼓，守軍睡熟。呂蒙等捉住守軍[3]）

呂　蒙　早此投降，免兒一死。

守　軍　情願投降。

呂　蒙　莫要亂動，隨在馬後，來呀，兵發荆州！（轉圓場）
　　　　（潘浚引二蜀兵上，守城）

吳　兵　來在荆州。

呂　蒙　三軍們，押他上前講話。

守　軍　城上守城的將軍聽着，就是烽火臺上的守將，有機密要事，要和潘將軍商議，請來開城。

潘　浚　來呀，開城！（出城）

呂　蒙　果然中了計了。

潘　浚　將軍不要胡亂殺砍，我等情願投降，請將軍進城。

呂　蒙　衆將官！

衆　　　在！

呂　蒙　人馬一湧而進！（衆下）

校記

［1］謝過軍爺："爺",原作"爹",據文意改。
［2］哎喲："哎",原作"咬",據文意改。
［3］捉住守軍："捉"原作"提",據文意改。

第十二場 兵 敗

（牌子,魏兵引徐晃上）

徐　晃　衆將官！
　衆　　在！
徐　晃　追殺關某去者！
　衆　　啊！
（蜀兵引關平上,會陣）
徐　晃　關平小兒,偃城已被本帥攻破,爲何還不投降？
關　平　膽大的徐晃,竟敢在此胡言,看刀！（起打,關平敗下）
徐　晃　追！（同下）
（蜀兵、馬僮、關羽、周倉上）
關　羽　（念）干戈未寧静,發兵滅孫權。
（廖化上）
廖　化　君侯！
關　羽　何事驚慌？
廖　化　聞聽人説,荆州已被呂蒙襲取。
關　羽　哪有此事？呂蒙病重,朝不保夕,陸遜小兒,更不足慮,荆州萬無一失,爾等放心。
（關平上）
關　平　禀父王！
關　羽　講！
關　平　大事不妙,徐晃已經奪了偃城！
關　羽　胡道！此乃敵人謡言,莫可輕信,誰再多言,斬下頭來！
（報子上）
報　子　報！呂蒙攻破荆州,潘濬歸降東吳。

關　羽　再探再報！
報　子　得令！（下）
廖　化　荊州已失，此事千真萬確了！
關　平　哎呀父王！荊州、偃城俱失，還不早作安排！
　　　　（報子上）
報　子　稟君侯！曹仁、呂蒙、徐晃三路大兵圍攻而來！
關　羽　（驚）這——衆將官，一涌殺上前去！
　　　　（魏兵、徐晃上，起打，雙方下。魏兵、曹仁上，與廖化起打，廖化敗下；徐晃上，與關平起打，關平敗下；吳兵、呂蒙上，與關羽起打，關羽敗下）（蜀兵、關羽、周倉、關平、馬良、廖化上）
關　羽　敵兵三路攻我，我是怎樣阻擋？有了，我不免渡過長江，再作道理。
　　　　（報子上）
報　子　報！糜芳、傅士仁投降東吳，獻了南郡、公安城池！
關　羽　再、再探！
報　子　啊！（下）
　　　　（鼓聲陣陣，衆遠望）
關　羽　二賊獻地投降，真真氣煞我也！
　　　　（唱）悔當初不聽良言勸，到今日敗退一溜烟。
　　　　　　怨只怨自帶箭傷力不從心難迎戰，
　　　　　　觀敵軍殺聲陣陣四面撲來追上前。
　　　　　　無奈何請求參謀出主見，
馬　良　（唱）你何不差人別處去求援。
　　　　君侯，此刻事急，就該派人去往成都求援。
關　羽　就命參謀前去，即刻起程。
馬　良　遵命！
關　羽　廖化、周將保了參謀殺出重圍。
廖　化
周　倉　（同）得令！（與馬良同下）
　　　　（緊急的戰鼓聲）
關　羽　平兒，鼓聲甚緊，我父子拼命再迎擊一陣。
關　平　孩兒情願拼命殺敵！
　　　　（報子上）

報　子　報！徐晃再次殺來！

關　羽　關平隨父來殺！（同下）

（蜀兵、關羽上，與魏兵、徐晃對陣）

關　羽　且住！馬前來者可是公明兄？

徐　晃　然也！

關　羽　觀見披甲着帶[1]，向哪征剿？

徐　晃　我奉了曹丞相旨意，帶領大兵分三路前進，擋定與你！

關　羽　公明兄，哎，公明兄啊！全不念當日許昌之情嗎？

徐　晃　關羽，膽大的雲長！當日許昌，你我乃是私情交好，今日某家乃是爲國出力，豈能放你逃走，看刀！

關　羽　説是：罷、罷、罷！殺！

（徐晃等敗下，關羽等追下）

（魏兵、徐晃上）

徐　晃　關雲長的殺法驍勇，等他到來，某的大斧成敗。

（關平上，徐晃與關平對打，關平敗下，關羽上，徐晃與關羽對打，關羽敗下，徐晃等追下）

（四處喊殺聲，金鼓聲大作）（關羽、關平、周倉、馬僮、廖化、王甫分上）

關　羽　王將軍，吳、魏兩軍夾攻，我等腹背受敵，如何是好？

王　甫　昔日軍師再三囑咐[2]，東和孫權，北拒曹操，事到如今……

關　羽　唉！往事何須重提！如今之計奈何？

王　甫　且戰且退，等候援軍到來，再圖恢復。

關　羽　平兒，查看我兵還剩多少？

關　平　只剩老幼殘兵，不到三百餘名。

關　羽　我兵所剩無幾，某該往那裏安身？

王　甫　君侯！前邊不遠就是麥城，姑且兵敗麥城，死守不出，久等西川救兵到來，你我一同殺出城去，同到西川安身。

關　羽　只好如此。周將，兵敗麥城！（衆下）

校記

[1] 披甲着帶："甲"，原作"鉀"，據文意改。

[2] 軍師再三囑咐："師"，原作"帥"，據文意改。

第十三場　困　城

（潘璋、朱然、馬忠率吳兵上）

潘　璋　（唱）在荊州領了呂蒙命，

朱　然　（唱）追殺關羽走一程。

潘　璋　朱將軍請了，你我領了都督將令，以在小道等候關公，衆將官！兵發麥城。

　　　　（唱）呂蒙、陸遜把計定，蓄意要害漢關公。

　　　　　　衆將催馬莫久停，擒拿關羽獻頭功。（同下）

關　羽　（内唱）漢關某等救兵心急似箭，

　　　　（關平、周倉、廖化、王甫引關羽上）

關　羽　（唱）怎料想困麥城日夜不安！

　　　　（潘璋、朱然、馬忠一邊揚兵下）

關　羽　（唱）觀東吳人馬好似虎狼羣，悔不聽良言相勸纔有今天！

王　甫　哎呀君侯，你看孫、曹兩家將麥城圍得水泄不通，就該早作安排。

關　羽　（無奈）唉，事到如今，哪個敢突圍出去，去往劉封那裏求救？

廖　化　我願前去。

關　平　我擁送你殺出重圍。

關　羽　好，你等火速前去！

廖　化
關　平　（同）遵命！（同下）

　　　　（鼓聲、殺聲四起）

周　倉　父王，吳兵這樣猖狂，你我何不出城決一死戰！

關　羽　唉！衆寡不敵，戰他不過也是枉然！

周　倉　難道就活活的困死在麥城？

關　羽　這個……

王　甫　君侯勿憂！我想西川山高路遠，何一日兵到？倘若劉封不給發兵，如何是好？想這小小麥城，君侯死守無益，不如今夜晚上，你和關平暗出麥城，奔上西川求救，我與周將軍同守麥城，料然無妨。

關　羽　如此甚好。

　　　　（關平上）

關　平	父王！
關　羽	平兒，你隨父王同去西川求救。周將與父王捆馬，送父出城。
周　倉	得令！（下）
關　羽	你我速作準備，送某出城。（同下）
	（關羽、關平、周倉、王甫復上）
關　羽	（唱）出麥城止不住淚如泉涌，眾將軍一個個難捨難分。 　　　　悔當初某不該自傲太甚，辜負了軍師的一片忠心。 　　　　我如今五十八老而無用，吃敗仗只好去西川搬兵。 　　　　二將軍守麥城干係甚重，有一日大兵到再顯威風。
王　甫	（唱）君侯之言——
周　倉	（唱）牢記定，
王　甫	（唱）堅守麥城——
周　倉	（唱）逞英雄[1]。
王　甫	（唱）望君侯此番去勿走小徑，
周　倉	（唱）送父王出城來暗暗痛心。
王　甫	啊君侯，今夜前往，速走大道，萬勿進入小路，誠恐賊人使計，中了埋伏，如何是好。
關　羽	王將軍但放寬心，想某當年過關斬將，匹馬單刀無人敢擋，呂蒙小兒何足挂齒，縱有埋伏，某也不怕。
周　倉	父王，你還是走大路方好！
關　羽	不必多言！
王　甫 周　倉	（同）唉，萬萬走不得小道！
關　羽	你等回去吧！
	（各拭淚，王甫、周倉下）
	（吳兵、朱然上，與關羽、關平起打，關羽、關平敗下，朱然帶吳兵追下）
	（內邊鼓聲、殺聲）（潘璋、朱然、馬忠、吳兵上）
潘　璋	啊！來此三峽地界，等關羽到來，生擒活捉。來！就地搬下長釣套索。（同下）
關　羽	（內唱）父子敗走奔荒郊，（關羽、關平上）
關　羽	（唱）只戰不勝無計較。莫非某的年紀老，

關　平　（唱）父王年邁是英豪。孩兒拼命把父保，
關　羽　（唱）我的兒果然志氣高。（殺聲）
　　　　　　耳聽追兵殺聲到，猛虎離山銳氣消。
關　平　（唱）行至决口多險要，
關　羽　（觀見絕境）啊!?
　　　　（唱）眼前父子無處逃。（殺聲更緊）
關　平　（遠望）哎呀父王，救兵未到，我軍敗盡，這却怎處！
關　羽　啊！這……
關　平　我軍人馬已盡！
關　羽　罷……吆！你我再殺！
　　　　（關羽勒馬前行，馬被絆倒，關平上前迎救。吳兵、馬忠與潘璋、朱然分上，馬忠先擒關羽，潘璋、朱然後捉關平，同下）

校記

[1] 逞英雄："逞"，原作"呈"，據文意改。

第十四場　捐　軀

（內侍、孫權上）
孫　權　（念）碧眼紫髯勇且謀，成敗猶在我手中。（入坐）
　　　　（呂蒙、陸遜、潘璋、朱然分上）
衆　將　交令！
孫　權　收令，站下。
衆　將　擒住關羽父子。
孫　權　將他二人綁上來。
　　　　（馬忠、吳兵押關羽、關平上）
孫　權　關羽，你自以爲天下無敵，輕視於我，今日因何被我所擒？將軍今日還服我否？
關　羽　碧眼小兒，紫髯鼠輩，吾與劉皇叔桃園結義，決心保扶漢朝，豈與你這叛漢之輩爲伍？我今誤中奸計，只有一死，何必多言？
孫　權　（向衆）他乃是世之豪杰，孤深愛之，勸他投降如何？
呂　蒙　吳侯不可。此人從前已在曹營，三日一小宴，五日一大宴，上馬獻

孫　權	金，下馬獻銀，如此恩禮，還是留他不住，只好讓他斬關殺將而去。到後來反而威脅曹操，逼得曹操幾乎遷都。今天他被主公所擒，若不即除，恐貽後患！
孫　權	孤心明白，就命你監斬。

（呂蒙、吳兵逼關羽、關平下，擂鼓、斬畢，呂蒙又上）

呂　蒙	關羽父子已死。
孫　權	何人擒住關羽？
馬　忠	末將擒住關羽。
孫　權	將軍蓋世威武，關羽的赤兔馬賜於將軍。
馬　忠	謝過主公。
呂　蒙	主公大事不妥！
孫　權	荊州已取，關羽被斬，何言大事不妥？
呂　蒙	劉備現在西川，有西川人馬，諸葛亮之謀略，還有張、趙、馬、黃之勇；他們倘若知曉，領兵前來，和東吳難免一場干戈。
孫　權	依將軍之見？
呂　蒙	將關羽首級解奔中原，與曹操報喜，劉備知曉，必然領兵先伐曹操。
孫　權	真乃妙計也！

（唱）可嘆關羽目無人，自傲自大害自身。
　　　　移禍曹公妙計定，大擺宴席慶偉功。

　　　請！
眾	請！

（眾亮相）

玉 泉 山

王　錦　整理

解　題

　　晉劇。王錦整理。山西晉中青年晉劇團演出本。王錦，生平里居不詳。未見著錄。劇寫關羽在麥城升天，陰魂欲到成都報與劉備，讓其發兵報仇，路遇玉泉山普净禪師。關羽大叫還我之頭。普净問其顏良、文醜之頭又與誰要，關羽明白因果，辭別普净而去。本事見《三國志通俗演義》卷十六《玉泉山關公顯聖》。版本今見田素芳提供的由王錦根據蒲劇移植整理的山西晉中青年晉劇團演出本。今以此本爲底本校勘整理。

第　一　場

關　羽　（内唱）荆襄無救，（雲童上，執雲牌舞蹈，周倉、關平、關羽同上）
　　　　關某授首命歸幽[1]。
　　　　想某提兵調將以來，
　　　　萬馬軍中雄威抖擻，偃月刀下鬼懼神愁。
　　　　白衣渡江未防失守，何曾想吳兵襲荆州。
　　　　恨劉封小兒如禽獸，按兵不動寡斷優柔[2]。
　　　　使關某誤把麥城走，我父子做了階下囚[3]。
　　　　孫仲謀高官厚禄來引誘，漢關某威武不屈不哀求。
　　　　幽囚父子不虛謬，東吳斬殺壽亭侯。
　　　　（詩）堪嘆顔回命短，關某麥城升天。
　　　　　　　不幸桃園失散，豈容吕蒙、孫權。
　　　　某，關羽，字雲長。可恨吕蒙白衣渡江，關某父子誤中詭計，日敗臨沮[4]，夜走麥城，一敗塗地竟被賊擒，某不屈於孫權，小兒將某父子斬首。大哥不知,理應回川報信,求兄報仇雪恨,要經玉泉山經過,不免去問問普净禪師。周倉、關平!

周　倉
關　平　(同)侍候父侯。

關　羽　擺駕來。

(唱)赤兔胭脂如雷吼,雲端站立壽亭侯。
　　　義結桃園軍糧湊,大破黄巾保炎劉。
　　　南征北戰龍虎鬥,鼎足三分漢龍樓。
　　　大哥繼承漢帝胄,五虎上將某爲頭。
　　　三弟戎邊閬中守,關某帶兵鎮荆州。
　　　嚴防東吳兵入寇,未防白衣把渡偷。
　　　敗靈沮誤把麥城走,我父子被擒身遭囚。
　　　碧眼兒、吕蒙二吴狗,斬殺某父子結冤仇。
　　　周定遠忙將雲頭扭,某滿腔怒氣衝斗牛。(同下)

校記

[1]關某授首命歸幽:"授",原作"綏",據文意改。
[2]寡斷優柔:"優",原作"憂",據文意改。
[3]我父子做了階下囚:"階",原作"陪",據文意改。
[4]日敗臨沮:"臨",原作"靈",據《三國演義》改。下徑改,不一一出校。

第 二 場

普　净　(念)燈蕊結花,跪佛前燃香點蠟。

(唱)禍福無門僧無家,結草爲廬在烟霞。
　　　朝送黄庭三五卷,明月作伴樂無涯。

貧僧普净。昨夜仰觀星象,雲長公麥城升天,念在故交之情,不免去至茅廬超度一番,此言有理,轉到茅廬。

正是:欲免輪回苦,虔心念彌陀。

(唱)香滿金爐,(關羽、周倉、關平、雲童上,走過場下)
　　　躬身頂禮忙拜佛。
　　　多念些娑婆密普,虔誠心念善哉南無。

哆旦哆免却輪回苦,木魚敲動千聲佛。

願雲長早歸樂土,(重句)靈魂兮步入仙途。

(關羽等上場)

唉,雲霧渺渺,胭脂馬露蹄,莫非君侯至了。

關　羽　然也。

普　净　君侯在更闌之時,來到玉泉,有何見教?

關　羽　前者在三關,承蒙相救,關某永不忘懷,今某遇難而來,望長老指引迷津。

普　净　昔非今是,一切休論,貧僧山野廢人,焉知休咎?

關　羽　還吾頭來!

普　净　君侯問貧僧要頭,那顏良、文醜,五關六將,又向誰要頭哇?

關　羽　這個…

(唱)老禪師一言來問就,某啞口無言面含羞。

某幼年殺了熊虎往外走,破黃巾斬過多少兵將頭。

白馬坡斬過顏良與文醜,汜水關刀劈華雄驚諸侯。

過五關曾把六將斬頭首,蔡陽、秦琪把命丢。

怒斬龐德在罾口,他們又向誰要頭?

請恕關某出言陡,冒瀆禪師理不周。

普　净　(唱)阿彌陀佛忙稽首,敬君侯通情達理能剛柔[1]。

觀《春秋》秉燭待旦隨滴漏,赤膽忠心扶漢劉。

爲荊州,結仇垢,孫權量小斬君侯。

小人輩墮落輪回誰解救,永不超生困九幽。

怎及你一腔忠義垂不朽,壽亭侯永享祭祀傳千秋[2]。

孫權遭後人詛咒後人詛咒。

關　羽　(唱)謝禪師,分良莠,啓我愚昧解我憂。

奪江山你爭我鬥,生者爲榮死者休。

且讓後人分休咎。

周定遠!扭轉雲頭,扭轉雲頭。(同下)

普　净　孫、劉失和,吳、蜀又起干戈,這場刀兵,何時能止啊?

正是:山林隱匿回避,收拾袈裟木魚。

(下)

校記

［1］通情達理能剛柔："通",原作"進",據文意改。
［2］享祭祀傳千秋："享",原作"亨",據文意改。

周倉守廟

梁兆玉 撰

解 題

　　北路梆子。作者梁兆玉。梁兆玉,生平里居不詳。未見著錄。劇寫關公發覺周倉居功自傲,疏於職守,適逢王母壽誕,便借赴瑤池之機責成周倉守廟。周倉守廟期間,亂發號令,同一時辰、同一地點發布不同命令,風伯、雨師無所適從。得關公教誨,周倉意識到既受人間香火,就應盡職爲民。本劇根據民間傳説改編。版本今見山西雁北行署文化局戲劇研究室編《劇本選》本。今以該本爲底本校勘整理。

（玉泉山關帝廟大殿）
（幕啓:四旗牌引關羽上）

關　　羽　　（念引子）青龍偃月刀中寶[1],追風赤兔馬裏蛟。
（歸座念詩）
　　　　　　　爲興漢室瀝心肝,疆場征殺數十年。
　　　　　　　敗走麥城終身憾,英雄飲恨到九泉。
　　　　某,姓關名羽字雲長,在世官拜漢壽亭侯、五虎上將,歸天以來,玉帝念某忠烈英勇,敕封伏魔大帝,賜駐玉泉,麾下文有關平司風掌雨,武有周倉伏魔降妖,倒也得心應手。是某近察周倉居功自傲,懶於職守。今逢王母壽誕,請某瑤池赴會,不免留他守廟,遇機開導,讓他自省。來!

旗牌甲[2]　　有。

關　　羽　　傳關平、周倉進見。

旗牌甲　　帝君有旨,關平、周倉二位將軍上殿。
（關平、周倉内:來也）（關平、周倉上）

關 平　（念）司風雨行文發牒，
周 倉　（念）助君侯伏怪蕩魔。
關 平　俺，關平。
周 倉　俺，周倉。
關 平　父王有喚。
周 倉　上殿去見。（二人進殿）
關 平　孩兒參見父王
周 倉　末將參見君侯。
關 羽　少禮落坐。
關 平　將孩兒謝坐
周 倉　末將謝坐。
　　　　（二人落坐）
關 平　將孩兒喚上殿來有何訓教？
周 倉　末將喚上殿來那路差遣？
關 羽　王母請某去赴蟠桃盛會，你二人哪個代某留守廟堂？
關 平　父王瑤池赴會，孩兒留守廟堂。
周 倉　（着急）慢慢慢着，少將軍你嘴上無毛，辦事不牢，何不隨同君侯瑤池赴會，乘機游天宮、開眼界，俺周倉留守廟堂，君侯你意如何[3]？
關 羽　周倉，這守廟事繁，行文發牒、司風掌雨，非同兒戲，你能勝任？
周 倉　這有何難？兵來將擋，水來土填，君侯盡管放心赴宴，俺老周守廟管保萬無差錯。
關 羽　（唱）周倉才疏傲氣大，妄自稱能把口誇。
　　　　　　他遇事粗魯少辦法，守廟能不出笑話？
　　　　（思考）也罷，
　　　　　　差錯能把傲氣煞，因勢利導說服他。
　　　　周倉！
周 倉　君侯。
關 羽　（唱）某去赴會離寶刹，留你守廟看好家。
　　　　　　叫關平！
關 平　父王。
關 羽　（唱）與父牽過赤兔馬！
　　　　（關平下，牽馬上）

關　平　請父王上馬。（關羽上馬）

周　倉　送君侯。

關　羽　周倉。

（唱）但願你盡職守廟莫出差。

（關羽、關平下）（周倉目送關羽下）

周　倉　嘿嘿。

（唱）君侯講話欠思量，不該小瞧俺周倉。

俺水淹七軍擒龐德，伏牛山上稱大王。

俺陸征水戰本領廣，難道說守不了一廟堂？

（周倉進殿）

哈哈哈！

君侯赴會瑤池往，今日廟中我爲王。

代替關帝把權掌，且看我發號施令、

行雲布雨，威風凜凜坐殿堂。

哈哈哈，想俺老周爲君侯鞍前馬後，扛刀半世，今天也能坐坐關帝的虎皮交椅，怎不高興人也！哈哈哈，衆神卒！

衆旗牌　有。

周　倉　與爺升坐！正是：

（念）扛刀奔波幾十年，且喜今日坐正殿。

享受烟火吃供獻，威風凜凜掌大權。

（入正坐）

周　倉　來也！

旗牌甲　有。

周　倉　可有人前來進香[4]？

旗牌甲　無有。

周　倉　啊！往日君侯坐殿，廟内香烟繚繞[5]。今日老周守廟，殿堂冷冷清清，莫非是俺老周的官星不旺？唉，真他娘的晦氣，來呀！

旗牌甲　有。

周　倉　快去廟外瞭望，有人進香早稟爺知。

旗牌甲　是。（出廟瞭望，又返回）稟周爺，有一漁姑手提一尾鮮魚，直奔廟堂而來。

周　倉　（驚喜，出坐）甚麽，甚麽！？

旗牌甲　　有一漁姑手提一尾鮮魚,直奔廟堂而來。
周　倉　　(高興地)哈哈哈,正愁無買賣,有人送魚來,這真是開市大吉,好兆頭。眾神卒!
眾旗牌　　有。
周　倉　　隱蔽了。
　　　　　(四旗牌、周倉隱於神帳慢後)
　　　　　(漁姑手提鮮魚上)
漁　姑　　(唱)父女打魚在江邊,無風行舟撒網難。
　　　　　　　　但願神靈助順風,一片虔誠上玉泉。
　　　　　(進廟點香,插在香爐內,把魚擺在桌上,合掌跪地)
漁　姑　　關帝神在上:我父女在江邊以打漁為生,怎奈無風行船,難以撒網捕撈,求您老人家開恩,助民女一天順風。
　　　　　(從桌上取籤筒搖籤。周倉從帳內扔地一支籤)
漁　姑　　(趕忙拾起看)啊,今日順風!(急忙磕頭)多謝關帝神。
　　　　　(唱)叩一頭,忙謝恩,謝過關帝賜神風。
　　　　　　　　揚帆整網入大海,打漁捕蝦渡光景。
　　　　　(漁姑出廟下)(四旗牌、周倉從神帳後出)
周　倉　　(拿起桌上的魚)哈哈,好肥的魚,漁姑心誠,有求必應,來!
旗牌甲　　有。
周　倉　　(從桌上拿起令箭)趕快曉喻風伯刮風一天。
旗牌甲　　(接令)遵法諭。(下)
　　　　　(周倉出門一看)
周　倉　　哎,觀見一老翁,手端供獻,直往廟堂走來,想是又有所求,眾神卒回避了。(周倉率眾旗牌隱入帳內)
　　　　　(農夫手端供獻上)
農　夫　　(唱)赤日炎炎天無雲,驕陽似火燒我心。
　　　　　　　　天旱地乾難下種,祈求關帝降甘霖。
　　　　　(農夫入廟,敬香擺供,跪地祈禱)
農　夫　　關老爺,久旱天無雨,五穀難下種,望求您老人家大發慈悲,普降甘霖,以解萬民之憂。
　　　　　(取筒搖籤,周倉從慢裏扔出一籤)
農　夫　　(趕忙拾起一看)啊!即日有雨!(驚喜,急忙連連磕頭)多謝關老爺。

(唱)萬里無雲旱情重,神靈賜簽降甘霖,
　　　盼望秋後好年景,重修廟宇塑金身。

(農夫出廟下)(周倉、衆旗牌從幔後上)

周　　倉　(看供品)哈哈,猪頭蒸饃,供品豐盛,嗯,天旱難下種,吾神救蒼生。來呀!

旗牌乙　有。

周　　倉　(遞令)速命雨師降雨兩尺。

旗牌乙　(接令)遵法諭。(下)

周　　倉　(望門)啊!看一農婦提籃上山[6],想必又來敬獻,神卒們,暫避一時。

(周倉和二旗牌入帳)(農婦手提竹籃上)

農　　婦　好大的風。

(唱)果樹開花最怕風,枝斷花落無收成,
　　　手提供果把廟進,望求神靈開天恩。

(入廟上香,從籃取水果擺在神案上。跪地禱告)

農　　婦　關老爺在上,民婦家貧無物可敬,這是民婦珍藏的隔年水果,雖不名貴,也算稀罕。念民婦寡居,全指果園謀生,果樹揚花,最忌刮風,求關老爺垂憐民婦。(取筒搖簽,周倉從帳裏扔地一簽)

農　　婦　(揀起一看)啊!立即停風,啊!這就好了。(磕頭)

(唱)人言玉泉關帝靈,今日一見果然真。
　　　風停果樹好授粉,今年果園好收成。(提籃下)

(周倉、二旗牌上)

周　　倉　(拿起水果嗅聞)隔年鮮果,真乃稀罕,寡婦實可憐,焉能不周全。來呀!

旗牌丙　有。

周　　倉　(拿令)急令風伯切莫刮風。

旗牌丙　(接令)遵法諭。(下)(周倉出門一看)

周　　倉　哈哈,好買賣呀好買賣,又有一個送酒的來,今天這廟堂可真紅火。

(周倉揮手,旗牌丁即和周倉入帳幔)(秀才手拎酒瓶上)

秀　　才　好大的雨。

(唱)進京趕考求功名,路遇大雨阻行程。

但願雲開天放晴，助我平安到京城。（進廟上香、供酒）

秀　　才　（態度虔誠地跪在地上）關聖帝君在上，弟子叩拜：只因皇王開科取士，弟子赴京趕考，路被雨阻，望關聖帝君念弟子十年寒窗之苦，大發慈悲停風住雨，以免弟子路途延誤，錯過考期。（秀才舉筒搖簽，周倉從帳內扔出一支簽）

秀　　才　（連忙揀起一看）啊！上上簽。（念）"停風住雨，旅途順利。"這真乃是：文運好，神靈保，妙哉，妙哉，好吉兆啊！

　　（唱）吉人天相神靈保，上上神簽好吉兆。

　　　　　但願名登龍虎榜，脫去藍衫換紫袍。

（秀才出廟，手舞足蹈地下）（周倉和旗牌丁從帳幔出）

周　　倉　（拿起酒聞）瀘州特曲，真正名酒，秀才求功名，止雨助行程，來！

旗牌丁　有。

周　　倉　（取令）火速命雨師停雨不得遲延。

旗牌丁　（接令）遵法諭。（下）（周倉出門瞭望）

周　　倉　日落西山月東升，廟堂不會再來人。處理公務，辛勞一天，待俺老周休息片刻。（坐在椅子上，長吁一口氣）雖然今日求神之人甚多，但被俺老周三錘兩下處理完畢，看來這行文發牒、司風掌雨也不過如此，哈哈。（得意地）看今後誰還敢說俺周倉無志、扛刀一世，哈哈。

　　（唱）莫道周倉無才能，只會扛刀侍候人，

　　　　　俺文武雙全有本領，今日守廟是證明。

（高興地站起來，仔細端詳桌上的供獻[7]）

周　　倉　哈哈，

　　（唱）香烟裊裊鮮果紅，饃大肉肥真饞人。

　　　　　更喜魚香酒味濃，老周今日過過癮，

　　　　　張大了虎口把酒飲。

（坐下拿起供品大吃大嚼，拿起酒瓶欲飲，忽然若有所思）

周　　倉　（接唱）忽然一事想心中。

君侯平日戒律森嚴，廟中供品不許當值之神獨享。哎呀，這酒喝不的！（轉而一想）

哎，說甚麼君侯戒律森嚴，今日君侯瑤池赴宴，留俺老周一人守廟，這滿桌的供品是俺老周行文發牒、司風掌雨賺來的，俺今享用，當之無愧。

（唱）今日勞神又費心，吃點供獻算個甚，

　　　　吞饃吃肉把酒飲，（飲酒醉。站起）

　　　　身軟腿酥眼朦朧。

只覺身體疲倦，待俺回房歇息。眾神卒，眾神卒，扶我回房。（張望）這夥無用的東西跑到那裏去了。

（唱）為何不見神卒影，

（搖搖晃晃地爬上神桌躺臥）

（唱）昏昏迷迷入夢中。（入睡）

關　羽　（內唱）瑤池宴罷忙回轉，（關平牽馬引關羽上）

關　羽　（接唱）周倉守廟亂了攤。隨心所欲發令箭，

　　　　　　風伯雨師行令難。來在廟外下雕鞍，

（關羽下馬，關平牽馬隨同關羽入廟，周倉鼾聲如雷，關羽、關平一驚）

關　羽　（唱）周倉醉成泥一灘。睡臥供案鼻打鼾，

　　　　　　失盡神道欠雅觀。關平上前將他喚，

關平，將他喚醒。

關　平　周將軍蘇醒，周將軍醒來。（關平搖周倉，周倉醒）

周　倉　（怒）老周睡正酣，那個來搗亂，休走看打。（翻身下桌）

（唱）何人驚夢吃吾拳。

（周倉舉拳欲打，關平急攔）

關　平　休的放肆，父王在此。

周　倉　（一驚）啊，君侯他老人家啥時回來？（急忙整衣參見關羽）不知君侯駕歸，末將未曾遠迎，望君侯恕罪。

關　羽　命你守廟當值，為何獨享供獻熏銘大醉？

周　倉　公務處理完畢，廟內清閑無事[8]，俺一時興起少喝了幾杯，誰料名酒勁大，嘿嘿竟他娘的給睡着了。

關　羽　公務處理完畢，廟中清閑無事，看不出你倒有伏龍、鳳雛之材。（周倉面帶得意）

關　羽　（變臉）哇！好你周倉，沒有正神之材，倒有正神之派，守廟當值，視為兒戲，該當何罪？

周　倉　（一驚）君侯，此話從何說起？

關　羽　某在回山途中遇見風伯、雨師攔途告你胡亂發令，讓下神無所適從。

周　倉　這……

關　羽　說是你來看，這是你今日所發令牌：子：立即起風；丑：降雨二尺；寅：切莫刮風；卯：火速停雨。你究竟意欲何爲，自圓其說[9]？

周　倉　(擦汗)這……這……

關　羽　真乃玩忽職守，隨心所欲，敗吾聲譽也。(摔令於地)

周　倉　(拾起令)這……這……
　　　　(唱)君侯莫要怒氣生！末將與你講原因，
　　　　　　你瑤池赴會剛起身，百姓們廟内求神靈：
　　　　　　漁姑祈風捕魚蝦，農夫求神忙下種，
　　　　　　農婦讓停風花授粉，秀才叫止雨趕路程。
　　　　　　也非是末將亂發令，怎奈是衆求不專，
　　　　　　并非末將玩忽職守，隨心所欲亂彈琴。

關　羽　哼，真乃強詞奪理，不怪自己才淺，反怨衆求不專，若要凡事順律，要你守廟當值何用？

周　倉　君侯，今日確萬事出意外[10]。莫說末將智能低下，就是再把諸葛亮先生請來，我看也難周圓。

關　羽　還敢咀倔，關平過來。

關　平　父王。

關　羽　就將今日之事交你辦理，務要不違神道，衆求遂意。

關　平　兒遵命。(伏在桌上寫，寫畢遞與關羽)父王請看。

關　羽　(看，微笑點頭)嗯，(遞與周倉)你拿去看過。

周　倉　(接過念)"江邊刮風好行船，果樹揚花莫入園，夜雨曉晴種莊田，不誤秀才把路趕。"嗯，四句諺語寫的妙，附隨衆願主意高。(看關平)看不出啊想不到，這娃娃嘴上無毛毛，肚裏盡道道，比我這頷下長鬚的強多百倍。(對關平豎拇指)少將軍，你真乃高材，高材！

關　平　周將軍，我們享受人間烟火，就應該盡職爲民。下界衆生芸芸，所需不專，祈求難一，只要我們盡職神道，費心思慮，附隨衆意，難也不難。

周　倉　(誠服地)少將軍，今日俺老周可實實地服了你了。
　　　　(唱)你才能過人守神道，司風掌雨計謀高，

　　　　　今日守廟我亂了套,看起來只配扛大刀。
　　　　（周倉垂頭喪氣的蹲在一旁）
關　羽　周倉!
　　　　（唱）莫要自弃又自暴,某有一言須記牢:
　　　　　　功高自謙莫自傲,受挫自省銳不消。
　　　　　　揚長避短盡神道,保境安民擒魔妖。
周　倉　君侯聆訓,牢記在心,俺今後一定跟隨君侯,伏魔降妖,謹守神職。
關　羽　好,你能過不憚改,不失英雄本色。
關　平　請父王寢宮安歇。
關　羽　前邊帶路,正是:
　　　　（念）孰能無錯非聖賢[11],過不憚改真兒男。
周　倉　（念）且莫自傲目無人,看花容易綉花難。
關　羽　啊呀好,好一個看花容易綉花難,隨某來呀。
周　倉　君侯、少將軍請。
　　　　（關羽下,關平、周倉隨下）
　　　　（幕落）

校記

［1］青龍偃月刀中寶:"偃",原作"揠",據文意改。
［2］旗牌甲:"甲",原作"申",據上文改。
［3］君侯你意如何:"侯",原作"候",據文意改。下徑改,不一一出校。
［4］可有人前來進香:"有"上,原有"從"字,據文意删。
［5］繚繞:"繚",原作"燎",據文意改。
［6］提籃上山:"籃",原作"蘭",據文意改。下徑改,不一一出校。
［7］端詳桌上的供獻:"詳",原作"祥",據文意改。
［8］清閑無事:"閑",原作"間",據文意改。下徑改,不一一出校。
［9］自圓其説:"圓",原作"園",據文意改。
［10］今日確萬事出意外:"今",原作"令",據文意改。
［11］孰能無錯非聖賢:"孰",原作"熟",據文意改。

滚 鼓 山

佚 名 撰

解 題

晋劇。作者不詳。《山西戲曲劇目總攬》著録,題《永勝關》,又名《滚鼓山》,未署作者。劇寫關羽被困麥城,曾命廖化往上庸求援,劉封按兵不動,致使關羽父子遇難。廖化投奔閬中,將此事告知張飛并説劉封有謀取蜀漢江山之意。張飛命廖化速回西蜀搬兵。張飛疾往上庸見劉封,詢知劉封確有謀奪江山之野心,但他手握四十五萬重兵。張飛用計賺取劉封劍、印,懲恐劉封篡弑劉備,將劉封誆入銅鼓,投擲山下摔死。本事見《三國演義》第七十五回,劉封伏法的情節與此劇不同。清代花部亂彈、京劇有《滚鼓山》。版本今見《山西地方戲曲彙編》第十集《中路梆子專輯二》本。另有一種用山西大學稿紙的鋼筆手抄本,不知抄與何本,人物曲白不同。今以《中路梆子專輯二》本爲底本校勘整理。

第 一 場

(四文堂、四上手、中軍、張飛上)

張 飛　(念)統雄兵,威震西川,指日掃中原。
　　　　(詩)結義桃園美名揚,五穀豐登兵馬强,
　　　　　　二哥坐鎮荆襄地,把守閬中有老張。
　　　　燕人翼德,桃園結義以來,破黄巾,滅吕布,三顧茅廬,請來諸葛先生,攻無不克,戰無不勝。但願早滅孫、曹,扶保大哥一統江山,方稱俺老張之意。
　　　　正是:眼觀旌節旗,耳聽好消息!

(報子上)

报　子　报！禀三千岁，廖化将军到！
张　飞　廖化到此，必有要事。有请！
报　子　有请！（下）
　　　　（廖化上）
廖　化　三千岁！
张　飞　廖将军请坐！
廖　化　谢座！
张　飞　将军不在荆州，来到阆中有何要事？
廖　化　三千岁，大事不好了！
张　飞　何事惊慌？
廖　化　三千岁！
　　　　（唱）未开言不由我泪流满面，三千岁听为臣细说详端；
　　　　　　　那东吴多诡诈口蜜腹剑，二千岁败麦城一命归天！
张　飞　二哥哥，荆州王，罢了，二哥！
　　　　（唱）听一言吓得我魂飞魄散，不由我张翼德热泪涟涟；
　　　　　　　我强打精神睁开双眼，
　　　　二哥哥，罢了，二哥，二兄长！
　　　　　　　原来是廖将军站在面前！我弟兄阳世里难得见面，
　　　　　　　要相逢除非是梦里团圆。手指东吴骂孙权，
　　　　孙权，我的儿，
　　　　　　　三老子不灭东吴不回还！
　　　　　　　转面再把廖化唤，那刘封为何不救援？
廖　化　（唱）不提刘封还罢了，提起刘封怒火燃；
　　　　　　　他有意按兵不救援，要谋蜀汉锦江山。
张　飞　（唱）骂声刘封好大胆，
　　　　刘封！嗯，儿啊！
　　　　（唱）竟敢按兵不救援；
　　　　　　　有朝犯在我的手，三鞭打儿丧黄泉。
　　　　　　　转面我把廖化唤，我有一言记心间；
　　　　　　　你在此地莫久站，速去西蜀把兵搬。
廖　化　（唱）多谢千岁肺腑言，为臣牢牢记心间。
　　　　　　　辞别千岁把马上，去到西蜀把兵搬。（下）

張　飛　（唱）一見廖化下了關，回頭再叫眾將官；
　　　　　　　快把孝鎧白甲換，上庸關前走一番！
　　　　　兵發上庸！
眾　　　啊！
　　　　（同下）

第　二　場

（四龍套、四大鎧、劉封上）

劉　封　（念）營門戰鼓響，軍士賽虎狼！
　　　　（內聲："三千歲到！"）
劉　封　甚麽，三王爺他、他、他……上關來了？哎呀！我的媽呀！一聽說三王爺上關，嚇得我渾身篩糠，這該如何是好？唉！咱有四十五萬鐵甲精兵，怕着何來？好好好，擺隊相迎！
　　　　（四文堂、四上手、中軍、張飛上）
劉　封　參見三叔父。
張　飛　叩上個頭來！
劉　封　是是是。（叩頭）
張　飛　那旁有坐，我兒坐了講話！
劉　封　三皇叔在上，焉敢討座？
張　飛　叫你坐，你便坐了！
劉　封　謝過三皇叔。
張　飛　免。
劉　封　多日不曾叩安，三皇叔可好？
張　飛　好。
劉　封　但不知三皇叔從何處而來？
張　飛　打從成都而來。
劉　封　我父王身體可好？
張　飛　甚是安泰。
劉　封　不知二皇叔身體可安泰否？
張　飛　劉封，你是當真不知，還是佯裝不曉？
劉　封　孩兒當真不知，怎敢佯裝不曉。

張　　飛　你二叔父兵敗麥城,已在玉泉山前歸天去了!
劉　　封　怎麼?二皇叔歸天了?(哭)罷了,二皇叔呀!
張　　飛　不要嚎!
劉　　封　兒我乃是哭哩!
張　　飛　旁人哭時有淚,你哭時無淚,便是嚎啊!
劉　　封　哭哩!
張　　飛　嚎嚎嚎!
劉　　封　呔!衆將官!兵發東吳!
張　　飛　慢慢慢着,坐了!我兒兵發哪裏?
劉　　封　兵發東吳!
張　　飛　却是爲何?
劉　　封　爲二皇叔報仇。
張　　飛　我看與你二叔父報仇事小。
劉　　封　何事爲大?
張　　飛　你看你父王年紀高邁,晏駕之後,阿斗年紀幼小,該叫何人承受天下?
劉　　封　張苞。
張　　飛　通不得。
劉　　封　關興。
張　　飛　使不得。
劉　　封　還有三皇叔你老人家。
張　　飛　桃園義重,休得胡言!
劉　　封　這樣說來,咱朝再無人能承受了!
張　　飛　劉封我兒你往上站,再往上站,哈哈哈……
劉　　封　三皇叔發笑爲何?
張　　飛　三叔觀見我兒生得天庭飽滿,地閣方圓,雙手過膝,兩耳垂肩,生就帝王之相,就把這個江山,命我兒承受。
劉　　封　看侄兒可像個龍羔子?
張　　飛　果然稱得是龍駒子。
劉　　封　實對你老人家說了吧!我思謀我家父王江山已多日了!
張　　飛　(背供)怪道廖化說這娃娃心想謀他父王江山,今日看來,果然是真。我還要仔細盤問。啊,劉封!此間可有多少兵將?

劉　封　四十五萬鐵甲精兵。
張　飛　你今既有四十五萬鐵甲精兵，待爲叔相幫我兒前往成都登極即位。
劉　封　只恐滿朝文武不服。
張　飛　倘有不服者，即按軍法從事！
劉　封　若得三皇叔保駕，侄兒登極之後，定封三皇叔爲一字并肩王！
張　飛　好好好，事不宜遲，不如即刻點動人馬，先到成都。
劉　封　如此即刻起兵前往！
張　飛　且慢！你若起兵前去，恐你父王見疑，不如將你那斬殺劍、烈虎印先交付三叔，方可起兵前往！
劉　封　事成之後，三皇叔還要交還侄兒纔是。
張　飛　那是自然。看印拜過！
劉　封　拜印來！
　　　　（劉封抱劍舉印，張飛拜劍、印）（張飛接起劍、印，劉封拜）
劉　封　印、劍已交三皇叔，就請三皇叔傳令發兵。
張　飛　慢來，慢來！
劉　封　卻是爲何？
張　飛　這樣還是去不得。
劉　封　怎樣纔能去得？
張　飛　爲叔有一計在此。
劉　封　三皇叔有何妙計？
張　飛　大堂口懸挂的是甚麽東西？
劉　封　是侄兒我的升堂銅鼓。
張　飛　如此甚好。吩咐人役將鼓落下，把我兒裝在鼓内，就説是外國進貢的朝王鼓，你父王必然離位觀看。那時爲叔一鞭將鼓打開，你就這麽一刀，向前將他刺死，到那時，侄兒你就登了極了。
劉　封　此計甚好！
張　飛　衆將官！
　衆　　有！
張　飛　來，將銅鼓抬了上來！
　衆　　是。
　　　　（四上手下，抬鼓上）
張　飛　揭開鼓皮！

衆　　　起開鼓皮。

張　飛　請小千歲入鼓！

衆　　　有請小千歲入鼓！

劉　封　哈咳！我劉封今日也謀江山,明日也謀江山,誰知這江山原來就在這鼓裏邊。正是：

　　　　（念）踏破鐵鞋無覓處,得來全不費功夫。

　　　　（劉封脫袍、去盔、入鼓）

張　飛　釘上鼓皮。

衆　　　是。（釘鼓）

張　飛　劉封我兒,登極之後,你封三皇叔甚麼？

劉　封　我封你個一字并肩王！

張　飛　我不是并肩王,三老子是五閻君取兒的狗命來了！衆將官！

衆　　　有！

張　飛　此地哪裏山高？

衆　　　蝎子山高。

張　飛　將鼓抬奔蝎子山。

衆　　　啊！

　　　　（衆圓場）

衆　　　來到蝎子山。

張　飛　將鼓滾下。

衆　　　啊！

　　　　（四上手滾鼓）

衆　　　劉封碎骨粉身。

張　飛　哈哈！哈哈！啊——哈哈哈！劉封已死。從今以後,蝎子山不叫蝎子山,改叫滾鼓山。

衆　　　滾鼓山。

張　飛　衆將官！

衆　　　有！

張　飛　曉諭能工巧匠,即刻造就白盔白甲,準備馬踏東吳！

　　　　（衆同下）

大 報 仇

佚 名 撰

解 題

　　晉劇。作者不詳。《山西戲曲劇目總攬》著錄，題《大報仇》，又名《伐東吳》。未署作者。劇寫關羽、張飛遇害後，劉備御駕親征，興兵伐吳。關羽之子關興、張飛之子張苞爭當先行。伐吳陣前，關興、張苞殺死吳將譚雄，活捉謝旌。慶功會上劉備慨嘆五虎上將關、張俱亡，幸存者年邁力衰，激怒老將黃忠。黃忠一人闖入敵營，殺曹武、史紀，大敗潘璋，被馬忠暗箭射傷，關興、張苞相救回營身亡。劉備誓爲關、張、黃報仇。甘寧中箭自刎，潘璋被追躲進關帝廟內，被祭奠關羽的老者權成誆去刀馬，令長工、短漢持扁擔、杈耙追打，關興等追至將潘璋殺死。本事見《三國演義》第八十一至八十三回。清代花部亂彈有佚名《伐東吳》，清代京劇有佚名《連營寨》。現秦腔上演的《大報仇》與本劇情節基本相同。版本今見《山西地方戲曲彙編》第十二集《中路梆子專輯四》（山西人民出版社1984年4月版）本。今以該本爲底本校勘整理。按《晉劇百年史話》云：光緒六年（1880）成立的山西錦霓園劇團演出過此劇。其著名演員"九百黑"扮演《大報仇》中的黃忠，"形象逼真，神形兼備，頗得好評"。

第 一 場

（張苞、關興上，大、小流程兩門溜上）

張　苞　（念）白人白馬白旗號，
關　興　（念）銀槍玉箭白翎稍。
張　苞　（念）跨下戰馬賽虎豹，
關　興　（念）馬鞍橋懸挂斬將刀。

張　苞　俺！姓張名苞字虎翼！
關　興　俺！姓關名興字安國！
張　苞　御弟請了！
關　興　請了！
張　苞　只因皇伯兵伐東吳，與二位父王報仇，來在校場，御弟請來傳令！
關　興　還是皇兄傳令！
張　苞　你我各傳各令。眾將官！
流　程　有！
張　苞　就在校場，聽我弟兄一令者！
　　　　（唱）弟兄校場把令傳，（流程兩面分開站立）
關　興　（唱）大小兒郎聽我言。
張　苞　（唱）見幾個青春男兒漢，
關　興　（唱）見幾個青春美少年。
張　苞　（唱）見幾個手使三黃鐧，
關　興　（唱）見幾個手使打將鞭。
張　苞　（唱）手指東吳罵孫權，
關　興　（唱）害死我父王爲哪般。
張　苞　（唱）拿潘璋！捉馬忠！
關　興　（唱）拿住吳狗冤報冤。
張　苞　（唱）弟兄校場把兵點，
關　興　（唱）皇伯到來把令傳。（清場，雙下場）

第 二 場

（大小流程、朝官、太監擺隊上。劉備上）
劉　備　（唱）漢劉備在馬上雙目泪流，
　　　　二弟！三弟哪！
　　　　（滾白）在馬上哭一聲二弟荊州王、三弟翼德張！咱弟兄桃園結義以來，許下"一在三在，一亡三亡"。至到如今，你二人升天的升天，復位的復位，所留下爲兄一人，承的甚麼江山，掌的甚麼社稷了！
　　　　（唱）思想起二弟、三弟孤好憂愁。
　　　　　　想當年破黃巾孤王起首，把桃園的威名傳滿九州。

　　　　我二弟酒未冷華雄斬首,我三弟虎牢關鞭打溫侯。
　　　　我四弟長坂坡單騎救阿斗,保家眷三百口替孤分憂。
　　　　黃漢升百步穿楊爲魁首,馬孟起十七歲槍法嫻熟。
　　　　左伏龍右鳳雛神機天授,諸葛亮雕翎扇廣有奇謀。
　　　　一個個爲江山龍爭虎鬥,纔扶起孤王我駕坐西蜀。
　　　　手指着孫權賊罵聲吳狗,咱兩家結下了山海冤仇。
　　　　孤若與爾等們兩下罷手,除非是你死孤亡一旦丟。
　　　　孤領兵七十萬能爭善鬥,掃滅了東吳狗方肯罷休。
　　　罷了,二弟哪! 來在校場下走獸,(下馬)
　　　(朝官兩門下。劉備登高。張苞、關興兩門上)

劉　備	(接唱)張苞、關興聽來由。(切)	
	關興聽令!	
關　興	在!	
劉　備	皇伯兵伐東吳,要與兒等父王報仇雪恨,挂我兒爲馬前先行。	
張　苞	慢慢慢着! 皇伯,今日兵伐東吳,要與二位父王報仇,挂我御弟先鋒,我御弟出在年幼,耽誤軍中大事,如何是好?	
關　興	皇兄出言差矣!	
張　苞	何差之有?	
關　興	皇伯兵伐東吳,與二位父王報仇,挂我馬前先行,你那心中有些不服,你説是也不是?	
張　苞	嗨! 我便不服!	
關　興	虎翼!	
張　苞	安國!	
關　興	張苞!	
張　苞	關興!	
關　興	你莫要撒野放膽。	
張　苞	你莫要指地劃天。	
關　興	你無有三頭六臂。	
張　苞	你無有七手八拳。	
關　興	我好比蛟龍出水。	
張　苞	我好比猛虎下山。	
關　興	口説不信。	

張　苞　　開拳便見。(二人互相廝打。劉備喊住)

劉　備　　(怒白)哇！大膽，放肆！這還了得。

(滾白)在校場我罵一聲張苞！我把你關興！奴，奴才！皇伯今日伐兵東吳，要與你二位父王報仇。你二人因爲先行印信，就是這樣兄不讓弟，弟不讓兄，倘若吳狗知曉，他笑皇伯的家法不嚴了！(切住)

張　苞
關　興　　兒們知罪了。(跪)

劉　備　　好！知罪者方好。站過一旁。

張　苞
關　興　　謝過皇伯。(起立，二人互相擰眉)

劉　備　　嗯！兩位虎子，莫要如此。皇伯二次有命！命你們弟兄二人，就在校場比武見藝。兵刃用白綾裹了。哪家也不許傷害哪家的性命！哪家不聽號令，皇伯的國法難容。速去！

張　苞
關　興　　得令！

張　苞　　(唱)關興不用你着急！聽我把話對你提。

　　　　　　來來來隨我校場去，(原場踢關興一脚)

　　　　　　咱二人校場比武藝。(下)

關　興　　(唱)可恨張苞太無理，平白無故把我欺。

　　　　　　先鋒的印信讓了你，除非是槍扎劍砍見高低。(下)

劉　備　　(唱)孤王校場用目覷，

　　　　　　(張苞上。搜門，上馬，下)(關興上。搜門，下)

劉　備　　(唱)二位虎子比武藝。

　　　　　　這纔是將門還生虎將子，倒叫孤窮喜心裏。

　　　　　　(張苞、關興雙上，小開打，擒架子，雙下場)

劉　備　　(唱)孤王校場用目望，(張苞引關興拿大刀上，亮式，雙下場)

劉　備　　(唱)二虎子校場稱豪強。

　　　　　　張苞好將真好將，關興不慌又不忙。

　　　　　　孤窮我有兩虎將，哪怕他東吳不滅亡。

　　　　　　(張苞、關興雙上，打刀架子。張苞落馬，關興欲殺)

劉　備　　(急喊住)關興！

|||(唱滾白)我把你奴才！（關興、張苞跪）
在校場我罵了聲張苞，我把你關興！奴，奴才！
皇伯命你二人就在校場比武，哪家不許傷害哪家。
你二人就是這樣真殺真砍起來，皇伯我到九泉之下，
怎見你那二位父王了。

張　苞 關　興		兒們知罪了。（跪）
劉　備		好！知罪者方好。站起來！
張　苞 關　興		皇伯恩寬。（起立，互相撑眉）
劉　備		二虎子不必如此，聽皇伯吩咐！今日兵伐東吳報仇，孤要御駕親征。吩咐丞相諸葛亮輔佐太子，執掌兩地的軍國大事；驃騎將軍馬超鎮守陽平關，以擋曹兵，英陵將軍馬岱助之；鎮北將軍魏延，鎮守關中，以擋曹兵。命國舅吳班帶領關中之兵出漢中會齊；黃權爲軍中參謀；武威將軍黃忠爲正印先鋒；馮習、張南爲副將；程畿、馬良押糧運草；虎威將軍趙雲爲合後救應使。二虎子就在皇伯左右爲保駕使，共大兵七十五萬，擇定章武元年七月二十一日出師。常隨官！
太　監		有。
劉　備		帶過王的白龍馬。

（唱）有孤窮校場傳號令，把西川的大小事托靠孔明。
黃漢升挂了先鋒印，有孤窮領兵去出征。
程畿、馬良把糧運，黃權在御營贊軍情。
二虎子護駕勤照應，趙子龍領兵掠後營。
孤領兵七十五萬整，我馬踏東吳不留情。
率雄兵萬里長江怒濤涌，忙吩咐常隨官帶過白龍。

（劉備下高臺，太監與劉備帶馬，流程與關興、張苞帶馬，流程兩面站開）

劉　備		（唱）我未曾上馬先傳令， 張苞！
張　苞		兒在！
劉　備		關興！
關　興		兒在！

劉　備　（唱）兒們進前聽。

這一番去到兩軍陣，
須要你們兄護弟來弟護兄。
拿潘璋，捉馬忠，拿住吳狗莫輕容。
范疆、張達害了兒父的命，（面向張苞）
還有糜芳、傅士仁。
拿住這賊子們莫要傷他的命，
回營來皇伯要剖腹剜心活祭兒父的靈。
西川的文武百官齊免送！

（擂鼓聲。後白：送駕）（劉備、關興、張苞一同上馬）

劉　備　（唱）放罷了九聲炮我離了都城。（同下）

第　三　場

（謝旌、譚雄上）

譚　雄　俺，譚雄。
謝　旌　俺，謝旌。
譚　雄　將軍請了！
謝　旌　請了。
譚　雄　今有劉備兵伐東吳報仇，你我領了都督之命，前去迎敵。此一出兵，生擒劉備，活捉黃忠，所留下張苞、關興兩個娃娃，用馬鞭就把他捎了。來在校場點兵，將軍請來傳令！
謝　旌　還是將軍請來傳令。
譚　雄　還是你我一同傳令。眾將官！
流　程　有。
譚　雄　帶馬，殺。（上馬，同下）

第　四　場

（張苞帶流程挖門上）

張　苞　俺，張苞。來到軍前，是我不等皇伯將令，私自出營，要搶頭功。眾將官！

流　程	有。
張　苞	往前殺。（下）
	（關興帶流程挖門上）
關　興	俺，關興。來在軍前，只因皇兄不等軍令，私自出營，要搶頭功。是我放心不下，與他打一接應。眾將官！
流　程	有！
關　興	往前殺！（同下）
	（張苞、譚雄、謝旌各帶兵上，兩家碰頭，三人架住）
張　苞	來將通名？
譚　雄	譚雄。
謝　旌	謝旌。（殺過，譚雄、謝旌敗下，張苞追下）（譚雄再上，趟馬[1]）（張苞追上，戰敗譚雄。譚雄下）（謝旌再上，戰敗張苞。張苞下）（關興再上，戰敗謝旌。謝旌下，關興追下）（譚雄、謝旌雙上，挖門，誇將）
譚　雄	哈！關興、張苞殺法驍勇，這該如何是好？
謝　旌	你與他鏖戰，待我射他一箭。
譚　雄	放箭多加小心。
謝　旌	請。（同下）（張苞戰敗譚雄。譚雄下，張苞追下）（謝旌趟馬上，登高。譚雄引張苞上，殺過。謝旌箭射張苞馬腿，張苞落馬。關興急上，殺死譚雄。搜門，發現張苞）
關　興	皇兄回營換馬，待我捉拿放箭之賊。（關興下）（張苞起立後，搜門，單下）（關興、謝旌雙進門上，架住）
關　興	箭射我皇兄的馬腿，可是你來？
謝　旌	就是你老爺。
關　興	休走，放馬過來。（殺過。關興活捉謝旌，同下）

校記

[1] 趟馬："趟"，原作"蹓"，據文意改。下徑改，不一一出校。

第　五　場

（張苞帶兵上，站門。張苞發悶上，揉肚子，[海煞]）

張　苞	好惱。

（唱）我與吳狗把仗打，實服吳狗好殺法。

　　　將身且坐寶帳下，等御弟回來問根芽。

（關興帶兵綁謝旌上）

關　興　參見皇兄。

張　苞　站下。御弟，綁的這是何人？

關　興　箭射皇兄馬腿就是此賊！被弟拿獲了。

張　苞　好賊！

（唱）不見奸賊心不惱，氣得我黑血往上潮。

　　　三尺青鋒出了鞘，

關　興　（接唱）攔住皇兄慢開刀。（切）

　　　將此賊押回御營，見了我家皇伯再行發落。（流程押謝旌下）（關興搜門，向張苞誇示自己殺了一將、拿住一將。張苞誇示關興是一員好將。關興傲然下場）（張苞見關興走後，作羞愧表情，垂頭喪氣地下場）

第 六 場

（流程、太監引劉備上）

劉　備　（唱）有孤窮在靈堂自思自嘆，思想起孤君好悲慘。

（滾白）思桃園一爐香，二弟荊州王，三弟翼德張。一在三同在，一滅三同亡，為甚麼兄在陽世，弟等歸天堂，倒叫孤終朝每日好傷慘！二弟、三弟好傷慘！

（唱）有孤君生來命孤單，孤家住大樹樓桑園。

　　　三歲上爹娘把命斷，在叔父家中把身安。

　　　七歲上南學把書念，我叔恩養孤一十三。

　　　天不幸我叔父壽命短，我嬸娘待孤多不賢。

　　　我嬸娘她把心思變，她將孤君我趕外邊。

　　　我無處走來無處站，賣草鞋去到范陽川。

　　　范陽川時來運又轉，我二十八歲遇桃園。

　　　我弟兄桃園盟患難，宰白馬、烏牛祭蒼天。

　　　曾許下一在三同在，一滅三亡義同生死齊歸天。

　　　至如今山未倒來海未乾，為甚麼兄在陽世弟歸天。

我手指東吳罵孫權，咱兩家結下了山海仇冤。
若要咱兩家把冤仇解，除非是你死我亡一旦完。
憶昔日黄巾曾造反，我弟兄吃糧到軍前。
大破黄巾兵百萬，把桃園的威名天下傳。
劉太守將表帶上殿，漢天子一見就封官。
頭一任他封我安喜縣，我弟兄三人樂安然。
我三弟酒醉把禍惹，鞭打督郵丢了官。
在磐河救過公孫瓚，纔認識子龍將魁元。
二一任封孤平原縣，我弟兄三人到任前。
忽然間董卓心不善，他要謀漢室錦江山。
十八路諸侯把卓賊戰，將大兵扎在泗水關。
華雄領兵爲前站，他耀武揚威下了關。
一連斬壞七員將，十八路諸侯心膽寒。
那華雄不住來討戰，免戰牌懸掛營門前。
免戰牌高挂無人敢戰，笑壞我二弟關美髯。
袁紹在寶帳他便開言，問此人現居甚麽官。
在一旁閃上公孫瓚，他替我二弟把話言。
説此人乃是個馬弓手，有一個大哥坐縣官。
袁紹他寶帳怒衝冠，膽大的小卒敢多言。
喊了一聲往外趕，曹孟德一旁便開言。
此人既然講大話，出大言必然武藝不凡。
在寶帳斟起酒一盞，他讓我二弟把酒餐。
我二弟言説酒且斟滿，斬了華雄再把杯乾。
我二弟提刀跨馬出營盤，那華雄引兵到陣前。
在陣前未經三合戰，華雄的尸首落馬前。
我二弟下馬把頭獻，怒斬華雄酒未寒。
十八路諸侯親眼見，一個個誇獎關美髯。
二日天明引兵去討戰，我三弟鞭打吕布紫金冠。
董卓一見不敢戰，他便領人馬敗回長安。
管亥領兵四十萬，殺人放火起狼烟。
北海的孔融心膽寒，公孫瓚帳下把兵搬。
公孫瓚寶帳把兵點，在寶帳差去孤三桃園。

有孤窮北海把圍解,我二弟刀劈管亥染黃泉。
孔融一見是好漢,設酒宴慶賀孤弟兄三。
有孤窮在寶帳正飲宴,有一封小書到宴前。
孤窮拆開小書看,原來是徐州的陶謙把兵搬。
上寫着曹操領兵四十萬,要與他爹娘報仇冤。
有孤窮兄弟沒怠慢,我弟兄三人緊加鞭。
到徐州見了陶謙面,陶恭祖一見心喜歡。
有孤窮寫去小書把圍解,曹操一見怒衝冠。
濮陽的呂布造了反,曹孟德一見心膽寒。
他留人情收兵將,陶恭祖三讓徐州恩義寬。
陶恭祖三讓徐州孤不願,陶恭祖一命歸了天。
有孤窮我把徐州占,徐州的黎民百姓纔安然。
有孤窮聚草屯糧把兵練,曹孟德聽言怒衝冠。
他圍住徐州與孤戰,可嘆孤兵不多將無幾員。
有孤窮萬般出在無奈間,我不得已而降曹瞞。
曹孟德帶孤上金殿,漢天子一見心喜歡。
他打開漢室宗譜往下看,纔知道孤是景帝後代男。
漢天子觀罷宗譜心喜歡,當殿以上就封官。
他封我宜城亭侯恩非淺,口稱我皇叔天下傳。
曹孟德青梅煮酒把英雄論,他一心要害孤三桃園。
他言説孤窮是當代好漢,只嚇得孤窮我心膽寒。
忽然間天降暴雨天色變,我假裝聞雷失驚纔解疑團。
恨曹賊作事心太奸,許田射獵他欺天顏。
我二弟要把曹賊斬,有孤窮馬上擺手將他攔。
徐州的車冑心不善,他苦害黎民不得安。
曹孟德賜孤人馬正三千,他命孤查看車冑反迹離朝班。
我二弟生擒王忠把威名顯,我三弟活捉劉岱在馬前。
徐州城下連夜戰,我二弟刀劈車冑染黃泉。
我孤窮二次把徐州占,徐州的黎民百姓纔得安。
大破徐州曾失散,我二弟被困在黃土山。
曹營裏差來張文遠,順説我二弟歸曹瞞。
在曹營被困十二年,官封他漢壽亭侯在朝班。

上馬金，下馬銀，十美女侍奉問安然。
買不住二弟心一片，晝夜間思念孤三桃園。
有孤窮無處存來無處站，在袁紹帳下把身安。
那袁紹領兵要征曹瞞，差顏良兵困在白馬坡前。
我二弟白馬坡前把圍解，他刀劈顏良喪黃泉。
黃河岸又將文醜斬，我二弟領兵占汝南。
在汝南見了孫乾的面，纔知曉孤窮袁紹帳前。
他歸心似箭辭曹瞞，封金挂印在堂前。
保護二位皇嫂坐車輦，他單人獨馬要闖五關。
東嶺關他把孔秀斬，韓福、孟坦喪在二關。
汜水關下喜身遭難，將王植斬在榮陽關。
催馬來在黃河口岸，那秦琪不與放渡船。
黃河口他把秦琪斬，催馬來在古城邊。
小卒兒與爺往裏傳，你就説二爺轉回還。
我三弟聽言怒衝冠，提長矛跨馬上了關。
開關門，便開言，丈八蛇矛刺喉間。
我二弟馬上呼三弟，你刺爲兄爲哪般？
我三弟馬上瞪環眼，你降了曹瞞爲哪般？
我二弟馬上便開言，曹營裏困了十二年。
幸喜的今日出羅網，保皇嫂尋兄到此間。
我三弟馬上如雷喊，無義之人聽我言。
你説你無有降曹意，那曹兵趕你爲哪般？
我二弟馬上回頭看，蔡陽的人馬來到眼前。
我二弟馬上呼三弟，再叫三弟聽我言。
你今助我三通鼓，我斬了蔡陽你再開關。
我三弟擂罷頭通鼓，我二弟下馬捆雕鞍。
我三弟擂罷二通鼓，我二弟翻身上雕鞍。
三通鼓，未擂完，蔡陽的人頭落在馬前。
斬蔡陽纔把疑心解，我弟兄古城又團圓。
孤馬踏檀溪身遭難，水鏡先生把話談。
他説孤伏龍、鳳雛安天下，得一人能與孤執掌江山。
到如今果應前言兆，不幸二弟、三弟命歸天。

孤領兵七十另五萬,兵伐東吳報仇冤。
有孤窮進得靈堂去,(繞,碰靈牌)

那是關雲長,荊州王？罷了,二弟哪!
見靈位不由人哭豪啕。
站在靈堂高聲叫,二弟的魂靈細聽兄曉。
二弟生來性情傲,不服孔明智謀高。
華容道前放曹操,義釋黃忠美名標。
大破徐州失散了,曹營以內困英豪。
曹營保了二皇嫂,出五關單騎尋兄稱英豪。
雖然是曹操待你好,難忘桃園生死交。
到如今你把命喪了,閃斷兄撐天柱一條。(繞,又碰靈牌)

那是閬中王,翼德張！罷了,三弟呀！
哭罷二弟把三弟叫,閬中王英魂聽兄曉。
三弟生來性情暴,豹頭環眼志氣高。
虎牢關鞭打呂布金冠掉,如雷大吼海水潮。
當陽橋上生計巧,三聲喝斷當陽橋。
葭萌關前把陣討,赤身裸體夜戰過馬超。
取西川巴郡生計巧,收來嚴顏老英豪。
進雒城,威名高,活捉張任馬後捎。
瓦口關下把兵鏖,智取張郃稱英豪。
這些功勞全不表,威鎮閬中姓名標。
到如今你把命廢了,斷了孤撐天柱一條。

三弟哪！
哭他們只哭得金雞報曉,(擂鼓)鼓打五更天明了。
有孤窮打坐在黃羅帳道,(歸坐)
後帳裏閃上個老將英豪。(切)

(黃忠上)

黃　忠　(唱)章武元年把兵起,每日殺砍不停蹄。
因為荊州一郡地,大小三軍血染衣。
二千歲命喪東吳地,今日裏領兵報冤屈。
黃漢升撩衣進帳去,(進門,三揖,落坐)
耳聽得令人報消息。

（張苞、關興帶四流程上，下馬，入門）

張苞
關興　參見皇伯。

劉備　站下。

張苞　皇伯，兒未領皇伯的將令，私自出營，遇見譚雄、謝旌二賊，箭射兒的馬腿，兒我落馬，不是御弟相救，兒命險遭不測。

劉備　唉！

關興　皇伯，孩兒出得營去，刀劈譚雄，活拿謝旌，在皇伯面前請功。

劉備　（驚喜）哦！怎麼說你你你拿住了？

關興　拿住了。

劉備　哎呀，好好好！說是綁綁綁上來！（流程綁謝旌上。劉備出坐，碰謝旌［脆頭子］，氣極，打一耳光）

劉備　好賊子！
（唱）我不見吳賊我心不惱，氣得孤太陽真火往上潮。
　　　孤兵伐東吳我要把仇報，吳狗賊擋住孤的路路路一條。
　　　兒箭射馬腿不算甚麼手段妙，今犯在孤手豈肯輕輕的把賊饒。
御林軍！

流程　有！

劉備　（唱）你快把賊的首級梟，（流程推謝旌跪倒）

劉備　（接唱）鋼刀砸碎油鍋裏熬。（切住）

流程　獻頭。

劉備　聽孤窮吩咐。將此賊的首級，供在你二位老千歲的靈前，祭奠你二位老千歲的靈魂；然後接了熱血一盆，祭奠你小千歲的戰馬。打下去。

流程　啊！（下）

劉備　唔呼嚇！你叫怎說。且喜我二位虎子未得孤窮的將令，私自出營，刀劈譚雄，活拿謝旌，這是莫大之功，就在黃羅寶帳，與二虎子賀功。常隨！

太監　主公。

劉備　酒來！

太監　遵旨。

黃忠　（咳嗽）嗯哼！

| 劉 備 | （面向黃忠看介）老將軍！
| 黃 忠 | 主公。
| 劉 備 | （傲慢地）說是你也陪宴著！
| 黃 忠 | 臣遵旨。
| 劉 備 | （海煞）哈哈，嘿嘿！這個哈哈哈哈……（張苞、關興二人哭）罷了二弟、三弟啦！

（唱）在黃羅寶帳孤排酒宴，要與我二虎子餞陽關。（太監斟酒）

| 張 苞 |
| 關 興 | 皇伯、老將軍請酒！
| 黃 忠 | 主公、二位小千歲請酒！
| 劉 備 | 老將軍、二虎子請酒！
| 張 苞 | （哭）父王啦！
| 劉 備 | 皇兒啦！

（唱）張苞莫要淚悲傷，聽皇伯把話說心上。
　　　曾不記兒父在世上，那一個不稱他翼德張。
　　　虎牢關前三馬闖，他鞭打呂布美名揚。
　　　他保皇伯把業創，有皇伯封他閬中王。（流板）
（太監斟酒）

| 劉 備 | 老將軍、二虎子請酒！
| 張 苞 |
| 關 興 | 皇伯、老將軍請酒！
| 黃 忠 | 主公、二位小千歲請酒！
| 關 興 | （哭介）父王啦！
| 劉 備 | 皇兒哪！

（唱）關興兒莫要淚汪汪，聽皇伯把話說端詳。
　　　曾不記兒父在世上，哪一家不稱他關大王。
　　　過五關，斬六將，擂鼓三通斬蔡陽。
　　　奉旨鎮守在荊襄，單刀赴會美名揚。
　　　取樊城活捉龐德將，臥牛山前收周倉。
　　　他保皇伯把業創，有皇伯封他荊州王。（流板）
（太監滿酒）

| 劉 備 | 老將軍、二虎子請！

張關 苞興	皇伯，老將軍請！
黃　忠	主公、少千歲請！
劉　備	哎唉！
	（唱）黃羅寶帳把酒嘗，想起桃園一爐香。（切住）
	二虎子！
張關 苞興	皇伯。
劉　備	你說皇伯西川立帝以來，文憑的哪個，武憑的何人？
張關 苞興	文憑的哪個，武憑的何人？
劉　備	文憑的諸葛先生神機妙算，安定天下；武憑的五虎大將，有的是關、張、趙、馬、黃。自從關、張二位一個個升天的升天，復位的復位，營下所留幾員老將，不能軍前立功斬將，俱都是坐吃俸祿待老。（黃忠聞言，氣極）且喜我二虎子不待孤的將令，私自出營，刀劈譚雄，活拿謝旌，真乃莫大之功。就在這黃羅寶帳與二虎子賀功！常隨！
太　監	主公。
劉　備	啊哈！酒來，酒來！（太監滿酒）
	（唱）黃羅寶帳把酒嘗，要與二虎子爭爭光。（將酒灑地）
	（黃忠氣極，出坐位）
黃　忠	（唱）主公講話心太偏，欺壓年邁誇少年。（切）
	主公講話差矣！主公講話差也！主公方纔言道，西川立帝以來，文憑的諸葛先生神機妙算，安定天下；武憑的五虎上將，關、張、趙、馬、黃。自從關、張二位一個個升天的升天，復位的復位，營中所留下幾員老將，不能上陣斬將立功，俱都是坐食俸祿待老。主公講說此話，莫非嫌俺黃忠有些老了？也罷！不免不領主公的將令，私自出營，我要刀劈東吳的上八員大將，活捉吳狗孫權，到在那個時間，再看俺黃忠，啊哈！老也不老！
	（唱）主公講話心太偏，欺壓老將誇少年。
	黃漢升氣得團團戰，
	哈哈！嘿嘿！啊！哈哈哈哈……
	我不領將令出營盤。（下）

劉　　備	（唱）夢兒裏夢見關大王[1]，心兒裏思念翼德張。
	他保孤家把業創，三請孔明臥龍崗。（切）

（流程上）

流　　程	報！啓禀主公，黃老將私自出營。
劉　　備	站過一旁。啊！你叫怎說，孤窮在黃羅帳內，一言錯出，逗惱黃老將軍私自出營，出的營去若有好歹，如何是好？二虎子聽令！
張　苞 關　興	在！
劉　　備	追趕黃老將軍回營，莫得有誤！
張　苞 關　興	得令。（流程與張苞、關興帶馬同下）
劉　　備	孤窮我錯了！
	（唱）我二弟他把長沙破，收來了老將黃忠歸順我。
	百步穿楊人難躲，他箭射盔纓情義多。
	是好將，年紀過，又誠恐出營再起風波。（清場下）

校記

[1]夢兒裏夢見關大王："裏夢"，原倒，據文意乙正。

第　七　場

（黃忠硬靠拿大刀上）

黃　　忠	（唱）提刀跨馬出了營，要與吳狗動刀兵。
	催馬來在兩軍陣！

（張苞、關興追上）

張　苞 關　興	（唱）來了張苞和關興。
	老將軍莫走，回來！
黃　　忠	唔呼嚇！我當是何人，原來是二位小千歲到此。但不知二位小千歲到此爲何？
張　苞 關　興	奉了我家皇伯之命，追趕老將軍回營。
黃　　忠	哎吔！哪是追趕我回營，分明是搶我的頭功。你説是呀不是？

| 張關 | 苞興 | 哪有此心？ |

黃　忠　哎嗨！差不了許多！

（唱）勒住戰馬站路中，再叫張、關二將軍。
　　　哪是前來追趕我，分明要搶我的功。

| 張關 | 苞興 | 不能。 |

黃　忠　（唱）非是黃忠誇海口，不能不能實不能。
　　　　二位閃開殺人路，我要與吳狗動刀兵。（下場）

| 張關 | 苞興 | （唱）老將年邁不服老，他一心斬將立功勞。（同下） |

（四大流程引吳班上）

吳　班　（唱）三國不和刀兵亂，每日殺砍多不安。
　　　　回頭打座在大帳前，耳聽得令人把話言。（切）

後　臺　（搭架子）黃老將軍到！

流　程　黃老將軍到！

吳　班　傳出，內邊有請！

流　程　裏邊有請！（黃忠上，下馬。吳班出迎）

| 黃吳 | 忠班 | 國舅老將軍在哪廂？ 國舅老將軍在——啊哈哈哈哈！ |

（二人入門，同坐）

吳　班　老將軍不在御營伺候聖駕，來在前營為何？

黃　忠　國舅哪知，只因二位小千歲不領主公的將令，私自出營，刀劈了譚雄，活拿了謝旌，主公就在黃羅寶帳，誇了又誇，講了又講。言說西川立帝以來，文憑的諸葛先生神機妙算，武憑的五虎上將，關、張、趙、馬、黃，安定天下。言說自從關、張二位一個個升天的升天，復位的復位，營下所留下我們這般老將，不能軍前斬將立功，俱都是坐吃俸祿待老。主公講說此話，莫非嫌俺黃忠有些老了？

吳　班　非是主公言你老了。依下官看來，果不其然你也老了。

黃　忠　（氣極，向前移坐位）啊！國舅，你待怎講？

吳　班　果然你是老了。

黃　忠　（怒）好惱！

（唱）來的來的說我老，莫非耳聾眼花了。

　　　　　臨起身先放三聲炮,(放炮,黃忠出門,上馬)
　　　　　我要與吳狗把兵交。
吳　班　送老將軍!
黃　忠　免!(下)
吳　班　(唱)老將軍年邁不服老,他一心斬將立功勞。
　　　　　衆將帶馬營門到。馬來!(吳班上馬,流程先下)
吳　班　(唱)我追趕老將走一遭。(下)

第　八　場

　　　　　(曹武、史紀趟馬上)
曹　武　(唱)都督將令往下傳,
史　紀　(唱)哪個膽大不聽言。(切)
曹　武　俺!曹武。
史　紀　俺!史屁。
曹　武　嗨!史紀。
史　紀　着着着,史紀。
曹　武　將軍請了!
史　紀　請了。
曹　武　今有劉備兵伐東吳報仇,你我奉了都督將令,出營瞭哨,就此催馬前往!
　　　　　(唱)高高山上一簍油,
史　紀　(唱)搬倒口子往下流。
曹　武　(唱)人家好漢對好漢。
史　紀　(唱)咱們是賴漢對孱頭。
曹　武　(唱)急忙催馬往前走,
史　紀　(唱)哪邊廂來了個大没頭。
　　　　　(黃忠上,雙進門,用大刀掃二人頭,架住)
黃　忠　來將通名?
曹　武　曹武。
史　紀　史屁。
曹　武　嗨!史紀。

史　紀	着着着，史紀。
黃　忠	哎咦！我只說出得營來，遇上東吳八員大將，誰想遇上曹武、史紀兩個無名的小卒。呔！叫那曹武、史紀聽着！回得營去，叫你那上八員大將出馬。黃老爺寶刀雖快，不斬你這無名小卒。
曹　武	哈哈！看這個黃忠老兒，盡說大話。我說夥計，你給我踏馬瞭陣，待我上前罵他幾句。我說黃忠老兒，你見過甚麼？你見過鷹？見過鶥？見過家雀尿過尿？你在旗杆頂上困過覺？你屁股眼兒裏頭放過兩響炮？你說你叫黃忠。你就是金鐘銀鐘，我拿我這個搗蒜杵，也得杵你幾下子。你說你是西川的五虎上將。你瞧我，我是東吳的蝦將，我這蝦醬燴你這個老豆腐！來來來！咱們是馬尾人，抽架抽架。（與黃忠走圓場。黃忠表示不屑殺武。曹武氣喘）
史　紀	我說夥計，看你沒有打，就疲啦。來來來！你給我踏馬瞭陣，待我罵他幾句。我說黃忠，我把你個鳥兒！鳥兒！
曹　武	嗨！老兒！
史　紀	着着着！老兒。聽我告給你。你今天殺了我，倒了運；不殺我，敗了興。你是倒運呀？敗興呀？來來來，給我一刀。（黃忠用刀比試，欲殺又止。表示無名小卒不屑殺之。下）
史　紀	嗨！我說夥計！黃忠老兒怕了我了。他跑啦！
曹　武	甚麼？他怕了你了，他跑了。你我趕上前去。死不在他手，還算得甚麼東吳有名的大將。
曹　武史　紀	呔！黃忠老兒慢走！你看我東吳的蝦醬趕你去了。（下）
	（三人再上。曹武在前，黃忠在中，史紀在後）
曹　武史　紀	來來來！你給一刀。
	（三人走圓場。黃忠氣極，殺死曹武、史紀）（吳班由下場門倒上，與黃忠碰頭）
吳　班	慢着，慢着。
黃　忠	（見吳生氣）哎咦！
吳　班	老將軍！你今出得營來，刀劈了曹武、史紀，你的首功一件，就該回營報功。
黃　忠	國舅哪！我今刀劈了曹武、史紀，乃是兩個無名的小卒。國舅閃

開,我要殺進了東吳的大營,刀劈東吳的上八員大將。到得那時,我回營報功。你等滿營的衆將,再看我黃忠老呀不老。

吳　班　哎,老將軍!

（唱）勒住了戰馬站陣前,老將軍馬上細聽我言。

想當年大戰定軍山,老將軍刀劈夏侯淵。

刀劈了曹武、史紀也是首功一件,老將軍莫任性休要進前。

黃　忠　（唱）國舅的話兒講得好,黃漢升與你表功勞。

想當年江夏扶劉表,我威鎮長沙稱英豪。

二千歲義釋在長沙道,委棄了魏王保漢朝。

二千歲被東吳把命害了,劉主公領兵把冤消。

我隨主上把仇報,全憑着一人一馬一口刀。

主公在黃羅寶帳誇年少,他欺我黃忠年邁了。

刀劈了曹武、史紀不屑一表。

國舅!我要把東吳上八員大將一個一個他的首級梟。

吳　班　老將軍回營報功。（黃忠示意功小,不肯回營）老將軍回營報功去吧!

（黃忠生氣地下）

吳　班　（唱）黃忠年邁不服老,他一心斬將立功勞。（下）

第　九　場

（四流程引潘璋上）

潘　璋　（唱）吳侯將令往下傳,哪個大膽不聽言?（切）

俺,姓潘,名璋,字文珪。只因陸遜爲荆州設計,呂蒙白衣渡江,我主復奪荆州九郡之地,立逼的關羽一死。吳侯將關羽的刀馬恩賜與我,馬到營下不食草料而死,所留下這口刀!（刀響）呀!刀環作響,今天出兵我好膽怯也!

（唱）刀環作響馬叫亡,今日裏出兵好心慌。

催戰馬來在兩軍陣,要與漢兵排戰場。

（黃忠上。雙進門,過來過去,架住）

潘　璋　呔!叫那黃忠聽着!潘老爺在此,爾等還不下馬受死!

黃　忠　哈!觀見潘璋吳狗手使二千歲青龍偃月刀。俺黃忠一見好不氣

    惱！賊將，看刀！（潘璋敗下，黃忠追下）（馬忠上）

馬　　忠　啊嗨！大將英雄膽，威名戰果添。大將馬忠。都督出營打仗，是我放心不下，出營瞭哨一回。（潘璋上。雙進門碰面）參見都督！

潘　　璋　站下。

馬　　忠　都督出營，勝敗如何？

潘　　璋　不勝黃忠，敗回營來。

馬　　忠　都督在後壓陣，待我打一接陣。

潘　　璋　上陣多加小心。

馬　　忠　不必吩咐。請！

    （潘璋下）（黃忠上，與馬忠雙進門，掃頭，過來過去，架住）

黃　　忠　來將通名？

馬　　忠　大將馬忠。

黃　　忠　看刀！

    （馬忠敗下，黃忠追下。馬忠、潘璋分上，雙進門）

馬　　忠　參見都督。

潘　　璋　站下。出營勝敗如何？

馬　　忠　不勝黃忠，敗回營來。

潘　　璋　哎咦！你我屢打敗仗，吳侯怪罪下來，如何是好？

馬　　忠　都督與他鏖戰，待末將射他一箭。

潘　　璋　哎咦！想那黃忠百步穿楊，你到他手中弄險不成？

馬　　忠　豈不知防者不會，會者不防？

潘　　璋　哎呀好！好一個防者不會，會者不防。如此你放箭要多加小心。

馬　　忠　正該，請。（馬忠下）（黃忠上，與潘璋殺過。潘璋敗下，黃忠追下）（馬忠趟馬，持弓箭上，登高。潘璋引黃忠上。馬忠放箭射黃忠後下。黃忠中箭）（吳兵上，與潘璋共用刀槍壓在黃忠刀上，黃忠單臂用刀架住，三翻鷂，下場。潘璋帶兵追下）（張苞、關興上）

張　　苞　且住！觀見黃老將軍中箭，你我殺上前去。

關　　興　正該，請。（雙下場）（黃忠上，吳兵、潘璋、馬忠隨上。黃忠引吳兵挖門，站開，潘璋、馬忠登高。黃忠被困中間）

黃　　忠　（唱）黃漢升臨陣帶騶驊，年老血衰力氣差。

      在營下不聽國舅的話，一心與吳狗動殺法。

      如今命喪雕翎下，大丈夫一死何懼他。

　　　　　　往東殺,(與吳兵殺過,架住)
　　　　　　往西殺,(與吳兵殺過,架住)
　　　　　　渾身無力兩膀麻。
　　　　　　哭聲二位小將軍把我救,
　　　　劉主,臣的主!
　　　　　　止不住老泪往下流。
　　　　　　勒住戰馬往下瞅,潘璋、馬忠聽來由。
　　　　　　是大將與爺在疆場鬥,暗放冷箭羞不羞!
　　　　　　黃老爺今天若得救,
　　　　潘璋、馬忠吳狗!
　　　　　　不殺兒等誓不休。
潘　璋　(唱)人說黃忠是英雄,
馬　忠　(唱)今日一見果是真。
潘　璋　(唱)黃忠再有二十年小,
馬　忠　(唱)咱營没有他對頭的兵。
潘　璋　(唱)耳旁邊忽聽得人馬動,
　　　　　　(張苞、關興上)
關　興　(唱)閃上張苞和關興。
張　苞　(唱)一馬撲在兩軍陣,
　　　　　　(張苞救黃忠下)
　　　　　　(關興引起吳兵,走圓場,推吳兵,關興敗下)
潘　璋　唔呼呀!
　　　　(唱)閃上張苞與關興。殺的我兵無處奔,
馬　忠　(唱)臨陣救走黃漢升。
潘　璋　(唱)衆將帶馬莫留停,(下高,上馬)
馬　忠　(唱)見了吳侯説分明。(同下)

第 十 場

　　　　　(流程引劉備上)
劉　備　(唱)黃老將軍出了營,倒叫孤窮挂心中。
　　　　　　回頭打坐黃羅帳,等老將回來纔放心。

（張苞、關興攙黃忠上，下馬，進門）

劉　備　啊呀！（哭介）

（唱）我一見老將帶雕翎，不由孤窮痛在心。
　　　　不敢高哭低聲喚，喚醒了老將問分明。

劉　備
關　興　老將軍醒來！
張　苞

黃　忠　（唱）我與吳狗把兵動，殺得兒等亂逃生。
　　　　大喊聲吳狗哪裏跑，

劉　備　老將軍回在大營。（黃忠看）

張　苞
　　　　老將軍回在大營。
關　興

劉　備　孤窮在此。

黃　忠　（唱）一霎時回在御營中。
　　　　（黃忠偏坐，劉備入正座）

劉　備　啊！老將軍，是孤在黃羅寶帳一言錯出，逗惱老將軍，出得營去，如今身帶雕翎歸營，好不痛煞孤窮也！（哭介）

黃　忠　啊哈，主公！老臣不領主公的將令，私自出營，心想斬將立功，遇見曹武、史紀二個吳狗，都被老臣刀劈馬下。

劉　備　老將軍刀劈曹武、史紀，就該回營報功纔是。

黃　忠　哎咦！那時間臣我貪心不足，心想斬東吳上八員大將。正殺之間，閃上吳狗潘璋，手使我二千歲的青龍偃月刀。老臣一見，心頭火起，照着吳狗就是一刀。（身段動作，無意碰在箭傷痛處）忽然間，又閃上吳狗馬忠，照着臣暗放一支冷箭，射中臣的左膀，大量臣命休矣！

劉　備　老將軍！你自幼兒學會百步穿楊，難道說無有學會躲箭之法、瞧箭之功麼？

黃　忠　嗯，這個！

劉　備　甚麼？

張　苞
　　　　唉！年邁之人忘記了。
關　興

黃　忠　主公哪！
　　　　（唱）會水的魚兒被浪打，我百步穿楊反被箭殺。

		黃漢升命喪雕翎下，這纔是命由天定一點不差。
劉	備	（唱）孤窮大帳怒氣發，叫罵虎子聽根芽。（張苞、關興跪介）
劉	備	（滾白）我罵一聲張苞、關興！奴，奴才！皇伯有令，命你二人追趕老將軍回營，如今老將軍身帶雕翎回得營來，好不痛煞孤窮了。（切）
黃	忠	慢慢慢着！主公，老臣一死，乃是命該如此，埋怨我二位小千歲也是無益。
劉	備	好。老將軍不怪，你們站過一旁。
張 苞 關 興		皇伯恩寬。（站起）
劉	備	二虎子！
張 苞 關 興		皇伯。
劉	備	攙了黃老將軍，皇伯要親自與他起箭。
黃	忠	慢慢慢着，主公哪！此箭乃是賊人養就的藥箭，箭在臣在，起箭就恐臣命休矣了啊！
劉	備	老將軍，曾不記我二弟攻取樊城，中了曹仁藥箭，請了華陀先生刮骨療毒，血流盈盆，氣不吁喘，面不改色。老將軍，你偌大的年紀，難道說還懼甚麼疼痛不成？
黃	忠	嗯這個！
劉	備	甚麼？
張 苞 關 興		唉，老將軍！
張	苞	（唱）老將軍莫要淚悲傷，
關	興	（唱）聽我把話說心上。
張	苞	（唱）自古以來人常講，
關	興	（唱）哪有個作大將的不帶傷。
黃	忠	（唱）劉主公面掉痛心淚，（張苞、關興哭）興、苞二將心傷悲。
		大丈夫一死把命廢，強打精神笑微微。
		哈哈！嘿嘿！啊哈哈哈！
劉	備	（唱）老將莫要哭啼啼，爲王與你請名醫。（切）
		二虎子，攙了老將軍，皇伯與他起箭。

| 黃　忠 | 慢慢慢着，大丈夫起箭，何用人攙。待老臣我自己起來吧！（挣扎，起。劉備拔箭。劉備將箭拔出。黃忠倒地。起來，一看，二看，三看，翻白眼） |

| 劉　備 | 老將軍怎麼樣了？ |

| 張　苞 關　興 | 老將軍挣扎着！（黃忠死。劉備哭） |

| 劉　備 | 啊呀！
（唱）一見老將把命斷，不由孤窮我痛心間。
　　　孤的大仇未報完，五虎大將已去三。
　　　老將英靈莫走遠，咱君臣一同喪黃泉。
（碰頭尋死。張苞、關興阻攔） |

| 張　苞 | （唱）老將軍尸首移後帳，（流程抬尸下） |

| 關　興 | （唱）張苞、關興哭父王。（劉備痛極，氣極） |

| 劉　備 | （唱）張苞、關興哭父王，好似鋼刀刺胸膛。
　　　黃羅寶帳把衣更上，翻天覆地我鬧一場。
（劉備更衣，穿風帽、斗篷、箭袖、袍子。流程預備大刀、槍杆子、馬鞭子） |

| 劉　備 | （接唱）孤在黃羅寶帳把衣換，我持槍勒馬跨征鞍。
　　　黃老將為孤把命斷，孤的心中好似滾油煎。
　　　我未上馬把令傳，
　　　張苞！ |

| 張　苞 | 兒在。 |

| 劉　備 | 關興！ |

| 關　興 | 兒在。 |

| 劉　備 | （接唱）兒你們進前。
　　　今日出兵努力戰，一個個俱都要奮勇當先。
　　　今日裏舊仇未報新仇添，伐東吳仇報仇來冤報冤。
　　　孤今日親自引兵去交戰，要殺那吳狗他他他一個地覆天翻。
　　　我在黃羅寶帳把令傳，大小三軍你們聽孤言。
　　　吳狗賊害孤的二弟把命斷，今日是仇人見面不能容寬。
　　　你們見了兒的庵觀寺院用火點，千年的古樹連根搬。
　　　見兒的耕牛戰馬用刀砍，見兒的古墓把他的尸骨往上翻。 |

三歲的嬰兒用花槍點,年老的人兒把他在馬尾上拴。
中年的人兒把他的腰剁斷,空中的鳥兒你們用箭穿。
不管他男女老少一齊殺砍,殺兒個雞犬不留大報仇冤。
張苞!

張　苞　在。
劉　備　關興!
關　興　在。
劉　備　(唱)兒們一齊努力往前戰,(流程與劉備帶馬,與關興、張苞遞槍刀)
劉　備　(唱)殺不盡東吳賊我我我誓不回還。(上馬,同下)

第 十 一 場

(四蠻兵上。沙木柯上)
沙木柯　(詩)臉似藍靛五馬降,渾身似鐵硬如鋼。
　　　　　上山如同踏平道,世人稱咱五閻王。
　　　　俺!南蠻王沙木柯。今有劉蜀主兵伐東吳,報仇雪恨。我帶了蠻兵五萬,要與他拔刀相助,今日不免出兵對敵。小蠻兵!
四蠻兵　有。
沙木柯　一齊出營,殺!(下場)
　　　　(甘寧上)
甘　寧　啊咳!
　　　　(念)因為荊州起禍端,每日殺砍不得安。
　　　　俺!姓甘名寧字興霸。今有劉備兵伐東吳報仇,是我帶病隨軍。今日病好,不免出營瞭哨一回,就此催馬前往。
　　　　(唱)甘興霸催馬出了營。
　　　　(沙木柯搜門,過場下)
甘　寧　(接唱)出營瞭哨走一程。耳風裏忽聽得人馬動,
　　　　(沙木柯上,抓甘寧頭)
沙木柯　哇呀呀呀呀,追!(抓過來,抓過去,甘寧逃下)(蠻兵走場下,沙木柯下)(甘寧再上,搜門,進樹林藏躲)(眾蠻兵上,沙木柯上)
沙木柯　望見望不見?

衆蠻兵	望不見了。
沙木柯	望不見，拿千里眼打。
衆蠻兵	望見了。
沙木柯	看了弓箭伺候。（射介）中了無有？
衆蠻兵	中了。
沙木柯	一齊回營。（同下場）（甘寧出樹林，搜門，拔箭後，自刎死，下）（劉備、關興、張苞帶兵正上）（潘璋帶兵倒上。兩家兵卒碰頭，劉備、潘璋殺過，架住）
潘　璋	呔！叫那劉備聽着！潘老爺在此，還不下馬受死。
劉　備	哈！觀見吳狗潘璋手使我二弟的青龍偃月刀。二虎子，殺。（潘璋敗下，劉衆追下）（馬忠單上，張苞追上，打馬忠落馬。劉備倒上，割頭，砍三劍。同下）（潘璋上）
潘　璋	（唱）我與關興打一仗，兒的殺法比我強。 　　殺得我不敢回頭望，（關興上，戰敗潘璋，下）
關　興	（接唱）我不殺潘璋不回鄉。（下）（潘璋上）
潘　璋	（唱）過五關你斬六將，古城壕邊斬蔡陽。 　　爲甚麼我手使不上，我的刀哇！刀哇！ 　　殺得我心慌又加忙。 　　在馬上不敢回頭望，（關興上，開打，潘璋下）
關　興	（唱）殺得他心慌又加忙。 　　潘璋吳狗不成將，霎時管叫兒刀下亡。 　　在馬上抖一抖精神長，我不殺吳狗不回鄉。（下場） （潘璋再上，搜門，進樹林內躲藏）（關興再上，搜門，下場）（潘璋由林內出，拉馬下場）（流程引劉備、張苞上）
劉　備	張苞！
張　苞	在。
劉　備	查看咱營的人馬，傷了多少？
張　苞	得令。（看望兩面，三翻鷂）啓稟皇伯，咱營人馬一兵一卒未短，只是不見我御弟哪裏去了。
劉　備	哎呀且住！你叫怎說。孤的人馬一兵一將未短，不見御侄關興何往。張苞聽令！
張　苞	在。

劉　　備	吩咐大小三軍，掌起燈籠火把，尋找你御弟，不得有誤。
張　　苞	得令。衆將官！
流　　程	有。
張　　苞	掌起燈籠火把，連夜尋找我御弟去者。
流　　程	啊！
劉　　備	（唱）我與吳狗把兵動，不見我御侄哪廂行。
	三軍你把燈籠掌定！尋找我御侄走一程。（同下）

第 十 二 場

（小童托紙馬供獻引權成上）

權　　成	（唱）小兒帶路莫留停，前去祭奠走一程。（切）
	小老兒權成，只因關爺爺在世，待我們此處的百姓，有許多的好處，他老人家如今被害已死，我老漢擺設下靈位，每日三燒香九叩首，供獻他老人家。觀見天氣不早，不免前去燒晚香一回。小兒！
小　　童	爺爺！
權　　成	帶路。
	（唱）爲人好比一張弓，每日起來逞英雄。
	有朝一日弓弦斷，爭名奪利一場空。
	邁步我把廟堂進，再叫爺爺在上聽。（切）
	小兒！上香、點紙、叩頭。罷了，爺爺哪！（哭介）（關興內："走哇！"上）
關　　興	我乃漢將關興是也。我與潘璋交戰一天，觀見天黑夜晚，該到哪裏存身？（看介）唔呼呀！觀見前邊黑壓壓霧沉沉，不是庵觀就是寺院，不免去到那裏，再作道理。（圓場，下馬看廟介）裏邊有人嗎？
權　　成	小兒開門看來。（開門，出門）這一位將軍，到此爲何？
關　　興	吾乃漢將，今日天黑夜晚，就在你的廟中休息一晚，二日天明重禮相謝。
權　　成	庵觀寺院來者有份。小兒，拉馬扛刀，（小兒拉馬扛刀，進門，歸坐）這一將軍坐了。待我老漢與你打杯茶來。
關　　興	有勞老丈。
權　　成	好說，坐了。（出門，到下。關興發覺靈位，看介）

關　興	寫上關聖帝君,關聖帝君!啊呀,父王!(哭,跪倒)
	(唱)見靈位不由人淚悲涕,父王魂靈聽來歷。
	天不幸父王下世去,撇下孩兒受孤淒。(叩頭,起)
	(權成打茶上,進門,見狀)
權　成	(唱)扯不扯來淡不淡,哭我的爺爺爲哪般?(切)
	這一少將軍,哭拜我供的爺爺,却是爲何?
關　興	我乃是他兒關興到來了。
權　成	哎呀!(跪)不知關少爺到來,該小老兒失認之罪。
關　興	不知者不怪罪。請起講話。
權　成	謝過關少爺。(起)
關　興	我父在日,待你們有何好處?因何死後供奉與他?
權　成	只因他老人家在日,一生忠義,對我們此處的百姓,有許多的好處,因而死後供奉與他。
關　興	(哭)罷了,父王啦!
權　成	小兒,謹守門戶。(潘璋内:"走哇。"上)
潘　璋	潘璋。是俺與關興交戰一日,觀見天黑夜晚,該到哪裏存身。(看介)唔呼呀!觀見前邊黑壓壓霧沉沉,想是庵觀寺院,去到那裏,再作道理。(圓場,下馬)裏邊有人嗎?
關　興	哈!外邊潘璋到此。看了我的刀馬。
權　成	慢來慢來!關少爺莫要着急。那潘璋到來,待我老漢出去誆了他的刀馬,你殺他個措手不及。(關興站權成身後)小兒,開門看過。
	(小兒開門,見潘璋,驚介)
小　童	啊呀呀,天神爺,地神爺,過了臘月廿三的灶王爺!我把你老人家送上天去,你老人家怎麽又回來了。
潘　璋	唉!俺是一人。
權　成	你是一人,到此爲何?
潘　璋	天黑夜晚,要在此處安歇。
權　成	庵觀寺院來者有份。小兒,拉馬扛刀。
潘　璋	咦!誆你潘老爺的刀馬不成?
權　成	你的刀乃是打仗用的刀,我老漢拿他切菜,還嫌把子長哩。
潘　璋	打量爾也不敢。接刀。(關興接刀殺,潘璋逃下,關興追下)
權　成	(笑介)哈哈哈哈!小兒喚長工、短漢走來!

小　童　長工、短漢走上。（把子上）
把　子　與爺爺叩頭。
權　成　長工、短漢，你們手使扁擔，聽爺爺吩咐！你們手上杈耙、掃帚、連枷杆，打死潘璋都升官。隨爺爺來，打潘璋。（下）（潘璋正上，倒下，眾追下）（潘璋又倒上，正下，關興帶眾追上，殺潘璋死，下）（劉備、流程、張苞古洞門正上）
關　興　參見皇伯。
劉　備　站下。手捧何人的首級？
關　興　潘璋的首級。
劉　備　賞兒一刀。
權　成　與萬歲叩頭。
劉　備　此是何人？
關　興　此老名叫權成，殺死潘璋多虧此人相助。
劉　備　好！保王回朝，封你護國員外。
權　成　謝過萬歲！
劉　備　保王回營！（打尾聲同下）

書 生 拜 將

山西清徐嫦娥文化藝術有限公司　改編

解　題

　　晉劇。山西清徐嫦娥文化藝術有限公司改編。未見著錄。劇寫孫權將侄女孫幼娟許配陸遜，二人正在拜堂成親之際，傳來消息：劉備爲關公報仇，親率七十五萬大軍進攻東吳，甘寧戰死。陸遜停止拜堂，自報奮勇到蜀營下書，勸劉備以大局爲重，聯吳抗曹。劉備拒絶。孫權力排衆議拜陸遜爲帥。陸遜扮書生深入蜀營探聽虛實，用火攻之計大敗劉備。陸遜以吳、蜀唇齒和好爲重，精選好馬糧秣，送劉備回白帝城。全劇在陸遜與孫幼娟的成婚大典中結束。版本今見2009年10月山西清徐嫦娥文化藝術有限公司改編的《書生拜將》本。今以此本爲底本校勘整理。

第一場　聞　訊

　　（公元222年春）（吳都武昌[1]）（吳宮。巨柱攀龍，羅幃垂地。臺中懸"囍"字，紅燭高照，香烟繚繞）（幕啓，在歡快典雅的音樂聲中，衆宮女手捧杯盤果，翩翩起舞）

合　唱　金碧輝煌繞玉樓，今日吳宮賀佳偶。
　　　　陸、遜郡主成婚配，月下老人孫仲謀。
　　　　（音樂聲中，尚香、孫桓忙上忙下，安排布置喜堂）（承擔司儀的諸葛瑾身披彩帶，興高采烈上與孫尚香、孫桓一起巡視喜堂）（迎潘璋、韓當、徐盛、朱然上）

潘　等　今逢郡主出閣之喜，臣等特來恭賀。

孫尚香　此乃東吳之喜，亦是衆位老臣之喜。

　衆　　你我大家同喜，哈哈哈……（内聲：千歲駕到）

（孫權上）

孫　權　（唱）紫金殿懸喜字祥光四放[2]，宮燈喜紅燭笑花吐芬芳。
　　　　　兄早亡托孫權把侄女撫養，乘門婿選定了陸遜兒郎。
　　　　　陸伯言正年少謀深智廣，通兵法熟韜略江東無雙。
　　　　　曾命他助呂蒙調兵遣將，逼得那關雲長敗走麥城飲恨身亡。
　　　　　復荆州巧運籌鋒芒初顯，大江水浪滔滔數風流還須看這少年兒郎。

宮　監　吉時已到，男女貴人同入喜堂。（兩宮女扶陸遜上，合唱聲起）
　　　　（兩宮女扶孫幼娟上）

諸葛瑾　一拜天地，二拜高堂，夫妻對拜，同入——
　　　　（內聲：報）（音樂戛然而止[3]。報子急上）

報　子　啓稟千歲，劉備率領七十五萬軍士自巫峽而出，殺奔夷陵地界。
　　　　（衆驚，光變白）（內聲：報）（報子乙上）

報子乙　劉備占我數郡，兵扎猇亭。
　　　　（孫權大驚。內聲：報）（報子丙急上）

報子丙　甘元帥身遭陷阱，爲國捐軀。（切光）（音樂嗚咽，一束追光打到孫權頭頂[4]）

孫　權　興霸[5]甘寧，甘老元帥……（哭介）

潘　璋　（追光）千歲就該傳旨，兵發夷陵爲甘元帥報仇。

韓　當　（追光）千歲速速傳旨，與甘元帥報仇！

孫幼娟
陸　遜　（追光）發兵夷陵！

衆　將　（光亮）爲甘元帥報仇！（同跪）

孫　權　（唱）發兵呼聲干雲上，要與蜀劉決雌黃。

孫幼娟　（唱）侄女我將門生來將門長，

孫幼娟
陸　遜　（唱）不滅那漢劉備陸遜、幼娟不拜堂。

　衆　　（唱）（潘璋[6]、徐盛、朱然、韓當）
　　　　　爲國殤碧血黃河卧疆場。

　衆　　千歲傳旨吧！

陸　遜　千歲，諸位將軍！（樂起緩慢地）甘元帥戰死，舉國悲慟，若現退却蜀兵，只可智取，不可強攻。

衆	却是爲何？
陸　遜	吳、蜀兩家，唇齒相依，唇亡則齒寒哪！
潘　璋	我雖不動干戈，那劉備大舉哀兵，重兵壓境，難道我東吳就束手待斃不成？
韓　當	著啊，甘元帥爲國捐軀，深仇大恨焉能不報？
陸　遜	此時發兵後患無窮，我東吳兵窮將寡，若有閃失，豈不利於曹魏？如今，孫、劉仍應以和爲上。
孫幼娟	何謂以和爲上？
孫　權	伯言請講！（音樂接唱）
陸　遜	千歲！

(唱)想當年曹阿瞞陳兵江上，橫鐵槊賦新詩趾高氣揚。
　　　孫與劉協同心奮力相抗，同憶那赤壁驚濤映火光。
　　　只燒得曹孟德損兵折將，元氣傷縮北疆不敢輕易過長江。
　　　我兩家似唇齒相依應以和爲上，萬不可鷸蚌相争利漁郎。

潘　璋	如今劉備大兵壓境，誓來復仇，怎麽個求和呢？
陸　遜	派一使臣前往蜀營下書，對那劉備曉之以理，動之以情，勸他息兵罷戰，同心抗曹。
孫　權	何人修書？
陸　遜	諸葛先生！
孫　權	何人出使蜀營？（衆不應）
陸　遜	出使蜀營，小婿願往！
孫　權	荆州之戰，伯言曾助呂蒙將軍取勝，致使關雲長敗走麥城，乃至身亡！如今劉備正欲爲弟報仇，伯言此去，豈不是自投羅網！
陸　遜	臣乃一介書生，并無盛名。自古道：兩國交兵，不斬來使。縱然求和不成，小婿也可親自領教劉皇叔胸中的韜略。
孫　權	好！子瑜。
諸葛瑾	千歲。
孫　權	即刻修書！伯言，準備行裝即刻啓程！
陸　遜	臣遵旨！
孫尚香	侄婿。
陸　遜	姑母！
孫尚香	（拿出玉環）此一玉環，乃是當年劉皇叔所聘贈之物，望他念聯姻之

誼,兩國和好,同抗曹魏!
(尚香遞與幼娟,幼娟給陸)

陸　遜　敬遵姑母!
(諸葛瑾手捧書信上,宮監捧酒上)

孫　權　(捧杯)伯言此去千斤繫於一身,望你馬到成功!

衆　臣　伯言!

陸　遜　(以酒奠地)主公、姑母、郡主,衆位將軍,伯言去了!
(衆拱手相送)(樂起)

校記

[1]吳都武昌:"吳",原作"武",據文意改。
[2]喜字祥光四放:"字",原作"子",據文意改。
[3]音樂戛然而止:"戛",原作"嘎";"止",原作"上",據文意改。
[4]一束追光打到孫權頭頂:"到",原作"道",據文意改。
[5]興霸:"霸",原作"壩",據《三國志》卷五十五《吳書十·甘寧傳》改。
[6]潘璋:"璋",原作"張",據上文改。

第二場　下　書

(數日後)(猇亭蜀營[1],劉備大帳內。白色帳幔鑲以黃藍色絲綢及花邊。大帳深處白色帷帳上綴一個黑色的大"奠"字。白燭高燒,香烟裊裊)(幕啓,在哀思沉悶的樂聲中,二蜀兵上,拈香剪燭,後侍立請主)(劉備在關興、張苞的攙扶下,渾身素裹,跪拜關羽、張飛靈位,畢)

劉　備　(唱)嘆神州數十年龍爭虎鬥,憶桃園花木凋零逝水流。
　　　　我二弟敗麥城命喪賊手,三弟他急兄仇遭害錦州。
　　　　我這裏舉金杯斟滿祭酒,願英名垂宇宙萬古千秋。
(馬良上)

馬　良　啓稟陛下,東吳使臣前來下書。

劉　備　衆將走上!

關　興
張　苞　衆將走上!

劉　備	（唱）爲二弟報深仇氣衝牛斗，大兵到管教你寸草難留。傳！
馬　良	東吳使臣來見！

（陸遜上）

陸　遜	（唱）春回大江捲碧浪，鮮花一路馬蹄香。
	蜀營猶如冬雪降，最煞風景是刀槍。

（陸遜入帳拜關、張神位介）東吳使臣拜見皇叔！

劉　備	到此作甚？
陸　遜	前來下書！
劉　備	呈！
	（唱）好個大膽諸葛瑾，敢與孫權來講情。
	不看孔明丞相面，定將來使赴斬刑。
陸　遜	皇叔何故動怒？
劉　備	他諸葛兄弟何其相似，一個講"聯吳抗曹"，一個說"聯蜀抗曹"，迂腐之見，如出一轍。
陸　遜	這孫、劉兩家，北抗曹魏，正是當今天之大事，皇叔何故等閑視之？
劉　備	想那曹丕小兒何足挂齒！
陸　遜	皇叔啊，曹丕雖小，青春方勝，雄才大略，不亞乃父，虎踞中原，兵精糧足，囊括四海之意，婦孺皆知，其所以未敢輕動，皆因吳、蜀相連。皇叔今日統領傾國人馬，不遠千里來征手足之吳，怎不使親者痛而仇者快！如若不勝，必貽笑於天下，縱然僥幸取勝，須知"螳螂捕蟬、黃雀在後"，那曹丕豈容皇叔跨有荆、吳之地？何況"二虎相争，兩敗俱傷"，"鷸蚌相争，漁人得利"，望皇叔三思。
劉　備	那孫權奪我荆州之地，殺孤二弟雲長，孤焉能不報此仇？
陸　遜	皇叔此言差矣。皇叔乃漢室之後，不言漢帝之親，只言關雲長手足之情[2]，此失其大而就其小也。皇叔不争江山一統，興復漢室，只争爲弟報仇，此乃失其重而就其輕也。
劉　備	你小小年紀，來到蜀營下書，難道就無恐懼之心麽？
陸　遜	尚香郡主命小生將此物轉呈皇叔，并説見物如見人，殷望皇叔念聯姻之誼，兩國復好，同抗曹魏，以期夫妻早日團聚。

（中軍接玉環轉呈劉備）

劉　備	玉環啊，玉環，
	（唱）見玉環思吳地半憂半喜，招親時花好月圓柳依依。

　　　　　兄與弟似手足妻如敝屣[3]，孤怎能戀郡主忘却仇敵。
　　　　（劉備憤然將玉環擲地碎，陸拾玉環）
陸　遜　（唱）劉玄德擲玉環少恩寡義，再多言也只是枉費心機。
　　　　告辭！（拱手欲下）
馬　良　且慢，陛下，這一使臣年紀雖幼，出語不凡，就該叫他留下名姓纔是。
　　　　（劉備點頭）
陸　遜　使臣前來報書，皇叔刀叢相見[4]，并未問個姓名，臨行之際問他做甚？
馬　良　貴使息怒，這姓名總是要留下好，即便以後也好文卷留名。
陸　遜　馬良將軍所言極是[5]，我乃東吳下書使臣，并無爵禄官封，姓陸名遜字伯言。
劉　備　大膽！
　　　　（唱）聽説陸遜面前站，不由孤王怒衝冠。
　　　　　孤將皇侄高聲唤，認清仇人陸伯言。
　　　　　爾等快快快將他斬，爲你父帥報仇冤。
陸　遜　哈哈哈……
劉　備　發笑爲何？
陸　遜　我笑世人有眼無珠！
劉　備　此話怎講？
陸　遜　舉世皆言皇叔乃漢室之胄，信義著於四海，總攬英雄，以興復漢室。今觀皇叔，内不容妻，外不誼友，氣量偏狹，少恩寡義。所作所爲，足以貽笑天下，焉能北定中原、興復漢室？我乃下書使臣，皇叔尚且不容，怎容天下衆多賢達豪杰之士？自古兩國交兵不斬來使，今連我小小下書之人都不能容，豈不落駡於天下乎！
關興張苞　皇伯[6]，斬斬斬！
陸　遜　要殺要斬，息聽尊便！
劉　備　放他回去！
關興張苞　放他回去，恐生後患！
劉　備　孤有七十五萬大軍，怕他何來！（轉對陸遜）陸遜，今孤不斬於你，

| | 回去曉諭你主孫權,限他一月之內率衆來降,如若不然,孤將踏平東吳,鷄犬不留! |

陸　遜　後會有期[7],告辭!
馬　良　貴使!(馬良將半隻玉環交於陸遜,陸遜拿出另半隻玉環,將兩隻玉環拿在手中,沉思良久)(落幕)

校記

[1] 猇亭:原作"夷亭",據文意改。
[2] 只言關雲長手足之情:"長",原脱,據文意補。
[3] 如敝屣:"敝",原作"敵",據文意改。
[4] 刀叢相見:"叢",原作"從",據文意改。
[5] 所言極是:"極",原作"即",據文意改。
[6] 皇伯:"伯",原作"叔",據上下文改。下徑改,不一一出校。
[7] 後會有期:"會",原作"悔",據文意改。

第三場　議　　將

(前場,數日後,吳宮)(劍架上安放着吳國傳世鎮國寶劍。架前寶鼎內香烟繚繞)
(孫權徘徊度步[1],潘、韓、朱、徐、孫桓、尚香、幼娟等或坐或站,相互交流,無奈搖頭、焦急等待)

孫　權　(唱)盼伯言伯言無訊[2],遣議和可否成功?
　　　　　　伯言如若遭不信,東吳大局欲何存?
(諸葛瑾上場)
諸葛瑾　啓稟千歲,伯言回來了!
孫　權　快快有請!
諸葛瑾　有請伯言!(伯言上)
孫　權　伯言!
陸　遜　叔王!
孫　權　回來了?
陸　遜　回來了!
孫　權　伯言,既未乘舟,亦未騎馬[3],你是怎樣回來的啊?

陸　遜　小婿出得劉備營中,既未乘舟,亦未騎馬,名爲觀賞風景,實則打探蜀營的虛實動靜!
孫　權　那此番前去,成敗幾何?
陸　遜　叔王千歲!
　　　　(唱)那蜀兵如潮涌山搖地動,披縞素舉白幡貌似哀兵。
　　　　　　四十里一營帳綿延千里,七十萬蜀兵將危及彝陵。
　　　　　　諸葛成都理軍政,子龍鎮守在外郡。
　　　　　　馬良謀略未重用,蜀營將帥不同心。
孫　權　如此說來,劉備的人馬貌似同仇,實爲驕兵?
諸葛瑾　這驕兵必敗哪!
陸　遜　(轉對尚香)(唱)
　　　　姑母玉環斷兩截,劉備無義又無情。
　　　　未能完璧還姑母——
孫尚香　(唱)好個無情的劉使君。(拂淚下,孫幼娟下)
陸　遜　(唱)劉玄德排衆議剛愎自用,急切切報弟仇一意孤行[4]。
　　　　　　憑唇舌言利弊他無動於衷,保東吳以戰求和定成功。
孫　權　以戰求和?
陸　遜　以戰求和我必勝,舉國抗蜀保安寧。
孫　權　以戰求和,好好好!伯言,歇息更衣,待孤思之!(陸遜下,諸葛瑾在場)
衆　將　主公要戰?
孫　權　要戰!
衆　將　以戰求和?
孫　權　以戰求和!
潘　璋　馬軍準備停當。
韓　當　水軍準備停當。
徐　盛　步軍準備停當。
朱　然　糧草輜重,整裝待發。
孫　權　好好好,衆位將軍辛苦了。
　衆　　既然要戰,不知何人爲帥?
諸葛瑾　我東吳人杰地靈,英雄輩出,何愁挂帥之人!
朱　然　莫非要拜韓當老將軍爲帥?

孫　　權　韓當將軍性如烈火，不宜爲帥。
韓　　當　朱然將軍可以爲帥。
孫　　權　朱然將軍……未免失之寡斷。
朱　　然　孫桓將軍年富力強，命他挂帥，定能成功。
　　　　　（孫權搖頭）
孫　　桓　依小侄之見，應拜潘老將軍爲帥，定能克敵制勝。
　衆　　　潘老將軍……
潘　　璋　（自負地）嗯！
孫　　權　潘老將軍銀鬚皓首，力不從心，已不似當年。
　　　　　（潘璋嘆氣搖頭，衆搖頭）
　衆　　　那……這……（轉向孫權）
孫　　權　哈哈哈……孤已選定一人，可以爲帥。
　　　　　（衆驚）
　衆　　　他是何人？
孫　　權　就是那書生意氣，雄才大略，少年英雄，蜀營下書的陸伯言！
　衆　　　啊！（驚）
潘　　璋　啊呀千歲呀，你道老臣銀鬚皓首，
朱　　然　朱然優柔寡斷。
韓　　當　韓當性情暴躁。
　衆　　　全是事實，
潘　　璋　只是臣等追隨主公父兄，出生入死、克定江東，這千里江山來之不
　　　　　易，主公若拜這小小書生爲帥，唯恐一朝棋錯，全盤皆輸，望我主深
　　　　　思……
韓　　當　若拜這小小書生爲帥，老臣也實實難服。
朱、徐　　望我主深思。（同跪）
孫　　權　（唱）衆老臣吐丹心宮中跪定，情切切、意拳拳，
　　　　　　　　披肝瀝膽忠心可鑒，一時間倒叫我心潮難平。
　　　　　　　　嘆如今——江東無公瑾，運籌無呂蒙。
　　　　　　　　深謀遠慮無子敬，號令三軍無甘寧。
　　　　　　　　滿朝中文武臣雪染雙鬢，求一將難於聚百萬雄兵。
　　　　　（孫權一轉）
　　　　　　　　陸遜他熟讀兵法知韜略，曾助呂蒙建奇功。

　　　　　隻身下書蜀營地，以戰求和立頭功。
　　　　　書生意氣似公瑾，雄才大略勝呂蒙。
　　　　　自古英雄出少年，帝王將相本無種。
　　　　　望衆臣莫再遲疑莫再等，咱齊心協力保江東。
　　　（衆感動落泪）
潘　璋　千歲，老臣願叫調遣，同心抗蜀。
　衆　　願聽伯言調遣！
孫　權　衆臣快快請起，伯言來見。（陸遜上）
陸　遜　參見千歲！
孫　權　伯言聽旨，孤命你挂帥出征，拒抗劉備，以戰求和，誓保江東！
陸　遜　臣當肝腦塗地，在所不辭[5]！
孫　權　桓兒，曉諭三軍，明日教場齊聚，孤要登壇拜將。
孫　桓　遵命！
　　　（幕落）

校記

[1] 徘徊度步："度"，原作"渡"，據文意改。
[2] 盼伯言伯言無訊："盼"，原作"吩"，據文意改。
[3] 亦未騎馬："未"，原作"爲"，據文意改。
[4] 一意孤行："行"，原作"心"，據文意改。
[5] 在所不辭："在"，原作"再"，據文意改。

第四場　拜　　將

（次日。吳都武昌，拜將壇場）（碧雲藍天，清空萬里。將壇高築，旌旗飄揚）（幕啓：男、女吳兵手持斧、鉞、劍、戟及各色絢麗旌旗站定）（潘璋、朱然、韓當、徐盛兩旁站定）（鑾駕前導，孫權手拉陸遜上）（孫桓、孫幼娟、宮監等隨上）
宮監甲　吳侯升壇。（孫權登壇）
宮監甲　奉印！（介）拜印！（介）交印！（介）元帥登臺！（陸遜登壇，樂止）
陸　遜　謝主公知遇之恩。
孫　權　陸元帥，蜀兵壓境，來勢洶洶，侵我國土，略我黎民。愛卿此去，需

	將帥同心,旗開得勝,以戰求和,保我東吳。
陸　遜	主公且放寬心,臣當盡心竭力,上報主公,下報黎民!
孫　權	如此甚好,伯言哪!
	(唱)父兄佩此鎮國劍,轉戰千里創業艱。
	今日彝陵去征戰,此劍應伴凱歌還。(孫權賜劍,陸跪領)
	孤當敬候佳音,擺駕回宮。
陸　遜	送主公。(宮監等引孫權下)升壇!(復登壇,就帥位)旌旗飄飄軍威振,書生拜將號三軍。蜀國壓境舉國憤,以戰求和保江東。
衆	參見元帥!
陸　遜	站立兩廂!
衆	啊!
陸　遜	衆位將軍,此番兵發彝陵,迎戰劉備,須將帥同心,誓破蜀軍。
潘　璋	臣等赴湯蹈火,在所不辭!
衆	恭請元帥下令!
陸　遜	好! 孫桓、孫幼娟聽令!
孫　桓 孫幼娟	在!
陸　遜	彝道地處要衝,乃東吳西陲門户,易守難攻,劉備東來必先取夷道。命你兄妹二人率領五千人馬鎮守夷道,敵兵臨城,只准堅守,不准出戰。
孫　桓 孫幼娟	得令!
陸　遜	劉備大軍遠離西川,糧草不濟,軍無糧草則人心浮動。朱然將軍聽令!
朱　然	在!
陸　遜	命你將所部人馬分撥一千,繞道西江上游,斷其水陸糧道!
朱　然	得令!
陸　遜	衆將官!
衆　將	啊!
陸　遜	鳴炮起營!(炮聲大作[1],集體亮相)

校記

[1] 炮聲大作:"作",原作"做",據文意改。

第五場　定　計

（前場二日後。吴營帥帳内）（帷幔低垂,莊嚴宏偉）（帥案兩側各立着一個玲瓏古雅的高几,一几上置帥印,一几置鎮國寶劍,另一矮几置瑶琴）（幕啓,陸遜操琴沉思）

陸　遜　（唱）守江口拒劉備事繁任重,千斤擔繫江東百萬生靈。
　　　　　劉玄德初入境鋭氣方盛[1],統貔貅七十萬殺氣騰騰。
　　　　　我這裏以逸待勞按兵不動,三月來守營寨拒不交鋒。
　　　　　衆將士不通曉運籌決勝,執意要揮刀槍率衆出征。
　　　　　顧大局我只得婉言勸奉,但願能保江東衆志成城。
　　　　　静待他鋭氣挫移營换陣,我方可統三軍轉守爲攻。
　　　　　憶赤壁燒曹營火烈風猛,望彝陵將掀起萬鈞雷霆。

（潘璋、韓當、朱然、徐盛上）

衆　　　參見元帥!
陸　遜　衆位將軍有何軍情要事?
潘　璋　蜀兵又來罵陣,元帥可曾聽到?
陸　遜　倒也聽到!
潘　璋　元帥既已聽到,臉上可曾發燒?
陸　遜　他有嘴巴[2],任他罵,本帥臉上發的甚麽燒啊!
潘　璋　元帥臉上不發燒,末將却臉紅耳熱,心跳氣促,實實難忍!
陸　遜　那又怎樣?
潘　璋　要與那劉備刀槍見紅,決一死戰!
陸　遜　衆位將軍,你們都要打?
衆　　　要打!
陸　遜　要戰?
衆　　　要戰!
陸　遜　潘將軍,劉備統來多少人馬?
潘　璋　七十五萬!
陸　遜　你我共有多少人馬?
韓　當　五萬略多!
陸　遜　這何者爲多,何者爲少呢?

朱、徐　敵衆我寡！
陸　遜　既知敵衆我寡，須知寡不敵衆！怎能輕舉妄動！
　衆　難道就此認輸不成！
陸　遜　非也！自古以來以少勝多之戰屢見不鮮，齊、魯長勺之役，晋、楚城濮之争，袁、曹官渡之戰，我朝赤壁鏖兵，終能以弱勝强、以少勝多。非唯天時，亦非地利，重在人謀。若憑匹夫之勇，硬打死拼，殺敵三千，傷我八百，我軍人馬拼光殺盡，東吴千里江山靠誰來保[3]？百萬生靈靠誰拯救？吴王所托破敵大計又靠何人擔承？
　衆　這……
孫幼娟　（内）陸元帥！（率女兵上）
陸　遜　郡主！
孫幼娟　你你你莫非將夷道城的軍民百姓、孫桓將軍還有爲妻，全然忘懷了麽？
　　　　（唱）夷道被圍三月整，你按兵不動是何因。
　　　　　　急得幼娟肝火冒，全城將士心如焚。
　　　　　　今日不把軍令下，郡主我……郡主與你斷緣親。
陸　遜　（唱）夷道城居要衝地勢險峻，劉玄德萬不敢冒然攻城。
孫幼娟　（唱）七十萬蜀國軍長驅入境，你只會摇羽扇紙上談兵。
陸　遜　（唱）對强敵怎能够逞强好勝，避敵鋒還需要以守爲攻。
孫幼娟　（唱）好山河任敵騎踐踏縱横，你怎忍壁上觀無動於衷。
陸　遜　（唱）休看這大江水風平浪静，刹那間風雷動巨浪升騰。
　衆　（指陸遜）你，你……嗨！（一片怒聲）（内聲：報。報子上場[4]）
報　子　稟元帥。
陸　遜　講！
報　子　劉備移營！
陸　遜　移向何處？
報　子　松林茂密之處！
陸　遜　你待怎講？
報　子　松林茂密之處！
陸　遜　再探！（報子下）哈哈哈……天助我也！
潘　璋　元帥何爲天助？
陸　遜　方纔探馬報道，劉備移營！

潘　璋　恩，移向松林茂密之處！
陸　遜　松林茂密，百里連營，乃兵家大忌，敵衆我寡，該當如何？
潘　璋　（脱口而出）火！
陸　遜　（抓潘手）本帥堅守三月，拒不交鋒，就等這千金一刻！
潘　璋　啊呀呀元帥，末將實實服了你了！
孫幼娟　元帥料事如神，末將不該造次。
陸　遜　衆位將軍，倘若劉備落荒而逃——
韓　當　鐵騎一萬，待命殲敵！
徐　盛　强弓勁弩，扼守關山。
潘　璋　沿江佈滿，鐵甲戰船！
朱　然　諒那劉備插翅難逃！
陸　遜　如此説來，那劉備是死無葬身之地了？
　衆　　死無葬身之地。
陸　遜　（沉思片刻）孫幼娟聽令！
孫幼娟　末將在！
陸　遜　命你假扮漁家女子，駕一小舟，沿江而上，明日五更到達猇亭江岸。接應本帥，不得有誤！
孫幼娟　得令！
陸　遜　衆位將軍，決戰時刻已到，望各位將軍戮力同心，共破劉備，保衛江東，以謝我主！
　衆　　啊！
陸　遜　各自準備，照計而行！
　衆　　得令！
孫幼娟　元帥，那你……
陸　遜　今晚月朗風清，涼爽宜人，本帥要到大江岸邊賞月觀景！
　衆　　賞月觀景？（陸遜走至琴前撫琴大笑，切光）

校記

［1］劉玄德初入境鋭氣方盛："鋭"，原作"脱"，據文意改。
［2］他有嘴巴："有"，原作"又"，據文意改。
［3］誰來保："保"，原作"報"，據文意改。
［4］報子上場："報子"，原無，據下文補。

第六場 探 營

（當日夜）（猇亭蜀營一帶之臨江曠野，明月西墜，繁星當空，大江東去，浪花翻滾，密林深處，蜀營燈火點點）（老、少二蜀兵上）

兵　甲　四更報，
兵　乙　刁斗敲。
兵　甲　又得造飯把火燒，
兵　乙　人缺糧食馬缺料。
兵　甲　糙米野菜加水熬[1]。眼看日落西山，
兵　乙　趕緊埋鍋造飯。
兵　甲　你去挖野菜，
兵　乙　你去把火燒。
兵　甲　走，
兵　乙　走！（下場，吳兵扮書童，陸遜扮書生上）
陸　遜　（唱）穿密林登懸崖漫步古道，扮書生探敵營，
　　　　　何懼這江岸逶迤崎嶇小道路迢迢[2]。
　　　　　望明月西墜巫峽神女廟，聽兩岸聲聲猿啼伴江濤。
　　　　　笑宋玉賦《高唐》虛無縹緲[3]，嘆千古浪淘盡多少英豪。
　　　　　憶赤壁戰曹瞞龍騰虎躍，羨公瑾一把火頓起狂飆。
　　　　　談笑間吳、蜀魏鼎足初造，為東吳定國策聯劉抗曹。
　　　　　劉玄德急弟仇舉兵咆哮，統重兵東伐吳意滿志驕。
　　　　　暗笑他避暑燥移營松茂，連營寨竟不防烈火焚燒[4]。
　　　　　遙望他營連營密林結堡，恰好似激浪中大舸拋錨。
　　　　　可嘆他劉玄德輕敵自傲，擁重兵藏險地風雨飄搖。
　　　　　寅夜間探敵情獲益非小，保東吳全金甌就在今宵。
　　　　　勝蜀兵為的是鼎足再造，動干戈為的是以戰求和同抗曹。（遠處馬嘶鳥鳴）
　　　　　馬鳴蕭蕭驚宿鳥，晨光微微映槍刀。
　　　　　霧靄淡淡繞營堡，密林深深戰旗飄。（刁斗又遠而近）
　　　　　聽刁斗報四更天將破曉，我定要探準那御營敵巢。

（蜀兵甲、乙抱柴而上）

二位軍爺！
兵　甲　你是何人？
陸　遜　一介書生！
兵　乙　一個書生？
兵　甲　由何而來？
陸　遜　荊州而來。
兵　乙　向何而去？
陸　遜　秭歸而去！
兵　甲　爲何寅夜登程？
陸　遜　只因老母病重，連夜回鄉探望，沿江尋找船隻。
兵　乙　原來是個孝子！
兵　甲　這四面八方俱是蜀兵營寨，哪裏來的船隻？
陸　遜　啊！兵營，小生我怕的就是那兵啊！
兵　乙　怕兵？怕兵你咋就走到兵營裏來了？
陸　遜　這是兵營？待我快快離去了吧！（欲行）
兵　乙　慢，相公，那邊走不得！
陸　遜　爲何走不得？
兵　乙　那是前軍營寨，鹿柵縱橫，陷阱遍地，你若闖入，性命難保！
陸　遜　啊嚇嚇，這便如何是好啊？
兵　乙　相公，你往那邊速速逃命去吧！
陸　遜　多謝軍爺！（欲走）
兵　甲　慢着！相公，這邊也走不得！
陸　遜　啊，爲何又走不得？
兵　甲　那邊是後軍軍營……（自知失口，掩口介）
兵　乙　後軍？
兵　甲　老夥計，你倒忘了，那邊是後軍營盤，到處布滿强弓勁弩，豈不是讓他送死麽？
兵　乙　對對對，那邊也走不得！
陸　遜　啊呀，這……軍爺，這邊？
兵　甲　左營！
陸　遜　那邊？
兵　乙　右營！

陸　　遜　二位軍爺呀！老母病重，小生心急如焚，不料誤入你這兵營，難道就上天無路，入地無門了麼？二位軍爺，前面有條崎嶇小路，那裏既無車馬通行，也無飛禽踪影，從那邊過去，料也無妨？
兵　　甲　這條小路你更去不得！
陸　　遜　啊！爲何更去不得！
兵　　甲　相公説是你來看！前面背山面水之處，有一黃羅寶帳，那裏徹夜燈火通明，
兵　　乙　處處警衛森嚴！
陸　　遜　那是甚麼所在？
兵　　乙　那就是劉皇叔的御營。
兵　　甲　倘若闖了進去，明年的今天就是你的周年！
陸　　遜　啊呀呀，好險哪！
兵　　乙　這裏有一條小路，直通江邊背縴小道[5]，你二人快快逃命去吧！
陸　　遜　多謝二位軍爺！（二蜀兵下，幼娟上，遇陸遜）
孫幼娟　孫幼娟恭候元帥！（更鼓五響）
陸　　遜　郡主，你來正好啊！
孫幼娟　元帥，自古道：帥不離位。你今寅夜深入險地，我這心那早就提到嗓子眼了。
陸　　遜　多蒙郡主挂念，并非我擅離帥位，今夜深入虎穴，爲的是窺探劉備御營。
孫幼娟　爲探劉備御營？
陸　　遜　郡主，霎時我軍殺來，劉備必然沿江而逃，命你假扮漁家女子，將劉備引出百里火海，逃向赤松谷口！
孫幼娟　得令！（馬鳴聲）那邊有人來了！
陸　　遜　回營！（三人下場）（張苞率四蜀兵上，蜀兵甲、乙迎上）
張　　苞　呔[6]，你二人到此作甚？
甲、乙　　埋鍋造飯！
張　　苞　方纔有人在此，指東點西，他是何人？
兵　　甲　一介書生！
張　　苞　兩軍陣前，哪裏來的書生？他往何處去了？
兵　　乙　江邊尋找船隻去了！
張　　苞　喳喳……哇呀呀！（張苞將二蜀兵猛推倒地）給我追！

四蜀兵	啊!(幕後男生獨唱《江漢漁歌》:大江之水情悠悠,一葉孤舟任遨游)。(陸遜、書童自下場門上,於天幕前穿場而過)
陸　遜	少將軍,久違了!
張　苞	陸遜!啊呀!氣死我也!(幕閉)

校記

[1]糙米野菜加水熬:"糙",原作"造",據文意改。
[2]江岸透迤崎嶇小道路迢迢:"迤",原作"迄",據文意改。
[3]賦《高唐》虛無縹緲:"唐",原作"談",據文意改。
[4]竟不防烈火焚燒:"竟",原作"竟",據文意改。
[5]背縴小道:"縴",原作"釬",據文意改。
[6]"呔",原作"太",據文意改。

第七場　燒　營

(當日深夜)(江岸曠野,夷陵戰場)(幕啓,天地漆黑一片,异常寧靜)(連綿不斷的點點火把呈"之"字形由遠而近。聚成火把的海洋,舞火把)

衆	火燒連營!(火把隊下場後,天幕上映出騰騰烈焰,照得夜天通紅)(數蜀兵被燒得跌打滾爬,復下)(吴兵上,追下)(關興、張苞護衛劉備上,撲火)(潘璋、韓當迎上,與關興、張苞開打,關興、張苞護衛劉備下,潘璋、韓當追下)(孫桓率吴兵上,復下)(關興、張苞護劉備上,至赤松谷口)
劉　備	二位賢侄,來到何處?
關　興 張　苞	赤松谷口!
劉　備	前面?
關　興	前有大江!
劉　備	後面?
張　苞	後有追兵!
劉　備	左右?
關　興 張　苞	一片火海!

劉　備　天哪！蒼天，莫非這赤松谷口就是我劉備葬身之地麼？
　　　　（孫幼娟扮漁女上）
孫幼娟　（唱漁歌）莫道天涯無路走，魚兒落網網不收。
張　苞　咑！你是何人？
孫幼娟　漁家女子，你是何人？
張　苞　漢將張苞！
劉　備　這一漁家女子，我等要去往白帝城，怎奈前有大江，後有火海，不知可有逃生之路？
孫幼娟　有道是上山無路問樵夫，江邊迷途那就該問我們漁家了！
劉　備　啊呀漁姑啊，若能救我等逃離火海，高官厚祿，定當重報！
孫幼娟　高官厚祿倒不稀罕，有道是救人一命功德無量啊！
劉　備　多謝漁姑！
孫幼娟　隨我來！
　　　　（孫幼娟引劉備、張苞、關興下場）
　　　　（落幕）

第八場　凱　　旋

（緊接前場，天光大亮）（夷陵戰場通往白帝城之路）

劉　備　（內唱）七百里連營寨烈焰升騰，
　　　　（孫幼娟引關興、張苞護衛上）
　　　　（接唱）強挣扎出火海不辨西東。
　　　　　　　原只想伐東吳旗開得勝，萬不料遇陸遜兵敗夷陵。
　　　　　　　眼見得將士們化爲灰燼，愧對那巴山蜀水父老鄉親。
　　　　　　　叫關、張二小將聽我一令，
關　興
張　苞　皇伯！
劉　備　（唱）保皇伯速速逃往白帝城。
　　　　（劉備與關興、張苞跟蹌行走，猛抬頭，見山坡之上吳國帥旗之下，陸遜端坐於虎皮交椅上，衆將及吳兵分侍左右[1]）
陸　遜　皇叔受驚了！
孫幼娟　參見元帥！

劉　　備　你是何人？
孫幼娟　我乃東吳大將孫幼娟！
劉　　備　天哪！蒼天！此乃天亡我劉備也！（孫幼娟下）陸遜今日容你僥幸取勝，事到如今何不將我繩捆束綁，綁到孫權面前，任他發落！
陸　　遜　皇叔此言差矣！
　　　　　（唱）劉皇叔你休要心神不定，聽幾句逆耳言再來登程。
　　　　　　　　吳與蜀似唇舌以和爲重，本不應動刀兵鷸蚌相争。
　　　　　　　　在猇亭我與你權衡輕重，誰知你逞驕狂無動於衷。
　　　　　　　　你把那隆中對全然忘净，怎不叫諸葛亮遺恨終生。
　　　　　　　　今日你敗夷陵并非天命，更莫要效曹瞞怨恨東風。
　　　　　　　　但願你回西川反躬自省，吳與蜀咱還是手足同盟。
　　　　　來！
衆　　　　有。
陸　　遜　精選好馬糧秣，贈與皇叔，送劉皇叔回白帝城！（吳兵捧禮品過場）
孫　　桓　請皇叔上馬！
劉　　備　天哪！蒼天！當初不聽丞相之言，如今萬千將士葬身火海，徒令天下英雄耻笑，我好悔也！
孫　　桓　請皇叔上馬！
關　　興
張　　苞　皇伯快走！
陸　　遜　送皇叔！
劉　　備　唉！（上馬掩面下。張苞、關興隨下）（燈光轉换）
　　　　　（尾聲：兵將謝幕，陸、孫婚禮大典）

校記

［1］分侍左右："侍"，原作"待"，據文意改。

別 宮 祭 江

山西清徐嫦娥文化藝術有限公司　改編

解　　題

晉劇。山西清徐嫦娥文化藝術有限公司改編。未見著錄。劇寫劉備兵敗彝陵，白帝城病亡。孫權欲乘喪亂之際奪取西川。呂範獻計：郡主孫尚香聞知，必然入川奔喪，乘此時機統大兵殺入，必得西川。孫尚香知後，打消了親往西川主意，假意前往江邊祭奠，爾後投江而死。按《山西地方戲曲彙編》第十集《中路梆子專輯二》收《祭江》，寫孫尚香聞知劉備命喪白帝城，江岸祭奠後，投江自殺，情節簡單，人物結局與上相同，但以大段唱工戲見長。嫦娥劇團據此改編，孫尚香形象似更鮮明生動。本事不見史傳。清代花部亂彈有佚名氏《別宮》、《祭江》，清代京劇有《祭江》。版本今見山西清徐嫦娥文化藝術有限公司2010年5月改編的《別宮祭江》本。今以該本爲底本校勘整理。

第　一　場

（四宮官引孫權上）

孫　權　（念）虎踞江東，圖大業獨霸稱雄。
　　　　　孫、劉失和起戰爭，誆妹歸吳鎖深宮。
　　　　　白衣渡江關羽死，荆州已在掌握中。
　　孤，孫權，承父兄基業獨霸江東，可恨大耳劉備，久借荆州不還，爲此連年征戰，多虧呂蒙將軍白衣渡江，關羽麥城敗死。那劉備爲報關羽之仇，盡發蜀國兵馬，殺得孤損兵折將，幸喜諸葛瑾保薦陸遜挂帥出征[1]。不知勝負如何，叫孤憂慮也！

太　監　（内）陸將軍隨咱家來了！

（太監引陸遜上）

| 陸　遜 | （唱）燒連營七百里劉備逃命，回朝來見吳侯再議進兵。
臣，陸遜見駕吳侯千歲。|
|---|---|
| 孫　權 | 卿家平身，賜座。|
| 陸　遜 | 謝坐。|
| 孫　權 | 陸愛卿，此番出征勝負如何？|
| 陸　遜 | 臣幸不辱命，火燒連營七百餘里，那劉備逃至西川。臣恐曹丕乘虛來攻，未敢深入追趕。故而回朝覆命。|
| 孫　權 | 哈哈哈……卿家之功也。
（唱）聽愛卿一番言心內歡喜，明日裏擺酒筵慶賀將軍。
（呂範上）|
| 呂　範 | （唱）劉備白帝城喪了命，大事報與主公聽。
臣啓主公，適纔周泰、韓當二位將軍差人報道，那劉備在白帝城喪命了！|
孫　權	哦。那劉備在白帝城喪命了！
呂　範	正是！
孫　權	陸愛卿，命你帶領三十萬人馬，趁他喪亂之時，奪取西川不得有誤。
呂　範	且慢。
孫　權	卿家爲何攔阻？
呂　範	主公領兵奪取西川，只恐師出無名，難以取勝！
孫　權	依卿家之見呢？
呂　範	臣啓主公，想當年荊襄九郡主公與周都督定下美人之計，不想太后做主，將郡主招贅劉備。之後主公又假報太后身染重病，將郡主誆回東吳，不想阿斗又被那趙雲截去。如今要奪取西川，少不得還要借用郡主。
孫　權	但不知怎樣借用郡主？
呂　範	主公可進宮將劉備死訊報與郡主知道，郡主必然入川奔喪，主公可派兵護送前往，郡主未必生疑。那時主公親統大兵隨後殺到，趁喪亂之際趁虛而入，那劉備已死，哪怕西川不歸東吳之手！
孫　權	哈哈哈……真乃好計也！待孤速到後宮去見郡主。正是，
（念）劉備一死隨孤願，|
陸　遜
呂　範	（念）巧借郡主取西川。

| 孫　權 | 退班！（孫權下） |
| | （陸遜、呂範二幕前亮相下） |

校記

［1］保薦陸遜挂帥出征："薦"，原作"監"，據文意改。

第 二 場

（四宫女引孫尚香同上）

孫尚香	（唱）恨兄長他將我誆回吴郡，深宫院鎖愁眉無限傷情。
	思皇叔想阿斗長夜難寢，何日裏與夫君舊夢重温。
	我，孫尚香。配夫劉玄德，西蜀爲君。只因周瑜在世之時，假報母病，將我誆回東吴，至今不放回去，我與皇叔天南地北，音信渺茫。近聞我兄挂陸遜爲帥，與西蜀交戰，也不知吴蜀何日纔能免動干戈？正是，
	（念）兄長居心太凶惡，織女何日渡銀河。
	（太監引孫權同上）
孫　權	（唱）袖内機關安排定，進宫誆騙同胞人。
	内侍擺駕宫門進[1]，賢妹面前見機而行。
孫尚香	兄長，久未進宫，你到此何事？
孫　權	啊呀賢妹，大事不好了！
孫尚香	何事驚慌？
孫　權	只因劉皇叔，爲報關羽之仇，被大都督陸遜火燒連營，在白帝城喪命了。
孫尚香	你在怎講？
孫　權	在白帝城喪命了。
孫尚香	哎呀！
	（孫尚香昏倒）
孫　權	賢妹醒來！
孫尚香	（唱）聽説是漢皇叔白帝喪命，
	皇叔，我夫，唉，喂呀！
	好一似萬把刀刺在我心。

可嘆你爲報仇反送性命,

皇叔哇!啊!

撇下了未亡人何以爲情?

兄長啊!皇叔已死,我有意回轉西川,前去奔喪吊祭,不知兄長意下如何?

孫　權　哦,怎麽你要入川奔喪吊祭麽?

孫尚香　正是。

孫　權　夫妻一場,理應如此,賢妹速速準備。待爲兄派兵護送賢妹入川奔喪就是。

孫尚香　多謝兄長。

孫　權　愚兄告辭了。

（唱）想人生必須要禮義爲本,爲江山那顧得手足之情?

（孫權下）

大太監　奴婢參見郡主。

孫尚香　進宮何事?

大太監　啓稟郡主,奴婢有話不知當講不當講?

孫尚香　有話快些講來。

大太監　方纔銀安殿上,呂範定計:借郡主入川奔喪吊祭爲名,主公統領大兵,明爲護送,暗則奪取西川。那時靈堂變成戰場,郡主可要留心一二啊。

（孫尚香驚慌）

孫尚香　這……我來問你,可是真情?

大太監　奴婢親耳聽見,不敢謊報[2]。

孫尚香　起過了。

大太監　喳。

孫尚香　哎呀且住,想當年只爲荆州九郡,將我用作美人之計,得配皇叔;如今皇叔已死,又要借我奔喪吊祭爲名,奪取西川,兩地軍民豈不又遭塗炭,這便如何是好?有了,我不免假意去往江邊祭奠,投江一死,免得再被兄長陷害了。內侍過來!

大太監　奴婢在。

孫尚香　速備祭禮,江邊伺候。

大太監　遵旨。

孫尚香　待我去到後宮，辭別母后便了。
　　　　（唱）侍兒們備素服隨我祭奠，到後宮別母后再去江邊。
　　　　（孫尚香下）

校記

［１］内侍擺駕宮門進："侍"，原作"待"，據文意改。
［２］不敢謊報："謊"，原作"慌"，據文意改。

第 三 場

吳國太　（內唱）一日清閒一日安，
　　　　（二大太監引吳國太上）
　　　　　　轉眼不覺有幾年。
　　　　　　可恨曹丕把位篡，東吳大事屬孫權。
　　　　　　將身且坐皇宮院，等候皇兒把駕參。
　　　　（孫尚香上）
孫尚香　（唱）可嘆皇叔把駕晏，離鸞別鵠有誰憐？
　　　　　　侍兒引路養老院，母后駕前兒問安。
　　　　兒臣見駕，母后千歲。
吳國太　皇兒平身，賜坐。
孫尚香　謝母后。喂呀……
吳國太　啊！我兒身穿素服，兩眼落淚，爲了何事？
孫尚香　啓稟母后，適纔我兄長進宮言道，劉皇叔在白帝城晏駕了。
吳國太　哦！劉皇叔晏駕了？
孫尚香　正是。
吳國太　唉！皇叔哇！
　　　　（唱）聽說皇叔把駕晏，怎不叫人心痛酸。
孫尚香　母后不必悲泪，想皇叔已死，兒臣有意去往江邊，望空一祭，特來辭別母后。
吳國太　想你兄長與劉皇叔，有敵國之仇，況且人死不能復生，你還祭他則甚？
孫尚香　兒與皇叔，夫妻一場，未曾親視晏駕，心中甚是不安。兒臣去心已定,望求母后恩准。
吴國太　我兒不必如此,爲娘有一言兒且聽了。
孫尚香　母后請講。
吴國太　(唱)母女們對坐皇宮院,爲娘言來聽根源:
　　　　　皇叔已然把駕晏,我兒何必禮周全?
孫尚香　母后!
　　　　(唱)母后説話言語顛,細聽兒臣把話言:
　　　　　只因周郎心地險,定下美人之計得配嬌鸞。
　　　　　夫妻奉命荆州轉,假報母病接兒還。
　　　　　如今皇叔把駕晏,未曾見面心痛酸。
　　　　　兒到江邊去祭奠,縱死在黄泉我就也安然。
吴國太　(唱)我的兒説話理不端,人死哪能又復還?
　　　　　江邊祭奠空祭奠,一滴何曾到九泉?
孫尚香　(唱)母后説話理太偏,往日賢來今不賢。
　　　　　説甚麽祭奠空祭奠,一滴何曾到九泉?
　　　　　老母空把那彌陀念,從前的事兒你想一番。
吴國太　(唱)我兒休要將娘怨,開口反道娘不賢。
　　　　　任你講得天花現,爲娘不准也枉然。
孫尚香　(唱)兒嫁劉備娘情願,夫妻恩愛重如山。
　　　　　今日不容兒祭奠,喂呀,兒的娘,當初何必就結良緣?
吴國太　(唱)一見奴才把臉變,氣得老身怒衝冠。
　　　　　爲娘駕坐皇宮院,哪一個大膽到江邊?
孫尚香　呀!
　　　　(唱)母后不容我祭奠,
　　　　　也罷!
　　　　　不如碰死在娘面前。
吴國太　兒啊!
　　　　(唱)我兒不必行短見,爲娘陪兒到江邊。
　　　　　我兒不必如此,爲娘陪兒前去就是。
孫尚香　且慢,母后年邁,江風甚大,還是兒臣自己前去罷。
吴國太　如此爲娘賜兒半副鸞駕,須要早去早回。
孫尚香　多謝母后。啊,母后請上,受兒臣大禮參拜。

吳國太	啊？去去就回，何必行此大禮？
孫尚香	這個……唉，娘啊！
	（唱）雖然暫別皇宮院，爲人須要禮當先。
	兒願母后身康健，兒願母后福壽全。
	辭別母后出宮院，生離死別好不慘然。
	（孫尚香下）
吳國太	（唱）我兒出宮把臉變，倒叫老身心不安。
	內侍，
大太監	奴婢在。
吳國太	二千歲進宮。
大太監	國太有旨，二千歲進宮啊！
孫　權	（內）領旨。（孫權上）
	（念）忽聽母后宣，進宮把駕參。
	兒臣見駕，母后千歲！
吳國太	平身。
孫　權	千千歲！
吳國太	賜座。
孫　權	謝坐。
	（孫權坐）
吳國太	唉！
孫　權	母后爲何這樣唉聲嘆氣？
吳國太	劉皇叔殯天，你還不知嗎？
孫　權	孩兒早已知道，有意帶兵，護送我胞妹入川奔喪，趁他喪亂之時，兒要暗取他的成都，西川豈不唾手可得？母后何必長嘆？
吳國太	怎麼，兒要借你胞妹奔喪之時，暗取西川麼？
孫　權	正是。
吳國太	我把你這無謀無用的小奴才！想皇叔雖死，那諸葛亮現在成都，焉能不加防備？你若帶兵奪取西川，那漢賊曹丕，必然趁機來伐東吳。像你這樣三番兩次利用胞妹，以爲交鋒之兵刃，枉爲九郡八十一州之主！怪不得你妹進宮請命，去往江邊祭奠。出宮之時，變臉變色，想是她看破兒的奸計。命你速速將她趕回，倘有差錯，是定不與你干休，你、你、你快去！

孫　權　母后不必動怒,兒臣即刻前去就是。
吳國太　快去!
孫　權　遵命!正是:
　　　　（念）老母宮中怒氣生,江邊追妹轉回程。（孫權下）
吳國太　唉!
　　　　（唱）女兒出宮把臉變,怕她要學古聖賢。
　　　　　　　倘若嬌兒有長短[1],嬌兒啊……殘年暮景實可憐。
　　　　（吳國太下）

校記

[1]倘若嬌兒有長短:"嬌",原作"姣",據文意改。

第 四 場

孫尚香　擺駕!（四小太監、四宮女、二大太監、孫尚香、車夫同上）
　　　　（唱）曾記當年來此境,棒打鴛鴦痛傷情。
　　　　　　　從今不照菱花鏡,英靈垂鑒未亡人。
大太監　啓稟郡主,來到江邊吶。
孫尚香　吩咐祭禮擺下。
大太監　祭禮擺下。
　　　　（哭皇天牌。衆人同設香案,孫尚香焚香祭奠）
孫尚香　兩廂退下了。
大太監　兩廂退下呀。
　　　　（衆人自兩邊分下）
孫尚香　（念）設祭長江岸,舉目望西川。
　　　　　　　夢魂何日見,空叫淚不乾。
　　　　（唱）在江邊只哭得淚流不盡,皇叔,我夫,唉,喂呀!
　　　　　　　尊一聲漢皇叔在天上靈:
　　　　　　　好夫妻惡姻緣前生造定,又誰知半途中兩下離分。
　　　　　　　可嘆你大英雄出世被困,可嘆你結桃園誓死同生;
　　　　　　　可嘆你破黃巾功勞被隱,可嘆你入虎穴東吳招親;
　　　　　　　好容易戰荊襄身立未穩,偏遇著討荊州火燒連營。

辜負了小阿斗少年情性，辜負了諸葛亮赤膽忠心。

在江邊只哭得聲嘶啞緊，倒不如投江死萬世留名。

(反哭皇天牌。孫尚香再祭)

且住！祭奠已畢，我不免投江一死了罷！

(唱)江水滔滔白浪滾，尚香難舍養育恩。

哭一聲漢皇叔慢慢相等……

也罷！

(孫尚香投江，下。孫權上)

孫　權　嘿嘿！

祭 江

佚 名 撰

解 題

　　晉劇。作者不詳。《山西戲曲劇目總攬》著錄，題《祭江》，未署作者。劇寫彝陵大戰後，劉備命喪白帝城。其夫人孫尚香在東吳得訊後，驅車前往江岸祭奠，祭畢即投江自盡。本事不見史傳。清代花部亂彈、清代京劇均有《祭江》。版本今見《山西地方戲曲彙編》第十集《中路梆子專輯二》(山西人民出版社1983年6月版)本。今以此本爲底本校點整理。

　　　　　（四宮人、宮監上）
宮　監　孩子們，催輦！
　　　　　（孫尚香乘鳳輦上）
孫尚香　（唱）望大江洪波涌驚濤駭浪，孫尚香哭夫主兩泪汪汪。
宮　人　咦！
孫尚香　（唱）劉皇叔龍歸海一命早喪，閃得奴在東吳孤守空房；
　　　　　　　我只説偕白頭互敬互讓，有誰知好夫妻勝景不常。
　　　　　　　奴好比孟姜女情思惆悵，聲聲泪哭倒了萬里城墻。
宮　監　啓稟郡主，來到江岸。
孫尚香　（唱）正行間又聽得宮人稟上，他言説來到了長江岸旁。
宮　監　江岸住車！
孫尚香　官人！
宮　監　奴婢在。
孫尚香　與皇姑脱去宮衣，換上素服，呈上祭禮供鮮！
宮　監　遵命！（孫尚香更衣）（吹【哭皇天】）
　　　　　（孫尚香上香祭奠）

孫尚香　官人！
宮　監　奴婢在。
孫尚香　吩咐車輦江岸伺候！
宮　監　遵命！車輦江岸伺候！
四宮人　噯！
　　　　（宮監、四宮人、車夫齊下）
孫尚香　（念）隔岸望荆州，江水向東流；（叫板）哭聲劉夫主，（滾白）恩愛一筆勾。尚香江邊站，兩眼泪不乾。夫君把魂顯，神通在哪邊？你今把駕晏，恩愛隔地天。紙灰團團轉，香烟飄雲端。爲妻來祭奠，表表結髮緣。奴似失群雁，晝夜獨宿眠。在世誰憐念，閃得我孤苦無依好可憐！哦！
　　　　（唱）【苦相思】
　　　　江岸上排祭禮紙灰飄蕩，劉夫主在九天細聽端詳。
　　　　爲荆州與東吳結仇相抗，我心裏最恨那短見周郎；
　　　　爲都督不用兵亦不遣將，單定下美人計誆你過江。
　　　　過江南你巧遇喬老皇丈，他進宮與母后細説端詳。
　　　　我母后甘露寺去把香降，因此上奴與君匹配成雙。
　　　　在深宮你待我恩高義廣，每日裏講恩愛如在天堂。
　　　　趙子龍進宮來催禀呈上，爲妻我要伴你轉回荆襄。
　　　　元旦日小周郎埋兵伏將，爲妻我叱退了陳武、潘璋。
　　　　一路上多虧有四弟相傍，夫妻們纔得以安返荆襄。
　　　　我只説在荆州安樂同享，誰料想平地裏又起禍殃。
　　　　周善他過江來對我報謊，他言説我母后染病在床。
　　　　他要我抱阿斗前去探望，因此上急匆匆催舟過江。
　　　　船行在三江口四弟趕上，截阿斗殺周善命我過江。
　　　　可羡你久懷着鯤鵬志向，深贊你在桃園義結關、張。
　　　　可敬你破黃巾名揚里巷，可賀你荆州地創業成强。
　　　　可愛你待軍兵同胞一樣，可喜你對士庶義厚情長。
　　　　取西川成帝業四海景仰，與魏、吳三分鼎萬古流芳。
　　　　吳與蜀奪荆州互不相讓，失荆襄二弟他命喪疆場。
　　　　可嘆你報弟仇揮兵東向，只殺得彝陵地血染長江。
　　　　在東吳有一個陸遜小將，火燒你連營寨烈焰騰揚。

　　　　　可憐你白帝城托孤命喪，爲妻我望巫山徒自悲傷。
　　　　　人生在塵世上夢幻一樣，孫尚香祭夫主來到長江。
　　　　　聲聲泪字字血悲聲大放，東逝水載不動哀情愁腸。
　　　　（宮監上）
宮　監　啓禀郡主，太后命郡主祭奠完畢，即刻回宮！
孫尚香　你先退下，待我復祭一番！
宮　監　遵命！
　　　　（下）
孫尚香　哎！（滾白）江岸上再哭一聲劉夫主，我的夫君啊！自從你東吳招親以來，我只說經常陪王伴駕，誰知你龍歸大海，閃得我開花不能結果，枯樹難再發芽。看到其間，我孫尚香好命苦也！
　　　　（唱）自幼兒在吳宮嬌生慣養，每日裏享榮華自在安康；
　　　　　白晝間與侍兒御苑游逛，到晚來伴母后安寢同床。
　　　　　今日我撲江心隨波逐浪，再不能爲母后戴孝墳旁。
　　　　　望深宮先將我國母拜上，謝母后養育恩骨肉情長。
　　　　　將綉鞋脫至在江岸之上，學一個賢烈女萬古流芳。
　　　　　長江水滾滾流推波逐浪，好比那狼牙箭穿我心房。
　　　　　在塵世百歲後也要命喪，倒不如隨波浪萬里流長！
　　　　（孫尚香撲向江中）（宮監、四宮人急上）
宮　監　哦！一步來遲，郡主撲江一死。江岸之上留下綉鞋一雙，待我回禀太后得知！孩子們！
四宮人　噯！
宮　監　催輦回宮！
　　　　（同下）

七擒孟獲

佚 名 撰

解 題

　　晉劇。作者不詳。《山西戲曲劇目總攬》著錄,題《七擒孟獲》,未署作者。劇寫諸葛亮南征孟獲,五擒五縱,仍不服輸不肯降。諸葛亮攻下三江城,趙雲殺死守城的朵思大王。孟獲妻祝融夫人出戰,捉去蜀將張嶷、馬忠。諸葛亮令趙雲、魏延迎敵,以絆馬索擒祝融夫人。孔明以釋放祝融換回張、馬。孟獲向八納洞主木鹿大王求援,木鹿以妖術虎、豹、豺、狼戰蜀兵。諸葛亮驅木刻彩畫巨獸口吐烟火破之。木鹿又被趙雲殺死,孟獲用帶來設的詐降之計來殺諸葛亮,被諸葛亮識破,第六次將其擒獲,再放之。孟獲仍不服,借烏戈國三萬藤甲兵來戰,諸葛亮用計火燒藤甲兵,并七擒孟獲。至此,孟獲心悅誠服,投降蜀漢。本事見《三國演義》第八十七至九十回。宋元戲文今存劇目無名氏《瀘江祭》,清代雜劇有楊潮觀《諸葛亮夜祭瀘江》與無名氏抄本《祭瀘江》。清代宮廷大戲《鼎峙春秋》中的部分情節與乾隆年間兩種《平蠻圖》,均寫七擒孟獲事,人物、情節各不相同。版本今見《山西地方戲曲彙編》第十二集《中路梆子專輯四》(山西人民出版社1984年4月版)本。今以該本爲底本校點整理。

第 一 場

（四蠻兵出隊,帶來洞主、朵思大王站門,孟獲上）

孟　獲　（念）心中可恨諸葛亮,屢拿屢放將咱羞。
　　　　　　若要我把冤仇報,殺去孔明纔罷休。
　　吾,孟獲是也。只因諸葛亮將我屢次拿放,有心欲報此仇,謀計不上心來。不免將帶來洞主、朵思大王宣進帳來,再作商議。吥,衆

|将官！

蛮　兵　有。

孟　获　带来洞主、朵思大王进帐！

蛮　兵　带来洞主、朵思大王进帐！

（带来、朵思上，各报各名，拜）

蛮　兵　带来洞主、朵思大王告进！

带来
朵思　参见大王。

孟　获　少礼，站了！

带来
朵思　宣我二人进帐，有何军情议论？

孟　获　只因诸葛亮屡次拿放我等，是我欲报此仇，谋计不上心来。你二人有何高见，可破蜀兵？

带　来　大王不必作难。此去西南，有一八纳洞主木鹿大王，深通法术，能以呼风唤雨，常有鹿、豹、豺、狼、毒蛇、恶蝎跟随，手下有三万神兵，甚是英勇。大王可修书具礼，待某亲自去往求救，倘肯援助，何愁破不了蜀兵。

孟　获　真乃好计。起开文房。这是小书一封，去奔木鹿大王那里，莫误！

带　来　讨令。马来！

（蛮兵带马。带来上马，下）

孟　获　朵思大王听令！

朵　思　在。

孟　获　命你带了一哨人马，把守三江城，抵防孔明攻击，莫误。

朵　思　得令。马来！

（蛮兵带马。朵思上马，下）

孟　获　众蛮兵。

蛮　兵　有！

孟　获　听我号令者。（同下）

第　二　场

（四大流程、四小流程出队。魏延、赵云站门。孔明上）

孔　明　（念）山人領兵出祁山，要勸孟獲來歸降。
　　　　（詩）可笑孟獲太狂妄，屢捉屢放不歸降。
　　　　　　　爾輩縱有托天手，翻出我手算爾強。
　　　　山人漢武侯諸葛亮。是我將孟獲五擒五縱，至今仍不服我的調用。今日進兵來到三江城下，遠望此城三面是江，一面能以起旱。今坐帳下，先傳一令。趙雲、魏延聽令！

趙　雲
魏　延　在！

孔　明　令你二人各帶一支軍馬，攻打三江，莫誤！

趙　雲
魏　延　得令。馬來！（下）

孔　明　衆將官！（衆應）就在此地安營下寨，聽山人號令者。（同下）

第　三　場

（四蜀兵引趙雲上）

蜀　兵　來在城下。

趙　雲　列開旗門。來在城下冷冷靜靜，無有準備。衆將官，（衆應）一同攻城。

（蠻兵一同放箭）

蜀　兵　城上弓弩齊發，不能進攻。

趙　雲　收兵。（蜀兵退下，轉場倒上）哈，好你蠻兵！城上暗放毒箭，擋住我兵不能攻城，不免回去稟知先生，再作道理。來呀！（衆應）收兵，回！（同下）

（四龍套引孔明上）

孔　明　（念）去攻三江城，不知吉和凶。

（孔明坐前場帳外。趙雲下馬，進帳）

趙　雲　參見先生。

孔　明　少禮，站了。命你攻打三江城，怎麼樣了？

趙　雲　城上弩弓毒箭齊發，我兵不能進前，難以攻打。

孔　明　吩咐衆將官，倒退數里，安營下寨，山人自有妙計。

趙　雲　衆將官！

蜀　兵　有。

趙　雲　倒退數里之地，安營下寨者。

蜀　兵　人馬倒退十里有餘！

孔　明　列開旗門。趙雲聽令！（趙雲應）吩咐衆將官，每軍自割衣襟一幅，一更時分應點，誤者立斬！（同下）

第 四 場

（四蠻兵站門。朵思大王上）

朵　思　（念）昨日射蜀兵，叫人喜在心。
（報子上）

報　子　報，蜀兵倒退數里安營。

朵　思　再探。（報子下）適纔探子報道，言說蜀兵倒退數里安營，叫我纔得安心也。
（唱）適纔令人一聲稟，言說孔明退了兵。
　　　三江城內不出戰，退完蜀兵再前行。（同下）

第 五 場

（四蜀兵上，站門，引趙雲、魏延同上）（孔明上）

孔　明　（念）我心明如燈，衆將在夢中。
趙雲聽令！（趙雲應）吩咐衆將官，務用衣襟一幅，每人包土一包，同到三江城下交納。先到者獎。

趙　雲　衆將官，（衆應）務用衣襟一幅，每人包土一包，同到三江城下交納，先到者獎。傳令已畢。

孔　明　同往三江城！（轉場）

蜀　兵　來在三江城下。

孔　明　將土從城下堆積起來。（一時積土成山，連接城上）一齊上城，先上城者為頭功！
（人馬一齊上城，殺進城中。朵思大王大戰趙雲，被趙雲一槍刺死。衆蠻兵皆逃）

趙　雲　得了三江城。

孔　明　好！歇兵三天，大破孟獲。（同下）

第 六 場

（四蠻兵站門。孟獲上）

孟　獲　（念）眼跳心驚，坐臥不寧。
報　子　（上）報，失了三江城。（下）
孟　獲　（唱）聽說失了三江城，不由叫人心內驚。
　　　　　　假若孔明領兵到，必然又被他所擒。
　　　　啊呀！天哪，老天！三江城已失，救兵未到，這該如何抵敵？
　　　　（祝融夫人上）
祝　融　夫主！你既爲男子，軟弱無剛，爲妻雖是女流，情願大戰蜀兵。
孟　獲　夫人既要前去，多加小心！
　　　　（唱）夫人莫要逞你能，大戰蜀兵非戲言。
　　　　　　倘若得勝回來轉，迎接夫人洞外邊。
祝　融　（唱）大王不必囑托言，爲妻心上自了然。
　　　　　　使動飛刀與他戰，管叫蜀將喪黃泉。
　　　　　　衆蠻兵與我把馬帶，（蠻兵帶馬，一字兒排開）
　　　　　　我要與蜀兵會陣前。（下）
孟　獲　（唱）一見夫人出了洞，倒教大王不放心。
　　　　　　若要我把寬心放，除非夫人轉回程。（同下）

第 七 場

（四蜀兵引張嶷、馬忠與蠻兵引祝融夫人兩面碰頭上）

張　嶷　（唱）一馬兒撲在了殺人場，（衆兵串場，挖門）閃上蠻女將一員。
　　　　　　身穿大紅靠一件，頭上高戴七星冠。
　　　　　　坐下捲毛赤兔馬，丈八長槍上下翻。
　　　　　　大喝一聲把爾問，姓甚名誰快開言。
祝　融　（唱）蜀將莫要將我問，姑娘把話對你明。
　　　　　　要知我的名和姓，孟獲之妻叫祝融。
　　　　　　忙把飛刀來祭起，

（張嶷看見從空來了飛刀，用手來接，正中左臂，翻身落馬，被蠻兵拿去。馬忠上前欲救，被拌馬繩拌倒，也被蠻兵拿去）

女蠻兵　報，拿住蜀將。

祝　融　綁回洞中。

（祝融轉場，至洞前下馬。孟獲迎接，對坐）

孟　獲　夫人大戰蜀兵，怎麼樣了？

祝　融　拿來蜀將兩名。

孟　獲　甚麼，拿住了？縛上來。

（張嶷、馬忠被蠻兵押進洞，站立兩旁）

孟　獲　呀哇！好你蜀將，見了本大王，爲何不跪？

張　嶷
馬　忠　孟獲，蠻賊！將你老爺拿住，要殺開刀，要吃張口，吾何懼哉！

祝　融　呀哇！好你蜀將，這樣烈性。押下開刀！

孟　獲　慢着！諸葛亮放吾五次，我今斬了他將，是我等之不義。暫且囚在洞中，但等拿住諸葛亮，一并斬他。押下去！

（蠻兵將張嶷、馬忠押下）

孟　獲　今日拿住蜀將，這是夫人首功一件。後洞設宴，與夫人賀功。

（同下）

第　八　場

（四蜀兵站門。趙雲、魏延站門。孔明上）

孔　明　（念）二將出了營，不知吉和凶。

（報子上）

報　子　禀丞相！張嶷、馬忠被擒。

孔　明　再探！（報子下）趙雲、魏延聽令！

趙　雲
魏　延　在。

孔　明　命你二人，大戰蠻兵，只許你敗，不許你勝，將彼等哄在山僻之處，山人自有妙計。

趙　雲
魏　延　討令，馬來！（孔明下。趙雲、魏延同下。女蠻兵引祝融夫人上。趙雲、魏延上，挖門，與女蠻兵、祝融夫人碰頭）

趙	雲	慢着！你趙老爺統兵前來，爾等何不馬前受死？
祝	融	誇口太大，圍住殺！（女蠻兵與蜀兵挖門。趙雲與祝融夫人殺過。趙雲詐敗下，祝融夫人不進。魏延拼殺，又詐敗下，祝融夫人追下）

第　九　場

（四蜀兵引馬岱上）

馬	岱	馬岱。奉了丞相將令，來此埋伏。來哪！（衆應）安下絆馬索。（魏延上。祝融夫人趕上，殺過。祝融夫人馬失前足，被擒）
蜀	兵	拿住女將。
魏	延	縛回大營。（同下）

第　十　場

（四龍套站門。孔明上）

孔	明	（念）撒出鷹鷂去，要拿燕雀回。（孔明坐後場。四蜀兵、趙雲、魏延、馬岱上，下馬進）
趙雲 魏延 馬岱		回令。
孔	明	收令。
趙雲 魏延 馬岱		參見丞相。
孔	明	少禮，站下。大戰蠻兵怎麼樣了？
趙雲 魏延 馬岱		拿住祝融女將。
孔	明	縛上來。
魏	延	縛上來！（卒押祝融夫人進帳。祝融夫人站一旁）
孔	明	松縛。好，祝融夫人！請在別帳賜酒壓驚。（祝融夫人下）啓開文房。下書人來見！

（下書人上）

下書人　叩見丞相。

孔　明　小書一封，下奔孟獲那裏莫誤。(下書人下)後帳設宴，與衆位將軍慶功。(同下)

第十一場

(四蠻兵站門。孟獲上)

孟　獲　(念)夫人出了營，叫人常挂心。
　　　　(下書人上)
下書人　哪個在？
蠻　兵　做甚麼的？
下書人　往內相傳，下書人要見。
蠻　兵　少等，待我與你傳稟。下書人要見！
孟　獲　命他進來。
蠻　兵　命你進來。
下書人　下書人告進。下書人與大王叩頭。
孟　獲　哪裏來的，何人所差？
下書人　蜀營來的。丞相有書信呈上。
孟　獲　將書留下，下邊款待。(蠻兵引下書人下)諸葛亮有書到來，待我拆書一觀。我當爲着何來，原是命我將張嶷、馬忠放回，他將夫人送回。這有何難，來呀！(衆應)將張、馬二將放回蜀營。
蠻　兵　孔明送夫人回來。
孟　獲　有請。夫人在哪裏？
　　　　(祝融夫人上)
祝　融　大王在哪裏，大王在……
孟　獲　夫人哪，哈……(二人進洞對坐)夫人受驚了。
祝　融　此驚非小。多虧孔明待人寬厚，將妻放回，實爲可喜可賀。
蠻　兵　木鹿大王到。
孟　獲　夫人請到後洞。傳出有請！(孟獲出洞迎接。木鹿大王騎白象，身穿金珠纓絡，腰挂雙刀，領一班喂養虎、豹、豺、狼之兵士上)
木　鹿　下象來！(下象，與孟獲同進洞，對坐)
孟　獲　不知木鹿大王到來，未曾遠迎，多有得罪。

木　鹿　好説。大王爲何屢敗於孔明？
孟　獲　只因孔明用兵甚妙，因而屢次兵敗，請大王到來報仇。
木　鹿　這有何難。待我出陣略施小術，管叫他片甲不歸。
孟　獲　如此請在後洞飲宴，二日天明大戰蜀兵。（同下）

第 十 二 場

（四蜀兵引魏延、趙雲上）

趙　雲　（唱）丞相將令往下傳，打探蠻兵走一番。
　　　　　　　正行催馬往前趕，忽聽衆將高聲參。
蜀　兵　前有蠻兵出戰。
趙　雲　殺上前去。（木鹿大王帶兵碰頭上）
趙　雲　（唱）催動戰馬到陣前，觀見蠻兵甚威嚴。
　　　　　　　赤身露體實難看，面目醜陋賽判官。
　　　　　　　大喝一聲把兒問，通上名來戰一番。
木　鹿　（唱）蜀將莫要將我問，聽我把話對你明。
　　　　　　　要知我的名和姓，木鹿大王是我名。
　　　　　　　忙把蒂鐘來搖動，顯顯咱家手段能。
　　　　　　　照着陣前吹口氣，狂風大作虎狼行。
（狂風大作，虎、豹、豺、狼出，衝敗蜀兵。下。蠻兵收回）

第 十 三 場

（流程、趙雲、魏延上）

趙　雲
魏　延　哈！蠻將妖術厲害，回稟丞相得知。收兵，回！（同下）

第 十 四 場

（四龍套引孔明上）

孔　明　（念）二將出了營，不見轉回程。（趙雲、魏延上）
趙　雲
魏　延　參見丞相。

孔　明　少禮，站了。大戰蠻兵怎麼樣了？
趙　雲　蠻兵盡使毒蛇猛獸，妖術厲害，難以致勝，敗回營來。丞相上邊請罪。
孔　明　哪有你二人之罪。山人未出茅廬之時，先知南蠻有驅虎豹之法，早已備下破陣之物。現在隨軍有二十輛車，留下十車黑油櫃車，以備後用。這十車內皆是木刻采畫巨獸，俱用引火之物藏在車中。二日天明隨山人上陣，管保一戰而成功。
　　　　（唱）眾將莫要太慌張，細聽山人說內情。
　　　　　　　未出茅廬安排定，早知蠻兵有奇能。
　　　　　　　只要眾將齊努力，我管保一戰要成功。（同下）

第 十 五 場

（蠻兵引木鹿大王、孟獲上）

孟　獲　（唱）昨日裏與蜀將打一戰，殺得兒等敗營盤。
　　　　　　　回頭來打坐在洞下，忽聽令人報一言。
蠻　兵　報，孔明領兵討戰。
孟　獲　再探。
木　鹿　好惱！
　　　　（唱）聽說孔明領兵到，不由叫人好氣惱。
　　　　　　　眾蠻兵與我帶白象，我定殺孔明決不饒。（同下）

第 十 六 場

（蜀兵、趙雲、魏延護孔明坐車上）

孔　明　（唱）一切用物安排定，要與孟獲來交鋒。
　　　　　　　催車來在兩軍陣，等孟獲到來用奇兵。
（蠻兵、木鹿大王、孟獲上）
孟　獲　車上坐的就是諸葛亮，將他拿住萬事皆休。
　　　　木鹿大王口中念咒，手搖蒂鐘。狂風大作，猛獸突出。孔明將羽扇一指，狂風返回，車上木刻巨獸口吐烟火，向蠻兵猛獸撲去，張牙舞爪，衝散蠻兵、猛獸等。木鹿大王被趙雲殺死。孟獲敗，爬山逃去。

孔明收兵佔了銀坑洞。(同下)

第 十 七 場

(蠻兵、帶來洞主、孟獲、祝融夫人同上)

孟　獲　(唱)實服了諸葛亮神機妙算,可憐把木鹿王命喪黃泉。
　　　　　　　開言來把內弟一聲呼喚,你聽我把話兒細說心間。
　　　　賢弟,木鹿大王已死,你說這該怎樣?
帶　來　我有一計,可殺孔明。
孟　獲　有何妙計?
帶　來　你我暗藏軍器,將你與我家姐姐綁獻於孔明,就說我勸你二人投降,你二人不從,我將你二人擒了,綁獻孔明。倘若孔明中了此計,殺他個措手不及。
孟　獲　真乃好計,就按計而行。
　　　　(唱)賢弟真乃計謀高,詐降孔明走一遭。(同下)

第 十 八 場

(四龍套引孔明上)

孔　明　(唱)昨日裏破了猛獸兵,木鹿大王命歸陰。
　　　　　　　孟獲夫妻逃了命,忽聽令人報帳中。(切)
報　子　稟丞相!孟獲之妻弟帶來洞主,聲稱因勸孟獲投降不從,將孟獲夫婦,還有餘黨百餘人,盡皆擒來,要見丞相。
孔　明　站過一旁。四將進帳。
龍　套　四將進帳!
　　　　(趙雲、魏延、張嶷、馬忠同上)
　眾　　參見丞相。
孔　明　少禮,站了。
四　人　宣我等進帳,哪路有差?
孔　明　適纔令人報道,言說孟獲之妻弟帶來洞主,因勸孟獲投降,孟獲不允,被他擒來要見山人。
　眾　　丞相,此事誠恐有詐。

孔　明　山人如何不知。命你們去到兩廊埋伏，但等他們到來，說拿就拿，說綁就綁。兩廊埋伏伺候。來！

龍　套　有！

孔　明　命來人一同進帳來見。

龍　套　丞相有命，帶來洞主與眾人一同來見！

（四蠻兵押孟獲夫妻與帶來洞主一同進帳）

帶　來　參見丞相。

孔　明　少禮，站了。

帶　來　丞相恩寬。

孔　明　你等到此爲何？

帶　來　丞相非知。是我相勸孟獲夫妻歸順丞相，是他執意不從，因此將他夫妻擒了，縛獻丞相。

孔　明　好，這是你的首功一件。來！（眾應）與我將來人們綁了。

（四將齊出，將帶來等一齊綁住）

帶　來　丞相，爲何綁住某等？

孔　明　（冷笑）爾等些小詭計，焉能瞞過山人。你看二次俱是本洞人擒你來降，吾不加害你等，你只道山人深信，故來詐降，欲就洞中殺害山人。來呀，（眾應）身旁搜檢！

蜀　兵　（搜身）身旁各帶利刃。

孔　明　你原說在你家擒住，方能心服，今日如何？

孟　獲　這是我等自來送死，非你之能，吾心未服。

孔　明　我今擒你六次，尚然不服，再等何時？

孟　獲　你若七次擒住，我等傾心歸服，誓不再反。

孔　明　爾等巢穴已破，吾何慮之。來！

眾　　　有。

孔　明　將他們鬆綁。再若拿住，必不輕恕。趕出去！

眾　　　出去了吧。（孟獲抱頭鼠竄而下。孔明就桌後退帳下）

第 十 九 場

（孟獲、帶來等跌東倒西上。敗殘蠻兵從下場門上，正遇孟獲。孟獲心中稍喜）

孟　獲　賢弟！如今洞府已被孔明佔去，你我該投奔哪裏安身？
帶　來　現今只有一國可破蜀兵。
孟　獲　哪一國可破？
帶　來　此去東南七百里，有一烏戈國。國王兀突骨，身長二丈，不食五穀，以生蛇惡獸爲飯；身有鱗甲，刀箭不入。手下軍士俱穿藤甲，渡江不沉，經水不濕，人皆稱爲藤甲兵。今大王可往求他。若得相助，何愁擒不了諸葛亮。
孟　獲　如此你我一同前去。
　　　　（唱）賢弟對我講一遍，不由叫人喜心間。
　　　　　　假若搬來藤甲兵，
　　　　諸葛亮，牛鼻子！
　　　　　　管叫兒等有來無還。（同下）

第 二 十 場

　　　　（土安、奚泥上）
土　安　請了。
奚　泥　請了。
土　安　主家今日操練我兵，你我伺候了。（四藤甲兵出隊站門，兀突骨上）
兀突骨　（念）烏戈國是我久占，其他人不敢侵犯。
　　　　　　練就了藤甲十萬。不怕刀槍和弓箭。
　　　　本大王兀突骨。今天觀見天氣晴亮，操練我兵。吥，小番兵，（衆應）宣土安[1]、奚泥進洞。
蠻　卒　土安、奚泥進洞。
土　安
奚　泥　土安、奚泥告進，參見大王。
兀突骨　少禮，站下。
土　安
奚　泥　宣我等進帳，有何令發？
兀突骨　今天天氣晴亮，操練我兵，可曾來齊？
土　安
奚　泥　倒也來齊。

兀突骨	土安、奚泥聽令。
土　安奚　泥	在。
兀突骨	吩咐咱兵,同到校場。
土　安奚　泥	得令!(後臺:報!孟獲來拜)
兀突骨	傳出有請。(出洞迎接)銀坑洞主在哪裏?
孟　獲	兀洞主在哪裏?
兀突骨	孟洞主。
孟　獲	兀洞主。
兀突骨孟　獲	(笑)哈哈哈!(二人進洞對坐)
兀突骨	不知孟洞主到來,我這裏未曾遠迎,多有得罪。
孟　獲	好說。
兀突骨	不在銀坑洞,來在敝洞,爲了何事?
孟　獲	洞主,是你非知。只因蜀軍諸葛亮屢次擒我,現無安身之處,眼看殺至桃花渡口,是我前來請求洞主援助,二兵合一,攻打蜀兵。望洞主不必推辭,援助纔是。
兀突骨	但念今親身前來,哪有不助之理。土安、奚泥聽令!
土　安奚　泥	在!
兀突骨	令你二人帶領三萬藤甲精兵,先去桃花渡口,莫誤。
土　安奚　泥	討令!(同下)
兀突骨	你我隨後,一同起程。請到下邊!(同下)

校記

[1]土安:"土",原作"士",據文意改。下徑改,不一一出校。

第二十一場

(報子上)

報　子	(念)報子生來心性急,兩臂押着令字旗。

一年四季常打探，常與國家報消息。

馬上長報。奉了丞相將令，一路打探，遠遠望見孟獲借兵前來，我這裏拉馬，回稟丞相得知。（下）

第二十二場

（四龍套站門。魏延、孔明上）

孔　明　（念）放走孟獲兵，多日不知音。
　　　　（報子上）
報　子　報子告進。丞相在上，報子參見。
孔　明　軍報何事？反轉氣從容報來。
報　子　奉了丞相將令，一路打探，遠遠望見孟獲等統兵前來，回稟丞相得知。
孔　明　再去打探。（報子下）衆將官！（衆應）兵發桃花渡口！（圓場）
蜀　兵　來在桃花渡口。
孔　明　吩咐衆軍，不要亂了陣勢，站立兩旁，待山人一觀。（左顧右視）哎咳嚇！觀見蠻兵，不類人形，甚是醜惡。喚土人來見！
蜀　兵　土人來見。（土人上）
土　人　與丞相叩頭。
孔　明　我且問你，此地可有甚麼險要？
土　人　此地正在桃花落時，水不可飲，其他沒有甚麼險要。
孔　明　這可是實話？
土　人　焉敢道謊。
孔　明　下去。（土人下）聞聽土人之言，此地不可安營，兵退五里，安營下寨。（同下）

第二十三場

（兀突骨引蠻兵上）

兀突骨　兀突骨。
　　　　（報子上）
報　子　孔明兵退五里，安營下寨。

兀突骨　再探。(報子下)孔明退兵五里,安營下寨。我兵接殺一陣。來呀!(眾應)殺上前去。(從下場挖門與魏延兵碰頭,殺過。魏延兵敗下,藤甲兵趕下)

第二十四場

(魏延上)

魏　延　哈,藤甲兵殺法厲害,再若來時亂箭齊發。(蜀兵射,箭不上身)收兵,回!(蜀兵下,魏延與兀突骨戰,敗下)

蠻　兵　蜀兵敗走。

兀突骨　敗兵不追,收兵回。(同下)

第二十五場

(四蜀兵、魏延上,魏延下馬進帳)

魏　延　請丞相。

(孔明上)

孔　明　(念)魏延一聲請,上前問分明。
何事?

魏　延　丞相命末將守寨,不料烏戈國兀突骨領兵前來擊寨。末將領兵迎戰,誰知藤甲兵刀箭不入。依某之見,小小蠻方,縱使全勝有何益處!倒不如班師早回,以免三軍受這血汗之苦。

孔　明　(笑)將軍休出此言。吾非容易到此,豈肯輕回?不必驚慌,明日自有破蠻之策。你且下邊歇息!

魏　延　遵命。(下)

孔　明　來!(卒應)吩咐土人帶路。看了山人四輪車,待山人去奔桃花渡口,游玩一回。
(唱)忙吩咐土人把路引,在桃花渡口看分明。
　　　適纔間魏延對我稟,他言説藤甲兵甚是奇形。
　　　藤甲兵只生得亞賽鬼判,不怕刀不怕槍不怕箭穿。
　　　白日裏與我兵一處鏖戰,到夜晚在水内能把身安。

爲此事叫山人常挂心間，帶土人將地理細看一番。

正行走我這裏抬頭觀看，忽聽得土人禀來到山前。

土　人　來在山下！

孔　明　住車！（下車）來在山下，隨我步行上山！

（唱）叫土人隨我把山上，抬起頭來四下觀。

東南西北都看遍，唯有此地甚危險。

轉面我把土人喚，山人有言聽心間。

此谷何名？

土　人　此處名爲盤蛇谷。出了此谷，便是三江城的大路，谷前名叫塔郎甸。

孔　明　（笑）此乃天賜我成功之地也。

（唱）耳聽土人講一遍，倒叫山人喜心間。

叫土人領我把山下，（下山，上車）下得山來回營盤。

轉面我把馬岱喚，山人有言聽心間。

馬岱聽令！（岱應）命你帶領一哨人馬，帶了十輛黑油櫃車，須用竹竿千條，運至盤蛇谷埋伏，可將本部兵把住兩頭谷口，莫叫藤甲走脱。哪家不許走漏消息；若要走漏，按軍法處事。附耳來！（與馬岱耳語。馬岱下）趙雲聽令！（雲應）命你帶兵去到盤蛇谷後，三江大路口把守，莫誤。（趙雲應下）魏延聽令！（延應）令你帶本部兵去桃花渡口下寨，等蠻兵渡水來敵，你可棄寨往白旗處而走，半月之內要連輸十五陣，棄七個寨柵。若輸十四陣，休見山人。快去！（魏延心中不樂，領令而下）三軍們！（衆應）吩咐張翼引軍到所指地點[1]，築立寨柵；再命張嶷、馬忠帶領所降之蠻兵，依計而行。聽山人號令者。（同下）

校記

[1] 吩咐張翼引軍到所指地點："翼"，原作"冀"，據文意改。

第二十六場

（藤甲兵與蠻兵合上。孟獲、兀突骨同上）

孟　獲　你看諸葛亮詭計多端，只是埋伏。吩咐三軍，今後交戰，但見山谷

　　　　　之中，林木多處，不可輕進。
兀突骨　大王說得有理，吾已知道。諸葛亮多行詭計，今後依此言而行。吾在前面而行，你在後邊教道。
　　　　（報子上）
報　子　稟大王！蜀兵在桃花渡口北岸，安營下寨。
孟　獲　再探。
　　　　（報子下）
兀突骨　二俘長聽令！（土安、奚泥應）命你二人帶了藤甲精兵，渡過河去，與蜀兵交戰莫誤。
土　安
奚　泥　得令！（土安、奚泥同下，與蜀兵合戰。戰不數合，魏延敗走。蠻兵追下）
　　　　（魏延敗上，下。兀突骨追上）
兀突骨　蜀兵屢敗，無有兵力，你我殺上前去！（碰頭，挖門，開打。蜀兵拋戈棄甲而下）趕上前去。（同下）

第二十七場

（魏延引兵到白旗處下寨。兀突骨驅兵追至。魏延棄寨而走。兀突骨隨後追殺，見有林木茂盛處，不敢追進）

兀突骨　果然不出大王所料。林木茂盛，不可追進！
孟　獲　諸葛亮今番被吾識破！大王連勝他十五陣，奪了他七個營寨，蜀兵望風而逃。諸葛亮已是計窮，趁此一進，大事可成。
　　　　（兀突骨大喜，不以蜀兵為念，領兵追上，與魏延對殺）
兀突骨　吾不殺你誓不為將也。
　　　　（魏延撥馬就走，過了盤蛇谷。兀突骨追進。趕到谷中，見有十輛黑油櫃車擋路）
蠻　兵　這是蜀兵運糧道路，因大王兵到，撇下糧車而逃。
兀突骨　一齊追趕。
　　　　（將出谷口，不見蜀兵。山上橫木亂石滾下，壘斷谷口）
兀突骨　開路而進！
　　　　（忽見前面大小車輛，乾柴起火）
兀突骨　趕快退兵！

蠻　兵	谷口已被乾柴壘斷。（兀突骨尋路而出。兩邊山上亂丟火把，火把到處飛起鐵炮。滿谷中火光衝天，將兀突骨三萬藤甲軍燒死）
孔　明	（登高，垂淚，嘆息）吾雖有功於社稷，必損我壽也。（下）

第二十八場

（孟獲率衆上。假蠻兵跑上）

假蠻兵	烏戈國兵與蜀兵大戰，將諸葛亮圍在盤蛇谷中，特請大王前去接應，我等皆是本洞之人，不得已而降蜀，今知大王前來，特來相助。
孟　獲	如此我等一同連夜殺奔盤蛇谷！（圓場）
假蠻兵	來在盤蛇谷，烈火衝天，臭氣難聞。
孟　獲	（知中計）快快退兵。

（張嶷、馬忠帶兵兩面殺上，孟獲抵擋。假蠻兵將蠻兵盡擒。孟獲見事不好，匹馬逃下）

（孟獲上。見一輛小車中端坐一人，乃是孔明）

孔　明	反賊孟獲，今番如何？

（孟獲一言不答，回馬便走。孔明下。馬岱接殺。孟獲措手不及，被馬岱生擒活捉。王平、張翼將祝融夫人拿住。圓場，同下）

（四卒站門，孔明上）

孔　明	（念）今坐寶帳內，耳聽好消息。
馬　岱 王　平 張　嶷	參見丞相。
孔　明	站下，捉拿孟獲怎麼樣了？
衆	孟獲夫妻拿到。
孔　明	綁上來。

（卒押孟獲、祝融夫人、帶來洞主同跪於帳前）

孔　明	皆去其綁。孟獲，你今服了不服？
孟　獲	（泣）某子子孫孫皆感覆載生成之恩，焉敢不服！今感丞相天恩，永不再反。
孔　明	既然歸服，山人命你永爲銀坑洞主。將所得之地一律退回，皆歸汝管，就在帳前山人有酒，與你慶賀。看酒伺候！

　　　　（孟獲等大拜入席，飲酒）
孟　獲　某等告辭。
孔　明　衆將送出。（送下）打了得勝鼓，班師早回朝。
　　　　（同下）

燒 藤 甲

佚 名 撰

解 題

晋劇。作者不詳。《山西戲曲劇目總攬》著錄，題《燒藤甲》，未署作者。劇寫南蠻王孟獲被諸葛亮六擒六縱仍不歸服，往求烏戈國國王借來三萬藤甲兵，以期報仇雪恨。諸葛亮在盤蛇谷預置黑油櫃車，內盛火藥，派魏延誘敵深入。待烏戈國王兀突骨引藤甲兵進入谷中，火藥齊發，亂石橫飛，三萬藤甲兵全部燒死。孟獲再次被擒，心服歸降。該劇係《七擒孟獲》中的一個故事情節，本事參見前《七擒孟獲》。版本今見《山西地方戲曲彙編》第十二集《中路梆子專輯四》（山西人民出版社1984年4月版）本。今以該本爲底本校點整理。

第 一 場

（蠻兵引孟獲上，【點絳唇】）

孟　獲　（詩）殺氣騰騰只爲仇，每日懷恨在心頭。
　　　　　　若要我把愁眉展，殺死諸葛方罷休。
　　　　南蠻王孟獲。居住南方，娶妻祝融夫人。西川劉備在日待我南方甚好。劉備下世，我無有進貢，他無有禮物，是我起了蠻兵十萬，要與他見一雌雄。不料孔明領兵南征，傷了我蠻兵數萬。是我每每謀計被他識破，將我六拿六放，真真羞煞人也。是我無計可使，無有安身之地。不免宣帶來洞主前來，再作商議。帶來洞主來見！
　　　　（帶來洞主上）

帶　來　（念）生在南方，看見北方。
　　　　　　要看文章，上下四方。

		帶來洞主。大王有喚,上前去見。參見大王!
孟	獲	少禮,坐了。
帶	來	謝座。大王今與孔明交戰,被他拿了六遍,羞臊大王!我想孔明不死,總是我南方大患。
孟	獲	宣你到來,故因此事。不知你有何妙策?
帶	來	大王!要報此恨,此去東南七百里有一烏戈國。國主兀突骨身高丈二,不吃五穀,生蛇惡獸爲飯,身長鱗甲刀箭不入;手下有藤甲軍三萬,生得面貌醜陋,身高膀大,能勝孔明。
孟	獲	何爲藤甲兵?
帶	來	此藤長在山澗之中,盤到石壁之內,國人取采浸在油內,半年取出曬乾復浸,如此十餘遍,造成鎧甲,穿在身上能以渡水不沾,刀槍不入,因此號爲藤甲。今大王前去求之,若得相助,拿諸葛亮如同利刀破竹,何愁他人不死!
孟	獲	你言正合吾意。衆蠻兵!
蠻	兵	有。
孟	獲	換衣來。
		(孟獲披斗篷,帶馬。同下)

第 二 場

(藤甲兵、土安、奚泥引兀突骨上。兀突骨登高場。土安、奚泥坐兩邊椅子)

兀突骨		(念)生在南方不種田,身穿藤甲不穿棉。
		不吃人間五穀飯,蛇蝎五毒當美餐。
		烏戈國國主兀突骨。某家手下副將二員,一名土安,一名奚泥,藤甲兵三萬,就在烏戈國每日逍遥作樂。今聞孔明征南,將南蠻王孟獲六拿六放。料他不能征到我國。今坐國中,聽候消息便了。(報子上)
報	子	報禀國主!今有蠻王孟獲求見。
兀突骨		傳出有請。
報	子	有請。(下)
		(孟獲上。兀突骨迎拜)

兀突骨　不知大王到來，少得遠迎，多有得罪。
孟　獲　路徑甚遠，不能拜見國主，多多有罪。
兀突骨　好說。聞聽大王與孔明交仗，孔明詭計多端，大王被他六次拿獲，爲何來到我國？
孟　獲　國主容稟！
　　　　（唱）孔明行兵神鬼怕，領帶人馬征我邦。
　　　　　　將我六拿六釋放，羞愧難見衆蠻王。
　　　　　　哀告國主發人馬，快與孟獲報冤枉。
兀突骨　好惱！
　　　　（唱）聽罷言來怒滿腔，開言再叫南蠻王。
　　　　　　慢說一個諸葛亮，十個孔明亡五雙。（切）
　　　　　　大王莫要煩惱。我有副將二員，藤甲兵三萬。發起本洞之兵，與你報仇！
孟　獲　孔明行兵詭計多端，肯用火攻。國主用兵若遇樹木草林茂盛之地，不可前進。
兀突骨　我兵扎營桃花渡口，兩岸有桃樹，歷年落葉於水中。別國人飲在腹中盡死，唯有我國人飲之倍添精神。哪怕蜀兵不死不亡！
孟　獲　多仗國主，就該啓行纔是。
兀突骨　即刻起身。二將聽令！
土安奚泥　在。
兀突骨　點了三萬藤甲兵，兵扎桃花渡口。正是：
　　　　（念）我國軍士穿藤甲，不怕槍刀不怕殺。
孟　獲　（念）若還拿住諸葛亮，剝心剖膽祭蠻王。（同下）

第　三　場

（衆蜀兵引魏延上）
魏　延　（唱）丞相將令往下傳，帶領人馬征南蠻。
　　　　　　拿了六回放六遍，不斬孟獲爲哪般？
　　　　　　衆將催馬出營看，等丞相到來把令傳。
（四將、四龍套引諸葛亮坐車上）

諸葛亮　（唱）奉王旨意離西川，領帶將官征南蠻。
　　　　　　我將孟獲拿六遍，吾料他必然把兵搬。
　　　　　　傳令我把文長喚，
魏　延　在。
諸葛亮　（唱）趙子龍進前聽我言。
趙　雲　在。
諸葛亮　（唱）你二人總領爲好漢，馬岱、王平踩營盤。
　　　　　　張嶷、馬忠能殺戰，衆兒郎個個盡爭先。
　　　　　　催動大兵高崗看，（登高場。衆將、兵卒兩邊站開）
諸葛亮　（唱）上得高崗把兵觀。
　　　　　　一眼望到桃花岸，
　　　　　　（藤甲兵、土安、奚泥、兀突骨、孟獲、祝融夫人、帶來洞主上）
諸葛亮　（唱）蠻兵人形不一般。
　　　　　　醜眉怪眼實難看，口賽血盆臉發藍。
　　　　　　不用鍋灶做戰飯，蛇蝎五毒當美餐。
　　　　　　觀罷兵來心自參，（兀突骨率藤甲兵下）
諸葛亮　（唱）忽然想起事一端。下高崗我把土人喚，
　　　　　　（諸葛亮等下高場）
諸葛亮　（唱）三軍聽我將令傳。喚本地土人來問話。
蜀　兵　本地土人前來見。
　　　　　　（二本地土人上）
土人甲　武侯征南，
土人乙　民間不安。
土人甲　近的槍扎，
土人乙　遠的綫串。
土人甲　哎，還是箭穿。
土人乙　啊，是箭穿。
二土人　本地土人與漢丞相叩頭。
諸葛亮　山人問你：烏戈國蠻兵容貌醜陋，身穿何甲？爲何不用五穀，又在桃花岸南扎營，是何説也？
二土人　身穿藤甲，刀箭不入，五毒爲飯。桃花渡口之水，若是他兵所飲倍加精神；若是別國兵用下，決死無疑。句句是實，不敢道謊。

諸葛亮　這就是了。下去。
二土人　是。(下)
諸葛亮　魏延聽令!
魏　延　在。
諸葛亮　去探蠻兵怎樣行事,小心前去!
魏　延　討令。馬來!(蜀兵帶馬,下)
諸葛亮　兵退五里下寨。
　　　　(唱)個個今夜用戰飯,魏延回來再把令傳。(同下)

第　四　場

(四蠻兵、祝融夫人、孟獲、孟優、兀突骨、土安、奚泥上)
孟　獲　(唱)烏戈國搬來藤甲兵,要與孔明見雌雄。
　　　　　　出言我把國主問,與孔明何日纔動兵?
　　　　國主!孔明現在對岸扎營,何日與他交兵?
兀突骨　大王與令弟、夫人後帳安身,看我帶了藤甲兵過河與蜀兵見得一仗,回營再作計議。
孟　獲　此去多加小心。
兀突骨　不必叮嚀。請!
　　　　(孟獲、祝融夫人、孟優等同下)(兀突骨下)

第　五　場

(兀突骨率土安、奚泥、藤甲兵過河)(四蜀兵引魏延上。對陣。魏延敗下)

第　六　場

(蜀兵引魏延上)
魏　延　啊!蠻兵殺法驍勇,再要前來,弩弓射之,刀槍劍戟,一齊擋住陣角。
　　　　(四藤甲兵引土安、奚泥、兀突骨上。蜀兵射箭、槍扎、刀砍。藤甲

兵刀槍不入。蜀兵敗下。兀突骨率藤甲兵追下）

第 七 場

（蜀兵引魏延上）

魏　　延　（唱）跟隨武侯數十春，東西殺來南北征。
　　　　　　百萬雄兵來鬥陣，并無見過這樣兵。
　　　　　　槍刀難把身來進，亂箭落到地流平。
　　　　　　登高崗，看蠻兵，（登高）看一看蠻兵何處行。
（四藤甲兵翻上，脫藤甲過河，兀突骨過河。同下）
魏　　延　（唱）坐上藤甲過河岸，亞賽舟船同一般。
　　　　　　回營我把丞相見，
（魏延下高場、蜀兵帶馬）
魏　　延　（唱）看丞相怎樣破南蠻。（同下）

第 八 場

（四龍套引諸葛亮上）

諸葛亮　（唱）自幼兒在臥龍修行打坐，徐元直走馬薦諸葛。
　　　　　　下山來我把中軍帳坐，把南北星斗任我挪。
　　　　　　關公、翼德不服我，哪知我提兵調將有才學。
　　　　　　燒博望本是一把火，第二番水淹在白河。
　　　　　　火燒了新野縣難以逃躲，趙子龍大戰長坂坡。
　　　　　　我君臣夏口把身躲，曹孟德領兵過了河。
　　　　　　孫權觀見事不妥，他差來子敬搬諸葛。
　　　　　　與周郎三江口曾會過，爲破曹我二人寫下文約。
　　　　　　我二人背靠背寫下一個火，對面一看笑呵呵。
　　　　　　草船借箭天助我，龐士元連環計獻得惡。
　　　　　　周郎觀陣病床上臥，他的心事我猜着。
　　　　　　把東風二字且說破，去了他心病一半多。
　　　　　　南屏山祭東風安排妥，他差來丁奉、徐盛要把我頭割。
　　　　　　周郎處處要害我，哪知道諸葛有察覺。

　　　　有山人早已安排妥,命子龍駕舟等我過河。
　　　　忽然間東風吹開火,可憐曹兵八十三萬做鬼魔。
　　　　劉先主在荊州安然坐,小周郎心不服動干戈。
　　　　三氣周瑜非小可,二千歲玉泉山成了佛。
　　　　恨范疆、張達做事太惡,張翼德閬中頭首被割。
　　　　先主爺報仇容不過,兵敗白帝城無奈何。
　　　　手拉手兒托付我,一世的創業夢南柯。
　　　　托孤之重忘不過,因此上步步盡忠、處處謀略、夜夜謹慎保山河。
　　　　將身兒我在中軍帳坐,等魏延他回營再問如何!
　（魏延上）
魏　延　回令!
諸葛亮　站下。
魏　延　啊。
諸葛亮　命你去探蠻兵結果如何?
魏　延　蠻兵刀箭不入,渡水如同平地一般,不勝蠻兵,敗回營來。
諸葛亮　山人明白,你且下邊歇息。
魏　延　得令。（下）
諸葛亮　呂凱進帳。
　（呂凱上）
呂　凱　（念）山高路遠到南方,不知何日回中原。
　　　　參見丞相!
諸葛亮　少禮,坐了。
呂　凱　謝座。宣我進帳有何議論?
諸葛亮　山人離了成都,深入不毛之地,不料南蠻不服王化,將他拿放六遍。是他搬來藤甲之兵,矢箭不入,渡水如同平地。我想何日纔能平蠻還朝!
呂　凱　某素聞蠻方有一烏戈國,無人倫者也。更有藤甲護身,急切難傷。又有桃花惡水,本國人飲之,反添精神,別國人飲之即死。如此蠻方,縱使全勝,有何益焉?不如班師早還,免得眾將受此苦也。
諸葛亮　吾非容易到此,豈可便回。吾明日自有平蠻之策。你且退下。
呂　凱　遵命。

	（念）丞相用兵人人怕，不亞當年漢張良。（下）
諸葛亮	喚本地土人來見。（二土人上）
二土人	與漢丞相叩頭。
諸葛亮	命你們引山人去看本地地理山峰，心意如何？
二土人	情願前去。
諸葛亮	好！如此前面引路。看了四輪車伺候！

   （唱）魏延回營講一遍，藤甲兵渡水如坐船。
     四輪車打到營門前，出營我把地理觀。
     崇山峻嶺真危險，道窄不能上高山。
     下車步行上山看，
   （諸葛亮登高場。二土人上椅子）

諸葛亮	（唱）曲曲彎彎是高山。

     忽然抬頭往上看，觀見一谷在面前。
   上得山來觀見一谷，形如長蛇一般，皆光峭石壁，并無樹木，中間一條大路，不知此地何名？

二土人	此爲盤蛇谷，出谷則是三江城的大路。
諸葛亮	哈哈哈！這真乃天賜吾成功於此地也。

   （唱）好一個盤蛇谷真出奇，（下高場）大料你插翅也難飛。
     到營門下了四輪車，
   （諸葛亮坐後。二土人下。蜀將兩面上）

諸葛亮	（唱）山人在帳內把令來提。

     今番山人要用計，馬岱進前聽來歷。
     我在西川早準備，安排火藥還有地雷。
     竹竿引綫安排對，黑油櫃車往外推。
     盤蛇谷口將對壘，蠻兵必然把你追。
     自古道離水火難備，管教他一個一個插翅也難飛。
     半月之間要完備，失漏消息斬首級。
     囑托言語要謹記，學昔日大戰曹孟德。
     若還蠻兵渡過水，須要你把他三魂追。

馬 岱	得令！

   （唱）丞相傳令如山倒，大小兒郎魂魄消。
     運籌帷幄真玄妙，

(四蜀兵推油櫃車上。兵卒帶馬)

馬　　岱　(唱)埋地雷要把蠻兵燒。(同下)

諸葛亮　(唱)一見馬岱出了營,傳令再叫子龍聽。

趙　　雲　在。

諸葛亮　站下。

(唱)不記你當年功勞重,在長坂坡前也有名。
　　曹孟德許昌把兵領,他帶領人馬趕咱君臣。
　　先帝爺那時泣悲痛,大事托付你趙子龍,
　　一要你保定幼主命,二要你用心保夫人。
　　你的武藝真驍勇,殺了個七進七出闖曹營。
　　只殺得人頭如瓜滾,只殺得血染戰袍紅。
　　今天賜你一道令,你吩咐營下衆三軍。
　　盤蛇谷柴草多多運,燒蠻兵要把孟獲擒。

趙　　雲　得令。

(唱)丞相寶帳傳將令,哪個膽大敢不聽?
　　把柴草運到盤蛇境,

馬來!(兵卒帶馬)

　　失漏了機關計難成。(下)

諸葛亮　(唱)寶帳去了趙子龍,魏文長進前聽令行。

魏　　延　在。

諸葛亮　站下。

(唱)不記你當年把長沙鎮,二千歲親討黃漢升。
　　拖刀不斬恩情重,箭射盔纓留人情。
　　你斬了韓玄來投順,你與黃忠歸了漢營。
　　先帝爺把你看得重,取西川你也為先行。
　　你與蠻兵先見陣,在桃花渡口扎下營。
　　將白旗扎到山頭頂,見白旗你要往前行。
　　半月要輸十五陣,十四陣休要見山人。
　　只許你敗來不許你勝,你與他撇下七個寨棚。

魏　　延　討令。

(唱)軍師傳的甚麼令?只許敗來不許贏。
　　他命我連輸十五陣,馬來!(兵卒帶馬)

　　　　　　我怒而不悅出大營。（下）
諸葛亮　（唱）一見魏延出了營，張翼、馬忠和王平。
張　翼
王　平　在。
馬　忠
諸葛亮　站下。
　　　　（唱）你三人出營去對陣，步步提防要小心。
　　　　　　虛張聲勢把他哄，旌旗插到樹林中。
　　　　　　蠻兵一見不前進，他當我樹林有伏兵。
　　　　　　命魏延敗陣把他引，盤蛇谷口見雌雄。
　　　　　　但等得火起地雷動，你吩咐咱營衆三軍。
　　　　　　假扮蠻兵把孟獲哄，就說圍住了諸葛孔明。
　　　　　　他必然帶兵來鬥陣，要把他生擒活綁拿進營。
　　　　　　此一戰必然要全勝，在功勞簿上記你的名。
三　人　得令。
　　　　（唱）丞相行令山搖動，馬來！（兵卒帶馬）
　　　　　　人人皆怕神鬼驚。（同下）
諸葛亮　（唱）寶帳裏差起六員將，猛想起當年臥龍崗。
　　　　　　學天文地理按八卦，各樣陣圖數咱強。
　　　　　　我也不比姜呂望，我也不比漢張良。
　　　　　　雖然話是這樣講，
　　　　　　中原曹操、江南孫權、荊州劉表、東川張魯他提起山人也心慌，
　　　　　　一個一個不挂心上。
　　　　　　非是山人誇口大，我叫他口服心服歸順漢王。
　　　　　　四輪車打到營門上，（上車）
　　　　　　我把他七拿七放他再不敢猖狂。（同下）

第　九　場

　　　　（四藤甲兵、土安、奚泥、祝融夫人、孟獲、兀突骨上）
孟　獲　（唱）那一日與蜀兵打一仗，殺得魏延敗營防。
　　　　　　回頭來打坐中軍帳，又見令人報端詳。

（報子上）

報　子　　孔明在桃花渡口安營下寨。

孟　獲　　再探。（報子下）適纔蠻兵報道，孔明在桃花渡口下寨。我想孔明用兵多有巧計，只是埋伏。今後交戰，吩咐三軍：但見山谷之中，林木多處，不可輕進。

兀突骨　　大王說得有理。中原人行兵多行詭計，今後交兵吾在前面厮殺，大王在後教道於我。土安、奚泥聽令！

土　安
奚　泥　　在。

兀突骨　　你二人引藤甲兵渡河與蜀兵交戰！

土　安
奚　泥　　得令。馬來！（上馬，引四藤甲兵下）

孟　獲　　後帳排宴！（同下）

第　十　場

（魏延率蜀兵上）

魏　延　　魏延。奉了丞相將令，大戰蠻兵，連輸一十五陣。不免殺上前去。眾將官，殺上前去！

（土安、奚泥上。對陣。魏延敗下。土安、奚泥追下）

第 十 一 場

（藤甲兵引兀突骨上）

兀突骨　　（念）二將去渡河，與賊見死活。

（藤甲兵引土安、奚泥上，下馬）

土　安
奚　泥　　回令。

兀突骨　　站下。

土　安
奚　泥　　啊！

兀突骨　　過河與蜀兵交戰如何？

土安奚泥	蜀兵敗陣，恐有埋伏，不敢追趕，回營交令。
兀突骨	啊！蜀兵敗陣，孔明計窮，不免一擁殺上前去[1]。換衣來！（更衣）（魏延率蜀兵上。開打。魏延敗下。兀突骨追下）

校記

[1] 殺上前去："去"，原作"出"，據文意改。

第 十 二 場

（帶來洞主接戰張翼；土安、奚泥接戰馬忠；孟優接戰王平；祝融夫人接戰馬岱；孟獲接戰趙雲；兀突骨戰魏延、魏延敗下。起連環，同追下）

第 十 三 場

（祝融夫人上，破飛杆子。接王平三轉槍。趙雲上。雙殺。兀突骨上。同下）

第 十 四 場

（魏延上）

魏　延	觀見東北角上插定白旗，想必是丞相準備，不免投白旗處敗下。（祝融夫人上，與魏延殺一陣，魏延敗下，追下）

第 十 五 場

（馬岱率四蜀兵推油櫃車上。將車放置臺左。打馬，同下）

第 十 六 場

（趙雲率四蜀兵推草車，放臺左，打馬，倒下）

第 十 七 場

（張翼、馬忠、王平上）

王　平　　王平。丞相命我等虛張聲勢，將旌旗插到樹林之中，權當疑兵之計，即刻前去。（插旗，同倒下）

第 十 八 場

（魏延上）

魏　延　　（唱）半月連敗十四陣。
　　　　　啊，奉了丞相將令，撤下七個寨棚，連輸一十五陣。如今敗了一十四陣，尚留一陣。不免投奔白旗處，引兒盤蛇谷內便了。
（兀突骨、孟獲率衆上。魏延敗下）

兀突骨　　果然不出大王之言。前邊樹林之中，旌旗招展，必有伏兵，不可前進。

孟　獲　　今番諸葛亮被我識破，國主連日勝他一十五陣，奪了他七個寨棚，蜀兵望風而逃，諸葛亮已是計窮，只此一進，大事定也！

兀突骨　　哈哈哈！（海煞）

孟　獲　　（唱）疑兵之計把我哄，今番難中你計牢籠。

兀突骨　　（唱）大王你且放寬心，殺孔明與你把冤伸。（同下）

第 十 九 場

（四蜀兵引諸葛亮乘車上）

諸葛亮　　（唱）八卦陰陽安排定，定計要燒藤甲兵。
　　　　　　　下車步行上山頂，（下車，登高）大量你插翅難騰空。

（魏延上）

魏　延　　（唱）盤蛇谷口來鬥陣，只許敗來不許贏。
　　　　　　　假意兒敗陣把兒哄。
（藤甲兵、兀突骨反上。魏延敗下。改介板炸了[1]）

藤甲兵　　前邊有許多車輛擋路。

兀突骨　想必是蜀兵運糧道路，聞知某家到此，撇下糧車而去。再去看過！
　　　　（卒看介）
藤甲兵　還有草車數輛。
兀突骨　谷內并無草木，草車那是蜀兵撇下，大量無有埋伏，一擁殺上前去！
　　　　（唱）任你走到東洋海，某家趕你水晶宮。（同下）
諸葛亮　喂呀！
　　　　（唱）諸葛亮山頭用目瞧，
　　　　（魏延引藤甲兵上，殺一陣，兀突骨追至上場門，魏延下。滾石、橫木俱下，火炮齊鳴，藤甲兵抱頭鼠竄，叫苦連天。藤甲兵撲火，同死）
兀突骨　大木斷路，恐有埋伏，快快退兵。（亦被燒死）
諸葛亮　雖有功於社稷，必損吾壽也！
　　　　（唱）觀藤甲叫人淚常流。
　　　　　　雖然有功損陽壽，（上車）
　　　　　　七拿七放纔把他收。（同下）

校記

［1］改介板炸了：此句原文如此，疑有誤，闕疑待考。

第二十場

　　　　（蠻兵、祝融夫人、孟優、孟獲上）
孟　獲　（唱）國主與他重打仗，打量諸葛敗營防。
　　　　　　猛然抬頭用目望。
　　　　（張翼假扮蠻兵上）
張　翼　禀大王！烏戈國主將諸葛亮圍在盤蛇谷口，請大王前去接應。我等本是本洞之兵，不得已而降蜀，故來報信。
孟　獲　（海煞）哈哈哈！這便是了。（張翼下）
　　　　（唱）適纔蠻兵一聲禀，盤蛇圍住諸孔明。
　　　　　　蠻兵們引路往前進，（蜀兵將引諸葛亮坐車上）
諸葛亮　（唱）擋住反賊哪裏行！反賊孟獲，今番如何？
孟　獲　哎呀，不好！
諸葛亮　馬岱，殺！（下）

馬　岱　得令！（馬岱兵卒將孟獲等拿住）
衆　　　將孟獲拿住！
馬　岱　綁回大營！（同下）

第二十一場

（蜀兵、諸葛亮上，坐後場。衆將上）

馬　岱　拿住孟獲。
諸葛亮　綁上來！
（蜀兵押被縛的孟獲、祝融夫人等上。孟獲、祝融等跪倒）
諸葛亮　唗！你們快快去其繩綁，請到別帳與酒食壓驚。
（蜀兵與孟獲等鬆綁。孟獲等同起，羞愧，下）
衆　　　丞相將孟獲連拿七遍，又將藤甲兵燒死，平了烏戈國，此功非小，可喜可賀！
諸葛亮　吾今番用此計，也是不得已而用之。雖然有功，大損陰德陽壽也。
衆　　　爲主盡忠，與國除害，何言損陰二字。
諸葛亮　吾料敵人必算我於林木多處必有埋伏，吾故空設旌旗，實無兵馬。那爲疑兵之計，疑其心也。
衆　　　噢！
諸葛亮　（唱）林木中實無兵空設旗號，他算我有兵馬內藏英豪。
　　　　　　　他那裏放猛虎前來擋道，哪知我用鐵鎖將虎拴牢。
衆　　　丞相命魏將軍連敗一十五陣，是何意兒？
諸葛亮　吾命魏文長連輸一十五陣者，堅其心也。我見盤蛇谷只有一條路，兩廂皆是光石，并無樹木，下面都是沙土。因命馬岱將黑油櫃車安排谷中，櫃內是預先造好的火炮，名曰地雷。一炮中藏九炮，三十步埋之，中用竹竿通節，以引藥線，一旦發動便山損石裂。吾又命趙子龍準備草車，谷口山上準備大木亂石。放過魏延，斷其路然後焚之。吾聞利於水者，必不利於火。藤甲雖刀箭不入，乃是油浸之物，見火必着。蠻兵如此頑皮，非用火攻，焉能取勝？
衆　　　啊！
諸葛亮　（唱）在西川我造下地雷火炮，因此上纔把那藤甲兵燒。
　　　　　　　烏戈國不留種罪孽不小，這就是爲社稷苦費心勞。

衆	丞相天機,神鬼莫測。
諸葛亮	爲國除害,何言天機。管酒官聽令!
酒食官	在。
諸葛亮	你去到別帳,見孟獲如此如此。(耳語)
酒食官	得令。(下)
諸葛亮	孟獲啊孟獲!管教你口服心服啊!
	(唱)七拿七放非容易,南蠻王真乃無面皮。(同下)

第二十二場

(孟獲、孟優、祝融夫人、帶來洞主上)

孟　獲	諸葛丞相今番將你我拿住,又賜你我酒食相待。吾此番真真無面皮也!
帶　來	事到如今,且看他或殺或放,你我飲酒爲上。
孟　獲	唉!胡裏胡塗看酒!
	(酒食官端酒上)
酒食官	呔!南蠻王聽着:丞相面羞,不願與公相見。命我前來放公回去,再招人馬,來決勝負,公可速去!
孟　獲	(羞)吾雖是化外之人,也知禮義,再如此真真無羞恥也!
	(唱)七拿七放非容易,難道説化外人真無面皮。
	弟兄們進帳雙膝跪,
	(酒食官下。龍套衆將兩門上。諸葛亮暗上,坐後場。孟獲等進帳,跪)
孟　獲	(唱)淒淒慘慘把頭低。
諸葛亮	(唱)蠻王不必泣悲涕,軍家勝敗常有的。
	山人放你再回去,搬來人馬再見高低。
孟　獲	(唱)丞相休説再回去,口服心服永不叛離。
諸葛亮	公今可服乎?
孟　獲	子子孫孫皆感覆載生成之恩,安得不服!
諸葛亮	既服,山人焉敢慢待?蠻王請起,上帳落座。
孟　獲	謝座。
諸葛亮	所奪之地,盡皆退還,蠻王永爲洞主。

孟　獲　丞相恩德,誓不反也。
諸葛亮　好。請到後帳慶賀蠻王,二日天明,渡瀘水班師還朝。

　　　（尾聲）

天　水　關

佚　名　撰

解　題

　　晉劇。作者不詳。《山西戲曲劇目總攬》著録。劇寫魏將姜維鎮守天水關，諸葛亮令老將趙子龍前去征戰，不能取勝，知姜維有才略。諸葛亮爲收服姜維，令趙雲去冀城接姜母到蜀營，布置多支伏兵，又設反間計，使姜維有國難歸、有家難回，無奈之下，經諸葛亮規勸，歸順蜀漢，諸葛亮智奪天水關。本事出於《三國志·蜀書·諸葛亮傳》與《姜維傳》以及二傳注引《魏略》、《三國演義》第九十三回"姜伯約歸降孔明"。清代花部亂彈、清代京劇均有《天水關》。本劇之演出，有光緒七年（1881）成立的晉劇太平班，其演員"説書紅"擅長孔明戲，其演出的《收姜維》、《天水關》等，"出神入化，婦孺皆知"（見《晉劇百年史話》第 86 頁）。版本今見《山西地方戲曲彙編》第五集《中路梆子專輯一》（山西人民出版社 1982 年 8 月版）本。今以此本爲底本校勘整理。

　　　　　　（四蜀兵、二僮引諸葛亮上）
諸葛亮　（唱）諸葛亮在寶帳自思自想，劉先主三請我下了山崗，
　　　　　　通天文曉地理易如反掌，算就了蜀、魏、吳鼎足三强。
　　　　　　南裏征北裏戰東殺西擋，聯孫吳抗曹魏扶保漢邦。
　　　　　　兵行在天水關安下營帳，差趙雲領人馬去把敵降。
　　　　　　又差去探馬兒陣前觀望，單等得回營來細問端詳。
　　　　　　（趙雲上）
趙　雲　趙雲告進。參見丞相。
諸葛亮　前去征殺怎麽樣了？
趙　雲　丞相啊，末將奉命帶兵攻打天水關，只見一人赤臉紅髮，手使銀槍，

|||言説名叫甚麼姜維。排了一字長蛇大陣。末將左殺右戰,不能取勝,若不是張、關二位小將相救,險些性命有失。

諸葛亮　啊嚇嚇!你叫怎説?趙老將軍奉了山人將令,攻打天水關,言説有一姜維殺法驍勇。山人久聞其名,乃是一名大大的孝子。我想有孝必有忠。我當設法收服此人。正是:
(念)將在謀而不在勇,兵在精而不在多。
趙老將聽令!

趙　雲　在。
諸葛亮　去到冀縣城將姜維老母暗搬漢營,不得有誤!
趙　雲　討令!(下)
諸葛亮　傳四將進帳!
二　僮　四將進帳!(魏延、馬岱、張苞、關興等四將上)
四　將　參見丞相。
諸葛亮　站下!
四　將　喚我等進帳,哪路有差?
諸葛亮　今天山人用計收服姜維,衆位將軍聽令!
(唱)首一支令箭往下傳,鎮北侯魏延你近前。
魏將軍!

魏　延　在!
諸葛亮　站站站下!
(唱)自從長沙歸了漢,跟隨山人數十年,
　　　南裏殺來北裏戰,東打西征忙不閑。
　　　汗馬功勞實非淺,挣了一個先行官。
　　　這一戰不比那一戰,比不得當年戰渭南。
　　　五百馬隊交你管,另帶小卒整一千。
　　　假扮姜維天水趕,口口聲聲出反言,
　　　就説姜維降了漢,帶領人馬來攻關。
　　　倘若姜維與你戰,調轉馬頭向東南。
　　　東南山坡荒草滿,過了荒山到平川,
　　　只要你敗莫戀戰,將他誆到鳳凰山。

魏　延　討令!
(唱)丞相令箭往下傳,哪個大膽不聽言,

衆將帶馬莫遲慢，扮就姜維去罵關。（下）

諸葛亮　（唱）我二支令箭往下傳，南陽侯馬岱聽心間。

馬　岱　在！

諸葛亮　站下。

（唱）令尊當年是好將，赫赫有名鎮西涼。
　　　你兄弟生來是虎將，保曹魏陣前逞剛強。
　　　那曹賊計斬馬老將，你弟兄與父報冤枉。
　　　只殺得曹賊難抵擋，他割鬚弃袍走慌忙。
　　　離魏營遍把賢主訪，你弟兄雙雙投漢王。
　　　不幸令兄命早喪，單留將軍甚淒涼。
　　　這一戰，非尋常，穩操勝算莫慌張。
　　　當帳賜你令箭掌，輔佐魏延列營房。

馬　岱　（唱）丞相賜我掌令箭，哪個膽大不聽言。
　　　衆將帶馬莫遲慢，要與魏延列營盤。（下）

諸葛亮　（唱）三支令箭往下傳，張苞、關興你近前。

張　苞
關　興　在！

諸葛亮　站站站下。

（唱）二千歲當年威名顯，屯土山順說歸曹瞞。
　　　上馬金來下馬銀，十名美女常問安。
　　　千歲忠貞心不變，一心思念三桃園。
　　　劈顏良把文醜斬，單人獨馬過五關。
　　　過五關把六將斬，蔡陽被斬古城前。
　　　三千歲生來是好漢，虎牢關鞭打呂奉先。
　　　路過巴州收嚴顏，活捉張任在馬前。
　　　虎豹男兒虎豹膽，強將手下無弱男。
　　　寶帳賜你三令箭，你等埋伏鳳凰山。

張　苞
關　興　得令！

張　苞　（唱）丞相將令往下傳，

關　興　（唱）大小三軍都爭先。

張　苞　（唱）衆將帶馬莫遲慢，

關　興　（唱）你我埋伏鳳凰山。（張苞、關興下）
諸葛亮　（唱）寶帳傳下三令箭，要收姜維將一員。
　　　　　　　眾將忙備四輪輦，山人親往鳳凰山。
　　　　（眾引諸葛亮下。四魏兵引馬遵上）
馬　遵　（唱）諸葛亮領兵離西川，他一心要奪天水關。
　　　　　　　姜維能殺又能戰，要奪中原他萬難。
　　　　　　　將身打坐中軍帳，又聽小軍報一言。
　　　　（報子上）
報　子　報。稟都督！
馬　遵　何事？
報　子　姜維降漢。
馬　遵　再探。
報　子　是。（下）
馬　遵　喂嚇！
　　　　（唱）聽說姜維降了漢，不由叫人心膽寒。
　　　　　　　眾將帶馬莫遲慢，上得城樓觀一番。
　　　　　　　耳風忽聽人馬喊，姜維到來問一番。
　　　　（四蜀兵引魏延扮姜維上）
魏　延　（唱）丞相將令往下傳，假扮姜維來罵關。
　　　　　　　催動人馬往前趕，
四蜀兵　來到城下！
魏　延　列開！
　　　　（唱）叫聲都督快開關！
馬　遵　（唱）罵聲姜維好大膽，竟敢降漢來誆關。
　　　　　　　滾木雷石把賊趕，本督不中巧機關。
　　　　（魏延領眾兵下。姜維上）
姜　維　（唱）揚鞭催馬往前趕[1]，來了姜維將一員。
　　　　　　　都督快把城開展，末將有言報帳前。
馬　遵　（唱）好個奸賊不要臉，三番五次把人纏。
　　　　　　　眾將看過弓和箭，照準反賊咽喉穿。
　　　　　　　本都射出頭支箭，
姜　維　（唱）姜維將箭接手間。

馬　遵　（唱）本督再射一支箭，
姜　維　（唱）苦苦射俺爲哪般？
馬　遵　（唱）本督連射三支箭，
姜　維　（唱）不由叫人惱心間。
　　　　　　　我在此地莫久站，不殺孔明不回還。（下）
馬　遵　（唱）一見姜維收兵轉，守城小軍聽我言。
　　　　　　　備好滾木和弓箭，莫叫姜維闖進關。（下）
　　　　（衆蜀兵等引諸葛亮上）
諸葛亮　（唱）四下裏設下天羅網，定要收姜維强中强。（姜維領兵上）
姜　維　（唱）姜維催馬往前闖，要與諸葛排戰場。
　　　　　　　忽聽大炮一聲響，
　　　　（魏延領兵上）
魏　延　（唱）魏延殺你猛不防。
　　　　　　　諸葛軍師計謀廣，姜維何不把漢降。
姜　維　（唱）姜維本是常勝將，
　　　　　　　豈肯不戰先乞降。不服與俺來較量。
　　　　（馬岱領兵上）
馬　岱　（唱）馬岱催馬到山崗。
　　　　　　　誰不誇我朝諸葛亮，俺勸你及早把漢降。
姜　維　（唱）姜維力戰兩員將，
　　　　（張苞、關興上）
張　苞
關　興　（唱）張苞、關興站兩旁。
　　　　　　　四面俱是蜀兵將，姜維不必硬逞强。
姜　維　（唱）前後左右將我擋，好似鐵壁與銅墻。
　　　　　　　勒住馬繮定睛望，孔明穩坐在山崗。
　　　　　　　揮動銀槍往前闖，
諸葛亮　（唱）再勸姜維少發狂。
　　　　　　　要保保個眞皇上，曹丕本是篡位王。
姜　維　（唱）聞聽諸葛對我講，曹丕篡漢無道皇。
　　　　　　　不然自刎沙場上，
衆　將　（唱）冀城撇下年邁娘。
姜　維　（唱）衆位將軍對我講，冀城還有我老娘。

　　　　　翻鞍離鐙把馬下，無奈只好把漢降。（跪）
諸葛亮　哈哈哈！
　　　　（唱）一見姜維跪道旁，蜀漢又添忠良將。
　　　　　喜氣洋洋下山崗，上前攙起忠孝郎。
　　　　　我愛將軍韜略廣，又愛將軍文武雙。
　　　　　趙老將戰敗回營對我講，他言說將軍武藝比他強。
　　　　　山人下令傳衆將，規勸將軍保漢王。
姜　維　（唱）承蒙丞相多誇獎，有言還須當面商，
　　　　　但望能把末將放，冀城去探年邁娘。
諸葛亮　（唱）將軍不必心痛傷，老娘已來漢營房。
　　　　　只要你忠心保聖上，我教你一件又一樁。
　　　　　一教你天文和地理，二教你八卦共陰陽。
　　　　　三教你計高謀略廣，四教你兵法五教槍。
　　　　　六教你巧算擒勇將，七教你能退又能防。
　　　　　八教你八門連環陣，九教你九宮腹內藏。
　　　　　十教你十面埋伏兵和將，常勝將名揚天下世無雙。
　　　　　兵權讓與你執掌，山人籌運在朝廊。
姜　維　（唱）姜維雙膝跪道旁，多謝丞相情意長。
諸葛亮　（唱）雙手攙起忠良將，山人把話說端詳。
　　　　　先主當年把業創，桃園結義劉、關、張。
　　　　　常山又收子龍將，三請老夫下山崗。
　　　　　蜀漢缺兵又少將，劉琮達理讓荊襄。
　　　　　曹兵扎在江岸上，朝思暮想要過江。
　　　　　魯肅前來將我訪，舌戰群儒口難張。
　　　　　可笑周郎不自量，妄想把我諸葛傷。
　　　　　造箭十萬立軍狀，一旁魯肅着了慌。
　　　　　駕隻小船曹營闖，算就大霧漫長江。
　　　　　曹營聞聲鑼鼓響，大小三軍手足忙。
　　　　　滿營弓箭連連放，十萬狼牙射草樁。
　　　　　三日我將箭獻上，周郎設宴請我嘗。
　　　　　火燒赤壁敵膽喪，曹操再不渡長江。
　　　　　回營來坐帳傳衆將，一個個爭先保家邦。

三千歲取鄢陵易如反掌,趙子龍領人馬收了桂陽。
二千歲在長沙陳兵伏將,收老將黃漢升百步穿楊。
上陣我憑得五虎將,他們是關、張、趙、馬、黃。
南征北戰把業創,我主賺下漢中王。
來來來隨山人把四輪車上,回營去見主公再暢飲瓊漿。
將軍請!

姜　維　丞相請!(同下)

校記

[1]揚鞭催馬往前趕:"揚",原作"楊",據文意改。

失 街 亭

佚 名 撰

解 题

  晋劇。作者不詳。《山西戲曲劇目總攬》著録,題《失街亭》,未署作者。劇寫魏都督司馬懿領兵西征,欲奪要塞街亭。諸葛亮聚衆將商討退兵之策。參軍馬謖自薦鎮守街亭,當衆立軍令狀。爲防不測,諸葛亮派副將王平協助。馬謖剛愎自用,墨守教條,不遵軍師靠山近水扎寨之叮囑,不聽王平勸阻,高山扎營。王平分兵一半,下山扎營,并繪地理圖形,差人送往西城孔明。魏將張郃統兵將山寨重重圍定,切斷水源,蜀兵不打自潰,街亭失守。馬謖與王平冒死突出重圍,回營請罪。本事出於《三國志・蜀書・諸葛亮傳》、《三國演義》第九十五回"馬謖拒諫失街亭"。清代花部亂彈有佚名《失街亭》。清代京劇有《失街亭》。版本今見《山西地方戲曲彙編》第五集《中路梆子專輯一》(山西人民出版社1982年8月版)本。今以此本爲底本勘點整理

(趙雲、馬岱、王平、馬謖上)

趙　雲　(念)二十年間挂鐵衣,
馬　岱　(念)協力同心保社稷。
王　平　(念)一片忠誠扶漢室,
馬　謖　(念)文韜武略世間奇。
衆　將　俺——
趙　雲　趙雲。
馬　岱　馬岱。
王　平　王平。
馬　謖　馬謖。

赵　　云　列位将军请了。
众　　将　请了。
赵　　云　丞相升帐，你我两厢伺候。
众　　将　正该请。
　　　　　（四蜀兵引诸葛亮上）
四蜀兵　唔！
诸葛亮　（引）羽扇纶巾，四轮车快似风云。
　　　　　　　鞠躬尽瘁报皇恩，保汉室两代乾坤。
　　　　　（诗）忆昔当年在卧龙，逍遥自得一身轻。
　　　　　　　三顾茅庐下山岗，夙兴夜寐报深恩。
　　　　山人复姓诸葛，名亮字孔明，道号卧龙。官拜武乡侯之职。蒙先帝托孤之重，一要扫清中原，二要重整汉室。虽说圣驾归天，此言犹响耳际。昨日探马报到，司马懿兵临祁山，大有窃据街亭之意。吾想，街亭乃汉中咽喉要塞，须派一能将把守。众位将军！
众　　将　丞相。
诸葛亮　昨日探马报到，司马懿领兵夺取街亭，不知何人愿领人马镇守？
众　　将　这个？
马　　谡　（旁白）且住。丞相传下将令，并无一人应声，待俺进帐讨令。禀丞相！
诸葛亮　马将军！
马　　谡　末将不才，愿领人马镇守街亭。
诸葛亮　马将军！
马　　谡　丞相！
诸葛亮　那司马懿虽然年迈，然运兵如神，将军不可轻视。
马　　谡　丞相啊，末将跟随丞相以来，战无不胜，攻无不取。何况这小小街亭？
诸葛亮　街亭虽小，干系甚重。
马　　谡　如有失误，愿当军令。
诸葛亮　须知军无戏言。
马　　谡　愿立军令状。
诸葛亮　好。当众写来。（马谡立状）
诸葛亮　帐外候令！

馬　謖	得令！（下）
諸葛亮	哪位將軍願佐馬謖鎮守街亭？
王　平	丞相，末將王平情願前往！
諸葛亮	好。王將軍平日運兵謹慎，此番到了街亭須要靠山近水安營扎寨。安營之後，速繪地理圖送回。
王　平	得令！（下）
諸葛亮	趙老將軍聽令！
趙　雲	在。
諸葛亮	命你帶領三千人馬，鎮守列柳城勿誤！
趙　雲	得令！（下）
諸葛亮	馬岱聽令！
馬　岱	在！
諸葛亮	命你押運糧草，軍前聽用！
馬　岱	得令。（下）
諸葛亮	轉堂。
四蜀兵	唔！
諸葛亮	傳馬謖進帳。
一蜀兵	馬謖進帳！
馬　謖	（內白）來也！（上）參見丞相。
諸葛亮	少禮，請坐。
馬　謖	謝座。宣末將進帳，有何密令？
諸葛亮	馬將軍！
馬　謖	丞相！
諸葛亮	此番鎮守街亭，非比尋常。聽山人囑托與你！

（唱）兩國交兵相争鬥，一來一往動貔貅。

　　　將軍領兵街亭守，靠山近水扎營頭。

　　　犒賞三軍須寬厚，獎懲分明莫自由。

　　　但願此去功成就，得勝回朝把名留。

馬　謖	丞相啊！

（唱）丞相不必把心操，馬謖有言聽根苗。

　　　末將前往街亭道，管教司馬枉費勞。

　　　辭別丞相忙開道，鎮守街亭顯英豪。（下）

諸葛亮　（唱）一見馬謖出帳後，不由山人鎖眉頭。
　　　　　　　但願此去掃賊寇，免得晝夜多擔憂。（下）
　　　　（四蜀兵、四蜀丁引馬謖上）
馬　謖　俺馬謖。在丞相帳中討得將令，鎮守街亭，不知何人副帥？來啊！
四蜀兵　啊！
馬　謖　伺候了！
四蜀兵　唔！
　　　　（王平上）
王　平　參見元帥。
馬　謖　少禮了。啊，原來是王將軍你的副帥？
王　平　伺候元帥。
馬　謖　此番到了街亭，全軍人馬就靠王將軍調遣了！
王　平　末將不敢。
馬　謖　王將軍請來傳令！
王　平　理當元帥傳令。
馬　謖　你我一同傳令。
王　平　還是元帥傳令。
馬　謖　這就不恭了！
王　平　公該。
馬　謖　衆將官！
衆　　　啊！
馬　謖　兵發街亭。（衆兵丁領馬謖、王平下。四魏卒引司馬懿上）
司馬懿　（引）兵發祁山，要把蜀兵一掃完。
　　　　（詩）白髮蒼鬚似銀條，胸有韜略計謀高。
　　　　　　　領了魏王旨一道，帶領大軍出九朝。
四魏卒　唔！
司馬懿　本都司馬懿。奉了魏王旨意，兵發祁山．我擬奪取街亭。來呀！
四魏卒　有。
司馬懿　宣張郃進帳。
一魏卒　張郃進帳。
　　　　（張郃上）
張　郃　咳哈！

	（念）兵法武藝腹內藏，赤膽忠心保魏王。
	俺，魏將張郃。都督呼喚，進帳去見。參見都督。
司馬懿	少禮站下。
張　郃	啊。喚末將到來，哪路有差？
司馬懿	命你帶領本部人馬，奪取街亭，不得有誤！
張　郃	得令！（下）
司馬懿	正是：
	（念）差了張郃去，單等得勝回。
	掩門！（司馬懿與四魏卒同下。四魏卒引張郃上）
四魏卒	唔！
張　郃	魏將張郃。奉了都督將令，奪取街亭。呔，眾將官！
四魏卒	有！
張　郃	街亭去者！
四魏卒	唔！（四魏卒引張郃下。四蜀兵、四蜀丁引馬謖與王平上）
眾兵丁	唔！
馬　謖	前隊爲何不行？
四蜀兵	來到街亭。
馬　謖	人馬列開！
眾兵丁	唔！
馬　謖	王將軍！
王　平	元帥！
馬　謖	來到街亭，你我上山一望。
王　平	好。按馬。（馬謖與王平觀望）
馬　謖	哈哈，嘿嘿。哎，這個——哈哈哈哈！
王　平	元帥發笑爲何？
馬　謖	將軍哪知。你看此山奇險，我軍就在山頂扎營，居高臨下，勢如破竹。倘若魏兵到來，我便趁勢衝下，定殺他個措手不及。豈不美哉？！
王　平	元帥。倘被司馬團團圍住，截斷我軍汲水道路，如何是好？
馬　謖	王將軍你哪裏懂得兵法。昔日孫子有言，置之死地而後生。倘若魏兵到來，切斷我軍汲水之路，我軍自然個個奮勇當先，以一當百，那怕司馬不滅？

王　平	元帥在山頂扎營,將人馬撥與俺王平一半,在山下扎一小營,倘若司馬大兵來時,也好作一準備。
馬　謖	分你一半人馬,倒是小事一樁。只是打了勝仗,你可不能搶了俺的首功!
王　平	末將豈敢?
馬　謖	量你也不敢。好,將人馬分與你一半,下山扎營去吧!
王　平	得令!(四蜀丁隨王平下)
馬　謖	哈哈哈哈。可笑王平哪裏知曉運兵之法。來!
四蜀兵	有!
馬　謖	就在這山頂安營下寨。(四蜀兵同馬謖下。四蜀丁引王平上)
王　平	啊!好你馬謖,自信熟讀兵法,不聽丞相將令,將營扎在山頂。假若街亭有失,如何回見丞相,這該如何是好?啊!有了。臨行之前丞相命俺到了街亭,速繪地理圖形稟報。來!
四蜀丁	有。
王　平	奉墨伺候。
四蜀丁	啊。(王平繪圖)
王　平	傳旗牌進帳!
一蜀丁	旗牌進帳。(旗牌上)
旗　牌	來也!
	(念)常在營門外,單聽將令行。
	參見將軍。
王　平	罷了。這是地理圖一份。命你星夜送回西城大營,呈與丞相,不得有誤。快去!
旗　牌	遵令。(下)
王　平	呔,眾將官!
四蜀丁	有!
王　平	就在此地安營下寨!(四蜀丁與王平同下。四魏卒引張郃上)
四魏卒	唔!
張　郃	前軍爲何不走?
四魏卒	來到街亭。
張　郃	殺上前去。(四蜀丁引王平上)
王　平	來將通名。

張　郃　你老爺張郃。爾是何人，竟敢攔我去路？
王　平　你老爺王平。奉我丞相將令，鎮守街亭，爾等還不下馬受死？
張　郃　休得多言。呔，眾將官！
四魏卒　有！
張　郃　殺！（開打。王平敗下）
張　郃　追！（四魏卒引張郃等下。四蜀兵引馬謖上）
馬　謖　（念）放出鷹鷂去，單拿燕雀回。（四蜀丁引王平上）
王　平　參見元帥。
馬　謖　勝敗如何？
王　平　大敗而回。
馬　謖　嗤！早知爾有一敗。隨在馬後，看俺斬將立功。呔，眾將官！
四蜀兵　在！
馬　謖　衝殺下去！
眾兵丁　啊！（四魏卒引張郃上。開打。馬謖敗下。王平再戰再敗下。張郃領四魏卒追下。眾兵丁引馬謖與王平上）
王　平　元帥！
馬　謖　將軍！
王　平　怎麼你也敗下陣來了？
馬　謖　休得多言。撤兵回上街亭。（馬謖等欲下，四魏卒引張郃上，再戰，馬謖敗下）
四魏卒　街亭已得。
張　郃　快快報與都督得知。
四魏卒　啊。（四魏卒與張郃下。眾兵丁引王平與馬謖上）
王　平　元帥，你將街亭失守，回營怎樣交待丞相？
馬　謖　事到如今，只好回營請罪。
王　平　俺王平性命斷送你手了。你與我走！
馬　謖　走！（眾兵丁引馬謖與王平同下。四魏卒領司馬懿上）
四魏卒　稟都督，街亭已得。
司馬懿　再探。
一魏卒　啊！（下）
司馬懿　張郃得了街亭，乃我主洪福也。（一魏卒上）
一魏卒　報。稟都督，西城乃空城一座。

司馬懿　再探！
一魏卒　啊！（下）
司馬懿　啊！適纔探馬報到，西城乃空城一座。我不免乘此統兵前往，西城豈不垂手而得。呔，衆將官！
衆魏卒　啊！
司馬懿　兵發西城！
衆魏卒　是。（同下）

空 城 計

佚 名 撰

解 題

　　晉劇。作者不詳。《山西戲曲劇目總攬》著錄,題《空城計》,未署作者。劇寫司馬懿率軍西征。蜀將馬謖剛愎自用,違令拒諫,失守街亭。魏軍長驅直入兵臨西城,西城軍備空虛,僅有二千餘老弱殘兵,無防范能力。諸葛亮無奈,巧施空城計,大開四門,穩坐城樓,撫琴飲酒以惑敵軍。司馬懿疑有伏兵,不敢輕進,率兵退去。本事參見前《失街亭》解題。清代花部亂彈有《空城計》,清代京劇有汪桂芬曲本《空城計》。晉劇清同治年間山西榆次四喜班,其著名鬚生演員"禿紅"所演之《取北原》、《空城計》等戲,"將諸葛亮之多謀善斷、有膽有略、運籌帷幄、決勝千里的人物個性刻畫得有聲有色,入木三分"(見《晉劇百年史話》第33頁)。版本今見《山西地方戲曲彙編》第五集《中路梆子專輯一》(山西人民出版社1982年8月版)本。今以此本爲底本,校點整理。

　　（二琴童、諸葛亮上）

諸葛亮　（唱）自幼兒學藝在卧龍,劉先主他將我搬下山林。

　　　　　　下山來與先主同把計定,博望坡一把火燒退曹兵。

　　　　　　過江東與周郎再把計用,乘草船借來了十萬雕翎。

　　　　　　戰赤壁祭東風巧用火攻,只殺得曹阿瞞潰不成軍。

　　　　　　多少年苦征戰把心操盡,爭來了魏、蜀、吳鼎足三分。

　　　　　　實可嘆連營寨折兵損將,白帝城劉先主又把天升。

　　　　　　秉忠心牢記住先帝遺訓,日夜裏思念着漢室一統。

　　　　　　因此上出祁山再把兵用,祝蒼天多保佑一戰成功。

　　（下書人上）

下書人　離了街亭,來在漢營。裏邊哪個在?
琴童甲　作甚麼的?
下書人　下書人要見丞相。
琴童甲　少等。禀師爺,下書人要見。
諸葛亮　命他進來。
下書人　下書人告進!參見丞相。
諸葛亮　少禮站下。哪裏來的?何人所差?
下書人　街亭來的,王將軍所差。
諸葛亮　手捧何物?
下書人　地理圖像,請丞相過目。
諸葛亮　琴童,打開待師爺一觀。(看圖)按此圖看來,街亭必然有失。
報　子　(上)報——王平、馬謖失落街亭。
諸葛亮　再探。(報子下)喂嚇!適纔探馬報到,王平、馬謖失落街亭。此乃山人之錯也!
報　子　(上)報——司馬懿來取西城。
諸葛亮　再探再報!(報子下)老將軍聽令!
下書人　在。
諸葛亮　命你去至列柳城搬趙老將軍,就說山人我有緊急軍情,命他連夜回營。
下書人　得令!(下)
報　子　(上)報——司馬懿離城只有數十餘里。
諸葛亮　再探!(報子下)司馬懿離城只有數十餘里,我想這西城一兵一將無有,這叫山人我怎樣個堵擋?怎樣個提防?這……哈哈哈哈。琴童,命老幼二軍進帳。
琴童甲　老幼二軍進帳。(二軍卒上)
軍卒甲　少年是英雄,
軍卒乙　吃糧當了兵。
軍卒甲　老的上不了馬,
軍卒乙　小的拉不開弓。
軍卒甲　小的!
軍卒乙　老的!
軍卒甲　丞相呼唤,

軍卒乙	上前去見。
二人合	與丞相叩頭。
諸葛亮	起來。
二人合	喚我二人到來,哪邊廂使用?
諸葛亮	命你二人將四門大開,清水灑街,黃土墊道,單等司馬大兵到來,一個說城內有兵,一個要說是空城。快去!
二人合	司馬懿殺人厲害,我們不敢前去。
諸葛亮	嗯! 違令者斬。
軍卒甲	丞相有令,
軍卒乙	前去送命。唉! 走吧。(二人下)
諸葛亮	琴童,帶了琴書寶劍,羊羔美酒,隨山人城樓一觀。天哪! 老天! 漢室興亡只在這空城一計了。 (唱)先帝爺言馬謖不可重用,此一戰果被他誤了軍情。 　　　適纔間聞探馬連連報稟,言說是司馬懿來取西城。 　　　無奈何我將這空城計定,看一看司馬懿有多大才能! (諸葛亮、二琴童下)(眾兵將引司馬懿上)
司馬懿	(唱)殺氣騰騰天日暗,鐵甲錚錚敵膽寒。 　　　好似武王來征戰,破關斬將無阻攔。
報　子	(上)報——西城乃空城一座。
司馬懿	再探!(報子下)
司馬懿	(唱)適纔探馬一聲稟,言說西城是空城。 　　　眾將催馬往前進,攻下西城捉孔明。 (司馬懿、眾兵將下)(二軍卒上。諸葛亮、二琴童隨後上)
軍卒乙	老夥計,司馬懿來了,我看你是頭一個不能活。
軍卒甲	我看你是第二個不能活。
軍卒乙	我看咱丞相是第三個不得活。(發現了諸葛亮)丞相——
諸葛亮	(唱)休要怕司馬懿兵多將勇,誰不知諸葛亮用兵如神。
軍卒乙	丞相,你用兵如神,何人不知,何人不曉,就是不該錯用馬謖。
諸葛亮	(唱)老幼軍你莫要紛紛議論,山人的軍務事不用爾挂心。
軍卒甲	丞相,你的軍務事本來用不着我們挂心。只是那司馬懿殺人厲害,殺了我們哥兒倆無關緊要,可不能丟了你老人家的一世威名呀!
諸葛亮	(唱)我將這大事安排已定,西城內暗藏百萬神兵。

軍卒乙　老夥計,你聽見没有?丞相説西城内暗藏着百萬神兵。你去看看,到底有多少?

軍卒甲　(張望)啊呀!小夥計,兵多哩!

軍卒乙　有多少?

軍卒甲　六月裏的冰(兵),一見太陽就化了。

軍卒乙　你過去吧!觀神兵得用神眼,我去看看。(張望)哎呀!老夥計,兵多哩!裏三層,外三層,裏裏外外就咱們五個人。

諸葛亮　(唱)這西城本是條咽喉路徑,大諒他司馬懿不敢進城。
　　　　二琴童領師爺把城樓上,看一看老司馬怎樣用兵。

(諸葛亮、二琴童登城)(衆兵將引司馬懿上)

司馬懿　(唱)大隊人馬到西城,城樓上端坐着諸葛孔明。
　　　　兩個琴童左右站,城下是掃街的老幼軍。
　　　　看他神色多安定,不由老夫暗疑心。

諸葛亮　(唱)猛想起在卧龍修真養性,學天文和地理其樂無窮。
　　　　閒無事在山前觀觀山景,煩悶時到後山聽聽鳥音。
　　　　若要是看厭了山中美景,青松下讀兵書又撫瑶琴。
　　　　琴音兒應和着清泉淙淙,樂逍遥樂自在好不安寧。
　　　　都只爲劉皇叔三顧相請,我這纔出茅廬離了隆中。
　　　　姜子牙保周朝忠心耿耿,孫武子費心機壘炮行兵。
　　　　這本是前朝的治國梁棟,諸葛亮怎敢比前輩古人。
　　　　獨坐在中軍帳心中孤悶,登城樓吃酒撫琴散一散心。

司馬懿　(唱)老夫馬上側耳聽,諸葛亮撫琴有亂音。
　　　　本當打馬把城進,又怕他城内有伏兵。

諸葛亮　(唱)我正在城樓觀山景,耳聽得城外人馬紛紛。
　　　　手把住城垛往下看,原來是老司馬發來大兵。
　　　　山人我忙站起躬身相問,問一聲魏都督你一向安寧?
　　　　咱二人在渭南會過一陣,殺得你敗回營我纔收兵。
　　　　前幾日令探馬去打聽,他言説魏都督領兵西征。
　　　　在寶帳我傳下頭道將令,差馬謖和王平鎮守街亭。
　　　　一來是馬謖、王平不堪用,二來是將帥不和失了街亭。
　　　　適纔間探馬三次報禀,他言説司馬懿你來取西城。
　　　　在寶帳我傳下二道將令,命老幼殘軍大開四門。

清水灑街灑得净,黄土墊道墊得平。
我將這城内城外打掃净,親自到城樓上把你相迎。
你到來我無有别的敬奉,我備有羊羔美酒美酒羊羔一個一個一個一個犒賞三軍。
來、來、來,請司馬把城進,咱二人下盤棋散一散心。
既到來你就該快把城進,你爲何穩坐雕鞍偃旗息鼓在城外扎了營?
你今天不把城來進,你的那心事我看得明。
咱二人從前會過陣,你怕我城内有埋伏兵。
尊一聲都督請將心定,聽山人與你交待實情。
那魏延和姜維不在城中,趙老將也去了列柳城。
我説此話你不信,你看我這上上下下左左右右是五個人。
你莫要三心二意心不定,來來來,請請請,
請上城,吃杯酒,再聽山人與你撫一撫琴。

司馬懿 (唱)本督馬上二次聽,諸葛亮撫琴不亂音。
任你巧計安排定,想拿本督萬不能。
人馬倒退四十里,叫你的計謀一場空。

(司馬懿、衆兵將下)

軍卒甲 哎!小夥計,你那是幹啥哩?
軍卒乙 我打司馬懿哩!
軍卒甲 怎麽你剛纔不打?
軍卒乙 剛纔也想打,可嚇得我打顫哩!
二人合 禀丞相!司馬懿倒退四十里。
諸葛亮 你待怎講?
二人合 司馬懿倒退四十里。
諸葛亮 (唱)可笑司馬無才能,領大兵不敢進一座空城。
若是我諸葛亮把兵用,我定要一聲號令殺進城。
人人説諸葛亮素來謹慎,不料想我纔是險而又險,險中的人。
二琴童好比千員將,我一張琴退了他十五萬大兵。
二琴童給師爺快把路引,迎接那趙老將回轉大營。

(趙雲率四兵上)

趙　雲 參見丞相!

諸葛亮　趙老將軍,你可回來了!
趙　雲　遵令急速回營,不知有何軍情?
諸葛亮　司馬懿剛剛退兵,快去追殺一陣。
趙　雲　得令!馬來!(率眾下)
諸葛亮　好險哪!
　　　　(唱)我本在臥龍崗安享清閒,劉先主三顧茅廬請我下山。
　　　　　　第一功博望坡大破阿瞞,第二功白水河又用水淹。
　　　　　　第三功火燒了新野小縣,第四功祭東風火燒戰船。
　　　　　　這一仗火攻計叫敵喪膽,只燒得八十三萬曹營兵將哭地呼天。
　　　　　　出祁山與司馬一處鏖戰,取北原將鄭文斬在軍前。
　　　　　　恨馬謖和王平才疏學淺,失街亭誤戰機令人心寒。
　　　　　　空城計叫山人一身冷汗,多虧了趙老將速回營盤。
　　　　　　二琴童隨師爺後帳設宴,等老將得勝回共把酒餐。
　　　　(諸葛亮、二琴童等下)(司馬懿、眾兵將上)
報　子　(上)報——西城乃空城一座。
司馬懿　再探!眾將官!速速殺回西城。(趙雲率兵上)(兩軍對陣)
司馬懿　來將通名。
趙　雲　老夫趙雲。
司馬懿　回!(率兵下)
趙　雲　司馬不戰自退。回營交令。(下)
　　　　(司馬懿、眾兵將上)
司馬懿　呀呸!呀呸!老夫說西城有兵,你們偏說西城無兵。那趙雲是從天降、就地生不成?
二魏將　誰知道?誰曉得?
司馬懿　唉!謀計不成,反落人笑。來呀!悄悄收兵回。(同下)

斬馬謖

佚　名　撰

解　題

　　晋劇。作者不詳。《山西戲曲劇目總攬》著錄,題《斬馬謖》,未署作者。劇寫諸葛亮冒險用空城計巧退司馬懿之後,賴趙雲斷後,不折一人一騎而返漢中。馬謖、王平回營。王平細述馬謖愎諫諸事。馬謖深自引咎,俯首甘受軍法,臨刑以八旬老母为請。諸葛亮爲嚴正軍法,揮泪斬馬謖,自貶官三級。本事出於《三國志·蜀書·諸葛亮傳》、《馬謖傳》及裴松之注引《襄陽記》,司馬光《資治通鑒》卷七十一,元刊《三國志平話》,《三國志通俗演義》卷二十《孔明揮泪斬馬謖》。版本今見啜希忱根據丁派傳人孫紅麗演出的《失空斬》音像資料整理的《斬馬謖》本。今以該本爲底本校點整理。按:本劇除晋劇外,其他山西地方戲如蒲劇、北路梆子、上黨皮黃均有此劇,一般常與《失街亭》、《空城計》連演,合稱"失空斬"。

　　　　（四龍套、二琴童引諸葛亮上）
諸葛亮　（唱）算就漢室三分鼎,險些一旦化灰塵,擊鼓升堂傳將令。
　　　　（報子上）
報　子　報！王平、馬謖回營請罪。
諸葛亮　再探。（報子下）
報　子　趙老將軍得勝回營！
諸葛亮　有請。（趙雲上,諸葛亮敬酒,趙雲下）
諸葛亮　升堂！
　　　　（唱）快傳王平小罪人！
小　軍　王平進帳！（王平上,龍套齊聲吆喝）
王　平　（唱）忽聽丞相傳將令,嚇得王平膽戰驚。

　　　　　　　撩衣邁步寶帳進，丞相臺前請罪名。
諸葛亮　（唱）怒在心頭火氣升，帳下跪下小王平。
　　　　　　　臨行怎樣囑咐你，依山傍水扎大營。
　　　　　　　大膽不聽我的令，街亭失守罪非輕。
　　　　　　　先有畫圖送大營。
王　平　（唱）丞相不必怒氣生，王平言來聽分明，
　　　　　　　馬謖不聽丞相令，山頭之上扎大營。
　　　　　　　丞相若是不相信，現有圖畫做證憑。
諸葛亮　（唱）若不是圖畫來得緊，定与馬謖同罪名。
　　　　　　　來嚇！
　　　　　　　將王平責打四十棍。
王　平　謝丞相。（龍套押王平下）
龍　套　（內白）一十、二十、三十、四十。
諸葛亮　（唱）再傳馬謖無用的人！（龍套押馬謖上）
馬　謖　（唱）忽聽丞相令傳下，馬謖心中亂如麻，
　　　　　　　不該把軍令來戲耍，不該山頭把營扎。
　　　　　　　低頭不語軍帳進，（下跪）聽候丞相把令發。
諸葛亮　馬謖！
　　　　（唱）一見馬謖跪帳下，不由山人咬銀牙。
　　　　　　　膽大不聽我的話，街亭失守你罪該殺。
馬　謖　（唱）馬謖不聽丞相話，失守街亭罪該殺。
諸葛亮　（唱）吩咐兩旁刀斧手，推出轅門正軍法！
馬　謖　（唱）丞相用兵勝子牙，賞罰分明果不差。
　　　　　　　寶帳令傳下，馬謖一死無牽挂，
　　　　　　　忽然想起我年邁的媽，進帳哀求幾句話，
　　　　　　　且候丞相慢斬殺。
　　　　　　丞相啊，丞相！末將未曾出兵，先立軍令狀，後把街亭失守，按律本當問斬，馬謖絕無怨言，只是家有八旬老母，年邁蒼蒼，無人奉養，望求丞相你——丞相你另眼看待，馬謖縱死九泉，也難報你的大恩大德啊——（哭）
諸葛亮　（唱）見馬謖只哭得泪如雨灑，我心中好似快刀扎。馬謖！
馬　謖　丞相呀！

諸葛亮　參謀！
馬　謖　武侯！
諸葛亮　（唱）你未曾出兵，先立軍狀，後把街亭失守。
　　　　　　　若不將你問斬，山人焉能服衆！
　　　　（哭唱）馬謖啊！
　　　　　　　你跟隨山人數十餘載，建功立業有奇才，
　　　　　　　言過其實將你害，街亭失守你該斬——斬！（刀斧手押馬謖下）
　　　　　　　召回來！
馬　謖　謝丞相不斬之恩！
諸葛亮　馬謖啊！
馬　謖　丞相！
諸葛亮　幼常！（哭）啊……啊……
馬　謖　武鄉侯！
諸葛亮　將軍！
馬　謖　丞相！
諸葛亮　非是山人不斬於你，是你方纔言道：家有八旬老母，無人奉養。你死之後，將你的軍馬錢糧撥與你老母名下，以爲養老送終。
馬　謖　多謝丞相！
諸葛亮　馬謖！
馬　謖　丞相！
諸葛亮　幼常！
馬　謖　武鄉侯！
諸葛亮　將軍！
馬　謖　丞相！（對哭，哎哎……）
諸葛亮　來，斬！（押馬謖下，開刀）
小　軍　丞相驗頭。（獻首級）
諸葛亮　將軍啊！
　　　　（唱）見人頭不由我淚如梭，
　　　　　　　將軍哪！將軍哪！將軍哪！
　　　　　　　——可惜你爲國家一命亡啊！

（趙雲上）

趙　雲　丞相斬了馬謖爲何落泪？
諸葛亮　老將軍哪，
　　　　（唱）不只是我斬了馬謖心存憐念，我想起先帝爺托孤之言。
　　　　他言説馬謖言过其實無才幹，我不該委以重差遣。
　　　　失街亭是我失檢點，貶官三級衆將前。
　　　　從今後鞠躬盡瘁扶炎漢，保幼主一統這大好河山。將軍哪！
　　　　（尾声，諸葛亮、趙雲同下）

取 北 原

佚 名 撰

解 題

　　晉劇。作者不詳。《山西戲曲劇目總攬》著録,題《取北原》,未署作者。劇寫諸葛亮統兵奪取魏地北原。魏都督司馬懿深知諸葛亮運兵如神,不敢鏖戰,又無良策堅守。大將鄭文密獻苦肉詐降之計,假投蜀營。諸葛亮疑鄭文是詐降。適魏將挑戰,諸葛亮令鄭文出戰,與假扮秦朗的魏將郭淮交鋒,鄭文戰三合將郭淮刺死。諸葛亮嚴加盤詰鄭文,要斬其首,鄭文招認奉司馬懿之命行苦肉詐降之計。諸葛亮將計就計,令鄭文修書與司馬懿,讓其深夜偷營劫寨。諸葛亮令將鄭文押下,司馬懿出兵劫營,將其斬首。司馬懿弄巧成拙,損兵折將,北原被蜀漢垂手而得。本事出於《三國演義》第一百二回"司馬懿占北原渭橋"。劇情與小説情節相同。清代花部亂彈、清代京劇、現代京劇均有《戰北原》,又名《斬鄭文》。版本今見《山西地方戲曲彙編》第五集《中路梆子專輯一》(山西人民出版社1982年8月版)本。今以此本爲底本校點整理。

　　　　　　（夏侯霸、鄭文、司馬師、司馬昭等上）
夏侯霸　（念）堂堂殺氣威,
鄭　文　（念）武藝佔高魁。
司馬師　（念）韜略世無比,
司馬昭　（念）行兵把敵摧。
衆　　　俺。
夏侯霸　夏侯霸。
鄭　文　鄭文。
司馬師　司馬師。

司馬昭　司馬昭。
夏侯霸　眾位將軍請了。
　眾　　請了。
夏侯霸　都督升帳，我等兩廂伺候。（下）
　　　　（四魏卒引司馬懿上）
四魏卒　唔！
司馬懿　（引子）率領三軍，保魏王執掌乾坤。
　　　　（念）帶領大兵出朝綱，北原安營排戰場；
　　　　　　　俺與魏王把業創，要把蜀兵一掃光。
　　　　本督，司馬懿。
　　　　（報子上）
報　子　報。稟都督，諸葛亮率領蜀兵離北原四十里安營下寨。
司馬懿　再探！
報　子　啊。（下）
司馬懿　呔，眾三軍！
四魏卒　有。
司馬懿　宣四將進帳！
四魏卒　四將進帳！（夏侯霸、鄭文、司馬師、司馬昭上）
　眾　　末將告進。參見都督。
司馬懿　少禮站下。
　眾　　啊。喚我等進帳，哪路有差？
司馬懿　適纔探馬報到，諸葛亮統領蜀兵，離北原四十里安營扎寨。將你等宣進帳來，定一退兵之計。
夏侯霸　都督。想那諸葛亮統兵前來，必然人困馬乏。賜與末將一哨人馬，定殺他個片甲不留。
司馬懿　諸葛亮用兵如神，只可智取，不可蠻戰。
司馬師
司馬昭　爹爹呀！賜兒等一哨人馬，我弟兄要與他決一死戰。
司馬懿　哇！未曾行兵，先講出此等不祥之言，焉能取勝？
鄭　文　唉！
司馬懿　鄭將軍爲何欲言又止？
鄭　文　這個？

司馬懿　怎樣？
鄭　文　只因耳目衆多。
司馬懿　衆軍退下。
　衆　　唔。（衆下）
司馬懿　將軍有何妙計？
鄭　文　都督！
　　　　（唱）諸葛亮領兵出祁山，他三番五次擾中原。
　　　　　　休看他兵將數十萬，刹時間漢營人馬翻。
司馬懿　將軍此話怎講？
鄭　文　都督。咱營若有一人雄才大略，定就苦肉之計，詐降蜀漢，諸葛亮必然重用，屆時暗地修就小書一封，都督趁夜深人靜，偷營劫寨。雖說不能生擒諸葛孔明，亦定然殺他個片甲不留。
司馬懿　鄭將軍高才。可惜咱營缺少這赤膽忠心之士啊！
鄭　文　末將不才，情願前往。
司馬懿　此話當真？
鄭　文　都督面前焉敢道謊？
司馬懿　好啊！鄭將軍轉上，受本督一拜。
　　　　（唱）司馬懿撩衣忙跪倒，鄭將軍進前聽根苗：
　　　　　　但願把數十萬蜀兵橫掃，那時間顯將軍蓋世英豪。
鄭　文　（唱）感都督待末將情誼甚好，進營來并未立半點功勞。
　　　　　　此一去若能把敵兵齊掃，殺敵酋好祭我三尺鋼刀。（下）
司馬懿　（唱）一見鄭文出了營，回頭再叫衆三軍。
　　　　吩咐衆將擊鼓升帳。（四魏卒與衆魏將上）
四魏卒　唔！
司馬懿　列位將軍。
　衆　　都督。
司馬懿　諸葛亮用兵如神，不若撤兵回京。
鄭　文　都督，以末將之見，不如歸順蜀漢，也免將士枉做刀頭之鬼。
司馬懿　唗！不戰而降，惑亂軍心，哪裏容得。衆兵丁！
四魏卒　啊！
司馬懿　將鄭文拉下開刀！
　衆　　刀下留人！

夏侯霸　未曾引兵，先斬壞一員大將，誠恐於軍不利。
司馬師
司馬昭　鄭文冒犯軍令，只可嚴責，不可問斬。
司馬懿　也罷。念其衆將求情，將鄭文綁在帥字旗下，重責四十！（衆魏卒押鄭文下）
内　白　噢——一十。噢——二十。噢——三十。噢——四十。
司馬懿　將鄭文押進帳來！
　　　　（衆魏卒押鄭文上）
鄭　文　謝過都督不斬之恩。
司馬懿　非是本督不斬於你，只念衆位將軍求情，饒你不死，我營有爾何多，無爾何少。來！
四魏卒　有！
司馬懿　將鄭文趕出營去！
四魏卒　是。
　　　　（衆魏卒趕鄭文下）
司馬懿　傳郭淮進帳！
四魏卒　郭淮進帳！
　　　　（郭淮上）
郭　淮　（念）生就虎豹膽，威名震邊藩。
　　　　郭淮告進。參見都督。
司馬懿　少禮站下！
郭　淮　啊。宣末將進帳，不知哪路有差？
司馬懿　命你假扮秦朗，去到蜀營高聲叫罵。就說鄭文盜去本督五花坐駒逃走，親討鄭文出馬上陣。
郭　淮　得令。（下）
司馬懿　正是：（念）眼觀旌旗起，耳聽好消息。
　　　　掩門！（四魏卒、衆魏將與司馬懿同下。四蜀兵引諸葛亮上）
諸葛亮　（唱）想當年在隆中出入山崗，劉先主三顧我扶保漢邦。
　　　　　　博望坡用火攻燒敵兵將，白水河淹曹兵猝不及防。
　　　　　　南屏山借東風周郎膽喪，在赤壁燒戰船曹瞞心慌。
　　　　　　出祁山與司馬未曾較量，窺天文測地理先扎營房。
　　　　　　昨夜晚在燈下排演八卦，司馬懿定巧計差人詐降。

　　　　　　將身兒打坐在中軍寶帳,忽聽得三軍稟報聲揚。
　　　（四蜀兵上）
四蜀兵　稟丞相,司馬懿營下來了一將,名叫鄭文,言說求見丞相。
諸葛亮　傳四將進帳。
四蜀兵　四將進帳。（趙雲等四蜀將上）
四　將　來也。參見丞相。
諸葛亮　少禮站下!
四　將　啊。喚我等進帳,有何軍情?
諸葛亮　適纔令人報到,司馬懿營下來了一將,名叫鄭文,前來投降。那鄭文是何等之人?
趙　雲　聞聽人説,鄭文手使短刀長槍,有萬夫不當之勇。丞相還須小心一、二纔是。
諸葛亮　吩咐眾將,擊鼓升帳!
趙　雲　擊鼓升帳!
眾　　　唔!
諸葛亮　宣鄭文來見!
四蜀兵　鄭文進帳!（鄭文上）
鄭　文　（唱）十八國會臨潼伍員爲上,單臂舉千斤鼎四海名揚。
　　　　　　行來在轅門外翻鞍下馬,見丞相不由我兩淚汪汪。（跪）
四蜀兵　稟丞相,鄭文跪倒。
諸葛亮　喂嚇!
　　　　（唱）見一人進帳來雙膝跪下,低着頭閉着眼兩淚巴巴。
　　　　　　我問你因何故反背司馬,通上你名和姓何處有家?
鄭　文　（唱）自幼兒生中原家住太行,我名兒叫鄭文愛習刀槍。
　　　　　　恨司馬無來由將我責打,因此上投丞相扶保漢邦。
諸葛亮　（唱）人人説老司馬才高智廣,看起來他今又錯做文章。
　　　　　　且見過衆將軍暫坐寶帳,待片刻我領你去見漢王。
鄭　文　（唱）我這裏忙打躬謝過丞相,又只見傳令人報事一樁。
　　　　（報子上）
報　子　報。稟丞相,司馬懿營下又來一將,名叫秦朗。言説鄭文盜走他家都督五花坐駒,因而親討鄭文出馬。
諸葛亮　再探。

报　子　啊。（下）

诸葛亮　请问郑将军，这秦朗是你营何等之人？

郑　文　乃司马懿新收一名好将，有万夫不当之勇。丞相还须多加小心。

诸葛亮　说甚么秦朗骁勇无敌，山人自有良策。待我传令。

郑　文　丞相慢来。末将初到营下，寸功未立，情愿出战秦朗。

诸葛亮　啊呀，好好好。将军初到营下，就要立功，真乃忠哉！

郑　文　为国尽忠，理所当然。

诸葛亮　郑将军听令。

郑　文　在。

诸葛亮　命你出战秦朗，须要多加小心！

郑　文　讨令。（下）

诸葛亮　啊？观见郑文出得帐去，面带凶色，莫非诈降不成？我不免登高一望，来呀！

四蜀兵　有。

诸葛亮　将山人四轮车看过！

四蜀兵　啊！

诸葛亮　（唱）见郑文出帐去面带凶相，教山人一刹时难解其详。
　　　　　　忙吩咐众三军看过车辆，登高处观争战窥测行藏。
　　　　（郑文、郭淮同上）

郭　淮　咄，好你郑文，盗去都督五花坐驹，哪里逃走？（开打。郑文将郭淮刺死）

郑　文　（唱）回马枪将小儿挑落马下，这一阵柱死了少年娃娃。
　　　　　　下马来我且将首级斩下，看诸葛他将我怎样对答。（下）

诸葛亮　啊？他二人到了一处，未战三合，就将秦朗首级斩下。郑文这样的战法，叫山人我好难解也。
　　　　（唱）他二人到一处未曾言讲，
　　　　　　这叫甚么个战法？
　　　　（唱）争战了三两合就把人伤。
　　　　　　此情奇怪哪！是了。
　　　　（唱）想必是老司马将我骗诓，
　　　　　　啊，这不是诈降吗！
　　　　（唱）回营去将郑文细问端详。

（鄭文上）

鄭　　文　（唱）行來在營門外下了戰馬，看丞相他對我怎樣誇獎。
　　　　　末將找來秦朗首級，請丞相過目。
諸葛亮　打了下去。
四蜀兵　啊！（一蜀兵取頭下，復上）
諸葛亮　與鄭將軍打座！
四蜀兵　是。
諸葛亮　鄭將軍初到我營，出陣找來秦朗首級，此乃首功一件。看酒來！
　　　　　（一蜀兵端酒）
諸葛亮　與鄭將軍賀功。鄭將軍！
鄭　　文　丞相！
諸葛亮　哎，這個……哈哈哈哈。
鄭　　文　丞相過獎了。
諸葛亮　理當如此。請問鄭將軍，你營有幾個秦朗？
鄭　　文　這個？
諸葛亮　怎樣？
鄭　　文　只有一個秦朗呀？！
諸葛亮　如此說來，再無有了？
鄭　　文　方纔已被末將殺死，哪裏還有？
諸葛亮　鄭將軍。
鄭　　文　丞相。
諸葛亮　哈哈哈哈。
鄭　　文　丞相發笑為着何來？
諸葛亮　山人笑你今日之事，何苦也！
　　　　　（唱）自幼兒在臥龍學道瀟灑，下山來憑得是奇門遁法。
　　　　　　　　方纔間殺秦朗多多勞駕，險些兒將山人活活笑煞。
鄭　　文　丞相哪！
　　　　　（唱）勸丞相你不必疑心太大，聽末將把話兒細說根芽。
　　　　　　　　為只為老司馬將我責打，因此上秉忠心來保漢家。
諸葛亮　（唱）我在那祁山上看出真假，輕易地戰兩合便把人殺。
　　　　　　　　何不是老司馬將我誘詐？（鄭文驚怔）
諸葛亮　（唱）此事兒瞞過眾將——

鄭將軍哪！

（唱）他瞞不過咱。

鄭　文　丞相啊！

（唱）丞相你再莫可三心二意，俺鄭文又焉敢作假弄虛。
適纔間斬秦朗捨生忘死，多狐疑誣良臣衆叛親離。

（鄭文環顧衆將，衆怒視）

四蜀將　咄！

諸葛亮　可說是鄭文哪，你真乃大膽！

（唱）在帳中我與你和顏敘話，你竟敢逞狂妄惡語相加。
諸葛亮巧用兵誰人不怕，我將那司馬懿權當娃娃。
有山人巧運籌身栖八卦，小小的苦肉計焉能哄咱？
還願爾勿遲疑早講實話，也免得動大刑將爾頭殺。

可說是鄭文哪鄭文，你好大膽哪！

（唱）小鄭文太放肆膽比天大，不自量爾竟敢虎口拔牙。

鄭　文　（唱）諸葛亮笑哈哈令人可怕，鄭文我自思忖無言應答。
他那裏掌八卦神通廣大，看起來苦肉計瞞不過他。

（四蜀兵及衆蜀將喊威）

鄭　文　（唱）如不然上前去說了實話，丞相你在上邊細聽根芽。
苦肉計來詐降當真不假，望丞相開宏恩收留於咱。

諸葛亮　啊，鄭文哪！

（唱）將軍你如實講情可原諒，少時間我領你去見漢王。
鄭將軍請坐。

鄭　文　謝座。

諸葛亮　請問將軍，你與司馬懿定的何計？

鄭　文　這個？

諸葛亮　甚麼？哈哈哈哈！

鄭　文　乃是苦肉詐降之計。

諸葛亮　何謂苦肉詐降之計？

鄭　文　末將前來投奔丞相，暗中與司馬修得小書一封，叫他連夜偷營劫寨，以殺蜀兵一個措手不及。

諸葛亮　喂嚇！我不免趁此機會與他個將計就計。鄭將軍！

鄭　文　丞相有何指教？

諸葛亮　山人勞駕將軍與司馬修書一封，就説我諸葛亮中了你的苦肉詐降之計，叫他乘今夜偷營劫寨。

鄭　文　丞相高才。

諸葛亮　還是將軍高才。來啊！

四蜀兵　有。

諸葛亮　與鄭將軍奉墨來。

（鄭文修書）

鄭　文　請丞相過目。

諸葛亮　確也可通。來呀！

四蜀兵　有。

諸葛亮　宣鄭將軍降兵來見。

四蜀兵　降兵進帳！（降兵上）

降　兵　叩見丞相。

諸葛亮　少禮站下。聽鄭將軍吩咐與你。

鄭　文　這是小書一封，即刻下與司馬懿營中，不得有誤！

降　兵　遵令！（下）

諸葛亮　鄭將軍！

鄭　文　丞相！

諸葛亮　方纔找來秦朗首級，乃將軍首功一件。

鄭　文　區區小事，何足挂齒。

諸葛亮　今與司馬修書一封，則是鄭將軍莫大之功啊！

鄭　文　末將實實擔當不起。

諸葛亮　來呀！

四蜀兵　有。

諸葛亮　將鄭將軍與我——哈哈哈哈，綁綁綁了！

鄭　文　丞相這算何意？

諸葛亮　將軍不必害怕，不過暫受一時委屈。

鄭　文　丞相，看來末將又中了你的計了。

諸葛亮　何曾？

鄭　文　唉！

諸葛亮　嘿咳，司馬懿哪司馬懿，你又中了山人我的計了。

（唱）小小的苦肉計好不自量，與你個計上計再不敢來詐降。

（諸葛亮等下。四魏卒及衆魏將領司馬懿上）

司馬懿　（唱）鄭文詐降無信還，不由本督把心擔。
　　　　　　　將身打坐中軍帳，忽聽三軍稟一言。
（降兵上）

降　兵　報。稟都督，鄭將軍有書帶到。

司馬懿　呈上，待本督一觀。（【吹腔】，觀書）

司馬懿　來啊！

四魏卒　有！

司馬懿　賞他官銀一錠。下去。

四魏卒　是。

降　兵　謝都督。（下）

司馬懿　諸葛亮果然中了本督詐降之計。宣四將進帳。

四魏卒　四將進帳。（夏侯霸等四魏將上）

四魏將　參見都督。

司馬懿　少禮站下。

四魏將　喚我等前來，不知哪路有差？

司馬懿　鄭文有書信到來，今晚偷營劫寨，須要爾等奮勇殺敵。
　　　　（唱）適纔鄭文有書報，今晚劫營走一遭。
　　　　　　　衆將催馬離營哨，拿住諸葛定不饒。
（司馬懿等同下。四蜀兵引諸葛亮上）[1]

諸葛亮　（念）穩坐江邊撒餌誘，但等魚兒來上鈎。
（報子上）

報　子　報。稟丞相，司馬懿統兵前來。

諸葛亮　下去。

報　子　啊！（下）

諸葛亮　將鄭文押進帳來！

四蜀兵　啊！
（衆蜀兵押鄭文上）

鄭　文　丞相，司馬領兵前來，就該將末將鬆綁。

諸葛亮　山人有心留你營下，誠恐擾亂軍心。來呀！

四蜀兵　有。

諸葛亮　將鄭將軍與我——哈哈哈哈，斬了！

鄭　文	啊呀，諸葛亮，真乃狼心狗肺也！
諸葛亮	押下去！
	（衆蜀兵押鄭文下，復上獻頭）
四蜀兵	丞相驗頭。
諸葛亮	將鄭文首級裝在木匣之內，送至司馬懿營下。就説都督運兵勞苦，山人無物可敬，送他首級一顆，權當半桌酒席。快去！
一蜀兵	遵命。（下）
諸葛亮	宣四將進帳。
四蜀兵	四將進帳！（趙雲等四蜀將上）
四蜀將	參見丞相。
諸葛亮	少禮站下。
四蜀將	喚末將到來，哪路有差？
諸葛亮	司馬懿今晚前來偷營劫寨，命你等四下埋伏。快去！
四蜀將	遵令！（欲下）
諸葛亮	回來！
四蜀將	丞相有何指教？
諸葛亮	拿住司馬懿，莫可傷害他的性命！
四蜀將	遵命！（分下）
諸葛亮	可説是司馬懿呀，老匹夫！如今山人設下天羅地網，諒爾插翅難飛。
	（諸葛亮等下。四魏卒及衆魏將引司馬懿上）
四魏卒	來到蜀營。
司馬懿	殺進營去。（兩兵相交下。四蜀兵引諸葛亮上）
諸葛亮	（唱）埋伏人馬圍營帳，要與司馬動刀槍。
	耳風忽聽馬鈴響，（趙雲等四蜀將分左右上）
諸葛亮	（唱）四將進前聽端詳。
	今晚殺敵打勝仗，收兵回營領獎賞。
	耳風又聽號角響，（司馬懿領兵將上）
司馬懿	唉！
諸葛亮	司馬懿，你且慢來。
	（唱）原來是司馬懿夜劫營房。
	都督你做事兒太欠思量，把一個鄭將軍送了無常。

司马懿　罢了，郑文啊！
诸葛亮　（唱）你何不手捫胸膛自思想，你再强也强不过我这强中强。
司马懿　（唱）诸葛亮休要自逞强，听本督把话说心房。
　　　　　　你与我在此打一仗，杀一个你死我也亡。
诸葛亮　唉，司马懿呀！
　　　　（唱）你人困马乏打得甚么仗，你残兵败将逞得甚么强？
　　　　　　我劝你早早收兵将，揀一个黄道日再排战场。
司马懿　今晚定要与你决一死战！
诸葛亮　哎咳，老司马呀！
　　　　（唱）我扭回头来叫老将，
　　　　　　赵老将军！
赵　云　在。
诸葛亮　你与他杀！（较量一合）
诸葛亮　老司马，你先慢慢慢着。
　　　　（唱）你看我这一只虎——
司马懿　怎样？
诸葛亮　（唱）能挡你那一群羊！
司马懿　唉咿！
诸葛亮　（唱）转过面我再叫众将，
　　　　　　众将军！
众　　　在。
诸葛亮　（唱）山人有言听端详。
　　　　　　人马且扎祁山上，揀一个黄道日再排战场。
　　　　司马懿，失陪，失陪！
司马懿　怎样？
诸葛亮　哎呀！
　　　　（唱）哎呀呀我要收兵将，若不服再差人二次诈降。
　　　　哈哈哈哈！
　　　　（诸葛亮等下。司马懿跟踪，赵云挡住，后随下）
司马懿　好恼！
　　　　（唱）实实服了诸葛亮，他的计谋比我强。
　　　　　　苦肉之计未使上，反把郑文一命亡。

	呔，衆將官。
衆	有！
司馬懿	收兵回。
衆	啊！（同下）

校記

［1］四蜀兵引諸葛亮上："蜀兵"，原倒，據上下文乙正。

葫 蘆 峪

佚 名 撰

解 題

　　晉劇。作者不詳。《山西戲曲劇目總攬》著錄，題《葫蘆峪》，未署作者。劇寫孔明兵出祁山，魏將司馬懿堅守不出。孔明以言語相辱，以女子衣冠相贈。司馬懿以柔克剛，着女子衣冠至蜀營叩拜。孔明見狀，口吐黑血，預料不久於人世，乃調兵遣將設伏葫蘆峪，擬將司馬懿并蜀將魏延燒死峪內。峪內魏延放火，峪外馬岱放火，衝出大火的司馬懿與魏延在渭水河相遇，對魏延説破孔明用心，魏延乃生反叛之意。回營責問孔明，孔明推説馬岱所爲，下令要斬。魏延講情，免死，重責四十大板。孔明寫密信，慰問馬岱，讓其在虎頭橋斬魏延。本事見《三國演義》第一百○三回，但情節不同。版本今見《山西地方戲曲彙編》第十二集《中路梆子專輯四》(山西人民出版社1984年4月版)本。今以該本爲底本，校勘整理。

第 一 場

（孔明率卒上）

孔　明　（念）山人出祁山，渭河把營安。
　　　　（詩）自幼學藝黃土山，水鏡先生把道傳，
　　　　　　　師兄師弟人三個：徐庶、孔明、龐士元。
　　　　山人複姓諸葛，名亮，字孔明，道號臥龍。一在南陽臥龍崗修眞養性，被劉皇叔哥弟三人搬下山來，軍中爲謀。山人下得山來，頭一計博望坡用火，二計白河用水，三計江南草船借箭、南屏山借風，統是山人所行。只因我主白帝城托孤晏駕，山人扶阿斗太子立起國號。我主當殿有旨，山人領兵六出祁山，司馬父子和我對面扎下營寨,是我夜晚修下戰表,心想差人下到魏營。中軍!

中　軍　有!

孔　明　傳李天保進帳。

中　軍　李天保進帳。

李天保　(上,念)孔明出祁山,隨營到關邊。

小將李天保。軍師有喚,進帳去見。參見丞相!

孔　明　小將到來,看座!

李天保　告坐。軍師身旁却好?

孔　明　承問。小將你好?

李天保　小將謝問。將我宣進帳來,哪路有差?

孔　明　小將有所不知。只因山人夜晚修下戰表,心想差你下至魏營,不知小將意下如何?

李天保　情願前去。

孔　明　既然情願前去,打坐一邊,聽山人囑托。

(唱)諸葛亮坐帳中手搖羽扇,聽山人細對你把話言傳。

我的主白帝城既把駕晏,纔扶那劉阿斗駕坐西川。

有山人《出師表》忙上金殿,他命我領人馬出了西川。

老司馬每日裏將兵操練,他和我五丈原對扎營盤。

我命你魏營裏下書討戰,需要你日過午早早回還。

李天保　(唱)丞相不必囑托言,末將心內自了然。

身施一禮出帳外,魏營裏下書走一番。(下)

孔　明　(唱)李天保魏營中去下戰表,倒叫山人把心操。

忙吩咐衆兒郎巡營瞭哨,等天保回來細問根苗。(下)

第 二 場

(司馬懿上)

司馬懿　(對)頭戴金盔插耳毛,身穿丕王大紅袍。

(詩)梧桐樹上挂絲縧,兩國交戰不用刀。

跨下戰馬賽虎豹,鳳凰飛去雁入朝。

本都督複姓司馬,名懿,字仲達。丕王駕前爲臣。只因孔明六出祁山,每日操兵練將,我兩家對面扎營。今坐大帳,觀見帥旗無風自

	動，必有軍情大事來報。
李天保	（上）離了蜀營地，來在魏營中。哪個聽事？
衆　將	做甚麼的？
李天保	往內去傳，就說下書人要見，你與我傳稟。
衆　將	下書人要見。
司馬懿	進帳回話。
李天保	李天保告進，大都督請了。
司馬懿	哪裏來的？
李天保	有書觀看，何勞你問？
司馬懿	咥！大膽的狂徒，來在虎帳張牙舞爪。有心將兒殺死，兩國交戰不斬來使。來呀！
衆　將	有！
司馬懿	押出帳去。武侯有表到來，待老夫拆書一觀！
	（唱）有老夫坐帳中細看戰表，我兩家曾約下要把戰交。
	回頭來把衆將一聲高叫，喚我兒進帳來再説根苗。
司馬昭	（上，唱）我父王寶帳中將兒呼喚，想必是下書人來到此間。
	低下頭進寶帳忙把父見，問一聲我的父身體安然。
司馬懿	（唱）漢武侯下戰表命咱去戰，他兵多咱兵少難奏凱旋。
	父命你回戰書莫可久站，到那裏見機行事斟酌再三。
司馬昭	（唱）父王不必細叮嚀，聽兒把話說分明。
	慢説蜀兵來越境，百萬雄兵兒敢應。
	辭別父王領父命，蜀營裏回戰表去走一程。（下）
司馬懿	（唱）我的兒到蜀營去回戰表，倒叫我司馬懿把心操。
	忙吩咐衆兒郎巡營瞭哨，等我兒回來細問根苗。（下）

第 三 場

（孔明上。衆將隨上）

孔　明	（唱）有山人出營來神鬼難猜，把六丁合六甲暗裏安排。
	斬馬謖失街亭一場大敗，多虧了趙子龍執槍趕來。
	在西城曾弄險將亮嚇壞，又多虧趙子龍統兵前來。
	有關興和張苞接殺一陣，直殺得他父子滾溝撲崖。

　　　　　　天水關收姜維亮心甚愛，吾弟子姜伯約果有奇才。
　　　　　　曹丕王聞實信他心不愛，打來了連環表要主龍臺。
　　　　　　我的主當殿上挂我爲帥，我兩家五丈原擺下擂臺。
　　　　　　我差了李天保去下戰表，爲甚麽日過午不來銷差。
　　　　　　懷抱着八卦盤細卜細拆，司馬昭遵父命回書到來。
　　　（司馬昭上）

司馬昭　（唱）行來在營門外下了白龍，再叫三軍你們聽。
　　　　　　速快傳，速快禀，你就説司馬昭來在蜀營。

衆　將　禀帥爺，司馬昭要見！

孔　明　（唱）諸葛亮在寶帳暗中盤算，司馬昭遵父命來在營盤。
　　　　　　將女衣和鳳冠穩放公案，等冤家進帳來要笑一番。
　　　　　　忙吩咐衆兒郎摇旗吶喊，傳孺子進帳來細聽亮言。

小　卒　丞相有令，司馬昭進帳！

司馬昭　（唱）漢武侯寶帳裏叫咱去見，嚇得我司馬昭心中膽寒。
　　　　　　低下頭進寶帳忙拿禮見，問一聲漢武侯身體安然。

孔　明　（唱）駡一聲小孺子忒膽大，你焉敢虎口裏來拔獠牙？
　　　　　　誰不知諸葛亮神通八卦，算人間生和死一些不差。
　　　　　　你言説你父子謀略廣大，我把那老司馬當就娃娃。
　　　　　　把女衣和鳳冠兒父穿上，

司馬昭　若不穿？

孔　明　（唱）若不穿傳將令把兒來殺！

司馬昭　（唱）可恨孔明太刁賴，污言穢語刺我胸懷。
　　　　　　把女衣和鳳冠命父穿戴，到明天我父子同拜土臺。（下）

孔　明　（唱）司馬昭端女衣出了營寨，一句話説得他頭也難抬。
　　　　　　忙吩咐衆兒郎列陣以待，等一等老司馬來拜土臺。
　　　　説是你們來，來，來！哈哈哈！（下）

第 四 場

（司馬懿上）

司馬懿　（唱）司馬昭到蜀營去回戰表，倒叫我在帳中常把心操。
　　　　　　將身兒打坐在軍中寶帳，等我兒他回來細問根苗。

司馬昭　（上，唱）行來在營門外把戰馬下，父王聽兒將話發。
　　　　　　　　牛鼻子把兒來戲耍，羞得孩兒無言答。
　　　　　　　　把女衣和鳳冠命父穿戴，到明天咱父子同去拜他。
司馬懿　（唱）聽罷言來膽氣壞，怒氣滿胸難解難排。
　　　　　　　　牛鼻子做事太刁賴，女衣鳳冠賜我來。
　　　　　　　　司馬昭與父把馬帶，要把西蜀一舉葬埋。
司馬昭　（唱）罷罷罷我把禍惹下，（欲下）
司馬懿　回來！（扮女裝）
　　　　（唱）把一個司馬懿扮就裙釵。
　　　　　　　　大司馬出營來一搖三擺，學一個婦人走步步徘徊。
　　　　　　　　私下演官下用我再學拜，東搖搖西擺擺意態嬌乖。
　　　　　　　　戴一頂美翠冠烏雲遮蓋，胭脂粉香氣濃塗滿雙腮。
　　　　　　　　櫻桃口不大點兒鬍鬚遮蓋，小金蓮賽棒槌踏在塵埃。
　　　　　　　　司馬昭與父王把馬帶，我父子今日裏同拜土臺。（同下）

第　五　場

（眾將引姜維上）

姜　維　眾位將軍請了！
眾　將　請了！
姜　維　軍師命咱教場點兵，將兵點齊，候軍師傳命。一言未盡，軍師來也！
　　　　（孔明上）
眾　將　參見軍師！
孔　明　站下。命你們教場點兵，將兵可曾點齊？
眾　將　齊備多時，候軍師傳命！
孔　明　站東西兩面，聽山人一令者。
　　　　（唱）有山人坐車輦忙把令傳，我朝裏一個個英雄爭先。
　　　　　　　　老將軍名馬岱功高勳顯，少將軍名楊儀正在青年。
　　　　　　　　觀魏延那老賊心奸意亂，我弟子姜伯約文武雙全。
　　　　　　　　行來至土臺前下了車輦，等一等老司馬來拜英賢。
　　　　（司馬懿、司馬昭上）
司馬懿　（唱）有老父出營來三軍吶喊，羞得我老司馬面帶報顏。

	行來在土臺前用目觀看,諸葛亮坐土臺氣宇昂然。
	我這裏上前去把他拜見,問一聲漢武侯身體可安?
孔　明	(唱)諸葛亮坐土臺用目觀看,司馬賊穿女衣頭戴鳳冠。
	明知道是老賊故意搭訕,問一聲我看他怎樣回言。
	我問你是何人當道而站?
司馬懿	(唱)我奴家司馬懿拜望軍前。
孔　明	(唱)聽一言把亮的肝腸氣壞,罵一聲司馬賊該也不該。
	爲大將你就該與我把陣擺,誰使你裝女子假扮裙釵?(切)
	臺下你是司馬?
司馬懿	臺上你是漢大丞相?
孔　明	仲達!
司馬懿	漢相武侯!
孔　明	我把你無羞無恥的老賊!
司馬懿	這倒罷了!
孔　明	既是盟府,就該和山人領兵交戰,誰使你老賊貪生怕死,竭力避戰,身穿女衣,頭戴鳳冠,立站土臺之下,全不怕後人見罵。你這無羞無恥的老賊!
司馬懿	這還羞恥個甚麼?
孔　明	哎呀!你老賊既是貪生怕死,竭力避戰,身穿女衣,頭戴鳳冠,立站土臺之下,朝着西蜀,將我主大拜二十四拜,口稱你我奴家大司馬拜揖。山人即刻領兵回川。
司馬懿	這老賊又是何方法呀!司馬昭與父接馬。
司馬昭	接馬爲何?
司馬懿	父與人家拜呀!
司馬昭	父王不可。今天拜了這個牛鼻還則罷了,難免後世人叫罵!
司馬懿	兒呀!自古常言講得却好,柔能克剛,弱能克強。他今差不死爲父,爲父我要氣死他人。不必多言,吩咐衆將,背身站了,待爲父與人家拜來!
	(唱)觀西蜀人和馬威風抖擻,看看咱兩家人誰剛誰柔。
	學一個無恥人面皮要厚,管教此人命難留。
	我朝着西蜀忙叩首,回頭來我再拜漢相武侯。(切板)
	漢大丞相,漢大武侯!我奴家大司馬與你拜,拜,拜!

孔　　明	天哪,老天!山人定下此計,本想把這個老賊羞死。不料老賊不顧羞恥,身穿女衣,頭戴鳳冠,立站土臺之下一拜再拜。這是山人謀計不成,反落人笑,何不叫人氣……有了,我不免對着他營的兵丁,我營的將士,將這老賊辱罵一場,方解山人心頭之恨。臺下你是司馬?
司馬懿	漢大丞相。
孔　　明	仲達!
司馬懿	漢相武侯!
孔　　明	我把你無羞無恥的老賊!
司馬懿	咦!
孔　　明	你這老賊即然是盟府,就該和山人領兵交戰,誰知你老賊貪生怕死,竭力避戰,身穿女衣,頭戴鳳冠,來在土臺之下,一拜再拜,倒惹得山人一場好笑,哈哈哈,咦!哈哈哈! (唱)照你這無恥人世上稀少,你死後鬼門關怎見曹操。 　　　忙吩咐西蜀兵合掌大笑,兒與那狗女子不差分毫。
司馬懿	(唱)你能罵來我能受,我管教此人斷咽喉。 　　　周公瑾命喪你的手,我管教牛鼻命也休。 　　　土臺下走一個風擺柳,回頭來我再拜漢相武侯。 喂,漢大丞相!喂,漢相武侯,我奴家大司馬與你拜,拜,拜!
孔　　明	(唱)老賊放下了潑婦臉,謀計不成是枉然。 　　　猛想起周瑜安天下,獨占江南半邊天。 　　　曹丕王他把中原占,我扶起幼主坐西川。 　　　我的主旨意往下傳,有山人領人馬六出祁山。 　　　我教場之中把兵點,蜀、魏兩家對扎營盤。 　　　你約下今日來開戰,却怎麼身穿女衣頭戴鳳冠? 　　　是老賊做事不要臉,羞死了兒的三代祖先。 　　　正講話氣得咽喉斷,一口黑血上下翻。 　　　回頭我把伯約喚,再叫蜀營眾將官。 　　　你把咱蜀營旗號捲,將大營你扎在五丈原。(下)
司馬懿	(唱)諸葛亮來收兵將,回頭再叫眾兒郎。 眾將官,追!(下)

第 六 場

（孔明、楊儀、馬岱、姜維、魏延上）

四　將　參見丞相。

孔　明　站下。勝敗如何？

四　將　不勝，敗回陣來。

孔　明　軍家勝敗，古之常理。下邊休息。（四將下）你叫怎説！山人土臺回來，偶得吐血之疾，大料我命不能久留。想起山人六出祁山以來，觀見葫蘆峪一塊土地，不免用火攻之計燒賊！燒死我朝魏延，去了內患；燒死司馬父子，去了外患。便是這個主意。中軍！

中　軍　在。

孔　明　打鼓升堂！

中　軍　打鼓升堂！

孔　明　中軍聽令，楊儀進帳！

中　軍　楊儀進帳！

（楊儀上）

楊　儀　楊儀進帳，參見丞相！

孔　明　站下。

楊　儀　宣我進帳，哪路有差？

孔　明　楊儀聽令！

楊　儀　在！

孔　明　賜你五百人馬，一在葫蘆峪後溝內埋伏，但等姜維的人馬到來，用鐵鎖練子將他救出。違令者斬！

楊　儀　得令！馬來！（下）

孔　明　馬岱進帳！

（馬岱上）

馬　岱　馬岱進帳，參見丞相。

孔　明　站下。

馬　岱　宣我進帳，哪路有差？

孔　明　馬岱聽令！

馬　岱　在！

孔　明　賜你五百人馬，一在葫蘆峪口西南角埋伏，但等司馬父子進了峪內，需要你放起外火。違令者斬！

馬　岱　得令，馬來！（下）

孔　明　姜維進帳。

　　　　（姜維上）

姜　維　姜維進帳，參見丞相。

孔　明　站下。

姜　維　宣我進帳，哪路有差？

孔　明　姜維聽令！

姜　維　在！

孔　明　賜你五百人馬，大戰司馬父子，只許你敗，不許你勝，將司馬父子放進峪口。違令者斬！

姜　維　得令，馬來！（下）

孔　明　魏延進帳。

　　　　（魏延上）

魏　延　魏延告進，參見丞相！

孔　明　站下。

魏　延　宣我進帳，哪路有差？

孔　明　魏延聽令！

魏　延　在！

孔　明　賜你五百人馬，大戰司馬父子，趕進峪口，需要你放起內火。違令者斬！

魏　延　得令，馬來！　（下）

孔　明　衆將散退。正是：

　　　　（念）謀事在人，成事在天。（下）

第　七　場

（楊儀帶四兵上）

楊　儀　丞相有令，賜我五百人馬，一在葫蘆峪後面埋伏。來呀！催馬即刻前去！（同下）

第 八 場

（馬岱帶四兵上）

馬　岱　丞相有令，賜我五百人馬，一在葫蘆峪口西南埋伏，但等司馬懿的人馬到來，進了峪口，內火皆起，需要我放起外火。來呀，催馬即刻前去。（同下）

第 九 場

（姜維帶四兵上）

姜　維　丞相有令，賜我五百人馬，大戰司馬懿父子。只許我敗，不許我勝，將司馬父子引進峪口。來呀！催馬即刻前去。（同下）

第 十 場

（魏延帶四兵上）

魏　延　丞相賜我五百人馬，大戰司馬父子，只叫我勝，不叫我敗，將司馬父子趕進峪口，命我放起內火來。來呀！催馬即刻前去。（同下）

第 十 一 場

（姜維、司馬懿碰頭，姜維敗下。魏延接打，司馬懿敗下，魏延趕下）

第 十 二 場

（姜維、四兵隨上）

姜　維　哈，司馬父子殺法驍勇。來呀，兵敗葫蘆峪。（下）

第 十 三 場

（司馬父子帶兵上）

眾　將　姜維兵敗葫蘆峪。
司馬懿　趕緊追殺！
司馬昭　慢着，慢着。父王殺進峪口，中了他人詭計，如何是好？
司馬懿　兒呀！一福能壓百禍。殺進峪口！（下）
　　　　（魏延帶兵上）
魏　延　哈哈！司馬父子進了峪口，待我放起內火。（下）

第 十 四 場

（馬岱帶兵上）

馬　岱　哈哈！內火即起，待我放起外火。（下）

第 十 五 場

（司馬懿上）

司馬懿　好燒呀，好燒！諸葛亮，牛鼻子！是你內外同時起火，將我司馬燒下這般光景。但說這這這……有了，前邊就是渭河，不免去到渭河沐浴。（下）

第 十 六 場

（魏延上）

魏　延　好燒也，好燒也！不料內外火一時同起，將我魏延燒下這般光景。但說這，這，這……有了，前邊不就是渭河，不免去到渭河沐浴。（下）
　　　　（司馬懿上）
司馬懿　哎呀，好燒也，好燒也！
　　　　（魏延上）

魏　延	觀見好像司馬，不免下得水去，拿一個活司馬。
	（魏延、司馬懿水戰）
魏　延	哎呀！拿住了老賊！
司馬懿	甚麼人？魏延！魏延老將軍。你家丞相有害你之心，既放內火莫要放外火，既要放外火莫要放內火。是他內外火同起，燒死我司馬莫要說起，燒死魏老將軍，你欠他一命不成？
魏　延	我家丞相言道，家火不燒自己的人。老賊與我喝，喝，喝！（按司馬懿喝水）
司馬懿	老將軍，你看你的鬍鬚都成了那般樣子了。
魏　延	哎呀！諸葛亮，牛鼻子！既放內火，莫放外火，既放外火，莫放內火。你是內外火同起，燒死司馬父子莫要說起，爲何燒死我魏延？可惜無有引見之人！
司馬懿	我與你作一引見之人。憑甚麼爲證？
魏　延	諸葛亮首級爲證，請了！（下）
司馬懿	（笑）諸葛孔明，你老賊上了我的當了。（下）

第 十 七 場

（孔明帶四兵上）

孔　明	（念）葫蘆峪前用火攻，要燒司馬百萬兵。
	（楊儀、馬岱、姜維上）
三　將	參見丞相。
孔　明	站下。出營勝敗如何？
三　將	出營得勝回來。
孔　明	怎麼不見魏延？
三　將	大約燒死葫蘆峪口。
孔　明	魏延老賊只要你死，誰叫你活。
	（魏延上，氣）
孔　明	魏延，你回來了？
魏　延	回來了。
孔　明	回得營來，與哪個生氣？
魏　延	就與你來，再與誰來。

孔　明　與山人生氣,因從何來?
魏　延　既放內火,莫放外火,既放外火,莫放內火。是你內外同起,燒死司馬父子莫要說起,燒死我魏延,欠你一命不成?你與我說、說、說!
孔　明　嗯,這個!
魏　延　甚麼?說!
孔　明　你叫怎說。山人定下此計,心想把這個老賊燒死峪口,不料老賊回得營來,三言兩語問得山人結舌無言,叫山人怎樣握鎖三軍,謀計不成,看在其間,好不叫人氣……有了,我不免將此計應在馬老將軍身旁。眾將,你們哪一家去放外火?
眾　將　馬老將軍去放外火!
孔　明　大膽的老匹夫!(馬岱跪)山人怎樣對你說來,怎樣對你講來!既放內火,莫放外火;既放外火,莫放內火。是你內外火同起,燒死司馬父子莫要說起,燒死我朝魏延,他欠你一命不成?來呀!
眾　將　有!
孔　明　你把這老匹夫,與我扯出帳去。(眾將馬岱扯下)中軍!
中　軍　有!
孔　明　打鼓升堂,傳馬岱!
　　　　(馬岱上)
馬　岱　馬岱告進,參見丞相!
孔　明　膽大的老匹夫,山人臨行對你說過,講過,他放內火,你不放外火,你放外火,他不放內火。誰叫你內外火同起,燒死司馬父子莫要說起,燒死我朝魏老將軍,他欠你一命不成?山人不能輕容於你。來呀!你這老匹夫,砍了!
魏　延　刀下留人,刀下留人!將軍進帳講情!魏延告進,老將軍犯法,只可除罪,不可問斬。
孔　明　魏延文長,山人臨行怎樣與你說來,怎樣對他講來。你放內火,他莫要放外火;他放外火,你莫要放內火。誰說的內外火同起?燒死司馬父子莫要說起,燒死魏老將軍,你欠他一命不成?山人將他推下問斬,你在山人面前求情,你叫山人怎樣握鎖三軍!我想我朝魏延一在山人面前做情,山人焉有不遵之理。魏延聽令!你將這老匹夫解下來!
魏　延　三軍們!將老將軍解下來!

馬　岱　多虧魏將軍講情，謝過丞相不斬之恩！
孔　明　哎！非是山人不斬與你，多虧我朝魏老將軍，一在山人面前做情，將你死罪免過，活罪難免。來呀！把這老匹夫推下，重打八十。魏延聽令，下邊報刑。
卒　　　一十、二十、三十、四十。
魏　延　慢打，慢打。將軍你我進帳做情。魏延告進！丞相將馬老將軍重打八十，打了四十，血流遍地，念其軍功，將馬老將軍除過纔是。
孔　明　魏延文長！山人將他推下問斬，你在山人面前做情。山人將他重打八十，打了四十，你也在山人面前做情，叫山人怎樣握鎖三軍？啊！你叫山人怎説，我朝魏老將軍在山人面前講情，焉有不准之理。魏延聽令，你把這老匹夫解下來！
魏　延　將老將軍放下來！
馬　岱　謝過丞相輕打！
孔　明　非是山人輕打與你，多虧我朝魏老將軍，常常在山人面前做情，將你陳倉侯的印璽解下來，賜與我朝魏老將軍。押出帳去！
　　　　（馬岱下）
魏　延　丞相，將馬老將軍重打四十，好不慚愧人也。
孔　明　魏延文長，哈哈哈！你看山人我將馬老將軍陳倉侯印璽解下，賜與魏老將軍，從今往後你就是我朝的雙挂印了。哈哈哈，來，與魏老將軍披紅插花！三杯喜酒，游游蕩蕩，出營去吧！
魏　延　（笑）哈哈哈！（下）
孔　明　衆將散堂。你叫怎説！山人今天將馬老將軍屈打四十，馬老將軍如何得知？我不免修下小書一封，下到老將軍營下，叫他自拆自看。中軍！
中　軍　有！
孔　明　看過文房。
　　　　（詩）相勸將軍莫擔憂，重打四十莫記仇。
　　　　　　　虎頭橋下多等候，馬岱要取魏延頭。
　　　　上寫武侯拜。下書人來見！
　　　　（下書人上）
下書人　與丞相叩頭！
孔　明　將這封小書下到馬老將軍那裏。叫他無人之處，自拆自看。（下書人下)幸喜今日晚上衆將俱散,是我只覺身體不好,不免去到後堂,觀看兵書便了。

(唱)魏延賊問得我結舌無言,做此事打量他難解機關。

將馬岱我屈打四十大板,見小書他必定頓釋疑團。

明知曉魏延賊心思反叛,將馬岱纔藏在他的營盤。

且喜得今夜晚把衆將瞞,後帳裏將兵書細看細觀。(下)

第 十 八 場

(馬岱由二卒扶上)

馬　　岱　(唱)可恨軍師怒衝衝,四十板打得我血流鮮紅。

邁步兒我去到小營以內,不由人一陣陣惱在心中。(切)

好惱,好氣!

(下書人上)

下書人　下書人與馬老將軍叩頭!

馬　　岱　到此爲何?

下書人　軍師有書到來,命你無人之處自拆自看。

馬　　岱　將書留下,去吧!(下書人下)軍師有書到來,待我拆開一觀:"相勸將軍莫擔憂,重打四十莫記仇。虎頭橋前多等候,馬岱要取魏延頭。"上寫武侯拜。啊!我當所爲何來,原來軍師在我身上用計。早知是計,慢説重打四十,重打八十何妨?

(後白:魏延到。魏延上)

馬　　岱　有請!不知魏老將軍到來,少得遠迎,多多有罪。

魏　　延　好說,將老將軍打了四十大板,就知馬老將軍受屈。

馬　　岱　爲國盡忠,何出此言?魏老將軍你看,丞相將我的陳倉侯印璽責解下來,賜與魏老將軍,又將我寄在魏老將軍營下,還得老將軍寬待一二。

魏　　延　你我同僚奉君,何説此言。

(唱)相勸老將軍莫記仇,聽我把話説來由。

你我同僚把君奉,咱二人結爲好朋友。

馬　　岱　(唱)魏將軍情意莫細論,馬岱心中自知音。

一日犯在我手心,我不殺諸葛亮誓不爲人。

魏　延　哈哈哈哈！（下）

馬　岱　（唱）有馬岱出此言無人參透，我打量你老賊難解計謀。
　　　　　　虎頭橋前多等候，管教老賊命難留。（下）

五丈原

佚 名 撰

解　題

　　山西晋南眉户劇。作者不詳。未見著録。劇寫蜀兵被困五丈原，孔明病危，派人入成都報後主，安排軍中後事，外事馬岱照管，内事姜維執掌兵權，作好破司馬懿之策。孔明逝後，老將魏延不服姜維，被馬岱處斬。本事出於《三國演義》第一百〇三、一百〇四回。情節人物不盡相同。版本今見《山西地方戲曲彙編》第十六集《晋南眉户專輯》（北岳文藝出版社 1993 年 12 月）本。今以此本爲底本校點整理。按：晋劇另有《五丈原》，收録在《中路梆子專輯四》，情節與此劇不盡相同。

　　　　　　（姜維、魏延、馬岱、楊儀等擁孔明上）
孔　明　（念）天崩崩，地搖搖，當初不該離草茅。
　　　　　　　　早知中原難歸手，何必下山保劉朝。
　　　　　　　　西蜀領兵人稱强，兵伐中原奪帝邦。
　　　　　　　　不服孫權兵百萬，實服司馬智無雙。
　　　　　山人複姓諸葛名亮，表字孔明，道號卧龍，漢室爲臣。昨晚觀星，吾命不久，想幼主如何得知？不免修書，下奔西蜀，幼主得知，也好早作安排。站堂軍！啓開文房！（修書）馬上人來見！
　　　　　（下書人上）
下書人　叩見丞相。
孔　明　公文一角，下奔西蜀莫誤！
下書人　起文！（下）
孔　明　公文下奔西蜀，不免囑托軍中大事。伯約！
姜　維　在！

孔　明　堂前與師父打坐。
姜　維　是。
魏　延　丞相你年蒼高邁,身體不支。這元帥大印該讓與那家臣子執掌? 説是你來看,我魏延也老了!
孔　明　老將軍何必着忙,山人自有一番主意。你何必着忙!
　　　　(唱)【崗調】
　　　　　　清早間坐轅堂定睛細看,見我朝大將軍統坐帳前。
　　　　　　老將軍名馬岱能殺能戰,少將軍名楊儀正在英年。
　　　　　　觀魏延那老兒心懷背叛,我弟子姜伯約文武雙全。
　　　　　　寶帳內傳一令楊儀近前,有山人言共語細聽心間。
　　　　　　你在轅堂莫久站,去奔西蜀拜君顔。
　　　　　　西蜀見了幼主面,你代諸葛先問安。
　　　　　　幼主若問軍情事,你就説兵困五丈原。
楊　儀　(唱)丞相囑托牢記下,你休養貴體莫心擔。
　　　　　　西蜀見了幼主面,我先替丞相來問安。
　　　　　　人來與我把馬看,去奔西蜀面君顔。(下)
姜　維　禀師父,楊儀出帳。
孔　明　(唱)一見楊儀出寶帳,扭回頭來觀魏延。
魏　延　丞相,魏延我老了!
孔　明　(唱)見魏延我氣得團團戰,山人是他的眼中籤。
　　　　　　二公他把長沙破,爾雙膝扎跪我面前。
　　　　　　見他腦後反骨顯,推出帳外吃刀懸。
　　　　　　劉先主黃羅寶帳好言勸,纔留爾不死在帳前。
　　　　　　留賊不死是禍患,打虎不死歸虎山。
　　　　　　常言道一句好話三冬暖,惡語出唇六月寒。
　　　　　　我去過愁容換笑臉——
　　　　老將軍!
魏　延　丞相!
孔　明　(唱)魏老將軍你近前。
　　　　　　自從將軍服了漢,英雄威名你占先。
　　　　　　南裏殺,北裏戰,你的功勞重如山。
　　　　　　論功勞你有千千萬,論年紀也該你執掌兵權。

魏　延　哎呀，著哇！
孔　明　（唱）我這裏假意把賊哄，老兒不知當真情。將軍，
　　　　　　雖然話是這樣講，你提防司馬來偷營。
魏　延　（唱）【流水】
　　　　　　丞相莫要囑托言，魏延心中不耐煩。
　　　　　　我不辭丞相出寶帳，低下頭來暗盤算。
　　　　　　清早間死了諸葛亮，到午間我魏延執掌兵權。（下）
姜　維　禀師父，魏延出帳！
孔　明　（唱）魏延老賊出帳去，馬老將軍你近前。
　　　　　　南裏殺來北裏戰，你的功勞重如山。
　　　　　　葫蘆峪司馬領兵到，他和山人對扎營盤。
　　　　　　我定下一計去二患，内燒司馬外燒魏延。
　　　　　　也是魏延不該喪，蒼天降下雨清泉。
　　　　　　老兒回營把我問，問得山人口無言。
　　　　　　按軍令打你四十板，你知我曉莫外言。
　　　　　　魏延老兒心有反，你前後莫離賊身邊。
　　　　　　魏延反馬岱把他——
　　　　（姜維阻止，搜門）
　　　　　　魏延反馬岱把他斬，你莫叫老賊解機關。
　　　　　　你在此間莫久站，假意兒將臺去請安。
馬　岱　（唱）【流水】
　　　　　　丞相諄諄囑托言，末將句句記心間。
　　　　　　魏延老兒若造反，找賊首級有何難。
　　　　　　辭別丞相出寶帳，假意兒賊前去問安。（下）
姜　維　禀師父，馬岱出帳！
孔　明　（唱）一見馬岱出寶帳，伯約一旁泪不乾。
　　　　　　雖然我待衆將好，那比我師徒恩義高。
　　　　　　姜伯約拜過漢營裏令旗令箭，再拜過漢營裏獅子烈虎兵馬權！
　　　　（姜維拜印）
　　　　　　我賜你鐵弓無有箭，到後來謹防鐵籠山。
　　　　　　竹林内邊有大患，借水澆花把箭還。
　　　　　　來來來攪師父我寶帳坐，聽我把下山的苦楚對你言。

(唱)【崗調】
　　　　寶帳內囑托姜伯約，聽師父把話對你言。
　　　　想當年習天文神測妙算，居臥龍似神仙何等安閒。
　　　　怨徐庶報君恩曾把我薦，深感動劉先主三顧茅庵。
　　　　下山後先取了新野小縣，他兄弟如困龍得水一般。
　　　　我也曾大江中草船借箭，我也曾祭東風大破曹瞞。
　　　　賊孟獲不遵法生心造反，他與我漢營裏對扎營盤。
　　　　把孟獲擒七次不肯問斬，反叫他得了生又把兵搬。
　　　　他搬來藤甲兵四十五萬，首一陣戰敗了馬岱、魏延。
　　　　有山人聽一言愁眉不展，臨陣看藤甲兵是何容顏。
　　　　口賽瓢牙賽釘臉如靛染，赤着身露着體不穿衣衫。
　　　　白晝間不見他尋茶料膳，到晚間與蛤蟆水內安眠。
　　　　觀清了藤甲兵愁眉放展，心思想能離水必怕火燃。
　　　　有山人觀罷陣急忙回轉，回營來坐寶帳忙把令傳。
　　　　命子龍率兵丁打柴萬擔，挖土壕把地雷埋藏下邊。
　　　　將竹竿節打通能引火綫，魏文長放把火燒壞賊蠻。
　　　　燒死了藤甲兵四十五萬，只燒得衆番蠻哭叫連天。
　　　　休怪我諸葛亮行此短見，那樣人豈能夠留在人間。
　　　　那一晚在燈下掐指盤算，蒼天爺短陽壽整整十年。

姜　維　師父何出此言？
孔　明　(唱)方纔寶帳得一夢，我夢見桃園三弟兄。
　　　　前邊走的劉先主，後邊緊隨二主公。
　　　　豹頭環眼三千歲，還有長沙趙子龍。
　　　　他四人手拖手兒把我請，他請我黃羅寶帳議軍情。
　　　　眼看巳時三刻到[1]，巳時三刻我命終。
　　　　不見西蜀人來到[2]，昏昏沉沉臥帳中。
(陳孝其上)
陳孝其　催馬！來到丞相寶帳。將軍，丞相怎麼樣了？
姜　維　師父昏睡，你我喚來，師父醒來！
孔　明　(唱)【陰司長城】
　　　　夢兒裏與幼主一起相見，姜伯約喚師父接二連三。
　　　　我強打精神睜雙眼，原來是陳孝其站立面前。

陳孝其　丞相,你可知臣來的意兒?
孔　明　(唱)你前來是奉了幼王差遣[3],
陳孝其　爲着何事?
孔　明　(唱)爲的是五丈原大事不安。
陳孝其　丞相將外事托於何人?
孔　明　(唱)將外事托於馬岱照管,
陳孝其　這內事?
孔　明　(唱)內事兒姜伯約執掌兵權。
陳孝其　姜將軍,丞相將元帥大印交你執掌,我先恭喜將軍!
姜　維　大家之喜。
姜　維　師父,
陳孝其　丞相,司馬懿殺法如何?
孔　明　(唱)老龍正在潭中臥,一言提醒夢中人。
　　　　　　姜伯約攙師父把星觀看——只見這水平星滾滾不安。
　　　　　　前朱雀、後玄武、左青龍、右白虎,
　　　　　　前營八挂安排定,五營六哨鐵煉成。
　　　　　　姜伯約看過師父定星劍,我把這水平星定在東南。
姜　維
陳孝其　丞相這是何意?
孔　明　(唱)你們不知天文理,山人與你表仔細。
　　　　　　司馬懿殺法非尋常,能觀天文才學奇。
　　　　　　自古人死星落地,孔明雖死星不落。
　　　　　　先把司馬來瞞過,管叫他真情摸不着。
　　　　　　孔明臨終再掐指算——
姜　維　師父,司馬懿還有多少陽壽?
孔　明　(唱)老司馬比師父多活三天。
　　　　　　後帳內我寫好藥書百篇,我死後你裝在棺匣內邊。
　　　　　　眾文武莫守孝暫把喪按,刻一個假木人與我一般。
　　　　　　把真靈解西蜀幼主親殮,把假靈你埋在五丈原前。
　　　　　　司馬懿他必然啓棺觀看,那時節老司馬將星歸天。
　　　　　　司馬昭他必定領兵追趕,把師父四維車推在中間。
　　　　　　姜伯約保車輦奮力征戰,大料想那賊子不解機關。

叫徒兒攙師父帳外游轉——
徒兒,這是那裏路徑?

姜　維
陳孝其　這是中原路徑。

孔　明　這是哪裏路徑?

姜　維
陳孝其　那是東吳路徑。

孔　明　好賊哇!

（接唱）手指東吳罵孫權,咱兩家結下山海冤。
　　若要咱把冤仇解,今生今世難上難!
伯約,這是哪裏路徑?

姜　維
陳孝其　這是西蜀路徑。

孔　明　（唱）遥望西蜀泪悲哀,拜過幼主好恩懷。
　　再不能飲王三杯酒,再不能爲主統貔貅,
　　山人五十零四歲,五丈原前一命休。
　　姜伯約攙師父回寶帳。我面前好似龐士元。

（唱）【尖板】
　　劉先主那年取西川,軍中元帥你戰先。
　　臨行時我與你把行餞,酒席宴前把棋玩。
　　玩棋中間變了臉,咱二人棋盤顯手段。
　　我一炮打你落鳳坡,你回頭馬踏我五丈原。
　　咱二人陰陽卦不差半點,你我同見三桃園。
　　龐先生前邊帶了徑,忽然腹内絞心痛。
　　山人五十零四歲,秋八月二十三歸天壽終。（死）

姜　維
陳孝其　罷了!師父!
　　　　　　丞相!

（魏延、馬岱上）

魏　延
馬　岱　丞相怎麽樣了?

姜　維
陳孝其　丞相亡故了。

魏　延
馬　岱　罷了,丞相啦!

魏　延　丞相一死,軍中大事托於哪家執掌?

姜　維　托於姜維執掌。

魏　延　你今執掌,俺便不服!

姜　維　你去奔將臺吆叫,看有哪家服你?

魏　延　吆叫何妨。馬將軍隨上,吙!大小三軍你們聽着:丞相亡故,軍中大事托我魏延執掌,你們哪家不服!

姜　維　魏延,丞相何曾托你,你莫非反了?

魏　延　説我反了,我便反了!

姜　維　你敢説三聲反了?

魏　延　慢説三聲,十聲八聲何妨!魏延反——

姜　維　馬岱,斬!(馬斬魏)吙!大小三軍聽着:哪個心生造反,與魏延老兒一樣下落。丞相靈發西蜀,馬來!(同下)

校記

[1]眼看巳時三刻到:"巳",原作"已",據文意改。下徑改,不一一出校。

[2]不見西蜀人來到:"西",原作"兩",據文意改。

[3]幼王差遣:"遣",原作"遺",據文意改。

紅 逼 宮

佚 名 撰

解 題

　　晉劇。作者不詳。《山西戲曲劇目總攬》著錄，題《紅逼宮》，未署作者。劇寫司馬師在魏恃功專權，金殿劈死賈詡。魏主曹芳深忌之，遂與張皇后、皇后父張緝密議，令張緝暗帶血詔搬五路兵馬平滅司馬氏。不料出宮時血詔被司馬師搜出。司馬師殺死張緝，繼而闖入宮中，絞死張皇后，代主傳旨，命司馬兄弟率領全國人馬，征剿西川姜維。本事見《三國志·魏書·三少帝紀》、《三國演義》第一百九回。明傳奇《青虹嘯》、京劇《定中原》(又名《紅逼宮》、《司馬師逼宮》)均寫此事。版本今見《山西地方戲曲彙編》第十二集《中路梆子專輯四》(山西人民出版社1984年4月版)本。今以此本為底本校點整理。

第 一 場

　　(司馬師、四校尉上)

司馬師　(唱)清早校尉一聲稟，張緝老兒進深宮。

　　本督司馬師，金殿刀劈賈詡一死，適纔校尉稟道，言說張緝老兒進官，只見其進，

　　不見其出。是俺放心不下，去到午門打探。校尉們，催車！

　　(唱)太平之年文官定，荒亂之年武將行。

　　　　西川姜維多驍勇，打來戰表奪江洪。

　　　　陳泰金殿領聖命，帶領人馬去出征。

　　　　兩軍對壘敗下陣，告急表文傳進京。

　　　　金殿上劈死賈詡命，張緝老兒進深宮。

老兒懷揣害我意,諒他不能是不能。
校尉催車午門等,但等張緝出深宮。

（張緝上）

張　　緝　（唱）張閣老出宮來哈哈大笑,五路搬兵走一遭。

行走來在午門上,奸賊擋住路一條。

啊! 是俺出得宮來,怕遇見這個奸賊,偏偏遇見這個奸賊。也罷! 俺本是掌朝閣老,見他一面何妨。正是:抖抖精神壯壯膽,掌朝閣老走近前。大都督在此?

司 馬 師　閣老到了?

張　　緝　張緝有禮。

司 馬 師　校尉們! 與閣老打坐來。

張　　緝　大都督身安?

司 馬 師　罷了。閣老,清晨進宮為何?

張　　緝　問安去了。

司 馬 師　問安也耽誤不了這大的功夫。

張　　緝　問安已畢,與咱主下了幾盤象棋。

司 馬 師　下棋越發的耽誤不了這大的功夫。

張　　緝　下棋已畢,與咱主看了幾部閑書。

司 馬 師　看的哪幾部閑書? 問的是何故事?

張　　緝　看的夏、商、周三代之書,問的伊尹扶商、周公攝政的故事。

司 馬 師　奸賊啊!

張　　緝　奸賊就是那聞仲、尤渾、妲己之輩。

司 馬 師　甚麼,甚麼,甚麼?

張　　緝　奸賊就是那聞仲、尤渾、妲己之輩呀。

司 馬 師　啊哈哈哈哈,多講俺兄弟!

張　　緝　好說。

司 馬 師　我見你出得宮來,泪眼尚紅,莫非說有甚麼奸細夾帶不成?

張　　緝　無有。

司 馬 師　嗯,怎說無有? 你過去吧!

張　　緝　多謝都督。（下）

校　　尉　張緝過去得慌速。

司 馬 師　將他喚回。

校　　尉	張緝回來。
張　　緝	(復上)爲何將老臣喚回？
司馬師	張緝呀,張緝！放你過去好似抖弓放箭;將你喚回,好似泥裏推舟。有甚麽奸細夾帶,要你實說實講！
張　　緝	大都督,哈哈哈哈！放老臣過去,我緊行了幾步;叫老臣回來,我本是年邁之人,步履艱難,慢行了幾步。大都督,莫怪。
司馬師	甚麽,甚麽,甚麽？
張　　緝	大都督莫怪。
司馬師	無有奸細夾帶還則罷了,若有奸細夾帶,本督也敢……
張　　緝	打老臣？
司馬師	未曾張手。
張　　緝	罵老臣？
司馬師	未曾開口。
張　　緝	不打不罵,你便怎樣？
司馬師	本督我要搜。
張　　緝	渾身無弊,哪怕你搜？
司馬師	校尉,上前搜來。
校　　尉	渾身無弊。
司馬師	站過了。
張　　緝	大都督,你看如何？
司馬師	本督我太莽撞了。
張　　緝	好說。
司馬師	啊！來在午門搜不着奸細夾帶,自覺這臉上有些無光了。閣老,本督太莽撞了。
張　　緝	好說。
司馬師	你過去吧。
校　　尉	現有血詔。
司馬師	呈上來。張緝呀,張緝！你言說無有奸細夾帶。血詔從何而來？要你實說,要你實講。
張　　緝	啊！我與聖上謀劃定計,寫下血詔,本想五路搬兵到來,平滅這個奸賊一死。誰想來在午門,血詔又被奸賊搜去。打量我命休也。縱然一死,罵這個奸賊幾句。司馬師,鬼賊！你老爺出謀定計,本

想平滅你這奸賊一死。

司馬師　張緝呀,老匹夫!你可曉得我在此金殿,刀劈賈詡之事?

張　緝　我想賈詡,那是我朝一部冢宰,死在你這個奸賊劍下。今天犯在你張老爺之手啊,我打死你這個奸賊。

　　　　(司馬師掌劍,將張緝劈死)

校　尉　張緝已死。

司馬師　亂刀分尸。啊!我想此事定是小讒妃之過,不免進得宮去,劍劈小讒妃一死。校尉們,搜宮殺院。

　　　　(司馬師下。眾隨下)

第 二 場

(曹芳、張皇后上)

曹　芳　(念)夜晚得夢大不祥,夢見浮雲遮太陽。

　　　　(司馬師上)

司馬師　校尉!進宮。

曹　芳　大都督,哈哈哈!進得宮來,與何人致氣?

司馬師　昏王、讒妃!俺弟兄在朝奉君,待你哪些不周?為何寫下血詔,害俺弟兄一死?你該也不該?你該也不該?

曹　芳　你說小王害你,有何為證?

司馬師　現有血詔。

張皇后　拿來我看。

司馬師　讒妃!

張皇后　(唱)見血詔嚇得我魂飛魄散,

司馬師　校尉,扎住宮門!

張皇后　(唱)三魂紗紗轉回還。

　　　　　　強打精神用目看,原來萬歲在面前。(哭)

　　　　　　哭一聲爹爹難得相見,哎,爹爹呀,眼巴巴父女不團圓。

　　　　　　走上前來跪當殿,萬歲醒來把話言。

曹　芳　(唱)昏昏沉沉一夢中,耳旁忽聽有人聲。

　　　　　　強打精神用目睜,原來是梓童守尸靈。

　　　　　　哭一聲閣老將命斷送,閣老啊!眼巴巴君臣不相逢。

	走上前來忙跪定，
張皇后	跪不得！
曹　芳	（唱）再叫梓童要你聽。
	論甚麼尊卑和輕重，說甚麼帝王是條龍。
	走上前來忙跪定，再叫都督你要聽[1]。
	看小王饒過你娘娘性命，千恩萬謝永記心中。
司馬師	（唱）昏王莫跪且請起，不記得孔明犯西祁。
	滿朝文武無抵敵，搬請我父司馬懿。
	臨上陣中了那孔明的計，火炮地雷暗藏殺機。
	多虧了蒼天降神雨，救回我父司馬懿。
	多年有功你全不記，今日要害司馬師。
	司馬師進宮有主意，掌劍劈死你小賤婢。
曹　芳	（唱）奸賊心事早已定，要害梓童歸陰城。
	梓童上前罵奸佞，
張皇后	罵出禍來？
曹　芳	（唱）罵出禍來王應承。
張皇后	萬歲！
	（唱）萬歲作主我遵命，上前哀告狗奸佞。
	走上前來忙跪定，再叫都督要你聽。
	哀家豈肯害你命，苦苦殺我爲何情？
司馬師	（唱）一見讒妃跪流平，司馬師恨得牙根疼。
	利劍難容讒妃命，它好比五閣君打開酆都城。
張皇后	（唱）奸賊心事早一定，要害哀家歸陰城。
	若不然上前罵奸佞，他是狼他是虎吃我不成！
	司馬師，鬼賊！
	仗憑武，仗憑文？仗憑何物管三軍？
司馬師	（唱）我仗憑南征北戰功勞掙，你仗憑何物坐正宮？
張皇后	（唱）每日伴駕承恩寵，我與聖上掌龍燈。
司馬師	（唱）掌龍燈來掌龍燈，聖上念你夫妻情。
張皇后	（唱）聖上與哀家恩義重，難道你沒有君臣情？
司馬師	（唱）爲臣忠心把君奉，
	娘娘！你不該，不該！

	（唱）你不該寫血詔害臣殘生。
張皇后	（唱）哀家寫詔何爲證？
司馬師	（唱）你父午門走漏風聲。
張皇后	（唱）娘娘犯罪有赦令，
司馬師	（唱）將你打在冷寒宮。
張皇后	（唱）倘若本妃不從命，
司馬師	讒妃！
	（唱）寶劍要你喪殘生。
張皇后	（唱）奸賊心腸比鐵硬，要害哀家歸陰城。
	拜上萬歲多保重，
司馬師	校尉進宮！
校 尉	有。
司馬師	扎住了宮門。
張皇后	（唱）謝聖上待妃好恩情。恨不能拼賊一條命，
曹 芳	（唱）再叫都督要你聽。
	哭一聲大都督，大都督啊！
	你看娘娘身懷有孕，看在小王的面上，
	單等分娩下來，再來殺她你可應承？
司馬師	昏王請起來！啊，今天進得宮來，本該劍劈這個小讒妃一死。念起昏王苦苦哀告，我要不准，反說我這作大臣的有些不忠了。也罷，看在小昏王面上，叫這小讒妃落下個囫圇屍首。校尉們！
校 尉	有。
司馬師	將你娘娘縛在老龍臺上，三絞廢命。
曹 芳	罷了！梓童啊。
校 尉	一絞、二絞、三絞，三絞廢命。
司馬師	站過了。可喜呀，可喜！本督進得宮來，這三絞啊，害了小讒妃的兩命。校尉們，將你娘娘死尸用白綾纏了。事定之日，還要與她金井玉葬。死尸你與我撤！撤！撤！撤下去！
	（校尉將死尸撤下）
司馬師	萬歲呀，萬歲呀！張緝的讒言，聽而不可信也。張貴妃的容顏，死而不可想也。君聽臣受害，父聽子遭殃。能聽書中語，不聽三寸舌，舌比龍泉劍，殺人不見血。萬歲！不記得你先人曹孟德挎劍入

宫[2]，劍劈了伏完女，逼死了董貴妃？難道説他就不是漢室的將、漢室的臣？昏王你説！你講！噢哈，是了！爲臣進得宫來，將娘娘逼死，我主龍心不悦。但等爲臣大戰姜維回來，出下御旨，挑選天下美女，陪伴我主大駕。我主的龍意如何？我主傳旨，臣好離宫。我主龍心不悦，莫非是叫臣替主代勞？臣遵旨。呔！司馬弟兄聽旨：西川姜維造反，命你弟兄帶領全國人馬，前去征剿。征剿回來呀，將功折罪；若是敗了啊，也就拉倒啊。萬歲傳旨，臣好離宫。我主心中不悦，莫非説叫臣替主代勞？臣遵旨。大都督出宫去罷！臣遵旨。

（太監上）

太　　監　咦！

（司馬師下）

太　　監　萬歲醒來！（曹芳尋視）看甚麼？

曹　　芳　大都督哪厢去了？

太　　監　出宫去了。

曹　　芳　攪王來。司馬師，我把你大大的奸賊呀！（下）

校記

［1］再叫都督你要聽："都督"，原倒，據文意改。下徑改，不一一出校。

［2］挎劍入宫："挎"，原作"跨"，據文意改。

孫綝篡位

一根葱 撰

解　題

蒲劇。一根葱，蒲劇早期藝人，生平里居不詳。未見著録。劇寫三國吴帝孫亮在位時，丞相孫綝專權，當殿擅殺大臣王立志，欲篡帝位。亮見孫綝勢大，與皇后全氏謀於深宫，暗修詔書，密付將軍劉丞，命其五路搬兵，攘除奸凶，以保其位。事泄。孫綝在午門搜出密詔，殺死劉丞，次日進宫，劍殺太子孫陽，鴆殺吴帝孫亮，絞死全后，篡位爲君。綝弟孫恩圍劉丞第，丞子士英及女月娥兄妹突圍逃脱。忠臣桓子達保孫權六子孫休及休母喬太后出奔，綝派兵追及，子達被殺，賴士英兄妹救駕，同抵江陵。江陵守將丁奉起兵伐綝，領兵入宫誅孫綝及其黨李崇，立孫休爲帝，封賞功臣。本事出於《三國演義》第一百十三回"丁奉定計斬孫綝"。版本今見太原戲劇研究所趙威龍提供的1963年5月史育林抄録的一根葱本。今以該本爲底本校勘整理。

第 一 場

（孫綝、丁奉、桓子達、李崇上）

孫　綝　（念）東吴大權吾執掌，文武百官我爲强。
丁　奉　（念）蟒袍玉帶皇恩重，赤心耿耿保君王。
桓子達　（念）夙夜匪懈在朝班，事無大小皆敢言。
李　崇　（念）佞權壓得黄門開，御殿香風透滿懷。
孫　綝　丞相孫綝。
丁　奉　老將丁奉。
桓子達　尚書桓子達。
李　崇　中書郎李崇。

孫　綝　列位大人請了。
　衆　　請了。
孫　綝　聖上臨朝，你我朝房伺候。
　衆　　一同恭候聖駕。
孫　綝　金鐘三響，聖駕來也！
　　　（四御林軍、太監、孫亮上）
孫　亮　(詩)身居北闕鎮全邦，金瓜鉞斧排兩旁。
　　　　　　天上星辰朝北斗，地下文武伴君王。
　　　　寡人，吳主孫亮在位。祖父孫堅，伯父孫策，父親孫權。今日五更臨殿。官人！
太　監　咦！
孫　亮　閃放龍門。
太　監　遵旨。閃放龍門。
孫　綝　龍門開放，一同見駕。
衆　臣　參見萬歲，我王駕安！
孫　亮　衆卿平身。
　衆　　萬歲！
孫　亮　衆愛卿，四方景象如何？
　衆　　四方寧靜，八方安然，真乃太平景象也！
孫　亮　寡人喜的是太平景象，有心設一御筵，大宴文武百官，但不知衆卿意下如何？
　衆　　臣等有何德能，敢勞我主一宴？
孫　亮　不必過謙。衆卿都是保國的忠臣，理當一宴。
　衆　　如此，盡在萬歲。
孫　亮　官人看筵！
太　監　筵齊。
孫　亮　桓愛卿代朕把盞！
桓子達　遵旨。酒來。
　衆　　要酒何用？
桓子達　待我與衆位大人把盞。
　衆　　不敢勞動，以禮巡樽。
孫　亮　官人，將酒巡開。

太　監　聖主有旨,將酒巡開。
　衆　　遵旨。
孫　亮　衆愛卿!
　　　　（唱）我有嘉肴與瓊漿,大宴文武在朝廊。
　　　　　　　寬飲幾杯不爲過,金鐘御樂不絕聲。
孫　綝　（唱）吾主設筵在龍庭,滿朝文武坐兩旁。
　　　　　　　但願我主洪福重,無福之君不久長。
丁　奉　（唱）敬酒與君君心寬,有道聖主樂清閒。
　　　　　　　五風十雨天心順,皇恩浩蕩萬民安。
桓子達　（唱）勤宣令德荷天眷,君敬臣忠理當然。
　　　　　　　受命於天天保佑,太平天子萬萬年。
李　崇　（唱）我主賜宴金殿上,文武百官賀太平。
　　　　　　　德比堯舜洪福廣,但願龍體永安康。
孫　亮　宮人!
太　監　噯!
孫　亮　收了筵席。
太　監　遵旨。
孫　亮　衆愛卿!
　衆　　萬歲。
孫　亮　江陵乃軍家必爭之地,該命何人鎮守?
李　崇　啓奏萬歲,丁老將軍智勇雙全,鎮守江陵,方保無事。
孫　亮　依卿本奏。平身!
李　崇　萬歲。
孫　亮　丁愛卿聽旨!賜卿三千人馬,鎮守江陵。領旨下殿!
丁　奉　臣領旨。
　　　　（唱）金殿上辭別了當今聖上,玉階前又辭別文武公卿。
　　　　　　　此一去我到了江陵地面,領三軍守城池永固邊疆。（下）
　內　　報,王祚失地,投奔魏國去了。
孫　綝　再探。啓奏萬歲,王祚失地投奔魏國去了。
孫　亮　平身。好惱!
　　　　（唱）聽罷言來氣滿胸,恨王祚爲臣太不忠。
　　　　　　　諸葛誕失了壽春地,你爲何造反投魏邦?

李　崇　萬歲聽奏。王祚之父王立志，現在國中，就該斬首。
　　　　（唱）恨王祚投魏國喪心造反，王立志與他兒裏勾外連。
　　　　　　　望萬歲將立志宣上金殿，斬立志正國法不可遲延。
孫　綝　萬歲！
　　　　（唱）有孫綝氣昂昂跪在金殿，望萬歲你采納李崇之言。
　　　　　　　王立志與王祚父子造反，除内患殺立志保定江山。
桓子達　萬歲！
　　　　（唱）桓子達聽此言忙拿本諫，聖上爺龍位裏細聽臣言。
　　　　　　　王祚反他的父未必知曉，願我主宣立志細問根源。
李　崇　萬歲！
　　　　（唱）臣李崇第二次又把本上，望我主垂龍耳細聽分明。
　　　　　　　王祚反他的父一定知曉，請萬歲斬立志不可留情。
孫　亮　寡人自有主意，衆卿平身。
　衆　　萬歲！
孫　亮　官人！
太　監　咦！
孫　亮　宣王立志上殿！
太　監　萬歲有旨，宣王立志上殿！
王立志　（内）領旨。
　　　　（王立志上）
　　　　（唱）文武全才保家邦，東吳朝内一忠良。
　　　　　　　自始至終無二意，盡心竭力扶君王。
　　　　老夫王立志。正在府中悶坐，忽然萬歲宣我上殿，不知有的何事。只得上殿參見。臣，王立志見駕，願我主萬歲萬萬歲！
孫　亮　下跪你是王愛卿？
王立志　是臣。
孫　亮　我卿你可知罪？
王立志　知罪不知法犯何律？
孫　亮　你那兒子王祚，投奔魏國，你可知曉？
王立志　萬歲，臣那不忠不孝的兒子王祚，投奔魏國，老臣一字不知。
孫　亮　既然如此，將立志囚在獄中，審問明白，再好定罪。
王立志　謝我王不斬之恩。

孙　綝　慢慢慢着！老儿父子谋反，望我王先将立志斩首，然后捉拿王祚正法。

王立志　哎，好奸贼呀！

（唱）听一言来怒冲冲，老朽讲话你试听。
　　　不记你当年打败仗，先君把你问斩刑。
　　　满朝文武不救你，老朽舍命救你生。
　　　奸贼将恩不报答，反要害我一命亡。
　　　讲的讲的心头恼，象牙笏版打奸凶。

孙　綝　老儿如此无礼，看剑！

（唱）将立志劈在金殿上，满朝文武胆战惊。
　　　怒汹汹下得金殿去，不久的俺要杀朝廷。（下）

李　崇　啊！杀的好呀！王立志，你老儿死也不亏！

（唱）我一见丞相下金殿，有李崇随后离朝班。
　　　小昏王他是软弱主，我要扶丞相坐江山。（下）

桓子达　万岁苏醒！

孙　亮　（唱）昏昏迷迷一梦中，耳旁忽听有人声。
　　　　强打精神睁开眼，原是桓卿在身旁。
　　　　叫宫人将尸且移下，（哭介）

　　　罢了，王爱卿哪！

桓子达　（唱）劝我王莫要动悲声。

孙　亮　（唱）袍袖一摆文武散，殿上只留桓爱卿。
　　　　不久东吴要大乱，

桓子达　（唱）望万岁及早作提防。

孙　亮　住口！

（唱）叫宫人扶王回宫院，（太监搀扶孙亮介）（御林军下）
　　　这件事倒教王心神不宁。

桓子达　送万岁！

孙　亮　免。（太监扶下）

桓子达　哎，奸贼呀！

（唱）可恨孙綝太无良，擅杀大臣罪非轻。
　　　我在此间莫久站，杀奸贼还得我搬大兵。（下）

第 二 場

（孫陽、全后上）

孫　陽　（念）母坐正宫父爲王，天生龍種在宫廷。
　　　　　　　金枝玉葉孫氏後，東宫太子叫孫陽。
全　后　（念）生在北地到南方，一朵靈芝常向陽。
　　　　　　　朝夕不離君王側，東吳國母全三娘。
　　　　萬歲設朝，許久不見回宫。教人好懸望也！
孫　陽　國母勿憂！想是朝事未了，朝事若畢，必然來也！
　　内　萬歲回宫！
全　后　有迎。
孫　亮　（内）好賊呀！
　　　　（太監扶孫亮上）
　　　　（唱）神魂渺渺不安定，我心憂傷實難忘。
全　后
孫　陽　接萬歲！
孫　亮　平身！
　　　　（唱）舉步進得深宫院，昏昏迷迷倒龍床。
全　后　哎呀，不好！
　　　　（唱）見萬歲昏倒龍床上，倒教本后無主張。
　　　　　　　莫不是早朝受寒冷？莫不是臣子叛朝廊？
　　　　　　　莫不是飲酒過了量？莫不是奸黨欺君王？
孫　陽　哎，父王呀！
　　　　（唱）見父王昏昏不言語，倒教小王心加疑。
　　　　　　　但不知朝中有何事，想是奸黨把君欺。
　　　　父王蘇醒！
全　后　萬歲蘇醒！
孫　亮　（唱）昏昏迷迷卧床邊，耳旁忽聽有人言。
　　　　　　　猛然睜開愁眉眼，見梓童、皇兒在面前[1]。
全　后　萬歲，爲何這等模樣？
孫　亮　梓童不知。只因孫綝在朝專權，當殿擅殺大臣。好不恨殺人也！

　　　　　（唱）提起孫綝實可恨，他把寡人不在心。
　　　　　　　　生殺賞罰他作主，當殿竟敢殺大臣。
全　　后　（唱）可恨孫綝太不良，擅殺大臣罪非輕，
　　　　　　　　一手專權太猖狂，只怕人容天不容。
孫　　陽　（唱）聞聽父王講一遍，不由叫人髮衝冠。
　　　　　　　　手中若有三尺劍，斬殺奸賊冤報冤。
全　　后　萬歲，何不寫一密詔，付與將軍劉丞，教他五路搬兵，除滅奸黨，以絕後患，豈不是好！
孫　　亮　梓童言之有理。官人！
太　　監　咦！
孫　　亮　看過文房！
太　　監　啟萬歲，文房到。
孫　　亮　待我修得密詔！
　　　　　（唱）寡人提筆泪汪汪，交與將軍劉愛卿。
　　　　　　　　孫綝專權爲奸相，不久就要坐龍庭。
　　　　　　　　愛卿本是忠良將，望你火速發兵行。
　　　　　　　　衆卿兵多將又勇，一齊殺賊定太平。
　　　　　將書寫就。官人！
太　　監　咦。
孫　　亮　暗暗去到劉府，宣劉丞進宮。
太　　監　遵旨。（下）
　　　　　（太監引劉丞上）
劉　　丞　（唱）不凌下來不傲上，忠心耿耿保君王。
　　　　　　　　伐曹有功王見喜，官封將軍在朝中。
　　　　　下官劉丞。正在府內悶坐，忽然萬歲宣我進宮。來在宮門。
太　　監　請將軍留步。待咱家奏與萬歲。
劉　　丞　是。
太　　監　啟奏萬歲，劉將軍到。
孫　　亮　命他悄悄進宮。
太　　監　萬歲命你悄悄進宮。
劉　　丞　遵旨。臣劉丞見駕！
孫　　亮　劉愛卿平身。

劉　丞	萬歲恩寬。萬歲宣臣進宮,有何大事議論?
孫　亮	我卿不知。只因孫綝奸賊在朝專權。當殿擅殺大臣,視寡人如草芥一般。今不除却,必爲後患。
劉　丞	好惱! (唱)聽一言怒氣滿胸間,罵了聲孫綝賊奸讒。 　　聖上爺有何虧負你,你爲何生心亂朝班?
孫　亮	住口。賊子耳目極多,愛卿切莫高聲。這是密書一封,命你五路搬兵。不可遲慢。就此出宮。
劉　丞	遵旨。領書。 (唱)在宮院我拜別有道聖上,昭陽宮又拜別國母娘娘。 　　藏密書我出了昭陽宮院,搬來了五路兵除滅奸凶。
孫　亮	(送介)劉愛卿轉來!
劉　丞	爲何教臣去而復轉?
孫　亮	非是朕教你去而復轉。朕見你舉步慌忙,臉紅失色。恐你作出董承之故事!
劉　丞	哎呀!(昏倒介)
孫　亮	愛卿蘇醒!
劉　丞	(唱)昏昏沉沉一夢間,耳旁忽聽有人言。 　　猛然睁開愁眉眼,原來是萬歲在面前。 　　爲臣智勇不足,成不起成不起大事,我我我,我便不去!
孫　亮	(哭介)原來劉愛卿是個貪生怕死之人,難道讓寡人親自搬兵不成!
劉　丞	萬歲!自古常言講的好來:忠臣不怕死,怕死豈爲忠。不幸大事敗露,爲臣一死何惜,誠恐連累了聖駕,將罵名留於後世。
全　后	哎,愛卿呀!你莫要顧慮多端。你聽: (唱)漢獻帝怎比咱聰明主,劉愛卿高才賽董承。 　　此一去你搬來兵和將,殺奸賊定能把大功成。
劉　丞	(唱)娘娘對我講一遍,爲臣纔把心放寬。 　　漢獻帝怎比臣的主,臣與董承豈一般。
孫　亮	愛卿快去!
劉　丞	(唱)深施一禮出宮院,搬來了五路兵將除滅奸讒。(下)
孫　亮	(唱)我一見劉丞出宮去,倒教爲王把心擔。
全　后	(唱)君臣們定計深宮院,謀事在人成在天。

孫　陽　（唱）若能除去孫綝賊，父王江山纔得安。（同下）

校記

［1］見梓童、皇兒在面前："童"字，原作"潼"，據文意改。下徑改，不一一出校。

第 三 場

（四將引孫綝上）

孫　綝　（念）威風凜凜坐府堂，金甲銀盔耀眼明。
　　　　　　　雖然未曾登九五，大權盡在吾手中。
　　　　老夫，東吳大丞相孫綝。昨日當殿殺了王立志，滿朝文武俱有不服之意。惟有李崇一人歸順老夫，是吾心腹之人。今日打坐府堂。衆將！

衆　　　有。

孫　綝　府門站班。

衆　　　是。

（李崇上）

李　崇　（念）探得機密事，報與丞相知。
　　　　俺乃李崇。適纔路過午門，觀見劉丞私進官院，其中必有原故。未免報與丞相得知。正往前走，已至府門。不免我自己進去。（進府介）參見丞相。

孫　綝　少禮，坐了。

李　崇　告坐。

孫　綝　李大人到此爲何？

李　崇　丞相有所不知。下官方纔路過午門，觀見劉丞私進官院，其中必有原故。望丞相早作準備。

孫　綝　是他！
　　　　（唱）聽一言教人氣填胸，恨劉丞做事理不通。
　　　　　　　有事不見老夫面，竟敢私自入深宮。
　　　　　　　私入宮院有議論，想必爲立志事一樁。
　　　　　　　昨日我當殿殺立志，觀見劉丞憤不平，
　　　　　　　有一日犯到我的手，兒難免老夫刀下亡。

叫眾將！

眾　　　有。

孫　縪　(接唱)一齊上戰馬,午門上等候小劉丞。(同下)

（劉丞上）

劉　丞　(唱)急忙舉步出宮院,帶詔書膽戰又心寒。
　　　　假若天隨人的願,搬來大兵除奸讒。
　　　　下官劉丞。萬歲賜我密書一封,交我五路搬兵,除滅奸賊。來到午門。觀見一哨人馬迎頭而來,待我看過！（四將引孫縪上）哎呀,不好！我只當是何人,原是孫縪老賊,身帶眾將,迎面而來。這該怎麼？有了。我不免暫回宮院躲避一時。

孫　縪　劉丞慢走,老夫有話相問。

眾　　　劉將軍慢走,丞相有話問你。你且轉來。

劉　丞　哎呀,天哪！怕的是奸賊,偏偏地遇見奸賊！莫非吾主的江山有險！只得上前見他。啊！那是丞相！哈哈哈！我只當是何人前來,原是大丞相駕到。叩見丞相！望乞恕罪。

孫　縪　請起。劉將軍,私進宮院,有何大事議論？

劉　丞　這個……

孫　縪　這個甚麼？我見你面紅失色,身旁必有夾帶？

劉　丞　啊呀,丞相！
　　　　(唱)上告丞相莫加疑,老朽把話對你提。
　　　　聖上宣我進宮院,無事與他閒玩棋。

孫　縪　我問你何時進宮？

劉　丞　清早進宮。

孫　縪　今是何時？

劉　丞　午後申時。

孫　縪　玩棋用不了如此大的功夫。

劉　丞　還講了幾輩古人。

孫　縪　講的是何朝何代？

劉　丞　講的是堯王讓位,大舜登極,普天之下,莫非王土,各親其親,各子其子。齊桓公九合諸侯,晋文公一霸天下。此乃歷代之聖君也。後來商朝出了伊尹,周朝出了子牙。此乃歷代之賢臣也。

孫　縪　劉丞,你看咱朝哪家臣子堪比商之伊尹、周之子牙？

劉　丞　我看咱朝惟有大丞相堪比伊尹，堪比子牙。

孫　綝　（冷笑介）嚇嚇！哈哈！我看你面紅失色，身旁總有夾帶。

劉　丞　并無夾帶。

孫　綝　說過不信，我要搜驗。

劉　丞　要搜就搜，吾何懼哉！

孫　綝　左右，將劉丞搜驗一番。

衆　　　得令！（搜介）啓禀丞相，身旁并無夾帶。

孫　綝　既無夾帶，放他過去。

劉　丞　（念）鯉魚脫却金鈎釣，搖頭擺尾再不來。（慌走介）

孫　綝　劉丞莫走，轉來！

劉　丞　丞相，爲何教老朽去而復轉？

孫　綝　我看你來的時節，好似泥裏推舟；去的時節，好似猛虎歸山。其中必有夾帶。我還要二次搜揀。

劉　丞　要搜就搜，要揀就揀。

孫　綝　老匹夫！

　　　　（唱）孫綝用目細端相，眸子眊眊面皮紅。
　　　　　　　走路慌張不穩重，要想瞞我萬不能。
　　　　左右，二次細搜！

二　將　得令！（細搜介）啓丞相，搜出密書一封。

孫　綝　呈上來！（呈書介）待我拆書一觀。（拆書，看介）【牌子】哎，氣殺我也！
　　　　（唱）一見密書惱在胸，老賊作事罪非輕。（手打介）
　　　　　　　你今犯在我的手，（足踢介）教你有命難得生。

劉　丞　罷了，罷了！大事敗露。老夫不得而生。不免將奸賊大罵一場，一死以報聖上。孫綝！奸賊！
　　　　（唱）在午門我把奸賊罵，奸賊！奸賊！叫聲孫綝聽我言。
　　　　　　　擅殺大臣罪該斬，奉詔搬兵除奸讒。
　　　　　　　蒼天不遂人心願，大事敗露惹禍端。
　　　　　　　自古忠臣豈怕死，爲國盡忠理當然。
　　　　　　　生前不能把賊斬，死後等你鬼門關。

孫　綝　老匹夫，焉敢如此，吃吾一劍！（殺死劉丞介）
　　　　（唱）三尺寶劍往下砍，劉丞老賊喪殘生。

在午門我把昏君罵,昏君！昏君！到明天進宮殺朝廷。

(同下)

第 四 場

(孫陽上)

孫　陽　(唱)小王生來性温良,不躁不暴不張狂。
　　　　　　　朝夕不離父母側,但願二老常安康。

(全后上)

全　后　(唱)佩戴瓊瑤在宮中,三宮六院我經營。
　　　　　　　小心謹慎侍明主,但願天下長太平。

(孫亮上)

孫　亮　(唱)奸賊孫綝操兵柄,朕心晝夜不安寧。
　　　　　　　曾命劉丞搬兵將,一去不知吉和凶。
　　　　朕,吳主孫亮。只因孫綝擅殺大臣,不久就要奪寡人的江山。寡人無奈,昨日修就密詔一封,暗命劉丞帶出宮去,五路搬兵,除滅奸賊。劉丞一去,不知凶吉如何？教朕時刻擔心。

全　后　萬歲勿憂,不久必有佳音！

孫　綝　(內)衆將,領路！(四將引孫綝上)
　　　　(唱)平生膽量大似天,久作臣子心不甘。
　　　　　　　百般寶物全不愛,一心只要坐江山。
　　　　丞相孫綝。昨日斬了王立志,昏王心中不服,暗傳密詔,欲害我命。不料天不滅俺,今在午門搜出密詔,殺了劉丞,回府取了藥酒一瓶,待俺進宮藥死昏君,奪了江山,自稱皇帝。衆將！

衆　　　有。

孫　綝　隨我進宮殺駕！

衆　　　走！

孫　綝　(唱)有孫綝捧酒入宮院,大踏步兒到君前。
　　　　　　　假裝好意雙膝跪,再問聖駕安不安？

孫　亮　(唱)一見孫綝進宮院,不由教朕心膽寒。
　　　　　　　我今開口把你問,私自進宮爲哪般？

孫　綝　(唱)啓奏吾主莫心多,擅殺立志臣有過。

	我今獻上賠罪酒，勸王飲酒恕臣錯。
孫　亮	（唱）立志犯罪該斬首，愛卿殺他有來由。
	寡人有疾不用酒，君臣之間誰記仇。
孫　綝	（唱）忙叩頭來謝君恩，孫綝上前把酒斟。
	奉勸我王把酒飲，略表爲臣愛君心。
全　后	（唱）本后急忙走上前，把杯內美酒仔細觀。
	勸萬歲莫把此酒飲，却怎麼此酒昏又昏。
孫　綝	（唱）手拿密詔問昏君，你爲何要害臣孫綝？
	直問的昏王無言對，敬酒不用是何心？
孫　陽	（唱）小王聽言髮衝冠，奸賊作事欺了天。
	講的講的心頭惱，赤手空拳打奸讒。
孫　綝	（唱）小孺子提拳把我打，口口聲聲罵奸讒。
	三尺寶劍出了鞘，我一劍送你鬼門關。
孫　亮	皇兒，兒呀！
	（唱）一見皇兒把命斷，雙泪滾滾如湧泉。
	實想曾子養曾晳，誰知顏路哭顏淵。
	叫宮人將尸且移下，梓童退後！
	待寡人上前進好言。
	望丞相饒了我的命，我情願脫袍讓江山。
孫　綝	（唱）有孫綝來怒填胸，再叫昏君你試聽。
	你命劉丞把我害，我先送你回天宮。
	叫衆將將他攙扶定，撬開嘴與他灌黄湯。
孫　亮	（唱）二賊子拿定我股肱，要動身兒萬不能。
	（被灌藥酒介）唔，嘟嘟嘟！
	將藥酒灌入王口內，只覺腹中滿發疼。
	大駡孫綝賊奸黨，好賊，好賊！用藥酒要害一條龍。
	寡人死在九泉下，閻王面前訴屈情。
	五臟六腑如刀砍，渾身發青眼失明。
	兩臂顫抖腿發軟，七竅流血倒龍床[1]。
全　后	（唱）一見主公把命亡，珠泪滾滾滿胸膛。
	實想百年同到老，奸賊害你實堪傷。
	哎呀，萬歲哪！你看萬歲已死，皇兒已亡。我不免上前去將奸賊大

罵一場,任賊所爲!哎,奸賊呀!

(唱)弑君之賊太猖狂,一刹時害死兩盤龍。
　　先君有靈不饒你,只恐人容天不容。

孫　綝　(唱)一見奸妃罵破口,罵得孫綝滿臉羞。
　　眼看看爾死無葬身地,你還敢惡言把我辱。
衆將!

　衆　　有。

孫　綝　將奸妃拿下,三絞廢命。

　衆　　得令!啓奏千歲,娘娘絶氣。

孫　綝　將屍首扯在一旁。可説是孫亮,孫亮呀!
(唱)老夫讓你三更死,誰敢留你到天明?
　　今日逼死小孫亮,明日孫綝坐龍庭。(同下)

校記

[1]七竅流血倒龍床:"竅",原作"窃",據文意改。

第　五　場

(孫休、喬太后上)

孫　休　(念)父母生我容貌奇,兩耳垂肩手過膝。
　　先帝孫權第六子,夜夢上天把龍騎。

喬太后　(念)昔守閨門在北方,之子于歸到南京。
　　夙夜在宮憂國事,曾伴君王錦綉裳。
我乃喬太后。所生一子,名叫孫休。這兩日肉顫心驚,眼跳耳熱,精神恍惚,意亂如麻。不知主何吉凶。(太監暗上)宮人!

太　監　噯!

喬太后　把定宮門,有事通報。

太　監　遵命。(桓子達上)

桓子達　(念)心忙嫌路遠,事急恨步遲。
下官,桓子達。可恨孫綝老賊藥死吾主,絞死全娘娘,又殺死孫陽太子。眼看看江山失於賊手,待我報與喬太后得知。急急忙忙,來至宮門。觀見公公大人在此。公公大人請了!

太　　監　請了！

桓子達　煩勞啓奏，就説我有緊事求見。

太　　監　請等一時。啓奏太后，桓子達有緊事求見。

喬太后　許他相見。

太　　監　桓大人，太后許你相見。

桓子達　是。（進宮介）參見太后。

喬太后　平身！

桓子達　千歲！

喬太后　（唱）桓愛卿黑夜到宮中，倒教本宮吃大驚。
　　　　　　　開言我把愛卿問，有何事奏與本后聽。

桓子達　娘娘，不好了！孫綝奸賊，藥死吾主，絞死全娘娘，又殺死了孫陽太子。

喬太后　藥死何人？

桓子達　萬歲。

喬太后　絞死何人？

桓子達　全娘娘。

喬太后　殺死何人？

桓子達　孫陽太子。

喬太后　怎麽説？

桓子達　千歲蘇醒！
孫　　休　國母蘇醒！

喬太后　（唱）可恨孫綝太無良，膽敢逼宮殺君王。
　　　　　　　弑君奪位殺國母，又殺死太子小孫陽。

桓子達　（唱）太后莫哭聽臣勸，奸賊弑君心不甘。
　　　　　　　斬草要把根除盡，因此爲臣把信傳。

喬太后　桓愛卿，事到如今，這該怎麽？

桓子達　太后勿憂。你我君臣更換衣衫，扮作民夫民母，半夜逃走，保全太后母子之命。

喬太后　逃是逃得。該往何處逃奔？

桓子達　這這這，該往何處逃奔？（想介）啊！有了。丁奉鎮守江陵，投奔他那裏安身。

喬太后　愛卿言之有理。

|（唱）桓愛卿一言提醒我，
桓子達　（唱）大家一同把衣更。（各更衣介）
喬太后　（唱）手拖皇兒出宮院，
桓子達　（唱）急急忙忙奔前程。（同下）

第 六 場

（劉士英、劉月娥上）

劉士英　（念）少年英雄志氣昂，萬馬軍中惟我強。
　　　　　　　有朝一日身榮顯，整理朝綱作棟梁。
劉月娥　（念）手如柔荑齒如玉，芙蓉白面鬢髮齊。
　　　　　　　巧笑倩兮美目盼，天姿國色世間稀。
劉士英　小生，將軍劉丞之子劉士英。
劉月娥　奴家，將軍劉丞之女劉月娥。哥哥請了！
劉士英　妹妹請了！
劉月娥　哥哥，今天天氣融和，百花開放，咱兄妹同到花園玩花，哥哥你心意如何？
劉士英　正合吾意。
劉月娥　一同前去。
劉士英　領路！
劉月娥　曉得。
劉士英　（唱）趁此時父親未回轉，兄妹二人離庭前。
劉月娥　（唱）舉步急忙往前走，一心要去游花園。（同進園介）
劉士英　（唱）一進花園喜眉梢，只覺心中寬又寬。
劉月娥　（唱）滿園百花齊開放，惟有牡丹花色鮮。
　　　　哥哥你看五色鮮花，開得十分好看。待妹妹采花玩耍！
劉士英　妹妹，采花不如觀花。你我飽眼觀賞，不可折采。
劉月娥　哥哥言之有理。
劉士英　（唱）站在花園四下看，花中富貴數牡丹。
劉月娥　（唱）海棠花開圓又圓[1]，它是花中一神仙。
劉士英　（唱）池塘岸邊用目看，水裏長的篆字蓮。
劉月娥　（唱）水陸花卉看不厭，不由教人喜心間。

啊呀！哥哥你看水面。
劉士英　你我同看。
劉月娥　（唱）你看水面魚出現，再看鴛鴦與水鵝。
　　　　　這一窩來那一夥，成雙成對無差錯。
　　　　　白晝間并翅飛到晚，到晚來栖息兩相合。
　　　　　見萬物靜觀皆自得，令人一見笑呵呵！
　　　　哥哥你我游玩多時，同到花亭歇息。哥哥請！
劉士英　妹妹請！
劉月娥　來到花亭，哥哥請坐！
劉士英　兄妹同坐。（同坐介）
　　　　（劉月娥暗下，家院急上）
家　院　公子，不好了！
劉士英　慌張爲何？
家　院　老爺被孫綝奸賊殺在午門了！
劉士英　再探。（家院下）哎呀，爹爹呀！
　　　　（唱）聽一言哭倒花亭上，（倒後自起介）仰天泣血放悲聲。
　　　　　實想我父活百歲，誰料在孫賊刀下亡。
　　　　　回頭我把妹妹喚，
　　　　妹妹快來！（劉月娥倒上）
劉月娥　（唱）問哥哥痛哭爲何情？
劉士英　（唱）咱父進宮回家轉，被孫賊殺在午門中。
劉月娥　怎麼說！
劉士英　妹妹蘇醒！
劉月娥　（唱）魂魄陰司把父趕，有人喚我轉回還。
　　　　　我強打精神睁開眼，原來是哥哥在面前。
劉士英　（唱）哭了聲爹爹難相見，要相逢除非一夢間。
劉月娥　　　 捶胸泣血肝腸斷，咬牙切齒恨奸讒。
　　　　罷了，爹爹呀！
劉士英　妹妹聽了！
　　　　（唱）恨孫賊他把咱父斬，殺父之仇不共天。
　　　　　匣中抽出三尺劍，我要與咱父冤報冤。
劉月娥　哥哥，你且慢着。

劉士英	（唱）叫聲哥哥聽我講，報仇之事且商量。
	將在謀而不在勇，此事豈可一勇行。
劉士英	哎，妹妹！
	（唱）妹妹莫要把我勸，聽兄把話對你言。
	恨奸賊他把咱父斬，咱與他結下山海冤。
	若要不把父仇報，不如禽獸在世間。
	殺奸賊縱然兄一死，落一個孝名萬古傳。
	妹妹莫要阻擋！待爲兄去殺奸賊！
劉月娥	哥哥莫走，再作商量！
	（家院急上）
家　院	公子、姑娘不好了！
劉士英 劉月娥	慌張爲何？
家　院	孫恩帶領人馬，將咱府團團圍定。
劉士英	再探。（家院下）
	（唱）忽聽得孫恩領兵到，活活的氣煞小英豪。
	劉士英神勇賽虎豹，狗奸黨擋不住我路一條。
劉月娥	（哭介）好賊呀！
劉士英	妹妹不必啼哭！隨爲兄殺出府去，逃奔他鄉，异日與父報仇。
劉月娥	遵命！你我下邊更衣。（同下）（更衣復上）
劉士英	（唱）兄妹後堂把衣更，
劉月娥	（唱）出府去與賊大交鋒。（同下）
	（四軍士領孫恩上）
孫　恩	（唱）府下領了兄長命，帶兵剿滅劉士英。
	衆將官，
衆	有。
孫　恩	（接唱）先將府圍定，看他賊子何處行。（同下）
	（劉士英、劉月娥上）
劉士英	（唱）更罷衣衫往出闖，手執兵刃動干戈。
劉月娥	（唱）舉步來在大門口，要與賊子戰三合。
	（四兵卒、孫恩倒上）
劉士英	將軍何故前來？

孫　恩　小孺子休走,看槍!
　　　　（唱）一見士英怒氣衝,不由教人烈火生。
　　　　　　　大諒賊子難逃走,一刹時教你喪殘生。
　　　　衆將!
　衆　　　有。
孫　恩　將士英兄妹圍住,休教走脫。殺!
劉士英　奸賊,看劍!（戰介）（孫恩兵將敗下）妹妹!
劉月娥　哥哥!
劉士英　隨兄殺條血路逃走!
劉月娥　殺!（四兵卒、孫恩倒上）（攔擋劉士英兄妹,戰介。孫兵將抵擋不
　　　　住,閃開路,劉兄妹走脫介）
　衆　　　啓千歲,賊子兄妹走脫!
孫　恩　追。（同下）
　　　　（劉月娥、劉士英急上）（急下）（四兵卒、孫恩追上）（圓場）
　衆　　　追趕不上。
孫　恩　回朝交旨!（同下）

校記

［1］海棠花開圓又圓：兩"圓"字,原作"園",據文意改。

第　七　場

　　　　（桓子達上）
桓子達　（唱）因爲國亂離南方,保定國母奔江陵。
　　　　　　　何日纔回建業地,除滅奸賊定太平。
　　　　俺乃桓,（搜門介）（已扮作民夫）俺乃桓子達,改名王忠。只因孫綝
　　　　篡位,是我跟隨國母、保定太子,逃出京城,投奔江陵搬兵。行至中
　　　　途,小千歲、喬太后走動些!
　　　　（孫休上）
孫　休　（唱）小王隨母離常州,四面八方無親投。
　　　　　　　誠恐後邊追兵趕,心中憂愁泪交流。
　　　　（喬太后上）

喬太后　（唱）喬太后晝夜苦奔走，提攜着皇兒小孫休。
　　　　　　　　江陵遠隔千里路，可憐我是一女流。
　　　　我乃喬，（搜門介）我乃喬太后，面前站定皇兒孫休。只因孫綝弑君篡位，又要斬草除根，殺我母子。是我手拖皇兒，跟隨桓愛卿，逃出京地。欲往江陵，路途遙遠，又無雄兵勇將保駕。好不愁悶人也！
　　　　（唱）舉目無親心驚慌，左思右想無主張。
　　　　　　　　滿朝文武多何少，保駕只有一王忠。
　　　　呀！正行中間，觀見前面有座高山。好險惡也！
　　　　（唱）舉頭用目往上望，高山巍巍甚雄壯。
　　　　　　　　懸崖絕壁怎行走，活活愁殺喬娘娘。
孫　休　（唱）孫休舉目往上看，赫赫巍巍一座山。
　　　　　　　　山上長的松柏茂，山下又有長流泉。
　　　　　　　　觀見虎豹林中現，又見蛟龍水底玩。
　　　　　　　　遍地蓬蒿路又險，過此山難於上青天。
　　　　母親你看，此山甚高，路徑窄小。難以行走，如何是好？（哭介）
喬太后　苦也！（哭介）
桓子達　不必啼哭，聽我道來：
　　　　（唱）太后、小王莫啼哭，聽臣把話說心間。
　　　　　　　　自古貴人多遭難，爲臣扶主過此山。
　　　　　　　　用手扶過小千歲，再扶太后過陡崖。
　　　　　　　　臣雖年邁忠心在，君臣們一齊過山來。
喬太后　（唱）適纔間過了山一座，過得山來笑呵呵！（笑介）呵呵呵！
孫　休　（唱）過山來我把心放下，口兒裏不住念彌陀。
　　　　阿彌陀佛，君臣們過了山了！
喬太后　呀，不好！
　　　　（唱）正是貴人遭磨難，剎時烏雲遮滿天。
孫　休　（唱）雷又鳴來電又閃，大雨將至頃刻間。
喬太后　（唱）埋怨蒼天不睜眼，偏偏下雨在今天。
　　　　哎呀，王忠！大雨淋漓，這該怎處？
桓子達　不必着慌，待我與你二撐起雨傘，急行一程！
　　　　（唱）手持雨傘忙開放，遮蓋太后與小王。
喬太后　（唱）遍地是水不分路，蒼天爺他又刮大風。

呀,狂風大起,傘也難遮了!

桓子達 （唱）手扶千歲急行走,見大風拔木升天空。
好大的狂風,將大樹連根拔起,刮到半空中了。

喬太后
孫　休　嚇殺人也!

孫　休 （唱）東倒西歪身不定,猛雨狂風總不停。

桓子達 （唱）可恨孫綝賊奸黨,害的我君臣齊遭殃。
太后你看,狂風已息,猛雨暫停。待爲臣收了雨傘,緩行一程。

孫　休 領路!

桓子達 曉得!

孫　休 （唱）君臣們逃難實傷慘,萬般出在無奈間。
此去若到江陵地,搬來大兵滅奸讒。
母親,孩兒身上寒冷,腹中飢餓,難以行走了!（哭介）

喬太后 苦也!（哭介）

桓子達 哎,主公呀!
（唱）勸主公莫啼哭將心放寬,聽爲臣言共語細説心間。
到江陵搬大兵旌旗招展,君則敬臣則忠你坐江山。

孫　休 哎,王忠呀!
（唱）咱君臣江陵搬兵到,除滅奸賊不輕饒。
衆文武扶我登龍位,我定要把你的官封高。

桓子達 臣不敢。小千歲,起來走!

孫　休 王忠攙我來,走!

喬太后 哎,苦呀!
（唱）腹中飢餓實難擋,身上寒冷更可傷。
母子未曾傷天理,爲何在此遭罪殃。

孫　休 （唱）兩腿無力站不定,身上寒冷腹中空,
一步一跌往前走,渾身困倦坐路旁。

喬太后 我兒爲何不走?

孫　休 孩兒腹中飢餓,兩腿疼痛。走它不動了。（哭介）

喬太后 我兒不必啼哭。前邊尋個村莊,好來用飯。待爲娘與王忠扶着你,緩緩而行。

孫　休 既然如此,有勞母親攙兒來。

|（唱）强打精神往起站，有勞母親將兒攙。
正行走來抬頭看，忽然來到水岸邊。
母親你看，來到河邊，獨木爲橋，孩兒不能過去。如何是好？

喬太后　待我看過！呀！
　　　　（唱）見此橋人心中發愁，
孫　休　（唱）嚇的我戰兢兢冷汗直流。
桓子達　（唱）小千歲莫擔驚把足站好，有爲臣我扶你同過此橋。
　　　　回頭來將太后一聲高叫，請太后足蹈木手攀樹梢。
　　　　獨木橋果稱得危險窄峭，過此橋要小心把脚站牢。
　　　　一刹時君臣們將橋過了，過了橋穩步走坦途逍遥。
内　　　哦，哦，哦！殺，殺，殺！
喬太后
桓子達　哎呀，不好！
孫　休
喬太后　（唱）忽聽得殺聲起賊兵追趕，不由人一陣陣叫苦連天。
　　　　叫王忠快定計莫可遲慢，眼看看咱三人命不周全。
桓子達　太后勿憂。前邊有一帶竹林，你我躲避一時。等賊人過去，再好行走。
喬太后　如此。孩兒隨上。
孫　休　母親快走。
喬太后　正是：（念）賊人追趕心驚慌，
桓子達　（念）竹林内邊把身藏。（同下）

第 八 場

（劉月娥、劉士英上）

劉月娥　（唱）方纔與賊殺一陣，閨中逃出女姣娥。
　　　　只因家中遭大禍，跟隨兄長到山坡。
劉士英　（唱）孫恩他把府圍定，猛虎怎懼一群羊？
　　　　大奮神威往出闖，衝出重圍奔他鄉。
　　　　劉士英！
劉月娥　劉月娥！

劉士英	可恨孫綝老賊殺死我父,又命孫恩領兵滅我全家。是我兄妹二人殺出城來。這該逃向哪裏?有了。丁奉老將軍與我父有八拜之交,不免投奔江陵。妹妹趕路!
劉月娥	曉得!
劉士英	(唱)兄妹昨日離蕭墻,奔忙跋涉到山崗。
劉月娥	(唱)誠恐孫賊來追趕,不分晝夜往前行。
劉士英	(唱)正行走來抬頭看,一座大山在目前。
劉月娥	(唱)此山長得好峻險,巍巍峨峨壓江南。
劉士英	(唱)今日欲尋霄漢路,峰近星辰難高攀。
劉月娥	(唱)崖高赫赫生萬卉,峭壁千仞實雄威。
劉士英	(唱)層巒重迭人罕至,日照群峰增光輝。 妹妹你看,山勢凶惡,恐有賊寇埋伏。你我急行一程。越過此山,再作道理。
劉月娥	如此,哥哥前行!
劉士英	(唱)急忙趕路莫稍停,兩步并作一步行。
劉月娥	(唱)雙足飛奔如駿馬,過了此山纔安寧。 哥哥,你我越過高山,正好緩行一程。
劉士英	妹妹言之有理。緩行何妨!
內	哦,哦,哦!殺,殺,殺!
劉士英	妹妹,忽聽竹林中間,殺聲不絕,其情為何? (唱)耳旁忽聽殺聲起,
劉月娥	(唱)不由教人吃一驚。
劉士英	(唱)何方賊子敢作亂,
劉月娥	(唱)咱兄妹登高觀分明。(登高瞭望介) (孫休、喬太后、桓子達急上) (四兵卒、孫據追上)(孫據殺桓子達介)(孫休母子逃下,孫據等追下)
劉士英	妹妹!
劉月娥	哥哥!
劉士英	觀見孫據帶兵行凶。你我殺上前去!
劉月娥	殺!(孫休母子被孫據等追上)(孫休母子驚倒介)(劉士英兄妹掩護住孫休母子,讓孫休母子逃下)(劉士英兄妹截住孫據等廝殺介)

（孫據等被戰敗倒下）（劉士英兄妹下）（劉士英救孫休上）（孫休驚倒介）（劉月娥救喬太后上）（喬太后昏倒介）

劉士英　（扶起孫休）受驚人蘇醒！
劉月娥　（扶起喬太后）受驚人蘇醒！
喬太后　（唱）昏昏沉沉一夢中，耳旁忽聽有人聲。
孫　休　　　　強打精神睜眼看，眼前站下二英雄。
　　　　　多謝謝二位壯士救命！
劉士英
劉月娥　好説！
劉士英　（唱）觀見民童與民婦，氣度雍容貌非凡。
　　　　　　　你是誰家母和子，因爲何事到此間？
孫　休　壯士聽了！
　　　　（唱）東吳孫堅是我祖，我是孫權第六男。
喬太后　（唱）孫綝老賊篡了位，我母子逃難到此間。
劉士英　（唱）國母千歲同遇難，救駕來遲罪萬千。
劉月娥　（唱）兄妹二人拿禮見，望娘娘開恩恕罪端。
喬太后　（唱）二卿無罪平身站，你等是何人到此間？
劉士英　容奏！
　　　　（唱）上告國母聽臣講，聽臣對你表姓名。
　　　　　　　爲臣本是官宦子，臣父在世叫劉丞。
　　　　　　　先君命他搬兵將，午朝門前一命亡。
　　　　　　　妹妹名叫劉月娥，爲臣名叫劉士英。
　　　　　　　國母今往何處去，你與爲臣説分明。
喬太后　（唱）可恨孫綝篡了位，今往江陵去搬兵。
　　　　　　　滿朝文武多何少，保駕只有桓愛卿。
　　　　　　　桓愛卿他被賊殺死，救駕多虧你妹和兄。
　　　　　　　异日我兒登龍位，把你二人一齊封。
　　　　　　　愛卿你把高官坐，封你妹子坐正宮[1]。
劉士英
劉月娥　（唱）忙叩頭來謝恩情，謝過國太將我封。
劉士英　（唱）兄妹二人將駕保，
劉月娥　（唱）同到江陵搬大兵。

喬太后	（唱）搬兵到先把賊殺盡，
孫　休	（唱）待小王登極定太平。
喬太后	罷了，桓愛卿呀！劉愛卿將尸首掩埋。日後還要搬尸。
劉士英	遵命。（埋尸介）將尸埋好。
喬太后	一同前往江陵。正是：
	（念）山坡之下遇士英，
劉士英	（念）路遇千歲和娘娘。
孫　休	（念）搬兵消除君臣恨，
劉月娥	（念）情願保駕赴江陵。（同下）

校記

［１］坐正宫："宫"，原作"官"，據文意改。下徑改，不一一出校。

第　九　場

（張布上）

張　布　（念）青紅蓋面貌相奇，三韜六略無不習。
　　　　　　　髮似鋼針鍾馗象，文武雙全世間稀。
　　　　大將張布。
　　　　（魏邈上）
魏　邈　（念）英雄豪氣貫斗牛，武藝高强鎮九州。
　　　　　　　手持畫戟跨戰馬，天下無敵賽温侯。
　　　　戰將魏邈。
張　布　請了！
魏　邈　請了！
張　布　元帥升帳，你我帳外伺候。
魏　邈　帳外伺候。
張　布　回頭一望，元帥升帳來也！
　　　　（四龍套、中軍、丁奉上）
丁　奉　（念）威名蓋世武藝强，胸中韜略壓諸邦。
　　　　　　　奉旨鎮守江陵地，濟世安民定太平。
　　　　本帥丁奉。奉王旨意，鎮守江陵。這幾日心焦意亂，不知主何凶

	吉。中軍！
中　軍	有！
丁　奉	吩咐小軍，把守轅門，有事通報。
中　軍	是。元帥有令，小軍把守轅門，有事通報。
內	報！
中　軍	何事？
內	喬娘娘與小千歲駕到！
中　軍	啓元帥，喬娘娘與小千歲駕到！
丁　奉	吩咐張、魏二將，隨本帥一同出城迎接。
中　軍	張、魏二將！
張　布 魏　邈	在！
中　軍	元帥有令，一同迎接娘娘與小千歲！
張　布 魏　邈	得令。馬來！（下）
丁　奉	與爺帶馬！（同下）
	（張布、魏邈、中軍、丁奉倒上）（下馬介）
	（劉士英、劉月娥、孫休、喬太后上）（丁奉等迎接介）
喬太后	衆愛卿請起！
丁　奉	請娘娘、小千歲上馬！（中軍遞馬介）（衆上馬同下）（張布、魏邈、丁奉、劉士英、劉月娥、孫休、喬太后上）（同進城介）（同下馬進帳介）（喬太后、孫休入座，劉士英、劉月娥兩旁站立介）（丁奉等跪介）
丁　奉	不知娘娘、小千歲駕到，臣等有失遠迎，望乞恕罪。
喬太后	哪有衆卿之罪，衆卿平身！
衆	謝過娘娘、小千歲！（起立介）
丁　奉	哎，娘娘，小千歲呀！
	（唱）丁奉開言一聲問，請問娘娘與主公。
	不在宮院安然坐，來到江陵爲何情？
喬太后	（哭介）哎，丁愛卿呀！
	（唱）丁愛卿既問聽我講，孫綝賊篡位亂朝綱。
	深宮院藥死咱的主，又殺死太子小孫陽。
	絞死全后龍國母，要害我母子一命亡。

　　　　　桓子達進宮把信報，他勸我母子赴江陵。
　　　　　中途路上遭磨難[1]，保駕多虧桓愛卿。
　　　　　奸賊派兵緊追趕，桓子達被殺喪無常。
　　　　　我母子險些遭毒手，救駕多虧二英雄。
　　　　　二愛卿保駕來到此，丁愛卿速快發大兵。
丁　奉　好惱！
　　　　（唱）娘娘對我講一遍，不由教人怒氣生。
　　　　　哭了聲吾主難相見，（哭介）萬歲爺，臣的主！
　　　　　要相逢除非睡夢中。
　　　　　叫太后你把寬心放，有為臣即速發大兵。
　　　　　手指江南罵奸黨，孫綝，奸賊！
　　　　　罵聲孫綝賊奸凶。
　　　　　弒君篡位太猖狂，人神共嫉天不容。
　　　　　爰整其旅赴京地，不殺奸臣不收兵。
　　　　　娘娘，小千歲，劉將軍兄妹！請到後帳！
喬太后　請！
丁　奉　請！（喬太后等下）（轉場）張、魏二將聽令！
張　布
魏　邈　在。
丁　奉　教場點齊人馬，殺奔京地，與吾主冤冤相報。
張　布
魏　邈　得令。（同下）
丁　奉　正是：（念）教場點齊兵和將，殺奔京地除奸凶。（同下）

校記

[1] 遭磨難："磨"，原作"魔"，據文意改。

第　十　場

（張布上）
張　布　（念）錦袍玉帶帽紅纓，手執寶劍比七星。
　　　　　智勇雙全無敵對，斬將搴旗立戰功。

（魏邈上）

魏　邈　（念）頭戴金盔烈火尖，身披金甲手執鞭。
　　　　　　　勇冠三軍無敵手，元帥帳下將一員。
　　　（劉士英上）

劉士英　（念）人馬赫赫似海峰，劍戟林立鬼神驚。
　　　　　　　上山力能縛猛虎，入水又能擒蛟龍。
　　　（劉月娥上）

劉月娥　（念）頭戴珠翠遮烏雲，身穿戰袍滿面金。
　　　　　　　手舞雙劍鬼神怕，斬將立功扶聖君。

張　布　大將張布。
魏　邈　戰將魏邈。
劉士英　豪傑劉士英。
劉月娥　女將劉月娥。
張　布　列位將軍請了！
眾　　　請了！
張　布　元帥有令，命我教場點動人馬，人馬點齊。千歲、娘娘、元帥來也！
　　　（四龍套、孫休、喬太后、丁奉上）

孫　休　（念）孫綝篡位弒君王，小王搬兵到江陵。
喬太后　（念）此去拿住賊奸黨，千刀萬剮不容情。（帳內分座介）
丁　奉　（升帳介）（念）
　　　　　　　雄赳赳領兵出征[1]，惡狠狠努力開弓。
　　　　　　　真天子龍虎相助，大將軍八面威風。
　　　　本帥丁奉。只因孫綝老賊弒君篡位，喬太后與小千歲前來搬兵。今領大兵四十萬，
　　　　要與吾主冤冤相報。咋！眾將官！
眾　　　有。
丁　奉　人馬可曾點齊？
眾　　　點齊多時。
丁　奉　拔寨起程。
眾　　　得令！
　　　　（唱）整帥旗統三軍兵強將勇，逞干戈領人馬離了江陵。

　　　　　興義師伐有罪同往京地，除奸凶扶幼主爲國盡忠。
衆　　　稟元帥，來到東吳城下。
丁　奉　下寨安營。（同下）

校記

［1］雄赳赳領兵出征："赳赳"，原作"糾糾"，據文意改。

第十一場

（四宮臣、太監、孫綝上）
孫　綝　（唱）昔年曾爲孫亮臣，因他無道吾爲君。
　　　　　　自從登了皇王位，恩德膏澤未及民。
　　　　寡人孫綝。藥死孫亮，篡位登極。爲王這幾日眼跳耳熱，不知有何大事。
內　　　報，丁奉領兵造反，兵臨城下。
孫　綝　好惱！
　　　　（唱）聽一言來髮衝冠，丁奉老賊膽包天。
　　　　　　你無故敢把京城犯，拿住他送他上刀山。
　　　　宮人！
太　監　噯！
孫　綝　宣二千歲、三千歲進宮。
太　監　（向內）萬歲有旨，宣二千歲、三千歲進宮。
內　　　領旨！（孫恩、孫據上）
孫　恩　（唱）孫恩東吳掌兵權，
孫　據　（唱）孫據可稱將一員。
孫　恩　（唱）兄王宣我進宮院，
孫　據　（唱）進宮來同把兄王參。
孫　恩
孫　據　參見兄王！
孫　綝　少禮，坐了！
孫　恩
孫　據　謝坐。宣我兄弟進宮，有何軍情議論？

孫　綝　二位皇弟聽了。

（唱）丁奉領兵到城下，滿城百姓皆不安。

　　　有勞二弟退兵去，同心協力保江山。

丁奉領兵攻城，命你二人出城退兵，可願前去？

孫　恩
孫　據　情願前去。

孫　綝　情願前去者好。賜你二人三千人馬，前去殺敵。須要小心。

孫　恩
孫　據　遵旨。（同下）

孫　綝　官人！

太　監　噯！

孫　綝　駕轉後宮！

太　監　駕轉後宮！（同下）

（孫據上）

孫　據　（念）東吳戰將我爲强，名揚江南鎭四方。

　　　　　鋒矛利刃上陣去，要把賊子一掃光。

（孫恩上）

孫　恩　（念）英雄豪杰威名揚，全憑武藝定家邦。

　　　　　遠用長槍近用劍，管教賊子見閻王。

孫　據　孫據。

孫　恩　孫恩。兄王賜我弟兄二人三千人馬，大戰丁奉。只得前去！

（四卒分兩邊上）

孫　恩
孫　據　呔，衆將官！

衆　　有。

孫　恩
孫　據　馬來！馬來！

衆　　哦！（孫恩、孫據各執兵器上馬介）（同下）

（四龍套、張布、魏邈、劉士英、劉月娥、丁奉同上）

（四卒、孫據、孫恩倒上）（雙方對頭介）

孫　恩　丁奉老匹夫，吾兄未曾錯待於你，爲何領兵造反？

丁　奉　孫恩，孫恩！你兄弟弑君篡位，人人得而誅之！衆將圍定，殺！

孫　恩　殺！（開打。孫據、孫恩敗下。丁奉兵將追下）

（孫據、孫恩急上）（丁奉及各將追上）
（開打。張布斬孫據、劉士英斬孫恩介）

龍　套　啓上元帥，二賊已死！
丁　奉　并力攻城！（衆攻城介）
龍　套　攻城不開！
（孫休、喬太后上）
　衆　　參見娘娘、主公！
喬太后
孫　休　少禮，站下！老將軍！
丁　奉　臣在。
喬太后
孫　休　攻城如何？
　衆　　攻城不開。
孫　休　待小王祭炮！（跪介）老天在上，若要我孫休有九五之位，炮打城開。（放炮介）
　衆　　啓上元帥，炮打城開。
丁　奉　呔，衆將官！
　衆　　有。
丁　奉　一擁進城。殺上金殿！
　衆　　哦！（進城介）（同下）
（孫綝上）
孫　綝　（念）二弟去退兵，不知吉和凶。
（李崇上）
李　崇　下官李崇。丁奉、張布進宮殺駕，不免奏與萬歲得知。（入宮介）啓萬歲，不好了！
孫　綝　慌張爲何？
李　崇　丁奉、張布殺進宮來。
孫　綝　李愛卿，斬殺寶劍，懸挂宮門！（李崇宮門挂劍介）
（張布、丁奉上）（張布奪劍殺李崇、丁奉進宮殺孫綝介）（同下）

第 十 二 場

（孫休、喬太后上）

孫　休　（唱）丁奉他把孫綝斬，
喬太后　（唱）保定東吳錦江山。
孫　休　（唱）明日小王登龍位，
喬太后　（唱）今日本后先封官。
　　　　（太監暗上）
喬太后　官人！
太　監　噯！
喬太后　宣丁老將軍進宮！
太　監　千歲有旨，丁老將軍進宮！
　內　　領旨。
　　　　（丁奉上）
丁　奉　（唱）丁奉領旨進宮院，叩見千歲和娘娘。
喬太后　老皇兄聽封：
　　　　（唱）老皇兄爲國功勞重，本后宮院把你封。
　　　　　　我封你一品爲宰相，輩輩世世在朝中。
丁　奉　謝主隆恩。
　　　　（唱）忙叩頭來謝恩情，謝過娘娘把臣封。
　　　　　　深施一禮出宮院，明日扶主坐龍庭。（下）
喬太后　張布進宮！
太　監　張布進宮！
　內　　領旨。（張布上）
張　布　（唱）張布領旨進宮院，叩見千歲和娘娘。
喬太后　聽封！
　　　　（唱）張愛卿你把忠心現，我封你兵部坐大堂。
張　布　謝主隆恩。
　　　　（唱）忙叩頭來謝恩情，謝過娘娘把臣封。
　　　　　　深施一禮出宮院，官拜兵部坐大堂。（下）
喬太后　魏邈進宮！

太　監　魏邈進宮！

内　　　領旨！

（魏邈上）

魏　邈　（唱）魏邈領旨進宮院，參見娘娘和主公。

喬太后　（唱）魏將軍爲國稱忠勇，封你元帥領大兵。

魏　邈　（唱）叩頭謝恩出宮院，身爲元帥領大兵。（下）

喬太后　劉士英進宮！

太　監　劉士英進宮！

内　　　領旨。（劉士英上）

劉士英　（唱）劉士英領旨進宮院，參見娘娘和主公。

喬太后　（唱）劉愛卿保駕功勞重，我封你吏部坐大堂。

劉士英　哎，爹爹呀！（哭介）

喬太后　（唱）劉愛卿莫要悲聲放，你父死後也封王。
　　　　　　　我封他東王并御葬，忠臣死後也享榮。

劉士英　（唱）叩頭謝恩出宮院，劉士英父子齊受封。（下）

喬太后　劉月娥進宮！

太　監　劉月娥進宮！

内　　　領旨。

（劉月娥上）

劉月娥　（唱）劉月娥領旨進宮院，參見娘娘和主公。

喬太后　（唱）喬太后來喜氣生，我面前跪下劉梓童。
　　　　　　　中途路救駕封過你，到今日實授爲正宮。

劉月娥　（唱）忙叩頭來謝恩情，昭陽院裏作正宮。（下）

喬太后　（唱）保國忠臣齊封過，猛然想起桓愛卿。
　　　　　　　桓子達爲國把命喪，叫皇兒你把他後代封。
　　　　　　　皇兒！

孫　休　國母！

喬太后　聞聽人説，桓子達老先生留下一子，名叫桓强，皇兒，你明日登極，
　　　　將他封官。可曾記下？

孫　休　孩兒記下了！國母請到後宮。

喬太后　要到後宮！請！

孫　休　請！（同下）

（丁奉、劉士英、張布、魏邈上）

丁　奉　大丞相丁奉。
劉士英　吏部尚書劉士英。
張　布　兵部尚書張布。
魏　邈　東吳大元帥魏邈。
丁　奉　列位大人請了！
　衆　　請了！
丁　奉　新王登極，你我當殿朝賀。
　衆　　當殿朝賀。
丁　奉　新王登極，金鐘三響，鼓樂喧天，聖駕來也！

（四御林軍、太監、孫休上）

孫　休　（坐）（衆臣參拜介）（拜畢）寡人孫休登極。只因桓子達老先生爲國盡忠，保寡人前往江陵搬兵，中途路上，身遭奸賊殺害。聞聽人説，他留下一子，名叫桓強。不免將他宣上殿來，封他高官得位，同秉國政。官人！
太　監　噯！
孫　休　宣桓強上殿。
太　監　萬歲有旨，桓強上殿。
　内　　領旨。

（桓強上）

桓　強　（唱）金牌調銀牌選，宣我桓強登金鑾。
　　　　　　　踏步撩衣上金殿，在九龍口把主參。
　　　　臣桓強見駕。願我王萬歲，萬萬歲！
孫　休　下跪你是桓強？
桓　強　是臣。
孫　休　聽封：
　　　　（唱）爲王龍位用目睜，殿前跪下小桓強。
　　　　　　　你父爲國功勞重，江陵路上一命亡。
　　　　　　　王吩咐搬尸要御葬，封他英魂爲忠王。
　　　　　　　小愛卿本是忠良後，我封你兵部爲侍郎。
桓　強　（唱）忙叩頭來謝恩情，謝過萬歲把臣封。
　　　　　　　深施一禮下金殿，朝房以内把衣更。（下）

孫　休　（唱）我一見桓强下殿去，開言再叫衆愛卿。
　　　　　衆位愛卿！
　衆　　萬歲！
孫　休　今當寡人登極之日，已在皇宮設下御筵。一來慶賀寡人登極，二來慶賀文武保駕扶主之功。有請衆位愛卿，進宮赴宴。
　衆　　遵旨。臣等把盞。
　　　　（桓强暗上）
孫　休　起駕回宮！
太　監　起駕回宮！（與御林軍先下）
　衆　　送萬歲！
孫　休　免！（下）
丁　奉　列位大人！
　衆　　丞相！
丁　奉　萬歲有旨，滿朝文武，進宮赴宴！
　衆　　遵旨。請！
　衆　　請！（同下）

圖書在版編目(CIP)數據

三國戲曲集成·山西地方戲卷/胡世厚主編;王增斌,田同旭,啜希忱校理.—上海:復旦大學出版社,2018.6
ISBN 978-7-309-13349-3

Ⅰ.三…　Ⅱ.①胡…②王…③田…④啜…　Ⅲ.地方戲劇本-作品綜合集-山西　Ⅳ.I230

中國版本圖書館 CIP 數據核字(2017)第 262762 號

三國戲曲集成·山西地方戲卷

胡世厚　主編　王增斌　田同旭　啜希忱　校理
總　策　劃/張蕊青
責任編輯/胡春麗
裝幀設計/馬曉霞

復旦大學出版社有限公司出版發行
上海市國權路 579 號　郵編:200433
網址:fupnet@fudanpress.com　http://www.fudanpress.com
門市零售:86-21-65642857　團體訂購:86-21-65118853
外埠郵購:86-21-65109143　出版部電話:86-21-65642845
浙江新華數碼印務有限公司

開本 787×1092　1/16　印張 64.5　字數 1004 千
2018 年 6 月第 1 版第 1 次印刷

ISBN 978-7-309-13349-3/I·1081
定價:290.00 元

如有印裝質量問題,請向復旦大學出版社有限公司出版部調換。
版權所有　侵權必究